George R. R. Martin

FESTÍN DE CUERVOS

George R. R. Martin nació en 1948 en Bayonne, Nueva Jersey. Se licenció en periodismo en 1970 y publicó su primera novela, *Muerte de la luz*, en 1977. Tras una trayectoria deslumbrante como escritor de ciencia ficción, terror y fantasía, se convirtió en guionista de series televisivas como *Dimensión desconocida* y *La bella y la bestia*, además de realizar tareas de producción para diversos proyectos cinematográficos. En la actualidad es uno de los autores de mayor éxito en el mundo con la saga *Canción de hielo y fuego*, cuyas sucesivas entregas le han granjeado un puesto de honor en la literatura fantástica.

FESTÍN DE CUERVOS

FESTÍN DE CUERVOS

Canción de hielo y fuego IV

George R. R. Martin

Vintage Español
Una división de Random House, Inc.
Nueva York

PRIMERA EDICIÓN VINTAGE ESPAÑOL, JULIO 2012

Información de catalogación de publicaciones disponible en la Biblioteca del Congreso de los Estados Unidos.

Vintage ISBN: 978-0-307-95121-2

Mapas: James Sinclair
Símbolos heráldicos: Virginia Norey

www.vintageespanol.com

Impreso en Colombia

A Stephen Boucher,
mago del Windows, dragón del DOS.
De no ser por él habría escrito
este libro con lápices de colores.

El Norte
Costa
Helada
Bosque Encantado
Skane
El Muro
Torre Sombría
Castillo Negro
Guardiaoriente del Mar
Bahía de las Focas
Bahía de Hielo
Isla del Oso
Lago Largo
Último
Colinas Solitarias
Bastión Kar
Bosque de los Lobos
Fuerte Terror
N
Río de las Lágrimas
Invernalia
Cuchillo Blanco
Camino Real
Ciudadela de Torrhen
Rama Rota
Los Túmulos
Puerta del Carnero
Puerto Blanco
Fuerte Túmulo
Atalaya de la Viuda
Foso Cailin
Castillo Viejo
Mordisco
El Cuello
Islahermana
Tres Hermanas
Atalaya de Aguasgrises
Los Dedos
Los Gemelos
Islas del Hierro
Marea Negra
Monteorca
Varamar
Valle de Arryn
El Nido de Águilas
Puerta de la Sangre
Forca Verde
Forca Azul
Pyke
Acantilado de Sal
Mapa: James Sinclair
Aguasdulces
Forca Roja

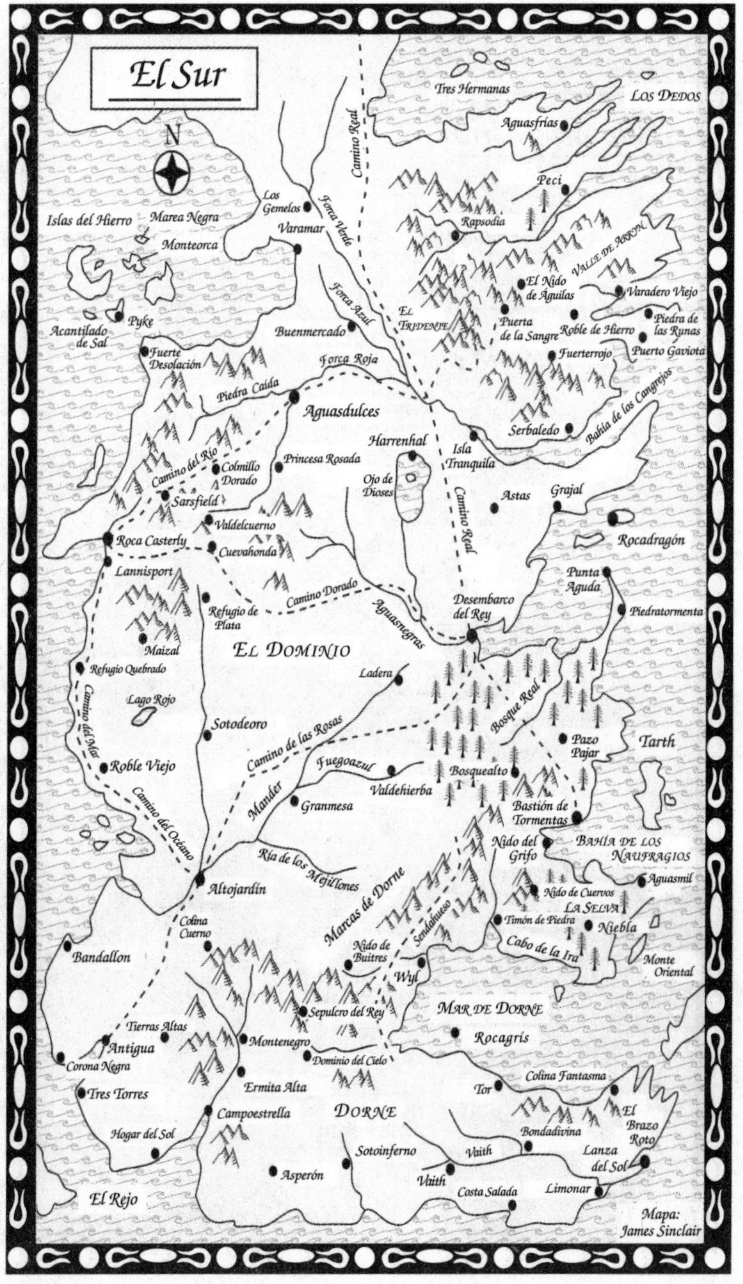
El Sur
N
Islas del Hierro
Marea Negra
Monteorca
Pyke
Acantilado de Sal
Fuerte Desolación
Los Gemelos
Varamar
Camino Real
Forca Verde
Forca Azul
Buenmercado
El Tridente
Forca Roja
Piedra Caída
Aguasdulces
Tres Hermanas
Los Dedos
Aguasfrías
Peci
Rapsodia
Valle de Arryn
El Nido de Águilas
Varadero Viejo
Puerta de la Sangre
Roble de Hierro
Piedra de las Runas
Puerto Gaviota
Fuerterrojo
Bahía de los Cangrejos
Serbaledo
Harrenhal
Isla Tranquila
Ojo de Dioses
Princesa Rosada
Camino del Río
Colmillo Dorado
Sarsfield
Valdelcuerno
Roca Casterly
Cuevahonda
Lannisport
Astas
Grajal
Rocadragón
Punta Aguda
Piedratormenta
Desembarco del Rey
Camino Dorado
Aguasnegras
Refugio de Plata
El Dominio
Maizal
Refugio Quebrado
Lago Rojo
Camino del Mar
Sotodeoro
Ladera
Bosque Real
Roble Viejo
Camino de las Rosas
Fuegoazul
Valdehierba
Bosquealto
Pazo Pajar
Tarth
Mander
Granmesa
Bastión de Tormentas
Camino del Océano
Nido del Grifo
Bahía de los Naufragios
Ría de los Mejillones
Altojardín
Marcas de Dorne
Aguasmil
Nido de Cuervos
La Selva
Colina Cuerno
Timón de Piedra
Niebla
Sendahueso
Cabo de la Ira
Bandallon
Nido de Buitres
Wyl
Monte Oriental
Sepulcro del Rey
Mar de Dorne
Tierras Altas
Montenegro
Rocagrís
Antigua
Dominio del Cielo
Corona Negra
Colina Fantasma
Tres Torres
Ermita Alta
Tor
Campoestrella
Dorne
El Brazo Roto
Hogar del Sol
Bondadivina
Sotoinferno
Vaith
Lanza del Sol
Asperón
Costa Salada
Limonar
El Rejo
Mapa: James Sinclair

Islas del Hierro
Los Gemelos
Forca Verde
Marea Negra
Viejo Wyk
Cabo de Águilas
Monteorca
Varamar
Camino Real
Diez Torres
Bahía del Hierro
Forca Azul
Gran Wyk
Harlaw
Piedrasviejas
Pyke
Acantilado de Sal
Buenmercado
Fuerte Desolación
Forca Roja
Hombre Arrodillado
Piedra Caída
Aguasdulces
El Risco
Alto Corazón
Marcaceniza
Torreón Bellota
Isla Bella
Torrelabella
Princesa Rosada
Colmillo Dorado
Camino del Río
Sarsfield
Septo de Piedra
Valdelcuerno
Kayce
Roca Casterly
Cuevahonda
Las Hogueras
Lannisport
Aguasnegras
Camino Dorado
Refugio de Plata
Maizal
El Dominio
Refugio Quebrado
Ladera
N
Mander
Camino del Mar
Lago Rojo
Mapa: James Sinclair

Este ha sido jodido.

Ofrezco de nuevo mi gratitud y reconocimiento a esas almas perseverantes, mis supervisores editoriales: Nita Taublib, Joy Chamberlain, Jane Johnson y en especial Anne Lesley Groell, por su apoyo, su sentido del humor y su inmensa tolerancia.

También agradezco a mis amables lectores todos sus mensajes de correo electrónico de apoyo, así como la paciencia.

En particular, inclino mi yelmo ante Lodey de los Tres Puños; Pod el Conejito Diabólico; Trebla y Daj, los Reyes del Trivial; la encantadora Caress del Muro; Lannister el Mataardillas, y el resto de la Hermandad Sin Estandartes, esa ebria y alocada compañía de valientes caballeros y damas adorables que año tras año tras año organizan las mejores fiestas de la Worldcon.

Y suenen fanfarrias en honor de Elio y Linda, quienes parecen conocer los Siete Reinos mejor que yo; la base de datos de concordancia de su web westeros.org es una gozada y una maravilla que me ayuda a mantener la coherencia de la serie.

Y gracias a Walter Jon Williams por su guía en nuevas mares oceánas; a Sage Walker por las sanguijuelas, las fiebres y los huesos rotos; a Pati Nagle por el HTML, los escudos giratorios y su rapidez a la hora de subir mis noticias, y a Melinda Snodgrass y Daniel Abraham por servicios que van mucho más allá del deber. Voy saliendo del paso with a little help from my friends.

Para Parris no me bastan las palabras: me ha soportado tanto en los días buenos como en los malos, durante todas y cada una de estas condenadas páginas. Solo me cabe decir que no podría cantar esta Canción *sin ella.*

FESTÍN DE CUERVOS

Prólogo

—Dragones —dijo Mollander. Cogió del suelo una manzana arrugada y se la pasó de una mano a otra.

—Lánzala —le dijo Alleras el Esfinge, apremiante. Sacó una flecha del carcaj y la centró en la cuerda del arco.

—Cuánto me gustaría ver un dragón. —Roone era el menor de todos, tan solo un chiquillo regordete al que aún le faltaban dos años para llegar a la edad viril—. No sabéis cuánto me gustaría.

«Y a mí me gustaría dormir abrazado a Rosey —pensó Pate. Cambió de postura en el banco, inquieto. Tal vez la chica fuera suya al amanecer—. Me la llevaré lejos de Antigua, al otro lado del mar Angosto, a una de las Ciudades Libres.» Allí no había maestres; allí nadie lo acusaría.

Alcanzó a oír la risa de Emma, que se colaba a través de los postigos cerrados de una ventana situada más arriba, mezclada con otra voz más grave, la del hombre al que estaba atendiendo. Era la mayor de las mozas de El Cálamo y el Pichel, cuarenta años como poco, pero aún conservaba cierta belleza pulposa. Su hija Rosey tenía quince años y acababa de florecer. Emma había decretado que la virginidad de Rosey costaría un dragón de oro. Pate había ahorrado nueve venados de plata y un cuenco de estrellas de cobre y calderilla, pero de gran cosa le iba a servir. Le resultaría más fácil empollar un dragón de verdad que ahorrar monedas suficientes para obtener uno de oro.

—Si querías dragones, naciste demasiado tarde, chaval —le dijo a Roone Armen el Acólito. Armen llevaba en torno al cuello una tira de cuero engarzada con eslabones de peltre, cinc, plomo y cobre, y por lo visto pensaba, como la mayoría de los acólitos, que lo que tenían los novatos sobre los hombros era un nabo, no una cabeza—. El último murió durante el reinado de Aegon III.

—El último de Poniente —insistió Mollander.

—Tira la manzana —volvió a apremiarlo Alleras.

El Esfinge era un joven atractivo. Todas las mozas lo mimaban y consentían. Hasta Rosey le rozaba a veces el brazo cuando le servía vino, y Pate tenía que apretar los dientes y fingir que no se daba cuenta.

—El último dragón de Poniente fue el último dragón, y punto —insistió Armen—. Eso lo sabe cualquiera.

—¡Venga, esa manzana! —pidió Alleras—. ¿O te la vas a comer?

—Venga.

Arrastrando el pie zambo, Mollander dio un saltito, giró sobre sí mismo y lanzó la manzana hacia la bruma que pendía sobre el Vinomiel. De no ser por el pie habría sido caballero, igual que su padre. Fuerza para ello le sobraba, como demostraban aquellos brazos gruesos y hombros anchos. La manzana voló lejos, veloz...

... pero no tanto como la flecha que surcó el aire tras ella: cuatro palmos de vara de madera dorada con plumas de color escarlata. Pate no la vio acertar a la manzana, pero sí oyó el impacto, un ligero *chunk* que despertó ecos al otro lado del río antes de que llegara el ruido de la fruta contra el agua.

Mollander silbó.

—Le has sacado el corazón. Qué belleza.

«No tanta como la que tiene Rosey.» Pate adoraba aquellos ojos color avellana, aquellos pechos incipientes, la manera en que le sonreía al verlo. Adoraba los hoyuelos que tenía en las mejillas. A veces servía las bebidas descalza para notar la sensación de la hierba en los pies. Eso también lo adoraba. Adoraba su olor limpio y fresco, la manera en que se le rizaba el pelo detrás de las orejas. Hasta adoraba los dedos de sus pies. Una noche, la muchacha le había dejado que se los masajeara y jugara con ellos, y Pate había inventado una historia divertida sobre cada dedo, todo con tal de que no dejara de reírse.

Tal vez fuera mejor no cruzar el mar Angosto. Con el dinero que había ahorrado podía comprar un burro; Rosey y él lo montarían por turnos y recorrerían Poniente. Cierto era que Ebrose no lo consideraba digno del eslabón de plata, pero Pate sabía entablillar un hueso y aplicar sanguijuelas para unas fiebres. El pueblo llano le agradecería su ayuda. Si aprendía a cortar el pelo y afeitar, hasta podría trabajar de barbero.

«Con eso me bastaría —se dijo—, si tuviera a Rosey.» Rosey era todo lo que deseaba en el mundo.

No siempre había pensado lo mismo. En otros tiempos soñó con ser el maestre de un castillo, al servicio de algún señor generoso que lo honraría por su sabiduría y le regalaría un hermoso caballo blanco para agradecerle sus servicios. Qué alto, qué orgulloso cabalgaría, sonriendo desde arriba a la gente sencilla cuando se la cruzara en los caminos...

Una noche, en la sala común de El Cálamo y el Pichel, después de la segunda jarra de una sidra monstruosamente fuerte, Pate había alardeado de que no sería novicio toda la vida.

—Cierto —fue la respuesta a gritos de Leo el Vago—. Algún día serás un ex novicio que se dedicará a criar cerdos.

Apuró los posos de la jarra. En aquel amanecer, el porche iluminado con antorchas de El Cálamo y el Pichel era una isla de luz en un mar de neblina. Río abajo, el distante Faro de Hightower flotaba en la humedad de la noche como una nebulosa luna anaranjada, pero la luz no bastaba para animarlo.

«Ya tendría que haber venido el alquimista.» ¿Había sido una broma cruel, o le habría sucedido algo? No sería la primera vez que se le desmoronaba la buena suerte nada más rozar a Pate. En cierta ocasión se había considerado afortunado porque el archimaestre Walgrave lo había elegido para que lo ayudara con los cuervos, sin siquiera imaginar que muy poco más adelante también estaría sirviéndole las comidas, barriendo sus habitaciones y vistiéndolo por las mañanas. Según decía todo el mundo, lo que Walgrave había olvidado sobre la cría y cuidado de los cuervos era más de lo que la mayoría de los maestres llegaba a saber en toda su vida, de manera que Pate dio por supuesto que lo mínimo a lo que podía aspirar era un eslabón negro. Pero Walgrave no estaba dispuesto a dárselo. Si permitían al anciano seguir ostentando el título de archimaestre, era solo por cortesía. Había sido un gran maestre, pero en aquellos tiempos, su túnica ocultaba a menudo la ropa interior sucia, y medio año atrás, unos acólitos lo habían encontrado en la biblioteca llorando porque no sabía volver a sus habitaciones. El maestre Gormon ocupaba el lugar de Walgrave bajo la máscara de hierro. El mismo Gormon que en cierta ocasión había acusado de robo a Pate.

En el manzano que se alzaba junto al agua, un ruiseñor empezó a cantar. Era un sonido agradable, un grato cambio tras los gritos roncos y los graznidos incesantes de los cuervos que cuidaba todo el día. Los cuervos blancos conocían su nombre y en cuanto lo veían se lo empezaban a decir entre ellos, «Pate, Pate, Pate», hasta que le entraban ganas de gritar. Aquellos enormes pájaros blancos eran el orgullo del archimaestre Walgrave. Quería que devorasen su cadáver cuando muriese, pero Pate tenía la sospecha de que se lo querrían comer a él también.

Tal vez fuera aquella sidra monstruosamente fuerte (aunque no había ido con intención de beber, Alleras había estado pagando rondas para celebrar su eslabón de cobre, y el sentimiento de culpa le daba sed), pero casi sonaba como si los trinos del ruiseñor dijeran «oro por hierro, oro por hierro, oro por hierro». Cosa de lo más extraño, porque era lo mismo que había dicho el desconocido la noche en que Rosey los reunió. «¿Quién eres?», le había preguntado Pate, y la respuesta del hombre fue «Un alquimista. Sé transformar el hierro en oro». Y de repente tenía la moneda en la mano, la hacía bailar por encima de los nudillos, y el amarillo dorado brillaba a la luz de la vela. En un lado se veía un dragón de tres cabezas, y en el otro, la cara de algún rey muerto. «Oro por hierro —recordó Pate—, no hay mejor negocio. ¿La quieres tener? ¿La amas?»

—No soy ningún ladrón —le respondió al hombre que se decía alquimista—. Soy novicio en la Ciudadela.

El alquimista inclinó la cabeza.

—Si lo reconsideras, volveré a estar aquí dentro de tres días, con mi dragón —se limitó a decir.

Habían pasado tres días. Pate había regresado a El Cálamo y el Pichel, aunque aún no estaba seguro de lo que iba a hacer, pero en lugar del alquimista se encontró con Mollander, Armen y el Esfinge, con Roone pisándoles los talones. Si no se hubiera unido a ellos, habría resultado sospechoso.

El Cálamo y el Pichel no cerraba nunca. Llevaba seiscientos años en su isla del Vinomiel y ni un solo día había dejado de atender a los clientes. Aunque el alto edificio de madera se inclinaba hacia el sur, igual que los novicios se inclinaban a veces después de una jarra, Pate daba por hecho que la taberna seguiría en pie y en marcha seiscientos años más, despachando vino, cerveza y aquella sidra monstruosamente fuerte a marineros, hombres del río, herreros, bardos, sacerdotes y príncipes, y a los novicios y acólitos de la Ciudadela.

—Antigua no es el mundo —declaró Mollander en voz demasiado alta.

Era hijo de un caballero y no podía estar más borracho. Desde que le llegó la noticia de la muerte de su padre en el Aguasnegras, se emborrachaba casi todas las noches. Incluso allí, en Antigua, lejos de las batallas y a salvo tras los muros, la guerra de los Cinco Reyes los había afectado a todos, aunque el archimaestre Benedict no dejaba de señalar que no había sido nunca una guerra de cinco reyes, ya que Renly Baratheon había sido asesinado antes de la coronación de Balon Greyjoy.

—Mi padre decía siempre que el mundo es más grande que el castillo de ningún señor —siguió Mollander—. Los dragones deben de ser lo mínimo que se podría encontrar en Qarth, Asshai y Yi Ti. Las historias que cuentan esos marineros...

—... son historias que cuentan los marineros —lo interrumpió Armen—. Marineros, mi querido Mollander. Baja a los muelles y te apuesto lo que sea a que te encontrarás marineros que te hablarán de las sirenas que se han tirado, o de como pasaron un año en el vientre de un pez.

—¿Y cómo sabes que no es verdad? —Mollander caminaba a trompicones por la hierba en busca de más manzanas—. Para estar del todo seguro de que mienten tendrías que haber estado tú en el vientre del pez. Cuando un marinero cuenta una historia, vale, te puedes reír, pero cuando los remeros de cuatro barcos diferentes cuentan en cuatro idiomas el mismo cuento...

—El cuento no es el mismo —insistió Armen—. Dragones en Asshai, dragones en Qarth, dragones en Meereen, dragones dothrakis, dragones que liberan esclavos... Los cuentos son todos diferentes.

—Solo en los detalles. —Cuanto más bebía, más testarudo se ponía Mollander, que ya era obstinado incluso sobrio—. Todos hablan de dragones y de una reina joven y hermosa.

El único dragón que le interesaba a Pate era de oro amarillo. ¿Qué le habría pasado al alquimista?

«Tres días. Dijo que estaría aquí.»

—Tienes otra manzana al lado del pie —le indicó Alleras a Mollander—, y aún me quedan dos flechas en el carcaj.

—A tomar por culo el carcaj. —Mollander recogió la fruta—. Esta tiene gusanos —se quejó; de todos modos, la lanzó al aire. La flecha acertó en la manzana justo cuando empezaba a descender y la partió limpiamente en dos. Una de las mitades cayó en el tejado de una torreta, rodó hasta otro tejado inferior, rebotó y no golpeó a Armen por un palmo—. Si partes por la mitad un gusano, te salen dos gusanos —los informó el acólito.

—Si con las manzanas sucediera lo mismo, nadie pasaría hambre —señaló Alleras con una de sus sonrisas esbozadas.

El Esfinge sonreía siempre, como si supiera un chiste secreto. Eso le daba un aspecto pérfido que le pegaba muy bien con la barbilla puntiaguda, el pico del nacimiento del pelo y la densa mata de rizos negros como el azabache.

Alleras sería maestre algún día. Solo llevaba un año en la Ciudadela y ya había forjado tres eslabones de su cadena. Armen tenía más, sí, pero obtener cada uno le había llevado un año. Aun así, también sería maestre algún día. Roone y Mollander seguían siendo novicios de cuello desnudo, pero Roone era muy joven, y Mollander era más aficionado a la bebida que a la lectura.

En cambio, Pate...

Llevaba cinco años en la Ciudadela; apenas tenía trece cuando ingresó, y aun así, su cuello seguía tan desnudo como el día en que llegó de las tierras de Poniente. Se había considerado preparado en dos ocasiones. La primera se había presentado ante el archimaestre Vaellyn para demostrar su conocimiento de los cielos, pero lo único que logró fue averiguar cómo se había ganado el sobrenombre de Vinagre. Le hicieron falta dos años para reunir valor e intentarlo de nuevo. En la segunda ocasión se sometió al juicio del archimaestre Ebrose, un anciano bondadoso conocido por la suavidad de su voz y la gentileza de sus manos, pero para Pate, los suspiros de Ebrose resultaron tan dolorosos como las pullas mordaces de Vaellyn.

—La última manzana y te cuento lo que sospecho de esos dragones —prometió Alleras.

—¿Qué vas a saber tú que no sepa yo? —gruñó Mollander.

Divisó una manzana en una rama, dio un salto, la arrancó y la lanzó. Alleras se llevó la cuerda del arco hasta la oreja y giró con elegancia para seguir la trayectoria del objetivo. Liberó la flecha justo cuando la manzana empezaba a caer.

—Siempre fallas la última —comentó Roone. La manzana cayó al agua intacta—. ¿Lo ves?

—El día en que se aciertan todas es el día en que se deja de mejorar.

Alleras soltó la cuerda del arco y lo guardó en la funda de cuero. El arco estaba tallado en aurocorazón, una madera rara y fabulosa procedente de las Islas del Verano. Pate había intentado tensarlo una vez sin conseguir nada.

«El Esfinge parece esbelto, pero esos brazos delgados tienen fuerza», reflexionó mientras Alleras pasaba una pierna al otro lado del banco para llegar a su copa de vino.

—El dragón tiene tres cabezas —anunció con su suave y pausado acento dorniense.

—¿Es un acertijo? —quiso saber Roone—. En las leyendas, las esfinges siempre hablan con acertijos.

—No es ningún acertijo.

Alleras bebió un trago de vino. Los demás trasegaban picheles de la sidra monstruosamente fuerte a la que debía su fama El Cálamo y el Pichel, pero él prefería los vinos extraños y dulces de la tierra de su madre. Esos vinos no eran baratos ni siquiera en Antigua.

Fue Leo el Vago quien le puso a Alleras el apodo de Esfinge. Una esfinge es un poco de esto y un poco de aquello: cara humana, cuerpo de león, alas de halcón... Igual que Alleras. Su padre era dorniense, y su madre, una isleña del verano de piel negra. Él también tenía la piel oscura como la teca. Y, al igual que las esfinges de mármol verde que flanqueaban las puertas principales de la ciudadela, los ojos de Alleras eran de ónice.

—Los únicos dragones de tres cabezas son los que se ponen en los escudos y en los estandartes —afirmó con rotundidad Armen el Acólito—. Es una variante heráldica, solo eso. Y además, todos los Targaryen han muerto.

—No todos —replicó Alleras—. El Rey Mendigo tenía una hermana.

—Yo creía que le habían estampado la cabeza contra la pared —dijo Roone.

—No —dijo Alleras—. Los valerosos hombres del León de Lannister le estamparon la cabeza contra la pared a Aegon, el hijo pequeño del príncipe Rhaegar. Nosotros hablamos de la hermana de Rhaegar, nacida en Rocadragón antes de que cayera la fortaleza. Le pusieron por nombre Daenerys.

—Daenerys de la Tormenta. Ya me acuerdo de quién dices. —Mollander alzó el pichel bien alto; se oyó el chapoteo de la sidra que quedaba—. ¡Brindo por ella! —Bebió de un trago, dejó de golpe el pichel vacío, eructó y se limpió la boca con el dorso de la mano—. ¿Dónde está Rosey? Nuestra reina legítima se merece otra ronda de sidra, ¿no os parece?

Armen el Acólito tenía cara de alarma.

—Baja la voz, idiota. Con esas cosas ni se bromea. Nunca se sabe quién puede estar escuchando. La Araña tiene oídos en todas partes.

—Venga, Armen, que te meas en los calzones. He propuesto un brindis, no una rebelión.

Pate oyó una risita. Una voz suave y taimada los sorprendió desde atrás.

—Ya sabía yo que eras un traidor, Patachula.

Leo el Vago avanzaba desgarbado por la entrada del viejo puente de tablones, con ropa de seda de rayas verdes y doradas y una capa corta de seda negra abrochada en el hombro con una rosa de jade. A juzgar por el color de las manchas, el vino que le había goteado por la pechera había sido un tinto robusto. Un mechón de cabello rubio ceniza le cubría un ojo.

Mollander se puso nervioso nada más verlo.

—A la mierda. Lárgate. Aquí no te queremos.

Alleras le puso una mano en el hombro para calmarlo, y Armen frunció el ceño.

—Leo, mi señor, tenía entendido que seguías confinado en la Ciudadela, que aún te quedaban...

—Tres días. —Leo el Vago se encogió de hombros—. Perestan dice que el mundo tiene cuarenta mil años. Según Mollos son quinientos mil. ¿Qué son tres días en comparación? —Aunque en el porche había una docena de mesas vacías, Leo fue a sentarse con ellos—. Venga, Patachula, invítame a una copa de dorado del Rejo y puede que no le cuente a mi padre lo del brindis. Las tabas se han vuelto contra mí en el Suerte Caprichosa, y me he gastado el último venado en la cena. Cochinillo en salsa de ciruelas, relleno con castañas y trufas blancas. Algo hay que comer. ¿Qué habéis cenado vosotros, muchachos?

—Carnero —masculló Mollander. No parecía nada satisfecho—. Hemos compartido una pierna de carnero hervido.

—No me cabe duda que os ha saciado el apetito. —Leo se volvió hacia Alleras—. El hijo de un señor debería ser generoso, Esfinge. Tengo entendido que has conseguido el eslabón de cobre. Brindaré por ello.

Alleras le devolvió la sonrisa.

—Solo invito a mis amigos. Y no soy el hijo de un señor, ya te lo he dicho. Mi madre era comerciante.

Leo tenía los ojos color avellana, con el brillo del vino y la malicia.

—Tu madre era una mona de las Islas del Verano. Los dornienses se follan cualquier cosa que tenga un agujero entre las piernas, sin ánimo de ofender. Eres negro como el carbón, pero tú al menos te bañas. No se puede decir lo mismo de nuestro amigo, el porquerizo de las manchas. —Hizo un gesto vago en dirección a Pate.

«Si le pego en la boca con el pichel, le saltaré la mitad de los dientes», pensó Pate. Pate Manchas, el porquerizo, era el protagonista de un millar de anécdotas picarescas; se trataba de un patán torpe y de buen corazón que siempre se las arreglaba para quedar por encima de los señores rollizos, los caballeros arrogantes y los septones pomposos que lo mortificaban. Su estupidez ocultaba una especie de astucia rudimentaria; al final de las historias, Pate Manchas siempre acababa sentado en el trono de un gran señor, o encamado con la hija de algún caballero. Pero no eran más que cuentos. En el mundo real, a los porquerizos jamás les iba tan bien. A veces, Pate pensaba que su madre debía de haberlo odiado mucho para ponerle aquel nombre.

Alleras ya no sonreía.

—Te vas a disculpar.

—¿De verdad? —dijo Leo—. No sé si podré; tengo la boca tan seca...

—Cada palabra que dices arroja más vergüenza sobre tu Casa —le replicó Alleras—. La misma vergüenza que cae sobre la Ciudadela por el hecho de que seas uno de los nuestros.

—Ya lo sé. Así que invitadme a vino para que ahogue la vergüenza que siento.

—Te arrancaría la lengua de raíz —le espetó Mollander.

—¿En serio? ¿Y cómo os iba a contar luego lo que sé de los dragones? —Leo se encogió de hombros otra vez—. El mestizo ha acertado: la hija del Rey Loco está viva, y ella misma ha empollado a los tres dragones.

—¿Tres? —se asombró Roone.

Leo le dio unas palmaditas en la mano.

—Más de dos y menos de cuatro. Yo que tú no optaría aún al eslabón de oro.

—Deja en paz al chico —le advirtió Mollander.

—Qué Patachula más caballeroso. Como quieras. Todos los hombres de todos los barcos que se han acercado a menos de cien leguas de Qarth hablan de esos dragones. Unos cuantos hasta dicen que los han visto. Al Mago le parece verosímil.

Armen frunció los labios en gesto de desaprobación.

—Marwyn no está bien. El propio archimaestre Perestan te lo diría.

—El archimaestre Ryam también lo dice —aportó Roone.

Leo bostezó.

—El mar es húmedo, el sol es cálido, y los animales del bestiario aborrecen al mastín.

«Tiene un mote para todo el mundo —pensó Pate. Pero no se podía negar que Marwyn tenía más aspecto de mastín que de maestre—. Siempre parece que va a morder.» El Mago no era igual que los otros maestres. Se decía por ahí que gustaba de la compañía de putas y de magos errantes, que hablaba con ibbeneses velludos y con negros isleños del verano en sus propios idiomas y que hacía sacrificios a dioses extraños en los pequeños templos de marinos que salpicaban los embarcaderos. Lo habían visto en los bajos fondos de la ciudad, en las peleas de ratas y en burdeles negros, en compañía de cómicos, bardos, mercenarios e incluso mendigos. Algunos hasta rumoreaban que, en cierta ocasión, había matado a un hombre a puñetazos.

Cuando Marwyn retornó a Antigua tras pasar ocho años en el este cartografiando tierras lejanas, buscando libros perdidos y estudiando con brujos y portadores de sombras, Vaellyn Vinagre le había puesto el apodo de Marwyn el Mago, que no tardó en extenderse por Antigua, para enfado de Vaellyn.

—Deja los hechizos y las oraciones para los sacerdotes y los septones, y dedícate a aprender verdades en las que se pueda confiar —le había aconsejado a Pate en cierta ocasión el archimaestre Ryam; pero el anillo, la vara y la máscara de Ryam eran de oro amarillo, y en su cadena de maestre no había ningún eslabón de acero valyrio.

Armen miró con desprecio a Leo el Vago.

—El archimaestre Marwyn cree en muchas cosas raras —dijo—, pero no tiene más pruebas que Mollander de la existencia de esos dragones. Solo son cuentos de marineros.

—Te equivocas —replicó Leo—. En las habitaciones del Mago arde una vela de cristal.

Se hizo el silencio en el porche iluminado por antorchas. Armen suspiró y sacudió la cabeza. Mollander se echó a reír. El Esfinge escudriñó a Leo con sus grandes ojos oscuros. Roone parecía despistado.

Pate sabía algo sobre las velas de cristal, pero nunca había visto una encendida. Eran el secreto peor guardado de la Ciudadela. Se decía que habían llegado a Antigua, procedentes de Valyria, un millar de años antes de la Maldición. Tenía entendido que había cuatro, una verde y tres negras, y todas eran largas y retorcidas.

—¿Qué es eso de las velas de cristal? —quiso saber Roone.

Armen el Acólito carraspeó.

—La noche anterior al día en que pronuncia los votos, todo acólito tiene que guardar vigilia en la cripta. No se le permite llevar ningún tipo de antorcha, lámpara, candelabro, farol... Solo una vela de obsidiana. Tiene que pasarse la noche a oscuras, a menos que sea capaz de encender esa vela. Los hay que lo intentan. Los tontos, los testarudos, los que han estudiado eso que llaman misterios superiores... Casi siempre se cortan los dedos, porque los bordes de las velas son afilados como navajas, según se dice. Y luego tienen que esperar al amanecer con las manos ensangrentadas y meditando sobre su fracaso. Los más listos se tumban a dormir o se pasan la noche rezando y ya está, pero no hay año en que no lo intente alguno.

—Sí. —Pate también había oído aquellas historias—. Lo que no entiendo es de qué sirve una vela que no da luz.

—Es una lección —explicó Armen—. La última lección que tenemos que aprender antes de ponernos la cadena de maestre. La vela de cristal representa la verdad y el aprendizaje, dos cosas infrecuentes, hermosas y frágiles. Tiene forma de vela, para recordarnos que un maestre debe proyectar luz allá donde preste sus servicios, y es afilada para recordarnos que el conocimiento también puede ser peligroso. Los sabios pueden volverse arrogantes en su sabiduría; un maestre, en cambio, debe ser humilde siempre. La vela de cristal también nos recuerda eso. Así, mucho después de pronunciar los votos, ponerse la cadena y marcharse a servir, el maestre recordará la oscuridad de su vigilia, recordará que no pudo hacer nada para encender la vela... Porque, incluso con conocimientos, hay cosas que no son posibles.

Leo el Vago soltó una carcajada.

—Querrás decir que no son posibles para ti. Yo he visto la vela encendida.

—Has visto alguna vela encendida, eso no lo dudo —replicó Armen—. Puede que fuera una vela de cera negra.

—Sé muy bien qué vi. La luz era rara, brillante, mucho más que la de cualquier vela de cera o de sebo. Proyectaba sombras extrañas, y la llama no parpadeó en ningún momento, ni siquiera cuando entró el viento por la puerta abierta que había a mi espalda.

Armen se cruzó de brazos.

—La obsidiana no arde.

—Vidriagón —intervino Pate—. La gente llama vidriagón a la obsidiana.

No sabía por qué, pero el detalle le parecía importante.

—Es verdad —reflexionó Alleras el Esfinge—, y si de nuevo hay dragones en el mundo...

—Dragones y cosas más sombrías —dijo Leo—. Las ovejas grises han cerrado los ojos, pero el mastín prefiere ver la verdad. Se están despertando poderes antiguos. Las sombras se agitan. Pronto se cernirá sobre nosotros una era de maravillas y horrores, una era de dioses y héroes. —Se estiró y esbozó su sonrisa perezosa—. Yo diría que eso bien vale una ronda.

—Ya hemos bebido bastante —replicó Armen—. Se nos echa encima el amanecer, y el archimaestre Ebrose hablará hoy de las propiedades de la orina. Si alguien quiere forjar un eslabón de plata, más le vale no perderse esta charla.

—No seré yo quien os impida ir a la cata de meados —replicó Leo—. La verdad, yo prefiero el sabor de un dorado del Rejo.

—Si hay que elegir entre los meados y tú, me quedo con los meados. —Mollander se levantó—. Vamos, Roone.

El Esfinge cogió la funda del arco.

—Yo también me voy a la cama. Me imagino que soñaré con dragones y velas de cristal.

—¿Os marcháis todos? —Leo se encogió de hombros—. Bueno, al menos se queda Rosey. A lo mejor voy a despertar a nuestro caramelito y la hago mujer.

Alleras vio la expresión en el rostro de Pate.

—Si no tiene un cobre para pagarse una copa de vino, menos va a tener un dragón para pagar por la chica.

—Eso —dijo Mollander—. Además, para convertir a una niña en mujer tendría que ser un hombre. Ven con nosotros, Pate. El viejo Walgrave se despertará cuando salga el sol. Te necesitará para que lo lleves al retrete.

«Si es que hoy se acuerda de quién soy.» El archimaestre Walgrave no tenía problemas para distinguir un cuervo de otro, pero la gente se le daba peor. En ocasiones confundía a Pate con un tal Cressen.

—Todavía no —respondió a sus amigos—. Me quedo un rato más. Aún no había amanecido del todo. El alquimista podía acudir, y Pate tenía toda la intención de estar allí por si acaso.

—Como quieras —dijo Armen.

Alleras miró a Pate durante largo rato; luego se colgó el arco de un hombro esbelto y siguió a los demás en dirección al puente. Mollander iba tan borracho que tenía que caminar con una mano en el hombro de Roone para no caerse. La Ciudadela no estaba lejos a vuelo de cuervo, pero ellos no eran cuervos, y Antigua era un auténtico laberinto de callejuelas tortuosas, encrucijadas y calles llenas de baches.

—Id con ojo —oyó decir Pate a Armen mientras la bruma del río los engullía a los cuatro—. La noche es húmeda, y los guijarros estarán resbaladizos.

Cuando se hubieron marchado, Leo el Vago miró a Pate con gesto hosco desde el otro lado de la mesa.

—Qué pena. El Esfinge se ha largado con toda su plata y me ha abandonado con Pate Manchas, el porquerizo. —Se desperezó y bostezó—. Y dime, ¿cómo está nuestra pequeña Rosey?

—Duerme —replicó Pate, cortante.

—Desnuda, seguro. —Leo sonrió—. ¿De verdad crees que vale un dragón? Un día de estos lo tengo que comprobar. —Pate no era tan idiota como para responder. Y a Leo no le hacía falta ninguna respuesta—. Supongo que, una vez la haya abierto, el precio bajará tanto que hasta los porquerizos os la podréis permitir. Me tendrías que dar las gracias.

«Te tendría que matar», pensó Pate, pero no estaba suficientemente borracho para tirar por tierra su vida. Leo tenía entrenamiento con las armas; se sabía que era mortífero con el puñal y la espada de jaque. Y, aunque Pate consiguiera matarlo, también le costaría la cabeza. Él tenía un único nombre; Leo, dos, y el segundo era Tyrell. Su padre era Ser Moryn Tyrell, comandante de la Guardia de la Ciudad de Antigua. Mace Tyrell, señor de Altojardín y Guardián del Sur, era su primo. Y el Anciano de Antigua, Lord Leyton, del Faro, entre cuyos muchos títulos se contaba el de Protector de la Ciudadela, era banderizo de la Casa Tyrell.

«Ni caso —se dijo Pate—. Únicamente dice esas cosas para hacerme daño. —Hacia el este, las neblinas eran cada vez más claras—. El amanecer —comprendió—. El amanecer ha llegado, y el alquimista, no. —No sabía si reír o llorar—. Si lo devuelvo todo y nadie se entera, ¿sigo siendo un ladrón?» Otra pregunta para la que no tenía respuesta, como aquellas que le habían planteado Ebrose y Vaellyn.

Cuando se levantó del banco, la sidra monstruosamente fuerte se le subió a la cabeza de golpe. Tuvo que apoyar una mano en la mesa para recuperar el equilibrio.

—Deja en paz a Rosey —dijo a modo de despedida—. Déjala en paz, o te mato.

Leo Tyrell se apartó el mechón de pelo del ojo.

—No me bato en duelo con porquerizos. Lárgate.

Pate se volvió y atravesó el porche. Sus pisadas resonaron contra las planchas desgastadas del antiguo puente. Cuando llegó al otro lado, el cielo ya se empezaba a teñir de rosa.

«El mundo es grande —se dijo—. Si comprara el burro, podría recorrer los caminos y senderos de los Siete Reinos, me dedicaría a poner sanguijuelas y a quitar liendres a la gente. Podría enrolarme en cualquier barco como remero y atravesar las Puertas de Jade para llegar a Qarth y ver esos dragones. No tengo por qué volver con Walgrave y con los cuervos.»

Pero, sin saber por qué, sus pies se encaminaron hacia la Ciudadela.

Cuando el primer rayo de luz traspasó las nubes del este, las campanas matutinas empezaron a repicar en el septo del Marinero, abajo en el puerto. El septo del Señor se le unió al cabo de un instante; luego, los Siete Santuarios desde sus jardines, al otro lado del Vinomiel, y por último, el septo Estrellado que había sido sede del Septón Supremo durante mil años antes de que Aegon tocara tierra en Desembarco del Rey. Era una música impresionante.

«Aunque no tan dulce como la de un simple ruiseñor.»

También se oían cánticos por debajo del repicar de las campanas. Todas las mañanas, con la luz del alba, los sacerdotes rojos se reunían para dar la bienvenida al sol en el exterior de su modesto templo, junto a los muelles. Porque oscura es la noche, y los terrores la pueblan. Pate los había oído gritar aquellas palabras un millar de veces: le pedían a R'hllor, su dios, que los salvara de la oscuridad. En cuestión de dioses, a él le bastaba con los Siete, pero tenía entendido que Stannis Baratheon rezaba junto a las hogueras nocturnas. Hasta había puesto en su estandarte el corazón llameante de R'hllor en lugar del venado coronado.

«Si consigue sentarse en el Trono de Hierro, todos tendremos que aprendernos la canción de los sacerdotes rojos», pensó Pate, aunque sabía que no era probable. Tywin Lannister había destrozado a Stannis y a R'hllor en el Aguasnegras; no tardaría en acabar con ellos, y pondría en una pica la cabeza del aspirante ilegítimo de los Baratheon, sobre las puertas de Desembarco del Rey.

A medida que se disolvían las nieblas nocturnas, Antigua cobraba forma en torno a él, emergía de la penumbra como un fantasma. Pate no había estado nunca en Desembarco del Rey, pero sabía que era una ciudad de cañas y barro, un entramado de calles enlodadas, tejados de paja y chozas de madera. Antigua era de piedra: todas las calles, hasta el más triste callejón, estaban empedradas. Y al amanecer, la ciudad era más hermosa que en ningún otro momento. Al oeste del Vinomiel, las casas de los gremios bordeaban la ribera como una hilera de palacios. Río arriba, las cúpulas y torres de la Ciudadela se alzaban a ambas orillas, conectadas por puentes de piedra llenos de habitaciones y estancias. Río abajo, bajo los muros de mármol negro y las ventanas en forma de arco del septo Estrellado, las mansiones de los píos se arracimaban como niños en torno a los pies de una anciana rica.

Y más allá, donde el Vinomiel se ensanchaba para transformarse en el Canal de los Susurros, se alzaba Torrealta, con sus almenaras brillantes pese al amanecer. Desde el lugar donde se encontraba, en la cima de los riscos de la isla Batalla, su sombra cortaba la ciudad como una espada. Los nacidos y criados en Antigua sabían la hora por su sombra. Había quien decía que, desde la cima, se divisaba hasta el Muro. Tal vez por eso, Lord Leyton no había bajado desde hacía más de un decenio y prefería gobernar su ciudad desde las nubes.

Por el camino del río adelantó a Pate un carromato de carnicero que llevaba detrás cinco cochinillos que no dejaban de chillar. Al apartarse para dejarle paso, esquivó por poco el contenido del orinal que una mujer vaciaba desde una ventana.

«Cuando sea maestre en un castillo, iré a caballo», pensó. En ese momento tropezó con un guijarro y se preguntó a quién quería engañar. Nunca tendría una cadena; nunca se sentaría a la mesa de un señor; nunca montaría en un gran caballo blanco. Se pasaría los días escuchando los graznidos de los cuervos y quitando manchas de mierda de la ropa interior del archimaestre Walgrave.

Estaba con una rodilla en tierra, sacudiéndose el lodo de la túnica, cuando la voz lo saludó.

—Buenos días, Pate.

El alquimista estaba junto a él. Pate se levantó.

—Tres días... Dijiste que irías a El Cálamo y el Pichel.

—Estabas con tus amigos, y no me pareció oportuno entrometerme en un momento de camaradería. —El alquimista llevaba una capa de viaje con capucha, marrón, indefinible. El sol naciente asomaba a su espalda sobre los tejados, de manera que costaba ver el rostro bajo la capucha—. ¿Has decidido ya qué eres?

«¿Por qué me obliga a decirlo?»

—Creo que soy un ladrón.

—Ya me lo parecía.

Lo más difícil había sido ponerse a cuatro patas para sacar la caja fuerte de debajo de la cama del archimaestre Walgrave. Era muy sólida y tenía refuerzos de hierro, pero la cerradura estaba rota. El maestre Gormon sospechó que la había roto Pate, pero no era verdad. El propio Walgrave había forzado la cerradura porque había perdido la llave.

En el interior, Pate había encontrado una bolsa de venados de plata, un mechón de pelo rubio atado con una cinta, un retrato en miniatura de una mujer que se parecía a Walgrave (hasta en el bigote) y un guantelete de caballero hecho de escamas de acero. Según Walgrave, había pertenecido a un príncipe, aunque no recordaba a cuál. Cuando Pate lo sacudió, la llave cayó al suelo.

«Si la cojo seré un ladrón», recordó haber pensado. La llave era vieja y pesada, de hierro negro; por lo visto abría todas las puertas de la Ciudadela. Los archimaestres eran los únicos que tenían llaves como aquella. Los demás llevaban la suya encima o la escondían en lugar seguro, pero si Walgrave hubiera escondido la suya, no la habrían vuelto a ver jamás. Pate se había apoderado de la llave, y estaba ya casi en la puerta cuando se volvió para coger también la plata. Un ladrón era igual de ladrón tanto si robaba poco como si robaba mucho.

«Pate —había graznado uno de los cuervos blancos—. Pate, Pate, Pate.»

—¿Traes el dragón? —le preguntó al alquimista.

—Si tú traes lo que te pedí...

—Dámelo. Quiero verlo. —Pate no tenía la menor intención de dejarse engañar.

—El camino del río no es el lugar adecuado. Vamos.

No tuvo tiempo de pararse a pensar, de sopesar las posibilidades. El alquimista se alejaba. Pate tenía que elegir entre seguirlo y perder para siempre tanto a Rosey como el dragón. Lo siguió. Mientras caminaban se metió la mano en la manga y palpó la forma de la llave, a salvo en el bolsillo oculto que se había cosido. Las túnicas de los maestres estaban llenas de bolsillos; lo había sabido desde niño.

Tuvo que apresurarse para mantenerse a la altura del alquimista, que caminaba a zancadas largas. Bajaron por una callejuela, doblaron una esquina y cruzaron el viejo Mercado de los Ladrones por el callejón Cogetrapos. Por último, el alquimista se metió en otra callejuela aún más estrecha que la anterior.

—Ya está bien —dijo Pate—. No hay nadie. Que sea aquí.

—Como quieras.

—Lo que quiero es mi dragón.

—Desde luego.

La moneda apareció como surgida de la nada. El alquimista la hizo caminar por sus nudillos, igual que cuando Rosey los había reunido. A la luz de la mañana, el dragón centelleaba al moverse y daba a los dedos un aura dorada.

Pate se la quitó de la mano. Sintió el oro cálido contra la palma. Se la llevó a la boca y la mordió, como había visto que hacía la gente. A decir verdad, no estaba seguro de a qué tenía que saber el oro, pero no quería quedar como un idiota.

—¿La llave? —solicitó el alquimista con tono educado.

Pate titubeó sin saber bien por qué.

—¿Qué buscas? ¿Algún libro?

Se decía que varios de los viejos pergaminos valyrios que había en las criptas eran las únicas copias que quedaban en el mundo.

—Lo que busco no es asunto tuyo.

«Ya está —se dijo Pate—. Lárgate. Vuelve corriendo a El Cálamo y el Pichel, despierta a Rosey con un beso y dile que es tuya.» Pero se quedó donde estaba.

—No. Muéstrame la cara.

—Como quieras. —El alquimista se bajó la capucha.

Era solo un hombre, su rostro era solo un rostro. El rostro de un joven normal, con mejillas regordetas y una sombra de barba. Una cicatriz antigua y tenue le cruzaba la derecha. Tenía la nariz ganchuda y una mata espesa de pelo negro con rizos prietos alrededor de las orejas. Pate no lo había visto nunca.

—No te conozco.

—Ni yo a ti.

—¿Quién eres?

—Un desconocido. Nadie. De verdad.

—Ah. —Pate se había quedado sin palabras. Sacó la llave y se la puso en la mano al desconocido; sentía la cabeza embotada, brumosa. «Rosey», se recordó—. Bueno, ya está.

No había recorrido ni medio callejón cuando los guijarros del empedrado empezaron a moverse bajo sus pies. «La piedra está húmeda y resbala», pensó, pero no se trataba de eso. Sentía que el corazón le martilleaba en el pecho.

—¿Qué está pasando? —dijo. Las piernas se le habían convertido en agua—. No lo entiendo.

—Y nunca lo entenderás —dijo una voz con tristeza.

Los guijarros se alzaron para recibirlo. Pate trató de pedir ayuda a gritos, pero también le falló la voz.

Su último pensamiento fue para Rosey.

El profeta

Aeron Pelomojado estaba ahogando hombres en Gran Wyk cuando le llevaron la noticia de que el rey había muerto.

La mañana era fría y desapacible; el mar tenía el mismo color plomizo que el cielo. Los tres primeros hombres habían ofrecido sus vidas al Dios Ahogado sin temor alguno, pero la fe del cuarto era débil, y cuando sus pulmones pidieron aire desesperadamente, empezó a forcejear. Aeron, metido hasta la cintura en la espuma de las olas, agarró por los hombros al muchacho desnudo y le metió la cabeza bajo el agua cuando trató de tomar una bocanada de aire.

—Ten valor —le dijo—. Venimos del mar, y al mar hemos de volver. Abre la boca y bebe la bendición del dios. Que tus pulmones se llenen de agua; así morirás y podrás renacer. Es inútil que te resistas.

Tal vez el chico no lo oyera con la cabeza bajo las olas, o tal vez hubiera perdido por completo la fe; el caso fue que empezó a patalear y debatirse de una manera tan desaforada que Aeron tuvo que pedir ayuda. Cuatro de sus hombres ahogados se metieron en el agua para sujetar al muchacho.

—Señor Dios que te ahogaste por nosotros —rezó el sacerdote con una voz tan retumbante como el mar—, permite que tu siervo Emmond renazca del mar, como renaciste tú. Bendícelo con sal, bendícelo con piedra, bendícelo con acero.

Por fin terminó todo. Ya no salían burbujas de la boca del muchacho, y sus miembros habían perdido toda la fuerza. Emmond quedó flotando en las aguas bajas, pálido, frío, en paz.

Entonces advirtió Pelomojado que, en la playa de guijarros, junto a sus hombres ahogados, había tres jinetes. Aeron conocía a Sparr, un anciano de rostro afilado y ojos llorosos cuya voz temblorosa era ley en aquella parte del Gran Wyk. Lo acompañaban su hijo Steffarion y otro joven, ataviado con una capa color rojo oscuro ribeteada de piel, que se sujetaba al hombro con un broche ornamentado con la forma del cuerno de guerra negro y dorado de los Goodbrother.

«Uno de los hijos de Gorold», supo el sacerdote nada más verlo. La esposa de Goodbrother le había dado tres hijos varones de buena estatura después de una docena de hijas; se decía que no había manera de distinguirlos. Aeron Pelomojado ni se dignó intentarlo. Ya se tratara de Greydon, de Gormond o de Gran, no tenía tiempo para él.

Gruñó una orden brusca, y sus hombres ahogados cogieron el cadáver del muchacho por los brazos y las piernas para llevarlo a tierra. El sacerdote los siguió; su único atuendo era un taparrabos de piel de foca. Volvió a la orilla chapoteando, empapado y con la piel de gallina, y pisó la arena húmeda y fría y los guijarros pulidos por las mareas. Uno de sus hombres ahogados le tendió una gruesa túnica de tejido basto con estampado de cuadros azules y grises, los colores del mar, los del Dios Ahogado. Aeron se puso la túnica y se soltó el pelo. Era una melena negra, empapada; no la había tocado navaja alguna desde el día en que el mar lo elevó. Le caía por los hombros como una capa harapienta, nudosa, hasta más allá de la cintura. Aeron tenía por costumbre entretejerse tiras de algas en los mechones, y también se adornaba así la barba enmarañada y sin recortar.

Los hombres ahogados habían formado un círculo en torno al chico muerto y estaban rezando. Norje le subía y bajaba los brazos mientras Rus, arrodillado a horcajadas sobre él, le bombeaba el pecho, pero cuando llegó Aeron, todos le abrieron paso. Separó los labios fríos del muchacho con los dedos y le dio a Emmond el beso de la vida, una vez, y otra, y otra, y otra, hasta que el mar le brotó de la boca como un torrente. El chico empezó a toser y escupir, parpadeó y abrió unos ojos llenos de miedo.

«Otro que vuelve.» Se decía que era una señal del favor del Dios Ahogado. Los demás sacerdotes perdían un hombre de cuando en cuando; le había sucedido incluso a Tarle el Tres Veces Ahogado, al que se consideraba tan santo que hasta fue elegido para coronar a un rey. En cambio, a Aeron Greyjoy, nunca. Él era Pelomojado, el que había visto las estancias acuosas del dios y había vuelto para contarlo.

—Levántate —le dijo al chico, que vomitaba agua, al tiempo que le daba palmadas en la espalda desnuda—. Te has ahogado y has vuelto entre nosotros. Lo que está muerto no puede morir.

—Sino que se levanta. —El chico sufrió un violento ataque de tos y vomitó más agua—. Se levanta otra vez. —Cada palabra le costaba un sufrimiento, pero así era el mundo: para vivir, todos los hombres tenían que luchar—. Se levanta otra vez. —Emmond se puso en pie a duras penas—. Más grande. Más fuerte.

—Ahora perteneces al dios —le dijo Aeron.

Los otros hombres ahogados lo rodearon, y cada uno le dio un puñetazo y un beso para recibirlo en la hermandad. Uno lo ayudó a ponerse una túnica basta de cuadros azules, verdes y grises; otro le entregó un garrote de madera de deriva.

—Ahora perteneces al mar, así que el mar te ha armado —le dijo Aeron—. Rezamos para que esgrimas el garrote con valor contra todos los enemigos de tu dios. —Después, el sacerdote se volvió hacia los tres jinetes, que los observaban sin descabalgar—. ¿Habéis venido a que os ahoguemos, mis señores?

Sparr carraspeó.

—Ya me ahogaron de pequeño —dijo—. Y a mi hijo también, el día de su nombre.

Aeron soltó un bufido. No le cabía duda de que Steffarion Sparr había sido entregado al Dios Ahogado poco después de su nacimiento. Y también sabía cómo: una pasada rápida por una pila de agua marina que apenas llegó a mojar la cabeza del bebé. No era de extrañar que otros mandaran sobre los hijos del hierro, sobre los mismos que otrora habían extendido sus dominios hasta dondequiera que se pudiera oír el batir de las olas.

—Eso no es un ahogamiento —les replicó a los jinetes—. Quien no muere de verdad no podrá levantarse de entre los muertos. ¿A qué habéis venido, si no es a demostrar vuestra fe?

—El hijo de Lord Gorold os trae noticias. —Sparr señaló al joven de la capa roja, que no aparentaba más de dieciséis años.

—¿Cuál eres tú? —le preguntó Aeron con tono brusco.

—Gormond. Gormond Goodbrother, para servir a mi señor.

—A quien tenemos que servir es al Dios Ahogado. ¿Has sido ahogado, Gormond Goodbrother?

—Sí, Pelomojado, en el día de mi nombre. Mi padre me ha enviado a buscaros para que vayáis a hablar con él. Tiene que veros.

—Pues aquí estoy. Dile a Lord Gorold que venga a regocijar sus ojos.

Aeron cogió el pellejo de cuero que le tendió Rus después de llenarlo de agua marina. El sacerdote quitó el corcho y bebió un trago.

—Tengo que llevaros a la fortaleza —insistió el joven Gormond desde su caballo.

«Tiene miedo de desmontar, no se le vayan a mojar las botas.»

—Y yo tengo que cumplir la misión del dios. —Aeron Greyjoy era un profeta. No estaba dispuesto a tolerar que un señor cualquiera le diera órdenes como si fuera un siervo.

—Gorold ha recibido un pájaro —dijo Sparr.

—El pájaro de un maestre; viene de Pyke —confirmó Gormond.

«Alas negras, palabras negras.»

—Los cuervos vuelan sobre la sal y la piedra. Si hay noticias que me afecten, comunicádmelas ya.

—La noticia que traemos únicamente la podéis oír vos, Pelomojado —dijo Sparr—. No es un asunto del que pueda hablar delante de estos otros.

—«Estos otros» son mis hombres ahogados, siervos del dios, igual que yo. No tengo secretos para ellos, ni tampoco para nuestro dios, junto a cuyo mar sagrado nos encontramos.

Los jinetes se miraron.

—Díselo —indicó Sparr, y el joven de la capa roja reunió todo su valor.

—El rey ha muerto —dijo sin más rodeos.

Cuatro palabras, cuatro palabras breves, pero el propio mar se estremeció cuando vibraron en el aire.

Había cuatro reyes en Poniente, pero Aeron no tuvo que preguntar a cuál se refería. Era Balon Greyjoy y nadie más quien gobernaba en las Islas del Hierro.

«El rey ha muerto. ¿Cómo es posible?» Aeron había visto a su hermano mayor hacía apenas una luna, cuando regresó a las Islas del Hierro tras el asedio de la Costa Pedregosa. El pelo entrecano de Balon se había tornado casi blanco durante la ausencia del sacerdote, y tenía los hombros más encorvados que cuando zarparon los barcoluengos. Pero por lo demás, el rey no le había parecido enfermo.

Aeron Greyjoy había edificado su vida sobre dos pilares poderosos. Aquellas cuatro palabras, aquellas cuatro palabras breves, acababan de derribar uno de ellos.

«Solo me queda el Dios Ahogado. Rezo por que me haga tan fuerte e incansable como el mar.»

—Decidme cómo ha muerto mi hermano.

—Su Alteza estaba cruzando un puente en Pyke cuando se cayó. Se estrelló contra las rocas.

La fortaleza de los Greyjoy se alzaba en una punta de tierra y un montón de islotes; las torres y torreones se cimentaban en gigantescos montículos de piedra que surgían del mar. Unía todo Pyke un entramado de puentes en forma de arco de piedra tallada, y largos tramos cimbreantes de cuerda de cáñamo y planchas de madera.

—¿Rugía la tormenta cuando cayó? —preguntó Aeron con brusquedad.

—Sí —le respondió el joven.

—Fue el Dios de la Tormenta quien lo derribó —proclamó el sacerdote. El mar y el cielo llevaban mil millares de años guerreando. Del mar habían nacido los hijos del hierro y los peces que los sustentaban hasta en los días más fríos del invierno; en cambio, las tormentas solo acarreaban infortunios y aflicción—. Mi hermano Balon nos volvió a hacer grandes, y eso le granjeó las iras del Dios de la Tormenta. Ahora está ya en las estancias acuosas del Dios Ahogado, y las sirenas atienden todos sus deseos. Nos corresponde a nosotros, los que quedamos atrás en este valle seco y lúgubre, terminar su inmensa labor. —Volvió a poner el corcho al pellejo de agua—. Hablaré con tu señor padre. ¿A qué distancia estamos de Cuernomartillo?

—A seis leguas. Podéis montar atrás en mi caballo.

—Iré más deprisa si voy solo. Dame tu caballo, y que el Dios Ahogado te bendiga.

—Llevaos mi caballo, Pelomojado —le ofreció Steffarion Sparr.

—No. Su montura es más fuerte. El caballo, chico.

El joven apenas titubeó un instante antes de desmontar y tenderle las riendas a Pelomojado. Aeron puso un pie negro y descalzo en el estribo y subió a la silla. No le gustaban los caballos, eran bestias de las tierras verdes que debilitaban a los hombres, pero las circunstancias lo obligaban a cabalgar.

«Alas negras, palabras negras.» Sentía que se fraguaba una tormenta, lo oía en las olas, y las tormentas nunca llevaban nada bueno.

—Reuníos conmigo en Guijarra, al pie de la torre de Lord Merlyn —les dijo a sus hombres ahogados al tiempo que obligaba al caballo a girar.

El camino era escarpado, un ascenso por colinas entre bosques y desfiladeros pedregosos, apenas un sendero que en ocasiones desaparecía bajo los cascos del caballo. Gran Wyk era la mayor de las Islas del Hierro; su extensión era tal que las fortalezas de algunos señores no se habían edificado junto al sagrado mar. La de Gorold Goodbrother era una de ellas. Sus torreones se alzaban en las colinas de Peñafuerte, tan lejos del reino del Dios Ahogado como se podía estar en aquellas islas. El pueblo de Gorold se afanaba en las minas de este, en la pétrea oscuridad subterránea. Algunos morían sin haber visto jamás el agua salada.

«No es de extrañar que esta gente sea hosca y extraña.»

Mientras cabalgaba, Aeron pensó en sus hermanos.

Nueve hijos había engendrado la entrepierna de Quellon Greyjoy, el Señor de las Islas del Hierro. Harlon, Quenton y Donel habían nacido del vientre de la primera esposa de Lord Quellon, una Stonetree. Balon, Euron, Victarion, Urrigon y Aeron eran hijos de la segunda, una Sunderly de Acantilado de Sal. Quellon contrajo nupcias por tercera vez con una muchacha de las tierras verdes, que le dio un hijo enfermizo y retrasado llamado Robin, el hermano al que más valía olvidar. El sacerdote no guardaba recuerdo alguno de Quenton ni de Donel, que habían muerto cuando eran aún muy niños. De Harlon sí se acordaba; aunque entre nieblas difusas, tenía en la mente una imagen con el rostro gris y rígido que hablaba siempre en susurros en una habitación sin ventanas, cada vez más débiles a medida que la psoriagrís le convertía en piedra la lengua y los labios.

«Algún día celebraremos un banquete de pescado en las estancias acuosas del Dios Ahogado, los cuatro juntos, y también Urri.»

Nueve hijos había engendrado la entrepierna de Quellon Greyjoy, pero solo cuatro habían vivido lo suficiente para llegar a adultos. Así eran las cosas en aquel mundo frío, donde los hombres pescaban en el mar, cavaban en la tierra y morían, mientras las mujeres parían niños de vida breve en lechos de sangre y dolor. Aeron había sido el último de los cuatro krákens, y también el más patético; Balon, en cambio, era el mayor y el más osado, un muchacho decidido e intrépido que tan solo pensaba en devolverles la gloria de antaño a los hijos del hierro. A los diez años escaló los Acantilados de Pedernal hasta la torre encantada del Señor Ciego; a los trece era capaz de manejar los remos de un barcoluengo y bailaba la danza del dedo mejor que cualquier otro hombre de las islas; a los quince había navegado con Dagmer Barbarrota hasta los Peldaños de Piedra y se había pasado el verano saqueando. Allí mató por primera vez, y también tomó a sus dos primeras esposas de sal. A los diecisiete años, Balon capitaneaba ya su propio barco. No se podía pedir más de un hermano mayor, aunque la verdad era que nunca había mostrado nada que no fuera desprecio hacia Aeron.

«Yo era joven y pecador; su desprecio era más de lo que merecía. Más vale el desprecio de Balon el Bravo que el afecto de Euron Ojo de Cuervo. —Y si el tiempo y el dolor habían amargado el temperamento de Balon a lo largo de los años, cierto era también que lo habían hecho más decidido que ningún otro hombre—. Nació como hijo de un señor y murió como rey, asesinado por un dios celoso —pensó Aeron—, y ahora se acerca la tormenta, una tormenta mayor que ninguna que hayan visto estas islas.»

Hacía ya horas que había oscurecido cuando el sacerdote divisó las afiladas almenas de hierro de Cuernomartillo, que se alzaba hacia la media luna. La fortaleza de Gorold era pesada y voluminosa, construida con grandes bloques de piedra extraídos del acantilado que descendía en picado tras ella. En la base de las murallas, las entradas de las cuevas y las antiguas minas se abrían como negras bocas desdentadas. Al ser de noche, las puertas de hierro de Cuernomartillo estaban ya cerradas y atrancadas. Aeron las golpeó con una piedra hasta que el estrépito despertó a un guardia.

El joven que le abrió era la viva imagen de Gormond, cuyo caballo había montado.

—¿Cuál eres tú? —preguntó Aeron con tono brusco.

—Gran. Mi padre os está esperando.

La estancia era húmeda, llena de corrientes y de sombras. Una hija de Gorold le ofreció al sacerdote un cuerno de cerveza; otra atizó un fuego mortecino que dejaba escapar más humo que calor. El propio Gorold Goodbrother estaba hablando en voz baja con un hombre delgado, vestido con una túnica gris de buena calidad, que llevaba al cuello la cadena de metales diversos que lo identificaba como maestre de la Ciudadela.

—¿Dónde está Gormond? —preguntó Gorold al ver a Aeron.

—Vuelve a pie. Decidles a las mujeres que se retiren, mi señor. Y lo mismo al maestre. —No le gustaban los maestres: sus cuervos eran criaturas del Dios de la Tormenta, y tampoco confiaba en sus curaciones después de lo de Urri.

«Ningún hombre que tal se considere elegiría una vida de sumisión, ni forjaría una cadena de servidumbre, ni la llevaría en torno al cuello.»

—Gysella, Gwin, marchaos —ordenó Goodbrother—. Tú también, Gran. El maestre Murenmure se quedará.

—Se marchará —insistió Aeron.

—Estáis en mis estancias, Pelomojado. No os corresponde a vos decir quién se queda y quién se va. El maestre se queda.

«Este hombre vive demasiado lejos del mar», se dijo Aeron.

—En ese caso, seré yo quien se vaya —replicó.

Los juncos secos crujieron bajo la piel agrietada de las plantas descalzas de sus pies cuando dio la vuelta y echó a andar hacia la salida. Por lo visto había recorrido un largo camino para nada.

Aeron estaba ya casi junto a la puerta cuando el maestre carraspeó.

—Euron Ojo de Cuervo se ha sentado en el Trono de Piedramar.

Pelomojado se giró. De pronto hacía más frío en la estancia.

«Ojo de Cuervo está a medio mundo de aquí. Balon lo expulsó hace dos años y juró que, si regresaba, le costaría la vida.»

—Contádmelo todo —dijo con voz ronca.

—Echó anclas en Puerto Noble al día siguiente de la muerte del rey, y exigió el castillo y la corona en su condición del mayor de los hermanos de Balon —dijo Gorold Goodbrother—. Ahora ha enviado cuervos para exigir a los capitanes y los reyes de todas las islas que acudan a Pyke, se arrodillen ante él y le rindan homenaje como rey legítimo.

—No. —Aeron Pelomojado no se paró a medir sus palabras—. Solo un hombre piadoso puede sentarse en el Trono de Piedramar. Ojo de Cuervo no adora a más dios que su orgullo.

—Vos estuvisteis en Pyke hace poco; hablasteis con el rey —insistió Goodbrother—. ¿Os dijo algo Balon sobre su sucesión?

«Sí.» Habían hablado en la Torre del Mar, mientras el viento aullaba contra las ventanas y las olas batían en la base sin cesar. Balon había sacudido la cabeza desesperado cuando Aeron le habló del único hijo que le quedaba con vida.

—Como me temía, los lobos lo han hecho débil —fueron las palabras del rey—. Le pedí al dios que le quitase la vida para que no se interpusiera en el camino de Asha.

Aquello era la perdición de Balon: se veía reflejado en su hija, tan indómita, tan decidida, y creía que lo podría suceder. En aquello se equivocaba, como había tratado de explicarle Aeron.

«Ninguna mujer gobernará jamás a los hijos del hierro, ni siquiera una mujer como Asha», le había insistido, pero cuando Balon no quería escuchar algo era como si estuviera sordo.

Antes de que el sacerdote pudiera responder a Gorold Goodbrother, el maestre volvió a carraspear y se puso a farfullar.

—Por derecho, el Trono de Piedramar le corresponde a Theon, y si el príncipe está muerto, a Asha. Esa es la ley.

—Esa es la ley de las tierras verdes —replicó Aeron con desprecio—. ¿Y a nosotros qué nos importa? Somos los hijos del hierro, los hijos del mar, los elegidos del Dios Ahogado. No nos gobernará una mujer, igual que no nos gobernará un impío.

—¿Qué pasa con Victarion? —preguntó Gorold Goodbrother—. Está al mando de la Flota de Hierro. ¿Creéis que Victarion aspirará al trono, Pelomojado?

—Euron es el hermano mayor... —empezó a decir el maestre.

Aeron lo hizo callar con una mirada. Tanto en las pequeñas aldeas de pescadores como en las imponentes fortalezas de piedra, aquella mirada de Pelomojado bastaba para hacer que a las doncellas les temblaran las rodillas y los niños salieran chillando a la carrera en busca de sus madres, y por supuesto, allí bastó para acallar al siervo de la cadena al cuello.

—Euron es el mayor —dijo el sacerdote—, pero Victarion es el más devoto.

—¿A qué llegaremos? ¿Habrá guerra entre ellos? —preguntó el maestre.

—El hijo del hierro no derramará la sangre del hijo del hierro.

—Muy piadoso por vuestra parte, Pelomojado —apuntó Goodbrother—. Lástima que vuestro hermano no opine lo mismo. Mandó ahogar a Sawane Botley por decir que el Trono de Piedramar le correspondía a Theon por derecho.

—Si lo ahogaron, no se derramó sangre —replicó Aeron.

El maestre y el señor intercambiaron una mirada.

—Tengo que enviar un mensaje a Pyke cuanto antes —dijo Gorold Goodbrother—. Quiero vuestro consejo, Pelomojado. ¿Cómo ha de ser? ¿De pleitesía o de desafío?

Aeron se acarició la barba.

«He visto la tormenta, y su nombre es Euron Ojo de Cuervo.»

—Por ahora no enviéis más que silencio —le dijo al señor—. Tengo que rezar antes de tomar una decisión.

—Rezad cuanto queráis —intervino el maestre—, pero eso no va a cambiar la ley. Theon es el heredero legítimo, y después de él, Asha.

—¡Silencio! —rugió Aeron—. Los hijos del hierro llevan demasiado tiempo escuchándoos a vosotros, a los maestres de la cadena, que no paráis de parlotear sobre las tierras verdes y sus leyes. Ya va siendo hora de que volvamos a escuchar al mar. Ya va siendo hora de que escuchemos la voz de dios. —Su propia voz retumbó en la sala llena de humo, tan poderosa que ni Gorold Goodbrother ni su maestre se atrevieron a replicar.

«El Dios Ahogado está conmigo —pensó Aeron—. Él me ha mostrado el camino.»

Goodbrother le ofreció una habitación cómoda en el castillo para pasar la noche, pero el sacerdote rehusó. Rara vez dormía bajo el tejado de un castillo, y jamás tan lejos del mar.

—Ya tendré comodidades en las estancias acuosas del Dios Ahogado, bajo las olas. Nacimos para sufrir, para que el sufrimiento nos haga fuertes. Lo único que necesito es un caballo descansado para volver a Guijarra.

Goodbrother lo complació de buena gana; hasta le ordenó a su hijo Greydon que lo acompañara para mostrarle al sacerdote el camino más corto para llegar al mar a través de las colinas. Aún faltaba una hora para el amanecer cuando se pusieron en marcha, pero las monturas eran robustas y seguras, y pese a la oscuridad, el viaje no fue largo. Aeron cerró los ojos y rezó en silencio antes de empezar a adormilarse en la silla de montar.

El sonido le llegó quedo, suave; era el chirrido de una bisagra oxidada.

—Urri —musitó al tiempo que se despertaba lleno de temores.

«Aquí no hay ninguna bisagra, ninguna puerta. No está Urri.»

Un hacha arrojadiza le había arrancado la mitad de la mano a Urri cuando tenía catorce años, mientras jugaba a la danza del dedo en ausencia de su padre y sus hermanos mayores, que habían partido a la guerra. La tercera esposa de Lord Quellon era una Piper del Castillo de la Princesa Rosada, una muchacha de pechos grandes y fofos, y ojos pardos de cervatillo. En vez de curar la mano de Urri según las Antiguas Costumbres, con fuego y agua marina, se lo encomendó a su maestre de las tierras verdes, que aseguró que le podía coser los dedos amputados. Así lo hizo, y después empleó pócimas, cataplasmas y hierbas, pero la mano se pudrió y las fiebres se apoderaron de Urri. Cuando el maestre se decidió a amputarle el brazo, ya era demasiado tarde.

Lord Quellon no regresó de su último viaje; el Dios Ahogado, en su inmensa bondad, le concedió el don de la muerte en el mar. El que regresó en su lugar fue Lord Balon, junto con sus hermanos Euron y Victarion. Cuando Balon se enteró de lo que le había pasado a Urri, le cortó tres dedos al maestre con un cuchillo de cocina y le ordenó a la esposa Piper de su padre que se los volviera a coser. Las cataplasmas y las pócimas le sirvieron de tanto como a Urrigon: murió entre delirios febriles, y la tercera esposa de Lord Quellon no tardó en seguirlo cuando la comadrona le sacó del vientre una hija muerta. Aeron se alegró; había sido su hacha la que hirió la mano de Urri mientras bailaban la danza del dedo juntos, tal como hacían siempre los amigos y los hermanos.

Solo con recordar los años que siguieron a la muerte de Urri volvía a sentir vergüenza. A los dieciséis años decía ser un hombre, pero en realidad no era más que un odre con piernas. Se dedicaba a cantar, a bailar (pero nunca la danza del dedo; esa no la volvió a practicar), hacía chistes, gastaba bromas y se burlaba de todos. Tocaba la flauta, hacía juegos malabares, montaba caballos y era capaz de beber más que cualquier Wynch, más que cualquier Botley y también más que la mitad de los Harlaw. El Dios Ahogado le concede un don a todo hombre, incluso a él: no había nadie capaz de mear durante más tiempo ni llegando más lejos que Aeron Greyjoy, como demostraba en todos los banquetes a los que asistía. En cierta ocasión apostó su nuevo barcoluengo contra un rebaño de cabras a que era capaz de apagar el fuego de una chimenea con la única ayuda de su polla. Aeron disfrutó de festines a base de cabra durante todo un año y le puso a su barcoluengo el nombre de *Tormenta Dorada,* aunque Balon amenazó con colgarlo del mástil cuando averiguó cómo era el mascarón que su hermano pretendía poner en la proa.

Al final, el *Tormenta Dorada* se hundió ante las costas de Isla Bella durante la primera rebelión de Balon, destrozado por una imponente galera de combate llamada *Furia,* cuando Stannis Baratheon le tendió una trampa a Victarion y acabó con la Flota de Hierro. Pero el dios, que tenía otros planes para Aeron, lo llevó hasta la orilla. Unos pescadores lo tomaron prisionero, lo encadenaron y lo llevaron a Lannisport, donde se pasó el resto de la guerra enterrado en las entrañas de Roca Casterly, demostrando que los krákens eran capaces de mear más y más lejos que los leones, los jabalíes y los pollos.

«Aquel hombre ya murió. —Aeron se había ahogado y había renacido del mar como profeta del dios. Ningún mortal podía asustarlo ya; tampoco la oscuridad... ni los recuerdos, los huesos del alma—. El sonido de una puerta que se abre, el chirrido de una bisagra oxidada. Euron ha vuelto.» No importaba. Él era el sacerdote Pelomojado, el amado del dios.

—¿Habrá guerra? —le preguntó Greydon Goodbrother a medida que el sol empezaba a iluminar las colinas—. ¿Una guerra de hermano contra hermano?

—Solo si lo desea el Dios Ahogado. Ningún impío se sentará en el Trono de Piedramar.

«Ojo de Cuervo peleará; de eso no cabe duda. —No había mujer capaz de derrotarlo, ni siquiera Asha. Las mujeres estaban hechas para luchar sus batallas en el lecho del parto. Y Theon tampoco le servía de nada; aunque estuviera vivo, no era más que un muchacho de sedas y sonrisas. Sí, había demostrado su valía en Invernalia, pero Ojo de Cuervo no era un niño tullido. Las cubiertas del barco de Euron estaban pintadas de rojo para disimular mejor la sangre que las empapaba—. Victarion. Victarion tiene que ser el rey; si no, la tormenta acabará con todos nosotros.»

Greydon se separó de él cuando el sol brillaba ya alto en el cielo; tenía que ir a llevar la noticia de la muerte de Balon a sus primos de las torres de Fosa, Torreón Picodecuervo y Lago del Cadáver. Aeron continuó solo, subió por las colinas y descendió a los valles, siempre por un camino pedregoso que se hacía más ancho y frecuentado a medida que se acercaba al mar. Se detenía a rezar en cada aldea que cruzaba, así como en los patios de los señores menores.

—¡Nacimos del mar y al mar hemos de volver! —les decía. Su voz era profunda como el océano, y retumbaba como las olas—. El Dios de la Tormenta, en su ira, arrancó a Balon del castillo y lo estrelló contra las rocas. Ahora celebra sus banquetes bajo las olas, en las estancias acuosas del Dios Ahogado. —Alzó las manos—. ¡Balon ha muerto! ¡El rey ha muerto! ¡Pero un rey regresará! ¡Porque lo que está muerto no puede morir, sino que se alza de nuevo, más duro, más fuerte! ¡Un rey se levantará!

Algunos de los que lo escuchaban dejaban los picos y los azadones para seguirlo, de manera que, cuando pudo oír otra vez el sonido de las olas, había una docena de hombres que caminaba tras su caballo, todos tocados por el dios y deseosos de ahogarse.

En Guijarra vivían varios miles de pescadores cuyas casuchas parecían amontonarse en torno a la base de una fortaleza cuadrangular con un torreón en cada esquina. Unos cuarenta hombres ahogados de Aeron lo esperaban acampados en una playa de arena gris, con tiendas de piel de foca y cabañas construidas con madera transportada por el mar. Tenían las manos endurecidas por el salitre, llenas de marcas de las redes y los sedales, encallecidas por remos, picos y hachas; pero en ese momento, aquellas manos esgrimían garrotes de madera de deriva, dura como el hierro, pues el dios los había armado con su arsenal submarino.

Habían construido un refugio para el sacerdote justo en el límite de la marea alta. Se metió en él de buena gana después de ahogar a sus nuevos seguidores.

«Dios mío —rezó—, háblame en el rumor de las olas, dime qué debo hacer. Los capitanes y los reyes aguardan tu palabra. ¿Quién debe suceder a Balon? Cántame en la lengua del leviatán para que sepa su nombre. Dime, oh señor que habitas bajo las aguas, ¿quién tendrá la fuerza para combatir la tormenta en Pyke?»

Aunque el viaje a caballo hasta Cuernomartillo lo había dejado agotado, Aeron Pelomojado era incapaz de descansar en el refugio de madera con techumbre de algas negras. Las nubes ocultaron la luna y las estrellas como una capa; la oscuridad era un manto grueso, tanto sobre el mar como sobre su corazón.

«Balon quería que lo sucediera Asha, carne de su carne, pero una mujer no puede gobernar a los hijos del hierro. Tiene que ser Victarion. —Nueve hijos había engendrado la entrepierna de Quellon Greyjoy, y de ellos, el más fuerte era Victarion, más toro que hombre, tan intrépido como obediente—. Y ese es el gran peligro. —El hermano pequeño le debe obediencia al mayor, y Victarion no es hombre que vaya a izar las velas contra la tradición—. Pero no siente ningún afecto hacia Euron desde la muerte de la mujer.»

En el exterior, por encima de los ronquidos de sus hombres ahogados y el aullido del viento, alcanzaba a oír el batir de las olas, el martilleo de su dios, que lo llamaba al combate. Aeron salió del pequeño refugio a la noche gélida. Se irguió desnudo, alto, pálido, descarnado, y desnudo se adentró en el mar de sal negra. El agua estaba helada, pero no se estremeció con la caricia de su dios. Una ola se estrelló contra su pecho y lo hizo tambalear. La siguiente le rompió por encima de la cabeza. Se saboreó la sal de los labios y sintió al dios a su alrededor mientras le retumbaban los oídos con la gloria de su cántico.

«Nueve hijos engendró la entrepierna de Quellon Greyjoy, y yo fui el más patético de todos ellos, débil y asustadizo como una niña. Pero ya no. Aquel hombre se ahogó, y el dios me ha hecho fuerte. —El frío mar salado lo rodeó, lo abrazó, se le metió bajo la débil carne humana y le tocó los huesos—. Huesos —pensó—. Los huesos del alma. Los huesos de Balon, los huesos de Urri. La verdad está en nuestros huesos, porque la carne se pudre, mientras que los huesos permanecen. Y en la colina de Nagga, los huesos de la sala del Rey Gris...»

Fue un Aeron Pelomojado flaco, pálido y tembloroso el que volvió a la orilla, un Aeron más sabio que el que había entrado en el mar. Porque había encontrado la respuesta en sus huesos y veía claro el camino que se abría ante sí. La noche era tan fría que su cuerpo parecía humear mientras se dirigía hacia el refugio, pero un fuego ardía en su corazón y, por una vez, consiguió conciliar un sueño que no fue perturbado por el chirrido de las bisagras.

Cuando despertó, el día era luminoso y soplaba un viento fuerte. Aeron desayunó un caldo de almejas y algas cocinado sobre leña arrastrada por el mar. Nada más terminar, Merlyn bajó de su torreón con una docena de guardias para ir a buscarlo.

—El rey ha muerto —le dijo Pelomojado.

—Ya lo sé. Recibí un pájaro. Y acaba de llegar otro. —Merlyn era un hombre calvo, gordo, flácido, que se hacía llamar *lord,* al estilo de las tierras verdes, y se vestía con prendas de piel y terciopelo—. Un cuervo me convoca en Pyke y el otro en Diez Torres. Los krákens tenéis demasiados brazos; ¿qué queréis? ¿Que me divida? ¿Qué me decís vos, sacerdote? ¿Adónde debo enviar mis barcoluengos?

Aeron frunció el ceño. Diez Torres era el territorio del señor de Harlaw.

—¿Habéis dicho Diez Torres? ¿Qué kraken os llama allí?

—La princesa Asha. Ha puesto rumbo a casa. El Lector ha enviado cuervos para convocar a todos sus amigos a Harlaw. Dice que Balon tenía intención de que ella ocupara el Trono de Piedramar.

—Será el Dios Ahogado el que decida quién ocupará el Trono de Piedramar —replicó el sacerdote—. Arrodillaos para que os bendiga. —Lord Merlyn se dejó caer de rodillas; Aeron quitó el corcho del pellejo y le derramó un chorro de agua marina por la calva—. Señor Dios, que te ahogaste por nosotros, permite que tu siervo Meldred renazca del mar. Bendícelo con sal, bendícelo con piedra, bendícelo con acero. —El agua corrió por las mejillas rechonchas de Merlyn, y le empapó la barba y el manto de piel de zorro—. Lo que está muerto no puede morir —terminó Aeron—, sino que se levanta de nuevo, más duro y más fuerte. —Cuando Merlyn se levantó para retirarse lo detuvo con un gesto—. Quedaos y escuchad, para que podáis repetirle al mundo la palabra del dios.

A un metro de la orilla, las olas rompían contra una roca de granito redondeada. Aeron Pelomojado se subió a ella para que todos sus discípulos pudieran verlo y escuchar lo que les iba a decir.

—Nacimos del mar y al mar hemos de volver —comenzó, como en tantos cientos de ocasiones—. El Dios de la Tormenta, en su ira, arrancó a Balon de su castillo y lo estrelló contra las rocas; ahora celebra sus banquetes bajo las olas. —Alzó las manos—. ¡El rey del hierro ha muerto! ¡Pero vendrá otro rey! ¡Porque lo que está muerto no puede morir, sino que se levanta, más duro, más fuerte!

—¡Un rey se levantará! —gritaron los hombres ahogados.

—Un rey se levantará. Así será. Pero ¿quién? —Pelomojado escuchó un instante, pero únicamente le respondieron las olas—. ¿Quién será nuestro rey?

Los hombres ahogados empezaron a hacer chocar los garrotes de madera de deriva.

—¡Pelomojado! —gritaron—. ¡Pelomojado rey! ¡Aeron rey! ¡Queremos a Pelomojado!

Aeron sacudió la cabeza.

—Si un padre tiene dos hijos, y al uno le da un hacha y al otro una red, ¿cuál quiere que sea el guerrero?

—¡El hacha es para el guerrero! —le gritó Rus—. ¡La red es para el que pesca en los mares!

—Así es —dijo Aeron—. El dios me enterró bajo las olas y ahogó al ser indigno que fui. Cuando me devolvío a la superficie me había dado ojos para ver, oídos para oír y voz para proclamar su palabra, para que fuera su profeta y enseñara su verdad a los que la han olvidado. No seré yo quien ocupe el Trono de Piedramar... ni tampoco Euron Ojo de Cuervo. Porque he escuchado al dios, y el dios dice: ¡ningún impío se sentará en mi Trono de Piedramar!

Merlyn cruzó los brazos ante el pecho.

—¿Quién será entonces? ¿Asha? ¿O Victarion? ¡Decídnoslo, sacerdote!

—El Dios Ahogado os lo dirá, pero no será aquí. —Aeron señaló el rostro blanco y seboso de Merlyn—. No debéis mirarme a mí, ni a las leyes de los hombres, sino al mar. Izad las velas y moved los remos, mi señor; tenéis que ir a Viejo Wyk. Vos, y también todos los capitanes y reyes. No acudáis a Pyke para inclinaros ante el impío, ni a Harlaw para confabular con mujeres intrigantes. Poned rumbo a Viejo Wyk, donde se alzaron las estancias del Rey Gris. Os convoco en nombre del Dios Ahogado, ¡en su nombre os convoco a todos! Dejad los salones y las chozas, los castillos y los torreones, ¡regresad a la colina de Nagga para celebrar una asamblea de sucesión!

Merlyn se lo quedó mirando boquiabierto.

—¿Una asamblea de sucesión? No ha habido una verdadera asamblea desde hace...

—¡... demasiado tiempo! —exclamó Aeron con aflicción—. Pero en el amanecer de los tiempos, los hijos del hierro elegían a sus reyes, nombraban al mejor de entre todos ellos. Ya va siendo hora de que volvamos a las Antiguas Costumbres, porque solo eso nos volverá a hacer grandes. Fue en una asamblea de sucesión donde se eligió a Urras Pie de Hierro como Gran Rey y se le ciñeron las sienes con una corona de madera arrastrada por el mar. Sylas el Chato, Harrag Hoare, el Viejo Kraken... Todos fueron elegidos por una asamblea. Y de esta asamblea de sucesión surgirá un hombre que acabará el trabajo que ha comenzado el rey Balon, un hombre que nos hará recuperar la libertad. No vayáis a Pyke, ni a las Diez Torres de Harlaw; yo os digo: ¡id a Viejo Wyk! Buscad en la colina de Nagga y en los huesos de la cámara del Rey Gris, porque en ese lugar sagrado, cuando la luna se ahogue y resurja, nombraremos a un rey digno, a un rey piadoso. —Volvió a alzar las manos huesudas—. ¡Escuchad! ¡Escuchad las olas! ¡Escuchad al dios! Nos está hablando, oíd lo que nos dice: ¡solo la asamblea puede elegir al rey!

La multitud respondió con un rugido; los hombres ahogados entrechocaron los garrotes.

—¡Una asamblea! —gritaron—. ¡Una asamblea, una asamblea! ¡Solo la asamblea puede elegir al rey!

El clamor era tal que, sin duda, Ojo de Cuervo alcanzó a oír los gritos en Pyke, y el malévolo Dios de la Tormenta, en sus estancias nubosas. Y Aeron Pelomojado supo que había obrado bien.

El capitán de los guardias

—Las naranjas sanguinas están demasiado maduras —señaló el príncipe con voz cansina mientras el capitán empujaba su silla a la terraza.

Después de aquello, no dijo una palabra más durante horas.

Lo de las naranjas era verdad. Unas cuantas se habían reventado contra el suelo de mármol rosado, y el olor, dulzón y penetrante, llenaba las fosas nasales de Hotah cada vez que respiraba. Sin duda, el príncipe, sentado allí entre los árboles, en la silla rodante que le había hecho el maestre Caleotte, con cojines de plumón de ganso y estrepitosas ruedas de hierro y ébano, también percibía el olor.

Durante largo rato se oyó solo el ruido de los chapoteos de los niños en los estanques y en las fuentes, y de cuando en cuando un *plop* sordo cuando una naranja se reventaba contra el suelo de la terraza. Entonces, desde el otro extremo del palacio, le llegó el sonido lejano de unas botas contra el mármol.

«Obara.» Reconocía sus zancadas, largas, apresuradas, furiosas. En los establos situados junto a las puertas, su caballo tendría espuma en la boca y sangraría por culpa de las espuelas. Siempre cabalgaba a lomos de sementales, y se la había oído alardear de que podía dominar a cualquier caballo de Dorne... y también a cualquier hombre. El capitán oyó también otras pisadas, rápidas y ligeras: el maestre Caleotte tenía que apresurarse para mantenerse a su ritmo.

Obara Arena siempre caminaba demasiado deprisa.

«Persigue algo que nunca podrá alcanzar», le había dicho el príncipe a su hija en cierta ocasión, y el capitán lo había oído.

Cuando la joven apareció bajo el arco triple, Areo Hotah ladeó la alabarda para cortarle el paso. La cabeza estaba fijada a un mango de fresno de más de dos varas, de manera que no lo podía rodear.

—No sigáis, mi señora. —Tenía la voz profunda, ronca, con marcado acento de Norvos—. El príncipe ha pedido que no lo molesten.

El rostro de la joven ya era de piedra antes de que hablara; tras escucharlo se endureció.

—Me estás estorbando, Hotah.

Obara era la mayor de las Serpientes de Arena: una mujer de casi treinta años, con una estructura ósea fuerte, los ojos juntos y el pelo castaño ratuno de la prostituta de Antigua que la trajo al mundo. Bajo la capa de seda cruda moteada parda y dorada, llevaba ropa de montar de cuero oscuro, gastado y suave. De hecho, eran lo más suave que había en ella. De la cadera le colgaba un látigo enroscado, y llevaba a la espalda un escudo redondo de acero y cobre. Había dejado la lanza en el exterior. Areo Hotah lo agradeció para sus adentros. Aquella mujer era rápida y fuerte, pero no podía rivalizar con él; Hotah lo sabía... Pero ella no, y no tenía el menor deseo de ver su sangre derramada por el suelo de mármol rosado.

El maestre Caleotte cambió el peso de una pierna a otra, inquieto.

—Lady Obara, he intentado deciros...

—¿Ya sabe que mi padre ha muerto? —le preguntó Obara al capitán, sin prestarle al maestre más atención que la que le prestaría a una mosca, si hubiera una mosca tan idiota como para zumbar cerca de su cabeza.

—Sí —respondió el capitán—. Le llegó un pájaro.

La muerte había llegado a Dorne con alas de cuervo, en letra menuda y sellada con una gota de lacre rojo. Caleotte debió de presentir lo que decía la carta, porque se la había dado a Hotah para que la entregase él. El príncipe le dio las gracias, pero durante un rato interminable no hizo ademán de romper el sello. Se pasó la tarde sentado con el pergamino en el regazo, mientras miraba jugar a los niños. Los contempló hasta que se puso el sol y el aire del anochecer se enfrió tanto que los chiquillos se retiraron, y luego se quedó mirando el reflejo de las estrellas en el agua. Ya había salido la luna cuando envió a Hotah a buscar una vela y así poder leer la carta bajo los naranjos, en la oscuridad de la noche.

Obara se acarició el látigo.

—Miles de personas cruzan a pie las arenas y suben por el Sendahueso para ayudar a Ellaria a traer a mi padre a casa. Los septos están llenos a reventar, y los sacerdotes rojos han encendido las hogueras de sus templos. En las casas de mancebía, las mujeres copulan con todo aquel que las aborda y no aceptan ni una moneda. En Lanza del Sol, en el Brazo Roto, a lo largo del Sangreverde, en las montañas, en el mar de arena, en todas partes, en todas partes, las mujeres se arrancan el pelo y los hombres gritan de rabia. En todas las lenguas se oye la misma pregunta: ¿qué va a hacer Doran? ¿Qué hará su hermano para vengar a nuestro príncipe asesinado? —Dio un paso más hacia el capitán—. ¡Y tú me dices que el príncipe ha pedido que no lo molesten!

—El príncipe ha pedido que no lo molesten —repitió Areo Hotah. El capitán de los guardias conocía al príncipe que protegía. Hacía mucho, mucho tiempo, un joven inexperto había llegado de Norvos; era un muchacho corpulento, de hombros anchos, con una mata de pelo negro. El pelo se le había teñido ya blanco, y en el cuerpo lucía las cicatrices de muchas batallas, pero seguía siendo fuerte y mantenía la alabarda siempre afilada, como le habían enseñado los sacerdotes barbudos. «No dejaré que pase», se dijo—. El príncipe está mirando jugar a los niños. No quiere que lo molesten nunca cuando esté mirando jugar a los niños.

—Hotah —dijo Obara Arena—, o te quitas de mi camino o te meto esa alabarda por el...

—Capitán —le llegó la orden desde su espalda—. Dejadla pasar. Hablaré con ella.

El príncipe tenía la voz ronca.

Areo Hotah puso vertical el mango de la alabarda y dio un paso a un lado. Obara le lanzó una última mirada prolongada y entró a zancadas, con el maestre pisándole los talones. Caleotte no mediría mucho más de siete palmos y era calvo como un canto rodado. Tenía el rostro tan liso y rechoncho que costaba adivinar su edad, pero llevaba allí más tiempo que el capitán; hasta había servido a la madre del príncipe. Pese a la edad y la barriga, aún conservaba la agilidad y un cerebro privilegiado, aunque pecaba de sumiso.

«No es rival para ninguna Serpiente de Arena», pensó el capitán.

El príncipe se encontraba sentado en la silla a la sombra de los naranjos, con las piernas gotosas elevadas y unas ojeras muy marcadas. Hotah no habría sabido decir qué le quitaba el sueño, si la pena o la gota. Abajo, en las fuentes y en los estanques, los chiquillos seguían jugando. Los más pequeños no pasaban de cinco años; los mayores tendrían nueve o diez. Había tantos niños como niñas. Hotah oía los chapoteos y los gritos de las voces agudas, estridentes.

—No hace tanto que eras una de las niñas de los estanques, Obara —dijo el príncipe cuando la mujer hincó una rodilla en tierra junto a su silla de ruedas.

Obara soltó un bufido.

—Han pasado casi veinte años. Y además, no estuve aquí mucho tiempo. Soy la hija de la puta, ¿se te ha olvidado? —Al no obtener respuesta se puso de nuevo en pie y se apoyó las manos en las caderas—. Mi padre ha sido asesinado.

—Murió luchando en un juicio por combate —señaló el príncipe Doran—. Según la ley, no ha sido ningún asesinato.

—Era tu hermano.

—Era mi hermano.

—¿Qué piensas hacer?

El príncipe hizo girar la silla trabajosamente para quedar frente a ella. Doran Martell solo tenía cincuenta y dos años, pero parecía mucho mayor. Bajo la ropa de lino, su cuerpo era blando y amorfo, y hasta la visión de sus piernas causaba dolor. La gota le había hinchado y enrojecido las articulaciones: su rodilla izquierda era una manzana; la derecha, un melón, y los dedos de los pies se le habían convertido en uvas tintas tan maduras que daba la sensación de que reventarían si alguien las tocaba. Hasta el peso de una manta ligera lo hacía estremecer, aunque sobrellevaba el dolor sin quejas.

«El silencio es el amigo de los príncipes —le había oído decir el capitán a su hija en cierta ocasión—. Las palabras son como flechas, Arianne. Una vez lanzadas no hay manera de hacerlas volver.»

—He escrito a Lord Tywin...

—¿Qué? ¿Le has escrito? Con que fueras la mitad de hombre de lo que era mi padre...

—Yo no soy tu padre.

—Está muy claro. —La voz de Obara estaba cargada de desprecio. —Quieres que vaya a la guerra.

—No pido imposibles. Ni siquiera te tendrías que levantar de la silla; yo vengaré a mi padre. Tienes un retén en el Paso del Príncipe. Lord Yronwood tiene otro en el Sendahueso. Entrégame a uno y pon al otro en manos de Nym. Que ella cabalgue por el camino Real; yo iré a sacar a los señores marqueños de sus castillos y luego marcharé sobre Antigua.

—¿Cómo piensas defender Antigua después?

—Bastará con saquear la ciudad. Las riquezas de Torrealta...

—¿Lo que quieres es oro?

—Lo que quiero es sangre.

—Lord Tywin nos entregará la cabeza de la Montaña.

—¿Y quién nos entregará la cabeza de Lord Tywin? La Montaña no es más que su perro faldero.

El príncipe hizo un gesto en dirección a los estanques.

—Obara, mira a los niños, si no te importa.

—Me importa mucho. Lo que no me importaría en absoluto sería clavarle la lanza en la barriga a Lord Tywin. Le haré cantar «Las lluvias de Castamere» mientras le saco las tripas, a ver si están llenas de oro.

—Míralos —repitió el príncipe—. Te lo ordeno.

Varios niños mayores tomaban el sol tumbados boca abajo en el liso mármol rosado. Otros remaban en el mar. Tres chiquillos construían un castillo de arena con una estructura central muy alta que recordaba la Torre de la Lanza del Palacio Antiguo. Una veintena o más se había juntado en el estanque grande para ver las peleas: los niños más pequeños se montaban en los hombros de los mayores y se empujaban para tratar de tirarse mutuamente al agua. Cada vez que caía una pareja, después del sonido del chapuzón les llegaba el de las carcajadas. Contemplaron como una niña de piel cetrina hacía caer a un rubito de los hombros de su hermano y lo mandaba de cabeza al agua.

—Tu padre jugaba a eso, igual que jugué yo antes que él —dijo el príncipe—. Nos llevábamos diez años, así que cuando tuvo edad de jugar, yo ya no me bañaba en los estanques, pero lo veía siempre que venía a visitar a mi madre. Ya era fiero incluso de niño, y rápido como una serpiente de agua. A menudo lo veía hacer caer a niños mucho más grandes que él. Me lo recordó el día que partió hacia Desembarco del Rey. Me juró que volvería a hacerlo; de lo contrario no le habría permitido emprender el viaje.

—¿Que no se lo habrías permitido? —Obara se echó a reír—. ¡Como si hubieras podido detenerlo! La Víbora Roja de Dorne iba adonde quería.

—Cierto. Me gustaría poder decirte algo que te consolara...

—No he venido a buscar consuelo. —Tenía la voz cargada de desprecio—. El día que mi padre fue a buscarme, mi madre no quería desprenderse de mí. Le dijo: «Es una niña, y no creo que seáis el padre; me he acostado con mil hombres más». Tiró la lanza a mis pies y le dio a mi madre un revés que la hizo llorar. «Niña o niño, nosotros libramos nuestras batallas, pero los dioses nos dejan elegir las armas», le respondió. Señaló la lanza, y luego, las lágrimas de mi madre, y yo cogí la lanza. «Ya te dije que era mía», dijo mi padre, y se me llevó. Mi madre se mató bebiendo en menos de un año. Según me dijeron, seguía llorando cuando murió. —Obara se acercó más a la silla del príncipe—. Lo único que te pido es que me permitas emplear la lanza.

—Es una petición importante, Obara. Lo consultaré con la almohada.

—Ya te has tomado demasiado tiempo para consultarlo.

—Puede que tengas razón. Te enviaré la respuesta a Lanza del Sol.

—Mientras la respuesta sea la guerra...

Obara dio media vuelta y salió a zancadas tan furiosas como las que la habían llevado allí, de vuelta a los establos, en busca de un caballo descansado y otro galope precipitado camino abajo.

El maestre Caleotte se quedó donde estaba.

—¿Le duelen las piernas a mi príncipe? —preguntó el hombrecillo regordete.

El príncipe esbozó una sonrisa tenue.

—¿El sol calienta?

—¿Os traigo una bebida para aliviar el dolor?

—No. Necesito tener la cabeza despejada.

El maestre titubeó.

—Príncipe, ¿os...? ¿Os parece prudente permitir que Lady Obara vuelva a Lanza del Sol? Seguro que instigará al pueblo. La gente apreciaba mucho a vuestro hermano.

—Todos lo apreciábamos. —Se presionó las sienes con los dedos—. No. Tenéis razón. Yo también debo volver a Lanza del Sol.

El hombrecillo regordete titubeó.

—¿Os parece buena idea?

—No, pero es necesario. Enviad un jinete a Ricasso, que abra mis estancias en la Torre del Sol. Informad a mi hija Arianne de que llegaré mañana.

«Mi princesita.» El capitán la echaba muchísimo de menos.

—Os verán —le advirtió el maestre.

El capitán lo comprendió. Dos años atrás, cuando abandonaron Lanza del Sol a cambio de la paz y el aislamiento de los Jardines del Agua, el príncipe Doran no estaba ni mucho menos tan mal de la gota. Por aquel entonces todavía podía andar, aunque fuera despacio, con ayuda de un bastón y haciendo una mueca de dolor a cada paso. El príncipe no quería que sus enemigos supieran hasta qué punto se había debilitado, y el Palacio Antiguo y la ciudad estaban llenos de ojos.

«De ojos y de escaleras por las que no puede subir —pensó el capitán—. Para llegar a lo alto de la Torre del Sol tendrá que volar.»

—Es necesario que me vean. Alguien tiene que devolver las aguas a su cauce. Dorne debe recordar que aún cuenta con su príncipe. —Esbozó una sonrisa débil—. Por muy viejo y gotoso que esté.

—Si volvéis a Lanza del Sol, tendréis que recibir en audiencia a la princesa Myrcella —señaló Caleotte—. La acompañará su caballero blanco, y ya sabéis que le escribe cartas a su reina.

—Me lo imagino.

«El caballero blanco.» El capitán frunció el ceño. Ser Arys había llegado a Dorne para cuidar de su princesa, igual que llegó Areo Hotah en otros tiempos. Hasta sus nombres tenían una extraña similitud: Areo y Arys. Pero allí terminaba cualquier semejanza. El capitán había dejado atrás Norvos y a sus sacerdotes barbudos; Ser Arys Oakheart, en cambio, aún servía al Trono de Hierro. Hotah sentía cierta tristeza siempre que lo veía con la larga capa nívea en las ocasiones en que el príncipe lo enviaba a Lanza del Sol. Tenía la sensación de que algún día se enfrentarían, y ese día, Oakheart moriría con la alabarda del capitán enterrada en el cráneo. Pasó la mano por la superficie lisa del mango de fresno y se preguntó si no se estaría acercando el momento.

—Va a anochecer pronto —estaba diciendo el príncipe—. Esperaremos al amanecer. Encargaos de que tengan mi litera preparada a primera hora.

—Como ordenéis.

Caleotte hizo una reverencia. El capitán se colocó a un lado para dejarlo pasar y oyó como se alejaban sus pisadas.

—¿Capitán? —El príncipe hablaba en voz baja. Hotah avanzó hacia el frente con una mano en torno a la alabarda. Sentía la madera tan suave como la piel de una mujer. Al llegar junto a la silla de ruedas dio un golpe al suelo con el mango para anunciar su presencia, pero el príncipe solo tenía ojos para los niños—. ¿Tuvisteis hermanos, capitán? —preguntó—. En Norvos, cuando erais joven.

—Sí —respondió Hotah—. Dos hermanos y tres hermanas. Yo era el menor.

«El menor y el menos deseado. Otra boca que alimentar, un chico grandullón que comía demasiado y al que enseguida se le quedaba pequeña la ropa.» No era de extrañar que se lo hubieran vendido a los sacerdotes barbudos.

—Yo era el mayor —dijo el príncipe—, y pese a eso soy el único que queda. Después de que Mors y Olyvar murieran en sus cunas, perdí la esperanza de tener hermanos. Tenía nueve años cuando nació Elia, y por aquel entonces era escudero en Costa Salada. Cuando llegó el cuervo con la noticia de que mi madre había dado a luz con un mes de antelación, ya tenía edad suficiente para comprender que eso significaba que el bebé no saldría adelante. Lord Gargalen me dijo que tenía una hermana, y yo le respondí que no tardaría en morir. Pero vivió, gracias a la misericordia de la Madre. Y al cabo de un año nació Oberyn, chillando y pataleando. Yo ya era un hombre cuando ellos jugaban en estos estanques. Pero aquí estoy, y ellos se han ido.

Areo Hotah no supo qué decir. Solo era un capitán de los guardias; pese a los años seguía considerándose forastero en aquellas tierras, y su dios de siete caras le era ajeno. «Servir. Obedecer. Proteger.» Había pronunciado aquellos votos a los dieciséis años, el día en que contrajo matrimonio con su alabarda. «Votos sencillos para hombres sencillos», le dijeron los sacerdotes barbudos. No lo habían entrenado para aconsejar a príncipes dolientes.

Aún no había encontrado palabras cuando cayó otra naranja, con un fuerte golpe, a menos de medio paso del lugar donde estaba sentado el príncipe. Doran hizo una mueca, como si le hubiera hecho daño.

—Bien —suspiró—. Ya es suficiente. Dejadme, Areo. Dejadme mirar a los niños unas horas más.

Cuando se puso el sol, el aire se tornó más fresco, y los niños entraron en el palacio para cenar, pero el príncipe se quedó bajo sus naranjos, contemplando los estanques tranquilos y el mar que se extendía más allá. Un criado le llevó un cuenco de aceitunas con pan, queso y pasta de garbanzos. Comió unos bocados y bebió una copa del vino dulce y fuerte que tanto le gustaba. Una vez vacía, se la volvió a llenar. A veces, en las horas más oscuras previas al amanecer, el sueño lo encontraba aún sentado en la silla. Entonces lo empujaba el capitán por la galería iluminada por la luna, a lo largo de una hilera de columnas acanaladas y bajo un esbelto arco, hasta la gran cama con sábanas frescas de lino situada en una habitación con vistas al mar. Doran gimió cuando el capitán lo movió, pero los dioses fueron bondadosos y no llegó a despertarse.

La celda donde dormía el capitán estaba junto a la habitación de su príncipe. Se sentó en el camastro, sacó la piedra de amolar y el paño del nicho donde los guardaba, y puso manos a la obra. «Mantén la alabarda afilada», le habían dicho los sacerdotes barbudos el día en que lo marcaron. Y siempre lo hacía.

Mientras afilaba el arma, Hotah pensó en Norvos, la ciudad alta en la colina y la baja junto al río. Todavía recordaba el sonido de las tres campanas, la manera en que lo estremecían el tañido profundo de Noom, la voz fuerte y orgullosa de Narrah, la risa dulce y argentina de Nyel. El sabor del pastel de invierno le volvió a llenar la boca con sus notas de jengibre y piñones, sus trocitos de cerezas, todo ello regado con *nasha,* leche de cabra fermentada servida en una copa de hierro con un chorro de miel. Vio a su madre con el vestido del cuello de piel de ardilla, el que solo se ponía una vez al año, cuando iban a ver el baile de los osos en las Escaleras del Pecador. Y percibió el hedor del vello al quemarse mientras el sacerdote barbudo le tocaba el pecho con el hierro de marcar. El dolor había sido tan terrible que creyó que se le iba a parar el corazón, pero Areo Hotah no retrocedió. El vello jamás volvió a crecer sobre la marca de la alabarda.

Cuando los dos filos quedaron tan cortantes que se podría haber afeitado con ellos, el capitán tendió en la cama a su esposa de hierro y fresno, bostezó, se quitó la ropa manchada, la tiró al suelo y se tumbó en el colchón relleno de paja. Pensar en la marca hacía que le picara; tuvo que rascarse antes de cerrar los ojos.

«Tendría que haber recogido las naranjas del suelo», pensó, y se quedó dormido soñando con el sabor agridulce, con el tacto pegajoso del zumo rojizo en los dedos.

El amanecer llegó demasiado pronto. En el exterior de los establos ya tenían preparada la más pequeña de las literas tiradas por tres caballos, la de madera de cedro con cortinajes de seda roja. El capitán eligió veinte guardias para darle escolta de entre los treinta apostados en los Jardines del Agua; los demás permanecerían allí para proteger el lugar y a los niños, algunos de los cuales eran hijos de grandes señores y mercaderes adinerados.

Aunque el príncipe había hablado de partir a primera hora, Areo Hotah sabía que se retrasaría. Mientras el maestre ayudaba a Doran Martell a bañarse y le cubría las articulaciones hinchadas con vendas de lino empapadas en lociones calmantes, el capitán se puso una cota de escamas de bronce, como correspondía a su cargo, y una capa ondulante de seda cruda parda y amarilla para proteger el metal del sol. El día iba a ser caluroso, y hacía tiempo que el capitán no usaba la gruesa capa de pelo de caballo y la túnica de cuero tachonado que había llevado en Norvos, prendas con las que cualquiera se cocería en Dorne. En cambio, sí conservaba el yelmo de hierro con su cresta de púas afiladas, aunque lo llevaba envuelto en seda naranja; de lo contrario, el sol contra el metal le provocaría dolor de cabeza antes incluso de que divisaran el palacio.

El príncipe aún no se encontraba listo para la partida. Había decidido desayunar antes de ponerse en marcha: estaba tomando una naranja sanguina y un plato de huevos de gaviota con trocitos de jamón y guindillas. Luego, por supuesto, tuvo que despedirse de varios niños, los que se habían convertido en sus favoritos: el muchachito de Dalt, los hijos de Lady Blackmont y la huérfana de cara redonda cuyo padre había vendido tejidos y especias a todo lo largo del Sangreverde. Mientras hablaba con ellos, Doran se cubría las rodillas con una espléndida manta myriense para que los pequeños no le vieran las articulaciones hinchadas y vendadas.

Ya era mediodía cuando se pusieron en marcha: el príncipe en la litera, el maestre Caleotte a lomos de un burro y los demás a pie. Cinco lanceros caminaban delante y otros cinco detrás, mientras los diez restantes flanqueaban la litera. Areo Hotah ocupó su lugar habitual a la izquierda del príncipe, con la alabarda al hombro. El camino que iba desde Lanza del Sol hasta los Jardines del Agua discurría junto al mar, de manera que una brisa fresca aliviaba la marcha mientras atravesaban una tierra castaña rojiza de piedras, arena, y árboles atrofiados y retorcidos.

La segunda Serpiente de Arena les dio alcance cuando estaban a mitad de camino.

Apareció de repente sobre una duna, a lomos de una yegua de arena dorada con crines como hilos de seda blanca. Lady Nym parecía grácil incluso montada a caballo; vestía una luminosa túnica lila y una larga capa de seda color crema y cobre que se agitaba con cada golpe de aire, dando la impresión de que la joven podría echar a volar en cualquier momento. Nymeria Arena tenía veinticinco años y era esbelta como un junco. Tenía el pelo negro, liso, peinado en una trenza adornada con hilo de oro rojo, y con un pico en la frente, en el nacimiento del pelo, igual que el de su padre. Los pómulos altos, los labios carnosos y la piel lechosa le daban la belleza de la que carecía su hermana mayor... Porque la madre de Obara había sido una prostituta de Antigua, mientras que por las venas de Nym corría la sangre más noble de la vieja Volantis. La seguía una docena de lanceros a caballo con escudos redondos que centelleaban bajo el sol. Bajaron tras ella por la duna.

El príncipe había apartado las cortinas de su litera para disfrutar al máximo de la brisa que llegaba del mar. Lady Nym se puso a su altura y tiró de las riendas de la hermosa yegua dorada para acompasar su paso al de la litera.

—Bienhallado, tío —canturreó como si hubiera llegado allí por casualidad—. ¿Puedo cabalgar contigo hasta Lanza del Sol?

El capitán estaba al otro lado de la litera, pero aun así oía todo lo que decía Lady Nym.

—Será un placer —respondió el príncipe Doran, aunque en un tono que al capitán no le sonó nada complacido—. La gota y la pena no son buenas compañeras de viaje.

Aquello le indicó al capitán que cada guijarro del camino era como un clavo en sus articulaciones hinchadas.

—Por la gota no puedo hacer nada —replicó la joven—, pero a mi padre no le interesaba la pena. Le gustaba mucho más la venganza. ¿Es verdad que Gregor Clegane reconoció que asesinó a Elia y a sus hijos?

—Se proclamó culpable a gritos delante de toda la corte —confirmó el príncipe—. Lord Tywin nos ha prometido su cabeza.

—Y un Lannister siempre paga sus deudas —asintió Lady Nym—, pero me parece que ese tal Lord Tywin quiere pagarnos con monedas que ya tenemos. Me ha llegado un pájaro de nuestro querido Ser Daemon, que jura que mi padre le hizo cosquillas a ese monstruo más de una vez mientras luchaban, así que Ser Gregor se puede dar por muerto, y no gracias a Tywin Lannister.

El príncipe torció el gesto. El capitán no habría sabido decir si era por el dolor de la gota o por las palabras de su sobrina.

—Es posible.

—¿Cómo que es posible? Es seguro.

—Obara quiere que vaya a la guerra.

Nym se echó a reír.

—Sí, quiere arrasar Antigua. Su odio hacia esa ciudad solo es comparable al amor que le profesa nuestra hermana pequeña.

—¿Y tú qué opinas?

Nym volvió la cabeza para echar un vistazo hacia donde cabalgaban sus acompañantes, a unos cuarenta pasos de distancia.

—Estaba en la cama con las gemelas Fowler cuando me llegó la noticia —la oyó decir el capitán—. ¿Sabes cuál es el lema de los Fowler? «¡Déjame Ascender!» Es lo único que te pido. Déjame ascender, tío. No me hace falta un poderoso retén; me basta con una hermanita.

—¿Obara?

—Tyene. Obara es demasiado llamativa. Tyene es tan dulce y delicada que nadie sospechará de ella. A Obara le gustaría convertir Antigua en la pira funeraria de nuestro padre; yo no soy tan ambiciosa. A mí me basta con cuatro vidas: los mellizos dorados de Lord Tywin en pago de los hijos de Elia. El viejo león por Elia. Y, por último, el pequeño rey, por mi padre.

—El chiquillo no nos ha hecho ningún daño.

—Si damos crédito a Lord Stannis, ese crío es un bastardo, hijo de la traición, el incesto y el adulterio. —En su voz no quedaba ni rastro del tono jugueton; el capitán se dio cuenta de que la estaba mirando con los ojos entrecerrados. Su hermana Obara llevaba el látigo a la cadera y una lanza bien a la vista. Lady Nym era igual de mortífera, pero portaba ocultos sus cuchillos—. Solo la sangre real puede limpiar el asesinato de mi padre —insistió.

—Oberyn murió en combate singular, luchando por algo que no era de su incumbencia. Para mí no fue un asesinato.

—Para ti, que sea lo que quieras. Les enviamos al mejor hombre de Dorne y nos devuelven una saca con huesos.

—Tu padre fue mucho más allá de lo que le pedí que hiciera. Se lo dije en la terraza. Estábamos comiendo naranjas: «Tómales las medidas al niño rey y a su Consejo, fíjate en los puntos fuertes y en los débiles. Si es posible, busca aliados y amigos. Averigua lo que puedas de la muerte de Elia, pero sobre todo, no provoques a Lord Tywin en demasía». Con esas palabras. Oberyn se me rio en la cara. «¿Cuándo he provocado yo a nadie... en demasía? Más te valdría avisar a los Lannister para que no me provoquen ellos a mí.» Quería que se hiciera justicia por Elia, pero no supo esperar...

—Esperó diecisiete años —interrumpió Lady Nym—. Si te hubieran asesinado a ti, mi padre habría partido hacia el Norte con sus estandartes antes de que tu cadáver se hubiera enfriado. Si hubieras sido tú, a estas alturas lloverían lanzas sobre las Marcas.

—No lo dudo.

—Y tampoco dudes esto, mi príncipe: ni mis hermanas ni yo esperaremos diecisiete años para vengarnos.

Picó espuelas a la yegua y se alejó al galope hacia Lanza del Sol seguida por sus acompañantes.

El príncipe se recostó en los almohadones y cerró los ojos, pero Hotah sabía que no dormía.

«Está sufriendo.» Sopesó durante un momento la posibilidad de llamar al maestre Caleotte para que se acercara a la litera, pero si el príncipe Doran deseara sus servicios, él mismo lo habría llamado.

Cuando avistaron en el este las torres de Lanza del Sol, las sombras del atardecer ya eran largas y oscuras, y el sol estaba tan rojo e hinchado como las rodillas del príncipe. La primera torre que divisaron fue la esbelta Torre de la Lanza, con sus cincuenta y cinco varas de altura y coronada de acero chapado en oro que le sumaba diez varas más; luego apareció la imponente Torre del Sol, con la cúpula de oro y las vidrieras de colores; por último vieron la Barco de Arena, que parecía un monstruoso dromón varado en la orilla y petrificado.

Solo tres leguas de costa separaban Lanza del Sol de los Jardines del Agua, pero eran dos mundos diferentes. Allí, los niños jugaban desnudos al sol, la música sonaba en los patios, y el olor de los limones y las naranjas sanguinas impregnaba el aire. Aquí, hasta la brisa olía a polvo, sudor y humo, y el murmullo de las voces poblaba las noches. En lugar de los mármoles rosados de los Jardines del Agua, Lanza del Sol era de barro y paja; sus colores eran el marrón y el ocre. La antigua fortaleza de la

Casa Martell se alzaba en el punto más oriental de un pequeño saliente de piedra y arena, rodeada de mar por tres partes. Hacia el oeste, a la sombra de las inmensas murallas de Lanza del Sol, los tenderetes de adobe y las chozas sin ventanas colgaban del castillo como percebes del casco de una galera. Los establos, posadas, tabernas y casas de mancebía se alzaban más hacia el oeste, muchos con sus propios muros, de los que también colgaban más chozas. «Y así sucesivamente, como dirían los sacerdotes barbudos.» En comparación con Tyrosh, Myr o Gran Norvos, la ciudad de la sombra era poco más que un pueblo, pero aun así, los dornienses no tenían nada que se asemejara más a una urbe de verdad.

Lady Nym había llegado varias horas antes que ellos, y sin duda había avisado a los guardias, porque la Puerta Triple estaba abierta. Solo en aquel lugar estaban alineadas las puertas, para permitir que los visitantes pasaran bajo las tres Murallas Ondulantes y accedieran directamente al Palacio Antiguo, sin tener que atravesar leguas de callejuelas estrechas, patios ocultos y bazares bulliciosos.

El príncipe Doran había cerrado los cortinajes de su litera nada más divisar la Torre de la Lanza, pero los habitantes de la ciudad lanzaban gritos a su paso.

«Las Serpientes de Arena han estado agitando a la gente», pensó el capitán, intranquilo. Atravesaron la mugre del tramo exterior y se dirigieron hacia la segunda puerta. Más allá, el viento apestaba a brea, agua salada y algas podridas, y la multitud crecía a cada paso.

—¡Abrid paso al príncipe Doran! —gritó Areo Hotah mientras golpeaba las baldosas con el mango de la alabarda—. ¡Abrid paso al príncipe de Dorne!

—¡El príncipe ha muerto! —chilló una mujer a su espalda.

—¡A las lanzas! —rugió un hombre desde un balcón.

—¡Doran! —exclamó una voz de acento cultivado—. ¡A las lanzas!

Hotah dejó de intentar identificar a los que hablaban; había demasiada gente, y al menos un tercio de los presentes estaba gritando. «¡A las lanzas! ¡Venganza para la Víbora!» Cuando llegaron a la tercera puerta, los guardias ya tenían que empujar a los ciudadanos para despejar el paso, y la multitud había empezado a lanzarles cosas. Un niño harapiento pasó entre los lanceros con una granada medio podrida en una mano pero, cuando vio a Areo Hotah con la alabarda dispuesta, dejó caer la fruta y salió corriendo. Otros, situados más atrás, lanzaban limones, limas y naranjas al grito de «¡Guerra! ¡Guerra! ¡A las lanzas!». Un guardia recibió el impacto de un limón en un ojo, y una naranja se estrelló contra el pie del propio capitán.

De la litera no salió respuesta alguna. Doran Martell permaneció encerrado entre sus muros de seda hasta que los muros de piedra del castillo los recibieron y el rastrillo cayó tras ellos con un crujido estrepitoso. Los gritos se fueron apagando poco a poco. La princesa Arianne aguardaba en el palenque para recibir a su padre, en compañía de la mitad de la corte: Ricasso, el anciano senescal ciego; Ser Manfrey Martell, el castellano; el joven maestre Myles, con su túnica gris y su barba perfumada, y casi medio centenar de caballeros dornienses con túnicas de lino de todos los colores. La pequeña Myrcella Baratheon estaba con su septa y con Ser Arys, de la Guardia Real, que se cocía en su armadura blanca.

La princesa Arianne se dirigió hacia la litera; llevaba unas sandalias de piel de serpiente atadas con cordones hasta los muslos. La cabellera le caía en una mata de bucles, negros como el azabache, que le llegaban hasta la base de la espalda, y se ceñía la frente con un aro de soles de cobre.

«Sigue siendo menuda», pensó el capitán. Las Serpientes de Arena eran altas, pero Arianne había salido a su madre, que medía siete palmos y medio. Pero bajo el cinturón enjoyado y la túnica suelta de seda morada y brocado amarillo tenía un cuerpo de mujer, generoso y con curvas.

—Lanza del Sol se regocija de tu regreso, padre —declamó cuando se abrieron las cortinas.

—Sí, ya he oído los gritos de alegría. —El príncipe esbozó una sonrisa cansada y acarició la mejilla de su hija con la mano hinchada, enrojecida—. Tienes buen aspecto. Capitán, tened la amabilidad de ayudarme a bajar de aquí.

Hotah se colgó la alabarda de la correa que llevaba a la espalda y cogió al príncipe en brazos con suavidad, para no hacerle daño en las articulaciones hinchadas. Aun así, Doran Martell tuvo que contener un gemido de dolor.

—He ordenado a los cocineros que preparen un banquete para esta noche —le dijo Arianne—. Se servirán todos tus platos favoritos.

—Mucho me temo que no les podré hacer justicia. —El príncipe miró a su alrededor—. No veo a Tyene.

—Ha pedido hablar contigo en privado. La he enviado a esperarte al salón del trono.

El príncipe suspiró.

—Muy bien. Vamos, capitán. Cuanto antes acabe con esto, antes podré descansar.

Hotah lo llevó por las largas escaleras de piedra de la Torre del Sol hasta la gran estancia circular bajo la cúpula; los restos de luz de la tarde entraban por las ventanas de cristal tintado para salpicar el mármol claro con diamantes de cien colores. Allí los aguardaba la tercera Serpiente de Arena.

Estaba sentada en un cojín, con las piernas cruzadas, al pie del estrado donde se encontraban los asientos de honor, pero al verlos entrar se levantó; vestía una túnica ceñida de brocado azul claro con mangas de encaje myriense que la hacía parecer tan inocente como la propia Doncella. Llevaba en una mano el bordado en el que estaba trabajando, y en la otra, un par de agujas doradas. Su cabello también era dorado, tenía los ojos como profundos estanques azules... Y pese a ello, al capitán le recordaron los ojos de su padre, aunque los de Oberyn eran negros como la noche.

«Todas las hijas del príncipe Oberyn tienen sus ojos de víbora —comprendió Hotah de repente—. El color es lo de menos.»

—Te estaba esperando, tío —dijo Tyene Arena.

—Ayudadme a sentarme, capitán.

En el estrado había dos asientos prácticamente iguales; la única diferencia era que uno tenía grabada en oro en el respaldo la lanza de Martell, mientras que el otro lucía el sol ardiente de Rhoyne que había ondulado en los mástiles de los barcos de Nymeria cuando llegaron a Dorne. El capitán sentó al príncipe bajo la lanza y se apartó un paso.

—¿Te duele mucho? —La voz de Lady Tyene era gentil; parecía tan dulce como las fresas en verano. Su madre había sido una septa, y Tyene tenía un aura de inocencia casi sobrenatural—. ¿Hay algo que pueda hacer para aliviarte el dolor?

—Dime lo que quieras decirme, para que pueda irme a descansar. Estoy agotado, Tyene.

—Te he hecho esto, tío. —Tyene desdobló el tejido que había estado bordando. La imagen representaba a su padre, el príncipe Oberyn, a lomos de un corcel de arena, con armadura roja, sonriente—. Cuando lo termine te lo regalaré, para que siempre te acuerdes de él.

—No voy a olvidar a tu padre.

—Me alegro de oírlo. Hay quien lo duda.

—Lord Tywin nos ha prometido la cabeza de la Montaña.

—Qué amable por su parte... Pero la espada del verdugo no es el final adecuado para el valiente Ser Gregor. Llevamos tanto tiempo rezando por que muera que lo justo sería que él rezara por lo mismo. Sé qué veneno utilizaba mi padre; no hay otro más lento ni más doloroso. Puede que pronto oigamos los gritos de la Montaña incluso aquí, en Lanza del Sol.

El príncipe Doran suspiró.

—Obara quiere que vaya a la guerra. Nym se conforma con unos cuantos asesinatos. ¿Y tú?

—Guerra —respondió Tyene—, pero no la de mi hermana. Los dornienses pelean mejor en casa, así que afilaremos las lanzas y esperaremos. Cuando los Lannister y los Tyrell nos ataquen, los desangraremos en los pasos y los enterraremos bajo las arenas, como hemos hecho ya cien veces.

—Será si nos atacan.

—Claro que nos atacarán, si no quieren volver a ver el reino dividido, como antes de que nos casáramos con los dragones. Me lo dijo mi padre. Dijo que teníamos que darle las gracias al Gnomo por enviarnos a la princesa Myrcella. ¿A que es muy bonita? Cuánto me gustaría tener unos rizos como los suyos. Nació para ser reina, igual que su madre. —Los hoyuelos florecieron en las mejillas de Tyene—. Para mí sería un honor encargarme de los preparativos de la boda, y también de la fabricación de las coronas. Trystane y Myrcella son tan inocentes que les iría muy bien el oro blanco... Con esmeraldas, para que hagan juego con los ojos de ella. Bueno, también valdrían diamantes y perlas; lo importante es que casemos y coronemos a los niños. Luego solo tendríamos que proclamar a Myrcella la primera de su nombre, reina de los ándalos, los rhoynar y los primeros hombres, heredera legítima de los Siete Reinos de Poniente, y sentarnos a esperar a los leones.

El príncipe soltó un bufido.

—¿Heredera legítima?

—Es mayor que su hermano —le explicó Tyene, como si fuera idiota—. Según la ley, el Trono de Hierro le pertenece.

—Según la ley dorniense.

—Cuando el bondadoso rey Daeron se casó con la princesa Myriah y nos trajo a su reino, se acordó de que en Dorne siempre imperaría la ley dorniense. Y da la casualidad de que Myrcella está en Dorne.

—Así es —reconoció a regañadientes—. Lo pensaré.

Tyene se enfurruñó.

—Piensas demasiado, tío.

—¿Tú crees?

—Eso decía mi padre.

—Oberyn pensaba demasiado poco.

—Hay hombres que piensan porque tienen miedo de actuar.

—El miedo es una cosa; la cautela, otra.

—En ese caso rezaré por no verte nunca con miedo, tío. Te podrías olvidar de respirar.

La muchacha alzó una mano...

El capitán dio un golpe con el mango de la alabarda contra el suelo de mármol.

—Os habéis extralimitado, mi señora. Os ruego que bajéis del estrado.

—No era mi intención, capitán. Quiero a mi tío, porque sé que quería a mi padre. —Tyene hincó una rodilla en el suelo, ante el príncipe—. Ya he dicho todo lo que quería decirte, tío. Perdóname si te he ofendido; tengo el corazón destrozado. ¿Cuento todavía con tu cariño?

—Eso, siempre.

—Entonces, dame tu bendición y me marcharé.

Doran titubeó un instante antes de poner la mano en la cabeza de su sobrina.

—Sé valiente, pequeña.

—¿Y cómo no serlo? Soy hija de mi padre.

En cuanto salió de la estancia, el maestre Caleotte subió apresuradamente al estrado.

—Príncipe, no os habrá... Dejadme ver esa mano. —Le examinó primero la palma; luego se la volvió con delicadeza y olisqueó los dedos del príncipe—. No, bien. No pasa nada. No hay rasguños, así que...

El príncipe retiró la mano.

—Maestre, ¿os importaría traerme un poco de la leche de la amapola? Con un dedalito será suficiente.

—La amapola. Desde luego, cómo no.

—Enseguida, por favor —lo apremió Doran Martell con gentileza, y Caleotte se apresuró escaleras abajo.

En el exterior, el sol se había puesto ya. En el interior de la cúpula, la luz era del color azul del ocaso, y los diamantes del suelo agonizaban. El príncipe se quedó en el asiento, bajo la lanza de los Martell, con el rostro blanco de dolor. Tras un largo silencio se volvió hacia Areo Hotah.

—Capitán —dijo—, ¿hasta qué punto son leales mis guardias?

—Son leales. —El capitán no supo qué añadir.

—¿Todos? ¿O solo algunos?

—Son buenos hombres. Buenos dornienses. Obedecerán mis órdenes. —Dio un golpe contra el suelo con el mango de la alabarda—. Os traeré la cabeza de cualquier hombre que piense en traicionaros.

—No quiero cabezas; quiero obediencia.

—Con ella contáis. —«Servir. Obedecer. Proteger. Votos sencillos para un hombre sencillo»—. ¿Cuántos hombres necesitáis?

—Decididlo vos mismo. Puede que unos pocos bien elegidos nos sean más útiles que una veintena. Quiero que esto se haga tan rápida y discretamente como sea posible, sin derramamiento de sangre.

—Rapidez, discreción, sin sangre, sí. ¿Qué ordenáis?

—Id a buscar a las hijas de mi hermano, ponedlas bajo custodia y confinadlas en las celdas de la Torre de la Lanza.

—¿A las Serpientes de Arena? —El capitán tenía la boca seca—. ¿A...? ¿A las ocho, mi señor? ¿A las menores también?

El príncipe meditó un instante.

—Las hijas de Ellaria son demasiado pequeñas para suponer un peligro, pero hay quien podría intentar utilizarlas contra mí. Será mejor tenerlas controladas y a salvo. Sí, a las menores también, pero encargaos primero de Tyene, Nymeria y Obara.

—Como ordene mi príncipe. —Tenía el corazón en un puño. «A mi princesita no le va a gustar»—. ¿Qué hay de Sarella? Ya es una mujer; tiene casi veinte años.

—A menos que vuelva a Dorne, no puedo hacer nada con Sarella, excepto rezar para que tenga más sentido común que sus hermanas. Dejadla con su... juego. Reunid a las otras. No me acostaré hasta que sepa que están a salvo y vigiladas.

—Así se hará. —El capitán titubeó—. Cuando corra la voz, el pueblo aullará.

—Todo Dorne aullará —dijo Doran Martell con voz cansada—. Solo ruego por que Lord Tywin oiga los aullidos desde Desembarco del Rey, para que vea qué amigo tan leal tiene en Lanza del Sol.

Cersei

Soñaba que estaba sentada en el Trono de Hierro, por encima de todos.

Abajo, los cortesanos eran ratones de mil colores. Los grandes señores y las damas orgullosas se arrodillaban ante ella. Valientes caballeros jóvenes ponían las espadas a sus pies y le suplicaban llevar sus prendas, y la Reina les sonreía desde arriba. Eso... hasta que el enano apareció de la nada y la señaló entre carcajadas. Las damas y los señores también empezaron a reír a hurtadillas, se tapaban la boca con la mano para ocultar la sonrisa. Entonces, la Reina se dio cuenta de que estaba desnuda.

Trató de taparse con las manos, horrorizada. Las púas y las hojas afiladas del Trono de Hierro se le clavaron en la carne cuando se acurrucó para ocultar su vergüenza. La sangre roja le bajó por las piernas; dientes de acero le mordisquearon las nalgas. Cuando trató de levantarse, se le encajó un pie en un boquete del metal retorcido. Cuanto más se debatía, más la engullía el trono; le arrancaba pedazos de carne del pecho y el vientre, le cortaba los brazos y las piernas hasta dejarla pegajosa, enrojecida.

Y mientras, abajo, su hermano no dejaba de reír.

Aquella alegría perversa le seguía resonando en los oídos cuando sintió un roce en el hombro y, de repente, se despertó. Durante un instante, la mano le pareció parte de la pesadilla; Cersei lanzó un grito, pero no era más que Senelle. El rostro de la doncella estaba pálido y asustado.

«No estamos solas —advirtió la Reina. Las sombras se cernían sobre su cama; eran figuras altas con cota de malla que brillaba bajo la capa. ¿Qué hacían allí unos hombres armados?—. ¿Dónde están mis guardias? —El dormitorio se encontraba a oscuras; la única luz era la del farol que sostenía en alto uno de los intrusos—. No debo mostrar temor.» Cersei se echó hacia atrás la melena revuelta.

—¿Qué queréis de mí? —dijo. Un hombre se adelantó hasta quedar iluminado por la luz. Cersei vio que llevaba una capa blanca—. ¿Jaime? —«He soñado con un hermano, pero es el otro el que viene a despertarme.»

—Alteza. —La voz no era la de su hermano—. El Lord Comandante nos ha ordenado que viniéramos a buscaros.

Tenía el pelo ondulado, como Jaime, pero su hermano lo tenía como ella, color oro batido, mientras que el de aquel hombre era negro y grasiento. Se quedó mirándolo desconcertada, mientras él mascullaba algo sobre un escusado y una ballesta, y pronunciaba el nombre de su padre.

«Todavía estoy soñando —pensó Cersei—. No me he despertado; la pesadilla no ha terminado. De un momento a otro, Tyrion saldrá de debajo de la cama y se reirá de mí.»

Pero aquello era una locura. Su hermano enano estaba encerrado en las celdas negras, condenado a morir aquel mismo día. Se contempló las manos y las movió para asegurarse de que conservaba todos los dedos. Cuando se pasó una mano por el brazo notó el vello erizado, pero ninguna herida. No tenía cortes en las piernas ni tajos en las plantas de los pies.

«Ha sido un sueño, nada más, un sueño. Ayer bebí demasiado; estos miedos solo son fruto de los vapores del vino. Cuando llegue la noche seré yo la que ría. Mis hijos estarán a salvo, Tommen tendrá asegurado el trono, y mi retorcido *valonqar* será una cabeza más bajo y estará pudriéndose.»

Jocelyn Swyft había acudido junto a ella y le acercaba una copa a los labios. Cersei bebió un trago. Era agua mezclada con zumo de limón; estaba tan ácida que la escupió. Le llegó el sonido del viento nocturno que sacudía los postigos y, de pronto, lo vio todo con una extraña claridad. Jocelyn temblaba como un flan, tan asustada como Senelle. La silueta de Ser Osmund Kettleblack se cernía sobre ella. Tras él se encontraba Ser Boros Blount, con el farol. Junto a la puerta vigilaban los guardias de los Lannister, con leones dorados brillantes en la cimera del yelmo. También ellos parecían atemorizados.

«¿Es posible? —se preguntó la Reina—. ¿Será verdad?»

Se levantó y permitió que Senelle le pasara una túnica por los hombros para ocultar su desnudez. La propia Cersei se ató el cinturón con dedos torpes y rígidos.

—Mi señor padre tiene guardias que lo custodian día y noche —dijo.

Notaba la lengua espesa. Bebió otro trago de agua con limón y le dio vueltas en la boca para refrescarse el aliento. Una polilla se había quedado atrapada en el farol que sostenía Ser Boros; la oía zumbar y veía la sombra de las alas que se batían contra el cristal.

—Los guardias estaban en sus puestos, Alteza —dijo Osmund Kettleblack—. Hemos encontrado una puerta oculta tras la chimenea. Un pasadizo secreto. El Lord Comandante ha bajado por él para ver adónde lleva.

—¿Jaime? —El terror se apoderó de ella, repentino como una tormenta—. Jaime tendría que estar con el Rey...

—El pequeño no ha sufrido daño alguno. Ser Jaime envió de inmediato a una docena de hombres para que lo guardaran. Su Alteza duerme tranquilo.

«Ojalá tenga mejores sueños que yo, y un despertar más dulce.»

—¿Quién está con el Rey?

—Ese honor le ha correspondido a Ser Loras, si os parece bien.

No le parecía bien. Los Tyrell eran los únicos mayordomos a los que los reyes dragón habían ascendido muy por encima del nivel que les correspondía por derecho. Lo único que sobrepasaba su ambición era su vanidad. Ser Loras era hermoso como el sueño de una doncella, pero bajo la capa blanca corría pura sangre Tyrell. Que ella supiera, el inmundo fruto de aquella noche bien podría haber sido plantado y regado en Altojardín.

Pero era una sospecha que no se atrevía a formular en voz alta.

—Dadme un momento para que me vista. Ser Osmund, vos me acompañaréis a la Torre de la Mano. Ser Boros, espabilad a los carceleros y comprobad que el enano siga en su celda.

Ni siquiera quería pronunciar su nombre.

«Jamás habría tenido valor para alzar la mano contra nuestro padre», se dijo, pero tenía que estar segura.

—Como ordene Vuestra Alteza. —Blount le entregó el farol a Ser Osmund. Cersei se alegró de verlo alejarse.

«Mi padre no debería haberle devuelto la capa blanca.» Aquel hombre había demostrado claramente que era un cobarde.

Cuando salieron del Torreón de Maegor, el cielo se había teñido de azul cobalto, aunque las estrellas brillaban todavía.

«Todas menos una —pensó Cersei—. La estrella más brillante del oeste ha caído; a partir de ahora, las noches serán más oscuras. —Se detuvo un momento en el puente levadizo que cruzaba el foso seco y contempló las estacas que había abajo—. No se atreverían a mentirme en un asunto así.»

—¿Quién lo ha encontrado?

—Uno de sus guardias —respondió Ser Osmund—. Lum. Sintió una urgencia y encontró a Su Señoría en el escusado.

«No puede ser, es imposible. No es manera de morir para un león. —La Reina sentía una extraña calma. Recordó la primera vez que se le había caído un diente, cuando era pequeña. No le dolió, pero el agujero que le quedó en la boca le causaba una sensación rara y no podía dejar de rozárselo con la lengua—. Ahora hay un agujero en el mundo, en el lugar que ocupaba mi padre, y los agujeros piden a gritos que los llenen.»

Si era verdad que Tywin Lannister había muerto, nadie estaba a salvo... Y el que más peligro corría era su hijo, en el trono. Cuando cae el león, las bestias inferiores entran en juego: los chacales, los buitres, los perros salvajes. Tratarían de echarla a un lado, como siempre. Tendría que actuar deprisa, igual que cuando había muerto Robert. Aquello podía ser obra de Stannis Baratheon a través de un esbirro. Podía ser el preludio de otro ataque contra la ciudad. Ojalá fuera así.

«Que venga si quiere. Lo machacaré, igual que hizo mi padre, y esta vez morirá. —Stannis no la asustaba, como tampoco la asustaba Mace Tyrell. Nadie la asustaba. Era hija de la Roca, era una leona—. No se volverá a hablar de obligarme a contraer segundas nupcias.» Roca Casterly le pertenecía, junto con todo el poder de la Casa Lannister. Nadie volvería a dejarla de lado. Incluso cuando llegara el momento en que Tommen ya no la necesitara como regente, la señora de Roca Casterly seguiría siendo un poder que habría que tener en cuenta.

El sol naciente había teñido de rojo vivo las cúspides de las torres, pero bajo los muros, la noche acechaba todavía. El castillo estaba tan silencioso como si todos los habitantes hubieran muerto.

«Así debería ser. Morir solo no es digno de Tywin Lannister. Un hombre como él merece un séquito que atienda sus necesidades en el infierno.»

Ante la puerta de la Torre de la Mano se encontraban apostados cuatro lanceros con capa roja y yelmo con cimera en forma de león.

—Que no entre ni salga nadie sin mi permiso —les dijo.

Le resultó sencillo dar órdenes. «Mi padre también tenía acero en la voz.»

Una vez dentro de la torre, el humo de las antorchas le irritó los ojos, pero Cersei no lloró; no lloró, igual que no habría llorado su padre.

«Soy el único hijo varón de verdad que ha tenido. —Sus tacones arañaban la piedra cuando subía por las escaleras; todavía oía a la polilla revolotear como loca dentro del farol de Ser Osmund—. Muere —pensó la Reina con irritación—. Vuela hacia la llama y muere de una vez.»

Otros dos guardias con capa roja aguardaban en lo alto de las escaleras. Lester el Rojo musitó un pésame al verla pasar. La Reina respiraba con bocanadas cortas y rápidas; el corazón le latía como una mariposa en el pecho.

«Los peldaños —se dijo—. Esta condenada torre tiene demasiados peldaños.» Casi le daban ganas de hacerla derribar.

La sala estaba llena de imbéciles que hablaban en susurros, como si Lord Tywin estuviera durmiendo y tuvieran miedo de despertarlo. Tanto guardias como sirvientes retrocedieron a su paso mientras movían los labios. Les veía las encías rosadas; veía como agitaban la lengua, pero sus palabras no tenían más sentido que el zumbido de la polilla.

«¿Qué hacen aquí? ¿Cómo se han enterado?» Tendrían que haberla llamado a ella en primer lugar. Era la reina regente, ¿acaso se habían olvidado?

Ser Meryn Trant se encontraba ante el dormitorio de la Mano, ataviado con la armadura y la capa blanca. Llevaba levantado el visor del yelmo, y las enormes ojeras hacían que pareciera todavía medio dormido.

—Echad a toda esta gente —le ordenó Cersei—. ¿Mi padre sigue en el escusado?

—Lo han llevado a su cama, mi señora.

Ser Meryn abrió la puerta para dejarle paso. La luz del amanecer se colaba a través de los postigos para pintar barras doradas en los juncos que cubrían el suelo de la estancia. Su tío Kevan estaba de rodillas junto a la cama, tratando de rezar, pero apenas le salían las palabras. Los guardias se arracimaban cerca de la chimenea. La puerta secreta de la que le había hablado Ser Osmund era un boquete abierto tras las cenizas, no más grande que un horno. Para pasar por ella, un hombre tendría que arrastrarse.

«Pero Tyrion solo es medio hombre. —La simple idea la hizo enfurecer—. No, el enano está encerrado en una celda negra. —No podía ser obra suya—. Stannis —se dijo—. Stannis está detrás de esto. Todavía tiene partidarios en la ciudad. Ha sido él, o quizá los Tyrell...»

Siempre se habían oído rumores acerca de pasadizos secretos en la Fortaleza Roja. Según se decía, Maegor el Cruel había matado a los hombres que construyeron el castillo para mantener en secreto su posición.

«¿Cuántos dormitorios más tendrán puertas ocultas? —De repente, Cersei se imaginó al enano saliendo de detrás de un tapiz en la habitación de Tommen, con un cuchillo en la mano—. Tommen está bien custodiado», se dijo. Pero Lord Tywin también había estado bien custodiado.

Durante un momento no reconoció al hombre muerto. Tenía el pelo como el de su padre, sí, pero sin duda era otro, más menudo y mucho más viejo. Llevaba la ropa de dormir subida hasta el pecho, de modo que estaba desnudo de cintura para abajo. La saeta se le había clavado en el vientre, entre el ombligo y el miembro viril, tan profundamente que solo asomaban las plumas. Tenía el vello púbico rígido por la sangre seca, que también se le había coagulado en el ombligo.

Su olor hizo que arrugara la nariz.

—¡Sacadle esa flecha! —ordenó—. ¡Es la Mano del Rey!

«Y mi padre. Mi señor padre. ¿Tendría que gritar y mesarme el cabello? —Según decían, Catelyn Stark se había desgarrado la cara con las uñas cuando los Frey mataron a su adorado Robb—. ¿Sería eso lo que te gustaría, padre? —habría querido preguntarle—. ¿O preferirías que fuera fuerte? ¿Lloraste tú cuando murió tu padre?» Su abuelo había fallecido cuando ella no tenía más que un año, pero conocía bien la historia. Lord Tytos había engordado mucho, y el corazón le reventó un día cuando subía por las escaleras para visitar a su amante. Cuando sucedió, Lord Tywin se encontraba lejos, en Desembarco del Rey, sirviendo como Mano al Rey Loco. Pasaba mucho tiempo en Desembarco del Rey cuando Jaime y ella eran pequeños. Si lloró cuando le llevaron la noticia de la muerte de su padre, nadie vio sus lágrimas.

La Reina se clavó las uñas en la palma de las manos.

—¿Cómo habéis podido dejarlo así? Mi padre fue Mano de tres reyes; no ha habido hombre más grande en los Siete Reinos. Las campanas deben tañer por él igual que tañeron por Robert. Hay que bañarlo y vestirlo como corresponde a su categoría, con ropajes de armiño, hilo de oro y seda escarlata. ¿Dónde está Pycelle? ¡He dicho que dónde está Pycelle! —Se volvió hacia los guardias—. Ceños, ve a buscar al Gran Maestre Pycelle. Tiene que ver a Lord Tywin.

—Ya lo ha visto, Alteza —respondió Ceños—. Ha estado aquí, lo ha visto y ha ido a buscar a las hermanas silenciosas.

«Me han avisado a mí la última. —Aquello la enfurecía tanto que no le salían las palabras—. Y Pycelle sale corriendo para enviar un mensaje con tal de no mancharse esas manos blandengues. Es un inútil.»

—Id a buscar al maestre Ballabar —ordenó—. Id a buscar al maestre Frenken. A cualquiera. —Ceños y Orejamocha se precipitaron a obedecer—. ¿Dónde está mi hermano?

—Ha bajado por el túnel. Es un pasadizo vertical con peldaños de hierro incrustados en la piedra. Ser Jaime quiere ver hasta dónde llega.

«Solo tiene una mano —habría querido gritarles—. Tendría que haber bajado uno de vosotros. No está en condiciones de andar trepando. Los hombres que asesinaron a mi padre aún pueden estar ahí abajo, esperándolo.» Su hermano mellizo siempre había sido demasiado impulsivo, y por lo visto, la pérdida de una mano no le había infundido cautela. Estaba a punto de ordenar a los guardias que bajaran a buscarlo cuando regresaron Ceños y Orejamocha escoltando a un hombre de pelo canoso.

—Alteza, este hombre asegura que fue maestre en sus tiempos —dijo Orejamocha.

El hombre hizo una profunda reverencia.

—¿En qué puedo servir a Vuestra Alteza?

Su rostro le sonaba de algo, aunque no conseguía identificarlo.

«Es viejo, pero no tanto como Pycelle. A este aún le quedan fuerzas. —Era alto, aunque algo encorvado y con patas de gallo alrededor de los ojos azules, atrevidos—. Tiene el cuello desnudo.»

—No lleváis cadena de maestre.

—Me la quitaron. Mi nombre es Qyburn, si a Vuestra Alteza le parece bien. Yo traté la mano de vuestro hermano.

—Querréis decir el muñón.

Ya había conseguido situarlo. Había llegado de Harrenhal con Jaime.

—Es cierto; no pude salvar la mano de Ser Jaime. Pero mis artes le salvaron el brazo, puede que hasta la vida. La Ciudadela me arrebató la cadena, pero no pudo quitarme mis conocimientos.

—Nos seréis útil —decidió ella—. Si me falláis, la pérdida que menos os importará será la de la cadena, os lo aseguro. Sacadle esa saeta del vientre a mi padre y preparadlo para las hermanas silenciosas.

—Como ordene mi reina. —Qyburn se acercó a la cama, se detuvo y miró hacia atrás—. ¿Qué queréis que haga con la muchacha, Alteza?

—¿Qué muchacha?

A Cersei se le había pasado por alto el segundo cadáver. Se acercó a la cama, echó a un lado un montón de mantas ensangrentadas y entonces la vio, desnuda, fría, rosada... A excepción del rostro, que se le había puesto tan negro como a Joff en el banquete de bodas. Tenía clavada en torno al cuello una cadena de manos doradas, retorcida y tan apretada que le había desgarrado la piel. Cersei siseó como una gata furiosa.

—¿Qué hace aquí?

—La hemos encontrado al llegar, Alteza —respondió Orejamocha—. Es la puta del Gnomo. —Como si eso explicara su presencia.

«A mi señor padre no le interesaban las prostitutas —pensó—. Después de que muriera nuestra madre, no volvió a tocar a una mujer.» Lanzó una mirada gélida al guardia.

—Esto no es lo que... Cuando murió su padre, Lord Tywin volvió a Roca Casterly y se encontró con..., con que una mujer de esta ralea... se había puesto las joyas de mi madre, y también una de sus túnicas. Se lo quitó todo, todo. Durante quince días la exhibieron desnuda por las calles de Lannisport para que confesara ante todos que era una ladrona y una ramera. Eso era lo que hacía Lord Tywin Lannister con las prostitutas. Él jamás... Esta mujer se encontraba aquí con otro propósito, no para...

—Puede que Lord Tywin la estuviera interrogando para averiguar algo sobre su ama —sugirió Qyburn—. Tengo entendido que Sansa Stark desapareció la noche en que el Rey fue asesinado.

—Eso es. —Cersei se agarró de buena gana a la sugerencia—. La estaba interrogando, claro. No cabe la menor duda.

Le acudió a la mente la imagen de un Tyrion burlón, con la boca retorcida en una sonrisa simiesca bajo los restos de la nariz.

«¿Y qué mejor manera de interrogarla que desnuda y con las piernas bien abiertas? —le susurró el enano—. De esa forma la interrogo yo también.»

La Reina dio media vuelta. «No quiero verla.» De pronto, la sola idea de estar en la misma habitación que la muerta le resultaba abrumadora. Apartó a Qyburn a un lado y salió a la recámara.

Osney y Osfryd, los hermanos de Ser Osmund, se habían reunido con él.

—Hay una mujer muerta en el dormitorio de la Mano —les dijo Cersei a los tres Kettleblack—. No quiero que nadie sepa que la encontraron aquí.

—De acuerdo, mi señora. —Ser Osney tenía arañazos superficiales en la mejilla, allí donde otra de las rameras de Tyrion le había clavado las uñas—. ¿Qué hacemos con ella?

—Échasela de comer a los perros. O llévatela a la cama. ¿A mí qué me importa? Pero nunca ha estado aquí. Exigiré la lengua de todo aquel que diga lo contrario. ¿Me explico?

Osney y Osfryd intercambiaron una mirada.

—Sí, Alteza.

Regresó al dormitorio con ellos y los observó mientras envolvían a la chica con las mantas ensangrentadas de su padre.

«Shae, se llamaba Shae.» Habían hablado por última vez la noche anterior al juicio por combate del enano, después de que aquella serpiente dorniense, todo sonrisas, se ofreciera a ser su campeón. Shae había preguntado por unas joyas, regalo de Tyrion, y también por ciertas promesas que tal vez le hubiera hecho Cersei: una casa en la ciudad y un caballero que la desposara. La Reina había dejado bien claro que la prostituta no obtendría nada de ella hasta que le dijera adónde había ido Sansa Stark.

—Eras su doncella. ¿Quieres hacerme creer que no sabías nada de sus planes? —le espetó, y Shae se retiró hecha un mar de lágrimas.

Ser Osfryd se echó al hombro el fardo del cadáver.

—Quiero la cadena —dijo Cersei—. Ten cuidado de no arañar el oro. —Osfryd asintió y se dirigió hacia la puerta—. No, por el patio no. —Hizo un gesto en dirección al pasadizo secreto—. Eso lleva a las mazmorras. Por ahí.

Justo cuando Ser Osfryd se arrodillaba ante la chimenea, la luz se hizo más intensa en el interior, y la Reina oyó sonidos. Jaime salió del pasadizo encorvado como una anciana, levantando con las botas nubes de cenizas del último fuego de Lord Tywin.

—Fuera de mi camino —les dijo a los Kettleblack, y corrió hacia él—. ¿Los has encontrado? ¿Has encontrado a los asesinos? ¿Cuántos eran?

Tenía que haber sido más de uno. Un solo hombre no había podido matar a su padre.

El rostro de su mellizo estaba macilento.

—El pasadizo baja hasta una cámara donde se cruza media docena de túneles. Hay unas verjas de hierro que los cierran, con cadenas y candados. Necesito las llaves. —Miró a su alrededor—. Quienquiera que hiciera esto puede seguir al acecho en los muros. Ahí abajo hay todo un laberinto y está muy oscuro.

Cersei se imaginó a Tyrion arrastrándose entre las paredes como una rata monstruosa.

«No. Déjate de tonterías. El enano está en su celda.»

—Derribad las paredes con mazas. Derribad la torre entera si hace falta. Quiero que los encuentren. Quiero encontrar a los culpables. Los quiero muertos.

Jaime la abrazó y le apretó con la mano la base de la espalda. Olía a ceniza, pero el sol de la mañana le acariciaba el pelo y le daba un brillo dorado. Habría querido atraer el rostro hacia el suyo y fundirse con él en un beso.

«Más tarde —se dijo—, más tarde acudirá a mí en busca de consuelo.»

—Somos sus herederos, Jaime —susurró—. A nosotros nos corresponde acabar su obra. Tienes que ocupar su lugar como Mano. Seguro que ahora lo comprendes. Tommen te necesita...

Jaime la empujó para zafarse de ella y levantó el brazo para obligarla a ver el muñón.

—¿Una Mano sin una mano? Parece un chiste malo, hermana. No me pidas que gobierne.

Su tío oyó el desaire. También Qyburn, y los Kettleblack, que cargaban con su fardo entre las cenizas. Lo oyeron hasta los guardias: Ceños, Hoke Patamulo y Orejamocha.

«Antes de que anochezca lo sabrá todo el castillo.» Cersei sintió un repentino calor en las mejillas.

—¿Que gobiernes? No he dicho nada de gobernar. Gobernaré yo hasta que mi hijo sea mayor de edad.

—No sé quién me da más pena —replicó su hermano—, si Tommen o los Siete Reinos.

Le dio una bofetada. Jaime levantó el brazo para detener el golpe, rápido como un gato... Pero aquel gato tenía un muñón de tullido en lugar de la mano derecha. Los dedos de Cersei le dejaron marcas rojas en la mejilla.

El sonido hizo que su tío se pusiera en pie.

—Vuestro padre yace muerto en esta misma habitación. Tened la decencia de iros a pelear afuera.

Jaime inclinó la cabeza en gesto de disculpa.

—Perdónanos, tío. Mi hermana está fuera de sí de dolor. No se puede controlar.

Habría querido abofetearlo de nuevo.

«Debía de estar loca al pensar que podría ser la Mano.» Antes preferiría abolir el cargo. ¿Cuándo le había proporcionado una Mano algo que no fueran pesares? Jon Arryn le había metido en la cama a Robert Baratheon, y antes de morir había empezado a husmear en sus cosas y las de Jaime. Eddard Stark lo retomó todo donde lo había dejado Arryn, y por culpa de su intromisión se había visto obligada a librarse de Robert antes de lo que habría querido, antes de poder encargarse de sus molestos hermanos. Tyrion vendió a Myrcella a los dornienses, convirtió en rehén a uno de sus hijos y asesinó al otro. Y cuando Lord Tywin regresó a Desembarco del Rey...

«La próxima Mano sabrá cuál es su lugar —se prometió. Tendría que nombrar a Ser Kevan. Su tío era incansable, prudente, siempre obediente. Podía confiar en él, como había hecho su padre—. La mano no discute con la cabeza.» Tenía que gobernar un reino, pero para ello le haría falta la ayuda de hombres. Pycelle era un lameculos que chocheaba; Jaime había perdido el valor junto con la mano de la espada, y no se podía confiar en Mace Tyrell ni en sus amiguitos Redwyne y Rowan. Nadie le garantizaba que no fueran los que habían perpetrado aquello. Sin duda, Lord Tyrell sabía que jamás gobernaría los Siete Reinos mientras viviera Tywin Lannister.

«Con ese tendré que ir con cuidado.» Sus hombres estaban por toda la ciudad; hasta había colado a uno de sus hijos en la Guardia Real, y pretendía meter a su hija en la cama de Tommen. Aún se enfurecía al pensar que su padre había accedido al compromiso entre Tommen y Margaery Tyrell.

«Esa chica le dobla la edad y ya ha enviudado dos veces.» Según Mace Tyrell, su hija seguía siendo virgen, pero Cersei tenía sus dudas. Joffrey había muerto asesinado antes de poder llevársela a la cama, pero antes había estado casada con Renly...

«Puede que a un hombre le guste el sabor del hidromiel, pero si le ponen delante una jarra de cerveza, también se la beberá. —Tendría que ordenarle a Lord Varys que averiguara lo que pudiera. De repente cayó en la cuenta: se había olvidado de la Araña—. Varys tendría que estar presente. Siempre está presente. —Cada vez que pasaba algo de importancia en la Fortaleza Roja, el eunuco aparecía como surgido de la nada—. Jaime está aquí, y también el tío Kevan, y Pycelle ha estado antes, pero Varys no. —Un escalofrío le recorrió la columna—. Ha intervenido en esto. Temía que mi padre tuviera intención de cortarle la cabeza, así que atacó primero. —Lord Tywin nunca había sentido la menor simpatía hacia el sonriente y obsequioso consejero de los rumores. Y si alguien conocía los secretos de la Fortaleza Roja, ese era él sin duda—. Debe de haber hecho causa común con Lord Stannis. Al fin y al cabo, se sentaron juntos en el Consejo de Robert...»

Cersei se dirigió hacia la puerta del dormitorio, donde estaba Ser Meryn Trant.

—Trant, traed a Lord Varys. Que venga chillando y pataleando si hace falta, pero ileso.

—Como ordene Vuestra Alteza.

Pero nada más irse un miembro de la guardia real, volvió otro. Ser Boros Blount estaba congestionado y sofocado; había subido corriendo las escaleras.

—No está —jadeó al ver a la Reina. Se dejó caer sobre una rodilla—. El Gnomo... La celda está abierta, Alteza... Ni rastro de él por ninguna parte...

«Lo que soñé era verdad.»

—Di órdenes muy concretas —replicó—. Había que mantenerlo vigilado día y noche.

El pecho de Blount subía y bajaba como un fuelle.

—También ha desaparecido un carcelero. Se llamaba Rugen. A los otros dos los hemos encontrado dormidos.

—Espero que no los despertarais, Ser Boros. Dejadlos dormir. —Tuvo que contenerse para no gritar.

—¿Que los deje dormir? —Alzó la vista, boquiabierto y confuso—. Sí, Alteza. ¿Cuánto tiempo los...?

—Para siempre. Encargaos de que duerman para siempre, ser. No toleraré que los guardias duerman mientras están vigilando.

«Está en los muros. Ha matado a nuestro padre, igual que mató a nuestra madre, igual que mató a Joff. —El enano también iría a por ella. La Reina lo sabía: era tal como le había augurado la vieja en la penumbra de aquella carpa—. Me reí de la adivina, pero tenía poderes. Vio mi futuro en una gota de sangre. Vio mi sino.» Las piernas apenas la sostenían. Ser Boros fue a sujetarla del brazo, pero la Reina esquivó su mano. ¿Quién le garantizaba que no era una de las criaturas de Tyrion?

—Apartaos de mí —chilló—. ¡Apartaos! —Trató de calmarse.

—¿Alteza? —inquirió Blount—. ¿Os traigo un vaso de agua?

«Lo que necesito es sangre, no agua. La sangre de Tyrion, la sangre del *valonqar.* —Las antorchas daban vueltas a su alrededor. Cersei cerró los ojos y vio al enano, que sonreía—. No —pensó—, no, casi me había librado de ti.» Pero la tenía cogida por el cuello, y notaba como empezaba a apretar.

Brienne

—Estoy buscando a una doncella de trece años —le dijo a la mujer de pelo cano que se encontró junto al pozo de la aldea—. Una doncella de noble cuna, muy hermosa, con los ojos azules y el pelo castaño rojizo. Puede que viaje con un caballero corpulento de unos cuarenta años, o tal vez con un bufón. ¿La habéis visto?

—Que yo recuerde no, ser —respondió la mujer llevándose los nudillos a la frente—. Pero os voy a decir lo que haré: prestaré atención, eso.

Tampoco la había visto el herrero, ni el septón del septo de la aldea, ni el porquerizo que cuidaba de sus cerdos, ni la chica que recogía cebollas en su huerto, ni ninguna de las personas que había encontrado la Doncella de Tarth entre las chozas de paja y barro de Rosby. Pese a todo, insistía.

«Este es el camino más corto hacia el Valle Oscuro —se dijo Brienne—. Si Sansa pasó por aquí, alguien tuvo que verla.» Ante las puertas del castillo planteó la misma pregunta a los dos lanceros cuyas insignias mostraban tres tenazas invertidas de gules sobre armiño, la divisa de la Casa Rosby

—Si va por los caminos con los tiempos que corren, pronto dejará de ser doncella —dijo el mayor.

El más joven quiso saber si la chica también tenía el pelo castaño rojizo entre las piernas.

«Aquí no encontraré ayuda.» Brienne volvió a montar, y en aquel momento divisó a un muchachito flaco a lomos de un caballo picazo, al otro extremo de la aldea.

«Con ese no he hablado», pensó, pero el chiquillo desapareció tras el septo antes de que pudiera acercarse a él. No se molestó en seguirlo. Lo más probable era que no supiera nada, igual que los otros. Rosby era poco más que un ensanchamiento en el camino; Sansa no habría tenido motivos para entretenerse allí. Brienne volvió a ponerse en marcha y se dirigió hacia el noreste pasando por plantaciones de manzanos y campos de cebada, y no tardó en dejar atrás el pueblo y su castillo. Se dijo que en el Valle Oscuro encontraría a quien buscaba. «Si es que ha venido por aquí.»

—Encontraré a la niña y la pondré a salvo —le había prometido Brienne a Ser Jaime en Desembarco del Rey—. Lo haré por su madre. Y por vos.

Nobles palabras, pero las palabras eran baratas. Los hechos ya eran más caros. En la ciudad había perdido demasiado tiempo a cambio de demasiado poco.

«Tendría que haberme puesto en marcha antes... Pero ¿hacia dónde?» Sansa Stark había desaparecido la noche de la muerte del rey Joffrey, y si alguien la había visto desde entonces, si alguien tenía la menor idea de adónde había ido, no decía nada. «O nadie me lo dice a mí.»

Brienne creía que la niña había salido de la ciudad. Si estuviera todavía en Desembarco del Rey, los capas doradas ya la habrían encontrado. Tenía que estar en otra parte... Pero *otra parte* era un concepto muy amplio.

«Si yo fuera una doncella recién florecida, sola y asustada, en peligro mortal, ¿qué haría? —se había preguntado—. ¿Adónde iría?» Si se tratara de ella, la respuesta sería sencilla. Habría regresado a Tarth, con su padre. Pero al padre de Sansa lo habían decapitado ante sus ojos. Su señora madre también había muerto; la habían asesinado en Los Gemelos, y además Invernalia, la gran fortaleza de los Stark, había sido saqueada y quemada hasta los cimientos, y sus gentes, pasadas por la espada.

«No tiene un hogar al que volver; no tiene padre, ni madre, ni hermanos.» Podía estar en el pueblo siguiente o en un barco rumbo a Asshai; ambas cosas eran igual de probables.

Y si Sansa Stark hubiera querido volver a su hogar, ¿cómo lo habría intentado? El camino Real no era seguro; eso lo sabían hasta los niños. Los hijos del hierro se habían apoderado de Foso Cailin a ambos lados del Cuello, y en Los Gemelos estaban los Frey, que habían asesinado al hermano de Sansa y a su señora madre. Si tenía monedas, la niña podía haber viajado por mar, pero el puerto de Desembarco del Rey seguía en ruinas, y el río era un caos de atracaderos destrozados y galeras quemadas y hundidas. Brienne había estado indagando en los muelles, pero nadie recordaba haber visto partir un barco la noche de la muerte del rey Joffrey. Según le dijo un hombre, unos cuantos barcos habían echado el ancla en la bahía y descargaban por medio de botes de remos, pero la mayoría seguía viaje hacia arriba, hasta el Valle Oscuro, donde el puerto estaba más ajetreado que nunca.

La yegua de Brienne era hermosa y trotaba a buen ritmo. En los caminos había más viajeros de los que había imaginado. Se encontró con hermanos mendicantes, con sus cuencos colgados de los cordeles que llevaban al cuello. Un joven septón pasó al galope a lomos de un palafrén digno de un gran señor, y más adelante se cruzó con un grupo de hermanas silenciosas que negaron con la cabeza cuando les planteó la pregunta. Una caravana de carros de bueyes avanzaba parsimoniosa hacia el sur con un cargamento de lana y cereales, y más adelante se cruzó con un porquerizo que guiaba a sus cerdos, y con una anciana que iba en litera con una escolta de guardias a caballo. A todos les preguntó si habían visto a una niña noble de trece años con los ojos azules y el cabello castaño rojizo. Nadie. También preguntó por el camino que tenía por delante.

—De aquí al Valle Oscuro, todo bien —le respondió un hombre—, pero en pasando el Valle Oscuro hay bandidos y hombres quebrados en los bosques.

Los únicos árboles que aún tenían hojas verdes eran los pinos soldado y los centinelas; los de hoja ancha lucían mantos dorados y rojizos, o estaban desnudos y arañaban el cielo con sus ramas afiladas. Cada ráfaga de viento hacía girar nubes de hojarasca en el camino. Las hojas muertas crujían bajo los cascos de la gran yegua baya que le había entregado Jaime Lannister.

«Es más fácil encontrar una hoja en el viento que a una niña perdida en Poniente.» Ya empezaba a preguntarse si Jaime no le habría gastado una broma cruel al encomendarle aquella misión. Tal vez Sansa Stark estuviera muerta; quizá la hubieran decapitado por su participación en la muerte del rey Joffrey y estuviera enterrada en cualquier tumba anónima. ¿Qué mejor manera de ocultar el asesinato que enviar en su búsqueda a una moza grandullona y estúpida de Tarth?

«Jaime no haría semejante cosa. Era sincero. Me entregó la espada y la llamó *Guardajuramentos.*» De cualquier manera, aquello no tenía importancia. Le había prometido a Lady Catelyn que le devolvería a sus hijas, y no había promesa más solemne que aquella cuyo depositario había fallecido. Según Jaime, la pequeña llevaba tiempo muerta; la Arya que los Lannister habían enviado al Norte para que contrajera matrimonio con el bastardo de Roose Bolton era una impostora. Así que solo quedaba Sansa. Brienne tenía que encontrarla.

Ya se acercaba el ocaso cuando vio una hoguera que ardía junto a un arroyo. Dos hombres estaban asando truchas, y habían dejado las armas y las armaduras al pie de un árbol. Uno era anciano y el otro no tanto, aunque distaba mucho de ser joven. Fue el segundo quien se levantó para darle la bienvenida. Tenía una gran barriga, que le tensaba los cordones del jubón de piel moteada de ciervo. En las mejillas y el mentón lucía una barba descuidada del color del oro viejo.

—Hay trucha suficiente para tres hombres, ser —le dijo.

No era la primera vez que confundían a Brienne con un hombre. Se quitó el yelmo para soltarse el pelo. Era amarillento, del color de la paja sucia y casi igual de quebradizo. Le caía por los hombros, largo y fino.

—Os lo agradezco, ser.

El caballero errante la miró con los ojos entrecerrados y con tanto esfuerzo que Brienne intuyó que era miope.

—¿Una dama? ¿Con armadura? Por los dioses, Illy, mira qué estatura tiene.

—Yo también la he confundido con un caballero —respondió el más anciano al tiempo que daba la vuelta a la trucha.

Si Brienne hubiera sido un hombre, se podría considerar alto y corpulento; para ser mujer era enorme. *Monstruosa* era la palabra que había oído toda la vida. Tenía los hombros anchos y las caderas más anchas todavía. Sus piernas eran largas, y sus brazos, gruesos. El pecho era más músculo que senos. Las manos eran muy grandes; los pies, enormes. Y además era fea, con un rostro caballuno lleno de pecas y unos dientes que casi parecían demasiado grandes para su boca. No le hacía ninguna falta que se lo recordaran.

—Señores, ¿habéis visto en el camino a una doncella de trece años? —preguntó—. Tiene los ojos grandes y el pelo caoba, y puede que viaje en compañía de un hombre corpulento de rostro colorado, de unos cuarenta años.

El caballero errante miope se rascó la cabeza.

—No me suena nadie así. ¿Cómo es el pelo caoba?

—Castaño rojizo —le explicó el viejo—. No, no la hemos visto.

—No la hemos visto, mi señora —repitió el más joven—. Desmontad; el pescado está casi listo. ¿Tenéis hambre?

Tenía hambre, pero también desconfiaba. Los caballeros errantes tenían mala reputación. Como se solía decir, un caballero errante y un caballero ladrón eran los dos lados de la misma espada. «Pero estos dos no parecen peligrosos.»

—¿Puedo saber con quiénes hablo, señores?

—Tengo el honor de llamarme Ser Creighton Longbough, aquel sobre el que cantan los bardos —respondió el de la barriga—. Tal vez hayáis oído hablar de mis hazañas en el Aguasnegras. Mi compañero es Ser Illifer el Paupérrimo.

Si había alguna canción sobre Creighton Longbough, Brienne no la había oído nunca. Sus nombres le decían tan poco como sus escudos de armas. En el escudo verde de Ser Creighton solo se veía el jefe de gules sucio y descolorido, y una grieta causada por algún hacha de combate. El de Ser Illifer lucía un jironado de oro y armiño, aunque por su aspecto no vería en su vida más oro ni armiño que los allí pintados. Tenía sesenta años como mínimo, y un rostro enjuto y afilado bajo la capucha de un manto de lana basta. Llevaba una cota de malla, pero salpicada de motas de óxido como pecas anaranjadas. Brienne le sacaba una cabeza a cualquiera de los dos, y tenía mejor caballo y mejor armadura.

«Si hombres como estos me dan miedo, más me vale cambiar la espada por un par de agujas de hacer punto.»

—Os lo agradezco, señores —dijo—. De buena gana compartiré esa trucha.

Brienne se bajó de la yegua, la desensilló y la llevó a beber al arroyo antes de dejarla pastar. Luego dejó las armas, el escudo y las alforjas al pie de un olmo. Para entonces, las truchas ya estaban crujientes. Ser Creighton le llevó una, y ella se sentó en el suelo con las piernas cruzadas para comérsela.

—Nos dirigimos hacia el Valle Oscuro, mi señora —le comentó Longbough mientras arrancaba trozos de trucha con los dedos—. Sería mejor que cabalgarais con nosotros. Los caminos son peligrosos.

Brienne podría darle más información de la que al caballero le habría gustado sobre los peligros de los caminos.

—Os lo agradezco, ser, pero no necesito vuestra protección.

—Insisto. Un caballero de verdad tiene la obligación de defender al sexo débil.

Brienne se acarició la empuñadura de la espada.

—Esto me defenderá, ser.

—Una espada solo vale tanto como el hombre que la esgrime.

—No se me da mal esgrimirla.

—Como queráis. No sería cortés discutir con una dama. Os llevaremos sana y salva hasta el Valle Oscuro. Tres jinetes corren menos peligro que uno solo.

«Éramos tres cuando salimos de Aguasdulces, pero Jaime perdió la mano, y Cleos Frey, la vida.»

—Vuestras monturas no pueden seguirle el paso a la mía.

El caballo castrado pardo de Ser Creighton era un animal viejo de lomo hundido y ojos legañosos, y el de Ser Illifer parecía débil y medio muerto de hambre.

—Mi corcel me sirvió mejor que bien en el Aguasnegras —se empecinó Ser Creighton—. Protagonicé una verdadera carnicería; gané una docena de rescates. ¿Conocía mi señora a Ser Herbert Bolling? Pues ya no lo conocerá: lo maté en el acto. Cuando chocan las espadas, no veréis nunca retroceder a Ser Creighton Longbough.

Su compañero dejó escapar una risita seca.

—Déjalo, Creigh. Las mujeres como ella no necesitan hombres como nosotros.

—¿Las mujeres como yo? —preguntó desconcertada.

Ser Illifer señaló el escudo de Brienne con un dedo flaco. Aunque la pintura estaba agrietada y desconchada, el emblema se veía perfectamente: un murciélago negro sobre campo tronchado de plata y oro.

—No tenéis derecho a llevar ese escudo. El abuelo de mi abuelo contribuyó a matar al último Lothston. Desde entonces, nadie se atrevió a lucir ese murciélago, tan negro como los actos de quienes lo exhibieron.

El escudo era el que había cogido Ser Jaime de la armería de Harrenhal. Brienne se lo había encontrado en los establos, igual que la yegua y muchas cosas más: la silla y las riendas, la cota de malla y el yelmo con visor, bolsas de monedas de oro y plata, y un pergamino más valioso que todo lo demás junto.

—He perdido mi escudo —explicó.

—El único escudo que necesita una doncella es un buen caballero —declaró Ser Creighton, decidido.

Ser Illifer no le prestó atención.

—El hombre que va descalzo quiere botas; el que tiene frío quiere una capa. Pero ¿quién querría envolverse en una capa de vergüenza? Ese murciélago lo llevaron Lord Lucas el Putero y Manfryd Capucha Negra, su hijo. Y digo yo, ¿por qué lucir semejantes blasones, a menos que vuestro pecado sea aún más repugnante... y más reciente? —Desenfundó el puñal, un arma fea de hierro barato—. Una mujer monstruosamente grande y fuerte que oculta sus verdaderos colores. Creigh, te presento a la Doncella de Tarth, la que le cortó el cuello a Renly.

—Eso es mentira.

Para ella, Renly Baratheon había sido más que un rey. Se había enamorado de él desde la primera vez que visitó Tarth, para celebrar su mayoría de edad. Su padre lo recibió con un banquete y ordenó a Brienne que asistiera; de lo contrario se habría escondido en su habitación como una fiera herida. Por aquel entonces tenía la edad de Sansa y le daban más miedo las burlas que las espadas.

—Sabrán lo de la rosa; se van a reír de mí —dijo a Lord Selwyn. Pero el Lucero de la Tarde no cedió.

Y Renly Baratheon la había tratado con toda cortesía, como si fuera una doncella de verdad, como si fuera hermosa. Hasta había bailado con ella, y entre sus brazos se sintió grácil, y sus pies flotaban sobre el suelo. Más tarde, gracias a su ejemplo, otros le pidieron un baile. Desde aquel día no deseó otra cosa que estar cerca de Lord Renly para servirlo y protegerlo. Pero al final le había fallado.

«Renly murió en mis brazos, pero yo no lo maté», pensó. Pero aquellos caballeros errantes jamás lo comprenderían.

—Habría dado mi vida por el rey Renly Baratheon, y habría muerto feliz —dijo—. No le hice ningún daño. Lo juro por mi espada.

—Solo los caballeros juran por su espada —señaló Ser Creighton.

—Juradlo por los Siete —exigió Ser Illifer el Paupérrimo.

—Bien, lo juro por los Siete. No le hice ningún daño al rey Renly. Lo juro por la Madre; que jamás conozca su misericordia si miento. Lo juro por el Padre y le pido que me juzgue con justicia. Lo juro por la Doncella y por la Vieja, por el Herrero y por el Guerrero. Y lo juro por el Desconocido; que me lleve ahora mismo si no digo la verdad.

—Para ser una doncella, jura bien —tuvo que reconocer Ser Creighton.

—Sí. —Ser Illifer el Paupérrimo se encogió de hombros—. Bueno, si ha mentido, los dioses la pondrán en su lugar. —Volvió a guardarse el puñal—. Os toca la primera guardia.

Mientras los caballeros errantes dormían, Brienne se dedicó a pasear inquieta por el pequeño campamento, atenta al crepitar del fuego.

«Debería marcharme ahora que puedo.» No conocía a aquellos hombres, pero no se decidía a dejarlos allí desprotegidos. Pese a lo entrado de la noche, por el camino pasaban jinetes, y entre los árboles se oían ruidos que quizá fueran de búhos y zorros al acecho, o quizá no. De manera que siguió paseando, con la espada envainada, pero siempre a mano.

Montar guardia fue fácil. Lo difícil llegó después, cuando Ser Illifer se despertó y le dijo que la relevaba. Brienne extendió una manta en el suelo, se acurrucó y cerró los ojos.

«No voy a dormir», se dijo, aunque estaba muerta de cansancio. Nunca había podido conciliar el sueño con facilidad delante de hombres. Incluso en los campamentos de Lord Renly seguía existiendo el riesgo de violación. Era una lección que había aprendido bajo las murallas de Altojardín, y otra vez cuando Jaime y ella cayeron en manos de la Compañía Audaz.

El frío de la tierra se le metió hasta los huesos. No pasó mucho tiempo antes de que tuviera todos los músculos doloridos y entumecidos, desde la mandíbula hasta los dedos de los pies. Se preguntó si Sansa Stark también tendría frío, estuviera donde estuviera. Lady Catelyn le había dicho que Sansa era una niña dulce a la que le encantaban los pastelillos de limón, las túnicas de seda y las canciones de caballería, pero aquella niña había visto como decapitaban a su padre, y luego la habían obligado a casarse con uno de los asesinos. Si se podía dar crédito a la mitad de lo que se decía, el enano era el más cruel de los Lannister.

«Si Sansa envenenó al rey Joffrey, lo hizo obligada por el Gnomo, seguro. En aquella corte estaba sola, sin un amigo.» En Desembarco del Rey, Brienne había encontrado a una tal Brella, que fue doncella de Sansa. Según le contó la mujer, no había afecto alguno entre Sansa y el enano. Tal vez estuviera huyendo de él tanto como del asesinato de Joffrey.

Si Brienne tuvo algún sueño, ya se había desvanecido cuando la despertó la aurora. Tenía las piernas rígidas como si fueran de madera por culpa del duro suelo, pero nadie la había importunado, y sus posesiones estaban intactas. Los caballeros errantes ya se habían levantado. Ser Illifer troceaba una ardilla para el desayuno, mientras que Ser Creighton se encontraba ante un árbol, echando una larga meada.

«Caballeros errantes —pensó—, viejos, vanidosos, gordos y miopes, y pese a todo, hombres honrados.» Se animó un poco al constatar que aún quedaban hombres así en el mundo.

Desayunaron ardilla asada, pasta de bellotas y encurtidos, todo ello mientras Ser Creighton los obsequiaba con el relato de sus hazañas en el Aguasnegras, donde había matado a una docena de temibles caballeros de los que Brienne no había oído hablar jamás.

—Fue una batalla extraña, mi señora —dijo—. Una refriega rara y sangrienta.

Reconoció que Ser Illifer también había luchado con nobleza en la batalla. El propio Illifer no decía gran cosa.

Cuando llegó el momento de reanudar el viaje, los caballeros se pusieron uno a cada lado de Brienne, como guardias que protegieran a una dama importante... Aunque aquella dama era mucho más fornida que sus dos protectores, y además tenía mejor armadura y armamento.

—¿Pasó alguien durante vuestros turnos de guardia? —les preguntó.

—¿Como por ejemplo una doncella de trece años con el cabello caoba? —respondió Ser Illifer el Paupérrimo—. No, mi señora. Nadie.

—Yo sí vi a unas cuantas personas —intervino Ser Creighton—. Un chaval granjero a lomos de un caballo manchado, y una hora más tarde, una docena de hombres a pie, con palos y guadañas. Vieron nuestra hoguera y se quedaron mirando los caballos, pero les mostré el acero y les dije que siguieran su camino. Parecían tipos duros, sí, y desesperados, pero no tanto como para enfrentarse a Ser Creighton Longbough.

«No —pensó Brienne—, ¿quién puede estar tan desesperado?» Giró la cabeza para ocultar una sonrisa. Por suerte, Ser Creighton estaba demasiado inmerso en el relato de su épico combate con el Caballero del Pollo Rojo para advertir la diversión de la doncella. Era grato tener compañía en el camino, aunque fuera la de aquellos dos hombres.

Ya era mediodía cuando Brienne oyó unas plegarias que les llegaban de entre los árboles deshojados.

—¿Qué es ese sonido? —preguntó Ser Creighton.

—Son voces; parece que están rezando.

Brienne reconoció la oración.

«Le están suplicando protección al Guerrero; le piden a la Vieja que ilumine su camino.»

Ser Illifer el Paupérrimo desenvainó la maltrecha espada y tiró de las riendas de su caballo para aguardar a los que se aproximaban.

—Ya están cerca.

La plegaria inundó el bosque como un piadoso trueno, y de repente, la fuente del sonido apareció en el camino, delante de ellos. Un grupo de hermanos mendicantes abría la marcha. Eran hombres barbudos y desastrados con túnicas de lana basta; unos iban descalzos y otros con sandalias. Tras ellos caminaba más de un centenar de hombres, mujeres y niños harapientos, una cerda de piel con manchas y varias ovejas. Algunos hombres llevaban hachas; los más, solo garrotes rudimentarios y porras de madera. En medio de ellos rodaba un carromato de dos ruedas, de madera gris astillada, en el que se amontonaban calaveras y trozos de huesos rotos. Al ver a los caballeros errantes, los monjes se detuvieron, y sus rezos cesaron.

—Bondadosos caballeros, la Madre os ama.

—Y a vosotros, hermano —respondió Ser Illifer—. ¿Quiénes sois?

—Clérigos Humildes —respondió un hombretón corpulento que llevaba un hacha.

A pesar del frío del bosque otoñal, no llevaba camisa, y tenía una estrella de siete puntas grabada en el pecho. Los guerreros ándalos se habían grabado en la carne estrellas como aquella cuando cruzaron el mar Angosto para doblegar los reinos de los primeros hombres.

—Marchamos hacia la ciudad —explicó una mujer alta que tiraba de una vara del carromato—, para llevar estos huesos sagrados a Baelor el Santo y suplicar el amparo y la protección del Rey.

—Uníos a nosotros, amigos —les rogó un hombre menudo y flaco que vestía una harapienta túnica de septón y llevaba al cuello un cristal colgado de un cordón—. Poniente necesita de todas las espadas.

—Nos dirigíamos hacia el Valle Oscuro —declaró Ser Creighton—, pero tal vez podamos escoltaros hasta Desembarco del Rey.

—Si tenéis dinero para pagarnos por la protección —añadió Ser Illifer, que además de paupérrimo parecía práctico.

—Los gorriones no necesitan oro —respondió el septón.

Ser Creighton se quedó desconcertado.

—¿Los gorriones?

—El gorrión es el más común, el más humilde de los pájaros, igual que nosotros somos los más comunes y humildes de los hombres. —El septón tenía el rostro largo y anguloso, y una barbita corta castaña, ya algo canosa. Llevaba el pelo ralo peinado hacia atrás y recogido en una coleta, y los pies descalzos, ennegrecidos, nudosos y duros como raíces de árbol—. Estos huesos son de hombres santos que dieron la vida por su fe. Sirvieron a los Siete hasta la muerte. Unos murieron de hambre; a otros los torturaron. Hombres sin dios y adoradores del demonio han saqueado los septos, han violado a madres y doncellas, hasta han atacado a hermanas silenciosas. Nuestra Madre grita de angustia. Ha llegado el momento de que todos los hombres que han sido armados caballeros renuncien a sus señores de este mundo y defiendan la Sagrada Fe. Venid con nosotros a la ciudad, si es que amáis a los Siete.

—Les profeso un gran amor —replicó Illifer—, pero tengo que comer.

—Igual que todos los hijos de la Madre.

—Nos dirigimos hacia el Valle Oscuro —se limitó a señalar Ser Illifer.

Un monje escupió; una mujer lanzó un gemido.

—Sois falsos caballeros —dijo el hombretón de la estrella grabada en el pecho.

Otros blandieron los garrotes. El septón descalzo los calmó.

—No juzguéis; el juicio le corresponde solo al Padre. Dejad que sigan en paz. Ellos también son humildes y caminan perdidos por la tierra.

Brienne se adelantó a lomos de la yegua.

—Mi hermana también se ha perdido. Es una niña de trece años con el pelo castaño rojizo, muy hermosa.

—Todos los hijos de la Madre son hermosos. Que la Doncella vele por esa pobre niña... Y también por vos.

El septón se echó al hombro una vara del carromato y lo empezó a arrastrar. Los hermanos mendicantes reanudaron los rezos. Brienne y los caballeros errantes contemplaron el paso lento de la procesión, que seguía el camino que llevaba a Rosby. El sonido de la oración se fue apagando poco a poco hasta morir.

Ser Creighton levantó una nalga de la silla de montar y se rascó el trasero.

—¿Qué clase de persona podría matar a un santo septón?

Brienne sabía muy bien qué clase de personas hacían esas cosas. Recordó que, cerca de Poza de la Doncella, los hombres de la Compañía Audaz habían colgado a un septón de un árbol por los pies y habían utilizado su cadáver para practicar el tiro con arco. Tal vez sus huesos viajaran en aquella carreta junto con todos los demás.

—Hay que ser imbécil para violar a una hermana silenciosa —estaba comentando Ser Creighton—. Hasta para ponerle las manos encima. Se dice que son las novias del Desconocido, y que tienen las partes femeninas frías y húmedas como el hielo. —Miró de reojo a Brienne—. Eh... Perdonadme.

Brienne picó espuelas a su yegua en dirección al Valle Oscuro. Ser Illifer la siguió un instante después, y Ser Creighton cerró la marcha.

Tres horas más tarde se encontraron con otro grupo que viajaba hacia el Valle Oscuro: un mercader y sus sirvientes, acompañados por otro caballero errante. El mercader cabalgaba a lomos de una yegua gris moteada, y los sirvientes se turnaban para tirar del carro. Cuatro se encargaban de los varales, mientras los otros dos caminaban junto a las ruedas, pero al oír el sonido de los caballos, todos formaron en torno al carro con las picas de fresno preparadas. El comerciante sacó una ballesta, y el caballero desenvainó la espada.

—Disculpadnos tanta desconfianza —les gritó el comerciante—, pero corren malos tiempos, y solo tengo al buen Ser Shadrich para defenderme. ¿Quiénes sois?

Ser Creighton puso cara de afrenta.

—Yo soy el famoso Ser Creighton Longbough; tomé parte en la batalla del Aguasnegras, y este es mi compañero, Ser Illifer el Paupérrimo.

—No queremos haceros ningún daño —añadió Brienne.

El mercader la miró dubitativo.

—Deberíais estar en casa a salvo, mi señora. ¿Por qué lleváis un atuendo tan antinatural?

—Estoy buscando a mi hermana. —Sansa era una fugitiva acusada de regicidio; no se atrevía a mencionar su nombre—. Es una doncella de noble cuna, muy hermosa, con los ojos azules y el pelo castaño rojizo. Puede que la vierais con un caballero corpulento de unos cuarenta años, o tal vez con un bufón borracho.

—Los caminos están llenos de bufones borrachos y doncellas ultrajadas. En cuanto a los caballeros corpulentos, hay pocos hombres honrados que puedan mantener redonda la barriga cuando hay tanta falta de comida... Aunque veo que vuestro Ser Creighton no ha pasado hambre.

—Soy ancho de huesos —replicó Ser Creighton—. ¿Queréis que cabalguemos juntos un trecho? No dudo del valor de Ser Shadrich, pero es menudo, y tres espadas valen más que una.

«Cuatro espadas», pensó Brienne, pero se mordió la lengua.

El mercader miró a su escolta.

—¿Qué opináis vos, ser?

—De estos tres no hay nada que temer. —Ser Shadrich era un hombrecillo delgado pero fuerte, con cara de zorro, nariz ganchuda y una mata de pelo anaranjado. Iba a lomos de un alazán inquieto. No mediría ni ocho palmos, y pese a ello rebosaba confianza—. Uno es viejo; otro, gordo, y la grandullona es una mujer. Que vengan si quieren.

—Si os parece bien... —dijo el mercader, y bajó la ballesta.

Cuando reanudaron el viaje, el caballero mercenario se puso a la altura de Brienne y la miró de arriba abajo, como si fuera un trozo de carne en salazón.

—Tenéis un aspecto muy saludable, moza.

Las burlas de Ser Jaime se le habían clavado muy hondamente; las palabras del hombrecillo apenas la afectaron.

—Comparada con algunos, soy una gigante.

El otro se echó a reír.

—Lo que importa lo tengo de buen tamaño, moza.

—El mercader os ha llamado Shadrich.

—Ser Shadrich del Valle Umbrío. Hay quien me llama Ratón Loco. —Giró el escudo para mostrarle su blasón, un gran ratón de plata con ojos rojos sobre campo bandado marrón y azul—. El marrón es por las tierras que he recorrido; el azul, por los ríos que he cruzado. El ratón soy yo.

—¿Y estáis loco?

—Bastante. El ratón normal huye de la sangre y de la batalla; el ratón loco las busca.

—Por lo visto, no las encuentra a menudo.

—Encuentro las suficientes. Es cierto que no soy caballero de torneos. Me guardo el valor para el campo de batalla, mujer.

En fin, *mujer* era un poco mejor que *moza.*

—Entonces, tenéis mucho en común con Ser Creighton.

Ser Shadrich se echó a reír de nuevo.

—Eso lo dudo, pero lo que sí tenemos en común vos y yo es lo que buscamos. Una hermanita perdida, ¿no? ¿Con los ojos azules y el cabello castaño rojizo? —Se echó a reír de nuevo—. No sois la única que caza en el bosque. Yo también busco a Sansa Stark.

Brienne conservó el rostro inexpresivo para ocultar la consternación.

—¿Quién es esa Sansa Stark, y por qué la buscáis?

—Por amor, claro.

—¿Por amor? —preguntó Brienne, frunciendo el ceño.

—Sí, por amor al oro. A diferencia de vuestro bondadoso Ser Creighton, yo sí luché en el Aguasnegras, pero en el bando perdedor. Me arruiné para pagar el rescate. Supongo que sabréis quién es Varys, ¿no? Pues el eunuco ha ofrecido una buena bolsa de oro a cambio de esa niña de la que no habéis oído hablar. No soy codicioso; si alguna moza gigantona me ayudara a atrapar a esa chiquilla traviesa, compartiría con ella las monedas de la Araña.

—Creía que estabais al servicio de este mercader.

—Solo hasta que lleguemos al Valle Oscuro. Hibald es tan rácano como cobarde. Y es muy, muy cobarde. ¿Qué decidís, moza?

—No conozco a ninguna Sansa Stark —replicó—. Estoy buscando a mi hermana, una niña noble...

—... con los ojos azules y el cabello castaño rojizo, sí. Decidme, ¿quién es ese caballero que viaja con vuestra hermana? ¿O dijisteis que era un bufón? —Ser Shadrich no aguardó su respuesta; buena cosa, porque no habría sabido qué decir—. Cierto bufón desapareció de Desembarco del Rey la noche de la muerte del rey Joffrey, un tipo fuerte con la nariz llena de venas rotas, un tal Ser Dontos el Tinto, procedente del Valle Oscuro. Ojalá no confundan a vuestra hermana y a su bufón borracho con la pequeña Stark y Ser Dontos. Sería una verdadera desgracia.

Picó espuelas a su corcel y se adelantó al trote.

Ni Jaime Lannister le había hecho sentirse tan estúpida.

«No sois la única que caza en el bosque.» La tal Brella le había contado cómo Joffrey despojó a Ser Dontos de sus espuelas, cómo Lady Sansa le había suplicado que le perdonara la vida. «Seguro que la ayudó a escapar —decidió Brienne al enterarse—. Si encuentro a Ser Dontos, encontraré a Sansa.» Tendría que haberse imaginado que habría otros que la buscarían. «Y algunos no serán tan inofensivos como Ser Shadrich.» Solo le quedaba la esperanza de que Ser Dontos hubiera escondido bien a Sansa. «Pero entonces, ¿cómo la voy a encontrar?»

Encorvó los hombros y siguió cabalgando con el ceño fruncido.

Ya estaba anocheciendo cuando el grupo llegó a la posada, un edificio alto de madera que se alzaba junto a la confluencia de dos ríos, a horcajadas sobre un viejo puente de piedra. Así se llamaba la posada, según les dijo Ser Creighton: El Viejo Puente de Piedra. El posadero era amigo suyo.

—No es mal cocinero, y en las habitaciones no hay más pulgas que en la mayoría de estos sitios —les aseguró—. ¿Quién quiere una cama caliente esta noche?

—Nosotros no, a menos que vuestro amigo las regale —respondió Ser Illifer el Paupérrimo—. No tenemos dinero para habitaciones.

—Yo puedo pagar las nuestras.

Brienne no iba escasa de monedas; Jaime se había encargado de ello. En las alforjas había encontrado una pesada bolsa llena de venados de plata y estrellas de cobre, otra más pequeña con dragones de oro, y un pergamino que ordenaba a todos los súbditos leales al Rey que colaborasen con su portadora, Brienne de la Casa Tarth, que estaba en una misión de Su Alteza. El pergamino estaba firmando con letra infantil por Tommen, el primero de su nombre, rey de los ándalos, los rhoynar y los primeros hombres, y señor de los Siete Reinos.

Hibald también era partidario de detenerse, y ordenó a sus hombres que dejaran el carro cerca de los establos. Una cálida luz amarilla brillaba a través de los cristales en forma de rombo de las ventanas de la posada, y Brienne oyó el relincho de un semental al que le había llegado el olor de su yegua. Estaba quitándole la silla de montar cuando un muchachito se acercó a la puerta del establo.

—Yo me encargo de eso, ser.

—Nada de *ser* —le respondió—, pero te puedes ocupar de la yegua. Encárgate de que le den comida y agua y la cepillen.

El chico se puso rojo.

—Os pido perdón, mi señora. Creí que...

—Es un error muy habitual.

Brienne le entregó las riendas y siguió a los demás al interior de la posada, con las alforjas al hombro y el petate bajo un brazo.

El suelo de tablones estaba cubierto de serrín, y el aire olía a lúpulo, a humo y a carne. Un asado chisporroteaba sobre el fuego; en aquel momento, nadie se ocupaba de él. Junto a una mesa, había seis lugareños enfrascados en su conversación, pero se callaron de repente cuando entraron los desconocidos. Brienne notaba sus ojos clavados en ella. Pese a la cota de malla, la capa y el jubón, se sintió desnuda. Cuando un hombre dijo «No os perdáis eso», supo que no se refería a Ser Shadrich.

El posadero apareció con tres picheles en cada mano, derramando cerveza a cada paso.

—¿Tenéis habitaciones libres, buen hombre? —le preguntó el mercader.

—Es posible —respondió el posadero—, para quien tenga monedas.

Ser Creighton Longbough puso cara de ofendido.

—¿Así recibes a un viejo amigo, Naggle? Soy yo, Longbough.

—Ya veo que eres tú. Me debes siete venados. Enséñame la plata y te enseñaré una cama.

El posadero depositó los picheles uno a uno en la mesa, derramando más cerveza sobre ella.

—Pagaré una habitación para mí y otra para mis dos acompañantes. —Brienne señaló a Ser Creighton y Ser Illifer.

—Yo también quiero una habitación —dijo el comerciante—, para mí y para el buen Ser Shadrich. Mis sirvientes dormirán en los establos, si os parece bien.

El posadero les echó un vistazo.

—No me parece bien, pero sea, lo permitiré. También querréis cenar. Hay una buena cabra en el espetón.

—Yo juzgaré si es buena —replicó Hibald—. Mis hombres se conformarán con pan para mojar en la grasa.

De modo que se dispusieron a cenar. Brienne también probó la cabra, después de seguir al posadero al piso superior, entregarle unas monedas y dejar sus posesiones en la segunda habitación que le mostró. Pidió cabra también para Ser Creighton y Ser Illifer, ya que habían compartido su trucha con ella. Los caballeros errantes y el mercader acompañaron la carne con cerveza; Brienne, en cambio, bebió una copa de leche de cabra. Prestó atención a la charla de los lugareños, esperando contra toda esperanza oír algo que la ayudara a encontrar a Sansa.

—Venís de Desembarco del Rey —le dijo uno de ellos a Hibald—. ¿Es verdad que el Matarreyes está tullido?

—Cierto —asintió Hibald—. Ha perdido la mano de la espada.

—Sí —corroboró Ser Creighton—. Por lo visto se la arrancó de un bocado un lobo huargo, uno de esos monstruos que bajan del norte. Del norte nunca viene nada bueno. Hasta sus dioses son raros.

—No fue un lobo —se oyó decir—. Un mercenario qohoriense le cortó la mano a Ser Jaime.

—Pues no es fácil pelear con la otra —observó el Ratón Loco.

—Bah —bufó Ser Creighton Longbough—. Da la casualidad de que yo peleo igual de bien con las dos manos.

—Sí, claro, no me cabe duda.

Ser Shadrich alzó el pichel en gesto de saludo.

Brienne recordó su lucha con Jaime Lannister en los bosques. Había necesitado de todos sus recursos para mantenerlo a raya.

«Estaba débil después del encarcelamiento y tenía las muñecas encadenadas. De estar en plena forma y sin cadenas, no había habido caballero en los Siete Reinos capaz de derrotarlo.» Jaime había cometido muchos actos de maldad, pero... ¡cómo luchaba! Mutilarlo había sido una crueldad monstruosa. Una cosa era matar a un león, y otra, cortarle una zarpa y dejarlo tullido y anonadado.

De pronto, la sala común le pareció tan ruidosa que no la pudo soportar ni un momento más. Les dio las buenas noches a los presentes y subió a acostarse. El techo de su habitación era bajo; al entrar con un cirio en la mano, tuvo que agacharse para no golpearse la cabeza. El único mobiliario consistía en una cama suficientemente ancha para seis personas y un cabo de vela de sebo en el alféizar. Lo encendió con el cirio, atrancó la puerta y colgó el cinto de un poste de la cama. La vaina de la espada era sencilla, de madera envuelta en cuero marrón agrietado, y la espada era más sencilla aún. La había comprado en Desembarco del Rey para sustituir la que le habían robado los miembros de la Compañía Audaz. «La espada de Renly.» Aún le dolía al pensar que la había perdido.

Pero tenía otra espada larga escondida en el petate. Se sentó en la cama y la sacó. El oro emitía destellos amarillos a la luz de la vela; los rubíes eran de fuego rojo. Cuando sacó a *Guardajuramentos* de su vaina ornamentada, volvió a quedarse sin aliento. Las ondulaciones del acero eran profundas, negras y rojas. «Acero valyrio, forjado con hechizos.» Era una espada digna de un héroe. Cuando era pequeña, su nodriza le había llenado la cabeza con historias de valor; le había contado las nobles hazañas de Ser Galladon de Morne, de Florián el Bufón, del Príncipe Aemon, el Caballero Dragón, y de otros campeones. Cada uno de ellos tenía una espada famosa, y a ese nivel estaba la *Guardajuramentos,* aunque la propia Brienne no diera la talla.

—Protegerás a la hija de Ned Stark con el acero de Ned Stark —le había dicho Jaime.

Se arrodilló entre la cama y la pared, sostuvo la espada y rezó en silencio a la Vieja, cuya lámpara dorada les mostraba a los hombres el camino que debían seguir en vida.

«Guíame —rezó—, ilumina el camino ante mí, muéstrame la senda que me lleve a Sansa. —Les había fallado a Renly y a Lady Catelyn. No podía fallar a Jaime—. Él me confió su espada. Me confió su honor.»

Luego se tumbó en la cama como mejor pudo. Pese a su anchura, no era muy larga, de manera que tuvo que acostarse en diagonal. Desde abajo le llegaba el entrechocar de los picheles; por las escaleras subían voces. Las pulgas a las que se había referido Longbough hicieron su aparición, pero rascarse la ayudaría a seguir despierta.

Oyó como Hibald subía por las escaleras, seguido un rato más tarde por los caballeros.

—... no llegué a saber cómo se llamaba —iba diciendo Ser Creighton al pasar junto a su puerta—, pero llevaba pintado en el escudo un pollo ensangrentado, y también tenía la espada llena de sangre...

Su voz se desvaneció, y un poco más allá se oyó el sonido de una puerta al abrirse y cerrarse.

La vela de Brienne se consumió. La oscuridad se cernió sobre El Viejo Puente de Piedra, y la posada quedó sumida en un silencio tan absoluto que se oía el murmullo del río. Entonces, Brienne se levantó para recoger sus cosas. Abrió la puerta con sigilo, escuchó durante un instante y bajó descalza por las escaleras. Una vez en el exterior se puso las botas y caminó a paso vivo hasta los establos para ensillar la yegua baya; mientras montaba, les pidió perdón en silencio a Ser Creighton y Ser Illifer. Un sirviente de Hibald se despertó cuando pasó a caballo junto a él, pero no intentó detenerla. Los cascos de la yegua resonaron contra el viejo puente de piedra. Luego, los árboles formaron un muro a su alrededor; quedó inmersa en una oscuridad absoluta poblada de fantasmas y recuerdos.

«Voy a buscaros, Lady Sansa —pensó mientras cabalgaba hacia la negrura—. No temáis. No descansaré hasta que os encuentre.»

Samwell

Sam estaba leyendo sobre los Otros cuando vio el ratón.

Tenía los ojos irritados y enrojecidos. «No debería frotármelos tanto», se decía siempre mientras se los frotaba. El polvo hacía que le picaran y le lagrimearan, y allí abajo había polvo por todas partes. Cada vez que pasaba una página se levantaba una nubecilla; cada vez que movía una pila de libros para ver qué se escondía debajo se alzaba un nubarrón gris.

Sam no recordaba cuánto tiempo llevaba sin dormir, pero apenas quedaba dedo y medio de la gruesa vela de sebo que había encendido cuando empezó a revisar el montón de papeles atados con bramante que había encontrado. Estaba más cansado que un caballo prestado, pero no podía parar. «Un libro más y lo dejo —se había dicho—. Una hoja más, solo una más. Una página más, y subo a descansar y a comer algo.» Pero siempre había una página después de esa, y luego otra, y otro libro que aguardaba en la base del montón. «A este le voy a echar solo un vistazo rápido, a ver de qué va», pensaba, y cuando se quería dar cuenta ya iba por la mitad. No había comido nada desde que tomara el cuenco de sopa de judías y panceta con Pyp y Grenn.

«Bueno, y luego el pan y el queso, pero solo ha sido un bocado», pensó. Fue entonces cuando echó un vistazo al plato vacío y vio como el ratón se comía las últimas migas.

El animal medía la mitad que uno de sus dedos rosados; tenía los ojillos negros, y el pelo, suave y gris. Sam sabía que debería matarlo. Los ratones preferían el pan y el queso, sí, pero también comían papel. Había encontrado excrementos de ratón entre las estanterías y los montones de libros, y algunas tapas de cuero mostraban señales de mordiscos.

«Pero es tan pequeño... Y tiene hambre. —¿Cómo podía regatearle unas pocas migas?—. Lo malo es que también come libros...»

Tras pasar tantas horas sentado en la silla, Sam tenía la espalda rígida como una tabla y las piernas medio dormidas. Sabía que no era bastante rápido para atrapar al ratón, pero tal vez podría aplastarlo. Tenía junto al codo un enorme ejemplar encuadernado en cuero de los *Anales del Centauro Negro,* el relato exhaustivo y detallado del septón Jorquen de los nueve años durante los que Orbert Caswell había servido como Lord Comandante de la Guardia de la Noche. Dedicaba una página a cada día que estuvo al mando, y todas ellas parecían empezar diciendo «Lord Orbert se levantó al amanecer e hizo de vientre», excepto la última, que decía «Al amanecer se descubrió que Lord Orbert había muerto durante la noche».

«No hay ratón que pueda rivalizar con el septón Jorquen.» Sam cogió el libro muy despacio con la mano izquierda. Era grueso y pesado, y cuando trató de levantarlo se le resbaló de los dedos regordetes y cayó con estrépito sobre la mesa. El ratón saltó como un relámpago y desapareció al instante. Para Sam fue un alivio. Si hubiera llegado a aplastar al animalito, habría tenido pesadillas horribles.

—Pero no comas libros, ¿eh? —dijo.

La siguiente vez que bajara debería llevar más queso.

Se sorprendió de lo mucho que se había consumido la vela. ¿La sopa de alubias y panceta la había tomado aquel día o el anterior?

«Ayer. Debió de ser ayer.» Al darse cuenta, no pudo contener un bostezo. Jon se estaría preguntando qué había sido de él, aunque sin duda, el maestre Aemon lo entendería. Antes de perder la vista, el maestre amaba los libros tanto como Samwell Tarly. Comprendía cómo se podía sumergir uno en ellos, como si cada página fuera un agujero abierto que daba a otro mundo.

Samwell se puso en pie e hizo una mueca al notar los pinchazos en las pantorrillas dormidas. La silla era muy dura; cuando se inclinaba sobre un libro se le clavaba en la parte trasera de los muslos.

«La próxima vez, a ver si me acuerdo de traer un cojín.» Mejor aún sería si pudiera dormir allí abajo, en la celda que había descubierto medio escondida tras cuatro baúles de hojas sueltas que se habían desprendido de los libros a los que correspondían, pero no quería dejar solo tanto tiempo al maestre Aemon. Últimamente no estaba bien de salud y necesitaba ayuda, sobre todo con los cuervos. Sí, Aemon contaba con Clydas, pero Sam era más joven y se daba más maña con los pájaros.

Con un montón de libros y pergaminos bajo el brazo izquierdo y la vela en la mano derecha, Sam echó a andar por el laberinto de túneles que los hermanos denominaban *gusaneras*. Un haz de luz débil iluminaba las empinadas escaleras de piedra que llevaban a la superficie, de modo que supo que arriba ya había amanecido. Dejó la vela encendida en un nicho de la pared y empezó a subir. Cuando llegó al quinto peldaño ya estaba jadeando. Al llegar al décimo, se detuvo y se pasó los libros al brazo derecho.

Salió a la superficie bajo un cielo plúmbeo, blanquecino.

«Cielo de nieve —pensó al tiempo que entrecerraba los ojos. La perspectiva lo inquietaba. Recordaba demasiado bien aquella noche en el Puño de los Primeros Hombres, cuando los espectros y las nieves habían llegado a la vez—. No seas tan cobarde. Tienes a tus Hermanos Juramentados, por no hablar de Stannis Baratheon, con todos sus caballeros.»

Las fortalezas y torreones del Castillo Negro se alzaban a su alrededor, empequeñecidos por la inmensidad gélida del Muro. Un pequeño ejército reptaba por el hielo a una cuarta parte de su altura, donde se alzaba una nueva escalera en zigzag para ir al encuentro de los restos de la vieja. El sonido de las sierras y los martillos retumbaba contra el hielo. Jon había ordenado que los constructores trabajaran día y noche. Sam había oído a unos cuantos quejarse durante la cena; decían que Lord Mormont nunca los había hecho trabajar tan duramente. Pero sin la escalera no había manera de llegar a la parte superior del Muro, aparte del montacargas. Samwell Tarly detestaba los peldaños, pero odiaba el montacargas todavía más. Siempre que se subía en él tenía que cerrar los ojos, convencido de que la cadena se iba a romper de un momento a otro. Cada vez que la jaula de hierro rozaba el hielo, el corazón se le detenía un instante.

«Aquí había dragones hace doscientos años —pensó Sam mientras contemplaba el descenso lento de la jaula—. Pasarían volando por encima del Muro.» La reina Alysanne había visitado el Castillo Negro a lomos de su dragón, y Jaehaerys, su rey, llegó tras ella montado en el suyo. ¿Sería posible que Ala de Plata hubiera dejado allí un huevo? ¿O tal vez, que Stannis hubiera encontrado un huevo en Rocadragón?

«Aunque tenga un huevo, ¿cómo va a empollarlo?» Baelor el Santo había rezado para que sus huevos cobraran vida, otros Targaryen habían tratado de empollarlos con hechizos, pero lo único que consiguieron fueron burlas y tragedias.

—Samwell —dijo una voz tétrica—, te estaba buscando. Me han dicho que te lleve ante el Lord Comandante.

Un copo de nieve se posó en la nariz de Sam.

—¿Jon quiere verme?

—Eso no te lo sabría decir —replicó Edd Tollett el Penas—. Yo, personalmente, nunca quise ver la mitad de las cosas que he visto, y nunca he visto la mitad de las cosas que quería ver. No se trata de querer. Pero es lo mismo; más vale que vayas. Lord Nieve quiere hablar contigo en cuanto acabe con la esposa de Craster.

—Elí.

—Esa misma. Si mi nodriza hubiera sido como ella, yo aún estaría mamando. La mía tenía bigotes.

—Como casi todas las cabras —intervino Pyp, que acababa de doblar la esquina en compañía de Grenn; cada uno llevaba un arco en la mano y una aljaba con flechas a la espalda—. ¿Dónde te habías metido, Mortífero? Anoche te perdiste la cena. Sobró un buey asado.

—No me llames así. —Sam hizo caso omiso de la burla sobre el buey; eran cosas de Pyp—. Estaba leyendo. Luego he visto un ratón...

—No hables de ratones delante de Grenn. Le dan pánico.

—Eso es mentira —replicó Grenn con indignación.

—Te dan tanto miedo que no te atreverías a comerte uno.

—Me comería el doble de ratones que tú.

Edd el Penas dejó escapar un suspiro.

—Cuando yo era niño, solo comíamos ratones los días de fiesta. Era el más pequeño de mis hermanos, así que siempre me tocaba la cola, que no tiene carne.

—¿Dónde has dejado el arco, Sam? —preguntó Grenn. Ser Alliser lo llamaba Uro, y a cada día que pasaba, el nombre le pegaba más. Cuando llegó al Muro era grande y lento, de cuello grueso, cintura más gruesa aún, rostro congestionado y movimientos torpes. El cuello todavía se le enrojecía cuando Pyp le tomaba el pelo, pero las horas de entrenamiento con la espada y el escudo le habían dado un vientre liso, además de fortalecerle los brazos y ensancharle el pecho. Se había hecho fuerte, y también tan velludo como un uro—. Ulmer te estaba esperando con los estafermos.

—Ulmer —repitió Sam, avergonzado. Una de las primeras cosas que había hecho Jon Nieve como Lord Comandante fue instituir prácticas diarias de tiro con arco para toda la guarnición, mayordomos y cocineros incluidos. Según él, la Guardia les había estado dando demasiada importancia a las espadas y demasiado poca a los arcos, reliquia de los tiempos en que uno de cada diez hermanos era caballero, en vez de uno de cada cien. Sam comprendía que la orden era lógica, pero detestaba los entrenamientos con arco casi tanto como subir escaleras. Con los guantes puestos no acertaba ni una, pero cuando se los quitaba se le llenaban los dedos de ampollas. Y aquellos arcos eran peligrosos. Seda se había arrancado media uña del pulgar con la cuerda—. Se me olvidó.

—Pues le has roto el corazón a la princesa salvaje, Mortífero —dijo Pyp. Últimamente, Val había adoptado la costumbre de observarlos desde sus habitaciones de la Torre del Rey—. Te estaba esperando.

—¡Eso es mentira! ¡No digas esas cosas!

Sam había hablado con Val solo en dos ocasiones, cuando el maestre Aemon fue a verla para asegurarse de que los bebés estaban sanos. La princesa era tan hermosa que, cuando estaba delante de ella, tartamudeaba y se ruborizaba.

—¿Por qué no? —replicó Pyp—. Seguro que quiere que seas el padre de sus hijos. Vamos a tener que cambiarte el nombre por el de Sam el Seductor.

Sam se puso colorado. Sabía que el rey Stannis tenía planes para Val; pensaba utilizar a la princesa para forjar una paz duradera entre los norteños y el pueblo libre.

—No tengo tiempo para tirar con arco; necesito ver a Jon.

—¿Jon? ¿Jon? ¿Conocemos a algún Jon, Grenn?

—Se refiere al Lord Comandante.

—Ohhh. Al gran Lord Nieve. Claro, claro. ¿Para qué quieres verlo? Si ni siquiera sabe mover las orejas. —Pyp las movió para demostrar que él sí podía. Tenía las orejas muy grandes, rojas por el frío—. Ahora sí que es Lord Nieve de verdad, demasiado noble para juntarse con nosotros.

—Jon tiene muchas obligaciones. —Sam salió en su defensa—. Está al mando del Muro, con todo lo que eso conlleva.

—También tiene obligaciones para con sus amigos. Si no fuera por nosotros, Janos Slynt sería Lord Comandante y habría enviado a Nieve de expedición, desnudo y montado en una mula. Le habría dicho: «Mueve el culo, pelagatos, ve al Torreón de Craster y tráeme la capa y las botas del Viejo Oso». Nosotros lo libramos de eso, pero ahora tiene demasiados deberes para compartir una copa de vino especiado junto a la chimenea.

Grenn asintió.

—Y los deberes no le impiden ir al patio. Casi todos los días encuentra tiempo para luchar con alguien.

Sam tuvo que reconocer que eso era verdad. En cierta ocasión, cuando Jon fue a pedir consejo al maestre Aemon, Sam le preguntó por qué dedicaba tanto tiempo a entrenarse con la espada.

—El Viejo Oso no se entrenaba tanto cuando era Lord Comandante —le había dicho.

A modo de respuesta, Jon le había puesto a *Garra* en la mano. Le permitió que sintiera su ligereza y equilibrio, y le hizo girar la hoja para que viera brillar las ondulaciones en el metal color humo.

—Acero valyrio —le explicó—, forjado con hechizos y con el filo más cortante que puedas imaginar, casi indestructible. Un espadachín tiene que estar a la altura de su espada, Sam. *Garra* es de acero valyrio, pero yo no. Mediamano me podría haber matado con tanta facilidad como tú matarías de un manotazo a un insecto que se te posara en el brazo.

Sam le había devuelto la espada.

—Cuando le doy un manotazo a un insecto, se escapa volando. Acabo pegándome el golpe en el brazo, y escuece.

Aquello hizo reír a Jon.

—Como quieras. Mediamano me podría haber matado con tanta facilidad como tú te comerías un cuenco de gachas.

A Sam le gustaban mucho las gachas, sobre todo si estaban endulzadas con miel.

—No tengo tiempo para tonterías.

Sam se alejó de sus amigos y se dirigió hacia la armería con los libros apretados contra el pecho.

«Soy el escudo que defiende los reinos de los hombres», recordó. ¿Qué dirían esos hombres si supieran que sus reinos los defendían gente como Grenn, Pyp y Edd el Penas?

El fuego había devorado la Torre del Lord Comandante, y Stannis Baratheon había ocupado la Torre del Rey como residencia, de modo que Jon Nieve se había establecido en las modestas habitaciones de Donal Noye, detrás de la armería. Elí salía de allí justo cuando él llegaba; iba envuelta en la vieja capa que le había dado cuando huyeron del Torreón de Craster. Casi pasó de largo en su marcha apresurada, pero Sam la cogió por el brazo; se le cayeron dos libros.

—¿Elí?

—Sam...

Tenía la voz ronca. Elí era esbelta, con el pelo oscuro y grandes ojos marrones como los de un cervatillo. Parecía perdida entre los pliegues de la vieja capa de Sam, con el rostro casi oculto por la capucha, pero aun así tiritaba. Tenía cara de miedo y agotamiento.

—¿Qué te pasa? —le preguntó Sam—. ¿Cómo están los bebés?

Elí se liberó de su mano.

—Están bien, Sam. Bien.

—No sé cómo eres capaz de dormir con los dos —le dijo en tono afable—. Anoche oí llorar a uno, ¿cuál era? Parecía que no iba a parar nunca.

—El hijo de Dalla. Llora cuando quiere mamar. El mío... El mío no llora casi nunca. A veces gorjea, pero... —Se le llenaron los ojos de lágrimas—. Tengo que irme a darles de mamar, o se me empezará a salir la leche.

Atravesó el patio a toda prisa, dejando a Sam perplejo. Tuvo que arrodillarse en el suelo para recoger los libros que se le habían caído.

«No tendría que haber traído tantos», se dijo al tiempo que sacudía la tierra del *Compendio jade,* de Colloquo Votar, un grueso tomo de historias y leyendas del Este que el maestre Aemon le había pedido que buscara. El libro no había sufrido daños. En cambio, *Sangre de dragón: Historia de la Casa Targaryen desde el Exilio hasta la Apoteosis, con consideraciones sobre la vida y muerte de los dragones,* del maestre Thomax, había corrido peor suerte: se había abierto al caer, y unas cuantas páginas se habían manchado de barro, entre ellas una con una ilustración bastante bonita de Balerion, el Terror Negro, pintada con tintas de colores. Sam se maldijo mil veces por su torpeza mientras alisaba las páginas e intentaba limpiarlas. La presencia de Elí siempre lo perturbaba, y le provocaba... No habría sabido cómo decirlo... Emociones. Un Hermano Juramentado de la Guardia de la Noche no debería sentir las cosas que le hacía sentir Elí, sobre todo cuando hablaba de sus pechos y...

—Lord Nieve te está esperando.

Dos guardias con capa negra y yelmo de hierro se erguían junto a las puertas de la armería, apoyados en las lanzas. El que le había hablado era Hal el Peludo. Mully lo ayudó a ponerse en pie. Sam le dio las gracias y pasó entre ellos, aferrándose con desesperación al montón de libros mientras pasaba junto a la forja con su yunque y sus fuelles. En el banco había una cota de malla a medio fabricar. Fantasma estaba tumbado al pie del yunque, muy concentrado en mordisquear un hueso de buey para llegar a la médula. El gran huargo blanco alzó la vista cuando Sam pasó junto a él, pero no emitió ningún sonido.

Las estancias de Jon estaban en la parte de atrás, más allá de las hileras de lanzas y escudos. Cuando entró Sam estaba leyendo un pergamino, y tenía posado en el hombro el cuervo del Lord Comandante Mormont; el pájaro parecía estar leyendo también, pero al ver a Sam extendió las alas y revoloteó hacia él graznando «¡Maíz! ¡Maíz!».

Sam se cambió los libros de brazo, metió la mano en el saco que había junto a la puerta y sacó un puñado de granos. El cuervo se le posó en la muñeca y cogió uno de la palma, con un picotazo tan fuerte que el chico lanzó un gritito y sacudió la mano. El cuervo echó a volar de nuevo, mientras los granos rojos y amarillos salían disparados.

—Cierra la puerta, Sam. —Jon todavía tenía ligeras cicatrices en la mejilla, allí donde el águila había intentado sacarle un ojo—. ¿Te ha hecho daño este canalla?

Sam dejó los libros y se quitó el guante.

—Sí. —Se sintió desfallecer—. Estoy sangrando.

—Todos derramamos sangre por la Guardia. Ponte guantes más gruesos. —Jon empujó una silla hacia él con un pie—. Siéntate y echa un vistazo a esto. —Le tendió el pergamino.

—¿Qué es? —preguntó Sam. El cuervo se puso a rebuscar los granos de maíz entre los juncos del suelo.

—Un escudo de papel.

Sam se lamió la sangre de la mano mientras leía. Reconoció al instante la letra del maestre Aemon. Tenía una caligrafía menuda y precisa, pero el anciano no se daba cuenta cuando se le caía alguna gota de tinta, y a veces dejaba manchas un tanto aparatosas.

—¿Una carta para el rey Tommen?

—En Invernalia, Tommen peleó contra mi hermano Bran con espadas de madera. Llevaba tantas almohadillas de protección que parecía un ganso relleno. Bran lo derribó. —Jon se dirigió hacia la ventana—. Pero Bran está muerto, y Tommen, el gordito de cara rosada, se sienta en el Trono de Hierro con una corona sobre los rizos dorados.

«Bran no está muerto —habría querido decirle Sam—. Ha ido más allá del Muro con Manosfrías.» Las palabras se le atravesaron en la garganta. «Pero juré que no diría nada.»

—No has firmado la carta.

—El Viejo Oso suplicó ayuda al Trono de Hierro cien veces. Nos enviaron a Janos Slynt. Ninguna carta nos granjeará el afecto de los Lannister, y menos aún cuando sepan que hemos estado ayudando a Stannis.

—Solo en la defensa del Muro, no en su rebelión. —Sam releyó la carta por encima una vez más—. Aquí lo pone.

—Puede que Lord Tywin no capte el matiz. —Jon cogió la carta—. ¿Por qué nos va a ayudar ahora? ¿Qué ha cambiado?

—Bueno —empezó Sam—, no querrá que se diga que Stannis cabalgó para defender el reino mientras el rey Tommen jugaba con sus muñecos. Eso haría caer la ignominia sobre la Casa Lannister.

—Lo que quiero que caiga sobre la Casa Lannister es muerte y destrucción, no ignominia. —Jon cogió la carta—. «La Guardia de la Noche no toma parte en las guerras de los Siete Reinos —leyó—. Juramos defender el reino, y el reino corre grave peligro en estos momentos. Stannis Baratheon nos ayuda contra nuestros enemigos del otro lado del Muro, pero no estamos a su servicio...»

—Bueno, es que no estamos a su servicio —dijo Sam—, ¿verdad?

—Le he proporcionado a Stannis provisiones, refugio y el Fuerte de la Noche, además de permiso para instalar en el Agasajo a unos cuantos miembros del pueblo libre. Nada más.

—Lord Tywin dirá que nada menos.

—Pues Stannis opina que no es suficiente. Cuanto más se le da a un rey, más quiere. Caminamos por un puente de hielo, con abismos a los dos lados. Complacer a un rey ya es difícil; complacer a dos es imposible.

—Sí, pero... Si al final vencen los Lannister y Lord Tywin decide que hemos traicionado al Rey por ayudar a Stannis, podría ser el final de la Guardia de la Noche. Tiene el apoyo de los Tyrell, con todo el poder de Altojardín, y derrotó a Lord Stannis en el Aguasnegras.

Sam se mareaba con solo ver sangre, pero sabía cómo se ganaban las guerras. Su padre se había encargado de ello.

—La del Aguasnegras fue una batalla. Robb ganó todas las batallas, y aun así le cortaron la cabeza. Si Stannis consigue unir el Norte...

«Trata de convencerse —comprendió Sam—, pero no puede.» Los cuervos habían salido del Castillo Negro en una tormenta de alas oscuras, convocando a los señores del Norte para que tomasen parte por Stannis Baratheon y unieran sus fuerzas. El propio Sam había sido el encargado de enviar la mayoría. Hasta el momento solo había regresado un pájaro, el que habían mandado a Bastión Kar. Por lo demás, el silencio era ensordecedor.

Y aunque Stannis consiguiera poner de su parte a todos los norteños, Sam no veía cómo podría enfrentarse a las fuerzas combinadas de Roca Casterly, Altojardín y Los Gemelos. Pero sin el Norte, su causa estaba perdida definitivamente.

«Tan perdida como la Guardia de la Noche si Lord Tywin nos considera traidores.»

—Los Lannister también tienen vasallos en el Norte: Lord Bolton y su bastardo.

—Stannis tiene a los Karstark. Si pudiera conseguir Puerto Blanco...

—Si pudiera —subrayó Sam—. Si no... Mi señor, hasta un escudo de papel es mejor que nada.

Jon repiqueteó con los dedos sobre la carta.

—Es verdad. —Suspiró, cogió un cálamo y garabateó una firma al pie del texto—. Trae el lacre. —Sam calentó una barra de lacre negro en la llama de la vela y la hizo gotear sobre el pergamino; luego observó como Jon estampaba con firmeza el sello del Lord Comandante—. Llévale esto al maestre Aemon cuando te vayas —ordenó—; dile que envíe un pájaro a Desembarco del Rey.

—Muy bien. —Sam titubeó un instante—. Mi señor, si no te importa que te lo pregunte... He visto salir a Elí. Estaba al borde de las lágrimas.

—Val ha vuelto a enviármela a suplicar piedad para Mance.

—Ah. —Val era la hermana de la mujer que el Rey-más-allá-del-Muro había tomado como reina. La princesa salvaje, como la llamaban Stannis y sus hombres. Su hermana Dalla había muerto durante la batalla, aunque no la había rozado arma alguna; pereció al dar a luz al hijo de Mance Rayder. Si había algo de cierto en los rumores que había oído Sam, el propio Rayder no tardaría en seguirla a la tumba—. ¿Qué le has respondido?

—Que hablaría con Stannis, aunque dudo que lo que pueda decirle lo haga cambiar de opinión. El deber principal de un rey es defender el reino, y Mance lo atacó. No creo que Su Alteza lo olvide. Mi padre decía que Stannis Baratheon no es más que un hombre, pero nadie ha dicho que sea de los que perdonan. —Jon hizo una pausa y frunció el ceño—. Preferiría cortarle la cabeza yo mismo a Mance. En otro tiempo fue miembro de la Guardia de la Noche; su vida nos pertenece por derecho.

—Pyp dice que Lady Melisandre piensa entregárselo a las llamas para hacer un hechizo.

—Pyp debería cerrar la boca. No es el único que lo dice: sangre de rey para despertar a un dragón. Lo que no sabe nadie es dónde va a encontrar Melisandre un dragón dormido. No son más que tonterías. La sangre de Mance es tan regia como la mía. Jamás se ha puesto una corona, ni se ha sentado en un trono. Es un bandido, nada más. La sangre de un bandido no tiene ningún poder.

El cuervo los miró desde el suelo. «¡Sangre!», graznó.

Jon no le prestó atención.

—Voy a enviar a Elí lejos de aquí.

—Ah. —Sam asintió—. Eso está... Está muy bien, mi señor. Es lo mejor para ella, ir a un lugar cálido y seguro, bien lejos del Muro y de los combates.

—Para ella y para el niño. Tendremos que buscar otra nodriza para su hermano de leche.

—Mientras tanto lo pueden alimentar con leche de cabra; para los bebés es mejor que la de vaca. —Sam lo había leído en algún libro; se acomodó en el asiento, inquieto—. Repasando los anales he averiguado que hubo otro niño comandante, cuatrocientos años antes de la Conquista. Osric Stark tenía diez años cuando lo eligieron, y sirvió durante sesenta años. Ya van cuatro, mi señor. No eres ni con mucho el más joven de los que han estado al mando; por ahora eres el quinto.

—Los cuatro más jóvenes eran hijos, hermanos o bastardos del Rey en el Norte. Dime algo útil. Háblame de nuestro enemigo.

—Los Otros. —Sam se humedeció los labios—. Aparecen mencionados en los anales, aunque no tan a menudo como cabría esperar, al menos en los que he leído hasta ahora. Hay más que todavía no he encontrado. Algunos libros muy viejos se caen a pedazos: las páginas se desmenuzan cuando las paso. Y los más antiguos... O se han desmoronado por completo, o están enterrados en algún lugar donde no he buscado aún, o... Bueno, también es posible que no existan, que no hayan existido nunca. Las historias más antiguas se escribieron después de que los ándalos llegaran a Poniente. Los primeros hombres solo nos dejaron runas grabadas en las rocas, de modo que todo lo que creemos saber sobre la Edad de los Héroes, la Era del Amanecer y la Larga Noche procede de relatos que escribieron los septones miles de años después de que sucedieran los hechos. En la Ciudadela hay archimaestres que lo ponen todo en duda. Esas historias antiguas están llenas de reyes que reinaron durante cientos de años y caballeros que cabalgaban por ahí milenios antes de que existieran los caballeros. Ya conoces las historias: Brandon el Constructor, Symeon Ojos de Estrella, el Rey de la Noche... Decimos que eres el Lord Comandante número novecientos noventa y ocho de la Guardia de la Noche, pero en la lista más antigua que he encontrado dice que hubo seiscientos setenta y cuatro, lo que indica que se redactó hace...

—Hace mucho —interrumpió Jon—. ¿Qué hay de los Otros?

—He encontrado alusiones al vidriagón. Durante la Edad de los Héroes, los hijos del bosque le entregaban a la Guardia de la Noche un centenar de puñales de obsidiana al año. La mayoría de los relatos coincide en que los Otros llegaban con el frío. O si no, cuando llegan empieza el frío. A veces aparecen durante las ventiscas y se derriten cuando se despeja el cielo. Se esconden de la luz del sol y salen de noche... o bien cae la noche cuando ellos salen. Según algunas narraciones, cabalgan a lomos de animales muertos: osos, huargos, mamuts, caballos... No importa, con tal de que la bestia no esté viva. El que mató a Paul el Pequeño montaba un caballo muerto, de modo que esa parte es cierta. Otros relatos hablan también de arañas de hielo gigantes, pero no sé a qué se refieren. A los hombres que mueren combatiendo a los Otros hay que quemarlos; de lo contrario se levantarán y serán sus esclavos.

—Todo eso ya lo sabemos. La cuestión es saber cómo los podemos combatir.

—Según los relatos, la armadura de los Otros es resistente a casi cualquier arma normal —siguió Sam—. Llevan espadas tan frías que hacen trizas el acero. Pero el fuego los detiene, y son vulnerables a la obsidiana. —Recordó al Otro con el que se había enfrentado en el bosque Encantado y como había parecido derretirse cuando le clavó el puñal de vidriagón que le había hecho Jon—. Encontré una reseña de tiempos de la Larga Noche que hablaba del último héroe que mataba Otros con una espada de acerodragón. Da a entender que era infalible contra ellos.

—¿Acerodragón? —Jon frunció el ceño—. ¿Acero valyrio?

—Eso mismo fue lo primero que pensé yo.

—Así que si consigo convencer a los señores de los Siete Reinos de que nos entreguen sus espadas valyrias habremos salvado el mundo. No es tan difícil. —No había rastro de alegría en la carcajada que soltó—. ¿Has averiguado quiénes son los Otros, de dónde vienen, qué quieren?

—Aún no, mi señor, pero puede que no haya leído los libros relevantes; quedan cientos que todavía no he mirado siquiera. Dame más tiempo y averiguaré lo que haya que averiguar.

—No queda tiempo. —Jon tenía voz de tristeza—. Recoge tus cosas, Sam. Te vas con Elí.

—¿Que me voy? —Durante un momento, Sam no entendió nada—. ¿Me voy? ¿A Guardiaoriente, mi señor? O... ¿Adónde...?

—A Antigua.

—¿A Antigua?

La voz le salió como un chillido de ratón. Colina Cuerno estaba cerca de Antigua.

«Mi hogar. —Solo con pensarlo le daba vueltas la cabeza—. Y mi padre.»

—Y también va Aemon.

—¿Aemon? ¿El maestre Aemon? Pero... Mi señor, tiene ciento dos años, no puede... ¿Nos envías lejos a los dos? ¿Quién se encargará de los cuervos? Si alguien cae enfermo o herido, ¿quién...?

—Clydas. Lleva años con Aemon.

—Clydas no es más que un mayordomo y está perdiendo la vista. Aquí hace falta un maestre. Aemon está muy delicado, y un viaje por mar... —Se acordó del Rejo, y de la *Reina del Rejo,* y estuvo a punto de tragarse la lengua—. Podría... Es muy viejo, y...

—Su vida correrá peligro. Soy consciente de ello, Sam, pero más peligro corre aquí. Stannis sabe quién es Aemon, y si la mujer roja exige sangre de rey para sus hechizos...

Sam palideció.

—Ah.

—Dareon se reunirá contigo en Guardiaoriente. Tengo la esperanza de que nos consiga unos cuantos hombres en el sur con sus canciones. La *Pájaro Negro* os llevará a Braavos, y una vez allí, busca tú la manera de llegar a Antigua. Si sigues pensando decir que el hijo de Elí es tu bastardo, mándala con él a Colina Cuerno. Si no, Aemon le buscará un trabajo de criada en la Ciudadela.

—Mi b-b-bastardo —Eso había dicho, pero... «Tanta agua... Me voy a ahogar. A veces, los barcos se hunden, y el otoño es época de tormentas.» Pero estaría con Elí, y el bebé crecería en un lugar seguro—. Sí... Mi madre y mis hermanas ayudarán a Elí a criar al niño. —«Puedo enviar una carta; no tengo que ir en persona a Colina Cuerno»—. Dareon puede acompañarla a Antigua; no hace falta que vaya yo. Estoy... He estado entrenándome con el arco todas las tardes con Ulmer, como ordenaste. Bueno, menos cuando estoy en las criptas, pero también me dijiste que averiguara todo lo posible sobre los Otros. El arco hace que me duelan los hombros y me salgan ampollas en los dedos. —Le mostró a Jon una que se le había reventado—. Pero lo sigo haciendo. Ahora ya acierto en la diana bastantes veces, aunque sigo siendo el peor arquero que ha habido jamás. En cambio, me encantan las historias que cuenta Ulmer. Alguien debería recopilarlas en un libro.

—Encárgate tú. En la Ciudadela hay pergaminos y tinta, así como arcos. Quiero que sigas entrenándote, Sam. La Guardia de la Noche cuenta con cientos de hombres capaces de lanzar una flecha, pero solo unos pocos saben leer y escribir. Necesito que seas mi nuevo maestre.

La sola palabra lo hizo estremecer. «No, padre, por favor, no lo volveré a mencionar, lo juro por los Siete. Déjame salir por favor déjame salir.»

—Mi señor... Mi trabajo está aquí, con los libros...

—Los libros seguirán en su sitio cuando vuelvas.

Sam se llevó una mano a la garganta. Casi podía sentir la cadena allí, la cadena que lo ahogaba.

—Mi señor, en la Ciudadela... Obligan a los aprendices a abrir cadáveres. —«Te pondrán una cadena al cuello. ¿Quieres cadenas? Pues ven conmigo.» Durante tres días con sus respectivas noches, Sam había sollozado hasta caer dormido, encadenado de manos y pies a una pared. La cadena que le ceñía el cuello estaba tan apretada que le laceraba la piel, y si durante el sueño se giraba hacia donde no debía, le cortaba la respiración—. No puedo llevar la cadena.

—Sí, puedes, y lo harás. El maestre Aemon es anciano y está ciego; le fallan las fuerzas. ¿Quién ocupará su lugar cuando muera? El maestre Mullin de la Torre Sombría es más soldado que erudito, y el maestre Harmune de Guardiaoriente pasa más tiempo borracho que sobrio.

—Si pides más maestres a la Ciudadela...

—Eso voy a hacer; nos hacen mucha falta. Pero no es tan fácil sustituir a Aemon Targaryen. —Jon parecía desconcertado—. Creía que te alegrarías. En la Ciudadela hay más libros de los que nadie pueda leer en toda una vida. Allí te irá muy bien, Sam. Estoy seguro.

—No. Puedo leer los libros, pero... Un maestre también tiene que ser sanador, y a mí la s-s-sangre me marea. —Extendió una mano temblorosa para enseñársela a Jon—. Soy Sam el Asustado, no Sam el Mortífero.

—¿Asustado? ¿De qué? ¿De las burlas de unos viejos? Tú viste a los espectros subir por el Puño, viste una marea de muertos vivientes con las manos negras y los ojos azules llameantes. Mataste a un Otro.

—Fue el v-v-vidriagón, no yo.

—Cállate. Mentiste, conspiraste e intrigaste para que me eligieran Lord Comandante. Ahora me vas a obedecer. Irás a la Ciudadela y te forjarás una cadena, y si para eso tienes que abrir cadáveres, los abrirás. Al menos, los cadáveres de Antigua no pondrán objeciones.

«No lo entiende.»

—Mi señor —tartamudeó Sam—, mi p-p-padre, Lord Randyll, dice, dice, dice, dice... La vida del maestre es una vida de servicio. —Estaba farfullando y lo sabía—. Ningún hijo de la Casa Tarly llevará jamás una cadena. Los hombres de Colina Cuerno no se inclinan ante ningún señor menor. —«¿Quieres cadenas? Pues ven conmigo»—. No puedo desobedecer a mi padre, Jon.

Lo había llamado Jon, pero Jon ya no existía. En aquel momento se enfrentaba a Lord Nieve, que tenía los ojos grises y duros como el hielo.

—No tienes padre —le replicó Lord Nieve—. Solo hermanos, solo a nosotros. Tu vida pertenece a la Guardia de la Noche, así que ve a meter en una saca la ropa interior y todo lo que te quieras llevar a Antigua. Partirás una hora antes del amanecer. Y te voy a dar otra orden: de hoy en adelante no volverás a decir que eres un cobarde. En este último año te has enfrentado a más cosas que la mayoría de los hombres en toda una vida. Te puedes enfrentar a la Ciudadela; te enfrentarás a ella como Hermano Juramentado de la Guardia de la Noche. No puedo ordenarte que seas valiente, pero sí que ocultes tus temores. Pronunciaste el juramento, Sam. ¿Te acuerdas?

«Soy la espada en la oscuridad.» Pero con la espada era un desastre, y la oscuridad le daba miedo.

—Lo... intentaré.

—No lo intentarás. Obedecerás.

—Obedecerás. —El cuervo de Mormont batió las grandes alas negras.

—Como ordene mi señor. ¿Lo...? ¿Lo sabe ya el maestre Aemon?

—La idea se nos ocurrió a los dos. —Jon le abrió la puerta—. Nada de despedidas. Cuanta menos gente se entere, mejor. Una hora antes del amanecer, junto al cementerio.

Sam no recordó haber salido de la armería; lo siguiente que supo fue que caminaba tambaleante por charcos de barro y nieve sucia hacia las habitaciones del maestre Aemon.

«Podría esconderme —se dijo—. Podría esconderme en las criptas, con los libros. Podría vivir ahí abajo con el ratón; saldría por las noches a robar comida.» Pero sabía que eran ideas delirantes, tan inútiles como desesperadas. Las criptas serían el primer lugar donde lo buscarían. El último lugar donde lo buscarían sería más allá del Muro, pero eso era una locura aún mayor.

«Los salvajes podrían atraparme y me matarían muy despacio. Me quemarían vivo, como quiere hacer la mujer roja con Mance Rayder.»

Cuando encontró al maestre Aemon con los pájaros, le entregó la carta de Jon y le relató sus temores en un torrente de palabras balbuceantes.

—Es que no lo entiende. —Sam estaba a punto de vomitar—. Si me pongo una cadena, mi señor p-p-p-padre... me, me, me...

—Mi padre también puso las mismas objeciones cuando elegí una vida de servicio —le dijo el anciano—. Fue su padre quien me envió a la Ciudadela. El rey Daeron tenía cuatro hijos, y tres de ellos también tenían hijos varones. «Demasiados dragones son un peligro tan grande como demasiado pocos», oí que Su Alteza le decía a mi señor padre el día que me envió lejos. —Aemon se llevó una mano llena de manchas a la cadena de metales diversos que le colgaba en torno al cuello flaco—. La cadena es pesada, Sam, pero mi señor abuelo tenía razón. Y también la tiene tu Lord Nieve.

—Nieve —graznó un cuervo. «Nieve», repitió otro. Todos empezaron a graznar a la vez. «Nieve, nieve, nieve, nieve, nieve». Sam les había enseñado aquella palabra. Comprendió que allí no encontraría ayuda; el maestre Aemon estaba tan atrapado como él.

«Morirá en el mar —pensó con desesperación—. Es demasiado viejo para sobrevivir a un viaje así. El hijito de Elí también podría morir, no es tan grande ni tan fuerte como el bebé de Dalla. ¿Qué quiere Jon? ¿Matarnos a todos?»

A la mañana siguiente, Sam ensilló la yegua con la que había llegado desde Colina Cuerno y la llevó hacia el cementerio que había junto al camino del este. Las alforjas estaban llenas a rebosar de queso, salchichas ahumadas y huevos duros, y también llevaba medio jamón en salazón que le había regalado Hobb Tresdedos por su día del nombre.

—Tú sí que sabes valorar a un buen cocinero, Mortífero —le dijo—. Más como tú harían falta por aquí.

El jamón le sería de gran ayuda. Guardiaoriente estaba a una larga y fría cabalgada, y no había pueblos ni posadas a la sombra del Muro.

La hora que precedía al amanecer era oscura y silenciosa. El Castillo Negro estaba extrañamente tranquilo. En el cementerio lo aguardaban dos carros de dos ruedas, además de Jack Bulwer el Negro y una docena de exploradores curtidos, tan duros como sus monturas. Kedge Ojoblanco profirió un juramento cuando divisó a Sam con el ojo sano.

—No le hagas caso, Mortífero —dijo Jack el Negro—. Ha perdido una apuesta: decía que te tendríamos que sacar chillando de debajo de alguna cama.

El maestre Aemon estaba demasiado delicado para ir a caballo, de manera que le habían preparado un carro bien acolchado con pieles y con un toldo de cuero en la parte superior, para protegerlo de la nieve y la lluvia. Elí y su hijo viajarían con él. En el segundo carro se amontonaban su ropa y sus pertenencias, junto con un cofre de libros raros y antiguos que Aemon suponía que no encontraría en la Ciudadela. Sam se había pasado media noche buscándolos, aunque solo había encontrado una cuarta parte de los que le había pedido.

«Por suerte, o nos haría falta otro carro.»

El maestre llegó arrebujado en una piel de oso que era tres veces más grande que él. Mientras Clydas lo guiaba hacia el carro se levantó una ráfaga de viento, y el anciano se tambaleó. Sam se apresuró a acudir a su lado y lo rodeó con un brazo.

«Otro soplo de aire así se lo podría llevar por encima del Muro.»

—Cogeos de mi brazo, maestre. Estamos cerca.

El anciano ciego asintió mientras el viento les echaba hacia atrás las capuchas.

—En Antigua siempre hace calor. Conozco una posada de una isla del Vinomiel; siempre iba allí cuando era novicio. Será muy grato volver a sentarme allí a beber sidra.

Ya habían acomodado al maestre en el carro cuando apareció Elí, con el niño bien abrigado entre los brazos. Bajo la capucha se le veían los ojos rojos de tanto llorar. Jon llegó al mismo tiempo, acompañado por Edd el Penas.

—Lord Nieve —le dijo el maestre Aemon—, os he dejado un libro en mis habitaciones. El *Compendio jade.* Lo escribió el aventurero volantino Colloquo Votar, que viajó al Este y visitó todas las tierras del mar de Jade. Hay un pasaje que os parecerá muy interesante; le he dicho a Clydas que os lo marque.

—Lo leeré, no lo dudéis —respondió Jon Nieve.

Un hilillo de mucosidad blanca le colgaba de la nariz al maestre Aemon. Se lo limpió con el dorso de la mano enguantada.

—El conocimiento es un arma, Jon. Aseguraos de ir bien armado antes de entrar en combate.

—Muy bien. —Empezó a caer una nevada ligera; los copos grandes, blancos, descendían perezosos del cielo. Jon se volvió hacia Jack Bulwer el Negro—. Id tan deprisa como podáis, pero sin correr riesgos innecesarios. Viajan con vosotros un anciano y un bebé. Encargaos de que no pasen frío ni hambre.

—Vos también, mi señor —intervino Elí—. Haced lo mismo por el otro. Buscadle otra nodriza, como dijisteis. Me lo habéis prometido. El niño... El hijo de Dalla... Es decir, el príncipe... Buscadle una buena mujer, para que crezca grande y fuerte.

—Tenéis mi palabra —le aseguró Jon Nieve con solemnidad.

—No le pongáis nombre. Nada de nombres hasta que cumpla dos años. Trae mala suerte ponerles nombre cuando aún toman el pecho. Puede que los cuervos no lo sepáis, pero es así.

—Como ordenéis, mi señora.

Una mueca de ira desfiguró el rostro de Elí.

—No me llaméis así. Soy madre, no señora. Soy esposa de Craster e hija de Craster, y también soy madre.

Edd el Penas cogió en brazos al bebé mientras Elí subía al carro y se cubría las piernas con unas pieles que olían a rancio. Para entonces, el cielo era más gris que negro hacia el este. Lew el Zurdo estaba deseoso de emprender la marcha. Edd le devolvió el bebé a Elí, que se lo llevó al pecho.

«Puede que sea la última vez que veo el Castillo Negro», pensó Sam mientras montaba a lomos de su yegua. Cuando llegó detestaba aquel lugar, pero en aquel momento no soportaba la idea de tener que partir.

—¡En marcha! —ordenó Bulwer.

Un látigo restalló, y los carros empezaron a traquetear lentamente por el camino mientras la nieve caía a su alrededor. Sam se detuvo un instante junto a Clydas, Edd el Penas y Jon Nieve.

—Bueno —dijo—. Hasta pronto.

—Hasta pronto, Sam —respondió Edd el Penas—. No creo que tu barco se hunda. Los barcos solo se hunden si yo estoy a bordo.

Jon estaba contemplando los carros.

—La primera vez que vi a Elí estaba de pie, con la espalda contra una pared del Torreón de Craster —dijo—. Era una chiquilla flaca de pelo oscuro y barriga enorme, y Fantasma la tenía aterrorizada. Se había colado entre sus conejos, y ella tenía miedo de que la desgarrara para devorar al bebé... Pero no era del lobo de quien debía tener miedo, ¿verdad?

«No —pensó Sam—. El peligro era Craster, su propio padre.»

—Es más valiente de lo que ella misma sabe.

—Tú también, Sam. Que tengas un viaje rápido y seguro, y cuida de ella, de Aemon y del bebé. —Jon esbozó una sonrisa extraña, triste—. Y súbete la capucha. Los copos de nieve se te derriten en el pelo.

Arya

La luz ardía tenue y lejana, muy baja en el horizonte, un brillo entre las nieblas marinas.

—Parece una estrella —dijo Arya.

—La estrella del hogar —convino Denyo.

Era su padre el que gritaba órdenes. Los marineros subían y bajaban por los tres altos mástiles y se movían por los aparejos para arriar las pesadas velas moradas. Abajo, los remeros jadeaban y se afanaban con las dos grandes hileras de remos. Las cubiertas crujían y se inclinaban mientras la galera *Hija del Titán* viraba hacia estribor.

«La estrella del hogar.» Arya estaba en la proa con una mano en el mascarón dorado, una doncella con un cuenco de fruta. Durante un breve instante se permitió fingir que lo que tenía delante era de verdad su hogar.

Pero aquello era una estupidez. Su hogar ya no existía; sus padres habían muerto asesinados, igual que todos sus hermanos, menos Jon Nieve, que estaba en el Muro. Era allí adonde habría querido ir. Así se lo dijo al capitán, pero ni la moneda de hierro bastó para convencerlo. Arya tenía la sensación de que no llegaba nunca a los lugares que quería alcanzar. Yoren había jurado devolverla a Invernalia, pero había acabado en una tumba, y ella, en Harrenhal. Cuando escapó de Harrenhal para ir a Aguasdulces, Lim, Anguy y Tom Siete la tomaron prisionera y la arrastraron a la colina hueca. Luego, el Perro la secuestró y la arrastró a Los Gemelos. Arya lo dejó agonizante junto al río y siguió camino hasta Salinas con la esperanza de encontrar un barco que la llevara a Guardiaoriente del Mar, pero...

«Puede que Braavos no esté tan mal. Syrio era de Braavos, y a lo mejor, Jaqen también.» Había sido Jaqen quien le había dado la moneda de hierro. En realidad no era su amigo, cosa que sí había sido Syrio, pero ¿de qué le habían servido los amigos hasta entonces? «Mientras tenga a *Aguja* no necesito amigos.» Acarició el pomo pulido de la espada con la yema del pulgar, deseando, deseando...

A decir verdad, no sabía qué desear, igual que no sabía qué le esperaba bajo aquella luz distante. El capitán la había admitido a bordo, pero no tenía tiempo para hablar con ella. Algunos miembros de la tripulación la evitaban; otros, en cambio, le hacían regalos: un tenedor de plata, unos mitones, un gorro de lana con parches de cuero... Un hombre la enseñó a hacer nudos de marinero. Otro le servía a veces traguitos de vino de fuego. Los que eran amistosos con ella se golpeaban el pecho y repetían su nombre una y otra vez hasta que Arya lo pronunciaba, aunque ninguno se molestó en preguntarle a ella cómo se llamaba. La llamaban Salina porque había subido a bordo en Salinas, cerca de la desembocadura del Tridente. En fin, era un nombre tan bueno como cualquier otro.

Ya había desaparecido la última estrella de la noche; solo quedaban las dos que se divisaban delante.

—Ahora son dos estrellas.

—Dos ojos —dijo Denyo—. El Titán nos ve.

«El Titán de Braavos.» La Vieja Tata les contaba cuentos sobre el Titán cuando vivían en Invernalia. Era un gigante alto como una montaña y, cuando un peligro se cernía sobre Braavos, se despertaba con fuego en los ojos, y los miembros de piedra le rechinaban y gemían mientras se adentraba en el mar para acabar con los enemigos.

—Los braavosis lo alimentan con la carne jugosa y rosada de niñas nobles —terminaba la Vieja Tata, y Sansa siempre soltaba un gritito estúpido. Pero el maestre Luwin decía que el Titán no era más que una estatua, y que los cuentos de la Vieja Tata no eran más que cuentos.

«Invernalia se quemó; ya no existe —se recordó Arya. Seguramente, la Vieja Tata y el maestre Luwin estaban muertos, igual que Sansa. No servía de nada pensar en ellos—. Todos los hombres mueren.» Eso era lo que significaban las palabras que Jaqen H'ghar le había enseñado cuando le dio la moneda de hierro desgastada. Había aprendido más palabras en braavosi desde que zarparon de Salinas, cosas como *por favor, gracias, mar, estrella* y *vino de fuego,* pero todas ellas habían llegado después de *todos los hombres mueren.* La mayoría de los tripulantes de la *Hija* chapurreaba la lengua común porque habían pasado muchas noches en Antigua, en Desembarco del Rey o en Poza de la Doncella, pero solo el capitán y sus hijos la dominaban lo suficiente para hablar con Arya. Denyo era el menor de esos hijos: se trataba de un muchacho regordete y alegre de doce años que se ocupaba del camarote de su padre y ayudaba a su hermano mayor a hacer las cuentas.

—Espero que vuestro Titán no tenga hambre —le dijo Arya.

—¿Hambre? —repitió Denyo, desconcertado.

—Déjalo. —Aunque fuera verdad que el Titán comía carne jugosa y rosada de niñas, Arya no tenía nada que temer. Estaba tan flaca que no era comida digna de un gigante, y ya tenía casi once años; era prácticamente una mujer. «Además, Salina no es noble»—. ¿El Titán es el dios de Braavos? —preguntó—. ¿O tenéis a los Siete?

—En Braavos se adora a todos los dioses. —Al hijo del capitán le gustaba hablar de su ciudad casi tanto como del barco de su padre—. Tus Siete tienen un septo aquí, el Septo-más-allá-del-Mar, pero ahí solo van los marineros ponientis.

«No son mis Siete. Eran los dioses de mi madre, y permitieron que los Frey la asesinaran en Los Gemelos. —¿Habría en Braavos un bosque de dioses, con un arciano en el centro? Tal vez Denyo lo supiera, pero no se lo podía preguntar. Salina era de Salinas, y ¿qué sabía una niña de Salinas sobre los antiguos dioses del Norte?—. Los antiguos dioses han muerto, igual que mis padres, y Robb, y Bran, y Rickon; todos han muerto.» Recordó como su padre había dicho, mucho tiempo atrás, que cuando soplan los vientos fríos, el lobo solitario muere y la manada sobrevive. «Pues es al revés.» Arya, la loba solitaria, seguía viva, pero a los lobos de la manada los habían capturado, asesinado y desollado.

—Los Bardos Lunares nos trajeron a este refugio, donde los dragones de Valyria no nos podrían encontrar —le explicó Denyo—. Su templo es el más grande. También honramos al Padre de las Aguas, pero su casa se vuelve a construir cada vez que toma esposa. El resto de los dioses convive en una isla, en el centro de la ciudad. Allí es donde encontrarás al... Al Dios de Muchos Rostros.

Los ojos del Titán parecían cada vez más brillantes y más distantes entre sí. Arya no conocía a ningún Dios de Muchos Rostros, pero si respondía a las plegarias, tal vez fuera la deidad que buscaba.

«Ser Gregor —pensó—. Dunsen, Raff el Dulce, Ser Ilyn, Ser Meryn, la reina Cersei. Solo quedan seis.» Joffrey estaba muerto; el Perro había matado a Polliver, y ella misma se había encargado del Cosquillas, y también de aquel escudero idiota de la espinilla. «No lo habría matado si no me hubiera agarrado.» El Perro estaba agonizando cuando lo abandonó a orillas del Tridente; ardía de fiebre por culpa de su herida. «Tendría que haberme apiadado de él y haberle clavado un cuchillo en el corazón.»

—¡Mira, Salina! —Denyo la agarró por el brazo para que se volviera—. ¿Lo ves? ¡Allí! —Señaló con el dedo.

Las nieblas se abrían ante ellos; la proa del barco rasgaba los cortinajes grises. La *Hija del Titán* hendía las aguas plomizas, viento en popa, impulsada por las velas moradas. Arya oía los graznidos de las aves marinas. Allí, en el lugar hacia donde señalaba Denyo, una hilera de riscos surgía abruptamente del mar, con las laderas escarpadas cubiertas de pinos soldado y píceas negruzcas. Pero más allá reaparecía el mar, y allí, sobre las aguas, se alzaba imponente el Titán, con los ojos llameantes y el pelo verde al viento.

Sus piernas salvaban la distancia entre las elevaciones de tierra; tenía un pie en cada montaña, y sus hombros se cernían amenazadores sobre las cimas rocosas. Las piernas eran de piedra maciza, del mismo granito negro que las montañas marinas sobre las que se alzaba, aunque en torno a las caderas llevaba una faldilla de armadura de bronce verdoso. La coraza también era de bronce, y en la cabeza llevaba un yelmo con cimera. La melena ondulante estaba hecha de cuerdas de cáñamo teñidas de verde, y en las cavernas que eran sus ojos ardían hogueras enormes. Una mano reposaba en el risco de la izquierda, con los dedos de bronce cerrados en torno a un saliente de piedra; la otra se alzaba en el aire y sostenía el puño de una espada rota.

«Solo es un poco más grande que la estatua del rey Baelor que hay en Desembarco del Rey», se dijo cuando aún estaban a buena distancia. Pero a medida que la galera se iba acercando al lugar donde las olas rompían contra los riscos, el Titán se hacía aún más gigantesco. Oyó al padre de Denyo gritar órdenes con su voz retumbante, y los aparejadores empezaron a arriar las velas.

«Vamos a pasar a remo entre las piernas del Titán. —Arya divisó las troneras en la gran coraza de bronce, así como las manchas y las pecas que formaban los nidos de las aves marinas en los brazos y hombros del Titán. Estiró el cuello—. Baelor el Santo no le llegaría ni a las rodillas. Podría saltar por encima de las murallas de Invernalia.»

En aquel momento, el Titán lanzó un rugido.

Fue un sonido tan ciclópeo como él, un alarido terrible, arrasador, tan estruendoso que incluso ahogó la voz del capitán y el sonido de las olas que rompían contra los riscos cuajados de pinos. Un millar de aves marinas levantó el vuelo, y Arya se estremeció de pánico hasta que vio que Denyo se reía.

—Solo está avisando al Arsenal de nuestra llegada —le gritó—. No tengas miedo.

—No tengo miedo —replicó Arya, también a gritos—. Es que ha sonado muy fuerte, nada más.

El viento y las olas controlaban ya a la *Hija del Titán* y la transportaban velozmente hacia el canal. La doble hilera de remos se movía con fluidez; las palas hendían el mar y formaban espuma blanca mientras la sombra del Titán caía sobre el barco. Durante un momento pareció que iban a chocar irremediablemente contra las piedras en las que apoyaba los pies. Arya, acuclillada junto a Denyo en la proa, sentía el sabor salado en los labios cada vez que las salpicaduras le llegaban a la cara. Tuvo que mirar casi en vertical para ver la cabeza del Titán.

«Los braavosis lo alimentan con la carne jugosa y rosada de niñas nobles», oyó decir de nuevo a la Vieja Tata, pero ella no era niña, y no se iba a asustar de una estúpida estatua.

Pese a todo, no apartó la mano de *Aguja* mientras pasaban entre sus piernas. En la cara interior de los enormes muslos de piedra había más aspilleras y, cuando Arya estiró el cuello y giró la cabeza para ver como el puesto del vigía pasaba a menos de diez varas de la faldilla del Titán, divisó los matacanes que había en la parte inferior, y también las caras blanquecinas que los miraban entre los barrotes de hierro.

Y de pronto se encontraron al otro lado.

La sombra se esfumó; los riscos cubiertos de pinos volvieron a aparecer a ambos lados; el viento amainó, y se encontraron en una gran laguna. Ante ellos se alzaba otra montaña marina, un saliente de roca que surgía de las aguas como un puño con púas, con las almenas rebosantes de escorpiones, escupefuegos y trabuquetes.

—El Arsenal de Braavos —lo había llamado Denyo, tan orgulloso como si lo hubiera edificado él mismo—. Ahí pueden construir una galera de combate en un día.

Arya divisó docenas de galeras amarradas en los embarcaderos o situadas todavía en las rampas por las que se deslizarían hacia el mar. Las proas pintadas de otras sobresalían de incontables cobertizos de madera, a lo largo de la costa pedregosa, como perros en sus casetas, esbeltos, crueles y hambrientos, a la espera de que los llamara el cuerno del cazador. Trató de contarlas, pero eran demasiadas, y había otros atracaderos, muelles y cobertizos más allá de donde la línea de la costa describía una curva.

Dos galeras habían salido a su encuentro. Parecían surcar las aguas como libélulas, con sus remos blancos moviéndose al compás. Arya oyó que el capitán les gritaba algo y los capitanes de las galeras respondían también a gritos, pero no entendió qué decían. Sonó un gran cuerno. Las galeras pasaron junto a ellos, una a cada lado, tan cerca que alcanzó a oír el sonido amortiguado de los tambores en el interior de los cascos violeta, *bum bum bum bum bum bum bum bum bum,* como el palpitar de corazones vivos.

Luego dejaron atrás las galeras, y también el Arsenal. Ante ellos se extendía una amplia zona de aguas verde guisante, como una lámina de cristal coloreado. En su húmedo corazón se alzaba la ciudad, una gran extensión de cúpulas, torres y puentes, todo en gris, dorado y rojo.

«Las cien islas de Braavos en el mar.»

El maestre Luwin les había hablado de Braavos, pero Arya no recordaba gran cosa. Era una ciudad llana, eso se veía desde lejos, en nada parecida a Desembarco del Rey, que se alzaba sobre tres colinas. Allí, las únicas colinas eran las que habían levantado los hombres con ladrillo, granito, bronce y mármol. También faltaba algo, aunque tardó unos instantes en darse cuenta de qué era.

«La ciudad no tiene murallas.» Cuando se lo dijo a Denyo, el chico se rio de ella.

—Nuestras murallas son de madera y están pintadas de violeta —le explicó—. Las galeras son nuestras murallas. No nos hacen falta otras.

La cubierta crujió a sus espaldas. Arya se volvió y se encontró con el padre de Denyo, ataviado con la capa de capitán, de lana morada. El capitán comerciante Ternesio Terys iba afeitado, y llevaba el pelo cano muy corto y pulcro, enmarcando un rostro cuadrado y curtido por los vientos. Durante la travesía lo había visto bromear a menudo con la tripulación, pero cuando fruncía el ceño, los hombres huían de él como si se avecinara una tormenta. En aquel momento tenía el ceño fruncido.

—Se acerca el final del viaje —le dijo a Arya—. Vamos a Puerto Chequy, donde los aduaneros del señor del Mar subirán a inspeccionar las bodegas. Tardarán medio día, como siempre, pero no hace falta que esperes hasta que terminen. Recoge tus cosas. Mandaré que bajen un bote, y Yorko te llevará a tierra.

«A tierra.» Arya se mordisqueó el labio. Había cruzado el mar Angosto para llegar allí, pero, si el capitán se lo hubiera preguntado, le habría dicho que prefería seguir a bordo de la *Hija del Titán.* Salina era demasiado menuda para manejar un remo, ya lo sabía, pero podía aprender a hacer nudos, arriar las velas y seguir un rumbo a través del ancho mar. Un día, Denyo la había subido a la cofa, y a ella no le había dado ningún miedo, aunque la cubierta se veía diminuta y muy abajo.

«Yo también sé hacer cuentas, y puedo limpiar un camarote.»

Pero en la galera no hacía falta un segundo grumete. Además, bastaba con ver la cara del capitán para darse cuenta de las ganas que tenía de librarse de ella. De modo que se limitó a asentir.

—A tierra —dijo, aunque eso significaba que estaría entre desconocidos.

—*Valar dohaeris.* —Se llevó dos dedos a la frente—. Te ruego que recuerdes a Ternesio Terys y el servicio que te ha prestado.

—Eso haré —respondió Arya con un hilo de voz. El viento le tironeaba la capa, insistente como un fantasma. Era hora de que se marchara.

«Recoge tus cosas», le había dicho el capitán; pero no tenía gran cosa que recoger: solo la ropa que llevaba puesta, la bolsita de monedas, los regalos que le había hecho la tripulación, el puñal que llevaba colgado de la cadera izquierda y *Aguja,* a la derecha.

El bote estuvo preparado antes que ella, con Yorko a los remos. También era hijo del capitán, pero mayor que Denyo y no tan simpático.

«No me he despedido de Denyo —pensó mientras bajaba. Tal vez no volvería a ver al niño—. Tendría que haberme despedido de él.»

La *Hija del Titán* quedó tras ellos meciéndose en las aguas, mientras la ciudad se tornaba más y más grande con cada paletada de los remos de Yorko. A la derecha se divisaba un puerto, un entramado de muelles y atracaderos llenos de barcos balleneros de Ibben, naves cisne de las Islas del Verano y más galeras de las que habría podido contar. A su izquierda había otro puerto, más lejano, pasado un cabo donde la parte superior de barcos medio hundidos sobresalía de las aguas. Arya nunca había visto tantos edificios grandes en un solo lugar. En Desembarco del Rey estaban la Fortaleza Roja, el Gran Septo de Baelor y Pozo Dragón, pero al parecer, en Braavos había una veintena de templos, torres y palacios tan grandes como aquellos o incluso más.

«Volveré a ser un ratón —pensó, sombría—, igual que en Harrenhal antes de escaparme.»

Desde donde estaba el Titán, la ciudad le había parecido una única isla grande, pero a medida que los remos de Yorko los acercaban vio que se trataba de muchas islas pequeñas enlazadas por puentes de piedra en forma de arco que salvaban los incontables canales. Más allá del puerto divisó unas calles con casas de piedra gris, tan juntas que casi se apoyaban las unas contra las otras. A Arya le parecieron unos edificios extraños. Eran de cuatro o cinco pisos de altura, muy estrechos y con tejados en forma de pico, como sombreros puntiagudos. No vio ningún techo de paja, y apenas unas cuantas casas de madera, de las que abundaban en Poniente.

«Aquí no tienen árboles —advirtió—. Braavos es todo de piedra, una ciudad gris sobre un mar verde.»

Yorko enfiló hacia la zona norte de los atracaderos, y bajaron por un gran canal, una ancha vía de agua que llevaba directamente al centro de la ciudad. Pasaron bajo los puentes de piedra tallada, decorados con un centenar de tipos de peces, cangrejos y calamares. Un segundo puente apareció ante ellos, con un encaje de tallas de hojas de parra, y más allá, un tercero que los miraba fijamente con un centenar de ojos pintados. A ambos lados se abrían las bocas de canales más pequeños, en los que a su vez confluían otros más pequeños aún. Algunas casas se alzaban sobre los canales, lo que los transformaba en una especie de túneles. Por ellos se deslizaban botes de líneas esbeltas, con forma de serpiente marina, con la cabeza pintada y la cola alzada. Arya se fijó en que no se movían con remos, sino con pértigas manejadas por hombres situados en la popa, vestidos con capas de color gris, marrón y verde musgo. También vio barcazas de fondo plano en las que se amontonaban cajones y barriles, impulsadas por veinte pértigas a cada lado, y elegantes casas flotantes con farolillos de cristal coloreado, cortinajes de terciopelo y mascarones de proa metálicos. A lo lejos, por encima de casas y canales, había una especie de gigantesco camino de piedra gris que reposaba sobre pilares unidos por una arcada de tres niveles y se perdía entre la neblina hacia el sur.

—¿Qué es eso? —le preguntó Arya a Yorko al tiempo que se lo señalaba.

—El río de agua dulce —le respondió—. Trae agua fresca de tierra firme, de más allá de los estuarios y los bajíos de salitre. Agua buena de los manantiales.

Al mirar hacia atrás descubrió que ya no se veían el puerto ni la laguna. Al frente, una hilera de estatuas se alzaba a los lados del canal: hombres de piedra con expresión solemne y túnica de bronce salpicada de excrementos de aves marinas. Unos tenían en las manos un libro; otros, un puñal; otros, un martillo. Uno sostenía en alto una estrella dorada; otro vertía en el canal un chorro interminable desde una vasija de piedra.

—¿Son dioses? —preguntó Arya.

—Señores del Mar —respondió Yorko—. La isla de los Dioses está más allá. ¿Ves? Seis puentes más abajo, en la orilla derecha. Aquel es el templo de los Bardos Lunares.

Era uno de los que Arya había divisado desde la laguna, una mole imponente de mármol níveo coronada por una gran cúpula plateada cuyos vitrales de vidrio blanco mostraban todas las fases de la luna. Las puertas estaban flanqueadas por un par de doncellas de mármol, tan altas como los señores del Mar, que sostenían un dintel en forma de media luna.

Más allá había otro templo, un edificio de piedra roja tan austero como cualquier fortaleza. En la parte superior de la gran torre cuadrada ardía una almenara en un brasero de hierro de treinta palmos de diámetro, y otras de menor tamaño ardían a los lados de las puertas metálicas.

—A los sacerdotes rojos les gusta el fuego —le explicó Yorko—. Su dios es R'hllor, el Señor de la Luz.

«Ya lo sé.» Arya recordó a Thoros de Myr, con su armadura vieja, sus túnicas desgastadas y tan desteñidas que, más que un sacerdote rojo, parecía un sacerdote rosa. Pero había rescatado a Lord Beric de la muerte con un beso. Contempló la casa del dios rojo mientras pasaban junto a ella y se preguntó si los sacerdotes braavosis podrían hacer lo mismo.

A continuación se alzaba un gran edificio de ladrillo festoneado con líquenes. De no ser por el comentario de Yorko, Arya lo habría tomado por un almacén.

—Es el Refugio Sagrado, donde se adora a los dioses menores que el mundo ha olvidado. También lo llaman *la Casa de las Mil Habitaciones.*

Entre los muros verdecidos de la Casa de las Mil Habitaciones discurría un pequeño canal, y por él se adentraron. Atravesaron un túnel antes de volver a salir a la luz. A ambos lados se alzaban más templos.

—No imaginaba que hubiera tantos dioses —dijo Arya.

Yorko dejó escapar un gruñido. Doblaron una curva del río y pasaron bajo otro puente. A su izquierda apareció una loma rocosa sobre la que se alzaba un templo de piedra gris oscuro y sin ventanas. Un tramo de peldaños de piedra bajaba de sus puertas a un atracadero cubierto.

Yorko echó los remos hacia atrás, y el bote chocó con suavidad contra los pilares de piedra. Se agarró a un aro de hierro para no apartarse.

—Te dejo aquí.

El atracadero era sombrío; la escalera, empinada. El tejado negro del templo estaba rematado en una punta afilada, igual que las casas que flanqueaban los canales. Arya se mordisqueó el labio.

«Syrio llegó de Braavos. Tal vez visitara este templo. Tal vez subiera por estos peldaños.» Se agarró a otro aro y saltó al atracadero.

—Ya sabes cómo me llamo —le dijo Yorko desde el bote.

—Yorko Terys.

—*Valar dohaeris.*

Se impulsó con un remo y volvió a salir a aguas más profundas. Arya lo contempló mientras volvía, remando, por donde habían llegado, hasta que lo perdió de vista entre las sombras del puente. A medida que el susurro de los remos se desvanecía, se hizo un silencio tal que casi oía los latidos de su propio corazón. De repente se encontraba en otro lugar... En Harrenhal, con Gendry, o tal vez en los bosques del Tridente, con el Perro.

«Salina es una niña idiota —se dijo—. Soy un lobo; no estoy asustada.» Palmeó el puño de *Aguja* como si fuera un amuleto, se sumergió en las sombras y subió los peldaños de dos en dos, para que nadie pudiera decir que había tenido miedo.

Arriba se encontró ante un par puertas de madera tallada, de diez codos de altura. La puerta de la izquierda era de arciano blanco como el hueso; la derecha, de ébano brillante. En el centro de cada una había una luna llena tallada, de ébano en la puerta de arciano y de arciano en la de ébano. En cierto modo le recordaban al árbol corazón del bosque de dioses de Invernalia.

«Las puertas me están mirando —pensó. Empujó las dos a la vez con las manos enguantadas, pero no cedieron—. Están cerradas a cal y canto.»

—Dejadme entrar, idiotas —dijo—. He cruzado el mar Angosto. —Las golpeó con el puño—. Jaqen me dijo que viniera. Tengo la moneda de hierro. —Se la sacó de la bolsa y la mostró—. ¿Veis? *Valar morghulis.*

La única respuesta de las puertas consistió en abrirse.

Se abrieron hacia dentro en silencio, sin que ninguna mano humana las moviera. Arya dio un paso al frente, y luego otro. Las puertas se cerraron a su espalda y, durante un momento, se quedó a ciegas. Tenía a *Aguja* en la mano, aunque no recordaba haberla desenvainado.

Unas cuantas velas ardían a lo largo de las paredes, pero daban tan poca luz que Arya no se veía ni los pies. Alguien susurraba, aunque en voz tan baja que no entendía las palabras. Otra persona sollozaba. Oyó un sonido de pisadas ligeras, cuero contra piedra, y una puerta que se abría y se cerraba.

«Agua, también se oye el agua.»

Poco a poco, la vista se le acostumbró a la oscuridad. El templo parecía mucho más grande por dentro que por fuera. Los septos de Poniente tenían siete lados, con siete altares dedicados a los siete dioses, pero allí había muchos más. Sus estatuas se alzaban a lo largo de las paredes, inmensas, amenazadoras. Alrededor de sus pies ardían velas rojas titilantes, tenues como estrellas lejanas. La que tenía más cerca era de mármol, de más de cuatro varas de altura, y representaba una mujer. De sus ojos brotaban lágrimas de verdad que iban a caer al cuenco que sostenía entre los brazos. La siguiente era de un hombre con cabeza de león sentado en un trono de ébano tallado. Al otro lado de las puertas, un enorme caballo de hierro y bronce se alzaba encabritado sobre las patas traseras. Más allá distinguió un gran rostro de piedra, un niño pálido con una espada, una cabra peluda del tamaño de un uro, un hombre encapuchado que se apoyaba en un bastón... Las otras estatuas eran solo bultos que se cernían sobre ella, apenas entrevistas en la penumbra. Entre los dioses había nichos ocultos donde anidaban las sombras, con una vela encendida aquí y allá.

Silenciosa como una sombra, Arya avanzó entre las largas hileras de bancos de piedra con la espada en la mano. Los pies le indicaron que el suelo era de piedra; no de mármol pulido como en el del Gran Septo de Baelor, sino más basto. Pasó junto a unas mujeres que susurraban. El aire era cálido y denso, tan cargado que no pudo contener un bostezo. Le llegaba el olor de las velas. Tenían un aroma que no le resultaba familiar. Lo atribuyó a algún incienso extraño, pero a medida que se adentraba en el templo le pareció que empezaban a oler a nieve, a agujas de pino y a guiso caliente.

«Olores buenos», se dijo, y se sintió un poco más valiente. Tanto como para volver a envainar a *Aguja*.

En el centro del templo encontró el agua que había oído antes: un estanque de algo más de tres varas de diámetro, negro como la tinta, iluminado por velas rojas de luz tenue. Junto a él había un hombre sentado. Llevaba una capa plateada y se oían sus sollozos quedos. Observó como metía una mano en el agua y provocaba ondulaciones escarlata en todo el estanque. Cuando sacó los dedos, se los fue lamiendo uno a uno.

«Debe de tener sed.» A lo largo del borde del estanque había vasijas de piedra. Arya cogió una, la llenó y se la llevó para que bebiera. El joven la miró atentamente mientras se la ofrecía.

—*Valar morghulis* —dijo.

—*Valar dohaeris* —respondió ella.

Él bebió a tragos largos y después dejó caer la vasija en el estanque. Se puso en pie meciéndose, sujetándose el vientre. Durante un momento, Arya pensó que se iba a caer. Entonces se fijó en la mancha oscura que tenía bajo el cinturón, una mancha que se extendía mientras la miraba.

—Te han apuñalado —farfulló, pero el hombre no le prestó atención. Caminó tambaleante hacia la pared y se metió en un nicho, en un lecho de dura piedra. Al mirar a su alrededor, Arya vio que había más nichos. En algunos había ancianos durmiendo.

«No —pareció susurrar en su cabeza una voz apenas recordada—. Están muertos o moribundos. Mira con los ojos.»

Una mano le rozó el brazo.

Arya se giró bruscamente, pero no era más que una chiquilla, una niñita pálida con una túnica cuya capucha parecía devorarla, negra por el lado derecho y blanca por el izquierdo. Debajo se veía un rostro demacrado y huesudo, con las mejillas hundidas y unos ojos oscuros, grandes como platos.

—No me agarres —le advirtió Arya a la chiquilla—. Al último niño que me agarró, lo maté.

La pequeña dijo unas palabras, pero Arya no las comprendió. Sacudió la cabeza.

—¿No hablas la lengua común?

—Yo sí —dijo una voz a sus espaldas.

A Arya no le gustaba que la sorprendieran así una y otra vez. El hombre encapuchado era alto y llevaba una túnica blanca y negra igual que la de la niña, solo que más grande. Bajo la capucha, Arya solo distinguió un brillo rojizo y tenue, el reflejo de la vela en sus ojos.

—¿Qué lugar es este? —le preguntó.

—Un lugar de paz. —Hablaba con voz amable—. Aquí estás a salvo. Esto es la Casa de Blanco y Negro, pequeña, aunque eres joven para buscar el favor del Dios de Muchos Rostros.

—¿Es como el dios sureño, el de las siete caras?

—¿Siete? No. Sus rostros son incontables, pequeña; tiene tantos como estrellas hay en el cielo. En Braavos, cada cual adora al dios que se le antoja... Pero, al final de todos los caminos aguarda el que Tiene Muchos Rostros. También a ti te aguardará algún día, no temas. No hace falta que corras a sus brazos.

—Solo he venido a buscar a Jaqen H'ghar.

—No conozco ese nombre.

Se le hizo un nudo en el estómago.

—Era de Lorath. Tenía el pelo blanco por un lado y rojo por el otro. Me dijo que me enseñaría secretos y me dio esto. —Llevaba en el puño la moneda de hierro. Cuando abrió los dedos se le quedó pegada a la mano sudorosa.

El sacerdote examinó la moneda, pero no hizo ademán de tocarla. La niñita de los ojos enormes también la miró.

—Dime tu nombre, pequeña —dijo al final el hombre encapuchado.

—Salina. Vengo de Salinas, junto al Tridente.

No podía verle el rostro, pero de alguna manera percibió que sonreía.

—No —respondió—. Dime tu nombre.

—Pajarito —corrigió.

—Tu nombre verdadero, niña.

—Mi madre me puso Nan, pero me llaman Comadreja...

—Tu nombre.

Tragó saliva.

—Arry. Soy Arry.

—Ya se parece más. Y ahora, la verdad.

«El miedo hiere más que las espadas», se dijo.

—Arya. Soy Arya de la Casa Stark. —La primera vez susurró la palabra; la segunda se la tiró a la cara.

—Esa eres, pero en la Casa de Blanco y Negro no hay lugar para Arya de la Casa Stark.

—Por favor —suplicó—. No tengo adonde ir.

—¿Temes a la muerte?

Se mordisqueó el labio.

—No.

—Veamos. —El sacerdote se bajó la capucha. Bajo ella no había ningún rostro, solo un cráneo amarillento con unas tiras de piel todavía aferradas a las mejillas y un gusano blanco que se retorcía en una órbita ocular—. Dame un beso, niña —graznó con una voz tan seca y áspera como el cloqueo de la muerte.

«¿Se cree que me asusta?» Arya lo besó allí donde debería haber tenido la nariz y cogió el gusano del ojo para comérselo, pero se le derritió como una sombra en la mano.

El cráneo amarillo también se derritió y, de repente, el anciano de aspecto más bondadoso que había visto jamás la miraba con una sonrisa.

—Hasta ahora, nadie había intentado comerse mi gusano —dijo—. ¿Tienes hambre, pequeña?

«Sí —pensó ella—, pero no de comida.»

Cersei

Caía una lluvia fría que había tornado oscuros como la sangre las murallas y baluartes de la Fortaleza Roja. La Reina cogió al Rey de la mano y lo guio con paso firme por el patio enlodado hasta donde aguardaba la litera con su escolta.

—El tío Jaime me dijo que podía ir a caballo y lanzar monedas al populacho —protestó el niño.

—Qué quieres, ¿coger un resfriado? —No podía correr ese riesgo; Tommen nunca había sido tan vigoroso como Joffrey—. Tu abuelo habría querido que te comportaras como un verdadero rey en su velatorio. No quiero que aparezcamos en el Gran Septo empapados y desaliñados.

«Bastante malo es ya tener que volver a vestir de luto.» El negro nunca le había sentado bien. Tenía la piel tan clara que le hacía parecer un cadáver. Cersei se había levantado una hora antes del amanecer para bañarse y peinarse, y no tenía la menor intención de permitir que la lluvia diera al traste con sus esfuerzos.

Una vez dentro de la litera, Tommen se recostó contra los cojines y observó la lluvia que caía.

—Los dioses lloran por el abuelo. Lady Jocelyn dice que las gotas de lluvia son sus lágrimas.

—Jocelyn Swyft es idiota. Si los dioses pudieran llorar, habrían llorado por tu hermano. La lluvia no es más que lluvia. Cierra la cortina para que no se siga metiendo dentro. Ese manto es de marta. ¿Qué quieres? ¿Que se te empape?

Tommen obedeció. A Cersei le preocupaba que fuera tan sumiso; un rey tenía que ser fuerte.

«Joffrey habría protestado. Nunca fue fácil acobardarlo.»

—No te sientes así —dijo a Tommen—. Siéntate como un rey. Endereza los hombros y ponte bien la corona. ¿Quieres que se te caiga de la cabeza delante de todos tus señores?

—No, madre.

El niño se sentó erguido y se colocó la corona. Era la de Joff, que le quedaba muy grande. Tommen siempre había sido regordete, pero últimamente tenía el rostro más afilado.

«¿Estará comiendo bien? —Tenía que acordarse de preguntárselo al mayordomo. No podía correr el riesgo de que Tommen enfermara, y menos con Myrcella en manos de los dornienses—. Con el tiempo crecerá, y la corona de Joff le quedará bien.» Hasta entonces le haría falta una más pequeña, que no amenazara con engullirle la cabeza. Dejaría el asunto en manos de los orfebres.

La litera descendió a paso lento por la Colina Alta de Aegon. Dos miembros de la Guardia Real cabalgaban ante ellos, caballeros blancos a lomo de corceles blancos con las capas blancas que les colgaban empapadas. Tras ellos iban cincuenta guardias de los Lannister vestidos de oro y carmesí.

Tommen contempló las calles desiertas por una rendija, entre los cortinajes.

—Creía que habría más gente. Cuando murió mi padre, todo el mundo salió para vernos pasar.

—Es por la lluvia. —Lord Tywin no se había ganado nunca el amor de los habitantes de Desembarco del Rey.

«Y él tampoco quería amor. "El amor no da de comer, ni sirve para comprar caballos, ni para calentar las habitaciones una noche fría"», recordó habérselo oído decir a Jaime cuando tenía la edad de Tommen.

En el Gran Septo de Baelor, el magnífico edificio de mármol situado en la colina de Visenya, el escaso grupo de asistentes quedaba empequeñecido por el número de capas doradas que Ser Addam Marbrand había distribuido por toda la plaza.

«Ya vendrán más a llorar —se dijo la Reina mientras Ser Meryn Trant la ayudaba a bajar de la litera. En el funeral de la mañana solo se permitía el acceso a los nobles con sus séquitos; por la tarde habría otro para el pueblo, y las plegarias de la noche estaban abiertas a todos. Cersei tendría que asistir también, para que el pueblo la viera de luto—. La plebe quiere espectáculo.» Era un verdadero fastidio. Tenía que escribir despachos, ganar una guerra, gobernar un reino... Su padre lo habría comprendido.

El Septón Supremo los recibió en la parte superior de las escaleras. Era un anciano encorvado de barbita canosa y rala, tan doblado por el peso de la ornamentada túnica bordada que los ojos le quedaban a la altura del pecho de la Reina, aunque la corona, un hermoso objeto etéreo de cristal tallado e hilo de oro, le añadía sus buenos dos palmos de estatura.

Lord Tywin se la había entregado para sustituir la que se perdió cuando la turba asesinó al anterior Septón Supremo. A aquel gordo idiota lo habían sacado de su litera y lo habían despedazado el día en que Myrcella embarcó hacia Dorne.

«Era un verdadero glotón, y muy manejable. Este, en cambio...» De repente, Cersei recordó que el nuevo Septón Supremo había sido elegido por Tyrion. Era una idea un tanto inquietante.

La mano manchada del anciano parecía una pata de pollo que surgiera de la manga con cenefas de oro y cristales engarzados. Cersei se arrodilló en el mármol húmedo y le besó los dedos, e indicó a Tommen que hiciera lo mismo.

«¿Qué sabe de mí? ¿Qué le contó el enano?» El Septón Supremo sonrió y la escoltó al interior del septo. Pero ¿era una sonrisa amenazadora, impregnada de conocimiento, o solo el gesto vacuo de los labios arrugados de un anciano? La Reina no tenía manera de saberlo.

Cruzó la Sala de las Lámparas bajo los globos de cristal de colores, siempre con la mano de Tommen en la suya. Los flanqueaban Trant y Kettleblack, con las capas chorreantes que iban dejando charcos en el suelo. El Septón Supremo caminaba despacio, apoyado en un bastón de arciano rematado por un orbe de cristal. Siete Máximos Devotos lo asistían vestidos con resplandecientes ropajes de hilo de plata. Tommen lucía una túnica de hilo de oro bajo el manto de marta, y la Reina, un antiguo vestido largo de terciopelo negro ribeteado con armiño. No había tenido tiempo para que le hicieran uno nuevo, y no podía llevar la misma ropa que en el funeral de Joffrey, ni el que lució cuando enterró a Robert.

«Por lo menos, nadie esperará que lleve luto por Tyrion. En ese funeral vestiré de seda carmesí e hilo de oro, y me adornaré el pelo con rubíes.» Había anunciado que el hombre que le llevara la cabeza del enano obtendría de inmediato el título de señor, por humildes que fueran sus orígenes. Los cuervos llevaban ya la promesa a todos los rincones de los Siete Reinos; no tardarían en cruzar el mar Angosto y llegar a las Nueve Ciudades Libres y a las tierras que se extendían más allá.

«El Gnomo puede intentar esconderse en los confines de la tierra, pero no se me escapará.»

La regia procesión cruzó las puertas interiores del gigantesco corazón del Gran Septo y bajó por un ancho pasillo, uno de los siete que confluían bajo la cúpula. A izquierda y derecha, los nobles se hincaron de rodillas al paso del Rey y de la Reina. Allí estaban muchos de los banderizos de su padre, así como caballeros que habían luchado al lado de Lord Tywin en medio centenar de batallas. Al verlos se sintió más segura.

«No carezco de amigos.»

El cadáver de Lord Tywin Lannister reposaba bajo la elevada cúpula de oro y cristal del Gran Septo, sobre un féretro de mármol. Jaime montaba guardia junto a la cabeza, con la mano cerrada en torno al puño de un largo mandoble dorado cuya punta apoyaba en el suelo. La capa con capucha que vestía era tan blanca como la nieve recién caída, y la túnica de malla tenía incrustaciones de oro y madreperla.

«Lord Tywin habría preferido que vistiera los colores de los Lannister, el oro y el carmesí —pensó—. Siempre se enfadaba cuando veía a Jaime de blanco. —Además, su hermano se estaba dejando crecer la barba. La pelusa que le cubría la mandíbula y las mejillas le daba a su rostro un aspecto tosco, basto. —Al menos podría haber esperado a que los huesos de nuestro padre estuvieran enterrados bajo la Roca.»

Cersei y el Rey subieron los tres peldaños y se arrodillaron junto al cadáver. Tommen tenía los ojos llenos de lágrimas. Cersei se inclinó hacia él.

—Llora sin hacer ruido —le dijo—. Eres el rey, no un niño berreante. Tus señores te están observando.

El niño se secó las lágrimas con el dorso de la mano. Tenía los mismos ojos que ella, color verde esmeralda, tan grandes y vivos como los de Jaime a su edad. Su hermano había sido un niño muy guapo... Pero también fiero, igual que Joffrey, un verdadero cachorro de león. La Reina rodeó a Tommen con el brazo y le besó los rizos dorados.

«Me necesita para que lo enseñe a gobernar, para que lo proteja de sus enemigos.» Algunos de ellos estaban allí, a su alrededor, haciéndose pasar por amigos.

Las hermanas silenciosas habían vestido a Lord Tywin como si fuera a luchar en una última batalla. Llevaba su mejor armadura, de grueso acero esmaltado de carmesí oscuro, con incrustaciones de oro en las canilleras y la coraza. Los ristres eran soles dorados; tenía una leona al acecho en cada hombro, y la cimera del yelmo colocado junto a su cabeza tenía la forma de un león de larga melena. Le habían puesto sobre el pecho una espada larga con la vaina recubierta de oro e incrustaciones de rubíes, y tenía las manos cerradas en torno al puño, envueltas en guanteletes de metal dorado.

«Hasta muerto tiene un rostro noble —pensó—, pero la boca... —Las comisuras de los labios de su padre se curvaban ligeramente hacia arriba; daba la sensación de que algo le resultaba divertido. —No debería estar así.» La culpa la tenía Pycelle; tendría que haberles dicho a las hermanas silenciosas que Lord Tywin Lannister no sonreía jamás. «Ese hombre es más inútil que los pezones en una coraza.» En cierto modo, aquel atisbo de sonrisa hacía que Lord Tywin pareciera menos temible, igual que el hecho de que tuviera los ojos cerrados. Los ojos de su padre siempre habían sido turbadores, de color verde claro, casi llameantes, con destellos dorados. Eran ojos que veían por dentro, que veían lo débil, lo indignas, lo feas que eran las personas en su interior. «Cuando miraba a alguien, lo sabía.»

Le acudió a la mente un recuerdo del banquete que había ofrecido el rey Aerys cuando Cersei llegó a la corte, cuando no era más que una niña verde como la hierba del verano. El anciano Merryweather estaba charlando sobre la posibilidad de subir el impuesto sobre el vino cuando Lord Rykker dijo: «Si nos hace falta oro, lo que debería hacer Su Alteza es sentar a Lord Tywin en el orinal». Aerys y sus lisonjeadores rieron a carcajadas, mientras que su padre miró a Rykker por encima de la copa. Las risas cesaron al poco rato, pero la mirada siguió clavada en él. Rykker apartó la vista, se volvió de nuevo, le sostuvo la mirada, intentó no hacer caso, bebió un pichel de cerveza y al final se marchó con el rostro enrojecido, derrotado por un par de ojos que no le daban cuartel.

«Los ojos de Lord Tywin se han cerrado para siempre —pensó Cersei—. Ahora, la mirada que los hará temblar será la mía; mío, el ceño que temerán. Yo también soy un león.»

El cielo estaba tan gris que dentro del septo todo eran penumbras. Si escampara, el sol entraría por los cristales y envolvería el cadáver en un arco iris. El señor de Roca Casterly merecía un arco iris. Había sido un gran hombre.

«Pero yo seré más grande aún. Dentro de mil años, cuando los maestres escriban sobre esta época, solo se te recordará como el padre de la reina Cersei.»

—Madre. —Tommen le tironeó la manga—. ¿Qué es eso que huele tan mal?

«Mi señor padre.»

—La muerte.

A ella también le llegaba el olor, un jirón tenue de corrupción que hacía que le dieran ganas de arrugar la nariz. Cersei no le prestó atención. Los siete septones de túnicas plateadas estaban ante el féretro, suplicándole al Padre que juzgara con justicia a Lord Tywin. Cuando terminaron, setenta y siete septas se congregaron en torno al altar de la Madre y entonaron una oración para pedirle clemencia. Para entonces Tommen ya se movía inquieto, y a la Reina le empezaban a doler las rodillas. Le lanzó una mirada a Jaime. Su mellizo estaba erguido como si fuera de piedra, y no la miró.

En los bancos, su tío Kevan estaba arrodillado, con los hombros caídos, al lado de su hijo.

«Lancel tiene peor aspecto que mi padre. —Solo tenía diecisiete años, pero aparentaba setenta, con el rostro macilento y demacrado, las mejillas y los ojos hundidos, y el pelo tan claro y quebradizo como la paja—. ¿Cómo es posible que Lancel siga entre los vivos y Tywin Lannister haya muerto? ¿Es que los dioses se han vuelto locos?»

Lord Gyles tosía más que de costumbre y se cubría la nariz con un cuadrado de seda roja.

«A él también le llega el olor.» El Gran Maestre Pycelle había cerrado los ojos. «Como se haya quedado dormido lo mandaré azotar, lo juro.» A la derecha del féretro estaban arrodillados los Tyrell: el señor de Altojardín, su repulsiva madre y su insípida esposa, su hijo Garlan y su hija Margaery. «La reina Margaery», se recordó: la viuda de Joff y futura esposa de Tommen. Margaery se parecía mucho en lo físico a su hermano, el Caballero de las Flores. La Reina se preguntó si tendrían otras cosas en común. «Nuestra pequeña se hace acompañar por muchas damas, día y noche. —En aquel momento estaban con ella; eran casi una docena. Cersei examinó sus rostros—. ¿Cuál es la más cobarde, la más caprichosa, la más desesperada por conseguir favores? ¿Cuál tendrá la lengua más suelta?» Iba a tener que averiguarlo.

Fue un alivio que los rezos terminaran por fin. El olor que despedía el cadáver de su padre parecía cada vez más fuerte. La mayoría de los asistentes tenía la delicadeza de fingir que no pasaba nada, pero Cersei se fijó en que dos primas de Lady Margaery arrugaban sus naricillas Tyrell. Mientras Tommen y ella volvían a recorrer el pasillo, le pareció que alguien susurraba «escusado» y soltaba una risita, pero cuando se giró para ver quién había hablado se encontró con un mar de rostros solemnes que la miraban inexpresivos.

«Cuando vivía no se habrían atrevido a hacer chistes sobre él. Les habría aflojado la tripas con una mirada.»

Cuando estuvieron de nuevo en la Sala de las Lámparas, los asistentes al funeral zumbaron en torno a ellos como moscones, ansiosos por ofrecerle sus inútiles condolencias. Los gemelos Redwyne le besaron la mano, y su padre, las mejillas. Hallyne el Piromante le prometió que una mano llameante iluminaría el cielo, sobre la ciudad, el día en que los huesos de su padre emprendieran viaje hacia el oeste. Lord Gyles le contó entre toses que había contratado a un maestro escultor para que hiciera una estatua de Lord Tywin que montaría guardia eternamente junto a la Puerta del León. Ser Lambert Turnberry se presentó con un parche en el ojo derecho y juró que lo llevaría hasta que consiguiera llevarle la cabeza del enano.

Apenas había conseguido escapar de las garras de aquel imbécil cuando se vio arrinconada por Lady Falyse de Stokeworth y su esposo, Ser Balman Byrch.

—Mi señora madre os envía su pésame, Alteza —farfulló Falyse—. Lollys tiene que guardar cama por su embarazo, y no ha querido apartarse de su lado. Os ruega que la disculpéis, y quiere que os pida... Mi madre admiraba a vuestro difunto padre más que a ningún otro hombre. Si mi hermana tuviera un hijo varón, querría ponerle por nombre Tywin, si... Si os parece bien...

Cersei se quedó mirándola, horrorizada.

—A vuestra hermana retrasada la viola medio Desembarco del Rey, ¿y Tanda quiere honrar al bastardo con el nombre de mi señor padre? Ni hablar.

Falyse retrocedió como si la hubiera abofeteado; su esposo, en cambio, se limitó a pasarse el pulgar por el espeso bigote rubio.

—Eso mismo le dije a Lady Tanda. Ya encontraremos un nombre más... eh... Más adecuado para el bastardo de Lollys, os doy mi palabra.

—Eso espero.

Cersei les dio la espalda y se alejó. Advirtió que Tommen había caído en las garras de Margaery Tyrell y su abuela. La Reina de las Espinas era tan menuda que, durante un momento, Cersei la tomó por otro niño. Antes de que pudiera rescatar a su hijo de las rosas, la presión de la multitud la situó cara a cara con su tío. Cuando la Reina le recordó la reunión que iban a tener más tarde, Ser Kevan asintió con cansancio y pidió permiso para retirarse. En cambio, Lancel se quedó allí; era la viva imagen de un hombre con un pie en la tumba.

«Pero... ¿Está entrando o saliendo?» Cersei se obligó a sonreír.

—Me alegro de ver que estás mucho más fuerte, Lancel. Los informes del maestre Ballabar eran tan espantosos que temimos por tu vida. Pero creía que ya estarías camino de Darry para ocupar tu puesto como señor.

Tras la batalla del Aguasnegras, su padre había nombrado señor a Lancel, como premio para su hermano Kevan.

—Todavía no. En mi castillo hay bandidos.

La voz de su primo era tan tenue como el bigotillo que le adornaba el labio superior. Aunque el pelo se le había quedado descolorido, la pelusa del bigote seguía siendo color arena. Cersei se la había observado a menudo mientras lo tenía dentro, montándola obediente. Daba la impresión de ser una mancha, y lo solía amenazar con borrársela con el dedo mojado en saliva.

—Mi padre dice que en las tierras de los ríos hace falta una mano fuerte. —«Lástima, porque la que van a tener es la tuya», habría querido decirle, pero sonrió—. Y además te vas a casar.

Un gesto de melancolía torció el rostro destrozado del joven caballero.

—Con una Frey, y no la he elegido yo. Ni siquiera es doncella. Me casan con una viuda de sangre Darry. Mi padre dice que así me ganaré a los campesinos, pero todos los campesinos están muertos. —Le cogió una mano—. Es una crueldad, Cersei. Vuestra Alteza sabe que amo a...

—... a la Casa Lannister —terminó por él—. Eso no lo duda nadie, Lancel. Ojalá tu esposa te dé hijos fuertes. —«Pero que no sea su señor abuelo el que organice la boda»—. Sé que protagonizarás muchas hazañas en Darry.

Lancel asintió con tristeza evidente.

—Cuando parecía que iba a morir, mi padre llevó al Septón Supremo a mi lado para que rezara por mí. Es un buen hombre. —Los ojos de su primo estaban húmedos y brillantes; eran los ojos de un niño en un rostro de anciano—. Dice que la Madre me salvó la vida con algún propósito sagrado, para que pueda expiar mis pecados.

Cersei se preguntó cómo pensaría expiar los que había cometido con ella.

«Fue un error nombrarlo caballero, y un error aún mayor acostarme con él. —Lancel era un junco débil, y no le gustaba en absoluto que se hubiera vuelto tan piadoso; le resultaba mucho más divertido cuando intentaba ser como Jaime—. ¿Qué le habrá dicho este imbécil llorica al Septón Supremo? ¿Y qué le contará a su pequeña Frey cuando estén en la cama juntos, en la oscuridad?» Si confesaba haberse acostado con ella, eso lo podría superar. Los hombres siempre mentían sobre esas cosas, y podría atribuirlo a la fanfarronería de un muchacho impresionado por su belleza. «Pero si habla de Robert y del vino, es otra cosa...»

—La mejor manera de expiar los pecados es la oración —le dijo Cersei—. La oración silenciosa. —Dio media vuelta, dejándolo meditabundo, y fue a enfrentarse al ejército de los Tyrell.

Margaery la abrazó como a una hermana, cosa que a la Reina le pareció presuntuosa, pero no era lugar para reprochárselo. Lady Alerie y las primas se conformaron con besarle los dedos. Lady Graceford, con un embarazo ya muy avanzado, le pidió permiso para llamar Tywin a su bebé si era niño, o Lanna si era niña.

«¿Tú también? —Estuvo a punto de gemir—. El reino se va a llenar de Tywins.» Dio su consentimiento con tanta elegancia como pudo mientras fingía deleite.

La que de verdad la complació fue Lady Merryweather.

—Alteza —dijo con su sensual acento myriense—, he enviado un mensaje a mis amigos del otro lado del mar Angosto, para pedirles que detengan al Gnomo en cuanto enseñe su horrible rostro por las Ciudades Libres.

—¿Tenéis muchos amigos al otro lado de las aguas?

—Muchos en Myr, sí, y también en Lys y en Tyrosh. Son hombres poderosos.

Cersei la creyó. La myrense era muy, muy hermosa, con piernas largas, pecho abundante, suave piel aceitunada, labios voluptuosos, grandes ojos oscuros y una cabellera negra y espesa que siempre le daba el aspecto de acabar de salir de la cama.

«Hasta huele a pecado, como un loto exótico.»

—Mi único deseo y el de Lord Merryweather es servir a Vuestra Alteza y al pequeño Rey —ronroneó la mujer. Su mirada estaba tan cargada de intención que competía con el vientre de Lady Graceford.

«Es ambiciosa, y su esposo es orgulloso, pero pobre.»

—Tenemos que hablar en otro momento, mi señora. Os llamáis Taena, ¿verdad? Sois muy amable. Sé que seremos buenas amigas.

En aquel momento, el señor de Altojardín cayó sobre ella.

Mace Tyrell tenía apenas diez años más que Cersei, pero por algún motivo lo consideraba de la edad de su padre. No era tan alto como había sido Lord Tywin, aunque en los demás aspectos era más corpulento, con el pecho amplio y la barriga más amplia todavía. Tenía el pelo castaño, con la barba salpicada ya de blanco y gris. El rostro se le veía congestionado a menudo.

—Lord Tywin fue un gran hombre, un hombre extraordinario —declaró en tono solemne después de darle un beso en cada mejilla—. Mucho me temo que no volveremos a ver a nadie como él.

«Estás viendo a alguien como él, imbécil —pensó Cersei—. La que está delante de ti es su hija.» Pero necesitaba a los Tyrell y el poder de Altojardín para conservar el trono de Tommen.

—Lo echaremos mucho de menos —se limitó a decir.

Tyrell le puso una mano en el hombro.

—No hay hombre digno de vestir la armadura de Lord Tywin, es evidente. Pero el reino debe seguir adelante; necesita un buen gobierno. Si hay algo que pueda hacer para serviros en estos momentos de dolor, Vuestra Alteza solo tiene que decirlo.

«Si quiere ser la Mano del Rey, al menos podría tener valor para decirlo directamente. —La Reina sonrió—. Que interprete lo que quiera.»

—Sin duda, en el Dominio hace falta la presencia de mi señor.

—Mi hijo Willas está muy capacitado —replicó él, pasando por alto la obvia indirecta—. Puede que tenga mal la pierna, pero le sobra cerebro. Y Garlan tomará pronto Aguasclaras. Entre ellos, el Dominio está en buenas manos, por si mi presencia fuera necesaria en otro lugar. El gobierno del reino es lo primero, como decía a menudo Lord Tywin. En ese sentido me alegra tener una buena noticia para Vuestra Alteza: mi tío Garth ha accedido a serviros como consejero de la moneda, tal como deseaba vuestro señor padre. En estos momentos se dirige hacia Antigua para tomar un barco. Viene acompañado por sus hijos. Lord Tywin habló también de buscarles un lugar a ellos dos, tal vez en la Guardia de la Ciudad.

La sonrisa de la Reina era tan gélida que tuvo miedo de que se le quebraran los dientes.

«Garth el Grosero en el Consejo Privado y sus dos bastardos en los capas doradas... ¿Acaso creen los Tyrell que les voy a entregar el reino en bandeja de oro?» Tamaña arrogancia la dejaba sin palabras.

—Garth me ha servido bien como Lord Senescal, al igual que sirvió antes a mi padre —seguía diciendo Tyrell—. Meñique tiene buen olfato para el oro, sin duda, pero Garth...

—Mi señor —interrumpió Cersei—, me temo que ha habido un malentendido. Le he pedido a Lord Gyles Rosby que sea el nuevo consejero de la moneda, y me ha hecho el honor de aceptar.

Mace se quedó mirándola.

—¿Rosby? ¿El de... la tos? Pero... Ya estaba todo acordado, Alteza. Garth viaja ya hacia Antigua.

—Entonces más vale que le enviéis un cuervo a Lord Hightower para pedirle que procure que vuestro tío no tome el barco. No nos gustaría que Garth se enfrentara al mar en otoño por nada del mundo. —Le dedicó una sonrisa encantadora.

A Tyrell se le congestionó el rostro hasta el grueso cuello.

—Pero esto es... Vuestro señor padre me aseguró... —empezó a farfullar.

En aquel momento apareció su madre y lo tomó por el brazo.

—Por lo visto, Lord Tywin no hacía partícipe a nuestra regente de sus planes, no me explico por qué. Pero no hay por qué agobiar a Su Alteza. Tiene mucha razón: debes escribir a Lord Leyton antes de que Garth tome el barco. Ya sabes que se marea al navegar y le empeoran los gases. —Lady Olenna le dedicó a Cersei una sonrisa desdentada—.

La cámara del consejo olerá mejor con Lord Gyles, aunque a mí, personalmente, me distraerían tantas toses. Todos apreciamos mucho al viejo tío Garth, pero padece de flatulencia, no se puede negar. Aborrezco los malos olores. —El rostro arrugado se le arrugó aún más—. Por cierto, en el septo sagrado me llegó un olor desagradable. ¿Lo notasteis vos también?

—No —respondió Cersei con frialdad—. ¿Un olor, decís?

—Era más bien un hedor.

—Tal vez echéis de menos vuestras rosas otoñales. Ya os hemos retenido demasiado tiempo.

Cuanto antes se librara de la presencia de Lady Olenna en la corte, mejor. Sin duda, Lord Tyrell enviaría un buen número de caballeros para que escoltaran a su madre de vuelta a casa, y cuantas menos espadas de los Tyrell hubiera en la ciudad, mejor dormiría la Reina.

—Lo reconozco, extraño las fragancias de Altojardín —dijo la anciana—, pero por supuesto, no puedo marcharme hasta que vea a mi dulce Margaery casada con vuestro pequeño Tommen.

—Yo también aguardo ese día con impaciencia —intervino Tyrell—. Por cierto, Lord Tywin y yo estábamos hablando sobre fijar una fecha. Deberíamos retomar esa discusión vos y yo, Alteza.

—Muy pronto.

—Muy pronto, nos conformamos con eso —dijo Lady Olenna mientras olfateaba el aire—. Vamos, Mace, dejemos a Su Alteza con su... dolor.

«Te veré muerta, vieja —se prometió Cersei mientras la Reina de las Espinas se alejaba entre sus gigantescos guardias, un par de hombretones de más de dos varas y media de altura a los que le gustaba llamar Izquierdo y Derecho—. A ver qué tal huele tu cadáver.» La anciana era mucho más inteligente que su señor hijo, eso era evidente.

La Reina rescató a su hijo de Margaery y sus primas, y se dirigió hacia las puertas. En el exterior había escampado por fin. El aire otoñal tenía un olor dulce y fresco. Tommen se quitó la corona.

—Póntela otra vez —le ordenó Cersei.

—Es que me da dolor de cuello —respondió el niño, pero obedeció—. ¿Me voy a casar pronto? Margaery dice que en cuanto nos casemos podremos irnos a Altojardín.

—No vas a ir a Altojardín, pero puedes volver al castillo a caballo. —Cersei hizo un ademán a Ser Meryn Trant para que se acercara—. Traed una montura para Su Alteza y preguntadle a Lord Gyles si me hace el honor de compartir mi litera.

Los acontecimientos se desarrollaban más deprisa de lo que había previsto; no había tiempo que perder.

A Tommen le encantó la idea de ir a caballo, y por supuesto, Lord Gyles se sintió honrado por su invitación... Aunque cuando le propuso que aceptara el cargo de consejero de la moneda empezó a toser con una violencia tal que Cersei temió que se le muriera allí mismo. Pero la Madre fue misericordiosa, y al final, Gyles se recuperó lo suficiente para aceptar, y hasta empezó a toser los nombres de personas a las que quería reemplazar: agentes de aduanas y prestamistas del gremio textil nombrados por Meñique, e incluso uno de los Guardianes de las Llaves.

—Ponedle a la vaca el nombre que queráis; a mí lo que me interesa es que fluya la leche. Y si alguien os pregunta, ayer os unisteis al Consejo.

—Aye... —Se dobló con un ataque de tos—. Ayer. Claro, claro.

Lord Gyles tosió cubriéndose la boca con un pañuelo de seda roja, como si quisiera ocultar la sangre de la saliva. Cersei fingió que no se daba cuenta.

«Cuando muera, ya me buscaré a otro.» Tal vez debería hacer volver a Meñique. La Reina no creía que se permitiera a Petyr Baelish seguir como Lord Protector del Valle mucho tiempo, tras la muerte de Lysa Arryn. Según Pycelle, los señores del Valle ya estaban agitados.

«En cuanto le quiten a ese desgraciado crío, Lord Petyr volverá arrastrándose.»

—¿Alteza? —Lord Gyles tosió y se secó la boca—. ¿Puedo...? —Tosió de nuevo—. ¿... preguntar quién...? —Se sacudió con otra serie de toses—. ¿... quién será la Mano del Rey?

—Mi tío —respondió, distraída.

Fue un alivio ver las puertas de la Fortaleza Roja alzarse ante ella. Dejó a Tommen al cuidado de sus escuderos y se retiró a descansar a sus habitaciones.

Apenas se había quitado los zapatos cuando Jocelyn entró con timidez para decirle que Qyburn estaba fuera y le suplicaba audiencia.

—Que pase —ordenó la Reina.

«Un gobernante no descansa.»

Qyburn era viejo, pero todavía tenía más ceniza que nieve en el pelo, y las arrugas de expresión en torno a la boca denotaban que reía a menudo y lo hacían parecer el abuelo favorito de una niña. «Un abuelo un tanto desaliñado, eso sí.» Llevaba el cuello de la túnica deshilachado; una manga había tenido un roto y estaba mal zurcida.

—Suplico a vuestra Alteza que disculpe mi aspecto —dijo—. He estado abajo, en los calabozos, haciendo indagaciones sobre la fuga del Gnomo, como ordenasteis.

—¿Y qué habéis descubierto?

—La noche en que desaparecieron Lord Varys y vuestro hermano desapareció también un tercer hombre.

—Sí, el carcelero. ¿Qué pasa con él?

—Se llamaba Rugen y estaba al cargo de las celdas negras. El carcelero jefe dice que era corpulento, siempre iba mal afeitado y refunfuñaba mucho. Lo había nombrado el viejo rey Aerys, e iba y venía a su antojo. Las celdas negras no han estado ocupadas a menudo en los últimos años. Por lo visto, los otros carceleros le tenían miedo, pero ninguno sabía gran cosa de él. No tenía amigos ni parientes. No bebía ni frecuentaba burdeles. La celda donde dormía era húmeda, horrorosa. La paja donde se acostaba estaba llena de moho, y el orinal estaba lleno a rebosar.

—Eso ya lo sabía. —Jaime había examinado la celda de Rugen, y luego la volvieron a examinar los capas doradas de Ser Addam.

—Sí, Alteza —asintió Qyburn—, pero ¿sabíais que bajo ese orinal hediondo había una losa suelta, que tapaba una oquedad? La clase de lugar donde uno escondería sus objetos de valor si no quisiera que nadie los encontrara.

—¿Objetos de valor? —Aquello era nuevo—. ¿Monedas, por ejemplo? —Desde el principio había sospechado que Tyrion había logrado comprar a su carcelero.

—No me cabe duda. El agujero estaba vacío cuando lo encontré, claro. Rugen debió de llevarse su mal habido tesoro cuando huyó. Pero mientras examinaba el agujero a la luz de la antorcha, vi algo que brillaba, así que excavé un poco en la tierra y lo saqué. —Qyburn extendió la mano abierta—. Una moneda de oro.

De oro, sí, pero nada más verla, Cersei se dio cuenta de que algo fallaba.

«Demasiado pequeña —pensó—. Demasiado fina.» Era una moneda vieja, desgastada. En la cara se veía el rostro de un rey de perfil, y en la cruz, la huella de una mano.

—No es un dragón —dijo.

—No —corroboró Qyburn—. Data de antes de la Conquista, Alteza. El rey es Garth XII, y la mano es el blasón de la Casa Gardener.

«De Altojardín. —Cersei apretó la moneda en el puño—. ¿Qué traición es esta?» Mace Tyrell había sido uno de los jueces de Tyrion y había exigido su muerte. «¿Sería una estratagema? ¿Es posible que estuviera compinchado con el Gnomo desde el principio, que conspirase para matar a mi padre?» Desaparecido Tywin Lannister, Lord Tyrell era el candidato más probable al cargo de Mano del Rey, pero aun así...

—No hables de esto con nadie —ordenó.

—Vuestra Alteza puede confiar en mi discreción. Todo hombre que cabalgue con una compañía de mercenarios aprende a controlar la lengua; de lo contrario, no la conserva mucho tiempo.

—En mi compañía sucede lo mismo. —La Reina dejó la moneda. Ya pensaría sobre eso más adelante—. ¿Qué hay del otro asunto?

—Ser Gregor. —Qyburn se encogió de hombros—. Lo he examinado, como ordenasteis. El veneno de la lanza de la Víbora era oriental, de manticora, me jugaría la vida.

—Pycelle dice que no. Le explicó a mi padre que el veneno de manticora mata en el momento en que llega al corazón.

—Y así es. Pero este veneno lo espesaron no sé cómo, tal vez para retrasar la muerte de la Montaña.

—¿Qué? ¿Que lo espesaron? ¿Con alguna otra sustancia?

—Puede ser como indica Vuestra Alteza, aunque en casi todos los casos, al adulterar un veneno tan solo se consigue mitigar su potencia. Puede que la causa sea... digamos que... menos natural. Tal vez un hechizo.

«¿Qué pasa? ¿Este es tan imbécil como Pycelle?»

—¿Me estás diciendo que la Montaña se muere por un hechizo de magia negra?

Qyburn hizo caso omiso de su tono burlón.

—Se muere por el veneno, pero muy despacio, con una agonía insoportable. Todos mis esfuerzos por aliviar su dolor han sido tan infructuosos como los de Pycelle. Mucho me temo que Ser Gregor está demasiado acostumbrado a la amapola. Su escudero dice que sufre terribles dolores de cabeza, y que bebe la leche de la amapola tan a menudo como otros hombres beben cerveza. Sea como sea, las venas se le han puesto negras de la cabeza a los pies, sus orines están llenos de pus, y el veneno le ha abierto en el costado un agujero tan grande como mi puño. Si queréis que sea sincero, me maravilla que siga con vida.

—¿Será por su tamaño? —sugirió la Reina con el ceño fruncido—. Gregor es muy corpulento. Y muy idiota. Por lo visto, demasiado idiota para saber cuándo se tiene que morir. —Tendió la copa, y Senelle se la volvió a llenar—. Sus gritos asustan a Tommen. Hasta a mí me despertaron una vez. Ya va siendo hora de que haga llamar a Ilyn Payne.

—Tal vez podría trasladar a Ser Gregor a las mazmorras, Alteza —propuso Qyburn—. Allí no os molestarían los gritos, y yo tendría más libertad para encargarme de él.

—¿Encargaros de él? —Se echó a reír—. Que se encargue de él Ser Ilyn.

—Si eso es que lo deseáis, Alteza... —Qyburn se encogió de hombros—. Pero ese veneno... Sería útil saber más sobre él, ¿no os parece? Como dice el pueblo, enviad a un caballero para matar a un caballero, enviad a un arquero para matar a un arquero. Para combatir las artes negras...

No terminó la frase, sino que se limitó a sonreírle.

«No es Pycelle, desde luego.» La Reina lo miró intrigada.

—¿Por qué te quitaron la cadena en la Ciudadela?

—Los archimaestres son todos unos cobardes en el fondo. Marwyn los llamaba *el rebaño gris.* Yo era un sanador tan hábil como Ebrose, pero aspiraba a sobrepasarlo. Durante cientos de años, los hombres de la Ciudadela han abierto los cuerpos de los muertos para estudiar la naturaleza de la vida. Yo quería comprender la naturaleza de la muerte, así que abrí los cuerpos de los vivos. El rebaño gris me deshonró por ese crimen y me obligó a exiliarme. Pero comprendo la naturaleza de la vida y de la muerte mejor que nadie en toda Antigua.

—¿De verdad? —Seguía intrigada—. Muy bien. Dejo a la Montaña en tus manos. Haz con él lo que quieras, pero restringe tus estudios a las celdas negras. Y cuando muera, tráeme su cabeza. Mi padre se la prometió a Dorne. Sin duda, el príncipe Doran preferiría matar a Gregor en persona, pero todos sufrimos decepciones en esta vida.

—Muy bien, Alteza. —Qyburn carraspeó para aclararse la garganta—. Lo malo es que no estoy tan bien provisto como Pycelle. Necesitaría adquirir ciertos utensilios...

—Daré instrucciones a Lord Gyles para que te proporcione el oro que necesites. Y cómprate también ropa nueva; tienes aspecto de acabar de salir del Lecho de Pulgas. —Lo miró a los ojos. ¿Hasta qué punto se atrevía a confiar en aquel hombre?—. Ni que decir tiene que las cosas se pondrán muy feas para ti si se sabe algo de tus... actividades.

—Despreocupaos, Alteza. —Qyburn le dedicó su sonrisa más tranquilizante—. Vuestros secretos están a salvo conmigo.

Cuando quedó a solas de nuevo, Cersei se sirvió una copa de vino y la bebió junto a la ventana mientras observaba como se alargaban las sombras por el patio. No dejaba de pensar en la moneda.

«Oro procedente del Dominio. ¿Cómo pudo llegar oro procedente del Domino a manos de un carcelero de Desembarco del Rey, a menos que fuera el pago por ayudar a matar a mi padre?»

Por mucho que lo intentara, no podía recordar la cara de Lord Tywin sin ver aquella sonrisita tonta y recordar el olor hediondo que despedía su cadáver. Tal vez Tyrion estuviera también detrás de aquello.

«Es una maldad pequeña y cruel, igual que él. —¿Sería posible que Tyrion hubiera convertido a Pycelle en su marioneta?—. Metió al viejo en las celdas negras, que estaban bajo el control de ese tal Rugen. —Todo parecía interrelacionado de una manera que no le gustaba nada—. El nuevo Septón Supremo también fue cosa de Tyrion —recordó de repente—, y el pobre cadáver de mi padre ha estado a su cargo desde la noche hasta el amanecer.»

Su tío llegó puntualmente al anochecer. Vestía un jubón acolchado de lana color carbón, tan sombrío como su rostro. Como todos los Lannister, Ser Kevan era de piel clara y pelo rubio, aunque a sus cincuenta y cinco años lo había perdido casi por completo. Nadie lo habría considerado atractivo. Tenía la cintura gruesa y los hombros caídos, y la mandíbula cuadrada y protuberante que la rala barbita amarilla no lograba ocultar hacía que a Cersei le pareciera un viejo mastín. Pero un mastín viejo y leal era exactamente lo que necesitaba.

Tomaron una cena sencilla a base de remolachas, pan y carne poco hecha, regada con una frasca de vino tinto de Dorne. Ser Kevan casi no dijo nada y apenas bebió unos tragos.

«Está demasiado absorto —pensó—. Le hace falta empezar a trabajar para dejar atrás el dolor.»

Eso le dijo cuando los criados recogieron los restos de la comida y se retiraron.

—Sé cuánto contaba contigo mi padre, tío. Ahora yo tengo que hacer lo mismo.

—Necesitas una Mano, y Jaime te ha dicho que no —replicó él.

«Es directo. Muy bien.»

—Jaime... Con la muerte de mi padre me sentía tan perdida que casi no sabía lo que decía. Jaime es valiente, pero seamos sinceros, es un poco tonto. Tommen necesita a un hombre más curtido. Alguien mayor...

—Mace Tyrell es mayor.

La ira hizo que se le dilataran las fosas nasales.

—Jamás. —Cersei se retiró un mechón de pelo de la frente—. Los Tyrell se están extralimitando.

—Sería una tontería que convirtieras a Mace Tyrell en tu Mano —reconoció Kevan—, pero más tonta serías todavía si lo convirtieras en tu enemigo. Ya me he enterado de lo que pasó en la Sala de las Lámparas. Mace no debería haber sacado un asunto como ese en público, pero aun así, no hiciste bien en avergonzarlo delante de la mitad de la corte.

—Siempre será mejor eso que soportar a otro Tyrell en el Consejo. —El reproche la había molestado—. Rosby será un buen consejero de la moneda. Ya has visto cómo es su litera, llena de tallas y cortinajes de seda. Sus caballos llevan mejores ropajes que la mayoría de los caballeros. A un hombre tan rico no le costará encontrar oro. En cuanto al cargo de Mano... ¿Quién mejor para terminar el trabajo de mi padre que el hermano que compartió con él todos sus consejos?

—Todo hombre necesita alguien en quien poder confiar. Tywin me tenía a mí, igual que antes tuvo a tu madre.

—La amaba de verdad. —Cersei se negaba a pensar en la puta que habían hallado muerta en su cama—. Sé que ahora están juntos.

—Los dioses lo quieran. —Ser Kevan estudió su rostro un largo momento antes de responder—. Me pides mucho, Cersei.

—No más que mi padre.

—Estoy cansado. —Su tío cogió la copa de vino y bebió un trago—. Tengo una esposa a la que no he visto desde hace dos años, un hijo muerto al que llorar y otro a punto de casarse y asumir su título de señor. Hay que fortificar de nuevo el castillo de los Darry; hay que proteger sus tierras, arar los campos quemados y volverlos a plantar. Lancel necesita mi ayuda.

—Tommen también. —Cersei no había pensado que tendría que convencer a Kevan. «Nunca se hizo de rogar con mi padre»—. El reino te necesita.

—El reino. Claro. Y la Casa Lannister. —Bebió otro trago—. Muy bien. Me quedaré y serviré a Su Alteza, el Rey...

—Excelente —empezó a decir ella, pero Ser Kevan alzó la voz para interrumpirla.

—... siempre que me nombres regente además de Mano, y te vayas a Roca Casterly.

Durante un instante, Cersei no pudo hacer nada más que mirarlo.

—La regente soy yo —le recordó.

—Lo eras. Tywin no pensaba dejarte seguir en ese cargo. Me contó que planeaba enviarte de vuelta a la Roca y buscarte otro marido.

Cersei sintió que la rabia la ahogaba.

—Algo de eso dijo, sí. Y yo le respondí que no quería volver a casarme.

Su tío permaneció impasible.

—Si estás segura de que no quieres volver a casarte, no te obligaré, pero respecto a lo otro, ahora eres la señora de Roca Casterly, y tu lugar está allí.

«¿Cómo te atreves?», habría querido gritar.

—También soy la reina regente —dijo—. Mi lugar está al lado de mi hijo.

—Tu padre no opinaba lo mismo.

—Mi padre está muerto.

—Para mi pesar y para la desolación de todo el reino. Abre los ojos, Cersei, mira a tu alrededor. El reino está en ruinas. Tywin podría haberlo arreglado todo, pero...

—¡Yo me encargaré de arreglarlo todo! —Cersei hizo un esfuerzo por suavizar el tono—. Con tu ayuda, tío. Si me sirves con tanta lealtad como serviste a mi padre...

—Tú no eres tu padre. Y Tywin siempre consideró a Jaime su legítimo heredero.

—Jaime... Jaime ha hecho votos. Jaime no piensa nunca, se ríe de todo y de todos, y siempre dice lo primero que se le pasa por la cabeza. Jaime es un tonto guapo.

—Pero fue el primero en el que pensaste para ocupar el cargo de Mano del Rey. ¿En qué lugar te deja eso, Cersei?

—Ya te lo he dicho, estaba loca de pena, no pensaba...

—No —coincidió Ser Kevan—. Y por eso debes volver a Roca Casterly y dejar al Rey con los que sí piensan.

Cersei se puso en pie.

—¡El Rey es mi hijo!

—Sí —dijo su tío—. Y por lo que vi a Joffrey, tu incompetencia como madre solo es comparable a tu ineptitud como gobernante.

Ella le tiró a la cara el contenido de la copa de vino.

Ser Kevan se levantó con pausada dignidad.

—Alteza. —El vino le corría por las mejillas y le goteaba de la barba recortada—. ¿Me das permiso para retirarme?

—¿Con qué derecho te atreves a imponerme condiciones? No eres más que uno de los caballeros de la Casa de mi padre.

—No poseo tierras, cierto, pero en cambio, tengo ciertos ingresos, y también cofres de monedas. Mi padre no olvidó a ninguno de sus hijos antes de morir, y además, Tywin sabía recompensar los buenos servicios. Doy de comer a doscientos caballeros y en caso de necesidad puedo doblar ese número. Hay jinetes libres que seguirían mi estandarte, y tengo el oro necesario para contratar mercenarios. No harías bien en tomarme a la ligera, Alteza... Y menos todavía en convertirme en tu enemigo.

—¿Me estás amenazando?

—Te estoy aconsejando. Si no quieres cederme la regencia, nómbrame castellano de Roca Casterly y elige como Mano del Rey a Mathis Rowan o a Randyll Tarly.

«Los dos banderizos de la Casa Tyrell. —La sugerencia la dejó sin palabras—. ¿Lo habrán comprado? ¿Habrá aceptado oro de los Tyrell para traicionar a la Casa Lannister?»

—Mathis Rowan es sensato y prudente; la gente lo quiere —siguió su tío, abstraído—. Randyll Tarly es el mejor soldado del reino. No sería buena Mano en tiempos de paz, pero tras la muerte de Tywin no hay mejor hombre para acabar con esta guerra. Lord Tyrell no podrá ofenderse si eliges Mano a uno de sus banderizos. Tanto Tarly como Rowan son muy hábiles, y también leales. Elige a cualquiera de los dos y será tuyo para siempre. Te harás fuerte y debilitarás la posición de Altojardín, y encima, Mace te tendrá que dar las gracias. —Se encogió de hombros—. Ese es mi consejo; síguelo o no, como quieras. Por mí, puedes nombrar Mano al Chico Luna. Mi hermano ha muerto. Lo voy a llevar a casa.

«Traidor —pensó—. Cambiacapas.» ¿Cuánto le habría pagado Mace Tyrell?

—Abandonas a tu Rey cuando más te necesita —le dijo—. Abandonas a Tommen.

—Tommen tiene a su madre. —Los ojos verdes de Ser Kevan le sostuvieron la mirada sin parpadear. Una última gota de vino tremoló húmeda y roja bajo su barbilla antes de caer por fin—. Sí —añadió en voz baja tras una pausa—, y creo que también a su padre.

Jaime

Ser Jaime Lannister, de blanco de los pies a la cabeza, estaba junto al féretro de su padre con los cinco dedos en torno al puño de un mandoble dorado.

Con la caída de la noche, el interior del Gran Septo de Baelor se tornaba oscuro y espectral. Los últimos restos de luz entraban por las altas vidrieras y bañaban las imponentes estatuas de los Siete con un tenue brillo rojizo. En torno a sus altares titilaban las velas, mientras las sombras se cerraban ya en las capillas y se arrastraban silenciosas por los suelos de mármol. Los ecos de los rezos fueron muriendo a medida que salían los últimos asistentes a la ceremonia.

Balon Swann y Loras Tyrell se demoraron mientras los demás partían.

—Nadie puede montar guardia siete días y siete noches —dijo Ser Balon—. ¿Cuánto fue la última vez que dormisteis, mi señor?

—Cuando mi señor padre estaba vivo —replicó Jaime.

—Permitidme que monte guardia esta noche —se ofreció Ser Loras.

—No era vuestro padre. —«Vos no lo matasteis. Yo sí. Fue Tyrion quien soltó la saeta de la ballesta que lo mató, pero porque yo solté a Tyrion»—. Dejadme.

—Como ordene mi señor —dijo Swann.

Por su expresión, era obvio que Ser Loras habría seguido objetando, pero Ser Balon lo cogió por el brazo y se lo llevó. Jaime escuchó los ecos de sus pisadas mientras se alejaban. Y así volvió a quedarse a solas con su señor padre, entre las velas, los cristales y el nauseabundo olor dulzón de la muerte. Le dolía la espalda por el peso de la armadura, y casi no sentía las piernas. Cambió de postura y apretó los dedos en torno al puño del mandoble dorado. No podía esgrimir una espada, pero sí sostenerla. Le dolía la mano ausente. Casi tenía gracia. Sentía más la mano que había perdido que el resto del cuerpo que le quedaba.

«Mi mano tiene hambre de espada. Necesito matar a alguien. A Varys, para empezar, pero antes tengo que dar con la roca bajo la que se esconde.»

—Le ordené al eunuco que lo llevara a un barco, no a tus habitaciones —le explicó al cadáver—. Sus manos están tan manchadas de sangre como las... Como las de Tyrion.

«Sus manos están tan manchadas de sangre como las mías. —Eso era lo que había querido decir, pero las palabras se le atravesaban en la garganta—. Varys hizo lo que hizo porque yo se lo ordené.»

Aquella noche, cuando por fin había decidido que no dejaría morir a su hermano pequeño, había aguardado en las habitaciones del eunuco. Mientras esperaba se dedicó a afilar el puñal con una mano; el sonido del acero contra la piedra le proporcionaba un extraño alivio. Cuando oyó las pisadas se situó junto a la puerta. Varys entró envuelto en una nube de talco y espliego. Jaime se puso tras él, le dio una patada en la corva, se arrodilló sobre su pecho y le puso el cuchillo bajo la papada blanca, obligándolo a levantar la cabeza.

—Vaya, Lord Varys —dijo en tono cordial—, no esperaba encontraros aquí.

—¿Ser Jaime? —jadeó Varys—. Me estáis asustando.

—Esa es mi intención. —Retorció el puñal, y un hilillo de sangre corrió por la hoja—. Estaba pensando que podríais ayudarme a sacar a mi hermano de la celda antes de que Ser Ilyn le corte la cabeza. Ya, ya sé que es una cabeza fea, pero el caso es que no tiene otra.

—Sí... Bueno... Si tenéis la amabilidad... de apartar esa hoja... Sí, con cuidado, por favor, mi señor... Oh, estoy herido... —El eunuco se rozó el cuello y contempló boquiabierto la sangre que le manchaba los dedos—. Siempre he aborrecido la visión de mi propia sangre.

—Pronto tendréis mucho que aborrecer si no me ayudáis.

Varys se incorporó con dificultades.

—Si vuestro hermano... Si el Gnomo desapareciera de su celda habría muchas p-preguntas. Mi vida correría p-peligro...

—Vuestra vida está en mis manos. No me importa qué secretos guardéis; si Tyrion muere, vos lo seguiréis. Os lo prometo.

—Oh. —El eunuco se lamió la sangre de los dedos—. Me pedís que haga algo terrible: que libere al Gnomo, que mató a nuestro amado Rey. ¿O creéis que es inocente?

—Inocente o culpable, da igual —respondió Jaime como el imbécil que era—. Un Lannister siempre paga sus deudas.

Con qué facilidad le habían salido las palabras.

Desde entonces no había vuelto a dormir. Constantemente volvía a ver a su hermano, la sonrisa del enano bajo los restos de la nariz mientras la luz de la antorcha le lamía el rostro.

—Eres un pobre idiota tullido —le había espetado con la voz ronca de odio—. Cersei es una zorra mentirosa. Ha estado follando con Lancel y con Osmund Kettleblack y, por lo que yo sé, puede que se tire hasta al Chico Luna. Y yo soy el monstruo que todos dicen. Sí, maté al canalla de tu hijo.

«No dijo que pensara matar a nuestro padre. Lo habría detenido. Así, el asesino de su propia sangre sería yo, no él.»

Jaime se preguntaba dónde se habría escondido Varys. El consejero de los rumores había tenido la sensatez de no volver a sus habitaciones, y tras registrar la Fortaleza Roja no habían dado con él. Tal vez el eunuco se hubiera embarcado con Tyrion en vez de quedarse para responder preguntas incómodas. Si era así, los dos ya estarían muy lejos, en alta mar, compartiendo una frasca de vino dorado del Rejo en el camarote de una galera.

«A menos que mi hermano matara también a Varys y su cadáver se esté pudriendo bajo el castillo.» En tal caso, tal vez pasarían años antes de que encontraran sus huesos. Jaime había bajado con una docena de guardias, todos con antorchas, cuerdas y farolillos. Recorrieron a tientas durante horas los pasadizos retorcidos, se arrastraron por espacios angostos, cruzaron puertas ocultas, bajaron por escaleras secretas y por huecos que llevaban a la oscuridad más absoluta. Nunca se había sentido tan tullido. Hay muchas cosas que parecen pan comido cuando se tienen dos manos. Las escalas, por ejemplo. Ni siquiera le resultaba fácil gatear; por algo consistía en avanzar sobre las manos, en plural, y las rodillas. Tampoco podía sujetar una antorcha mientras trepaba, como hacían los demás.

Y todo en vano. Solo encontraron oscuridad, polvo y ratas.

«Y dragones al acecho, allí abajo.» Recordaba el brillo anaranjado de las ascuas en la boca del dragón de hierro. El brasero caldeaba una estancia de la base de un pozo donde convergía media docena de túneles. En el suelo había un desgastado mosaico que representaba al dragón de tres cabezas de la Casa Targaryen, en baldosines rojos y negros.

«Te conozco, Matarreyes —parecía decirle la bestia—. Siempre he estado aquí, esperando tu llegada.» Y a Jaime le había parecido reconocer aquella voz, el tono férreo que había tenido la voz de Rhaegar, príncipe de Rocadragón.

El viento soplaba con fuerza el día en que se despidió de Rhaegar en el patio de la Fortaleza Roja. El príncipe llevaba una armadura negra como la noche, con el dragón de tres cabezas dibujado con rubíes incrustados en la coraza.

—Alteza —le había suplicado Jaime—, que se quede Darry a guardar al Rey esta vez, o Ser Barristan, si lo preferís. Sus capas son tan blancas como la mía.

El príncipe Rhaegar negó con la cabeza.

—Mi señor padre teme al vuestro más que a nuestro primo Robert. Quiere teneros cerca para que Lord Tywin no le haga daño alguno. No le quitaré esa muleta en este momento tan terrible.

La ira ahogaba a Jaime.

—No soy una muleta. Soy un caballero de la Guardia Real.

—En ese caso, guardad al Rey —le espetó Jon Darry—. Cuando os ceñisteis esa capa prometisteis obedecer.

Rhaegar había puesto una mano en el hombro de Jaime.

—Cuando acabe la batalla tengo intención de reunir al consejo. Habrá cambios. Hace tiempo que pensaba hacerlo, pero... En fin, no sirve de nada hablar de los caminos que no tomamos. Cuando regrese, hablaremos.

Fueron las últimas palabras que le dijo Rhaegar Targaryen. Al otro lado de las puertas se había reunido un ejército, y otro descendía ya por el Tridente. Y así, el príncipe de Rocadragón montó a caballo, se puso el alto yelmo negro y cabalgó hacia su destino.

«No sabía cuánta razón tenía. Cuando terminó la batalla hubo cambios.»

—Aerys creía que, si me tenía cerca, no le pasaría nada malo —le dijo al cadáver de su padre—. ¿A que tiene gracia?

Lo mismo debía de pensar Lord Tywin; su sonrisa era más amplia que antes.

«Parece que disfruta con lo de estar muerto. —Era extraño, pero no sentía pena alguna—. ¿Dónde están mis lágrimas? ¿Dónde está mi rabia?» Si algo no le había faltado nunca a Jaime Lannister era eso, rabia.

—Padre —le dijo al cadáver—, tú fuiste quien me dijo que las lágrimas eran señal de debilidad en un hombre, así que no esperarás que llore por ti.

Aquella mañana había desfilado ante el féretro un millar de grandes damas y señores, y después del mediodía pasaron también varios miles de personas del pueblo llano. Todos llevaban ropa oscura y tenían una expresión solemne, pero Jaime sospechaba que muchos de ellos estaban encantados de presenciar la caída de un gran hombre. Incluso en el oeste, Lord Tywin era más respetado que querido, y Desembarco del Rey recordaba todavía el Saqueo.

De todos los asistentes al funeral, el Gran Maestre Pycelle parecía el más compungido.

—He servido a seis reyes —le dijo a Jaime tras la segunda ceremonia, mientras arrugaba la nariz al lado del cadáver—, pero aquí yace el hombre más grande que jamás he conocido. Lord Tywin no llevaba corona, pero tenía todo lo que debe tener un rey.

Sin la barba, Pycelle no solo parecía viejo, sino también débil. «Afeitarlo fue lo más cruel que le pudo hacer Tyrion», pensó Jaime, que sabía lo que era perder una parte de uno mismo, una parte que hace de alguien lo que es. Pycelle había lucido una barba magnífica, blanca como la nieve y suave como la lana de un corderillo, muy espesa. Le cubría las mejillas y la barbilla, y le llegaba casi hasta el cinturón. El Gran Maestre solía acariciársela mientras pontificaba. Le proporcionaba un aura de sabiduría y ocultaba todo tipo de cosas desagradables: la piel flácida bajo la mandíbula de anciano, la boca pequeña en la que faltaban varios dientes, las verrugas, las arrugas y las abundantes manchas de la edad. Pycelle trataba de que le creciera de nuevo, pero no lo conseguía. De las mejillas arrugadas y del pellejo que tenía bajo la mandíbula solo le brotaban mechones ralos a través de los cuales Jaime le veía la piel rosada llena de manchas.

—He visto cosas espantosas en mis tiempos, Ser Jaime —dijo el anciano—. Guerras, batallas, asesinatos horribles... No era más que un niño que vivía en Antigua cuando la peste gris se llevó a media ciudad y a tres cuartas partes de los habitantes de la Ciudadela. Lord Hightower quemó todos los barcos del puerto, cerró las puertas y ordenó a sus guardias que matarán a todos aquellos que intentaran huir, fueran hombres, mujeres o niños de pecho. Cuando pasó la peste acabaron con él. El mismo día en que reabrió el puerto lo desmontaron de su caballo y lo degollaron, al igual que a su hijo. Aún a día de hoy, los ignorantes de Antigua escupen cuando se pronuncia su nombre, pero Quenton Hightower hizo lo que había que hacer. Vuestro padre también era así: un hombre que hacía lo que había que hacer.

—¿Por eso parece tan satisfecho consigo mismo?

Los vapores que desprendía el cadáver hacían que a Pycelle le llorasen los ojos.

—La carne... A medida que la carne se seca, los músculos se tensan y tiran de los labios hacia arriba. No es una sonrisa; es un... Un síntoma de la sequedad, nada más. —Parpadeó para disipar las lágrimas—. Disculpadme, por favor. Estoy muy cansado.

Pycelle se dirigió hacia la salida del septo con pasos dificultosos, apoyándose en el bastón.

«Ese también se está muriendo», comprendió Jaime. No era de extrañar que Cersei lo considerase un inútil.

Aunque, a decir verdad, su querida hermana parecía pensar que la mitad de la corte estaba formada por inútiles o traidores: Pycelle, la Guardia Real, los Tyrell, el propio Jaime... Hasta Ser Ilyn Payne, el caballero silencioso que desempeñaba las funciones de verdugo. Como Justicia del Rey, las mazmorras eran responsabilidad suya. Al carecer de lengua, Payne dejaba la mayor parte de los asuntos de las mazmorras en manos de subordinados, pero aun así, Cersei lo hacía responsable de la fuga de Tyrion. «Fue cosa mía, no suya», había estado a punto de decirle Jaime. Pero en vez de confesar se había prometido averiguar cuanto pudiera del carcelero jefe, un anciano jorobado que respondía al nombre de Rennifer Mareslargos.

—Seguro que os preguntáis qué clase de nombre es ese —dijo entre risitas cuando Jaime fue a interrogarlo—. Pues un nombre muy antiguo, sí. No suelo alardear, pero por mis venas corre sangre real. Soy descendiente de una princesa. Mi padre me lo contó cuando era chiquillo.

—A juzgar por las manchas de la cabeza y las canas de la barbilla, hacía muchos años que Mareslargos ya no era un chiquillo—. La princesa era el tesoro más preciado de la Bóveda de las Doncellas. Lord Puño de Roble, el gran almirante, perdió la cabeza por ella, y eso que estaba casado con otra mujer. Puso a su hijo el apellido de Mares en honor a su padre, y cuando creció se convirtió en un gran caballero; también lo fue su propio hijo, que se añadió la terminación *largos* para que los demás supieran que él no era bastardo. Así que tengo algo de dragón.

—Sí, he estado a punto de confundirte con Aegon el Conquistador —fue la respuesta de Jaime. Mares era un apellido de bastardo muy común en la zona de la bahía Aguasnegras; lo más probable era que el viejo Mareslargos descendiera de la Casa de algún caballero sin importancia, y no de una princesa—. Pero da la casualidad de que tengo preocupaciones más apremiantes que tu linaje.

Mareslargos inclinó la cabeza.

—El prisionero desaparecido.

—Y el carcelero que falta.

—Rugen —confirmó el viejo—. Un subordinado. Estaba al mando del tercer nivel, las celdas negras.

—Dime lo que sepas de él —tuvo que responder Jaime.

«Esto es una farsa de mierda.» Sabía quién era Rugen mejor que Mareslargos.

—Desaliñado, sin afeitar, muy vulgar en el habla. Tengo que reconocer que no era de mi agrado. Rugen ya estaba aquí cuando llegué, hace doce años. Lo había nombrado el rey Aerys. La verdad es que rara vez pasaba por aquí. Ya lo señalé en los informes, mi señor. Os lo aseguro, os doy mi palabra, la palabra de un hombre de sangre real.

«Vuelve a mencionar esa sangre real y quizá la derrame», pensó Jaime.

—¿Quién leía esos informes?

—Unos iban para el consejero de la moneda; otros, para el consejero de los rumores. El alguacil y la Justicia del Rey los recibían todos. Siempre se ha hecho así en las mazmorras. —Mareslargos se rascó la nariz—. Rugen estaba aquí cuando hacía falta, mi señor, eso también hay que decirlo. Las celdas negras se utilizan poco. Antes de que enviaran a vuestro hermano menor tuvimos durante un tiempo al Gran Maestre Pycelle, y antes de él al traidor Lord Stark. Hubo otros tres, que no eran nobles, Lord Stark se los entregó a la Guardia de la Noche. No me pareció buena idea soltarlos, pero los papeles estaban en orden. También lo señalé en el informe, podéis estar seguro.

—Háblame de los dos carceleros que se quedaron dormidos.

—¿Carceleros? —Mareslargos bufó—. Esos no eran carceleros. No eran más que llaverizos. La corona paga el sueldo de veinte llaverizos, mi señor, nada menos que veinte, pero en el tiempo que llevo aquí nunca hemos tenido más de doce. También se supone que tendríamos que contar con seis carceleros, dos en cada nivel, pero solo disponemos de tres.

—¿Tú y dos más?

Mareslargos volvió a soltar un bufido.

—Yo soy el carcelero jefe, mi señor. Estoy por encima de los carceleros. A mí me corresponde llevar las cuentas. Si mi señor desea echar un vistazo a los libros verá que las cifras cuadran. —Mareslargos había consultado un gran volumen con encuadernación de cuero que tenía abierto delante—. En este momento tenemos cuatro prisioneros en el primer nivel y uno en el segundo, además de vuestro hermano. —El viejo frunció el ceño—. Que se ha fugado, claro. Es verdad. Lo tacharé.

Cogió una pluma y le hizo una incisión en el cañón para escribir.

«Seis prisioneros —pensó Jaime con amargura—, y pagamos el salario de veinte llaverizos, seis carceleros, un carcelero jefe, un encargado y la Justicia del Rey.»

—Quiero interrogar a esos dos llaverizos.

Rennifer Mareslargos dejó el cortaplumas y alzó la vista hacia Jaime, desconcertado.

—¿Interrogarlos, mi señor?

—Ya me has oído.

—Sí, mi señor, os he oído, pero... Mi señor puede interrogar a quien quiera, desde luego; no me corresponde a mí decir lo contrario. Pero, permitidme la osadía, ser, no creo que os respondan. Están muertos, mi señor.

—¿Muertos? ¿Por orden de quién?

—Pensé que por orden vuestra, o... ¿Tal vez del Rey? No pregunté. No... No me corresponde a mí interrogar a la Guardia Real.

Aquello era hurgar en la herida: Cersei había utilizado a sus propios hombres para hacer el trabajo sucio, a ellos y a sus adorados Kettleblack.

—¡Imbéciles descerebrados! —les había gritado Jaime a Boros Blount y a Osmund Ketleblack más tarde, en una celda que apestaba a sangre y muerte—. ¿Qué habéis hecho?

—Nada más que lo que se nos ordenó, mi señor. —Ser Boros era más bajo que Jaime, pero más fornido—. Lo ordenó Su Alteza. Vuestra hermana.

Ser Osmund apoyó el pulgar en el cinto.

—Nos dijo que deseaba que durmieran para siempre, así que mis hermanos y yo nos encargamos de ello.

«Y de qué manera.» Uno de los cadáveres estaba tumbado de bruces sobre la mesa, como si se hubiera desmayado tras emborracharse en un banquete, pero el charco que había bajo la cabeza era de sangre, no de vino. El segundo llaverizo había logrado apartarse del banco y sacar el puñal antes de que le clavaran una espada larga entre las costillas. Su final había sido más largo, más sucio.

«Le dije a Varys que nadie debía resultar herido en la fuga —pensó Jaime—. Se lo tendría que haber dicho a mis hermanos.»

—Ha sido un error, ser.

Ser Osmund se encogió de hombros.

—Nadie los echará de menos. Seguro que habían participado en la intriga, igual que el que ha desaparecido.

«No —habría podido decirle Jaime—. Varys les puso un somnífero en el vino.»

—En ese caso les podríamos haber sonsacado la verdad. —«Ha estado follando con Lancel y con Osmund Kettleblack y, por lo que yo sé, puede que se tire hasta al Chico Luna...»—. Si fuera desconfiado, empezaría a preguntarme por qué teníais tanta prisa por evitar que los interrogaran. ¿Teníais que silenciarlos para ocultar vuestra participación en esto?

—¿Nosotros? —Kettleblack estuvo a punto de atragantarse—. No hemos hecho más que obedecer a la Reina. Os doy mi palabra de Hermano Juramentado.

Los dedos inexistentes de Jaime se tensaron.

—Que bajen Osney y Osfryd, y limpiad este desastre. Y la próxima vez que mi querida hermana os ordene matar a alguien, decídmelo antes. Si no es para eso, manteneos fuera de mi vista, ser.

Las palabras retumbaron en su mente en la penumbra del septo de Baelor. Más arriba, todas las vidrieras se habían tornado negras, y alcanzaba a divisar la luz tenue de estrellas lejanas. El sol se había ocultado por completo. Pese a las velas aromáticas, el hedor de la muerte era cada vez más marcado. Aquel olor le recordaba el paso del Colmillo Dorado, donde había conseguido una victoria gloriosa en los primeros días de la guerra. La mañana siguiente a la batalla, los cuervos se dieron un festín con los cadáveres de vencedores y vencidos, igual que habían devorado a Rhaegar Targaryen después del Tridente.

«¿Cuánto vale una corona si un cuervo puede cenar carne de rey?»

Jaime estaba seguro de que en aquel momento había cuervos dando vueltas sobre las siete torres y la gran cúpula del septo de Baelor, batiendo las alas negras contra el aire de la noche, buscando alguna manera de entrar.

«Todos los cuervos de los Siete Reinos deberían rendirte homenaje, padre. Los alimentaste bien, desde Castamere hasta el Aguasnegras. —La idea pareció satisfacer a Lord Tywin; su sonrisa se hizo todavía más amplia—. Mierda, sonríe como un recién casado en la noche de bodas.»

Era una imagen tan grotesca que Jaime se echó a reír.

El sonido de la carcajada resonó entre las criptas y capillas, como si los muertos enterrados tras los muros también se estuvieran riendo.

«¿Por qué no? Esto es más absurdo que una farsa de titiriteros, aquí estoy, en vigilia por el padre al que ayudé a asesinar, enviando hombres en busca del hermano al que ayudé a escapar...»

Le había ordenado a Ser Addam Marbrand que registrara la calle de la Seda.

—Mirad debajo de todas las camas; ya sabéis lo aficionado que es mi hermano a los burdeles.

Los capas doradas encontrarían cosas más interesantes bajo las faldas de las putas que bajo los lechos. Se preguntó cuántos bastardos nacerían como fruto de aquella búsqueda fútil.

Sin poder evitarlo, sus pensamientos volaron hacia Brienne de Tarth. «Moza estúpida, testaruda, adefesio. —¿Dónde estaría?—. Dale fuerzas, Padre.» Casi una plegaria... Pero ¿invocaba al dios, al padre de todos, cuya imponente estatua relucía a la luz de las velas al otro lado del septo? ¿O estaba rezando al cadáver que yacía ante él?

«¿Qué más da? Ni el uno ni el otro me escucharon nunca.» El Guerrero había sido el dios de Jaime desde que tuvo edad suficiente para empuñar una espada. Otros hombres podían ser padres, hijos, maridos, pero no Jaime Lannister, cuya espada era tan dorada como su cabello. Era un guerrero, y nunca sería otra cosa.

«Tendría que decirle la verdad a Cersei; debería reconocer que fui yo quien liberó a nuestro hermano de su celda.» Claro, como la verdad le había dado tan buen resultado con Tyrion... «Sí, yo maté al canalla de tu hijo, y ahora voy a matar también a tu padre.» Jaime oía las carcajadas del Gnomo en la penumbra. Se volvió para mirar, pero el sonido era el eco de su risa, que volvía a él. Cerró los ojos, pero volvió a abrirlos a toda velocidad.

«No puedo dormir. —Si se dormía, tal vez soñara. Cómo se reía Tyrion...— ... zorra mentirosa... follando con Lancel y con Osmund Kettleblack...»

A medianoche, las bisagras de las Puertas del Padre dejaron escapar un gemido cuando entró una hilera de varios cientos de septones. Algunos vestían túnicas de hilo de plata y llevaban guirnaldas de cristal que los señalaban como Máximos Devotos; sus hermanos más humildes llevaban los cristales al cuello y se ceñían el hábito blanco con un cinturón de siete cordeles, cada uno de un color distinto. Por las Puertas de la Madre, que daban a su convento, entraron las septas blancas, en fila de a siete, entonando cánticos con voz queda, mientas que las hermanas silenciosas llegaron de una en una bajando por los Peldaños del Desconocido. Las doncellas de la muerte vestían de gris claro y se cubrían con capuchas de manera que solo se les veían los ojos. También llegó un grupo de monjes con túnicas marrones, castañas, color arena y hasta de lana basta sin teñir, ceñidas con sogas de cáñamo. Algunos llevaban colgado del cuello el martillo del Herrero, mientras que otros portaban cuencos mendicantes.

Ninguno de ellos le prestó la menor atención a Jaime. Hicieron el circuito del septo, rezando ante cada uno de los siete altares para honrar los siete aspectos de la deidad. Hicieron un sacrificio a cada dios y a cada uno le cantaron un himno. Sus voces se alzaban dulces, solemnes. Jaime cerró los ojos para escuchar, pero tuvo que abrirlos cuando empezó a tambalearse.

«Estoy más cansado de lo que me imaginaba. Han pasado muchos años desde mi última vigilia. Y entonces era más joven; tenía quince años.» En aquella ocasión no vestía armadura, solo una sencilla túnica blanca. El septo donde había pasado la noche no tenía ni un tercio del tamaño de cualquiera de los siete cruceros del Gran Septo. Jaime había depositado la espada en las rodillas del guerrero, le había puesto la armadura a los pies y se había arrodillado en el duro suelo de piedra, ante el altar. Al amanecer tenía las rodillas ensangrentadas y en carne viva.

—Todo caballero debe sangrar, Jaime —le había dicho Ser Arthur Dayne al verlo—. La sangre es el sello de nuestra devoción.

Le dio un golpecito en el hombro con *Albor;* la hoja blanquecina estaba tan afilada que hasta el ligero roce bastó para atravesar la túnica de Jaime, que sangró de nuevo. Ni siquiera lo sintió. Un niño se había arrodillado; un caballero se levantaba.

«El Joven León, no el Matarreyes.»

Pero eso había sido hacía mucho tiempo, y el niño había muerto.

No se dio cuenta de en qué momento terminaron las ceremonias. Quizá se hubiera quedado dormido, a pesar de estar de pie. Cuando los devotos volvieron a salir en fila, el Gran Septo quedó de nuevo en silencio. Las velas eran una muralla de estrellas que ardían en la oscuridad, aunque el aire apestaba a muerte. Jaime estiró los dedos con los que agarraba el mandoble dorado. Quizá no habría sido mala idea dejar que Ser Loras lo relevara.

«Qué mal le habría sentado a Cersei.» El Caballero de las Flores era aún casi un niño, arrogante y vanidoso, pero tenía madera para llegar a ser grande, para llevar a cabo hazañas dignas del Libro Blanco.

El Libro Blanco lo estaría esperando cuando terminara la vigilia, abierto en mudo reproche.

«Antes de llenarlo de mentiras, romperé en pedazos esa mierda de libro.» Pero si no mentía, ¿qué podía escribir, aparte de la verdad?

Había una mujer ante él.

«Está lloviendo otra vez —pensó al ver lo empapada que estaba. El agua le corría por la capa y formaba un charco a sus pies—. ¿Cómo ha llegado aquí? No la he oído entrar.» Vestía como una moza de taberna, con una gruesa capa de lana basta mal teñida a manchas marrones, deshilachada por el dobladillo. La capucha le ocultaba el rostro, pero Jaime veía la danza de las velas en los estanques verdes de sus ojos y reconocía su manera de moverse.

—Cersei. —Hablaba despacio, como quien despierta de un sueño y aún no sabe dónde se encuentra—. ¿Qué hora es?

—Ya no es de noche, pero aún no ha amanecido. La hora del lobo, la llaman. —Su hermana se retiró la capucha e hizo una mueca—. Será la hora del lobo ahogado. —Le dedicó la más dulce de las sonrisas—. ¿Te acuerdas de la primera vez que fui a verte así? Fue en una tabernucha del callejón de la Comadreja, y me puse ropa de criada para pasar entre los guardias de nuestro padre.

—Me acuerdo. Fue en el callejón de la Anguila. —«Busca algo»—. ¿Qué haces aquí a estas horas? ¿Qué quieres de mí?

La última palabra resonó por todo el septo, *mimimimimimimimimimimimimimí,* languideciendo hasta convertirse en un susurro. Durante un momento se atrevió a soñar con que no buscaba más que el consuelo de sus brazos.

—Baja la voz. —Sonaba extraña, jadeante, casi alarmada—. Jaime, Kevan se ha negado. No quiere ser la Mano. Sabe... Sabe lo nuestro. Me lo ha dicho.

—¿Que se ha negado? —Aquello constituía una sorpresa—. ¿Cómo es posible que lo supiera? Habrá leído lo que escribió Stannis, pero no hay...

—Tyrion lo sabía —le recordó su hermana—. ¿Quién sabe qué habrá contado ese enano malvado, y a quién? Y el tío Kevan es lo de menos. El Septón Supremo... Tyrion lo coronó después de que muriera el gordo. Puede que también lo sepa. —Se acercó más a él—. Tienes que ser la Mano de Tommen. No me fío de Mace Tyrell. ¿Y si tuvo algo que ver con la muerte de nuestro padre? Puede que conspirase con Tyrion. Tal vez el Gnomo esté de camino a Altojardín...

—No es así.

—Sé mi Mano —le suplicó—. Juntos gobernaremos los Siete Reinos, como un rey con su reina.

—Fuiste la reina de Robert. Pero no quieres ser la mía.

—Lo sería si me atreviera, pero nuestro hijo...

—Tommen no es hijo mío, igual que no lo era Joffrey. —Hablaba con tono seco—. También se los entregaste a Robert.

Su hermana se sobresaltó.

—Me juraste que siempre me amarías. Obligarme a suplicar no es amarme.

A Jaime le llegaba el olor de su miedo incluso por encima del hedor rancio del cadáver. Habría dado cualquier cosa por tomarla entre sus brazos y besarla, por enterrar el rostro en sus rizos dorados y prometerle que nadie le haría daño.

«Aquí no —pensó—, aquí no; estamos ante los dioses, ante nuestro padre.»

—No —dijo—. No puedo. No quiero.

—Te necesito. Necesito a mi otra mitad. —Jaime oía las gotas de lluvia que repiqueteaban contra los cristales, más arriba—. Tú eres yo, yo soy tú. Te necesito conmigo. Dentro de mí. Por favor, Jaime. Por favor.

Jaime echó un vistazo para asegurarse de que Lord Tywin no se levantaba del sepulcro en un ataque de ira, pero seguía inmóvil, frío, pudriéndose.

—Estoy hecho para el campo de batalla, no para la cámara del Consejo. Y puede que ahora no sirva ni para eso.

Cersei se secó las lágrimas con la desastrada manga marrón.

—Muy bien. Si quieres campos de batalla, campos de batalla te daré. —Se volvió a cubrir la cabeza con gesto furioso—. Qué idiota he sido al venir. Qué idiota fui al amarte.

Sus pisadas resonaron en el silencio y dejaron manchas húmedas en el suelo de mármol.

El amanecer pilló a Jaime casi desprevenido. Cuando el cristal de la cúpula empezó a iluminarse, las paredes, suelos y columnas se cubrieron de pronto con multitud de dibujos irisados y bañaron el cadáver de Lord Tywin con un halo multicolor. La Mano del Rey se pudría a ojos vistas. Su rostro había adquirido un tono verdoso y tenía los ojos muy hundidos, como dos pozos negros. Se le habían abierto grietas en las mejillas, y un asqueroso líquido blanco manaba por las juntas de su espléndida armadura dorada y carmesí para convertirse en un charco bajo el cuerpo.

Los septones fueron los primeros en verlo cuando regresaron para las plegarias del amanecer. Entonaron los cánticos, rezaron las oraciones y arrugaron la nariz; un Máximo Devoto se mareó tanto que necesitó ayuda para salir del septo. Poco después llegó una bandada de novicios que agitaba incensarios, y el aire se cargó tanto que el féretro parecía envuelto en humo. Los colores se desvanecieron en la niebla perfumada, pero el hedor persistió, un olor dulzón y podrido que le provocaba arcadas a Jaime.

Cuando se abrieron las puertas, los Tyrell fueron los primeros en entrar, tal como correspondía a su alcurnia. Margaery llevaba un gran centro de rosas doradas. Lo puso ostentosamente al pie del féretro de Lord Tywin, pero se quedó con una y la sostuvo bajo la nariz mientras tomaba asiento.

«Así que es tan lista como hermosa. Será una buena reina para Tommen. Mejor que las que tuvieron otros.» Las damas de Margaery siguieron su ejemplo.

Cersei aguardó hasta que todos estuvieron sentados antes de hacer su entrada, acompañada de Tommen. Ser Osmund Kettleblack caminaba junto a ellos con su armadura esmaltada en blanco y la capa blanca de lana.

«Ha estado follando con Lancel y con Osmund Kettleblack y, por lo que yo sé, puede que se tire hasta al Chico Luna...»

Jaime había visto a Kettleblack desnudo en la sala de baños; había visto la pelambre negra de su pecho y la mata aún más recia que tenía entre las piernas. Se imaginó aquel pecho apretado contra el de su hermana, aquel vello arañando la piel suave de sus senos.

«Cersei no haría semejante cosa. El Gnomo me mintió. —Oro batido y alambre negro, entremezclados, sudorosos. Las nalgas prietas de Kettleblack contrayéndose con cada embestida. Jaime oyó los gemidos de su hermana—. No... Es mentira.»

Pálida, con los ojos enrojecidos, Cersei subió por las escaleras para arrodillarse ante su padre, arrastrando a Tommen. El chico dio un paso atrás al ver aquel espectáculo, pero su madre lo agarró por la muñeca antes de que pudiera escapar.

—Reza —le susurró.

Tommen lo intentó. Pero solo tenía ocho años, y Lord Tywin era un espanto. El Rey inhaló una bocanada desesperada y empezó a sollozar.

—¡Basta ya! —ordenó Cersei.

Tommen giró la cabeza, se dobló por la cintura y empezó a vomitar. La corona se le cayó y salió rodando por el suelo de mármol. Su madre se apartó asqueada, y el Rey echó a correr hacia la puerta tan deprisa como se lo permitían sus piernas infantiles.

—Relevadme, Ser Osmund —ordenó Jaime con brusquedad cuando Kettleblack se volvió para recoger la corona.

Entregó al otro hombre la espada dorada y salió corriendo en pos de su rey. Le dio alcance en la Sala de las Lámparas, ante la mirada de dos docenas de sobresaltadas septas.

—Lo siento —sollozó Tommen—. Mañana lo haré mejor. Mamá dice que un rey tiene que dar ejemplo, pero es que el olor me daba arcadas.

«No puede ser. Demasiados oídos atentos, demasiados ojos mirando.»

—Será mejor que salgamos, Alteza.

Jaime llevó al chico al exterior, donde el aire estaba tan fresco y limpio como era posible en Desembarco del Rey. Cuarenta capas doradas se encontraban apostados alrededor de la plaza guardando los caballos y las literas. Se llevó al Rey a un lado, lejos de todos, y lo sentó en los peldaños de mármol.

—No tenía miedo —insistió el niño—. Es que el olor me daba arcadas. ¿No te daba arcadas a ti? ¿Cómo lo aguantabas, tío?

«Olí la podredumbre de mi propia mano cuando Vargo Hoat me obligó a llevarla al cuello.»

—Un hombre puede aguantar casi cualquier cosa si es necesario —le explicó Jaime a su hijo. «He olido a un hombre que se asaba, cuando el rey Aerys lo coció en su propia armadura»—. El mundo está lleno de cosas espantosas, Tommen. Puedes luchar contra ellas, reírte de ellas o verlas sin mirar... Escapar hacia dentro.

Tommen lo pensó un instante.

—Antes... Antes me escapaba hacia dentro, a veces —confesó—, cuando Joffy...

—Joffrey. —Cersei estaba junto a ellos; el viento le enredaba las faldas en torno a las piernas—. Tu hermano se llamaba Joffrey. Y jamás me habría avergonzado de esta manera.

—No pretendía... No tenía miedo, mamá. Es solo que tu señor padre olía tan mal...

—¿Y crees que a mí me parecía un olor agradable? Yo también tengo nariz. —Lo cogió de la oreja para obligarlo a ponerse en pie—. Lord Tyrell tiene nariz. ¿Has visto que él vomitara en el septo sagrado? ¿Has visto a Lady Margaery lloriquear como un bebé?

—Ya basta, Cersei —dijo Jaime, poniéndose de pie.

La ira hacía que se le dilataran las fosas nasales.

—¿Ser? ¿Qué haces aquí? Creo recordar que juraste guardar vigilia junto a nuestro padre hasta que terminara el velatorio.

—Ya ha terminado. Solo tienes que echarle un vistazo.

—No. Dijiste que siete días y siete noches. Sin duda el Lord Comandante sabrá contar hasta siete. Solo tienes que mirarte el número de dedos y sumar dos.

Los demás asistentes habían empezado a salir a la plaza, huyendo del olor nauseabundo del septo.

—Baja la voz, Cersei —le advirtió Jaime—. Se acerca Lord Tyrell.

Aquello la calmó. La Reina tiró de Tommen para situarlo a su lado. Mace Tyrell hizo una reverencia ante ellos.

—Espero que Su Alteza no se encuentre mal.

—El Rey se ha sentido abrumado por el dolor —replicó Cersei.

—Igual que nos sucede a todos. Si hay algo que pueda hacer...

Mucho más arriba, un cuervo lanzó un graznido. Estaba posado en la estatua del rey Baelor, cagando sobre su cabeza sagrada.

—Hay mucho que podéis hacer por Tommen, mi señor —dijo Jaime—. ¿Le haríais a Su Alteza la Reina el honor de cenar con ella tras la ceremonia de esta noche?

Cersei le lanzó una mirada asesina, pero por una vez tuvo la sensatez de morderse la lengua.

—¿Cenar? —Tyrell parecía desconcertado—. Me imagino... Claro, será un honor para nosotros. Para mi señora esposa y para mí.

La Reina se obligó a sonreír y susurrar algo amable, pero cuando Tyrell le pidió permiso para retirarse y Ser Addam Marbrand se llevó a Tommen, se volvió hacia Jaime, furiosa.

—¿Estás borracho o deliras? Dime, ¿por qué tengo que cenar con ese imbécil codicioso y su pueril esposa? —Una ráfaga de viento le agitó el cabello dorado—. No lo nombraré Mano, si es eso lo que...

—Necesitas a Tyrell —interrumpió Jaime—, pero no aquí. Pídele que capture Bastión de Tormentas para Tommen. Adúlalo, dile que lo necesitas en el campo de batalla para sustituir a nuestro padre. Mace se considera un gran guerrero. O te gana Bastión de Tormentas o la caga y queda como un imbécil. Sea como sea, tú ganas.

—¿Bastión de Tormentas? —Cersei se quedó pensativa—. Sí, pero... Lord Tyrell ha dejado claro una y otra vez que no saldrá de Desembarco del Rey hasta que Tommen se case con Margaery.

Jaime suspiró.

—Pues que se casen. Faltan años para que Tommen tenga edad para consumar el matrimonio, y hasta entonces, siempre se podrá anular. Dale su boda a Tyrell y mándalo a jugar a la guerra.

Una sonrisa cautelosa aleteó en los labios de su hermana.

—Y también hay riesgos en los asedios —murmuró—. Oye, nuestro señor de Altojardín podría perder la vida.

—Existe ese peligro —convino Jaime—. Sobre todo si se le acaba la paciencia y decide tomar la fortaleza por asalto.

Cersei le dirigió una larga mirada.

—¿Sabes? —dijo—, durante un momento has hablado igual que nuestro padre.

Brienne

Las puertas del Valle Oscuro estaban cerradas y atrancadas. A la escasa luz previa al amanecer, los muros de la ciudad desprendían un brillo pálido. En los baluartes, los jirones de neblina se movían como centinelas fantasmales. Ante las puertas se había reunido una docena de carromatos y carros tirados por bueyes, a la espera de que saliera el sol. Brienne ocupó su lugar detrás de unos nabos. Le dolían las pantorrillas, de modo que le resultó agradable desmontar y estirar las piernas. No pasó mucho tiempo antes de que llegara otro carromato traqueteando entre los árboles. Cuando el cielo empezó a iluminarse, la cola era ya de quinientos pasos.

Los campesinos le lanzaban miradas de curiosidad, pero nadie le dirigió la palabra.

«Tengo que ser yo la que hable con ellos —se dijo Brienne. Pero siempre le había costado entablar conversación con desconocidos. Era tímida desde pequeña, y los años de burlas y desprecios la habían hecho más tímida aún—. Tengo que preguntar por Sansa. Si no, ¿cómo la voy a encontrar?» Se aclaró la garganta.

—Buena mujer —le dijo a la campesina del carro de nabos—, puede que hayáis visto a mi hermana en el camino. Una doncella joven, de trece años, muy hermosa, con los ojos azules y el cabello castaño rojizo. Tal vez viaje con un caballero borracho.

La mujer negó con la cabeza.

—Entonces ya no es doncella, seguro —intervino su esposo—. ¿Cómo se llama esa pobre chiquilla?

Brienne se quedó en blanco. «Tendría que haberle inventado un nombre.» Cualquier nombre habría servido, pero no se le ocurrió ninguno.

—¿No tiene nombre? Bueno, los caminos están llenos de niñas sin nombre.

—Los cementerios están aún más llenos —dijo su esposa.

Cuando amaneció, los guardias se asomaron a los parapetos. Los campesinos se subieron a sus carromatos y sacudieron las riendas. Brienne también montó y echó un vistazo a sus espaldas. Casi todos los que aguardaban para entrar en el Valle Oscuro eran granjeros con cargamentos de frutas y verduras. Una docena de puestos detrás de ella había un par de ciudadanos acaudalados, a lomos de palafrenes de pura raza, y un poco más atrás divisó a un chiquillo flaco montado en un jamelgo picazo. No había ni rastro de los dos caballeros, ni de Ser Shadrich, el Ratón Loco.

Los guardias hacían gestos para dar paso a los carromatos sin apenas dedicarles una mirada, pero cuando Brienne llegó ante la puerta la detuvieron.

—¡Alto! —exclamó el capitán. Un par de hombres con cota de malla cruzaron las lanzas ante ella para impedirle el paso—. Decid a qué venís.

—Busco al señor del Valle Oscuro, o si no, a su maestre.

El capitán observó su escudo con atención.

—El murciélago negro de Lothston. Ese blasón tiene mala fama.

—No es el mío. Voy a encargar que me pinten el escudo.

—¿Sí? —El capitán se rascó la barbilla mal afeitada—. Da la casualidad de que mi hermana se dedica a eso. La podéis encontrar en la casa de las puertas pintadas, la que está enfrente del Siete Espadas. —Les hizo una seña a los guardias—. Dejadla pasar, muchachos. Es una moza.

Al otro lado de la puerta había un mercado donde los que habían entrado antes de ella estaban descargando los carros y empezaban a pregonar sus nabos, sus cebollas y sus sacos de cebada. Otros vendían armas y armaduras, todo muy barato a juzgar por los precios que oyó gritar a su paso.

«Los saqueadores llegan con los cuervos carroñeros después de toda batalla.» Brienne avanzó a caballo entre cotas de malla que aún tenían pegotes de sangre seca, yelmos abollados y espadas largas melladas. También se podían comprar prendas de vestir: botas de cuero, capas de piel, jubones sucios con desgarrones muy sospechosos... Reconoció muchas de las divisas: el puño con el guantelete, el alce, el sol blanco, el hacha de doble filo... Eran todos blasones norteños. Pero también habían caído allí hombres de la casa Tarly, y muchos de las tierras de la tormenta. Vio manzanas rojas y verdes, un escudo en el que aparecían los tres relámpagos de Leygood, y una gualdrapa con las hormigas de Ambrose. El mismísimo cazador de Lord Tarly aparecía en muchos emblemas y sobretodos.

«Amigo o enemigo, a los cuervos les da igual.»

Había escudos de pino y de tilo por apenas unas monedas, pero Brienne pasó de largo; quería conservar el pesado escudo de roble que le había dado Jaime, el que él mismo había llevado de Harrenhal a Desembarco del Rey. Los escudos de pino tenían sus ventajas: eran más ligeros y, por tanto, más fáciles de transportar, y la madera blanda atrapaba con más facilidad el hacha o la espada del enemigo. Pero el roble ofrecía más protección a quien tuviera fuerzas suficientes para portarlo.

El Valle Oscuro estaba edificado en torno a su puerto. Al norte de la ciudad se alzaban acantilados de caliza; hacia el sur, un cabo rocoso protegía los barcos anclados de las tormentas que llegaban del mar Angosto. El castillo dominaba el puerto; el torreón cuadrado y las enormes torres en forma de tambor se divisaban desde cualquier punto de la ciudad. Las calles pavimentadas con guijarros estaban tan llenas de gente que era más fácil caminar que cabalgar, de manera que Brienne dejó la yegua en un establo y siguió a pie, con el escudo colgado a la espalda y el petate bajo el brazo.

No le costó dar con la casa de la hermana del capitán. El Siete Espadas era la posada más grande de la ciudad, un edificio de cuatro pisos que sobresalía entre los que lo rodeaban, y las puertas de la casa que había enfrente estaban pintadas con gran talento. En la imagen se veía un castillo situado en un bosque otoñal, con árboles en tonos dorados y ocres. Los troncos de los robles centenarios estaban cubiertos de hiedra, y hasta las bellotas estaban pintadas con amoroso detalle. Al examinar la imagen más de cerca, Brienne vio criaturas en medio del follaje: un tímido zorro rojo, dos gorriones posados en una rama y, tras esas hojas, la sombra de un jabalí.

—Tu puerta es muy hermosa —le dijo a la mujer morena que abrió cuando llamó con los nudillos—. ¿Qué castillo es ese?

—Todos los castillos —respondió la hermana del capitán—. El único que conozco es el Fuerte Pardo, que está junto al puerto. Este me lo he inventado pensando en cómo debería ser un castillo. Tampoco he visto nunca un dragón, ni un grifo, ni un unicornio.

Su actitud era alegre, pero cuando Brienne le enseñó el escudo se le borró la sonrisa.

—Mi anciana madre me decía que, en las noches sin luna, venían de Harrenhal murciélagos gigantes y se llevaban a los niños malos para que Danelle la Loca los asara. A veces los oía arañar los postigos. —Se pasó la lengua por los dientes, pensativa—. ¿Qué queréis que ponga en su lugar?

Las armas de Tarth estaban cuarteladas en cruz, con una media luna de plata en campo de azur y un sol de oro en campo de púrpura. Pero mientras la gente creyera que era una asesina, Brienne no se atrevía a llevarlas.

—Vuestra puerta me ha recordado un viejo escudo que vi en la armería de mi padre, hace mucho.

Le describió las divisas con tanto detalle como pudo recordar. La mujer asintió.

—Lo puedo pintar ahora mismo, pero luego tendrá que secarse. Tomad una habitación en el Siete Espadas, si os parece bien, y os llevaré el escudo mañana por la mañana.

Brienne no había previsto hacer noche en el Valle Oscuro, pero tal vez fuera lo mejor. No sabía si el señor de la ciudad se encontraba en el castillo, ni si accedería a recibirla. Le dio las gracias a la pintora y cruzó la calle en dirección a la posada. Encima de la puerta pendían siete espadas de madera bajo una púa de hierro. El encalado blanco que las cubría estaba desconchado y se caía a pedazos, pero Brienne sabía qué significaba: las espadas representaban a los siete hijos de Darklyn, que habían vestido las capas blancas de la Guardia Real. No había otra Casa del reino que pudiera presumir de una hazaña comparable.

«Fueron la gloria de su Casa. Y ahora son el cartel de una posada.» Entró en la sala común y le pidió al posadero una habitación y un baño.

El hombre la alojó en el segundo piso; una mujer que tenía en el rostro un antojo marrón rojizo le llevó una bañera de madera y, después, el agua cubo a cubo.

—¿Queda algún Darklyn en el Valle Oscuro? —le preguntó Brienne al tiempo que se metía en la bañera.

—Bueno, estamos los Darke; yo, por ejemplo. En el Valle Oscuro das una patada a una piedra y sale un Darke, o un Darkwood, o un Dargood, pero los señores Darklyn han desaparecido. El último fue Lord Denys, ese jovencito alocado. ¿Sabíais que los Darklyn eran los reyes del Valle Oscuro antes de la llegada de los ándalos? Nadie lo diría al verme, pero tengo sangre real. ¿Os imagináis? Tendría que hacer que me trataran con respeto, que me dijeran «Alteza, otra jarra de cerveza, Alteza, hay que vaciar el orinal de la habitación y traer más leña, Alteza, mierda, que se apaga el fuego». —Se echó a reír y sacudió las últimas gotas del cubo—. Ya está. ¿Está el agua bien caliente?

—Así me vale.

Estaba apenas tibia.

—Os traería más, pero sobraría. Y con lo grande que sois, seguro que llenáis una bañera.

«Solo si es tan pequeña como esta.» En Harrenhal las bañeras eran enormes, de piedra. En la casa de baños apenas se veía a través del vapor, y de esa neblina había surgido Jaime, desnudo como en el día de su nombre, mitad cadáver y mitad dios.

«Se metió en la bañera conmigo», recordó con sonrojo. Cogió un trozo de duro jabón de sosa y se frotó bajo los brazos mientras intentaba evocar el rostro de Renly.

Cuando el agua se enfrió por completo, Brienne ya estaba tan limpia como podía estar dadas las circunstancias. Se puso la ropa con la que había llegado y se ajustó el cinto, pero dejó en la habitación la cota de malla y el yelmo para no presentar una imagen tan amenazadora en Fuerte Pardo. Le sentó bien estirar las piernas. Los guardias de las puertas del castillo vestían jubones de cuero con una divisa en la que se veían mazas cruzadas sobre un aspa de plata.

—Quiero hablar con vuestro señor —les dijo Brienne.

Uno de ellos se echó a reír.

—Pues vais a tener que gritar mucho.

—Lord Rykker ha ido a Poza de la Doncella con Randyll Tarly —informó el otro—. Ha dejado a Ser Rufus Leek de castellano para que cuide de Lady Rykker y de los pequeños.

La escoltaron a presencia de Leek. Ser Rufus era bajo, corpulento y de barba canosa. Su pierna izquierda terminaba en un muñón.

—Disculpad que no me levante —dijo.

Brienne le tendió la carta, pero Leek no sabía leer, así que la envió a ver al maestre, un hombre calvo de bigotes rojos rígidos con el cuero cabelludo lleno de pecas.

Al oír el nombre de Hollard, el maestre frunció el ceño, irritado.

—¿Cuántas veces voy a tener que cantar la misma canción? —Su expresión debió de delatarla—. ¿Acaso pensáis que sois la primera que viene a buscar a Dontos? Más bien la vigesimoprimera. Los capas doradas se presentaron aquí a los pocos días de la muerte del Rey, con la orden de captura de Lord Tywin. A ver, ¿qué traéis vos?

Brienne le mostró la carta con el sello de Tommen y la firma infantil. El maestre leyó la carta, examinó el lacre y, por último se la devolvió.

—Parece que está en regla. —Se sentó en un taburete e indicó a Brienne que ocupara otro—. No llegué a conocer a Ser Dontos. Era apenas un niño cuando se fue del Valle Oscuro. Es cierto que los Hollard fueron en tiempos una Casa noble. ¿Conocéis su escudo? Un burel en gules y púrpura, con tres coronas de oro sobre jefe en azur. Los Darklyn fueron reyezuelos sin importancia durante la Edad de los Héroes; tres de ellos se casaron con mujeres Hollard. Más adelante, los reinos grandes engulleron el suyo, pero los Darklyn resistieron y los Hollard se mantuvieron a su servicio... Sí, incluso en la Resistencia. ¿Lo sabíais?

—Algo había oído.

Su maestre le contaba que la Resistencia del Valle Oscuro era lo que había vuelto loco al rey Aerys.

—En el Valle Oscuro todavía aprecian a Lord Denys, pese a la desgracia que hizo caer sobre sus habitantes. A quien culpan es a Lady Serala, su esposa myriense. La llaman la Serpiente de Encaje. Si Lord Darklyn se hubiera casado con una Staunton, o con una Stokeworth... En fin, ya sabéis cómo es el pueblo. Dicen que la Serpiente de Encaje llenó de veneno myriense los oídos de su esposo hasta que se alzó contra su rey y lo tomó prisionero. Durante la batalla, su maestro de armas, Ser Symon Hollard, mató a Ser Gwayne Gaunt, de la Guardia Real. Aerys se vio recluido tras aquellos muros durante medio año, mientras la Mano del Rey aguardaba en el exterior del Valle Oscuro con un poderoso ejército. Lord Tywin contaba con fuerzas suficientes para tomar la ciudad cuando quisiera, pero Lord Denys le hizo llegar el mensaje de que, a la primera señal de ataque, mataría al Rey.

Brienne sabía qué había pasado a continuación.

—El Rey fue rescatado —dijo—. Barristan el Bravo lo sacó de allí.

—Cierto —convino el maestre—. Ya sin su rehén, Lord Denys abrió las puertas y puso fin a la Resistencia antes de dejar que Lord Tywin tomara la ciudad. Se arrodilló y pidió clemencia, pero el Rey no era de los que perdonaban. Lord Denys fue decapitado, al igual que sus hermanos, su hermana, sus tíos, sus primos y todos los señores Darklyn. A la Serpiente de Encaje, pobre mujer, la quemaron viva, pero primero le arrancaron la lengua y las partes femeninas, con las que se decía que había esclavizado a su señor. Aún hoy en día, la mitad del Valle Oscuro os dirá que Aerys fue demasiado benevolente con ella.

—¿Y los Hollard?

—Cayeron en desgracia y fueron aniquilados —dijo el maestre—. Yo estaba forjando mi cadena en la Ciudadela cuando sucedió todo, pero he leído las crónicas de los juicios y los castigos que se les impusieron. Ser Jon Hollard el Mayordomo estaba casado con la hermana de Lord Denys y murió con su esposa, al igual que su joven hijo, que era medio Darklyn. Robin Hollard era escudero, y mientras el Rey estaba prisionero se dedicó a bailotear a su alrededor y a tirarle de la barba. Murió en el potro de tormento. Ser Barristan mató a Ser Symon Hollard durante la fuga del Rey. A los Hollard les arrebataron las tierras, derribaron su castillo y prendieron fuego a sus aldeas. Al igual que sucedió con los Darklyn, la casa de Hollard se extinguió.

—Con excepción de Dontos.

—Así es. El joven Dontos era hijo de Ser Steffon Hollard, el hermano gemelo de Ser Symon, que había muerto de fiebres años antes y no participó en la Resistencia. Pese a ello, Aerys habría decapitado al chico, pero Ser Barristan intercedió para que le perdonara la vida. El Rey no podía negarle nada al hombre que lo había salvado, así que llevaron a Dontos a Desembarco como escudero. Que yo sepa, no volvió nunca al Valle Oscuro; ¿por qué iba a regresar? Aquí no tenía tierras, ni familia, ni castillo. Si Dontos y la chica norteña mataron a nuestro amado rey, les interesará poner tantas leguas como puedan entre ellos y la justicia. Buscadlos en Antigua, o al otro lado del mar Angosto. Buscadlos en Dorne, en el Muro... Buscadlos en cualquier lugar menos en este. —Se levantó—. Mis cuervos me reclaman. Disculpad si me tengo que despedir de vos.

El camino de vuelta a la posada le pareció más largo que el de ida a Fuerte Pardo, aunque tal vez se debiera a su estado de ánimo. No encontraría a Sansa Stark en el Valle Oscuro, eso era evidente. Si Ser Dontos la había llevado a Antigua o al otro lado del mar Angosto, como parecía sospechar el maestre, la búsqueda de Brienne estaba abocada al fracaso.

«¿Qué haría Sansa en Antigua?», se preguntó. El maestre no la conocía, igual que no conoció a Hollard. La niña no se habría ido con desconocidos.

En Desembarco del Rey, Brienne había dado con una de las antiguas doncellas de Sansa, que por entonces se dedicaba a lavar ropa en un burdel.

—Serví a Lord Renly antes que a mi señora Sansa, y al final los dos se volvieron traidores —se quejó con amargura la mujer, de nombre Brella—. Ahora, ningún señor se me acerca siquiera, así que tengo que lavar para las putas. —Pero cuando Brienne le preguntó por Sansa, sacudió la cabeza—. Os diré lo mismo que a Lord Tywin: esa chica no paraba de rezar. Iba al septo y encendía velas como una dama, pero casi todas las noches bajaba al bosque de dioses. Se ha ido al Norte, seguro. Ahí es donde están sus dioses.

Pero el Norte era muy grande, y Brienne no tenía ni idea de en cuál de los banderizos de su padre se habría atrevido a confiar Sansa.

«¿O preferiría buscar a su familia? —Habían matado a todos sus hermanos, pero Brienne sabía que Sansa aún tenía un tío y un hermano bastardo en el Muro, en la Guardia de la Noche. Otro tío suyo, Edmure Tully, estaba prisionero en Los Gemelos, pero el tío de este, Ser Brynden, seguía resistiendo en Aguasdulces. Y la hermana pequeña de Lady Catelyn gobernaba en el Valle—. La sangre llama a la sangre.» Sansa podía haber acudido a alguno de ellos, pero ¿a cuál?

El Muro estaba demasiado lejos, y además era un lugar frío y siniestro. Y para llegar a Aguasdulces, la niña tendría que cruzar las tierras de los ríos, arrasadas por la guerra, y atravesar las líneas de asedio de los Lannister. El Nido de Águilas era más accesible, y sin duda, Lady Lysa le daría la bienvenida a la hija de su hermana...

Más adelante, la calle describía una curva. En algún momento, Brienne se había equivocado de camino. Estaba en un callejón sin salida, un patio pequeño y enlodado donde tres cerdos hozaban alrededor de un pozo bajo de piedra. Uno lanzó un chillido al verla, y la anciana que estaba sacando agua la examinó de arriba abajo con desconfianza.

—¿Queréis algo?

—Estaba buscando el Siete Espadas.

—Por donde habéis venido. En el septo, girad a la izquierda.

—Gracias.

Brienne volvió sobre sus pasos y se dio de bruces contra alguien que doblaba la esquina. El choque lo derribó, y fue a caer de culo en un charco de barro.

—Mil perdones —murmuró ella. No era más que un chiquillo, un chaval flaco con el pelo fino y lacio, y un orzuelo bajo un ojo—. ¿Te has hecho daño? —Le tendió una mano para ayudarlo a levantarse, pero el chico retrocedió sin incorporarse. No tendría más de diez o doce años, y a pesar de ello llevaba un chaleco de malla y una espada larga en una vaina de cuero, a la espalda—. ¿Te conozco de algo? —le preguntó Brienne.

Su rostro le sonaba, aunque no habría sabido decir de dónde.

—No. De nada. Nunca nos hemos... —Se puso en pie como pudo—. P-perdonadme, mi señora. No iba mirando. O sea, sí, pero para abajo. Iba mirando para abajo. Mirándome los pies.

El chico dio media vuelta y salió corriendo por donde había llegado.

Había en él algo que despertaba la desconfianza de Brienne, pero no pensaba perseguirlo por las calles del Valle Oscuro.

«Ante las puertas, esta mañana, ahí es donde lo he visto —recordó de repente—. Iba montado en un jamelgo picazo.» Y también tenía la sensación de haberlo visto en otro lugar, pero... ¿dónde?

Cuando Brienne consiguió volver al Siete Espadas, la sala común ya estaba abarrotada. Había cuatro septas sentadas junto a la chimenea, con la túnica sucia y llena de polvo del camino. Los habitantes de la ciudad ocupaban todos los bancos, y mojaban trozos de pan en grandes cuencos de guiso de marisco caliente. El olor hizo que le rugiera el estómago, pero no había asientos libres.

—Mi señora, aquí, ocupad mi lugar —dijo de repente una voz a sus espaldas.

Hasta que lo vio bajarse del banco de un salto, Brienne no se dio cuenta de que su interlocutor era enano. El hombrecillo no llegaba ni a los siete palmos de altura. Tenía la nariz bulbosa llena de venas reventadas y los dientes rojos de mascar hojamarga, y vestía la túnica marrón de lana basta de un hermano santo, con el martillo del Herrero colgado de un cordel en torno al grueso cuello.

—Seguid sentado —dijo ella—. Puedo estar de pie igual que vos.

—Sí, pero en mi caso no es probable que me dé con la cabeza contra el techo.

El enano se expresaba en tono vulgar, pero cortés. Brienne le vio la coronilla afeitada. Muchos monjes lucían tonsuras semejantes. En cierta ocasión, la septa Roelle le había explicado que con aquello pretendían demostrar que no tenían nada que ocultar a los ojos del Padre.

—¿Es que el Padre no ve a través del pelo? —había preguntado Brienne.

«Qué tontería.» Ya de niña era torpe; la septa Roelle se lo decía constantemente. En aquel momento se sentía igual de estúpida, de modo que ocupó el lugar del hombrecillo al final del banco, hizo una seña para que le sirvieran una ración de guiso y se volvió para dar las gracias al enano.

—¿Estáis en alguna casa santa del Valle Oscuro, hermano?

—La mía estaba más cerca de Poza de la Doncella, mi señora, pero los lobos la quemaron —respondió al tiempo que mordisqueaba un mendrugo—. La reconstruimos lo mejor que pudimos, hasta que llegaron los mercenarios. No sabría decir a quién servían, pero se llevaron nuestros cerdos y mataron a los monjes. Yo conseguí esconderme en un tronco hueco, pero los demás eran demasiado grandes. Tardé mucho en enterrarlos a todos, pero confié en el Herrero, y me dio fuerzas. Cuando terminé, cogí unas monedas que había escondido el Hermano Mayor y me puse en marcha.

—Me tropecé con otros monjes que iban camino de Desembarco del Rey.

—Sí, hay cientos de viajeros. Y no solo monjes; también septones, y gente del pueblo llano. Gorriones. Puede que yo también sea un gorrión. El Herrero me hizo pequeño, desde luego. —Soltó una risita—. ¿Cuál es vuestra triste historia, mi señora?

—Estoy buscando a mi hermana. Es noble y solo tiene trece años; es una doncella muy hermosa de ojos azules y cabello castaño rojizo. Tal vez la hayáis visto viajando con un hombre. Un caballero, o quizá un bufón. Hay oro para quien me ayude a encontrarla.

—¿Oro? —El monje le dedicó una sonrisa tímida—. Un cuenco de ese guiso de marisco sería recompensa suficiente para mí, pero siento no poder ayudaros. Bufones se ven a menudo, pero doncellas hermosas... —Ladeó la cabeza y meditó un instante—. Ahora que lo decís, había un bufón en Poza de la Doncella. Recuerdo que iba sucio y harapiento, pero bajo la mugre vestía ropa de muchos colores.

«¿Dontos Hollard llevaba ropa multicolor? —Nadie le había dicho semejante cosa a Brienne, pero tampoco le habían dicho lo contrario. ¿Y por qué iba harapiento? ¿Les habría sucedido alguna desgracia a Sansa y a él tras huir de Desembarco del Rey? Bien podía ser, los caminos eran peligrosos—. También puede que no fuera él.»

—¿Ese bufón tenía la nariz roja, llena de venillas?

—No os lo podría decir. Reconozco que no le presté atención. Había ido a Poza de la Doncella después de enterrar a mis hermanos, creyendo que podría encontrar una nave que me llevara a Desembarco del Rey. La primera vez que vi al bufón fue en los muelles. Tenía un aire furtivo; se ocupaba bien de esquivar a los soldados de Lord Tarly. Luego me lo volví a encontrar en el Ganso Hediondo.

—¿El Ganso Hediondo? —repitió, insegura.

—Mal lugar —reconoció el enano—. Los hombres de Lord Tarly patrullan el puerto de Poza de la Doncella, pero el Ganso siempre está lleno de marineros, y es bien sabido que los marineros cuelan a viajeros en sus barcos si tienen con qué pagarles. El bufón buscaba pasaje para tres; quería cruzar el mar Angosto. Lo veía a menudo hablando con los remeros de las galeras. A veces cantaba canciones divertidas.

—¿Buscaba pasaje para tres? ¿No para dos?

—Para tres, mi señora. Eso lo puedo jurar por los Siete.

«Tres —pensó—. Sansa, Ser Dontos... ¿Quién puede ser el tercero? ¿El Gnomo?»

—¿Consiguió barco?

—Eso no os lo sabría decir —respondió el enano—, pero una noche, los soldados de Lord Tarly fueron al Ganso a buscarlo, y unos días después oí a un hombre alardear de que había engañado al bufón y tenía el oro que lo demostraba. Estaba borracho e invitaba a todos a cerveza.

—¿Que había engañado al bufón? ¿Qué quería decir con eso?

—No os lo sabría decir. Lo que sí recuerdo es que lo llamaban Dick el Ágil. —El enano extendió las manos—. Mucho me temo que es lo único que puedo ofreceros, aparte de las oraciones de un hombre pequeño.

Brienne cumplió su palabra y lo invitó a un cuenco de guiso caliente de marisco, así como a pan recién hecho y a una copa de vino. Mientras el monje lo devoraba todo, de pie a su lado, meditó sobre lo que le había contado.

«¿Viajará el Gnomo con ellos?» Si detrás de la desaparición de Sansa estaba Tyrion Lannister y no Dontos Hollard, tenía lógica que quisieran cruzar el mar Angosto.

El hombrecillo se acabó su cuenco de guiso y luego rebañó también lo que quedaba en el de Brienne.

—Deberíais comer más —le dijo—. Una mujer tan grande como vos tiene que conservar las fuerzas. Poza de la Doncella no está lejos, pero en estos tiempos que corren, los caminos son peligrosos.

«Ya lo sé.» En aquel mismo camino había muerto Ser Cleos Frey; allí, los Titiriteros Sangrientos los habían atrapado a Ser Jaime y a ella. «Jaime trató de matarme —recordó—, y eso que estaba flaco y débil, y tenía las muñecas encadenadas.» Aun así, había faltado poco, pero eso fue antes de que Zollo le cortara la mano. Zollo, Rorge y Shagwell la habrían violado cien veces si Ser Jaime no los hubiera convencido de que valía su peso en zafiros.

—¿Mi señora? ¿A qué viene esa cara tan larga? ¿Pensáis en vuestra hermana? —El enano le dio unas palmaditas en la mano—. No temáis; la Vieja iluminará vuestro camino hacia ella, y la Doncella la mantendrá sana y salva.

—Ojalá tengáis razón.

—La tengo. —Le dedicó una reverencia—. En fin, debo marcharme. Aún me queda mucho viaje para llegar a Desembarco del Rey.

—¿Tenéis caballo? ¿O mula?

—Dos mulas. —El hombrecillo se echó a reír—. Aquí están, pegadas a mis piernas. Me llevan adonde quiero.

Se inclinó de nuevo y caminó con pasos bamboleantes hacia la puerta.

Tras su partida, Brienne se quedó sentada a la mesa, bebiendo una copa de vino aguado. No solía tomar vino, pero de tarde en tarde se daba cuenta de que la ayudaba a asentar el estómago.

«¿Adónde voy ahora? —se preguntó—. ¿A Poza de la Doncella, en busca de un hombre al que llaman Dick el Ágil y que frecuenta un local llamado Ganso Hediondo?»

La última vez que había estado en Poza de la Doncella, la ciudad estaba arrasada; su señor se había encerrado en el castillo, y los habitantes huían o estaban escondidos. Recordó las casas quemadas, las calles desiertas, las puertas destrozadas. Los perros salvajes seguían a los caballos, y los cadáveres hinchados flotaban como enormes nenúfares blancuzcos en el estanque alimentado por un manantial que daba su nombre a la ciudad. «Jaime cantó "Seis doncellas había en la poza cristalina", y cuando le pedí que se callara se rio de mí.» Y Randyll Tarly también estaba en Poza de la Doncella; razón de más para evitar la ciudad. Seguramente sería mejor que tomara un barco hacia Puerto Gaviota o Puerto Blanco. «Aunque podría hacer las dos cosas. Puedo ir al Ganso Hediondo y hablar con ese tal Dick el Ágil, y luego, allí mismo, buscar un barco que me lleve más al norte.»

La sala común empezaba a vaciarse. Brienne partió por la mitad un pedazo de pan mientras escuchaba a los demás comensales. La mayor parte de las conversaciones giraba en torno a la muerte de Lord Tywin Lannister.

—Dicen que lo mató su propio hijo —comentaba un hombre de la zona, zapatero remendón por su aspecto—. Ese enano malvado...

—Y el Rey no es más que un niño —dijo la más anciana de las cuatro septas—. ¿Quién nos gobernará hasta que llegue a la mayoría de edad?

—El hermano de Lord Tywin —respondió un guardia—. O puede que el tal Lord Tyrell. O el Matarreyes.

—Ese ni hablar —afirmó el posadero. Escupió al fuego—. Es un traidor.

Brienne soltó el pan y se sacudió las migas de los calzones. Ya había oído suficiente.

Aquella noche volvió a soñar que estaba en la carpa de Renly. Todas las velas se apagaban, y el frío la rodeaba como una gruesa manta. Algo se movía en la oscuridad verdosa; algo malévolo y horrible se acercaba a su rey. Quería protegerlo, pero sentía los miembros rígidos, congelados; no tenía fuerzas ni siquiera para levantar una mano. Y cuando la espada de sombras hendió el gorjal de acero verde, cuando la sangre empezó a manar, Brienne vio que el rey agonizante no era Renly, sino Jaime Lannister. Y que ella le había fallado.

La hermana del capitán se reunió con ella en la sala común, donde Brienne estaba desayunando una taza de leche con miel y tres huevos crudos batidos.

—Habéis hecho un gran trabajo —dijo cuando la mujer le mostró el escudo recién pintado.

Parecía más un cuadro que un blasón propiamente dicho; al verlo, su mente retrocedió muchos años, hasta la fresca oscuridad de la armería de su padre. Recordó como había pasado las yemas de los dedos por la pintura desconchada y desvaída, por las hojas verdes del árbol, por el curso de una estrella errante.

Brienne sumó al pago la mitad de la suma que habían acordado y se colgó el escudo al hombro cuando salió de la posada, después de comprarle pan, queso y harina al cocinero. Abandonó la ciudad por la puerta norte, cabalgando despacio entre sembrados y granjas, por el lugar donde la batalla había sido más encarnizada, cuando los lobos cayeron sobre el Valle Oscuro.

Lord Randyll Tarly se había puesto al mando del ejército de Joffrey, compuesto por hombres de Occidente y de las tierras de la tormenta, y por caballeros del Dominio. A los caídos de sus filas los habían vuelto a llevar a la ciudad, para que reposaran en tumbas de héroes bajo los septos del Valle Oscuro. Los norteños caídos, mucho más numerosos, fueron enterrados en una fosa común, al lado del mar. Sobre el túmulo que marcaba su lugar de descanso eterno, los vencedores habían puesto un sencillo letrero de madera en el que ponía: «AQUÍ YACEN LOBOS». Brienne se detuvo al lado y rezó en silencio una oración por ellos, y también por Catelyn Stark y su hijo Robb, y por todos los hombres que habían muerto a su lado.

Recordó la noche en que Lady Catelyn había recibido la noticia de la muerte de sus dos hijos, de los dos pequeños que había dejado en Invernalia para que estuvieran a salvo. Brienne supo enseguida que había pasado algo terrible, y cuando le preguntó si había recibido noticias de sus hijos, su respuesta había sido: «No tengo más hijo que Robb». Hablaba como si le hubieran clavado un cuchillo en el vientre y lo estuvieran retorciendo. Brienne había extendido el brazo sobre la mesa para consolarla, pero se detuvo antes de que sus dedos rozaran a la otra mujer por miedo a que la rechazara. Lady Catelyn le había mostrado las manos para enseñarle las cicatrices de las palmas y los dedos, allí donde un cuchillo se había hundido profundamente en la carne. Luego empezó a hablarle de sus hijas.

—Sansa era una damita —le dijo—, siempre cortés y deseosa de complacer. Le encantaban las historias de hazañas caballerescas. Cuando crezca se convertirá en una mujer mucho más hermosa que yo; se le nota. Me gusta cepillarle el pelo. Tiene una cabellera castaña rojiza, muy suave y espesa. A la luz de las antorchas le brilla como el cobre.

También le había hablado de Arya, la más pequeña, aunque a aquellas alturas había desaparecido y probablemente estuviera muerta. En cambio, Sansa...

«Daré con ella, mi señora —le juró Brienne a la sombra inquieta de Lady Catelyn—. Nunca la dejaré de buscar. Si hace falta sacrificaré mi vida, sacrificaré mi honor, sacrificaré todos mis sueños, pero la encontraré.»

Más allá del campo de batalla, el camino discurría junto a la orilla, entre el mar gris verdoso y una sucesión de colinas bajas de piedra caliza. Había más viajeros aparte de Brienne. A lo largo de la costa, durante muchas leguas, había aldeas de pescadores que utilizaban aquel camino para llevar sus capturas al mercado. Pasó junto a una pescadera y sus hijas, que volvían a casa con las cestas vacías cargadas a los hombros. A causa de la armadura, la confundieron con un caballero hasta que le vieron la cara. Las chicas intercambiaron susurros y la miraron de reojo.

—¿Habéis visto por el camino a una doncella de trece años? —les preguntó—. ¿Una doncella noble, con los ojos azules y el cabello castaño rojizo? —Ser Shadrich la había vuelto más precavida, pero tenía que seguir intentándolo—. Puede que viaje con un bufón.

Las mujeres se limitaron a sacudir la cabeza y a taparse la boca con las manos para reírse de ella.

En el primer pueblo en el que entró, los chiquillos descalzos corrieron junto a su caballo. Herida por las risitas, se había puesto el casco, de modo que la confundieron con un hombre. Un chico se ofreció a venderle almejas; otro le ofreció cangrejos; otro le ofreció a su hermana.

Brienne le compró tres cangrejos al segundo. Cuando salió del pueblo estaba empezando a llover y se había levantado mucho viento.

«Se aproxima una tormenta», pensó mientras miraba el mar. Las gotas de lluvia tintineaban contra el acero del yelmo y hacían que le zumbaran los oídos, pero mejor aquello que ir en bote.

Tras una hora de cabalgar hacia el norte, el camino se dividía junto a un montón de escombros, las ruinas de un castillo pequeño. La desviación de la derecha seguía junto a la costa y zigzagueaba a lo largo de la orilla hacia Punta Zarpa Rota, una zona desolada de pantanos y arenales; la de la izquierda discurría entre colinas, prados y bosques hasta Poza de la Doncella. La lluvia había arreciado. Brienne desmontó y guio a la yegua para salir del camino y refugiarse en las ruinas. Entre los espinos, las malas hierbas y los olmos silvestres aún se veía dónde se habían alzado los muros del castillo, pero las piedras estaban dispersas, como los bloques de construcción de un niño. De todos modos, aún quedaba una parte en pie. Las tres torres eran de granito gris, como las murallas caídas, y las almenas eran de asperón amarillo.

«Tres coronas —comprendió al contemplarlas entre la lluvia—. Tres coronas doradas.» Aquel castillo había sido de los Hollard. Probablemente Ser Dontos naciera allí.

Guio a la yegua entre los escombros hasta la entrada del edificio central. De la puerta solo quedaban unas bisagras de hierro oxidado, pero la techumbre seguía en su lugar, y el interior estaba seco. Brienne ató a la yegua a un candelabro de la pared, se quitó el yelmo y se sacudió la cabellera. Estaba buscando leña seca para encender una hoguera cuando oyó otro caballo que se acercaba. El instinto la hizo retroceder para ocultarse entre las sombras, donde no podrían verla desde el camino. En aquella misma zona la habían capturado junto con Jaime. No pensaba volver a pasar por lo mismo.

El jinete era un hombre menudo.

«El Ratón Loco —pensó en cuanto lo vio—. ¿Cómo ha sido capaz de seguirme?» Se llevó la mano al puño de la espada. ¿Acaso Ser Shadrich pensaba que sería presa fácil solo porque se trataba de una mujer? El castellano de Lord Grandison había cometido el mismo error. Se llamaba Humfrey Wagstaff; era un hombre orgulloso de sesenta y cinco años con nariz aguileña y el cuero cabelludo repleto de manchas. El día en que los prometieron advirtió a Brienne de que, en cuanto se casaran, se tendría que comportar como una mujer de verdad.

—No toleraré que mi señora esposa vaya por ahí haciendo cabriolas con una armadura de hombre. Me obedecerás, o de lo contrario tendré que castigarte.

Ella tenía dieciséis años y sabía manejar la espada, pero pese a sus proezas con las armas seguía siendo tímida. Aun así, tuvo el valor de decirle a Ser Humfrey que solo aceptaría castigos de un hombre que luchara mejor que ella. El anciano caballero se puso como la grana, pero accedió a vestir la armadura para ponerla en su lugar. Pelearon con armas de torneo, romas, de manera que la maza de Brienne no tenía púas. Le rompió a Ser Humfrey una clavícula y dos costillas, y de paso rompió su compromiso. Fue su tercer prometido, y también el último. Su padre no volvió a insistir.

Si de verdad era Ser Shadrich, que le seguía la pista, tal vez tuviera que pelear. No tenía la menor intención de asociarse con él ni de permitir que la siguiera hasta llegar a Sansa.

«Es de esos arrogantes que lo son porque saben manejar las armas —pensó—, pero también es menudo. Tengo más alcance que él, y además soy más fuerte.»

Brienne era tan fuerte como la mayoría de los caballeros, y según decía su viejo maestro de armas, era más veloz de lo que cabía esperar en alguien de su tamaño. Los dioses también le habían dado resistencia, cosa que Ser Goodwin consideraba un noble don. Los combates con espada y escudo siempre eran agotadores, y la victoria solía ser para el más resistente. Ser Goodwin la había enseñado a pelear con cautela, a conservar las fuerzas mientras sus rivales se agotaban en ataques furiosos.

—Los hombres siempre te van a subestimar —le dijo—. El orgullo hará que quieran derrotarte deprisa, para que no se diga que una mujer los puso a prueba.

Descubrió hasta qué punto eran ciertas aquellas palabras en cuanto salió al mundo. Hasta Jaime Lannister se había enfrentado a ella así en los bosques cercanos a Poza de la Doncella. Si los dioses eran bondadosos, el Ratón Loco cometería el mismo error.

«Puede que sea un caballero curtido —pensó—, pero no es Jaime Lannister.» Desenvainó la espada. Pero el caballo que se detuvo donde se dividía el camino no era el corcel pardo de Ser Shadrich, sino un jamelgo picazo, viejo y agotado, montado por un niño flaco. Al verlo, Brienne retrocedió desconcertada.

«No es más que un niño —pensó hasta que vio el rostro que ocultaba la capucha—. El chico del Valle Oscuro, el que tropezó conmigo. Es él.»

El niño ni se fijó en las ruinas del castillo, sino que escudriñó una desviación del camino y luego la otra. Tras titubear un instante condujo el jamelgo hacia las colinas. Brienne lo observó alejarse entre la lluvia, y de repente recordó que también lo había visto en Rosby.

«Me está siguiendo —comprendió—, pero yo también sé jugar a eso.» Desató a la yegua, montó y fue en pos de él.

El chico tenía los ojos clavados en el camino, observando las huellas llenas de agua. Entre la lluvia y la capucha que llevaba puesta, no la oyó acercarse. Ni siquiera miró hacia atrás hasta que Brienne se situó tras él y golpeó al jamelgo en la grupa con la hoja de la espada.

El caballo se encabritó, y el muchachito flaco salió despedido, con la capa ondeando como un par de alas. Aterrizó en el barro y se incorporó cubierto de manchas, con un tallo de hierba seca entre los dientes. Brienne estaba ante él. Sí, era el mismo niño, no cabía duda. Reconoció el orzuelo al instante.

—¿Quién eres? —preguntó con brusquedad.

El chico movió los labios sin emitir sonido alguno. Tenía los ojos grandes como huevos.

—P... —fue lo único que pudo decir—. P... —La loriga tintineaba cuando se estremecía—. P-p-p....

—¿Por favor? —dijo Brienne—. ¿Estás intentado decir «por favor»? —Le puso la punta de la espada en la nuez—. Por favor, dime cómo te llamas y por qué me sigues.

—P-p-por favor, no. —Se metió un dedo en la boca, se sacó un pegote de barro y escupió—. P-P-Pod. Me llamo P-P-Podrick. P-Payne.

Brienne bajó la espada y sintió un ramalazo de compasión. Recordó cierto día, en el Castillo del Atardecer, y a un joven caballero con una rosa en la mano. «La llevaba para dármela a mí.» O eso le había dicho la septa. Lo único que tenía que hacer era darle la bienvenida al castillo de su padre. Él tenía dieciocho años; el pelo largo rojizo le caía por los hombros. Ella tenía doce e iba embutida en una túnica nueva con el corpiño lleno de granates. Tenían más o menos la misma altura, pero Brienne no conseguía mirarlo a los ojos ni recitar las sencillas palabras que le había hecho aprender la septa: «Ser Ronnet, os doy la bienvenida a la residencia de mi padre. Me alegro de conoceros al fin.»

—¿Por qué me sigues? —le preguntó al chico—. ¿Te han encargado que me espíes? ¿A quién sirves, a Varys o a la Reina?

—No. A ninguno de los dos. A nadie.

Brienne le echaba unos diez años, pero se le daba muy mal calcular la edad de los niños. Siempre le parecían menores de lo que eran, tal vez porque ella siempre había sido grande para su edad. «Monstruosamente grande —solía decir la septa Roelle—, y con trazas de hombre.»

—Este camino es demasiado peligroso para un niño solo.

—Pero no para un escudero. Soy su escudero, el escudero de la Mano.

—¿De Lord Tywin?

Brienne envainó la espada.

—No, de esa Mano no; de la anterior. Su hijo. Luché con él en la batalla. Yo gritaba «¡Mediohombre!, ¡Mediohombre!».

«El escudero del Gnomo.» Brienne no sabía siquiera que tuviera escudero. Tyrion Lannister no era caballero. Podría tener un criado o dos que lo asistieran y tal vez un paje y un copero, alguien que lo ayudara a vestirse. Pero... ¿un escudero?

—¿Por qué me sigues? —insistió—. ¿Qué quieres?

—Encontrarla. —El chico se puso en pie—. A su esposa. Vos la buscáis; me lo dijo Brella. Es su esposa. Brella no, sino Lady Sansa. Así que pensé que si la encontrabais... —De repente, su rostro se contrajo en una mueca de angustia—. Soy su escudero —repitió mientras la lluvia le corría por la cara—, pero se fue sin mí.

Sansa

En cierta ocasión, cuando no era más que una niña, un bardo errante había pasado medio año con ellos en Invernalia. Era un hombre de edad avanzada, con el pelo canoso y las mejillas curtidas por el viento, pero cantaba sobre caballeros, hazañas y hermosas damas; Sansa derramó lágrimas de amargura cuando se marchó, y suplicó a su padre que no lo dejara partir.

—Ya nos ha cantado tres veces por lo menos todas las canciones que se sabe —le dijo Lord Eddard con cariño—. No puedo retenerlo contra su voluntad. Pero no llores. Te prometo que vendrán otros bardos.

No fue así; pasó más de un año antes de que llegara otro. Sansa había rezado a los Siete en su septo y a los antiguos dioses junto al árbol corazón; les pedía que le devolvieran al anciano, o mejor aún, que enviaran a otro bardo, que además fuera joven y guapo. Pero los dioses no le dieron respuesta, y las salas de Invernalia permanecieron en silencio.

Eso había ocurrido cuando era pequeña, pequeña y estúpida. Pero ya era una doncella; tenía trece años y había florecido. Todas las noches estaban llenas de canciones, y durante el día, en sus oraciones, lo que pedía era silencio.

Si el Nido de Águilas tuviera la estructura de otros castillos, solo las ratas y los carceleros oirían las canciones del hombre muerto. Normalmente, los muros de las mazmorras eran tan gruesos que ahogaban las canciones y los gritos por igual. Pero las celdas del cielo tenían un muro de aire, así que cada acorde del hombre muerto volaba libremente para despertar ecos entre las rocas de la Lanza del Gigante. Y las canciones que elegía... Cantaba sobre la Danza de los Dragones, sobre la hermosa Jonquil y su bufón, sobre Jenny de Piedrasviejas y el Príncipe de las Libélulas. Cantaba sobre traiciones, sobre crueles asesinatos, sobre hombres ahorcados y venganzas sangrientas. Cantaba sobre el dolor y la tristeza.

Fuera adonde fuera en el castillo, Sansa no podía escapar de la música. Las notas flotaban y ascendían por las escaleras de caracol de las torres, la encontraban desnuda en la bañera, cenaban con ella al anochecer, se colaban en su dormitorio cuando cerraba los postigos por la noche. Llegaban con el aire frío y tenue, y al igual que el aire, le daban escalofríos. No había vuelto a nevar en el Nido de Águilas desde el día en que cayó Lady Lysa, pero todas las noches habían sido espantosamente frías.

La voz del bardo era potente y dulce. A Sansa le parecía que sonaba mejor que antes, que había adquirido matices, que estaba llena de dolor, de miedo, de añoranza. No comprendía por qué los dioses le habían concedido una voz tan bella a un hombre tan malvado.

«Me habría tomado por la fuerza en los Dedos si Petyr no hubiera apostado a Ser Lothor para protegerme —tuvo que recordarse—. Y tocó para ahogar mis gritos cuando la tía Lysa intentó matarme.»

Eso no hacía que le resultara menos duro escuchar las canciones.

—Por favor —le había suplicado a Lord Petyr—, ¿no podéis hacerlo callar?

—Le di mi palabra, cariño. —Petyr Baelish, Señor de Harrenhal, Señor Supremo del Tridente y Lord Protector del Nido de Águilas y del Valle de Arryn, levantó la vista de la carta que estaba escribiendo. Desde la caída de Lady Lysa había escrito cientos de cartas. Sansa había visto a los cuervos entrar y salir de la pajarera—. Prefiero soportar sus canciones que sus sollozos.

«Es mejor que cante, sí, pero...»

—¿Tiene que cantar toda la noche, mi señor? Lord Robert no puede dormir. Siempre está llorando...

—Por su madre. Es inevitable; la ha perdido. —Petyr se encogió de hombros—. Ya falta poco. Lord Nestor subirá mañana por la mañana.

Sansa solo había visto a Lord Nestor Royce una vez, después de que Petyr se casara con su tía. Royce era el Guardián de las Puertas de la Luna, el gran castillo erigido al pie de la montaña y que protegía las escaleras de acceso al Nido de Águilas. Los invitados de la boda se habían alojado allí la noche anterior a emprender el ascenso. Lord Nestor no le había dedicado ni dos miradas, pero la perspectiva de verlo allí la aterraba. También era Mayordomo Jefe del Valle, vasallo de Jon Arryn y de Lady Lysa.

—No irá a... No permitiréis que Lord Nestor vea a Marillion, ¿verdad?

Su rostro debía de reflejar el espanto que sentía, porque Petyr dejó la pluma en la mesa.

—Todo lo contrario. Insistiré en que lo interrogue. —Le hizo un gesto para que ocupara una silla contigua a la suya—. Marillion y yo hemos llegado a un acuerdo. Es que Mord puede ser tan persuasivo... Y si nuestro bardo nos decepciona y canta una canción que no nos interese... pues nos bastará con decir que miente. ¿A quién te parece que creerá Lord Nestor?

—¿A nosotros?

Sansa habría dado cualquier cosa por estar segura.

—Pues claro. Nuestras mentiras redundan en su beneficio.

Hacía calor en la estancia; el fuego chisporroteaba alegre en la chimenea. Aun así, Sansa se estremeció.

—Sí, pero... ¿qué pasará si...?

—¿Si Lord Nestor valora más el honor que el provecho? —Petyr la rodeó con un brazo—. ¿Qué pasará si quiere la verdad, si quiere justicia para su señora asesinada? —Esbozó una sonrisa—. Conozco bien a Lord Nestor, cariño. ¿Crees que voy a permitir que le haga daño a mi hija?

«No soy tu hija —pensó—. Soy Sansa Stark, hija de Lord Eddard y Lady Catelyn, de la sangre de Invernalia.» Pero no lo dijo. De no ser por Petyr Baelish, habría sido ella en vez de Lysa Arryn quien habría caído al vacío, al cielo frío y azul, hacia la muerte entre las piedras, doscientas varas más abajo. «Qué valiente es.» Sansa habría deseado tener aquel mismo valor; lo único que quería era volver a meterse en la cama, esconderse bajo la manta y dormir, dormir, dormir. No había conseguido conciliar el sueño durante una noche entera desde la muerte de Lysa Arryn.

—¿No le podéis decir a Lord Nestor que estoy... indispuesta, o...?

—Le interesará oír tu versión de la muerte de Lysa.

—Mi señor, si... Si Marillion dice la verdad...

—Querrás decir si miente.

—¿Si miente? Sí... Si miente, será mi palabra contra la suya, y Lord Nestor solo tendrá que mirarme a los ojos para ver lo asustada que estoy...

—Un poco de miedo no estará fuera de lugar, Alayne. Presenciaste una escena terrible. Nestor se conmoverá. —Petyr examinó sus ojos como si los viera por primera vez—. Tienes los ojos de tu madre. Ojos sinceros, inocentes. Azules como el mar iluminado por el sol. Cuando crezcas un poco, más de un hombre se ahogará en esos ojos. —Sansa no supo qué decir—. Lo único que tienes que hacer es contarle a Lord Nestor lo mismo que le contaste a Lord Robert.

«Robert no es más que un niño enfermizo —pensó—. Lord Nestor es un hombre, estricto y desconfiado.»

Robert era tan débil que había que protegerlo incluso de la verdad.

—Algunas mentiras son gestos de amor —le había asegurado Petyr; aprovechó para recordárselo.

—Cuando mentimos a Lord Robert, fue para ahorrarle muchos pesares —dijo.

—Y esta mentira nos ahorrará muchos pesares a nosotros. De lo contrario, tú y yo tendremos que abandonar el Nido de Águilas por la misma puerta que Lysa. —Petyr volvió a coger la pluma—. Le serviremos mentiras con dorado del Rejo, y se las beberá y pedirá más, te lo prometo.

«A mí también me está sirviendo mentiras —comprendió Sansa. Pero eran mentiras reconfortantes, y se las decía con buena intención—. Mentir no es malo si se hace con buena intención.» Ojalá pudiera creerlo...

Las cosas que había dicho su tía justo antes de caer seguían perturbando a Sansa sobremanera.

—Delirios —los denominaba Petyr—. Mi esposa estaba loca, ya lo viste.

Era verdad, lo había visto.

«No hice más que construir un castillo de nieve y por eso ella quería tirarme por la Puerta de la Luna. Petyr me salvó. Él amaba a mi madre y...»

¿Y a ella? ¿Cómo lo podía dudar? La había salvado.

«Salvó a Alayne, su hija», le susurró una vocecita interior.

Pero ella era Sansa a la vez... Y en ocasiones le parecía que el Lord Protector también era dos personas. Era Petyr, su protector, cariñoso, divertido y afable. Pero también era Meñique, el señor que había conocido en Desembarco del Rey, que se acariciaba la barba con su sonrisa taimada al tiempo que hablaba al oído a la reina Cersei. Y Meñique no era su amigo. Cuando Joff la golpeó, quien la defendió fue el Gnomo, no Meñique. Cuando la turba intentó violarla, quien la puso a salvo fue el Perro, no Meñique. Cuando los Lannister la casaron con Tyrion contra su voluntad, quien la consoló fue Garlan el Galante, no Meñique. Meñique nunca había movido ni el meñique por ella.

«Excepto cuando me sacó de allí. Lo hizo por mí. Pensé que era Ser Dontos, mi pobre Florian borracho, pero desde el principio fue cosa de Petyr. Meñique no era más que una máscara que se tenía que poner.» Solo que a veces le costaba decidir dónde terminaba la máscara y dónde empezaba el hombre. Meñique y Lord Petyr eran muy parecidos. Tal vez debería huir de ambos, pero no tenía adónde ir. Invernalia había ardido; Bran y Rickon estaban muertos; Robb había sido traicionado y asesinado en Los Gemelos, junto con su señora madre; Tyrion estaba condenado a muerte por el asesinato de Joffrey, y si volvía a Desembarco del Rey, la Reina la haría decapitar también a ella. Su tía, la que creía que la protegería, había intentado matarla. Su tío Edmure era prisionero de los Frey, y su tío abuelo, el Pez Negro, estaba bajo asedio en Aguasdulces.

«No tengo adónde ir —pensó Sansa con tristeza—, y no tengo más amigos que Petyr.»

Aquella noche, el hombre muerto cantó «El día en que ahorcaron a Robin el Negro», «Las lágrimas de la Madre» y «Las lluvias de Castamere». Luego se detuvo un rato, pero justo cuando Sansa empezaba a adormilarse volvió a rasgar la lira. Cantó «Seis pesares», «Hojas caídas» y «Alysanne».

«Qué canciones tan tristes —pensó. Cuando cerraba los ojos se lo imaginaba en su celda del cielo, acurrucado en un rincón, lo más lejos posible del frío cielo negro, tapado con pieles y con la lira contra el pecho—. Pero no debo compadecerlo. Era vanidoso y cruel, y pronto estará muerto.» No lo podía salvar. Y además, ¿por qué iba a querer salvarlo? Marillion había intentado violarla, y Petyr la había salvado no una vez, sino dos. «A veces hay que mentir.» Solo las mentiras la habían mantenido con vida en Desembarco del Rey. Si no hubiera mentido a Joffrey, su Guardia Real la habría matado a palizas.

Después de «Alysanne», el bardo volvió a guardar silencio el tiempo suficiente para que Sansa consiguiera conciliar el sueño apenas una hora. Pero cuando las primeras luces del amanecer arañaban los postigos le llegaron los dulces acordes de «En una mañana brumosa», y se despertó de inmediato. En realidad era una canción más apropiada para una mujer, el lamento de una madre en la mañana tras una batalla espantosa, mientras busca entre los caídos el cadáver de su único hijo.

«La madre canta su dolor por el hijo muerto —pensó Sansa—. El dolor de Marillion es por sus dedos, por sus ojos.»

La letra de la canción le llegó como un dardo que se le clavó en la oscuridad.

Ser, ¿habéis visto a mi hijo pequeño?
Un joven gallardo, de pelo trigueño.
Prometió volver, regresar al hogar
Me juró que nunca me haría llorar.

Sansa se tapó los oídos con un almohadón de plumas de ganso para no seguir escuchando, pero no sirvió de nada. Había llegado el día; estaba despierta, y Lord Nestor Royce estaba subiendo por la montaña.

El Mayordomo Jefe y su grupo de acompañantes llegaron al Nido de Águilas a última hora de la tarde, cuando el valle se tornaba dorado y rojo a sus pies, y el viento empezaba a soplar con fuerza. Iba con él su hijo Albar, y también los acompañaban una docena de caballeros y una veintena de soldados.

«Cuántos desconocidos.» Sansa observó sus rostros con ansiedad. ¿Serían amigos o enemigos?

El atuendo con que Petyr recibió a los visitantes confería cierta oscuridad a sus ojos verde grisáceo. Llevaba una casaca de terciopelo negro, con mangas grises a juego con los calzones de lana. El maestre Colemon estaba junto a él, con la cadena de múltiples metales en torno al cuello largo y enjuto. Aunque el maestre era, con mucho, el más alto de los dos, el Lord Protector atraía todas las miradas. Por lo visto, aquel día había dejado de lado las sonrisas. Escuchó con atención solemne mientras Royce le presentaba a los caballeros que lo habían acompañado.

—Sois bienvenidos, mis señores —dijo cuando terminó—. Ya conocéis al maestre Colemon, por supuesto. Lord Nestor, ¿recordáis a Alayne, mi hija natural?

—Desde luego.

Lord Nestor Royce era un hombretón tan grueso de cuello como de pecho, con cabello escaso, barbita canosa y mirada severa. Inclinó la cabeza poco menos de un dedo en gesto de saludo.

Sansa hizo una reverencia, demasiado asustada para hablar, temerosa de decir alguna inconveniencia. Petyr la ayudó a alzarse.

—Cariño, ten la amabilidad de ir a buscar a Lord Robert y llevarlo a la Sala Alta para que reciba a sus invitados.

—Sí, padre. —La voz le sonó aguda y tensa.

«Voz de mentirosa —pensó mientras bajaba por las escaleras y cruzaba la galería hacia la Torre de la Luna—. Voz de culpable.»

Gretchel y Maddy estaban ayudando a Robert Arryn a ponerse los calzones cuando Sansa entró en su dormitorio. El señor del Nido de Águilas había estado llorando otra vez. Tenía los ojos enrojecidos e irritados, las pestañas, tupidas de legañas; la nariz, hinchada y llena de mocos que le brillaban sobre el labio superior, y el inferior lo tenía ensangrentado de tanto mordérselo.

«Lord Nestor no puede verlo así», pensó Sansa, desesperada.

—Acércame la palangana, Gretchel. —Cogió al niño de la mano y lo llevó hacia la cama—. ¿Ha dormido bien mi Robalito esta noche?

—No. —Sorbió por la nariz—. No he podido dormir nada de nada, Alayne. Ha estado cantando otra vez, y me habían cerrado la puerta. Grité para que me dejaran salir, pero no vino nadie. Me habían encerrado en mi cuarto.

—Qué malos.

Mojó un paño suave en el agua templada y empezó a limpiarle la cara, con suavidad, con mucha suavidad. Si frotaba a Robert con demasiada energía, podía tener un ataque de temblores. Era un niño frágil, terriblemente menudo para su edad. Tenía ocho años, pero Sansa había visto niños de cinco más corpulentos.

A Robert le temblaba el labio superior.

—Quería ir a dormir contigo.

«Ya lo sé.»

Robalito tenía por costumbre meterse en la cama de su madre, hasta que se casó con Lord Petyr. Tras la muerte de Lysa, el niño se había pasado las noches recorriendo el Nido de Águilas en busca de otras camas en las que meterse. La que más le gustaba era la de Sansa, motivo por el que ella le había pedido a Ser Lothor Brune que le cerrara la puerta con llave la noche anterior. No le habría importado si se limitara a dormir, pero siempre estaba tratando de frotarle la nariz contra el pecho, y cuando le daban ataques de temblores solía mojar la cama.

—Lord Nestor Royce ha subido de las Puertas para venir a verte —le dijo Sansa mientras le limpiaba la nariz.

—Pues yo no quiero verlo —replicó el niño—. Quiero que me cuentes un cuento. El cuento del Caballero Alado.

—Luego. Antes tienes que ver a Lord Nestor.

—Lord Nestor tiene una verruga —replicó el niño retorciéndose. A Robert le daban miedo los hombres con verrugas—. Mami decía que era horrible.

—Mi pobre Robalito... —Sansa le retiró el pelo de la cara—. La echas de menos, ya lo sé. Lord Petyr también la echa de menos. La quería tanto como tú.

Era mentira, pero lo decía con buena intención. La única mujer a la que Petyr había amado en su vida era a la madre asesinada de Sansa. Eso le había confesado a Lady Lysa justo antes de empujarla por la Puerta de la Luna.

«Estaba loca y era peligrosa. Asesinó a su propio esposo, y me habría asesinado a mí si Petyr no hubiera acudido a salvarme.»

Pero no eran cosas que Robert tuviera necesidad de saber. No era nada más que un niñito enfermizo que había querido mucho a su madre.

—Ya está —dijo Sansa—. Ahora sí que pareces un señor. Maddy, tráele la capa.

Era de lana de cordero, suave y cálida, de un hermoso azul celeste que resaltaba el color crema de la túnica. Se la sujetó en torno a los hombros con un broche de plata en forma de media luna, y lo cogió de la mano. Por una vez, Robert la siguió sin resistencia.

La Sala Alta había estado cerrada desde la caída de Lysa, y Sansa sintió un escalofrío al volver a entrar. Era una estancia alargada, imponente, hermosa, sí... Pero no le gustaba aquel lugar. Todo era demasiado claro, demasiado frío. Las esbeltas columnas parecían dedos huesudos, y las vetas azules del mármol blanco le recordaban las venas de las piernas de una vieja. En las paredes había cincuenta candelabros de plata, pero las antorchas encendidas no llegaban a la docena, de manera que las sombras danzaban por el suelo e invadían los rincones. Sus pisadas resonaron contra el mármol. Sansa oía como el viento sacudía la Puerta de la Luna.

«No debo mirarla —se dijo—, si la miro, me entrarán unos temblores peores que los de Robert.»

Con ayuda de Maddy consiguió que Robert se sentara en el trono de arciano, encima de un montón de cojines, y mandó recado de que Su Señoría recibiría a sus invitados. Dos guardias con capa azul celeste abrieron las puertas del extremo más bajo de la sala, y Petyr los hizo pasar para recorrer la larga alfombra azul situada entre las hileras de columnas blancas como huesos.

El niño recibió a Lord Nestor con un saludo en tono chillón, y no mencionó su verruga. Cuando el Mayordomo Jefe le preguntó por su señora madre, a Robert empezaron a temblarle las manos.

—Marillion le hizo daño a mi madre. La tiró por la Puerta de la Luna.

—¿Lo presenció Su Señoría? —preguntó Ser Marwyn Belmore, un caballero rubio, alto y delgado que había sido capitán de la guardia de Lysa hasta que llegó Petyr y puso a Ser Lothor Brune en su lugar.

—Lo vio Alayne —respondió el niño—. Y mi señor padrastro también.

Lord Nestor la miró. Ser Albar, Ser Marwyn, el maestre Colemon... Todos la miraban.

«Era mi tía, pero me quería matar —pensó Sansa—. Me arrastró hasta la Puerta de la Luna y trató de empujarme. Yo no quería un beso; solo estaba haciendo un castillo de nieve.»

Se estrechó los brazos contra el pecho para controlar el temblor.

—Debéis disculparla, mis señores —dijo Petyr Baelish con tono gentil—. Todavía tiene pesadillas desde aquel día. No me extraña que no soporte hablar del tema. —Se situó detrás de ella y le puso las manos en los hombros, con cariño—. Ya sé lo difícil que es para ti, Alayne, pero nuestros amigos tienen que oír la verdad.

—Sí. —Tenía la garganta tan seca y tensa que casi le dolía hablar—. Lo que vi... Estaba con Lady Lysa cuando... —Una lágrima le rodó por la mejilla. «Muy bien, llorar está bien»—. Cuando Marillion... la empujó.

Y empezó a relatar la historia de nuevo, casi sin oír las palabras a medida que las pronunciaba.

No iba ni por la mitad de la narración cuando Robert se echó a llorar; los cojines se movían y amenazaban con derrumbarse.

—Mató a mi madre. ¡Quiero que vuele! —El temblor de las manos había ido a peor; los brazos también se le agitaban, la cabeza le daba sacudidas y los dientes le entrechocaban—. ¡Que vuele! —chilló—. ¡Que vuele, que vuele!

Agitaba como loco los brazos y las piernas. Lothor Brune subió al estrado justo a tiempo para coger al chico cuando se caía del trono. El maestre Colemon lo seguía de cerca, pero no había nada que pudiera hacer.

Sansa, tan impotente como los demás, tuvo que limitarse a mirar mientras el ataque de temblores seguía su curso. Una pierna de Robert le asestó una patada en la cara a Ser Lothor. Brune soltó una maldición, pero siguió sujetando al chico que se retorcía, se agitaba y se orinaba encima. Los visitantes no dijeron ni una palabra; al menos, Lord Nestor ya había presenciado antes aquellos ataques. Los momentos se hicieron muy largos antes de que los espasmos de Robert empezaran a amainar. Cuando terminaron, el pequeño señor estaba tan débil que no podía ni tenerse en pie.

—Será mejor que llevéis a Su Señoría al dormitorio, y que lo sangren —ordenó Lord Petyr.

Brune cogió al niño en brazos y salió de la estancia. El maestre Colemon lo siguió con el rostro sombrío.

Cuando sus pisadas se perdieron en la distancia, no se produjo sonido alguno en la Sala Alta del Nido de Águilas. Sansa oía el gemido del viento que arañaba la Puerta de la Luna. Tenía mucho frío y estaba muy cansada. Se preguntó si tendría que contar la historia de nuevo.

Pero la debía de haber narrado bastante bien, porque Lord Nestor tuvo que aclararse la garganta.

—Ese bardo me dio mala espina desde el principio —gruñó—. Le dije a Lady Lysa que lo echara. Se lo dije, y más de una vez.

—Siempre le disteis buenos consejos, mi señor —dijo Petyr.

—Pero no me hizo caso —se quejó Royce—. Me escuchó de mala gana y no me hizo caso.

—Mi señora era demasiado confiada para este mundo. —Petyr hablaba con tanta ternura que Sansa habría creído que amaba a su esposa—. Lysa no sabía ver la maldad de nadie; solo veía lo bueno. Marillion cantaba canciones dulces, y ella confundió su voz con su naturaleza.

—Nos llamaba cerdos —intervino Ser Albar Royce. Era un caballero robusto, ancho de hombros, que se afeitaba la barbilla pero tenía unas patillas largas, negras, que rodeaban como setos su rostro poco agraciado; parecía una versión en joven de su padre—. Compuso una canción sobre dos cerdos que hozaban por la montaña y comían excrementos de halcón. Éramos nosotros, pero cuando se lo dije se rio de mí. Me respondió que era solo una canción sobre cerdos.

—De mí también se burlaba —aportó Ser Marwyn Belmore—. Me puso el apodo de Ding-Dong. Cuando juré que le cortaría la lengua, corrió a escudarse tras las faldas de Lady Lysa.

—Como hacía siempre —corroboró Lord Nestor—. No era más que un cobarde, pero el favor que le mostraba Lady Lysa lo hacía insolente. Lo vistió como a un señor, y le regaló anillos de oro y un cinturón de adularias.

—Y el halcón favorito de Lord Jon. —En el jubón del caballero se podían ver las seis velas blancas de los Waxley—. Su Señoría adoraba a ese pájaro. Había sido un regalo del rey Robert.

—Fue muy poco apropiado —reconoció Petyr Baelish con un suspiro—, así que tuve que zanjar esa situación. Lysa accedió a echarlo; por eso lo hizo llamar aquí aquel día. Tendría que haberla acompañado, pero no se me ocurrió... Si yo no le hubiera dicho que... Fui yo quien la mató.

«No —pensó Sansa—, no digáis eso, no digáis eso, no digáis eso.» Pero Albar Royce estaba negando con la cabeza.

—No, mi señor, no os culpéis —le dijo.

—Fue obra del bardo —convino su padre—. Hacedlo subir, Lord Petyr. Pongamos fin a este lamentable asunto.

Petyr Baelish se recompuso.

—Como deseéis, mi señor.

Se volvió hacia los guardias, dio una orden, y subieron al bardo de las mazmorras. Con él llegó Mord, un carcelero monstruoso de ojillos negros, con el rostro asimétrico lleno de cicatrices. Había perdido una oreja y parte de la mejilla en alguna batalla, pero le quedaba una docena de arrobas de carne blanquecina. La ropa le quedaba mal, y desprendía un hedor rancio.

En contraste, Marillion parecía casi elegante. Lo habían bañado y vestido con unos calzones azul celeste y una túnica blanca de mangas anchas, que se ceñía con un fajín plateado que le había regalado Lady Lysa. Llevaba las manos cubiertas con guantes de seda blanca, y una venda de seda también blanca evitaba que los señores tuvieran que verle los ojos.

Mord se situó tras él con un látigo. Cuando el carcelero le dio un golpecito en las costillas, el bardo se dejó caer en una rodilla.

—Bondadosos señores, suplico vuestro perdón.

Lord Nestor frunció el ceño.

—¿Confiesas tu crimen?

—Si tuviera ojos, lloraría. —La voz del bardo, tan fuerte y segura por las noches, estaba quebrada en aquel momento; era apenas un susurro—. La amaba tanto que no soportaba verla en brazos de otro hombre, saber que compartía con él su cama. No quería hacerle ningún daño a mi dulce señora, lo juro. Atranqué la puerta para que nadie nos molestara mientras le declaraba mi pasión, pero Lady Lysa fue tan fría... Cuando me dijo que llevaba en sus entrañas al hijo de Lord Petyr, la... La locura se apoderó de mí...

Sansa se miraba las manos mientras lo oía hablar. Maddy la Gorda contaba que Mord le había cortado tres dedos: los dos meñiques y un anular. Los meñiques parecían más rígidos que los otros dedos, pero con aquellos guantes nadie sabría decirlo a ciencia cierta.

«Puede que sea solo un rumor. ¿Cómo lo va a saber Maddy?»

—Lord Petyr tuvo la amabilidad de permitir que conservara la lira —dijo el bardo ciego—. La lira y... la lengua..., para poder seguir cantando. A Lady Lysa le gustaba tanto oírme cantar...

—Llevaos de aquí a este monstruo o lo mato ahora mismo —gruñó Lord Nestor Royce—. Se me revuelve el estómago tan solo con mirarlo.

—Llévalo de vuelta a su celda del cielo, Mord —ordenó Petyr.

—Sí, mi señor. —Mord agarró a Marillion con brusquedad por el cuello de la túnica—. Se acabó darle a la lengua.

Cuando habló, Sansa advirtió con asombro que los dientes del carcelero eran de oro. Observaron cómo llevaba al bardo hacia las puertas, mitad a rastras mitad a empujones.

—Ese hombre debe morir —declaró Ser Marywn Belmore cuando hubieron salido—. Tendría que haber seguido a Lady Lysa por la Puerta de la Luna.

—Y sin lengua —añadió Ser Albar Royce—. Sin esa lengua mentirosa y burlona.

—Ya lo sé, he sido demasiado blando con él —suspiró Petyr Baelish en tono de disculpa—. A decir verdad, me inspira compasión. Mató por amor.

—Por amor o por odio, da igual —replicó Belmore—. Tiene que morir.

—No tardará —comentó Lord Nestor con brusquedad—. Nadie dura mucho en las celdas del cielo. El azul lo llamará.

—Puede —dijo Petyr Baelish—, pero solo Marillion sabe si responderá o no. —Hizo una seña, y sus guardias abrieron las puertas al final de la sala—. Debéis de estar agotados tras el ascenso, señores. He ordenado que os preparen habitaciones para esta noche, y os servirán vino y comida en la Sala Baja. Oswell, mostradles el camino y encargaos de que tengan todo lo que necesiten. —Se volvió hacia Nestor Royce—. Mi señor, ¿me acompañáis a tomar una copa de vino? Alayne, cariño, ven a servírnoslo.

Un pequeño fuego ardía en la chimenea de la estancia donde los aguardaba una frasca de vino. «Dorado del Rejo», pensó Sansa mientras llenaba la copa de Lord Nestor y Petyr removía los troncos con un atizador.

Lord Nestor se sentó junto al fuego.

—Esto no acaba aquí —le dijo a Petyr como si Sansa no existiera—. Mi primo quiere interrogar al bardo en persona.

—Yohn Bronce desconfía de mí. —Lord Petyr empujó un tronco a un lado.

—Piensa venir con un ejército. Sin duda, Symond Templeton se le unirá, y mucho me temo que Lady Waynwood también.

—Y Lord Belmore; y Lord Hunter, el Joven, y Horton Redfort. Vendrán con Sam Piedra, el Fuerte; los Tollett; los Shett; los Coldwater, y unos cuantos Corbray.

—Estáis bien informado. ¿Quiénes de los Corbray? ¡No será Lord Lyonel!

—No, su hermano. No sé por qué, pero Ser Lyn no me tiene demasiado aprecio.

—Lyn Corbray es peligroso —asintió Lord Nestor—. ¿Qué pensáis hacer?

—¿Qué puedo hacer, aparte de recibirlos si vienen?

Petyr removió una vez más las llamas y dejó el atizador.

—Mi primo tiene intención de quitaros el puesto de Lord Protector.

—Si es así, no se lo puedo impedir. Dispongo de una guarnición de veinte hombres; Lord Royce y sus amigos pueden reunir a veinte mil. —Petyr se dirigió hacia el arcón de roble situado bajo la ventana—. Yohn Bronce hará lo que quiera —comentó al tiempo que se arrodillaba. Abrió el arcón, sacó un pergamino y se lo tendió a Lord Nestor—. Tomad, mi señor. Es una prueba del afecto que os profesaba mi señora.

Sansa observó como Royce desenrollaba el pergamino.

—Esto es... Esto es muy inesperado, mi señor.

La niña se sobresaltó al ver lágrimas en sus ojos.

—Inesperado, pero no inmerecido. Mi señora os tenía en más estima que a ninguno de sus banderizos. Me dijo que erais su roca.

—Su roca. —Lord Nestor se sonrojó—. ¿De verdad dijo eso?

—Muchas veces. Y esto —añadió señalando el pergamino con un gesto— es la prueba.

—Me... Me alegro de saberlo. Sé que Jon Arryn valoraba mis servicios, pero Lady Lysa... Se burló de mí cuando vine a cortejarla, y me temía... —Lord Nestor frunció el ceño—. Aquí veo el sello de Arryn, pero la firma...

—Lysa fue asesinada antes de que le presentaran el documento para su firma, de manera que lo firmé yo como Lord Protector. Sé que es lo que habría querido.

—Ya veo. —Lord Nestor enrolló el pergamino—. Es una gran... deferencia por vuestra parte, mi señor. Y no os falta valor. Hay quien dirá que esto no es apropiado, y os culparán por hacerlo. El cargo de Guardián nunca ha sido hereditario. Los Arryn edificaron las Puertas en los tiempos en que aún tenían la Corona Halcón y gobernaban el Valle como reyes. El Nido de Águilas era su asentamiento veraniego, pero cuando llegaban las nieves bajaban con toda su corte. Se dice que las Puertas era un lugar tan regio como el Nido de Águilas.

—Hace trescientos años que no hay reyes en el Valle —señaló Petyr Baelish.

—Llegaron los dragones —reconoció Lord Nestor—. Pero incluso después de aquello, las Puertas siguió siendo un castillo de los Arryn. El propio Jon Arryn fue Guardián de las Puertas en vida de su padre. Tras su ascenso nombró para el cargo a su hermano Ronnel, y más adelante, a su primo Denys.

—Lord Robert no tiene hermanos; solo primos lejanos.

—Cierto. —Lord Nestor apretó el pergamino con fuerza—. No diré que no albergaba esperanzas de que llegara este momento. Mientras Lord Jon gobernó el reino como Mano, sobre mis espaldas recayó el deber de gobernar el Valle en su nombre. Hice todo lo que fue necesario, y nunca pedí nada para mí, pero ¡por los dioses que me he ganado esto!

—Así es —convino Petyr—, y Lord Robert duerme más tranquilo sabiendo que siempre estáis ahí, que tiene un amigo fiel al pie de la montaña. —Alzó la copa—. Brindemos, mi señor. Por la Casa Royce, Guardianes de las Puertas de la Luna... ahora y siempre.

—¡Sí, ahora y siempre!

Las copas de plata entrechocaron.

Más tarde, mucho más tarde, después de que se acabara la frasca de dorado del Rejo, Lord Nestor salió de la estancia para ir a reunirse con sus caballeros. Sansa ya estaba casi dormida de pie; lo único que quería era irse a la cama, pero Petyr la agarró por la muñeca.

—¿Has visto qué maravillas se pueden conseguir con mentiras y dorado del Rejo?

¿Por qué tenía ganas de echarse a llorar? Que Nestor Royce estuviera de su parte era bueno.

—¿Todo eran mentiras?

—Todo no. Lysa decía a menudo que Lord Nestor era una roca, aunque me parece que no era en tono de cumplido. También decía que su hijo era un zoquete. Sabía que Lord Nestor soñaba con gobernar las Puertas por derecho propio, con ser un verdadero señor, no solo de nombre; pero Lysa tenía otro sueño: tener más hijos, que el castillo fuera para el hermano pequeño de Robert. —Se levantó—. ¿Comprendes lo que ha sucedido aquí, Alayne?

Sansa titubeó un momento.

—Le habéis entregado las Puertas de la Luna a Lord Nestor para aseguraros su apoyo.

—Cierto —reconoció Petyr—, pero nuestra roca es un Royce, o lo que es lo mismo, un hombre demasiado orgulloso y susceptible. Si le hubiera preguntado su precio, se habría hinchado como un sapo, furioso ante la afrenta que eso supondría para su honor. Pero así... No es completamente idiota, pero las mentiras que le he servido eran más dulces que la verdad. Quiere creer que Lysa lo tenía en mayor estima que a sus otros banderizos. Al fin y al cabo, uno de ellos es Yohn Bronce, y Nestor es demasiado consciente de que desciende de una rama menor de la Casa Royce. Quiere algo más para su hijo. Los hombres de honor hacen por sus hijos cosas que jamás se plantearían hacer por sí mismos.

—La firma... —Sansa asintió—. Podríais haberle pedido a Lord Robert que pusiera la firma y el sello, y sin embargo...

—... he firmado yo mismo como Lord Protector. ¿Por qué?

—Porque así... si os deponen... o... si os matan...

—Los derechos de Lord Nestor sobre las Puertas no serán tan incuestionables. Te aseguro que no se le ha escapado. Has sido muy lista al darte cuenta. Aunque no más de lo que esperaba de mi propia hija.

—Gracias. —Sentía un absurdo orgullo por haberlo comprendido, pero también estaba desconcertada—. Pero no lo soy. Vuestra hija. No de verdad. O sea, finjo ser Alayne, pero sabéis...

Meñique le puso un dedo sobre los labios.

—Sé lo que sé, y tú también. Hay cosas que es mejor no decir en voz alta, cariño.

—¿Ni siquiera cuando estemos a solas?

—Mucho menos aún cuando estemos a solas. Si no, cualquier día entrará un criado sin anunciarse, o un guardia que esté junto a la puerta oirá lo que no deba. ¿Quieres más sangre en esas preciosas manitas, pequeña?

El rostro de Marillion, con la venda blanca en los ojos, pareció flotar ante ella. Detrás alcanzó a ver a Ser Dontos, todavía ensartado por las saetas.

—No —dijo Sansa—. Por favor.

—Ganas me dan de decir que esto no es un juego, hija, pero lo es. El juego de tronos.

«Yo nunca quise jugar. —Era un juego demasiado peligroso—. Un simple desliz puede costar la vida.»

—Oswell... Mi señor, Oswell me sacó en bote de Desembarco del Rey la noche de mi huida. Debe de saber quién soy.

—Si es la mitad de listo que una cagada de oveja, desde luego. Ser Lothor también lo sabe. Pero Oswell lleva mucho tiempo a mi servicio, y Brune es discreto por naturaleza. Kettleblack vigila a Brune, y Brune vigila a Kettleblack. No confíes en nadie. Se lo dije a Eddard Stark, pero no me hizo caso. Eres Alayne, y tienes que ser Alayne todo el tiempo. —Le puso dos dedos en el pecho, a la izquierda—. Incluso aquí. En tu corazón. ¿Serás capaz? ¿Puedes ser mi hija, de corazón?

—Pues... —«No lo sé, mi señor», estuvo a punto de decir, pero no era lo que él quería oír. «Mentiras y dorado del Rejo», pensó—. Soy Alayne, padre. ¿Quién si no?

Lord Meñique le dio un beso en la mejilla.

—Con mi cerebro y la belleza de Cat, el mundo será tuyo, cariño. Venga, vete a la cama.

Gretchel le había encendido la chimenea y le había mullido el colchón de plumas. Sansa se desnudó y se metió bajo las mantas.

«Esta noche no cantará —rezó—, porque Lord Nestor y los demás están en el castillo. No se atreverá.» Cerró los ojos.

En algún momento de la noche se despertó cuando el pequeño Robert se metió en su cama.

«Se me olvidó decirle a Lothor que lo volviera a encerrar.» Ya no tenía remedio, de modo que lo rodeó con un brazo.

—¿Robalito? Puedes quedarte, pero no te muevas mucho. Cierra los ojos y duerme, pequeño.

—Vale. —Se acurrucó contra ella y le apoyó la cabeza en el pecho—. Alayne... ¿Ahora eres tú mi mamá?

—Supongo que sí —respondió.

Mentir no era malo si se hacía con buena intención.

La hija del kraken

El salón retumbaba con los gritos ebrios de los Harlaw, todos ellos primos lejanos. Cada señor había colgado su estandarte detrás de los bancos que ocupaban sus hombres.

«Demasiado pocos —meditó Asha Greyjoy, que observaba desde arriba, en la galería—. Muy, muy pocos.» Los bancos estaban vacíos en tres cuartas partes.

Qarl la Doncella ya lo había dicho cuando el *Viento Negro* se aproximaba a puerto. Contó los barcoluengos amarrados al pie del castillo de su tío y apretó los labios.

—No han venido —señaló—. O al menos no han venido tantos como necesitábamos. —Era una verdad incontestable, pero Asha no se había atrevido a asentir allí, a la vista de su tripulación. No dudaba de su devoción, de la lealtad que la llevaría a morir por ella, pero hasta los hijos del hierro dudaban a la hora de desperdiciar su vida por una causa evidentemente perdida.

«¿Tan pocos amigos tengo?» Entre los estandartes vio el pez plateado de los Botley, el árbol de piedra de los Stonetree, el leviatán negro de los Volmark y la lazada de los Myre. Los demás representaban la guadaña de los Harlaw. La de Boremund estaba sobre campo azul claro; la de Hotho, circundada por una bordura almenada, y la del Caballero compartía un escudo cuartelado en cruz con el llamativo pavo real de la Casa de su madre. Hasta el estandarte de Sigfryd Peloplata mostraba dos guadañas enfrentadas en un campo tronchado. Solo el de Lord Harlaw mostraba la sencilla guadaña de plata sobre campo de sable, negro como la noche, tal como había ondeado en los viejos tiempos. Rodrik, también llamado el Lector, el Señor de las Diez Torres, el Señor de Harlaw, Harlaw de Harlaw... y su tío más querido.

El asiento de Lord Rodrik permanecía desierto. Sobre él había colgadas dos guadañas de plata batida, tan grandes que hasta a un gigante le habría costado trabajo esgrimirlas, pero bajo ellas solo se veían cojines desocupados. Asha no se había sorprendido. El banquete había terminado hacía rato; en los tablones montados sobre caballetes que hacían las veces de mesas solo quedaban huesos y bandejas grasientas. Todos los demás estaban bebiendo, y a su tío Rodrik nunca le había agradado la compañía de borrachos pendencieros.

Se volvió hacia Tresdientes, una anciana de edad inimaginable que había administrado la casa de su tío desde que la llamaban Docedientes.

—¿Mi tío está con sus libros?

—Pues claro, como siempre. —Aquella mujer era de edad tan avanzada que, en cierta ocasión, un septón había dicho que debía de haber amamantado a la Vieja. Eso había sido en otros tiempos, cuando en las islas aún se toleraba la Fe. Lord Rodrik siempre había tenido septones en las Diez Torres, aunque no estaban allí para salvar su alma, sino para aprovechar sus libros—. Con los libros y con Botley. Iba con él.

El estandarte de Botley pendía también de la pared: un banco de peces plateados sobre campo verde claro, aunque Asha no había visto su *Aleta Veloz* entre los barcoluengos que habían llegado.

—Tenía entendido que mi tío Ojo de Cuervo había ordenado ahogar al viejo Sawane Botley.

—Este es Lord Tristifer Botley.

«Tris. —¿Qué habría sido de Harren, el hijo mayor de Sawane?—. No tardaré en averiguarlo. Va a ser una situación incómoda.» No veía a Tris Botley desde... No, era mejor que no pensara en aquello.

—¿Y mi señora madre?

—En la cama —replicó Tresdientes—, en la Torre de la Viuda.

«Por variar.»

La Torre de la Viuda recibía aquel nombre por su tía. Lady Gwynesse había regresado a casa para llorar a su difunto esposo, que había muerto en Isla Bella durante la primera rebelión de Balon Greyjoy.

—Solo me quedaré hasta que cese el dolor que siento —le había dicho a su hermano, una frase que pasó a la historia—, aunque por derecho, Diez Torres me debería corresponder a mí: soy siete años mayor que tú.

Habían pasado muchos años desde entonces, y la viuda seguía allí, llorando y mascullando de cuando en cuando que el castillo debería ser suyo.

«Y ahora, Lord Rodrik tiene otra hermana viuda y medio demente bajo su techo —reflexionó Asha—. No me extraña que se refugie en los libros.»

Aún le costaba creer que la frágil y enfermiza Lady Alannys hubiera sobrevivido a su esposo, Lord Balon, que siempre había parecido tan fuerte y tan sano. Cuando zarpó para ir a la guerra, Asha temía que su madre muriera durante su ausencia. En ningún momento se le ocurrió que quien podía fallecer era su padre.

«El Dios Ahogado nos gasta bromas crueles, pero los hombres son más crueles todavía. —Una tormenta repentina y una cuerda rota habían precipitado a Balon Greyjoy hacia la muerte—. O eso dicen.»

Asha había visto a su madre por última vez cuando se detuvo en Diez Torres para aprovisionarse de agua dulce, de camino hacia el norte para atacar Bosquespeso. Alannys Harlaw nunca había poseído la belleza que tanto cantaban los bardos, pero a su hija le encantaba aquel rostro valeroso y fuerte, con los ojos llenos de alegría. Sin embargo, en su última visita, había encontrado a Lady Alannys sentada junto a la ventana, arrebujada entre mantas de piel, contemplando el mar con la mirada perdida.

«¿Es mi madre o su fantasma?», recordaba haber pensado mientras le daba un beso en la mejilla. La piel de la mujer era fina como un pergamino, y la larga cabellera se le había vuelto canosa. Aún quedaba cierto orgullo en su manera de erguir la cabeza, pero tenía los ojos turbios y apagados, y la boca le tembló cuando le preguntó por Theon.

—¿Me has traído a mi pequeñín? —le preguntó en esa ocasión. Theon tenía diez años cuando se lo llevaron como rehén a Invernalia, y al parecer, por lo que a Lady Alannys respectaba, siempre tendría la misma edad.

—Theon no ha podido venir —tuvo que decirle Asha—. Mi padre lo ha enviado a saquear la Costa Pedregosa.

Lady Alannys no respondió. Se limitó a asentir con un movimiento pausado, pero era evidente que las palabras de su hija la habían herido en lo más profundo.

«Y ahora le tengo que decir que Theon ha muerto; tengo que clavarle otro puñal en el corazón. —Ya tenía hincados dos cuchillos; en sus hojas estaban escritas las palabras "RODRIK" y "MARON", y más de una vez se retorcían durante las largas noches para causarle más dolor—. Iré a verla por la mañana», se prometió. El viaje había sido largo y agotador, y en aquel momento no tenía fuerzas para enfrentarse a su madre.

—Tengo que hablar con Lord Rodrik —le dijo a Tresdientes—. Que se ocupen de mi tripulación cuando terminen de descargar el *Viento Negro*. Van a traer a los prisioneros, y quiero que se les proporcionen camas abrigadas y comida caliente.

—En la cocina hay carne fría y un tarro de piedra con mostaza de Antigua. —La idea de la mostaza hizo sonreír a la anciana. Un solitario diente, largo y parduzco, le brotaba de las encías.

—No hay ni para empezar. Ha sido una travesía muy difícil. Quiero que se metan algo caliente en el estómago. —Asha apoyó un pulgar en el cinturón tachonado que le rodeaba las caderas—. Que Lady Glover y los niños tengan leña en el fuego; no quiero que les falte calor. Alojadlos en alguna torre, no en las mazmorras. El bebé está enfermo.

—Los bebés suelen enfermar. Muchos mueren, y la gente lo lamenta. Le preguntaré a mi señor dónde debo encerrar a los amigos del lobo.

Asha agarró la nariz de la mujer entre el índice y el pulgar y se la retorció.

—Cumplirás mis órdenes sin rechistar, y si ese bebé muere, nadie lo lamentará tanto como tú.

Tresdientes chilló, y cuando prometió que obedecería, Asha la soltó para ir a ver a su tío.

Era grato volver a caminar por aquellas estancias. Siempre había tenido la sensación de que Diez Torres era su hogar, mucho más que Pyke. «No es un castillo, sino diez juntos», había pensado la primera vez que lo visitó. Recordaba largas carreras sin aliento escaleras arriba, escaleras abajo, por los adarves y los puentes cubiertos, las salidas a pescar en el Muelle de Piedra, los días y las noches inmersa en el tesoro de libros de su tío. El abuelo de su abuelo había construido aquel castillo, el más reciente de las islas. Lord Theomore Harlaw había perdido a tres hijos varones, aún en la cuna, y culpaba de ello a los sótanos inundados, a las piedras húmedas y al salitre supurante del antiguo Torreón de Harlaw. Diez Torres estaba mejor ventilado, mejor habilitado, mejor situado... Pero Lord Theomore era voluble, como habría podido atestiguar cualquiera de sus esposas. Había tenido seis, tan distintas entre ellas como las diez torres.

La Torre de los Libros era la más ancha, de planta octogonal, edificada con grandes sillares. La escalera estaba empotrada en los gruesos muros. Asha ascendió con paso rápido hasta el quinto piso y entró en la habitación donde estaba leyendo su tío.

«No es que haya ninguna habitación en la que no lea.» Era raro ver a Lord Rodrik sin un libro en la mano, ya fuera en el retrete, en la cubierta de su *Canción Marina* o durante una audiencia. Asha lo había visto leer en su asiento de honor, bajo las guadañas de plata. Escuchaba los casos que se le presentaban, pronunciaba el veredicto... y leía un poquito mientras el capitán de la guardia hacía pasar al siguiente suplicante.

Se lo encontró inclinado sobre una mesa, junto a la ventana, rodeado de pergaminos que bien pudieran proceder de Valyria antes de la Maldición, y libros de gruesa encuadernación de cuero con cierres de hierro y bronce. A ambos lados del asiento, en ornamentados candelabros de hierro, había cirios de cera de abeja tan altos y gruesos como los brazos de un hombre fornido. Lord Rodrik Harlaw no era gordo ni delgado, no era alto ni bajo, no era feo ni atractivo. Tenía el cabello castaño, al igual que los ojos, aunque la barbita corta y arreglada que lucía se había tornado canosa. Era, en resumen, un hombre vulgar que solo se distinguía por su amor hacia la palabra escrita, hábito que tantos hijos del hierro consideraban poco varonil y hasta perverso.

—Hola, tío. —Cerró la puerta a su paso—. ¿Qué lectura era tan urgente para que privaras a tus invitados de la presencia de su anfitrión?

—El *Libro de los libros perdidos,* del archimaestre Marwyn. —Alzó la vista de la página para mirarla—. Hotho me ha traído un ejemplar de Antigua. Tiene una hija y quiere que me case con ella. —Lord Rodrik dio unos golpecitos con la uña larga en el tomo—. Fíjate en esto. Marwyn asegura que ha encontrado tres páginas de *Señales y portentos,* unas visiones que dejó escritas la hija doncella de Aenar Targaryen antes de que la Maldición cayera sobre Valyria. ¿Ya sabe Lanny que estás aquí?

—Todavía no. —Lanny era el nombre cariñoso con que aludía a su madre; solo el Lector la llamaba así—. Dejémosla descansar. —Asha apartó una pila de libros de un taburete y tomó asiento—. Tresdientes ha perdido dos dientes más. ¿Cómo la llamas ahora? ¿Undiente?

—Yo casi nunca me dirijo a ella. Esa mujer me da miedo. ¿Qué hora es? —Lord Rodrik echó un vistazo por la ventana para ver el mar iluminado por la luna—. ¿Tan temprano ha oscurecido? No me había dado cuenta. Te has retrasado mucho; te esperábamos hace días.

—Tuvimos el viento en contra, y me preocupaban los prisioneros: la esposa y los hijos de Robett Glover. La más pequeña todavía mama, y a Lady Glover se le secó la leche durante la travesía. No tuve más remedio que varar el *Viento Negro* junto a la Costa Pedregosa y enviar a mis hombres a buscar un ama de cría, pero en su lugar me trajeron una cabra. La niña no medra; ¿hay en el pueblo alguna madre que esté dando de mamar? Bosquespeso es muy importante para mis planes.

—Tus planes van a tener que cambiar. Llegas demasiado tarde.

—Tarde y con hambre. —Estiró las largas piernas bajo la mesa y pasó las páginas del libro que tenía más cerca, el discurso de un septón sobre la guerra de Maegor el Cruel contra los Clérigos Humildes—. Y encima con sed. Me vendría bien un cuerno de cerveza, tío.

—Ya sabes que no permito que haya comida ni bebida en mi biblioteca —dijo Lord Rodrik, con cara de espanto—. Los libros...

—... se podrían dañar. —Asha se echó a reír.

—Te encanta provocarme —dijo su tío, frunciendo el ceño.

—Venga, no pongas esa cara de agravio. No hay hombre al que yo no provoque; a estas alturas ya deberías saberlo. Pero basta de hablar de mí. ¿Cómo estás?

—Bastante bien —dijo Lord Rodrik, encogiéndose de hombros—. Se me están debilitando los ojos. He pedido una lente de Myr para ayudarme a leer.

—¿Cómo está mi tía?

El hombre suspiró.

—Todavía tiene siete años más que yo y la convicción de que Diez Torres debería pertenecerle a ella. Gwynesse está perdiendo la memoria, pero de eso no se olvida. Sigue llorando a su difunto esposo tanto como el día en que murió, aunque no siempre se acuerda de su nombre.

—No estoy segura de que lo llegara a conocer. —Asha cerró de golpe el libro del septón—. ¿Mi padre fue asesinado?

—Eso cree tu madre.

«Hubo momentos en los que ella misma lo habría matado de buena gana», pensó.

—¿Y qué opina mi tío?

—Balon se precipitó al vacío cuando se rompió un puente de cuerdas, y murió. Rugía la tormenta, y el viento sacudía el puente. —Rodrik se encogió de hombros—. O eso es lo que nos han dicho. Tu madre recibió un pájaro del maestre Wendamyr.

Asha se sacó la daga de la funda y empezó a limpiarse las uñas.

—Ojo de Cuervo se pasa tres años fuera y regresa justo el día en que muere mi padre.

—Según tengo entendido, fue al día siguiente. El *Silencio* todavía estaba en alta mar cuando murió Balon; al menos, eso dicen. Aun así, reconozco que el regreso de Euron ha sido... oportuno.

—Yo no lo llamaría así. —Asha clavó la daga en la mesa—. ¿Dónde están mis barcos? He contado cuarenta barcoluengos amarrados abajo; no bastan para echar a Ojo de Cuervo del trono de mi padre.

—Envié las convocatorias. En tu nombre, y por el amor que os profeso a tu madre y a ti. La Casa Harlaw se ha reunido. También la de Stonetree y la de Volmark. Algunos Myre...

—Todos de Harlaw; una sola isla, y son siete. Abajo solo he visto un estandarte de los Botley, de Pyke. ¿Dónde están los barcos de Acantilado de Sal, de Orkwood, de los Wyk...?

—Baelor Blacktyde vino de Marea Negra para conferenciar conmigo y enseguida zarpó de nuevo. —Lord Rodrik cerró El *Libro de los libros perdidos*—. Ya debe de estar en Viejo Wyk.

—¿En Viejo Wyk? —Asha había temido que le dijera que todos habían ido a Pyke, a rendirle homenaje a Ojo de Cuervo—. ¿Por qué a Viejo Wyk?

—Creía que ya te lo habían dicho. Aeron Pelomojado ha convocado una asamblea de sucesión.

Asha echó la cabeza hacia atrás y soltó una carcajada.

—El Dios Ahogado le ha debido de meter un pez espino por el culo al tío Aeron. ¿Una asamblea? ¿Está de broma?

—Pelomojado no ha vuelto a bromear desde el día en que se ahogó. Y los demás sacerdotes están con él. Beron Blacktyde el Ciego, Tarle el Tres Veces Ahogado... hasta el Viejo Gaviota Gris ha salido de la roca en la que vive y está predicando lo de la asamblea por todo Harlaw. Los capitanes ya se están reuniendo en Viejo Wyk.

Asha estaba atónita.

—¿Y Ojo de Cuervo ha accedido a asistir a esa farsa religiosa y someterse a su decisión?

—Ojo de Cuervo no confía en mí. Desde que me convocó a Pyke para que le rindiera pleitesía, no he vuelto a tener noticias suyas.

«Una asamblea para la elección del rey. Esto sí que es nuevo... o, mejor dicho, muy, muy viejo.»

—¿Y mi tío Victarion? ¿Qué le parece el plan de Pelomojado?

—Se le envió la noticia de la muerte de tu padre, y seguro que también está informado de lo de la asamblea. Aparte de eso, no sé nada más.

«Más vale una asamblea que una guerra.»

—Me dan ganas de besar los pies apestosos de Pelomojado y sacarle las algas de entre los dedos. —Asha arrancó la daga de la mesa y se la volvió a guardar en la funda—. ¡Una asamblea de sucesión! ¡Joder, qué idea!

—En Viejo Wyk —confirmó Lord Rodrik—. Y yo no estoy tan seguro de que sea buena idea. He estado consultando la *Historia de los hijos del hierro,* de Haereg. La última vez que los reyes de la sal y los reyes de la roca celebraron una asamblea, Urron de Monteorca envió a sus hombres armados con hachas, y las costillas de Nagga se cubrieron de sangre. Desde aquel día aciago, la Casa Greyiron reinó sin más elecciones durante mil años, hasta la llegada de los ándalos.

—Tienes que prestarme ese libro de Haereg, tío.

Le iba a hacer falta averiguar todo lo posible sobre las asambleas antes de llegar a Viejo Wyk.

—Lo puedes leer aquí. Es muy antiguo, muy frágil. —La miró con el ceño fruncido—. El archimaestre Rigney escribió que la historia es una rueda, que la naturaleza del hombre es inmutable en lo fundamental. Según él, lo que ya ha sucedido volverá a suceder, sin remedio. Siempre que pienso en Ojo de Cuervo me acuerdo de eso. El nombre de Euron Greyjoy se parece demasiado al del Urron Greyiron de aquellos tiempos. No voy a ir a Viejo Wyk. Y tú tampoco deberías.

Asha sonrió.

—¿Qué quieres? ¿Que me pierda la primera asamblea que se convoca en...? ¿En cuánto tiempo, tío?

—En cuatro mil años, si nos fiamos de lo que dice Haereg. O solo dos mil, si aceptamos los argumentos que aduce el maestre Denestan en *Preguntas*. No servirá de nada que vayas a Viejo Wyk. Llevamos en la sangre los delirios de grandeza. Así se lo hice saber a tu padre la primera vez que se levantó en armas, y hoy se revela con mayor claridad que entonces. Necesitamos tierras, no coronas. Mientras Stannis Baratheon y Tywin Lannister se disputan el Trono de Hierro, disponemos de una ocasión inmejorable para salir beneficiados. Tomemos partido, sea a favor de quien sea; lo ayudaremos con nuestra flota a alzarse victorioso, y así tendremos a un rey agradecido a quien solicitar las tierras que necesitemos.

—Puede que me lo piense cuando ya esté sentada en el Trono de Piedramar —dijo Asha.

Su tío suspiró.

—Sé que no quieres que te diga esto, Asha, pero no te van a elegir a ti. Ninguna mujer ha reinado jamás sobre los hijos del hierro. Recuerda: Gwynesse tiene siete años más que yo, pero cuando murió nuestro padre, Diez Torres pasó a mis manos. A ti te sucederá lo mismo. Eres la hija de Balon, no su hijo. Y tienes tres tíos.

—Cuatro.

—Tres tíos krákens. Yo no cuento.

—Para mí, sí. Mientras tenga a mi tío de Diez Torres, tendré Harlaw. —Harlaw no era la mayor de las Islas del Hierro, pero sí la más próspera y poblada; no se podía menospreciar el poder de Lord Rodrik. En Harlaw, Harlaw no tenía rival. Los Volmark o los Stonetree podían contar con grandes fortalezas en la isla, y alardear de los capitanes famosos y los guerreros valientes a su servicio, pero hasta los más valerosos se inclinaban ante la guadaña. Los Kenning y los Myre, otrora enemigos mortales, habían sido derrotados y convertidos en vasallos mucho tiempo atrás.

—Mis primos me son leales; en tiempos de guerra estoy al mando de sus velas y sus espadas. En cambio, en una asamblea... —Lord Rodrik sacudió la cabeza—. Bajo los huesos de Nagga, todos los capitanes son iguales. Puede que algunos griten tu nombre, no lo dudo; pero no serán suficientes. Y cuando se grite el nombre de Victarion o el de Ojo de Cuervo, muchos de los que ahora beben en mis salones se unirán a los demás. Te lo vuelvo a decir: no navegues hacia esa tormenta. La batalla está perdida.

—Ninguna batalla está perdida hasta que se pelea. Tengo más derecho que nadie: soy la heredera de Balon.

—Sigues siendo una chiquilla testaruda. Piensa en tu pobre madre. Eres lo único que le queda a Lanny. Si hace falta, le prenderé fuego al *Viento Negro* para que te quedes aquí.

—¿Y me obligarás a ir a Viejo Wyk a nado?

—Mucho tramo en un agua tan fría por una corona que no podrás conservar. Tu padre tenía más valor que sentido común. Las Antiguas Costumbres funcionaron bien en las islas cuando no éramos más que uno de muchos reinos pequeños, pero eso se terminó con la Conquista de Aegon. Balon se negaba a ver la realidad. Las Antiguas Costumbres murieron con Harren el Negro y sus hijos.

—Lo sé. —Asha había querido mucho a su padre, pero no se engañaba. En ciertos sentidos, Balon parecía ciego. «Como hombre, un valiente, pero pésimo como señor»—. Entonces, ¿tenemos que vivir y morir como siervos del Trono de Hierro? Si hay rocas a estribor y una tormenta a babor, el capitán inteligente elige un tercer rumbo.

—Muéstrame ese tercer rumbo.

—Eso haré... en la asamblea que me elija reina sucesora. ¿Te planteas siquiera la posibilidad de no asistir, tío? Eso pasará a la historia...

—Prefiero leer historia antigua a que se escriba con mi sangre.

—¿Quieres morir viejo y cobarde en la cama?

—¡Claro que sí! Aunque todavía no he terminado de leer. —Lord Rodrik se dirigió hacia la ventana—. Aún no me has preguntado por tu señora madre.

«Porque me daba miedo.»

—¿Cómo está?

—Fuerte. Puede que nos sobreviva a todos. Sin duda te sobrevivirá a ti si te empecinas en esta locura. Come más que al principio; cuando llegó casi no probaba bocado, y ya duerme muchas noches de un tirón.

—Muy bien. —Durante los últimos años que había pasado en Pyke, Lady Alannys no conseguía conciliar el sueño. Vagaba toda la noche de habitación en habitación, con una vela, buscando a sus hijos. «¿Maron? —llamaba con voz chillona—. ¿Rodrik? ¿Dónde estás? Theon, mi pequeñín, ven con mamá.» Asha había presenciado muchas veces como el maestre le sacaba astillas de la planta de los pies, después de que, por la noche, cruzara descalza el cimbreante puente de tablones que llevaba a la Torre del Mar—. Iré a verla por la mañana.

—Te preguntará por Theon.

«El príncipe de Invernalia.»

—¿Qué le has dicho?

—Poca cosa. No había mucho que contar. —Titubeó un instante—. ¿Estás segura de que ha muerto?

—No estoy segura de nada.

—¿No encontraste su cadáver?

—Encontramos muchos restos de muchos cadáveres. Los lobos habían llegado antes que nosotros... Me refiero a los de cuatro patas, pero no mostraron mucho respeto hacia sus homónimos bípedos. Había huesos por todas partes; los habían roto para comerse la médula. Te confieso que no había manera de entender qué había pasado allí. Parecía como si los norteños hubieran combatido entre ellos.

—Los cuervos se pelean por la carne de los muertos, se matan por sus ojos. —Lord Rodrik contempló las aguas del mar y los dibujos que la luna trazaba en las olas—. Primero teníamos un rey; luego, cinco. Ahora, lo único que veo son cuervos que se pelean por el cadáver de Poniente. —Cerró los postigos—. No vayas a Viejo Wyk, Asha. Quédate aquí con tu madre. Mucho me temo que no la tendremos entre nosotros tanto tiempo como nos gustaría.

Asha cambió de postura en el asiento.

—Mi madre me educó para que fuera valiente. Si no voy, me pasaré el resto de mi vida preguntándome qué habría pasado en caso de que hubiera asistido.

—Y si vas, el resto de tu vida puede ser demasiado breve para que te preguntes nada.

—Mejor eso que pasarme los días quejándome a quien me quiera oír de que el Trono de Piedramar me correspondía a mí por derecho. Yo no soy Gwynesse.

La última frase había dado en el blanco. Lord Rodrik hizo un gesto de contrariedad.

—Asha, mis dos hijos son ahora pasto de los cangrejos en Isla Bella. No es probable que me vuelva a casar. Quédate y te nombraré heredera de las Diez Torres. Confórmate con eso.

—¿Las Diez Torres? —«Ojalá pudiera»—. A tus primos no les haría ninguna gracia. El Caballero, el viejo Sigfryd, Hotho el Jorobado...

—Todos tienen tierras y castillos propios.

«Es verdad.»

El húmedo y decrépito Torreón de Harlaw pertenecía al viejo Sigfryd Harlaw, Peloplata; el jorobado Hotho Harlaw tenía su asentamiento en la Torre del Resplandor, en un risco desde donde se dominaba la costa oeste. El Caballero, Ser Harras Harlaw, tenía su corte en Jardín Gris; Boremund el Azul gobernaba desde la cima de la Colina de la Bruja. Pero todos ellos eran vasallos de Lord Rodrik.

—Boremund tiene tres hijos; Sigfryd Peloplata tiene nietos, y Hotho tiene ambiciones —señaló Asha—. Y todos tienen intención de sucederte, incluso Sigfryd. Ese piensa que va a vivir eternamente.

—El Caballero será el Señor de Harlaw cuando yo muera —le dijo su tío—, pero puede gobernar desde Jardín Gris igual que si estuviera aquí. Júrale lealtad a cambio del castillo, y te protegerá.

—Me sé proteger yo sola. Soy un kraken, tío. Asha de la Casa Greyjoy. —Se puso en pie—. Quiero la silla de mi padre, no la tuya. Esas guadañas parecen muy peligrosas. En cualquier momento se podría caer una y cortarme la cabeza. No, me sentaré en el Trono de Piedramar.

—Entonces no eres más que otro cuervo que grazna y se pelea por la carroña. —Rodrik volvió a sentarse a su mesa—. Retírate. Quiero volver con el archimaestre Marwyn y su búsqueda.

—Si encuentra otra página, no dejes de avisarme.

Su tío era su tío. No cambiaría jamás.

«Pero irá a Viejo Wyk; diga lo que diga, me acompañará.»

Su tripulación ya debía de estar comiendo en el salón. Asha sabía que debería bajar para hablarles de la reunión en Viejo Wyk y lo que significaba para ellos. Sus hombres la seguirían sin vacilar, pero también necesitaba a los demás, a sus primos Harlaw, a los Volmark y a los Stonetree.

«Esos son los que me tengo que ganar.»

La victoria que había obtenido en Bosquespeso le sería muy útil en cuanto sus hombres empezaran a fanfarronear, como sabía que harían. La tripulación de su *Viento Negro* sentía un extraño orgullo ante las hazañas de su capitana. La mitad la quería como a una hija y la otra mitad daría cualquier cosa por abrirle las piernas, pero todos darían la vida por ella.

«Y yo por ellos», iba pensando mientras salía por la puerta de la torre al patio iluminado por la luna.

—¿Asha?

Una sombra salió de detrás del pozo. La mano se le fue directa hacia la daga... hasta que la luz transformó el bulto oscuro en un hombre con capa de piel de foca.

«Otro fantasma.»

—Hola, Tris. Creía que te vería en el salón.

—Quería verte.

—¿Alguna parte de mí en concreto? —Sonrió—. Pues aquí estoy, toda crecida. Mira cuanto quieras.

—Eres una mujer. —Se acercó más—. Y muy hermosa.

Tristifer Botley había engordado desde la última vez que lo había visto, pero seguía teniendo el mismo pelo rebelde que recordaba, y los ojos grandes y confiados de una foca.

«Unos ojos muy amables. —Eso era lo malo del pobre Tristifer: demasiado amable para las Islas del Hierro—. Ahora tiene un rostro atractivo», pensó. De niño, la cara de Tris había sido campo de batalla de las espinillas. Asha tenía por aquel entonces el mismo problema, y tal vez fue eso lo que los acercó.

—Me he enterado de lo de tu padre; lo siento —le dijo.

—Y yo siento lo del tuyo.

«¿Por qué?», estuvo a punto de preguntarle Asha. Había sido Balon quien había echado de Pyke al muchacho para que se educara como pupilo de Baelor Blacktyde.

—¿Es verdad que ahora eres Lord Botley?

—Al menos en teoría. Harren murió en Foso Cailin; un demonio del pantano le disparó una flecha envenenada. Pero no soy el señor de nada. Cuando mi padre le dijo que el Trono de Piedramar no le correspondía, Ojo de Cuervo lo ahogó e hizo que mis tíos le juraran lealtad. Y pese a todo, entregó la mitad de las tierras de mi padre a Castroferro. Lord Wynch fue el primero en arrodillarse ante él y proclamarlo rey.

La Casa Wynch tenía mucha fuerza en Pyke, pero Asha consiguió disimular su frustración.

—Wynch no tuvo nunca el valor de tu padre.

—Tu tío lo compró —dijo Tris—. El *Silencio* regresó con las bodegas llenas de tesoros: vajillas de plata, perlas, esmeraldas, rubíes, zafiros del tamaño de huevos, bolsas llenas de monedas, tan pesadas que un hombre solo no las podía levantar... Ojo de Cuervo ha estado comprando amigos a manos llenas. Mi tío Germund se hace llamar ahora Lord Botley y gobierna en Puerto Noble en nombre de tu tío.

—El legítimo Lord Botley eres tú —le aseguró—. Cuando ocupe el Trono de Piedramar te serán devueltas las tierras de tu padre.

—Como quieras. No me importa. Qué hermosa estás a la luz de la luna, Asha. Ahora eres toda una mujer, pero todavía recuerdo cuando eras una niña flacucha con la cara llena de espinillas.

«¿Por qué todos me tienen que mencionar lo de las espinillas?»

—Yo también me acuerdo.

«Aunque no con tanto afecto como tú.» Tris, uno de los cinco muchachos que su madre había acogido como pupilos en Pyke después de que Ned Stark se llevara como rehén al único hijo que le quedaba, era el más cercano en edad a Asha. No fue el primer chico al que besó, pero sí el primero que le desató las lazadas del jubón y pasó una mano sudorosa bajo la tela para palparle los pechos menudos. «Le habría dejado palpar mucho más, pero él no se habría atrevido.» El florecimiento le había llegado durante la guerra y le había despertado el deseo, pero incluso antes, Asha ya sentía curiosidad. «Él estaba allí, era de mi edad, lo estaba deseando... y no pasó nada más... Bueno, eso y la sangre de la luna.» Pese a todo, le había parecido que aquello era el amor, hasta que Tris empezó a hablarle sobre los hijos que ella le daría, por lo menos una docena de varones, seguro, y también alguna que otra chica.

—No quiero una docena de hijos —le había replicado, horrorizada—. Quiero vivir aventuras.

Poco después de aquello, el maestre Qalen los sorprendió durante uno de sus juegos, y enviaron al joven Tristifer Botley a Marea Negra.

—Te escribí cartas —le dijo—, pero el maestre Joseran se negaba a enviarlas. Una vez le di un venado a un remero que iba en un mercante rumbo a Puerto Noble; me prometió que te entregaría la carta en mano.

—Pues te timó y tiró tu carta al mar.

—Eso me temía. Tampoco me daban las que me mandabas tú.

«No te escribí ninguna.»

La verdad era que la expulsión de Tris le había supuesto un alivio. Para entonces, su torpeza empezaba a resultarle aburrida. Pero claro, no era cosa que le fuera a decir a él.

—Aeron Pelomojado ha convocado una asamblea. ¿Asistirás como partidario mío?

—Haré lo que quieras, pero... Lord Blacktyde dice que esta asamblea es una locura muy peligrosa. Cree que tu tío caerá sobre ellos y los matará a todos, igual que hizo Urron. Los hombres de Ojo de Cuervo se han estado congregando en Pyke. Orkwood de Monteorca llegó con veinte barcolenguos, y Jon Myre Carapicada, con una docena. Lucas Codd, el Zurdo, está con ellos. También Harren Mediorronco; el Remero Rojo; Kemmett Pyke, el Bastardo; Rodrik Freeborn; Torwold Dientenegro...

—Hombres de poca importancia. —Asha los conocía a todos, y ninguno era de su agrado—. Hijos de esposas de sal, nietos de siervos. Por ejemplo, ¿sabes cuál es el lema de los Codd?

—Aunque Todos nos Desprecian —respondió Tris—; pero si te atrapan en esas redes que tienen, estarás tan muerta como si se tratara de Señores Dragón. Y eso no es lo peor: Ojo de Cuervo se ha traído monstruos del este... y también magos.

—A mi tío le encantan los bichos raros y los bufones —replicó Asha—. Mi padre siempre se peleaba con él por ese motivo. Que los magos invoquen a sus dioses; Pelomojado llamará a los nuestros, y los ahogarán. ¿Contaré con tu voz en la asamblea de sucesión, Tris?

—Contarás conmigo entero. Soy tuyo, Asha, para siempre. Quiero casarme contigo. Tu señora madre ha dado su aprobación. —Asha contuvo un gemido. «Tendrías que haberme preguntado antes a mí..., aunque la respuesta no te habría gustado nada»—. Ya no soy el segundón —siguió—. Ahora soy el legítimo Lord Botley, tú lo acabas de decir. Y tú eres...

—Lo que sea yo se determinará en Viejo Wyk. Ya no somos niños que se toquetean y tratan de averiguar qué encaja con qué. Crees que quieres casarte conmigo, pero no es verdad.

—Sí es verdad. Lo único que hago es soñar contigo. Te lo juro por los huesos de Nagga, Asha: en mi vida he tocado a otra mujer.

—Pues ve a tocar a una... o a dos, o a diez. Yo he tocado a tantos hombres que he perdido la cuenta. A unos cuantos, con los labios; a la mayoría, con el hacha.

Le había entregado su virtud a los dieciséis años a un guapo marinero rubio que llegó en una galera mercante procedente de Lys. Solo conocía media docena de palabras en la lengua común, pero una de ellas era *follar,* la que más deseaba oír Asha. Después de aquello tuvo el sentido común de consultar a una bruja de los bosques, quien le enseñó a preparar el té de la luna que le mantenía plano el vientre.

Botley parpadeaba como si no entendiera lo que le acababa de decir.

—No me... Pensé que me esperarías. ¿Por qué...? —Se frotó la boca—. Asha, ¿te forzó?

—Sí, me forzó tanto que le arranqué la túnica. No quieres casarte conmigo, créeme. Eres un chico encantador, siempre lo has sido, pero yo no soy ninguna chica encantadora. Si nos casáramos, pronto empezarías a detestarme.

—Eso jamás. He... He sufrido mucho por ti, Asha.

Aquello ya era demasiado. Tenía que enfrentarse a una madre enferma, un padre asesinado, una asamblea, una plaga de tíos... Lo que menos falta le hacía era un cachorrito enamorado.

—Vete a un burdel, Tris. Ahí te curarán el sufrimiento, ya verás.

—Sería incapaz. —Tristifer sacudió la cabeza—. Estamos hechos el uno para el otro, Asha. Siempre supe que serías mi esposa, la madre de mis hijos.

La agarró por el brazo. En un instante, ella le había puesto la daga en la garganta.

—Quítame la mano de encima o no vivirás lo suficiente para engendrar un hijo. ¡Ya! —Cuando obedeció, ella bajó el arma—. A ti lo que te hace falta es una buena mujer. Esta noche mandaré una a tu cama. Si quieres, imagínate que soy yo, pero no te atrevas a volver a tocarme. Soy tu reina, no tu esposa. No lo olvides.

Asha envainó la daga y lo dejó allí de pie, con un goterón de sangre que le bajaba lentamente por el cuello, negro a la luz de la luna.

Cersei

—Ay, quieran los Siete que no llueva durante la boda del Rey —comentó Jocelyn Swyft mientras ceñía el corpiño de la túnica de la Reina.

—Nadie quiere que llueva —replicó Cersei. Ella habría preferido que granizara, que nevara, que soplara un huracán o que retumbaran truenos tan fuertes que estremecieran las mismísimas piedras de la Fortaleza Roja. Quería una tormenta que estuviera a la par con la rabia que sentía—. Aprieta más —le ordenó a Jocelyn—. ¡Aprieta más, idiota!

Lo que la airaba era la boda, pero la torpe muchacha era un blanco más seguro. La situación de Tommen en el Trono de Hierro no era tan segura como para arriesgarse a ofender a Altojardín, al menos mientras Stannis Baratheon tuviera Rocadragón y Bastión de Tormentas, mientras Aguasdulces siguiera resistiendo, mientras los hijos del hierro merodearan como lobos por los mares. Así que Jocelyn se tenía que tragar la comida que Cersei habría preferido servirles a Margaery Tyrell y a su repelente y arrugada abuela.

Para desayunar, la Reina se había hecho subir de las cocinas dos huevos pasados por agua, una hogaza de pan y un tarro de miel. Pero cuando cascó el primer huevo y se encontró dentro un pollo ensangrentado a medio formar, se le revolvió el estómago.

—Llévate esto y tráeme vino caliente especiado —le ordenó a Senelle.

El frío del aire se le estaba colando hasta los huesos, y tenía por delante un día largo y desagradable.

Jaime no contribuyó a mejorar su humor cuando se presentó vestido de blanco, todavía sin afeitar, para informarla de cómo pensaba evitar que envenenaran a su hijo.

—He apostado hombres en las cocinas para que vigilen la preparación de cada plato —dijo—. Los capas doradas de Ser Addam escoltarán a los criados cuando lleven la comida a la mesa, para asegurarse de que nadie la manipula por el camino. Ser Boros probará cada plato antes de que Tommen se lleve una miga a la boca. Y, por si todo fallara, el maestre Ballabar estará sentado al fondo de la sala, con purgas y antídotos para veinte venenos comunes. Tommen estará a salvo, te lo prometo.

—A salvo. —La palabra tenía un regusto amargo. Jaime no lo entendía. Nadie lo entendía. La única que había estado presente en la carpa para oír las amenazas de la vieja bruja había sido Melara, y Melara llevaba mucho tiempo muerta—. Tyrion no matará dos veces de la misma manera; es demasiado astuto. Puede que ahora mismo esté bajo el suelo, escuchando todo lo que decimos y haciendo planes para degollar a Tommen.

—Aunque así fuera —replicó Jaime—. Sean cuales sean los planes que trame, seguirá siendo pequeño y deforme. Tommen estará rodeado por los mejores caballeros de Poniente. La Guardia Real lo protegerá.

Cersei contempló la manga de la túnica de seda blanca de su hermano, recogida con un alfiler sobre el muñón.

—Ya vi lo bien que protegieron a Joffrey tus espléndidos caballeros. Quiero que te quedes con Tommen toda la noche, ¿entendido?

—Pondré un guardia ante su puerta.

Cersei lo agarró por el brazo.

—Nada de guardias. Tú. Y dentro de su dormitorio.

—¿Por si Tyrion se cuela por la chimenea? No es posible.

—Eso te parece a ti. ¿Me garantizas que habéis encontrado todos los pasadizos secretos que hay tras los muros? —Ambos sabían que no—. No quiero que Tommen se quede a solas con Margaery ni siquiera un segundo.

—No estarán a solas; los acompañarán sus primas.

—Y también tú. Te lo ordeno en nombre del Rey.

Cersei no quería que Tommen y su esposa compartieran el lecho, pero los Tyrell se habían empecinado.

—Marido y mujer tienen que acostarse juntos —fueron las palabras de la Reina de las Espinas—, aunque sea solo para dormir. Sin duda, en el lecho de Su Alteza caben dos chiquillos.

Lady Alerie había apoyado a su suegra.

—Que los niños se den calor por la noche; eso los acercará más. Margaery suele compartir las mantas con sus primas. Cuando apagan las velas se dedican a cantar, a jugar y a susurrarse secretos.

—Qué imagen tan deliciosa —fue la réplica de Cersei—. Por favor, que lo sigan haciendo. En la Bóveda de las Doncellas.

—Seguro que Su Alteza sabe lo que dice —le había dicho Lady Olenna a Lady Alerie—. Al fin y al cabo, es la madre del chico, de eso sí que no nos cabe duda. Y seguro que podemos llegar a un acuerdo sobre la noche de bodas. En la noche de bodas, un hombre no debe dormir separado de su esposa; en tal caso la mala suerte cae sobre su matrimonio.

«Un día de estos te voy a enseñar yo qué es la mala suerte», había jurado la Reina.

—Margaery puede compartir el dormitorio de Tommen esa noche —se había visto obligada a conceder—. Nada más.

—Vuestra Alteza es muy bondadosa —respondió la Reina de las Espinas, y todos intercambiaron sonrisas.

Cersei estaba clavando los dedos en el brazo de Jaime con suficiente fuerza para dejarle moratones.

—Necesito ojos dentro de esa habitación —dijo.

—¿Para ver qué? —replicó él—. No hay riesgo de que consumen el matrimonio; Tommen es demasiado pequeño.

—Y Ossifer Plumm estaba demasiado muerto, pero eso no le impidió engendrar un hijo, ¿verdad?

Su hermano puso cara de desconcierto.

—¿Quién era Ossifer Plumm? ¿El padre de Lord Philip o...? ¿O quién?

«Es tan ignorante como Robert. Tenía los sesos en la mano de la espada.»

—Olvídate de Plumm y céntrate en lo que te he dicho. Júrame que te quedarás con Tommen hasta que salga el sol.

—Como ordenes —respondió, como si los temores de Cersei carecieran de fundamento—. ¿Todavía tienes intención de quemar la Torre de la Mano?

—Después del banquete. —Era la única festividad del día que Cersei iba a disfrutar—. Nuestro padre fue asesinado en esa torre. No soporto mirarla. Si los dioses son bondadosos, puede que el fuego ahúme también a unas cuantas ratas entre los escombros.

Jaime puso los ojos en blanco.

—¿Te refieres a Tyrion?

—Y a Lord Varys, y a ese carcelero.

—Si alguno de ellos se ocultara en la torre, ya lo habríamos encontrado. He tenido trabajando a todo un ejército con picos y martillos, derribando paredes y levantando suelos, y hemos descubierto medio centenar de pasadizos secretos.

—Pero no sabes si hay otro medio centenar.

Algunos pasadizos habían resultado ser tan estrechos que Jaime tuvo que buscar pajes y mozos de cuadras para explorarlos. Había uno que llevaba a las celdas negras, y un pozo de piedra que no parecía tener fondo. Encontraron una cámara llena de calaveras y huesos amarillentos, y cuatro sacas de monedas de plata ennegrecidas, acuñadas durante el reinado del primer Viserys. También encontraron millares de ratas... Pero entre ellas no se encontraban ni Tyrion ni Varys, y al fin, Jaime había insistido en dar por terminada la búsqueda. Un niño se había quedado atascado en un pasadizo estrecho, y tuvieron que sacarlo por los pies mientras gritaba sin cesar; otro se cayó por un pozo y se rompió las piernas; y dos guardias desaparecieron cuando exploraban un túnel secundario. Otros guardias juraban que los oían gritar a lo lejos, al otro lado de la pared de piedra, pero cuando los hombres de Jaime la derribaron solo encontraron tierra y escombros.

—El Gnomo es pequeño y astuto. Puede que aún esté entre los muros, y en ese caso, el fuego lo hará salir.

—Aunque Tyrion siguiera en el castillo, no podría esconderse en la Torre de la Mano. Solo quedan las paredes.

—Ojalá pudiéramos hacer lo mismo con el resto de este asqueroso castillo —replicó Cersei—. Cuando termine la guerra pienso construir un palacio nuevo al otro lado del río. —Había soñado con él hacía dos noches: un castillo blanco, magnífico, rodeado de bosques y jardines, a muchas leguas del estrépito y el hedor de Desembarco del Rey—. Esta ciudad es una cloaca; ganas me dan de trasladar la corte a Lannisport y gobernar el reino desde Roca Casterly.

—Eso sería una estupidez aún peor que la de quemar la Torre de la Mano. Mientras Tommen ocupe el Trono de Hierro, el reino lo verá como su legítimo rey. Si lo escondes bajo la roca, no será más que otro aspirante, no se distinguirá en nada de Stannis.

—Ya lo sé —replicó la Reina en tono brusco—. He dicho que me gustaría trasladar la corte a Lannisport, no que vaya a hacerlo. ¿Siempre has sido así de torpe, o te has vuelto idiota desde que perdiste la mano?

Jaime hizo caso omiso del comentario.

—Si las llamas no se restringen a la torre, puede que termines quemando todo el castillo, tanto si era tu intención como si no. El fuego valyrio es traicionero.

—Lord Hallyne me ha asegurado que sus piromantes pueden controlarlo. —El Gremio de Alquimistas lleva quince días preparando fuego valyrio—. Que todo Desembarco del Rey vea las llamas. Será una lección para nuestros enemigos.

—Hablas igual que Aerys.

Las fosas nasales de Cersei se dilataron por la ira.

—Cuidado con lo que dices, ser.

—Yo también te quiero, hermana.

«¿Cómo pude amar alguna vez a un tipo tan patético?», se preguntó después de que saliera. «Era tu mellizo, tu sombra, tu otra mitad», le susurró otra vocecita en su interior. «Puede que lo fuera en otros tiempos —se contestó—. Pero ya no. Se ha convertido en un desconocido para mí.»

En comparación con la magnificencia de los desposorios de Joffrey, la boda del rey Tommen fue modesta y austera. Nadie quería otra ceremonia lujosa, menos aún la Reina, y nadie quería pagarla, menos aún los Tyrell. Así que el joven rey tomó como esposa a Margaery Tyrell en el septo real de la Fortaleza Roja, ante menos de un centenar de invitados, en lugar de los miles que habían presenciado la unión de su hermano con la misma mujer.

La novia era bella; el novio, un chiquillo regordete. Recitó los votos con voz aguda, infantil, prometiendo amor y devoción a la hija de Mace Tyrell, dos veces viuda. Margaery llevaba la misma ropa que cuando se había casado con Joffrey: un vestido etéreo de pura seda color marfil, encaje myriense y aljófares. Cersei aún vestía de negro en señal de luto por su primogénito asesinado. Su viuda estaba encantada de reír, beber, bailar y dejar de lado todo recuerdo de Joff, pero su madre no iba a olvidarlo con tanta facilidad.

«Esto no está bien —pensó—. Es demasiado pronto. Un año o dos... Eso habría sido lo correcto. Altojardín debería haberse conformado con el compromiso. —Cersei miró hacia atrás, hacia donde estaba Mace Tyrell, entre su esposa y su madre—. Me habéis impuesto esta farsa de boda, mi señor, y no lo voy a olvidar.»

Cuando llegó el momento del intercambio de capas, la novia se dejó caer de rodillas con gesto grácil, y Tommen la cubrió con la pesada monstruosidad de hilo de oro que Robert le había puesto a Cersei el día en que se casaron, con un bodoque de cuentas de ónice que formaban el venado coronado de la Casa Baratheon. Cersei había querido utilizar la fina capa de seda roja que usara Joffrey.

—Es la que mi señor padre le puso a mi señora madre —les explicó a los Tyrell, pero la Reina de las Espinas también le había llevado la contraria en eso.

—Está muy vieja —fue la réplica de la bruja—. Me parece un poco ajada... Y si me lo permitís, no trae buena suerte precisamente. Además, un venado es más apropiado para el hijo legítimo del rey Robert, ¿no? En mis tiempos, las novias lucían los colores de su esposo, no los de su señora madre.

Gracias a la repelente carta de Stannis, ya corrían demasiados rumores relativos a la paternidad de Tommen, y Cersei no se atrevió a avivar el fuego insistiendo en que envolviera a su esposa en el carmesí de los Lannister, de manera que cedió con tanta elegancia como pudo. Pero la visión del oro y el ónice la seguían llenando de resentimiento.

«Cuanto más les damos a los Tyrell, más nos exigen.»

Una vez pronunciados los votos, el Rey y su flamante reina salieron al exterior del septo para recibir las felicitaciones.

—Ahora hay dos reinas en Poniente, y la joven es tan bella como la mayor —rugió Lyle Crakehall, un caballero corpulento que a Cersei le recordaba a su difunto y nada llorado esposo.

De buena gana lo habría abofeteado. Gyles Rosby hizo ademán de besarle la mano, y solo consiguió toserle en los dedos. Lord Redwyne la besó en una mejilla, y Mace Tyrell en ambas. El Gran Maestre Pycelle le dijo a Cersei que no perdía un hijo, sino que ganaba una hija. Al menos se ahorró los abrazos llorosos de Lady Tanda. No había acudido ninguna de las Stokeworth, cosa por la que la Reina daba gracias.

Kevan Lannister fue uno de los últimos en acercarse a ella.

—Tengo entendido que nos abandonáis para asistir a otra boda —le dijo la Reina.

—Peñafuerte ha echado a los hombres quebrados del Castillo Darry —respondió—. La prometida de Lancel nos aguarda allí.

—¿Os acompañará vuestra señora esposa a la ceremonia nupcial?

—Las tierras de los ríos siguen siendo demasiado peligrosas. Los canallas de Vargo Hoat rondan por ahí, y Beric Dondarrion ha estado ahorcando a cuanto Frey se tropieza. ¿Es verdad que Sandor Clegane se ha unido a él?

«¿Cómo lo sabe?»

—Eso dicen algunos. Los informes son confusos.

El pájaro había llegado la noche anterior, procedente de un septrio de una isla de la entrada del Tridente. Un grupo de bandidos había asaltado la ciudad cercana de Salinas, y había supervivientes que aseguraban que entre los atacantes había un gigante con un yelmo en forma de cabeza de perro. Por lo visto, había matado a una docena de hombres y violado a una niña de doce años.

—No me cabe duda de que Lancel estará deseando dar caza a Clegane y a Lord Beric para devolver la paz del rey a las tierras de los ríos.

Ser Kevan la miró a los ojos durante un instante.

—Mi hijo no es el indicado para enfrentarse a Sandor Clegane.

«Al menos en eso estamos de acuerdo.»

—Tal vez su padre sí.

Su tío apretó los labios.

—Si no se requieren mis servicios en la Roca...

«Tus servicios se requerían aquí.»

Cersei había nombrado castellano de la Roca a su primo Damion Lannister, y Guardián del Occidente a otro primo, Ser Devan Lannister.

«La insolencia tiene su precio, tío.»

—Tráenos la cabeza de Sandor y Su Alteza te estará muy agradecido. A Joff le caía bien ese hombre, pero Tommen siempre le había tenido miedo, y al parecer, justificado.

—Si un perro se hace arisco, la culpa es de su amo —replicó Ser Kevan.

Dio media vuelta y se alejó.

Jaime la acompañó a la Sala Menor, donde se estaba disponiendo todo para el banquete.

—La culpa de esto la tienes tú —le susurró mientras caminaban—. «Deja que se casen», me dijiste. Margaery tendría que estar guardando luto por Joffrey, no casándose con su hermano. Debería estar tan destrozada por el dolor como yo. No creo que sea doncella; Renly tenía polla, ¿no? Era hermano de Robert; claro que tenía polla. Si esa vieja repugnante cree que voy a dejar que mi hijo...

—Pronto te librarás de Lady Olenna —interrumpió Jaime con voz tranquila—. Mañana por la mañana vuelve a Altojardín.

—Eso dice.

Cersei no confiaba en ninguna promesa de los Tyrell.

—Se marcha —insistió él—. Mace se lleva la mitad de las fuerzas de los Tyrell a Bastión de Tormentas, y la otra mitad va camino del Dominio bajo el mando de Ser Garlan para reforzar sus aspiraciones en Aguasclaras. Dentro de unos días, las únicas rosas que quedarán en Desembarco del Rey serán Margaery, sus damas y unos pocos guardias.

—Y Ser Loras. ¿O te olvidas de tu Hermano Juramentado?

—Ser Loras es caballero de la Guardia Real.

—Ser Loras es tan Tyrell que mea agua de rosas. No se le debería haber concedido una capa blanca.

—Yo tampoco lo habría elegido, te lo aseguro, pero nadie se tomó la molestia de consultarme. En fin, Loras lo hará bien. Esa capa te cambia.

—A ti te ha cambiado, desde luego, y no para mejor.

—Yo también te quiero, hermana.

Le abrió la puerta, le cedió el paso y la escoltó hasta la mesa principal, al asiento contiguo al del rey. Margaery se sentaría al otro lado de Tommen, en el lugar de honor. Cuando entró la joven, del brazo del pequeño rey, se detuvo ostentosamente junto a Cersei para besarla en las mejillas y abrazarla.

—Ahora me siento como si tuviera una segunda madre, Alteza —se atrevió a decir—. Rezo para que estemos muy próximas, unidas por el amor que ambas le profesamos a vuestro dulce hijo.

—Yo amaba a mis dos hijos.

—Joffrey también está en mis oraciones —replicó Margaery—. Le amaba de todo corazón, aunque no tuve ocasión de conocerlo.

«Mentirosa —pensó la Reina—. Si lo hubieras amado aunque fuera un instante, no habrías tenido una prisa tan descarada por casarte con su hermano. Lo único que te interesaba era su corona.» Ganas tenía de abofetear a la novia allí mismo, delante de media corte.

Al igual que la ceremonia, el banquete de bodas fue modesto. Lady Alerie se había encargado de todos los preparativos; Cersei no había tenido valor para enfrentarse de nuevo a semejante tarea tras la forma en que había terminado la boda de Joffrey. Solo se sirvieron siete platos. Mantecas y el Chico Luna entretuvieron a los invitados, y los músicos tocaron durante la comida. Había gaiteros y violinistas, un laúd, una flauta y una lira. El único cantor era uno de los favoritos de Lady Margaery, un joven brioso y enérgico vestido en todos los tonos del cian, que se hacía llamar «Bardo Azul». Cantó unas pocas canciones de amor y se retiró.

—Qué decepción —se quejó Lady Olenna en voz alta—. Yo quería oír «Las lluvias de Castamere».

Cada vez que Cersei miraba a la vieja bruja, el rostro de Maggy la Rana parecía flotar ante sus ojos, arrugado, espantoso, sabio.

«Todas las ancianas se parecen —trató de decirse—. Es solo eso, nada más.»

Lo cierto era que la hechicera encorvada no tenía nada que ver con la Reina de las Espinas, pero, sin que supiera por qué, la sonrisita desagradable de Lady Olenna la transportaba a la carpa de Maggy. Aún recordaba el olor de aquel lugar, a extrañas especias orientales, y la blandura de las encías de Maggy cuando le sorbió la sangre del dedo.

«Reina serás —le había prometido la anciana, con los labios todavía húmedos, rojos, brillantes—, hasta que llegue otra más joven y más bella para derribarte y apoderarse de todo lo que amas.»

Cersei miró más allá de Tommen, hacia donde estaba sentada Margaery, riéndose con su padre.

«Es bonita —tuvo que reconocer—, pero sobre todo porque es joven. Hasta las campesinas son bonitas a cierta edad, cuando aún gozan de frescura e inocencia, y muchas tienen el mismo pelo y los mismos ojos marrones que ella. Solo un idiota diría que es más bella que yo.»

Pero el mundo estaba lleno de idiotas. Igual que la corte de su hijo.

Su humor no mejoró cuando Mace Tyrell se puso en pie para emprender los brindis. Alzó un cáliz dorado y sonrió a su hermosa hijita.

—¡Por el Rey, por la Reina! —exclamó con voz retumbante.

Las demás ovejas balaron con él.

—¡Por el Rey, por la Reina! —gritaron al tiempo que hacían entrechocar las copas—. ¡Por el Rey, por la Reina!

No le quedó más remedio que beber con los demás, deseando todo el tiempo que los invitados tuvieran una única cara, para poder tirarle el vino a los ojos y recordarle que la verdadera reina era ella. El único de los cobistas Tyrell que se acordó de su existencia fue Paxter Redwyne, que se levantó algo tambaleante para brindar.

—¡Por nuestras dos reinas! —gorjeó—. ¡Por la joven y por la mayor!

Cersei bebió varias copas de vino y jugueteó con la comida en el plato dorado. Jaime comió aún menos, y en raras ocasiones se dignó ocupar su asiento en el estrado.

«Está tan nervioso como yo», comprendió la Reina mientras lo observaba rondar por la sala y apartar tapices de las paredes con su única mano para asegurarse de que nadie se escondía detrás. Sabía que había lanceros de los Lannister apostados en torno al edificio. Ser Osmund Kettleblack vigilaba una puerta, y Ser Meryn Trant, la otra. Balon Swann estaba situado tras el asiento del Rey, y Loras Tyrell, tras el de la Reina. No se había permitido que nadie, aparte de los caballeros blancos, acudiera al banquete con espada.

«Mi hijo está a salvo —se dijo Cersei—. Aquí no le puede pasar nada malo.»

Pero cada vez que miraba a Tommen, veía a Joffrey echándose las manos a la garganta, y cuando el niño empezó a toser de repente, a la Reina se le paró el corazón durante un instante. Derribó a una criada en su precipitación por llegar a su lado.

—No es nada, solo un poco de vino que se le ha ido por donde no debía —le aseguró Margaery Tyrell con una sonrisa. Tomó la mano de Tommen y le besó los dedos—. Mi amorcito tiene que beber traguitos más pequeños. Mirad, casi matáis del susto a vuestra madre.

—Lo siento mucho, mamá —dijo Tommen, avergonzado.

Aquello colmó la paciencia de Cersei.

«No permitiré que me vean llorar», pensó cuando sintió que se le agolpaban las lágrimas en los ojos. Pasó junto a Ser Meryn Trant hacia la salida trasera. A solas, bajo una vela de sebo, se permitió dejar escapar un sollozo desgarrador, luego otro. «Una mujer puede llorar; una reina, no.»

—¿Alteza? —dijo alguien a su espalda—. ¿Os molesto?

Era una voz de mujer con marcado acento oriental. Durante un momento temió que Maggy la Rana estuviera hablándole desde la tumba. Pero no era más que la esposa de Merryweather, la beldad de ojos rasgados con la que Lord Orton había contraído matrimonio durante el exilio y con la que había regresado a Granmesa.

—El aire está muy viciado en la Sala Menor —se oyó decir Cersei—. El humo hacía que me llorasen los ojos.

—Lo mismo me pasaba a mí, Alteza. —Lady Merryweather era tan alta como la Reina, pero morena en vez de rubia, con el pelo como ala de cuervo y la piel aceitunada, y un decenio más joven. Le tendió a la Reina un pañuelo azul claro de seda y encaje—. Yo también tengo un hijo. Sé que lloraré a mares el día en que se case.

Cersei se frotó las mejillas, furiosa por que alguien hubiera visto sus lágrimas.

—Os lo agradezco —dijo con tono seco.

—Alteza... —La myriense bajo la voz—. Hay una cosa que deberíais saber. Vuestra doncella está comprada. Le cuenta a Lady Margaery todo lo que hacéis.

—¿Senelle? —Una furia repentina retorció las entrañas de la Reina. ¿Acaso no podía confiar en nadie?—. ¿Estáis segura?

—Hacedla seguir. Margaery nunca se reúne directamente con ella. Sus primas son sus cuervos; le llevan los mensajes. Unas veces es Elinor; otras, Alla; otras, Megga. Todas están tan unidas a Margaery como si fueran sus hermanas. Se reúnen en el septo y fingen que rezan. Situad mañana a uno de vuestros hombres en la galería, y verá a Senelle hablando a susurros con Megga bajo el altar de la Doncella.

—Si es verdad, ¿por qué me lo contáis? Sois una de las acompañantes de Margaery. ¿Por qué la traicionáis? —Cersei había aprendido a desconfiar a la sombra de su padre; aquello podía ser una trampa, una mentira destinada a sembrar la discordia entre el león y la rosa.

—Puede que Granmesa haya jurado lealtad a Altojardín —respondió la mujer al tiempo que se apartaba la melena negra—, pero yo soy de Myr, y solo guardo lealtad a mi esposo y a mi hijo. Quiero lo mejor para ellos.

—Ya. —En el espacio angosto del pasillo le llegaba el olor del perfume de la otra mujer, un aroma almizclado que evocaba el musgo, la tierra y las flores silvestres. Por debajo de él, olía a ambición.

«Prestó declaración en el juicio contra Tyrion —recordó Cersei de repente—. Vio como el Gnomo ponía veneno en la copa de Joff y no tuvo miedo de decirlo.»

—Me encargaré de este asunto —le prometió—. Si lo que decís es cierto, seréis recompensada.

«Y si me habéis mentido, os cortaré la lengua, y además me quedaré con las tierras y el oro de vuestro señor esposo.»

—Vuestra Alteza es muy bondadosa. Y muy bella.

Lady Merryweather sonrió. Tenía los dientes muy blancos, y los labios, gruesos y oscuros.

Cuando la Reina volvió a la Sala Menor se encontró con su hermano, que paseaba inquieto.

—Solo era un trago que se le fue por otro camino, pero a mí también me sobresaltó.

—Tengo un nudo en el estómago que no me deja comer —gruñó ella—. El vino sabe a bilis. Esta boda ha sido un error.

—Esta boda ha sido necesaria. El chico está a salvo.

—Idiota. Nadie que lleve una corona está jamás a salvo.

Miró a su alrededor. Mace Tyrell reía a carcajadas entre sus caballeros. Lord Redwyne y Lord Rowan cuchicheaban. Ser Kevan estaba sentado al fondo de la sala, concentrado en su vino, mientras que Lancel le susurraba algo a un septón. Senelle recorría la mesa, llenando las copas de las primas de la novia con vino tinto, rojo como la sangre. El Gran Maestre Pycelle se había quedado dormido.

«No hay nadie en quien pueda confiar, ni siquiera Jaime —comprendió con amargura—. Voy a tener que desplazarlos a todos para rodear al Rey con mi gente.»

Más tarde, después de que se sirvieran dulces, frutos secos y queso, y se retirasen los restos de las fuentes, Margaery y Tommen empezaron a bailar. La imagen que daban al desplazarse por el suelo era bastante ridícula. La joven Tyrell le sacaba sus buenos tres palmos a su pequeño esposo, y Tommen era un bailarín torpe; carecía por completo de la gracia de Joffrey. De todos modos, hacía lo que podía, y no parecía darse cuenta del lamentable espectáculo que estaba ofreciendo. En cuanto la doncella Margaery terminó con él, sus primas se le echaron encima una tras otra, insistiendo en que Su Alteza bailara con ellas.

«Harán que tropiece y arrastre los pies como un idiota —pensó Cersei con resentimiento mientras observaba la escena—. Media corte se reirá a sus espaldas.»

Mientras Alla, Elinor y Megga se turnaban con Tommen, Margaery bailó una vez con su padre y otra con su hermano Loras. El Caballero de las Flores vestía de seda blanca y se ceñía con un cinturón de rosas doradas; una rosa de jade le abrochaba la capa.

«Parecen mellizos —pensó Cersei al verlos. Ser Loras era un año mayor que su hermana, pero ambos tenían los mismos ojos grandes y marrones, la misma cabellera castaña que les caía por los hombros en una cascada de bucles, la misma piel suave, perfecta—. Una buena cosecha de espinillas les daría una lección de humildad.» Loras era más alto y le crecía una pelusilla marrón en la mandíbula, y Margaery tenía formas femeninas, pero por lo demás se parecían más que Jaime y ella. Eso también la molestaba.

Fue su propio mellizo quien interrumpió sus meditaciones.

—¿Le concede Vuestra Alteza el honor de un baile a su caballero blanco?

Cersei le dirigió una mirada perpleja.

—¿Y que me toquetees con ese muñón? No. Pero si quieres, puedes llenarme la copa de vino. ¿Podrás hacerlo sin que se te derrame?

—¿Un tullido como yo? No creo.

Se alejó para hacer otra ronda por la sala. Cersei tuvo que llenarse la copa ella misma.

Rechazó el ofrecimiento de Mace Tyrell, y más tarde, el de Lancel. Los demás tomaron buena nota, y nadie más la invitó a bailar.

«Nuestros queridos amigos, nuestros leales señores.»

Ni siquiera podía confiar en los hombres de Occidente, en las espadas juramentadas y los banderizos de su padre, porque su propio tío conspiraba con sus enemigos...

Margaery bailaba con su prima Alla; Megga, con Ser Tallad el Tallo. La otra prima, Elinor, compartía una copa de vino con un atractivo joven, Aurane Mares, el Bastardo de Marcaderiva. No era la primera vez que la Reina se fijaba en Mares, un hombre esbelto de ojos verde grisáceo y larga cabellera entre dorada y plateada. La primera vez que lo vio pensó durante un instante que Rhaegar Targaryen había resurgido de sus cenizas.

«Es por el pelo —se dijo—. No es ni la mitad de guapo de lo que era Rhaegar. Tiene la cara demasiado afilada, y ese hoyuelo en la mandíbula.»

Pero los Velaryon procedían del antiguo tronco valyrio, y algunos tenían el mismo cabello platino que los reyes dragón de antaño.

Tommen volvió a su asiento y se puso a comer sin mucho entusiasmo un pastel de manzana. El lugar de su tío Kevan estaba vacío. La Reina lo divisó por fin en una esquina, muy concentrado en su conversación con Garlan, el hijo de Mace Tyrell.

«¿De qué estarán hablando?» En el Dominio apodaban el Galante a Ser Garlan, pero Cersei desconfiaba de él tanto como de Margaery o de Loras. No se olvidaba de la moneda de oro que Qyburn había encontrado bajo el orinal del carcelero.

«Una mano dorada de Altojardín. Y Margaery me está espiando.»

Cuando Senelle se acercó para llenarle la copa de vino, la Reina tuvo que contenerse para no agarrarla por el cuello y estrangularla.

«No te atrevas a sonreírme, zorrita traidora. Antes de que termine contigo me suplicarás piedad.»

—Me parece que Vuestra Alteza ya ha bebido suficiente por esta noche —oyó decir a su hermano Jaime.

«No —pensó la Reina—. Ni todo el vino del mundo bastaría para que soportara esta boda.»

Se levantó de manera tan precipitada que estuvo a punto de caerse. Jaime la sujetó por el brazo, pero ella se liberó de su mano y dio una palmada. La música cesó, y las voces se acallaron.

—¡Damas y caballeros! —exclamó en voz alta—. Si tenéis la amabilidad de seguirme afuera, encenderemos una vela para celebrar la unión entre Altojardín y Roca Casterly, y una nueva era de paz y abundancia para nuestros Siete Reinos.

La Torre de la Mano se alzaba oscura y desierta; solo había agujeros donde antes hubo puertas de roble y ventanas con postigos. Pese a su estado ruinoso seguía elevándose imponente, dominando el palenque. Los invitados a la boda pasaron bajo su sombra a medida que salían de la Sala Menor. Al alzar la vista, Cersei vio como sus almenas arañaban la redonda luna de sangre, y se preguntó cuántas Manos de cuántos reyes habían vivido allí a lo largo de los tres últimos siglos.

A unos cien pasos de la torre, respiró profundamente para que la cabeza dejara de darle vueltas.

—¡Lord Hallyne! ¡Ya podéis empezar!

Hallyne el Piromante emitió un *mmm* y agitó la antorcha que tenía en la mano, y los arqueros de los muros inclinaron el arco y lanzaron una docena de flechas llameantes hacia los huecos de las ventanas.

La torre se incendió con un sonido siseante. El interior cobró vida con luces rojas, amarillas, anaranjadas... y verdes, de un ominoso verde oscuro, el color de la bilis, del jade y de la orina de piromante. La sustancia, como decían los alquimistas, aunque el pueblo llano lo llamaba *fuego valyrio*. Habían puesto cincuenta recipientes dentro de la Torre de la Mano, además de troncos, barriles de brea y la mayor parte de las posesiones terrenales de un enano llamado Tyrion Lannister.

La Reina sentía el calor de aquellas llamas verdes. Según los piromantes, solo había tres cosas que ardieran a temperatura más alta que su sustancia: las llamas de dragón, los fuegos del interior de la tierra y el sol del verano. Varias damas dejaron escapar grititos cuando las primeras llamaradas aparecieron por las ventanas y lamieron los muros exteriores como largas lenguas verdes. Otros aplaudieron y brindaron.

«Es hermoso —pensó—, tan hermoso como Joffrey cuando me lo pusieron en los brazos.»

Ningún hombre la había hecho sentirse tan bien como cuando el bebé le acercó la boca al pezón y empezó a mamar.

Tommen contemplaba el fuego con los ojos muy abiertos, tan fascinado como aterrado, hasta que Margaery le dijo al oído algo que lo hizo reír. Los caballeros empezaron a cruzar apuestas sobre cuánto tardaría la torre en desmoronarse. Lord Hallyne seguía canturreando y meciéndose.

Cersei pensó en todas las Manos del Rey que había conocido a lo largo de los años: Owen Merryweather, Jon Connington, Qarlton Chested, Jon Arryn, Eddard Stark, su hermano Tyrion... Y su padre, Lord Tywin Lannister, sobre todo su padre.

«Ahora, todos están ardiendo —se dijo, saboreando la idea—. Están muertos, todos, están muertos y arden, junto con sus tramas, intrigas y traiciones. Este es mi día. Es mi castillo, es mi reino.»

De repente, la Torre de la Mano emitió un gemido tan estrepitoso que todas las conversaciones se interrumpieron en el acto. La piedra crujió y se rajó, y parte de las almenas superiores se desmoronó y se precipitó contra el suelo levantando una nube de humo y polvo con un impacto tal que la colina tembló. El aire fresco entró a ráfagas por la estructura, y el fuego se elevó con un rugido. Las llamas verdes lamieron el cielo y giraron, formando remolinos. Tommen retrocedió asustado hasta que Margaery le cogió la mano.

—Mirad, las llamas están bailando. Igual que hacíamos nosotros, mi amor.

—Es verdad. —La voz del niño rebosaba asombro—. Mira, mamá, están bailando.

—Ya lo veo. ¿Cuánto tiempo arderá el fuego, Lord Hallyne?

—Toda la noche, Alteza.

—Bonita vela, desde luego —dijo Lady Olenna Tyrell, apoyada en su bastón, entre Izquierdo y Derecho—. Con tanta luz, podemos irnos a dormir sin miedo. Los huesos viejos se cansan, y estos jovencitos ya han tenido emociones suficientes por una noche. Es hora de que el Rey y la Reina se vayan a la cama.

—Sí. —Cersei hizo un ademán a Jaime para que se acercara—. Lord Comandante, ten la amabilidad de escoltar a Su Alteza y a su pequeña reina hasta sus almohadas.

—Como ordenes. ¿Y a ti?

—No será necesario. —Cersei se sentía demasiado viva para dormir. El fuego valyrio la estaba limpiando; quemaba toda su rabia, todo su miedo, la llenaba de resolución—. Las llamas son muy hermosas. Quiero contemplarlas un rato.

Jaime titubeó un instante.

—No deberías quedarte sola.

—No estaré sola. Ser Osmund permanecerá conmigo y me mantendrá a salvo. Es tu Hermano Juramentado.

—Si eso es lo que desea Vuestra Alteza... —dijo Kettleblack.

—Lo es.

Cersei lo cogió del brazo y, juntos, contemplaron el fuego.

El caballero manchado

La noche era demasiado fría incluso para la estación otoñal. Un viento fuerte y húmedo soplaba en los callejones y levantaba el polvo que se había posado durante el día.

«Viento del norte, viene con hielo.»

Ser Arys Oakheart se subió la capucha para cubrirse el rostro. No le convenía que lo reconocieran. Quince días atrás habían asesinado a un comerciante en la ciudad de la sombra; era un hombre inofensivo que había acudido a Dorne a comprar fruta y, en vez de dátiles, había encontrado la muerte. Su único crimen era proceder de Desembarco del Rey.

«La turba habría encontrado un enemigo más duro en mí.» En aquel momento casi habría agradecido que lo atacaran. Se le escapó la mano para acariciar el pomo de la espada larga que le colgaba semioculta entre los pliegues de las túnicas de lino; la exterior, con tiras color turquesa e hileras de soles dorados; la naranja, más ligera, debajo. El atuendo dorniense era cómodo, pero su padre se habría escandalizado de haber vivido para ver a su hijo vestido de aquella guisa. Había nacido en el Dominio y los dornienses eran sus enemigos históricos, como atestiguaban los tapices que colgaban de las paredes de Roble Viejo. Arys tenía solo que cerrar los ojos para volver a verlos: Lord Edgerran el Generoso, sentado en todo su esplendor, con las cabezas de cien dornienses amontonadas a sus pies; las Tres Hojas en el Paso del Príncipe, traspasadas por lanzas dornienses; Alester, que soplaba el cuerno de batalla con su último aliento; Ser Olyvar, el Roble Verde, todo de blanco, agonizando al lado del Joven Dragón.

«Dorne no es lugar adecuado para ningún Oakheart.»

Ya antes de la muerte del príncipe Oberyn, el caballero se sentía inquieto siempre que se alejaba de Lanza del Sol para adentrarse por los callejones de la ciudad de la sombra. Sentía constantemente que las miradas se clavaban en él, miradas de ojos dornienses, pequeños y negros, cargados de hostilidad mal disimulada. Los tenderos hacían lo posible por engañarlo, y a veces se preguntaba si los taberneros no escupirían en sus bebidas. En cierta ocasión, un grupo de críos andrajosos se dedicó a tirarle piedras hasta que desenvainó la espada y los espantó. La muerte de la Víbora Roja había exaltado aún más a los dornienses, aunque las calles se habían tranquilizado algo después de que el príncipe Doran confinara en una torre a las Serpientes de Arena. Aun así, lucir abiertamente la capa blanca en la ciudad de la sombra sería como ir pidiendo a gritos que lo atacaran. Llevaba tres prendas: dos de lana, una ligera y otra gruesa, y la tercera era una fina camisa de seda blanca. Pero sin capa se sentía desnudo.

«Más vale desnudo que muerto —se dijo—. Aun sin capa, sigo siendo un caballero de la Guardia Real. Ella lo tiene que respetar. Tengo que hacérselo entender.»

No debería haberse dejado meter en aquello, pero, como decía el bardo, el amor puede volver estúpido a cualquier hombre.

A menudo, la ciudad de la sombra de Lanza del Sol parecía desierta durante las horas de más calor, cuando solo las moscas zumbonas se movían por las calles polvorientas, pero las calles cobraban vida en cuanto anochecía. Ser Arys oyó una música tenue que se colaba por las ventanas con persianas bajo las que pasaba; en alguna parte, los tambores marcaban el ritmo rápido de un baile de la lanza, haciendo palpitar la noche. En el punto donde se encontraban tres callejones, al pie de la segunda de las Murallas Serpenteantes, una muchacha de una casa de mancebía, ataviada solo con joyas y ungüentos, lo llamó desde un balcón. El caballero le lanzó una mirada, encorvó los hombros y siguió avanzando contra el viento.

«Los hombres somos tan débiles... El cuerpo traiciona hasta al más noble.» Pensó en el rey Baelor el Santo, que ayunaba hasta el punto de desmayarse para someter las pasiones que lo avergonzaban. ¿Debería él hacer lo mismo?

Un hombre bajo estaba ante un portal, asando en un brasero unos trozos de serpiente a los que daba vueltas con unas pinzas de madera. El olor penetrante de las salsas hizo que se le saltaran las lágrimas. Tenía entendido que la mejor salsa de serpiente llevaba, además de semillas de mostaza y guindillas de dragón, una gota de veneno. Myrcella se había adaptado a la cocina local tan deprisa como a su príncipe dorniense, y de cuando en cuando, Ser Arys probaba algún plato tan solo para complacerla. La comida le abrasaba la boca y lo obligaba a beber vino, pero en la salida picaba aún más que en la entrada. En cambio, a su princesita le encantaba.

La había dejado en sus habitaciones, inclinada ante un tablero de juego frente al príncipe Trystane, moviendo las piezas ornamentadas por las casillas de jade, cornalina y lapislázuli. Myrcella, concentrada, tenía los carnosos labios entreabiertos y los verdes ojos entrecerrados. El juego se llamaba *sitrang.* Había llegado a la Ciudad de los Tablones en una galera mercante procedente de Volantis, y los huérfanos lo habían difundido a lo largo del Sangreverde. En la corte dorniense, todo el mundo estaba enloquecido con él.

A Ser Arys le ponía los nervios de punta. Había diez piezas diferentes, cada una con sus poderes y atributos, y el juego cambiaba de partida en partida, en función de cómo distribuyera sus casillas cada jugador. El príncipe Trystane se había aficionado enseguida, y Myrcella se aprendió las reglas para poder jugar con él. Aún no había cumplido once años, mientras que su prometido tenía trece, y pese a ello, últimamente ganaba a menudo. A Trystane no parecía molestarle. Los dos niños eran diferentes a más no poder: él, con la piel aceitunada y el pelo lacio y negro; ella, pálida como la leche y con una mata de rizos dorados; clara y oscuro, igual que la reina Cersei y el rey Robert. El caballero les pedía a los dioses que Myrcella tuviera con su muchacho dorniense más alegrías que las que había recibido su madre de su señor de la tormenta.

No le gustaba dejarla sola, aunque sabía que en el castillo estaba a salvo. En la Torre del Sol solo había dos puertas que dieran acceso a las habitaciones de Myrcella, y Ser Arys tenía apostados a dos hombres ante cada una de ellas; eran guardias de la Casa Lannister, que habían llegado con él desde Desembarco del Rey, hombres curtidos en combate, duros y leales hasta la médula. Myrcella también tenía a sus doncellas y a la septa Eglantine, y al príncipe Trystane lo protegía su escudo juramentado, Ser Gascoyne del Sangreverde.

«Nadie la molestará —se dijo—, y en menos de quince días nos habremos marchado.»

Eso le había prometido el príncipe Doran. Arys se había llevado una desagradable sorpresa al ver lo envejecido y enfermo que estaba el dorniense, pero no dudaba de su palabra.

—Siento no haber podido conoceros hasta ahora, ni haber recibido a la princesa Myrcella —le había dicho Martell a Arys cuando lo recibió en sus estancias—. Espero que mi hija Arianne os haya dado una bienvenida adecuada a Dorne, ser.

—Sí, mi príncipe —respondió al tiempo que rezaba para que no lo traicionara el rubor.

—Nuestra tierra es yerma y abrupta, pero no carece de lugares bellos. Nos duele que lo único que hayáis visto de Dorne sea Lanza del Sol, pero mucho me temo que ni vos ni vuestra princesa estaríais a salvo fuera de estos muros. Los dornienses somos un pueblo de sangre ardiente; nos enfurecemos deprisa y tardamos en perdonar. Desearía de todo corazón poder deciros que las Serpientes de Arena eran las únicas que anhelaban la guerra, pero no quiero mentiros, ser. Ya habéis oído a mi gente en las calles, gritándome que convoque a las lanzas. Mucho me temo que es lo mismo que desea la mitad de mis señores.

—¿Y vos, mi príncipe? —se atrevió a preguntar el caballero.

—Hace mucho, mi madre me enseñó que solo los locos libran batallas perdidas. —Si la brusquedad de la pregunta lo había ofendido, el príncipe Doran disimuló bien—. Pero esta paz es frágil... Tan frágil como vuestra princesa.

—Solo un animal le haría daño a una niña.

—Mi hermana Elia también tenía una niña. Se llamaba Rhaenys. Y también era una princesa. —El príncipe suspiró—. Los que serían capaces de apuñalar a la princesa Myrcella no tienen nada contra ella, igual que Ser Amory Lorch no tenía nada contra Rhaenys cuando la mató, si es que fue él. Solo quieren obligarme a actuar, porque si la princesa Myrcella fuera asesinada en Dorne estando bajo mi protección, ¿quién prestaría oídos a mis explicaciones?

—Nadie le hará ningún daño a Myrcella mientras yo viva.

—Noble juramento —replicó Doran Martell con un atisbo de sonrisa—, pero solo sois un hombre, ser. Tenía la esperanza de que encerrar a mis testarudas sobrinas contribuyera a calmar las aguas, pero lo único que hemos conseguido es que las cucarachas vuelvan a esconderse bajo las alfombras. Todas las noches los oigo susurrar mientras afilan los cuchillos.

«Tiene miedo —comprendió Ser Arys en aquel momento—. ¡Pero si le están temblando las manos! El príncipe de Dorne está aterrado.» Se quedó sin palabras.

—Tenéis que disculparme, ser —continuó el príncipe Doran—. Estoy delicado de salud, y a veces... A veces, Lanza del Sol me agota con tanto ruido, tanta suciedad, estos olores... En cuanto mis deberes me lo permitan tengo intención de regresar a los Jardines del Agua. Y me llevaré a la princesa Myrcella. —Antes de que el caballero pudiera protestar, el príncipe alzó una mano de nudillos rojos e hinchados—. Vos también vendréis. Y su septa, sus doncellas y sus guardias. Los muros de Lanza del Sol son altos, pero tras ellos está la ciudad de la sombra. Cientos de personas entran y salen cada día del castillo. Los Jardines son mi refugio. El príncipe Maron los hizo construir como regalo para su prometida Targaryen, para celebrar el enlace de Dorne con el Trono de Hierro. Allí, el otoño es una estación deliciosa. Los días son cálidos y las noches frescas, y la brisa salada sopla del mar, las fuentes y los estanques. Y hay otros chiquillos de noble cuna. Myrcella tendrá amigos de su edad con los que jugar. No estará sola.

—Como digáis. —Las palabras del príncipe le resonaban en la cabeza.

«Allí estará a salvo.» Pero entonces, ¿por qué le había dicho Doran Martell que no escribiera a Desembarco del Rey para contar lo del traslado? «Myrcella estará más segura si nadie sabe exactamente dónde se encuentra.» Ser Arys se había mostrado de acuerdo, aunque en realidad no tenía otra elección. Era caballero de la Guardia Real, pero, como había dicho el príncipe, solo era un hombre.

El callejón desembocaba en un patio iluminado por la luna. «Pasando la cerería, una verja y unos peldaños», le había escrito ella. Cruzó la verja y subió por los peldaños hasta llegar ante una puerta.

«¿Debería llamar?» Decidió que no y empujó la puerta, y se encontró en una habitación grande, de techo bajo, penumbrosa, iluminada por un par de velas aromáticas cuyas llamas titilaban en nichos excavados en las gruesas paredes de adobe. Bajo sus sandalias había alfombras myrienses; de una pared pendía un tapiz, y también vio una cama.

—¿Mi señora? —gritó—. ¿Dónde estás?

—Aquí.

Ella salió de entre las sombras que había más allá de la puerta.

Lucía una serpiente ornamentada enroscada en el antebrazo derecho; las escamas de cobre y oro centelleaban cuando se movía. No llevaba nada más.

«No —quiso decirle el caballero—, solo he venido a decirte que tengo que partir», pero cuando la vio, deslumbrante a la luz de las velas, perdió el habla. Tenía la garganta tan seca como las arenas dornienses. Se quedó en silencio, embriagado ante la gloria de su cuerpo, el hueco de la garganta, los pechos abundantes con grandes pezones oscuros, las curvas exuberantes de la cintura y las caderas. Y de pronto, sin saber cómo, la tenía entre los brazos y ella le estaba quitando la ropa. Cuando llegó a la camisa que llevaba bajo la túnica se la agarró por los hombros y desgarró la seda hasta el ombligo, pero a Arys ya nada le importaba. Sentía la piel suave bajo los dedos, tan cálida como la arena caldeada por el sol dorniense. Le alzó el rostro y buscó sus labios. La boca de la mujer se abrió bajo la suya; sus pechos le llenaron las manos. Sintió como se endurecían los pezones cuando los acarició con los pulgares. Tenía la cabellera espesa y negra, olía a orquídeas, y aquel olor terrenal y oscuro le provocó una erección casi dolorosa.

—Tócame —le susurró la mujer al oído. Él pasó la mano más allá de la suave curva del vientre para buscar el dulce lugar húmedo bajo la mata de vello negro—. Sí, así —murmuró ella mientras introducía un dedo en su interior. Dejó escapar un gemido, lo arrastró hacia la cama y lo hizo tumbarse—. Más, más, sí, mi caballero, mi caballero, mi dulce caballero blanco, sí, sí, a ti, te deseo a ti. —Lo guio hacia su interior y se abrazó a él para atraerlo con más fuerza—. Más —susurró—. Más, sí.

Lo rodeó con unas piernas fuertes como el acero. Sus uñas le arañaron la espalda mientras la embestía, una vez, y otra, y otra, hasta que dejó escapar un grito y arqueó la espalda contra el colchón. Mientras, ella le buscó los pezones con los dedos y se los pellizcó hasta que derramó su semilla en su interior.

«Ahora mismo podría morir feliz», pensó el caballero y, al menos durante unos instantes, estuvo en paz.

No murió.

Su deseo era profundo e infinito como el mar, pero cuando bajaba la marea asomaban los escollos de la vergüenza y la culpa, tan escabrosas como siempre. En ocasiones, las olas las cubrían, pero seguían bajo las aguas, duras, negras, resbaladizas.

«¿Qué estoy haciendo? —se preguntó—. Soy caballero de la Guardia Real.»

Rodó hacia un lado y se quedó tendido, contemplando el techo. Había una grieta enorme que iba de una pared a otra. No se había fijado hasta entonces, igual que no se había fijado en la imagen del tapiz, una escena en la que se veía a Nymeria con sus diez mil barcos.

«Solo la veo a ella. Podría asomarse un dragón a la ventana, que yo no habría visto más que sus pechos, su rostro, su sonrisa.»

—Hay vino —le susurró contra el cuello. Le pasó una mano por el torso—. ¿Tienes sed?

—No.

Se echó a un lado y se sentó en el borde de la cama. Hacía calor, pero estaba temblando.

—Tienes sangre —dijo ella—. Te he arañado.

Cuando le rozó la espalda, el caballero se estremeció como si sus dedos fueran de fuego.

—No. —Se levantó, desnudo—. Ya basta.

—Tengo un bálsamo. Para los arañazos.

«Pero no para la vergüenza.»

—No es nada. Perdóname, mi señora, tengo que irme.

—¿Tan pronto? —Tenía la voz grave, una boca amplia hecha para susurrar, unos labios carnosos hechos para besar. La cabellera le caía por los hombros desnudos hasta los pechos redondos, negra, espesa, con suaves bucles. Hasta el vello del pubis era rizado y sedoso—. Quédate conmigo esta noche, ser. Todavía tengo muchas cosas que enseñarte.

—Ya he aprendido demasiado de ti.

—Pues en su momento, mis lecciones parecían agradarte. ¿Seguro que no te vas a otra cama, con otra mujer? Dime quién es. Lucharé con ella por ti, a pecho descubierto, cuchillo contra cuchillo. —Sonrió—. A menos que sea una Serpiente de Arena. En ese caso podríamos compartirte; aprecio mucho a mis primas.

—Ya sabes que no hay otra mujer, solo... mi obligación.

Ella se giró y se apoyó en un codo para mirarlo. Sus grandes ojos negros brillaban a la luz de las velas.

—¿La obligación? ¿Esa zorra vieja? La conozco. Entre las piernas está tan seca como la arena; sus besos hacen sangrar. Que la obligación duerma sola por una vez; quédate conmigo esta noche.

—Mi lugar está en el palacio.

—Con tu otra princesa. —La mujer suspiró—. Me vas a poner celosa. Me parece que la quieres más que a mí. Esa doncella es demasiado joven para ti; lo que necesitas es una mujer, no una niñita, pero si eso te excita, puedo hacerme la inocente.

—No digas esas cosas. —«Recuerda que es dorniense.» En el Dominio se decía que era la comida lo que hacía a los dornienses tan irascibles, y a las dornienses, tan indómitas y lujuriosas. «Las guindillas y las especias extrañas le calientan la sangre, no lo puede evitar»—. Quiero a Myrcella como a una hija. —Nunca podría tener hijas, igual que no podría tener esposa. En su lugar tenía una bonita capa blanca—. Nos marchamos a los Jardines del Agua.

—Algún día —asintió ella—, pero con mi padre todo tarda cuatro veces más de lo que debería. Si dice que tiene intención de partir mañana, no será hasta dentro de quince días. En los Jardines estarás muy solo, te lo aseguro. ¿Dónde está el joven galante que decía que quería pasar el resto de la vida entre mis brazos?

—Cuando dije aquello estaba embriagado.

—Solo habías tomado tres copas de vino aguado.

—Estaba embriagado de ti. Habían pasado diez años desde... No había tocado a una mujer desde que vestí el blanco. Nunca supe cómo podía ser el amor, pero ahora... Tengo miedo.

—¿Qué puede asustar a mi caballero blanco?

—Temo por mi honor —respondió—, y por el tuyo.

—De mi honor me ocupo yo. —Se llevó un dedo al pecho y se acarició lentamente el pezón—. Y de mi placer también, si hace falta. Soy adulta.

Lo era, no cabía duda. Al verla allí, sobre el colchón de plumas, con aquella sonrisa perversa, tocándose el pecho... ¿Habría otra mujer con unos pezones tan grandes, tan sensibles? No podía ni mirárselos sin que lo dominara el deseo de cogerlos, de lamerlos hasta que estuvieran duros, húmedos, brillantes...

Apartó la vista. Su ropa interior estaba dispersa por las alfombras. El caballero se inclinó para recogerla.

—Te tiemblan las manos —señaló ella—. Me parece que preferirían estar acariciándome. ¿Tanta prisa tienes en ponerte la ropa, ser? Te prefiero tal como estás. En la cama, desnudos, somos nosotros de verdad, un hombre y una mujer, amantes, una sola carne, tan cercanos como pueden estar dos seres humanos. La ropa nos convierte en personas diferentes. Yo prefiero ser carne y sangre, no sedas y joyas, y tú... No eres tu capa blanca.

—Sí lo soy —respondió Ser Arys—. Yo soy mi capa. Y esto tiene que terminar, tanto por tu propio bien como por el mío. Si nos descubrieran...

—Muchos te considerarían afortunado.

—Muchos me considerarían perjuro. ¿Qué pasaría si alguien le contara a tu padre que te he deshonrado?

—Mi padre será muchas cosas, pero nadie lo ha considerado nunca estúpido. El Bastardo de Bondadivina se llevó mi virtud cuando los dos teníamos catorce años. ¿Sabes lo que hizo mi padre cuando se enteró? —Recogió las mantas y se las subió hasta la barbilla para ocultar su desnudez—. Nada. A mi padre se le da muy bien no hacer nada. Lo llama pensar. Dime la verdad, ser, ¿qué te preocupa? ¿Tu deshonra o la mía?

—Las dos. —Era una acusación dolorosa—. Por eso, esta tiene que ser nuestra última vez.

—No es la primera vez que lo dices.

«Es verdad, y lo decía en serio. Pero soy débil; de lo contrario no estaría aquí en este momento.» Eso no se lo podía decir. Presentía que era una de esas mujeres que despreciaban la debilidad. «Tiene más de su tío que de su padre.» Se volvió y encontró la camisa de seda desgarrada en una silla.

—Está destrozada —se quejó—. ¿Cómo me la pongo ahora?

—Al revés —sugirió—. Cuando lleves la túnica no se verá el desgarrón. A lo mejor te la cose tu princesita. ¿O prefieres que te envíe una nueva a los Jardines del Agua?

—No me mandes regalos. —Aquello solo serviría para llamar la atención. Sacudió la camisa y se la puso con la parte trasera por delante. Sentía la seda fresca contra la piel, aunque se le adhería a la espalda, allí donde tenía los arañazos. Al menos le serviría para volver a palacio—. Lo único que quiero es poner fin a este... Este...

—No eres nada galante, ser. Me hieres. Empiezo a pensar que todas tus palabras de amor eran mentira.

«A ti jamás te podría mentir.» Ser Arys se sintió como si le hubiera abofeteado.

—¿Por qué habría renunciado a mi honra, si no fuera por amor? Cuando estoy contigo... Casi no puedo ni pensar, eres lo que siempre había soñado, pero...

—Las palabras se las lleva el viento. Si me amas, no me dejes.

—Hice un juramento...

—Juraste no casarte ni engendrar hijos. Pues bebo el té de la luna, y sabes que no me puedo casar contigo. —Sonrió—. Aunque me podrías convencer para que te conservara como amante.

—Te estás burlando de mí.

—Un poquito. ¿Crees que eres el único miembro de la Guardia Real que ha amado a una mujer?

—Siempre ha habido hombres con más facilidad para pronunciar juramentos que para mantenerlos —reconoció. A Ser Boros Blount lo conocían bien en la calle de la Seda, y Ser Preston Greenfield solía visitar la casa de cierto mercero cuando estaba de viaje, pero Arys nunca avergonzaría a sus Hermanos Juramentados relatando sus debilidades—. A Ser Terrence Toyne lo encontraron en la cama con la amante de su rey —fue su respuesta—. Juró que era por amor, pero les costó la vida a los dos, y provocó la caída de su Casa y la muerte del caballero más noble que jamás había existido.

—¿Qué me dices de Lucamore el Lujurioso, con sus tres esposas y sus dieciséis hijos? Qué gracia me hace esa canción.

—La verdad no es tan divertida. Mientras vivió, nadie lo llamó nunca Lucamore el Lujurioso. Su nombre era Ser Lucamore Strong, y toda su vida era una mentira. Cuando se descubrió el engaño, sus propios Hermanos Juramentados lo castraron, y el Viejo Rey lo mandó al Muro. Esos dieciséis niños se quedaron en la estacada. No era un caballero de verdad, como tampoco lo era Terrence Toyne.

—¿Y el Caballero Dragón? —Apartó a un lado las mantas y puso los pies en el suelo—. Dices que era el caballero más noble que jamás haya existido, pero se llevó a su reina a la cama y la dejó embarazada.

—Me niego a creerlo —replicó, ofendido—. La historia de la traición del príncipe Aemon con la reina Naerys solo fue eso, una historia, una mentira que inventó su hermano para apartar a su hijo y favorecer a su propio bastardo. Por algo llamaban el Indigno a Aegon. —Cogió el cinto y se lo abrochó. Le quedaba extraño sobre la seda dorniense de la camisa, pero el peso familiar de la espada larga y el puñal le recordaron quién era, qué era—. No quiero que se me recuerde como Ser Arys el Indigno —declaró—. No mancharé mi capa.

—Claro —replicó ella—. Esa capa blanca tan bonita. Por si no lo recuerdas, mi tío abuelo también la vistió. Murió cuando era pequeña, pero aún me acuerdo de él. Era alto como una torre y solía hacerme cosquillas hasta que me quedaba sin aliento de tanto reírme.

—No tuve el honor de conocer al príncipe Lewyn —respondió Ser Arys—, pero todo el mundo dice que fue un gran caballero.

—Un gran caballero que tenía una amante. Ahora ya es anciana, pero se comenta que de joven era toda una belleza.

«¿El príncipe Lewyn?» Ser Arys no conocía esa historia. Se quedó conmocionado. La traición de Terrence Toyne y los engaños de Lucamore el Lujurioso aparecían reseñados en el Libro Blanco, pero en la página del príncipe Lewyn no se mencionaba a ninguna mujer.

—Mi tío decía siempre que lo que determina la valía de un hombre es la espada que lleva en la mano, no la que tiene entre las piernas —siguió—, así que no me vengas con tonterías de capas manchadas. Lo que te ha deshonrado no es nuestro amor, son los monstruos a los que has servido y los animales a los que llamas hermanos.

Aquello lo hirió en lo más hondo.

—Robert no era ningún monstruo.

—Se encaramó a cadáveres de niños para ascender a su trono —replicó—. Aunque no era tan malo como Joffrey, eso lo reconozco.

«Joffrey.» Había sido un muchacho guapo, alto y fuerte para su edad, pero eso era lo único bueno que se podía decir de él. Ser Arys todavía se avergonzaba al recordar todas las veces que había golpeado a la pequeña Stark por orden del muchacho. Cuando Tyrion lo eligió para que fuera a Dorne con Myrcella, le encendió una vela al Guerrero en gesto de gratitud.

—Joffrey está muerto; el Gnomo lo envenenó. —Nunca habría pensado que el enano fuera capaz hacer aquello—. Ahora el Rey es Tommen, y no es como su hermano.

—Ni como su hermana.

Era verdad. Tommen era un hombrecito de buen corazón que trataba de comportarse lo mejor que podía, pero la última vez que Arys lo había visto estaba llorando en los muelles. Myrcella no derramó ni una lágrima, y eso que era ella la que abandonaba su tierra y su hogar para sellar una alianza. Sin duda, la princesa era más valiente que su hermano, y también más inteligente y segura de sí misma. Tenía un ingenio más vivo y unos modales más exquisitos. Nada la intimidaba, ni siquiera Joffrey.

«Es verdad, las mujeres son las fuertes.» No pensaba tan solo en Myrcella, sino también en la madre de la niña, en la suya, en la Reina de las Espinas, en las hermosas y mortíferas Serpientes de Arena de la Víbora Roja y, sobre todo, en la princesa Arianne Martell.

—No digo que te equivoques.

Tenía la voz ronca.

—Claro, ¡porque no puedes! Myrcella está mejor preparada para gobernar...

—Los varones tienen preferencia.

—¿Por qué? ¿Qué dios lo ha decidido? Yo soy la heredera de mi padre. ¿Tengo que renunciar a mis derechos en beneficio de mis hermanos?

—Estás tergiversando mis palabras. Yo no he dicho... Dorne es diferente. En los Siete Reinos nunca ha gobernado una mujer.

—El primer Viserys quería que lo sucediera su hija Rhaenyra, ¿acaso lo niegas? Pero mientras el Rey agonizaba, el Lord Comandante de su Guardia Real decidió que no sería así.

«Ser Criston Cole.» Criston el Hacedor de Reyes había enfrentado a hermano contra hermana y dividido a la Guardia Real, provocando la espantosa guerra que los bardos denominaron la Danza de los Dragones. Algunos decían que lo había hecho por ambición, ya que el príncipe Aegon era más dócil que su voluntariosa hermana mayor; otros le atribuían motivos más nobles y aseguraban que estaba defendiendo la antigua costumbre de los ándalos. Pero hubo quien murmuró que Ser Criston había sido amante de la princesa Rhaenyra antes de vestir el blanco y quería vengarse de la mujer que lo había rechazado.

—El Hacedor provocó una gran desgracia —dijo Ser Arys—, y lo pagó con creces, pero...

—... Pero tal vez los Siete te hayan enviado aquí para que un caballero blanco enderece lo que torció otro. ¿Sabes por qué quiere mi padre llevarse a Myrcella a los Jardines del Agua?

—Para ponerla a salvo de los que quieren hacerle daño.

—No. Para mantenerla lejos de los que quieren coronarla. El príncipe Oberyn, la Víbora en persona, le habría puesto la corona en la cabeza de seguir vivo, pero mi padre no tiene valor. —Se puso en pie—. Dices que quieres a esa niña como si fuera tu propia hija. ¿Permitirías que a tu hija la despojaran de sus derechos y la encarcelaran?

—Los Jardines del Agua no son ninguna cárcel —protestó Ser Arys con debilidad.

—¿Crees que en las cárceles no hay fuentes ni higueras? Pues cuando la niña haya entrado no la dejarán salir jamás. Igual que a ti; Hotah se encargará de eso. No lo conoces como yo. Cuando lo provocan es terrible.

Ser Arys frunció el ceño. El corpulento capitán norvoshi, con el rostro lleno de cicatrices, lo hacía sentir incómodo. Se decía que no se separaba de su enorme hacha ni para dormir.

—¿Qué quieres que haga?

—Lo que has jurado: proteger a Myrcella con tu propia vida. Defenderla... y defender sus derechos. Ponerle una corona en la cabeza.

—¡Hice un juramento!

—A Joffrey, no a Tommen.

—Sí, pero Tommen es un niño de buen corazón. Será mejor rey que Joffrey.

—Pero no mejor que Myrcella. Ella también lo quiere mucho. Sé que no permitirá que le pase nada malo. Bastión de Tormentas le corresponde por derecho, ya que Lord Renly no dejó herederos y Lord Stannis ha caído en desgracia. Con el tiempo heredará también Roca Casterly de su señora madre; será el más grande de los señores del reino... Pero, por derecho, Myrcella debería ocupar el Trono de Hierro.

—La ley... No sé...

—Yo sí. —Cuando se levantó, la mata de cabello negro le cayó como una cascada hasta las nalgas—. Aegon el Dragón creó la Guardia Real y sus votos, pero lo que un rey ha hecho, otro lo puede deshacer, o cambiar. Antes, los miembros de la Guardia Real lo eran de por vida, y aun así, Joffrey echó a Ser Barristan para que su perro pudiera vestir la capa. Myrcella querrá hacerte feliz, y a mí también me aprecia. Si se lo pedimos, nos dará permiso para casarnos. —Arianne lo abrazó y le apoyó la cara contra el pecho. La cabeza le quedaba justo debajo de la barbilla—. Podrás tenerme a mí y también la capa blanca, si eso es lo que quieres.

«Me está destrozando.»

—Ya sabes que sí, pero...

—Soy una princesa de Dorne —le dijo con aquella voz profunda—. No es apropiado que me hagas suplicar.

Ser Arys olió el perfume de su cabello; sintió los latidos de su corazón cuando se apretó contra él. Su cuerpo empezaba a responder a la proximidad. Sin duda, ella también se estaba dando cuenta. Cuando le puso las manos en los hombros, advirtió que temblaba.

—¿Arianne? ¿Princesa mía? ¿Qué te pasa, mi amor?

—¿Es necesario que lo diga, ser? Tengo miedo. Me llamas *mi amor,* pero me rechazas justo cuando más te necesito. ¿Tan mal está que quiera un caballero que vele por mí?

Nunca la había visto tan desvalida.

—No —dijo—, pero tienes a los guardias de tu padre para protegerte, ¿por qué...?

—Es de los guardias de mi padre de quienes tengo miedo. —Durante un momento, le pareció aún más joven que Myrcella—. Fueron los guardias de mi padre los que encadenaron a mis queridas primas.

—No están encadenadas. Tengo entendido que disfrutan de todas las comodidades.

Ella dejó escapar una carcajada amarga.

—¿Tú las has visto? No me dejan visitarlas, ¿lo sabías?

—Estaban conspirando para provocar una guerra...

—Loreza tiene seis años; Dorea, ocho. ¿Qué guerras pueden provocar? Pero mi padre las ha encerrado con sus hermanas. Ya lo has visto. Llevados por el miedo, hasta los hombres más fuertes pueden hacer cosas que de otra manera no harían, y mi padre no ha sido fuerte nunca. Arys, corazón mío, por el amor que dices que me profesas, escúchame. No soy tan valerosa como mis primas; nací de una semilla más débil, pero Tyene y yo tenemos la misma edad, y hemos sido como hermanas desde muy pequeñas. No hay secretos entre nosotras. Si las pueden encerrar a ellas, a mí también... y por la misma causa. La causa de Myrcella.

—Tu padre no haría eso jamás.

—No conoces a mi padre. Para él he sido una fuente continua de decepciones desde que llegué al mundo sin polla. Ha tratado de casarme media docena de veces con viejos desdentados, cada uno más despreciable que el anterior. Nunca me ordenó que me casara, cierto, pero me ofrece esos pretendientes para demostrar la pobre opinión que tiene de mí.

—Pese a eso, eres su heredera.

—¿Sí?

—Te dejó gobernando en Lanza del Sol cuando se retiró a los Jardines del Agua, ¿no?

—¿Gobernando? No. Dejó como castellano a su primo, Ser Manfrey; a Ricasso, ese viejo ciego, como senescal; a sus alguaciles, a cargo de cobrar los impuestos, y a su tesorera, Alyse Ladybright, de gestionarlos; a sus condestables, a cargo de patrullar la ciudad de la sombra; a sus justicias mayores, a cargo de realizar los juicios, y al maestre Myles, a cargo de responder a todas las cartas que no requiriesen la atención personal del príncipe. Y por encima de todos ellos puso a la Víbora Roja. Mi cometido eran los banquetes, las fiestas y la recepción de invitados distinguidos. Oberyn iba a los Jardines del Agua una vez por semana; a mí me llamaba dos veces al año. No soy la heredera que quiere mi padre; eso lo ha dejado muy claro. Nuestras leyes lo obligan, pero preferiría que lo sucediera mi hermano, estoy segura.

—¿Tu hermano? —Ser Arys le llevó una mano a la barbilla y le levantó la cabeza para mirarla a los ojos—. No te referirás a Trystane; no es más que un niño.

—No, Trys no. Quentyn. —Tenía los ojos osados y negros como el pecado, resueltos—. Conozco la verdad desde que tenía catorce años, desde un día en que fui a las habitaciones de mi padre para darle las buenas noches y me encontré con que no estaba. Más adelante supe que mi madre lo había hecho llamar. Se había dejado una vela encendida, y cuando fui a apagarla vi que al lado había una carta inacabada, dirigida a mi hermano Quentyn, que estaba en Palosanto. Mi padre le decía que tenía que hacer todo lo que le dijeran el maestre y el maestro de armas, «porque algún día ocuparás mi lugar y gobernarás sobre todo Dorne, y un gobernante debe ser fuerte en cuerpo y espíritu». —Una lágrima resbaló por la suave mejilla de Arianne—. Palabras de mi padre, escritas por su propia mano. Se me grabaron a fuego en la memoria. Aquella noche lloré hasta que me quedé dormida. Las noches siguientes, también.

Ser Arys aún no conocía a Quentyn Martell. Lord Yronwood había criado al príncipe desde edad muy temprana. El niño le había servido como paje y después como escudero; incluso recibió de sus manos el ordenamiento como caballero, en vez de que lo armara la Víbora Roja. «Si fuera padre, yo también querría que me sucediera un hijo varón», pensó, pero había oído el dolor en la voz de Arianne, y sabía que, si lo decía, la perdería.

—Quizá lo interpretaras mal —le dijo—. No eras más que una niña. Tal vez el príncipe solo lo decía para animar a tu hermano y que fuera más diligente.

—¿Eso crees? Entonces, dime, ¿dónde está Quentyn ahora mismo?

—El príncipe se encuentra con el ejército de Lord Yronwood, en el Sendahueso —respondió Arys con cautela. Eso le había dicho el anciano castellano de Lanza del Sol cuando llegó a Dorne. La versión del maestre de la barba sedosa coincidía.

Arianne no estaba de acuerdo.

—Eso quiere mi padre que creamos, pero tengo amigos que me dan una versión muy diferente. Mi hermano ha cruzado el mar Angosto en secreto, haciéndose pasar por un vulgar mercader. ¿Por qué?

—¿Cómo quieres que lo sepa? Puede haber cien motivos.

—O solo uno. ¿Sabías que la Compañía Dorada ha roto su contrato con Myr?

—Como si fuera la primera vez que unos mercenarios rompen su contrato.

—La Compañía Dorada no. «Nuestra palabra vale tanto como el oro»: es su consigna desde tiempos de Aceroamargo. Myr está a punto de entrar en guerra con Lys y Tyrosh. ¿Por qué romper un contrato que ofrecía la perspectiva de buenos salarios y saqueos abundantes ?

—Tal vez Lys le ofreciera un mejor sueldo. O Tyrosh.

—No —replicó ella—. Eso me lo podría creer de cualquiera de las otras compañías libres; la mayoría cambiaría de bando por media moneda de hierro. La Compañía Dorada es diferente. Es una hermandad de exiliados e hijos de exiliados, unida por el sueño de Aceroamargo. Quiere oro, sí, pero también un hogar. Lord Yronwood lo sabe tan bien como yo. Sus antepasados cabalgaron con Aceroamargo durante tres de las Rebeliones de los Fuegoscuro. —Cogió la mano de Ser Arys y entrelazó los dedos con los suyos—. ¿Has visto alguna vez el escudo de la Casa Toland de Colina Fantasma?

El caballero tuvo que pensar un instante.

—¿Un dragón que se muerde la cola?

—El dragón es el tiempo. No tiene principio ni fin, así que todo transcurre en círculo. Anders Yronwood es Criston Cole renacido. Susurra al oído de mi hermano que debería ser él quien gobernara después de mi padre, que no está bien que los hombres se arrodillen ante las mujeres... Y que Arianne, sobre todo, es la menos indicada para gobernar porque es una furcia testaruda. —Se echó el pelo hacia atrás en gesto desafiante—. Así que tus dos princesas comparten una causa común, ser... Al igual que comparten a un caballero que dice amarlas a las dos, pero que no está dispuesto a luchar por ellas.

—Os defenderé. —Ser Arys se dejó caer sobre una rodilla—. Es cierto que Myrcella es la mayor y está mejor preparada para llevar la corona. ¿Quién defenderá sus derechos si no lo hace su Guardia Real? Mi espada, mi vida, mi honor le pertenecen... Igual que a ti, alegría de mi corazón. Juro que nadie te robará lo que te corresponde por derecho de nacimiento mientras yo tenga fuerzas para blandir una espada. Soy tuyo. ¿Qué quieres de mí?

—Todo. —Se arrodilló para besarle los labios—. Todo, mi amor, mi amor verdadero, mi amor eterno. Pero antes...

—Pide lo que quieras y será tuyo.

—... Myrcella.

Brienne

El muro de piedra era viejo y estaba en ruinas, pero su sola visión a través del campo hizo que a Brienne se le erizara el vello.

«Ahí estaban escondidos los arqueros que mataron al pobre Cleos Frey», pensó.

Pero mil pasos más adelante bordearon otro muro que se parecía mucho al anterior, y ya no estuvo tan segura. El camino marcado con huellas de carros describía curvas y más curvas; los árboles desnudos, con su corteza marrón, parecían diferentes de los verdes que ella recordaba. ¿Habían pasado ya por el lugar donde Ser Jaime le había arrebatado a su primo la espada de la vaina? ¿Dónde estaban los bosques en los que habían luchado? ¿Y el arroyo al que se habían precipitado mientras se lanzaban estocadas, hasta que la Compañía Audaz cayó sobre ellos?

—¿Mi señora? ¿Ser? —Podrick no sabía nunca cómo llamarla—. ¿Qué estáis buscando?

«Fantasmas.»

—Un muro junto al que pasé en cierta ocasión. No importa. —«Eso fue cuando Ser Jaime aún tenía dos manos. ¡Cómo detestaba entonces sus burlas, sus sonrisitas!»—. Guarda silencio, Podrick. Puede que aún queden bandidos en estos bosques.

El chico contempló los árboles desnudos, las hojas mojadas, el camino embarrado que tenían por delante.

—Tengo una espada larga. Sé luchar.

«No tan bien como haría falta.»

Brienne no dudaba del valor del chico, pero sí de su entrenamiento. Tal vez fuera escudero, al menos en teoría, pero el hombre al que sirvió no le había enseñado gran cosa.

Durante el viaje desde el Valle Oscuro había conseguido sacarle su historia a trompicones. Procedía de una rama menor y empobrecida de la Casa Payne, fruto de la entrepierna de un hijo pequeño. Su padre se había pasado la vida trabajando de escudero para sus primos más ricos, y había engendrado a Podrick con la hija de un cerero con la que se casó antes de partir para morir en la rebelión de los Greyjoy. Su madre lo había abandonado con uno de aquellos primos cuando tenía cuatro años, para ir tras un bardo errante que le había metido otro bebé en la barriga. Podrick no recordaba ni su cara. Ser Cedric Payne había sido lo más cercano a un progenitor que el chico había tenido jamás, aunque por su relato entrecortado, a Brienne le parecía que había tratado a Podrick más como a un criado que como a un hijo. Cuando Roca Casterly convocó a sus banderizos, el caballero lo llevó para que le cuidara el caballo y le limpiara la cota de malla. Ser Cedric había muerto en las tierras de los ríos, luchando en el ejército de Lord Tywin.

Lejos de su hogar, solo y sin recursos, el muchacho se había unido a un obeso caballero errante que respondía al nombre de Ser Lorimer el Barriga y formaba parte del contingente de Lord Lefford, con la misión de proteger el convoy de provisiones.

—Los chicos que vigilan la comida son los que mejor comen —decía Ser Lorimer, hasta que lo descubrieron con un jamón robado de la despensa personal de Lord Tywin.

Tywin Lannister optó por ahorcarlo para darles una lección a los posibles ladrones. Podrick había compartido el jamón, y tal vez habría terminado compartiendo la cuerda, pero su apellido lo salvó. Ser Kevan Lannister se hizo cargo de él, y más adelante lo envió para que sirviera como escudero a su sobrino Tyrion.

Ser Cedric había enseñado a Podrick a cuidar de los caballos y a revisarles las herraduras en busca de piedras, y Ser Lorimer le había enseñado a robar, pero ninguno se molestó en entrenarlo con la espada. El Gnomo, al menos, lo había enviado con el maestro de armas de la Fortaleza Roja cuando llegaron a la corte. Por desgracia, Ser Aron Santagar fue una de las víctimas de los motines del pan, y ahí acabó el entrenamiento de Podrick.

Brienne fabricó dos espadas de madera con ramas caídas para hacerse una idea de la habilidad de Podrick, y comprobó con agrado que el chico era lento de habla, pero no de mano. Era valiente y observador, pero también estaba flaco, mal alimentado, muy falto de fuerzas. Si, como decía, había sobrevivido a la batalla del Aguasnegras, había sido porque nadie consideró que valiera la pena matarlo.

—Dices que eres escudero —le espetó—, pero he visto pajes de la mitad de tu edad que podrían hacerte pedazos. Si te quedas conmigo, te acostarás todas las noches con ampollas en las manos y moratones en los brazos, tan agarrotado y magullado que casi no podrás dormir. ¿Es eso lo que quieres?

—Sí —insistió el chico—. Eso quiero. Las ampollas y moratones. O sea, no, pero sí. Ser. Mi señora.

Hasta entonces había cumplido su palabra, y Brienne, la suya. Podrick no se había quejado. Cada vez que le salía una ampolla en la mano de la espada sentía la necesidad de ir a mostrársela con orgullo. Y además cuidaba bien de los caballos.

«Sigue sin ser un escudero —se recordaba—, pero yo tampoco soy un caballero, por muchas veces que me llame *ser*.»

Se habría separado de él, pero el chico no tenía adónde ir. Además, aunque Podrick decía que no tenía ni idea de dónde estaba Sansa Stark, tal vez supiera más de lo que creía. Cualquier observación casual, cualquier dato apenas recordado, podía ser crucial para la misión de Brienne.

—¿Ser? ¿Mi señora? —Podrick señaló hacia delante—. Ahí hay un carro.

Brienne lo divisó; era una carreta de madera de dos ruedas, con los laterales altos. Un hombre y una mujer tiraban de él por el camino que llevaba a Poza de la Doncella.

«Parecen granjeros.»

—Ahora ve despacio —dijo al chico—. Puede que nos tomen por bandidos. No hables más que lo imprescindible y sé cortés.

—Sí, ser. Seré cortés. Mi señora.

Parecía casi contento ante la perspectiva de que lo confundieran con un bandido.

Los granjeros los observaron con desconfianza cuando se aproximaron al trote, pero cuando Brienne dejó bien claro que no pretendían hacerles daño alguno, les permitieron cabalgar junto a ellos.

—Antes teníamos un buey que tiraba del carro —le comentó el viejo mientras avanzaban por campos llenos de malas hierbas, charcos de lodo y árboles quemados y ennegrecidos—, pero los lobos se lo llevaron. —Tenía el rostro congestionado por el esfuerzo—. También se llevaron a nuestra hija e hicieron con ella lo que quisieron, pero volvió después de la batalla del Valle Oscuro. El buey no. Supongo que se lo comerían.

La mujer no tuvo nada que añadir. Era al menos veinte años más joven que el hombre, pero no dijo ni una palabra; se limitó a mirar a Brienne igual que habría mirado a un ternero de dos cabezas. No era la primera vez que la Doncella de Tarth era objeto de miradas como aquella. Lady Stark había sido bondadosa con ella, pero la mayoría de las mujeres eran tan crueles como los hombres. No habría sabido decir qué miradas le dolían más, si las de las jóvenes hermosas de lengua afilada y risa chillona o las de las damas de ojos gélidos que ocultaban su desprecio bajo una máscara de cortesía. Y a veces, las mujeres del pueblo llano eran incluso peores.

—La última vez que pasé por Poza de la Doncella, todo estaba en ruinas —comentó—. Las puertas estaban rotas y habían quemado media ciudad.

—La han reconstruido en parte. Ese Tarly es duro, pero es un señor más valiente que Mooton. Aún quedan bandidos en los bosques, aunque no tantos como antes. Tarly dio caza a los peores y les dio una buena lección con la espada, vaya que sí. —Giró la cabeza y escupió—. ¿No habéis visto bandidos por el camino?

—No. —«Al menos esta vez.»

Cuanto más se alejaban del Valle Oscuro, más desiertos encontraban los caminos. Los únicos viajeros a los que habían divisado corrían a esconderse en los bosques antes de que los alcanzaran, todos a excepción de un septón corpulento y barbudo con el que se cruzaron mientras iba hacia el sur, con unos cuarenta seguidores de pies llagados. Todas las posadas por las que pasaron habían sido saqueadas y abandonadas, o transformadas en campamentos militares. El día anterior se habían encontrado con una patrulla de Lord Randyll, cuyos miembros iban cargados de arcos y lanzas. Los jinetes los habían rodeado mientras el capitán interrogaba a Brienne, pero al final les habían permitido seguir su camino.

—Tened cuidado, mujer. Puede que los próximos hombres que os tropecéis no sean tan honrados como mis muchachos. El Perro ha cruzado el Tridente con un centenar de bandidos; se dice que violan a toda mujer que se cruzan y luego le cortan las tetas para llevárselas como trofeos.

Brienne se sintió en la obligación de transmitirles la advertencia al granjero y a su esposa. El hombre asintió mientras la escuchaba, pero cuando terminó volvió a escupir.

—Perros, lobos y leones, los Otros se los lleven a todos. Esos bandidos no se atreverán a acercarse demasiado a Poza de la Doncella, al menos mientras Lord Tarly gobierne allí.

Brienne había conocido a Lord Randyll Tarly mientras estuvo en el ejército del rey Renly. Aunque no le gustaba, tampoco podía olvidar que estaba en deuda con él.

«Si los dioses son bondadosos, pasaremos de Poza de la Doncella antes de que sepa que estoy ahí.»

—Cuando termine la guerra, Lord Mooton recuperará la ciudad —le dijo al granjero—. El Rey ha perdonado a su señoría.

—¿Que lo ha perdonado? —El viejo se echó a reír—. ¿Por qué? ¿Por quedarse sentado en su puto castillo? Envió a sus hombres a luchar en Aguasdulces, pero él no se movió. Los leones saquearon su ciudad; luego, los lobos; luego, los mercenarios, y su señoría siguió sentadito y a salvo detrás de sus murallas. Su hermano no habría hecho nunca nada semejante. Ser Myles era un valiente, pero ese tal Robert lo mató.

«Más fantasmas», pensó Brienne.

—Estoy buscando a mi hermana, una hermosa doncella de trece años. ¿La habéis visto, por casualidad?

—No he visto a ninguna doncella, ni hermosa ni fea.

«Igual que todos.» Pero tenía que seguir preguntando.

—La hija de Mooton es doncella —siguió el hombre—. Bueno, hasta el encamamiento. Los huevos estos son para la boda. Con el hijo de Tarly. Los cocineros necesitan huevos para las tartas.

—Claro.

«El hijo de Tarly. El pequeño Dickon se va a casar.» Trató de recordar cuántos años tenía. Ocho o diez, creía. Brienne había estado prometida a los siete años con un niño que le llevaba tres, el hijo pequeño de Lord Caron, un muchachito tímido con un lunar encima del labio. Solo se habían visto en una ocasión, cuando se formalizó el compromiso. Murió dos años más tarde; se lo llevaron las mismas fiebres que a Lord Caron, a Lady Caron y a sus hijas. De haber vivido, se habrían casado un año después de su florecimiento, y toda su vida habría sido diferente. No estaría allí en aquel momento, con armadura de hombre y una espada al cinto, buscando a la hija de una mujer muerta. Probablemente estaría en Canto Nocturno, acunando a un hijo y dándole el pecho a otro. Aquel pensamiento no era nuevo para Brienne. Siempre la hacía sentirse un poco triste, pero la tristeza se mezclaba con cierto alivio.

El sol estaba oculto a medias tras un banco de nubes cuando salieron de entre los árboles ennegrecidos y se encontraron ante Poza de la Doncella, con las aguas profundas de la bahía más allá. Brienne advirtió enseguida que habían reconstruido y reforzado las puertas de la ciudad, y que de nuevo había hombres con ballestas en las murallas de piedra rosada. Sobre la torre de la entrada ondeaba el estandarte del rey Tommen, un león de oro y un venado de sinople sobre campo tronchado de púrpura y oro. En otros estandartes se veía el cazador de los Tarly, pero el salmón rojo de la Casa Mooton solo ondeaba en el castillo, en la cima de la colina.

Ante el rastrillo se encontraron con una docena de alabarderos. Sus divisas indicaban que eran soldados del ejército de Lord Tarly, aunque ninguno llevaba la del señor. Brienne vio dos centauros, un rayo, un escarabajo azul y una flecha verde, pero no el cazador de Colina Cuerno. Su sargento llevaba en el pecho un pavo real con los otrora vivos colores de la cola desvaídos por el sol. Cuando los granjeros se adelantaron con el carro lanzó un silbido.

—¿Qué tenemos aquí? ¿Huevos? —Lanzó uno al aire, lo atrapó al vuelo y sonrió—. Nos los quedamos.

El viejo lanzó un chillido.

—Los huevos son para Lord Mooton. Para la tarta de boda y esas cosas.

—Pues que tus gallinas pongan más. Hace medio año que no como un huevo. Toma, que no he dicho que no te fuera a pagar.

Lanzó una bolsa de moneditas a los pies del anciano.

—No es suficiente —intervino la esposa del granjero—. Ni para empezar.

—Yo creo que sí —replicó el sargento—. Por los huevos y por ti también. Traedla aquí, muchachos. Es demasiado joven para ese vejestorio.

Dos guardias apoyaron las alabardas contra la muralla y arrastraron a la mujer, que se debatía. El granjero los miraba compungido, pero no se atrevía a moverse.

Brienne picó espuelas a su yegua y se adelantó.

—Soltadla.

Su voz hizo que los guardias titubearan un instante, lo suficiente para que la esposa del granjero se liberase.

—Esto no es asunto tuyo —replicó uno—. Cuidado con lo que dices, moza.

Brienne desenvainó la espada.

—¿Qué tenemos aquí? —intervino el sargento—. Acero desenvainado. Me parece que huele a bandido. ¿Sabes qué hace Lord Tarly con los bandidos?

Aún tenía en la mano el huevo que había cogido del carro. Cerró el puño, y la yema le resbaló entre los dedos.

—Sé qué hace Lord Randyll con los bandidos —replicó Brienne—. También sé qué hace con los violadores.

Albergaba la esperanza de que la palabra los acobardara, pero el sargento se limitó a lamerse el huevo de los dedos e hizo una seña a sus hombres para que se desplegaran. Brienne se encontró rodeada de puntas de acero.

—¿Qué ibas diciendo, moza? ¿Qué hace Lord Tarly con los...?

—... violadores —terminó una voz más grave—. Los castra o los envía al Muro. O las dos cosas. Y a los ladrones les corta los dedos.

Un joven de aspecto lánguido salió de la torre, con la espada al cinto. El jubón que llevaba bajo el acero había sido blanco, y todavía lo era en algunas zonas, bajo las manchas de hierba y sangre seca. Llevaba el blasón en el pecho: un ciervo marrón muerto, atado y colgado de una pértiga.

«Él.» Su voz era como un puñetazo en el estómago; su rostro, como un cuchillo que le clavaran en las entrañas.

—Ser Hyle... —dijo con tono seco.

—Más vale que la dejéis en paz, muchachos —advirtió Ser Hyle Hunt—. Es Brienne la Bella, la Doncella de Tarth, la que asesinó al rey Renly y a la mitad de su Guardia Arcoris. Es tan dura como fea, y no hay ser humano más feo... Excepto quizá tú, Orinal, pero tu padre era el trasero de un uro, así que tienes excusa. En cambio, su padre es el Lucero de la Tarde de Tarth.

Los guardias se rieron, pero apartaron las alabardas.

—¿No deberíamos detenerla, ser? —preguntó el sargento—. Por el asesinato de Renly.

—¿Por qué? Renly era un rebelde. Como todos nosotros, cierto, pero ahora somos leales amigos de Tommen. —El caballero hizo una seña a los granjeros para que cruzaran la puerta—. El mayordomo de su señoría estará encantado de recibir esos huevos. Lo encontraréis en el mercado.

El anciano se llevó los nudillos a la frente.

—Gracias, mi señor. Sois un buen caballero, salta a la vista. Ven, esposa.

Volvieron a tirar del carro, que cruzó la puerta, traqueteante.

Brienne entró al trote tras ellos, seguida por Podrick.

«Un buen caballero», pensó con el ceño fruncido. Una vez dentro de la ciudad, tiró de las riendas. A su izquierda, frente a un callejón embarrado, se alzaban las ruinas de un establo. Enfrente, tres prostitutas medio desnudas cuchicheaban en el balcón de un burdel. Una de ellas se parecía a una vivandera que, en cierta ocasión, se había aproximado a Brienne para preguntarle si tenía un coño o una polla debajo de los calzones.

—Ese rocín debe de ser el caballo más feo que he visto en mi vida —comentó Ser Hyle señalando la montura de Podrick—. Me extraña que no lo montéis vos, mi señora. ¿No pensáis darme las gracias por mi ayuda?

Brienne se bajó de la yegua. Le sacaba una cabeza a Ser Hyle.

—Tengo intención de daros las gracias algún día en combate cuerpo a cuerpo, ser.

—¿Igual que se las disteis a Ronnet el Rojo?

Hunt se echó a reír. Tenía una risa hermosa, cantarina, aunque su rostro era vulgar: pelo castaño revuelto, ojos color avellana, una pequeña cicatriz en la oreja izquierda... En otro tiempo le había parecido un rostro honrado, antes de descubrir cómo era. Tenía una hendidura en la barbilla y la nariz torcida, pero su risa era hermosa y se dejaba oír a menudo.

—¿No tendríais que estar vigilando la puerta?

—Mi primo Alyn está cazando bandidos. —La miró con sarcasmo—. Sin duda volverá con la cabeza del Perro, fanfarroneando y cubierto de gloria. Y mientras, yo estoy condenado a vigilar esta puerta, gracias a vos. Espero que estéis satisfecha, Bella. ¿Qué andáis buscando?

—Un establo.

—Hay uno junto a la puerta oriental. Este lo quemaron.

«Eso ya lo veo», pensó Brienne

—En cuanto a lo que habéis dicho antes... Yo estaba con el rey Renly cuando murió, pero lo mató una hechicería, ser. Lo juro por mi espada.

Puso una mano en la empuñadura, dispuesta a luchar si Hunt se atrevía a llamarla mentirosa a la cara.

—Sí, y el Caballero de las Flores fue el que se cargó a la Guardia Arcoiris. Tal vez en un día bueno habríais podido con Ser Emmon, que era un luchador impulsivo y se cansaba con facilidad, pero ¿con Royce? No. Ser Robar era el doble de hombre que vos con la espada... Un momento, no, que no sois un hombre. Y no se puede decir que él fuera el doble de mujer que vos. En fin, ¿qué trae a la Doncella a Poza de la Doncella?

«Busco a mi hermana, una niña de trece años», estuvo a punto de decir, pero Ser Hyle sabía que no tenía hermanas.

—Quiero ver a un hombre que frecuenta un local llamado Ganso Hediondo.

—No sabía que Brienne la Bella se relacionara con hombres. —Había un matiz cruel en su sonrisa—. El Ganso Hediondo. Qué nombre tan adecuado... Sobre todo por lo de hediondo. Está cerca de los muelles. Pero antes, vendréis conmigo a ver a su señoría.

Brienne no tenía miedo de Ser Hyle, pero era uno de los capitanes de Randyll Tarly. Bastaría con un silbido para que cien hombres acudieran en su defensa.

—¿Vais a detenerme?

—¿Por qué? ¿Por lo de Renly? ¿Quién era? Desde entonces, todos hemos cambiado de rey, y algunos más de una vez. Nadie lo recuerda; a nadie le importa. —Le puso una mano en el brazo—. Por aquí, por favor.

Ella se apartó.

—Os agradecería que no me tocarais.

—Por fin me dais las gracias por algo —replicó con una sonrisa seca.

La última vez que había estado en Poza de la Doncella, la ciudad se encontraba en ruinas, era un lugar desolado de calles desiertas y casas quemadas. En aquella ocasión, las calles estaban llenas de cerdos y niños, y habían demolido la mayoría de los edificios quemados. En los solares que dejaron algunos de ellos, los ciudadanos habían plantado huertos; los tenderetes de los comerciantes y los pabellones de los caballeros ocupaban otros. Brienne vio que se estaban construyendo casas: una posada de piedra empezaba a cobrar forma donde había ardido la de madera, y el septo de la ciudad tenía un nuevo tejado de tejas. El aire fresco del otoño iba cargado de los sonidos de la sierra y el martillo. Los hombres transportaban tablones; los canteros recorrían las calles embarradas con sus carromatos. Muchos de ellos llevaban el blasón del cazador en el pecho.

—Los soldados están reconstruyendo la ciudad —comentó Brienne sorprendida.

—Seguro que preferirían estar jugando a los dados, bebiendo y follando, pero Lord Randyll opina que es mejor que los ociosos tengan las manos ocupadas.

Brienne había pensado que la llevaría al castillo, pero Hunt se dirigió hacia el ajetreado puerto. Se alegraba de ver que los comerciantes habían vuelto a Poza de la Doncella. Vio en los atracaderos una galera, una galeaza y dos grandes cocas de dos mástiles, además de una veintena de botes de pescadores. Había más en la bahía.

«Si no encuentro nada en el Ganso Hediondo, buscaré pasaje en un barco», decidió. Puerto Gaviota estaba a poca distancia. Desde allí no le costaría nada llegar al Nido de Águilas.

Lord Tarly estaba en el mercado de pescado, impartiendo justicia.

Se había erigido un estrado junto al agua, y desde él, su señoría podía contemplar a los acusados de delitos. A su izquierda había un cadalso con cuerdas suficientes para veinte hombres. Vio cuatro ahorcados. Uno parecía reciente, pero era obvio que los otros tres llevaban allí algún tiempo. Un cuervo estaba arrancando tiras de carne de uno de los despojos podridos. Los demás pájaros se habían dispersado, temerosos de la multitud de ciudadanos congregados con la esperanza de ver algún ajusticiamiento.

Lord Randyll compartía el estrado con Lord Mooton, un hombre pálido, blando, carnoso, vestido con casaca blanca y calzones rojos, la capa de armiño sujeta en el hombro con un broche de oro rojo en forma de salmón. Tarly iba vestido de cuero y cota de malla, y llevaba una coraza de acero gris. El puño del mandoble le sobresalía por encima del hombro izquierdo. Su nombre era *Veneno de Corazón,* y era el orgullo de su Casa.

Un joven con una capa de lana basta y jubón sucio estaba prestando declaración cuando llegaron.

—Nunca le he hecho daño a nadie, mi señor —le oyó decir Brienne—. Lo único que hice fue coger lo que dejaron los septones cuando huyeron. Si por eso me tenéis que cortar un dedo, hacedlo.

—Es costumbre cortarles un dedo a los ladrones —replicó Lord Tarly en tono seco—, pero el hombre que roba en un septo está robando a los dioses. —Se volvió hacia el capitán de los guardias—. Siete dedos. Respetadle los pulgares.

—¿Siete?

El ladrón palideció. Cuando los guardias lo agarraron se debatió, pero sin energía, como si ya estuviera tullido. Al mirarlo, Brienne no pudo evitar pensar en Ser Jaime, en cómo había gritado cuando el *arakh* de Zollo descendió centelleante.

El siguiente fue un panadero acusado de mezclar la harina con serrín. Lord Randyll le puso una multa de cincuenta venados de plata. Cuando el panadero juró que no tenía tanto dinero, su señoría decretó que podía recibir un latigazo por cada venado que le faltara. Tras él le llegó el turno a una prostituta andrajosa y macilenta, acusada de contagiarles la sífilis a cuatro soldados Tarly.

—Lavadle sus partes con lejía y encerradla en una mazmorra —ordenó Tarly.

Mientras se la llevaban a rastras, sollozante, su señoría divisó a Brienne a un lado de la multitud, entre Podrick y Ser Hyle. Frunció el ceño, pero no dio muestra alguna de haberla reconocido.

El siguiente era un marinero de la galeaza. Su acusador era un arquero de la guarnición de Lord Mooton, que llevaba una mano vendada y lucía un salmón en el pecho.

—Mi señor, este canalla me atravesó la mano con un puñal, acusándome de hacer trampas a los dados.

Lord Tarly apartó la vista de Brienne para fijarse en los hombres que tenía delante.

—¿Y era verdad?

—No, mi señor. Jamás hago trampas.

—Por robar mando cortar un dedo; si me mientes, te haré ahorcar. ¿Quieres que examine esos dados?

—¿Los dados? —El arquero miró a Mooton, pero su señoría estaba ensimismado en la contemplación de los botes de pescadores. Tragó saliva—. Es posible que... Esos dados, bueno, me dan suerte, sí, pero...

Tarly ya tenía suficiente.

—Cortadle el meñique; que él decida de qué mano. Al otro atravesadle la palma con un clavo. —Se levantó—. Hemos terminado. Devolved a los demás a las mazmorras; mañana me ocuparé de ellos.

Se volvió e hizo señas a Ser Hyle para que se adelantara. Brienne lo siguió.

—¿Mi señor? —dijo cuando estuvo ante él. Volvía a sentirse como si tuviera ocho años.

—Mi señora... ¿A qué debemos este... honor?

—Me han enviado en busca de... De... —titubeó.

—¿Cómo vais a encontrarlo si no sabéis qué es? ¿Matasteis vos a Lord Renly?

—No.

Tarly sopesó la respuesta.

«Me está juzgando, igual que ha juzgado a esos otros.»

—No —dijo él al final—. Solo lo dejasteis morir.

Había muerto entre sus brazos; su sangre la había empapado. El rostro de Brienne se llenó de dolor.

—Fue hechicería. Yo jamás habría...

—¿Jamás? —Su voz se convirtió en un látigo—. Claro. Jamás deberíais haberos puesto la armadura, ni haber empuñado una espada. Jamás deberíais haber salido de las estancias de vuestro padre. Esto es la guerra, no el baile de la cosecha. Por todos los dioses, debería meteros en un barco y enviaros a Tarth.

—Hacedlo y responderéis ante el trono. —Quería parecer valiente, pero la voz le salió aguda e infantil—. Podrick, saca un pergamino que llevo en las alforjas y llévaselo a su señoría.

Tarly cogió la carta, la desenrolló y la leyó moviendo los labios, con el ceño fruncido.

—En misión de Su Alteza. ¿Qué clase de misión?

«Si me mientes, te haré ahorcar.»

—S-Sansa Stark.

—Si la pequeña Stark estuviera aquí, yo lo sabría. Ha huido hacia el norte, seguro. Querrá buscar refugio con alguno de los banderizos de su padre. Más le vale elegir al correcto.

—También puede haber ido hacia el Valle —se oyó farfullar Brienne—, con la hermana de su madre.

Lord Randyll le dirigió una mirada despectiva.

—Lady Lysa ha muerto. Un bardo la tiró montaña abajo. Ahora, Meñique está al mando del Nido de Águilas... Aunque no durará mucho. Los señores del Valle no son de los que se arrodillan ante cualquier mequetrefe trepador sin más habilidad que la de contar monedas de cobre. —Le devolvió la carta—. Id adonde queráis y haced lo que gustéis... Pero cuando os violen no vengáis a mí en busca de justicia; os lo habréis buscado por estúpida. —Miró a Ser Hyle—. Y vos, ser, ¿no tendríais que estar en la puerta? Os puse al mando allí, creo recordar.

—Así fue, mi señor —respondió Hyle Hunt—, pero pensé...

—Pensáis demasiado.

Lord Tarly se alejó a zancadas.

«Lady Lysa ha muerto.» Brienne se quedó inmóvil bajo el cadalso, con el precioso pergamino en la mano. La multitud se había dispersado, y los cuervos reanudaron su festín. «Un bardo la tiró montaña abajo.» ¿Habrían devorado los cuervos también a la hermana de Lady Catelyn?

—Habéis mencionado el Ganso Hediondo, mi señora —dijo Ser Hyle—. Si queréis que os lleve...

—Volved a vuestra puerta.

Un gesto de contrariedad se dibujó en su rostro.

«Un rostro vulgar, no honrado.»

—Si es lo que deseáis...

—Lo es.

—No era más que un juego para pasar el rato. No teníamos mala intención. —Titubeó—. No sé si lo sabéis, pero Ben ha muerto. Lo mataron en el Aguasnegras. A Farrow también, y a Will el Cigüeña. Y Mark Mullendore resultó herido: ha perdido medio brazo.

«Bien —habría querido decir Brienne—. Bien, se lo tenía bien merecido.» Pero recordaba a Mullendore sentado delante de su tienda, con el mono en el hombro. El animal llevaba puesta una diminuta cota de malla, e intercambiaba muecas con su amo. ¿Cómo los había llamado Catelyn Stark aquella noche, en Puenteamargo? Los caballeros del verano. Y había llegado el otoño, y estaban cayendo como las hojas.

Le dio la espalda a Hyle Hunt.

—Vamos, Podrick.

El chico trotó tras ella tirando de las riendas de los caballos.

—¿Vamos a buscar ese lugar? ¿El Ganso Hediondo?

—Yo sí. Tú vas a los establos, junto a la puerta oriental. Pregúntale al encargado si hay alguna posada donde podamos pasar la noche.

—Sí, ser. Mi señora. —Podrick caminaba con la vista clavada en el suelo, y de cuando en cuando pateaba un guijarro—. ¿Sabéis dónde está? ¿El Ganso? O sea, el Ganso Hediondo.

—No.

—Dijo que nos llevaría. Ese caballero. Ser Kyle.

—Hyle.

—Hyle. ¿Qué os hizo, ser? O sea, mi señora.

«El chico se traba al hablar, pero no es idiota.»

—En Altojardín, cuando el rey Renly convocó a sus banderizos, unos cuantos hombres me gastaron una broma. Ser Hyle Hunt fue uno de ellos. Fue una broma cruel, dolorosa, nada caballeresca. —Se detuvo—. La puerta oriental queda hacia allí. Nos reuniremos aquí mismo.

—Como ordenéis, mi señora. Ser.

El Ganso Hediondo no tenía cartel, y tardó casi una hora en encontrarlo. Se accedía por un tramo de peldaños de madera, y estaba bajo una carnicería de caballo. El local era oscuro y de techo bajo; al entrar, Brienne se golpeó la cabeza con una viga. No había ningún ganso a la vista. Los escasos taburetes estaban dispersos, y vio un banco de madera contra una pared de adobe. Las mesas eran barriles viejos de vino, grisáceos y carcomidos. El hedor augurado lo impregnaba todo. Olía sobre todo a vino, a humedad y a moho, así se lo decía la nariz, pero también olía a retrete, y un poco a cementerio.

Los únicos clientes eran tres marineros tyroshis, sentados en un rincón, que mascullaban a gruñidos bajo las barbas moradas y verdes. Le echaron un vistazo, y uno les dijo a los demás algo que los hizo reír. La tabernera estaba tras un tablón cruzado entre dos barriles. Se trataba de una mujer gruesa, flácida, de pelo raleante, con grandes pechos que se mecían bajo un amplio guardapolvo sucio. Era como si los dioses la hubieran hecho de masa cruda.

Brienne no se atrevía a beber agua en aquel lugar. Pidió una copa de vino.

—Busco a un hombre al que llaman Dick el Ágil —dijo.

—Dick Crabb. Viene casi todas las noches. —La mujer echó un vistazo a la armadura y la espada de Brienne—. Si lo vais a rajar, que sea en otro sitio. No queremos líos con Lord Tarly.

—Quiero hablar con él. ¿Por qué iba a querer hacerle ningún daño?

—La tabernera se encogió de hombros—. Si me hacéis un gesto cuando entre, os estaré agradecida.

—¿Cuánto de agradecida?

Brienne puso en el tablón una estrella de cobre y fue a sentarse en la penumbra, en un lugar desde donde veía bien las escaleras.

Probó el vino. Le supo aceitoso, y había un pelo flotando.

«Un pelo tan frágil como mis esperanzas de dar con Sansa», pensó mientras lo sacaba. La búsqueda de Ser Dontos no había dado fruto, y tras la muerte de Lady Lysa, el Valle ya no parecía un refugio probable. «¿Dónde estáis, Lady Sansa? ¿Habéis huido a vuestro hogar, en Invernalia, o estáis con vuestro esposo, como parece creer Podrick?» Brienne no quería ir a buscar a la niña al otro lado del mar Angosto, donde hasta el idioma le resultaría extraño. «Haciendo gestos y gruñendo para que me entiendan resultaré aún más monstruosa. Se reirán de mí, igual que se rieron en Altojardín.» Se sonrojó tan solo con recordarlo.

Cuando Renly se puso la corona, la Doncella de Tarth había atravesado el Dominio a caballo para ir a unirse a él. El Rey la había recibido con cortesía y le había agradecido que se pusiera a su servicio. No sucedió lo mismo con sus señores y caballeros. Brienne no había esperado una bienvenida cálida; estaba preparada para recibir un trato frío, burlas y hostilidad. Ese plato ya lo había probado. No era el desprecio de la mayoría lo que la hacía sentir confusa y desvalida, sino la bondad de unos pocos. La Doncella de Tarth había estado prometida en tres ocasiones, pero hasta su llegada a Altojardín jamás la habían cortejado.

El primero había sido Ben Bushy el Grandullón, uno de los pocos hombres del campamento de Renly que la superaban en estatura. Envió a su escudero para que le limpiara la cota de malla, y le regaló un cuerno de plata para la cerveza. Ser Edmund Ambrose lo superó: le envió flores y le pidió que saliera a montar con él. Ser Hyle Hunt llegó más lejos que los otros dos: le regaló un libro con hermosas ilustraciones, con cientos de historias de hazañas caballerescas; le llevó manzanas y zanahorias para los caballos, y un penacho de seda azul para el yelmo; le contó cotilleos del campamento, e hizo comentarios ingeniosos y mordaces que la hicieron sonreír. Incluso un día se entrenó con ella, lo que significó más que todo el resto de los detalles.

Brienne pensaba que si los demás la empezaban a tratar con cortesía era gracias a él.

«Era más que cortesía.» En la mesa, los hombres se peleaban por sentarse a su lado; se ofrecían a llenarle la copa de vino o servirle mollejas. Ser Richard Farrow tocó canciones de amor con el laúd junto a su carpa; Ser Hugh Beesbury le llevó un tarro de miel «tan dulce como las doncellas de Tarth»; Ser Mark Mullendore la hizo reír con las bufonadas de su mono, un curioso animalito blanco y negro procedente de las Islas del Verano; un caballero errante llamado Will el Cigüeña se ofreció a darle un masaje para relajarle los hombros.

Brienne lo rechazó. Los rechazó a todos. Cuando Ser Owen Inchfield la agarró una noche y la besó por la fuerza, ella lo lanzó de culo contra una hoguera. Fue a mirarse a un espejo. Tenía el rostro tan ancho y pecoso como siempre, con los dientes saltones, los labios gruesos y la mandíbula fuerte. Seguía siendo fea. Lo único que quería era ser un caballero y servir al rey Renly, pero...

No lo hacían por que fuera la única mujer que tenían a mano. Hasta las vivanderas que seguían al campamento eran más bonitas que ella, y en el castillo, Lord Tyrell agasajaba a Renly todas las noches con banquetes, mientras doncellas nobles y damas encantadoras bailaban al son de la flauta, el cuerno y la lira.

«¿Por qué sois amables conmigo? —habría querido gritar cada vez que un caballero desconocido le hacía un cumplido—. ¿Qué pretendéis?»

Randyll Tarly resolvió el misterio el día que envió a dos de sus hombres para que la convocaran a su carpa. Su hijo pequeño, Dickon, había oído a cuatro caballeros bromear mientras ensillaban los caballos, y se lo había contado todo.

Habían hecho una apuesta.

Le dijo que la habían empezado tres de los caballeros más jóvenes, Ambrose, Bushy y Hyle Hunt, de su propia Casa. Pero luego corrió la voz, y muchos más se unieron al juego. Cada participante tenía que pagar un dragón de oro para entrar en la competición, y el total sería para el que se llevara su virginidad.

—He puesto fin al juego —le dijo Tarly—. Algunos de esos... competidores... son menos honorables que otros, y la apuesta iba creciendo día tras día. Más tarde o más temprano, alguno habría decidido reclamar el premio por la fuerza.

—Pero si son caballeros —replicó, conmocionada—. ¡Caballeros ungidos!

—Y hombres de honor. La culpa es vuestra.

La acusación hizo que se estremeciera.

—Yo jamás habría... Mi señor, no les he dado pie a nada.

—Solo con estar aquí ya les dais pie. Si una mujer se comporta como una vivandera, no puede protestar si la tratan como a tal. Un ejército en guerra no es lugar para una doncella. Si en algo valoráis vuestra virtud o el honor de vuestra casa, os quitaréis esa armadura, volveréis a Tarth y le suplicaréis a vuestro padre que os busque un marido.

—He venido a luchar —insistió ella—. Quiero ser caballero.

—Los dioses hicieron a los hombres para luchar y a las mujeres para tener hijos —replicó Randyll Tarly—. Las mujeres libran sus guerras en el paritorio.

Alguien bajaba por las escaleras del local. Brienne puso el vaso de vino a un lado cuando un hombrecillo andrajoso, flaco, de rostro afilado, con el pelo castaño muy sucio, entró en el Ganso. Echó una mirada rápida a los marineros tyroshis y otra más larga a Brienne, y luego se dirigió al tablón.

—Vino —pidió—. Y sin meados de caballo, ¿eh?

La mujer miró a Brienne y asintió.

—Yo os invito al vino —dijo ella—, a cambio de unas palabras.

El hombre la miró con los ojos cargados de desconfianza.

—¿Unas palabras? Me sé muchas. —Se sentó en un taburete, frente a ella—. Que mi señora diga cuáles quiere oír y las diré.

—Tengo entendido que engañasteis a un bufón.

El hombre andrajoso bebió un trago de vino, pensativo.

—Puede que sí. O puede que no. —Llevaba una casaca desteñida y desgarrada de la que habían arrancado el blasón de algún señor—. ¿Quién lo quiere saber?

—El rey Robert.

Puso un venado de plata en el barril que los separaba. En la cara tenía la cabeza de Robert; en la cruz, un venado.

—Vaya, vaya. —Cogió la moneda y la hizo girar. Sonrió—. Me gusta cómo bailan los reyes. Puede que viera a ese bufón que decís, sí.

—¿Iba acompañado de una niña?

—De dos —replicó al momento.

—¿Dos niñas?

«La otra podría ser Arya.»

—Bueno —dijo el hombre—, la verdad es que no llegué a verlas, pero buscaba pasaje para tres.

—¿Pasaje hacia dónde?

—Al otro lado del mar.

—¿Recordáis qué aspecto tenía?

—Aspecto de bufón. —Cogió la moneda de la mesa cuando empezó a detenerse y la hizo desaparecer—. De bufón asustado.

—¿Asustado de qué?

Se encogió de hombros.

—No lo dijo, pero Dick el Ágil sabe a qué huele el miedo. Venía casi todas las noches, invitaba a beber a los marineros, gastaba bromas, cantaba canciones... Pero una noche entraron unos hombres con ese cazador en el pecho, y el bufón palideció. No dijo ni palabra hasta que se largaron. —Acercó el taburete—. Ese Tarly tiene soldados pululando por los muelles; vigilan cada barco que entra o sale. Quien quiera ciervos, que vaya al bosque. Quien quiera barcos, que vaya a los muelles. El bufón no se atrevía, así que le ofrecí ayuda.

—¿Qué clase de ayuda?

—La que cuesta más de un venado de plata.

—Decídmelo y os daré otro.

—Vamos a verlo.

Brienne puso otro venado en el barril. Él lo hizo girar, sonrió y lo cogió.

—Quien no pueda ir adonde están los barcos, que consiga que los barcos vayan a él. Le dije que conocía un lugar donde era posible. Un lugar... oculto.

A Brienne se le puso la carne de gallina.

—Una cala de contrabandistas. Enviaste al bufón a los contrabandistas.

—Y a las dos niñas. —Soltó una risita—. Lo único es que el lugar adonde los mandé... Bueno, no se ven barcos por allí desde hace tiempo. Como treinta años. —Se rascó la nariz—. ¿Qué tenéis que ver con ese bufón?

—Las dos niñas son mis hermanas.

—¿De verdad? Pobrecillas. Yo también tenía una hermana. Una cría flaca, con las rodillas huesudas, pero luego le salieron tetas, y el hijo de un caballero se le metió entre las piernas. La última vez que la vi se iba a Desembarco del Rey, a ganarse la vida tumbada de espaldas.

—¿Adónde los enviasteis?

Volvió a encogerse de hombros.

—Vaya, pues no me acuerdo.

Brienne estampó otro venado de plata contra el barril.

—¿Adónde?

El hombre empujó la moneda con el índice para devolvérsela.

—A un lugar que ningún venado podría encontrar... Aunque tal vez un dragón sí.

Presentía que con plata no le sacaría la verdad.

«Y con oro, puede que sí o puede que no. El acero sería más seguro.» Brienne se llevó la mano al puñal, pero al final recurrió a la bolsa. Sacó un dragón de oro y lo puso en el barril.

—¿Adónde?

El hombre andrajoso cogió la moneda y la mordió.

—Qué maravilla. Me recuerda a Punta Zarpa Rota. Al norte de esta ciudad, es una tierra salvaje, muchas colinas, muchos pantanos, pero allí fue donde nací y me crié. Me llamo Dick Crabb, aunque todos me llaman Dick el Ágil.

Ella no le dijo su nombre.

—¿En qué lugar de Punta Zarpa Rota?

—En Los Susurros. Habréis oído hablar de Clarence Crabb, claro.

—No.

Aquello pareció sorprenderlo.

—Ser Clarence Crabb. Llevo su sangre. Medía casi tres varas, y era tan fuerte que podía arrancar un pino con una mano y lanzarlo a mil pasos. No había caballo que soportara su peso, así que tenía que montar a lomos de un uro.

—¿Qué tiene que ver con esa cala de contrabandistas?

—Su esposa era una bruja de los bosques. Cada vez que Ser Clarence mataba a un hombre, se llevaba la cabeza a casa, y su mujer le daba un beso en los labios y la devolvía a la vida. Eran señores, y magos, y caballeros famosos, y piratas. Uno era un rey del Valle Oscuro. Le daban buenos consejos al viejo Crabb. Como solo eran cabezas, no podían hablar muy alto, pero no se callaban nunca. Si eres una cabeza, lo único que puedes hacer en todo el día es hablar. Así que la fortaleza de Crabb acabó por llamarse Los Susurros. Aún le dan ese nombre, aunque hace mil años que está en ruinas. Un lugar solitario, Los Susurros. —Hizo bailar la moneda por los nudillos con destreza—. Un dragón también se siente solo. En cambio, diez...

—Diez dragones son una fortuna. ¿Me tomáis por estúpida?

—Os tomo por alguien que busca a un bufón. —La moneda bailó hacia un lado; luego hacia el otro—. Os puedo llevar a Los Susurros, mi señora.

A Brienne no le gustaba la manera en que jugaba con aquella moneda de oro. Aun así...

—Seis dragones si encontramos a mi hermana; dos si encontramos tan solo al bufón, y nada si nada es lo que encontramos.

Crabb se encogió de hombros.

—Seis está bien. Con seis me conformo.

«Ha aceptado demasiado deprisa.» Le agarró la muñeca antes de que pudiera esconder el oro.

—No intentéis engañarme. Soy un hueso duro de roer.

Cuando lo soltó, Crabb se frotó la muñeca.

—Mierda puta —mascullo—. Me habéis hecho daño en la mano.

—Lo siento mucho. Mi hermana tiene trece años. Tengo que encontrarla antes de que...

—Antes de que algún caballero se le meta en la raja. Se entiende. Se puede dar por salvada. Ahora, Dick el Ágil está con vos. Nos reuniremos mañana a primera hora junto a la puerta oriental. Tengo que buscarme un caballo.

Samwell

Samwell Tarly siempre acababa indispuesto en los viajes por mar. No era por el miedo de ahogarse, aunque sin duda tenía algo que ver. Se trataba también del movimiento del barco, de la manera en que las cubiertas se mecían bajo sus pies.

—Tengo la tripa revuelta —le confesó a Dareon el día en que zarparon de Guardiaoriente del Mar.

El bardo le dio una palmada en la espalda y se echó a reír.

—Con el pedazo de tripa que tienes... menuda revolución, Mortífero.

Sam intentó hacerse el valiente aunque solo fuera por Elí. Era la primera vez que la chica veía el mar. En la penosa travesía por la nieve, tras huir del Torreón de Craster, habían pasado cerca de varios lagos, y le habían parecido impresionantes. Cuando la *Pájaro Negro* se alejó de la orilla, la joven empezó a temblar, y grandes lágrimas saladas le corrieron por las mejillas.

—Que los dioses se apiaden de nosotros —la oyó susurrar Sam.

Guardiaoriente fue lo primero que perdieron de vista, y el Muro fue haciéndose cada vez más pequeño hasta que, por fin, también desapareció. El viento soplaba ya con fuerza. Las velas eran de ese color gris de la lona negra demasiado lavada, y Elí tenía la cara blanca de miedo.

—Estamos en un buen barco —trató de decirle Sam—. No hay por qué tener miedo.

Pero la chica se limitó a mirarlo, abrazó al bebé con más energía y salió corriendo hacia los camarotes.

Sam se aferró con fuerza a la borda y contempló el movimiento de los remos. Era agradable admirar su ritmo uniforme; desde luego, mucho mejor que mirar el agua. Cuando se fijaba en el agua solo le acudía a la mente el temor a ahogarse. De pequeño, su señor padre había intentado enseñarlo a nadar, y para ello lo tiró al estanque que había al pie de Colina Cuerno. El agua se le había metido en la nariz, en la boca y en los pulmones, y estuvo tosiendo durante horas después de que Ser Hyle lo sacara. Nunca más se atrevió a meterse en ningún lugar que lo cubriera por encima de la cintura.

La Bahía de las Focas lo cubría muy por encima de la cintura, y las aguas eran mucho más agitadas que las del pequeño estanque de peces del castillo de su padre. Eran de color gris verdoso, turbulentas, y la orilla boscosa junto a la que navegaban parecía un hervidero de rocas y remolinos. Aunque consiguiera llegar hasta allí pateando y braceando, las olas lo estamparían contra una roca y le romperían la cabeza.

—Qué, Mortífero, ¿buscando sirenas? —le preguntó Dareon al verlo contemplar la bahía.

Con el pelo rubio y los ojos color avellana, el joven y atractivo bardo de Guardiaoriente parecía más un príncipe que un hermano negro.

—No.

Sam no sabía qué buscaba, ni qué hacía en aquel barco.

«Voy a la Ciudadela para forjarme una cadena y hacerme maestre, y así servir mejor a la Guardia», se dijo, pero la sola idea le resultaba agotadora. No quería convertirse en maestre, ni llevar una pesada cadena en torno al cuello, tan fría contra la piel. No quería alejarse de sus hermanos, los únicos amigos que había tenido en su vida. Y, desde luego, no quería enfrentarse al padre que lo había enviado al Muro a morir.

Para los demás era diferente. Para ellos, el viaje tendría un final feliz. Elí estaría a salvo en Colina Cuerno, separada por toda la extensión de Poniente de los horrores que había conocido en el bosque Encantado. Como criada en el castillo del padre de Sam, tendría resguardo y comida, y una pequeña parte de un gran mundo con el que jamás habría podido soñar como esposa de Craster. Vería crecer a su hijo hasta convertirse en un hombre robusto; sería cazador, mozo de cuadras o herrero. Si mostraba alguna aptitud para las armas, tal vez algún caballero lo tomara como escudero.

El maestre Aemon también iba a un lugar mejor. Era grato pensar que pasaría lo que le quedaba de vida acariciado por las brisas cálidas de Antigua, conversando con sus camaradas maestres y compartiendo su sabiduría con novicios y acólitos. Se había ganado cien veces aquel descanso.

Hasta Dareon sería más feliz. Siempre había dicho que era inocente de la violación por la que lo enviaron al Muro; insistía en que su lugar estaba en la corte de algún señor, cantando a cambio de su cena. Iba a tener esa oportunidad. Jon lo había nombrado reclutador para ocupar el lugar de un tal Yoren, que había desaparecido y al que se daba por muerto. Su misión consistiría en recorrer los Siete Reinos cantando las hazañas de la Guardia de la Noche, y solo de cuando en cuando tendría que volver al Muro con los nuevos alistados.

Sí, el viaje sería largo y duro, eso era innegable, pero para los demás, al menos tendría un final feliz. Con eso se consolaba Sam.

«Lo hago por ellos —se dijo—, por la Guardia de la Noche y por el final feliz.» Pero cuanto más miraba el mar, más frío y profundo le parecía.

Lo malo era que no mirar las aguas resultaba peor aún, como comprendió en el abarrotado camarote que compartían los pasajeros bajo el castillo de popa. Trató de no pensar en los tumbos que le daba el estómago, y para ello se dedicó a hablar con Elí, que estaba dándole el pecho a su hijo.

—Este barco nos llevará hasta Braavos —le dijo—. Allí buscaremos otro que vaya a Antigua. Cuando era pequeño leí un libro sobre Braavos. La ciudad entera está construida en una ensenada, en un centenar de islitas, y allí hay un titán, un hombre de piedra que mide cientos de codos. No viajan con caballos, sino con botes, y sus cómicos representan historias que están escritas, en vez de inventarse farsas estúpidas, como hacen en otros sitios. La comida es muy buena, sobre todo la que procede del mar. Tienen montones de almejas, anguilas y ostras. Seguro que tardamos unos días en coger el otro barco. Si es así, podemos ir a ver un espectáculo de cómicos, y a comer ostras.

Había pensado que la idea le haría ilusión a Elí, pero estaba muy equivocado. La chica se quedó mirándolo con ojos apagados, mortecinos, entre unos cuantos mechones de pelo sucio.

—Como quieras, mi señor.

—¿Qué quieres tú? —le preguntó Sam.

—Nada.

Se giró y se pasó a su hijo de un pecho al otro.

El movimiento del barco le estaba revolviendo los huevos con panceta y pan frito que había tomado antes de zarpar. De repente sintió que ya no soportaba ni un instante más en el camarote. Se puso en pie y subió por la escalerilla para echar el desayuno al mar. Las náuseas lo habían asaltado de manera tan repentina que no se paró a calcular en qué dirección soplaba el viento, de modo que vomitó por la borda incorrecta y terminó todo salpicado. Aun así, después se sintió mejor... Aunque no le duró mucho tiempo.

La nave era la *Pájaro Negro,* la galera más grande de todas las de la Guardia. La *Cuervo de Tormenta* y la *Garra* eran más rápidas, como le había dicho Cotter Pyke al maestre Aemon en Guardiaoriente del Mar, pero eran naves de combate, aves de presa esbeltas y rápidas en las que los remeros iban en la cubierta superior. La *Pájaro Negro* era mejor para las aguas agitadas del mar Angosto pasado Skagos.

—Hemos tenido tormentas —avisó Pyke—. Las de invierno son las peores, pero las de otoño son más frecuentes.

Los diez primeros días habían sido bastante tranquilos; la *Pájaro Negro* surcó la bahía de las Focas, sin perder de vista la tierra en ningún momento. Cuando soplaba el viento hacía frío, pero el olor salubre del aire resultaba vigorizante. Sam casi no podía comer, y cuando conseguía tragar algo no lo retenía mucho tiempo, pero al margen de eso, no le iba demasiado mal. Intentó inspirar valor a Elí y animarla un poco, pero le resultó muy difícil. No consiguió convencerla para que subiera a la cubierta; prefería quedarse abajo, en la oscuridad, acurrucada con su hijo. Por lo visto, el barco le gustaba tan poco como a su madre: cuando no estaba berreando, estaba vomitando la leche materna. Tenía la tripa suelta, manchaba constantemente las pieles en las que lo envolvía Elí para darle calor e impregnaba el ambiente con un hedor estercolizo. Por muchas velas de sebo que encendiera Sam, el olor a mierda no se disipaba.

Se estaba mejor fuera, al aire libre, sobre todo cuando Dareon cantaba. Los remeros de la *Pájaro Negro* conocían al bardo, que tocaba para animarlos mientras trabajaban. Se sabía todas sus canciones favoritas: las tristes, como «El día en que ahorcaron a Robin el Negro», «El lamento de la sirena» y «Otoño de mi día»; las estimulantes, como «Lanzas de hierro» y «Siete espadas para siete hijos», y las picantes, como «La cena de mi señora», «Su pequeña flor» y «Meggett marchaba con muchos machos, muchos machos, sí». Cuando cantaba «El oso y la doncella», todos los remeros la coreaban, y la *Pájaro Negro* parecía volar sobre las aguas. Dareon no era gran cosa con la espada, Sam lo había visto cuando se entrenaban al mando de Alliser Thorne, pero tenía una voz excelente. «Como miel que se derrama sobre un trueno», había dicho en cierta ocasión el maestre Aemon. Tocaba la lira y el violín, y hasta escribía sus propias canciones... Aunque a Sam no le parecían gran cosa. Aun así, era agradable sentarse a escucharlo, y eso que la madera era tan dura y estaba tan astillada que Sam casi se alegraba de tener las nalgas tan carnosas.

«Los gordos siempre llevan un cojín allí adonde van», pensó.

El maestre Aemon también prefería pasar el día en la cubierta, tapado con pieles y contemplando las aguas.

—¿Qué diantres hace aquí? —preguntó Dareon una mañana—. Para él, esto está tan oscuro como el camarote.

El anciano lo oyó. Los ojos de Aemon se habían empañado y oscurecido, pero los oídos le funcionaban bien.

—No nací ciego —les recordó—. La última vez que pasé por esta zona vi cada roca, cada árbol, la espuma de cada ola, las gaviotas grises que nos seguían. Tenía treinta y cinco años y había sido maestre de la cadena durante dieciséis años. Egg quería que lo ayudara a gobernar, pero yo sabía que este era mi lugar. Me envió al norte a bordo de la *Dragón de Oro,* y se empecinó en que me acompañara su amigo Ser Duncan, para que llegara sano y salvo a Guardiaoriente. Ningún nuevo hermano había llegado al Muro con tanta pompa desde que Nymeria envió a la Guardia a seis reyes con grilletes de oro. Además, Egg vació las mazmorras para que no tuviera que pronunciar los votos a solas. Decía que los antiguos presos eran mi guardia de honor. Entre ellos estaba nada menos que Brynden Ríos, que llegó a Lord Comandante.

—¿Cuervo de Sangre? —se sorprendió Dareon—. Conozco una canción sobre él. Se titula «Mil ojos, y uno más». Pero creía que vivió hace cien años.

—Y así fue. Hubo un tiempo en que fui tan joven como tú.

Aquello pareció entristecerlo. Carraspeó, cerró los ojos y se durmió. Cada vez que una ola mecía el barco se sacudía entre las pieles.

Navegaron bajo cielos grises hacia el este, hacia el sur y de nuevo hacia el este, a medida que la bahía de las Focas se ensanchaba ante ellos. El capitán, un hermano canoso con una panza que parecía un barril de cerveza, vestía prendas negras tan manchadas y descoloridas que la tripulación le había puesto el mote de Viejo Traposal. Rara vez decía una palabra. El contramaestre lo compensaba llenando el aire salado de maldiciones cada vez que el viento amainaba o los remeros parecían flaquear. Por las mañanas tomaban copos de avena; a mediodía, gachas de guisantes, y por las noches, carne en salazón, bacalao en salazón y carnero en salazón, todo ello regado con cerveza. Dareon cantaba; Sam vomitaba; Elí lloraba y amamantaba al bebé; el maestre Aemon dormía y tiritaba, y los vientos se hacían más gélidos y borrascosos día a día.

Pese a todo, el viaje le resultó a Sam más agradable que el último que había realizado. No tenía más de diez años cuando zarpó en la galeaza de Lord Redwyne, la *Reina del Rejo.* Era cinco veces mayor que la *Pájaro Negro,* un barco formidable, con tres gigantescas velas color vino e hileras de remos que centelleaban dorados y blancos a la luz del sol. Su manera de dar tumbos cuando zarpó de Antigua era tan impresionante que Sam se quedó sin palabras... Pero aquel fue el último buen recuerdo que tendría de los estrechos del Tinto. Por aquel entonces, igual que le seguía sucediendo, se mareaba en el mar, para decepción de su señor padre.

Cuando llegaron al Rejo, las cosas fueron de mal en peor. Los hijos gemelos de Lord Redwyne despreciaron a Sam nada más verlo. Cada mañana encontraban una manera nueva de humillarlo en el patio de entrenamiento. El tercer día, Horas Redwyne lo obligó a chillar como un cerdo cuando suplicó cuartel. El quinto, su hermano Hobber vistió a una ayudante de cocina con su armadura y le encargó que diera una paliza a Sam con una espada de madera hasta que el niño empezó a llorar. Cuando se descubrió quién era, todos los escuderos, pajes y mozos de cuadras rugieron de risa.

—El chico aún se tiene que sazonar, eso es todo —le había comentado su padre a Lord Redwyne aquella noche.

—Sí, con un pellizco de pimienta, unos clavos de olor y una manzana en la boca —replicó el bufón de Lord Redwyne haciendo sonar la matraca.

Después de aquello, Lord Randyll prohibió a Sam comer manzanas mientras estuvieran bajo el techo de Paxter Redwyne. También se había mareado en el viaje de regreso, pero sintió tal alivio al marcharse de allí que incluso agradeció el sabor del vómito en la garganta. Hasta que estuvieron de nuevo en Colina Cuerno, Sam no supo que su padre no tenía intención de regresar con él, según le dijo su madre.

—Horas iba a venir en tu lugar; tú ibas a quedarte en el Rejo como paje y copero de Lord Paxter. Si le hubieras caído en gracia, te habrían prometido con su hija. —Sam aún recordaba el roce suave de la mano de su madre cuando le limpió las lágrimas con un pañuelo de encaje humedecido con saliva—. Mi pobre Sam —murmuró—. Mi pobre, mi pobre Sam.

«Me alegro de volver a verla —pensó, agarrado a la borda de la *Pájaro Negro,* contemplando las olas que rompían contra la costa rocosa—. Cuando me vea de negro, a lo mejor hasta se siente orgullosa. "Ahora soy un hombre, madre". Eso podría decirle: "Soy mayordomo y miembro de la Guardia de la Noche. A veces, mis hermanos me llaman *Sam el Mortífero*".»También podría ver a su hermano Dickon, y a sus hermanas. «¿Veis? —les diría—. ¿Veis como al final sí que servía para algo?» Pero si iba a Colina Cuerno, tal vez se encontrara con su padre.

La sola idea le revolvió el estómago de nuevo. Se dobló sobre la regala y vomitó, pero no contra el viento. En aquella ocasión no se había equivocado de borda. Se le empezaba a dar bien lo de vomitar.

O eso creía, hasta que la *Pájaro Negro* dejó atrás la tierra firme y puso rumbo al este, cruzando la bahía hacia las costas de Skagos.

La isla, situada en la entrada de la bahía de las Focas, era una tierra enorme, montañosa, imponente, habitada por salvajes. Sam había leído que vivían en cuevas y en sombrías fortalezas de las montañas, e iban a la guerra a lomos de grandes unicornios lanudos. *Skagos* significaba «piedra» en la antigua lengua. Los skagosis se autodenominaban *hijos de la piedra,* pero los norteños los llamaban *skaggs* a secas, y no les tenían demasiado afecto. Hacía una centuria que Skagos se había rebelado. Se tardaron años en sofocar la revuelta, y les costó la vida al Señor de Invernalia y a cientos de sus espadas juramentadas. En algunas canciones se decía que los skaggs eran caníbales. Al parecer, sus guerreros devoraban el corazón y el hígado de aquellos a los que mataban. En tiempos remotos, los skagosis llegaron navegando a la cercana isla de Skane, se apoderaron de las mujeres, mataron a todos los hombres y se los comieron en una playa de guijarros, en un banquete que se prolongó durante quince días. Hasta la fecha, Skane seguía deshabitada.

Dareon también conocía las canciones. Cuando los sombríos picos grises de Skagos se cernieron sobre el mar fue a reunirse con Sam en la proa de la *Pájaro Negro.*

—Si los dioses son buenos, tal vez veamos un unicornio.

—Si el capitán es bueno, no nos acercaremos tanto. Las corrientes son traicioneras alrededor de Skagos; hay rocas que pueden rajar el casco de una nave como si fuera un huevo. Pero no se lo menciones a Elí; ya está bastante asustada.

—Igual que ese cachorro llorón que tiene. No sé cuál de los dos hace más ruido. Solo deja de llorar cuando le mete la teta en la boca, y entonces, la que empieza a lloriquear es ella.

Sam también se había dado cuenta.

—A lo mejor es que el bebé le hace daño —argumentó sin convicción—. Si le están saliendo los dientes...

Dareon rasgó una cuerda del laúd para arrancarle una nota despectiva.

—Tenía entendido que los salvajes eran más valientes.

—Es muy valiente —se empecinó Sam, aunque tenía que reconocer que nunca había visto a Elí tan deshecha. A pesar de que se ocultaba el rostro y su camarote siempre estaba a oscuras, se había fijado en que siempre tenía los ojos enrojecidos y las mejillas empapadas de lágrimas. Pero cuando le preguntó qué le pasaba, la chica se limitó a sacudir la cabeza, de modo que no lo sacó de dudas—. Tiene miedo del mar, nada más —le dijo a Dareon—. Antes de ir al Muro, lo único que conocía era el Torreón de Craster y los bosques de los alrededores. Creo que en su vida se había alejado más de media legua del lugar donde nació. Había visto ríos y arroyos, pero nunca un lago hasta que llegamos a uno, y el mar... El mar da mucho miedo.

—Si ni siquiera hemos perdido de vista la tierra firme.

—Ya la perderemos. —A Sam no le hacía ninguna gracia la idea.

—Venga ya, no me digas que al Mortífero le da miedo un poco de agua.

—No —mintió—, yo no. Pero Elí... Oye, ¿por qué no les tocas unas nanas? A lo mejor así se duerme el bebé.

Dareon hizo un gesto de asco.

—Solo si antes le pone un tapón en el culo. No soporto ese olor.

Al día siguiente empezaron las lluvias, y el mar se agitó.

—Será mejor que bajemos o acabaremos empapados —le dijo Sam a Aemon.

El viejo maestre se limitó a sonreír.

—Me gusta la sensación de la lluvia en la cara. Es como si fueran lágrimas. Si no te importa, me quedaré un rato más. Ha pasado mucho tiempo desde la última vez que lloré.

Si el maestre Aemon, con lo anciano y frágil que era, decidía quedarse en cubierta, a Sam no le quedaba más remedio que hacer lo mismo. Se quedó junto a él durante casi una hora, arrebujado en la capa mientras la lluvia, fina y constante, lo empapaba hasta los huesos. Aemon no parecía notarla. Suspiró y cerró los ojos. Sam se acercó más a él para escudarlo en la medida de lo posible.

«Pronto me dirá que bajemos al camarote —pensó—. Seguro.» Pero no se lo dijo, y por último empezaron a retumbar los truenos al este, a lo lejos.

—Tenemos que bajar —insistió Sam, tiritando. El maestre Aemon no respondió. Sam se dio cuenta de que se había dormido—. Maestre —dijo al tiempo que lo sacudía por un hombro con delicadeza—. Maestre Aemon, despertad.

Los ojos ciegos de Aemon se abrieron.

—¿Egg? —dijo mientras la lluvia le corría por las mejillas—. He soñado que era viejo, Egg.

Sam no sabía qué hacer. Se arrodilló, cogió en brazos al anciano y lo llevó a la cubierta inferior. Nadie lo había considerado fuerte en su vida, y la lluvia que empapaba la ropa negra del maestre Aemon hacía que pesara el doble, pero aun así era como cargar con un chiquillo.

Cuando entró en el camarote con Aemon en brazos advirtió que Elí había dejado que las velas se consumieran. El bebé se había dormido, y ella estaba acurrucada en un rincón, sollozando entre los pliegues de la enorme capa negra que le había dado Sam.

—Ayúdame —le dijo con voz apremiante—. Ayúdame a secarlo; tenemos que hacer que entre en calor.

La chica se levantó de inmediato, y entre los dos le quitaron al maestre la ropa empapada y lo cubrieron con una montaña de pieles. Pero seguía teniendo la piel fría y húmeda, casi pegajosa.

—Túmbate con él —le dijo Sam a Elí—. Abrázalo, dale calor con tu cuerpo. Tenemos que conseguir que se recupere. —La chica obedeció, sin decir palabra, sin dejar de sollozar—. ¿Dónde está Dareon? —preguntó Sam—. Si estuviéramos todos juntos sería más fácil entrar en calor. Tiene que venir.

Iba a subir a buscar al bardo cuando el barco se alzó bajo sus pies y descendió bruscamente. Elí lanzó un aullido, Sam perdió el equilibrio y el bebé se despertó berreando.

La siguiente sacudida del barco llegó cuando trataba de ponerse en pie. El movimiento lanzó a Elí a sus brazos, y la chica salvaje se le aferró con tanta fuerza que apenas lo dejaba respirar.

—No tengas miedo —le dijo—. Esto no es más que una aventura. Algún día se lo contarás a tu hijo.

Lo único que consiguió fue que le clavara las uñas en el brazo. Elí se estremecía; la violencia de los sollozos la hacía temblar de la cabeza a los pies.

«Le diga lo que le diga, solo consigo empeorar las cosas.»

La abrazó con fuerza, incómodamente consciente de la presión de sus pechos. Pese al miedo, tuvo una erección. «Lo va a notar», pensó avergonzado. Pero si Elí se dio cuenta, no lo dejó entrever; se limitó a aferrarse a él con más fuerza.

A partir de entonces, las jornadas se sucedieron a toda velocidad. No volvieron a ver el sol. Los días eran grises, y las noches, negras, excepto cuando los relámpagos hendían el cielo sobre los picos de Skagos. Todos estaban muertos de hambre, pero no podían comer. El capitán abrió un barril de vino de fuego para fortalecer a los remeros. Sam probó una copa y dejó escapar un suspiro al notar las serpientes calientes que le recorrían la garganta y el pecho. Dareon también se aficionó a la bebida, y después de aquello, rara vez se lo veía sobrio.

Izaban las velas; arriaban las velas; una se desgarró, se desprendió del mástil y salió volando como una enorme ave gris. Cuando la *Pájaro Negro* estaba bordeando la costa sur de Skagos, divisaron entre las rocas los restos de una galera. Las olas habían arrastrado a parte de la tripulación hasta la orilla, y los cangrejos y los grajos se habían congregado para rendirle homenaje.

—Demasiado cerca —masculló el Viejo Traposal al verlo—. Un golpe de viento y acabaremos como ellos.

Aunque estaban agotados, los remeros volvieron a las bancas, y el barco enfiló hacia el sur, hacia el mar Angosto, hasta que Skagos se convirtió en una serie de manchas negras en el horizonte que podrían tomarse por nubes de tormenta, las cimas de altas montañas negras o ambas cosas. Tras aquello disfrutaron de ocho días y siete noches de navegación tranquila.

Luego llegaron más tormentas, aún peores que la primera.

¿Fueron tres, o solo una con algunos momentos de calma? Sam no llegó a saberlo, aunque trató desesperadamente de averiguarlo.

—¿Qué importa? —le gritó Dareon en cierta ocasión, cuando estaban todos acurrucados en el camarote.

«No importa —habría querido decirle Sam—, pero mientras piense en eso no pensaré en ahogarme, ni en marearme, ni en cómo tirita el maestre Aemon.»

—No importa —consiguió mascullar, pero un trueno ahogó el resto de la frase, el barco se movió y lo hizo caer de lado.

Elí no dejaba de sollozar; el bebé berreaba, y por encima de todo se oían los gritos del Viejo Traposal, el andrajoso capitán que no hablaba nunca, dándole órdenes a la tripulación.

«Odio el mar —pensó Sam—. Odio el mar, odio el mar, odio el mar. —El siguiente relámpago fue tan intenso que iluminó el camarote a través de las rendijas de los tablones del techo—. Es un buen barco, un barco seguro, un barco seguro —se dijo—. No se va a hundir. No tengo miedo.»

Durante uno de los respiros entre tormenta y tormenta, mientras se aferraba a la borda con los nudillos blancos por el esfuerzo, tratando de vomitar, Sam oyó a unos tripulantes murmurar que aquello pasaba por llevar a una mujer a bordo, y a una salvaje, encima.

—Follaba con su padre —escuchó Sam a uno mientras el rugido del viento volvía a imponerse—. Eso es peor que ser puta. Eso es lo peor que puede haber. O nos libramos de ella y de esa abominación que parió, o nos ahogamos todos.

Sam no se atrevió a plantarles cara. Eran mayores que él, duros y correosos, con los brazos y los hombros musculados tras años de manejar los remos. Pero se cercioró de que tenía el cuchillo bien afilado, y siempre que Elí salía del camarote para hacer sus necesidades, la acompañaba.

Dareon tampoco estaba a favor de la salvaje. Una vez, tras muchas súplicas de Sam, el bardo empezó a cantar una nana para calmar al bebé, pero apenas había empezado cuando Elí se echó a llorar, inconsolable.

—Por los siete infiernos —espetó Dareon—, ¿no puedes dejar de lloriquear ni el tiempo justo de oír una canción?

—Canta, anda —le rogó Sam—. Canta, no le hagas caso.

—No le hacen falta canciones —replicó Dareon—. Lo que le hace falta es una buena azotaina, o a lo mejor, una buena polla. Fuera de mi camino, Mortífero.

Empujó a Sam a un lado y salió del camarote para buscar solaz en una copa de vino de fuego y en la curtida hermandad de los remos.

Sam ya no sabía qué hacer. Casi se había acostumbrado a los olores, pero entre las tormentas y los sollozos de Elí, llevaba días sin dormir.

—¿No podéis darle nada? —le preguntó en voz baja al maestre Aemon cuando vio que estaba despierto—. Alguna hierba, alguna pócima, para que no tenga miedo...

—Lo que oyes no es miedo —le respondió el anciano—. Es el sonido de la pena, y para eso no hay pócimas. Deja que las lágrimas sigan su curso, Sam. No se puede contener la marea con un muro.

Sam no comprendió nada.

—Va a un lugar seguro. A un lugar cálido. ¿Por qué va a sentir pena?

—Sam —susurró el anciano—, tienes dos ojos que te sirven, pero no ves nada. Es una madre que llora por su hijo.

—No le pasa nada; está mareado, igual que todos. En cuanto lleguemos a puerto en Braavos...

—... el bebé seguirá siendo el hijo de Dalla, no el fruto de sus entrañas.

Sam tardó un momento en entender lo que insinuaba Aemon.

—No es posible... Ella jamás... Claro que es el suyo. Elí jamás se habría ido del Muro sin su hijo. Lo quiere mucho.

—Los amamantó a los dos y los quería a los dos —replicó Aemon—, pero no de la misma manera. No hay madre que quiera por igual a todos sus hijos, ni siquiera la Madre Divina. Y Elí jamás habría dejado al niño por su propia voluntad, estoy seguro. No sé con qué la amenazaría el Lord Comandante, ni qué le prometería; solo puedo imaginármelo... Pero no me cabe duda de que hubo amenazas y promesas.

—No. No, no es posible. Jon jamás...

—Jon jamás haría algo así. Lord Nieve lo hizo. A veces no hay opción buena, Sam, solo una menos dolorosa que las otras.

«No hay opción buena.» Sam pensó en todo lo que habían sufrido Elí y él; en el Torreón de Craster, en la muerte del Viejo Oso, en el hielo, la nieve y los vientos gélidos, en los días y más días de caminar, en los espectros de Arbolblanco, en Manosfrías y el árbol de los cuervos, en el Muro, en el Muro, en el Muro... La Puerta Negra, bajo tierra. Y todo, ¿para qué? «No hay opción buena, no hay final feliz.»

Habría querido gritar. Habría querido chillar, sollozar, temblar y acurrucarse para gimotear.

«Intercambió los bebés —se dijo—. Intercambió los bebes para proteger al príncipe, para alejarlo de los fuegos de Lady Melisandre y de su dios rojo. Si hace arder al bebé de Elí, ¿a quién le va a importar? A nadie más que a ella. Total, no era más que un cachorro de Craster, una abominación fruto del incesto, no el hijo del Rey-más-allá-del-Muro. No vale como rehén, ni como sacrificio, ni como nada; ni siquiera tiene nombre.»

Sin palabras, Sam se dirigió tambaleante a la cubierta para vomitar, pero no tenía nada en el estómago. La noche había caído sobre ellos, una noche extraña y tranquila, como no habían visto en muchos días. El mar estaba negro como boca de lobo. Los remeros descansaban en sus puestos. Uno o dos se habían dormido sentados. El viento hinchaba las velas y, hacia el norte, Sam divisó una constelación, así como la estrella errante roja que el pueblo libre llamaba *el Ladrón.*

«Esa debería ser mi estrella —pensó con tristeza—. Yo hice que eligieran Lord Comandante a Jon; yo le llevé a Elí y al bebé. No hay final feliz.»

—¿Qué tal, Mortífero? —Dareon se puso a su lado, sin advertir la pena de Sam—. Bonita noche, por una vez. Mira, han salido las estrellas. A lo mejor hasta vemos la luna. Puede que ya haya pasado lo peor.

—No. —Sam se limpió la nariz y señaló hacia el sur con un dedo rechoncho, en dirección al lugar donde la oscuridad se hacía más densa—. Allí. —Nada más decirlo, un relámpago hendió el cielo, repentino, silencioso, cegador. Las nubes lejanas brillaron un segundo, montañas sobre montañas, moradas, rojas y amarillas, más altas que el mundo—. Lo peor no ha pasado. Lo peor no ha hecho más que empezar, y no hay final feliz.

—Loados sean los dioses —rio Dareon—. Desde luego, eres un ave de mal agüero.

Jaime

Lord Tywin Lannister había llegado a la ciudad a lomos de un corcel, con la armadura de esmalte carmesí bruñida y deslumbrante, centelleante de gemas y filigrana de oro. La abandonaba en un carromato alto cubierto de estandartes también carmesíes, acompañado de seis hermanas silenciosas a caballo que velaban por sus huesos.

El cortejo fúnebre salió de Desembarco del Rey por la Puerta de los Dioses, más amplia y espléndida que la Puerta del León. A Jaime no le pareció correcto. Su padre había sido un león, eso no lo podía negar nadie, pero ni siquiera Lord Tywin se había considerado un dios en vida.

Una guardia de honor de cincuenta caballeros rodeaba el carromato de Lord Tywin, con los pendones color carmesí ondulando en las lanzas. Los señores del Oeste los seguían de cerca. El viento agitaba sus estandartes, haciendo bailar los emblemas. Al avanzar al trote hacia el frente de la columna, Jaime pasó junto a jabalíes, tejones y escarabajos, junto a una flecha verde y un buey rojo, alabardas cruzadas, lanzas cruzadas, un gato arbóreo, una fresa, una arremangada y cuatro soles cuartelados.

Lord Brax vestía un jubón gris claro con bordados de hilo de plata y un broche de amatistas en forma de unicornio encima del corazón. La armadura de Lord Jast era de acero negro, con tres cabezas de león incrustadas en oro en la coraza. A juzgar por su aspecto, los rumores relativos a su muerte no habían estado desencaminados. Las heridas y el encarcelamiento lo habían convertido en una sombra del hombre que había sido. Lord Banefort había soportado mejor la batalla; parecía preparado para volver a la guerra. Plumm vestía de violeta; Prester, de armiño; Moreland, de teja y verde. Pero todos llevaban una capa carmesí en honor al hombre al que escoltaban de regreso a su hogar.

Tras los señores iban un centenar de ballesteros y trescientos soldados, todos ellos con capas carmesíes ondulando a sus espaldas. Jaime, con la capa y la armadura blancas, se sentía fuera de lugar en aquel río de color rojo.

Su tío no contribuyó a que se sintiera más cómodo.

—Lord Comandante —saludó Ser Kevan cuando Jaime se situó junto a él en la cabeza de la columna—, ¿tiene Su Alteza alguna orden de última hora para mí?

—No me envía Cersei. —Un tambor empezó a batir tras ellos, lento, ponderado, funerario. «Muerto», parecía decir. «Muerto, muerto»—. He venido a despedirme. Era mi padre.

—También era el suyo.

—Yo no soy Cersei. Yo tengo barba, y ella, tetas. Si no te aclaras con eso, prueba a contar las manos, tío. Cersei tiene dos.

—A los dos os gusta el sarcasmo —replicó su tío—. Ahórrate las chanzas; no son de mi agrado.

—Como quieras. —«Esto no va tan bien como había esperado»—. A Cersei le habría gustado venir a despedirte, pero tiene muchas obligaciones.

—Igual que nos sucede a todos nosotros. —Ser Kevan soltó un bufido—. ¿Cómo le va a tu rey? —Su tono convertía la pregunta en un reproche.

—Bastante bien —replicó Jaime a la defensiva—. Balon Swann lo acompaña por las mañanas. Es un buen caballero, de probado valor.

—Hubo un tiempo en que no hacía falta aclararlo cuando se hablaba de los que vestían la capa blanca.

«Nadie puede elegir a sus hermanos —pensó Jaime—. Si yo escogiera a mis hombres, la Guardia Real volvería a ser grande.» Pero dicho de manera tan directa, sonaba a debilidad, a una bravata sin contenido en labios del hombre al que el reino llamaba Matarreyes. «Un hombre que tiene mierda en lugar de honor.» Jaime dejó pasar el comentario. No había ido a discutir con su tío.

—Ser —le dijo—, tienes que hacer las paces con Cersei.

—¿Estamos en guerra? No me había enterado.

Jaime hizo caso omiso del comentario.

—El enfrentamiento interno de los Lannister solo ayuda a los enemigos de nuestra Casa.

—Si hay un enfrentamiento, no es por mi causa. ¿Cersei quiere gobernar? Muy bien, ahí tiene el reino. Lo único que pido yo es que me deje en paz. Mi lugar está en Darry, con mi hijo. Hay que restaurar el castillo; hay que sembrar y proteger las tierras. —Dejó escapar una carcajada amarga—. Y tu hermana no me ha dejado gran cosa con la que ocupar el tiempo, aparte de eso. También me tengo que encargar del matrimonio de Lancel. Su prometida se impacienta esperando a que lleguemos a Darry.

«Su viuda de Los Gemelos.»

Su primo Lancel cabalgaba diez pasos detrás de ellos. Con los ojos hundidos, y el pelo blanco y quebradizo, parecía mayor que Lord Jast. Solo con mirarlo, Jaime sentía un picor en los dedos perdidos. «Ha estado follando con Lancel y con Osmund Kettleblack y, por lo que yo sé, puede que se tire hasta al Chico Luna....» Había intentado hablar con Lancel tantas veces que había perdido la cuenta, pero nunca lo encontraba a solas. Si no estaba con su padre, lo acompañaba algún septón.

«Será hijo de Kevan, pero por sus venas no corre sangre, sino leche. Tyrion me mintió; solo quería hacerme daño.»

Jaime apartó a su primo de sus pensamientos y se concentró en su tío.

—¿Te quedarás en Darry después de la boda?

—Puede que un tiempo. Al parecer, Sandor Clegane está saqueando todo lo que encuentra a lo largo del Tridente. Tu hermana quiere su cabeza. Es posible que se haya unido a Dondarrion.

Jaime se había enterado de lo de Salinas, al igual que la mitad del reino, a aquellas alturas. Había sido un ataque de una crueldad excepcional. Mujeres violadas y mutiladas; niños asesinados en los brazos de sus madres; media ciudad quemada.

—Randyll Tarly está en Poza de la Doncella. Que se encargue él de los bandidos. Preferiría que fueras a Aguasdulces.

—Ser Daven está al mando allí. Es el Guardián del Occidente y no me necesita; Lancel, sí.

—Como quieras, tío. —A Jaime le latía la cabeza al mismo ritmo que el tambor: «Muerto, muerto, muerto»—. Harás bien en ir siempre rodeado por tus caballeros.

Su tío le lanzó una mirada gélida.

—¿Es una amenaza, ser?

«¿Una amenaza?» La sola idea lo dejó atónito.

—Una precaución. Solo quería decir... Sandor es peligroso.

—Yo ya ahorcaba bandidos y caballeros ladrones cuando tú te cagabas en los pañales. No voy a salir a enfrentarme a Clegane y a Dondarrion en persona, si es eso lo que temes. No todos los Lannister hacen estupideces por un poco de gloria.

«Vaya, tío, si casi parece que te refieres a mí».

—Addam Marbrand se podría encargar de esos bandidos tan bien como tú. O Brax, o Banefort, o Plumm, o cualquiera de los demás. Pero ninguno sería una buena Mano del Rey.

—Tu hermana ya conoce mis condiciones. No han cambiado. Díselo la próxima vez que vayas a su dormitorio.

Ser Kevan picó espuelas y emprendió el galope, zanjando bruscamente la conversación.

Jaime no lo siguió; sentía espasmos en la mano de la espada. Había esperado contra toda esperanza que Cersei hubiera entendido mal a su tío, pero era evidente que no.

«Sabe lo nuestro. Y lo de Tommen y Myrcella. Y Cersei sabe que lo sabe.» Ser Kevan era un Lannister de Roca Casterly. No podía creer que su hermana fuera capaz de hacerle daño, pero... «Si me equivoqué con Tyrion, ¿por qué no con Cersei?» Si los hijos mataban a los padres, ¿qué le impedía a una sobrina ordenar el asesinato de un tío? «Un tío incómodo que sabe demasiado.» Aunque quizá Cersei esperase que el Perro se encargara del trabajo. Si Sandor Clegane mataba a Ser Kevan, no tendría que mancharse las manos. «Y es lo que sucederá si se enfrentan.» Kevan Lannister había sido fuerte y hábil con la espada, pero ya no era joven, y el Perro...

La columna lo había alcanzado. Cuando su primo pasó junto a él, flanqueado por sus dos septones, Jaime lo llamó.

—Lancel, primo, quería felicitarte por tu matrimonio. Lo que lamento es que mis obligaciones no me permitan asistir.

—Hay que proteger a Su Alteza.

—Estará protegido. Aun así, siento perderme tu encamamiento. Es el primer matrimonio para ti y el segundo para ella, tengo entendido. Seguro que mi señora estará encantada de explicarte cómo se encajan las piezas.

El comentario picante provocó las carcajadas de varios señores cercanos y una mirada de desaprobación de los septones de Lancel. Su primo se agitó en la silla, inquieto.

—Sé lo suficiente para cumplir con mi deber como marido, ser.

—Justo lo que quiere una recién casada en su noche de bodas —replicó Jaime—. Un marido que sepa cumplir con su deber.

Lancel se ruborizó.

—Rezaré por ti, primo. Y por Su Alteza la Reina. Que la Vieja la guíe hacia la sabiduría y el Guerrero la proteja.

—¿Para qué necesita Cersei al Guerrero? Ya me tiene a mí.

Jaime hizo dar la vuelta a su caballo, y la capa blanca ondeó al viento.

«El Gnomo se lo inventó. Cersei preferiría tener el cadáver de Robert entre las piernas antes que a un imbécil beato como Lancel. Tyrion, cabrón, podrías haberte buscado a alguien más verosímil para mentirme.» Pasó al galope junto al cortejo fúnebre de su padre, en dirección a la ciudad.

Las calles de Desembarco del Rey parecían casi desiertas cuando Jaime Lannister regresó a la Fortaleza Roja, en la cima de la Colina Alta de Aegon. La mayoría de los soldados que habían abarrotado los tugurios de juego y tenderetes de los calderos de la ciudad ya se había marchado. Garlan el Galante se había llevado a la mitad de los hombres de los Tyrell a Altojardín, y también a su señora madre y a su abuela. La otra mitad había partido hacia el sur con Mace Tyrell y Mathis Rowan, para sitiar Bastión de Tormentas.

En cuanto al ejército de los Lannister, había dos mil veteranos curtidos acampados junto a los muros de la ciudad, a la espera de que llegara la flota de Paxter Redwyne para cruzar la bahía Aguasnegras en dirección a Rocadragón. Al parecer, Lord Stannis había dejado solo una pequeña guarnición cuando partió hacia el norte, de modo que Cersei calculaba que sobraría con dos mil hombres.

El resto de los hombres del Oeste había regresado con sus esposas e hijos, para reconstruir sus hogares, sembrar sus campos y obtener una última cosecha. Cersei había llevado a Tommen a hacer una ronda por los campamentos antes de que partieran; así tendrían ocasión de aclamar al pequeño rey. Nunca había estado más hermosa que aquel día, con una sonrisa en los labios y el sol del otoño arrancándole destellos del cabello dorado. De su hermana se podían decir muchas cosas, pero sin duda sabía cómo hacer que los hombres la adoraran cuando se lo proponía.

Cuando Jaime cruzó al trote las puertas del castillo se encontró con dos docenas de caballeros que se entrenaban con lanzas en el patio.

«Otra cosa que ya no podré hacer nunca más», pensó. La lanza era más pesada y aparatosa que la espada, y la espada ya le estaba dando más que suficientes problemas. Tal vez podría sostener la lanza con la mano izquierda, pero eso implicaría pasarse el escudo al brazo derecho. En las justas, el rival siempre estaba a la izquierda, por lo que el escudo en el brazo derecho le resultaría tan útil como unos pezones en una coraza. «No, para mí se han terminado las justas », pensó mientras desmontaba... Pero, pese a todo, se quedó a mirar.

Ser Tallad el Tallo cayó de la montura cuando el saco de arena que había golpeado volvió a su lugar y le dio en la cabeza. Jabalí golpeó el escudo con tal fuerza que lo rajó. Kennos de Kayce remató la destrucción. Colgaron un nuevo escudo para Ser Dermot de La Selva. Lambert Turnberry solo lo alcanzó de refilón, pero Jon el Lampiño, Humfrey Swyft y Alyn Stackspear lo golpearon de lleno, y Ronnet el Rojo rompió la lanza. A continuación montó el Caballero de las Flores, y los humilló a todos.

Jaime siempre había pensado que tres cuartas partes del éxito en una justa dependían de la habilidad como jinete. Ser Loras cabalgaba de maravilla, y sujetaba la lanza como si hubiera nacido con ella en la mano... Cosa que sin duda explicaría el permanente gesto de dolor del rostro de su madre.

«Pone la punta justo donde quiere, y tiene el equilibrio de un gato. Tal vez no fuera simple casualidad que me hiciera descabalgar.» Por desgracia, no volvería a tener ocasión de probar suerte contra el muchacho. Se volvió y dejó que los hombres enteros siguieran entrenándose.

Cersei estaba en sus aposentos del Torreón de Maegor, con Tommen y la morena esposa myriense de Lord Merryweather. Los tres se estaban riendo de algo que había dicho el Gran Maestre Pycelle.

—¿Me he perdido algo divertido? —preguntó Jaime al cruzar la puerta.

—Oh, mirad —ronroneó Lady Merryweather—, vuestro hermano ha regresado, Alteza.

—O su mayor parte.

Jaime advirtió que la Reina había bebido demasiado. En los últimos tiempos, Cersei siempre tenía al alcance una frasca de vino; ella, que tanto despreciaba a Robert Baratheon por sus borracheras. Aquello no le gustaba, pero últimamente no le gustaba nada de lo que hacía su hermana.

—Gran Maestre —dijo ella—, tened la amabilidad de compartir la noticia con el Lord Comandante.

Pycelle parecía de lo más incómodo.

—Ha llegado un pájaro —dijo—. De Stokeworth. Lady Tanda nos dice que su hija Lollys ha dado a luz un varón fuerte y sano.

—¿A que no adivinas qué nombre le han puesto al bastardo, hermano?

—Creo recordar que querían llamarlo Tywin.

—Sí, pero se lo prohibí. Le dije a Falyse que no toleraría que el engendro de cualquier porquero y una retrasada llevara el noble nombre de nuestro padre.

—Lady Stokeworth insiste en que la elección del nombre no ha sido cosa suya —intervino el Gran Maestre Pycelle. Las gotas de sudor le corrían por la frente arrugada—. Dice que ha sido decisión del marido de Lollys. Ese tal Bronn, pues... Parece ser que...

—Tyrion —aventuró Jaime—. Ha llamado Tyrion al niño.

El anciano asintió tembloroso y se secó la frente con la manga de la túnica. Jaime no pudo contener una carcajada.

—Ahí tienes, querida hermana. Tú buscando a Tyrion por todas partes, y resulta que todo el tiempo estaba escondido en la barriga de Lollys.

—Qué divertido. Bronn y tú sois tan divertidos... Seguro que el bastardo está ahora mismo chupando de la teta de Lollys la Lerda, y mientras el mercenario la mira y sonríe, muy satisfecho de su insolencia.

—Quizá ese niño se parezca a vuestro hermano —sugirió Lady Merryweather—. Puede que haya nacido deforme, o sin nariz. —Dejó escapar una carcajada ronca.

—Tendremos que enviarle un regalo al pequeñín —declaró la Reina—. ¿Verdad, Tommen?

—Le podríamos mandar un gatito.

—Un cachorro de león —sugirió Lady Merryweather. «Para que le destroce la garganta», parecía sugerir su sonrisa.

—Había pensado en otro tipo de regalo —dijo Cersei.

«Un padrastro nuevo, seguro.»

Jaime conocía bien aquella expresión de los ojos de su hermana. La había visto en otras ocasiones, la última en la noche de la boda de Tommen, cuando prendió fuego a la Torre de la Mano. La luz verdosa del fuego valyrio había bañado el rostro de los espectadores de manera que todos parecían cadáveres putrefactos, una manada de alegres espectros, pero unos cadáveres eran más bellos que otros. Pese a aquella luz siniestra, Cersei estaba deslumbrante, allí de pie, con una mano en el pecho, los labios entreabiertos, los ojos verdes brillantes. «Esta llorando», advirtió Jaime en aquel momento, pero no habría sabido decir si era de pena o de éxtasis.

Verla así lo había intranquilizado; le recordaba a Aerys Targaryen, a la forma en que se emocionaba cuando veía arder algo. Un rey no tenía secretos para su Guardia Real. Las relaciones entre Aerys y su esposa habían sido tensas durante los últimos años de su reinado. Dormían separados, y durante el día procuraban esquivarse. Pero siempre que Aerys entregaba un hombre a las llamas, la reina Rhaella recibía una visita por la noche. El día en que quemó a su Mano de la maza y la daga, Jaime y Jon Darry montaron guardia ante las puertas de su habitación mientras el rey hacía su voluntad.

«Me haces daño —oían gritar a Rhaella a través de la puerta de roble—. ¡Me haces daño!»

Por extraño que pareciera, aquello había sido peor que los gritos de Lord Chelsted.

—También juramos protegerla a ella —dijo Jaime al final, sin poder contenerse.

—Sí —reconoció Darry—, pero no de él.

Después de aquello, Jaime había visto a Rhaella solo en una ocasión, la mañana del día en el que se marchó a Rocadragón. La reina iba envuelta en una capa con capucha cuando subió a la regia casa con ruedas que la llevaría de la Colina Alta de Aegon al barco que la aguardaba, pero más tarde oyó los comentarios de sus doncellas. Decían que era como si la hubiera atacado una fiera, que tenía zarpazos en los muslos y mordiscos en los pechos.

«Una fiera con corona», bien lo sabía él.

En sus últimos días, el Rey Loco tenía tanto miedo que no permitía que nadie llevara hojas afiladas en su presencia, a excepción de las espadas de su Guardia Real. Tenía la barba sucia y enredada; su melena era una maraña de plata y oro que le llegaba a la cintura, y sus uñas, zarpas amarillentas y agrietadas de un palmo de longitud. Pero lo seguían atormentando las hojas afiladas, aquellas de las que jamás podría escapar, las del Trono de Hierro. Siempre llevaba los brazos y las piernas llenos de costras y cortes a medio curar.

«Un rey que gobierna un reino de huesos calcinados y carne chamuscada —recordó Jaime, concentrado en la sonrisa de su hermana—. El rey de las cenizas.»

—Alteza, ¿podemos hablar un momento a solas? —preguntó.

—Como quieras. Tommen, ya va siendo hora de que vayas a tomar las lecciones. Acompaña al Gran Maestre.

—Sí, madre. Estamos estudiando a Baelor el Santo.

Lady Merryweather también se despidió después de besar a la Reina en las dos mejillas.

—¿Queréis que vuelva a la hora de comer, Alteza?

—Me enfadaré mucho con vos si no lo hacéis.

Jaime no pudo por menos que fijarse en la manera en que la myriense movía las caderas al caminar. «Cada paso es una seducción.» Cuando la puerta se cerró a su espalda, carraspeó para aclararse la garganta.

—Primero los Kettleblack, luego Qyburn y ahora ella. Últimamente tienes unas mascotas muy extrañas, querida hermana.

—Le estoy cogiendo mucho cariño a Lady Taena. Me divierte.

—Es una de las acompañantes de Margaery Tyrell —le recordó Jaime—. Informa de ti a la joven reina.

—Por supuesto. —Cersei se dirigió al aparador y se volvió a llenar la copa—. Margaery estuvo encantada cuando le pedí que dejara aquí a Taena para que me hiciera compañía. Tendrías que haberla oído: «Será una hermana para vos, igual que lo ha sido para mí. ¡Claro que se puede quedar! Yo tengo a mis primas y a mis otras damas». Nuestra pequeña reina no quiere que me sienta sola.

—Si sabes que es una espía, ¿por qué te quedaste con ella?

—Margaery no es ni la mitad de lista de lo que se cree. No tiene ni idea de la clase de serpiente que es esa puta myriense. Utilizo a Taena para que la pequeña reina sepa lo que quiero que sepa. Algunas cosas hasta son ciertas. —Cersei tenía un brillo travieso en los ojos—. Y Taena me cuenta todo lo que hace la doncella Margaery.

—¿De veras? ¿Hasta qué punto la conoces? ¿Qué sabes de ella?

—Sé que es madre, que tiene un hijo y quiere que llegue muy alto en este mundo. Para conseguirlo, hará lo que sea. Todas las madres son iguales. Lady Merryweather es una serpiente, pero no tiene un pelo de estúpida. Sabe que la puedo ayudar más que Margaery, así que le interesa resultarme útil. Ni te imaginas cuántas cosas interesantes me ha contado.

—¿Qué clase de cosas?

Cersei se sentó junto a la ventana.

—¿Sabías que la Reina de las Espinas lleva un cofre con monedas en su carruaje? Oro viejo, de antes de la Conquista. Si algún mercader comete el error de darle un precio en monedas de oro, le paga con manos de Altojardín, que pesan la mitad que nuestros dragones. ¿Y qué mercader se atreverá a quejarse de que lo ha estafado la señora madre de Mace Tyrell? —Bebió un trago de vino—. ¿Te has divertido en tu salida?

—Nuestro tío habría querido verte.

—Lo que quiera nuestro tío no me importa lo más mínimo.

—Pues debería. Te podría resultar muy útil. Si no es en Aguasdulces o en la Roca, en el Norte, contra Lord Stannis. Nuestro padre siempre confió en Kevan para...

—Bolton es nuestro Guardián del Norte. Él se encargará de Stannis.

—Lord Bolton está atrapado bajo el Cuello. Los hombres del hierro y Foso Cailin se interponen entre el Norte y él.

—No durará mucho. El hijo bastardo de Bolton no tardará en eliminar ese pequeño obstáculo. Lord Bolton tendrá dos mil hombres de los Frey que se sumarán a los suyos, bajo el mando de los hijos de Lord Walder, Hosteen y Aenys. Serán más que suficientes para encargarse de Stannis y unos pocos millares de zarrapastrosos.

—Ser Kevan...

—Estará muy ocupado en Darry, enseñando a Lancel a limpiarse el culo. La muerte de nuestro padre lo ha castrado. Es un viejo; está acabado. Daven y Damion nos serán más útiles.

—Nos bastará con ellos. —Jaime no tenía nada en contra de sus primos—. Pero te sigue haciendo falta una Mano. Si no es nuestro tío, ¿a quién eliges?

Su hermana se echó a reír.

—No serás tú; por ese lado, tranquilo. Tal vez el marido de Taena. Su abuelo sirvió como Mano durante el reinado de Aerys.

«La Mano cuerno de la abundancia.» Jaime recordaba bien a Owen Merryweather. Era un hombre agradable, pero poco eficaz.

—Si mal no recuerdo, lo hizo tan bien que Aerys lo exilió y confiscó sus tierras.

—Robert se las devolvió, al menos en parte. Taena estaría encantada si Orton recuperara el resto.

—¿Todo esto es para complacer a una puta myriense? Y yo que creía que se trataba de gobernar el reino...

—El reino lo gobierno yo.

«Que los siete nos protejan, es verdad, tú gobiernas.» A su hermana le gustaba creerse una especie de Lord Tywin con tetas, pero estaba en un error. Su padre había sido despiadado e implacable como un glaciar, mientras que Cersei era toda fuego valyrio, más aún cuando le llevaban la contraria. Al enterarse de que Stannis había abandonado Rocadragón, se puso tan contenta como una chiquilla, segura de que había renunciado a la batalla y había zarpado hacia el exilio. Más tarde, cuando les llegó la noticia de que se había presentado en el Muro, tuvo un acceso de rabia espantoso. «No le falta cerebro, pero no tiene criterio ni paciencia.»

—Necesitas una Mano fuerte que te ayude.

—Un gobernante débil necesita una Mano fuerte, igual que Aerys necesitaba a nuestro padre. Un gobernante fuerte necesita solo un criado diligente que cumpla sus órdenes. —Hizo girar el vino en la copa—. Lord Hallyne serviría para el cargo. No sería el primer piromante que ocupara el cargo de Mano del Rey.

«No. Al último lo maté.»

—Se rumorea que quieres nombrar consejero naval a Aurane Mares.

—¿Alguien te informa de lo que hago? —Al no recibir respuesta, Cersei se echó el pelo hacia atrás—. Mares está bien cualificado para el puesto. Se ha pasado media vida a bordo de barcos.

—¿Media vida? ¡Si no tiene ni veinte años!

—Veintidós, ¿y qué más da? Nuestro padre no había cumplido los veintiuno cuando Aerys Targaryen lo nombró Mano. Ya va siendo hora de que Tommen se rodee de jóvenes, en vez de tanto viejo arrugado. Aurane es fuerte y vigoroso.

«Fuerte, vigoroso y atractivo —pensó Jaime—... Ha estado follando con Lancel y con Osmund Kettleblack y, por lo que yo sé, puede que se tire hasta al Chico Luna....»

—Paxter Redwyne sería una opción mejor. Tiene a sus órdenes la mayor flota de Poniente. Aurane Mares podría capitanear un esquife, siempre que se lo compres tú.

—Eres un crío, Jaime. Redwyne es banderizo de Tyrell, además de sobrino de su repelente abuela. No quiero a nadie relacionado con Lord Tyrell en mi consejo.

—Querrás decir en el consejo de Tommen.

—Sabes de sobra lo que quiero decir.

«Eso me temo.»

—Lo que sé es que Aurane Mares es una mala opción, y no digamos ya Hallyne. En cuanto a Qyburn... Por el amor de los dioses, Cersei, ¡era de la banda de Vargo Hoat! ¡La Ciudadela lo despojó de su cadena!

—El rebaño gris. Qyburn me ha resultado enormemente útil. Y me es leal, más de lo que se puede decir de mi propia familia.

«Por el camino que llevas, los cuervos celebrarán un festín con nosotros, querida hermana.»

—¿Te das cuenta de lo que dices, Cersei? Ves enanos en todas las sombras; conviertes a los amigos en enemigos. El tío Kevan no es tu enemigo. Yo no soy tu enemigo.

El rostro de su hermana se contrajo en un gesto de rabia.

—Te supliqué ayuda. ¡Me puse de rodillas delante de ti, y me la negaste!

—Mis votos...

—No te impidieron matar a Aerys. Las palabras se las lleva el viento. Pudiste tenerme, y elegiste una capa en mi lugar. Fuera de aquí.

—Hermana...

—¡He dicho que fuera de aquí! Estoy harta de ver ese muñón asqueroso. ¡Fuera de aquí!

Para subrayar sus palabras, le tiró la copa de vino por la cabeza. Falló, pero Jaime captó la indirecta.

El anochecer llegó mientras se encontraba sentado a solas en la sala común de la Torre de la Espada Blanca, con una copa de tinto dorniense y el Libro Blanco. Estaba pasando páginas con el muñón de la mano de la espada cuando entró el Caballero de las Flores, se quitó la capa y el cinto, y los colgó de la pared junto a los de Jaime.

—Hoy te he estado viendo en el patio —comentó Jaime—. Montas bien.

—Bastante mejor que bien.

Ser Loras se sirvió una copa de vino y se sentó al otro lado de la mesa en forma de media luna.

—Alguien más modesto habría respondido «Mi señor es muy bondadoso» o «Tenía un buen caballo».

—El caballo era adecuado, y mi señor es tan bondadoso como yo modesto. —Loras señaló el libro con un gesto—. Renly siempre decía que los libros son para los maestres.

—Este es para nosotros. Aquí se escribe la historia de todos los hombres que han vestido la capa blanca.

—Le he echado un vistazo. Los escudos son bonitos. Prefiero los libros con más ilustraciones. Lord Renly tenía unos cuantos con dibujos que dejarían ciego a un septón.

Jaime no pudo disimular una sonrisa.

—Aquí no hay nada de eso, pero las historias te abrirán los ojos. Te convendría conocer la vida de los que te han precedido.

—Ya la conozco. El príncipe Aemon, el Caballero Dragón; Ser Ryam Redwyne; el Grancorazón; Barristan el Bravo...

—... Gwayne Corbray; Alyn Connington; el Demonio de Darry, sí. También habrás oído hablar de Lucamore Strong.

—¿Ser Lucamore el Lujurioso? —Aquello hizo sonreír a Ser Loras—. Tres esposas y treinta hijos, ¿no? Le cortaron la polla. ¿Quieres que te cante la canción, mi señor?

—¿Y Ser Terrence Toyne?

—Se acostó con la amante del rey y murió entre gritos. La lección es que los hombres que visten calzones blancos los deben llevar bien atados.

—¿Gyles el Capagrís? ¿Orivel el Generoso?

—Gyles fue un traidor; Orivel, un cobarde. Hombres que ensuciaron la capa blanca. ¿Qué es lo que sugiere mi señor?

—Nada. No te ofendas; no era mi intención. ¿Qué hay de Tom Costayne el Largo? —preguntó Jaime. Ser Loras negó con la cabeza—. Fue caballero de la Guardia Real durante sesenta años.

—¿Cuándo? Jamás había oído...

—¿Y Ser Donnel del Valle Oscuro?

—El nombre me suena, pero...

—¿Addison Colina? ¿El Búho Blanco, Michael Mertyns? ¿Jeffory Norcross? Lo llamaban Nuncacede. ¿Robert Flores el Rojo? ¿Qué me puedes decir de ellos?

—Flores es nombre de bastardo. Igual que Colina.

—Y pese a ello, los dos llegaron al mando de la Guardia Real. Su historia está en el libro. También está aquí Rolland Darklyn. Fue el hombre más joven que jamás había servido en la Guardia, hasta que llegué yo. Le dieron la capa en un campo de batalla, y murió menos de una hora después de ponérsela.

—No sería muy bueno.

—Lo suficiente. Murió, pero su rey vivió. Muchos hombres valientes han vestido la capa blanca. La mayoría ha caído en el olvido.

—La mayoría merece el olvido. A los héroes se los recordará siempre. A los mejores.

—A los mejores y a los peores. —«Así que uno de nosotros vivirá en las canciones»—. Y algunos tenían una parte de cada. Como él. —Dio unos toquecitos en la página que había estado leyendo.

—¿Quién? —Ser Loras estiró el cuello—. Diez roeles de sinople sobre campo de púrpura. No conozco ese blasón.

—Perteneció a Criston Cole, que sirvió al primer Viserys y al segundo Aegon. —Jaime cerró el Libro Blanco—. Lo llamaban el Hacedor de Reyes.

Cersei

«Tres imbéciles harapientos con un saco de cuero —pensó la reina cuando se arrodillaron ante ella. Su aspecto no la alentaba en absoluto—. En fin, siempre cabe la posibilidad...»

—Alteza —dijo Qyburn en voz baja—, el Consejo Privado...

—... aguardará hasta que yo diga. Tal vez podamos llevarle la noticia de la muerte de un traidor.

Al otro lado de la ciudad, las campanas del septo de Baelor tañían su doblar lúgubre.

«Ninguna campana sonará por ti, Tyrion —pensó Cersei—. Meteré tu cabeza en brea y echaré a los perros tu cuerpo deforme.»

—Levantaos —les dijo a los aspirantes a señores—. Mostradme qué habéis traído.

Se levantaron. Eran tres hombres feos y andrajosos. Uno tenía un forúnculo en el cuello, y ninguno se había lavado en medio año. La perspectiva de otorgar el título de señores a semejante chusma le hacía cierta gracia.

«Podría sentarlo al lado de Margaery en los banquetes.» Cuando el imbécil del jefe desató el cordel del saco y metió la mano dentro, un intenso olor a podredumbre invadió la sala de audiencias. La cabeza que sacó era gris verdosa, llena de gusanos. «Huele igual que mi padre.» Dorcas contuvo el aliento; Jocelyn se llevó una mano a la boca y vomitó.

La Reina examinó el trofeo sin parpadear.

—Os habéis equivocado de enano —dijo por fin, cada palabra cargada de resentimiento.

—No, no —se atrevió a replicar uno de los imbéciles—. Tiene que ser él. Es un enano, ¿veis? Lo que pasa es que está un poco podrido.

—Y le ha crecido una nariz nueva —señaló Cersei—. Un tanto protuberante, en mi opinión. Tyrion perdió la nariz en una batalla.

Los tres imbéciles intercambiaron una mirada.

—No lo sabíamos —dijo el que tenía la cabeza en la mano—. Este se presentó como si tal cosa, un enano de lo más feo, así que pensamos...

—Nos dijo que era un gorrión —añadió el del forúnculo—, y tú dijiste que mentía. —Se dirigía al tercero.

La Reina se enfureció con solo pensar que había hecho esperar a su Consejo Privado por culpa de aquella farsa.

—Me habéis hecho perder el tiempo y habéis asesinado a un inocente. Debería cortaros la cabeza. —Pero, si lo hacía, otros hombres podían titubear y dejar que escapara el Gnomo. Antes de permitirlo prefería tener delante una montaña de cabezas de enano—. Fuera de mi vista.

—Como digáis, Alteza —dijo el forúnculo—. Os pedimos perdón.

—¿Queréis la cabeza? —preguntó el hombre que la tenía en la mano.

—Entregádsela a Ser Meryn. No, descerebrado, en el saco. Eso. Acompañadlos a la salida, Ser Osmund.

Trant retiró la cabeza, y Kettleblack se llevó a los verdugos, con lo que solo quedó el desayuno de Lady Jocelyn como prueba de su visita.

—Limpia eso ahora mismo —ordenó la Reina.

Era la tercera cabeza que le llevaban.

«Por lo menos, este era un enano de verdad.» La anterior había pertenecido a un niño un tanto feo.

—No temáis; alguien dará con el enano —dijo Ser Osmund para tranquilizarla—. Y entonces nos aseguraremos de que muera.

«¿De verdad?» La noche anterior, Cersei había soñado con la anciana, con su papada temblorosa y su voz de graznido. Maggy la Rana, como la llamaban en Lannisport. «Si mi padre se hubiera enterado de lo que me dijo, le habría cortado la lengua. —Pero Cersei nunca se lo había contado a nadie, ni siquiera a Jaime—. Melara decía que, si no hablábamos nunca de sus profecías, acabaríamos por olvidarlas. Decía que una profecía olvidada no podía convertirse en realidad.»

—Tengo informadores que siguen la pista del Gnomo por todas partes, Alteza —dijo Qyburn. Se había ataviado con algo parecido a una túnica de maestre, pero blanca en lugar de gris, tan inmaculada como las capas de la Guardia Real. Los dobladillos, las mangas y el cuello alto y rígido tenían adornos de hilo de oro en forma de volutas, y se ceñía la cintura con un fajín también dorado—. Antigua, Puerto Gaviota, Dorne... hasta en las Ciudades Libres. Allá donde vaya, mis informantes lo encontrarán.

—Dais por supuesto que ha salido de Desembarco del Rey. Por lo que sabemos, podría estar escondido en el septo de Baelor, colgándose de las cuerdas de las campanas para hacer ese ruido horroroso. —Cersei hizo un gesto de amargura y permitió que Dorcas la ayudara a levantarse—. Vamos, mi señor. Mi consejo aguarda. —Cogió a Qyburn por el brazo para bajar las escaleras—. ¿Os habéis encargado de esa tarea que os encomendé?

—Sí, Alteza. Siento que haya tomado tanto tiempo. Es una cabeza tan grande... Los escarabajos tardaron varias horas en comerse toda la carne. A modo de disculpa he forrado con fieltro una caja de marfil y plata; será una presentación adecuada para la calavera.

—Un saco habría servido igual. El príncipe Doran quiere la cabeza, pero le importa un bledo en qué caja vaya.

El repicar de las campanas se oía aún más fuerte en el patio.

«No era más que un septón supremo. ¿Cuánto tiempo tendremos que aguantar esto?» El tañido era más melodioso que los gritos de la Montaña, pero, aun así...

Qyburn pareció adivinar sus pensamientos.

—Las campanas callarán cuando se ponga el sol, Alteza.

—Será un alivio. ¿Cómo lo sabéis?

—Para serviros, tengo que saber.

«Varys nos había hecho creer que era insustituible. ¡Qué imbéciles fuimos! —Cuando la Reina hizo saber que Qyburn ocupaba el lugar del eunuco, las alimañas habituales se apresuraron a presentarse ante él para cambiar sus susurros por unas monedas—. Siempre fue cuestión de plata, no de la Araña. Qyburn nos prestará el mismo servicio.» Tenía ganas de ver la cara que ponía Pycelle cuando el nigromante ocupara su asiento.

Siempre que se celebraba una reunión del Consejo Privado había un caballero de la Guardia Real apostado ante las puertas. Aquel día, el elegido era Ser Boros Blount.

—Ser Boros —saludó la Reina en tono afable—, estáis algo demacrado esta mañana. ¿Os ha sentado mal algo que hayáis comido, tal vez?

Jaime lo había nombrado catador real.

«Una misión sabrosa, pero humillante para un caballero.» Blount no lo soportaba. Su papada temblorosa se sacudió cuando les abrió la puerta.

Los consejeros guardaron silencio cuando los vieron entrar. Lord Gyles tosió a modo de saludo, suficientemente alto para despertar a Pycelle. Los demás se levantaron y mascullaron galanterías. Cersei los obsequió con una levísima sonrisa.

—Espero que mis señores disculpen el retraso.

—Estamos aquí para servir a Vuestra Alteza —respondió Ser Harys Swyft—. Ha sido un placer aguardar vuestra llegada.

—Doy por supuesto que todos conocéis a Lord Qyburn.

El Gran Maestre Pycelle no la decepcionó.

—¿Lord Qyburn? —Se atragantó al tiempo que se ponía rojo—. Alteza, esto no es... Un maestre tiene votos sagrados, jura no poseer tierras, ni títulos...

—Vuestra Ciudadela le quitó la cadena —le recordó Cersei—. Si no es maestre, nada lo obliga a respetar los votos. Como sin duda recordaréis, al eunuco también se le otorgó el título de señor.

Pycelle no podía ni hablar.

—Este hombre es... No vale...

—No os atreváis a hablarme a mí de valía, y menos después de la chapuza hedionda que hicisteis con el cadáver de mi padre.

—Alteza, no podéis decir en serio... —Alzó una mano llena de manchas, como para protegerse de un golpe—. Las hermanas silenciosas evisceraron a Lord Tywin, le drenaron la sangre... Tomaron todas las precauciones... Le rellenaron el cuerpo con sales y hierbas aromáticas...

—Ahorradme los detalles asquerosos; ya olí el resultado de vuestras precauciones. Las artes curativas de Lord Qyburn le salvaron la vida a mi hermano, y no me cabe duda de que servirá al Rey mucho mejor que ese eunuco y sus sonrisas bobaliconas. ¿Conocéis a vuestros compañeros del consejo, mi señor?

—Mal informador sería si no los conociera, Alteza.

Qyburn se sentó entre Orton Merryweather y Gyles Rosby.

«Mis consejeros.» Cersei había arrancado todas las rosas, así como a los afectos a su tío y a sus hermanos Jaime y Tyrion, y los había sustituido por hombres que le guardaban lealtad a ella. También les había dado nuevos nombres a sus cargos, tomados de las Ciudades Libres; no quería más jefe que ella en la corte. Orton Merryweather era su justicia mayor; Gyles Rosby, su lord tesorero. Aurane Mares, el joven y atractivo Bastardo de Marcaderiva, sería su gran almirante.

Y, en el cargo de Mano, Ser Harys Swyft.

Blando, calvo y obsequioso, Swyft tenía una absurda matita de barba allí donde los demás tenían la barbilla. Llevaba el gallo azul de su Casa bordado con cuentas de lapislázuli en la pechera del suntuoso jubón amarillo, y por encima lucía un manto de terciopelo azul decorado con un centenar de manos doradas. Ser Harys se había emocionado mucho con el nombramiento, y era demasiado lerdo para darse cuenta de que su función era más de rehén que de Mano. Su hija era la esposa de Kevan, a la que este amaba pese al pecho plano, las piernas de pollo y la falta de mentón. Mientras tuviera controlado a Ser Harys, Kevan Lannister se lo pensaría dos veces antes de enfrentarse a ella.

«La verdad es que un suegro no es el rehén ideal, pero un escudo frágil es mejor que nada.»

—¿Nos honrará el Rey con su presencia? —preguntó Orton Merryweather.

—Mi hijo está jugando con su pequeña reina. Por el momento, lo único que sabe de reinar es estampar sello real en los papeles. Su Alteza aún es demasiado joven para comprender los asuntos de estado.

—¿Y nuestro valeroso Lord Comandante?

—Ser Jaime se encuentra en la armería; le están haciendo una mano. Ya sé que todos estamos hartos de verle el muñón. Y mucho me temo que se aburriría tanto como Tommen. —Aurane Mares dejó escapar una risita. «Bien. Cuanto más se ríen menos amenazadores son. Que rían», pensó Cersei—. ¿Tenemos vino?

—Desde luego, Alteza. —Orton Merryweather no era atractivo; tenía una nariz enorme que le daba aspecto de estúpido y una indómita mata de pelo entre rojizo y anaranjado, pero siempre era cortés—. Hay tinto dorniense y dorado del Rejo, y un excelente hidromiel dulce de Altojardín.

—El dorado, gracias. Los vinos de Dorne me resultan tan desagradables como sus habitantes. En fin, ya que estamos, podemos empezar por ellos —dijo mientras Merryweather le llenaba la copa.

Al Gran Maestre Pycelle le seguían temblando los labios, pero consiguió recuperar el habla.

—Como ordenéis. El príncipe Doran ha puesto bajo custodia a las rebeldes bastardas de su hermano, pero Lanza del Sol sigue siendo un hervidero. El príncipe nos ha escrito: dice que no podrá calmar los ánimos hasta que reciba la justicia que se le prometió.

—Desde luego. —«Qué cargante es ese príncipe»—. Su larga espera está a punto de terminar. Voy a enviar a Balon Swann a Lanza del Sol, para que le entregue la cabeza de Gregor Clegane.

Ser Balon tendría también otra misión, pero eso era mejor guardarlo en secreto.

—Ah. —Ser Harys Swyft se tironeó de la barbita con el índice y el pulgar—. ¿De modo que Ser Gregor ha muerto?

—Eso parece, mi señor —replicó Aurane Mares con tono cortante—. Tengo entendido que separar la cabeza del tronco suele ser mortal.

Cersei le dedicó una sonrisa; le gustaba cierta dosis de sarcasmo, siempre que el objetivo no fuera ella.

—Ser Gregor falleció a causa de las heridas, tal como predijo el Gran Maestre Pycelle.

Pycelle carraspeó y miró a Qyburn con gesto hosco.

—La lanza estaba envenenada. Nadie lo habría podido salvar.

—Eso dijisteis. Lo recuerdo perfectamente. —La reina se volvió hacia su Mano—. ¿De qué estabais hablando cuando he llegado, Ser Harys?

—De los gorriones, Alteza. El septón Raynard dice que puede haber más de dos mil en la ciudad, y cada día llegan más. Sus dirigentes anuncian la condenación; dicen que se adora a un demonio...

Cersei probó el vino. «Muy bueno.»

—¿Cómo si no llamarías a ese dios rojo al que adora Stannis? La Fe tendría que enfrentarse a esa abominación. —Qyburn, siempre astuto, se lo había recordado—. Siento decir que el difunto Septón Supremo dejaba pasar demasiadas cosas. La edad le había nublado la vista y mermado las fuerzas.

—Era un viejo, Alteza; estaba acabado. —Qyburn sonrió a Pycelle—. Su fallecimiento no nos tendría que haber sorprendido. ¿Qué más se puede pedir que morir tranquilo, mientras se duerme, habiendo cumplido muchos años?

—Cierto —asintió Cersei—, pero esperemos que su sucesor sea más vigoroso. Mis amigos de la otra colina me dicen que probablemente se nombrará a Torbert o a Raynard.

El Gran Maestre Pycelle carraspeó.

—Yo también tengo amigos entre los Máximos Devotos, y me hablan del septón Ollidor.

—No se puede descartar a Luceon —intervino Qyburn—. Anoche ofreció un banquete a treinta Máximos Devotos; cenaron cochinillo y dorado del Rejo, y durante el día les da mendrugos a los pobres para demostrar lo piadoso que es.

Aurane Mares parecía tan aburrido como Cersei con tanta charla de septones. Visto de cerca, tenía el pelo más plateado que dorado, y los ojos de un gris verdoso, mientras que el príncipe Rhaegar los había tenido violeta. Y pese a todo, el parecido era tan marcado... ¿Mares se afeitaría la barba si se lo pedía? Era diez años más joven que ella, pero la deseaba; Cersei lo sabía por su manera de mirarla. Los hombres la habían mirado así desde que le empezaron a crecer los pechos.

«Decían que porque era muy hermosa, pero Jaime también era hermoso, y a él no lo miraban así.» Cuando era pequeña a veces se ponía la ropa de su hermano a modo de broma. Le llamaba la atención lo diferente que era el trato que le daban los hombres cuando la tomaban por Jaime. Hasta el propio Lord Tywin...

Pycelle y Merryweather seguían discutiendo quién era el candidato más probable a Septón Supremo.

—Tanto me da uno como otro —anunció la Reina bruscamente—, pero sea quien sea el que se ciña la corona de cristal, tendrá que decretar el anatema del Gnomo. —El silencio del anterior Septón Supremo en lo referente a Tyrion había llamado mucho la atención—. En cuanto a esos gorriones rosados, mientras no hablen de traición en sus prédicas, son problema de la Fe, no nuestro.

Lord Orton y Ser Harys mascullaron unas palabras de asentimiento. El intento de Gyles Rosby de hacer lo mismo se vio interrumpido por un ataque de tos. Cersei apartó la vista, asqueada, cuando escupió una flema sanguinolenta.

—¿Habéis traído la carta del Valle, maestre?

—Sí, Alteza. —Pycelle la sacó de su montón de papeles y la extendió en la mesa—. Más que una carta es una declaración de recusación. Firmada en Piedra de las Runas por Yohn Royce, Lady Waynwood, Lord Hunter, Lord Redfort, Lord Belmore y Symond Templeton, el Caballero de Nuevestrellas. Todos han puesto su sello. Escriben...

«Un montón de sandeces.»

—Mis señores pueden leer la carta si quieren. Royce y los demás están reuniendo un ejército al pie del Nido de Águilas. Quieren que Meñique deje el cargo de Lord Protector del Valle, si es necesario por la fuerza. Y la pregunta es: ¿debemos permitirlo?

—¿Nos ha pedido ayuda Lord Baelish? —preguntó Harys Swyft.

—Todavía no. Lo cierto es que no parece ni preocupado. En su última carta solo menciona a los rebeldes de pasada antes de rogarme encarecidamente que le envíe unos tapices viejos de Robert.

Ser Harys se acarició la barbita.

—Y los Señores Recusadores, ¿le piden su apoyo al Rey?

—No.

—En ese caso... Tal vez no tengamos que hacer nada.

—Una guerra en el Valle sería una tragedia —señaló Pycelle.

—¿Guerra? —Orton Merryweather se echó a reír—. Lord Baelish es un hombre de lo más divertido, pero con frases ingeniosas no se combate. Dudo que vaya a haber derramamiento de sangre. ¿Y qué más da quién sea el regente en nombre del pequeño Lord Robert, mientras el Valle nos siga enviando los impuestos?

«Es verdad», decidió Cersei. Meñique le había resultado mucho más útil en la corte. «Tenía talento para conseguir oro, y no tosía.»

—Lord Orton me ha convencido. Maestre Pycelle, enviad instrucciones a esos señores; no quiero que Petyr sufra daño alguno. Por lo demás, la corona acepta las disposiciones que se hagan para el gobierno del Valle hasta la mayoría de edad de Robert Arryn.

—Muy bien, Alteza.

—¿Podemos hablar de la flota? —preguntó Aurane Mares—. De todas nuestras naves, menos de una docena sobrevivió al infierno del Aguasnegras. Es imprescindible que las reconstruyamos.

—El dominio en el mar es fundamental —asintió Orton Merryweather—. ¿Podríamos utilizar a los hombres del hierro? Ya sabéis, el enemigo de nuestro enemigo... ¿Qué precio pondría el Trono de Piedramar a una alianza con nosotros?

—Quieren el Norte —respondió el Gran Maestre Pycelle—, como el noble padre de nuestra reina le prometió a la Casa Bolton.

—Qué inoportuno —dijo Merryweather—. De todos modos, el Norte es muy grande. Las tierras se podrían repartir. No tiene por qué ser un acuerdo permanente. Puede que Bolton acceda, siempre que le aseguremos que nuestras fuerzas se pondrán a sus órdenes cuando hayan acabado con Stannis.

—Tengo entendido que Balon Greyjoy ha muerto —intervino Ser Harys Swyft—. ¿Sabemos quién gobierna ahora en las islas? ¿No tenía un hijo Lord Balon?

—¿Leo? —tosió Lord Gyles—. ¿Theo?

—Theon Greyjoy, criado en Invernalia como pupilo de Eddard Stark —respondió Qyburn—. No creo que nos tenga en mucha estima.

—Me parece que lo mataron —señaló Merryweather.

—¿Era el único hijo? —Ser Harys se tironeó de la barbita—. No. Tenía hermanos, ¿verdad?

«Varys lo habría sabido», pensó Cersei, irritada.

—No tengo la menor intención de meterme en la cama con esos calamares. Ya les llegará el turno cuando acabemos con Stannis. Lo que necesitamos es una flota propia.

—Mi intención es construir dromones nuevos —dijo Aurane Mares—. Diez, para empezar.

—¿De dónde saldrá el dinero? —preguntó Pycelle.

Lord Gyles lo tomó como una invitación para volver a toser. Se limpió la saliva rosada con un cuadrado de seda roja.

—No hay... —consiguió decir antes del siguiente ataque de tos—. No... No tenemos...

Ser Harys fue suficientemente avispado para entender lo que se ocultaba bajo las toses.

—La corona no había tenido nunca tantos ingresos —protestó—. Me lo dijo el propio Ser Kevan.

Lord Gyles tosió otra vez.

—... Gastos... Capas doradas...

No era la primera vez que Cersei oía sus objeciones.

—Nuestro lord tesorero trata de decirnos que tenemos demasiados capas doradas y poco oro. —Las toses de Rosby empezaban a exasperarla. «Puede que Garth el Grosero no fuera tan mala opción»—. Los ingresos de la corona son elevados, pero no tanto como para saldar las deudas que dejó Robert. Por tanto, he decidido retrasar el pago de los importes que se adeudan a la Sagrada Fe y al Banco de Hierro de Braavos hasta que termine la guerra. —Sin duda, el nuevo Septón Supremo se retorcería las sagradas manos, y los braavosis chillarían y protestarían, ¿y qué?—. Con lo que ahorremos podremos construir la nueva flota.

—Vuestra Alteza es sabia —dijo Lord Merryweather—. Es una excelente medida. Sí, excelente, e imprescindible hasta el final de la guerra. Estoy de acuerdo.

—Y yo —corroboró Ser Harys.

—Alteza —intervino Pycelle con voz temblorosa—, me temo que eso causaría más problemas de los que imagináis. El Banco de Hierro...

—... sigue estando en Braavos, al otro lado del mar. Tendrán su oro, maestre. Un Lannister siempre paga sus deudas.

—Los braavosis también tienen un dicho. —La cadena enjoyada de Pycelle tintineó—. El Banco de Hierro obtiene lo que le pertenece.

—El Banco de Hierro obtendrá lo que le pertenece cuando yo lo diga. Hasta ese momento, aguardará con respeto. Lord Mares, podéis empezar con la construcción de los dromones.

—Muy bien, Alteza.

Ser Harys repasó otros papeles.

—El siguiente asunto... Hemos recibido una carta de Lord Frey, que presenta algunas reclamaciones...

—¿Cuántas tierras y honores va a querer ese hombre? No para de pedir —saltó la Reina—. Su madre tuvo que haber tenido tres tetas.

—Puede que mis señores no lo sepan —dijo Qyburn—, pero en las tabernas y mentideros de esta ciudad, hay quien sugiere que tal vez la corona fuera cómplice del crimen de Lord Walder.

Los otros consejeros lo miraron, inseguros.

—¿Os referís a la Boda Roja? —preguntó Aurane Mares.

—¿Crimen? —dijo Ser Harys.

Pycelle se aclaró la garganta. Lord Gyles tosió.

—Esos gorriones hablan demasiado —advirtió Qyburn—. Dicen que la Boda Roja fue una afrenta contra las leyes de los dioses y los hombres, y que los que tomaron parte en ella están malditos.

Cersei captó la intención.

—Lord Walder no tardará en enfrentarse al juicio del Padre. Es muy viejo. Que los gorriones escupan en su recuerdo; no tiene nada que ver con nosotros.

—No —dijo Ser Harys.

—No —dijo Lord Merryweather.

—Eso no se le pasa por la cabeza a nadie —dijo Pycelle.

Lord Gyles tosió.

—Un poco de saliva en la tumba de Lord Walder no molestará a los gusanos —accedió Qyburn—, pero también nos sería útil que alguien recibiera un castigo por lo de la Boda Roja. Unas cuantas cabezas de Frey contribuirían a pacificar el Norte.

—Lord Walder no sacrificaría jamás a los suyos —señaló Pycelle.

—No —dijo Cersei, pensativa—, pero tal vez sus herederos no sean tan remilgados. Esperemos que Lord Walder no tarde en hacernos el favor de morir. ¿Qué mejor ocasión se le puede presentar al nuevo señor del Cruce para librarse de hermanastros incómodos, primos desagradables y hermanas manipuladoras? Le bastará con declararlos culpables.

—Mientras aguardamos la muerte de Lord Walder, hay otro asunto —dijo Aurane Mares—. La Compañía Dorada ha roto su contrato con Myr. Por lo que se comenta en los muelles, Lord Stannis la ha contratado y está cruzando el mar.

—¿Con qué va a pagar? —quiso saber Merryweather—. ¿Con nieve? Si se llaman Compañía Dorada es por algo. ¿Cuánto oro tiene Stannis?

—Poco —le aseguró Cersei—. Lord Qyburn ha hablado con los tripulantes de esa galera myriense de la bahía. Aseguran que la Compañía Dorada se dirige hacia Volantis. Si tiene intención de cruzar a Poniente, se ha equivocado de dirección.

—Puede que se hayan hartado de luchar en el bando perdedor —sugirió Lord Merryweather.

—Eso también —asintió la Reina—. Habría que estar ciego para no darse cuenta de que estamos a punto de ganar la guerra. Lord Tyrell tiene Bastión de Tormentas bajo asedio. Aguasdulces está rodeado por los Frey y por las fuerzas de mi primo Daven, el nuevo Guardián del Occidente. Los barcos de Lord Redwyne han pasado los estrechos de Tarth y avanzan con rapidez costa arriba. En Rocadragón únicamente quedan unos cuantos botes de pescadores para impedir el desembarco de Redwyne. Puede que el castillo resista un tiempo, pero en cuanto tomemos el puerto cortaremos la salida de la guarnición por mar. Entonces, la única molestia que nos quedará será Stannis.

—Si damos crédito a Lord Janos, está intentando hacer causa común con los salvajes —avisó el Gran Maestre Pycelle.

—Son animales que se visten con pieles —declaró Lord Merryweather—. Lord Stannis debe de estar muy desesperado para buscar semejante alianza.

—Desesperado y equivocado —convino la Reina—. Los norteños detestan a los salvajes. A Roose Bolton no le costará nada ganarlos para nuestra causa. Unos cuantos ya se han unido a su hijo bastardo para ayudarlo a expulsar a los condenados hombres del hierro de Foso Cailin y despejar el camino para el regreso de Lord Bolton. Umber, Ryswell... Los otros nombres se me han olvidado. Hasta Puerto Blanco está a punto de unírsenos. Su señor ha accedido a casar a sus dos nietas con nuestros amigos Frey y abrirles su puerto a nuestros barcos.

—Yo creía que no teníamos barcos —dijo Ser Harys, desconcertado.

—Wyman Manderly era banderizo leal de Eddard Stark —señaló el Gran Maestre Pycelle—. ¿Se puede confiar en él?

«No se puede confiar en nadie.»

—Es un viejo gordo y asustado. Pero hay un asunto en el que se muestra inflexible: dice que no doblará la rodilla hasta que le sea devuelto su heredero.

—¿Tenemos a su heredero? —preguntó Ser Harys.

—Si aún vive, debe de estar en Harrenhal. Gregor Clegane lo tomó prisionero. —La Montaña no siempre había tratado bien a sus prisioneros, ni siquiera a los que valían un buen rescate—. Si está muerto, tendremos que enviar a Lord Manderly la cabeza de los que lo mataron, junto con nuestras más sentidas disculpas.

Si una cabeza había bastado para aplacar a un príncipe de Dorne, sin duda con un saco habría de sobra para un norteño gordo vestido con pieles de foca.

—¿Y Lord Stannis no buscará también una alianza con Puerto Blanco? —preguntó el Gran Maestre Pycelle.

—Sí, ya lo ha intentado. Lord Manderly nos ha enviado las cartas que le hizo llegar y le ha respondido con evasivas. Stannis exige las espadas y la plata de Puerto Blanco, y a cambio ofrece... La verdad, nada. —Algún día tendría que encenderle una vela al Desconocido por llevarse a Renly y dejar a Stannis. De haber sido al revés, la vida se le habría complicado mucho—. Esta misma mañana ha llegado otro pájaro. Stannis ha enviado a su contrabandista de cebollas a negociar en su nombre con Puerto Blanco. Manderly lo ha encerrado en una celda, y nos pregunta qué hace con él.

—Que nos lo mande para que lo interroguemos —sugirió Lord Merryweather—. Puede que sepa cosas que nos sean muy útiles.

—Que muera —dijo Qyburn—. Será toda una lección para el Norte; así verán qué les pasa a los traidores.

—Estoy de acuerdo —dijo la Reina—. He dado instrucciones a Lord Manderly para que le haga cortar la cabeza de inmediato. Eso evitará toda posibilidad de que Puerto Blanco preste apoyo a Stannis.

—Stannis va a necesitar otra Mano —señaló Aurane Mares con una risita—. ¿Quién será? ¿El Caballero de la Remolacha?

—¿El Caballero de la Remolacha? —dijo Ser Harys Swyft, confuso—. ¿Quién es? No había oído hablar de él.

La única respuesta de Mares fue poner los ojos en blanco.

—¿Y si Lord Manderly se niega? —inquirió Merryweather.

—No se atreverá. La cabeza del Caballero de la Cebolla es la moneda que necesitará para comprar la vida de su hijo. —Cersei sonrió—. Puede que ese viejo idiota fuera leal a los Stark a su manera, pero ahora que los lobos de Invernalia se han extinguido...

—Vuestra Alteza se olvida de Lady Sansa —señaló Pycelle.

—Podéis estar seguro de que no me he olvidado de la pequeña loba. —La Reina se puso tensa. Se negaba incluso a pronunciar el nombre de la niña—. Tendría que haberla encerrado en las celdas negras, por ser hija de un traidor, y lo que hice fue abrirle las puertas de mi casa. Compartió mis habitaciones y mi chimenea, jugó con mis hijos, la alimenté, la vestí, traté de que fuera un poco menos ignorante en lo que respecta a las cosas del mundo, y ¿cómo pagó mi bondad? Ayudando a matar a mi hijo. Cuando encontremos al Gnomo, encontraremos también a Lady Sansa. No está muerta... Pero os aseguro que antes de que acabe con ella, cantará al Desconocido y le suplicará su beso.

Se hizo un silencio incómodo.

«¿Qué pasa? ¿Se han tragado la lengua?», pensó Cersei, irritada. Cosas como aquella hacían que se preguntara de qué le servía tener un consejo.

—En cualquier caso —continuó la Reina—, la hija pequeña de Lord Eddard está con Lord Bolton, y se casará con su hijo Ramsay en cuanto caiga Foso Cailin. —Mientras la cría representara su papel suficientemente bien para respaldar sus aspiraciones a Invernalia, a ninguno de los Bolton le importaría que fuera en realidad la mocosa de un mayordomo adiestrada por Meñique—. Si el Norte quiere un Stark, tendrá un Stark. —Dejó que Lord Merryweather le volviera a llenar la copa—. Pero ha surgido otro problema en el Muro: los hermanos de la Guardia de la Noche han perdido el juicio y han elegido Lord Comandante al hijo bastardo de Ned Stark.

—El muchacho se apellida Nieve —señaló Pycelle, poco servicial.

—Lo vi una vez en Invernalia —siguió la Reina—, y eso que los Stark hacían lo posible por esconderlo. Se parece mucho a su padre.

Los bastardos de su esposo también se le parecían, aunque al menos, Robert había tenido la decencia de mantenerlos ocultos. En cierta ocasión, tras el lamentable asunto del gato, farfulló algo sobre llevar a la corte a una hija ilegítima.

—Haz lo que te dé la gana —fue la respuesta de Cersei—, pero puede que la ciudad no sea un lugar saludable para que crezca una niña.

Le había resultado difícil ocultarle a Jaime el moretón que le habían costado aquellas palabras, pero no se volvió a mencionar a la bastarda.

«Catelyn Tully era un ratón; de lo contrario habría asfixiado a ese Jon Nieve cuando aún estaba en la cuna. Pero me dejó el trabajo sucio a mí.»

—Nieve comparte con Lord Eddard su tendencia a la traición —dijo Cersei—. El padre le habría entregado el reino a Stannis, y el hijo le ha dado tierras y castillos.

—La Guardia de la Noche no toma parte en las guerras de los Siete Reinos —les recordó Pycelle—. Los hermanos negros han conservado esta tradición durante miles de años.

—Hasta ahora —replicó Cersei—. El bastardo nos ha escrito para jurar que la Guardia de la Noche no tomará partido, pero sus actos contradicen sus palabras. Ha dado comida y refugio a Stannis, y aun así tiene la insolencia de suplicarnos armas y hombres.

—Es un ultraje —declaró Lord Merryweather—. No podemos permitir que la Guardia de la Noche una sus fuerzas a las de Lord Stannis.

—Tenemos que declarar a Nieve rebelde y traidor —coincidió Ser Harys Swyft—. Los hermanos negros se verán obligados a destituirlo.

El Gran Maestre Pycelle asintió con parsimonia.

—Propongo que informemos al Castillo Negro de que no se enviarán más hombres hasta que se quiten de en medio a Nieve.

—Harán falta remeros para los nuevos dromones —señaló Aurane Mares—. Dad instrucciones a los señores para que me envíen a sus furtivos y a sus ladrones, en vez de mandarlos al Muro.

Qyburn se inclinó hacia delante con una sonrisa.

—La Guardia de la Noche nos defiende de los tiburientes y los endriagos. Tenemos que ayudar a los hermanos negros, mis señores.

Cersei le dirigió una mirada hosca.

—¿Qué estáis diciendo?

—Pensadlo bien —dijo Qyburn—. La Guardia de la Noche lleva años suplicándonos hombres. Lord Stannis ha respondido a sus peticiones. ¿Puede hacer menos el rey Tommen? Vuestra Alteza debería enviar a un centenar de hombres al Muro. En apariencia para que vistan el negro, pero en realidad...

—Para que aparten del mando a Jon Nieve —terminó Cersei, encantada. «Sabía que hacía bien al darle un puesto en el consejo»—. Eso es lo que haremos. —Se echó a reír. «Si el bastardo ha salido a su padre, no sospechará nada. Puede que hasta me dé las gracias antes de que le hundan el cuchillo entre las costillas»—. Habrá que hacerlo con cautela, por supuesto. Dejad lo demás en mis manos, señores. Así hay que enfrentarse al enemigo: con un puñal, no con una declaración. El de hoy ha sido un día fructífero, mis señores. Os lo agradezco. ¿Queda algo por tratar?

—Una última cosa, Alteza —dijo Aurane Mares en tono de disculpa—. Siento molestar al consejo con un asunto tan nimio, pero en los muelles se oyen últimamente cosas muy extrañas. Son comentarios de los marineros que vienen del este. Hablan de dragones...

—Claro, y de manticoras, y de tiburientes. —Cersei dejó escapar una risita—. Venid a verme cuando oigáis hablar de enanos, mi señor. —Se levantó para indicar que la reunión había terminado.

El tormentoso viento de otoño soplaba cuando Cersei salió de la cámara del consejo; las campanas de Baelor el Santo todavía entonaban su fúnebre tañido al otro lado de la ciudad. En el patio, cuarenta caballeros se atacaban con espadas y escudos, con lo que el fragor era aún más insoportable. Ser Boros Blount escoltó a la Reina a sus habitaciones, donde ya se encontraba Lady Merryweather; se reía con Jocelyn y Dorcas.

—¿Qué es lo que os hace tanta gracia?

—Los gemelos Redwyne —respondió Taena—. Los dos se han enamorado de Lady Margaery. Antes se peleaban siempre por quién sería el siguiente señor del Rejo. Ahora, los dos quieren unirse a la Guardia Real, solo para estar cerca de la pequeña reina.

—Los Redwyne siempre han tenido más pecas que sesos. —Pero era un dato útil. «Si encontraran a Horror o a Baboso en la cama con Margaery....» Cersei se preguntó si a la pequeña reina le gustarían las pecas—. Dorcas, haz venir a Ser Osney Kettleblack.

Dorcas se sonrojó.

—Como ordenéis.

Cuando salió la muchacha, Taena Merryweather miró a la Reina con gesto interrogativo.

—¿Por qué se ha puesto tan roja?

—Ah, el amor... —Fue el turno de Cersei de echarse a reír—. Le gusta nuestro Ser Osney. —Era el más joven de los Kettleblack, el que iba afeitado. Tenía el mismo pelo negro, la misma nariz ganchuda y la misma sonrisa fácil que su hermano Osmund, pero llevaba en una mejilla tres largos arañazos, cortesía de una de las putas de Tyrion—. Me imagino que le gustan las cicatrices.

Los ojos oscuros de Lady Merryweather tenían un brillo travieso.

—Claro. Las cicatrices dan a los hombres aspecto peligroso, y el peligro es excitante.

—Me escandalizáis, mi señora —bromeó la Reina—. Si tanto os excita el peligro, ¿por qué os casasteis con Lord Orton? Es verdad que todos lo adoramos, pero aun así...

En cierta ocasión, Petyr había señalado que el cuerno de la abundancia que adornaba el escudo de la Casa Merryweather le iba de maravilla a Lord Orton, porque tenía el pelo color zanahoria, la nariz tan abultada como una remolacha y puré de guisantes en lugar de cerebro.

Taena se echó a reír.

—Mi señor es más generoso que peligroso, no cabe duda. Aunque... Espero que Vuestra Alteza no tenga mala opinión de mí, pero no llegué doncella a la cama de Orton.

«En las Ciudades Libres sois todas unas putas, ¿eh?» Bueno era saberlo; tal vez algún día le resultara útil aquella información.

—Decidme ¿quién era ese amante tan... tan peligroso?

La piel aceitunada de Taena se puso aún más oscura cuando se sonrojó.

—Oh, no debería haber dicho nada. Vuestra Alteza me guardará el secreto, ¿verdad?

—Los hombres tienen cicatrices; las mujeres, secretos.

Cersei le dio un beso en la mejilla.

«Ya te sacaré su nombre.»

Cuando Dorcas regresó con Ser Osney Kettleblack, la Reina les pidió a sus damas que se retiraran.

—Sentaos conmigo junto a la ventana, Ser Osney. ¿Queréis una copa de vino? —Se sirvió una—. Lleváis la capa un tanto deshilachada. Tengo intención de daros una nueva.

—¿Cómo? ¿Blanca? ¿Quién ha muerto?

—Por ahora, nadie —replicó la reina—. ¿Eso es lo que deseáis? ¿Uniros a vuestro hermano Osmund en la Guardia Real?

—Preferiría estar en la Guardia de la Reina, si a Vuestra Alteza le parece bien.

Cuando Osney sonreía, las cicatrices de la mejilla se le ponían de un rojo vivo. Los dedos de Cersei se deslizaron por su pecho.

—Sois osado, ser. Me haréis perder el control otra vez.

—Bien. —Ser Osney le cogió la mano y le besó los dedos con movimientos toscos—. Mi dulce reina.

—Sois muy travieso —susurró la Reina—. No sois un caballero de verdad. —Permitió que le tocara los pechos a través de la seda de la túnica—. Ya basta.

—No. Os deseo.

—Ya me habéis tenido.

—Solo una vez. —Le cogió el pecho izquierdo y se lo apretó con una torpeza que le recordó a Robert.

—Una buena noche para un buen caballero. Me servisteis con valor y tuvisteis vuestra recompensa. —Cersei le pasó los dedos por los lazos de las ropas, y sintió la erección a través de los calzones—. Ayer por la mañana os vi montar en el patio. ¿Era un caballo nuevo?

—¿El corcel negro? Sí. Regalo de mi hermano Osfryd. Lo he llamado Medianoche.

«Increíble, qué originalidad.»

—Buena montura para la batalla. En cambio, para el placer no hay nada comparable a montar una yegua joven. —Le dedicó una sonrisa y un roce—. Decidme la verdad: ¿encontráis bonita a nuestra joven reina?

Ser Osney retrocedió un paso, con desconfianza.

—Pues... sí. Para ser una niña. Yo prefiero a una mujer.

—¿Por qué no tener a ambas? —susurró—. Arrancad la rosa para mí y veréis lo agradecida que os estoy.

—La rosa... ¿Os referís a Margaery? —El ardor de Ser Osney se estaba mustiando en sus calzones—. Es la esposa del Rey. ¿No hubo un miembro de la Guardia Real que perdió la cabeza por acostarse con la esposa de su rey?

—Hace mucho tiempo. —«Era la amante del rey, no su esposa, y lo perdió todo menos la cabeza. Aegon lo desmembró poco a poco, y obligó a la mujer a presenciarlo.» Pero Cersei no quería llenarle el cerebro de escenas tan desagradables—. Tommen no es Aegon el Indigno. No temáis; hará lo que le diga. Mi intención es que la que pierda la cabeza sea Margaery, no vos.

Aquello lo dejó boquiabierto.

—Querréis decir la virginidad.

—Eso también. Suponiendo que aún la tenga. —Volvió a acariciarle las cicatrices—. A menos que penséis que Margaery no se rendiría a vuestros... encantos.

Osney le dirigió una mirada ofendida.

—Le gusto. Sus primas siempre se están metiendo conmigo por lo de la nariz, que si es muy grande y todo eso. La última vez que Megga se rio de mí, Margaery les dijo que parasen, y comentó que le gustaba mi cara.

—Ahí tenéis.

—Sí —asintió el hombre, dubitativo—, pero ¿adónde voy a ir si ella...? Si yo... ¿Después de...?

—¿... lograr la victoria? —Cersei le dedicó una sonrisa afilada—. Acostarse con la reina es traición. Tommen no tendrá más remedio que enviaros al Muro.

—¿Al Muro? —preguntó horrorizado.

Cersei tuvo que contenerse para no soltar la carcajada.

«No, mejor no. Los hombres detestan que se rían de ellos.»

—Una capa negra os sentaría muy bien; haría juego con vuestros ojos y vuestro pelo.

—Nadie vuelve del Muro.

—Vos volveréis. Lo único que tenéis que hacer es matar a un niño.

—¿A qué niño?

—Al bastardo que se ha aliado con Stannis. Es joven e inexperto, y vos contaréis con cien hombres.

Kettleblack tenía miedo, Cersei lo notaba, pero era demasiado orgulloso para reconocerlo.

«Todos los hombres son iguales.»

—He matado a tantos críos que he perdido la cuenta —insistió—. Cuando el chico haya muerto, ¿recibiré el perdón del Rey?

—Sí, junto con el título de señor. —«A no ser que los hermanos de Nieve te ahorquen primero»—. Toda reina necesita un consorte, un compañero que no conozca el miedo.

—¿Lord Kettleblack? —Una sonrisa se fue abriendo camino en su rostro; las cicatrices se habían puesto rojas como el fuego—. Me gusta como suena. Un señor señorial...

—Digno de la cama de una reina.

—El Muro es frío —dijo el hombre, con el ceño fruncido.

—Y yo cálida. —Cersei le echó los brazos al cuello—. Acostaos con una niña, matad a un niño, y seré vuestra. ¿Tendréis valor?

Osney pensó un instante antes de asentir.

—Soy vuestro hombre.

—Así es, ser. —Le dio un beso y dejó que probara su lengua un instante antes de apartarse—. Basta por ahora. Lo demás tendrá que esperar. ¿Soñaréis conmigo esta noche?

—Sí. —Tenía la voz ronca.

—¿Y cuando os encontréis en la cama con la doncella Margaery? —le preguntó, bromeando—. ¿Soñaréis conmigo cuando estéis dentro de ella?

—Sí —le juró Osney Kettleblack.

—Bien.

Cuando se marchó, Cersei llamó a Jocelyn para que le cepillara el cabello mientras ella se quitaba los zapatos y se desperezaba como una gata.

«Nací para esto —se dijo. Lo que más la complacía era la sencilla elegancia del plan. Ni siquiera Mace Tyrell osaría defender a su amada hija si la atrapaban en la cama con alguien como Osney Kettleblack, y ni Stannis Baratheon ni Jon Nieve tendrían motivos para preguntarse por qué lo enviaban al Muro. Ella misma se encargaría de que Ser Osmund fuera el que descubriera a su hermano con la pequeña reina; de esa manera no se pondría en duda la lealtad de los otros dos Kettleblack—. Si mi padre pudiera verme ahora mismo, no hablaría tan a la ligera de volver a casarme. Lástima que esté tan muerto. Igual que Robert, Jon Arryn, Ned Stark y Renly Baratheon. Todos muertos. Solo queda Tyrion, y no durante mucho tiempo.»

Aquella noche, la Reina hizo llamar a Lady Merryweather a sus habitaciones.

—¿Queréis una copa de vino? —preguntó.

—Una copita. —La myriense se echó a reír—. O bueno, un par...

—Quiero que mañana por la mañana le hagáis una visita a mi nuera —dijo Cersei mientras Dorcas le ponía el camisón.

—Lady Margaery siempre se alegra de verme.

—Lo sé. —La Reina se había fijado en que Taena siempre llamaba así a la joven esposa de Tommen—. Decidle que he enviado siete velas de cera de abeja al septo de Baelor en recuerdo de nuestro amado Septón Supremo.

Taena se echó a reír otra vez.

—En tal caso, ella enviará setenta y siete para que no la superéis en cuestión de luto.

—Lo contrario me ofendería —replicó la Reina con una sonrisa—. Decidle también que tiene un admirador secreto, un caballero tan hechizado por su belleza que no puede conciliar el sueño.

—¿Puedo preguntar a Vuestra Alteza quién es ese caballero? —Un brillo travieso iluminaba los grandes ojos oscuros de Taena—. ¿Tal vez Ser Osney?

—Podría ser —respondió la Reina—, pero no le digáis el nombre enseguida; haced que os lo arranque. ¿Os encargaréis?

—Todo con tal de complaceros. Es lo único que deseo, Alteza.

En el exterior soplaba un viento gélido. Se quedaron despiertas hasta bien entrada la madrugada, bebiendo dorado del Rejo y relatándose anécdotas. Taena se emborrachó bastante, y Cersei consiguió sacarle el nombre de su amante secreto. Era un capitán de barco myriense, mitad marino, mitad pirata, con el pelo negro por los hombros y una cicatriz que le recorría el rostro de la barbilla a la oreja.

—Un centenar de veces le dije que no, y él decía que sí —le contó—, hasta que al final acabé diciendo que sí yo también. Hay hombres a los que no se les puede negar nada.

—Sé a qué tipo de hombres os referís —respondió la Reina con una sonrisa seca.

—¿Vuestra Alteza ha conocido a alguno así?

—Robert —mintió mientras pensaba en Jaime.

Pero cuando cerró los ojos, con quien soñó fue con su otro hermano, y con los tres imbéciles con los que había empezado la jornada. En el sueño era la cabeza de Tyrion la que le llevaban en el saco. Ella encargaba que la recubrieran de bronce y la guardaba en el orinal de su dormitorio.

El capitán del hierro

El viento soplaba del norte mientras el *Victoria de Hierro* rodeaba el cabo y entraba en la bahía sagrada conocida como la Cuna de Nagga.

Victarion se reunió en proa con Nute el Barbero. Ante ellos se cernían la sagrada costa de Viejo Wyk y la colina cubierta de hierba que la dominaba; allí estaban las costillas de Nagga, que se alzaban de la tierra como troncos de inmensos árboles blancos, tan gruesas como el mástil de un dromón y el doble de altas.

«Los huesos de la sala del Rey Gris.» Victarion percibía la magia de aquel lugar.

—Balon estuvo debajo de esos huesos la primera vez que se proclamó rey —recordó—. Juró que recuperaría la libertad para nosotros, y Tarle el Tres Veces Ahogado le puso en la cabeza una corona de madera arrastrada por el mar. Todos gritaron: «¡Balon! ¡Balon! ¡Balon rey!».

—De la misma manera gritarán tu nombre —dijo Nute. Victarion asintió, aunque no compartía la seguridad del Barbero.

«Balon tuvo tres hijos varones y una hija a la que adoraba.» Eso mismo les había dicho a sus capitanes en Foso Cailin, cuando le insistieron para que reclamara su derecho al Trono de Piedramar.

—Los hijos de Balon han muerto —fue el argumento de Ralf Stonehouse el Rojo—, y Asha es mujer. Tú eras el brazo derecho de tu hermano, el brazo armado; tienes que recoger la espada que ha caído de su mano.

Victarion les recordó que Balon le había ordenado defender el Foso de los norteños.

—Los lobos están acabados, señor —le replicó Ralf Kenning—. ¿De qué serviría ganar este pantano y perder las islas?

—Ojo de Cuervo lleva demasiado tiempo fuera —apostilló Ralf el Cojo—. No nos conoce.

«Euron Greyjoy, rey de las Islas y del Norte.» La sola idea despertaba en su interior una cólera muy arraigada, pero aun así...

—Las palabras se las lleva el viento —les había contestado Victarion—, y el único viento bueno es el que nos hincha las velas. ¿Qué queréis? ¿Que me enfrente a Ojo de Cuervo? ¿Hermano contra hermano, hijo del hierro contra hijo del hierro?

Por mucho rencor que se interpusiera entre ellos, Euron seguía siendo su hermano mayor.

«No hay hombre tan maldito como el que mata a los de su sangre.»

Pero cuando llegó la convocatoria de Pelomojado, la llamada a la asamblea de sucesión, todo cambió.

«El Dios Ahogado habla por boca de Aeron —se recordó Victarion—, y si es deseo del Dios Ahogado que ocupe yo el Trono de Piedramar...» Al día siguiente dejó Foso Cailin bajo el mando de Ralf Kenning y subió por el río Fiebre hasta el lugar donde la Flota de Hierro se ocultaba entre juncos y sauces. Mares embravecidos y vientos caprichosos habían hecho que se retrasara, pero solo había perdido un barco en la travesía.

El *Dolor* y el *Venganza de Hierro* siguieron de cerca al *Victoria de Hierro* tras pasar el cabo. Tras ellos surcaban las aguas el *Mano Dura,* el *Viento de Hierro,* el *Fantasma Gris,* el *Lord Quellon,* el *Lord Vikon,* el *Lord Dagon* y todos los demás, nueve décimas partes de la Flota de Hierro, que aprovechaban la marea de la tarde en una columna que se prolongaba a lo largo de muchas leguas. La sola visión de sus velas llenaba de satisfacción a Victarion Greyjoy. Jamás un hombre había amado a sus esposas ni la mitad de lo que el Lord Capitán amaba sus barcos.

A lo largo de la sagrada costa de Viejo Wyk, los barcoluengos se alineaban ante la orilla hasta donde alcanzaba la vista, con los mástiles erguidos como lanzas. Los trofeos navegaban por las aguas más profundas: cocas, carracas y dromones conseguidos en saqueos o durante la guerra, demasiado grandes para acercarse a la orilla. En todas las proas, popas y mástiles ondeaban estandartes conocidos.

Nute el Barbero entrecerró los ojos para escudriñar la costa.

—¿No es ese el *Canción Marina* de Lord Harlaw?

El Barbero era un hombre recio, de piernas torcidas y brazos largos, pero ya no tenía una vista tan aguda como cuando era joven. En aquellos tiempos lanzaba el hacha tan bien que se decía que con un lanzamiento podría afeitar a cualquiera.

—Sí, el *Canción Marina.* —Al parecer, Rodrik el Lector había dejado los libros por el momento—. Y también está el *Tonante* del viejo Drumm, y a su lado, el *Vuelo Nocturno* de Blacktyde. —Los ojos de Victarion seguían siendo tan agudos como siempre. Reconocía los barcos hasta con las velas recogidas y los estandartes inertes, como correspondía al capitán de la Flota de Hierro—. También está el *Aleta Veloz.* Habrá venido alguno de los hijos de Sawane Botley.

A Victarion le había llegado la noticia de que Ojo de Cuervo había ahogado a Lord Botley, y su heredero había navegado a Foso Cailin con él y había muerto allí, pero sabía que tenía hermanos.

«¿Cuántos? ¿Cuatro? No, cinco, de tres esposas diferentes, y ninguno de ellos debe de tenerle cariño a Ojo de Cuervo.»

Fue entonces cuando lo vio: un barcoluengo de un solo mástil, alargado, esbelto, con el casco rojo oscuro. Las velas estaban recogidas; eran negras como el cielo sin estrellas. Hasta anclado, el *Silencio* tenía un aspecto cruel y rápido. En proa lucía una doncella de hierro negro con un brazo extendido. Tenía la cintura fina, los pechos erguidos y orgullosos, y las piernas largas y bien formadas. La melena de hierro negro le caía por los hombros y los ojos eran de madreperla, pero no tenía boca.

Victarion apretó los puños. Con aquellas manos había matado a golpes a cuatro hombres y también a una esposa. Ya tenía el pelo salpicado de escarcha, pero conservaba la fuerza de siempre, el pecho ancho de un toro y el vientre plano de un joven.

«El que mata a los de su propia sangre está maldito a los ojos de los dioses y de los hombres», le había recordado Balon el día en que expulsó a Ojo de Cuervo.

—Ha venido —le dijo Victarion al Barbero—. Recoged velas; seguiremos solo con los remos. Que el *Dolor* y el *Venganza de Hierro* se interpongan entre el *Silencio* y la salida al mar. El resto de la flota, que cierre la bahía. No quiero que nadie, ni hombre ni cuervo, salga de aquí si no es por orden mía.

Los hombres de la orilla ya habían identificado sus velas. Los gritos de saludo de amigos y familiares cruzaban la bahía. Pero ninguno procedía del *Silencio.* En sus cubiertas, una variopinta tripulación de mudos y mestizos se mantenía callada a medida que se acercaba el *Victoria de Hierro.* Su mirada se cruzó con la de hombres negros como la brea y otros achaparrados y peludos como los simios de Sothoros.

«Monstruos», pensó Victarion.

Echaron el ancla a veinte varas del *Silencio.*

—Bajad un bote. Quiero ir a la orilla.

Se colocó el cinto mientras los remeros ocupaban sus lugares; la espada larga le colgaba a un lado y la daga al otro. Nute el Barbero le abrochó el manto de Lord Capitán en torno a los hombros. Estaba confeccionado con nueve capas de tela de hilo de oro bordadas para darles la forma del kraken de los Greyjoy, con tentáculos que le colgaban hasta las botas. Debajo llevaba una pesada cota de malla gris que le cubría las prendas de cuero negro. En Foso Cailin había llevado la cota de malla día y noche; los hombros magullados y la espalda dolorida eran preferibles a las entrañas ensangrentadas. Bastaba con un roce de las flechas envenenadas de los demonios del pantano para que, a las pocas horas, el herido se retorciera y gritara mientras la vida se le escapaba piernas abajo en chorretones marrones y negros.

«Sea quien sea el que gane el Trono de Piedramar, me ocuparé de los demonios del pantano.»

Victarion se puso un yelmo de combate alto, negro, forjado en forma de un kraken de hierro, cuyos tentáculos le rodeaban las mejillas y se le entrelazaban bajo la mandíbula. Cuando terminó, el bote ya estaba listo.

—Te dejo a cargo de los arcones —le dijo a Nute al tiempo que saltaba al otro lado de la borda—. Asegúrate de que están siempre vigilados. —Era mucho lo que dependía de ellos.

—A tus órdenes, Alteza.

Victarion lo miró con acritud.

—Todavía no soy el rey. —Descendió al bote.

Aeron Pelomojado lo estaba esperando donde rompían las olas, con el pellejo de agua debajo de un brazo. El sacerdote era alto y flaco, aunque no tanto como Victarion. La nariz le sobresalía como una aleta de tiburón en el rostro huesudo, y sus ojos eran de hierro. La barba le llegaba a la cintura, y los mechones enmarañados de la cabellera le azotaban las pantorrillas cuando soplaba el viento.

—Hermano —lo saludó mientras las olas blancas y gélidas le rompían contra los tobillos—, lo que está muerto no puede morir.

—Sino que se alza de nuevo, más duro y más fuerte.

Victarion se levantó el visor del yelmo. La bahía le llenó las botas y le empapó los calzones al tiempo que Aeron le derramaba un chorro de agua marina sobre la frente. Y de esa manera rezaron.

—¿Dónde está nuestro hermano, Ojo de Cuervo? —le preguntó el Lord Capitán a Aeron Pelomojado cuando terminó la plegaria.

—Su carpa es la grande de hilo de oro, allí, donde más escándalo hay. Se ha rodeado de hombres impíos y de monstruos; es peor que nunca. La sangre de nuestro padre se pudrió en él.

—Y también la de nuestra madre. —Victarion jamás hablaría de asesinar a los de su sangre allí, en aquel lugar del dios, bajo los huesos de Nagga y la sala del Rey Gris, pero más de una noche había soñado con golpear el rostro burlón de Euron con el puño enfundado en el guantelete hasta que se le abrieran las carnes y la sangre corriera roja, libre. «Pero no puedo. Le di mi palabra a Balon»—. ¿Han venido todos? —le preguntó a su hermano, el sacerdote.

—Todos los importantes. Los capitanes y los reyes. —En las Islas del Hierro, capitanes y reyes eran una misma cosa, porque cada capitán reinaba en su cubierta y todo rey debía también ser capitán—. ¿Tienes intención de aspirar a la corona de nuestro padre?

Victarion se imaginó sentado en el Trono de Piedramar.

—Si el Dios Ahogado así lo quiere.

—Las olas hablarán —dijo Aeron Pelomojado al tiempo que daba media vuelta—. Escucha las olas, hermano.

—Así haré.

Se preguntó cómo sonaría su nombre susurrado por las olas y gritado por los capitanes y los reyes.

«Si la copa ha de ser para mí, no la apartaré.»

Una multitud se había congregado a su alrededor para desearle suerte y buscar su favor. Victarion reconoció a hombres de todas las islas: allí había miembros de los Blacktyde, de los Tawney, de los Orkwood, de los Stonetree, de los Wynch y de otras muchas familias. Los Goodbrother de Viejo Wyk, los Goodbrother de Gran Wyk y los Goodbrother de Monteorca también estaban presentes. Incluso habían acudido los Codd, aunque todos los hombres decentes los despreciaban. Los humildes Shepherd, Weaver y Netley se encontraban de igual a igual con los hombres de Casas antiguas y orgullosas; hasta los humildes Humble, de sangre de siervos y esposas de sal. Un Volmark le dio una palmada a Victarion en la espalda; dos Sparr le pusieron un pellejo de vino en las manos. Bebió un largo trago, se secó los labios y se dejó guiar hacia las hogueras para escuchar las charlas sobre la guerra, las coronas, los saqueos, y la gloria y la libertad de su reino.

Aquella noche, los hombres de la Flota de Hierro levantaron una gigantesca carpa de lona a la orilla del mar para que Victarion pudiera celebrar un banquete a base de cabrito asado, bacalao en salazón y bogavante con medio centenar de capitanes de gran fama. Aeron también acudió. Solo comió pescado y bebió agua, mientras que los capitanes ingerían cerveza suficiente para que navegara toda la Flota de Hierro. Victarion perdió la cuenta de los que le prometían gritar su nombre. Muchos de ellos eran hombres de importancia: Fralegg el Fuerte, el astuto Alvyn Sharp, el jorobado Hotho Harlaw... Hotho le ofreció a una de sus hijas para que fuera su reina.

—No tengo suerte con las esposas —le respondió Victarion.

Su primera mujer había fallecido al dar a luz a una niña que nació muerta. Las viruelas le arrebataron a la segunda. En cuanto a la tercera...

—Todo rey debe tener un heredero —insistió Hotho—. Ojo de Cuervo ha traído a tres hijos varones para presentarlos a la asamblea.

—Todos bastardos y mestizos. ¿Cuántos años tiene tu hija?

—Doce —respondió Hotho—. Es hermosa y fértil: acaba de florecer, y tiene el cabello del color de la miel. Sus pechos son pequeños aún, pero tiene buenas caderas. Ha salido más a su madre que a mí.

Victarion sabía que con eso quería decir que la niña no era jorobada. Cuando trató de imaginársela, solo pudo ver a la esposa que había matado. Había acompañado con un sollozo cada uno de los golpes que le asestó, y después la llevó a las rocas para que la devoraran los cangrejos.

—Será un placer conocer a la niña después de que me coronen —dijo.

Hotho no podía pedir más, de modo que se alejó satisfecho.

Complacer a Baelor Blacktyde fue más complicado. Se sentó junto a Victarion ataviado con una túnica de lana de cordero, verada en verde y negro, y una gruesa capa de marta; parecía más un hombre de las tierras verdes que un hijo del hierro.

—Balon estaba loco; Aeron, más loco todavía, y Euron es el más loco de los tres —dijo—. ¿Qué hay de ti, Lord Capitán? Si grito tu nombre, ¿pondrás fin a la locura de esta guerra?

Victarion frunció el ceño.

—¿Quieres que hinque la rodilla?

—Si hace falta, sí. No podemos enfrentarnos solos a todo Poniente. El rey Robert nos lo demostró demasiado bien. Balon decía que pagaría el precio de la libertad, pero fueron nuestras mujeres quienes compraron las coronas de Balon con sus lechos vacíos. Mi madre fue una de ellas. Las Antiguas Costumbres han muerto.

—Lo que está muerto no puede morir, sino que se alza de nuevo, más duro, más fuerte. Dentro de cien años se cantarán las hazañas de Balon el Bravo.

—Para mí será siempre Balon el Hacedor de Viudas. De buena gana cambiaría su libertad por un padre. ¿Me podrás dar tú un padre?

Al ver que Victarion no respondía, Blacktyde soltó un bufido y se marchó.

El ambiente en el interior de la carpa se fue haciendo más asfixiante con el humo y el calor. Dos hijos de Gorold Goodbrother empezaron a pelearse y derribaron una mesa; Will Humble perdió una apuesta y se tuvo que comer una bota; Lenwood Tawney el Pequeño tocó el violín mientras Romny Weaver cantaba «La copa sangrienta», «Lluvia de acero» y otras viejas canciones de saqueo. Qarl la Doncella y Eldred Codd bailaron la danza del dedo. Un rugido de risa estremeció la carpa cuando un dedo de Eldred fue a caer en la copa de vino de Ralf el Cojo.

Entre los que se reían había una mujer. Victarion se levantó y la vio junto al faldón de la carpa; estaba susurrando al oído a Qarl la Doncella algo que lo hacía reír. Había albergado la esperanza de que no cometiera la estupidez de presentarse allí, pero, pese a todo, no pudo contener una sonrisa al verla.

—Asha —llamó con voz imperiosa—. Ven aquí, sobrina.

La joven cruzó la carpa para ir a su lado, ágil y esbelta, con botas altas de cuero descolorido por el salitre, calzones de lana verde, una túnica marrón almohadillada y un jubón de cuero sin mangas medio desatado.

—Hola, tío. —Asha Greyjoy era más alta que la mayoría de las mujeres, pero se tuvo que poner de puntillas para besarle la mejilla—. Me alegro de verte en mi asamblea de sucesión.

—¿Tu asamblea de sucesión? —Victarion no pudo contener una carcajada—. ¿Estás borracha, sobrina? Siéntate. No he visto tu *Viento Negro* en la costa.

—Lo he atracado al pie del castillo de Norne Goodbrother y he cruzado la isla a caballo. —Se sentó en un taburete y, sin pedir permiso, se bebió el vino de Nute el Barbero. Nute no tuvo nada que objetar; hacía rato que se había desmayado, borracho—. ¿Quién defiende el Foso?

—Ralf Kenning. Una vez muerto el Joven Lobo, solo nos acosan los demonios del pantano.

—Los Stark no eran los únicos norteños. El Trono de Hierro ha nombrado Guardián del Norte al señor de Fuerte Terror.

—¿Me vas a dar lecciones de táctica militar? Yo ya luchaba en batallas cuando tú aún mamabas del pecho de tu madre.

—Sí, y perdías batallas. —Asha bebió un trago de vino.

A Victarion no le gustaba que le recordaran el asunto de Isla Bella.

—Todo hombre debería perder una batalla de joven; de esa manera no perderá una guerra de mayor. Espero que no hayas venido a aspirar al trono.

Ella le dedicó una sonrisa burlona.

—¿Y si es así?

—Aquí hay hombres que te recuerdan de cuando eras una niñita, nadabas desnuda en el mar y jugabas con muñecas.

—También jugaba con hachas.

—Es verdad —tuvo que reconocer—, pero lo que necesita una mujer es un marido, no una corona. Cuando sea rey, te lo buscaré.

—Qué bueno es mi tío conmigo. ¿Quieres que te busque una esposa bonita cuando sea reina?

—No tengo suerte con las esposas. ¿Cuánto tiempo llevas aquí?

—Lo suficiente para darme cuenta de que el tío Pelomojado ha removido las cosas más de lo que pretendía. Drumm también aspira al trono, y se ha oído decir a Tarle el Tres Veces Ahogado que Maron Volmark es el auténtico heredero de la estirpe negra.

—El rey debe ser un kraken.

—Ojo de Cuervo es un kraken. El hermano mayor tiene derecho por encima del menor. —Asha se inclinó hacia él—. Pero yo desciendo de la sangre del rey Balon, de manera que estoy por delante de vosotros dos. Escúchame, tío...

Pero de repente se hizo el silencio. Las canciones cesaron; Lenwood Tawney el Pequeño bajó el violín, y los hombres volvieron la cabeza. Hasta el ruido de las bandejas y los cuchillos se apagó.

Una docena de recién llegados acababa de entrar en la carpa del banquete. Victarion vio a Jon Myre Carapicada, a Torwold Dientenegro y a Lucas Codd, el Zurdo. Germund Botley cruzó los brazos sobre la coraza dorada que le había quitado a un capitán de los Lannister durante la primera rebelión de Balon. Orkwood de Monteorca se encontraba junto a él, y detrás estaban Mano de Piedra, Quellon Humble y el Remero Rojo, con sus trenzas de cabello color fuego. Y Ralf el Pastor, Ralf de Puerto Noble y Qarl el Siervo.

Y Ojo de Cuervo, Euron Greyjoy.

«No ha cambiado nada —pensó Victarion—. Está igual que el día en que se me rio en la cara y se marchó.» Euron había sido siempre el más atractivo de los hijos de Lord Quellon y, por lo visto, los años no afectaban a su belleza. Seguía teniendo el cabello tan negro como el mar de medianoche, sin una ola de espuma blanca, y todavía tenía el rostro terso y claro bajo la cuidada barba negra. Se cubría el ojo izquierdo con un parche de cuero negro, pero el derecho era azul como el cielo de verano.

«El ojo sonriente», pensó Victarion.

—Ojo de Cuervo... —saludó.

—Llámame Alteza Ojo de Cuervo, hermano.

Euron sonrió. Tenía algo extraño en los labios. A la luz de las antorchas parecían muy oscuros, magullados, azules.

—Solo la asamblea puede elegir al rey. —Pelomojado se puso en pie—. Ningún impío...

—... puede sentarse en el Trono de Piedramar, sí, sí. —Euron echó un vistazo a los presentes—. Pues da la casualidad de que últimamente me he sentado muchas veces en el Trono de Piedramar, y hasta la fecha no ha puesto objeciones. —El ojo sonriente le brillaba—. A ver, amigos míos, decidme, ¿quién conoce más dioses que yo? Dioses de los caballos y dioses del fuego, dioses de oro con ojos de gemas, dioses tallados en madera de cedro, dioses esculpidos en montañas, dioses de puro aire... Conozco a todos los dioses. He visto a sus pueblos ponerles guirnaldas de flores, derramar en su nombre la sangre de cabras, de toros y de niños. He oído como les rezan. A todo lo largo y ancho de este mundo, en un centenar de idiomas, siempre rezan igual. Cúrame la herida de la pierna, haz que esa doncella me quiera, concédeme un hijo varón fuerte. Sálvame, socórreme, hazme rico... ¡protégeme! Protégeme de mis enemigos, protégeme de la oscuridad, protégeme del dolor de tripa, de los señores de los caballos, de los esclavistas, de los mercenarios que hay ante mi puerta. Protégeme del *Silencio.* —Se echó a reír—. ¿Crees que soy un hombre sin dios? Vamos, Aeron, ¡tengo más dioses que nadie que haya izado una vela! Tú, Pelomojado, sirves a un dios, pero yo he servido a diez mil. Desde Ib hasta Asshai, cuando los hombres avistan mi barco... empiezan a rezar.

Victarion se dio cuenta de que el sacerdote estaba temblando de ira. Lo vio alzar un dedo huesudo.

—Rezan a árboles, a ídolos de oro, a abominaciones con cabeza de cabra. A dioses falsos...

—Exacto —asintió Euron—. Y por ese pecado los mato. Derramo su sangre en el mar y siembro a sus mujeres aullantes con mi semilla. Sus dioses son tan débiles que no me pueden detener, así que es evidente que son falsos dioses. Soy aún más devoto que tú, Aeron. Mira, igual deberías arrodillarte ante mí para que te bendijera.

El Remero Rojo soltó una carcajada y los demás lo imitaron.

—¡Idiotas! —gritó el sacerdote—. ¿Es que no veis lo que tenéis delante de las narices?

—Un rey —replicó Quellon Humble.

Pelomojado escupió al suelo y salió de la carpa a zancadas.

En cuanto estuvo fuera, Ojo de Cuervo dirigió su ojo sonriente hacia Victarion.

—Lord Capitán, ¿no le das la bienvenida a tu hermano, que lleva tanto tiempo ausente? ¿Tú tampoco, Asha? Por cierto, ¿cómo está tu señora madre?

—Mal. —El tono de Asha era frío y cortante—. Alguien la dejó viuda.

Euron se encogió de hombros.

—Me habían dicho que el Dios de la Tormenta acabó con Balon. ¿Quién crees que lo mataría? Solo tienes que decirme su nombre, sobrina, y lo vengaré.

—Conoces su nombre tan bien como yo —dijo Asha, poniéndose en pie—. Llevabas tres años fuera y, de repente, el *Silencio* regresa un día después de la muerte de mi señor padre.

—¿Me estás acusando? —preguntó Euron en voz baja.

—¿Debería?

La brusquedad de Asha hizo fruncir el ceño a Victarion. Era peligroso hablar así a Ojo de Cuervo, aunque su ojo sonriente brillara de diversión.

—¿Acaso tengo control sobre los vientos? —les preguntó Ojo de Cuervo a sus mascotas.

—No, alteza —respondió Orkwood de Monteorca.

—Nadie controla los vientos —añadió Germund Botley.

—Ojalá los controlaras —aportó el Remero Rojo—. Navegarías adonde quisieras y nunca te quedarías encalmado.

—Ya has oído a estos tres valientes —dijo Euron—. El *Silencio* estaba en alta mar cuando murió Balon. Si dudas de la palabra de tu tío, te doy permiso para preguntar a mi tripulación.

—¿A tu tripulación de mudos? De gran cosa me iba a servir.

—Yo sé qué te serviría de mucho: un marido. —Euron se volvió de nuevo hacia sus seguidores—. Refréscame la memoria, Torwold, ¿tú tienes esposa?

Torwold Dientenegro sonrió y dejó claro cómo se había ganado aquel sobrenombre.

—Solo una.

—Yo no estoy casado —anunció Lucas Codd, el Zurdo.

—Con motivo —bufó Asha—. También las mujeres, todas, desprecian a los Codd. No me mires así, Lucas. Aún te queda tu famosa mano. —Hizo un gesto de bombeo con el puño cerrado.

Codd la insultó hasta que Ojo de Cuervo le puso una mano en el pecho.

—Qué falta de educación, Asha. Has herido el orgullo de Lucas.

—Es más fácil que herirle la polla. Lanzo el hacha tan bien como cualquier hombre, pero con un blanco tan diminuto...

—Esa cría no sabe cuál es su lugar —gruñó Jon Myre, Carapicada—. Balon le hizo creer que es un hombre.

—Tu padre cometió el mismo error contigo —replicó Asha.

—Déjamela a mí, Euron —propuso el Remero Rojo—. Le voy a dar tal tunda que se le va a poner el culo tan rojo como mi pelo.

—Inténtalo si quieres —dijo Asha—. Solo que después te llamarán el Eunuco Rojo. —Tenía un hacha arrojadiza en la mano. La lanzó al aire y la volvió a atrapar con destreza—. Este es mi esposo, tío. El hombre que me quiera tendrá que hablar antes con él.

Victarion dio un puñetazo en la mesa.

—No toleraré ningún derramamiento de sangre aquí. Euron, coge a tus... mascotas y márchate.

—Esperaba una bienvenida más afectuosa de ti, hermano. Soy mayor que tú... y pronto seré tu rey legítimo.

—Esperemos a que hable la asamblea y entonces veremos quién se ciñe la corona de madera —dijo Victarion con el rostro ensombrecido.

—En eso estamos de acuerdo.

Euron se llevó dos dedos al parche con el que se cubría el ojo izquierdo, dio media vuelta y salió. Los demás lo siguieron como perros callejeros. A sus espaldas se hizo el silencio hasta que Lenwood Tawney el Pequeño volvió a coger el violín. El vino y la cerveza corrieron de nuevo, pero a muchos invitados se les había pasado la sed. Eldred Codd se marchó apretándose la mano ensangrentada. Luego se marcharon Will Humble, Hotho Harlaw y un montón de los Goodbrother.

—Tío. —Asha le puso una mano en el hombro—. Salgamos, vamos a dar un paseo.

En el exterior de la carpa, el viento soplaba cada vez con más fuerza. Las nubes cruzaban la cara blanca de la luna, y a ratos parecían galeras que embestían a otros barcos. Las estrellas eran escasas y de luz tenue. Las naves descansaban a lo largo de la costa; los altos mástiles formaban un bosque sobre las aguas. Victarion oía el crujido de los cascos mientras caminaban por la arena. Oía el chirrido de los aparejos y el aleteo de los estandartes. Más allá, en las aguas más profundas de la bahía, habían echado el ancla los barcos de mayor calado, que resaltaban como sombras tenebrosas en medio de la niebla.

Recorrieron la orilla justo por el borde de las olas, lejos de las carpas y las hogueras.

—Dime la verdad, tío —pidió Asha—. ¿Por qué se marchó Euron tan de repente?

—Ojo de Cuervo emprendía a menudo expediciones de saqueo.

—Nunca tan largas.

—Llevó el *Silencio* al este. Es un viaje muy largo.

—Te he preguntado por qué, no adónde. —No obtuvo respuesta—. Yo estaba ausente cuando zarpó el *Silencio* —insistió Asha—. Había llevado el *Viento Negro* al Rejo y a los Peldaños de Piedra para robarles unas fruslerías a los piratas lysenos. Cuando volví a casa, Euron se había marchado y tu última esposa había muerto.

—No era más que una esposa de sal. —No había vuelto a estar con una mujer desde que la entregó a los cangrejos. «Cuando sea rey tendré que tomar esposa. Una esposa de verdad, que sea mi reina y me dé hijos. Todo rey necesita un heredero.»

—Mi padre se negó a hablarme de ella —dijo Asha.

—No sirve de nada hablar de lo que no se puede cambiar. —Estaba harto de aquel tema—. He visto el barcoluengo del Lector.

—Tuve que recurrir a todos mis encantos para arrancarlo de su Torre de los Libros.

«Entonces cuenta con el apoyo de los Harlaw.» Victarion frunció el ceño más todavía.

—No tienes la menor esperanza de gobernar. Eres una mujer.

—¿Por eso pierdo siempre en las competiciones de quién mea más lejos? —Asha se echó a reír—. No sabes cuánto me duele reconocerlo, tío, pero puede que tengas razón. Llevo aquí cuatro días y cuatro noches, he estado hablando con los capitanes y los reyes, he escuchado lo que decían... y lo que no decían. Los míos me apoyan, así como muchos de los Harlaw. Cuento también con Tris Botley y con unos cuantos más. Pero no son suficientes. —Dio una patada a una piedra y la lanzó al agua, entre dos barcoluengos—. He decidido gritar el nombre de mi tío.

—¿Qué tío? —preguntó—. Tienes tres.

—Cuatro —respondió—. Escúchame bien, tío: yo misma te pondré la corona de madera... si reinamos juntos.

—¿Reinar juntos? ¿Cómo pretendes hacerlo? —Aquello no tenía ningún sentido. «¿Acaso quiere ser mi reina?». Victarion se descubrió mirando a Asha con nuevos ojos y sintió que su hombría empezaba a endurecerse. «Es la hija de Balon», se dijo. La recordaba de cuando era pequeña y arrojaba hachas a la puerta. Se cruzó de brazos—. Solo una persona puede sentarse en el Trono de Piedramar.

—Entonces, que se siente mi tío —dijo Asha—. Me quedaré detrás de ti, para guardarte las espaldas y susurrarte consejos al oído. Ningún rey puede gobernar solo. Hasta cuando los dragones ocupaban el Trono de Hierro tenían hombres que los ayudaban. Los llamaban *Manos.* Déjame ser tu Mano.

Ningún rey de las islas había tenido jamás una Mano, y mucho menos necesitaba una que fuera una mujer. La sola idea incomodaba a Victarion.

«Los hombres se burlarían de mí cada vez que se emborracharan.»

—¿Por qué quieres ser mi Mano?

—Para terminar con esta guerra antes de que esta guerra termine con nosotros. Ya hemos ganado todo lo que podíamos ganar... y a menos que firmemos la paz, lo perderemos pronto. Le he mostrado toda la cortesía posible a Lady Glover y ella me jura que su señor hará un trato conmigo. Dice que si entregamos Bosquespeso, la Ciudadela de Torrhen y Foso Cailin, los norteños nos cederán Punta Dragón Marino y toda la Costa Pedregosa desde allí hasta Dedo de Pedernal. Son tierras poco pobladas, pero también son diez veces más amplias que todas las islas juntas. Un intercambio de rehenes para sellar el pacto, y los dos bandos acceden a formar un frente común en caso de que el Trono de Hierro...

—Esa Lady Glover te toma por idiota, sobrina. —Victarion soltó una risita—. Punta Dragón Marino y la Costa Pedregosa ya están en nuestro poder... igual que Bosquespeso, Foso Cailin y lo demás. Invernalia ha ardido, y el Joven Lobo se pudre decapitado bajo tierra. Tendremos todo el Norte, tal como soñó tu señor padre.

—Lo tendremos cuando los barcoluengos aprendan a navegar entre árboles. Un pescador puede capturar un leviatán gris, pero si no lo suelta, este lo arrastrará hasta las profundidades. El Norte es demasiado grande para que podamos defenderlo, y hay demasiados norteños.

—Vuelve con tus muñecas, sobrina, y deja que los hombres se ocupen de ganar las guerras. —Victarion cerró los puños y se los mostró—. Ya tengo dos manos. Nadie necesita tres.

—Pues yo sé de alguien que necesita la Casa Harlaw.

—Hotho el Jorobado me ha ofrecido a su hija para que sea mi reina. Si la acepto, tendré el voto de los Harlaw.

Aquello pareció tomarla por sorpresa.

—El señor de Harlaw es Rodrik. Hotho es su vasallo.

—Rodrik no tiene hijas; solo libros. Hotho será su heredero, y yo seré rey. —Al pronunciar las palabras le parecieron muy reales—. Ojo de Cuervo lleva demasiado tiempo ausente.

—Hay hombres que de lejos parecen más grandes —le advirtió Asha—. Paséate entre las hogueras si te atreves, y escucha lo que dicen. No narran historias sobre tu fuerza increíble, ni sobre mi legendaria belleza. Hablan de Ojo de Cuervo... de los lugares lejanos que ha visto, de las mujeres que se ha llevado a la cama, de los hombres que ha matado, de las ciudades que ha saqueado, de cómo le prendió fuego a la flota de Lord Tywin en Lannisport...

—Yo fui quien quemó la flota del león —insistió Victarion—. Lancé la primera antorcha contra su nave insignia con mis propias manos.

—El plan fue de Ojo de Cuervo. —Asha le puso una mano en el brazo—. Y también mató a tu esposa... ¿verdad?

Balon había ordenado que no se hablara de aquel tema, pero Balon estaba muerto.

—Le puso un bebé en la barriga y me obligó a matarla. También lo habría matado a él, pero Balon no habría tolerado un fratricidio. Mandó a Euron al exilio con orden de que no volviera jamás...

—... mientras él viviera. —Asha frunció el ceño.

Victarion se contempló los puños.

—Me puso cuernos. No me dejó otra elección.

«Si se hubiera sabido, los hombres se habrían reído de mí, como se rio Ojo de Cuervo cuando se lo eché en cara. "Fue ella la que vino a mí, húmeda y dispuesta —alardeó—. Por lo visto, todo en Victarion es grande excepto lo que importa".» Pero aquello no se lo podía decir.

—Lo siento por ti —dijo Asha—. Y aún más lo siento por ella... pero no me dejas más remedio que aspirar yo misma al Trono de Piedramar.

«No lo hagas.»

—Desperdicia la saliva como quieras, sobrina.

—Eso haré —replicó.

Dio media vuelta y lo dejó a solas.

El hombre ahogado

Aeron Greyjoy no volvió a la orilla para ponerse la ropa hasta que tuvo las piernas y los brazos entumecidos de frío.

Había huido de Ojo de Cuervo como si todavía fuera la criatura débil de antaño, pero cuando las olas rompieron sobre su cabeza, le recordaron una vez más que aquel hombre había muerto.

«Renací del mar, más duro, más fuerte.» Ningún mortal podía asustarlo, igual que no lo asustaba la oscuridad... ni los huesos del alma, los huesos grises y tenebrosos de su alma. «El sonido de una puerta que se abre, el chirrido de una bisagra oxidada.»

La túnica del sacerdote crujió cuando se la puso; aún estaba rígida de la sal de su último lavado, hacía ya dos semanas. La lana se le pegó al pecho mojado y se bebió el salitre que le goteaba del pelo. Llenó el pellejo de agua y se lo colgó del hombro.

Mientras recorría la playa, un hombre ahogado que volvía de responder a la llamada de la naturaleza tropezó con él en la oscuridad.

—Pelomojado —murmuró. Aeron le puso una mano en la cabeza, lo bendijo y siguió adelante.

El suelo empezó a elevarse bajo sus pies, al principio poco a poco, luego de manera más pronunciada. Cuando sintió el tacto de la hierba entre los dedos supo que había dejado atrás la playa. Siguió ascendiendo sin dejar de escuchar el sonido de las olas.

«El mar nunca se fatiga. Yo también he de ser así, incansable.»

En la cima de la colina, cuarenta y cuatro monstruosas costillas de piedra se alzaban del suelo como gigantescos troncos de árboles blancuzcos. Su sola visión le aceleró el pulso. Nagga había sido el primer dragón marino, el más poderoso que jamás se había alzado de entre las olas. Se alimentaba de krákens y leviatanes, y su ira ahogaba islas enteras, pero el Rey Gris lo había matado y el Dios Ahogado había transformado sus huesos en piedra, para que los hombres nunca dejaran de maravillarse ante el valor del primero entre los reyes. Las costillas de Nagga se convirtieron en las vigas y columnas de su sala, y en sus mandíbulas situó su trono.

«Reinó aquí durante mil siete años —rememoró Aeron—. Aquí se desposó con una sirena y planeó las batallas contra el Dios de la Tormenta. Desde aquí gobernó sobre la piedra y la sal, siempre con túnicas de algas trenzadas y una alta corona blanca confeccionada con los dientes de Nagga.»

Pero aquello se remontaba al amanecer de los tiempos, cuando todavía había hombres poderosos que habitaban la tierra y el mar. Entonces, el fuego viviente de Nagga, dominado por el Rey Gris, caldeaba la sala. De sus paredes colgaban hermosos tapices tejidos con algas plateadas. Los guerreros del Rey Gris celebraban banquetes gracias a la generosidad del mar; comían en una mesa en forma de gigantesca estrella marina, sentados en tronos tallados en madreperla.

«Ya no queda nada de la antigua gloria.» Los hombres eran más pequeños y su vida se había acortado. El Dios de la Tormenta ahogó el fuego de Nagga tras la muerte del Rey Gris; las sillas y los tapices fueron robados; el techo y las paredes se pudrieron. Hasta el gran trono de colmillos del Rey Gris fue engullido por el mar. Solo perduraban los huesos de Nagga, para recordar a los hijos del hierro las maravillas que habían existido. «Ya basta», pensó Aeron Greyjoy.

En la cima pedregosa de la colina había tallados nueve peldaños anchos. Más allá se alzaban las colinas inhóspitas de Viejo Wyk, y más lejos, las montañas negras, hostiles. Aeron se detuvo donde otrora habían estado las puertas, quitó el corcho del pellejo, bebió un trago de agua salada y se volvió para contemplar el mar.

«Nacimos del mar y al mar hemos de volver. —Pese a la distancia le llegaba el rumor incesante de las olas, y sentía el poder del dios que moraba bajo las aguas. Se dejó caer de rodillas—. Me has enviado a tu pueblo —rezó—. Han salido de sus salones y de sus chozas, de sus castillos y sus fortalezas, y han venido aquí, a los huesos de Nagga, procedentes de cada aldea de pescadores, de cada valle recóndito. Ahora, concédeles la sabiduría para reconocer al verdadero rey cuando se presente ante ellos, y la fuerza para rechazar al falso.» Rezó durante toda la noche, porque cuando el dios estaba en él, Aeron Greyjoy no necesitaba dormir, igual que no necesitan dormir las olas ni los peces del mar.

Las nubes oscuras huyeron espoleadas por el viento cuando las primeras luces llegaron a hurtadillas al mundo. El cielo negro se tornó gris como la pizarra; el mar negro se volvió gris verdoso. Las montañas negras de Gran Wyk, al otro lado de la bahía, se tiñeron de los tonos azules y verdosos de los pinos soldado. Mientras el color regresaba al mundo, un centenar de estandartes empezó a ondear. Aeron contempló el pez plateado de los Botley, la luna ensangrentada de los Wynch, los árboles verde oscuro de los Orkwood. Vio cuernos de guerra, vio leviatanes, vio guadañas, vio krákens por doquier, enormes y dorados. Bajo ellos empezaban a moverse los siervos y las esposas de sal, que removían las ascuas para devolver la vida a las hogueras y destripaban pescados para el desayuno de capitanes y reyes. La luz del amanecer acarició la playa pedregosa; vio como los hombres despertaban, apartaban las mantas de piel de foca y pedían el primer cuerno de cerveza del día.

«Bebed, bebed —pensó—, porque hoy tenemos que cumplir la misión del dios.»

El mar también se agitaba. Las olas se hicieron más grandes bajo el impulso del viento; mandaban nubes de espuma que rompían contra los barcoluengos.

«El Dios Ahogado se despierta», pensó Aeron. Oía su voz que brotaba desde las profundidades del mar.

«Hoy estaré contigo, a tu lado, porque eres mi siervo fuerte y leal —decía la voz—. Ningún impío se sentará en mi Trono de Piedramar.»

Fue allí, bajo el arco de las costillas de Nagga, donde sus hombres ahogados lo encontraron erguido, adusto, con la larga cabellera negra agitada por el viento.

—¿Es la hora? —preguntó Rus.

—Es la hora —asintió Aeron—. Adelante, convocadlos a todos.

Los hombres ahogados esgrimieron los garrotes de madera de deriva y empezaron a entrechocarlos al tiempo que caminaban colina abajo. Otros se les unieron, y pronto, el clamor se extendió por toda la costa. El estruendo era aterrador, como si un centenar de árboles se atacaran con las ramas. Los tambores empezaron a batir también, *bum-bum-bum-bum-bum-bum, bum-bum-bum-bum-bum-bum*. Sonó un cuerno de guerra, luego otro. *AAAAAAuuuuuuuuuuuuuuuuu.*

Los hombres se apartaron de las hogueras para dirigirse hacia los huesos de la sala del Rey Gris. Fueron todos: remeros, timoneles, fabricantes de velas, armadores, los guerreros con sus hachas y los pescadores con sus redes. Algunos tenían siervos que los atendían; algunos tenían esposas de sal. Otros, que habían navegado a menudo a las tierras verdes, tenían maestres, bardos y caballeros. Los hombres sin categoría se agrupaban en semicírculo en torno a la base de la colina, con los siervos, los niños y las mujeres detrás. Los capitanes y los reyes ascendieron por la ladera. Aeron Pelomojado vio al alegre Sigfry Stonetree, a Andrik el Taciturno, al caballero Ser Harras Harlaw... Lord Baelor Blacktyde, con su capa de marta, estaba al lado de Stonehouse, con sus desastradas pieles de foca. La altura de Victarion lo hacía destacar por encima de todos, excepto de Andrik. Su hermano no llevaba yelmo, pero sí el resto de la armadura, y la capa de kraken que le caía, dorada, desde los hombros.

«Será nuestro rey. Basta con mirarlo para que no quepa la menor duda.»

Cuando Pelomojado alzó las manos huesudas, los tambores y los cuernos quedaron en silencio, los hombres ahogados bajaron los garrotes y todas las voces se fueron apagando. El único sonido que quedó fue el batir de las olas, un rugido que ningún hombre podía acallar.

—Nacimos del mar y al mar hemos de volver —empezó Aeron, al principio en voz baja a fin de que los hombres tuvieran que esforzarse para oírlo—. El Dios de la Tormenta, en su ira, arrancó a Balon del castillo y lo estrelló contra las rocas; ahora celebra sus banquetes bajo las olas, en las estancias acuosas del Dios Ahogado. —Alzó los ojos al cielo—. ¡Balon ha muerto! ¡El rey del hierro ha muerto!

—¡El rey ha muerto! —gritaron sus hombres ahogados.

—¡Pero lo que está muerto no puede morir, sino que se alza de nuevo, más duro, más fuerte! —les recordó—. Balon ha caído, Balon, mi hermano, que honró las Antiguas Costumbres y pagó el precio del hierro. Balon el Bravo, Balon el Bendito, Balon el Dos Veces Coronado, el que nos devolvió la libertad y a nuestro dios. Balon ha muerto... Pero un rey del hierro se levantará para sentarse en el Trono de Piedramar y gobernar las islas.

—¡Un rey se levantará! —gritaron—. ¡Un rey se levantará!

—Un rey se levantará. Así será. —La voz de Aeron retumbaba como las olas—. Pero ¿quién? ¿Quién ocupará el lugar de Balon? ¿Quién gobernará estas islas sagradas? ¿Se encuentra aquí, entre nosotros? —El sacerdote extendió las manos—. ¿Quién será nuestro rey?

Le respondió el graznido de una gaviota. La multitud empezó a agitarse, como si despertara de un sueño profundo. Los hombres se miraron para ver quién tenía la arrogancia de aspirar a la corona.

«Ojo de Cuervo siempre ha sido impaciente —se dijo Aeron Pelomojado—. Puede que hable en primer lugar. —Eso sería su perdición. Los capitanes y los reyes habían hecho un largo viaje para acudir a aquel banquete y no se iban a quedar con el primer plato que les pusieran delante—. Querrán probarlos todos, un bocadito de este, un pellizco de aquel, hasta dar con el que más les convenga.»

Euron también lo debía de saber. Se quedó allí con los brazos cruzados, entre sus mudos y sus monstruos. Únicamente el viento y las olas respondieron a Aeron.

—Los hijos del hierro deben tener un rey —insistió el sacerdote tras un largo silencio—. Os lo pregunto de nuevo. ¿Quién será nuestro rey?

—Yo —respondió alguien desde abajo.

—¡Gylbert! —gritaron varias voces al instante—. ¡Gylbert, rey! —Los capitanes abrieron paso al aspirante y a sus seguidores, que subieron a la colina para situarse junto a Aeron entre las costillas de Nagga.

El candidato a rey era un señor alto, flaco, de rostro taciturno y mandíbula prominente bien afeitada. Sus tres campeones ocuparon posiciones dos peldaños más abajo; llevaban su espada, su escudo y su estandarte. Tenían cierta semejanza con el señor, de modo que Aeron dedujo que eran sus hijos. Uno de ellos desplegó el estandarte: un gran barcoluengo negro contra un sol poniente.

—Soy Gylbert Farwynd, señor de Luz Solitaria —dijo el aspirante a la asamblea.

Aeron conocía a algunos Farwynd; eran una gente extraña que poseía tierras en las costas más occidentales de Gran Wyk y en las islas dispersas cercanas, rocas tan pequeñas que en la mayoría solo cabía una casa. De todas ellas, Luz Solitaria era la más distante, a ocho días de navegación hacia el norte, entre colonias de focas y leones marinos, rodeada por el interminable océano gris. Los Farwynd que vivían allí eran aún más extraños que los demás. Había quien decía que eran cambiapieles, seres impíos capaces de adoptar la forma de leones marinos, morsas o hasta tiburones ballena, los lobos de alta mar.

Lord Gylbert empezó a hablar. Les contó historias sobre una tierra maravillosa situada más allá del mar del Ocaso, una tierra sin invierno ni penurias donde no se conocía la muerte.

—¡Elegidme rey y os llevaré allí! —exclamó—. Construiremos diez mil barcos, como hizo Nymeria, nos haremos a la mar con todo nuestro pueblo y navegaremos hacia la tierra que se extiende más allá del ocaso. Allí todo hombre será rey, y toda esposa, reina.

Aeron se fijó en que sus ojos cambiaban del azul al gris, inconstantes como los mares.

«Ojos de loco —pensó—, ojos de estúpido.» Sin duda, la visión de la que hablaba era una trampa que tendía el Dios de la Tormenta para atraer a los hijos del hierro a la destrucción. Entre las ofrendas que derramaron sus hombres ante la asamblea había pieles de foca, colmillos de morsa, brazaletes de hueso de ballena y cuernos de guerra con bandas de bronce. Los capitanes les echaron un vistazo y se apartaron para que fueran hombres de menor importancia quienes cogieran los obsequios. Cuando el estúpido terminó de hablar y sus campeones gritaron su nombre, solo los Farwynd corearon el grito, y ni siquiera todos ellos. Pronto, las voces que clamaban «¡Gylbert! ¡Gylbert, rey!» se fueron desvaneciendo. La gaviota volvió a graznar por encima de ellos y se posó en una costilla de Nagga mientras el señor de la Luz Solitaria bajaba de la colina.

Aeron Pelomojado volvió a dar un paso al frente.

—Os lo pregunto de nuevo. ¿Quién será nuestro rey?

—¡Yo! —rugió una voz retumbante, y de nuevo, la multitud abrió paso. El que había hablado subió a la cima de la colina en un palanquín de madera de deriva que sus nietos cargaban a hombros. Aquel hombre era una ruina; pesaba una docena de arrobas y tenía noventa años. Su capa era una piel de oso blanco. También tenía el pelo blanco como la nieve, y la barba le llegaba de las mejillas a los muslos, de manera que costaba ver dónde terminaba la barba y dónde empezaban las pieles. Aunque sus nietos eran hombretones corpulentos, les costó un gran esfuerzo cargar con su peso a la hora de subir por los empinados peldaños de piedra. Lo depositaron en el suelo ante la sala del Rey Gris, y tres de ellos permanecieron dos escalones más abajo para servirle de campeones.

«Hace sesenta años, quizá podría haberse ganado el favor de la asamblea —pensó Aeron—, pero su hora pasó hace mucho tiempo.»

—¡Sí, yo! —rugió el hombre desde su silla con una voz tan inmensa como él—. ¿Por qué no? ¿Quién hay mejor? Para los que estéis ciegos os diré que soy Erik Ironmaker. Erik el Justo. Erik el Destrozayunques. Muéstrales mi martillo, Thormor. —Uno de sus campeones lo levantó para que todos lo vieran: era una herramienta monstruosa, con el mango envuelto en cuero viejo, y su cabeza era un ladrillo de acero tan grande como una hogaza—. He perdido la cuenta de las manos que he machacado con ese martillo —dijo Erik—, pero tal vez os lo pueda decir algún ladrón. Tampoco sé cuántas cabezas he destrozado contra mi yunque, pero hay viudas que sí lo saben. Podría contaros todas las hazañas que he realizado en combate, pero tengo ochenta y ocho años; no viviría lo suficiente para narrarlas todas. Si la edad confiere sabiduría, no hay nadie más sabio que yo. Si el tamaño confiere fuerza, no hay nadie más fuerte. ¿Queréis un rey con herederos? Tengo tantos que no los puedo ni contar. ¡Erik rey, sí, me gusta! ¡Vamos, gritadlo conmigo! —comenzó a gritar—: ¡Erik! ¡Erik Destrozayunques! ¡Erik, rey!

Sus nietos corearon el grito, y los hijos de estos se adelantaron con cofres cargados a hombros. Los volcaron al pie de los peldaños de piedra y de ellos brotó un torrente de plata, bronce y acero: brazaletes, collares, puñales, cuchillos y hachas arrojadizas. Algunos capitanes cogieron los objetos de más valor y unieron sus voces al creciente cántico. Pero de pronto, una voz de mujer se hizo oír en medio del griterío.

—¡Erik! —Los hombres se apartaron para dejarle paso. Puso un pie en el peldaño más bajo—. Levántate, Erik —dijo.

Se hizo el silencio. El viento soplaba: las olas rompían contra la orilla; los hombres se susurraban cosas al oído. Erik Ironmaker miró desde arriba a Asha Greyjoy.

—Mocosa, tres veces maldita mocosa, ¿qué has dicho?

—¡Que te levantes, Erik! —replicó—. Levántate y gritaré tu nombre junto con los demás. Levántate y seré la primera en seguirte. Quieres una corona, ¿no? Pues levántate y cógela.

Ojo de Cuervo, todavía entre la multitud, se echó a reír. Erik lo miró. Las manos del hombretón se cerraron alrededor de los brazos del trono de madera de deriva. El rostro se le puso rojo, y luego morado. Los brazos le temblaron por el esfuerzo. Aeron vio como se le hinchaba una gruesa vena azul en el cuello mientras se esforzaba por levantarse. Durante un momento pareció que lo iba a conseguir, pero enseguida se quedó sin aliento y se derrumbó de nuevo sobre los cojines con un gemido. Euron se rio con más ganas todavía. El hombretón inclinó la cabeza y envejeció en un instante, a la vista de todos. Sus nietos se lo llevaron colina abajo.

—¿Quién gobernará a los hijos del hierro? —gritó de nuevo Aeron Pelomojado—. ¿Quién será nuestro rey?

Los hombres se miraron entre sí. Algunos miraron a Euron, otros a Victarion, unos cuantos a Asha. Las olas verdes y blancas rompían contra los barcoluengos. La gaviota graznó una vez más; era un chillido áspero, desesperado.

—Preséntate de una vez, Victarion —gritó Merlyn—. ¡Acabemos de una vez con este espectáculo!

—¡Cuando esté preparado! —replicó Victarion, también a gritos.

Aquello complació a Aeron.

«Es mejor que espere.»

El siguiente candidato fue Drumm, otro anciano, aunque no de edad tan avanzada como Erik. Ascendió hasta la cima de la colina por su propio pie. Llevaba a un costado *Lluvia Roja,* su famosa espada, forjada con acero valyrio en tiempos anteriores a la Maldición. Sus campeones eran hombres de importancia: sus hijos Denys y Donnel, ambos guerreros fornidos, y entre los dos, Andrik el Taciturno, un gigante de brazos gruesos como troncos de árboles. Que un hombre como él estuviera de su parte decía mucho en favor de Drumm.

—¿Dónde está escrito que nuestro rey deba ser un kraken? —empezó Drumm—. ¿Qué derecho tiene Pyke a reinar sobre nosotros? Gran Wyk es la isla más grande; Harlaw, la más rica; Viejo Wyk la más sagrada. Cuando el fuego de dragón consumió la estirpe negra, los hijos del hierro le dieron la primacía a Vickon Greyjoy, sí... pero como señor, no como rey.

Era un buen comienzo. Aeron oyó gritos de aprobación, pero fueron menguando a medida que el viejo empezaba a hablar de la gloria de los Drumm. Habló de Dale el Temible, de Roryn el Saqueador, de los cien hijos de Gormond Drumm, también llamado el Viejo Padre. Desenvainó *Lluvia Roja* y les contó cómo Hilmar Drumm el Astuto le había ganado aquella espada a un caballero sin más ayuda que su ingenio y un garrote de madera. Habló de barcos desaparecidos hacía tiempo y de batallas olvidadas ochocientos años atrás, y la multitud empezó a aburrirse. Habló, habló, habló y habló.

Y cuando los cofres de los Drumm se abrieron, los capitanes vieron los mezquinos regalos que les habían llevado.

«Nunca se ha comprado un trono con bronce», pensó Pelomojado. Era una certidumbre que se hizo aún más evidente a medida que los gritos de «¡Drumm! ¡Drumm! ¡Dunstan, rey!» se iban apagando.

Aeron sintió una tensión creciente en el estómago; le parecía que las olas batían con más fuerza que antes.

«Es la hora —pensó—. Es hora de que Victarion dé un paso al frente.»

—¿Quién será nuestro rey? —gritó el sacerdote una vez más, pero en aquella ocasión, sus furibundos ojos negros se clavaron en su hermano, en medio de la multitud—. Nueve hijos engendró la entrepierna de Quellon Greyjoy. Uno de ellos era más fuerte que los demás y no conocía el miedo.

Victarion le devolvió la mirada y asintió. Los capitanes le abrieron paso cuando subió por los peldaños.

—Bendíceme, hermano —dijo al llegar a la cima. Se arrodilló e inclinó la cabeza. Aeron descorchó el pellejo y le derramó un chorro de agua marina por la frente.

—Lo que está muerto no puede morir —dijo el sacerdote.

—Sino que se alza más duro, más fuerte —respondió Victarion.

Cuando Victarion se puso en pie, sus campeones se situaron al pie de la escalera: Ralf el Cojo, Ralf Stonehouse el Rojo y Nute el Barbero, todos ellos guerreros de gran fama. Stonehouse llevaba el estandarte de los Greyjoy, el kraken dorado sobre un campo negro como el mar de medianoche. En cuanto lo desplegó, los capitanes y los reyes empezaron a gritar el nombre del Lord Capitán. Victarion aguardó a que se callaran antes de dirigirse a ellos.

—Todos me conocéis. Si lo que queréis son palabras bonitas, pedídselas a otro. Yo no tengo lengua de bardo. Tengo un hacha, y tengo estos. —Alzó los enormes puños enfundados en guanteletes y los mostró, y Nute el Barbero mostró su hacha, una impresionante arma de acero—. Fui un hermano leal —continuó Victarion—. Cuando Balon contrajo matrimonio, fue a mí a quien envió a Harlaw para que le llevara a su esposa. Estuve al mando de sus barcoluengos en muchas batallas, y solo perdí una. La primera vez que Balon se coronó, fui yo quien navegó hasta Lannisport para chamuscarle la cola al león. La segunda vez fue a mí a quien envió a despellejar al Joven Lobo si volvía aullando a su casa. Lo que os daré será más de lo mismo que os dio Balon. No tengo nada más que decir.

—¡Victarion! ¡Victarion! ¡Victarion, rey! —empezaron a entonar sus campeones. Abajo, sus hombres estaban volcando los cofres, una auténtica cascada de plata, oro y piedras preciosas, un tesoro procedente de mil saqueos. Los capitanes se debatieron para coger las piezas de más valor al tiempo que coreaban el grito—: ¡Victarion! ¡Victarion! ¡Victarion, rey!

«¿Hablará ahora o dejará que la asamblea siga su curso?», pensó Aeron, mientras miraba a Ojo de Cuervo. Orkwood de Monteorca estaba susurrando al oído de Euron.

Pero no fue Euron quien puso fin a los gritos, sino la tres veces maldita mujer. Se llevó dos dedos a la boca y lanzó un silbido largo, tan penetrante que cortó el jaleo igual que un cuchillo corta un flan.

—¡Tío! ¡Tío!

Se inclinó, tomó una gargantilla de oro y se dirigió hacia los peldaños. Nute la agarró por el brazo y, durante un momento, Aeron albergó la esperanza de que los campeones de su hermano consiguieran acallar a aquella estúpida, pero Asha se liberó de la mano del Barbero y le dijo a Ralf el Rojo algo que lo hizo apartarse. A medida que subía por las escaleras, las aclamaciones fueron cesando. Era la hija de Balon Greyjoy, de modo que la multitud tenía ganas de escuchar lo que fuera a decirle.

—Has sido muy amable al traer tantos regalos a mi asamblea, tío —le dijo a Victarion—, pero no hacía falta que vinieras con la armadura puesta. Te aseguro que no pienso hacerte ningún daño. —Sonaron unas cuantas risotadas; Asha se volvió para enfrentarse a los capitanes—. No hay hombre más valiente que mi tío, ni más fuerte, ni más fiero en la batalla. Sabe contar hasta diez tan deprisa como cualquiera, yo misma le he visto hacerlo... Aunque si le hace falta contar hasta veinte, tiene que quitarse las botas. —Aquello provocó otro estallido de carcajadas—. Lo malo es que no tiene hijos, y las esposas se le mueren. Ojo de Cuervo es mayor que él, es un aspirante con más derechos...

—¡Muy cierto! —gritó el Remero Rojo desde abajo.

—Ah, pero yo tengo más derechos aún. —Asha se puso la gargantilla en la cabeza en un ángulo extravagante, de manera que el oro brillara contra su pelo oscuro—. ¡El hermano de Balon no puede estar por delante del hijo de Balon!

—¡Los hijos de Balon han muerto! —exclamó Ralf el Cojo—. ¡Yo solo veo aquí a su hija!

—¿Su hija? —Asha se pasó una mano bajo el jubón—. ¡Vaya! ¿Qué es esto? ¿Os lo enseño? Sé que algunos no veis una desde que dejasteis de mamar. —Todos volvieron a reírse—. Un rey no puede tener tetas, ¿es eso lo que quieres decir? Caray, Ralf, me has pescado, soy una mujer... Aunque no soy una vieja cascarrabias, como tú. Ralf el Cojo... ¿O debería llamarte Ralf el Flácido? —Asha se sacó una daga de entre los senos—. También soy madre: ¡este es el bebé que me llevo al pecho! —La alzó hacia el cielo—. Y estos son mis campeones. —Los tres hombres apartaron a los tres de Victarion para situarse bajo ella: Qarl la Doncella, Tristifer Botley y el caballero Ser Harras Harlaw, sobre cuya espada, *Anochecer,* se contaban tantas anécdotas como sobre la *Lluvia Roja* de Dunstan Drumm—. Mi tío dice que lo conocéis. También me conocéis a mí...

—¡Yo quiero conocerte mejor! —gritó alguien.

—¡Vete a casa a conocer a tu mujer! —le replicó Asha—. Mi tío dice que os dará más de lo mismo que os dio mi padre. Y yo pregunto, ¿qué es eso? Gloria y oro, diréis algunos. O libertad, qué hermosa palabra. Sí, todo eso nos dio... Y también nos dio viudedad, como puede atestiguar Lord Blacktyde. ¿Cuántos de vosotros visteis arder vuestros hogares cuando llegó Robert? ¿A cuántas de vuestras hijas violaron y destrozaron? Pueblos quemados, castillos derruidos... Eso os dio mi padre. Os dio derrotas. Mi tío dice que os quiere dar más. Yo no.

—¿Qué nos darás tú? —preguntó Lucas Codd—. ¿Clases de costura?

—Sí, Lucas. Nos tejeré hasta que formemos un reino. —Se pasó la daga de una mano a otra—. Tenemos que aprender una lección del Joven Lobo, que ganó todas las batallas... y las perdió todas.

—Un lobo no es un kraken —objetó Victarion—. Lo que el kraken agarra no lo suelta nunca, ya sea barcoluengo o leviatán.

—¿Y qué hemos agarrado nosotros, tío? ¿El Norte? ¿Y qué es eso, aparte de leguas y leguas de leguas y leguas, lejos del sonido del mar? Nos hemos apoderado de Foso Cailin, de Bosquespeso, de la Ciudadela de Torrhen y hasta de la propia Invernalia. ¿Qué hemos ganado con eso? —Hizo una seña, y la tripulación del *Viento Negro* se acercó con cofres de hierro y roble cargados a los hombros—. Aquí os entrego las riquezas de la Costa Pedregosa —dijo Asha al tiempo que volcaban el primero.

Una avalancha de guijarros cayó en cascada peldaños abajo: guijarros grises, blancos, negros, desgastados por el mar—. Aquí os entrego las riquezas de Bosquespeso —dijo mientras abrían el segundo cofre. Las piñas se derramaron y rodaron hacia la multitud—. Y, por último, el oro de Invernalia.—Del tercer cofre cayeron nabos amarillos, duros, redondos, grandes como la cabeza de un hombre. Fueron a caer entre los guijarros y las piñas. Asha ensartó uno con la daga—. ¡Harmund Sharp! —gritó—. Tu hijo Harrag murió en Invernalia por esto. —Arrancó el nabo de la hoja y se lo lanzó—. Sé que tienes otros hijos. ¡Si quieres cambiar sus vidas por nabos, grita el nombre de mi tío!

—¿Y si grito tu nombre? —quiso saber Harmund—. ¿Qué me darás?

—Paz —replicó Asha—. Tierras. Victoria. Os daré Punta Dragón Marino y la Costa Pedregosa, tierra negra, árboles altos y suficientes piedras para que todos los no primogénitos se puedan construir un torreón. También tendremos a los norteños... como amigos, que estarán a nuestro lado contra el Trono de Hierro. Así que la elección es sencilla: coronadme y os traeré paz y victorias; coronad a mi tío y os dará más guerras y más derrotas. —Volvió a envainar la daga—. ¿Qué preferís, hijos del hierro?

—¡Victoria! —gritó Rodrik el Lector con las manos en torno a la boca—. ¡Victoria! ¡Asha!

—¡Asha! —coreó también Baelor Blacktyde—. ¡Asha, reina!

—¡Asha! ¡Asha! —La tripulación de Asha también se unió al grito—. ¡Asha, reina! —Dieron patadas contra el suelo, agitaron los puños y gritaron mientras Pelomojado escuchaba con incredulidad.

«¡Quiere deshacer lo que hizo su padre!»

Y pese a todo, Tristifer Botley gritaba su nombre, igual que muchos Harlaw, algunos Goodbrother, el congestionado Lord Merlyn y más hombres de los que el sacerdote habría creído... ¡Estaban gritando el nombre de una mujer!

En cambio, otros guardaban silencio o hablaban en susurros.

—¡No queremos la paz de los cobardes! —rugió Ralf el Cojo.

—¡Victarion! —gritó Ralf Stonehouse el Rojo, ondeando el estandarte de los Greyjoy—. ¡Victarion! ¡Victarion!

Los hombres se empujaban unos a otros. Uno le tiró una piña a Asha a la cabeza. Cuando se agachó para esquivarla, la gargantilla que se había puesto a modo de corona se le cayó. Durante un momento, el sacerdote se sintió como si estuviera sobre un hormiguero gigante y un millar de hormigas bullera a sus pies. Los gritos de «¡Asha!» y «¡Victarion!» resonaban por doquier; era como si una tormenta implacable los hubiera engullido a todos.

«El Dios de la Tormenta está entre nosotros —pensó el sacerdote—; ha venido a sembrar la furia y la discordia.»

De pronto, afilado como una estocada, el sonido de un cuerno hendió el aire.

Su tono era brillante y destructivo, un aullido estremecedor y ardiente que hacía que los huesos de los hombres parecieran palpitar al unísono con él. El grito quedó pendiente en el húmedo aire marino.

aaaRRRIIIiiiiiiiiiiiiiiiiiiiiiiiiiiiiiiiiiiiiiiii.

Todos los ojos se volvieron hacia la fuente del sonido. El que lanzaba la llamada era uno de los mestizos de Euron, un hombre monstruoso de cabeza afeitada. Llevaba brazaletes de oro, jade y azabache, y en el amplio pecho tenía tatuada una especie de ave de presa con las garras llenas de sangre.

aaaRRRIIIiiiiiiiiiiiiiiiiiiiiiiiiiiiiiiiiiiiiiiiiiiiiiii.

El cuerno que hacía sonar era negro, brillante, retorcido; lo tenía que sostener con las dos manos porque su longitud sobrepasaba la altura de un hombre. Tenía abrazaderas de oro rojo y acero oscuro, y grabados en forma de antiguos glifos valyrios que parecían emitir un brillo rojizo a medida que el sonido subía de volumen.

aaaRRRIIIiiiiiiiiiiiiiiiiiiiiiiiiiiiiiiiiiiiiiiiiiiiiiiiiiiiiiiiiiiiiiiiiiiiiii.

Era un sonido espantoso, un aullido de rabia y dolor que quemaba los oídos. Aeron Pelomojado se tapó las orejas y rezó al Dios Ahogado para que enviara una ola arrolladora que silenciara aquel cuerno, pero el aullido seguía y seguía.

«Es el cuerno del infierno», habría querido gritar, aunque nadie lo habría oído. Las mejillas del hombre tatuado estaban tan hinchadas que parecían a punto de reventar; el pájaro del pecho se retorcía como si quisiera liberarse y salir volando. De repente, los glifos ardían brillantes; cada línea y cada letra relampagueaban con fuego blanco. El sonido no cesaba, no cesaba, retumbaba contra las colinas inhóspitas que tenían detrás, cruzaba las aguas del Cuna de Nagga para resonar contra las montañas de Gran Wyk, no cesaba, no cesaba, no cesaba, hasta que pareció inundar el mundo entero.

Y cuando parecía que el sonido no iba a parar nunca, paró.

El hombre del tatuaje se había quedado al fin sin aliento. Se tambaleó y estuvo a punto de caer. El sacerdote vio como Orkwood de Monteorca lo agarraba por un brazo para devolverle el equilibrio, mientras Lucas Codd, el Zurdo, le cogía el retorcido cuerno negro de las manos. Del instrumento surgía un tenue jirón de humo, y el sacerdote vio que el hombre que lo había hecho sonar tenía sangre y ampollas en los labios. El ave de su pecho también estaba sangrando.

Muy despacio, seguido por todos los ojos, Euron Greyjoy subió a la cima de la colina. Sobre ellos, la gaviota graznó una y otra vez.

«Ningún impío puede sentarse en el Trono de Piedramar», pensó Aeron, pero sabía que tenía que dejar hablar a su hermano. Movió los labios en una plegaria silenciosa.

Los campeones de Asha se echaron a un lado, y también los de Victarion. El sacerdote dio un paso atrás y puso una mano en la piedra fría y basta de las costillas de Nagga. Ojo de Cuervo se detuvo en la parte superior de la escalera, ante las puertas de la sala del Rey Gris, y volvió su ojo sonriente hacia los capitanes y los reyes, pero Aeron sentía también la mirada del otro ojo, del que mantenía oculto.

—¡Hijos del hierro! —clamó Euron Greyjoy—. Ya habéis escuchado mi cuerno. Escuchad ahora mis palabras. Soy el hermano de Balon, el mayor de los hijos de Quellon que aún viven. Por mis venas corre la sangre de Lord Vickon, la sangre del Viejo Kraken. Pero yo he navegado más lejos que ninguno de ellos. Solo hay un kraken vivo que no ha conocido la derrota. Solo hay uno que nunca ha doblado la rodilla. Solo uno ha navegado hasta Asshai de la Sombra para ver maravillas y terrores que superan lo imaginable...

—¡Pues si tanto te gusta la Sombra, vete allí! —le gritó Qarl la Doncella, el de las mejillas lampiñas, uno de los campeones de Asha.

Ojo de Cuervo no le hizo el menor caso.

—Mi hermano pequeño quiere terminar la obra de Balon y adueñarse del Norte. Mi dulce sobrina, traernos paz y piñas. —Sus labios azulados se fruncieron en una sonrisa—. Asha prefiere la victoria a la derrota. Victarion quiere un reino, no unas cuantas varas de tierra. Yo os daré lo uno y lo otro.

»Me llamáis Ojo de Cuervo. Bien, porque ¿quién tiene mejor vista que el cuervo? Tras toda batalla, los cuervos acuden a cientos, a miles, para celebrar un festín con la carne de los caídos. Un cuervo es capaz de divisar la muerte a distancia. Y yo os digo que todo Poniente se está muriendo. Los que me sigan celebrarán un festín que durará hasta el fin de sus días.

»Somos los hijos del hierro; en otros tiempos fuimos conquistadores. Nuestro poder lo dominaba todo allí donde se oía el sonido de las olas. Mi hermano quiere que os conforméis con el frío y lúgubre Norte; mi sobrina, con menos todavía... Pero yo os entregaré Lannisport. Altojardín. El Rejo. Antigua. Las tierras de los ríos y el Dominio, el bosque Real y La Selva, Dorne y las Marcas, las Montañas de la Luna y el Valle de Arryn, Tarth y los Peldaños de Piedra. ¡Nos apoderaremos de todo! ¡Nos apoderaremos de Poniente! —Echó una mirada en dirección al sacerdote—. Todo a mayor gloria de nuestro Dios Ahogado, claro.

Durante un instante, Aeron se dejó cautivar por la osadía que destilaban aquellas palabras. El sacerdote había tenido el mismo sueño cuando vio por primera vez el cometa rojo en el cielo.

«Arrasaremos las tierras verdes, las pasaremos a fuego y espada, derribaremos los siete dioses de los septones y arrancaremos los árboles blancos de los norteños...»

—¡Ojo de Cuervo! —intervino Asha—. ¿Qué pasa? ¿Te has dejado el cerebro en Asshai? Si no podemos defender el Norte, y te aseguro que no podemos, ¿cómo vamos a conquistar los Siete Reinos enteros?

—Pero sobrinita, si no sería la primera vez que se consigue. ¿Es que Balon no enseñó a su pequeñina las artes de la guerra? Victarion, parece que la hija de nuestro hermano no ha oído hablar de Aegon el Conquistador.

—¿Aegon? —Victarion cruzó los brazos sobre el pecho acorazado—. ¿Qué tiene que ver el Conquistador con nosotros?

—Sé tanto como tú sobre la guerra, Ojo de Cuervo —bufó Asha—. Aegon Targaryen conquistó Poniente porque tenía dragones.

—También los tendremos nosotros —prometió Euron Greyjoy—. Ese cuerno que habéis oído lo encontramos entre las ruinas humeantes de lo que fue Valyria, un lugar que nadie más que yo se ha atrevido a recorrer. Ya habéis oído su llamada; ya habéis sentido su poder. Es un cuerno para dragones, con franjas de oro rojo y acero valyrio en las que hay grabados hechizos. Los antiguos Señores Dragón hacían sonar cuernos como este antes de que la Maldición acabara con ellos. Con este cuerno, hijos del hierro, puedo someter a los dragones a mi voluntad.

Asha soltó una carcajada.

—Te sería más útil un cuerno que sometiera las cabras a tu voluntad, Ojo de Cuervo. Ya no quedan dragones.

—Vuelves a equivocarte, niña. Hay tres, y yo sé dónde están. Sin duda, eso bien vale una corona de madera.

—¡Euron! —gritó Lucas Codd, el Zurdo.

—¡Euron! ¡Ojo de Cuervo! ¡Euron! —gritó el Remero Rojo.

Pero entonces fue a Hotho Harlaw a quien oyó el sacerdote, y a Gorold Goodbrother, y a Erik Destrozayunques.

—¡Euron! ¡Euron! ¡Euron! —El grito se extendió, creció, se convirtió en un rugido—. ¡EURON! ¡EURON! ¡OJO DE CUERVO! ¡EURON, REY! —El grito recorrió la colina de Nagga como un trueno, como si el Dios de la Tormenta estuviera haciendo entrechocar las nubes—. ¡EURON! ¡EURON! ¡EURON! ¡EURON! ¡EURON! ¡EURON! ¡EURON! ¡EURON!

Hasta un sacerdote puede dudar. Hasta un profeta puede saber lo que es el terror. Aeron Pelomojado buscó a su dios en su interior, y solo encontró silencio. Mientras un millar de voces gritaba el nombre de su hermano, él oía solo el chirrido de una bisagra oxidada.

Brienne

Al este de Poza de la Doncella, las colinas se alzaban indómitas; los pinos se cerraban en torno a ellos como un ejército de silenciosos soldados de color gris verdoso.

Dick el Ágil decía que el camino de la costa era el más corto y también el más fácil, de modo que rara vez perdían de vista la bahía. Los pueblos y aldeas que se encontraban a lo largo de la orilla eran cada vez más pequeños y más distantes entre sí. Cuando caía la noche buscaban alguna posada. Crabb compartía el alojamiento común con otros viajeros, mientras que Brienne pagaba una habitación para Podrick y para ella.

—Sería más barato si todos compartiéramos una cama, mi señora —solía decir Dick el Ágil—. Podéis poner la espada entre nosotros. El viejo Dick es inofensivo: cortés como un caballero y tan honrado como horas de luz tiene el día.

—Los días se van haciendo más cortos —señaló Brienne.

—Vale, es posible. Si no os fiáis de mí en la cama, me podría acostar en el suelo, mi señora.

—No será en mi suelo.

—Cualquiera diría que no confiáis en mí.

—La confianza se gana. Como el oro.

—Como desee mi señora —replicó Crabb—. Pero más al norte, cuando se acabe el camino, tendréis que confiar en Dick. Si quisiera robaros el oro a punta de espada, ¿quién me lo impediría?

—No tenéis espada. Yo sí.

Cerró la puerta entre ellos y se quedó allí, a la escucha, hasta que se aseguró de que se había marchado. Por ágil que fuera, Dick Crabb no era Jaime Lannister, ni el Ratón Loco, ni siquiera Humfrey Wagstaff. Estaba flaco y desnutrido, y su única armadura era un casco abollado lleno de óxido. En lugar de espada llevaba un puñal viejo y mellado. Mientras estuviera despierta, no representaba ningún peligro para ella.

—Podrick —dijo—, llegará un momento en que no encontraremos posadas en las que refugiarnos. No me fío de nuestro guía. Cuando montemos campamento, ¿podrás vigilar mientras duermo?

—¿Que me quede despierto, mi señora? Ser. —Podrick meditó un momento—. Tengo una espada. Si Crabb intenta haceros daño, lo puedo matar.

—No —replicó ella con firmeza—. Nada de luchar con él. Lo único que quiero es que lo vigiles mientras duermo y me despiertes si hace algo sospechoso. Ya verás: me despierto muy deprisa.

Crabb mostró sus cartas al día siguiente, cuando se detuvieron para que abrevaran los caballos. Brienne se escondió tras unos arbustos para vaciar la vejiga.

—¿Qué hacéis? —oyó gritar a Podrick mientras estaba allí en cuclillas—. ¡Apartaos de ahí!

Terminó con lo que estaba haciendo, se subió los calzones y volvió al camino, donde Dick el Ágil se estaba limpiando la harina de los dedos.

—No encontraréis dragones en mis alforjas —le dijo—. El oro lo llevo encima.

Una parte la tenía en la bolsa que le colgaba del cinturón; el resto, escondido en un par de bolsillos cosidos en el interior de la ropa. El abultado monedero de las alforjas estaba lleno de cobres grandes y pequeños, estrellas y otras monedas menudas... Y de harina, para que pareciera todavía más grande. Se la había comprado al cocinero del Siete Espadas la mañana en que salió del Valle Oscuro.

—Dick no pensaba hacer nada malo, mi señora. —Le mostró los dedos sucios de harina para demostrar que no iba armado—. Solo quería ver si tenéis esos dragones que me prometisteis. El mundo está lleno de mentirosos dispuestos a engañar a un hombre honrado. No me refiero a vos, claro.

Brienne tenía la esperanza de que fuera mejor guía que ladrón.

—Será mejor que nos pongamos en marcha. —Montó otra vez.

Dick solía cantar mientras cabalgaban juntos; nunca canciones enteras, solo una estrofa de una, un trozo de otra... Brienne sospechaba que su intención era cautivarla para que bajara la guardia. En ocasiones intentaba, sin lograrlo, que Podrick y ella lo acompañaran. El chico era demasiado tímido y callado, y Brienne no cantaba.

«¿Cantabais para vuestro padre? —le había preguntado Lady Stark en cierta ocasión, en Aguasdulces—. ¿Cantabais para Renly?» No, nunca, aunque le habría gustado... Cuánto le habría gustado...

Cuando no estaba cantando, Dick el Ágil se dedicaba a hablar: les desgranaba anécdotas de Punta Zarpa Rota. Les dijo que cada valle umbrío contaba con su propio señor; lo único que tenían en común era la desconfianza hacia los forasteros. La sangre de los primeros hombres, densa y oscura, corría por sus venas.

—Los ándalos trataron de tomar Zarpa Rota, pero los desangramos en los valles y los ahogamos en los pantanos. Pero lo que sus hijos no pudieron conquistar con espadas, sus hermosas hijas lo conquistaron con besos. Sí, entraron por matrimonio en las casas que no lograron tomar.

Los reyes Darklyn del Valle Oscuro habían tratado de imponer su autoridad en Punta Zarpa Rota; los Mooton de Poza de la Doncella lo intentaron también, y más adelante, los arrogantes Celtigar de la isla del Cangrejo. Pero los zarpeños conocían sus bosques y pantanos mejor que ningún forastero, y si la presión era excesiva, podían desaparecer en las cavernas que horadaban sus colinas. Cuando no estaban luchando contra aspirantes a conquistadores, peleaban entre ellos. Sus enemistades eran tan profundas y oscuras como los pantanos que había entre las colinas. De cuando en cuando, un campeón conseguía imponer la paz en la Punta, pero esa paz nunca lo sobrevivía. Lord Lucifer Hardy fue uno de los grandes, así como los Hermanos Brune. El viejo Huesosrotos más aún, pero los más poderosos de todos fueron los Crabb. Dick seguía negándose a creer que Brienne no hubiera oído hablar de Ser Clarence Crabb y sus hazañas.

—¿Por qué iba a mentir? —le preguntó ella—. Cada lugar tiene sus héroes locales. En el lugar donde nací, los bardos cantan sobre Ser Galladon de Morne, el Caballero Perfecto.

—¿Ser Gallaquién qué? —El hombre soltó un bufido—. No había oído hablar de él en mi vida. ¿Qué tenía de perfecto?

—Ser Galladon era un campeón tan valeroso que hasta la propia Doncella le entregó su corazón. Le regaló una espada encantada como prueba de su amor. Su nombre era *Doncella Justa.* No había espada común que pudiera enfrentarse a ella; no había escudo que resistiera su beso. Ser Galladon portó a *Doncella Justa* con orgullo, pero solo la desenvainó tres veces. No quiso usarla contra ningún mortal; era tan poderosa que, con ella, cualquier combate sería injusto.

A Crabb le pareció divertidísimo.

—¿El Caballero Perfecto? Más bien sería el Imbécil Perfecto. ¿De qué vale tener una espada mágica si no se usa?

—Honor —replicó ella—. Lo que vale es el honor.

Solo consiguió que se riera con más ganas.

—Ser Clarence Crabb se habría limpiado el culo con vuestro Caballero Perfecto, mi señora. ¿Queréis saber qué opino? Que si sus caminos se hubieran cruzado, habría otra cabeza ensangrentada en el estante de Los Susurros. «Tendría que haber usado la espada mágica —les diría a las otras cabezas—. Joder, por qué no usaría la espada mágica.»

Brienne no pudo por menos que sonreír.

—Es posible —concedió—, pero Ser Galladon no era idiota. Tal vez habría desenvainado la *Doncella Justa* contra un enemigo que midiera tres varas y cabalgara a lomos de un uro. Se dice que una vez la usó para matar a un dragón.

Dick el Ágil no parecía impresionado.

—Huesosrotos también luchó contra un dragón, y no tenía ninguna espada mágica. Le hizo un nudo en el cuello; así, cada vez que lanzaba fuego por la boca, se asaba el culo.

—¿Y qué hizo Huesosrotos cuando llegaron Aegon y sus hermanas? —le preguntó Brienne.

—Ya estaba muerto. Sin duda, mi señora lo sabía. —Crabb la miró de reojo—. Aegon envió a Zarpa Rota a su hermana, la tal Visenya. Los señores estaban al tanto del fin de Harren. No eran idiotas, de modo que pusieron la espada a sus pies. La Reina los tomó a su servicio y les dijo que no le debían lealtad a Poza de la Doncella, a la isla del Cangrejo ni al Valle Oscuro. Eso no impidió que los cabrones de los Celtigar enviaran hombres a la orilla este para cobrar los impuestos. Si enviaban a muchos, con suerte volverían unos pocos... Por lo demás, solo nos inclinamos ante nuestros señores y ante el rey. El verdadero rey, no ese Robert ni los de su calaña. —Escupió—. Había varios Crabb, Brune y Bogg con el príncipe Rhaegar en el Tridente, y también en la Guardia Real. Un Hardy, un Cave, un Pyne y nada menos que tres Crabb: Clement, Rupert y Clarence el Bajo. Medía nueve palmos, pero comparado con el verdadero Ser Clarence era bajo. En Zarpa Rota somos todos buenos dragones.

El tráfico era cada vez más escaso a medida que avanzaban hacia el noreste, hasta que al final ya no encontraron más posadas. El camino no era ya más que un rastro de hierbas crecidas. Aquella noche buscaron refugio en una aldea de pescadores. Brienne pagó a los aldeanos unas cuantas monedas de cobre para que les permitieran dormir en un pajar. Se reservó la parte superior para ella y para Podrick, y cuando estuvieron arriba recogió la escalerilla.

—Si me dejáis aquí solo, os puedo robar los caballos, joder —le gritó Crabb desde abajo—. Tendríais que subirlos por la escalerilla, mi señora. —Brienne no le hizo caso, pero él siguió—. Esta noche va a llover, y además hará frío. Pods y vos vais a dormir tan calentitos, y aquí, el pobre Dick, solo, hala, a tiritar. —Sacudía la cabeza y mascullaba mientras se preparaba un lecho de paja—. En mi vida había visto una doncella tan desconfiada como vos.

Brienne se acurrucó debajo de la capa mientras Podrick bostezaba a su lado.

«No siempre he sido tan precavida —habría podido gritarle a Crabb—. De niña creía que todos los hombres eran tan nobles como mi padre.» Hasta los que le decían lo guapa que era, lo alta y lo lista, lo grácil que parecía al bailar. Tuvo que ser la septa Roelle quien le quitó la venda de los ojos. «Solo te dicen esas cosas para ganarse el favor de tu señor padre —le dijo—. La verdad la encontrarás en el espejo, no en la lengua de los hombres.» Fue una lección dura, una lección que la hizo llorar, pero que le sirvió de mucho en Altojardín, cuando Ser Hyle y sus amigos la hicieron objeto de su juego. «Una doncella tiene que ser desconfiada en este mundo, o pronto deja de ser doncella», estaba pensando cuando empezó a llover.

En el combate cuerpo a cuerpo de Puenteamargo había buscado a sus pretendientes y los había apaleado uno por uno: Farrow, Ambrose, Bushy, Mark Mullendore, Raymond Nayland y Will el Cigüeña. Había arrollado a Harry Sawyer con el caballo antes de destrozarle el yelmo a Robin Potter y dejarle una fea cicatriz. Y cuando cayó el último de ellos, la Madre había puesto en sus manos a Connington. En aquella ocasión, Ser Ronnet llevaba en la mano una espada, no una rosa. Cada golpe que le asestó le supo más dulce que un beso.

Loras Tyrell había sido el último en enfrentarse a su ira aquel día. Nunca la había cortejado, apenas le había dirigido una mirada, pero llevaba tres rosas doradas en el escudo, y Brienne detestaba las rosas. Su sola visión le había insuflado una fuerza furibunda. Cuando se fue a dormir soñó con aquella lucha, y con Ser Jaime, que le ponía una capa arco iris por los hombros.

A la mañana siguiente seguía lloviendo. Mientras desayunaban, Dick el Ágil sugirió que esperasen a que se escampara.

—¿Y eso cuándo será? ¿Mañana? ¿Dentro de quince días? ¿Cuando vuelva el verano? No. Tenemos capas, y muchas leguas por delante.

Llovió durante todo el día. El angosto sendero que seguían pronto se transformó en un lodazal. Los pocos árboles que veían estaban desnudos, y la lluvia constante había transformado las hojas caídas en una alfombra marrón empapada. Pese al forro de piel de ardilla, la capa de Dick no tardó en calarse. Brienne advirtió que estaba tiritando. Durante un momento sintió pena por él.

«No está bien alimentado, es evidente.» ¿Existiría de verdad una cala de contrabandistas, o un castillo en ruinas llamado Los Susurros? Un hombre hambriento podía llegar a hacer cosas desesperadas. Tal vez todo fuera un truco para engañarla. La desconfianza le hacía un nudo en la garganta.

Durante un tiempo pareció que el repiqueteo constante de la lluvia era el único sonido del mundo. Dick el Ágil cabalgaba absorto en sus pensamientos. Brienne, que lo observaba con atención, advirtió lo encorvado que iba, como si encogiéndose en la silla de montar fuera a mantenerse más seco. Aquel día no había ningún pueblo cerca cuando la oscuridad los envolvió. Tampoco vieron árboles entre los que refugiarse. Tuvieron que acampar al resguardo de unas rocas, a cincuenta pasos por encima del nivel del mar. Al menos, las rocas los protegían del viento.

—Será mejor que montemos guardia esta noche, mi señora —dijo Crabb mientras Brienne trataba de encender una hoguera con madera arrastrada a la orilla por el mar—. En los lugares como este suele haber tritones.

—¿Tritones? —Brienne le dirigió una mirada desconfiada.

—Monstruos. —Dick el Ágil saboreó la palabra—. Vistos de lejos parecen hombres, pero tienen la cabeza muy grande, y escamas en vez de pelo. También tienen la tripa blanca como la de los peces, y los dedos unidos por membranas. Siempre están húmedos y huelen a pescado, pero tras los labios gordos ocultan varias hileras de dientes verdes afilados como agujas. Hay quien dice que los primeros hombres los mataron a todos, pero no es verdad. Vienen por la noche y se llevan a los niños que se han portado mal, chof, chof, suenan sus pasos al caminar. A las niñas se las quedan para aparearse con ellas, y a los niños se los comen: les arrancan la carne con esos dientes verdes tan afilados. —Sonrió a Podrick—. Se te comerían, chico. Se te comerían crudo.

—Si lo intentan, los mataré. —Podrick se acarició la espada.

—Prueba. Prueba a ver. No es tan fácil matar a los tritones. —Le guiñó un ojo a Brienne—. ¿Habéis sido una niña mala, mi señora?

—No.

«Solo idiota.» La madera estaba demasiado mojada para prenderse, por muchas chispas que Brienne arrancara del acero y el pedernal. La incendaja humeaba un poco, pero nada más. Harta, apoyó la espalda en una roca, se envolvió en la capa y se resignó a pasar una noche húmeda y fría. Mordisqueó un trozo de tasajo, soñando con una comida caliente, mientras Dick el Ágil parloteaba sin cesar de la vez que Ser Clarence Crabb había luchado contra el rey de los tritones.

«Escucharlo es entretenido —tuvo que reconocer—, pero Mark Mullendore también me hacía reír con su monito.»

La lluvia era tan densa que no vieron ponerse el sol; la neblina, demasiado espesa para que vieran salir la luna. La noche era oscura y sin estrellas. A Crabb se le acabaron las anécdotas y se echó a dormir. Podrick no tardó en empezar a roncar él también. Brienne se quedó sentada, con la espalda contra la roca, escuchando el murmullo de las olas.

«¿Estáis cerca, Sansa? —se preguntó—. ¿En Los Susurros, esperando un barco que nunca llegará? ¿Quién os acompaña? Dijo que buscaba pasaje para tres. ¿Se ha reunido el Gnomo con Ser Dontos y con vos, o habéis encontrado a vuestra hermanita?»

El día había sido largo, y Brienne se encontraba cansada. Pese a tener la espalda apoyada en una roca, con la lluvia repiqueteando a su alrededor, se dio cuenta de que se le cerraban los ojos. Por dos veces se quedó adormilada. La segunda se despertó de repente, con el pulso acelerado, convencida de que alguien se le echaba encima. Tenía los brazos agarrotados, y la capa se le había enredado en torno a los tobillos. Se liberó de ella de una patada y se puso en pie. Dick el Ágil estaba acurrucado junto a una roca, medio enterrado en la arena mojada, dormido.

«Un sueño. Ha sido un sueño.» Tal vez hubiera cometido un error al abandonar a Ser Creighton y Ser Illifer. Parecían personas honradas. «Ojalá Jaime hubiera venido conmigo», pensó... Pero Jaime era caballero de la Guardia Real; su lugar estaba junto al rey. Además, a quien quería era a Renly. «Juré que lo protegería y le fallé. Luego juré que lo vengaría y en eso le fallé también: lo que hice fue huir con Lady Catelyn, y a ella también le fallé.» El viento había cambiado de dirección, y la lluvia le azotaba el rostro.

Al día siguiente, el camino se convirtió en una estela pedregosa, y por último, de él no quedó más que el nombre. Alrededor del mediodía se interrumpía bruscamente al pie de una pared rocosa erosionada por el viento. En la cima, un castillo pequeño dominaba las olas, con tres torreones torcidos que se recortaban contra el cielo plúmbeo.

—¿Eso es Los Susurros? —preguntó Podrick.

—¿Tiene pinta de estar en ruinas? —Crabb escupió—. Eso es el Refugio de Malacosta, el asentamiento del viejo Lord Brune. Pero el camino termina aquí. A partir de ahora iremos por los pinos.

Brienne examinó la pared rocosa.

—¿Cómo se llega ahí arriba?

—Es fácil. —Dick el Ágil hizo dar la vuelta a su caballo—. No os alejéis de Dick; a los tritones les encanta llevarse a los que se rezagan.

El camino de subida resultó ser un sendero pedregoso empinado, oculto en una hendidura de la roca. La mayor parte era natural, pero de tanto en tanto habían tallado peldaños para facilitar la subida. Altas paredes de piedra erosionadas por siglos de viento y agua marina los flanqueaban. En algunos puntos habían adquirido formas fantásticas. Dick el Ágil les señaló algunas mientras subían.

—Ahí hay una cabeza de ogro, ¿veis? —comentó, y Brienne sonrió al divisarla—. Y eso es un dragón de piedra. El ala que le falta se le cayó cuando mi padre era niño. Y encima están los pezones descolgados, que parecen las tetas de una vieja.

Ella se miró el pecho.

—¿Ser? ¿Mi señora? —intervino Podrick—. Hay un jinete.

—¿Dónde? —Ninguna de las rocas cercanas tenía esa forma.

—En el camino. De piedra, no. Real. Nos sigue. Ahí abajo —señaló.

Brienne se giró en la silla. Había ascendido a suficiente altura para dominar con la vista varias leguas de orilla. El caballo seguía el mismo camino por el que habían llegado ellos, como a una legua de distancia.

«¿Otra vez?» Escudriñó a Dick el Ágil con desconfianza.

—A mí no me miréis —se defendió Crabb—. Sea quien sea, no tiene nada que ver con el pobre Dick el Ágil. Seguro que es alguno de los hombres de Brune, que vuelve de la guerra. O un bardo de esos que van de un sitio a otro. —Giró la cabeza y escupió—. Por lo menos, seguro que no es un tritón. Esos no montan a caballo.

—No —dijo Brienne.

Al menos en eso estaban de acuerdo.

Resultó que los treinta y cinco últimos pasos del ascenso eran los más empinados y traicioneros. Los guijarros sueltos rodaban bajo los cascos de los caballos y caían por el sendero pedregoso que dejaban atrás. Cuando salieron de la hendidura de la roca se encontraron ante las murallas del castillo. Desde las almenas, un rostro se asomó para mirarlos y desapareció. A Brienne le pareció que se trataba una mujer, y así se lo dijo a Dick el Ágil.

El hombre asintió.

—Brune es demasiado viejo para andar subiendo por los adarves, y sus hijos y nietos se han ido a las guerras. Aquí no quedan más que las mozas y algún que otro mocoso.

Le iba a preguntar a su guía a qué rey apoyaba Lord Brune, pero en realidad ya no tenía importancia. Los hijos de Brune se habían marchado; tal vez algunos no volvieran.

«Aquí no recibiremos hospitalidad esta noche.» Un castillo habitado por ancianos, mujeres y niños no abriría sus puertas a desconocidos armados.

—Habláis de Lord Brune como si lo conocierais —le dijo a Dick el Ágil.

—Puede que lo conociera.

Brienne echó un vistazo a la pechera de su jubón. Unos hilos sueltos y una zona de tejido más oscuro mostraban el lugar de donde se había arrancado alguna divisa. No cabía duda: su guía era un desertor. Tal vez el jinete que los seguía fuera uno de sus antiguos compañeros de armas.

—Deberíamos seguir —la apremió—, antes de que Brune empiece a preguntarse qué hacemos ante sus murallas. Hasta una moza se podría llevar una saeta de ballesta. —Dick señaló con un gesto las colinas de caliza que se alzaban más allá del castillo, con las laderas cubiertas de árboles—. De aquí en adelante se acabaron los caminos; no hay más que senderos y cañadas. Pero no temáis, mi señora. Dick el Ágil conoce bien este territorio.

Aquello era lo que se temía Brienne. El viento soplaba en la cima de la pared rocosa, pero todo le olía a trampa.

—¿Qué hay de ese jinete? A no ser que su caballo pueda pasar por encima de las olas, pronto subirá hasta aquí.

—¿Qué pasa con él? Si es cualquier imbécil de Poza de la Doncella, ni siquiera dará con el camino. Y si da con él, no importa; lo despistaremos en los bosques. Allí no tendrá ningún camino que seguir.

«Solo nuestras huellas.» Brienne se preguntaba si no sería mejor enfrentarse al jinete allí, con la espada en la mano. «Quedaré como una estúpida si es un bardo errante, o un hijo de Lord Brune. —Tal vez Crabb tuviera razón—. Si mañana todavía nos sigue, ya me encargaré de él.»

—Como queráis —dijo al tiempo que hacía girar a su yegua hacia los árboles.

El castillo de Lord Brune se fue empequeñeciendo a sus espaldas, y no tardaron en perderlo de vista. A su alrededor crecían centinelas y pinos soldado, imponentes lanzas verdes que se proyectaban hacia el cielo. El suelo del bosque era un lecho de agujas caídas, grueso como el muro de un castillo, salpicado de piñas. Los cascos de los caballos no parecían emitir sonido alguno. Llovió un rato, luego escampó y luego empezó otra vez, pero entre los pinos apenas les llegaba alguna gota.

Por el bosque, la marcha era mucho más lenta. Brienne picó espuelas a la yegua en medio de la penumbra verdosa, sorteando los árboles. Se daba cuenta de que sería muy fácil extraviarse allí. Mirase hacia donde mirase, todo tenía el mismo aspecto. Hasta el aire parecía gris verdoso e inmóvil. Las ramas de los pinos le arañaban los brazos y chocaban con estrépito contra el escudo recién pintado. El escalofriante silencio se le hacía más pesado con cada hora que pasaba.

También estaba preocupada por Dick el Ágil. Aquel mismo día, cuando se acercaba el ocaso, el hombrecillo trató de cantar.

—«Había un oso, un oso, ¡un oso! Era negro, era enorme, ¡cubierto de pelo horroroso!» —cantó con voz rasposa cual calzones de esparto. Los pinos ahogaron su canción, igual que ahogaban el viento y la lluvia. Tras un rato acabó por rendirse.

—Esto es malo —dijo Podrick—. Es un sitio malo.

Brienne tenía la misma sensación, pero no serviría de nada reconocerlo.

—Los bosques de pinos son lúgubres, pero al fin y al cabo no son más que bosques. Aquí no hay nada que temer.

—¿Qué hay de los tritones? ¿Y de las cabezas?

—Qué chico tan listo —comentó Dick el Ágil entre risas.

—Los tritones no existen —le dijo Brienne a Podrick, lanzándole una mirada molesta—. Ni las cabezas.

Avanzaron colina arriba, colina abajo, una y otra vez. Brienne rezaba por que Dick el Ágil fuera honrado y supiera de verdad adónde los llevaba. Si de ella hubiera dependido, ni siquiera estaba segura de poder orientarse hasta el mar. El cielo era gris y nuboso día y noche, no había sol ni estrellas que la ayudaran a buscar el camino.

Aquella noche acamparon temprano, tras bajar de una colina y llegar al borde de un pantano verdoso. A la luz verde grisácea, el terreno que tenían por delante parecía sólido, pero si hubieran intentado atravesarlo, los caballos se habrían hundido hasta la cruz. Tuvieron que dar un rodeo y abrirse camino por un suelo más firme.

—No importa —los tranquilizó Crabb—. Volveremos a subir a la colina y bajaremos por otro lado.

Al día siguiente sucedió lo mismo. Cabalgaron entre pinos y ciénagas, bajo cielos oscuros y lluvias intermitentes, junto a pozos, cuevas y ruinas de antiguas fortalezas con las piedras ennegrecidas por el moho. Cada montón de escombros tenía su historia, y Dick el Ágil se las contó todas. Si se le daba crédito, los hombres de Punta Zarpa Rota habían regado los pinos con sangre. A Brienne se le estaba acabando la paciencia.

—¿Cuánto queda? —preguntó al final con tono brusco—. A estas alturas, ya debemos de haber visto hasta el último árbol de Punta Zarpa Rota.

—Ni mucho menos —replicó Crabb—. Pero estamos cerca. Mirad: el bosque es cada vez menos espeso. Nos acercamos al mar Angosto.

«Seguro que el bufón que prometió mostrarme será mi reflejo en un estanque», pensó Brienne, pero no tenía sentido dar la vuelta después de llegar tan lejos. Aun así, no podía negar que estaba muerta de cansancio. Tenía los muslos rígidos como el hierro de tanto montar, y en los últimos días apenas había dormido cuatro horas cada noche, mientras Podrick montaba guardia. Si Dick el Ágil iba a intentar matarlos, sería allí, sin duda, en el terreno que mejor conocía. Tal vez los llevara a alguna guarida de ladrones donde hubiera gentuza tan traicionera como él. O quizá los estuviera guiando en círculos para dar tiempo a que aquel jinete los alcanzara. No habían visto rastro de él desde que dejaron atrás el castillo de Lord Brune, pero eso no quería decir que hubiera desistido de darles caza.

«Puede que tenga que matarlo», se dijo una noche mientras recorría a zancadas el campamento. Solo con pensarlo sentía nauseas. Su viejo maestro de armas siempre había puesto en duda que fuera suficientemente dura para participar en una batalla.

—Tus brazos son tan fuertes como los de un hombre —le había dicho Ser Goodwin más de una vez—, pero tu corazón es tan tierno como el de cualquier doncella. Una cosa es entrenarse en el patio con una espada roma en la mano, y otra, clavarle un palmo de acero afilado a un hombre en las entrañas y ver como se le escapa la luz de los ojos.

Para curtirla, Ser Goodwin la enviaba con el carnicero de su padre para que matara corderos y cochinillos. Los corderos balaban, y los cochinillos chillaban como niños aterrados. Cuando terminaba la matanza, las lágrimas cegaban a Brienne, y tenía la ropa tan ensangrentada que se la daba a su doncella para que la quemara. Pero Ser Goodwin seguía teniendo dudas.

—Un cochinillo es un cochinillo. Con un hombre, la cosa cambia. Cuando era escudero, más o menos de tu edad, tenía un amigo que era fuerte, rápido, ágil, todo un campeón en el patio de entrenamientos. Todos sabíamos que algún día sería un caballero espléndido. Entonces llegó la guerra a los Peldaños de Piedra. Vi como mi amigo hacía caer de rodillas a su rival y le arrancaba el hacha de las manos, pero cuando tendría que haber acabado con él, se detuvo durante un instante. En medio de la batalla, un instante es toda una vida. El otro hombre sacó una daga y encontró un resquicio en la armadura de mi amigo. Toda su fuerza, su velocidad, su valor, la habilidad por la que tanto se había entrenado... Todo le sirvió de menos que un pedo de titiritero, porque vaciló a la hora de matar. No lo olvides, niña.

«No lo olvidaré —le prometió a su sombra en aquel bosque de pinos. Se sentó en una roca, desenvainó la espada y empezó a afilarla—. No lo olvidaré, y rezaré para no vacilar.»

El día siguiente amaneció gris, frío y nublado. Ni siquiera vieron salir el sol, pero cuando la oscuridad se tornó grisácea, Brienne supo que era hora de volver a montar. Dick el Ágil abrió la marcha, y volvieron a meterse entre los pinos. Brienne lo seguía de cerca, y Podrick iba el último a lomos de su rocín.

El castillo apareció ante ellos sin previo aviso. En un momento estaban en lo más profundo del bosque, rodeados de pinos en leguas a la redonda. Rodearon una roca, y ante ellos apareció un claro. Media legua más adelante, el bosque terminaba bruscamente. Más allá se veían el cielo, el mar... y un antiguo castillo en ruinas, abandonado y cubierto de matojos, al borde de un acantilado.

—Los Susurros —señaló Dick el Ágil—. Escuchad bien: se oye hablar a las cabezas.

Podrick se quedó boquiabierto.

—Ya las oigo.

Brienne también las oía. Era un murmullo lejano, tenue, que parecía proceder tanto del suelo como del castillo. Se hacía más perceptible a medida que se acercaban al acantilado. De repente comprendió que era el mar. Las olas habían excavado agujeros en la pared del acantilado y rugían por las cuevas y túneles subterráneos.

—No hay cabezas —dijo—. Los susurros que oyes son las olas.

—Las olas no susurran. Son cabezas.

El castillo estaba construido con piedras antiguas, sin argamasa, todas diferentes. El musgo crecía en las hendiduras, entre las rocas, y los árboles hundían sus raíces en los cimientos. Muchos castillos antiguos tenían un bosque de dioses. A juzgar por su aspecto, Los Susurros también, y poca cosa más. Brienne hizo avanzar a la yegua hasta el borde del acantilado, donde la muralla se había desmoronado. La hiedra crecía en las piedras caídas. Ató la montura a un árbol y se acercó al precipicio tanto como se atrevió. Veinte varas más abajo, las olas rompían contra los restos de una torre caída. Bajo ella divisó la entrada de una gran cueva.

—Esa es la antigua torre del faro —dijo Dick el Ágil, que había acudido a su lado—. Se derrumbó cuando yo no tenía ni la mitad de la edad de Pods. Antes había unos peldaños para bajar a la cala, pero cuando el acantilado se derrumbó, cayeron también. Tras aquello, los contrabandistas dejaron de desembarcar aquí. Hubo tiempos en los que podían entrar en la cueva en barcas de remos, pero eso se acabó. ¿Veis?

Le puso una mano en la espalda y señaló con la otra. A Brienne se le erizó el vello.

«Un empujón y acabaré abajo, con la torre.» Dio un paso atrás.

—Quitadme las manos de encima.

Crabb hizo un gesto hosco.

—Solo quería...

—No me importa qué queríais. ¿Dónde está la puerta?

—Al otro lado. —Titubeó—. Ese bufón que buscáis... No será rencoroso, ¿verdad? —dijo, nervioso—. O sea, anoche me dio por pensar que a lo mejor estaba enfadado con el pobre Dick el Ágil, por lo del mapa que le vendí, y porque no le dije que aquí ya no atracan los contrabandistas.

—Con el oro que os vais a ganar le podéis devolver lo que pagó por vuestra ayuda. —Brienne no se imaginaba a Dontos Hollard como una amenaza—. Si aún está aquí, claro.

Recorrieron los restos de la muralla. El castillo había sido triangular, con un torreón cuadrado en cada esquina. Las puertas estaban podridas. Brienne tiró de una; la madera se desprendió en largas astillas húmedas, y se quedó con la mitad de ella en la mano. En el interior se veía más penumbra verdosa. El bosque había quebrado los muros para invadir el torreón principal y el patio central. Pero tras la puerta había un rastrillo con dientes que se hundían en el terreno blando y embarrado. El hierro estaba enrojecido por el óxido, y pese a todo, no cedió a las sacudidas de Brienne.

—Hace mucho que nadie cruza esta puerta.

—Si queréis, puedo trepar —se ofreció Podrick—. Por el acantilado. Donde cayó la muralla.

—Es peligroso. Las piedras me han parecido sueltas, y la hiedra roja es venenosa. Tiene que haber una poterna.

La encontraron en el lado norte del castillo, semioculta tras una enorme zarza. No quedaban zarzamoras, y alguien había cortado la mitad del arbusto para abrirse camino hasta la puerta. Al ver las ramas rotas, Brienne empezó a inquietarse.

—Alguien ha pasado por aquí, y hace poco.

—Vuestro bufón y las niñas —dijo Crabb—. Ya os lo dije.

«¿Sansa?» Brienne no se lo podía creer. Hasta un imbécil borracho como Dontos Hollard tendría suficiente sentido común para no llevarla a aquel lugar desolado. Aquellas ruinas la ponían nerviosa. Allí no iba a encontrar a la pequeña Stark... Pero tenía que mirar. «Por aquí ha pasado alguien —pensó—. Alguien que tenía que esconderse.»

—Voy a entrar —dijo—. Venid conmigo, Crabb. Podrick, tú te quedas a vigilar a los caballos.

—Yo también quiero ir. Soy escudero. Puedo luchar.

—Por eso quiero que te quedes aquí. Tal vez haya bandidos en estos bosques, y no me atrevo a dejar los caballos sin vigilancia.

Podrick arrastró una piedra con la bota.

—Como digáis.

Brienne se abrió camino entre las ramas de la zarza y tiró de una anilla de hierro oxidada. La poterna resistió un momento y luego se abrió de golpe con un quejido chirriante de las bisagras. El sonido le puso los pelos de punta. Desenvainó la espada. Pese a la armadura y la coraza, se sentía desnuda.

—Venga, mi señora —la apremió Dick el Ágil a su espalda—. ¿A qué estáis esperando? El viejo Crabb lleva mil años muerto.

¿A qué estaba esperando? Brienne se amonestó por comportarse como una idiota. El sonido no era más que el mar, que resonaba sin pausa por las cuevas, bajo el castillo, subiendo y bajando con cada ola. Pero era verdad que parecía un susurro, y durante un instante casi le pareció ver las cabezas, en la estantería, hablando en murmullos.

«Tendría que haber usado la espada mágica —decía una de ellas—. Joder, ¿por qué no usaría la espada mágica?»

—Podrick —gritó Brienne—. En mi petate hay una espada con su vaina. Tráemela.

—Sí, ser. Mi señora. Ya voy. —El chico se alejó corriendo.

—¿Una espada? —Dick el Ágil se rascó una oreja—. Ya tenéis una espada en la mano. ¿Para qué queréis otra?

—Esta es para vos. —Brienne se la tendió con el puño por delante.

—¿De verdad? —Crabb extendió la mano dubitativo, como si la hoja lo fuera a morder—. ¿La doncella desconfiada le da una espada al viejo Dick?

—¿La sabéis utilizar?

—Soy un Crabb. —Cogió la espada larga que le tendía ella—. Por mis venas corre la sangre de Ser Clarence. —Lanzó un tajo al aire y sonrió—. Hay quien dice que la espada hace al señor.

Podrick Payne volvió con *Guardajuramentos* en brazos, la llevaba con tanto mimo como si fuera un bebé. Dick el Ágil dejó escapar un silbido al ver la vaina ornamentada, con su hilera de cabezas de león, pero se quedó sin palabras cuando Brienne sacó el arma y hendió el aire.

«Hasta el sonido es más agudo que el de una espada vulgar.»

—Seguidme —le dijo a Crabb.

Cruzó la poterna de lado, aunque tuvo que agachar la cabeza para pasar bajo el arco de entrada.

El patio interior apareció ante ella, cubierto de hierbajos. A su izquierda estaban la puerta principal y los restos derruidos de lo que tal vez fueran unos establos. Arbolillos jóvenes crecían en la mitad de las cuadras y atravesaban el techo de paja seca. A la derecha vio unos peldaños de madera podrida que llevaban a la oscuridad de una mazmorra, o a una bodega. En el lugar donde se había alzado el torreón central vio un montón de piedras caídas, cubiertas de musgo verde y morado. El patio estaba cubierto de hierbas y agujas de pino. Había pinos soldado por todas partes, en hileras solemnes. En medio de ellos divisó un pálido intruso, un arciano joven y esbelto con el tronco tan blanco como una doncella enclaustrada. De sus ramas brotaban hojas color rojo oscuro. Más allá se veía solo el vacío del cielo y el mar, allí donde la muralla se había derrumbado...

... y también los restos de una hoguera.

Los susurros le mordisqueaban los oídos, insistentes. Brienne se arrodilló junto a los restos. Cogió un palo ennegrecido, lo olfateó y removió las cenizas.

«Alguien trataba de entrar en calor anoche. O tal vez intentaba enviar una señal a algún barco.»

—¡Hooolaaa! —llamó Dick el Ágil—. ¿Hay alguien aquí?

—Silencio —le dijo Brienne.

—Puede que estén escondidos. Tal vez nos estén examinando antes de mostrarse. —Se dirigió hacia los peldaños que descendían y escudriñó la oscuridad—. ¡Hooolaaa! —llamó otra vez—. ¿Hay alguien ahí abajo?

Brienne vio moverse un arbolillo, y de la maleza salió un hombre, tan sucio de barro como si acabara de brotar de la tierra. Llevaba una espada rota en la mano, pero lo que le llamó la atención fue su rostro, los ojos pequeños y las grandes fosas nasales.

Conocía aquella nariz. Conocía aquellos ojos. Pyg lo habían llamado sus amigos.

Todo pareció suceder en un instante. Un segundo hombre salió del pozo, sin más ruido que el que haría una serpiente al arrastrarse por un montón de hojas húmedas. Llevaba un yelmo de hierro envuelto en sucia seda roja, y tenía en la mano un dardo corto y grueso. Brienne también lo conocía. A sus espaldas se oyó un murmullo cuando una cabeza surgió entre las hojas rojas. Crabb estaba bajo el arciano. Alzó la vista y vio el rostro.

—Está aquí —llamó a Brienne—. Es el bufón que buscáis.

—¡Venid conmigo, Dick! —le gritó apremiante.

Shagwell saltó del arciano entre carcajadas. Iba vestido con ropa de bufón, pero tan descolorida y manchada que parecía más marrón que gris o rosa. En lugar de un cetro de bufón llevaba en la mano un mangual triple, tres bolas llenas de púas que colgaban de cadenas de un mango de madera. Lo blandió con fuerza, y una rodilla de Crabb estalló en una explosión de sangre y hueso.

—Esto sí que ha tenido gracia —alardeó mientras Dick caía. La espada que le había dado Brienne salió despedida y se perdió entre los hierbajos. Dick se retorció en el suelo entre gritos, mientras se agarraba la rodilla destrozada—. Vaya, fijaos —dijo Shagwell—. Es Dick el Contrabandista, el que nos dibujó el mapa. ¿Has venido hasta aquí para devolvernos el oro?

—Por favor —sollozó Dick—, por favor, no, mi pierna...

—¿Duele? Ahora dejará de dolerte.

—¡Déjalo en paz! —gritó Brienne.

—¡No! —gritó Dick al tiempo que alzaba las manos ensangrentadas para protegerse la cara.

Shagwell hizo girar las bolas por encima de la cabeza antes de lanzar un golpe al rostro de Crabb. Sonó un crujido repugnante. En el silencio que siguió, Brienne oyó los latidos de su propio corazón.

—Cómo eres, Shags —dijo el hombre que había salido del pozo. Al ver la cara de Brienne se echó a reír—. ¿Otra vez tú, mujer? Qué, ¿nos estabas persiguiendo? ¿O es que nos echabas de menos?

Shagwell bailaba saltando de un pie al otro y hacía girar el mangual.

—Ha venido a por mí. Sueña conmigo todas las noches cuando se mete los dedos en la rajita. ¡Me desea, chicos, la yegua echaba de menos a su alegre Shags! Me la voy a follar por el culo y la voy a llenar de semilla de bufón hasta que dé a luz a un pequeño yo.

—Para eso tendrás que usar otro agujero, Shags —dijo Timeon con su marcado acento dorniense.

—Será mejor que los use todos. Para ir sobre seguro.

Se desplazó hacia la derecha de Brienne mientras Pyg se movía hacia su izquierda, obligándola a retroceder hacia el borde del acantilado.

«Pasaje para tres», recordó Brienne.

—Solo sois tres.

Timeon se encogió de hombros.

—Después de salir de Harrenhal, cada uno se fue por su camino. Urswyck y los suyos cabalgaron hacia el sur, hacia Antigua. Rorge pensó que podría desaparecer en Salinas. Mis muchachos y yo nos fuimos a Poza de la Doncella, pero no hubo manera de subir a un barco. —El dorniense sopesó la lanza—. Menuda se la hiciste a Vargo con aquel mordisco. La oreja se le puso negra y le empezó a salir pus. Rorge y Urswyck iban a marcharse, pero la Cabra dijo que teníamos que defender su castillo, que era el señor de Harrenhal y que a él no lo abandonaba nadie. Lo decía babeando, como siempre hablaba él. Nos enteramos de que la Montaña lo había matado pedazo a pedazo. Un día una mano, al siguiente un pie, todo cortes limpios. Le vendaban los muñones para que no muriera. Iba a dejar la polla para el final, pero un pájaro lo llamó a Desembarco del Rey, así que lo remató antes de ponerse en marcha.

—No he venido por vosotros. Estoy buscando a mi... —«A mi hermana», había estado a punto de decir—. A un bufón.

—Yo soy un bufón —anunció Shagwell con tono alegre.

—No el que quiero. El que busco viaja con una niña noble, la hija de Lord Stark de Invernalia.

—Ah, el Perro —intervino Timeon—. Tampoco está aquí, mira qué cosas. Solo nosotros.

—¿Sandor Clegane? —preguntó Brienne sorprendida—. ¿Qué quieres decir?

—Es el que tiene a la Stark. Por lo que me dijeron, la cría iba a Aguasdulces cuando la capturó. Condenado Perro.

«Aguasdulces —pensó Brienne—. Se dirigía a Aguasdulces. Con sus tíos.»

—¿Cómo lo sabes?

—Me lo dijo uno de la banda de Beric. El señor del relámpago también la busca. Ha apostado a sus hombres a lo largo de todo el Tridente para localizarla. Después de salir de Harrenhal nos encontramos con tres, y a uno le sacamos la historia antes de que muriera.

—Puede que mintiera.

—Puede, pero no. Más tarde nos enteramos de que el Perro había matado a tres hombres de su hermano en una posada de una encrucijada. La cría iba con él. El posadero lo juró antes de que Rorge lo matara, igual que las putas. Joder, qué feas eran. No tanto como tú, claro, pero aun así...

«Está intentando distraerme —comprendió Brienne. Pyg se le estaba acercando. Shagwell dio un salto hacia ella. Retrocedió un paso—. Si lo permito, me acorralarán contra el acantilado.»

—No os acerquéis —les advirtió.

—Te voy a follar por la nariz, moza —anunció Shagwell—. ¿A que tendrá gracia?

—Tiene la polla muy pequeña —le explicó Timeon—. Suelta esa espada tan bonita y puede que te tratemos bien, mujer. Necesitamos oro para pagar a los contrabandistas, nada más.

—Si os doy oro, ¿nos dejaréis marchar?

—Claro. —Timeon sonrió—. Después de follarte. Te pagaremos como a una buena puta: una moneda de plata por polvo. O si no, cogemos el oro y te violamos igual, y te hacemos lo mismo que le hizo la Montaña a Lord Vargo. ¿Qué eliges?

—Esto.

Brienne se lanzó contra Pyg.

El hombre alzó la espada rota para protegerse el rostro, pero ella atacó por abajo. *Guardajuramentos* atravesó el cuero, la lana, la piel y el músculo del muslo del mercenario. Pyg lanzó un tajo al aire al perder pie. La espada rota le arañó la cota de malla antes de que el hombre cayera de espaldas. Brienne le clavó la hoja en la garganta, la retorció y la sacó, y se volvió justo en el momento en que el dardo de Timeon pasaba junto a su rostro.

«No he dudado —pensó mientras la sangre roja le corría por la mejilla—. ¿Habéis visto, Ser Goodwin?» Apenas había notado el corte.

—Tu turno —dijo a Timeon mientras el dorniense sacaba un segundo dardo, más corto y grueso que el primero—. Lánzalo.

—¿Para que lo esquives y me ataques? Acabaría tan muerto como Pyg. No. Ocúpate de ella, Shags.

—Ocúpate tú —replicó Shagwell—. ¿Has visto lo que le ha hecho a Pyg? La sangre de la luna la ha enloquecido.

El bufón estaba tras ella, y Timeon, delante. Se volviera hacia donde se volviera le daría la espalda a uno.

—Ocúpate tú y te podrás follar el cadáver —insistió Timeon.

—Vaya, cuánto me quieres.

El mangual estaba girando.

«Elige a uno —se dijo Brienne—. Elige a uno y mátalo deprisa.» En aquel momento, una piedra llegó volando de la nada y acertó a Shagwell en la cabeza. Brienne no titubeó. Se lanzó contra Timeon.

Era mejor que Pyg, pero solo tenía un dardo, mientras que ella esgrimía acero valyrio. *Guardajuramentos* cobraba vida en sus manos. Nunca se había sentido tan rápida. La espada se convirtió en un centelleo gris. El hombre la hirió en el hombro, pero ella le cortó la oreja y la mitad de la mejilla, le segó la punta del dardo y le clavó un palmo de acero ondulado en el vientre, a través de los eslabones de la cota de malla.

Timeon aún trataba de luchar cuando le arrancó la espada con la hoja enrojecida de sangre. Se echó la mano al cinturón y sacó un puñal, de modo que Brienne le cortó la mano.

«Eso ha sido por Jaime.»

—Madre, apiádate de mí —jadeó el dorniense mientras la sangre le manaba de la boca y le brotaba a borbotones de la muñeca—. Acaba. Mándame a Dorne, hija de puta.

Así lo hizo.

Cuando se volvió, Shagwell seguía de rodillas, confuso, buscando el mangual. Se puso en pie tambaleante, y en aquel momento, otra piedra lo acertó en una oreja. Podrick había trepado por el muro caído y estaba entre la hiedra, con el ceño fruncido y otra piedra ya en la mano.

—¡Os dije que sabía luchar! —gritó.

Shagwell trató de alejarse a rastras.

—¡Me rindo! —chilló el bufón—. ¡Me rindo! No le podéis hacer daño al pobre Shagwell, soy demasiado gracioso para morir.

—No eres mejor que los demás. Has robado, violado y asesinado.

—Sí, es verdad, sí, no lo niego... Pero soy tan gracioso, con mis bromas y cabriolas... Hago reír a los hombres.

—Y llorar a las mujeres.

—¿Qué culpa tengo yo de que las mujeres no tengan sentido del humor?

Brienne bajó a *Guardajuramentos*.

—Cava una tumba. Ahí, bajo el arciano. —Señaló con la hoja.

—No tengo pala.

—Tienes dos manos. —«Una más de las que le dejaste a Jaime.»

—¿Para qué molestarse? Que se los coman los cuervos.

—Timeon y Pyg serán pasto de los cuervos; Dick el Ágil tendrá una tumba. Era un Crabb. Este es su lugar.

La lluvia había ablandado la tierra, pero aun así, el bufón tardó el resto del día en cavar un hoyo de profundidad suficiente. Cuando terminó, la noche había caído, y tenía las manos ensangrentadas y llenas de ampollas. Brienne envainó *Guardajuramentos,* cogió en brazos a Dick Crabb y lo llevó al agujero. Su cara era un espectáculo aterrador.

—Siento no haber confiado en vos. Ya no sé confiar.

«El muy idiota lo va a intentar ahora, mientras le doy la espalda», pensó mientras se arrodillaba para depositar el cadáver.

Oyó la respiración jadeante medio segundo antes de que Podrick gritara para alertarla. Shagwell tenía una piedra puntiaguda en una mano. Brienne tenía el puñal en la manga.

El cuchillo gana casi siempre a la piedra.

Le apartó el brazo de golpe y le clavó el acero en las entrañas.

—Ríete —le rugió. Sin embargo, el bufón gimió—. Ríete —le repitió al tiempo que le agarraba la garganta con una mano y le apuñalaba el vientre con la otra—. ¡Ríete!

Lo siguió repitiendo, una y otra vez, hasta que tuvo la mano manchada de rojo hasta la muñeca y el hedor de la muerte del bufón amenazaba con asfixiarla. Pero Shagwell no se rio. Los sollozos que oía Brienne eran los suyos propios. Cuando se dio cuenta, tiró a un lado el puñal, temblorosa.

Podrick la ayudó a bajar a Dick el Ágil al agujero. Cuando terminaron, la luna ya se elevaba por el cielo. Brienne se limpió la tierra de las manos y depositó dos dragones en la tumba.

—¿Por qué hacéis eso, mi señora? ¿Ser? —inquirió Pod.

—Es la recompensa que le prometí si daba con el bufón.

Una carcajada resonó a sus espaldas. Brienne desenvainó *Guardajuramentos* y se volvió, pensando que se encontraría ante más Titiriteros Sangrientos... Pero solo era Hyle Hunt, sentado con las piernas cruzadas en los restos de la muralla.

—Si hay burdeles en el infierno, os estará muy agradecido —les gritó el caballero—. Si no, vaya desperdicio de oro.

—Siempre cumplo mis promesas. ¿Qué hacéis vos aquí?

—Lord Randyll me encomendó que os siguiera. Si por una remota casualidad dabais con Sansa Stark, mi deber era llevarla a Poza de la Doncella. No temáis; se me ordenó que no os hiciera daño.

Brienne soltó un bufido.

—¡Como si pudierais!

—¿Qué haréis ahora, mi señora?

—Enterrarlo.

—Quiero decir con la niña. Con Lady Sansa.

Brienne lo pensó un instante.

—Si Timeon me dijo la verdad, iba hacia Aguasdulces. En algún punto del camino, el Perro se apoderó de ella. Si lo encuentro...

—... os matará.

—O lo mataré yo a él —replicó, testaruda—. ¿Me ayudáis a enterrar al pobre Crabb, ser?

—Ningún caballero de verdad le negaría su ayuda a mujer tan bella.

Ser Hyle bajó de la muralla. Juntos cubrieron de tierra el cadáver de Dick el Ágil mientras la luna ascendía por el cielo y, bajo tierra, las cabezas de reyes olvidados se susurraban secretos.

La hacedora de reinas

Bajo el ardiente sol de Dorne, la riqueza se medía tanto en agua como en oro, de modo que los pozos estaban bien vigilados. Pero el de Piedrafresca se había secado hacía ya cien años; sus guardianes se habían marchado en busca de lugares más húmedos, abandonando la modesta edificación de columnas acanaladas y arcada triple. Después, las arenas recuperaron lo que les pertenecía.

Arianne Martell llegó con Drey y Sylva cuando el sol empezaba a ponerse, el oeste se convertía en un tapiz dorado y lila, y las nubes brillaban con fulgor escarlata. Las ruinas también parecían brillar; las columnas caídas tenían un resplandor rosado; las sombras rojas reptaban entre las baldosas de piedra agrietadas, y las propias arenas iban del dorado al anaranjado y al violeta a medida que menguaba la luz. Garin había llegado horas antes, y el caballero al que llamaban Estrellaoscura, el día anterior.

—Esto es muy bonito —comentó Drey mientras ayudaba a Garin a dar de beber a los caballos. Habían llevado el agua que necesitaban. Los corceles de arena de Dorne eran rápidos e incansables, y podían galopar muchas leguas después de que otros caballos se rindieran, pero ni ellos podían vivir sin líquido—. ¿Cómo es que conocías este lugar?

—Me trajo mi tío, con Tyene y Sarella. —El recuerdo hizo sonreír a Arianne—. Cogió unas cuantas víboras y enseñó a Tyene la manera más segura de ordeñarles el veneno. Sarella se dedicó a pasear por las rocas, quitó la arena de los mosaicos y quiso saberlo todo de las personas que vivieron aquí.

—¿Y qué hacías tú, princesa? —preguntó Sylva Pintas.

«Me senté junto al pozo y me imaginé que un caballero ladrón me había traído para hacer conmigo lo que le viniera en gana —pensó—. Un hombre alto, musculoso, con ojos negros y un pico en el nacimiento del pelo.» El recuerdo la incomodó.

—Soñar despierta —respondió—, y cuando se puso el sol, me senté con las piernas cruzadas a los pies de mi tío y le pedí que me contara una historia.

—El príncipe Oberyn sabía muchas historias. —Garin también había estado con ellos aquel día; era hermano de leche de Arianne, y desde que aprendieron a caminar habían sido inseparables—. Recuerdo que nos habló del príncipe Garin, en cuyo honor me habían puesto el nombre.

—Garin el Grande —asintió Drey—, la maravilla del Rhoyne.

—Ese mismo. Hizo temblar a toda Valyria.

—Vaya si temblaron —dijo Ser Gerold—. Y luego lo mataron. Si llevo a la muerte a un cuarto de millón de hombres, ¿me llamarán Gerold el Grande? —Soltó un bufido—. No, gracias, me quedaré con Estrellaoscura. Al menos es mi propio nombre.

Desenvainó la espada larga, se sentó al borde del pozo y empezó a afilar la hoja con una amoladora.

Arianne lo observó con desconfianza.

«Es de noble cuna, lo suficiente para ser un digno consorte —pensó—. Mi padre pondría en duda mi sentido común, pero nuestros hijos serían tan hermosos como los Señores Dragón.» Si había un hombre más atractivo en Dorne, ella no lo conocía. Ser Gerold Dayne tenía la nariz aquilina, los pómulos altos y la mandíbula fuerte. Iba bien afeitado, pero la melena le caía hasta los hombros como un glaciar de plata, dividido por un mechón negro como la medianoche. «Pero tiene una boca cruel, y una lengua más cruel todavía.» Allí, a la contraluz del sol poniente, mientras afilaba el acero, sus ojos parecían negros, pero ella se los había visto de cerca y sabía que eran violeta. «Violeta oscuro. Oscuros y airados.»

Debió de notar su mirada, porque levantó la vista de la espada, clavó los ojos en los suyos y sonrió. Arianne se sintió sonrojar. «No debería haberlo traído. Si me mira así delante de Arys, correrá sangre por la arena.» Lo que no sabía era de quién sería la sangre. Por tradición, los caballeros de la Guardia Real eran los mejores de los Siete Reinos... Pero Estrellaoscura era Estrellaoscura.

Las noches dornienses eran frías en las arenas. Garin recogió leña, ramas blanquecinas de árboles que se habían secado y muerto cien años atrás. Drey encendió la hoguera, silbando mientras arrancaba chispas al pedernal.

Luego se sentaron en torno a las llamas y se pasaron de mano en mano un pellejo de vino del verano... Todos excepto Estrellaoscura, que prefería beber agua de limón sin endulzar. Garin estaba de buen humor, y los divirtió con las últimas anécdotas de la Ciudad de los Tablones, en la boca del Sangreverde, donde los huérfanos del río acudían a comerciar con las carracas, las cocas y las galeras procedentes de la otra orilla del mar Angosto. A juzgar por lo que decían los marinos, el Este era un hervidero de maravillas y horrores: una revuelta de esclavos en Astapor, dragones en Qarth, peste gris en Yi Ti... Un nuevo rey corsario se había alzado en las Islas del Basilisco y había atacado Árboles Altos, y en Qohor, los seguidores de los sacerdotes rojos se habían amotinado y habían tratado de quemar la Cabra Negra.

—Y la Compañía Dorada ha roto su contrato con Myr, justo cuando los myrienses estaban a punto de entrar en guerra con Lys.

—Seguro que los lysenos les han pagado —sugirió Sylva.

—Muy listos —asintió Drey—. Muy listos y cobardes.

Arianne sabía que no era así.

«Si Quentyn tiene el apoyo de la Compañía Dorada... —Su grito de guerra era "Bajo el oro está el amargo acero"—. Para darme de lado vas a necesitar amargo acero y mucho más, hermano.» Arianne era muy querida en Dorne, mientras que a Quentyn apenas lo conocían. Eso no había compañía de mercenarios que lo pudiera cambiar.

—Voy a mear —declaró Ser Gerold al tiempo que se levantaba.

—Vigila dónde pisas —le avisó Drey—. Hace mucho que el príncipe Oberyn ordeñó las víboras de la zona por última vez.

—Me amamantaron con veneno, Dalt. La víbora que me muerda lo lamentará.

Ser Gerold desapareció tras un arco caído. Los demás intercambiaron miradas.

—Perdonadme, princesa —comentó Garin en voz baja—, pero ese hombre no me gusta.

—Lástima —dijo Drey—. Creo que está un poco enamorado de ti.

—Lo necesitamos —les recordó Arianne—. Tal vez necesitemos su espada, y desde luego necesitamos su castillo.

—Ermita Alta no es el único castillo de Dorne —señaló Sylva Pintas—, y tenéis otros caballeros que os quieren bien. Drey es caballero.

—Cierto —afirmó él—. Tengo un caballo estupendo y una espada muy bonita, y a mi valor solo le hace sombra el de... Bueno, el de bastantes, para ser sincero.

—Bastantes cientos, ser —señaló Garin.

Arianne los dejó a solas con sus chanzas. Drey y Sylva Pintas eran sus mejores amigos, aparte de su prima Tyene, y Garin había estado bromeando con ella desde que mamaban de las tetas de su madre, pero en aquel momento no estaba de humor para bufonadas. El sol se había puesto, y el cielo estaba plagado de estrellas.

«Cuántas. —Se sentó con la espalda apoyada en una columna acanalada y se preguntó si su hermano contemplaría aquella noche las mismas estrellas, allá donde estuviera—. ¿Ves la blanca, Quentyn? Es la estrella de Nymeria, muy brillante, y esa estela lechosa que tiene detrás la forman diez mil barcos. Nymeria brilló tanto como cualquier hombre, y lo mismo haré yo. ¡No me arrebatarás lo que me corresponde por derecho de nacimiento!»

Quentyn era muy joven cuando lo mandaron a Palosanto; demasiado, según su madre. Los norvoshi no entregaban a sus hijos como pupilos, y Lady Mellarion jamás le había perdonado al príncipe Doran que enviara a su hijo lejos de ella.

—Me hace tan poca gracia como a ti —había oído Arianne decir a su padre—, pero hay una deuda de sangre, y Quentyn es la única moneda que Lord Ormond está dispuesto a aceptar.

—¿Moneda? —había gritado su madre—. ¡Es tu hijo! ¿Qué clase de padre utiliza al fruto de su carne y de su sangre para pagar deudas?

—Los padres que son príncipes —fue la respuesta de Doran Martell.

El príncipe Doran seguía fingiendo que el hermano de Arianne estaba con Lord Yronwood, pero la madre de Garin lo había visto en la Ciudad de los Tablones, haciéndose pasar por mercader. Uno de sus acompañantes tenía un ojo vago, igual que Cletus Yronwood, el chabacano hijo de Lord Anders. Con ellos viajaba también un maestre que dominaba varios idiomas.

«Mi hermano no es tan listo como cree. Un hombre listo de verdad habría partido desde Antigua, aunque el viaje fuera más largo. Probablemente, en Antigua nadie lo habría reconocido.» Arianne contaba con amigos entre los huérfanos de la Ciudad de los Tablones, y algunos habían tratado de averiguar por qué un príncipe y el hijo de un gran señor viajaban con nombre falso y buscaban pasaje para cruzar el mar Angosto. Uno de ellos se coló cierta noche por una ventana, trasteó con la cerradura de la pequeña caja fuerte de Quentyn y encontró dentro los pergaminos.

Arianne habría dado mucho, cualquier cosa, por saber que aquel viaje secreto a través del mar Angosto era cosa de Quentyn y de nadie más... Pero los pergaminos que portaba llevaban el sello con el sol y la lanza de Dorne. El primo de Garin no se había atrevido a romper el lacre para leerlos, pero...

—Princesa...

Ser Gerold Dayne estaba tras ella, iluminado a medias por las estrellas, oculto a medias por las sombras.

—¿Qué tal la meada? —preguntó Arianne con picardía.

—Las arenas se han mostrado tan agradecidas como cabía esperar. —Dayne puso un pie en la cabeza de una estatua que tal vez fuera la Doncella hasta que las arenas le erosionaron el rostro—. Mientras meaba se me ha ocurrido que tal vez este plan tuyo no dé el resultado que esperas.

—¿Qué resultado espero, ser?

—La libertad de las Serpientes de Arena. Venganza para Oberyn y para Elia. ¿Qué tal me sé la canción? Quieres un poco de sangre de león.

«Eso y lo que me corresponde por derecho de nacimiento. Quiero Lanza del Sol, y el trono de mi padre. Quiero Dorne.»

—Quiero justicia.

—Llámalo como quieras. La coronación de la pequeña Lannister no es más que un gesto simbólico. Nunca ocupará el Trono de Hierro. Ni conseguirás la guerra que deseas. No es tan fácil provocar al león.

—El león ha muerto. ¿Quién sabe qué cachorro prefiere la leona?

—El que está en su madriguera. —Ser Gerold desenvainó la espada. A la luz de las estrellas, brillaba tan afilada como las mentiras—. Así comienzan las guerras. No con una corona de oro, sino con una hoja de acero.

«No soy ninguna asesina de niños.»

—Guarda eso. Myrcella está bajo mi protección, y sabes de sobra que Ser Arys no permitirá que le suceda nada a su adorada princesa.

—No, mi señora. Lo que sé es que los Dayne llevan miles de años matando a Oakhearts.

Tamaña arrogancia la dejó sin palabras.

—Tenía la sensación de que los Oakheart llevaban el mismo tiempo matando Daynes.

—Cada familia tiene sus tradiciones. —Estrellaoscura envainó la espada—. La luna está saliendo; tu dechado de virtudes se acerca.

Tenía buena vista. El jinete del alto palafrén gris era Ser Arys, que cabalgaba por las arenas con la capa blanca ondeando al viento. La princesa Myrcella iba abrazada a su cintura, envuelta en una capa con capucha que le ocultaba los rizos dorados.

Mientras Ser Arys la ayudaba a desmontar, Drey hincó una rodilla en tierra ante ella.

—Alteza...

—Mi señora... —Sylva Pintas se arrodilló a su lado.

—Soy vuestro hombre, mi reina. —Garin dobló las dos rodillas.

Myrcella se aferró al brazo de Arys Oakheart, desconcertada.

—¿Por qué me llaman *Alteza*? —preguntó con vocecita lastimera—. ¿Dónde estamos, Ser Arys? ¿Quiénes son estas personas?

«¿Es que no le ha dicho nada?» Arianne se adelantó en un remolino de sedas, con una sonrisa para tranquilizar a la niña.

—Son mis leales amigos, Alteza... Y también serán los vuestros.

—¿Princesa Arianne? —La niña le echó los brazos al cuello—. ¿Por qué me dan trato de reina? ¿Le ha pasado algo a Tommen?

—Ha caído en manos de hombres malvados, Alteza —respondió Arianne—, y mucho me temo que conspiran con él para arrebataros vuestro trono.

—¿Mi trono? ¿Queréis decir el Trono de Hierro? —La niña estaba cada vez más confundida—. No me lo ha arrebatado, Tommen es...

—... más joven que vos, ¿verdad?

—Soy un año mayor que él.

—Eso quiere decir que el Trono de Hierro os corresponde por derecho —dijo Arianne—. Vuestro hermano no es más que un chiquillo; no es culpa suya. Tiene malos consejeros... Vos, en cambio, tenéis amigos. Si me lo permitís, tendré el honor de presentároslos. —Cogió a la niña de la mano—. Alteza, Ser Andrey Dalt, heredero de Limonar.

—Mis amigos me llaman Drey —dijo él—, y para mí sería un gran honor que Vuestra Alteza hiciera lo mismo.

Drey tenía el rostro franco y una sonrisa sincera, pero Myrcella lo miró con desconfianza.

—Mientras no os conozca tengo que llamaros *ser*.

—Me llame como me llame Vuestra Alteza, soy vuestro hombre.

Sylva carraspeó. Arianne se volvió hacia ella.

—¿Me permitís presentaros a Lady Sylva Santagar, mi reina? Mi querida Sylva Pintas.

—¿Por qué os llaman así? —preguntó Myrcella.

—Porque tengo muchas pecas, Alteza —respondió Sylva—. Aunque intentan hacerme creer que se debe a que soy la heredera de Bosquepinto.

El siguiente fue Garin, un joven de piel oscura y nariz larga, que llevaba un pendiente de jade.

—Garin, de los huérfanos, que siempre me hace reír —dijo Arianne—. Su madre fue mi ama de cría.

—Siento mucho que haya muerto —dijo Myrcella.

—No ha muerto, mi dulce reina. —Garin sonrió mostrando el diente de oro que le había comprado Arianne para sustituir el que le había roto—. Lo que quiere decir mi señora es que soy de los huérfanos del Sangreverde.

Myrcella ya tendría tiempo de conocer la historia de los huérfanos en su viaje río arriba. Arianne llevó a la futura reina ante el último miembro de su pequeño grupo.

—Y por último, pero el primero en valor, se pone a vuestro servicio Ser Gerold Dayne, caballero de Campoestrella.

Ser Gerold hincó una rodilla en el suelo. La luz de la luna brilló en sus ojos oscuros cuando examinaron a la niña con frialdad.

—Hubo un Arthur Dayne —comentó Myrcella—. Era caballero de la Guardia Real en tiempos de Aerys, el Rey Loco.

—Era la Espada del Amanecer. Murió.

—¿Ahora sois vos la Espada del Amanecer?

—No. Me llaman Estrellaoscura, y prefiero la noche.

Arianne se llevó a la niña.

—Debéis de tener hambre. Hay dátiles, queso, aceitunas y limonada si queréis. Pero no comáis ni bebáis demasiado. En cuanto descanséis un poco tendremos que volver a montar. Aquí, en las arenas, siempre es preferible viajar de noche, antes de que el sol suba por el cielo. Les va mejor a los caballos.

—Y a los jinetes —añadió Sylva Pintas—. Vamos, alteza, tenéis que entrar en calor. Será un honor que me permitáis serviros.

Acompañó a la princesa hacia la hoguera, seguida por Ser Gerold.

—La historia de mi Casa se remonta a hace diez mil años, hasta el amanecer de los tiempos —se quejó el caballero—. ¿Por qué todo el mundo se acuerda solo de mi primo Dayne?

—Fue un gran caballero —señaló Arys Oakheart.

—Tenía una gran espada —replicó Estrellaoscura.

—Y un gran corazón. —Ser Arys cogió a Arianne por el brazo—. Tengo que hablar un momento con vos, princesa.

—Vamos.

Se adentró en las ruinas con Ser Arys. Bajo la capa, el caballero llevaba un jubón de hilo de oro con un bordado que representaba las tres hojas verdes de roble, la divisa de su Casa. Se cubría con un yelmo ligero de acero rematado por una púa y envuelto en tela amarilla, a la manera de Dorne. Podría haber pasado por cualquier caballero de no ser por la capa de deslumbrante seda blanca, clara como la luz de la luna y etérea como una brisa.

«Una inconfundible capa de la Guardia Real, el muy bobo...»

—¿Qué sabe la niña?

—Poca cosa. Antes de salir de Desembarco del Rey, su tío le dijo que yo era su protector, y que cualquier orden que le diera tendría como objetivo protegerla. Ha oído los gritos en las calles, las peticiones de venganza... Sabe que esto no es un juego. Es valiente, y más sabia de lo que corresponde a su edad. Ha hecho todo lo que le he dicho sin preguntar nada. —La cogió del brazo, miró a su alrededor y bajó la voz—. Hay otras cosas que debéis saber. Tywin Lannister ha muerto.

—¿Muerto? —repitió conmocionada.

—El Gnomo lo asesinó. La Reina ha asumido la regencia.

—¿De veras? —«¿Una mujer en el Trono de Hierro? Arianne lo meditó un instante, y decidió que era para bien. Si los señores de los Siete Reinos se acostumbraban al gobierno de la reina Cersei, les costaría mucho menos doblar la rodilla ante la reina Myrcella. Y Lord Tywin había sido un rival peligroso; sin él, los enemigos de Dorne serían mucho más débiles. «Lannister matando a Lannister, qué maravilla»—. ¿Qué ha sido del enano?

—Consiguió escapar —respondió Ser Arys—. Cersei ofrece el título de señor a quien le lleve su cabeza.

En un patio interior de baldosas semicubiertas por la arena, la empujó contra una columna para besarla y le puso una mano en un pecho. Fue un beso largo, voraz; le habría levantado las faldas, pero Arianne se liberó entre risas.

—Ya veo que os excita esto de hacer reinas, ser, pero no disponemos de tiempo. Más tarde, os lo prometo. —Le acarició una mejilla—. ¿Habéis tenido algún problema?

—Solo Trystane. Quería sentarse junto a la cama de Myrcella para jugar al *sitrang* con ella.

—Ya os dije que tuvo las manchas rojas a los cuatro años. Solo se cogen una vez. Tendríais que haber dicho que Myrcella padecía psoriagrís; así no se habría acercado.

—El chico no, pero el maestre de vuestro padre...

—Caleotte —dijo—. ¿Trató de visitarla?

—No, solo tuve que describirle las manchas rojas de la cara. Dijo que no había nada que hacer, que dejara que la enfermedad siguiera su curso, y me dio un ungüento para aliviarle el picor.

Ningún menor de diez años moría a causa de las manchas rojas, pero para los adultos podía ser mortal, y el maestre Caleotte no había pasado la enfermedad de niño. Arianne lo descubrió cuando la tuvo ella, a los ocho años.

—Bien. —Asintió—. ¿Y la doncella? ¿Resulta convincente?

—A cierta distancia, sí. El Gnomo la eligió por encima de muchas niñas de más alta cuna. Myrcella la ayudó a rizarse el pelo, y ella misma le pintó las manchas en la cara. Son parientes lejanas. Lannisport está lleno de Lannys, Lannetts, Lantells y Lannisters de ramas menores de la familia, y la mitad tiene el pelo dorado. Con la ropa de dormir de Myrcella y el ungüento del maestre en la cara... En la penumbra me habría engañado hasta a mí. Fue mucho más difícil dar con un hombre que ocupara mi lugar. Dake es el más parecido en estatura, pero está demasiado gordo, así que dejé a Rolder con mi armadura y le dije que no se levantara el visor. Mide cuatro dedos menos que yo, pero si no estamos juntos y no pueden comparar, puede que nadie se dé cuenta. En cualquier caso, permanecerá en las habitaciones de Myrcella.

—Solo necesitamos unos pocos días. La princesa estará lejos del alcance de mi padre.

—¿Dónde? —La atrajo hacia sí y le rozó el cuello con la nariz—. Ya va siendo hora de que me contéis el resto del plan, ¿no os parece?

Ella se echó a reír y lo apartó.

—No, va siendo hora de que nos pongamos en marcha.

La luna brillaba ya por encima de la Doncella Luna cuando partieron de las ruinas secas y polvorientas de Piedrafresca en dirección sudoeste. Arianne y Ser Arys abrían la marcha, seguidos por Myrcella a lomos de una yegua retozona. Garin iba detrás con Sylva Pintas, y sus dos caballeros dornienses cerraban la marcha.

«Somos siete —advirtió Arianne. No lo había pensado hasta entonces, pero parecía un buen presagio para su causa—. Siete jinetes de camino hacia la gloria. Algún día, los bardos nos inmortalizarán.» Drey habría preferido un grupo más numeroso, pero eso habría llamado la atención, y cada hombre adicional duplicaba el riesgo de traición. «Es de lo poco que me enseñó mi padre.» Doran Martell había sido cauteloso incluso cuando era joven y fuerte, siempre dado a los silencios y los secretos. «Ya va siendo hora de que deje su carga, pero no toleraré ningún insulto contra su honor ni contra su persona.» Lo devolvería a sus Jardines del Agua, para que viviera los años que le quedaran entre las risas de los niños y el aroma de las limas y las naranjas. «Y Quentyn le puede hacer compañía. Cuando corone a Myrcella y libere a las Serpientes de Arena, todo Dorne se reunirá bajo mi estandarte.» Tal vez los Yronwood apoyasen a Quentyn, pero por sí mismos no representaban amenaza alguna. Si se decantaban por Tommen y los Lannister, haría que Estrellaoscura los aniquilara hasta que no quedara rastro de ellos.

—Estoy cansada —se quejó Myrcella tras varias horas de viaje—. ¿Falta mucho? ¿Adónde vamos?

—La princesa Arianne os lleva a un lugar donde estaréis sana y salva —la tranquilizó Ser Arys.

—Es un viaje largo —dijo Arianne—, pero cuando lleguemos al Sangreverde, todo será más sencillo. Allí se reunirán con nosotros unos hombres de Garin, los huérfanos del río. Viven en barcas, y recorren el Sangreverde y sus afluentes pescando, recogiendo fruta y haciendo trabajos sueltos aquí y allá.

—Sí —intervino Garin en tono alegre—. Cantamos, jugamos y bailamos en el agua, y sabemos mucho de sanación. Mi madre es la mejor comadrona de Poniente, y mi padre cura las verrugas.

—¿Cómo podéis ser huérfanos si tenéis padres? —preguntó la niña.

—Son los rhoynar —le explicó Arianne—, y su madre fue el río Rhoyne.

Myrcella no lo entendía.

—Yo creía que los rhoynar erais vosotros. O sea, los dornienses.

—Lo somos en parte, Alteza. Por mis venas corre la sangre de Nymeria, y también la de Mors Martell, el señor dorniense con el que contrajo matrimonio. El día de su boda, Nymeria les prendió fuego a sus barcos para que todos comprendieran que ya no había vuelta atrás. Muchos se alegraron de ver aquellas llamas, porque antes de llegar a Dorne habían hecho un viaje largo, terrible, y demasiados habían sucumbido a las tormentas, las enfermedades y la esclavitud. Pero también hubo unos pocos que lo lamentaron. No les gustaba esta tierra seca y roja, ni su dios de siete rostros, así que se aferraron a sus antiguas costumbres, construyeron barcazas con los restos de los barcos quemados y se convirtieron en los huérfanos del Sangreverde. La Madre de sus canciones no es la nuestra, sino la madre Rhoyne, cuyas aguas los alimentaron desde el amanecer de los tiempos.

—Me han dicho que los rhoynar tienen una especie de dios tortuga —comentó Ser Arys.

—El Anciano del Río es un dios menor —dijo Garin—. Él también nació de la Madre Río, y se enfrentó al Rey Cangrejo por el dominio de todo lo que habita bajo las aguas.

—Oh —se asombró Myrcella.

—Tengo entendido que vos también habéis librado grandes batallas, Alteza —comentó Drey con su voz más alegre—. Se dice que no tenéis piedad con nuestro valeroso príncipe Trystane ante el tablero de *sitrang.*

—Siempre dispone los cuadrados de la misma manera, con todas las montañas delante y los elefantes en los pasos —respondió la niña—. Así que yo envío a mi dragón para que se coma a sus elefantes.

—¿Vuestra doncella también sabe jugar? —preguntó Drey.

—¿Rosamund? No. Traté de enseñarle las reglas, pero le parecieron demasiado complicadas.

—¿Es una Lannister? —quiso saber Lady Sylva.

—Una Lannister de Lannisport, no de Roca Casterly. Tiene el pelo del mismo color que yo, pero liso, no rizado. La verdad es que no se parece mucho a mí, pero con mi ropa, la gente que no nos conoce nos confunde.

—Así que ya lo habíais hecho antes...

—Sí. Nos cambiamos en la *Mar Veloz,* de camino a Braavos. La septa Eglantine me tiñó el pelo de castaño. Decía que era un juego, pero lo que pretendía era protegerme por si acaso mi tío Stannis se apoderaba del barco.

Era evidente que la niña estaba cada vez más cansada, de modo que Arianne ordenó que se detuvieran. Una vez más dieron de beber a los caballos, descansaron un rato, y comieron queso y fruta. Myrcella compartió una naranja con Sylva Pintas, mientras Garin comía aceitunas y escupía los huesos a Drey.

Arianne había albergado la esperanza de llegar al río antes de que saliera el sol, pero se habían puesto en marcha mucho más tarde de lo previsto, de modo que aún iban a caballo cuando el cielo empezó a teñirse de rojo por el este. Estrellaoscura trotó hasta ponerse a su altura.

—Princesa —dijo—, a no ser que por fin hayas decidido matar a la niña, yo en tu lugar ordenaría que acelerásemos la marcha. No tenemos carpas, y las arenas son crueles durante el día.

—Conozco las arenas tan bien como tú, ser —le replicó.

Pero hizo lo que le sugería. Era un trato duro para las monturas, pero más valía perder seis caballos que una princesa.

El viento del oeste no tardó en soplar, ardiente, seco, lleno de arenilla. Arianne se cubrió el rostro con el velo. Era de seda brillante, verde claro por arriba y amarillo por debajo, en suave transición. Unas pequeñas perlas verdes le daban peso y tintineaban al chocar entre sí mientras cabalgaba.

—Ya sé por qué lleva velo mi princesa —comentó Ser Arys cuando la vio sujetárselo a las sienes del yelmo de cobre—. Para que su belleza no apague el sol en comparación.

Ella no pudo contener una carcajada.

—No, vuestra princesa lleva velo para evitar que se le deslumbren los ojos y se le llene la boca de arena. Vos deberíais hacer lo mismo, ser.

Se preguntó cuánto tiempo llevaría su caballero blanco elaborando tan vulgar galantería. Ser Arys era buena compañía en la cama, pero en cuestión de ingenio dejaba mucho que desear.

Sus dornienses se cubrieron el rostro, igual que ella, y Sylva Pintas ayudó a la princesa a ponerse el velo, pero Ser Arys no dio su brazo a torcer. No tardó en tener las mejillas enrojecidas y el rostro cubierto de sudor.

«Si tardamos mucho, se va a cocer en esa ropa tan gruesa», reflexionó. No sería el primero. En siglos anteriores, más de un ejército había bajado del Paso del Príncipe con los estandartes al viento, solo para marchitarse y asarse en las ardientes arenas rojas de Dorne. «El escudo la Casa Martell muestra el sol y la lanza, las dos armas favoritas de los dornienses —había escrito el Joven Dragón en su jactanciosa obra *La conquista de Dorne*—, y de las dos, el sol es la más mortífera.»

Por suerte, no tenían que cruzar todo el mar de arena, sino solo una franja estrecha. Arianne divisó un halcón que volaba en círculos sobre ellos, en el cielo despejado, y supo que ya habían dejado atrás la peor parte. Pronto llegaron junto a un árbol nudoso y retorcido, con tantas espinas como hojas. Aquellos arbolillos recibían el nombre de mendigos de la arena, pero su presencia significaba que no estaban lejos del agua.

—Casi hemos llegado, Alteza —le dijo Garin a Myrcella en tono alegre cuando divisó más mendigos de la arena, todo un bosquecillo que crecía en torno al lecho seco de un arroyo.

El sol caía como un martillo de fuego, pero no importaba: el viaje se acercaba a su fin. Se detuvieron para que los caballos bebieran otra vez; ellos también bebieron de los pellejos y se humedecieron los velos, y montaron de nuevo para enfrentarse al último tramo. Apenas habían recorrido media legua cuando empezaron a cabalgar por la hierba seca, entre olivos. Tras cruzar una hilera de colinas pedregosas, la hierba se hizo más verde y abundante, y divisaron limonares regados por un entramado de canales antiguos. Garin fue el primero en divisar el brillo verdoso del río. Lanzó un grito y emprendió el galope.

Arianne Martell había cruzado el Mander en cierta ocasión, cuando fue a visitar a la madre de Tyene con tres Serpientes de Arena. Comparado con él, el Sangreverde apenas merecía la denominación de río, y aun así, era lo que daba vida a Dorne. Debía su nombre al color verde sucio de sus aguas turbias, pero a medida que se acercaban, la luz del sol parecía transformarlas en oro. Pocas veces había visto nada tan bello.

«Lo que viene ahora será más fácil y relajado —pensó—, Sangreverde arriba hasta llegar al Vaith, y por ahí, hasta donde pueda llegar la barcaza. —Eso les daría tiempo suficiente para preparar a Myrcella para lo que se avecinaba. Después del Vaith tenían por delante el mar de arena. Iban a necesitar ayuda de Asperón y Sotoinferno para la travesía, pero no le cabía duda de que la recibirían. La Víbora Roja se había criado como pupilo en Asperón, y Ellaria Arena, la amante del príncipe Oberyn, era hija natural de Lord Uller. Cuatro Serpientes de Arena eran nietas suyas—. Coronaré a Myrcella en Sotoinferno y allí alzaré mi estandarte.»

La barcaza estaba media legua río abajo, oculta bajo las ramas colgantes de un gran sauce llorón. Anchas, de techo bajo, las barcazas maniobradas con pértigas apenas tenían calado; el Joven Dragón las había desdeñado llamándolas *chozas sobre balsas,* pero no les había hecho justicia. Las únicas que no tenían hermosas tallas y estaban bien pintadas eran las de los huérfanos más pobres. Aquella era de varios tonos de verde, con la barra del timón tallada en forma de sirena y cabezas de pez en las bordas. La cubierta estaba abarrotada de pértigas, sogas y tarros de aceite de oliva, y tanto en la proa como en la popa había faroles de hierro. Arianne no vio a ningún huérfano.

«¿Dónde está la tripulación?», se preguntó.

Garin tiró de las riendas bajo el sauce.

—¡Eh, pescados, despertad! —gritó al tiempo que bajaba del caballo—. Ha llegado vuestra reina y quiere una bienvenida regia. Levantaos, salid, traemos canciones y vino dulce. Tengo ganas de...

La puerta de la barcaza se abrió de golpe, y Areo Hotah salió a la luz del sol con la alabarda en la mano.

Garin se detuvo bruscamente. Arianne se sintió como si la hubieran golpeado en el vientre con un hacha.

«Esto no tenía que acabar así. Esto no tenía que pasar.»

—Vaya, la última persona que esperaba ver —oyó decir a Drey.

Arianne supo que tenía que actuar de inmediato.

—¡Vámonos! —gritó irguiéndose en la silla—. ¡Arys, proteged a la princesa...!

Hotah golpeó la cubierta con el mango de la alabarda. Una docena de guardias armados con dardos y ballestas surgió tras las ornamentadas bordas de la barcaza. Otros aparecieron en el tejado de los camarotes.

—¡Rendíos, princesa! —ordenó el capitán—. De lo contrario, por orden de vuestro padre, tendremos que matarlos a todos, excepto a la niña y a vos.

La princesa Myrcella se había quedado inmóvil en su montura. Garin retrocedió a paso lento con las manos levantadas. Drey se desabrochó el cinto.

—Rendirnos es lo más inteligente —le dijo a Arianne mientras su arma caía al suelo.

—¡No! —Ser Arys Oakheart puso su caballo entre Arianne y las ballestas, con la espada plateada en la mano. Se había descolgado el escudo para ponérselo en el brazo izquierdo—. ¡No la cogeréis mientras me quede aliento!

«Tonto sin remedio —fue lo único que pudo pensar Arianne—, ¿qué crees que haces?»

Estrellaoscura soltó una carcajada.

—¿Sois ciego o idiota, Oakheart? Son demasiados. Bajad la espada.

—Haced lo que os dice, Ser Arys —lo apremió Drey.

«Nos han atrapado, ser —habría querido gritar Arianne—. Vuestra muerte no nos liberará. Si amáis a vuestra princesa, rendíos.» Pero, cuando trató de hablar, las palabras se le ahogaron en la garganta.

Ser Arys Oakheart le lanzó una última mirada anhelante, clavó las espuelas doradas al caballo y atacó.

Cabalgó directamente hacia la barcaza, con la capa blanca ondeando a la espalda. Arianne Martell no había visto nunca nada tan caballeresco, ni tan estúpido.

—¡Nooo! —gritó, pero había recuperado la voz demasiado tarde. Una ballesta disparó, y luego otra. Hotah rugió una orden. A tan poca distancia, tanto habría dado que la armadura del caballero blanco fuera de papel. La primera saeta atravesó el pesado escudo de roble y se le clavó en el hombro. La segunda le rozó la sien. Un dardo desgarró el flanco de su montura, pero el caballo siguió adelante y solo se tambaleó al subir por la plancha.

—¡No! —gritaba alguna niña, alguna niñita idiota—. ¡No, por favor, esto no tenía que pasar!

Oyó que Myrcella también gritaba con voz aguda.

La espada larga de Ser Arys relampagueó a izquierda y derecha, y dos lanceros cayeron. El caballo se alzó sobre las patas traseras y coceó en la cara a un ballestero que intentaba volver a cargar el arma, pero los demás ya estaban disparando, llenando de saetas al gran corcel. Los impactos eran tan fuertes que el caballo cayó de lado. Arys Oakheart consiguió liberarse de su peso sin saber cómo. Aún tenía la espada en la mano. Logró ponerse de rodillas junto a su caballo moribundo...

... Y se encontró con Areo Hotah ante él.

El caballero blanco alzó la espada demasiado despacio. La alabarda de Hotah le cortó el brazo derecho por el hombro, ascendió en medio de un reguero de sangre y volvió a caer en un terrible golpe a dos manos que cortó la cabeza de Arys Oakheart y la envió volando por los aires. Fue a caer entre los juncos, y el Sangreverde la engulló.

Arianne no recordaba haberse bajado del caballo. Tal vez se hubiera caído. Eso tampoco lo recordaba. Se encontró de repente a cuatro patas en la arena, temblando, sollozando, vomitando.

«No —pensaba sin cesar—, no, no, nadie tenía que resultar herido, todo estaba planeado, tuve mucho cuidado.»

—¡A por él! —oyó gritar a Areo Hotah—. Que no escape, ¡a por él!

Myrcella estaba en el suelo, sollozante y temblorosa, con las manos en la cara blanca. Le corría sangre entre los dedos. Arianne no entendía nada. Algunos hombres cogían a los caballos, otros corrían hacia ella y hacia sus acompañantes, pero nada tenía sentido. Estaba presa de un sueño, de una espantosa pesadilla roja.

«No puede ser verdad. Pronto me despertaré y me reiré de mis terrores nocturnos.»

No ofreció resistencia cuando la cogieron para atarle las manos a la espalda. Uno de los guardias tiró de ella para ponerla en pie. Vestía los colores de su padre. Otro se agachó y le quitó de la bota el cuchillo arrojadizo, regalo de su prima, Lady Nym.

Areo Hotah lo cogió y lo examinó con el ceño fruncido.

—El príncipe ha dado orden de que os lleve a Lanza del Sol —anunció. Tenía las mejillas y la frente llenas de salpicaduras de la sangre de Arys Oakheart—. Lo siento mucho, princesita.

Arianne alzó el rostro deshecho en lágrimas.

—¿Cómo era posible que lo supiera? —le preguntó al capitán—. Tuve mucho cuidado. ¿Cómo era posible que lo supiera?

—Alguien habló. —Hotah se encogió de hombros—. Siempre hay alguien que habla.

Arya

Todas las noches, antes de quedarse dormida, murmuraba la plegaria contra la almohada.

—Ser Gregor —decía—. Dunsen, Raff el Dulce, Ser Ilyn, Ser Meryn, la reina Cersei.

También habría susurrado los nombres de los Frey del Cruce, de haberlos conocido.

«Algún día sabré cómo se llaman —se dijo—, y los mataré a todos.»

No había susurro tan tenue que no se oyera en la Casa de Blanco y Negro.

—Niña —le dijo un día el hombre bondadoso—, ¿qué son esos nombres que susurras por las noches?

—No susurro ningún nombre —replicó.

—Mientes —dijo él—. Todo el mundo miente cuando tiene miedo. Algunos dicen muchas mentiras; otros, pocas. Algunos solo tienen una gran mentira y la dicen tan a menudo que casi llegan a creerla... Aunque en su interior siempre sabrán que sigue siendo mentira, y eso se reflejará en su rostro. Háblame de esos nombres.

Ella se mordisqueó el labio.

—Los nombres no importan.

—Sí que importan —insistió el hombre bondadoso—. Háblame, niña.

«Háblame o te echaremos», fue lo que oyó.

—Son personas a las que odio. Quiero que mueran.

—En esta casa oímos muchas plegarias como esa.

—Lo sé —dijo Arya.

Jaqen H'ghar había cumplido tres de sus plegarias.

«Solo tuve que susurrar....»

—¿Por eso has acudido a nosotros? —continuó el hombre bondadoso—. ¿Para aprender nuestras artes y poder matar a esos hombres que odias?

Arya no supo qué responder.

—Puede.

—En ese caso, te has equivocado de lugar. No te corresponde a ti decidir quién vive y quién muere. Ese don solo lo posee El que Tiene Muchos Rostros. Nosotros no somos más que sus siervos; hemos jurado hacer su voluntad.

—Ah. —Arya examinó las estatuas que se alzaban a lo largo de las paredes, con velas encendidas en torno a sus pies—. ¿Cuál de esos dioses es?

—Todos, claro —respondió el sacerdote vestido de blanco y negro.

Nunca le había dicho su nombre. Tampoco se lo había dicho la niña abandonada, la chiquilla de ojos grandes y rostro demacrado que le recordaba a otra niñita llamada Comadreja. Al igual que Arya, la niña abandonada vivía bajo el templo, con tres acólitos, dos criados y una cocinera llamada Umma. A Umma le gustaba hablar mientras trabajaba, pero Arya no entendía ni una palabra de lo que decía. Los demás no tenían nombre, o preferían no decirlo. Uno de los criados era muy viejo, andaba con la espalda encorvada como un arco. El segundo era de rostro rubicundo, y le salían pelos de las orejas. Había pensado que eran mudos hasta que los oyó rezar. Los acólitos eran más jóvenes. El mayor tenía la edad de su padre; los otros dos no serían mucho mayores que Sansa, la que había sido su hermana. Los acólitos también vestían de blanco y negro, pero sus túnicas no llevaban capucha, y eran negras por la izquierda y blancas por la derecha. La del hombre bondadoso y la de la niña abandonada tenían los colores al revés. A Arya le habían dado ropa de sirvienta: una túnica de lana sin teñir, calzones amplios, ropa interior de lino y zapatillas de tela.

El único que hablaba la lengua común era el hombre bondadoso.

—¿Quién eres? —le preguntaba todos los días.

—Nadie —respondía ella, que había sido Arya de la Casa Stark, Arya Entrelospiés, Arya Caracaballo... También había sido Arry, Comadreja, Perdiz, Salina, Nan la copera, un ratón gris, una oveja, el fantasma de Harrenhal...

Pero no de verdad, no en lo más profundo de su corazón. Ahí era Arya de Invernalia, la hija de Lord Eddard Stark y Lady Catelyn, que en otro tiempo tuvo tres hermanos llamados Robb, Bran y Rickon, una hermana llamada Sansa, una loba huargo llamada Nymeria y un hermano paterno llamado Jon Nieve. Ahí era alguien... Pero no era la respuesta que él quería.

Sin un idioma compartido, Arya no tenía manera de hablar con los demás. Lo que hacía era escucharlos, y mientras trabajaba repetía para sus adentros las palabras que oía. El acólito más joven era ciego, y pese a ello se encargaba de las velas. Recorría el templo con sus zapatillas de tela, rodeado por los murmullos de las ancianas que acudían día tras día para rezar. A pesar de no tener ojos, siempre sabía qué velas se habían apagado.

—Se guía por el olfato —le explicó el hombre bondadoso—. Y donde hay una vela ardiendo, el aire es más cálido. —Le dijo que cerrara los ojos y probara a hacerlo ella.

Rezaban al amanecer antes del desayuno, todos de rodillas en torno al tranquilo estanque negro. Algunos días, el que dirigía la plegaria era el hombre bondadoso; otros, la niña abandonada. Arya solo sabía unas cuantas palabras de braavosi, las que eran iguales en alto valyrio, de modo que rezaba su propia oración al Dios de Muchos Rostros, la que decía «Ser Gregor, Dunsen, Raff el Dulce, Ser Ilyn, Ser Meryn, la reina Cersei». Rezaba en silencio. Si el Dios de Muchos Rostros era un dios de verdad, la oiría de todos modos.

Todos los días llegaban fieles a la Casa de Blanco y Negro. Casi todos acudían solos y se sentaban también solos; encendían velas en un altar u otro, rezaban junto al estanque y a veces lloraban. Unos cuantos bebían de la copa negra y se echaban a dormir; la mayoría no bebía. No había misas, ni canciones, ni coros de alabanzas para complacer al dios. El templo nunca estaba lleno. De cuando en cuando, un fiel pedía ver a un sacerdote, y el hombre bondadoso o la niña abandonada lo llevaban abajo, al santuario. Pero no sucedía a menudo.

A lo largo de las paredes se alzaban treinta dioses diferentes, todos rodeados de lucecitas. Arya se dio cuenta de que la Mujer que Llora era la favorita de las ancianas; los hombres adinerados preferían al León de Noche, y los pobres, al Peregrino Encapuchado. Los soldados encendían velas a Bakkalon, el Niño Pálido; los marineros, a la Doncella Clara de Luna y al Rey Pescadilla. El Desconocido también tenía su altar, pero eran muy pocos los que acudían a él. La mayor parte del tiempo tenía una vela solitaria encendida a sus pies. El hombre bondadoso decía que eso no importaba.

—Tiene muchos ojos, y muchos oídos para escuchar.

La colina en la que se alzaba el templo estaba encima de un laberinto de pasadizos excavados en la roca. Los sacerdotes y acólitos tenían sus celdas en el primer nivel; Arya y los sirvientes, en el segundo. El acceso al tercero, el inferior, les estaba prohibido a todos excepto a los sacerdotes. Allí era donde se encontraba el santuario sagrado.

Cuando no estaba trabajando, Arya tenía libertad para vagar libremente por las criptas y almacenes, siempre y cuando no saliera del templo ni bajara al tercer sótano. Había encontrado una sala llena de armas y armaduras: yelmos ornamentados, extrañas corazas antiguas, espadas largas, puñales, cuchillos, ballestas y lanzas altas con la punta en forma de hoja. Otra cripta estaba abarrotada de ropa: pieles gruesas y sedas lujosas de medio centenar de colores, junto a montones de harapos malolientes y túnicas bastas y desgastadas.

«Seguro que también hay una cripta con tesoros», decidió Arya. Se imaginaba pilas de bandejas doradas, sacos de monedas de plata, zafiros azules como el mar, hileras de gruesas perlas verdes.

Un día, el hombre bondadoso se le acercó de manera inesperada y le preguntó qué hacía. Ella le dijo que se había extraviado.

—Mientes. Y lo que es peor, mientes mal. ¿Quién eres?

—Nadie.

—Otra mentira —suspiró.

Weese le habría dado una paliza de muerte si la hubiera pescado mintiendo, pero en la Casa de Blanco y Negro todo era diferente. Cuando estaba ayudando en la cocina, Umma le daba a veces con la cuchara si se cruzaba en su camino, pero nadie más le había levantado la mano.

«Solo levantan la mano para matar», pensó.

Se llevaba bastante bien con la cocinera. Umma le ponía un cuchillo en la mano y le señalaba una cebolla, y Arya la picaba. Umma la empujaba hasta un montón de masa, y Arya la amasaba hasta que la cocinera le decía «basta» (fue la primera palabra braavosi que aprendió). Umma le tendía un pescado, y Arya le quitaba las espinas, sacaba los filetes y los pasaba por los frutos secos que la cocinera estaba machacando. Las aguas salobres que rodeaban Braavos eran una gran fuente de pescado y marisco de todo tipo, según le explicó el hombre bondadoso. Un río de aguas lentas y oscuras procedente del sur entraba en la laguna, serpenteando entre juncos, lagos rocosos y lodazales. Allí abundaban las almejas y los berberechos, lucios, ranas y tortugas, todo tipo de cangrejos, anguilas rojas, anguilas negras, anguilas rayadas, lampreas y ostras... que aparecían con frecuencia en la mesa de madera tallada donde comían los sirvientes del Dios de Muchos Rostros. Algunas noches, Umma condimentaba el pescado con sal marina y granos de pimienta, o guisaba las anguilas con ajo picado. Muy de tarde en tarde, hasta ponía un poco de azafrán.

«A Pastel Caliente le habría gustado esto», pensó Arya.

La cena era su momento favorito. Había pasado mucho tiempo desde la última vez que se había acostado tantas noches seguidas con la tripa llena. Algunas veladas, el hombre bondadoso permitía que le preguntara. Una vez le había preguntado por qué los que acudían al templo parecían siempre tan en paz; en el lugar del que procedía, la gente tenía miedo de morir. Recordaba cómo había llorado el escudero de las espinillas cuando le clavó la espada en el vientre y cómo había suplicado Ser Amory Lorch cuando la Cabra lo mandó tirar al foso de los osos. Recordaba el pueblo situado junto al Ojo de Dioses y cómo chillaban, gritaban y gimoteaban los aldeanos siempre que el Cosquillas empezaba a preguntar por el oro.

—La muerte no es lo peor que puede pasar —le respondió el hombre bondadoso—. Es Su regalo para nosotros, el fin de los anhelos y el dolor. El día en que nacemos, el Dios de Muchos Rostros nos envía a cada uno un ángel oscuro que recorre la vida a nuestro lado. Cuando nuestros pecados y sufrimientos son una carga demasiado grande, el ángel nos toma de la mano y nos lleva a las tierras de la noche, donde las estrellas brillan siempre. Los que vienen a beber de la copa negra están buscando a sus ángeles. Si tienen miedo, las velas los tranquilizan. ¿En qué piensas cuando hueles nuestras velas, mi niña?

«En Invernalia —le podría haber respondido—. Huelen a nieve, a humo y a agujas de pino. Huelen a los establos. Huelen a las risas de Hodor, y a Jon y a Robb entrenándose juntos en el patio, y a Sansa cantando alguna canción idiota sobre alguna bella dama. Huelen a las criptas donde están sentados los reyes de piedra; huelen a pan caliente en el horno; huelen al bosque de dioses. Huelen a mi loba y huelen a su pelaje; es casi como si la tuviera al lado.»

—A nada —respondió para ver qué le decía.

—Mientes —dijo—, pero si lo deseas eres libre de conservar tus secretos, Arya de la Casa Stark. —Solo la llamaba así cuando lo decepcionaba—. Ya sabes que puedes marcharte. No eres una de nosotros, al menos por ahora. Te puedes ir a casa cuando quieras.

—Me dijiste que si me marchaba, no podría volver.

—Así es.

Aquellas palabras la entristecieron. «Es lo mismo que decía Syrio —recordó Arya—. Lo decía muchas veces.» Syrio Forel la había enseñado a manejar *Aguja* y había muerto por ella.

—No quiero marcharme.

—Quédate, pues... Pero recuerda que la Casa de Blanco y Negro no es ningún orfanato. Bajo este techo, todo hombre tiene que servir. Como decimos, *Valar dohaeris.* Quédate si quieres, pero has de saber que te exigiremos obediencia. En todo momento y en todo sentido. Si no puedes obedecer, tendrás que marcharte.

—Puedo obedecer.

—Ya lo veremos.

Además de ayudar a Umma tenía otras tareas. Barría los suelos del templo, servía las comidas, clasificaba los montones de ropa de los muertos, vaciaba sus bolsos y contaba montones de moneditas. Todas las mañanas acompañaba al hombre bondadoso cuando recorría el templo en busca de los muertos.

«Silenciosa como una sombra», se decía, recordando a Syrio. Ella llevaba un farol con gruesos postigos de hierro. Al llegar a cada nicho abría una rendija para iluminarlo por si había cadáveres.

No era difícil encontrar a los muertos. Llegaban a la Casa de Blanco y Negro, rezaban una hora, un día o un año, bebían el agua dulce del estanque y se tumbaban en un lecho de piedra, tras un dios u otro. Cerraban los ojos, se dormían y no volvían a despertar.

—El regalo del Dios de Muchos Rostros adopta una miríada de formas —le dijo el hombre bondadoso—, pero aquí siempre es gentil.

Cuando encontraban un cadáver, recitaba una plegaria, se aseguraba de que la vida había abandonado el cuerpo, y enviaba a Arya a buscar a los sirvientes, los encargados de transportar al muerto a las criptas. Allí, los acólitos desnudaban a los muertos y los lavaban. La ropa, las monedas y los objetos valiosos iban a parar a un bidón, para clasificarlos. Luego llevaban su carne inerte al santuario inferior, donde solo podían entrar los sacerdotes; a Arya no se le permitía saber qué sucedía allí. En cierta ocasión, mientras cenaba, una sospecha espantosa se apoderó de ella. Dejó el cuchillo en la mesa y observó con desconfianza un filete de carne de color claro. El hombre bondadoso vio el espanto dibujado en su rostro.

—Solo es cerdo, niña —le dijo—. Solo es cerdo.

Su cama era de piedra, y le recordaba a Harrenhal y al lecho donde había dormido cuando Weese le hacía fregar escaleras. El colchón estaba lleno de trapos en vez de paja, de manera que tenía más bultos que el de Harrenhal, pero también arañaba menos. Le daban tantas mantas como quería, mantas gruesas de lana, rojas, verdes y a cuadros. Y su celda era solo para ella. Allí era donde conservaba sus tesoros: el tenedor de plata, el gorro y los mitones que le habían regalado los marineros de la *Hija del Titán,* su puñal, las botas, el cinturón, la bolsita de monedas, la ropa con la que había llegado...

Y *Aguja.*

Cuando sus obligaciones le dejaban un poco de tiempo, practicaba siempre que podía, se batía con su sombra a la luz de una vela azul. Una noche, la niña abandonada pasó por casualidad y vio a Arya entrenándose con la espada. No le dijo nada, pero al día siguiente el hombre bondadoso fue con Arya a su celda.

—Vas a tener que deshacerte de todo esto. —Se refería a sus tesoros. Arya se quedó conmocionada.

—Son mis cosas.

—¿Y quién eres tú?

—Nadie.

Él cogió el tenedor de plata.

—Esto le pertenece a Arya de la Casa Stark. Todas estas cosas le pertenecen. Aquí no hay lugar para ellas. Aquí no hay lugar para ella. Su nombre es demasiado orgulloso, y el orgullo no tiene cabida aquí. Aquí somos sirvientes.

—Yo sirvo —replicó, ofendida.

Le gustaba el tenedor de plata.

—Te haces pasar por sirvienta, pero en tu corazón eres la hija de un señor. Has adoptado otros nombres, pero son tan superficiales como un vestido que llevaras puesto. Por debajo de ellos siempre está Arya.

—No llevo vestidos. Con un estúpido vestido no se puede luchar.

—¿Por qué quieres luchar? ¿Qué eres? ¿Un jaque que va por los callejones en busca de bronca? —Suspiró—. Antes de beber de la copa fría, tienes que ofrecerle todo lo que eres a El que Tiene Muchos Rostros. Tu cuerpo. Tu alma. Tú misma. Si no vas a poder hacerlo, debes marcharte de este lugar.

—La moneda de hierro...

—... te pagó el pasaje para llegar hasta aquí. A partir de ahora tienes que pagar tú, y el precio es alto.

—No tengo oro.

—Lo que ofrecemos no se puede comprar con oro. El precio eres tú, toda tú. Los hombres recorren muchos caminos en este valle de lágrimas y dolor. El nuestro es el más duro; pocos son los que lo siguen. Hace falta una gran fortaleza de cuerpo y espíritu, y un corazón que sea fuerte y duro a la vez.

«Tengo un agujero donde antes tenía el corazón —pensó ella—, y ningún lugar adonde ir.»

—Soy fuerte. Tan fuerte como tú. Soy dura.

—Crees que este es el único lugar donde puedes estar. —Era como si le leyera el pensamiento—. En eso te equivocas. Podrías servir en la casa de algún mercader; no sería tan duro. ¿O preferirías ser una cortesana y que se cantaran canciones dedicadas a tu belleza? Solo tienes que decirlo y te enviaremos con la Perla Negra o con la Hija del Ocaso. Dormirás entre pétalos de rosa y vestirás faldas de seda que susurrarán cuando camines, y grandes señores darán todo lo que tienen por tu sangre de doncella. Si lo que deseas es un matrimonio e hijos, dímelo y te buscaremos un marido. Algún aprendiz honrado, un viejo rico, un marino, lo que quieras.

No quería nada de eso. Sacudió la cabeza, sin palabras.

—¿Con qué sueñas, niña? ¿Con Poniente? La *Dama Luminosa* de Luco Prestayn zarpa mañana en dirección a Puerto Gaviota, Valle Oscuro, Desembarco del Rey y Tyrosh. ¿Quieres que te consigamos pasaje a bordo?

—Acabo de llegar de Poniente. —A veces le parecía que habían pasado siglos desde que huyera de Desembarco del Rey, y a veces le parecía que había sido el día anterior, pero sabía muy bien que no podía volver—. Si no me quieres aquí, me iré, pero no allí.

—Lo que yo quiera no importa —respondió el hombre bondadoso—. Puede que el Dios de Muchos Rostros te haya guiado hasta nosotros para que seas Su instrumento, pero cuando te miro veo solo a una niña... Ni siquiera a un niño, a una niña. Muchos han servido a El que Tiene Muchos Rostros a lo largo de los siglos, pero solo unos pocos eran mujeres. Las mujeres traen vida al mundo. Nosotros traemos el regalo de la muerte. Nadie puede hacer las dos cosas.

«Intenta asustarme para que me vaya —pensó Arya—, igual que hizo con el gusano.»

—Eso no me importa.

—Pues debería. Si permaneces aquí, el Dios de Muchos Rostros se quedará con tus orejas, con tu nariz, con tu lengua. Se quedará con esos tristes ojos grises que tanto han visto. Se quedará con tus manos, tus pies, tus brazos, tus piernas, tus partes íntimas. Se quedará con tus sueños y esperanzas, con lo que amas y con lo que odias. Los que entran a Su servicio tienen que renunciar a todo lo que los convierte en quienes son. ¿Serás capaz? —Le cogió la barbilla con la mano y la miró a los ojos con tal intensidad que Arya se estremeció—. No —dijo—. No creo que puedas.

Arya le apartó la mano de golpe.

—Podría, si me diera la gana.

—Eso dice Arya de la Casa Stark, la comedora de gusanos.

—¡Puedo renunciar a cualquier cosa si quiero!

El hombre señaló sus tesoros.

—Pues empieza por esto.

Aquella noche, después de cenar, Arya volvió a su celda, se quitó la túnica y susurró los nombres, pero no pudo conciliar el sueño. Dio vueltas y más vueltas en su colchón relleno de trapos mientras se mordisqueaba el labio. Sentía el agujero en su interior, allí donde había tenido el corazón.

En lo más oscuro de la noche se volvió a levantar, se puso la ropa con que había llegado de Poniente y se abrochó el cinto. *Aguja* le colgaba a un lado de las caderas, y el puñal, del otro. Con el gorro calado, los mitones remetidos bajo el cinturón y el tenedor de plata en la mano, caminó sigilosa escaleras arriba.

«Aquí no hay lugar para Arya de la Casa Stark —pensó. El lugar de Arya estaba en Invernalia, pero Invernalia había desaparecido—. Cuando caen las nieves y soplan los vientos fríos, el lobo solitario muere, pero la manada sobrevive.» Y ella no tenía manada. Habían matado a su manada, ellos, Ser Ilyn, Ser Meryn y la Reina, y cuando trataba de buscarse una manada nueva, todos huían: Pastel Caliente, Gendry, Yoren y Lommy Manosverdes, hasta Harwin, que había servido a su padre. Empujó las puertas y salió a la noche.

Era la primera vez que salía desde que había llegado al templo. El cielo estaba encapotado, y la niebla cubría el suelo como una manta gris deshilachada. A su derecha oyó los chapoteos del canal.

«Braavos, la Ciudad Secreta», pensó. Era un nombre muy adecuado. Bajó por las escaleras empinadas hasta el atracadero cubierto, con la niebla enroscada a los tobillos. Era tan densa que no alcanzaba a ver el agua, pero la oía lamer con suavidad los pilares. A lo lejos, una luz brillaba en la penumbra: la hoguera nocturna del templo de los sacerdotes rojos, pensó.

Se detuvo al borde del agua, con el tenedor de plata en la mano. Era plata de verdad, sólida.

«No es mi tenedor. Se lo regalaron a Salina.» Lo dejó caer y oyó la ligera salpicadura cuando se hundió en el agua.

Lo siguieron el gorro y los guantes. También eran de Salina. Se vació la bolsa en la mano: cinco venados de plata, nueve estrellas de cobre y unas cuantas monedas menudas. Las tiró al agua. A continuación, las botas. Fueron lo que más ruido hizo al caer. Después, el puñal que había obtenido del arquero que le había suplicado clemencia al Perro. Su cinto cayó al canal. Su capa, su túnica, sus calzones, su ropa interior, todo. Todo menos *Aguja.*

Se quedó en el extremo del muelle, con la piel blanca y el vello erizado, tiritando en medio de la niebla. En su mano, *Aguja* parecía susurrar. «Tienes que clavarla por el extremo puntiagudo», decía, y «¡Que no se entere Sansa!» La marca de Mikken estaba en la hoja.

«No es más que una espada.» Si le hacía falta una espada, había cientos en los sótanos del templo. *Aguja* era demasiado pequeña, no era una espada de verdad, en realidad se trataba de poco más que un juguete. Ella no era más que una niñita idiota cuando Jon se la regaló.

—No es más que una espada —dijo con determinación.

Pero sí que era algo más.

Aguja era Robb, Bran, Rickon, su madre y su padre, hasta Sansa. *Aguja* era los muros grises de Invernalia y las risas de sus habitantes. *Aguja* era las nieves de verano, los cuentos de la Vieja Tata, el árbol corazón con sus hojas rojas y su rostro aterrador, el cálido olor a tierra de los jardines de cristal, el sonido del viento del norte contra los postigos de su habitación. *Aguja* era la sonrisa de Jon Nieve.

«Me revolvía el pelo y me llamaba hermanita», recordó, y de repente se le llenaron los ojos de lágrimas.

Polliver le había robado la espada cuando los hombres de la Montaña la cogieron prisionera, pero cuando el Perro y ella entraron en aquella posada de la encrucijada, allí estaba.

«Los dioses querían que la tuviera. —No los Siete, ni El que Tiene Muchos Rostros, sino los dioses de su padre, los antiguos dioses del Norte—. El Dios de Muchos Rostros se puede quedar con todo lo demás —pensó—, pero con esto, no.»

Volvió a subir por las escaleras, desnuda como en su día del nombre, con *Aguja* en la mano. A mitad de camino, una piedra se movió bajo sus pies. Arya se arrodilló y cavó por los bordes con los dedos. Al principio no se movía más, pero se empecinó, arrancando la argamasa quebradiza con las uñas. Por fin, la piedra quedó suelta. Arya gruñó, la agarró con ambas manos y tiró. Una hendidura se abrió ante ella.

—Aquí estarás a salvo —le dijo a *Aguja*—. Solo yo sabré dónde te encuentras.

Metió la espada con su vaina bajo la piedra, y volvió a colocarlo en su sitio para que pareciera igual que los demás. Contó los peldaños de regreso al templo para saber dónde podría encontrar la espada cuando la buscara. Tal vez la necesitara algún día.

—Algún día —susurró.

No le dijo al hombre bondadoso lo que había hecho, pero él lo supo. A la noche siguiente fue a su celda después de cenar.

—Niña —le dijo—, ven y siéntate a mi lado. Quiero contarte una historia.

—¿Qué clase de historia? —le preguntó con desconfianza.

—La historia de nuestros comienzos. Si vas a ser de los nuestros, tienes que saber quiénes somos y cómo hemos llegado a serlo. La gente habla en susurros de los Hombres sin Rostro de Braavos, pero somos más antiguos que la Ciudad Secreta. Antes de que se alzara el Titán, antes del Desenmascaramiento de Uthero, antes de la Fundación, ya existíamos nosotros. Hemos florecido en Braavos, entre estas nieblas norteñas, pero antes tuvimos las raíces en Valyria, entre los esclavos que se afanaban en las minas profundas, bajo las Catorce Llamas que iluminaban las antiguas noches del Feudo Franco. Casi todas las minas son húmedas y gélidas, excavadas en piedra fría y muerta, pero las Catorce Llamas eran montañas vivas, con venas de roca fundida y corazones de fuego. Así que en las minas de la antigua Valyria siempre hacía calor, más calor cuanto más hondos eran los pozos. Los esclavos trabajaban en un horno. Las rocas que tenían alrededor estaban demasiado calientes para tocarlas. El aire apestaba a azufre; les calcinaba los pulmones cuando lo respiraban. Por gruesas que fueran las suelas de sus sandalias, tenían las plantas de los pies quemadas y llenas de ampollas. A veces, cuando horadaban una pared en busca de oro, encontraban en su lugar vapor, o agua hirviendo, o roca fundida. Algunos pozos tenían el techo tan bajo que los esclavos no podían caminar: tenían que ir agachados o arrastrándose. Y además, en aquella oscuridad candente había gusanos.

—¿Lombrices de tierra? —preguntó con el ceño fruncido.

—Gusanos de fuego. Hay quien dice que son parientes de los dragones, porque también respiran llamas. En vez de surcar los cielos, cavaban agujeros en la piedra y en la tierra. Si consideramos fidedignas las antiguas historias, ya había gusanos de fuego entre las Catorce Llamas incluso antes de que aparecieran los dragones. Los jóvenes no son más grandes que ese bracito flaco que tienes, pero pueden alcanzar un tamaño monstruoso, y no les gustan los hombres.

—¿Mataban a los esclavos?

—A menudo se encontraban en los pozos cadáveres quemados y ennegrecidos, allí donde había agujeros en las rocas. Pero las minas eran cada vez más profundas. Los esclavos perecían a docenas, pero a su amos no les importaba. El oro rojo, el oro amarillo y la plata tenían más valor que la vida de los esclavos, porque en el antiguo Feudo Franco, los esclavos eran baratos. Durante la guerra, los valyrios los capturaban por millares. En tiempos de paz los criaban, aunque a la oscuridad roja solo enviaban a morir a los peores.

—¿Y no se rebelaban y luchaban?

—Algunos sí. En las minas eran habituales las revueltas, pero pocas fueron las que prosperaron. Los Señores Dragón del antiguo Feudo Franco tenían hechicerías poderosas; los hombres simples que los desafiaban lo podían pagar muy caro. El primer Hombre sin Rostro fue uno de ellos.

—¿Quién era? —preguntó Arya sin contenerse, sin pensar.

—Nadie —respondió él—. Hay quien dice que se trataba de un esclavo. Otros, que era el hijo de un feudense, nacido de noble cuna. Algunos hasta te dirán que era un capataz que se apiadó de los hombres que vigilaba. Lo cierto es que nadie lo sabe. Fuera quien fuera, se movía entre los esclavos y escuchaba sus oraciones. En las minas trabajaban hombres de cien naciones diferentes. Cada uno rezaba a su propio dios y en su propio idioma, pero todos pedían lo mismo: pedían la liberación, que se acabara su dolor. Algo tan sencillo, tan simple... Pero sus dioses no respondían, y los hombres seguían sufriendo. "¿Acaso todos sus dioses están sordos?", se preguntaba. Hasta que una noche, en la oscuridad roja, comprendió qué pasaba.

»Todos los dioses tienen instrumentos, hombres y mujeres que los sirven y ayudan a que se haga su voluntad en la tierra. Los esclavos no suplicaban a cien dioses diferentes, como podía parecer, sino a un único dios con cien rostros diferentes. Y él era el instrumento de ese dios. Aquella misma noche eligió al más miserable de los esclavos, el que más había rezado pidiendo la liberación, y eso hizo: lo liberó de sus ataduras. Había entregado el primer regalo.

Arya se apartó de él.

—¿Mató a un esclavo? —Aquello no le parecía bien—. ¡Tendría que haber matado a los amos!

—También a ellos les llevaría el regalo, pero esa es otra historia, que es mejor no compartir con nadie. —Inclinó la cabeza hacia un lado—. ¿Y quién eres tú, niña?

—Nadie.

—Mentira.

—¿Cómo lo sabes? ¿Es cosa de magia?

—Si se tienen ojos, no hace falta ser mago para distinguir lo verdadero de lo falso. Solo hay que saber leer un rostro. Mirar los ojos. La boca. Estos músculos, los de la mandíbula, y estos de aquí, donde el cuello se une a los hombros. —La rozó con dos dedos—. Algunos mentirosos parpadean. Otros fijan la mirada. Otros apartan la vista. Los hay que se humedecen los labios. Algunos se tapan la boca justo antes de mentir, para ocultar la falsedad. Hay otras señales, tal vez más sutiles, pero siempre están presentes. Una sonrisa falsa y una sincera pueden parecerse, pero son tan diferentes como el amanecer y el anochecer. ¿Tú distingues el amanecer del anochecer?

Arya asintió, aunque no estaba segura.

—Entonces puedes aprender a distinguir una mentira. Y entonces no habrá secreto que esté a salvo de ti.

—Enséñame.

Sería nadie, si eso era lo que hacía falta. Nadie no tenía un agujero en su interior.

—Ella te enseñará —dijo el hombre bondadoso cuando la niña abandonada apareció en la puerta—. Empezando por la lengua de Braavos. ¿De qué sirves si no puedes hablar ni entender lo que te dicen? Y tú le enseñarás a ella tu idioma. Las dos aprenderéis juntas, la una de la otra. ¿De acuerdo?

—Sí —dijo, y a partir de aquel momento se convirtió en novicia en la Casa de Blanco y Negro.

Se llevaron su atuendo de sirvienta y le dieron una túnica blanca y negra, tan suave como la vieja manta roja que había tenido en Invernalia. Bajo ella llevaba ropa interior de fino lino blanco, y una enagua que le llegaba por debajo de las rodillas.

A partir de entonces, la niña y ella pasaron muchas horas juntas, tocando cosas, señalando, intentando enseñarse mutuamente unas cuantas palabras de sus respectivos idiomas. Al principio eran palabras sencillas, como *copa, vela* o *zapato.* Luego pasaron a otras más difíciles, y luego, a las frases. En otros tiempos, Syrio Forel le ordenaba que se sostuviera en una sola pierna hasta que ella acababa temblando. Más tarde la había enviado a cazar gatos. Había bailado la danza del agua en las ramas de los árboles, con una espada de madera en la mano. Todo aquello fue difícil, pero lo que estaba haciendo entonces era más difícil todavía.

«Hasta coser era más divertido que aprender idiomas —se dijo una noche, después de olvidar la mitad de las palabras que creía saber y pronunciar la otra mitad tan mal que la niña se había reído de ella—. Hago unas frases tan mal hilvanadas como las puntadas que daba. —Si la niña no hubiera sido tan menuda y demacrada, a Arya le habrían dado ganas de partirle aquella cara de idiota. Pero se limitó a mordisquearse el labio—. Demasiado idiota para aprender y demasiado idiota para rendirme.»

La niña abandonada aprendía la lengua común mucho más deprisa. Un día, durante la cena, se volvió hacia Arya

—¿Quién eres? —le preguntó.

—Nadie —respondió Arya en braavosi.

—Mientes —dijo la niña—. Debes mentir más bien.

Arya se echó a reír.

—¿Más bien? Querrás decir mejor, idiota.

—Mejor idiota. Te enseño.

Al día siguiente empezaron con el juego de las mentiras: se hacían preguntas por turno, y a veces respondían la verdad y a veces mentían. La que hacía la pregunta tenía que intentar adivinar cuándo era verdadera la respuesta y cuándo falsa. La niña abandonada siempre parecía saberlo. Arya tenía que adivinar, y se equivocaba la mayoría de las veces.

—¿Cuántos años? —le preguntó una vez la niña en la lengua común.

—Diez —respondió Arya mostrando diez dedos.

Creía que aún tenía diez años, aunque no estaba segura del todo. Los braavosis no contaban los días de la misma forma que en Poniente. Tal vez ya hubiera pasado su día del nombre.

La niña asintió. Arya asintió también, y buscó las palabras en braavosi.

—¿Cuántos años tienes tú?

La niña le mostró diez dedos. Luego diez otra vez, diez una vez más, y luego, seis. Su rostro permaneció tan inexpresivo como las aguas en calma.

«No puede tener treinta y seis años —pensó Arya—. Es una niña.»

—Es mentira —dijo.

La niña sacudió la cabeza y volvió a hacer el gesto: diez, diez y diez, y luego seis. Dijo «treinta y seis» en braavosi, e hizo que Arya lo repitiera.

Al día siguiente le comentó al hombre bondadoso lo que le había dicho la niña abandonada.

—No te mintió —respondió el sacerdote con una risita—. Esa a la que tú llamas *niña abandonada* es una mujer madura que se ha pasado la vida al servicio de El que Tiene Muchos Rostros. Le entregó todo lo que era, todo lo que podía llegar a ser, todas las vidas que había en su interior.

Arya se mordisqueó el labio.

—¿Seré como ella?

—No —replicó el hombre—. A menos que lo desees, claro. Lo que le da el aspecto que ves son los venenos.

«Venenos.» Entonces lo comprendió todo. Todas las noches, después de las oraciones, la niña vaciaba una frasca de piedra en las aguas del estanque negro.

La niña y el hombre bondadoso no eran los únicos sirvientes del Dios de Muchos Rostros. De cuando en cuando llegaban otros a visitar la Casa de Blanco y Negro. El gordo tenía los ojos negros y llameantes, la nariz ganchuda y una boca grande de dientes amarillentos. El del rostro severo no sonreía nunca; sus ojos eran claros, sus labios, gruesos y oscuros. El guapo llevaba la barba de un color diferente cada vez que lo veía, y también una nariz diferente, pero nunca dejaba de ser atractivo. Esos tres eran los que acudían más a menudo, aunque había otros: el bizco, el joven señor, el hambriento... En cierta ocasión, el gordo y el bizco llegaron juntos. Umma envió a Arya para que les sirviera las bebidas.

—Cuando no les estés sirviendo tienes que estar tan quieta como si estuvieras esculpida en piedra —le dijo el hombre bondadoso—. ¿Serás capaz?

—Sí.

«Antes de aprender a moverte tienes que aprender a estar quieta», le había enseñado Syrio Forel en Desembarco del Rey, hacía mucho tiempo. Y ella había aprendido. Había servido a Roose Bolton como copera en Harrenhal, y aquel hombre mandaba azotar a quienes derramaban el vino.

—Bien —dijo el hombre bondadoso—. Lo mejor sería que también fueras ciega y sorda. Tal vez oigas cosas, pero tienes que dejar que te entren por un oído y te salgan por otro. No escuches.

Arya oyó mucho, mucho, aquella noche, pero casi todo en la lengua de Braavos, y apenas entendió una palabra de cada diez.

«Inmóvil como una piedra», se dijo. Lo más difícil era no bostezar. Antes de que acabara la noche tenía la mente en otra parte. Allí de pie, con la frasca en las manos, soñó que era una loba, que corría libre por un bosque a la luz de la luna, con una gran manada que aullaba tras ella.

—¿Todos los demás son sacerdotes? —le preguntó al hombre bondadoso a la mañana siguiente—. ¿Eran sus verdaderos rostros?

—¿Tú qué crees, niña?

«No», pensó ella.

—¿Jaqen H'ghar también es un sacerdote? ¿Sabes si Jaqen va a volver a Braavos?

—¿Quién? —preguntó él, todo inocencia.

—Jaqen H'ghar. El que me dio la moneda de hierro.

—No conozco a nadie que tenga ese nombre, niña.

—Le pregunté cómo cambiaba de cara, y me dijo que no era más difícil que cambiar de nombre para quien supiera hacerlo.

—¿De verdad?

—¿Me enseñarás a cambiar de cara?

—Como quieras. —Le cogió la barbilla con la mano y le hizo girar la cabeza—. Hincha las mejillas y saca la lengua. —Arya hinchó las mejillas y sacó la lengua—. Ya está. Ya has cambiado de cara.

—No quería decir eso. Jaqen hizo magia.

—Toda hechicería tiene un precio, niña. Hacen falta años de oraciones, estudio y sacrificios para conseguir un buen encantamiento.

—¿Años? —dijo con desaliento.

—Si fuera fácil, todo el mundo lo haría. Antes de correr hay que aprender a caminar. ¿Para qué utilizar un hechizo, si basta con trucos de titiritero?

—Tampoco sé trucos de titiritero.

—Pues practica haciendo muecas. Bajo la piel tienes músculos. Aprende a utilizarlos. Es tu cara. Tus mejillas, tus labios, tus orejas... La sonrisa y el ceño no deben asaltarte cuando menos lo esperes. La sonrisa debe estar a tu servicio, acudir solo cuando la llames. Aprende a gobernar tu rostro.

—Enséñame.

—Hincha las mejillas. —Lo hizo—. Arquea las cejas. No, más. —También obedeció—. Bien. Ahora, aguanta así tanto como puedas. No será mucho tiempo. Y prueba mañana otra vez. En las criptas hay un espejo myriense. Entrénate ante él una hora al día. Los ojos, las fosas nasales, las mejillas, las orejas, los labios... Aprende a controlarlo todo. —Le sujetó la barbilla con la mano—. ¿Quién eres?

—Nadie.

—Mentira. Una mentira patética, niña.

Al día siguiente buscó el espejo myriense, y por las mañanas y por las noches se sentaba ante él con una vela a cada lado para hacer muecas. «Domina tu rostro y podrás mentir», se dijo.

Poco después, el hombre bondadoso le ordenó que ayudara a los otros acólitos a preparar los cadáveres. No era un trabajo tan duro como el de fregar los escalones para Weese. A veces, si el cadáver era muy grande o gordo, el peso le daba problemas, pero la mayoría eran viejos sacos de huesos con la piel arrugada. Arya los contemplaba mientras los lavaba y se preguntaba qué los habría llevado al estanque negro. Recordó una historia que le había oído contar a la Vieja Tata, de como algunas veces, durante los inviernos largos, los hombres que habían vivido más de lo que les correspondía anunciaban que se iban de caza.

«Y sus hijas lloraban y sus hijos giraban el rostro hacia el fuego —casi oía decir a la Vieja Tata—, pero nadie los detenía, ni les preguntaba qué animales pensaban cazar con tanta nieve y con el viento gélido aullando.» Se preguntó qué les dirían los braavosis viejos a sus hijos antes de partir hacia la Casa de Blanco y Negro.

La luna recorrió todo su ciclo y lo volvió a recorrer, pero Arya no lo vio. Servía, lavaba a los muertos, hacía muecas ante los espejos, aprendía el idioma braavosi y trataba de recordar que no era nadie.

Un día, el hombre bondadoso la hizo llamar.

—Tienes un acento espantoso —le dijo—, pero sabes lo suficiente para hacerte entender a tu manera. Ha llegado el momento de que nos dejes durante un tiempo. El único modo de que domines de verdad nuestro idioma es que te veas obligada a hablarlo todos los días, de la mañana a la noche. Tienes que irte.

—¿Cuándo? —le preguntó—. ¿Adónde?

—Ahora —respondió él—. Más allá de estos muros están las cien islas de Braavos, en el mar. Ya sabes cómo se llaman los mejillones, los berberechos y las almejas, ¿no?

—Sí.

Le recitó las palabras en su mejor braavosi. Su mejor braavosi lo hizo sonreír.

—Con eso bastará. Ve a los muelles, bajo la Ciudad Ahogada, y busca a un pescador llamado Brosco. Es un buen hombre que tiene dolores de espalda. Le hace falta una chica que tire de la carretilla y les venda los berberechos, las almejas y los mejillones a los marineros de los barcos. Esa chica vas a ser tú. ¿Entendido?

—Sí.

—Y cuando Brosco te pregunte, ¿quién le dirás que eres?

—Nadie.

—No. Fuera de esta Casa no basta con eso.

Titubeó.

—Podría ser Salina, de Salinas.

—Ternesio Terys y los hombres de la *Hija del Titán* conocen a Salina. Tu forma de hablar te delata, así que tienes que ser una chica de Poniente. Pero otra chica.

—¿Puedo ser Gata? —Se mordisqueó el labio.

—Gata. —Meditó un instante—. Sí. Braavos está lleno de gatos. Nadie se fijará en uno más. Eres Gata, una huérfana de...

—Desembarco del Rey.

Había visitado Puerto Blanco con su padre en dos ocasiones, pero conocía mejor Desembarco.

—Muy bien. Tu padre era remero en una galera. Cuando murió tu madre, él te llevó al mar. Luego también murió, y como al capitán no le servías de nada, te echó del barco en Braavos. ¿Y cómo se llamaba el barco?

—*Nymeria* —replicó ella al momento.

Aquella noche salió de la Casa de Blanco y Negro. Llevaba al cinto un largo cuchillo de hierro escondido bajo la capa, una prenda remendada y descolorida propia de una huérfana. Los zapatos le hacían daño en los dedos de los pies, y la túnica estaba tan desgastada que sentía el mordisco del aire. Pero Braavos se extendía ante ella. El aire nocturno olía a humo, a sal y a pescado. Los canales describían curvas, y los callejones también. Los hombres la miraban con curiosidad al pasar; los niños mendigos le gritaban cosas que no entendía. No tardó mucho en estar completamente extraviada.

—Ser Gregor —entonó mientras cruzaba un puente de piedra soportado por cuatro arcos. Desde el centro alcanzó a ver los mástiles de los barcos, en el puerto del Trapero—. Dunsen, Raff el Dulce, Ser Ilyn, Ser Meryn, la reina Cersei.

Empezó a llover. Arya alzó el rostro para que las gotas de agua le corrieran por las mejillas; era tan feliz que tenía ganas de bailar.

—*Valar morghulis* —dijo—. *Valar morghulis, valar morghulis.*

Alayne

Cuando la luz del sol naciente empezó a entrar por las ventanas, Alayne se incorporó en la cama y se desperezó. Gretchel la oyó moverse, y al momento se levantó para llevarle la bata. Las habitaciones se habían enfriado mucho durante la noche.

«Y será mucho peor cuando nos envuelva el invierno —pensó—. Este lugar se volverá frío como una tumba.» Alayne se puso la bata y se la ató con el cinturón.

—El fuego se ha apagado casi del todo —observó—. Pon otro tronco, por favor.

—Como desee mi señora —respondió la anciana.

Las habitaciones de Alayne en la Torre de la Doncella eran más amplias y lujosas que el pequeño dormitorio que le habían asignado cuando aún vivía Lady Lysa. Tenía un vestidor y un retrete para ella sola, y un balcón de piedra blanca labrada desde donde se dominaba todo el Valle. Mientras Gretchel atizaba el fuego, Alayne recorrió la estancia descalza y salió al exterior. Sintió la piedra fría bajo los pies, y el viento soplaba fiero, como siempre allí arriba, pero las vistas hicieron que todo se le olvidara por un instante. La de la Doncella era la torre más oriental de las siete del Nido de Águilas, de modo que el Valle se extendía ante ella, con los bosques, los ríos y los brazos envueltos en bruma a la luz de la mañana. Al iluminar las montañas, el sol hacía que parecieran de oro macizo.

«Es tan hermoso.... —La cima nevada de la Lanza del Gigante se alzaba ante ella; una inmensidad de piedra y hielo que empequeñecía el castillo posado en su hombro. Carámbanos de siete varas de largo colgaban del borde del precipicio donde, en verano, caían las Lágrimas de Alyssa. Un halcón sobrevoló la cascada helada, con las alas azules extendidas contra el cielo de la mañana—. Ojalá tuviera alas yo también.»

Apoyó las manos en la balaustrada de piedra y se obligó a asomarse. Doscientas varas más abajo se alzaba Cielo, con los peldaños de piedra excavados en la montaña, el sendero serpenteante que pasaba por Nieve y Piedra hasta llegar al fondo del Valle. Divisó las torres y edificios de las Puertas de la Luna, diminutos como juguetes. Alrededor de las murallas, los ejércitos de los Señores Recusadores empezaban a cobrar vida, y los hombres salían de sus carpas como hormigas de un hormiguero.

«Ojalá fueran hormigas de verdad —pensó—. Podría pisarlas y aplastarlas.»

Lord Hunter, el Joven, y sus hombres se habían unido a los demás hacía dos días. Nestor Royce había cerrado las Puertas para detenerlos, pero su guarnición contaba con menos de trescientos hombres. Cada uno de los Señores Recusadores había acudido con un millar, y eran seis. Alayne conocía sus nombres tan bien como el suyo propio. Benedar Belmore, señor de Rapsodia. Symond Templeton, el Caballero de Nuevestrellas. Horton Redfort, señor de Fuerterrojo. Anya Waynwood, señora de Roble de Hierro. Gilwood Hunter, al que muchos llamaban Lord Hunter, el Joven, señor de Arcolargo. Y Yohn Royce, el más poderoso de todos, el temible Yohn Bronce, señor de Piedra de las Runas, primo de Nestor y cabeza de la rama más importante de la Casa Royce. Los seis se habían reunido en Piedra de las Runas tras la caída de Lysa Arryn, y habían hecho el juramento de defender a Lord Robert, defender el Valle y defenderse entre ellos. En su declaración no se mencionaba al Lord Protector, pero hablaba de un «mal gobierno» al que había que poner fin, así como de «falsos amigos y consejeros taimados».

Una ráfaga de viento frío le recorrió las piernas. Entró en el dormitorio para elegir un vestido para desayunar. Petyr le había regalado el guardarropa de su difunta esposa, un tesoro de sedas, satenes, pieles y terciopelos más rico de lo que jamás había soñado, aunque casi todas las prendas le quedaban muy grandes. Lady Lysa había engordado mucho con su larga sucesión de embarazos, abortos y partos de bebés muertos. Por suerte, algunos de los vestidos más antiguos se habían confeccionado para la joven Lysa Tully de Aguasdulces, y Gretchel había conseguido arreglar otros para que le sirvieran a Alayne, que a sus trece años tenía las piernas casi tan largas como las tuvo su tía a los veinte.

Aquella mañana, el que captó su atención fue un vestido jaspeado en el rojo y azul de los Tully, con ribete de armiño. Gretchel la ayudó a meter los brazos en las mangas acampanadas y le ató los cordones de la espalda, y luego le cepilló el cabello y se lo recogió. Alayne se lo había vuelto a oscurecer la noche anterior antes de acostarse. El baño de color que le había dado su tía le cambiaba el castaño rojizo por el moreno pardo de Alayne, pero cada poco tiempo, el rojo volvía a asomar en las raíces.

«¿Qué voy a hacer cuando se acabe el tinte?» El que usaba procedía de Tyrosh, al otro lado del mar Angosto.

Cuando bajó a desayunar, Alayne volvió a asombrarse ante el sosiego del Nido de Águilas. No había castillo más silencioso en los Siete Reinos. Los criados eran pocos y viejos, y hablaban en voz baja para no perturbar a su pequeño señor. En la montaña no había caballos, ni perros que ladraran y gruñeran, ni caballeros que se entrenaran en el patio. Hasta las pisadas de los guardias sonaban extrañas, amortiguadas, cuando recorrían los salones de piedra blanca. Se oía el sonido del viento que gemía en torno a las torres, pero nada más. Cuando llegó al Nido de Águilas se oía también el rumor de las Lágrimas de Alyssa, pero la cascada se había congelado. Gretchel le dijo que permanecería en silencio hasta la primavera.

Lord Robert estaba a solas en el Salón Matinal, por encima de las cocinas, pasando con indiferencia una cuchara de madera por un cuenco de gachas con miel.

—Quería huevos —se quejó cuando la vio—. Quería tres huevos pasados por agua y un trozo de panceta.

No tenían huevos, igual que no tenían panceta. Los graneros del Nido de Águilas contenían avena, maíz y cebada suficientes para alimentarlos durante un año, pero era una muchacha bastarda, una tal Mya Piedra, quien les subía alimentos frescos del valle. Después de que los Señores Recusadores acamparan al pie de la montaña, Mya ya no pudo pasar. Lord Belmore, que había sido el primero de los seis en presentarse en las Puertas, envió un cuervo a Meñique para comunicarle que el Nido de Águilas no recibiría más comida hasta que les enviara a Lord Robert. No era un asedio, pero se parecía mucho.

—Cuando venga Mya podrás comer tantos huevos como quieras —le prometió Alayne al pequeño señor—. Traerá huevos, mantequilla, melones y otras muchas cosas ricas.

No consiguió aplacarlo.

—Yo quería huevos hoy.

—No hay huevos, Robalito, lo sabes de sobra. Por favor, cómete las gachas, están muy ricas. —Se tomó una cucharada de su cuenco para dar ejemplo.

Robert volvió a pasear la cuchara por el cuenco, pero no se la llevó a los labios.

—No tengo hambre —dijo al final—. Quiero volver a la cama. Esta noche no he dormido nada. Se oían canciones. El maestre Colemon me dio el vino del sueño, pero las seguí oyendo.

Alayne dejó la cuchara.

—Si hubiera alguien cantando, yo también lo habría oído. Ha sido una pesadilla, nada más.

—No, no ha sido una pesadilla. —Se le llenaron los ojos de lágrimas—. Marillion estaba cantando otra vez. Tu padre dice que ha muerto, pero es mentira.

—Es verdad. —Le daba miedo oírlo hablar así. «Ya tiene bastante con ser tan pequeño y enfermizo, ¿y si encima está loco?»—. Es verdad, Robalito. Marillion amaba demasiado a tu señora madre y no podía vivir con lo que le había hecho, así que caminó hacia el cielo. —Alayne no había visto el cadáver, como tampoco lo había visto Robert, pero no dudaba que el bardo hubiera muerto—. Se ha ido, en serio.

—Pero si lo oigo todas las noches... Aunque cierre los postigos y me tape la cabeza con una almohada. Tu padre le tendría que haber cortado la lengua. Se lo dije, pero no quiso.

«La lengua le hacía falta para confesar.»

—Sé bueno y cómete las gachas —le suplicó Alayne—. Anda, por favor. Hazlo por mí.

—No quiero gachas. —Robert tiró la cuchara al otro lado de la estancia. Fue a dar contra un tapiz de la pared, y dejó una mancha en una luna de seda blanca—. ¡El señor quiere huevos!

—El señor se comerá las gachas y dará las gracias. —La voz de Petyr sonó tras ellos.

Alayne se volvió y lo vio en el arco de la entrada, al lado del maestre Colemon.

—Deberíais obedecer al Lord Protector, mi señor —dijo el maestre—. Vuestros señores banderizos están subiendo para rendiros homenaje, y tenéis que estar fuerte.

Robert se frotó el ojo izquierdo con un nudillo.

—Echadlos. No quiero verlos. Si vienen, los haré volar.

—Me tientas, mi señor, pero mucho me temo que les he prometido salvoconducto —dijo Petyr—. En cualquier caso, es demasiado tarde para que den la vuelta. Ya deben de estar a la altura de Piedra.

—¿Por qué no nos dejan en paz? —sollozó Alayne—. No les hemos hecho ningún daño. ¿Qué quieren de nosotros?

—A Lord Robert, nada más. Y con él, el Valle, claro. —Petyr sonrió—. Serán ocho. Lord Nestor los guía, y Lyn Corbray los acompaña. Ser Lyn no es de los que se quedan atrás cuando hay perspectiva de sangre.

No eran precisamente palabras que pudieran calmar sus temores. Lyn Corbray había matado casi a tantos hombres en duelos como en la batalla. Sabía que había ganado las espuelas durante la Rebelión de Robert, luchando contra Lord Jon Arryn en las puertas de Puerto Gaviota, y más tarde bajo su estandarte en el Tridente, donde mató al príncipe Lewyn de Dorne, un caballero blanco de la Guardia Real. Petyr decía que el príncipe Lewyn ya estaba gravemente herido cuando el devenir de la batalla lo llevó a la danza final con *Dama Desesperada.*

—Pero no es un tema que interese tocar delante de Corbray —añadía—. Quienes se atreven, pronto tienen ocasión de preguntárselo al propio Martell en las salas del infierno.

Si debía creer la mitad de lo que había oído comentar a los guardias de Lord Robert, Lyn Corbray era más peligroso que los otros seis Señores Recusadores juntos.

—¿Por qué viene? —preguntó—. Yo creía que los Corbray estaban con vos.

—Lord Lyonel Corbray tiene buena disposición hacia mí —dijo Petyr—, pero su hermano sigue otro camino. En el Tridente, cuando su padre cayó herido, fue Lyn el que cogió *Dama Desesperada* y mató al hombre que lo había derribado. Mientras Lyonel llevaba al viejo a retaguardia, con los maestres, Lyn encabezó el ataque contra los dornienses que amenazaban el flanco izquierdo de Robert, hizo pedazos sus líneas y mató a Lewyn Martell. Así que cuando murió Lord Corbray, entregó *Dama* a su hijo menor. Lyonel se quedó con las tierras, el título, el castillo y todo su dinero, pero aun así tiene la impresión de que le robaron lo que le corresponde por derecho, mientras que Ser Lyn... Bueno, digamos que le profesa a Lyonel tanto cariño como a mí. Él también aspiraba a la mano de Lysa.

—No me gusta Ser Lyn —insistió Robert—. No lo quiero aquí. Que vuelva abajo. No le dije que subiera. Que no entre. Mi madre decía que el Nido de Águilas es inexpugnable.

—Tu madre está muerta, mi señor. Hasta tu decimosexto día del nombre, el Nido de Águilas lo gobernaré yo. —Petyr se volvió hacia la criada encorvada que aguardaba cerca de las escaleras que conducían a la cocina—. Mela, trae otra cuchara para su señoría. Quiere comerse las gachas.

—¡No quiero! ¡Que vuelen mis gachas!

En aquella ocasión, Robert lanzó el cuenco de gachas con miel. Petyr Baelish se echó a un lado con agilidad, pero el maestre Colemon no fue tan rápido. El cuenco de madera lo acertó de pleno en el pecho, y el contenido le saltó a la cara y a los hombros. Chilló de manera muy poco propia de un maestre mientras Alayne se volvía para intentar calmar al señor, pero era demasiado tarde. Tenía un ataque. Una jarra de leche salió volando cuando la derribó con un espasmo. Trató de levantarse, pero la silla cayó hacia atrás, y con ella, el niño. Uno de sus pies acertó a Alayne en el vientre con tanta fuerza que le cortó la respiración.

—Oh, por los dioses —oyó decir a Petyr, asqueado.

Los restos de gachas salpicaban el rostro y el pelo del maestre Colemon cuando se arrodilló junto a su protegido para susurrarle palabras tranquilizadoras. Un grumo le resbaló por la mejilla derecha, como una lágrima marrón grisácea. «No es tan grave como el ataque anterior», pensó Alayne, tratando de albergar esperanzas. Cuando dejó de temblar, dos guardias con capa azul celeste y cota de malla plateada acudieron a la llamada de Petyr.

—Llevadlo a la cama y que lo sangren —dijo el Lord Protector, y el guardia más alto cogió al niño en brazos.

«Hasta yo lo podría llevar —pensó Alayne—. Pesa menos que una muñeca.»

Colemon se detuvo un instante antes de seguirlo.

—Tal vez sería mejor dejar esta reunión para otro día, mi señor. Los ataques de su señoría han empeorado desde la muerte de Lady Lysa; son cada más frecuentes y violentos. Lo sangro tan a menudo como me atrevo, y le mezclo vino del sueño con la leche de la amapola para ayudarlo a dormir, pero...

—Duerme doce horas al día —replicó Petyr—. Lo necesito despierto de cuando en cuando.

El maestre se atusó el pelo con los dedos, con lo que llenó el suelo de gachas.

—Cuando su señoría se sobresaltaba en exceso, Lady Lysa le daba el pecho. El archimaestre Ebrose asegura que la leche materna tiene muchas propiedades saludables.

—¿Eso es lo que aconsejáis, maestre? ¿Que le busquemos un ama de cría al señor del Nido de Águilas y Defensor del Valle? ¿Cuándo lo destetaremos? ¿El día de su boda? Así podrá pasar directamente del pezón de su aya al de su esposa. —La carcajada de Lord Petyr dejó bien clara su opinión—. No, muchas gracias. Os sugiero que busquéis otro sistema. Al chico le gustan los dulces, ¿no?

—¿Los dulces?

—Los dulces. Tartas, pasteles, mermeladas, gelatina, trozos de panal con miel... ¿Habéis probado a ponerle un pellizco de sueñodulce en la leche? Solo un pellizco, lo justo para calmarlo y acabar con esos putos temblores.

—¿Un pellizco? —El maestre tragó saliva, y la nuez se le movió arriba y abajo en la garganta—. Un pellizco pequeño... Es posible, es posible. No mucho, y no muy a menudo, sí, lo podría intentar...

—Un pellizco —repitió Lord Petyr—, antes de que lo llevéis a recibir a los señores.

—Como ordenéis, mi señor.

El maestre salió apresuradamente, con la cadena tintineando a cada paso.

—Padre —dijo Alayne cuando quedaron a solas—, ¿quieres un cuenco de gachas para desayunar?

—Me dan asco las gachas. —La miró con ojos de Meñique—. Prefiero desayunar un beso.

Una buena hija jamás le negaría un beso a su padre, así que Alayne se adelantó y se lo dio, un beso rápido en la mejilla, y retrocedió igual de deprisa.

—Qué... obediente. —Meñique sonrió con la boca, no con los ojos—. En fin, hay otras instrucciones que tendrás que dar al servicio. Diles a los cocineros que pongan en infusión vino tinto con miel y pasas. Nuestros huéspedes han realizado un largo ascenso; tendrán frío y estarán sedientos. Cuando lleguen, tendrás que salir a recibirlos y ofrecerles un refrigerio. Vino, queso y pan. ¿Qué quesos nos quedan?

—El blanco fuerte y el azul que huele mal.

—El blanco. Y será mejor que te cambies de ropa.

Alayne se miró el vestido, azul oscuro y rojo, los colores de Aguasdulces.

—¿Es demasiado...?

—Es demasiado Tully. A los Señores Recusadores no les gustará ver a mi hija bastarda pavoneándose con la ropa de mi esposa fallecida. Elige otro atuendo. ¿He de recordarte que no te decantes por el azul celeste y el crema?

—No. —El azul claro y el crema eran los colores de la Casa Arryn—. ¿Habéis dicho ocho? ¿Yohn Bronce es uno de ellos?

—El único que importa.

—Yohn Bronce me conoce —le recordó—. Fue nuestro invitado en Invernalia cuando su hijo fue al norte para vestir el negro. —Tenía el vago recuerdo de haberse enamorado locamente de Ser Waymar, pero de aquello hacía toda una vida; había ocurrido cuando era una niñita estúpida—. Y no fue la única vez. Lord Royce vio... Vio a Sansa Stark otra vez en Desembarco del Rey, durante el torneo de la Mano.

Petyr le puso un dedo bajo la barbilla.

—Seguro que Royce vio esta cara tan bonita, pero para él fue una más entre un millar. Cuando alguien participa en un torneo, tiene cosas más importantes de las que preocuparse que una niña en la multitud. Y en Invernalia, Sansa era una niñita de pelo castaño rojizo. Mi hija es una doncella alta y hermosa, con el pelo oscuro. Los hombres ven lo que esperan ver, Alayne. —La besó en la nariz—. Dile a Maddy que encienda la chimenea en mis habitaciones. Recibiré allí a los Señores Recusadores.

—¿No en la Sala Alta?

—No. No quieran los dioses que me vean cerca del trono de los Arryn; podrían creer que pienso sentarme en él. Unas nalgas de tan baja extracción como las mías no podrían aspirar a cojines tan mullidos.

—En vuestras habitaciones. —Tendría que haberse detenido, pero las palabras se le escaparon sin que se pudiera contener—. Si les entregarais a Robert...

—¿Y el Valle?

—Ya tienen el Valle.

—Buena parte, sí, es verdad. Pero no todo. En Puerto Gaviota me tienen aprecio, y también cuento con la lealtad y la amistad de algunos señores. Grafton, Lynderly, Lyonel Corbray... No son rivales para los Señores Recusadores, claro. Además, ¿adónde querrías que fuéramos, Alayne? ¿A mi impresionante fortaleza de los Dedos?

Ya lo había estado pensando.

—Joffrey os otorgó Harrenhal. Allí sois el señor de pleno derecho.

—Solo tengo el título. Necesitaba un asentamiento importante para casarme con Lysa, y los Lannister no estaban dispuestos a concederme Roca Casterly.

—Sí, pero el castillo es vuestro.

—Y menudo castillo. Salones cavernosos, torres en ruinas, fantasmas y corrientes de aire. Calentarlo es ruinoso; defenderlo, imposible... Y también está el asuntillo de la maldición.

—Las maldiciones solo existen en las canciones y en los cuentos.

Aquello le hizo gracia.

—¿Quién ha compuesto una canción sobre la muerte de Gregor Clegane por la herida de una lanza envenenada? ¿O del mercenario que lo precedió, al que Ser Gregor fue despedazando articulación por articulación? Ese recibió el castillo de Ser Amory Lorch, que lo recibió de Lord Tywin. Al primero lo mató un oso, y al segundo, tu enano. Tengo entendido que Lady Whent también murió. Lothston, Strong, Harroway, Strong otra vez... Harrenhal ha marchitado cuanta mano lo ha tocado.

—Pues entregádselo a Lord Frey.

Petyr se echó a reír.

—No sería mala idea. O mejor aún, a nuestra querida Cersei. Aunque no debería hablar mal de ella; me ha enviado unos tapices espléndidos. Qué amable por su parte, ¿verdad?

Se puso tensa solo con oír el nombre de la Reina.

—No es amable. Me da miedo. Si llega a descubrir dónde estoy...

—Me vería obligado a sacarla del juego antes de lo que tengo previsto. Eso, siempre que no se salga ella sola. —Petyr le dedicó una sonrisita burlona—. En el juego de tronos, hasta las piezas más humildes pueden tener voluntad propia. A veces se niegan a ejecutar los movimientos que se habían planeado para ellas. Recuérdalo bien, Alayne: es una lección que Cersei Lannister no ha aprendido aún. Bueno, ¿no tienes obligaciones pendientes?

Las tenía. Se encargó en primer lugar de que preparasen el vino, eligió una buena pieza de queso y ordenó en la cocina que horneasen pan para veinte personas, por si los Señores Recusadores llegaban con más hombres de los previstos.

«Cuando hayan probado nuestro pan y nuestra sal, serán nuestros huéspedes y no podrán hacernos daño.» Los Frey habían transgredido todas las leyes de la hospitalidad cuando asesinaron a su señora madre y a su hermano en Los Gemelos, pero no podía creer que un señor tan noble como Yohn Royce se rebajara a hacer semejante cosa.

A continuación se encargó de preparar la estancia. El suelo estaba cubierto con una alfombra myriense, así que no había que poner juncos. Alayne indicó a dos criados que montaran la mesa de caballetes y llevaran allí ocho de las pesadas sillas de roble y cuero. Si se tratara de un banquete, habría situado una en la cabecera de la mesa y otra en el extremo contrario, y tres más a cada lado, pero era una reunión, de modo que ordenó que pusieran seis sillas en un lado de la mesa y dos en el otro. Los Señores Recusadores ya habrían llegado a Nieve. Incluso con mulas, el ascenso duraba casi todo un día. A pie, la mayoría tardaba varias jornadas.

Probablemente, los señores estarían hablando hasta bien entrada la noche. Iban a necesitar velas nuevas. Cuando Maddy encendió el fuego, la envió a buscar las velas de cera aromatizada que le había regalado Lord Waxley a Lady Lysa cuando aspiraba a obtener su mano. Luego volvió a las cocinas para asegurarse de que estuvieran preparando el vino y el pan. Todo marchaba por buen camino, y todavía tenía tiempo de sobra para bañarse, lavarse el pelo y cambiarse de ropa.

Se sintió tentada por un vestido de seda violeta y por otro de terciopelo azul oscuro con bordados de plata que resaltaría el color de sus ojos, pero de pronto se acordó de que Alayne era bastarda y no debía vestirse de manera más ostentosa de lo que correspondía a su condición. Optó por una túnica de lana color marrón oscuro, de corte sencillo, con bordados de hojas y enredaderas en hilo de oro en el corpiño, las mangas y los dobladillos. Era modesto y decoroso, y poco más lujoso que el atuendo de una criada. Petyr le había dado también todas las joyas de Lady Lysa, así que se probó varios collares, pero todos le parecieron aparatosos. Al final se decidió por una sencilla cinta de terciopelo dorado otoñal. Cuando Gretchel le acercó el espejo plateado de Lysa, le pareció que el color combinaba de maravilla con la melena oscura de Alayne.

«Lord Royce no me reconocerá —pensó—. Hasta a mí me cuesta reconocerme.»

Alayne Piedra se sentía casi tan osada como Petyr Baelish. Esbozó su mejor sonrisa y bajó para recibir a los invitados.

El Nido de Águilas era el único castillo de los Siete Reinos que tenía la entrada principal por debajo del nivel de las mazmorras. Los empinados peldaños de piedra ascendían por la ladera y pasaban junto a los castillos de paso Piedra y Nieve, pero terminaban en Cielo. El último tramo del ascenso era de doscientas varas en vertical, con lo que los visitantes tenían que bajarse de las mulas y tomar una decisión: subir en la cesta de madera oscilante que se utilizaba para llevar suministros al castillo, o trepar por una especie de chimenea ayudándose de asideros tallados en la roca.

Lord Redfort y Lady Waynwood, los más ancianos de los Señores Recusadores, optaron por la cesta, que luego tuvo que bajar una vez más para recoger al obeso Lord Belmore. Los demás prefirieron trepar. Alayne los recibió en la Cámara de la Medialuna, junto a un fuego acogedor, donde les dio la bienvenida en nombre de Lord Robert y les sirvió pan, queso y vino especiado caliente en copas de plata.

Petyr le había dado un pergamino en el que figuraban sus escudos para que lo estudiase, así que reconoció los blasones, aunque no los rostros. Lucía el castillo rojo, obviamente, Redfort, un hombre bajo de barba canosa bien recortada y ojos amables. Lady Anya, la única mujer entre los Señores Recusadores, vestía un manto verde con la rueda rota de los Waynwood en cuentas de azabache. Las seis campanas de plata sobre campo de púrpura correspondían a Belmore, de barriga prominente y hombros redondos. Su barba era un adefesio color jengibre que le ocultaba la papada. Por el contrario, Symond Templeton era moreno y anguloso. La nariz ganchuda y los gélidos ojos azules hacían que el Caballero de Nuevestrellas pareciera una especie de elegante ave de presa. Su jubón mostraba nueve estrellas negras sobre un aspa dorada. La capa de armiño de Lord Hunter, el Joven, la confundió de entrada, hasta que se fijó en el broche con que se la cerraba: cinco flechas de plata abiertas en abanico. Alayne calculó que estaría más cerca de los cincuenta años que de los cuarenta. Su padre había gobernado en Arcolargo durante casi sesenta años, para morir de manera tan repentina que hubo rumores de que el nuevo señor había acelerado el proceso de la herencia. Hunter tenía las mejillas y la nariz rojas como manzanas, lo que delataba cierta afición por las uvas. Tuvo buen cuidado de rellenarle la copa en cuanto veía que la vaciaba.

El más joven del grupo llevaba tres cuervos en el pecho, cada uno con un corazón rojo entre las garras. El pelo castaño le llegaba hasta los hombros, y un mechón suelto le caía por la frente.

«Ser Lyn Corbray», pensó Alayne, observando con aprensión la boca dura y los ojos inquietos.

Los últimos en llegar fueron los Royce, Lord Nestor y Yohn Bronce. El señor de Piedra de las Runas era tan alto como el Perro. Tenía el pelo canoso y el rostro surcado de arrugas, pero seguía pareciendo capaz de romper con aquellas enormes manos nudosas a la mayoría de los hombres más jóvenes como si fueran ramitas secas. Su rostro marcado y solemne le hizo recordar su visita a Invernalia. Le acudió a la mente la imagen de aquel hombre sentado a la mesa, hablando con su madre. Volvió a oír su voz retumbante cuando regresó de una cacería con un ciervo tras la silla de montar. Lo vio en el patio con la espada de entrenamiento en la mano, derribando a su padre y volviéndose para derrotar también a Ser Rodrik.

«Me reconocerá. Es imposible que no me reconozca. —Durante un momento pensó en arrojarse a sus pies y suplicarle protección—. Si no luchó por Robb, ¿por qué iba a luchar por mí? La guerra ha terminado; Invernalia ha caído.»

—Lord Royce —le preguntó con timidez—, ¿queréis una copa de vino para quitaros el frío?

Yohn Bronce tenía ojos color gris pizarra medio ocultos por las cejas más pobladas que había visto jamás. Los entrecerró cuando la miró desde arriba.

—¿Te conozco, niña?

Alayne se sintió como si se hubiera tragado la lengua, pero Lord Nestor acudió en su rescate.

—Alayne es la hija natural del Lord Protector —le dijo a su primo en tono brusco.

—Meñique ha estado muy ocupado —dijo Lyn Corbray con una sonrisa perversa.

Belmore se echó a reír, y Alayne notó que se ruborizaba.

—¿Cuántos años tienes, niña? —preguntó Lady Waynwood.

—C-catorce, mi señora. —Durante un momento había olvidado la edad de Alayne—. Y no soy una niña, soy una doncella florecida.

—Pero no desflorada, espero. —El poblado bigote de Lord Hunter, el Joven, le ocultaba la boca casi por completo.

—Por ahora —dijo Lyn Corbray como si ella no estuviera allí—. Aunque pronto será fruta madura.

—¿Eso es lo que entendéis por cortesía en Hogar? —Anya Waynwood tenía el pelo blanco, patas de gallo en torno a los ojos y la piel suelta debajo de la barbilla, pero su aire de nobleza era inconfundible—. La niña es joven y ha recibido una buena educación, y ya ha padecido suficientes horrores. Cuidado con lo que decís, ser.

—Lo que digo es asunto mío —replicó Corbray—. Su señoría debería ocuparse de los suyos. Nunca me han gustado las reprimendas, como os podría decir un buen número de hombres muertos.

Lady Waynwood le dio la espalda.

—Será mejor que nos lleves con tu padre, Alayne. Cuanto antes acabemos con esto, mejor.

—El Lord Protector os espera en sus habitaciones. Si mis señores tienen la amabilidad de seguirme...

Salieron de la Cámara de la Medialuna, subieron por un tramo de peldaños de mármol que rodeaba criptas y mazmorras y pasaron bajo tres matacanes que los Señores Recusadores fingieron no ver. Belmore no tardó en jadear como un fuelle, y a Redfort se le puso la cara tan blanca como el pelo. Los guardias apostados en la cima alzaron el rastrillo para franquearles el paso.

—Por aquí, mis señores.

Alayne los guió cuando pasaron bajo la galería, junto a una docena de espléndidos tapices. Ser Lothor Brune estaba ante la puerta. La abrió para dejarles paso y entró detrás de ellos.

Petyr estaba sentado junto a la mesa de caballetes, con una copa de vino en una mano, examinando un pergamino blanco. Alzó la vista cuando los Señores Recusadores fueron entrando.

—Sed bienvenidos, mis señores. Y vos también, mi señora. Ya sé que la subida es agotadora. Por favor, tomad asiento. Alayne, cariño, trae más vino para nuestros nobles invitados.

—Ahora mismo, padre.

La complacía ver que habían encendido las velas; las habitaciones olían a nuez moscada y a otras especias costosas. Fue a buscar la frasca mientras los invitados se sentaban hombro con hombro... Todos excepto Nestor Royce, que titubeó un instante antes de rodear la mesa y ocupar la silla vacía, junto a Lord Petyr, y Lyn Corbray, que prefirió quedarse de pie junto a la chimenea. El rubí en forma de corazón del puño de su espada despedía un brillo rojo mientras se calentaba las manos. Alayne lo vio sonreír a Ser Lothor Brune.

«Ser Lyn es muy atractivo para su edad —pensó—, pero no me gusta su sonrisa.»

—He estado leyendo esta declaración tan excepcional —empezó Petyr—. Espléndida. No sé qué maestre la redactó, pero ese hombre tiene un verdadero don para las palabras. Me habría gustado que me invitarais a firmarla a mí también.

Aquello los cogió desprevenidos.

—¿Vos? —dijo Belmore—. ¿La firmaríais?

—Sé manejar la pluma igual que cualquiera, y nadie quiere a Lord Robert más que yo. En cuanto a esos falsos amigos y consejeros taimados, hay que acabar con ellos de inmediato. Estoy con vosotros en cuerpo y alma, mis señores. Por favor, indicadme dónde debo firmar.

Alayne, que estaba sirviendo el vino, oyó la risita de Lyn Corbray. Los otros parecían inseguros, hasta que Yohn Bronce hizo crujir los nudillos.

—No hemos venido a por vuestra firma. Tampoco pensamos entablar un concurso de retórica con vos, Meñique.

—Lástima. Con lo que me gustan a mí esos concursos. —Petyr dejó el pergamino a un lado—. Como queráis. Seamos directos. Mis señores, mi señora, ¿qué queréis de mí?

—De vos no queremos nada. —Symond Templeton clavó la fría mirada azul en el Lord Protector—. Solo que os vayáis.

—¿Que me vaya? —Petyr se hizo el sorprendido—. ¿Adónde?

—La corona os ha nombrado Señor de Harrenhal —señaló Lord Hunter, el Joven—. Cualquiera se conformaría con eso.

—Hace falta un señor en las tierras de los ríos —intervino el anciano Horton Redfort—. Aguasdulces resiste el asedio; Bracken y Blackwood están en guerra; los bandidos campan por sus respetos a ambas orillas del Tridente, robando y matando a voluntad. Por todas partes hay cadáveres sin enterrar.

—Tal como lo planteáis, es un lugar de lo más atractivo, Lord Redfort —respondió Petyr—, pero da la casualidad de que tengo obligaciones apremiantes aquí. También hay que pensar en Lord Robert. ¿Queréis que arrastre a un niño enfermizo al centro de semejante carnicería?

—Su señoría se quedará en el Valle —declaró Yohn Royce—. Lo voy a llevar a Piedra de las Runas, donde crecerá para convertirse en un caballero del que Jon Arryn se habría sentido orgulloso.

—¿Por qué a Piedra de las Runas? —caviló Petyr—. ¿Por qué no a Roble de Hierro, o a Fuerterrojo? ¿Por qué no a Arcolargo?

—Cualquiera de esos lugares sería adecuado —declaró Lord Belmore—, y su señoría los visitará por turno cuando llegue el momento.

—¿De verdad? —El tono de Petyr dejaba traslucir sus dudas.

Lady Waynwood suspiró.

—Si tenéis intención de que nos enfrentemos entre nosotros, ahorraos el esfuerzo, Lord Petyr. Hablamos con una sola voz. Piedra de las Runas nos parece bien a todos. Lord Yohn ha criado a tres hijos; no hay hombre más capacitado para educar al joven señor. El maestre Helliweg es mucho mayor y tiene más experiencia que vuestro maestre Colemon; podrá tratar mejor las dolencias de Lord Robert. En Piedra de las Runas, Sam Piedra, el Fuerte le enseñará las artes de la guerra. No hay mejor maestro de armas. El septón Lucos lo instruirá en los asuntos del espíritu. Además, en Piedra de las Runas estará con otros niños de su edad, una compañía mucho más adecuada que la de las viejas y los mercenarios que lo rodean ahora.

Petyr Baelish se acarició la barba.

—Estoy de acuerdo: su señoría necesita compañía. Pero no se puede decir que Alayne sea una vieja. Lord Robert está muy encariñado con mi hija, como él mismo os podrá decir. Además, da la casualidad de que les he pedido a Lord Grafton y a Lord Lynderly que me envíen cada uno a uno de sus hijos como pupilos. Los dos tienen niños de la edad de Robert.

Lyn Corbray se echó a reír.

—Dos cachorritos de dos perros falderos.

—A Robert también le convendría tener cerca a un chico mayor. Un escudero joven y prometedor, por ejemplo. Alguien a quien pueda admirar y a quien quiera emular. —Petyr se volvió hacia Lady Waynwood—. En Roble de Hierro tenéis un muchacho así, mi señora. ¿Accederíais a enviarme a Harrold Hardyng?

Anya Waynwood parecía divertirse.

—Jamás había conocido a un ladrón tan osado como vos, Lord Petyr.

—No quiero robaros al muchacho —dijo Petyr—, pero Lord Robert y él deberían hacerse amigos.

Yohn Bronce se inclinó hacia delante.

—Me parece apropiado que Lord Robert trabe amistad con el joven Harry, y así será... En Piedra de las Runas, bajo mi tutela, cuando sea mi pupilo y escudero.

—Entregadnos al muchacho y podréis marcharos a Harrenhal, vuestro legítimo asentamiento, sin que nadie os moleste —dijo Lord Belmore.

Petyr le dirigió una mirada cargada de reproche.

—¿Me estáis dando a entender que, de lo contrario, podría pasarme algo, mi señor? No se me ocurre por qué. Mi difunta esposa pensaba que este era mi legítimo asentamiento.

—Lord Baelish —intervino Lady Waynwood—, Lysa Tully era la viuda de Jon Arryn y la madre de su hijo, y gobernaba como regente. Vos... Seamos francos, no sois un Arryn, y Lord Robert no es de vuestra sangre. ¿Con qué derecho os atrevéis a gobernarnos?

—Creo recordar que Lysa me nombró Lord Protector.

—Lysa Tully nunca formó parte del Valle verdaderamente —replicó Lord Hunter, el Joven—. No tenía derecho a disponer de nosotros.

—¿Y Lord Robert? —preguntó Petyr—. ¿Su señoría insinúa que Lady Lysa no tenía derecho a disponer de su propio hijo?

—Yo albergaba la esperanza de casarme con Lady Lysa —dijo Nestor Royce, que había guardado silencio hasta entonces—. Al igual que el padre de Lord Hunter y el hijo de Lady Anya. Corbray no se apartó de su lado en medio año. Si hubiera elegido a cualquiera de nosotros, nadie le disputaría su derecho a ser el Lord Protector. Pero eligió a Lord Meñique, y le confió a su hijo.

—También es hijo de Jon Arryn, primo —replicó Yohn Bronce mirando al Guardián con el ceño fruncido—. Su sitio está en el Valle.

Petyr puso cara de asombro.

—El Nido de Águilas forma parte del Valle tanto como Piedra de las Runas. ¿O alguien lo ha movido sin que yo me enterase?

—Bromead cuanto queráis, Meñique —estalló Lord Belmore—. El chico vendrá con nosotros.

—Cuánto lamento decepcionaros, Lord Belmore, pero mi hijastro se queda conmigo. Como bien sabéis todos, no es un niño robusto. El viaje le resultaría muy fatigoso. Como padrastro suyo y Lord Protector, no lo puedo permitir.

Symond Templeton carraspeó.

—Cada uno de nosotros tiene un millar de hombres al pie de esta montaña, Meñique.

—Es un lugar muy bonito.

—Si es necesario, podemos convocar a más.

—¿Me estáis amenazando con una guerra, ser? —Petyr no parecía asustado en absoluto.

—Nos vamos a llevar a Lord Robert —replicó Yohn Bronce.

Durante un momento pareció que habían llegado a un callejón sin salida, hasta que Lyn Corbray se apartó de la chimenea.

—Ya estoy harto. Si seguís escuchando a Meñique, os convencerá para que le regaléis los calzones. Solo hay una manera de arreglar esto, y es con acero. —Desenvainó la espada larga.

Petyr extendió las manos.

—Voy desarmado, ser.

—Eso tiene remedio. —La luz de la vela ondulaba a lo largo del acero color gris humo de la espada de Corbray; era tan oscura que Sansa se acordó de *Hielo,* el mandoble de su padre—. El Devoramanzanas está armado. Que os dé la espada, o sacad ese puñal.

Vio como Lothor Brune echaba mano de la espada, pero antes de que las hojas chocaran, Yohn Bronce se levantó, airado.

—¡Guardad ese acero, ser! ¿Qué sois? ¿Un Corbray o un Frey? Estamos aquí como invitados.

—Esto es improcedente —dijo Lady Waynwood frunciendo los labios.

—Envainad el acero, Corbray —aportó Lord Hunter, el Joven—. Nos estáis avergonzando a todos.

—Venga, Lyn —reprendió Redfort en tono más suave—. Esto no sirve de nada. Mete a *Dama Desesperada* en la cama.

—Mi señora tiene sed —insistió Ser Lyn—. Siempre que sale a bailar se toma una copa de vino tinto, bien rojo.

Yohn Bronce se interpuso en el camino de Corbray.

—Esta vez se va a quedar con sed.

—Señores Recusadores —bufó Lyn Corbray—. Tendríamos que habernos denominado las Seis Viejas.

Volvió a envainar la espada oscura, empujó a Brune a un lado y salió de la estancia. Alayne oyó como se alejaban sus pisadas.

Anya Waynwood y Horton Redfort intercambiaron una mirada. Hunter apuró la copa de vino y se la tendió para que se la llenara otra vez.

—Tenéis que perdonarnos esta exhibición, Lord Baelish —dijo Ser Symond.

—¿De verdad? —La voz de Meñique se había tornado gélida—. Vosotros sois quienes lo han traído, mis señores.

—No era nuestra intención... —empezó Yohn Bronce.

—Vosotros sois quienes lo han traído. Tendría todo el derecho de llamar a mis guardias y mandaros detener.

Hunter se puso en pie tan bruscamente que casi tiró la frasca que Alayne tenía en las manos.

—¡Nos prometisteis salvoconducto!

—Sí. Podéis dar gracias de que tenga más honor que otros. —Nunca había oído a Petyr tan furioso—. Ya he leído vuestra declaración y he escuchado vuestras exigencias. Oíd ahora las mías: retirad vuestros ejércitos de esta montaña, marchaos a vuestros hogares y dejad en paz a mi hijo. Aquí ha habido mal gobierno, no lo dudo, pero fue obra de Lysa, no mía. Dadme un año y, con ayuda de Lord Nestor, os prometo que ninguno de vosotros tendrá motivo de queja.

—Eso decís vos —replicó Belmore—. ¿Por qué tenemos que fiarnos?

—¿Cómo osáis desconfiar de mí? No he sido yo quien ha desenvainado el acero en medio de una tregua. Habláis de defender a Lord Robert y al mismo tiempo le negáis la comida. Esto tiene que acabar. No soy guerrero, pero si no levantáis el sitio, lucharé contra vosotros. No sois los únicos señores del Valle, y Desembarco del Rey también me enviará hombres. Si es guerra lo que queréis, decidlo, y el Valle sangrará.

Alayne vio que la duda empezaba a aflorar en los ojos de los Señores Recusadores.

—Un año no es tanto tiempo —comentó Lord Redfort, inseguro—. Tal vez... si nos aseguráis...

—Ninguno de nosotros quiere la guerra —aportó Lady Waynwood—. El otoño llega a su fin; tenemos que prepararnos para el invierno.

Belmore carraspeó.

—Al final de este año...

—Si no he puesto orden en el Valle, dimitiré voluntariamente del cargo de Lord Protector —les prometió Petyr.

—Me parece más que justo —señaló Lord Nestor Royce.

—No debe haber represalias —insistió Templeton—. No se hablará de traición ni de rebelión. Eso también lo tenéis que jurar.

—Encantado —respondió Petyr—. Lo que quiero son amigos, no enemigos. Os otorgo el perdón a todos, por escrito si queréis. Incluso a Lyn Corbray. Su hermano es un buen hombre; no hay necesidad de que caiga la vergüenza en una Casa tan noble.

Lady Waynwood se volvió hacia los otros Señores Recusadores.

—¿Podemos negociar, mis señores?

—No es necesario. Es evidente que ha ganado. —Yohn Bronce clavó los ojos grises en Petyr Baelish—. No me gusta, pero parece que vais a tener el año que pedís. Empleadlo bien, mi señor. No nos habéis engañado a todos.

Abrió la puerta con tanta fuerza que estuvo a punto de arrancarla de los goznes.

Más tarde hubo una especie de banquete, aunque Petyr tuvo que pedir disculpas por lo humilde de la comida. Les llevaron a Robert vestido con un jubón azul y crema, y representó con bastante elegancia su papel de señor. Yohn Bronce no lo presenció: ya había partido del Nido de Águilas para emprender el largo descenso, como hiciera Ser Lyn Corbray antes que él. Los otros señores se quedaron hasta la mañana siguiente.

«Los ha seducido», pensó Alayne aquella noche, en la cama, mientras oía el aullido del viento tras la ventana. No habría sabido decir cómo nació la sospecha, pero cuando se le pasó por la cabeza, no hubo manera de que conciliara el sueño. Se removió y dio vueltas durante largo rato. Por último, se levantó y se vistió, y dejó a Gretchel durmiendo.

Petyr seguía despierto, redactando una carta.

—¿Alayne? Hola, cariño, ¿qué haces aquí tan tarde?

—Necesito saberlo. ¿Qué sucederá dentro de un año?

—Redfort y Waynwood son viejos. —Petyr dejó la pluma sobre la mesa—. Puede que muera uno de ellos, o los dos. Los hermanos de Gilwood Hunter lo asesinarán. Probablemente se encargue el joven Harlan, el mismo que dispuso la muerte de Lord Eon. Y ya que estamos, sigamos hasta el final. Belmore es corrupto, lo puedo comprar. Templeton y yo nos haremos amigos. Mucho me temo que Yohn Bronce seguirá siendo hostil, pero mientras esté solo no representará ninguna amenaza.

—¿Y Ser Lyn Corbray?

La luz de la vela bailaba en los ojos de Petyr.

—Ser Lyn seguirá siendo mi enemigo implacable. Hablará de mí con desprecio y odio a todo el que quiera escucharlo, y prestará su espada a cada plan secreto para acabar conmigo.

Fue entonces cuando las sospechas se convirtieron en certezas.

—¿Y cómo le pagaréis sus servicios?

Meñique se echó a reír.

—Con oro, muchachitos y promesas, por supuesto. Ser Lyn es un hombre de gustos sencillos, cariño. Lo único que quiere es oro, muchachitos y alguien a quien matar.

Cersei

El Rey estaba haciendo pucheros.

—Quiero sentarme en el Trono de Hierro —le dijo—. A Joff siempre le dejabas sentarse.

—Joffrey tenía doce años.

—Pero yo soy el rey, y el trono es mío.

—¿Quién te ha dicho eso?

Cersei respiró a fondo para que Dorcas le pudiera apretar más el corsé. Era una muchacha corpulenta, mucho más fuerte que Senelle, pero también más torpe.

Tommen se puso rojo.

—Nadie.

—¿Nadie? ¿Así llamas a tu señora esposa? —Aquel amago de rebeldía olía de lejos a Margaery Tyrell—. Si me mientes, no tendré más remedio que mandar a buscar a Pate y azotarlo hasta hacerlo sangrar. —Pate era el niño de los azotes de Tommen, igual que lo había sido de Joffrey—. ¿Eso es lo que quieres?

—No —murmuró el Rey con tono hosco.

—¿Quién te lo ha dicho?

El niño se puso en pie.

—Lady Margaery. —Tenía suficiente sentido común para no llamarla *reina* delante de su madre.

—Eso está mejor. Tengo que tomar decisiones relativas a asuntos muy serios, Tommen; cosas que eres demasiado pequeño para entender. Lo que menos falta me hace es un niñito idiota jugando en el trono detrás de mí y distrayéndome con preguntas de crío. Supongo que Margaery también dice que deberías asistir a las reuniones de mi consejo.

—Sí —reconoció él—. Dice que tengo que aprender a ser rey.

—Cuando seas un poco mayor, podrás ir a todas las reuniones que quieras —le dijo Cersei—. Te garantizo que pronto te hartarás de ellas. Robert siempre las aprovechaba para echar una siesta. —«Y eso cuando se molestaba en asistir»—. Prefería la caza y la cetrería; las cosas aburridas se las dejaba al viejo Lord Arryn. ¿Te acuerdas de él?

—Se murió de un dolor de tripa.

—Sí, pobre hombre. Si tantas ganas tienes de aprender, ¿por qué no estudias la lista de todos los Reyes de Poniente y de las Manos que los sirvieron? Mañana me la puedes recitar.

—Sí, madre —respondió con docilidad.

—Así me gusta.

El reino era suyo. Cersei no tenía intención de entregarlo hasta que Tommen alcanzara la mayoría de edad.

«He esperado mucho; ahora, que espere él. He esperado la mitad de mi vida. —Había representado los papeles de hija obediente, novia ruborizada y esposa sumisa. Había soportado las torpes caricias ebrias de Robert, los celos de Jaime, las burlas de Renly, a Varys con sus risitas y a Stannis, siempre rechinando los dientes. Había lidiado con Jon Arryn, con Ned Stark y con su malvado y traicionero hermano, el enano asesino, siempre prometiéndose que algún día llegaría su turno—. Si Margaery Tyrell planea arrebatarme mi momento de gloria, está muy equivocada.»

Pero no era la mejor manera de empezar la jornada, y el día de Cersei tardó en mejorar. Se pasó el resto de la mañana con Lord Gyles y sus libros de cuentas, oyéndole toser datos relativos a estrellas, venados y dragones. Después llegó Lord Mares, para informar de que los tres primeros dromones estaban casi terminados y suplicarle más oro para acabarlos con el esplendor que merecían. Para la Reina fue un placer satisfacer su petición. El Chico Luna hizo cabriolas para amenizarle la comida con varios miembros del gremio de comerciantes, mientras escuchaba sus quejas sobre los gorriones que vagaban por las calles y dormían en las plazas.

«Tal vez tenga que enviar a los capas doradas para echar a esos gorriones de la ciudad», estaba pensando cuando los interrumpió Pycelle.

Últimamente el Gran Maestre se mostraba más quejumbroso que nunca durante las reuniones del consejo. Durante la última sesión había protestado hasta la saciedad por los hombres que había elegido Aurane Mares para capitanear sus nuevos dromones. Mares quería poner a jóvenes al mando, mientras que Pycelle abogaba por la experiencia e insistía en que se confiara en los capitanes que habían sobrevivido a los fuegos del Aguasnegras, «Hombres curtidos de probada lealtad», como los llamaba él. Cersei, en cambio, los calificó de viejos y se puso del lado de Lord Mares.

—Lo único que demostraron esos capitanes es que saben nadar —le replicó—. Una madre no debería sobrevivir a sus hijos, y un capitán no debería sobrevivir a su barco.

Pycelle no había encajado bien el reproche.

Aquel día no parecía tan colérico; hasta consiguió esbozar una sonrisa temblorosa.

—Una buena noticia, Alteza —anunció—: Wyman Manderly ha cumplido vuestras órdenes y ha decapitado al Caballero de la Cebolla de Lord Stannis.

—¿Lo sabemos a ciencia cierta?

—Ha colgado su cabeza y sus manos de las murallas de Puerto Blanco. Lord Wyman lo jura, y los Frey lo confirman. Han visto la cabeza allí, con una cebolla en la boca. También las manos: se reconocen por los dedos que le faltaban.

—Muy bien —dijo Cersei—. Mandad un pájaro a Manderly e informadlo de que, ahora que ha demostrado su lealtad, le enviaremos a su hijo de inmediato.

Puerto Blanco volvería pronto a la paz del rey, y Roose Bolton y su hijo bastardo se aproximaban a Foso Cailin desde el norte y el sur. Una vez tuvieran el Foso en su poder, unirían sus fuerzas y expulsarían a los hombres del hierro de la Ciudadela de Torrhen y de Bosquespeso. Con eso conseguirían la alianza del resto de los vasallos de Ned Stark cuando llegara la hora de marchar contra Lord Stannis.

Entretanto, en el sur, Mace Tyrell había erigido una ciudad de carpas alrededor de Bastión de Tormentas y tenía dos docenas de maganeles lanzando piedras contra las gruesas murallas del castillo, aunque sin grandes resultados hasta el momento.

«Lord Tyrell, el guerrero —meditó la reina—. Su blasón debería ser un gordo con el culo bien apoltronado.»

Aquella tarde, el adusto enviado braavosi se presentó a su audiencia. Cersei llevaba quince días aplazando su visita, y con gusto la habría aplazado un año entero, pero Lord Gyles le juraba que ya no era capaz de tratar con aquel hombre... Aunque la reina empezaba a dudar de que Gyles fuera capaz de hacer nada aparte de toser.

El braavosi decía llamarse Noho Dimittis.

«Un hombre irritante con un nombre irritante.» Encima, también tenía la voz irritante. Cersei se acomodó como pudo en el asiento mientras hablaba, preguntándose cuánto tiempo tendría que soportar aquel tormento. A su espalda se alzaba el Trono de Hierro, con las púas y filos que proyectaban sombras retorcidas por el suelo. Los únicos que podían sentarse en el trono eran el Rey y su Mano. Cersei ocupaba un asiento a sus pies, en un sillón de madera dorada con cojines carmesí.

Cuando el braavosi se detuvo para tomar aliento, Cersei pensó que era su oportunidad.

—Eso es asunto de nuestro lord tesorero.

Por lo visto, la respuesta no le pareció satisfactoria al noble Noho.

—He hablado seis veces con Lord Gyles. Tose y me da excusas, Alteza, pero el oro no llega.

—Hablad con él por séptima vez —sugirió Cersei en tono amable—. El número siete es sagrado a ojos de nuestros dioses.

—Ya veo que a Vuestra Alteza le complace bromear.

—Cuando bromeo, sonrío. ¿Me veis sonreír? ¿Oís carcajadas? Os aseguro que cuando bromeo, los que me rodean ríen a carcajadas.

—El rey Robert...

—... está muerto —le replicó con brusquedad—. El Banco de Hierro tendrá su oro cuando pongamos fin a esta rebelión.

—Alteza... —El hombre tuvo la insolencia de fruncirle el ceño.

—La audiencia ha terminado. —Cersei ya había soportado suficiente por un día—. Ser Meryn, acompañad a la puerta al noble Noho Dimittis. Ser Osmund, podéis escoltarme a mis aposentos.

Sus invitados no tardarían en llegar, y antes tenía que bañarse y cambiarse de ropa. Todo hacía presagiar que la cena también sería tediosa. Gobernar un reino ya era difícil; gobernar siete lo era mucho más.

Ser Osmund Kettleblack la acompañó por las escaleras, alto y esbelto con su atuendo blanco de la Guardia Real. Cersei esperó hasta asegurarse de que se encontraban a solas antes de cogerse de su brazo.

—Decidme, ¿cómo le va a vuestro hermano?

Ser Osmund parecía incómodo.

—Eh... Bastante bien, pero...

—¿Pero? —La Reina permitió que un atisbo de cólera asomara entre sus palabras—. He de confesaros que se me está acabando la paciencia con nuestro querido Osney. Ya va siendo hora de que doblegue a esa potrilla. Lo nombré escudo juramentado de Tommen para que pudiera pasar algún tiempo en compañía de Margaery todos los días. A estas alturas ya tendría que haber arrancado la rosa. ¿Acaso la pequeña reina es inmune a sus encantos?

—Sus encantos no fallan; por algo es un Kettleblack. Con vuestro permiso. —Ser Osmund se pasó los dedos por la aceitada barba negra—. El problema es ella.

—¿Y eso por qué? —La Reina había empezado a albergar dudas en cuanto a Ser Osney. Tal vez los gustos de Margaery se decantaran más por otro hombre. «Aurane Mares, con su cabellera de plata, o un hombretón robusto como Ser Tallad»—. ¿Es posible que la doncella prefiera a otro? ¿No le gusta el rostro de vuestro hermano?

—Su rostro le gusta. Osney me comentó que hace dos días le acarició las cicatrices y le preguntó qué mujer se las había hecho. No le había dicho que hubiera sido una mujer, pero ella lo sabía. Puede que alguien se lo dijera. Al parecer, no para de tocarlo cuando hablan. Le endereza el broche de la capa, le echa el pelo hacia atrás... Cosas así. Una vez, en las dianas de los arqueros, le pidió que la enseñara a tensar el arco para que tuviera que rodearla con los brazos. Osney le gasta bromas subidas de tono; ella se ríe y responde con bromas más subidas de tono todavía. Sí que le gusta, es evidente, pero...

—¿Pero? —inquirió Cersei.

—Nunca están a solas. La mayor parte del tiempo los acompaña el Rey, y si no está él es otra persona. Sus damas comparten el lecho con ella, dos diferentes cada noche. Otras dos le llevan el desayuno y la ayudan a vestirse. Reza con su septa, lee con su prima Elinor, canta con su prima Alla y cose con su prima Megga. Cuando no está practicando la cetrería con Janna Fossoway y Merry Crane, está jugando al ven a mi castillo con la pequeña Bulwer. Nunca sale a montar sin escolta: cuatro o cinco acompañantes y al menos una docena de guardias. Y siempre está rodeada de hombres, hasta en la Bóveda de las Doncellas.

—Hombres. —Algo era algo. Allí había posibilidades—. Decidme, ¿qué hombres?

Ser Osmund se encogió de hombros.

—Bardos. La enloquecen los bardos, los malabaristas y esa clase de gente. Siempre hay algún caballero rondando a sus primas. Osney dice que Ser Tallad es el peor. El muy zoquete no sabe si le gusta Elinor o Alla; lo único que sabe es que le gusta mucho. Los gemelos Redwyne también andan por allí. Baboso les lleva flores y fruta, y Horror ha empezado a tocar el laúd. Por lo que cuenta Osney, se obtendrían sonidos más dulces estrangulando a un gato. Otro que no falla es el isleño del verano.

—¿Jalabhar Xho? —Cersei soltó un bufido despectivo—. Seguro que se pasa todo el tiempo suplicándole oro y espadas para recuperar sus tierras.

Bajo las joyas y las plumas, Xho era poco más que un mendigo de noble cuna. Robert podría haber puesto fin a sus fastidiosas peticiones con una negativa firme, pero al imbécil borracho de su marido lo había atraído la idea de conquistar las Islas del Verano. Sin duda soñaba con mozas de piel oscura, desnudas bajo las capas de plumas y con los pezones negros como el carbón. Así que, en vez de «no», Robert siempre le decía a Xho «el año que viene», aunque el año siguiente no llegaba jamás.

—No sabría deciros si suplica, Alteza —respondió Ser Osmund—. Osney dice que les está enseñando la lengua del verano. A Osney no, a la Rei... a la potrilla y a sus primas.

—Un caballo que hablara la lengua del verano causaría sensación —replicó la Reina en tono seco—. Decidle a vuestro hermano que tenga siempre las espuelas a punto. Pronto encontraré la manera de que monte a la potrilla, podéis estar seguro.

—Se lo diré, Alteza. Está deseándolo, no creáis que no. La potrilla es muy hermosa.

«A la que desea es a mí, imbécil —pensó la Reina—. Lo único que quiere de Margaery es el título de señor que le espera entre sus piernas. —Sentía afecto por Osmund, pero a veces le parecía tan estúpido como Robert—. Espero que tenga la espada más aguda que el ingenio. Puede que llegue un día en que Tommen la necesite.»

Pasaban bajo la sombra de los restos de la Torre de la Mano cuando les llegó a los oídos un sonido de vítores y aplausos. En el otro extremo del patio, algún escudero había embestido contra el estafermo y lo había hecho girar. Las que más aplaudían eran Margaery Tyrell y sus gallinas.

«Cuánto escándalo por tan poca cosa. Ni que el crío hubiera ganado un torneo.» Entonces se sobresaltó al descubrir que el jinete del corcel era Tommen, vestido con una armadura dorada.

A la Reina no le quedó más remedio que exhibir una sonrisa e ir a ver a su hijo. Llegó junto a él mientras el Caballero de las Flores lo ayudaba a desmontar. El niño estaba jadeante de emoción.

—¿Habéis visto? —le preguntaba a todo el mundo—. Lo he hecho como me ha dicho Ser Loras. ¿Habéis visto, Ser Osney?

—Por supuesto —le aseguró Osney Kettleblack—. Todo un espectáculo.

—Montáis mejor que yo, señor —aportó Ser Dermot.

—Hasta he roto la lanza. ¿Habéis oído, Ser Loras?

—Un crujido retumbante como un trueno. —Ser Loras se sujetaba la capa blanca por el hombro con un broche en forma de rosa de jade y oro, y el viento le agitaba los rizos castaños—. Vuestro corcel es espléndido, pero con una vez no es suficiente. Tenéis que repetirlo mañana. Tenéis que montar todos los días hasta que todos los golpes que lancéis den en el blanco; hasta que la lanza forme parte de vuestro brazo.

—Eso haré.

—Habéis estado glorioso. —Margaery se dejó caer sobre una rodilla, besó al Rey en la mejilla y lo rodeó con un brazo—. Ten cuidado, hermano —le advirtió a Loras—. Me parece que dentro de unos pocos años, mi galante esposo te derribará del caballo.

Sus tres primas se mostraron de acuerdo, y la estúpida mocosa Bulwer empezó a dar saltitos y a canturrear.

—Tommen será el campeón, el campeón, el campeón...

—Cuando sea mayor —dijo Cersei.

Sus sonrisas se marchitaron como rosas acariciadas por la escarcha. La vieja septa, con su cara picada de viruelas, fue la primera en arrodillarse. Los demás la imitaron, con excepción de la pequeña reina y su hermano.

Tommen no pareció darse cuenta de que el ambiente se había tornado gélido.

—¿Me has visto, madre? —barboteó, feliz—. He roto la lanza contra el escudo, ¡y el saco no me ha dado!

—Te estaba mirando desde el otro lado del patio. Lo has hecho muy bien, Tommen. No esperaba menos de ti: llevas las justas en la sangre. Algún día ganarás todas las lizas, como hacía tu padre.

—No habrá hombre capaz de enfrentarse a él. —Margaery Tyrell le dedicó una sonrisa tímida a la Reina—. Pero no tenía idea de que el rey Robert fuera tan hábil en las justas. Decidnos, Alteza, ¿qué torneos ganó? ¿A qué grandes caballeros descabalgó? Seguro que al Rey le gustaría oír hablar de las victorias de su padre.

Cersei notó que le ascendía el rubor. La muchacha la había atrapado. En realidad, Robert Baratheon había sido un justador mediocre. En los torneos prefería con mucho los combates cuerpo a cuerpo, en los que podía golpear a diestro y siniestro con una maza o con un hacha roma. Ella estaba pensando en Jaime.

«No es propio de mí distraerme de esa manera.»

—Robert ganó el torneo del Tridente —tuvo que decir—. Derribó al príncipe Rhaegar y me eligió reina del amor y la belleza. Me sorprende que no conocieras esa historia, nuera. —No le dio tiempo a Margaery para replicar—. Ser Osmund, tened la amabilidad de ayudar a mi hijo a quitarse la armadura. Ser Loras, acompañadme; quiero hablar con vos.

Al Caballero de las Flores no le quedó más remedio que seguirla como el perrito que era. Cersei esperó a llegar a los peldaños antes de hablarle.

—Decidme, ¿de quién ha sido la idea?

—De mi hermana —reconoció—. Ser Tallad, Ser Dermot y Ser Portifer se estaban entrenando, y la Reina le sugirió a Su Alteza que probara suerte.

«La llama así para irritarme.»

—Y vos, ¿qué habéis hecho?

—He ayudado a Su Alteza a ponerse la armadura y lo he enseñado a sostener la lanza —respondió.

—Ese caballo era demasiado grande para él. ¿Y si se hubiera caído? ¿Y si el saco de arena le hubiera abierto la cabeza?

—Las magulladuras y los labios partidos forman parte del proceso de convertirse en caballero.

—Ahora empiezo a entender por qué está tullido vuestro hermano. —El muchacho le dio la satisfacción de ver como se le borraba la bonita sonrisa de la cara al oír aquello—. Tal vez mi hermano no os haya explicado bien cuáles son vuestros deberes, ser. Estáis aquí para proteger a mi hijo de sus enemigos. Entrenarlo es asunto de su maestro de armas.

—La Fortaleza Roja no tiene maestro de armas desde que asesinaron a Aron Santagar —le dijo Ser Loras con un atisbo de reproche en su voz—. Su Alteza tiene casi nueve años y está deseoso de aprender. A su edad ya debería ser escudero; alguien lo tiene que instruir.

«Alguien lo instruirá, pero no serás tú.»

—Decidme, ser, ¿a quién servisteis como escudero? —le preguntó con dulzura—. A Lord Renly, ¿verdad?

—Tuve ese honor, sí.

—Ya, lo que pensaba. —Cersei había visto cómo se estrechaban los lazos entre los escuderos y los caballeros a los que servían. No quería que Tommen se sintiera próximo a Loras Tyrell. El Caballero de las Flores no era el tipo de hombre al que un niño debía imitar—. He sido negligente. Entre gobernar un reino, luchar en una guerra y llorar a mi padre, he pasado por alto el crucial asunto de nombrar a un nuevo maestro de armas. Enseguida rectificaré ese error.

Ser Loras se apartó de la frente un mechón de pelo rizado.

—Su Alteza no encontrará a nadie ni la mitad de hábil que yo con la espada y la lanza.

«Somos modestos, ¿eh?»

—Tommen es vuestro rey, no vuestro escudero. Tenéis el deber de luchar por él y, si es necesario, morir por él. Nada más.

Lo dejó en el puente levadizo que cruzaba el foso seco con su lecho de púas de hierro, y entró a solas en el Torreón de Maegor.

«¿De dónde voy a sacar un maestro de armas? —se preguntó mientras subía a sus habitaciones. Tras rechazar a Ser Loras no se atrevía a elegir a ningún caballero de la Guardia Real. Sería como hurgar en la herida; solo serviría para enfurecer a Altojardín. «¿Ser Tallad? ¿Ser Dermot? Tiene que haber alguien apto—. Tommen le había cogido cariño a su nuevo escudo juramentado, pero Osney estaba resultando menos eficaz de lo que ella había esperado en el asunto de la doncella Margaery, y tenía otros planes para su hermano Osfryd. Era una lástima que el Perro hubiera cogido la rabia. Tommen siempre había tenido miedo de la voz destemplada y el rostro quemado de Sandor Clegane, y su desdén habría sido el antídoto ideal contra la caballerosidad bobalicona de Loras Tyrell.

«Aron Santagar era dorniense —recordó Cersei—. Podría buscar a alguien en Dorne. —Entre Lanza del Sol y Altojardín se interponían siglos de sangre y guerras—. Sí, un dorniense se adecuaría de maravilla a mis necesidades. Tiene que haber buenas espadas en Dorne.»

Al entrar en sus habitaciones, Cersei se encontró a Lord Qyburn sentado junto a la ventana, leyendo.

—Si a Vuestra Alteza no le molesta, traigo unos informes.

—¿Más conjuras y traiciones? He tenido un día largo y agotador. Daos prisa.

—Como queráis. —El hombre le dedicó una sonrisa comprensiva—. Se dice que el arconte de Tyrosh ha propuesto una serie de condiciones a Lys para poner fin a la actual guerra de comercio. Hay rumores de que Myr estaba a punto de entrar en la guerra aliándose a los tyroshis, pero sin la Compañía Dorada, los myrienses no creen que...

—Me da igual lo que crean los myrienses. Las Ciudades Libres siempre están luchando entre ellas; sus traiciones y alianzas no tienen relevancia para Poniente. ¿Traéis alguna noticia más importante?

—Al parecer, la revuelta de esclavos de Astapor se ha extendido a Meereen. Los marineros de una docena de barcos hablan de dragones...

—Arpías. Lo de Meereen son arpías. —Aquello le sonaba de algo. Meereen estaba al otro lado del mundo, al este, más allá de Valyria—. Que los esclavos se rebelen, ¿a nosotros qué nos importa? En Poniente no tenemos esclavos. ¿Eso es todo lo que me traéis?

—Hay una noticia de Dorne que tal vez le parezca más interesante a Vuestra Alteza. El príncipe Doran ha encerrado a Ser Daemon Arena, el bastardo que fue escudero de la Víbora Roja.

—Lo recuerdo. —Ser Daemon había sido uno de los caballeros dornienses que acompañaron al príncipe Oberyn a Desembarco del Rey—. ¿Por qué motivo?

—Exigió que liberase a las hijas del príncipe Oberyn.

—Qué imbécil.

—Otra cosa —continuó Lord Qyburn—: Nuestros amigos de Dorne nos informan de que la hija del Caballero de Bosquepinto se prometió de manera inesperada con Lord Estermont. La misma noche del compromiso la enviaron a Piedraverde, y se dice que ya se han casado.

—Tal vez tenga un bastardo en la barriga; eso lo explicaría todo. —Cersei se puso a juguetear con un mechón de cabello—. ¿Cuántos años tiene la cándida novia?

—Veintitrés, Alteza. Mientras que Lord Estermont...

—Debe de andar por los setenta. Ya lo sé.

Los Estermont eran sus parientes políticos; el padre de Robert se había casado con una de ellos en lo que sin duda fue un ataque de lujuria o de locura. Cuando Cersei se casó con el Rey, la señora madre de Robert llevaba años muerta, y aun así, sus dos hermanos se presentaron en la boda y se quedaron medio año. Más adelante, Robert se empecinó en devolverles el detalle con una visita a Estermont, una islita montañosa cercana al cabo de la Ira. Las dos espantosas semanas de humedad que pasó Cersei en Piedraverde, asentamiento de la Casa Estermont, fueron las más largas de su hasta entonces breve vida. Nada más verlo, Jaime cambió el nombre del castillo por Mierdaverde, y ella no tardó en imitarlo. Se pasó los días viendo como su regio esposo cazaba, practicaba la cetrería y bebía con sus tíos, y dejaba inconscientes con la maza a unos cuantos de sus primos en el patio de Mierdaverde.

También tenía una prima, una viuda menuda y regordeta con las tetas como sandías, que había perdido a su padre y a su marido durante el asedio de Bastión de Tormentas.

—Su padre se portó bien conmigo —le dijo Robert—, y ella y yo jugábamos juntos de pequeños.

No tardó mucho en volver a jugar con ella. En cuanto Cersei cerraba los ojos, el Rey se escabullía para consolar a la pobre mujer solitaria. Una noche le pidió a Jaime que lo siguiera para confirmar sus sospechas. Cuando regresó, su hermano le preguntó si quería ver muerto a Robert.

—No —había contestado ella—, quiero verlo con cuernos.

Le gustaba pensar que aquella fue la noche en que concibió a Joffrey.

—Eldon Estermont se ha casado con una mujer cincuenta años menor que él —le dijo a Qyburn—. ¿Y eso por qué tiene que preocuparme?

Él se encogió de hombros.

—No digo que os preocupéis... Pero tanto Daemon Arena como esa Santagar estaban muy unidos a Arianne, la hija del príncipe Doran, o eso nos dicen los dornienses. Puede que no tenga ninguna importancia, pero pensé que Vuestra Alteza debía saberlo.

—Pues ya lo sé. —Empezaba a perder la paciencia—. ¿Algo más?

—Solo una cosa. Un asunto insignificante.

Le dedicó una sonrisa de disculpa y le habló de un espectáculo de marionetas que se había hecho muy famoso entre los habitantes de la ciudad: una representación en la que el reino de las bestias estaba gobernado por leones arrogantes y orgullosos.

—A medida que avanza esta ultrajante historia —continuó—, los cachorros de león se hacen más vanidosos y codiciosos, hasta que empiezan a devorar a sus súbditos. Cuando el noble venado protesta, los leones lo devoran también, y rugen que están en su derecho porque son las bestias más poderosas.

—¿Y así termina? —preguntó Cersei, divertida. Bien mirado, hasta podía ser una buena lección.

—No, Alteza. Al final sale un dragón de un huevo y devora a todos los leones.

Aquel remate hacía que el espectáculo de marionetas pasara de ser una simple insolencia a un acto de traición.

—Imbéciles descerebrados. Hay que ser cretino para arriesgar la cabeza por un dragón de madera. —Meditó un instante—. Que vuestros informantes vayan a esos espectáculos y se fijen en los asistentes. Si alguno de ellos es una persona de importancia, quiero su nombre.

—¿Puedo preguntaros qué haréis con ellos?

—A los adinerados los multaremos. La mitad de sus riquezas bastará para enseñarles una buena lección y volver a llenar nuestras arcas sin llegar a arruinarlos. Los pobres pueden perder un ojo por presenciar esa traición. Para los titiriteros, el hacha.

—Son cuatro. Tal vez Vuestra Alteza me permita quedarme con dos para mis asuntos. A ser posible una mujer...

—Ya os entregué a Senelle —replicó la Reina en tono brusco.

—Por desgracia la pobre chiquilla está casi... agotada.

A Cersei no le gustaba pensar en aquel tema. La muchacha había acudido a ella desprevenida, pensando que iba a servirle el vino. Ni siquiera pareció comprender la situación cuando Qyburn le puso la cadena en torno a la muñeca. El recuerdo aún le daba nauseas.

«Las celdas eran muy frías; hasta las antorchas temblaban. Y esa cosa horrible gritando en la oscuridad...»

—Sí, quedaos con una mujer. Con dos, si queréis. Pero antes, los nombres.

—Como ordenéis. —Qyburn se retiró.

En el exterior, el sol empezaba a ponerse. Dorcas le había preparado la bañera. La Reina estaba relajándose en el agua caliente, pensando qué les diría a sus invitados durante la cena, cuando Jaime irrumpió en la estancia y les ordenó a Jocelyn y a Dorcas que salieran. Su hermano distaba mucho de ir inmaculado y apestaba a caballo. Tommen iba con él.

—Querida hermana —dijo—, el Rey quiere hablar contigo.

Los bucles dorados de Cersei flotaban en el agua de la bañera. La estancia estaba llena de vapor. Una gota de sudor le corrió por la mejilla.

—¿Tommen? —dijo con voz peligrosamente dulce—. ¿Qué pasa ahora?

El niño conocía aquel tono, y se encogió.

—Su Alteza quiere su corcel blanco mañana —dijo Jaime—. Para la lección de justas.

Cersei se sentó en la bañera.

—No habrá justas.

—Sí que habrá. —Tommen proyectó hacia delante el labio inferior—. Quiero montar todos los días.

—Y así será —replicó la Reina—. En cuanto tengamos un maestro de armas como es debido para supervisar tu entrenamiento.

—No quiero un maestro de armas como es debido. ¡Quiero a Ser Loras!

—Tienes un concepto demasiado elevado de ese chico. Tu pequeña esposa te ha llenado la cabeza de tonterías relativas a él, ya lo sé, pero Osmund Kettleblack es tres veces mejor caballero que Loras.

Jaime se echó a reír.

—No será el Osmund Kettleblack que yo conozco.

De buena gana lo habría estrangulado.

«Puede que tenga que ordenar a Ser Loras que se deje derribar del caballo por Ser Osmund. Eso le quitaría la venda de los ojos a Tommen. Échale sal a una babosa y humilla a un héroe, los dos se encogen igual.»

—Voy a traer a un dorniense para que te entrene —le dijo—. Los dornienses son los mejores justadores del reino.

—No es verdad —replicó Tommen—. Y me da igual, no quiero a ningún dorniense, ¡quiero a Ser Loras! ¡Lo ordeno!

Jaime se echó a reír.

«No me ayuda en nada. ¿Es que le hace gracia?» La Reina golpeó el agua, airada.

—¿Tengo que hacer venir a Pate? A mí no me das órdenes, ¡soy tu madre!

—Sí, pero yo soy el rey. Margaery dice que todo el mundo tiene que hacer lo que el rey mande. Quiero mi corcel blanco ensillado mañana, para que Ser Loras me enseñe a justar. También quiero un gatito, y no quiero comer remolachas. —Se cruzó de brazos.

Jaime no paraba de reír. La Reina no le hizo caso.

—Ven aquí, Tommen. —El niño no se movió. Cersei suspiró—. ¿Tienes miedo? Un rey no debe mostrar temor. —Se acercó a la bañera sin atreverse a levantar la vista. Ella sacó la mano del agua y le acarició los rizos dorados—. Rey o no, solo eres un niño. Yo gobernaré hasta que seas mayor de edad. Aprenderás a justar, te lo prometo, pero no de Loras. Los caballeros de la Guardia Real tienen obligaciones más importantes que jugar con un niño. Pregúntale al Lord Comandante. ¿No es verdad, ser?

—Obligaciones de lo más importante. —Jaime sonrió con los labios apretados—. Cabalgar por las murallas de la ciudad, por ejemplo.

Tommen parecía al borde de las lágrimas.

—Pero ¿puedo tener un gatito?

—Tal vez —concedió la Reina—. Pero no quiero oír ni una tontería más sobre las justas. ¿Me lo prometes?

El niño arrastró los pies por el suelo.

—Sí.

—Bien. Venga, márchate. Mis invitados no tardarán en llegar.

Tommen salió a toda prisa, pero en el último momento se volvió.

—Cuando sea rey del todo prohibiré las remolachas.

Su hermano cerró la puerta con el muñón.

—Tengo una duda, Alteza —dijo cuando estuvo a solas con Cersei—. ¿Estás borracha o es que eres idiota?

Cersei volvió a golpear el agua, y las salpicaduras llegaron hasta los pies de su hermano.

—Cuidado con lo que dices, ser, o...

—¿O qué? ¿O me enviarás a inspeccionar otra vez las murallas de la ciudad? —Jaime se sentó y cruzó las piernas—. Tus putas murallas están perfectamente. Las he recorrido palmo a palmo y he examinado las siete puertas. Las bisagras de la Puerta de Hierro están oxidadas, y hay que cambiar la Puerta del Rey y la Puerta del Lodazal: los arietes de Stannis las dejaron en muy mal estado. Las murallas son tan resistentes como siempre... Pero tal vez Vuestra Alteza haya olvidado que nuestros amigos de Altojardín están en la parte de dentro.

—No he olvidado nada —replicó, pensando en cierta moneda de oro con el busto de un rey olvidado en la cara y una mano en la cruz.

«¿Cómo es posible que un miserable carcelero tuviera una moneda como esa escondida bajo el orinal? ¿Cómo pudo llegar oro de Altojardín a manos de alguien como Rugen?»

—Es la primera noticia que tengo de que vaya a haber un nuevo maestro de armas. Vas a tener que buscar mucho para dar con un justador mejor que Loras Tyrell. Ser Loras es...

—Ya sé qué es, y no quiero verlo cerca de mi hijo. Más vale que le recuerdes cuáles son sus obligaciones. —El agua de la bañera se le estaba enfriando.

—Sabe cuáles son sus obligaciones, maneja la lanza mejor que...

—Tú la manejabas mejor que él antes de perder la mano. Y Ser Barristan, cuando era joven. Arthur Dayne era mejor, y el príncipe Rhaegar estaba a su altura. No me vengas con tonterías de lo fiera que es la flor. No es más que un niño.

Estaba harta de que Jaime le llevara la contraria. Nadie le había llevado la contraria a su señor padre. Cuando Tywin Lannister hablaba, todos obedecían. En cambio, cuando Cersei hablaba, se creían con derecho a darle consejos, contradecirla e incluso negarse.

«Todo porque soy una mujer, porque no puedo derrotarlos con una espada. Le tenían más respeto a Robert que a mí, y Robert era un imbécil descerebrado.» No se lo pensaba tolerar, y a Jaime menos que a nadie. «Tengo que librarme de él cuanto antes.» Hubo un tiempo en que soñó con que los dos gobernarían juntos los Siete Reinos, pero su hermano se había convertido en un estorbo más que en una ayuda.

Cersei se levantó de la bañera. El agua le chorreaba del pelo y le corría por los muslos.

—Cuando quiera tu consejo te lo pediré. Vete, ser. He de vestirme.

—Tienes invitados, ya. ¿De qué conspiración se trata esta vez? Hay tantas que les pierdo la pista.

Su mirada se demoró en las perlas de agua que le brillaban en el vello dorado, entre las piernas.

«Aún me desea.»

—¿Añoras lo que has perdido, hermano?

Jaime alzó la vista.

—Yo también te quiero, hermana, pero eres estúpida. Una preciosa estúpida dorada.

Aquello la hirió.

«En Piedraverde, la noche en que pusiste a Joff en mi interior, me decías cosas más bonitas», pensó.

—Fuera de aquí. —Le dio la espalda y lo oyó forcejear con el muñón para abrir la puerta.

Jocelyn se aseguró de que todo estaba dispuesto para la cena, mientras Dorcas ayudaba a la Reina a ponerse una túnica nueva. Era de tiras de seda verde brillante alternadas con tiras de terciopelo negro, y un intricado encaje negro de Myr en la parte superior del corpiño. El encaje de Myr era caro, pero la reina tenía que estar radiante en todas las ocasiones, y las condenadas lavanderas le habían encogido varias túnicas, con lo que ya no le quedaban bien. Las habría mandado azotar por su descuido, pero Taena le sugirió que fuera compasiva.

—El pueblo os apreciará más si sois bondadosa —le dijo, de modo que Cersei ordenó que les descontaran del salario el valor de las túnicas, una solución mucho más elegante.

Dorcas le puso un espejo de plata en la mano.

«Muy bien —pensó la Reina, sonriendo a su reflejo. Era delicioso prescindir del luto. El negro la hacía demasiado pálida—. Lástima que Lady Merryweather no venga a la cena». Había sido un día duro, y el ingenio de Taena siempre la animaba. Cersei no había tenido una amiga con la que disfrutara tanto desde los tiempos de Melara Hetherspoon, y Melara había resultado ser una intrigante codiciosa con aspiraciones muy superiores a sus posibilidades. «No debo pensar mal de ella. Está muerta y ahogada, y me enseñó que no debía confiar en nadie excepto en Jaime.»

Sus invitados ya habían empezado con el hidromiel cuando se reunió con ellos.

«Lady Falyse no solo tiene cara de pez, sino que bebe como un pez» reflexionó al fijarse en la frasca medio vacía.

—Mi querida Falyse —exclamó antes de darle un beso en la mejilla—, y el valiente Ser Balman. Sentí mucho lo de vuestra querida madre. ¿Cómo está Lady Tanda?

Lady Falyse parecía a punto de llorar.

—Qué amable por parte de Vuestra Alteza. El maestre Frenken dice que se rompió la cadera en la caída. Hizo todo lo que pudo. Ahora solo nos queda rezar, pero...

«Reza todo lo que quieras; estará muerta antes de que cambie la luna.» Las mujeres de la edad de Tanda Stokeworth no sobrevivían a una fractura de cadera.

—Uniré mis plegarias a las vuestras —dijo Cersei—. Lord Qyburn me ha dicho que Tanda se cayó del caballo.

—La cincha de la silla se rompió mientras cabalgaba —dijo Ser Balman Byrch—. El mozo de cuadra tendría que haberse dado cuenta de que estaba desgastada. Ha recibido su castigo.

—Duro, espero. —La Reina se sentó e indicó a sus invitados que hicieran lo mismo—. ¿Otra copa de hidromiel, Falyse? Me parece recordar que siempre os ha gustado.

—Vuestra Alteza es muy amable al acordarse.

«¿Cómo me voy a olvidar? —pensó Cersei—. Jaime decía que seguro que meabas eso.»

—¿Qué tal el viaje?

—Incómodo —se quejó Falyse—. Estuvo lloviendo la mayor parte del día. Teníamos intención de pasar la noche en Rosby, pero ese joven pupilo de Lord Gyles nos negó la hospitalidad. —Sorbió por la nariz—. Acordaos de lo que os digo: cuando muera Gyles, ese miserable se quedará con su oro. Hasta puede que trate de reclamar las tierras y el título de señor, aunque Rosby nos corresponde a nosotros por derecho si fallece Gyles. Mi señora madre era tía de su segunda esposa y prima tercera de Gyles.

«¿Cuál es vuestro blasón, mi señora? ¿Un cordero, o una especie de mono codicioso?», pensó Cersei.

—Lord Gyles lleva amenazando con morirse desde que lo conozco, pero todavía sigue entre nosotros, y espero que por muchos años. —Le dedicó una sonrisa encantadora—. Sus toses nos enterrarán a todos.

—Es lo más probable —asintió Ser Balman—. El pupilo de Rosby no fue el único en agraviarnos, Alteza. En el camino también nos tropezamos con unos rufianes. Iban sucios y andrajosos, con hachas y escudos de cuero. Algunos se habían cosido estrellas en los jubones, estrellas sagradas de siete puntas, pero incluso de esa guisa tenían pinta de malvados.

—Tenían piojos, estoy segura —aportó Falyse.

—Se hacen llamar gorriones —comentó Cersei—. Son una plaga. Nuestro nuevo Septón Supremo se encargará de ellos en cuanto lo coronemos. Si no, yo misma tomaré medidas.

—¿Han elegido ya a Su Altísima Santidad? —quiso saber Falyse.

—No —tuvo que reconocer la Reina—. Estaban a punto de elegir al septón Ollidor, pero unos cuantos de esos gorriones lo siguieron hasta un burdel y lo arrastraron desnudo a la calle. Ahora, Luceon es el candidato más probable, aunque nuestros amigos de la otra colina dicen que todavía le faltan unos cuantos votos.

—Que la Vieja guíe las deliberaciones con su lámpara dorada de sabiduría —dijo Lady Falyse, toda piadosa.

Ser Balman se revolvió en el asiento, inquieto.

—Alteza, hay un asunto algo escabroso, pero... No quiero que haya malentendidos entre nosotros. Tenéis que saber que ni mi señora esposa ni su madre tuvieron nada que ver con el nombre que le pusieron al bastardo. Lollys es muy simple, y su esposo tiene tendencia al humor negro. Le dije que escogiera un nombre más adecuado para el bebé... y se echó a reír.

La Reina bebió un trago de vino y lo miró con atención. En otros tiempos, Ser Balman había sido buen justador, además de uno de los caballeros más atractivos de los Siete Reinos. Todavía podía alardear de su bonito bigote; por lo demás, no había envejecido bien. Había perdido buena parte del pelo rubio ondulado, mientras su barriga avanzaba inexorable contra el jubón. «Como títere deja mucho que desear —reflexionó—. Aun así, me servirá.»

—Tyrion era nombre de rey antes de que llegaran los dragones. El Gnomo lo ha ensuciado, pero tal vez ese niño le devuelva el honor. —«Si es que el bastardo vive lo suficiente»—. Sé que no sois culpables. Lady Tanda es la hermana que nunca tuve, y vos... —Se le quebró la voz—. P-perdonadme. Vivo atemorizada.

Falyse abrió y cerró la boca, con lo que se incrementó su parecido con un pez.

—¿Cómo? ¿Atemorizada, Alteza?

—No he podido dormir una noche entera desde la muerte de Joffrey. —Cersei llenó las copas de hidromiel—. Amigos míos... Porque sois mis amigos, ¿verdad? ¿Y del rey Tommen?

—Ese muchachito encantador —declaró Ser Balman—. Alteza, el lema de la Casa Stokeworth es Orgullosos de Ser Leales.

—Ojalá hubiera más como vos, mi buen ser. Si he de deciros la verdad, tengo serias dudas sobre Ser Bronn del Aguasnegras.

Marido y mujer intercambiaron una mirada.

—Ese hombre es un insolente, Alteza —dijo Falyse—. Grosero y malhablado.

—No es un verdadero caballero —dijo Ser Balman.

—No. —Cersei le dedicó su sonrisa más deslumbrante—. Vos sí que sabéis de caballerosidad. Recuerdo haberos visto justar en... ¿Qué torneo fue aquel en el que luchasteis de manera tan sobresaliente, ser?

—¿Aquello del Valle Oscuro, de hace seis años? —preguntó con una sonrisa modesta—. No, no estabais allí; de lo contrario os habrían coronado reina del amor y la belleza, sin duda. ¿Fue en el torneo de Lannisport, después de la Rebelión de Greyjoy? Allí desmonté a más de un buen caballero...

—A ese me refería. —Adoptó una expresión sombría—. El Gnomo desapareció la noche en que murió mi padre, dejando a dos honrados carceleros tendidos en un charco de sangre. Hay quien dice que ha huido por el mar Angosto, pero yo no estoy segura. El enano es astuto. Puede que esté al acecho, cerca de aquí, planeando más crímenes. Tal vez lo esconda algún amigo.

—¿Bronn? —Ser Balman se acarició el poblado bigote.

—Siempre fue leal al Gnomo. Solo el Desconocido sabe a cuántos hombres ha enviado al infierno por orden de Tyrion.

—Alteza, si el enano hubiera estado acechando por nuestras tierras, me habría dado cuenta —señaló Ser Balman.

—Mi hermano es pequeño. Tiene un talento natural para acechar. —Cersei hizo que le temblara la mano—. Lo del nombre del niño es poca cosa, pero la insolencia que queda sin castigo alimenta la rebeldía. Y por lo que me dice Qyburn, ese Bronn está reuniendo mercenarios.

—Ahora tiene cuatro caballeros en su casa —dijo Falyse.

Ser Balman soltó un bufido.

—Mi querida esposa los sobrevalora, ¡caballeros, dice! Son mercenarios con ínfulas, y entre los cuatro no juntan ni un ápice de caballerosidad.

—Es lo que me temía. Bronn está reuniendo espadas para el enano. Que los Siete protejan a mi hijito... El Gnomo lo matará, igual que mató a su hermano. —Dejó escapar un sollozo—. Amigos míos, pongo mi honor en vuestras manos. Pero ¿qué es el honor de una reina comparado con las lágrimas de una madre?

—Hablad con libertad, Alteza —le aseguró Ser Balman—. Nada saldrá de esta habitación.

Cersei extendió el brazo y le apretó la mano.

—Pues... Dormiría mucho más tranquila por las noches si me enterase de que Ser Bronn ha sufrido un... Un desdichado accidente... Tal vez mientras cazaba.

Ser Balman meditó un instante

—¿Un accidente mortal?

«No, imbécil, quiero que le rompas el meñique del pie. —Tuvo que morderse el labio—. Mis enemigos están por todas partes y mis amigos son idiotas.»

—Os lo suplico, ser —susurró—, no me hagáis decirlo...

—Comprendo. —Ser Balman alzó un dedo.

«Una bellota lo habría cogido más deprisa.»

—Sois un verdadero caballero, ser. La respuesta a las oraciones de una madre asustada. —Cersei le dio un beso—. Hacedlo pronto, por favor. Ahora mismo, Bronn tiene solo cuatro hombres, pero reunirá más si no intervenimos. —Besó también a Falyse—. No olvidaré esto, amigos míos. Mis verdaderos amigos de Stokeworth. Orgullosos de Ser Leales. Tenéis mi palabra: cuando acabe esto le buscaremos un marido mejor a Lollys. —«Tal vez un Kettleblack»—. Un Lannister siempre paga sus deudas.

El resto fue todo hidromiel y remolachas con mantequilla, pan recién horneado, lucio rebozado con especias y costillas de jabalí. Cersei se había aficionado mucho al jabalí desde la muerte de Robert. Ni siquiera le molestó la compañía, aunque Falyse sonreía como una imbécil y Balman rebañó todos los platos, de la sopa al postre. Hasta pasada la medianoche no consiguió librarse de ellos. Ser Balman sugirió que pidieran otra frasca, y a la Reina no le pareció prudente negarse.

«Con lo que me han costado en hidromiel, podría haber contratado a un Hombre sin Rostro para que matara a Bronn», reflexionó cuando por fin se marcharon.

A aquellas horas, su hijo ya estaría profundamente dormido, pero Cersei fue a verlo antes de irse a la cama. Se sorprendió al ver tres gatitos negros acurrucados junto a él.

—¿De dónde han salido? —le preguntó a Ser Meryn Trant ante la puerta del dormitorio real.

—Se los regaló la pequeña reina. Solo iba a quedarse uno, pero no se decidió: no sabía cuál le gustaba más.

«En fin, es mejor que sacárselos a su madre de la tripa con un puñal.» Los torpes intentos de seducción de Margaery eran tan obvios que daban risa. «Tommen es demasiado pequeño para los besos, así que le da gatitos.» Cersei habría preferido que no fueran negros. Los gatos negros daban mala suerte, tal como había descubierto la hijita de Rhaegar en aquel mismo castillo. «Habría sido mi hija si el Rey Loco no le hubiera gastado aquella broma cruel a mi padre.» Tuvo que ser la locura lo que llevó a Aerys a rechazar a la hija de Lord Tywin y quedarse con su hijo en su lugar, y además casar a su propio hijo con una débil princesa dorniense de ojos negros y pecho plano.

Pese a los años transcurridos, el recuerdo del rechazo la seguía irritando. Más de una noche había observado al príncipe Rhaegar en la sala, tocando el arpa de cuerdas plateadas con aquellos dedos tan largos y elegantes. ¿Habría hombre más hermoso?

«Pero era más que un hombre. Su sangre era la sangre de la antigua Valyria, la sangre de los dioses y los dragones.» Cuando apenas era una niña, su padre le había prometido que se casaría con Rhaegar. Ella no tendría más de seis o siete años.

—No se lo digas a nadie, pequeña —le dijo con aquella sonrisa secreta que solo Cersei llegaba a ver—. Guarda silencio hasta que Su Alteza acceda al compromiso. Por ahora será nuestro secreto.

Y así había sido, aunque en cierta ocasión se dibujó a sí misma montada en un dragón, detrás de Rhaegar, con los brazos en torno a su pecho. Cuando Jaime vio el dibujo le dijo que representaba a la reina Alysanne y el rey Jaehaerys.

Tenía diez años cuando por fin vio al príncipe en persona, en el torneo que ofreció su señor padre para darle la bienvenida al Oeste al rey Aerys. Se habían erigido gradas para los espectadores ante los muros de Lannisport, y las aclamaciones de sus habitantes retumbaban como un trueno en Roca Casterly.

«Aplaudieron a mi padre el doble que al Rey —recordó la Reina—, pero solo la mitad de lo que aplaudieron al príncipe Rhaegar.»

A sus diecisiete años, recién armado caballero, Rhaegar Targaryen lucía una coraza negra por encima de la cota de malla dorada cuando entró en las lizas. Largos gallardetes de seda roja, dorada y anaranjada colgaban de su yelmo y ondeaban como llamas. Dos tíos de Cersei cayeron ante su lanza, al igual que una docena de los mejores justadores de su padre, la flor y nata del Oeste. De noche, el príncipe tocaba su arpa plateada y la hacía llorar. Cuando se lo presentaron, Cersei estuvo a punto de ahogarse en la profundidad de sus tristes ojos color violeta.

«Le han hecho daño —recordó haber pensado—, pero cuando estemos casados, yo aliviaré su dolor. —Comparado con Rhaegar, hasta el apuesto Jaime parecía un crío inexperto—. El príncipe va a ser mi esposo —había pensado, ebria de emoción—, y cuando muera el viejo rey, yo seré la reina.» Su tía se lo había dicho antes del torneo.

—Tienes que estar más bonita que nunca —le dijo Lady Genna al tiempo que le colocaba bien el vestido—, porque en el último banquete se anunciará tu compromiso con el príncipe Rhaegar.

¡Qué feliz había sido aquel día! De lo contrario no se habría atrevido a visitar la carpa de Maggy la Rana. Solo lo hizo para demostrarles a Jeyne y a Melara que las leonas no tenían miedo de nada.

«Iba a ser reina. ¿Qué podía temer una reina de una vieja repulsiva?» El recuerdo de la profecía todavía le erizaba el vello, y eso que había transcurrido toda una vida. «Jeyne salió de la carpa corriendo y llorando —recordó—, pero Melara se quedó, y yo también. Le dejamos probar nuestra sangre y nos reímos de sus tontas profecías. Nada de lo que decía tenía sentido.» Dijera lo que dijera la vieja, ella iba a ser la esposa del príncipe Rhaegar. Su padre se lo había prometido, y la palabra de Tywin Lannister valía tanto como el oro.

Sus risas murieron al final del torneo. No hubo banquete final, ni brindis para celebrar su compromiso con el príncipe Rhaegar; solo silencios fríos y miradas gélidas entre el Rey y su padre. Más tarde, cuando Aerys y su hijo partieron con todos sus galantes caballeros hacia Desembarco del Rey, la niña acudió a su tía deshecha en lágrimas, sin entender nada.

—Vuestro padre propuso el enlace —le dijo Lady Genna—, pero Aerys se negó: «Eres mi mejor sirviente, Tywin, pero nadie casa a su heredero con la hija de su sirviente», le dijo el Rey. Sécate esas lágrimas, pequeña. ¿Alguna vez has visto llorar a un león? Tu padre te buscará otro hombre, y será mejor que Rhaegar.

Pero su tía le mintió, y su padre le había fallado, igual que Jaime le fallaba entonces.

«Mi padre no me buscó un hombre mejor. Me entregó a Robert, y la maldición de Maggy desplegó sus pétalos como una flor envenenada. —Si se hubiera casado con Rhaegar, como era intención de los dioses, él ni siquiera se habría fijado en la loba—. De lo contrario, hoy Rhaegar sería nuestro rey, y yo, su reina, la madre de sus hijos.»

Nunca había perdonado a Robert por matarlo.

Porque, por supuesto, a los leones no se les daba bien perdonar. Como descubriría muy pronto Ser Bronn del Aguasnegras.

Brienne

Hyle Hunt se había empeñado en que se llevaran las cabezas.

—Tarly querrá ponerlas en las murallas —dijo.

—No tenemos brea —señaló Brienne—. La carne se va a pudrir. Dejadlas ahí.

No quería recorrer la penumbra verdosa de los pinares con la cabeza de los hombres a los que había matado.

Hunt no le hizo caso. Él mismo les cortó el cuello a los cadáveres, ató juntas las tres cabezas, por el pelo, y se las colgó de la silla de montar. A Brienne no le quedó más remedio que hacer que no las veía, pero a veces, sobre todo por las noches, sentía sus ojos muertos clavados en la espalda, y en cierta ocasión soñó que hablaban en susurros.

Punta Zarpa Rota le resultó terriblemente fría y húmeda mientras desandaban el camino. Algunos días llovía; otros amenazaba con llover. Nunca lograban entrar en calor, y cuando montaban campamento les costaba encontrar suficiente leña seca para encender una hoguera.

Cuando llegaron a las puertas de Poza de la Doncella los seguía un ejército de moscas, un cuervo se había comido los ojos de Shagwell, y Pyg y Timeon estaban llenos de gusanos. Hacía mucho que Brienne y Podrick habían decidido cabalgar cien pasos por delante de Hunt para evitar el olor a podrido. Ser Hyle decía que, a aquellas alturas, ya había perdido el sentido del olfato.

—Enterradlas —le decía Brienne cada vez que acampaban para pasar la noche, pero Hunt era de lo más testarudo.

«Seguro que le dice a Lord Randyll que él mismo los mató a los tres.»

Pero no tuvo más remedio que reconocer que se había equivocado al juzgarlo.

—El escudero tartamudo tiró una piedra —informó cuando lo llevaron, junto con Brienne, a presencia de Tarly, en el patio del castillo de Mooton. Antes habían entregado las cabezas a un sargento de la guardia, que recibió orden de limpiarlas, untarlas de brea y clavarlas encima de la puerta—. La moza de la espada se encargó del resto.

—¿De los tres? —Lord Randyll parecía incrédulo.

—Por su manera de luchar, podría haber matado a tres más.

—¿Encontrasteis a la pequeña Stark? —exigió saber Tarly.

—No, mi señor.

—Pero matasteis unas cuantas ratas. ¿Os divertisteis?

—No, mi señor.

—Lástima. En fin, ya habéis catado la sangre; ya habéis demostrado lo que fuera que quisierais demostrar. Ya va siendo hora de que os quitéis esa cota de malla y volváis a vestir prendas apropiadas. En el puerto hay varios barcos. Uno de ellos se dirige a Tarth; quiero que subáis a bordo.

—Gracias, mi señor, pero no.

La expresión de Lord Tarly daba a entender que lo que más le gustaría en el mundo sería ver su cabeza en una pica sobre las puertas de Poza de la Doncella, haciendo compañía a las de Timeon, Pyg y Shagwell.

—¿Pretendéis seguir adelante con esta locura?

—Pretendo encontrar a Lady Sansa.

—Si a mi señor no le importa —intervino Ser Hyle—, yo la he visto luchar contra los Titiriteros. Es más fuerte que la mayoría de los hombres, y rápida...

—La espada es rápida —replicó Tarly—. El acero valyrio siempre lo es. ¿Más fuerte que la mayoría de los hombres? Sí. Es un engendro de la naturaleza, no seré yo quien lo niegue.

«La gente como él no me apreciará nunca —pensó Brienne—, haga lo que haga.»

—Puede que Sandor Clegane sepa algo de la niña, mi señor. Si pudiera encontrarlo...

—Clegane se ha unido a los bandidos. Por lo visto, ahora cabalga con Beric Dondarrion. O no; las versiones varían. Mostradme el lugar donde se esconden y de buena gana les rajaré la barriga, les sacaré las entrañas y las quemaré. Hemos ahorcado a docenas de bandidos, pero los jefes nos siguen esquivando. Clegane, Dondarrion, el sacerdote rojo, y ahora esa mujer, Corazón de Piedra... ¿Cómo os proponéis dar con ellos, si yo no lo he logrado?

—Mi señor, voy a... —No tenía respuesta a aquello—. Lo único que puedo hacer es intentarlo.

—Pues adelante. Contáis con esa carta; no necesitáis mi permiso, pero os lo concedo de todos modos. Si tenéis suerte, el único fruto de todas vuestras molestias serán magulladuras de tanto cabalgar. Si no, puede que Clegane os deje vivir después de que su manada y él terminen de violaros. Entonces podréis volver a rastras a Tarth con un bastardo de perro en la barriga.

Brienne hizo caso omiso del comentario.

—Si mi señor me lo puede decir, ¿cuántos hombres cabalgan con el Perro?

—Seis, sesenta o seiscientos. Por lo visto, depende de a quién preguntemos.

Era obvio que Randyll Tarly daba por concluida la conversación. Hizo ademán de volverse.

—Si mi escudero y yo pudiéramos rogaros hospitalidad hasta...

—Rogad cuanto queráis; no toleraré vuestra presencia bajo mi techo.

Ser Hyle Hunt dio un paso al frente.

—Con la venia de mi señor, tenía entendido que este seguía siendo el techo de Lord Mooton.

Tarly le lanzó al caballero una mirada envenenada.

—Mooton tiene el valor de un gusano. No me habléis de él. En cuanto a vos, mi señora, dicen que vuestro padre es buena persona. Si es así, lo compadezco. Algunos hombres reciben la bendición de tener hijos; otros, de tener hijas. Nadie merece una maldición como vos. Vivid o morid, Lady Brienne, pero no volváis a Poza de la Doncella mientras yo gobierne aquí.

«Las palabras se las lleva el aire —se dijo Brienne—. No me pueden hacer daño. Que me pasen por encima.»

—Como ordenéis, mi señor —trató de decir, pero antes de que le salieran las palabras, Tarly ya se había marchado. Salió del patio como si caminara en sueños, sin saber adónde iba.

Ser Hyle le dio alcance.

—Hay posadas. —Ella sacudió la cabeza. No quería hablar con Hyle Hunt—. ¿Os acordáis del Ganso Hediondo?

Su capa aún conservaba el olor de aquel lugar.

—¿Por qué?

—Reuníos conmigo allí a mediodía. Mi primo Alyn fue uno de los que buscaron al Perro. Hablaré con él.

—¿Por qué ibais a hacerlo?

—¿Por qué no? Si tenéis éxito allí donde Alyn ha fracasado, me estaré riendo de él durante años.

Ser Hyle estaba en lo cierto: aún quedaban posadas en Poza de la Doncella. Pero algunas habían sido incendiadas en uno u otro saqueo; aún tenían que reconstruirlas, y las que quedaban estaban abarrotadas de soldados del ejército de Lord Tarly. Podrick y ella las visitaron todas aquella tarde, pero en ninguna quedaban camas.

—¿Ser? ¿Mi señora? —empezó Podrick cuando ya se ponía el sol—. Hay barcos. En los barcos hay camas. Hamacas. O catres.

Los hombres de Lord Randyll pululaban por los muelles, como los gusanos por las cabezas de los tres Titiriteros Sangrientos, pero su sargento conocía de vista a Brienne y la dejó pasar. Los pescadores de la zona ya estaban amarrando y pregonaban las capturas del día, aunque a ella le interesaban los barcos más grandes, los que surcaban las aguas tormentosas del mar Angosto. En el puerto había media docena, pero una de ellas, una galera que tenía por nombre *Hija del Titán,* estaba levando anclas para zarpar con la marea vespertina. Podrick Payne y ella hicieron una ronda por los barcos que quedaban. El contramaestre de la *Chica de Puerto Gaviota* tomó a Brienne por una prostituta y les dijo que su barco no era ningún burdel, y un arponero del ballenero ibbenés le ofreció dinero a cambio del muchacho, pero en otros tuvieron mejor suerte. Compró una naranja para Podrick en la *Caminante de los Mares,* una coca recién llegada de Antigua que había hecho escala en Tyrosh, Pentos y el Valle Oscuro.

—De aquí vamos a Puerto Gaviota —le dijo su capitán—, y después rodearemos los Dedos hasta Islahermana y Puerto Blanco, si las tormentas lo permiten. Es un barco limpio; la *Caminante* no tiene tantas ratas como la mayoría, y llevamos a bordo huevos frescos y mantequilla recién hecha. ¿Mi señora busca pasaje hacia el norte?

—No. —«Todavía no.» Se sentía tentada, pero...

Cuando se dirigían al siguiente atracadero, Podrick arrastró un pie por el suelo.

—¿Ser? —dijo—. ¿Mi señora? ¿Y si mi señora se fue a casa? O sea, mi otra señora, ser. Lady Sansa.

—Su casa ha ardido.

—Aun así. Allí están sus dioses. Y los dioses no mueren.

«Los dioses no mueren, pero las niñas sí.»

—Timeon era un asesino cruel, pero no creo que mintiera sobre el Perro. No podemos ir al norte hasta que estemos seguros. Ya habrá otros barcos.

Encontraron refugio para aquella noche en el extremo más oriental del puerto, a bordo de una galera mercante llamada *Dama de Myr.* Estaba muy escorada, y había perdido el mástil y la mitad de su tripulación en una tormenta, pero el maestre no tenía monedas suficientes para repararla, de modo que lo alegró aceptar unas cuantas de Brienne a cambio de un camarote vacío que compartiría con Pod.

La noche no fue tranquila: Brienne se despertó tres veces, la primera cuando empezó la lluvia, y luego cuando oyó un crujido y pensó que Dick el Ágil se acercaba para matarla. La segunda vez se levantó con el cuchillo en la mano, pero no pasaba nada. En la oscuridad del diminuto camarote, tardó un momento en recordar que Dick el Ágil estaba muerto. Cuando por fin volvió a dormirse, soñó con los hombres a los que había matado. Bailaban a su alrededor, se burlaban de ella, la pellizcaban mientras ella les lanzaba golpes con la espada... Los redujo a jirones ensangrentados, pero seguían bailoteando a su alrededor... Shagwell, Timeon y Pyg, sí, pero también Randyll Tarly, Vargo Hoat y Ronnet Connington, el Rojo. Ronnet llevaba una rosa entre los dedos. Cuando se la tendió, ella le cortó la mano.

Se despertó sudorosa, y se pasó el resto de la noche acurrucada bajo la capa, mientras oía caer la lluvia contra la cubierta que le servía de techo. Fue una noche extraña. De cuando en cuando le llegaba el sonido del trueno lejano, y pensaba en el barco braavosi que había zarpado la tarde anterior.

A la mañana siguiente fue otra vez al Ganso Hediondo, despertó a su desaseada propietaria y le dio unas monedas a cambio de unas salchichas grasientas, un poco de pan frito, media copa de vino, una frasca de agua hervida y dos vasos limpios. Mientras ponía el agua a hervir, la mujer miró a Brienne con los ojos entrecerrados.

—Sois la grandullona que se marchó con Dick el Ágil, ya me acuerdo. ¿Os estafó?

—No.

—¿Os violó?

—No.

—¿Os robó el caballo?

—No. Lo mataron unos bandidos.

—¿Bandidos? —La mujer le pareció más intrigada que triste—. Siempre pensé que Dick acabaría ahorcado, o que lo mandarían al Muro.

Se comieron el pan frito y la mitad de las salchichas. Podrick Payne regó su ración con agua mezclada con un poco de vino, mientras que Brienne bebía una copa de vino aguado y se preguntaba qué hacía allí. Hyle Hunt no era un verdadero caballero. Su rostro sincero no era más que una máscara.

«No necesito su ayuda, no necesito su protección y, desde luego, no lo necesito a él. Seguro que ni siquiera viene. Cuando me dijo que me reuniera aquí con él, se estaba burlando de mí otra vez.»

Ya se disponía a levantarse para salir cuando llegó Ser Hyle.

—Buenos días. Mi señora, Podrick... —Echó un vistazo a los vasos, a los platos y a las salchichas que se enfriaban en un charco de grasa—. Dioses, espero que no hayáis comido lo que sirven aquí —dijo.

—Lo que comamos no es asunto vuestro —replicó Brienne—. ¿Habéis hablado con vuestro primo? ¿Qué os ha dicho?

—Sandor Clegane fue visto por última vez en Salinas, el día del ataque. Después se fue a caballo hacia el oeste, por el Tridente.

—El Tridente es un río muy largo. —Frunció el ceño.

—Sí, pero no creo que nuestro perro se haya alejado mucho de la desembocadura. Creo que Poniente ha perdido todo su encanto para él. En Salinas, estaba buscando un barco. —Ser Hyle se sacó de la bota un rollo de piel de oveja, apartó las salchichas a un lado y lo estiró en la mesa. Era un mapa—. El Perro mató a tres hombres de su hermano en una vieja posada de la encrucijada, aquí. Luego encabezó el ataque a Salinas, aquí. —Dio unos toquecitos en Salinas con un dedo—. Puede que esté acorralado. Los Frey se encuentran aquí arriba, en Los Gemelos, y Darry y Harrenhal, al sur, al otro lado del Tridente; al oeste tenemos a los Blackwood y a los Bracken enfrentados, y Lord Randyll está aquí, en Poza de la Doncella. Aunque pudiera cruzar entre los clanes de las montañas, la nieve ha cerrado el camino alto hacia el Valle ¿Adónde podría ir un perro?

—Si está con Dondarrion...

—No. Alyn está seguro de eso. Los hombres de Dondarrion también andan buscándolo. Han corrido la voz de que piensan ahorcarlo por lo que hizo en Salinas. No tomaron parte en aquello, pero Lord Randyll quiere que la gente lo crea, para que se vuelva contra Beric y su Hermandad. Mientras el pueblo proteja al señor del relámpago, no podrá atraparlo. Y luego está la otra banda, la que encabeza la mujer, Corazón de Piedra... Se dice que es la amante de Lord Beric, que los Frey la ahorcaron, pero Dondarrion la besó y le devolvió la vida, y ahora es inmortal, igual que él.

Brienne estudió el mapa. Si Clegane había sido visto por última vez en Salinas, allí era donde habría que buscar su rastro.

—Por lo que dice Alyn, en Salinas no queda nadie, solo un caballero anciano en su castillo.

—Pero por allí hay que empezar.

—Hay un hombre —dijo Ser Hyle—. Un septón. Llegó un día antes que vos. Se llama Meribald; nació y creció junto al río, donde ha servido toda su vida. Partirá mañana para hacer su ruta, y siempre pasa por Salinas. Deberíamos ir con él.

Brienne alzó la vista bruscamente.

—¿Deberíamos?

—Os acompaño.

—Eso, ni pensarlo.

—Bueno, voy a ir a Salinas con el septón Meribald. Podrick y vos podéis ir adonde os dé la gana.

—¿Os ha ordenado Lord Randyll que me sigáis otra vez?

—Me ha ordenado que me aleje de vos. Lord Randyll opina que os sentaría bien una buena violación.

—Entonces, ¿por qué queréis acompañarme?

—La alternativa era volver a montar guardia en la puerta.

—Si vuestro señor os ha ordenado...

—Ya no es mi señor.

—¿No estáis a su servicio? —preguntó sorprendida.

—Su señoría me ha informado de que ya no necesita mi espada ni mi insolencia. Vienen a ser lo mismo. Por tanto, me propongo disfrutar de la vida aventurera de un caballero errante... Aunque supongo que, si encontramos a Sansa Stark, habrá una buena recompensa.

«Solo le interesan el oro y las tierras.»

—Mi intención es salvar a la niña, no venderla. He hecho un juramento.

—Yo, en cambio, no.

—Por eso no vais a acompañarme.

Se pusieron en marcha a la mañana siguiente, cuando salió el sol. Formaban una comitiva extraña: Ser Hyle a lomos de un corcel alazán y Brienne en su alta yegua gris; Podryck Payne en su penco de lomo hundido, y el septón Meribald a pie, con una pica en la mano, tirando de las riendas de un asno pequeño y seguido por un perro grande. El asno iba tan cargado que Brienne casi temía que se le partiera el espinazo de un momento a otro.

—Comida para los pobres y los hambrientos de los ríos —les había dicho el septón Meribald a las puertas de Poza de la Doncella—. Semillas, nueces, fruta seca, copos de avena, harina, pan de centeno, tres quesos amarillos de la posada que hay junto a la puerta del Bufón, bacalao salado para mí y carnero salado para el perro... Ah, y sal. Cebollas, zanahorias, nabos, dos sacos de alubias, cuatro de cebada y nueve de naranjas. Reconozco que tengo debilidad por las naranjas. Las he conseguido de un marinero, y me temo que serán las últimas que vea hasta la primavera.

Meribald era un septón sin septo, situado solo un poco por encima de los hermanos mendicantes en la jerarquía de la Fe. Había cientos como él, hombres harapientos cuya humilde misión consistía en ir de aldea en aldea para oficiar misas, celebrar bodas y perdonar pecados. Se suponía que quienes recibían su visita tenían que proporcionarle alimento y cobijo, pero casi todos eran tan pobres como él, de modo que Meribald no podía quedarse demasiado tiempo en el mismo lugar sin poner en un aprieto a sus anfitriones. En ocasiones, algún posadero bondadoso le permitía pernoctar en las cocinas o en los establos, y había septrios, refugios y hasta algunos castillos donde sabía que era bien recibido. Si no tenía cerca ningún lugar de aquellos, dormía bajo los árboles o entre las matas.

—Hay matas excelentes en las zonas con ríos —dijo Meribald—. Los mejores son los viejos. Nada se puede comparar con un matojo de cien años. Dentro se duerme tan abrigado como en una posada, y con menos pulgas.

El septón no sabía leer ni escribir, según les confesó alegremente por el camino, pero se sabía un centenar de oraciones y podía recitar de memoria pasajes enteros de *La estrella de siete puntas,* que era lo único que hacía falta en las aldeas. Tenía el rostro curtido por la intemperie, una espesa mata de pelo canoso, y arrugas en la comisura de los ojos. Aunque era alto, de casi nueve palmos, siempre iba encorvado, por lo que parecía mucho más bajo. Tenía las manos grandes y encallecidas, con los nudillos rojizos y las uñas sucias, y también los pies más grandes que Brienne hubiera visto nunca: descalzos, negros y duros como el hueso.

—Hace veinte años que no llevo zapatos —le explicó—. El primer año tenía más ampollas que dedos; sangraba como un cerdo por las plantas de los pies cada vez que tropezaba con una piedra, pero recé al Zapatero Celestial y me dejó la piel dura como el cuero.

—No hay ningún zapatero —protestó Podrick.

—Claro que sí, chico, aunque puede que tú lo llames de otra manera. Dime, ¿a cuál de los siete dioses reverencias más?

—Al Guerrero —dijo Podrick sin titubear ni un momento.

—En el Castillo del Atardecer, el septón de mi padre decía que solo había un dios —dijo Brienne tras carraspear.

—Un dios con siete aspectos. Así es, mi señora, y tenéis razón, pero el misterio de los siete que son uno es difícil de entender para la gente sencilla, y yo soy sencillo, así que hablo de siete dioses. —Meribald se volvió hacia Podrick—. Nunca he conocido a un muchacho que no adorase al Guerrero. Pero yo soy viejo, y por eso adoro al Herrero. Sin su labor, ¿qué podría defender el Guerrero? Hay un herrero en cada ciudad, en cada castillo. Hacen arados para sembrar nuestras cosechas, clavos para construir nuestros barcos, herraduras para los cascos de nuestros fieles caballos, hermosas espadas para nuestros señores... Nadie duda de la valía del herrero, así que ponemos su nombre a uno de los Siete, pero también lo podríamos haber llamado Granjero, Pescador, Carpintero o Zapatero. No importa en qué trabaje; lo que importa es que trabaja. El Padre gobierna, el Guerrero lucha, el Herrero trabaja, y juntos hacen todo lo que está bien para el hombre. El Herrero es solo un aspecto de la divinidad, y de la misma manera, el Zapatero es un aspecto del Herrero. Fue Él quien escuchó mi plegaria y me curó los pies.

—Los dioses son bondadosos —intervino Ser Hyle en tono seco—, pero ¿para qué molestarlos? ¿No habría sido mejor que os pusierais zapatos?

—Ir descalzo es mi penitencia. Hasta los santos septones pueden pecar, y pocas carnes ha habido más débiles que la mía. Era joven, lleno de vigor, y a las muchachas... Un septón les puede parecer tan galante como un príncipe si no conocen a otro hombre que haya estado a más de dos mil pasos de su aldea. Les recitaba trozos de *La estrella de siete puntas.* Lo que mejor me funcionaba era el *Libro de la Doncella.* Fui un hombre taimado, sí, antes de deshacerme de los zapatos. Me avergüenzo al pensar en todas las doncellas que he desflorado.

Brienne cambió de postura en la silla, incómoda, recordando el campamento situado ante las murallas de Altojardín y la apuesta que habían hecho Ser Hyle y los demás para ver quién era el primero en llevársela a la cama.

—Estamos buscando a una doncella —le confió Podrick Payne—. Es una niña noble, de trece años, con el pelo castaño rojizo.

—Creía que buscabais bandidos.

—También —dijo Podrick.

—Por lo general, los viajeros prefieren evitar a esa gente —señaló el septón Meribald—; vos, en cambio, los buscáis.

—Solo nos interesa uno —dijo Brienne—. El Perro.

—Eso me ha dicho Ser Hyle. Que los Siete os amparen, chiquilla. Se dice que deja a su paso un rastro de niños asesinados y doncellas ultrajadas. He oído que lo llaman el Perro Rabioso de Salinas. ¿Qué puede querer una persona honrada de semejante criatura?

—Quizá la doncella de la que os ha hablado Podrick viaje con él.

—¿De verdad? En tal caso será mejor rezar por la pobre niña.

«Y por mí —pensó Brienne—, rezad también por mí. Pedidle a la Vieja que alce su lámpara y me guíe hasta Lady Sansa, y al Guerrero, que dé fuerza a mi brazo para que la pueda defender.»

Pero no se atrevió a decirlo allí, delante de Hyle Hunt, que se burlaría de su debilidad femenina.

Como el septón Meribald iba a pie, y su asno, tan cargado, aquel día avanzaron poco. No tomaron el camino principal del oeste, el que había recorrido Brienne con Ser Jaime cuando llegaron a Poza de la Doncella y se encontraron la ciudad saqueada y llena de cadáveres. Se dirigieron hacia el noroeste siguiendo la costa de la bahía de los Cangrejos por un sendero serpenteante, tan estrecho que ni siquiera aparecía en los preciados mapas de piel de cordero de Ser Hyle. A aquel lado de Poza de la Doncella no había colinas empinadas, cenagales negros ni pinares, como en Punta Zarpa Rota. Las tierras que atravesaron eran llanas y húmedas; un erial de dunas arenosas y salinas, bajo la vasta bóveda azul del cielo. El camino desaparecía a menudo entre los juncos y los charcos que dejaban las mareas, para reaparecer media legua más adelante; Brienne sabía que de no ser por Meribald se habrían extraviado sin remedio. El suelo de algunos tramos era muy blando, de manera que el septón abría la marcha con su pica para asegurarse de que pisaban tierra firme. No vieron ni rastro de árboles en muchas leguas; solo mar, cielo y arena.

No había lugar más diferente de Tarth, con sus cascadas, sus montañas, sus prados y sus valles umbríos, pero Brienne pensaba que aquello también era hermoso a su manera. Cruzaron una docena de arroyos de aguas tranquilas llenos de ranas y grillos; vieron volar a los charranes por encima de la bahía; oyeron el canto de los andarríos entre las dunas. En cierta ocasión se les cruzó un zorro, con lo que el perro de Meribald ladró enloquecido.

Aquella tierra estaba habitada. Había hombres que vivían entre los juncos, en casas de cañas y barro, mientras que otros pescaban en la bahía con botes de cuero y mimbre, y alzaban sus casas sobre pilares de madera, en las dunas. Lo más habitual era que vivieran solos, fuera de la vista de cualquier vivienda que no fuera la suya. La mayoría parecía tímida, pero cerca del mediodía, el perro empezó a ladrar otra vez, y tres mujeres salieron de entre los juncos para darle a Meribald una cesta de almejas. Él les entregó a cambio una naranja a cada una, aunque allí, las almejas eran tan comunes como el barro, y las naranjas escaseaban y eran muy preciadas. Una de las mujeres era muy vieja; otra estaba en avanzado estado de gestación, y la tercera era una niña tan fresca y hermosa como una flor en primavera. Meribald se apartó con ellas para escuchar sus pecados, y Ser Hyle dejó escapar una risita.

—Vaya, los dioses caminan con nosotros. Al menos, la Doncella, la Madre y la Vieja.

Podrick puso tal cara de asombro que Brienne tuvo que explicarle que no, que solo eran tres mujeres de las marismas.

Más tarde, cuando reanudaron la marcha, se volvió hacia el septón.

—Esta gente vive a menos de un día de viaje de Poza de la Doncella —dijo—, y aun así, la guerra no la ha tocado.

—No hay mucho que tocar, mi señora. Sus tesoros son conchas, piedras y botes de cuero; sus mejores armas, cuchillos de hierro oxidado. Nacen, viven, aman, mueren y saben que Lord Mooton gobierna sus tierras, pero pocos lo han visto, y para ellos, Aguasdulces y Desembarco del Rey no son más que nombres.

—Pero aun así, conocen a los dioses —señaló Brienne—. Supongo que es obra vuestra. ¿Cuánto tiempo lleváis recorriendo las tierras de los ríos?

—Pronto hará cuarenta años —dijo el septón, y su perro lanzó un ladrido—. De Poza de la Doncella a Poza de la Doncella, el circuito me lleva medio año, a veces más, pero no presumiré de conocer el Tridente. Solo veo de lejos los castillos de los grandes señores, pero visito los mercados, los torreones, las aldeas tan pequeñas que no tienen ni nombre, los matorrales, las colinas, los riachuelos que calman la sed y las cavernas donde se puede refugiar un hombre. Y los caminos que usa el pueblo, los senderos serpenteantes y embarrados que no aparecen en los mapas de pergamino, también los conozco. —Soltó una risita—. Vaya si los conozco. Mis pies han recorrido diez veces hasta el último palmo.

«Los senderos accesorios son los que utilizan los bandidos, y los proscritos podrían esconderse en las cuevas.» Un ramalazo de desconfianza hizo que Brienne se preguntara hasta qué punto conocía Ser Hyle a aquel hombre.

—Debe de ser una vida muy solitaria, septón.

—Los Siete están conmigo en todo momento —respondió Meribald—, y tengo a mi leal sirviente, y al perro.

—¿Vuestro perro tiene nombre? —preguntó Podrick Payne.

—Claro —respondió Meribald—. Pero no es mi perro. Ni hablar.

El animal ladró y meneó la cola. Era grande y peludo; pesaría más de cinco arrobas, pero era cariñoso.

—¿De quién es? —preguntó Podrick.

—Suyo, claro, y de los Siete. En cuanto a su nombre, pues no me lo ha dicho. Así que lo llamo *perro.*

—Ah. —Era obvio que Podrick no sabía cómo enfrentarse a un perro sin nombre. Se pasó un rato cavilando—. Cuando era pequeño tenía un perro. Se llamaba Héroe.

—¿Lo era?

—¿Si era qué?

—Un héroe.

—No. Pero era un buen perro. Murió.

—El perro me cuida en los caminos, incluso en estos tiempos tan difíciles. Si lo llevo a mi lado, no hay lobo ni bandido que se atreva a molestarme. —El septón frunció el ceño—. Últimamente, los lobos se han vuelto tremendos. Hay lugares donde, si se viaja solo, más vale dormir entre las ramas de un árbol. En todos los años que llevaba haciendo este recorrido no había visto una manada de más de doce lobos, pero la que ronda ahora por el Tridente es de centenares.

—¿Los habéis visto? —preguntó Ser Hyle.

—Por suerte, no, loados sean los Siete, pero más de una vez los he oído por la noche. Son tantos aullidos... Es un ruido que hiela la sangre en las venas. Hasta el propio perro tiembla, y eso que ha matado a una docena de lobos. —Le rascó la cabeza al animal—. Hay quien dice que son demonios, que la jefa de la manada es una loba monstruosa, una sombra acechante, gris, gigantesca. Se dice que derribó un uro ella sola, que no hay trampa ni red capaz de detenerla, que no tiene miedo del acero ni del fuego, que mata a todo lobo que intente montarla y no come nada más que carne humana.

—Buena la habéis hecho, septón. —Ser Hyle se echó a reír—. Al pobre Podrick se le han puesto los ojos como huevos cocidos.

—Qué va —replicó Podrick, indignado. El perro ladró.

Aquella noche, acamparon en las dunas frías. Brienne envió a Podrick a la orilla a recoger la leña que hubiera arrastrado el mar, para encender una hoguera, pero el muchacho volvió con las manos vacías y cubierto de barro hasta las rodillas.

—La marea está baja, ser. Mi señora. No hay agua, solo cenagales.

—No te acerques a la ciénaga, chico —le aconsejó el septón Meribald—. No le gustan los desconocidos. Si te metes donde no debes, se abre y te engulle.

—Solo es barro —replicó Podrick.

—Hasta que te llene la boca y se te meta por la nariz. Entonces es muerte. —Sonrió para quitar filo a sus palabras—. Límpiate ese lodo y toma un gajo de naranja, muchacho.

El día siguiente fue igual. Desayunaron bacalao salado y más naranja, y se pusieron en marcha antes de que amaneciera del todo, con el cielo rosado a sus espaldas y violeta ante ellos. El perro abría la marcha; olisqueaba los juncos y, de cuando en cuando, se detenía para orinar en ellos; parecía conocer el camino tan bien como Meribald. El canto de los charranes hacía vibrar el aire de la mañana mientras subía la marea.

Cerca del mediodía se detuvieron en una aldea diminuta, la primera que cruzaban, donde había ocho casas asentadas sobre pilares junto a un pequeño arroyo. Los hombres estaban fuera, pescando en sus botes de mimbre y cuero, pero las mujeres y los niños bajaron por las escalas de cuerda y se reunieron en torno al septón Meribald para rezar. Después del oficio, el septón los absolvió de sus pecados y les dejó unos cuantos nabos, un saco de judías y dos de sus preciosas naranjas.

—Esta noche deberíamos montar guardia, amigos —les dijo cuando reemprendieron el camino—. Los aldeanos dicen que han visto a tres hombres quebrados acechando entre las dunas, al oeste de la vieja atalaya.

—¿Solo tres? —Ser Hyle sonrió—. Tres son pan comido para nuestra espadachina. No se atreverán con hombres armados.

—A menos que se estén muriendo de hambre —señaló el septón—. En estas marismas hay comida, pero solo para quienes saben buscarla, y esos tres hombres son forasteros, supervivientes de alguna batalla. Si se acercan a nosotros, os ruego que me los dejéis a mí, ser.

—¿Qué vais a hacer con ellos?

—Darles comida. Pedirles que confiesen sus pecados, para que pueda perdonárselos. Invitarlos a venir con nosotros a la Isla Tranquila.

—Eso es tanto como invitarlos a que nos degüellen mientras dormimos —replicó Hyle Hunt—. Lord Randyll tiene mejores maneras de tratar con los hombres quebrados: el acero y la soga.

—¿Ser? ¿Mi señora? —intervino Podrick—. ¿Un hombre quebrado es un bandido?

—Más o menos —respondió Brienne.

El septón Meribald no estaba de acuerdo.

—Más menos que más. Hay muchos tipos de bandidos, igual que hay muchos tipos de pájaros. Tanto el andarríos como el pigargo tienen alas, pero no son lo mismo. A los bardos les gustan las canciones de hombres buenos que se ven forzados a saltarse la ley para combatir a un señor malvado, pero la mayoría de los bandidos se parecen más a ese Perro rabioso que al señor del relámpago. Son hombres malvados, instigados por la codicia, amargados por la vida taimada; desprecian a los dioses y solo se preocupan por sí mismos. Los hombres quebrados pueden ser igual de peligrosos, pero también son dignos de compasión. Casi todos son gente sencilla, hombres del pueblo que nunca habían estado a más de media legua de la casa en la que nacieron hasta que un día, un señor cualquiera se los llevó a la guerra. Mal vestidos y mal calzados, marchan tras sus estandartes, a veces sin más armas que una guadaña o una hoz, o una maza que se han hecho ellos mismos atando una piedra a un palo con tiras de cuero. Los hermanos marchan con los hermanos; los hijos, con los padres; los amigos, con los amigos. Han oído las canciones y las anécdotas, así que caminan con el corazón anhelante, soñando con las maravillas que verán, con las riquezas y la gloria que conseguirán. La guerra les parece una gran aventura, la mayor que vivirá la mayoría de ellos.

»Luego prueban el combate.

»Algunos se quiebran nada más probarlo. Otros aguantan años, hasta que pierden la cuenta de las batallas en que han intervenido, pero alguien que sobrevive a cien combates puede quebrarse en el ciento uno. Los hermanos ven morir a sus hermanos, los padres pierden a sus hijos, los amigos ven a sus amigos tratar de volver a meterse las tripas después de que los haya rajado un hacha.

»Ven caer al señor que los llevó allí y, de repente, otro señor les grita que ahora lo sirven a él. Reciben una herida y, cuando todavía la tienen a medio curar, reciben otra. Nunca tienen comida suficiente; el calzado se les cae a pedazos de tanto caminar; la ropa se les desgarra y se les pudre, y la mitad se caga en los calzones porque ha bebido agua que no era potable.

»Si quieren unas botas nuevas, una capa más caliente o, tal vez, un yelmo de hierro oxidado, tienen que quitárselo a un cadáver; no tardan en robar también a los vivos, a los aldeanos en cuyas tierras luchan, a hombres como los que eran antes ellos mismos. Les matan las ovejas y les roban las gallinas, y de ahí a llevarse también a sus hijas solo hay un paso. Y un día miran a su alrededor y se dan cuenta de que todos sus parientes y amigos han desaparecido, de que luchan al lado de desconocidos y bajo un estandarte que ni siquiera identifican. No saben dónde están ni cómo volver a su hogar; el señor por el que luchan no sabe cómo se llaman, pero ahí está siempre, gritándoles que formen una línea con sus lanzas, sus hoces, sus guadañas, para defender la posición. Y los caballeros caen sobre ellos, hombres sin rostro envueltos en acero, y el retumbar de su ataque parece llenar el mundo...

»Y el hombre se quiebra.

»Da media vuelta y huye, o se arrastra entre los cadáveres de los caídos, o se escabulle en plena noche y busca un lugar donde esconderse. A esas alturas, los hombres quebrados ya ni piensan en volver a casa. Los reyes, los señores y los dioses les importan menos que un trozo de carne medio podrida que les permita vivir un día más, o un pellejo de vino agrio con el que ahogar sus miedos unas horas. Viven de día en día, de comida en comida; son más animales que humanos. Lady Brienne no se equivoca: en estos tiempos que corren, los viajeros deben cuidarse de los hombres quebrados, y temerlos... Pero también deberían compadecerlos.

Cuando Meribald terminó, un silencio denso se hizo en el pequeño grupo. Brienne escuchó el sonido del viento entre un grupo de sauces, y más allá, el canto lejano de una gavia. Oyó también el jadeo del perro, que caminaba, con la lengua colgando, con el septón y su asno. El silencio se prolongó largo rato; fue ella quien lo rompió.

—¿Cuántos años teníais cuando os llevaron a la guerra?

—Pues sería de la edad de vuestro chico, más o menos —respondió Meribald—. Sí, demasiado joven, pero todos mis hermanos partían; no quise quedarme atrás. Willam me dijo que podía ser su escudero, y eso que no era caballero, solo un pinche armado con un cuchillo de cocina que había robado en la taberna. Murió en los Peldaños de Piedra sin llegar a asestar un golpe. Se lo llevó la fiebre, igual que a mi hermano Robin. A Owen lo mató un golpe de maza que le abrió la cabeza, y a su amigo Jon Viruelas lo ahorcaron por violación.

—¿La guerra de los Reyes Nuevepeniques? —preguntó Hyle Hunt.

—Así la llamaban, aunque no vi ningún rey, ni gané un penique. Pero era una guerra. Era una guerra.

Samwell

Sam estaba junto a la ventana, meciéndose nervioso mientras contemplaba como se ocultaba el sol tras una hilera de tejados acabados en punta.

«Seguro que se ha emborrachado otra vez —pensó, sombrío—. O si no, es que ha conocido a otra chica. —No sabía si soltar maldiciones o echarse a llorar. Se suponía que Dareon era su hermano—. A la hora de cantar, nadie lo hace mejor. Pero como se trate de otra cosa....»

La niebla del ocaso empezaba a cubrir la ciudad; las lenguas grisáceas ascendían ya por las paredes de los edificios que bordeaban el antiguo canal.

—Prometió que volvería —dijo Sam—. Tú estabas delante.

Elí alzó los ojos enrojecidos e hinchados. El pelo le colgaba ante el rostro, enmarañado y sucio. Parecía un animal acosado que lo mirase desde detrás de un arbusto. Hacía muchos días que no tenían fuego, pero a la chica salvaje le gustaba acurrucarse al lado de la chimenea, como si las cenizas frías aún emitieran algo de calor.

—No le gusta estar aquí con nosotros —dijo en susurros para no despertar al bebé—. Aquí hay tristeza. Le gustan los sitios donde hay vino y sonrisas.

«Sí —pensó Sam—, y vino hay por todas partes menos aquí. —Braavos estaba plagado de tabernas, cervecerías y burdeles—. ¿Quién puede culpar a Dareon por elegir un buen fuego y una copa de vino especiado en vez de una rebanada de pan duro y la compañía de una mujer que llora, un gordo cobarde y un anciano enfermo? Yo, yo lo culpo. Dijo que volvería antes del crepúsculo; dijo que nos traería vino y comida.»

Miró por la ventana una vez más, esperando contra toda esperanza ver regresar al bardo con pasos apresurados. La oscuridad envolvía la ciudad secreta, reptaba por los callejones y descendía por los canales. Las buenas gentes de Braavos no tardarían en cerrar los postigos y atrancar las puertas. La noche era para los jaques y las cortesanas.

«Los nuevos amigos de Dareon», pensó Sam con amargura. Últimamente, el bardo no hacía más que hablar de ellos. Estaba tratando de escribir una canción sobre una cortesana, una mujer llamada Sombra de Luna que lo había escuchado cantar junto al estanque de la Luna y lo había recompensado con un beso.

—Tendrías que haberle pedido plata —le había dicho Sam—. Lo que necesitamos son monedas, no besos.

Pero el bardo se limitó a sonreír.

—Hay besos que valen más que el oro, Mortífero.

Aquello también lo enfurecía. El cometido de Dareon no era escribir canciones que hablaran de cortesanas; su misión era cantar las maravillas del Muro y el valor de la Guardia de la Noche. Jon había albergado la esperanza de que sus canciones persuadieran a algunos jóvenes para que vistieran el negro. Pero solo cantaba canciones de besos dorados, cabellos de plata y labios rojos, rojos, rojos. Nadie había vestido nunca el negro por unos labios rojos, rojos, rojos.

Y a veces, cuando tocaba, despertaba al bebé. El niño empezaba a berrear; Dareon le gritaba que se callara; Elí se echaba a llorar, y el bardo salía por la puerta y tardaba días en volver.

—Es que tanto lloriqueo me da ganas de abofetearla —se quejaba—. ¡Si casi no se puede dormir con sus sollozos!

«Tú también llorarías si tuvieras un hijo y lo hubieras perdido», estuvo a punto de decirle Sam. No podía culpar a Elí por sentir tanto dolor. A quien culpaba era a Jon Nieve; se preguntaba cuándo se le había vuelto de piedra el corazón. En cierta ocasión, mientras Elí estaba en el canal recogiendo agua para todos, le había hecho esa misma pregunta al maestre Aemon.

—Cuando conseguiste que lo nombraran Lord Comandante —respondió el anciano.

Incluso en aquellas circunstancias, cuando se estaban pudriendo en una habitación gélida, una parte de Sam se negaba a creer que Jon hubiera hecho lo que pensaba el maestre Aemon.

«Pero debe de ser verdad. Si no, ¿por qué llora tanto Elí?» Solo tenía que preguntarle de quién era el bebe al que daba el pecho, pero no conseguía reunir valor. Le daba miedo la respuesta. «Sigo siendo un cobarde, Jon.» Fuera adonde fuera en aquel ancho mundo, sus miedos lo acompañaban.

Un sonido grave retumbó entre los tejados de Braavos como el ruido de un trueno lejano: el Titán, que anunciaba la puesta de sol desde el otro lado de la albufera. El sonido bastó para despertar al bebé, y su aullido repentino despertó a su vez al maestre Aemon. Elí se dispuso a darle el pecho al niño; el anciano abrió los ojos y se removió con debilidad en el camastro.

—¿Egg? Está muy oscuro. ¿Por qué está todo tan oscuro?

«Porque estáis ciego.» A Aemon se le iba la cabeza cada vez con más frecuencia desde que habían llegado a Braavos. Algunos días no parecía saber ni quién era; otras veces se perdía mientras estaba diciendo algo y terminaba farfullando sobre su padre o su hermano. «Tiene ciento dos años», se recordó Sam; pero en el Castillo Negro era igual de viejo y allí no se le iba nunca la cabeza.

—Soy yo —le tuvo que decir—. Samwell Tarly. Vuestro mayordomo.

—Sam. —El maestre Aemon se humedeció los labios y parpadeó—. Sí. Y estamos en Braavos. Perdóname, Sam. ¿Ha amanecido ya?

—No. —Sam le tocó la frente al anciano. Tenía la piel fría de sudor, pegajosa; cada inhalación era un ligero jadeo—. Es de noche, maestre. Habéis estado durmiendo.

—Demasiado tiempo. Aquí hace frío.

—No tenemos leña —le explicó Sam—, y el posadero no nos da más porque no tenemos monedas.

Era la cuarta o la quinta vez que mantenían la misma conversación. «Tendría que haber gastado nuestro dinero en leña —se reprochaba Sam en cada ocasión—. Debería haber tenido suficiente sentido común para mantenerlo caliente.»

Pero había despilfarrado la plata que les quedaba en un sanador de la Casa de las Manos Rojas, un hombre alto que vestía una túnica bordada con líneas rojas y blancas. Lo único que consiguió a cambio fue media frasca de vino del sueño.

—Esto aliviará su agonía —le había dicho el braavosi en un tono no exento de bondad. Sam le preguntó si no podía hacer nada más, y el hombre negó con la cabeza—. Tengo ungüentos, pócimas, infusiones, tinturas, venenos y cataplasmas. Podría sangrarlo, purgarlo, ponerle sanguijuelas... Pero ¿para qué? No hay sanguijuela capaz de rejuvenecerlo. Es un anciano; tiene la muerte en los pulmones. Dale esto y que duerma.

Y eso había hecho, toda la noche y todo el día, pero en aquel momento, el anciano trataba de incorporarse.

—Tenemos que bajar a los barcos.

«Otra vez los barcos.»

—Estáis demasiado débil para salir —tuvo que decirle.

Durante el viaje, el maestre Aemon se había resfriado, y el frío se le había asentado en el pecho. Cuando llegaron a Braavos estaba tan débil que tuvieron que llevarlo a la orilla en brazos. Entonces aún tenían una bolsa de plata bien llena, así que Dareon pidió la cama más grande de la posada. En la que les dieron habrían podido dormir ocho personas, de modo que el posadero les cobró como si fueran otros tantos.

—Por la mañana iremos a los muelles —prometió Sam—. Buscaremos un barco que vaya a zarpar hacia Antigua.

El puerto de Braavos tenía mucho movimiento incluso en otoño. Cuando Aemon estuviera suficientemente fuerte para viajar, no les sería difícil encontrar un barco adecuado que los llevara a su destino. Pagar por los pasajes, en cambio, sí sería un problema. Tal vez tuvieran suerte y encontraran algún barco de los Siete Reinos.

«A lo mejor algún mercader de Antigua que tenga un pariente en la Guardia de la Noche. Tiene que quedar alguien que honre a los hombres que patrullan el Muro.»

—Antigua —jadeó el maestre Aemon—. Sí. He soñado con Antigua, Sam. Era joven, mi hermano Egg estaba conmigo, iba con ese caballero grande al que servía. Bebíamos en la vieja taberna donde hacen esa sidra monstruosamente fuerte. —Trató de incorporarse otra vez, pero el esfuerzo fue excesivo, y volvió a tumbarse—. Los barcos —repitió—. Aquí encontraremos la respuesta. Los dragones. Necesito saber.

«No —pensó Sam—, lo que necesitáis es comida y calor: la barriga llena y un buen fuego en la chimenea.»

—¿Tenéis hambre, maestre? Nos queda un poco de pan y un trozo de queso.

—Ahora no, Sam. Más tarde, cuando recupere las fuerzas.

—¿Cómo vais a recuperar las fuerzas si no coméis?

Ninguno de ellos había comido gran cosa durante la travesía, después de alejarse de Skagos. Los vendavales del otoño los habían perseguido por todo el mar Angosto. A veces, los vientos soplaban del sur con truenos, relámpagos y lluvias densas que caían durante días. A veces soplaban del norte, gélidos, atroces, que cortaban la piel. En una ocasión hizo tanto frío que, al despertar, Sam vio que el barco entero estaba cubierto de hielo, blanco y brillante como una perla. El capitán había bajado el mástil y lo había atado a la cubierta para terminar la travesía solo a golpe de remos. Cuando divisaron al Titán, ya nadie era capaz de retener nada en el estómago.

En cambio, cuando estuvieron a salvo en la orilla, Sam sintió un hambre atroz. Lo mismo les pasó a Dareon y a Elí. Hasta el bebé parecía mamar con más ganas. En cambio, Aemon...

—El pan está duro, pero puedo pedir en la cocina que nos den un poco de salsa para mojarlo —le dijo Sam al anciano.

El posadero era un hombre duro y de ojos fríos que desconfiaba de los tres forasteros vestidos de negro que se cobijaban bajo su techo, pero su cocinero era más amable.

—No. Pero si hubiera un trago de vino...

No tenían vino. Dareon había prometido comprar un poco con las monedas que le pagaran por sus canciones.

—El vino llegará más tarde —tuvo que decir Sam—. Tenemos agua, pero no es de la buena.

El agua buena llegaba por los arcos del gran acueducto de ladrillo que los braavosis llamaban *río de agua dulce.* Los ricos tenían cañerías que la llevaban hasta sus casas, los pobres llenaban los cubos y palanganas en las fuentes públicas. Sam había enviado a Elí a por agua, olvidando que la chica salvaje había vivido toda su vida en los alrededores del Torreón de Craster y nunca había visto siquiera un mercadillo callejero. El laberinto de piedra de islas y canales que era Braavos, sin rastro de hierba ni de árboles, lleno de desconocidos que hablaban un idioma que no entendía, la asustó tanto que perdió el mapa, y luego se perdió ella. Sam la encontró llorando a los pies de piedra de algún Señor del Mar muerto mucho tiempo atrás.

—Solo tenemos agua del canal —le dijo al maestre Aemon—, pero el cocinero la ha hervido. También hay vino del sueño, si queréis más.

—Ya he soñado bastante por ahora. Me conformo con el agua del canal. Por favor, ayúdame.

Sam incorporó al anciano y le acercó la copa a los labios secos y agrietados. Aun así, la mitad del líquido se derramó por el pecho del maestre.

—Ya basta —dijo Aemon a los pocos tragos, entre toses—. Me vas a ahogar. —Tiritaba en brazos de Sam—. ¿Por qué hace tanto frío en la habitación?

—No nos queda leña.

Dareon había pagado el doble al posadero por una habitación con chimenea, pero no habían caído en la cuenta de lo cara que sería allí la madera. En Braavos solo crecían árboles en los patios y jardines de los poderosos. Además, los braavosis se negaban a cortar los pinos que crecían en las islas que rodeaban su gran albufera, ya que hacían de cortavientos y los protegían de las tormentas. La leña para el fuego tenía que llegar en barcazas, de río arriba, al otro lado de la albufera. Allí hasta la bosta era cara, porque los braavosis viajaban en barco, no a caballo. Nada de eso habría tenido importancia si hubieran partido hacia Antigua, tal como tenían previsto, pero la debilidad del maestre Aemon se lo había impedido. Otro viaje por mar abierto acabaría con él.

Las manos de Aemon tantearon las mantas en busca del brazo del chico.

—Tenemos que bajar a los muelles, Sam.

—Cuando estéis más fuerte. —El anciano no estaba en condiciones de soportar las salpicaduras de agua salada y los vientos húmedos de la orilla, y en Braavos era todo orilla. Al norte estaba el puerto Púrpura, donde los comerciantes braavosis atracaban sus barcos bajo las cúpulas y las torres del palacio del Señor del Mar. Al oeste se encontraba el puerto del Trapero, abarrotado de barcos de las otras Ciudades Libres, de Poniente, y de Ibben y las legendarias y lejanas tierras del Oriente. Y por todas partes había desembarcaderos y atracaderos para balsas, y muelles viejos grisáceos donde los mariscadores y pescadores amarraban sus botes tras trabajar en las albuferas y en las desembocaduras—. Sería demasiado esfuerzo para vos.

—Entonces, ve en mi lugar —insistió el maestre Aemon— y tráeme a alguien que haya visto a esos dragones.

—¿Yo? —La sola idea lo dejó consternado—. Pero, maestre, si no es más que un cuento. Historias de marineros. —De aquello también tenía la culpa Dareon. El bardo les contaba todas las anécdotas descabelladas que oía en las cervecerías y en los burdeles. Por desgracia, cuando oyó la de los dragones había bebido demasiado y no recordaba los detalles—. Puede que Dareon se lo inventara todo. Es lo que hacen los bardos, inventarse cosas.

—Cierto —respondió el maestre Aemon—, pero hasta la canción más imaginativa puede contener una partícula de verdad. Averigua esa verdad, Sam.

—No sabría a quién preguntar, ni cómo. Solo hablo un poco de alto valyrio, y cuando me hablan en braavosi no entiendo la mitad de lo que me dicen. Vos habláis más idiomas que yo, cuando recuperéis las fuerzas podréis...

—¿Cuando recupere las fuerzas, Sam? ¿Y eso cuándo será?

—Pronto, si descansáis y coméis. Llegaremos a Antigua y...

—No volveré a ver Antigua. Ahora lo sé. —El anciano apretó con más fuerza el brazo de Sam—. Pronto me reuniré con mis hermanos. A unos me unieron los votos; a otros, la sangre, pero todos eran mis hermanos. Y mi padre... Nunca pensó que el trono sería para él, pero así fue. Decía que era su castigo por el golpe que mató a su hermano. Rezo por que encontrara en la muerte la paz que nunca tuvo en vida. Los septones cantan las virtudes del dulce tránsito, hablan de dejar atrás las cargas y viajar a una tierra más agradable donde reiremos y amaremos hasta el fin de los tiempos, en un banquete inacabable... Pero ¿qué pasa si tras la puerta de la muerte no hay una tierra de luz y miel, sino solo frío, oscuridad y dolor?

«Tiene miedo», comprendió Sam.

—No os estáis muriendo. Estáis enfermo, nada más. Ya se os pasará.

—Esta vez no, Sam. He tenido un sueño... En lo más profundo de la noche nos hacemos las preguntas que no nos atrevemos a formular a la luz del día. A mí, en estos últimos años, solo me ha quedado una pregunta. ¿Por qué los dioses me quitaron los ojos y las fuerzas, y me condenaron a quedarme aquí tanto tiempo, helado, abandonado? ¿De qué utilidad les podría ser un viejo acabado como yo? —A Aemon le temblaban los dedos, ramitas frágiles bajo una piel llena de manchas—. Recuerdo, Sam. Todavía recuerdo.

Lo que decía no tenía sentido.

—¿Qué recordáis?

—A los dragones —susurró Aemon—. Sí, fueron la desgracia y la gloria de mi Casa.

—El último dragón murió antes de que nacierais —señaló Sam—. ¿Cómo los vais a recordar?

—Los veo en sueños, Sam. Veo una estrella roja que desangra el cielo. Aún recuerdo el rojo. Veo su sombra en la nieve, oigo el restallido de sus alas de cuero, siento su aliento ardiente. Mis hermanos también soñaban con dragones, y esos sueños los mataron a todos. Caminamos por la cuerda floja sobre profecías apenas recordadas, Sam, sobre maravillas y espantos que nadie puede aspirar a comprender... O...

—¿O qué? —inquirió Sam.

—O no. —Aemon dejó escapar una risita—. O soy un anciano febril y moribundo. —Cerró los ojos, cansado, pero hizo un esfuerzo por abrirlos otra vez—. No debería haberme ido del Muro. Lord Nieve no tenía manera de saberlo, pero yo sí. El fuego consume; el frío conserva. El Muro... Pero ahora es demasiado tarde para volver. El Desconocido aguarda al otro lado de mi puerta, y no se irá sin mí. Me has servido con lealtad, mayordomo. Hazme un último favor: ten valor. Baja a los barcos, Sam. Averigua todo lo que puedas de esos dragones.

Sam se liberó de la mano del anciano.

—De acuerdo. Haré lo que me pedís. Tan solo... —No supo qué añadir. «No me puedo negar. —De paso, podía ir a buscar a Dareon por los muelles y atracaderos del puerto del Trapero—. Primero buscaré a Dareon y luego iremos juntos a los barcos. Y cuando volvamos, traeremos comida, vino y leña. Encenderemos el fuego y comeremos bien, algo caliente.»

—De acuerdo. —Se levantó—. Entonces, me voy. Me voy, sí. Elí se queda. Elí, cuando salga, atranca la puerta. —«El Desconocido aguarda al otro lado de mi puerta.»

Elí asintió con el bebé contra el pecho y los ojos llenos de lágrimas.

«Va a llorar otra vez», advirtió Sam. Era más de lo que podía soportar. Su cinto colgaba de un clavo de la pared, junto con el viejo cuerno agrietado que le había regalado Jon. Lo descolgó, se lo abrochó, se cubrió los hombros rechonchos con la capa de lana negra, salió por la puerta y bajó por los peldaños de madera, que crujieron bajo su peso. La posada tenía dos puertas; una daba a una calle, y la otra, a un canal. Sam salió por la primera para evitar la sala común, donde sin duda, el posadero le dedicaría la mirada agria que reservaba para los huéspedes que abusaban de su hospitalidad.

El aire era gélido, pero no había tanta niebla como otras noches. Menos mal; algo por lo que dar las gracias. A veces, las neblinas cubrían el suelo con un manto tan espeso que ni siquiera se podía ver los pies. En cierta ocasión había estado a un paso de caerse a un canal.

De niño, Sam había leído la historia de Braavos y había soñado con visitar la ciudad. Quería ver al Titán que se alzaba adusto y temible en el mar, navegar por los canales en una barca serpiente, pasar junto a los palacios y los templos, contemplar la danza del agua de los jaques con sus espadas centelleantes a la luz de las estrellas. Pero tras llegar allí, lo único que quería era marcharse a Antigua.

Con la capucha casi ocultándole los ojos y la capa ondeando, caminó por los adoquines en dirección al puerto del Trapero. El cinto amenazaba con caérsele hasta los tobillos, de manera que tenía que ir colocándoselo a cada paso. Elegía las calles más estrechas y oscuras, donde era menos probable que se tropezara con nadie, pero cada gato callejero que se cruzaba hacía que el corazón le diera un vuelco... Y Braavos estaba lleno de gatos.

«Tengo que encontrar a Dareon —pensó—. Es un hombre de la Guardia de la Noche, es mi Hermano Juramentado, juntos decidiremos qué hacer. —El maestre Aemon no tenía fuerzas, y Elí se habría perdido en aquella ciudad aunque no estuviera enloquecida de dolor. En cambio, Dareon...—. No debo pensar mal de él. Tal vez esté herido y por eso no ha vuelto. Puede que esté muerto, tendido en cualquier callejón en un charco de sangre, o flotando boca abajo en cualquiera de los canales.» Por la noche, los jaques recorrían la ciudad con su ropa jaspeada, deseosos de demostrar lo hábiles que eran con las finas espadas que usaban. Los había que peleaban por cualquier motivo; otros no necesitaban motivo alguno, y Dareon tenía la lengua muy suelta y un genio vivo, sobre todo cuando había bebido. «Que alguien cante canciones de batallas no significa que sepa luchar en ellas.»

Las mejores cervecerías, tabernas y burdeles de la ciudad estaban cerca del puerto Púrpura o del estanque de la Luna, pero Dareon prefería el puerto del Trapero, donde era más probable que los clientes hablaran la lengua común. Empezó a buscar en las tabernas: La Anguila Verde, El Barquero Negro y Casa Moroggo, lugares donde Dareon había tocado en otras ocasiones. En ninguna de ellas lo encontró. Ante Casa de Niebla había varias barcas serpiente amarradas, a la espera de clientes. Sam trató de preguntar a los hombres que manejaban la pértiga si habían visto a un bardo vestido de negro, pero nadie entendía su alto valyrio.

«O no quieren entenderlo.» Echó un vistazo al sucio tugurio que había bajo el segundo arco del puente de Nabbo, donde apenas cabían diez personas. Dareon no era ninguna de ellas. Probó suerte en la Taberna del Proscrito, en La Casa de las Siete Lámparas y en el burdel llamado La Gatería, donde cosechó miradas de extrañeza y ninguna ayuda.

Al salir estuvo a punto de tropezar con dos jóvenes que se encontraban bajo el farol rojo de La Gatería. Uno era moreno, y el otro, rubio. El moreno le dijo algo en braavosi.

—Lo siento —tuvo que decir Sam—. No comprendo.

Se alejó de ellos, atemorizado. En los Siete Reinos, los nobles se vestían con terciopelos, sedas y brocados de un centenar de colores, mientras que los campesinos y el pueblo llano llevaban ropa de lana sin teñir y de tela basta color marrón. En Braavos era al revés. Los jaques se exhibían como pavos reales, siempre manoseando las espadas, mientras que los poderosos vestían prendas color gris carbón y violeta oscuro, azules que eran casi negros y negros más intensos que una noche sin luna.

—Mi amigo Terro dice que estás tan gordo que le dan ganas de vomitar —dijo el jaque de pelo rubio, cuya chaqueta era de terciopelo verde por un lado y de hilo de plata por el otro—. Mi amigo Terro dice que el tintineo de tu espada le da dolor de cabeza. —Le hablaba en la lengua común. El otro, el jaque moreno que vestía brocado rojo y una capa amarilla, y que por lo visto se llamaba Terro, hizo un comentario en braavosi, y su amigo se echó a reír—. Mi amigo Terro dice que llevas ropa que no corresponde a tu nivel —dijo—. ¿Acaso te crees un gran señor para vestir de negro?

Sam habría salido corriendo de buena gana, pero en tal caso, seguro que se le enredaban las piernas con su propio cinto.

«No se te ocurra rozar la espada», se dijo. Hasta un dedo en la empuñadura sería suficiente para que uno u otro considerase que los estaba desafiando. Buscó palabras que pudieran calmarlos.

—No soy... —fue lo único que logró decir.

—No es ningún señor —intervino una voz infantil—. Está en la Guardia de la Noche, idiota. Es de Poniente. —Una niña se acercó a la luz; llevaba una carretilla llena de algas. Era una chiquilla flaca, escuálida, con botas enormes y el pelo enmarañado y sucio—. Hay otro en el Puerto Feliz; le está cantando canciones a la Esposa del Marinero —informó a los dos jaques. Se volvió hacia Sam—. Si te preguntan cuál es la mujer más bella del mundo, diles que Ruiseñor; si no, te desafiarán. ¿Quieres comprar unas almejas? He vendido todas las ostras.

—No tengo monedas —dijo Sam.

—No tiene monedas —se burló el jaque del pelo rubio. Su compañero moreno sonrió y dijo algo en braavosi—. Mi amigo Terro tiene frío. Sé un buen amigo gordo y regálale la capa.

—Ni se te ocurra —le advirtió la niña de la carretilla—; si obedeces, luego te pedirán las botas; acabarás desnudo antes de que te enteres.

—Las gatitas que aúllan demasiado alto acaban ahogadas en los canales —le advirtió el jaque rubio.

—No si tienen zarpas.

Un cuchillo apareció de repente en la mano izquierda de la niña, una hoja tan flaca como ella. El tal Terro le dijo algo a su amigo rubio, y los dos se alejaron entre comentarios y risitas.

—Gracias —le dijo Sam a la niña cuando se hubieron ido.

El cuchillo desapareció.

—Si llevas espada de noche, significa que aceptas desafíos. ¿Querías pelear con ellos?

—No. —La voz le salió tan chillona que Sam hizo un gesto de vergüenza.

—¿De verdad estás en la Guardia de la Noche? Nunca había visto a un hermano negro como tú. —La niña señaló la carretilla—. Coge las almejas que quedan, si quieres. Ya es de noche; nadie me las va a comprar. ¿Vas a volver al Muro en barco?

—No, voy a Antigua. —Sam cogió una almeja cocida y la engulló—. Es una escala. —Qué buena estaba. Se comió otra.

—Los jaques no se meten con nadie que no lleve espada, ni siquiera los coños de camello idiotas como Terro y Orbelo.

—¿Quién eres tú?

—Nadie. —Apestaba a pescado—. Antes era alguien, pero ya no. Si quieres, me puedes llamar Gata. ¿Quién eres tú?

—Samwell de la Casa Tarly. Hablas la lengua común.

—Mi padre era remero en la *Nymeria.* Un jaque lo mató por decir que mi madre era más hermosa que Ruiseñor. No uno de esos coños de camello que acabas de conocer, sino un jaque de verdad. Algún día le cortaré el cuello. El capitán dijo que en la *Nymeria* no había sitio para una niñita, así que me echó. Brosco me recogió y me dio una carretilla. —Alzó la vista hacia él—. ¿En qué barco vais a navegar?

—Compramos pasaje en el *Lady Ushanora.*

La niña lo miró con los ojos entrecerrados, desconfiada.

—Ya ha zarpado, ¿no lo sabías? Hace varios días.

«Lo sé», podría haberle dicho Sam. Dareon y él habían estado en el muelle; vieron como los remos subían y bajaban mientras el barco se dirigía hacia el Titán, hacia mar abierto.

—En fin —había dicho el bardo—, se acabó.

Si Sam hubiera tenido valor, lo habría tirado al agua de un empujón. A la hora de hablar con una chica para que se quitara la ropa, Dareon tenía una lengua de miel, pero en el camarote del capitán, todo el peso de la conversación había recaído sobre Sam cuando intentaron convencer al braavosi de que los esperase.

—Llevo tres días aguardando por ese viejo —fue la respuesta del capitán—. Tengo las bodegas abarrotadas, y mis hombres ya les han echado a sus esposas el polvo de despedida. Mi *Lady* zarpa con la marea, con vosotros o sin vosotros.

—Por favor —había suplicado Sam—. Solo os pido unos pocos días más. Hasta que el maestre Aemon recupere las fuerzas.

—No tiene fuerzas. —El capitán había visitado la posada la noche anterior para ver con sus propios ojos al maestre—. Es viejo y está enfermo; no quiero que muera en mi *Lady.* Quedaos con él o abandonadlo, a mí me da igual. Yo voy a zarpar.

Y peor aún, se había negado a devolverles el dinero del pasaje que le habían pagado, la plata que tenía que llevarlos a Antigua.

—Solicitasteis mi mejor camarote. Ahí está, esperándoos. Si al final no lo ocupáis, no es culpa mía. ¿Por qué voy a cargar yo con las pérdidas?

«A estas alturas ya podríamos estar en el Valle Oscuro —pensó Sam con tristeza—. O incluso en Pentos, si los vientos han sido propicios.» Pero aquello no era asunto de la niña de la carretilla.

—Antes has dicho que has visto a un bardo...

—En el Puerto Feliz. Se va a casar con la Esposa del Marinero.

—¿Se va a casar?

—Es que solo se acuesta con los que se casan con ella.

—¿Dónde está ese Puerto Feliz?

—Enfrente del Barco de los Cómicos. Te enseñaré el camino.

—Ya sé por dónde es. —Sam ya había visto el Barco de los Cómicos. «¡Dareon no se puede casar! ¡Pronunció el juramento!»—. Tengo que irme.

Echó a correr. Era un buen trecho por adoquines resbaladizos. No tardó en empezar a jadear mientras la gran capa negra ondeaba con estrépito a su espalda. Tenía que sujetarse el cinto con una mano mientras corría. Las pocas personas con las que se cruzó le lanzaron miradas curiosas. Un gato retrocedió al verlo y bufó. Cuando llegó al Barco, apenas se tenía en pie. El Puerto Feliz estaba al otro lado del callejón.

Nada más entrar, congestionado y sin aliento, una tuerta le echó los brazos al cuello.

—No —le dijo Sam—. No vengo a eso. —Ella le respondió en braavosi—. No te entiendo —contestó él en alto valyrio. Había velas encendidas, y en la chimenea chisporroteaba un fuego. Alguien tocaba un violín; dos chicas bailaban cogidas de las manos en torno a un sacerdote rojo. La tuerta le apretó los senos contra el pecho—. ¡Que no! ¡Que no he venido a eso!

—¡Sam! —resonó la voz conocida de Dareon—. Déjalo, Yna, es Sam el Mortífero. ¡Mi Hermano Juramentado!

La mujer se apartó de él, aunque sin quitarle la mano del brazo.

—Puede mortiferarme a mí, si quiere —exclamó una de las bailarinas.

—¿Me dejará tocarle la espada? —preguntó la otra.

Tras ellas había un mural que representaba una galera violeta. La tripulación estaba compuesta por mujeres que llevaban botas altas hasta el muslo, y nada más. En un rincón había un marinero tyroshi de poblada barba escarlata que se había desmayado y roncaba estrepitosamente. Más allá, una mujer madura de grandes pechos jugaba a las tabas con un gigantesco isleño del verano ataviado con plumas negras y rojas. En medio de todos estaba Dareon, con la nariz hundida en el cuello de la mujer que tenía en el regazo. Ella llevaba su capa negra.

—Mortífero —lo llamó el bardo con voz ebria—, ven a conocer a mi señora esposa. —Dareon tenía el pelo color arena y miel, y una sonrisa cálida—. Le canto canciones de amor. Las mujeres se derriten como la mantequilla cuando canto. ¿Cómo me iba a resistir a esta cara? —La besó en la nariz—. Esposa, dale un beso al Mortífero, es mi hermano. —Cuando la mujer se puso en pie, Sam vio que, bajo la capa, estaba desnuda—. Nada de meterle mano a mi mujer, ¿eh, Mortífero? —comentó Dareon entre risas—. Pero si quieres a alguna de sus hermanas, sírvete tú mismo. Creo que aún me quedan suficientes monedas.

«Monedas con las que podríamos haber comprado comida —pensó Sam—. Monedas con las que podríamos haber comprado leña para que el maestre Aemon entrara en calor.»

—¿Qué has hecho? ¡No te puedes casar! Pronunciaste el juramento, igual que yo. Te pueden cortar la cabeza por esto...

—Solo nos casamos por una noche, Mortífero. Ni en Poniente cortan la cabeza por eso. ¿Nunca has ido a Villa Topo a buscar tesoros enterrados?

—No. —Sam se puso colorado—. Yo jamás habría...

—¿Y qué pasa con tu moza salvaje? Seguro que te la has follado, ¿eh? Todas esas noches en los bosques, los dos acurrucados bajo tu capa... No me digas que no se la has metido nunca. —Señaló una silla con un gesto—. Siéntate, Mortífero. Sírvete una copa de vino. Sírvete una puta. Sírvete las dos cosas.

Sam no quería una copa de vino.

—Prometiste que volverías antes del anochecer, con vino y comida.

—¿Así mataste a aquel Otro? ¿A base de regañinas? —Dareon se echó a reír—. Me he casado con ella, no contigo. Si no quieres brindar por mi matrimonio, lárgate.

—Ven conmigo —dijo Sam—. El maestre Aemon se ha despertado y quiere información sobre esos dragones. No para de hablar de estrellas que sangran, de sombras blancas, de sueños, de... Tal vez, si averiguamos algo más de los dragones, se tranquilice un poco. Ayúdame.

—Mañana. En mi noche de bodas, ni hablar.

Dareon se puso en pie, cogió a su esposa de la mano y tiró de ella hacia las escaleras. Sam se interpuso en su camino.

—Lo prometiste, Dareon. Pronunciaste el juramento. Se supone que eres mi hermano.

—Eso es en Poniente. ¿Te parece a ti que seguimos en Poniente?

—El maestre Aemon...

—... se está muriendo. Ya te lo dijo ese curandero con ropa de rayas en el que te gastaste toda nuestra plata. —La boca de Dareon se había convertido en una línea dura—. Coge una chica o lárgate, Sam. Me estás estropeando la boda.

—Me voy, pero tú te vienes conmigo.

—No. No quiero saber nada más de ti. No quiero saber nada más del negro. —Dareon le quitó la capa a su esposa desnuda y se la tiró a Sam a la cara—. Toma. Pónsela por encima al viejo; a lo mejor le da algo de calor. A mí ya no me hace falta. Pronto tendré ropa de terciopelo. El año que viene vestiré pieles y comeré...

Sam le dio un puñetazo.

Ni siquiera lo pensó. Su brazo salió proyectado con el puño cerrado y fue a estamparse contra la boca del bardo. Dareon lanzó una maldición; su esposa desnuda, un grito, y Sam se echó encima del bardo y lo derribó hacia atrás, contra una mesa baja. Tenían más o menos la misma estatura, pero Sam pesaba el doble, y por una vez estaba demasiado airado para tener miedo. Golpeó al bardo en la cara y en el vientre, y luego le dio puñetazos en los hombros con las dos manos. Dareon lo sujetó por las muñecas, pero Sam lo embistió y le rompió el labio. El bardo lo soltó y aprovechó para darle un puñetazo en la nariz. Un hombre se reía a carcajadas; una mujer soltaba maldiciones. La lucha pareció ralentizarse, como si fueran dos moscas negras que se debatieran en una gota de ámbar. Alguien había separado a Sam del bardo. También golpeó a esa persona, y algo duro le dio en la nuca.

Lo siguiente que supo fue que estaba en el exterior, volando cabeza abajo en medio de la niebla. Durante un instante vio por debajo las aguas oscuras. Luego, el canal se acercó y se estampó contra su rostro.

Sam se hundió como una piedra, como una roca, como una montaña. El agua se le metió en los ojos y en la nariz, oscura, fría, salada. Trató de gritar para pedir ayuda y solo consiguió tragar más. Consiguió girarse, debatiéndose y pataleando. Le salían burbujas de la nariz.

«Tienes que nadar —se dijo—. Tienes que nadar.» Cuando abrió los ojos, la sal le entró y lo cegó. Salió a la superficie solo durante un instante, consiguió respirar un poco y manoteó a la desesperada con una mano mientras arañaba con la otra la pared del canal. Pero las piedras estaban húmedas y resbaladizas, y no encontró asidero. Volvió a hundirse.

Sintió el frío en la piel cuando el agua le empapó la ropa. El cinto se le deslizó piernas abajo y se le enredó en los tobillos.

«Me voy a ahogar —pensó con pánico ciego, negro. Se debatió, trató de salir a la superficie, pero solo consiguió dar de bruces contra el fondo del canal—. Estoy cabeza abajo —comprendió—. Me estoy ahogando.» Algo se movió contra su mano, una anguila u otro pez que le rozó los dedos. «No me puedo ahogar; sin mí, el maestre Aemon se morirá, y Elí no tendrá a nadie. Tengo que nadar, tengo que...»

Se oyó un chapuzón estrepitoso y algo se enroscó en torno a él, bajo sus brazos, alrededor de su pecho.

«La anguila —fue lo primero que pensó—. La anguila me ha cogido, me va a llevar al fondo. —Abrió la boca para gritar y tragó más agua—. Me he ahogado —fue su último pensamiento—. Los dioses se apiaden de mí, me he ahogado.»

Cuando abrió los ojos estaba tumbado boca arriba, y un negro gigantesco, un isleño del verano, le golpeaba el vientre con unos puños del tamaño de jamones.

«Para, me estás haciendo daño», trató de gritar Sam. Pero en vez de palabras, lo que vomitó fue agua, y se atragantó. Estaba empapado y tiritaba allí, tumbado en los adoquines, en un charco de agua del canal. El isleño del verano volvió a golpearlo en el vientre, y le salió más agua por la nariz.

—Basta ya —jadeó Sam—. No me he ahogado. No me he ahogado.

—No. —Su salvador se inclinó encima de él, enorme, negro, chorreante—. Deber mucho plumas. Agua estropear capa bonita. Soy Xhondo.

Sam vio que era cierto. La capa de plumas empapadas que le colgaba de los hombros se había echado a perder.

—Yo no quería...

—¿Nadar? Yo ver. Mucho chof chof. Gordos flotar. —Cogió a Sam por el jubón con una manaza negra y lo puso en pie—. Yo contramaestre de *Viento Canela*. Hablar mucho lenguas poco. Dentro yo reír cuando tú pegar bardo. Y oír lo que tú decir. —Una amplia sonrisa se abrió camino en su rostro—. Yo conocer esos dragones.

Jaime

—Tenía la esperanza de que te hubieras hartado ya de esa barba asquerosa. Con tanto pelo en la cara, pareces Robert.

Su hermana había dejado el luto y se había puesto una túnica verde jade con mangas de encaje de Myr. Del cuello le colgaba una cadena dorada con una esmeralda del tamaño de un huevo de paloma.

—Robert tenía la barba negra. La mía es dorada.

—¿Dorada? Más bien plateada. —Cersei le arrancó un pelo de la barbilla y lo alzó. Era una cana—. Se te está escapando todo el color, hermano. Te has convertido en un fantasma de lo que eras, en un tullido pálido. Y sin sangre, siempre de blanco. —Tiró el pelo—. Me gustas más de oro y carmesí.

«Tú a mí me gustas bañada por la luz del sol, con el agua formando perlas en tu piel desnuda.» Habría querido besarla, llevarla en brazos a su dormitorio, tumbarla en la cama... «Ha estado follando con Lancel y con Osmund Kettleblack y, por lo que yo sé, puede que se tire hasta al Chico Luna...»

—Hagamos un trato: Libérame de esta misión y mi navaja de afeitar estará a tus órdenes.

Ella tensó los labios. Había estado bebiendo vino caliente especiado, y olía a nuez moscada.

—¿Tienes el descaro de negociar conmigo? ¿He de recordarte que has jurado obedecer?

—He jurado proteger al Rey. Mi lugar está a su lado.

—Tu lugar está donde él te ordene.

—Tommen estampa su sello en cualquier papel que le pongas delante. Esto es cosa tuya, y es una tontería. ¿Por qué nombras Guardián del Occidente a Daven si luego no tienes confianza en él?

Cersei se sentó frente a la ventana. Jaime veía a sus espaldas las ruinas ennegrecidas de la Torre de la Mano.

—¿A qué viene tanta renuencia, ser? ¿Perdiste el valor junto con la mano?

—Le hice un juramento a Lady Stark: le prometí que jamás volvería a esgrimir un arma contra los Tully ni contra los Stark.

—Una promesa de borracho que te arrancaron a punta de espada.

—¿Cómo puedo defender a Tommen si no estoy con él?

—Derrotando a sus enemigos. Nuestro padre decía siempre que un golpe rápido con la espada es mejor defensa que cualquier escudo. Reconozco que para empuñar una espada suele hacer falta una mano. Aun así, hasta un león tullido puede inspirar temor. Quiero Aguasdulces. Quiero a Brynden Tully prisionero o muerto. Y alguien tiene que averiguar qué pasa en Harrenhal. Necesitamos urgentemente a Wylis Manderly, suponiendo que aún esté vivo y prisionero, pero la guarnición no ha respondido a ninguno de los cuervos que hemos enviado.

—Son hombres de Gregor —le recordó Jaime—. A la Montaña le gustaban crueles y estúpidos. Lo más probable es que se comieran tus cuervos con mensaje y todo.

—Por eso te envío a ti. Puede que también se te coman, mi valeroso hermano, pero confío en que les proporciones una buena indigestión. —Cersei se alisó el vestido—. Quiero que, durante tu ausencia, Ser Osmund esté al mando de la Guardia Real.

«Ha estado follando con Lancel y con Osmund Kettleblack y, por lo que yo sé, puede que se tire hasta al Chico Luna...»

—No te corresponde a ti elegir. Si tengo que marcharme, Ser Loras tomará el mando en mi lugar.

—¿Estás de broma? Ya sabes qué opino de Ser Loras.

—Si no hubieras enviado a Balon Swann a Dorne...

—Lo necesito allí. Los dornienses no son de confianza. Esa serpiente roja fue el campeón de Tyrion, ¿lo has olvidado? No estoy dispuesta a dejar a mi hija en sus manos. Y no quiero a Loras Tyrell al mando de la Guardia Real.

—Ser Loras es tres veces más hombre que Ser Osmund.

—Tu concepto de hombría ha cambiado bastante, hermano.

Jaime sentía la rabia crecer en su interior.

—Cierto, Loras no te mira las tetas como Osmund, pero no me parece...

—A ver qué te parece esto. —Cersei lo abofeteó.

Jaime no hizo ademán de detener el golpe.

—Por lo visto me va a hacer falta una barba más espesa para amortiguar las caricias de mi reina.

Habría querido arrancarle la túnica y transformar sus golpes en besos. Ya lo había hecho otras veces, antes, cuando tenía dos manos.

Los ojos de la Reina eran de hielo verde.

—Más vale que te marches, ser.

«... Lancel, Osmund Kettleblack y el Chico Luna...»

—¿Estás sordo además de tullido? Tienes la puerta detrás.

—Como ordenes. —Jaime dio media vuelta y salió de la estancia.

En algún lugar, los dioses se debían de estar riendo. Cersei nunca había llevado bien que le negaran nada; eso ya lo sabía. Tal vez hubiera podido conmoverla con palabras más tiernas, pero en los últimos tiempos se enfadaba tan solo con verla.

Una parte de él se alegraría de dejar atrás Desembarco del Rey. No le gustaban en absoluto los lameculos y los bufones que rodeaban a Cersei. Según Addam Marbrand, en el Lecho de Pulgas los llamaban *el consejo pirado*. Y Qyburn... Sí, le había salvado la vida, pero seguía siendo un Titiritero Sangriento.

—Qyburn apesta a secretos —alertó a Cersei. Con eso solo consiguió que se riera.

—Todos tenemos secretos, hermano —replicó.

«Ha estado follando con Lancel y con Osmund Kettleblack y, por lo que yo sé, puede que se tire hasta al Chico Luna...»

Cuarenta caballeros y otros tantos escuderos lo aguardaban ante los establos de la Fortaleza Roja. La mitad eran hombres de Occidente, leales a la Casa Lannister; los otros, enemigos recientes convertidos en amigos cuestionables. Ser Dermot de La Selva portaría el estandarte de Tommen; Ronnet Connington, el Rojo, el blanco de la Guardia Real. Un Paege, un Piper y un Peckledon compartirían el honor de servir como escuderos al Lord Comandante.

—Mantén a tus amigos a tus espaldas y a tus enemigos donde puedas verlos —le había aconsejado en cierta ocasión Sumner Crakehall. ¿O había sido su padre?

Su palafrén era un alazán rojizo; su caballo de combate, un magnífico garañón gris. Hacía muchos años que Jaime no ponía nombre a sus caballos; había visto morir a demasiados en las batallas, y si tenían nombre, resultaba más duro. Pero cuando el joven Piper empezó a llamarlos Honor y Gloria, le hizo gracia, y se quedaron con los nombres. Gloria llevaba arneses color carmesí Lannister; la armadura de Honor era del blanco de la Guardia Real. Josmyn Peckledon sujetó las riendas del palafrén para que Jaime montara. El escudero era flaco como una lanza, con las piernas y los brazos largos, el pelo gris ratón y las mejillas cubiertas con una suave pelusa. Lucía la capa carmesí de los Lannister, pero en su jubón aparecían los tres salmonetes púrpura sobre campo amarillo de su propia Casa.

—¿Queréis poneros la mano nueva, mi señor? —le preguntó.

—Ponéosla, Jaime —lo animó Ser Kennos de Kayce—. Saludad con ella al pueblo; le daréis una buena anécdota que contar a sus hijos.

—Mejor no. —Jaime no estaba dispuesto a mostrar una mentira dorada a la multitud. «Que vean el muñón. Que vean al tullido»—. Pero si queréis lo podéis compensar, Ser Kennos. Saludad con las dos manos; sacudid también los pies si os apetece. —Cogió las riendas con la mano izquierda y dio la vuelta al caballo—. Payne —llamó mientras los demás formaban—, vos cabalgaréis a mi lado.

Ser Ilyn Payne se adelantó para situarse junto a Jaime. Parecía un mendigo en una fiesta de gala. Su cota de malla era vieja y oxidada, y la llevaba encima de prendas de cuero endurecido sucias. Ni el hombre ni su montura lucían blasón alguno. Tenía el escudo tan abollado por los golpes que habría sido difícil saber de qué color estuvo pintado en un principio. Con el rostro sombrío y los ojos hundidos, Ser Ilyn podría haberse hecho pasar por la mismísima muerte... como había sucedido durante años.

«Pero ya no.» Ser Ilyn había sido la mitad del precio que exigió Jaime a cambio de tragarse la orden del niño rey como un buen Lord Comandante. La otra mitad había sido Ser Addam Marbran.

—Los necesito —le dijo a su hermana, y Cersei prefirió no discutir. «Lo más probable es que se alegre de librarse de ellos.» Ser Addam era amigo de la infancia de Jaime, y el silencioso verdugo fue siempre leal a su padre. Payne era capitán de la guardia de la Mano cuando le oyeron afirmar que Lord Tywin era el que gobernaba los Siete Reinos y le decía al rey Aerys lo que tenía que hacer. Aerys Targaryen dio orden de que le cortaran la lengua.

—Abrid las puertas —dijo Jaime.

—¡ABRID LAS PUERTAS! —repitió la orden Jabalí con voz retumbante.

Cuando Mace Tyrell salió por la puerta del Lodazal, en medio del sonido de tambores y violines, había miles de personas en las calles para aclamarlo en su despedida. Los niños se unieron a la marcha y caminaron junto a los soldados de los Tyrell con la cabeza alta y las piernas marcando el paso, mientras sus hermanas les lanzaban besos desde las ventanas.

Aquel día no era así. Unas cuantas prostitutas les gritaban invitaciones al pasar, y un vendedor de empanadas pregonaba su mercancía. En la plaza de los Zapateros, dos gorriones harapientos arengaban a un centenar de ciudadanos y anunciaban la maldición que recaería sobre la cabeza de los impíos y de los adoradores de demonios. La muchedumbre se abrió para dejar paso a la columna. Tanto gorriones como zapateros les lanzaron miradas hoscas.

—Les gusta el olor de las rosas, pero no sienten afecto hacia los leones —observó Jaime—. Mi hermana haría bien en tomar nota.

Ser Ilyn no respondió.

«El compañero perfecto para un viaje largo. Voy a disfrutar mucho con su conversación.».

La mayor parte de sus fuerzas aguardaba al otro lado de las murallas de la ciudad: Ser Addam Marbrand con su avanzadilla de jinetes, Ser Steffon Swyft y el convoy de provisiones, los Cien Santos del anciano Ser Bonifer el Bueno, los arqueros a caballo de Sarsfield, el maestre Gulian con cuatro jaulas llenas de cuervos, y doscientos hombres a caballo bajo el mando de Ser Flement Brax. En realidad no se trataba de una gran milicia; era menos de un millar de hombres. Pero el número era lo de menos en Aguasdulces. Ya había todo un ejército de los Lannister asediando el castillo, y una fuerza aún más numerosa de los Frey; el último pájaro que habían recibido indicaba que los asediadores tenían problemas para conseguir provisiones. Brynden Tully lo había asolado todo antes de retirarse tras sus murallas.

«No es que hubiera gran cosa que asolar. —Por lo que había visto en las tierras de los ríos, apenas quedaba un campo sin quemar, una ciudad sin saquear ni una doncella sin violar—. Y ahora me envía mi querida hermana para que termine el trabajo que empezaron Amory Lorch y Gregor Clegane.» Aquello le dejaba un regusto amargo.

A tan poca distancia de Desembarco del Rey, el camino Real era tan seguro como podía ser un camino en los tiempos que corrían, pero Jaime les pidió a Marbrand y a sus jinetes que se adelantaran.

—Robb Stark me cogió desprevenido en el bosque Susurrante —reconoció Jaime—. No volverá a sucederme.

—Tenéis mi palabra. —El alivio de Marbrand al volver a verse a caballo era evidente; prefería con mucho llevar la capa gris humo de su Casa que la de lana dorada de la Guardia de la Ciudad—. Si hay algún enemigo a menos de doce leguas, lo sabréis de antemano.

Jaime había dado órdenes estrictas de que nadie se apartara de la columna sin su permiso; de lo contrario se encontraría con un montón de jóvenes señores aburridos echando carreras por los prados, espantando al ganado y pisoteando los sembrados. Aún quedaban vacas y ovejas cerca de la ciudad, manzanas en los árboles y bayas en los arbustos, además de campos de cebada, avena y trigo de invierno, y carretas y carros de bueyes en el camino. Más adelante, la situación no sería tan favorable.

Allí a caballo, al frente de un ejército y con el silencioso Ser Ilyn a su lado, Jaime estaba casi satisfecho. Sentía el calor del sol en la espalda, y el viento le acariciaba el cabello como los dedos de una mujer. Cuando Lew Piper el Pequeño se acercó al galope con el yelmo lleno de moras, Jaime se comió un puñado y le dijo al chico que compartiera el resto con los demás escuderos y con Ser Ilyn Payne.

Payne parecía tan cómodo con el silencio como con la armadura oxidada y las prendas de cuero. El único ruido que emitía era el de los cascos de su caballo y el tintineo de la espada en la vaina cada vez que cambiaba de postura en la silla de montar. Su rostro picado de viruelas era sombrío, y sus ojos, fríos como el hielo, pero Jaime tenía la sensación de que se alegraba de estar allí.

«Le di a elegir —se recordó—. Podría haber rechazado mi oferta y haber seguido como Justicia del Rey.»

El nombramiento de Ser Ilyn había sido un regalo de bodas de Robert Baratheon al padre de su novia, una prebenda para compensar a Payne por la lengua que había perdido al servicio de la Casa Lannister. Había sido un decapitador excelente. Nunca falló en una ejecución, y solo en raras ocasiones tuvo que asestar un segundo golpe. Además, su silencio tenía algo que inspiraba terror. Pocas veces había habido una Justicia del Rey tan adecuado para el cargo.

Cuando Jaime decidió llevárselo, fue a buscar a Ser Ilyn a sus habitaciones, al final del paseo del Traidor. El piso superior de la torre baja semicircular estaba dividido en celdas para prisioneros que requiriesen cierto nivel de comodidad: caballeros o señores menores a la espera de que se pagara su rescate o los intercambiaran. La entrada de los calabozos comunes estaba al nivel del suelo, tras una puerta de hierro forjado y otra de madera gris astillada. En los pisos intermedios se encontraban las habitaciones del Carcelero Jefe, el Lord Confesor y la Justicia del Rey. El cometido de la Justicia era decapitar, pero por tradición también estaba al mando de los calabozos y de sus encargados.

Y Ser Ilyn Payne era la persona menos adecuada para esa tarea. No sabía leer ni escribir y no podía hablar, así que tenía que dejar todos los asuntos en manos de sus subordinados, fueran quienes fueran. Pero el reino no había tenido un Lord Confesor desde tiempos del segundo Daeron, y el último Carcelero Jefe había sido un comerciante de tejidos que le compró el cargo a Meñique durante el reinado de Robert. Sin duda había sacado buen provecho de él durante unos años, hasta que cometió el error de conspirar con otros idiotas ricos para entregarle el Trono de Hierro a Stannis. Se hacían llamar *los Astados,* así que Joff ordenó que les clavaran astas en la cabeza antes de tirarlos por las murallas. De modo que le correspondió a Rennifer Mareslargos, el jefe de calabozos que decía a quien quisiera escucharlo que llevaba una «gota de dragón», abrirle a Jaime las puertas de los calabozos y guiarlo escaleras arriba, hasta el lugar donde había vivido Ilyn Payne durante quince años.

Las habitaciones apestaban a comida podrida, y los juncos del suelo estaban llenos de sabandijas. Jaime estuvo a punto de tropezar con una rata al entrar. El mandoble de Payne reposaba en una mesa de caballetes, junto a una piedra de afilar y un trozo de hule. El acero estaba inmaculado; el borde mostraba un brillo azul con la luz intensa, pero por el suelo había montones de ropa sucia, y las piezas de armadura esparcidas por doquier estaban rojas de óxido. Jaime perdió la cuenta de las jarras de vino rotas.

«A este hombre, lo único que le importa es matar», pensó mientras Ser Ilyn salía de un dormitorio que apestaba a orinales llenos.

—Su Alteza me envía a recuperar sus tierras de los ríos —le dijo Jaime—. Me gustaría que me acompañarais... Si no os importa dejar atrás todo esto.

La respuesta fue el silencio, junto con una mirada larga, sin parpadear. Pero justo cuando iba a dar la vuelta para salir, Payne asintió.

«Y aquí está, cabalgando conmigo. —Jaime miró a su acompañante—. Puede que aún haya esperanza para nosotros dos.»

Aquella noche acamparon al pie de la colina del castillo de los Hayford. Mientras se ponía el sol, un centenar de tiendas se alzó en la ladera y a lo largo de las orillas del arroyo que discurría junto a ella. Jaime organizó en persona a los centinelas. No esperaba que hubiera problemas tan cerca de la ciudad, pero su tío Stafford también se había creído a salvo en el Cruce de Bueyes. Era mejor no correr riesgos innecesarios.

Cuando les llegó la invitación del castillo para que subieran a cenar con el castellano de Lady Hayford, Jaime acudió acompañado de Ser Ilyn, Ser Addam Marbrand, Ser Bonifer Hasty, Ronnet el Rojo, Jabalí y otra docena de caballeros y señores menores.

—En fin, tendré que ponerme la mano —le dijo a Peck antes de emprender el ascenso.

El muchacho la cogió de inmediato. La mano estaba cincelada en oro y parecía muy real: las uñas eran incrustaciones de madreperla y los dedos estaban flexionados lo justo para poder agarrar el pie de una copa.

«No puedo luchar, pero sí beber», reflexionó Jaime mientras el chico le abrochaba las cinchas al muñón.

—De hoy en adelante, todos os llamarán Manodeoro, mi señor —le aseguró el armero la primera vez que se la puso en la muñeca.

«Se equivocaba. Me llamarán Matarreyes hasta el día de mi muerte.»

La mano de oro fue objeto de muchos comentarios admirativos durante la cena, al menos hasta que Jaime derribó una copa de vino. En aquel momento se dejó dominar por el genio.

—Si tanto os gusta esta mierda, cortaos la mano de la espada y os la regalo —le dijo a Flement Brax.

Después de aquello cesaron los comentarios relativos a su mano, y pudo beber en paz un poco de vino.

La señora del castillo era Lannister por matrimonio, una niña regordeta que aún gateaba: la habían casado con su primo Tyrek antes de que cumpliera un año. Tal como imponía la etiqueta, les llevaron a Lady Ermesande para que le dieran su aprobación, embutida en una diminuta túnica de hilo de oro con las líneas zigzagueantes verdes y las ondas en verde más claro de la Casa Hayford en diminutas cuentas de jade. Pero la niña no tardó en echarse a llorar, por lo que su ama de cría se la llevó a la cama.

—¿Seguimos sin noticias de Lord Tyrek? —preguntó el castellano mientras le servían la trucha.

—Sí. —Tyrek Lannister había desaparecido durante los disturbios de Desembarco del Rey, mientras Jaime estaba prisionero en Aguasdulces. El muchacho habría cumplido catorce años, suponiendo que siguiera con vida.

—Dirigí la búsqueda en persona por orden de Lord Tywin —intervino Addam Marbrand mientras quitaba las espinas del pescado—, pero no corrí mejor suerte que Bywater: yo tampoco descubrí nada. La última vez que lo vieron estaba a caballo, y en ese momento, la turba rompió la barrera de los capas doradas. Después de aquello... Bueno, encontramos su palafrén, pero no al jinete. Lo más probable es que lo derribaran y lo asesinaran. Pero si fue así, ¿qué pasó con su cadáver? La chusma dejó allí los demás; ¿por qué no el suyo?

—Tendría más valor vivo —señaló Jabalí—. Se pagaría un buen rescate por cualquier Lannister.

—Sin duda —convino Marbrand—, pero jamás se pidió rescate alguno. El chico se ha esfumado.

—El chico está muerto. —Jaime se había bebido tres copas de vino; la mano dorada le parecía más pesada y torpe por momentos. «Tanto daría que me hubieran hecho un garfio»—. Si se dieron cuenta de quién era el crío que habían matado, lo tiraron al río, seguro. Temerían la cólera de mi padre; ya la conocían en Desembarco del Rey. Lord Tywin siempre pagaba sus deudas.

—Siempre —asintió Jabalí, y con eso se acabó la conversación.

Pero más tarde, en la habitación de la torre que le habían ofrecido para pasar la noche, Jaime empezó a tener dudas. Tyrek había servido al rey Robert como escudero a la vez que Lancel. Las cosas que se saben pueden ser tan valiosas como el oro y tan mortíferas como una daga. Enseguida le acudió a la mente Varys, siempre sonriente y con su olor a lavanda. El eunuco tenía agentes e informadores por toda la ciudad; para él habría sido sencillo disponer las cosas para que se llevaran a Tyrek en la confusión... siempre que supiera por adelantado que la chusma se iba a amotinar.

«Y Varys lo sabía todo, o eso nos quería hacer creer. Pero no avisó a Cersei de la revuelta, y tampoco bajó a los barcos para despedir a Myrcella.»

Abrió los postigos. La noche era cada vez más fría, y una esquirla de luna brillaba en el cielo. A su luz, la mano tenía un brillo mortecino.

«No me servirá para estrangular eunucos, pero al menos le podrá convertir esa sonrisa babosa en escombros rojos.» Tenía ganas de golpear a alguien.

Ser Ilyn estaba afilando el mandoble cuando Jaime dio con él.

—Ya es la hora —le dijo.

El decapitador se levantó y lo siguió; sus botas de cuero agrietado resonaban contra los empinados peldaños de piedra cuando bajaron por las escaleras. Ante la armería había un patio pequeño. Jaime cogió dos escudos, dos yelmos y un par de espadas romas de torneo. Le tendió una a Payne y cogió la otra con la mano izquierda antes de pasar el brazo derecho por las cinchas del escudo. Los dedos dorados estaban algo curvados, pero no podían agarrar, de manera que no sostenía el escudo con firmeza.

—Habéis sido caballero, ser —dijo Jaime—. Igual que yo. Veamos qué somos ahora.

La respuesta de Ser Ilyn fue alzar la espada, y Jaime se adelantó para atacar. Payne estaba tan oxidado como su cota de malla y no era tan fuerte como Brienne, pero detuvo todos los golpes con su hoja o interpuso el escudo. Danzaron bajo la luna menguante mientras las espadas romas entonaban su canción de acero. Durante un rato, el caballero silencioso se conformó con dejar que Jaime tomara la iniciativa en el baile, pero más adelante empezó a responder a los golpes con golpes. Acertó a Jaime en el muslo, en el hombro y en el antebrazo. En tres ocasiones hizo que le resonara la cabeza con golpes en el yelmo. Un tajo le arrancó el escudo del brazo derecho y estuvo a punto de romper las correas que le ataban la mano de oro al muñón. Cuando bajaron las espadas, Jaime estaba molido y magullado, pero el vino se había evaporado, y tenía la cabeza despejada.

—Volveremos a bailar —prometió a Ser Ilyn—. Mañana, y pasado mañana. Bailaremos todos los días, hasta que sea tan bueno con la mano izquierda como lo era con la derecha.

Ser Ilyn abrió la boca y emitió un sonido chasqueante.

«Una carcajada», comprendió Jaime. Algo se le revolvió en las tripas.

A la mañana siguiente, nadie tuvo la osadía de mencionar sus magulladuras. Por lo visto no habían oído el estrépito de su lucha a espada en medio de la noche. Pero, mientras bajaban al campamento, Lew Piper el Pequeño formuló la pregunta que caballeros y señores no se atrevían a hacer. Jaime le sonrió.

—En Casa Hayford tienen mozas muy ardientes. Son mordiscos de amor, chaval.

Al día radiante y ventoso lo siguió otro encapotado, y luego, tres de lluvia. No los afectaban el viento ni el agua. La columna mantuvo el mismo paso hacia el norte por el camino Real, y cada noche, Jaime daba con un lugar aislado para buscarse más mordiscos de amor. Lucharon en un establo ante la mirada de una mula tuerta, y en la bodega de una posada entre barriles de vino y cerveza. Lucharon entre los restos ennegrecidos de un enorme granero de piedra; en una isleta boscosa, en medio de un arroyo de aguas bajas, y al aire libre mientras la lluvia repiqueteaba suavemente contra sus yelmos y escudos.

Jaime buscaba excusas para sus correrías nocturnas, pero no cometía la estupidez de pensar que los demás las creían. Sin lugar a dudas, Addam Marbrand sabía lo que se hacía, y posiblemente otros capitanes lo sospecharan. Pero nadie hablaba del tema delante de él, y como el único testigo carecía de lengua, no había peligro de que nadie supiera hasta qué punto se había convertido el Matarreyes en un espada incompetente.

No tardaron en ver los rastros de la guerra por todas partes. En los sembradíos crecían malas hierbas, espinos y arbustos, en lugar del trigo otoñal que tendría que estar a punto para la cosecha; apenas había viajeros por el camino Real, y los lobos gobernaban aquel mundo fatigado desde el ocaso hasta el amanecer. Casi todos los animales eran suficientemente cautelosos para mantener las distancias, pero un jinete de la avanzadilla de Marbrand vio como mataban a su caballo cuando desmontó para mear.

—Ningún animal sería tan osado —declaró Bonifer el Bueno, el del rostro severo y triste—. Son demonios con piel de lobo; los envían para castigarnos por nuestros pecados.

—Este caballo debió de cometer pecados terribles —replicó Jaime ante lo que quedaba del pobre animal.

Dio orden de que trocearan el resto de la carne y la pusieran en salazón; tal vez la necesitaran más adelante.

En un lugar llamado Cuerno de la Puerca encontraron a un anciano caballero llamado Ser Roger Hogg, sentado con testarudez en su torreón, con seis soldados, cuatro ballesteros y una veintena de campesinos. Era un hombretón corpulento e irritable, y Ser Kennos comentó que tal vez se tratara de un Crakehall, ya que su blasón era un jabalí pinto. Por lo visto, Jabalí también lo creía, ya que se pasó una hora interrogando a Ser Roger sobre sus antepasados.

A Jaime le interesaba más lo que pudiera decirles de los lobos.

—Tuvimos problemas con una manada que llevaba la estrella blanca —le dijo el viejo caballero—. Vinieron a husmear después de vos, mi señor, pero conseguimos echarlos, y enterramos a tres entre los nabos. Antes llegó una manada de putos leones, y disculpad la expresión. El que los comandaba tenía una manticora en el escudo.

—Ser Amory Lorch —le aclaró Jaime—. Mi señor padre le dio orden de asolar las tierras de los ríos.

—De las que no formamos parte —replicó Ser Roger Hogg con tenacidad—. Le debo lealtad a la Casa Hayford, y Lady Ermesande hinca su pequeña rodilla ante Desembarco del Rey, o bueno, la hincará cuando sepa andar. Se lo dije, pero ese tal Lorch no quiso escucharme. Mató a la mitad de mis ovejas y a tres buenas cabras que daban leche, y trató de achicharrarme en mi torre. Pero las paredes son de piedra maciza, de tres varas de grosor, así que, cuando se consumió el fuego, se hartó y se fue. Luego llegaron los lobos, los de cuatro patas, y se comieron las ovejas que me había dejado la manticora. A cambio me cobré unas cuantas pieles, pero con eso no llenamos el estómago. ¿Qué podemos hacer, mi señor?

—Sembrar —dijo Jaime—, y rezar para obtener una cosecha tardía.

No era una respuesta que infundiera muchas esperanzas, pero no tenía otra.

Al día siguiente, la columna cruzó el arroyo que marcaba los límites entre las tierras que debían lealtad a Desembarco del Rey y las de Aguasdulces. El maestre Gulian consultó un mapa y anunció que aquellas colinas eran dominio de los hermanos Wode, dos caballeros vasallos de Harrenhal... Pero sus hogares habían sido de adobe y madera, y solo quedaban unas pocas vigas ennegrecidas.

No había rastro de los Wode ni de sus vasallos, aunque unos bandidos se habían refugiado en las bodegas, bajo el torreón del segundo hermano. Uno de ellos vestía los restos andrajosos de una capa carmesí, pero Jaime lo ahorcó junto con los demás. Se sintió bien. Aquello era justicia.

«Tómalo por costumbre, Lannister, y quizá sí que acaben por llamarte Manodeoro. Manodeoro el Justo.»

A medida que se acercaban a Harrenhal, el mundo era cada vez más gris. Cabalgaron bajo cielos plomizos, junto a aguas que brillaban tan viejas y frías como una lámina de acero batido. Jaime no pudo dejar de preguntarse si Brienne lo habría precedido.

«Si cree que Sansa Stark trató de llegar a Aguasdulces....» Si se hubieran encontrado con otros viajeros, tal vez se habría detenido a preguntarles si habían visto por casualidad a una hermosa doncella con el cabello castaño rojizo, o a otra grande y fea con una cara que cortaba la leche. Pero en los caminos no había más que lobos, y sus aullidos no le dieron la respuesta.

Las torres de la locura de Harren el Negro aparecieron por fin al otro lado de las aguas plomizas del lago: cinco dedos retorcidos de piedra negra y deforme que se alzaban hacia el cielo. Meñique había recibido el título de Señor de Harrenhal, pero por lo visto no tenía prisa en ocupar su nuevo asentamiento, así que a Jaime le había correspondido la misión de poner orden en Harrenhal, de camino a Aguasdulces.

De lo que no cabía duda era de que hacía falta poner orden. Gregor Clegane les había arrebatado el inmenso castillo sombrío a los Titiriteros Sangrientos antes de que Cersei lo llamara a Desembarco del Rey. Sin duda, los hombres de la Montaña seguirían armando bulla allí como guisantes secos en una armadura, pero no eran los más indicados para restablecer la paz del rey en el Tridente. La única paz que habían proporcionado jamás era la de la tumba.

Los jinetes de avanzadilla de Ser Addam habían informado de que las puertas de Harrenhal estaban cerradas y atrancadas. Jaime alineó a sus hombres ante ellas y le ordenó a Ser Kennos de Kayce que hiciera sonar el Cuerno de Herrock, negro, retorcido, con abrazaderas de oro viejo.

Tres llamadas retumbaron contra las paredes antes de que se oyera el gemido de las bisagras de hierro y las puertas se abrieran lentamente. Las murallas de la locura de Harren el Negro eran tan gruesas que Jaime pasó bajo una docena de matacanes antes de encontrarse de repente bajo la luz del patio donde se había separado de los Titiriteros Sangrientos, no hacía tanto tiempo. En la tierra prensada crecían malas hierbas; las moscas zumbaban en torno a los restos de un caballo.

Unos cuantos hombres de Ser Gregor salieron de las torres para verlo desmontar, todos con ojos duros, con boca dura.

«No podían ser de otra manera para cabalgar con la Montaña.» Lo único bueno que se podía decir de los hombres de Gregor era que no se trataba de una chusma tan cruel y violenta como la de la Compañía Audaz.

—Anda y que me jodan, si es Jaime Lannister —exclamó de repente un soldado de pelo canoso—. Es el Matarreyes, muchachos. ¡Anda y que me jodan con una lanza!

—¿Quién eres tú? —preguntó Jaime.

—El ser me llamaba Bocasucia, si a mi señor le parece bien. —Se escupió en las manos y se frotó las mejillas como si con eso fuera a estar más presentable.

—Qué encanto. ¿Eres tú el que está al mando?

—¿Yo? Mierda, claro que no. Mi señor. ¡Anda y que me jodan con una lanza! —Bocasucia tenía suficientes migas en la barba para alimentar a toda la guarnición. Jaime no pudo contener una carcajada. El soldado lo consideró un estímulo—. ¡Anda y que me jodan con una lanza! —dijo otra vez, también riéndose.

—Ya lo habéis oído —le dijo Jaime a Ilyn Payne—. Buscad una buena lanza, que sea bien larga, y metédsela por el culo.

Ser Ilyn no tenía lanza, pero Jon Bettley, el Lampiño, le tiró una de buena gana. Las carcajadas ebrias de Bocasucia cesaron al instante.

—A mí no os acerquéis con eso.

—Pues decídete de una vez —replicó Jaime—. ¿Quién está al mando aquí? ¿Ser Gregor nombró castellano a alguien?

—A Polliver —respondió otro hombre—, pero el Perro lo mató, mi señor. A él y al Cosquillas, y también a ese chico de Sarsfield.

«Otra vez el Perro.»

—¿Estáis seguros de que fue Sandor? ¿Lo visteis?

—Nosotros no, mi señor. Nos lo dijo un posadero.

—Fue en la posada de la encrucijada, mi señor —intervino un hombre más joven con una mata de pelo color arena. Llevaba la cadena de monedas que perteneciera a Vargo Hoat, monedas de medio centenar de ciudades lejanas, de plata y de oro, de cobre y de bronce, monedas cuadradas y redondas, triángulos, aros y fragmentos de hueso—. El posadero juró que el que lo hizo tenía media cara quemada. Sus putas dijeron lo mismo. Sandor viajaba con un crío, un campesino harapiento. Por lo que nos contaron, hicieron trizas a Polly y al Cosquillas, y se fueron a caballo en dirección al Tridente.

—¿Enviasteis hombres tras ellos?

Bocasucia frunció el ceño como si la sola idea le resultara dolorosa.

—No, mi señor. Mierda, claro que no.

—Cuando un perro está rabioso hay que rebanarle el cuello.

—Bueno... —El hombre se frotó la boca—. Polly no me caía bien, mierda, y el Perro, pues era el hermano del ser, así que...

—Somos duros, mi señor —intervino el que llevaba las monedas—, pero hay que estar loco para enfrentarse al Perro.

Jaime se quedó mirándolo.

«Es más valiente que los demás y no está tan borracho como Bocasucia.»

—Tuvisteis miedo de él.

—Yo no diría miedo, mi señor. Se lo dejábamos a hombres que nos aventajaran. A alguien como el ser. O como vos.

«Como yo cuando aún tenía dos manos.» Jaime no se hacía ilusiones: en aquellos momentos, Sandor acabaría con él sin siquiera sudar.

—¿Cómo te llamas?

—Rafford, si os parece bien. Me suelen llamar Raff.

—Raff, reúne a la guarnición de la Sala de las Cien Chimeneas. También a los prisioneros. Quiero verlos. Y a las putas de la encrucijada. Ah, y a Hoat. Me quedé consternado al enterarme de su muerte. Quiero ver su cabeza.

Cuando se la llevaron, advirtió que le habían cortado los labios, las orejas y buena parte de la nariz. Los cuervos le habían devorado los ojos. De todos modos, aún resultaba reconocible: era la Cabra. Jaime habría identificado aquella barba en cualquier lugar; era un mechón absurdo de tres palmos de largo que colgaba de una barbilla puntiaguda. Por lo demás, al cráneo del qohoriense apenas le quedaban unas tiras de pellejo.

—¿Dónde está el resto? —preguntó

Nadie quiso decírselo. Por último, Bocasucia bajó la vista.

—Podrido, ser. Y comido.

—Había un prisionero que no hacía más que suplicar comida —reconoció Rafford—, así que el ser dijo que le diéramos cabra asada. Lo malo es que al qohoriense no le quedaba mucha carne. El ser le había cortado las manos y los pies, y luego, los brazos y las piernas.

—El maricón gordo se comió la mayor parte —aportó Bocasucia—, pero el ser se encargó de que la probaran todos los prisioneros. Y la Cabra también, a sí mismo. El muy gilipollas no paraba de babear mientras le dábamos de comer; la grasa le corría por la barba.

«Padre, tus dos perros se han vuelto locos», pensó Jaime. Recordó las historias que le habían contado de niño en Roca Casterly sobre Lady Lothston, que había enloquecido, se bañaba en sangre y organizaba banquetes de carne humana entre aquellos mismos muros.

La venganza había perdido todo su sabor.

—Tira esto al lago. —Jaime le lanzó a Peck la cabeza de Hoat y se volvió hacia la guarnición—. Ser Bonifer Hasty se hará cargo de Harrenhal en nombre de la corona hasta que llegue Lord Petyr. Aquellos que lo deseéis podéis uniros a él, si os acepta. Los demás cabalgaréis conmigo hacia Aguasdulces.

Los hombres de la Montaña intercambiaron miradas.

—Están en deuda con nosotros —dijo uno—. El ser nos lo prometió. Una copiosa recompensa, nos dijo.

—Con esas palabras —corroboró Bocasucia—. «Una copiosa recompensa para los que cabalguen conmigo».

Una docena de hombres se unió a las protestas.

Ser Bonifer alzó una mano enguantada.

—Todo el que se quede conmigo recibirá ochenta fanegas de tierra para trabajarlas, otro tanto cuando se case y otras ochenta cuando nazca su primer hijo.

—¿Tierra, ser? —Bocasucia escupió—. Me cago en la tierra. Para arar como imbéciles nos habríamos quedado en casa, con vuestro perdón, ser. El ser dijo «una copiosa recompensa». O sea, oro.

—Si tenéis alguna queja, id a Desembarco del Rey y presentádsela a mi querida hermana. —Jaime se volvió hacia Rafford—. Ahora quiero ver a los prisioneros, empezando por Ser Wylis Manderly.

—¿El gordo? —preguntó Rafford.

—Espero sinceramente que sí. Y no me relatéis la triste historia de cómo murió, o puede que os suceda a todos lo mismo.

Si había albergado alguna esperanza de encontrar a Shagwell, a Pyg o a Zollo pudriéndose en las mazmorras, se llevó una gran decepción. Por lo visto, toda la Compañía Audaz había abandonado a Vargo Hoat. De la servidumbre de Lady Whent solo quedaban tres personas: el cocinero que le había abierto la poterna a Ser Gregor, un herrero encorvado llamado Ben Pulgarnegro y una muchacha llamada Pia, que ya no era tan hermosa como cuando Jaime la había visto por última vez. Le habían roto la nariz y le habían saltado la mitad de los dientes. Al ver a Jaime, la chica cayó a sus pies entre sollozos y se le aferró a la pierna con fuerza histérica, hasta que Jabalí consiguió arrancarla.

—Nadie te va a hacer daño —le dijo, pero solo consiguió que sollozara con más fuerza.

Los otros prisioneros habían recibido mejor trato. Ser Wylis Manderly estaba entre ellos, junto con otros norteños de noble cuna que había hecho cautivos la Montaña que Cabalga en las batallas de la orilla del Tridente. Eran rehenes útiles; cada uno valía un buen rescate. Estaban sucios y andrajosos, y algunos tenían golpes recientes o dientes rotos, o les faltaban dedos, pero les habían lavado y vendado las heridas, y ninguno había pasado hambre. Jaime se preguntó si tendrían alguna sospecha de lo que habían estado comiendo, pero optó por no preguntar.

A ninguno le quedaban ganas de mostrarse desafiante, y a Ser Wylis menos que a nadie. Era un tonel de sebo con barba, ojos estúpidos, y papada cetrina y temblorosa. Cuando Jaime le dijo que lo escoltarían hasta Poza de la Doncella y allí tomaría un barco hacia Puerto Blanco, se derrumbó en un charco y sollozó más aún que Pia. Hicieron falta cuatro hombres para ponerlo en pie.

«Demasiada cabra asada —reflexionó Jaime—. Dioses, cómo odio este puto castillo.» Harrenhal había presenciado más horrores en trescientos años que Roca Casterly en tres mil.

Jaime ordenó que se encendieran fuegos en la Sala de las Cien Chimeneas y mandó al cocinero a sus cocinas para que les preparase una comida caliente a los hombres de su columna.

—Cualquier cosa menos cabra.

Él cenó en la Sala del Cazador con Ser Bonifer Hasty, un hombre flaco y solemne, propenso a salpicar sus frases con alusiones a los Siete.

—No quiero a ningún seguidor de Ser Gregor —declaró mientras cortaba una pera tan seca como él, de tal forma que parecía procurar a toda costa que ni una gota de su zumo inexistente le salpicara el inmaculado jubón violeta bordado con las dos bandas estrechas y la central más ancha, todas blancas, de su Casa—. No tendré a mi servicio a semejantes pecadores.

—Mi septón decía que todos los hombres son pecadores.

—No se equivocaba —reconoció Ser Bonifer—, pero hay pecados más negros que otros, más hediondos a la nariz de los Siete.

«Y vos tenéis tan poca nariz como mi hermano pequeño; de lo contrario, mis pecados os harían vomitar esa pera.»

—Muy bien. Os quitaré de encima a la pandilla de Gregor.

Siempre le serían útiles unos cuantos soldados más. Aunque no fuera para otra cosa, podía enviarlos los primeros por las escalerillas si había que tomar Aguasdulces por asalto.

—Llevaos también a la ramera —le pidió Ser Bonifer—. Ya sabéis cuál. La chica de las mazmorras.

—Pia. —La última vez que había estado allí, Qyburn le había enviado a la chica a su cama, pensando que eso le agradaría. Pero la Pia que sacaron de las mazmorras era muy diferente de la muchachita dulce, simple y risueña que se había metido bajo sus mantas. Había cometido el error de hablar cuando Ser Gregor quería silencio, así que la Montaña le destrozó los dientes con el puño enfundado en un guantelete, y también le rompió la linda naricilla. Sin duda le habría hecho algo mucho peor si Cersei no lo hubiera llamado a Desembarco del Rey para que se enfrentara a la lanza de la Víbora Roja. Jaime no pensaba guardar luto por él—. Pia nació en este castillo —le dijo a Ser Bonifer—. No conoce otro hogar.

—Es una fuente de corrupción —replicó Ser Bonifer—. No la quiero cerca de mis hombres, exhibiendo sus... partes.

—No creo que se exhiba ya mucho —respondió—, pero si tanto os molesta, me la llevaré. —Siempre podía trabajar para él como lavandera. A sus escuderos no les importaba plantarle la carpa, cuidar de su caballo ni limpiarle la armadura, pero la tarea de ocuparse de su ropa les parecía muy poco viril—. ¿Podréis defender Harrenhal solo con vuestros Cien Santos? —preguntó Jaime.

En realidad deberían llamarse *Ochenta y Seis Santos,* ya que habían perdido a catorce en el Aguasnegras, pero no le cabía duda de que Ser Bonifer volvería a tener un centenar en cuanto encontrara reclutas suficientemente piadosos.

—No creo que haya dificultades. La Vieja iluminará nuestro camino, y el Guerrero dará fuerza a nuestros brazos.

«O el Desconocido vendrá a buscaros a todos muy santamente.» Jaime no tenía manera de saber quién había convencido a su hermana para que nombrara a Ser Bonifer castellano de Harrenhal, pero aquello le olía a Orton Merryweather. Le parecía recordar que Hasty había servido al abuelo de Merryweather, y el justicia mayor pelirrojo era de la clase de tontos que supondrían que alguien al que llamaban el Bueno sería la pócima que necesitaban las tierras de los ríos para curar las heridas que habían dejado Roose Bolton, Vargo Hoat y Gregor Clegane.

«Pero puede que no se equivoque.» Hasty procedía de las tierras de la tormenta, así que no tenía amigos ni enemigos en el Tridente: ninguna disputa sangrienta, ninguna deuda pendiente, ningún deber para con nadie. Era sobrio, justo y obediente; sus Ochenta y Seis Santos eran soldados disciplinados, y era hermoso verlos desfilar en sus altos capones grises. La reputación de sus hombres era tan inmaculada que Meñique bromeaba diciendo que Ser Bonifer debía de haber castrado también a los jinetes.

Pese a todo, Jaime albergaba dudas hacia cualquier grupo de soldados más conocido por la belleza de sus caballos que por los enemigos a los que había matado.

«Me imagino que rezarán bien, pero ¿sabrán pelear?» Que él supiera, no se habían deshonrado en el Aguasnegras, pero tampoco se habían distinguido. El propio Ser Bonifer había sido de joven un caballero prometedor, pero algo le había sucedido, una derrota, una deshonra, un escarceo con la muerte, y después había decidido que las justas eran una vanidad huera y había dejado la lanza definitivamente.

«Pero alguien tiene que defender Harrenhal, y aquí el amigo Baelor Culosanto es el elegido de Cersei.»

—Este castillo tiene mala fama —le advirtió—, y no es inmerecida. Se dice que Harren y sus hijos todavía recorren sus habitaciones por las noches, y que cualquiera que los vea estalla en llamas.

—No me dan miedo las sombras, ser. Está escrito en *La estrella de siete puntas:* los espíritus y los espectros no tienen ningún poder contra el hombre piadoso que lleve la Fe como armadura.

—Pues poneos una armadura de fe, pero reforzadla con una buena cota de malla. Todo el que ha estado al mando en este castillo ha terminado mal. La Montaña, la Cabra... Hasta mi padre.

—Si no os importa que os lo diga, no eran hombres piadosos como nosotros. El Guerrero nos defiende, y siempre habrá ayuda cerca por si algún enemigo nos amenazara. El maestre Gulian se va a quedar con sus cuervos; Lord Lancel se encuentra en Darry con su guarnición, y Lord Randyll defiende Poza de la Doncella. Entre los tres podremos dar caza a los bandidos que ronden por aquí y aniquilarlos. Cuando lo logremos, los Siete guiarán a los campesinos bondadosos de regreso a sus aldeas, para que las reconstruyan y vuelvan a sembrar.

«Al menos a los que no mató la Cabra.» Jaime colocó los dedos dorados en torno al pie de la copa de vino.

—Si cae en vuestras manos algún miembro de la Compañía Audaz de Hoat, avisadme de inmediato.

El Desconocido se había llevado a la Cabra antes de que Jaime pudiera dar con él, pero aún quedaba Zollo, y también Shagwell, Rorge, Urswyck el Fiel y los demás.

—¿Para que podáis torturarlos y matarlos?

—¿Qué haríais vos en mi lugar? ¿Perdonarlos?

—Si se arrepintieran sinceramente de sus pecados... Sí, los abrazaría a todos como hermanos y rezaría con ellos antes de mandarlos al patíbulo. Los pecados se pueden perdonar; los crímenes hay que castigarlos. —Hasty juntó las yemas de los dedos ante sí, en un gesto que incomodó a Jaime; le recordaba demasiado a su padre—. ¿Qué queréis que hagamos si damos con Sandor Clegane?

«Rezar —pensó Jaime— y correr.»

—Mandadlo con su amado hermano y dad gracias a los dioses por haber creado siete infiernos. Con uno no bastaría para retener a los dos Clegane. —Se puso en pie con torpeza—. Beric Dondarrion es otra cuestión. Si lo capturáis, esperad a mi regreso. Quiero llevarlo a Desembarco del Rey con una soga al cuello, y que Ser Ilyn le corte la cabeza donde medio reino lo pueda ver.

—¿Y ese sacerdote myriense que cabalga con él? Se dice que va divulgando la fe falsa que profesa.

—Matadlo, besadlo o rezad con él, como queráis.

—No tengo el menor deseo de besarlo, mi señor.

—Seguro que él siente lo mismo por vos. —La sonrisa de Jaime se transformó en un bostezo—. Disculpadme, pero si no tenéis objeción, os dejo.

—Por supuesto, mi señor —respondió Hasty. Sin duda tenía ganas de rezar.

Jaime tenía ganas de luchar. Bajó los escalones de dos en dos para salir adonde el aire de la noche era fresco y vigorizante. Jabalí y Ser Flement Brax se estaban enfrentando en el patio, a la luz de las antorchas, rodeados de soldados que los jaleaban.

«Vencerá Ser Lyle —supo—. Tengo que encontrar a Ser Ilyn.» Volvían a picarle los dedos. Se alejó del ruido y de la luz, pasó bajo el puente cubierto y atravesó el patio de la Piedra Líquida antes de darse cuenta de adónde lo guiaban sus pasos.

Al acercarse al foso del oso vio la luz blanquecina y fría de un farol, que se derramaba por las gradas de piedra.

«Parece que se me han adelantado.» El foso sería un buen lugar para bailar, y tal vez Ser Ilyn hubiera pensado lo mismo.

Pero el caballero que había ante el foso era más corpulento, tenía barba y vestía un jubón rojo y blanco adornado con grifos.

«Connington. ¿Qué hace aquí?» Abajo, el cadáver del oso yacía aún en la arena, aunque ya solo quedaban los huesos y la piel enmarañada y medio enterrada. Jaime sintió una punzada de compasión por el animal. «Al menos murió luchando.»

—Hola, Ser Ronnet —saludó—, ¿os habéis extraviado? Es un castillo muy grande, lo sé.

Ronnet el Rojo alzó el farol.

—Quería ver el lugar donde el oso bailó con la no tan hermosa doncella. —Con aquella luz, su barba brillaba como si fuera de fuego. A Jaime le llegó el olor a vino de su aliento—. ¿Es verdad que la moza luchó desnuda?

—¿Desnuda? No. —Se preguntó a quién se le habría ocurrido incorporar aquel detalle a la historia—. Los Titiriteros le pusieron un vestido de seda rosa y le dieron una espada de torneo. La Cabra quería que su muerte fuera «divedtida». De lo contrario...

—... solo con ver a Brienne desnuda, el oso habría huido aterrado. —Connington se echó a reír. Jaime no.

—Habláis como si conocierais a la dama.

—Fui su prometido.

Aquello lo cogió por sorpresa. Brienne no había mencionado ningún compromiso.

—Su padre le buscó marido...

—Tres veces —asintió Connington—. Yo fui la segunda intentona. Cosas de mi padre. Me habían dicho que la moza era fea, y se lo dije, pero me respondió que con la vela apagada, todas las mujeres son iguales.

—Vuestro padre. —Jaime examinó el jubón de Ronnet el Rojo, donde dos grifos se enfrentaban sobre campo de gules y plata. «Grifos danzando»—. Era el... hermano de nuestra difunta Mano, ¿no?

—El primo. Lord Jon no tenía hermanos.

—No.

De pronto lo recordó todo. Jon Connington había sido amigo del príncipe Rhaegar. Cuando Merryweather fracasó en su intento de contener la Rebelión de Robert y no hubo manera de localizar al príncipe Rhaegar, Aerys recurrió al mejor que le quedaba, y le otorgó a Connington el cargo de Mano. Pero el Rey Loco siempre estaba amputándose las Manos. De Lord Jon se deshizo tras la batalla de las Campanas: lo despojó de tierras, honores y riquezas, y lo expulsó al otro lado del mar para que muriera en el exilio, a lo que él contribuyó matándose a base de bebida. En cambio, su primo, el padre de Ronnet el Rojo, se había unido a la rebelión, y después del Tridente obtuvo el Nido del Grifo como recompensa. Pero solo el castillo: Robert se quedó con el oro, y repartió la mayor parte de las tierras de los Connington entre sus partidarios más fervorosos.

Ser Ronnet era un caballero con unas pocas tierras, nada más. Para una persona en su situación, la Doncella de Tarth sería una fruta muy apetecible.

—¿Cómo es que no os casasteis? —preguntó Jaime.

—Uf, fui a Tarth y la vi. Le sacaba seis años, y aun así tenía mi altura. Era como una puerca vestida de seda, aunque las puercas tienen las tetas más grandes. Cuando intentaba hablar, casi se ahogaba con su propia lengua. Le di una rosa y le dije que era lo único que iba a obtener de mí. —Connington contempló el foso—. El oso no era tan peludo como ese monstruo, os lo...

La mano dorada de Jaime le golpeó la boca con tal fuerza que el otro caballero cayó rodando por las gradas. El farol se le escapó de las manos y se rompió, y el aceite se extendió y empezó a arder.

—Habláis de una dama de noble cuna, ser. Llamadla por su nombre. Llamadla Brienne.

Connington se alejó a cuatro patas de las llamas que se extendían.

—Brienne. Como quiera mi señor. —Escupió una flema ensangrentada a los pies de Jaime—. Brienne la Bella.

Cersei

El ascenso hasta la cima de la colina de Visenya fue lento. Mientras los caballos se esforzaban en la subida, la Reina se recostó contra un mullido cojín rojo. Fuera se oía la voz de Ser Osmund Kettleblack.

—¡Abrid paso! ¡Despejad la calle! ¡Abrid paso a Su Alteza la Reina!

—Margaery tiene una cohorte muy animada —iba diciéndole Lady Merryweather—. Hay malabaristas, cómicos, poetas, titiriteros...

—¿Y bardos? —quiso saber Cersei.

—En abundancia, Alteza. Hamish el Arpista toca para ella cada dos semanas, y a veces Alaric de Eysen nos entretiene en las veladas, pero su favorito es el Bardo Azul.

Cersei lo recordaba de la boda de Tommen.

«Joven; joven y atractivo. Tal vez ahí haya algo.»

—Tengo entendido que también hay otros hombres. Caballeros y cortesanos. Admiradores. Decidme la verdad, mi señora, ¿creéis que Margaery sigue siendo doncella?

—Ella dice que sí, Alteza.

—Ya lo sé. ¿Y qué decís vos?

Los ojos negros de Taena tenían un brillo travieso.

—Cuando se casó con Lord Renly en Altojardín, ayudé a quitarle la túnica para el encamamiento. Su señoría era un hombre de cuerpo bello y lleno de deseo; saltaba a la vista cuando lo metimos en la cámara nupcial, donde su esposa lo aguardaba desnuda como el día de su nombre, toda ruborizada bajo las colchas. Ser Loras la había llevado arriba en persona. Margaery puede decir que el matrimonio no llegó a consumarse, que Lord Renly había bebido demasiado en el banquete de bodas, pero os aseguro que, la última vez que lo vi, lo que tenía entre las piernas no estaba precisamente mustio.

—¿Visteis por casualidad el lecho nupcial a la mañana siguiente? —preguntó Cersei—. ¿La chica había sangrado?

—No se mostraron las sábanas, Alteza.

«Lástima.» Pero la ausencia de sangre, por sí sola, no demostraba nada. Había oído que las campesinas sangraban como puercas la noche de bodas, pero el caso de las doncellas de noble cuna, como Margaery Tyrell, era distinto. Se decía que era más habitual que la hija de un señor perdiera la virginidad a lomos de un caballo que en el lecho con su esposo, y Margaery llevaba montando desde que tuvo edad para caminar.

—Tengo entendido que la Reina cuenta con muchos admiradores entre los caballeros de nuestra Casa. Los gemelos Redwyne, Ser Tallad... Decidme, ¿alguien más?

Lady Merryweather se encogió de hombros.

—Ser Lambert, ese imbécil que se oculta un ojo sano con un parche. Bayard Norcross. Courtenay Greenhill. Los hermanos Woodwright; a veces, Portifer; Lucantine más a menudo. Ah, y el Gran Maestre Pycelle la visita con frecuencia.

—¿Pycelle? ¿De verdad? —¿Acaso el viejo gusano pensaba cambiar al león por la rosa? «Si es así, lo lamentará»—. ¿Quién más?

—El isleño del verano, con su capa de plumas. ¿Cómo me he podido olvidar de él, con esa piel más negra que la tinta? Hay otros que van para presentar sus respetos a sus primas. Elinor está prometida al joven Ambrose, pero le gusta coquetear, y Megga tiene un pretendiente nuevo cada dos semanas. En cierta ocasión besó a un pinche en la cocina. Me he enterado de que piensan casarla con el hermano de Lady Bulwer, pero, si Megga pudiera elegir, estoy segura de que preferiría a Mark Mullendore.

Cersei se echó a reír.

—¿El caballero mariposa que perdió el brazo en el Aguasnegras? ¿Para qué quiere medio hombre?

—Megga lo considera encantador. Le ha pedido a Lady Margaery que la ayude a buscar un mono para él.

—Un mono. —La Reina no supo qué decir. «Gorriones y monos. No cabe duda: el reino se está volviendo loco»—. ¿Qué hay de nuestro valeroso Ser Loras? ¿Visita a menudo a su hermana?

—Más que ningún otro. —Taena frunció el ceño, y se formó una línea entre sus ojos oscuros—. Va a verla todas las mañanas y todas las noches, a menos que eso interfiera en sus deberes. Su hermano la quiere con devoción, lo comparten todo con... Oh... —Durante un momento, la myriense casi pareció conmocionada. Luego, una amplia sonrisa se abrió camino en su rostro—. He tenido un pensamiento muy malvado, Alteza.

—Entonces, no lo digáis en voz alta. La colina está llena de gorriones y, como todos sabemos, los gorriones aborrecen la maldad.

—Por lo que se dice, también aborrecen el agua y el jabón, Alteza.

—Puede que el exceso de oraciones atrofie el olfato. Se lo preguntaré a Su Altísima Santidad.

Los cortinajes oscilaban adelante y atrás en oleadas de seda carmesí.

—Orton me ha dicho que el Septón Supremo no tiene nombre —dijo Lady Taena—. ¿Cómo es posible? En Myr todos tenemos nombre.

—Bueno, lo tuvo, como todos. —La Reina hizo un gesto con la mano para indicar que aquello carecía de importancia—. Hasta los septones de sangre noble utilizan solamente los nombres que se les asignan cuando hacen los votos, y quien asciende a Septón Supremo pierde también ese nombre. La Fe dicta que ya no necesita nombre humano, porque se ha convertido en la encarnación de los dioses.

—Entonces, ¿cómo se distingue a un Septón Supremo de otro?

—Con dificultad. Hay que decir «el gordo», o «el que había antes del gordo», o «el que murió mientras dormía». Siempre se les puede sonsacar el nombre con el que nacieron, pero no les gusta que los llamen por él. Les recuerda que llegaron al mundo como vulgares hombres, y eso no les agrada.

—Dice mi señor esposo que este nuevo nació con tierra debajo de las uñas.

—Lo mismo sospecho yo. Lo habitual es que los Máximos Devotos elijan a uno de los suyos, pero ha habido excepciones. —El Gran Maestre Pycelle le había narrado la historia con todo tedioso detalle—. Durante el reinado del rey Baelor el Santo se eligió Septón Supremo a un simple picapedrero. Trabajaba la piedra tan bien que Baelor decidió que era el Herrero en carne mortal. No sabía leer ni escribir, y era incapaz de recordar las oraciones más sencillas. Se dice que la Mano de Baelor lo envenenó para ahorrar tamaña vergüenza al reino. Tras su muerte, el elegido fue un niño de ocho años, otra vez por imposición del rey Baelor. Su Alteza declaró que el pequeño hacía milagros, aunque sus manitas sanadoras no pudieron curarlo tras su último ayuno.

Lady Merryweather dejó escapar una carcajada.

—¿Ocho años? Tal vez mi hijo pueda llegar a Septón Supremo. Tiene casi siete.

—¿Reza mucho? —inquirió la Reina.

—La verdad es que prefiere jugar con espadas.

—Entonces es un niño de verdad, sí. ¿Será capaz de recitar los nombres de los Siete?

—Supongo.

—En ese caso, lo tendré en cuenta.

Cersei no dudaba de que había muchos niños que honrarían la corona de cristal mejor que el imbécil al que habían decidido entregársela los Máximos Devotos.

«Eso pasa por dejar que los idiotas y los cobardes se gobiernen a sí mismos. La próxima vez seré yo quien elija a su amo.» Y la próxima vez no tardaría en llegar, si el nuevo Septón Supremo seguía molestándola. En aquellas cuestiones, la Mano de Baelor no podría darle muchas lecciones a Cersei.

—¡Despejad el camino! —gritaba Ser Osmund Kettleblack—. ¡Abrid paso a Su Alteza la Reina!

La litera empezó a detenerse, lo que solo podía significar que estaban cerca de la cima de la colina.

—Deberíais traer a vuestro hijo a la corte —le dijo Cersei a Lady Merryweather—. Con seis años no es tan pequeño. Tommen tiene que estar con otros niños. ¿Por qué no el vuestro?

Que ella recordara, Joffrey no había tenido nunca amigos de su edad.

«El pobre estuvo siempre solo. Cuando era pequeña, yo tenía a Jaime... y a Melara, hasta que se cayó al pozo. —Joff se había encariñado con el Perro, claro, pero aquello no era amistad de verdad. Simplemente buscaba al padre que nunca encontró en Robert—. Una especie de hermano pequeño puede ser lo que necesita Tommen para alejarse de Margaery y sus gallinas.» Quizá con el tiempo se hicieran tan amigos como lo fueron Robert y Ned Stark. «Un imbécil, pero un imbécil leal. Tommen va a necesitar amigos leales que le guarden las espaldas.»

—Vuestra Alteza es muy amable, pero el único hogar que ha conocido Russell es Granmesa. Me temo que en una ciudad tan grande se sentiría perdido.

—Al principio —reconoció la Reina—, pero pronto se acostumbrará, como me pasó a mí. Cuando mi padre me envió a la corte, lloré mucho, y Jaime se enfureció, hasta que mi tía se sentó conmigo en el Jardín de Piedra y me dijo que en Desembarco del Rey no había nadie de quien debiera tener miedo.

—Sois una leona —respondió la otra mujer—; son las bestias inferiores las que deben temeros.

—Vuestro hijo también encontrará el valor. Sin duda os gustaría más tenerlo cerca, donde pudierais verlo a diario. Es vuestro único hijo, ¿verdad?

—Por ahora. Mi señor esposo ha rogado a los dioses para que nos bendigan con otro hijo, por si...

—Lo sé.

Pensó en Joffrey, llevándose las manos al cuello. En sus últimos momentos se había vuelto hacia ella en una súplica desesperada, y un recuerdo repentino había detenido un instante el corazón de Cersei: una gota de sangre roja siseando en la llama de una vela, una voz como el croar de una rana que hablaba de coronas y de mortajas, y de muerte a manos del *valonqar.*

En el exterior de la litera, Ser Osmund hablaba a gritos con alguien, que le respondía también a gritos. La litera se detuvo bruscamente.

—¿Qué os pasa? ¿Estáis todos muertos? —rugió Kettleblack—. ¡Apartaos del camino, joder!

La Reina levantó una esquina de la cortina y llamó a Ser Meryn Trant.

—¿Qué ocurre?

—Los gorriones, Alteza. —Ser Meryn llevaba una armadura de lamas blancas bajo la capa. El yelmo y el escudo le colgaban de la silla de montar—. Han acampado en mitad de la calle. Haremos que se aparten.

—Bien, pero con delicadeza. No quiero verme en medio de otra revuelta. —Cersei soltó la cortina—. Esto es absurdo.

—Cierto, Alteza —asintió Lady Merryweather—. Tendría que ser el Septón Supremo quien acudiera a vos. En cuanto a esos condenados gorriones...

—Les da de comer, los mima y los bendice. Pero se niega a bendecir al Rey. —Sabía muy bien que la bendición era un rito vacuo, pero los ritos y ceremonias tenían mucho poder a los ojos de los ignorantes. El propio Aegon el Conquistador había fechado el comienzo de su reinado el día en que el Septón Supremo lo ungió en Antigua—. Ese condenado sacerdote me obedecerá, o descubrirá lo débil y humano que sigue siendo.

—Orton dice que lo que quiere en realidad es el oro, que no realizará la bendición hasta que la corona vuelva a hacer los pagos.

—La Fe tendrá su oro en cuanto nosotros tengamos paz.

El septón Torbert y el septón Raynard habían sido muy comprensivos... a diferencia de aquel condenado braavosi, que había acosado al pobre Lord Gyles de manera tan implacable que lo había hecho acabar en cama escupiendo sangre.

«Necesitábamos esos barcos.» No podía confiar en el Rejo para contar con una armada; los Redwyne estaban demasiado allegados a los Tyrell. Tenía que contar con una fuerza propia en el mar.

Se la proporcionarían los dromones que se estaban construyendo en el río. Su nave insignia iba a hundir en las aguas el doble de remos que la *Martillo del Rey Robert.* Aurane le había pedido permiso para llamarla *Lord Tywin,* y Cersei se lo concedió de buena gana. Se moría de ganas de oír a los hombres hablar de su padre en femenino. Otro barco llevaría por nombre *Bella Cersei,* y el mascarón de proa sería una talla suya chapada en oro, vestida con cota de malla y yelmo de león, con una lanza en la mano. Las seguirían la *Valor de Joffrey,* la *Joanna* y la *Leona,* además de la *Reina Margaery,* la *Rosa Dorada,* la *Lord Renly,* la *Lady Olenna* y la *Princesa Myrcella.* La Reina había cometido el error de decirle a Tommen que podía elegir el nombre de las cinco últimas. En realidad, él había insistido en llamar a una *Chico Luna.* Lord Aurane tuvo que señalarle que muchos hombres se negarían a servir a bordo de un barco que llevara nombre de bufón; al fin, el niño accedió a ponerle el nombre de su hermana.

—Si ese septón zarrapastroso piensa obligarme a comprar la bendición de Tommen, se va a enterar —le dijo a Taena. La Reina no tenía la menor intención de mostrarse servil ante un montón de sacerdotes.

La litera se detuvo otra vez, en aquella ocasión con tanta brusquedad que Cersei dio un salto.

—Esto es insoportable.

Se asomó una vez más, y vio que habían llegado a la cima de la Colina de Visenya. Más adelante se alzaba el Gran Septo de Baelor, con su magnífica cúpula y sus siete torres resplandecientes, pero entre sus escaleras de mármol y ellos se interponía un hosco mar de humanidad oscura, harapienta, sucia.

«Gorriones», supo en cuanto olfateó el aire, aunque jamás había habido un gorrión con semejante olor a rancio.

Cersei se quedó horrorizada. En los informes que le había llevado Qyburn ponía cuántos eran, pero oír hablar de ellos era una cosa, y verlos, otra completamente diferente. Había cientos acampados en la plaza, y más cientos en los jardines. Sus hogueras para cocinar impregnaban el aire de humo y hedor. Las tiendas de tela y las chozas de barro y restos de madera ensuciaban el mármol níveo. Divisó gorriones acurrucados hasta en las escaleras, bajo las torres imponentes del Gran Septo.

Ser Osmund se acercó a ella al trote. Junto a él cabalgaba Ser Osfryd, a lomos de un semental tan dorado como su capa. Osfryd era el mediano de los Kettleblack, más taciturno que sus hermanos, más dado a fruncir el ceño que a sonreír.

«Y si es verdad lo que se comenta, también es el más cruel. Tal vez debería enviarlo al Muro.»

El Gran Maestre Pycelle habría preferido poner al mando de los capas doradas a alguien de más edad, «más curtido en las artes de la guerra», y varios de sus consejeros se habían mostrado de acuerdo con él.

—Ser Osfryd está suficientemente curtido —les dijo ella, pero ni con eso consiguió que se callaran.

«Me ladran como una jauría de perros importunos.» Pycelle había agotado su paciencia. Llegó a tener la osadía de protestar ante su idea de buscar un maestro de armas en Dorne, con la excusa de que aquello podía ofender a los Tyrell.

—¿Y por qué creéis que lo hago? —le preguntó, burlona.

—Disculpad, Alteza —dijo Ser Osmund—, mi hermano está llamando a más capas doradas. Despejaremos el camino, no temáis.

—No tengo tiempo. Seguiré a pie.

—Por favor, Alteza. —Taena la cogió por el brazo—. Me dan miedo. Son muchos, son cientos, y están tan sucios...

Cersei le dio un beso en la mejilla.

—El león no tiene miedo del gorrión, pero sois muy amable al preocuparos por mí. Sé que me deseáis lo mejor, mi señora. Ser Osmund, tened la amabilidad de ayudarme a bajar. —«Si hubiera sabido que tendría que andar, me habría vestido de otra manera.» Llevaba una túnica blanca con bordados de hilo de oro, con encajes, pero modesta. Hacía años que no se la ponía, y la notaba incómodamente prieta por la cintura—. Ser Osmund, Ser Meryn, acompañadme. Ser Osfryd, vigilad mi litera.

Varios gorriones estaban tan flacos y demacrados que parecían capaces de comerse sus caballos.

Mientras avanzaba entre la multitud desharrapada, junto a sus hogueras para cocinar, los carromatos y los rudimentarios refugios, la Reina no pudo evitar acordarse de otra ocasión en que una muchedumbre se había congregado en aquella misma plaza. El día en que se casó con Robert Baratheon, miles de personas acudieron para aclamarlos. Todas las mujeres lucían sus mejores prendas; la mitad de los hombres llevaba niños a hombros. Cuando salió del septo de la mano del joven rey, el rugido de la multitud se habría podido oír en Lannisport.

—Les habéis caído en gracia, mi señora —le susurró Robert al oído—. Mirad, hay una sonrisa en cada rostro.

Durante un breve instante había sido feliz en su matrimonio... Hasta que su mirada se cruzó por casualidad con la de Jaime.

«No —recordó haber pensado—, no en cada rostro, mi señor.»

Aquel día no sonreía nadie. Las miradas que le lanzaban los gorriones eran resentidas, hoscas, hostiles. Le abrieron paso, pero de mala gana.

«Si de verdad fueran gorriones, bastaría con un grito para que echaran a volar. Un centenar de capas doradas con palos, espadas y mazas limpiarían este estercolero en nada de tiempo. Eso es lo que habría hecho Lord Tywin. Se habría librado de todos, en vez de pasar entre ellos.»

Cuando vio lo que habían hecho con Baelor el Bienamado, la Reina tuvo motivos para lamentarse de tener un corazón tan blando. La gran estatua de mármol que durante años había sonreído con serenidad en la plaza estaba cubierta de calaveras y huesos hasta la cintura. Algunas calaveras conservaban restos de carne. Encima de ellos había un cuervo que disfrutaba del seco y correoso festín. Las moscas zumbaban por doquier.

—¿Qué significa esto? —espetó Cersei a la multitud—. ¿Queréis enterrar al bendito Baelor en una montaña de carroña?

Un hombre al que le faltaba una pierna se adelantó apoyado en una muleta de madera.

—Alteza, estos huesos son de mujeres y hombres santos, asesinados por su fe. Septones, septas; hermanos pardos, castaños y verdes; hermanas blancas, azules y grises. A unos los ahorcaron; a otros los destriparon. Hombres sin dios y adoradores del demonio han saqueado los septos, han violado a madres y doncellas y hasta han atacado a hermanas silenciosas. Nuestra Madre grita de angustia. Hemos traído sus huesos desde todos los rincones del reino para dar testimonio de la agonía de la Sagrada Fe.

Cersei sentía el peso de todos los ojos clavados en ella.

—El Rey tendrá noticia de estas atrocidades —respondió en tono solemne—. Tommen compartirá vuestra ira. Esto es obra de Stannis y de su bruja roja, y de los norteños salvajes que adoran a los árboles y a los lobos. —Alzó la voz—. ¡Vuestra muerte será vengada, buenas gentes!

Se oyeron unas cuantas aclamaciones, pero no muchas.

—No pedimos venganza para nuestros muertos —dijo el hombre de una sola pierna—, solo protección para los vivos. Para los septos y los lugares sagrados.

—El Trono de Hierro tiene que defender la Fe —gruñó un patán corpulento con una estrella de siete puntas pintada en la frente—. Un rey que no protege a su pueblo no es rey ni es nada.

Un murmullo de asentimiento empezó a alzarse entre los que lo rodeaban. Un hombre tuvo la temeridad de agarrar a Ser Meryn Trant por la muñeca.

—Ya va siendo hora de que todos los caballeros ungidos renuncien a sus señores de este mundo y defiendan la Sagrada Fe —le dijo—. Si adoráis a los Siete, venid con nosotros, ser.

—Suéltame —replicó Ser Meryn al tiempo que se liberaba.

—Os escucho —dijo Cersei—. Mi hijo es joven, pero adora a los Siete. Tendréis su protección, y también la mía.

Aquello no bastó para apaciguar al hombre de la estrella en la frente.

—El que nos defiende es el Guerrero —dijo—, no ese niño rey regordete.

Meryn Trant fue a echar mano de la espada, pero Cersei lo detuvo antes de que desenvainara. Solo contaba con dos caballeros entre un mar de gorriones. Había garrotes, guadañas, palos, cayados y unas cuantas hachas.

—No toleraré que se vierta sangre en este lugar sagrado, ser. —«¿Por qué todos los hombres son tan críos? Si lo mata, los demás nos despedazarán miembro a miembro»—. Todos somos hijos de la Madre. Vamos, Su Altísima Santidad nos aguarda.

Pero cuando avanzó entre los gorriones y se dirigió hacia las escaleras del septo, una bandada de hombres armados salió para bloquear las puertas. Vestían cota de malla y cuero grueso, y alguna que otra pieza de armadura abollada. Unos tenían lanzas; otros, espadas largas. La mayoría llevaba hachas y se había cosido una estrella roja al jubón desteñido. Dos de ellos tuvieron la insolencia de cruzar las lanzas ante ella para impedirle el paso.

—¿Así recibís a vuestra reina? —les preguntó, airada—. Decidme, ¿dónde están Raynard y Torbert?

No era propio de aquellos dos perderse la ocasión de adularla. Torbert siempre montaba todo un espectáculo, dejándose caer de rodillas ante ella para lavarle los pies.

—No conozco a esos hombres que mencionáis —dijo uno con una estrella roja en el jubón—, pero si están al servicio de la Fe, los Siete los necesitan.

—El septón Raynard y el septón Torbert están entre los Máximos Devotos —dijo Cersei—, y se enfurecerán cuando se enteren de que me habéis obstruido el paso. ¿Acaso me negáis la entrada al septo sagrado de Baelor?

—Alteza —intervino un hombre de barba canosa y hombros encorvados—, vos sois bienvenida, pero vuestros hombres tienen que dejar la espada fuera. Por orden del Septón Supremo no se permiten armas en el interior.

—Los caballeros de la Guardia Real no dejan nunca sus armas, ni siquiera en presencia del rey.

—La palabra del rey manda en la casa del rey —replicó el anciano—, pero esta es la casa de los dioses.

Se le enrojecieron las mejillas. Bastaba con que le diera una orden a Meryn Trant, y el barbablanca encorvado iría a reunirse con sus dioses antes de lo que habría querido.

«Pero aquí no. Ahora no.»

—Esperadme —le ordenó tajante a su Guardia Real.

Subió sola por las escaleras. Los lanceros apartaron las lanzas. Otros dos hombres empujaron con todas sus fuerzas las puertas, que se abrieron con un gemido.

En la Sala de las Lámparas, Cersei se encontró con una veintena de septones arrodillados, pero no estaban rezando. Tenían cubos de agua jabonosa y estaban fregando el suelo. Al ver las túnicas de lana basta y las sandalias, los tomó por gorriones, hasta que uno de ellos alzó la cabeza. Tenía la cara roja como una remolacha, y le sangraban las ampollas reventadas de las manos.

—Saludos, Alteza.

—¿Septón Raynard? —La Reina no daba crédito a sus ojos—. ¿Qué hacéis ahí de rodillas?

—Está limpiando el suelo. —El que así hablaba era un poco más bajo que la Reina y flaco como el mango de una escoba—. El trabajo es una forma de oración que complace al Herrero. —Se levantó con el cepillo en la mano—. Os estábamos esperando, Alteza.

La barba del hombre era entrecana, bien recortada, y llevaba el pelo recogido en una coleta. Su túnica estaba limpia, pero también desgastada y remendada. Se había remangado hasta los codos para cepillar el suelo, pero por debajo de las rodillas tenía la ropa empapada y chorreante. Su rostro era anguloso, con unos ojos hundidos tan marrones como el barro.

«Va descalzo», advirtió con consternación. Tenía unos pies espeluznantes, endurecidos, callosos.

—¿Vos sois Su Altísima Santidad?

—Lo somos.

«Dame fuerzas, Padre.» La Reina sabía que debería arrodillarse, pero el suelo del septo estaba lleno de jabón y agua sucia, y no quería echar a perder el vestido. Miró al resto de los ancianos arrodillados.

—No veo a mi amigo el septón Torbert.

—El septón Torbert se encuentra confinado en una celda de penitencia, a pan y agua. Es un pecado que una persona esté tan gorda cuando la mitad del reino se muere de hambre.

Cersei ya había soportado suficiente por un día. Se permitió demostrar la cólera que sentía.

—¿Os parece bien recibirme así? ¿Chorreando y con un cepillo en la mano? ¿Sabéis quién soy?

—Vuestra Alteza es la reina regente de los Siete Reinos —replicó el hombre—, pero está escrito en *La estrella de siete puntas* que los hombres deben inclinarse ante sus señores y los señores ante sus reyes, de modo que los reyes tienen que inclinarse ante los Siete que Son Uno.

«¿Me está diciendo que me arrodille?» Era evidente que no la conocía bien.

—Tendríais que haberme recibido en las escaleras, ataviado con vuestras mejores vestiduras y con la corona de cristal en la cabeza.

—No tenemos corona, Alteza.

Cersei frunció el ceño más aún.

—Mi señor padre le entregó a vuestro predecesor una corona de extraordinaria belleza, de cristal tallado y oro batido.

—Y por ese regalo lo honramos en nuestras oraciones —replicó el Septón Supremo—, pero los pobres necesitaban comida en el estómago más de lo que nos necesitamos cristal en la cabeza. Vendimos esa corona. Igual que las otras que había en las criptas, y también todos los anillos y las túnicas de hilo de plata e hilo de oro. La lana abriga igual. Por eso nos dieron ovejas los Siete.

«Está completamente loco.» Los Máximos Devotos también debían de haber estado locos cuando eligieron a aquella criatura... Locos o aterrados de los mendigos congregados a sus puertas. Los informantes de Qyburn aseguraban que al septón Luceon solo le faltaban nueve votos para resultar elegido cuando las puertas cedieron y los gorriones entraron como una marea en el Gran Septo, con su líder a hombros y blandiendo hachas.

Clavó una mirada gélida en el hombre menudo.

—¿Podemos hablar con más intimidad en alguna parte, Santidad?

El Septón Supremo le entregó el cepillo a un Máximo Devoto.

—Si Vuestra Alteza tiene la amabilidad de seguirnos...

La precedió por las puertas interiores hasta el septo propiamente dicho. Sus pisadas resonaban en los suelos de mármol. Las motas de polvo brillaban en los haces de luz coloreada que entraban por las vidrieras de la gran cúpula. El incienso endulzaba el ambiente, y junto a los siete altares, las velas brillaban como estrellas. Un millar parpadeaba por la Madre, y casi otras tantas por la Doncella, pero las del Desconocido se podían contar con los dedos y aún sobraban.

La invasión de gorriones había llegado incluso allí. Una docena de caballeros errantes desaliñados se había arrodillado ante el Guerrero y le suplicaba que bendijera las espadas que habían amontonado a sus pies. Ante el altar de la Madre, un septón dirigía la oración de una docena de gorriones, cuyas voces le llegaban tan lejanas como olas que lamieran la orilla. El Septón Supremo fue con Cersei hasta el lugar donde la Vieja alzaba su farol. Se arrodilló ante el altar, y a ella no le quedó más remedio que arrodillarse a su lado. Por suerte, aquel Septón Supremo no tenía tanta verborrea como el gordo.

«En fin, al menos algo por lo que dar las gracias.»

Cuando terminó de rezar, Su Altísima Santidad no hizo ademán de levantarse. Por lo visto iban a tener que hablar de rodillas.

«Artimañas de retaco», pensó con diversión.

—Altísima Santidad —empezó—, esos gorriones tienen aterrada a toda la ciudad. Quiero que se vayan.

—¿Adónde van a ir, Alteza?

«Hay siete infiernos; cualquiera me vale.»

—No sé, al lugar de donde hayan venido.

—Han venido de todas partes. El gorrión es el más común, el más humilde de los pájaros, igual que ellos son los más comunes y humildes de los hombres.

«Son comunes; al menos en eso estamos de acuerdo.»

—¿Habéis visto lo que han hecho con la estatua del bendito Baelor? Ensucian la plaza con sus cerdos, sus cabras, sus excrementos...

—Es más fácil limpiar los excrementos que la sangre, Alteza. Si algo ensució esta plaza fue la ejecución que tuvo lugar aquí.

«¿Osa echarme en cara lo de Ned Stark?»

—Todos lamentamos aquello. Joffrey era joven, no tan sabio como debería haber sido. Debería haber decapitado a Lord Stark en cualquier otro lugar, por respeto al bendito Baelor... Pero era un traidor, no lo olvidemos.

—El rey Baelor perdonó a los que conspiraron contra él.

«El rey Baelor encerró a sus propias hermanas por el único crimen de ser bellas.» La primera vez que le relataron aquella historia, Cersei fue a la cuna de Tyrion y lo pellizcó hasta que el pequeño monstruo empezó a llorar. «Tendría que haberle tapado la nariz y haberle metido una media en la boca.» Se obligó a sonreír.

—El rey Tommen también perdonará a los gorriones en cuanto regresen a su hogar.

—La mayor parte de ellos ha perdido su hogar. Hay sufrimiento por todas partes... Y dolor, y muerte. Antes de venir a Desembarco del Rey me ocupaba de medio centenar de aldeas demasiado pequeñas para tener su propio septón. Iba caminando de unas a otras para celebrar bodas, absolver a los pecadores y poner nombre a los recién nacidos. Esas aldeas ya no existen, Alteza. Hay hierbajos y espinos donde antes florecían los jardines; las cunetas están llenas de huesos.

—La guerra es espantosa. Esas atrocidades son obra de los norteños, y de Lord Stannis y sus adoradores del demonio.

—Algunos de mis gorriones hablan de manadas de leones que los saquearon... Y también del Perro, que era vuestro hombre. En Salinas mató a un anciano septón y deshonró a una niña de doce años, una chiquilla inocente que estaba consagrada a la Fe. Tenía la armadura puesta cuando la violó; la cota de malla le desgarró las tiernas carnes. Cuando terminó con ella se la entregó a sus hombres, que le cortaron la nariz y los pezones.

—No podéis hacer responsable a Su Alteza de todos los crímenes que cometan quienes sirvieron alguna vez a la Casa Lannister. Sandor Clegane es un traidor y un salvaje; ¿por qué creéis que prescindimos de sus servicios? Ahora lucha por el bandido Beric Dondarrion, no por el rey Tommen.

—Como digáis. Pero hay una cuestión... ¿Dónde estaban los caballeros del rey mientras sucedían esas cosas? ¿Acaso no juró Jaehaerys el Conciliador sobre el mismísimo Trono de Hierro que la corona protegería y defendería siempre a la Fe?

Cersei no tenía ni idea de lo que había jurado o dejado de jurar Jaehaerys el Conciliador.

—Cierto —asintió la Reina—. Y el Septón Supremo lo bendijo y lo ungió rey. Es la tradición: siempre que hay un nuevo Septón Supremo, tiene que dar su bendición al rey. Pero vos se la negáis a Tommen.

—Vuestra Alteza está confundida. No se la negamos.

—No habéis acudido.

—El momento no ha madurado.

«¿Qué eres? ¿Un sacerdote o un frutero?»

—¿Y qué podría hacer yo para... madurarlo?

«Como se atreva a hablar de oro, me ocuparé de este igual que del anterior, y buscaré a algún devoto de ocho años para que lleve la corona de cristal.»

—El reino está lleno de reyes. La Fe tiene que asegurarse antes de exaltar a uno por encima de los demás. Hace trescientos años, cuando Aegon el Dragón se posó al pie de esta misma colina, el Septón Supremo se encerró en el Septo Estrellado de Antigua y rezó durante siete días y siete noches, sin tomar más alimento que pan y agua. Cuando salió anunció que la Fe no se opondría a Aegon ni a sus hermanas, porque la Vieja había levantado la lámpara para mostrarle el camino que tenía por delante. Si Antigua se alzaba en armas contra el Dragón, la ciudad ardería, y el Faro, la Ciudadela y el Septo Estrellado serían derribados y destruidos. Lord Hightower era un hombre piadoso. Al enterarse de la profecía, mantuvo a su ejército en casa y le abrió a Aegon las puertas de la ciudad, cuando llegó. Y Su Altísima Santidad ungió al Conquistador con los siete aceites. Debo hacer lo mismo que hizo él hace trescientos años: rezar y ayunar.

—¿Durante siete días y siete noches?

—Durante el tiempo que haga falta.

Cersei se moría por abofetear aquel rostro solemne y devoto.

«Podría ayudarte a ayunar —pensó—. Podría encerrarte en una torre y encargarme de que no te den de comer hasta que hablen los dioses.»

—Esos falsos reyes adoran a falsos dioses —le recordó—. El único que defiende la Sagrada Fe es el rey Tommen.

—Y pese a ello, los septos sufren saqueos e incendios por doquier. Hasta las hermanas silenciosas han sido violadas; sus gritos de angustia se alzan hacia el cielo. ¿Ha visto Su Alteza los huesos y calaveras de nuestros mártires?

—Sí —tuvo que responder—. Bendecid a Tommen, y él pondrá fin a esos ataques.

—¿Cómo va a hacerlo, Alteza? ¿Enviará un caballero a recorrer los caminos con cada hermano mendicante? ¿Nos dará hombres para proteger a nuestras septas de los lobos y los leones?

«Haré como si no hubieras mencionado a los leones.»

—El reino se encuentra en guerra. Su Alteza necesita a todos sus hombres. —Cersei no pensaba mermar los ejércitos de Tommen para que sus hombres hicieran de niñeras de los gorriones o protegieran el coño arrugado de un millar de septas amargadas. «Seguro que la mitad de ellas rogaba por una buena violación en sus oraciones»—. Vuestros gorriones tienen en su poder hachas y garrotes; que se defiendan solos.

—Las leyes del rey Maegor lo prohíben; sin duda, Su Alteza lo sabe. Por decreto suyo, la Fe rindió sus armas.

—Ahora el rey es Tommen, no Maegor. —¿Qué le importaba a ella lo que hubiera decretado Maegor el Cruel trescientos años atrás? «En vez de quitarles la espada a los fieles tendría que haberlos utilizado para sus propios fines.» Señaló al Guerrero, en su altar de mármol rojo—. ¿Qué tiene en la mano?

—Una espada.

—¿Y se le ha olvidado cómo se utiliza?

—Las leyes de Maegor...

—... se pueden derogar.

Dejó la frase en el aire, a la espera de que el Gorrión Supremo mordiera el anzuelo.

No la decepcionó.

—El renacimiento de la Fe Militante... Eso sería la respuesta a trescientos años de plegarias, Alteza. El Guerrero volvería a alzar su espada brillante y limpiaría de todo mal este mundo pecador. Si Su Alteza me permitiera restaurar las antiguas y benditas órdenes de la Espada y la Estrella, todo hombre piadoso de los Siete Reinos sabría que es nuestro señor verdadero y legítimo.

Era justo lo que quería oír Cersei, pero tuvo buen cuidado de no mostrarse impaciente.

—Su Altísima Santidad habló antes de perdón. Corren tiempos difíciles; el rey Tommen os estaría muy agradecido si pudieseis perdonar la deuda de la corona. Creo que le debemos a la Fe unos novecientos mil dragones.

—Novecientos mil seiscientos setenta y cuatro dragones. Oro que dará de comer a los hambrientos y reconstruirá un millar de septos.

—¿Es oro lo que queréis? —preguntó la Reina—. ¿O la derogación de esas viejas leyes de Maegor?

El Septón Supremo meditó un instante.

—Como queráis. La deuda será perdonada, y el rey Tommen tendrá su bendición. Los Hijos del Guerrero me escoltarán a su presencia, con toda la gloria de la Fe, mientras mis gorriones acuden en defensa de los débiles y humildes de esta tierra, renacidos como Clérigos Humildes de los viejos tiempos.

La Reina se puso en pie y se alisó las faldas.

—Ordenaré que redacten los papeles, y Su Alteza los firmará y les pondrá el sello real. —Lo que más le gustaba a Tommen de ser rey era jugar con el sello.

—Que los Siete amparen a Su Alteza. Que su reinado sea largo. —El Septón Supremo juntó las yemas de los dedos y alzó la vista hacia el cielo—. ¡Que tiemblen los malvados!

«¿Habéis oído, Lord Stannis?» Cersei no pudo por menos que sonreír. Ni su señor padre lo habría hecho mejor. De un plumazo había librado Desembarco del Rey de la plaga de gorriones, había conseguido la bendición para Tommen y había reducido la deuda de la corona en casi un millón de dragones. Sentía el corazón henchido de júbilo mientras el Septón Supremo la acompañaba a la Sala de las Lámparas.

Lady Merryweather compartió la alegría de la Reina, aunque nunca había oído hablar de los Clérigos Humildes ni de los Hijos del Guerrero.

—Existieron antes de la Conquista de Aegon —le explicó Cersei—. Los Hijos del Guerrero eran una orden de caballeros que renunciaban a sus tierras y posesiones, y se convertían en espadas juramentadas de Su Altísima Santidad. Los Clérigos Humildes eran más modestos, pero mucho más numerosos. Eran parecidos a los hermanos mendicantes, aunque llevaban hachas en lugar de cuencos. Recorrían los caminos escoltando a los viajeros de septo en septo y de ciudad en ciudad. Su distintivo era una estrella de siete puntas, en rojo sobre blanco, así que el pueblo los llamaba *estrellas*. Los Hijos del Guerrero vestían una capa con los colores del arco iris y una armadura con incrustaciones de plata encima de una camisa de cerdas, y llevaban cristales en forma de estrella en la empuñadura de la espada larga. Eran las Espadas: hombres santos, ascetas, fanáticos, hechiceros, matadragones, cazadores de demonios... Se contaban muchas historias sobre ellos. Pero todas coinciden en que eran implacables en el odio que profesaban a los enemigos de la Sagrada Fe.

Lady Merryweather comprendió al instante.

—¿Enemigos como Lord Stannis y su hechicera roja, por ejemplo?

—Pues sí, qué casualidad —respondió Cersei, riendo como una chiquilla—. ¿Qué os parece si abrimos una frasca de hidromiel y, de camino a casa, bebemos por el fervor de los Hijos del Guerrero?

—Por el fervor de los Hijos del Guerrero y por el talento de la reina regente. ¡Por Cersei, la primera de su nombre!

El hidromiel era tan dulce y exquisito como el triunfo de Cersei, y la litera casi parecía flotar durante el viaje de regreso a la ciudad. Pero al pie de la Colina Alta de Aegon se encontraron con Margaery Tyrell y sus primas, que volvían de un paseo a caballo.

«Es que me persigue», pensó Cersei, contrariada al ver a la pequeña reina.

Detrás de Margaery iba una larga hilera de cortesanos, guardias y sirvientes, muchos de ellos cargados con cestas de flores. Cada una de sus primas tenía un admirador: Alyn Ambrose, un escudero alto y flaco, cabalgaba junto a Elinor, con la que se había prometido. Ser Tallad iba con la tímida Alla, y Mark Mullendore, el manco, con la regordeta y risueña Megga. Los gemelos Redwyne escoltaban a Meredyth Crane y Janna Fossoway, otras dos damas de Margaery. Todas las mujeres llevaban flores en el pelo. Jalabhar Xho también se había unido al grupo, al igual que Ser Lambert Turnberry, con su parche, y el atractivo juglar al que llamaban Bardo Azul.

«Y claro, un caballero de la Guardia Real debe acompañar a la pequeña reina, y claro, es el Caballero de las Flores.» Ser Loras estaba deslumbrante con su armadura de lamas blancas e incrustaciones de oro. Ya no tenía la osadía de entrenar a Tommen en el uso de las armas, pero el Rey seguía pasando demasiado tiempo en su compañía. Cada vez que el niño volvía después de pasar una tarde con su esposa tenía una nueva anécdota sobre algo que Ser Loras había dicho o hecho.

Margaery los saludó cuando se cruzaron las columnas, y acompasó el paso de su caballo al de la litera de la Reina. Tenía las mejillas sonrojadas; los bucles castaños le caían por los hombros y se movían con cada soplo de viento.

—Hemos estado cogiendo flores otoñales en el bosque Real —les dijo.

«Ya sabía dónde estabas —pensó la Reina. Sus informadores le daban cuenta de todos los movimientos de Margaery—. Nuestra pequeña reina es una muchachita muy inquieta.» Rara vez pasaban más de tres días sin que saliera a montar. Algunas veces iba por el camino de Rosby para coger conchas y comer en la playa; otras cruzaba el río con su séquito para disfrutar de una tarde de cetrería. También le gustaban los botes, y navegar por el río Aguasnegras para pasar el rato. Cuando le entraba un ataque de devoción, salía del castillo para ir a rezar en el septo de Baelor. Era cliente de una docena de modistas diferentes; todos los orfebres de la ciudad la conocían, y hasta iba a veces al mercado del pescado, junto a la Puerta del Lodazal, para ver las capturas del día. Fuera adonde fuera, el pueblo la adulaba, y Lady Margaery hacía cuanto estaba en su mano para alimentar su fervor. Siempre estaba dando limosna a los mendigos; compraba pasteles calientes a los panaderos en sus carromatos, y detenía su caballo para hablar con los comerciantes.

Si hubiera sido por ella, Tommen haría lo mismo. No paraba de invitarlo a que las acompañara a ella y a sus gallinas en sus correrías, y el chico no paraba de pedir permiso a su madre para que lo dejara ir. La Reina se lo había concedido unas cuantas veces, aunque solo fuera para que Ser Osney pasara unas horas más en compañía de Margaery.

«Para lo que ha servido... Osney ha resultado toda una decepción.»

—¿Te acuerdas del día en que tu hermana embarcó hacia Dorne? —le preguntaba Cersei a su hijo—. ¿Recuerdas como gritaba la chusma cuando volvíamos al castillo, las piedras, las maldiciones?

Pero gracias a la pequeña reina, el Rey era inmune al sentido común.

—Si nos mezclamos con el pueblo, nos querrá más.

—La chusma quería tanto al gordo del Septón Supremo que lo hizo pedazos miembro a miembro, y eso que era un hombre santo —le recordó. Solo sirvió para que hiciera pucheros y se mostrara hosco con ella.

«Justo lo que quiere Margaery, seguro. Trata de robármelo todos los días, de todas las maneras posibles. —Quizá Joffrey habría sabido ver qué escondía tras su sonrisa manipuladora y la habría puesto en su lugar, pero Tommen era más ingenuo—. Margaery sabía que Joff era demasiado fuerte para ella —pensó mientras recordaba la moneda de oro que había encontrado Qyburn—. Para que la Casa Tyrell tuviera alguna posibilidad de gobernar, tenían que eliminarlo.» Recordó que Margaery y su repulsiva abuela habían conspirado para casar a Sansa Stark con Willas, el hermano tullido de la pequeña reina. Para evitarlo, Lord Tywin se les había adelantado y había casado a Sansa con Tyrion, pero su intención no había dejado lugar a dudas. «Están juntos en esto —comprendió, sobresaltada—. Los Tyrell sobornaron a los carceleros para que liberaran a Tyrion, y se lo llevaron por el camino de las Rosas para reunirlo con su vil esposa. A estas alturas, los dos estarán a salvo en Altojardín, bien escondidos tras una muralla de rosas.»

—Tendríais que haber venido con nosotras, Alteza —parloteó la pequeña intrigante mientras subían por la ladera de la Colina Alta de Aegon—. Hemos pasado un rato maravilloso. Los árboles están vestidos de dorado, rojo y naranja, y hay flores por todas partes. Y castañas. Hemos asado unas cuantas antes de volver.

—No tengo tiempo para ir por los bosques cogiendo flores —replicó Cersei—. Tengo que gobernar un reino.

—¿Solo uno, Alteza? ¿Quién gobierna los otros seis? —Margaery rio alegremente—. Espero que disculpéis mi broma; ya sé que soportáis una carga muy pesada. Me tendríais que dejar que la compartiera con vos. Seguro que hay algo en lo que os pueda ayudar, y así se acabarían todos esos rumores de que rivalizamos por el afecto del Rey.

—¿Eso se dice? —Cersei sonrió—. Qué tonterías. Nunca, ni durante un momento, os he considerado mi rival.

—No sabéis cuánto me agrada oír eso. —La chica no pareció darse cuenta de que Cersei solo intentaba poner fin a la conversación—. Tommen y vos tenéis que acompañarnos la próxima vez. Estoy segura de que a Su Alteza le encantará. El Bardo Azul ha estado cantando, y Ser Tallad nos ha enseñado a luchar con un palo, como hace el pueblo. No sabéis lo bonitos que están los bosques en otoño.

—A mi difunto marido también le gustaban los bosques. —En los primeros años de su matrimonio, Robert le suplicó a menudo que fuera a cazar con él, pero Cersei se negó siempre. Las expediciones de caza de su marido le daban tiempo para estar con Jaime. «Días dorados y noches de plata.» Sin duda, su danza era peligrosa. Dentro de la Fortaleza Roja había ojos y oídos por todas partes, y nunca se sabía cuándo iba a regresar Robert. En cierto modo, el peligro hacía que los ratos que pasaron juntos fueran aún más emocionantes—. Pero a veces la belleza enmascara un peligro mortal —le advirtió a la pequeña reina—. Robert perdió la vida en esos bosques.

Margaery le dedicó una sonrisa a Ser Loras; era una sonrisa afable, fraternal, cargada de afecto.

—Vuestra Alteza es muy amable al temer por mí, pero mi hermano me protege.

«Vete a cazar —le había dicho Cersei a Robert medio centenar de veces—. Mi hermano me protege.» Recordó lo que había dicho Taena aquel mismo día y no pudo contener una carcajada.

—Vuestra Alteza tiene una risa preciosa. —Lady Margaery le dedicó una sonrisa interrogante—. ¿Vais a compartir esa broma conmigo?

—Algún día —le prometió la Reina—. Algún día, os lo prometo.

El saqueador

Los tambores batían a ritmo de combate cuando la proa del *Victoria de Hierro,* como si fuera un ariete, avanzaba hendiendo las turbulentas aguas verdes. El barco más pequeño estaba dando la vuelta; sus remos hendían el mar. En sus estandartes ondeaban rosas: en la proa y en la popa, rosas de plata sobre un campo de gules; en la cima del mástil dorado, una rosa de gules sobre un campo de grenoble verde como la hierba. El *Victoria de Hierro* chocó contra su borda con tal fuerza que la mitad de grupo de abordaje cayó rodando. Los remos crujieron y se astillaron; música para los oídos del capitán.

Saltó la regala y cayó en la cubierta con la capa dorada ondeando a su espalda. Las rosas blancas retrocedieron cuando los hombres vieron a Victarion Greyjoy, con armas y armadura, el rostro oculto tras el yelmo del kraken. Llevaban espadas, lanzas y hachas, pero nueve de cada diez iban sin armadura, y el décimo llevaba solo una cota de lamas cosidas.

«No son hombres del hierro —pensó Victarion—. Tienen miedo de ahogarse.»

—¡A por él! —ordenó un hombre—. ¡Está solo!

—¡VENID! —rugió él—. ¡Venid a matarme si podéis!

Los guerreros de las rosas se le acercaron con el acero gris en las manos y el terror en los ojos. Su miedo era tan fragante que Victarion sentía su sabor en la lengua. Atacó a diestro y siniestro. Al primer hombre le cortó el brazo a la altura del codo; al segundo le atravesó el hombro. El tercero clavó el hacha en la madera blanda de pino del escudo de Victarion, que lo estampó contra la cara del muy idiota y lo derribó, y lo mató cuanto intentaba levantarse. Mientras trataba de sacar el hacha de entre las costillas del muerto, una lanza lo pinchó entre los omóplatos. Fue como si le dieran una palmadita en la espalda. Victarion se volvió y le asestó al lancero un hachazo en la cabeza. Sintió el impacto en el brazo cuando el acero atravesó yelmo, pelo y cráneo. El hombre se tambaleó un instante, hasta que el capitán del hierro liberó la hoja y el cadáver cayó despatarrado en cubierta, con más aspecto de borracho que de muerto.

Sus hijos del hierro ya lo habían seguido a la cubierta del barcoluengo. Oyó el aullido de Wulfe Una Oreja cuando puso manos a la obra; divisó a Ragnor Pyke con su cota de malla oxidada; vio a Nute el Barbero que lanzaba el hacha girando por los aires para acertar a un hombre en el pecho. Victarion mató a un enemigo más y luego a otro. Habría matado a un tercero, pero Ragnor se le adelantó.

—¡Buen golpe! —le gritó.

Se volvió para buscar a la siguiente víctima para su hacha, y en aquel momento divisó al otro capitán en la cubierta. Llevaba el jubón blanco salpicado de sangre y vísceras, pero se distinguía el blasón en el pecho, la rosa blanca en el escudo rojo. Llevaba el mismo dibujo en el escudo, sobre campo de plata con bordura crenelada.

—¡Eh, tú! —le gritó el capitán del hierro en medio de la carnicería—. ¡El de la rosa! ¿Eres el señor de Escudo del Sur?

El otro se levantó el visor para mostrar un rostro lampiño.

—Su hijo y heredero, Ser Talbert Serry. ¿Quién eres tú, kraken?

—Tu muerte.

Victarion se lanzó contra él.

Serry se dispuso a recibirlo. Su espada larga era de buen acero forjado en castillo, y el joven caballero la hizo cantar. Primero lanzó un golpe bajo, que Victarion desvió con el hacha. El segundo lo acertó en el yelmo antes de que tuviera tiempo de levantar el escudo. El capitán del hierro respondió con un hachazo horizontal, y el escudo de Serry cortó la trayectoria. Saltaron astillas de madera, y la rosa blanca se rajó con un delicioso crujido. La espada larga del joven caballero lo acertó en el muslo una vez, y dos, y tres, chirriando contra el acero.

«El muchacho es rápido», advirtió el capitán del hierro. Estampó el escudo en el rostro de Serry, con lo que lo mandó tambaleándose contra la regala. Victarion levantó el hacha y descargó todo su peso en el golpe para rajar al muchacho del cuello a la entrepierna, pero Serry rodó para esquivarlo. El hacha se clavó en la baranda. Las astillas de madera salieron volando y, cuando trató de arrancarla, no pudo. La cubierta se movió bajo sus pies, y cayó sobre una rodilla.

Ser Talbert tiró a un lado el escudo roto y lanzó un tajo desde arriba con la espada larga. Aunque a Victarion se le había desplazado el escudo con la caída, detuvo la hoja de Serry con un puño de hierro. Las lamas de acero crujieron, y una punzada de dolor lo hizo gruñir, pero Victarion resistió.

—Yo también soy rápido, chico —dijo al tiempo que le arrancaba la espada de la mano y la tiraba al mar.

Ser Talbert abrió los ojos desmesuradamente.

—Mi espada...

Victarion lo cogió por la garganta con el puño ensangrentado.

—Ve a buscarla —dijo al tiempo que lo lanzaba de espaldas a las aguas teñidas de sangre.

Con aquello consiguió unos instantes de respiro para recuperar el hacha. Las rosas blancas caían ante la oleada de hierro. Unos trataban de esconderse bajo la cubierta; otros pedían cuartel. Victarion sentía la sangre cálida que le corría por los dedos bajo la malla, el cuero y las placas del guantelete, pero no era nada. Alrededor del mástil, un grupo de enemigos seguía luchando, en un círculo formado hombro con hombro.

«Esos, al menos, son hombres. Prefieren morir a rendirse.» Victarion les concedería su deseo a unos cuantos. Golpeó el hacha contra el escudo y cargó contra ellos.

El Dios Ahogado no había creado a Victarion Greyjoy para que luchara con palabras en las asambleas, ni para que combatiera a enemigos furtivos y escurridizos en pantanos interminables. Para aquello había nacido: para vestir el acero y blandir un hacha ensangrentada, para repartir muerte con cada golpe.

Le lanzaron tajos de frente y por la espalda, pero tanto habría dado que hubieran usado ramas de sauce en vez de espadas. No había hoja capaz de traspasar la gruesa armadura de Victarion Greyjoy, y no les daba tiempo a sus enemigos para que buscaran los puntos débiles en las articulaciones, donde el cuero era su única protección. Que lo atacaran tres hombres a la vez, o cuatro, o cinco. No importaba. Los mataba de uno en uno, mientras confiaba en su armadura para protegerse de los otros. Cuando un enemigo caía, volcaba su rabia contra el siguiente.

El último que se enfrentó a él debía de haber sido herrero. Tenía los hombros de un toro, y uno mucho más musculoso que el otro. Su armadura constaba de una brigantina claveteada y un casco de cuero endurecido. El único golpe que asestó terminó de destrozar el escudo de Victarion, pero el que le asestó el capitán como respuesta le partió la cabeza en dos.

«Ojalá fuera así de fácil encargarme de Ojo de Cuervo.» Cuando arrancó el hacha, el casco del herrero pareció estallar. La sangre, los huesos y los sesos saltaron por todas partes, y el cadáver se desplomó hacia delante, contra sus piernas. «Ya es tarde para pedir cuartel», pensó Victarion mientras se apartaba.

La cubierta estaba resbaladiza, y los muertos y moribundos se amontonaban por todas partes. Tiró el escudo a un lado y respiró a fondo.

—Hemos ganado, Lord Capitán —dijo el Barbero, a su lado.

A su alrededor, el mar estaba lleno de barcos. Unos ardían; otros se hundían; varios se encontraban completamente destrozados. Entre los cascos, el agua estaba espesa como un guiso, llena de cadáveres, remos rotos y hombres aferrados a los restos de las naves. A lo lejos, media docena de barcoluengos sureños huía a toda velocidad hacia el Mander.

«Que se vayan —pensó Victarion—, que se lo cuenten a todo el mundo.» Cuando un hombre daba la espalda a la batalla y huía, dejaba de ser un hombre.

Le escocían los ojos por el sudor que se le había metido en ellos durante la lucha. Dos remeros lo ayudaron a desabrocharse el yelmo del kraken para quitárselo. Victarion se secó la frente.

—Ese caballero, el de la rosa blanca —gruñó—. ¿Lo ha sacado alguien? El hijo de un señor valdría un buen rescate.

Lo pagaría Lord Serry, su padre, en caso de que haya sobrevivido. Si no, su señor de Altojardín.

Pero ninguno de sus hombres había vuelto a ver al caballero después de que cayera por la borda. Lo más probable era que se hubiera ahogado.

—Que los banquetes que celebre en las estancias del Dios Ahogado sean comparables a su forma de luchar.

Los hombres de las islas Escudo se decían marineros, pero cruzaban los mares con miedo, y entraban en combate con armadura ligera por temor a ahogarse. El joven Serry no había sido así.

«Un hombre valiente —pensó Victarion Greyjoy—. Casi un hijo del hierro.»

Le entregó el barco capturado a Ragnor Pyke, eligió de entre sus hombres a una docena para que lo tripularan y regresó a su *Victoria de Hierro.*

—Quitadles las armas y la armadura a los prisioneros y vendadles las heridas —le dijo a Nute el Barbero—. Tirad al mar a los moribundos. Si alguno suplica misericordia, degolladlo antes. —Para esa gente solo tenía desprecio; era mejor ahogarse en agua de mar que en sangre—. Quiero un recuento de las naves que hemos capturado y de los caballeros y señores prisioneros. También quiero sus estandartes. —Algún día los colgaría en sus salones. De ese modo, cuando estuviera viejo y débil, podría recordar a todos los enemigos que había matado cuando era joven y fuerte.

—Así se hará. —Nute sonrió—. Ha sido una gran victoria.

«Sí —pensó—, una gran victoria para Ojo de Cuervo y sus magos.» Los otros capitanes volverían a gritar el nombre de su hermano cuando la noticia llegara al Escudo de Roble. Euron los había seducido con su lengua de terciopelo y su mirada risueña; los había ganado para su causa con el fruto del saqueo en medio centenar de tierras lejanas: oro; plata; armaduras ornamentadas; espadas curvas con el pomo enjoyado; puñales de acero valyrio; pieles de tigre y de gato moteado; manticoras de jade; antiguas esfinges de Valyria; cofres de nuez moscada, clavo y azafrán; colmillos de marfil; cuernos de unicornio; plumas verdes, naranja y amarillas del Mar del Verano; piezas enteras de seda fina y deslumbrante brocado... Pero todo carecía de importancia en comparación con aquello. «Ahora que les ha dado conquistas, lo seguirán adonde quiera —pensó el capitán. Sentía un regusto amargo—. Esta victoria ha sido mía, no suya. ¿Dónde se encontraba él? En el Escudo de Roble, haciendo el vago en el castillo. Me ha robado la esposa, me ha robado el trono y ahora me roba la gloria.»

La obediencia era una segunda naturaleza para Victarion Greyjoy. Habría crecido a la sombra de sus hermanos, siguiendo obedientemente a Balon en todo lo que hacía. Más adelante, cuando nacieron los hijos de Balon, llegó a aceptar que algún día se arrodillaría ante ellos cuando uno ocupara el lugar de su padre en el Trono de Piedramar. Pero el Dios Ahogado había llamado a Balon y a sus hijos a sus estancias acuosas, y Victarion no conseguía llamar *rey* a Euron sin sentir un sabor de bilis en la garganta.

El viento era refrescante, y él se moría de sed. Siempre quería vino después de una batalla. Dejó a Nute al mando y bajó a los niveles inferiores. La mujer de piel oscura estaba en su abarrotado camarote de proa, húmeda y dispuesta. Tal vez la batalla le hubiera calentado la sangre a ella también. La poseyó dos veces, en rápida sucesión. Cuando acabaron, ella tenía sangre en los pechos, los muslos y el vientre. Era de Victarion, del corte de la palma de la mano. La mujer de piel oscura se lo lavó con vinagre hervido.

—Hay que reconocer que su plan era bueno —le dijo Victarion mientras estaba de rodillas junto a él—. Volvemos a tener abierto el Mander, como antaño.

Era un río de aguas lentas, ancho y pausado, con traicioneros bancos de arena y troncos sumergidos. Pocos barcos de mar se atrevían a subir más allá de Altojardín, pero los barcoluengos, con su escaso calado, podían llegar incluso a Puenteamargo. En los viejos tiempos, los hijos del hierro habían navegado por el camino del río para saquear a todo lo largo del Mander y sus afluentes... hasta que los reyes de la mano verde armaron a los pueblos de pescadores de las cuatro pequeñas islas de la desembocadura del Mander para convertirlos en sus escudos.

Habían pasado dos mil años, pero los barbagrises seguían montando guardia en las atalayas de las costas rocosas. En cuanto avistaran los barcoluengos, los viejos prenderían los faros, y la alerta saltaría de colina en colina, de isla en isla. «¡Alerta! ¡Enemigos! ¡Saqueadores! ¡Saqueadores!» Cuando los pescadores vieran el fuego en los altozanos, dejarían las redes y los arados para coger las espadas y las hachas. Sus señores bajarían de los castillos con sus soldados y caballeros. Los cuernos de guerra resonarían por encima de las aguas, desde el Escudo Verde, el Escudo Gris, el Escudo de Roble y el Escudo del Sur; los barcoluengos saldrían a hurtadillas de sus madrigueras de piedra cubierta de musgo a lo largo de las orillas, y los remos hendirían las aguas de los estrechos para cerrar el Mander y perseguir a los saqueadores río arriba hasta acabar con ellos.

Euron había enviado Mander arriba a Torwold Dientenegro y al Remero Rojo, con una docena de barcoluengos veloces, de manera que los señores de las islas Escudo fueran tras ellos. Cuando llegó con el grueso de la flota, apenas quedaba un puñado de hombres para defender las islas. Los hijos del hierro se habían acercado con la marea vespertina, para que el fulgor del sol poniente los ocultara de los barbagrises de las torres hasta que no se pudiera hacer nada. Tenían viento de popa, como durante todo el trayecto desde Viejo Wyk. En la flota se rumoreaba que los magos de Euron tenían mucho que ver con aquello, que Ojo de Cuervo apaciguaba al Dios de la Tormenta con sacrificios de sangre. ¿Cómo si no se habría aventurado a navegar tan lejos hacia el oeste, en vez de seguir la línea de la costa, como era habitual?

Los hijos del hierro llevaron sus barcoluengos hasta las costas pedregosas e invadieron el ocaso violáceo con el acero centelleando en las manos. Las hogueras de alerta ya estaban encendidas, pero quedaban pocos hombres para empuñar las armas. El Escudo Gris, el Escudo Verde y el Escudo del Sur cayeron antes de que saliera el sol. El Escudo de Roble resistió medio día más. Y cuando los hombres de los Cuatro Escudos dejaron de perseguir a Torwold y al Remero Rojo, y volvieron río abajo, se encontraron con la Flota de Hierro que los aguardaba en la desembocadura del Mander.

—Todo ha salido como dijo Euron —le dijo Victarion a la mujer de piel oscura mientras ella le vendaba la mano con tiras de lino—. Sus magos se habrán encargado de eso. —Llevaba tres a bordo del *Silencio,* según le había comentado en susurros Quellon Humble. Aunque eran hombres extraños y terribles, Ojo de Cuervo había conseguido esclavizarlos—. Pero sigue necesitándome para las batallas —insistió Victarion—. Los magos ayudan, pero las guerras se ganan con sangre y acero. —El vinagre hacía que la herida le doliera más que nunca. Empujó a un lado a la mujer y, con el ceño fruncido, cerró el puño—. Tráeme vino.

Bebió en la oscuridad, sin dejar de pensar en su hermano.

«Si no asesto el golpe con mi propia mano, ¿sigo siendo asesino de mi sangre?» Victarion no temía a ningún hombre, pero la maldición del Dios Ahogado hacía que se parase a pensar. «Si es otro quien lo mata por orden mía, ¿seguiré teniendo las manos manchadas con su sangre?» Aeron Pelomojado conocería la respuesta, pero se había quedado en las Islas del Hierro, ya que todavía confiaba en alzar a los hijos del hierro contra su rey recién coronado. «Nute el Barbero puede afeitar a cualquiera con el hacha arrojadiza a veinte pasos de distancia. Y ninguno de los mestizos de Euron podría hacer nada contra Wulfe Una Oreja o Andrik el Taciturno. Cualquiera de ellos se podría encargar.» Pero lo que podía hacer un hombre y lo que quería hacer eran cosas muy diferentes.

—Las blasfemias de Euron harán que caiga sobre nosotros la ira del Dios Ahogado —había profetizado Aeron en Viejo Wyk—. Tenemos que detenerlo, hermano. Todavía corre por nuestras venas la sangre de Balon, ¿verdad?

—Igual que por las suyas —le había respondido Victarion—. Me gusta tan poco como a ti, pero Euron es el rey. Tu asamblea lo eligió a él, ¡tú mismo le pusiste la corona de madera de deriva!

—Yo le puse la corona en la cabeza —replicó el sacerdote mientras las algas le goteaban en el pelo—, y de buena gana se la quitaré y te la pondré a ti. Eres el único que tiene suficiente fuerza para plantarle cara.

—El Dios Ahogado lo encumbró —protestó Victarion—. Que sea el Dios Ahogado quien lo derribe.

Aeron le dirigió una mirada siniestra, una mirada capaz de envenenar pozos y dejar estériles a las mujeres.

—No fue el Dios quien habló. Se sabe que Euron lleva en su barco rojo a magos y hechiceros malignos. Nos lanzaron un hechizo para que no pudiéramos oír el mar. Los capitanes y los reyes estaban ebrios de tanta cháchara sobre dragones.

—Ebrios y muertos de miedo de ese cuerno. Ya oíste su sonido. Pero no importa; Euron es nuestro rey.

—No es mi rey —replicó el sacerdote—. El Dios Ahogado ayuda a los hombres osados, no a los que se esconden bajo la cubierta cuando arrecia la tormenta. Si no haces nada para echar a Ojo de Cuervo del Trono de Piedramar, tendré que encargarme yo mismo.

—¿Cómo? No tienes barcos ni espadas.

—Tengo mi voz —replicó el sacerdote—, y el Dios está conmigo. Mía es la fuerza del mar, una fuerza contra la que Ojo de Cuervo no puede nada. Las olas rompen contra la montaña, sí, pero siguen llegando, unas tras otra, y al final, donde se alzaba la montaña no quedan más que guijarros. Y en poco tiempo, hasta los guijarros se ven arrastrados para yacer eternamente bajo el mar.

—¿Guijarros? —gruñó Victarion—. Si crees que vas a derribar a Ojo de Cuervo hablando de olas y guijarros, es que estás loco.

—Los hijos del hierro serán las olas —dijo Pelomojado—. No los grandes señores, sino la gente sencilla, los que aran la tierra y los que pescan en el mar. Los capitanes y reyes eligieron a Euron, pero el pueblo acabará con él. Iré a Gran Wyk, a Harlaw, a Monteorca, al mismísimo Pyke. Mis palabras se escucharán en cada ciudad, en cada aldea. ¡Un hombre sin dios no puede sentarse en el Trono de Piedramar! Sacudió la cabeza desgreñada y volvió a desaparecer en la noche. Al día siguiente, cuando salió el sol, Aeron Greyjoy ya no estaba en Viejo Wyk. Ni siquiera sus hombres ahogados sabían adónde había ido. Se decía que, cuando se enteró, Ojo de Cuervo se echó a reír.

Pero aunque el sacerdote había desaparecido, sus temibles amenazas pendían en el aire. Victarion tampoco podía quitarse de la cabeza las palabras de Baelor Blacktyde.

«Balon estaba loco; Aeron, más loco todavía, y Euron es el más loco de todos.» El joven señor había intentado volver a su hogar tras la asamblea, negándose a aceptar a Euron como señor, pero la Flota de Hierro había cerrado la bahía; Victarion Greyjoy tenía demasiado arraigado el hábito de la obediencia, y Euron llevaba la corona de madera de deriva. Tomaron el *Vuelo Nocturno* y le entregaron al Rey a Lord Blacktyde encadenado. Los mudos y los mestizos de Euron lo habían cortado en siete trozos, para alimentar a los siete dioses de las tierras verdes, a los que adoraba.

Como recompensa por sus leales servicios, el rey recién coronado le entregó a Victarion la mujer de piel oscura, sacada de algún barco de esclavos con rumbo a Lys.

—No quiero tus sobras —le dijo a su hermano con desprecio, pero cuando Ojo de Cuervo le replicó que mataría a la mujer si no se quedaba con ella, se ablandó. Le habían arrancado la lengua, pero por lo demás no había sufrido daños, y era hermosa, con una piel marrón como la teca aceitada. Pero a veces, al mirarla, recordaba a la primera mujer que le había entregado su hermano para hacer de él un hombre.

Victarion intentó utilizar otra vez a la mujer de piel oscura, pero no fue capaz.

—Tráeme otro pellejo de vino y lárgate —ordenó. Cuando volvió con un pellejo de tinto agrio, el capitán se lo llevó a cubierta, donde podía respirar el aire marino fresco. Se bebió la mitad y derramó el resto en el mar para todos los hombres que habían muerto.

El *Victoria de Hierro* se quedó durante horas ante la desembocadura del Mander. Mientras la mayor parte de la Flota de Hierro se ponía en marcha hacia el Escudo de Roble, Victarion se quedó con el *Dolor,* el *Lord Dagon,* el *Viento de Hierro* y el *Veneno de Doncella* como retaguardia. Recogieron del mar a los supervivientes y observaron como se hundía lentamente el *Mano Dura,* arrastrado por los restos del barco al que había embestido. Cuando desapareció bajo las aguas, Victarion ya tenía las cifras que solicitara: había perdido seis barcos y capturado treinta y ocho.

—Está bien —le dijo a Nute—. A los remos. Volvemos a Aldea de Lord Hewett.

Los remeros volvieron a su labor para poner rumbo hacia el Escudo de Roble, y el capitán del hierro bajó otra vez a su camarote.

—Podría matarlo —le dijo a la mujer de piel oscura—. Pero matar a un rey es un pecado espantoso, y matar a un hermano es peor todavía. —Frunció el ceño—. Asha tendría que haberme dado su apoyo. —¿Cómo pudo pensar que se ganaría a los capitanes y a los reyes con sus piñas y nabos? «La sangre de Balon corre por sus venas, pero sigue siendo una mujer. —Se había marchado después de la asamblea. La noche en que le pusieron a Euron la corona de madera de deriva, se esfumó con su tripulación. Una parte de él se alegraba—. Si tiene aunque sea medio cerebro, se casará con algún señor norteño y vivirá con él en su castillo, lejos del mar y de Euron Ojo de Cuervo.»

—Aldea de Lord Hewett, Lord Capitán —avisó un tripulante.

Victarion se levantó. El vino le había embotado el dolor de la mano. Tal vez le pidiera al maestre de Hewett que le echara un vistazo, si no estaba muerto. Cuando rodearon un cabo volvió a subir a cubierta. El castillo de Lord Hewett se alzaba por encima del puerto. En cierto modo le recordó a Puerto Noble, aunque aquella ciudad era el doble de grande. Había una veintena de barcoluengos en las aguas cercanas, todos con el kraken dorado ondulando en las velas. También los había a centenares varados en los bajíos y en los amarraderos que bordeaban el puerto. Junto a un atracadero de piedra había tres cocas grandes y una docena de cocas pequeñas, cargando los frutos del saqueo y otras provisiones. Victarion dio orden de que el *Victoria de Hierro* echara anclas.

—Preparad un bote.

A medida que se acercaban, la ciudad parecía extrañamente tranquila. La mayoría de las tiendas y casas había sufrido los efectos del saqueo, como denotaban las puertas derribadas y los postigos rotos, pero lo único incendiado había sido el septo. Las calles estaban plagadas de cadáveres, cada uno con su pequeña bandada de cuervos carroñeros. Un grupo de supervivientes se movía entre ellos con gesto hosco, espantando a las aves negras y tirando a los muertos a un carromato para llevarlos a enterrar. La sola idea le resultaba repugnante. Ningún verdadero hijo del mar querría pudrirse bajo tierra. ¿Cómo iba a encontrar las estancias acuosas del Dios Ahogado para celebrar un banquete eterno?

Una de las naves que vieron al pasar era el *Silencio.* El mascarón de proa de hierro captó la atención de Victarion: era una doncella sin boca, con el cabello agitado por el viento y un brazo extendido. Sus ojos de madreperla parecían seguirlos.

«Tenía boca, como cualquier otra mujer, hasta que se la cosió el Ojo de Cuervo.»

Cuando se acercaron a la orilla se fijó en una hilera de mujeres y niños, de pie en la cubierta de una de las cocas grandes. Varios tenían las manos atadas a la espalda, y todos llevaban una soga de cáñamo al cuello.

—¿Quiénes son? —les preguntó a los hombres que lo ayudaron a amarrar el bote.

—Viudas y huérfanos. Los van a vender como esclavos.

—¿Esclavos? —protestó Victarion—. Tendrían que ser siervos, o esposas de sal.

En las Islas del Hierro no había esclavos, solo siervos, que estaban obligados a trabajar, pero no eran ninguna propiedad. Sus hijos nacían libres, siempre que los entregasen al Dios Ahogado. Y los siervos nunca se compraban ni se vendían. Si alguien quería un siervo, tenía que pagar el precio del hierro.

—Es por decreto del rey —dijo el hombre.

—El fuerte siempre ha cogido lo que ha querido del débil —comentó Nute el Barbero—. Esclavos o siervos, ¿qué más da? Sus hombres no supieron defenderlos, así que ahora son nuestros y podemos hacer con ellos lo que queramos.

«Esas no son las Antiguas Costumbres», habría querido decirle, pero no había tiempo. La noticia de la victoria lo había precedido, y los hombres se congregaban en torno a él para felicitarlo. Se dejó adular hasta que uno empezó a alabar la osadía de Euron.

—Hace falta una gran valentía para navegar hasta perder de vista la costa, para que en estas islas no supiera nadie que nos acercábamos —gruñó—. Pero claro, cruzar medio mundo en busca de dragones... Eso es otra cosa.

En vez de quedarse a esperar respuesta, se abrió camino entre los congregados y se dirigió a zancadas hacia la fortaleza.

El castillo de Lord Hewett era pequeño pero fuerte, con muros gruesos y puertas de roble claveteadas que recordaban el blasón de su Casa, un escudo de roble con clavos de hierro sobre un campo azul y blanco de burelas ondadas. Pero, en aquellos momentos, en las torres de tejado verde ondeaba el kraken de la Casa Greyjoy, y las grandes puertas estaban quemadas y rotas. Los hijos del hierro patrullaban las almenas con hachas y lanzas, junto con varios mestizos de Euron.

Al llegar al patio, Victarion se encontró con Gorold Goodbrother y el viejo Drumm, que hablaban en voz baja con Rodrik Harlaw. Nute el Barbero lanzó un grito al verlos.

—¡Eh, Lector! ¿A qué viene esa cara tan larga? Te has preocupado por nada. ¡Hemos vencido y tenemos la recompensa!

Lord Rodrik apretó los labios.

—¿Te refieres a estas rocas? No tienen el tamaño de Harlaw ni juntando las cuatro. Lo que hemos ganado son unas cuantas piedras, árboles y baratijas, y la enemistad de la Casa Tyrell.

—¿Las rosas? —Nute se echó a reír—. ¿Qué daño le puede hacer una rosa al kraken de las profundidades? Les hemos quitado los escudos y se los hemos hecho pedazos. ¿Quién los protegerá de ahora en adelante?

—Altojardín —replicó el Lector—. Todo el poder del Dominio se nos vendrá encima muy pronto, Barbero, y tal vez entonces descubras que hay rosas con espinas de acero.

Drumm asintió con una mano en el puño de su *Lluvia Roja.*

—Lord Tarly lleva el mandoble *Veneno de Corazón,* forjado con acero valyrio, y siempre está en la vanguardia de Lord Tyrell.

La rabia de Victarion estalló.

—Que venga. Me quedaré con su espada, igual que tu antepasado consiguió *Lluvia Roja.* Que vengan todos; que vengan también los Lannister si quieren. El león puede ser muy fiero en tierra, pero en el mar, el kraken no tiene rival.

Daría la mitad de los dientes por la oportunidad de probar su hacha contra el Matarreyes o el Caballero de las Flores. Esas eran las batallas que comprendía. El asesino de su propia sangre estaba maldito a los ojos de los dioses y los hombres, pero el guerrero recibía honras y reverencias.

—No temáis, Lord Capitán —dijo el Lector—. Vendrán. Es lo que quiere Su Alteza. Si no, ¿por qué nos habría ordenado que dejáramos volar los cuervos de Hewett?

—Lees demasiado y peleas demasiado poco —le dijo Nute—. Tienes la sangre aguada.

Pero el Lector le hizo caso omiso.

Cuando Victarion entró en la sala se estaba celebrando un banquete de lo más bullicioso. Los hijos del hierro ocupaban las mesas, bebían, gritaban, se daban empujones, y alardeaban de los hombres que habían matado, las hazañas que habían realizado y los trofeos que habían conseguido. Muchos se habían ataviado con el botín. Lucas Codd, el Zurdo, y Quellon Humble habían arrancado tapices de las paredes y se los habían puesto de capa. Germund Botley llevaba una sarta de perlas y granates por encima de la coraza dorada de los Lannister. Andrik el Taciturno se tambaleaba con una mujer debajo de cada brazo. Seguía tan taciturno como siempre, pero llevaba anillos en todos los dedos. Los capitanes comían en bandejas de plata maciza, no en cuencos tallados en pan duro.

Nute el Barbero miró a su alrededor con el rostro desencajado por la rabia.

—Ojo de Cuervo nos manda a enfrentarnos a los barcoluengos mientras sus hombres toman los castillos y los pueblos, y se quedan con el botín y las mujeres. ¿Qué nos han dejado?

—Tenemos la gloria.

—La gloria está bien —replicó Nute—, pero el oro es mejor.

Victarion se encogió de hombros.

—Ojo de Cuervo dice que nos apoderaremos de todo Poniente: el Rejo, Antigua, Altojardín... Ahí tendrás todo el oro que quieras. Pero basta de charla. Tengo hambre.

Por derecho de sangre, Victarion podía exigir un asiento en el estrado, pero no le apetecía comer con Euron y su gente, de modo que se sentó al lado de Ralf el Cojo, el capitán del *Lord Quellon*.

—Una gran victoria, Lord Capitán —dijo el Cojo—. Una victoria digna de un título de señor. Tendrían que darte una isla.

«Lord Victarion. Sí, ¿por qué no?» No se trataría del Trono de Piedramar, pero algo era algo.

Hotho Harlaw estaba al otro lado de la mesa, arrancando carne de un hueso. Lo tiró a un lado y se inclinó hacia delante.

—El Caballero se queda con el Escudo Gris. Mi primo. ¿Te lo habían dicho?

—No. —Victarion miró hacia el otro extremo de la sala, donde Ser Harras Harlaw bebía vino en una copa de oro. Era un hombre alto, de rostro largo y austero—. ¿Por qué le va a dar Euron una isla?

Hotho alzó la copa vacía, y una joven pálida con un vestido de terciopelo azul y encaje dorado se la volvió a llenar.

—El Caballero se ha quedado con Grimston. Plantó su estandarte bajo el castillo y desafió a los Grimm a que se le enfrentaran. Salió uno, luego otro, luego otro... Los mató a todos. Bueno, a casi todos; dos se rindieron. Cuando cayó el séptimo hombre, el septón de Lord Grimm decidió que los dioses habían hablado y rindió el castillo. —Hotho se echó a reír—. Será el señor del Escudo Gris; con su pan se lo coma. Eso me convierte en el heredero del Lector. —Se golpeó el pecho con la copa de vino—. Hotho el Jorobado, señor de Harlaw.

—Siete, ¿eh? —Victarion se preguntó cómo se comportaría la *Anochecer* contra su hacha. Nunca había luchado contra nadie que fuera armado con una hoja de acero valyrio, aunque le había dado más de una paliza a Harras Harlaw cuando ambos eran jóvenes. De niño, Harlaw había sido muy amigo de Rodrik, el hijo mayor de Balon, que había muerto ante los muros de Varamar.

El banquete era muy bueno. El vino era excelente; había asado de buey muy poco hecho, sangrante, así como patos rellenos y cubos de cangrejos frescos. El Lord Capitán no dejó de advertir que las criadas llevaban ropa de lana fina y opulento terciopelo. Pensó que llevaban la ropa de Lady Hewett y sus damas, hasta que Hotho le dijo que eran Lady Hewett y sus damas. Por lo visto, a Ojo de Cuervo le resultaba divertido verlas servir. En total eran ocho: la señora, todavía atractiva aunque algo rellenita, y siete mujeres más jóvenes, entre los veinticinco y los diez años: sus hijas y ahijadas.

Lord Hewett ocupaba su asiento habitual en el estrado, con sus mejores galas. Le habían atado los brazos y las piernas a la silla, y le habían metido un rábano blanco entre los dientes para que no pudiera hablar, aunque lo veía y oía todo. Ojo de Cuervo estaba sentado en el asiento de honor, a la derecha del señor. Tenía en el regazo a una muchacha bonita, regordeta, de diecisiete o dieciocho años, descalza y despeinada, que le echaba los brazos al cuello.

—¿Quién es? —les preguntó Victarion a los que lo rodeaban.

—La hija bastarda del señor —rio Hotho—. Antes de que Euron tomara el castillo, la obligaban a servirles la mesa y a comer con los criados.

Euron le puso los labios azulados en la garganta, y la chica dejó escapar una risita y le susurró algo al oído. Él sonrió y le volvió a besar la garganta. Tenía la piel blanca cubierta de marcas allí por donde había pasado su boca; eran como un collar rosado en torno al cuello y los hombros. Otro susurro al oído, y fue el turno de Ojo de Cuervo de soltar una carcajada. Luego dio un golpe con la copa de vino para pedir silencio.

—Mis señoras —llamó a las nobles sirvientas—, Falia está preocupada por vuestras hermosas túnicas. No quiere que se manchen de grasa o vino, ni de los dedos de mis hombres, ya que le he prometido que, después del banquete, puede elegir la ropa que quiera y quedársela. Será mejor que os desnudéis.

Un rugido de carcajadas retumbó en el salón, y Lord Hewett se puso tan rojo que Victarion pensó que le iba a reventar la cabeza. Las mujeres no tuvieron más remedio que obedecer. La más pequeña lloró un poco, pero su madre la consoló y la ayudó a soltarse los lazos de la espalda. Después siguieron sirviendo, pasando entre las mesas con frascas de vino para llenar las copas vacías, pero iban desnudas.

«Humilla a Hewett igual que me humilló a mí», pensó el capitán, recordando como había sollozado su esposa cuando la golpeaba. Sabía que los hombres de los Cuatro Escudos concertaban enlaces entre familias próximas, igual que los hijos del hierro. Tal vez alguna de las sirvientas desnudas fuera la esposa de Ser Talbert Serry. Una cosa era matar a un enemigo, y otra, deshonrarlo. Victarion apretó el puño. Tenía la mano ensangrentada; la herida había empapado el lino.

En el estrado, Euron dejó a un lado a la ramera y se puso de pie en la mesa. Los capitanes empezaron a entrechocar las copas y patear el suelo.

—¡EURON! —gritaron—. ¡EURON! ¡EURON! ¡EURON!

Era otra vez como en la asamblea.

—Juré que os entregaría Poniente —dijo Ojo de Cuervo cuando cesaron los gritos—, y ya lo estáis catando. Es solo un bocado, ¡pero será un banquete antes de que llegue la noche! —A lo largo de las paredes, las antorchas ardían brillantes, igual que él, labios azules, ojos azules—. El kraken no suelta nunca lo que agarra. Estas islas fueron nuestras y ahora vuelven a serlo. Pero necesitamos hombres fuertes para defenderlas. Así que levantaos, Ser Harras Harlaw, señor del Escudo Gris. —El Caballero se puso en pie, con una mano en el puño de adularias de *Anochecer*—. Levantaos, Andrik el Taciturno, señor del Escudo del Sur. —Andrik empujó a un lado a sus mujeres y se puso en pie como una montaña que se alzara repentinamente del mar—. Levantaos, Maron Volmark, señor del Escudo Verde. —Volmark, un muchacho imberbe de dieciséis años, se levantó titubeante; más bien parecía el señor de los conejos—. Y levantaos, Nute el Barbero, señor del Escudo de Roble.

Nute tenía los ojos cargados de desconfianza, temeroso de que fuera alguna broma cruel.

—¿Señor? —graznó.

Victarion había pensado que Ojo de Cuervo entregaría los señoríos a los suyos: Mano de Piedra; el Remero Rojo; Lucas Codd, el Zurdo...

«Un rey tiene que ser generoso», trató de decirse. Pero otra voz le susurraba: «Los regalos de Euron están envenenados». Cuando le dio vueltas en la cabeza lo vio todo claro. «El Caballero era el heredero elegido por el Lector, y Andrik el Taciturno, el brazo derecho de Dunstan Drumm. Volmark es un niño inexperto, pero gracias a su madre, por sus venas corre la sangre de Harren el Negro. Y el Barbero....»

Victarion lo agarró por el antebrazo.

—¡Recházalo!

Nute lo miró como si se hubiera vuelto loco.

—¿Que lo rechace? ¿Las tierras y el título? ¿Tú vas a nombrarme señor?

Se liberó de su brazo y se levantó para disfrutar de las aclamaciones.

«Y ahora me roba a mis hombres», pensó Victarion.

El rey Euron llamó a Lady Hewett para que le llenara la copa de vino, y la alzó bien alta.

—¡Capitanes y reyes, levantad vuestras copas por los señores de los Cuatro Escudos!

Victarion bebió como todos.

«No hay vino más dulce que el que se le arrebata a un enemigo.» Eso le había dicho alguien, su padre, o tal vez su hermano Balon. «Algún día beberé tu vino, Ojo de Cuervo, y te arrebataré todo lo que te es querido.» Pero ¿había algo que Euron amara de verdad?

—Por la mañana nos dispondremos a hacernos a la mar una vez más —iba diciendo el Rey—. Llenaremos los barriles de agua dulce; cogeremos sacos de cereales y toneles de carne en salazón, y tantas cabras y ovejas como podamos transportar. Los heridos que tengan fuerzas suficientes irán a los remos. Los demás se quedarán aquí, para ayudar a sus nuevos señores a defender estas islas. Torwold y el Remero Rojo volverán pronto con más provisiones. En la travesía hacia el este, nuestras cubiertas apestarán a cerdos y a pollos, pero volveremos con dragones.

—¿Cuándo? —La voz pertenecía a Lord Rodrik—. ¿Cuándo volveremos, Alteza? ¿Dentro de un año? ¿De tres? ¿De cinco? Vuestros dragones están a un mundo de distancia, y ya tenemos encima el otoño. —El Lector se adelantó, enumerando todos los peligros—. Hay galeras guardando los estrechos del Tinto. La costa dorniense es árida e inhóspita: cuatrocientas leguas de remolinos, acantilados y bancos de arena, sin un lugar seguro donde atracar. Más allá está Peldaños de Piedra, con sus tormentas y sus nidos de piratas lysenos y myrienses. Si zarpan mil barcos, puede que trescientos lleguen al otro lado del mar Angosto. Y luego, ¿qué? Lys no nos dará la bienvenida, y tampoco Volantis. ¿De dónde sacaremos agua dulce y provisiones? La primera tormenta nos dispersará por medio mundo.

Una sonrisa bailó en los labios azules de Euron.

—Yo soy la tormenta, mi señor. La primera tormenta y también la última. He capitaneado el *Silencio* en viajes más largos que este, y mucho más peligrosos. ¿Lo habéis olvidado? He navegado por el mar Humeante y he visto Valyria.

Todos los presentes sabían que la Maldición imperaba todavía en Valyria. Allí, el mismísimo mar hervía y humeaba, y los demonios dominaban las tierras. Se decía que el marinero que divisara las montañas de fuego de Valyria por encima de las olas moriría pronto, y la suya sería una muerte terrible, pero Ojo de Cuervo había estado allí y había regresado.

—¿De veras? —le preguntó el Lector con voz suave.

La sonrisa de Euron se esfumó.

—Lector —dijo en medio del silencio—, harías mejor en volver a hundir la nariz en tus libros.

Victarion percibía la inquietud de los presentes. Se puso en pie.

—¡Hermano! —gritó—. No has respondido a las preguntas de Harlaw.

Euron se encogió de hombros.

—El precio de los esclavos está subiendo. Venderemos los nuestros en Lys y en Volantis. Con eso y con lo que hemos saqueado aquí tendremos suficiente oro para comprar provisiones.

—¿Ahora somos esclavistas? —preguntó el Lector—. ¿Y todo por qué? ¿Por unos dragones que no ha visto nadie? ¿Vamos a perseguir las fantasías de algún marinero borracho hasta el otro extremo de la tierra?

Sus palabras provocaron murmullos de asentimiento.

—La bahía de los Esclavos está demasiado lejos —gritó Ralf el Cojo.

—Y demasiado cerca de Valyria —gritó Quellon Humble.

—Altojardín está más cerca —aportó Fralegg el Fuerte—. Propongo que busquemos dragones aquí. ¡De los de oro!

—¿Por qué navegar por medio mundo si tenemos el Mander delante de las narices? —dijo Alvyn Sharp.

Ralf Stonehouse el rojo se puso en pie.

—Antigua tiene más riquezas, y el Rejo, todavía más. La flota de Redwyne está muy lejos. Solo tenemos que alargar la mano y coger la fruta más madura de Poniente.

—¿Fruta? —El ojo del Rey parecía más negro que azul—. Solo un cobarde robaría fruta pudiendo hacerse con el huerto.

—Lo que queremos es el Rejo —dijo Ralf el Rojo, y muchos gritaron lo mismo. Ojo de Cuervo dejó que los gritos le resbalaran. Luego saltó de la mesa, agarró a la ramera por el brazo y la sacó de la sala.

«Huye como un perro. —De repente, el derecho de Euron al Trono de Piedramar no parecía tan asentado como unos momentos antes—. No lo seguirán a la bahía de los Esclavos. Puede que no sean tan zafios ni tan estúpidos como me temía.» Era una idea tan grata que Victarion quiso acompañarla de vino. Bebió una copa con el Barbero para demostrarle que no le guardaba rencor por haber aceptado el título, aunque fuera de manos de Euron.

En el exterior se había puesto el sol. La oscuridad se hacía más densa al otro lado de los muros, pero dentro, las antorchas ardían con un brillo anaranjado, y su humo se acumulaba bajo las vigas como una nube gris. Los borrachos empezaron a bailar la danza del dedo. En determinado momento, Lucas Codd, el Zurdo, decidió que le gustaba una hija de Lord Hewett, así que la poseyó encima de una mesa mientras sus hermanas gritaban y sollozaban.

Victarion sintió un toquecito en el hombro. Uno de los hijos mestizos de Euron estaba detrás de él; era un niño de diez años, con el pelo lanudo y la piel del color del barro.

—Mi padre quiere hablar contigo.

Victarion se levantó, inseguro. Era corpulento, con gran capacidad para el vino, pero aun así, había bebido demasiado.

«La maté a golpes, con mis propias manos —pensó—, pero fue Ojo de Cuervo quien la mató al entrar en ella. A mí no me dejó alternativa.» Siguió al bastardo por el pasillo y subió con él por la escalera de caracol. Los sonidos de la jarana y las violaciones se fueron amortiguando a medida que ascendían, hasta que al final solo se oyó el tenue roce de las botas contra la piedra.

Ojo de Cuervo se había quedado con el dormitorio de Lord Hewett, además de con su hija bastarda. Cuando entró, la muchacha estaba despatarrada en la cama y respiraba profundamente. Euron estaba junto a la ventana, bebiendo de una copa de plata. Llevaba la capa de marta que le había quitado a Blacktyde y el parche de cuero rojo, y nada más.

—De pequeño soñaba que podía volar —le dijo—. Pero cuando despertaba, no era así... O eso decía el maestre. Pero ¿y si mentía?

A Victarion le llegó el olor del mar a través de la ventana abierta, aunque la habitación apestaba a vino, sangre y sexo. El frescor del aire salado lo ayudó a despejarse.

—¿Qué quieres decir?

Euron se volvió hacia él con los magullados labios azules curvados en un atisbo de sonrisa.

—Tal vez podamos volar. Todos. ¿Cómo lo sabremos si no saltamos de una torre muy alta? —El viento entraba a ráfagas por la ventana y le agitaba la capa de marta. Su desnudez tenía algo de obsceno, de turbador—. Nadie sabe qué puede hacer de verdad a menos que se atreva a saltar.

—Ahí tienes una ventana. Salta. —Victarion no tenía paciencia para aquello. La herida de la mano le dolía cada vez más—. ¿Qué quieres?

—El mundo. —La luz del fuego refulgía en el ojo de Euron. «Su ojo sonriente»—. ¿Quieres una copa del vino de Lord Hewett? No hay vino más dulce que el que se arrebata a un enemigo vencido.

—No. —Victarion apartó la vista—. Cúbrete.

Euron se sentó y dobló la capa de manera que le tapara las partes íntimas.

—Ya se me había olvidado lo cortos de miras y lo escandalosos que son mis hijos del hierro. Les ofrezco dragones y me piden uvas a gritos.

—Las uvas existen. Las uvas se pueden comer. Su zumo es dulce, y sirven para hacer vino. ¿Para qué sirven los dragones?

—Para provocar dolor. —Ojo de Cuervo bebió un trago de la copa de plata—. Una vez tuve un huevo de dragón en esta mano. Un mago myriense juraba que lo podría incubar si le daba un plazo de un año y todo el oro que necesitara. Cuando me harté de sus excusas, lo maté. Cuando vio que las entrañas se le escurrían entre los dedos, me dijo: «¡Pero si no ha pasado un año!». —Se echó a reír—. No sé si lo sabrás, Cragorn ha muerto.

—¿Quién?

—El hombre que hizo sonar mi cuerno de dragón. Cuando el maestre lo abrió, tenía los pulmones chamuscados y negros como el hollín.

Victarion se estremeció.

—Enséñame ese huevo de dragón.

—Lo tiré al mar en uno de mis días negros. —Euron se encogió de hombros—. Puede que el Lector no ande desencaminado. Una flota demasiado grande no se mantendría unida en una travesía tan larga. El viaje es demasiado prolongado, demasiado peligroso. Solo nuestros mejores barcos y tripulaciones pueden llegar a la bahía de los Esclavos y volver. La Flota de Hierro.

«La Flota de Hierro es mía», pensó Victarion. No dijo nada.

Ojo de Cuervo llenó dos copas con el extraño vino negro espeso como la miel.

—Bebe conmigo, hermano. Prueba. —Le tendió una copa a Victarion.

El capitán cogió la otra y olfateó el contenido con desconfianza. Visto de cerca, parecía más azul que negro. Era espeso y aceitoso, y olía a carne podrida. Probó un traguito y lo escupió al instante.

—Es asqueroso. ¿Qué quieres? ¿Envenenarme?

—Quiero abrirte los ojos. —Euron bebió un largo trago de su copa y sonrió—. Color-del-ocaso, el vino de los brujos. Había un barril en cierta galera que capturé cerca de Qarth. También había clavo, nuez moscada, cuarenta balas de seda verde y cuatro brujos que me contaron algo de lo más curioso. Uno de ellos se atrevió a amenazarme, así que lo maté y se lo serví a los otros tres. Al principio se negaron a comerse a su amigo, pero cuando tuvieron suficiente hambre cambiaron de opinión. Los hombres son de carne.

«Balon estaba loco; Aeron, más loco todavía, y Euron es el más loco de todos.» Victarion iba a dar la vuelta para marcharse cuando Ojo de Cuervo lo detuvo.

—Un rey necesita una esposa que le dé herederos —dijo—. Te necesito, hermano. ¿Te importaría ir a la bahía de los Esclavos y traerme a mi amada?

«Yo también tuve una amada. —Victarion apretó los puños, y una gota de sangre cayó al suelo—. Tendría que matarte a ti de una paliza y echarte de comer a los cangrejos, como hice con ella.»

—Ya tienes hijos —le dijo a su hermano.

—Mestizos ilegítimos, nacidos de prostitutas y de chicas que gritaban mucho.

—Proceden de tu cuerpo.

—Igual que el contenido de mi orinal. Ninguno de ellos es digno de sentarse en el Trono de Piedramar, no digamos ya en el Trono de Hierro. No, para engendrar un heredero digno de él necesito a otra mujer. Hermano..., cuando el kraken se una al dragón, el mundo se rendirá.

—¿Qué dragón? —preguntó Victarion con el ceño fruncido.

—El último de la estirpe. Dicen que es la mujer más bella del mundo. Su cabello es de oro plateado; sus ojos son amatistas... Pero no hace falta que me creas, hermano. Ve a la bahía de los Esclavos, contempla su belleza, y tráemela.

—¿Por qué? ¿Por qué tengo que hacerlo?

—Por amor. Porque es tu deber. Porque lo ordena tu rey. —Euron dejó escapar una risita—. Y por el Trono de Piedramar. Será tuyo cuando yo ocupe el Trono de Hierro. Me sucederás, igual que yo sucedí a Balon... Y de la misma manera, algún día te sucederán tus hijos legítimos.

«Mis hijos legítimos. —Pero para tener un hijo legítimo, antes necesitaba una esposa. Victarion no tenía suerte con las esposas—. Los regalos de Euron están envenenados —se recordó—, pero aun así...»

—Tú eliges, hermano. Vivir como siervo o morir como rey. ¿Te atreves a volar? A menos que saltes, no lo sabrás nunca. —El ojo sonriente de Euron brillaba con sarcasmo—. ¿O te estoy pidiendo demasiado? Sé que da miedo navegar más allá de Valyria.

—Si hiciera falta, podría llevar la Flota de Hierro al mismísimo infierno. —Victarion abrió la mano; tenía la palma roja de sangre—. Sí, iré a la bahía de los Esclavos, buscaré a la dragona y la traeré.

«Pero no será para ti. Me robaste a mi esposa y la mancillaste, así que me quedaré con la tuya. La mujer más bella del mundo será para mí.»

Jaime

Los campos que se extendían frente a las murallas de Darry se volvían a cultivar. Los arados habían enterrado las cosechas quemadas, y los exploradores de Ser Addam informaban de haber visto a mujeres escardando los surcos mientras una yunta rompía nuevos terrones al borde de un bosque cercano. Una docena de hombres barbudos con hachas velaba por su seguridad mientras trabajaban.

Cuando Jaime y su columna llegaron al castillo, ya se habían refugiado todos tras sus murallas. Se encontró cerradas las puertas de Darry, igual que se había encontrado las de Harrenhal.

«Fría bienvenida para ser de mi sangre.»

—Haced sonar el cuerno —ordenó.

Ser Kennos de Kayce descolgó el Cuerno de Herrock y lo tocó. Mientras aguardaba a que respondieran los ocupantes del castillo, Jaime se fijó en el estandarte marrón y carmesí que ondulaba en la barbacana de su primo. Al parecer, Lancel había cuartelado el león de Lannister con el labrador de Darry. Vio la mano de su tío en aquello, al igual que en la esposa elegida para Lancel. La Casa Darry había gobernado en aquellas tierras desde que los ándalos expulsaron a los primeros hombres. Sin duda, Ser Kevan se había dado cuenta de que los campesinos aceptarían mejor a su hijo si lo consideraban una continuación de la antigua estirpe, si poseía aquellas tierras por derecho de matrimonio, no por decreto real.

«Kevan debería ser la Mano de Tommen. Harys Swyft es un inútil, y si mi hermana no se da cuenta, es porque se ha vuelto idiota.»

Las puertas del castillo empezaron a abrirse.

—Mi primo no tendrá sitio para acoger a un millar de hombres —le dijo Jaime a Jabalí—. Montaremos campamento al pie de la muralla oeste. Quiero zanjas y estacas en el perímetro; aún quedan bandidos por aquí.

—Tendrían que estar locos para atacar a un ejército como el nuestro.

—O muertos de hambre. —Mientras no tuviera una idea aproximada de las fuerzas con que contaban los bandidos, no estaba dispuesto a correr el menor riesgo con sus defensas—. Zanjas y estacas —repitió antes de espolear a Honor hacia la puerta.

Ser Dermot cabalgaba a su lado con el estandarte real del venado y el león, y Ser Hugo Vance, con el blanco de la Guardia Real. Jaime le había encomendado a Ronnet el Rojo la misión de llevar a Wylis Manderly a Poza de la Doncella, para no tener que volver a verle la cara.

Pia cabalgaba con los escuderos de Jaime, a lomos de un caballo castrado que le había conseguido Peck.

—Parece un castillo de juguete —le oyó decir Jaime.

«No ha conocido más hogar que Harrenhal —reflexionó—. Todos los castillos del reino, excepto la Roca, le van a parecer pequeños.»

Josmyn Peckleton estaba comentando lo mismo.

—No podéis compararlo con Harrenhal. Harren el Negro lo construyó demasiado grande.

Pia escuchó con la solemnidad de una niña de cinco años que atendiera a las lecciones de su septa.

«Y eso es, una niñita en el cuerpo de una mujer, herida y asustada.» Pero Peck se había encariñado con ella. Jaime sospechaba que el chico no había estado nunca con una mujer, y Pia seguía siendo bastante bonita, siempre que mantuviera la boca cerrada. «En fin, no tiene nada de malo que se acuesten, mientras a ella le parezca bien.»

Uno de los hombres de la Montaña había intentado violarla en Harrenhal, y cuando Jaime ordenó a Ilyn Payne que lo decapitara, su perplejidad había parecido sincera.

—Ya me la he tirado cien veces —repetía sin cesar mientras lo obligaban a arrodillarse—. Cien veces, mi señor. Igual que todos.

Cuando Ser Ilyn le entregó su cabeza a Pia, la muchacha mostró los dientes destrozados al sonreír.

Darry había cambiado de mano varias veces durante las batallas; el castillo ardió en una ocasión y lo saquearon al menos dos veces, pero al parecer, Lancel se había apresurado a arreglarlo todo. Las puertas eran nuevas: grandes planchas de roble reforzadas con clavos de hierro. Se estaba erigiendo un establo nuevo sobre los restos quemados del anterior. Habían sustituido los escalones de acceso al edificio principal, así como los postigos de muchas ventanas. Las piedras ennegrecidas delataban los lugares donde las habían lamido las llamas, pero el tiempo y las lluvias las limpiarían.

Dentro de las murallas, los ballesteros patrullaban por los baluartes, unos con capa color carmesí y yelmo con cimera en forma de león, y otros vestidos con el azul y el gris de la Casa Frey. Cuando Jaime cruzó el patio al trote, las gallinas huyeron bajo los cascos de Honor, las ovejas balaron y los campesinos le lanzaron miradas hoscas.

«Campesinos armados», no pudo dejar de advertir. Unos llevaban guadañas; otros, cayados; otros, azadones bien afilados. También se veían hachas, y divisó a varios hombres barbudos con estrellas rojas de siete puntas cosidas a las túnicas sucias y andrajosas.

«Joder, más gorriones. ¿De dónde salen tantos?»

De quien no vio rastro fue de su tío Kevan. Ni de Lancel. El único que salió a recibirlo fue un maestre con una túnica gris que el viento le enredaba en las piernas flacas.

—Lord Comandante, para Darry es un honor esta visita tan... inesperada. Perdonad que no hayamos hecho ningún preparativo; teníamos entendido que ibais directamente a Aguasdulces.

—Darry me cogía de camino —mintió Jaime. «Aguasdulces puede esperar.» Y si por casualidad acababa el asedio antes de que llegara al castillo, se ahorraría tener que alzar las armas contra la Casa Tully. Desmontó y le tendió a un mozo de cuadras las riendas de Honor—. ¿Está mi tío?

No dijo su nombre. Ser Kevan era el único tío que le quedaba, el único hijo superviviente de Tytos Lannister.

—No, mi señor. Ser Kevan nos dejó después de la boda. —El maestre se tironeó de la cadena, como si de repente le apretara demasiado—. Sé que Lord Lancel se alegrará mucho de veros, y también a... A vuestros galantes caballeros. Aunque lamento confesaros que Darry no puede dar de comer a tantos hombres.

—Traemos provisiones. ¿Quién sois?

—El maestre Ottomore, si a mi señor le parece bien. Lady Amerei habría querido recibiros en persona, pero está supervisando los preparativos del banquete que se celebrará en vuestro honor. Espera que compartáis la mesa con nosotros: vos y vuestros principales caballeros y capitanes.

—Una comida caliente será muy de agradecer. —Los días se habían vuelto fríos y húmedos. Jaime echó un vistazo al patio, a los rostros barbudos de los gorriones. «Son demasiados. Y también hay demasiados Frey»—. ¿Dónde está Peñafuerte?

—Nos ha llegado información de que hay bandidos más allá del Tridente. Ser Harwyn ha ido a encargarse de ellos con cinco caballeros y veinte arqueros.

—¿Y Lord Lancel?

—Está rezando. Su Señoría ha ordenado que no lo molestemos nunca durante sus oraciones.

«Ser Bonifer y él se llevarían bien.»

—De acuerdo. —Ya tendría tiempo más tarde de hablar con su primo—. Llevadme a mis aposentos, y que me preparen un baño.

—Si a mi señor le parece bien, os hemos alojado en el Torreón del Labrador. Os indicaré el camino.

—Ya sé por dónde es.

Jaime conocía aquel castillo. Cersei y él habían estado allí como invitados en dos ocasiones: una vez con Robert, de camino a Invernalia, y otra vez cuando regresaban a Desembarco del Rey. Como castillo era muy pequeño, pero más grande que una posada, y a lo largo del río había caza abundante. A Robert Baratheon nunca le había importado abusar de la hospitalidad de sus vasallos.

El torreón estaba casi como lo recordaba.

—No hay nada en las paredes —observó Jaime mientras el maestre y él recorrían una galería.

—Lord Lancel quiere colgar tapices algún día —dijo Ottomore—. Escenas piadosas y devotas.

«Piadosas y devotas.» Tuvo que contenerse para no soltar una carcajada. Las paredes también habían estado desnudas durante su primera visita. Tyrion se había fijado en los cuadrados de piedra más oscura, allí donde en otros tiempos colgaban los tapices. Ser Raymun los había retirado, pero no había podido eliminar las marcas. Más tarde, el Gnomo le dio un puñado de venados a un sirviente de Darry a cambio de la llave de la cripta donde estaban escondidos los tapices. Se los mostró sonriente a Jaime a la luz de una vela: retratos tejidos de todos los reyes Targaryen, desde el primer Aegon hasta el segundo Aenys.

—Si se lo digo a Robert, puede que me nombre a mí señor de Darry —dijo el enano entre risitas.

El maestre Ottomore llevó a Jaime a la parte superior del torreón.

—Espero que os encontréis cómodo aquí, mi señor. Hay una letrina, para cuando sintáis la llamada de la naturaleza. Vuestra ventana da al bosque de dioses. El dormitorio está junto al de la señora, separado por la celda de un sirviente.

—Estas eran las habitaciones de Lord Darry.

—Sí, mi señor.

—Mi primo es demasiado amable. No era mi intención echar a Lancel de su propio dormitorio.

—Lord Lancel duerme en el septo.

«¿Duerme con la Madre y la Doncella, teniendo una esposa cálida al otro lado de la puerta?» Jaime no sabía si reír o llorar. «A lo mejor reza por que se le ponga dura la polla. —En Desembarco del Rey se rumoreaba que las heridas habían dejado impotente a Lancel—. Pero debería tener el sentido común de intentarlo.» El dominio de su primo en sus nuevas tierras no sería firme hasta que engendrara un hijo con su esposa medio Darry. Jaime empezaba a lamentar el impulso que lo había llevado allí. Le dio las gracias a Ottomore, le recordó lo del baño y le pidió a Peck que lo acompañara a la puerta.

El dormitorio del señor había cambiado desde su última visita, y no para mejor. El suelo estaba cubierto de juncos mohosos, en lugar de la hermosa alfombra myriense que recordaba, y todos los muebles eran nuevos y rudimentarios. La cama de Raymun Darry era suficientemente grande para que durmieran seis personas, con cortinajes de terciopelo y postes de roble tallados en forma de hojas y enredaderas; la de Lancel era un catre de paja mal repartida, situado bajo la ventana para que la primera luz del día lo despertara sin remedio. Sin duda, la otra cama había ardido, o la habían destrozado o robado, pero aun así...

Cuando llegó la bañera, Lew el Pequeño le quitó las botas a Jaime y lo ayudó a quitarse también la mano de oro. Peck y Garrett acarrearon agua, y Pia le buscó ropa limpia para que asistiera a la cena. La chica lo miró con timidez mientras desdoblaba el jubón. Jaime era incómodamente consciente de las curvas de sus caderas y sus pechos bajo el vestido de lana basta. No pudo evitar recordar las cosas que le había susurrado Pia en Harrenhal la noche en que Qyburn la envió a su cama.

«A veces, cuando estoy con un hombre, cierro los ojos para imaginarme que a quien tengo encima es a vos», había dicho.

Se alegró de que el agua de la bañera fuera suficiente para ocultar su erección. En medio del vapor recordó otro baño, el que había compartido con Brienne. Estaba febril y débil por la perdida de sangre, y el calor lo mareó tanto que acabó diciendo cosas que habría debido callar. En aquella ocasión no tenía excusa.

«Recuerda tus votos. Pia es más apropiada para la cama de Tyrion que para la tuya.»

—Tráeme jabón y un cepillo de cerdas duras —le dijo a Peck—. Pia, ya te puedes retirar.

—Sí, mi señor. Gracias, mi señor. —Se tapaba la boca al hablar, para ocultar los dientes rotos.

—¿La deseas? —le preguntó Jaime a Peck cuando salió la chica. El escudero se puso rojo como una remolacha—. Si ella te acepta, tómala. Te enseñará unas cuantas cosas que te resultarán útiles en tu noche de bodas, seguro, y no es probable que te dé un bastardo. —Pia se había abierto de piernas para la mitad del ejército de su padre y nunca se había quedado embarazada; probablemente fuera estéril—. Pero si te acuestas con ella, sé bueno.

—¿Bueno, mi señor? ¿Cómo...? ¿Cómo se...?

—Palabras cariñosas. Caricias suaves. No te vas a casar con ella, pero mientras estéis en la cama, debes tratarla como si fuera tu esposa.

El chico asintió.

—Mi señor... ¿Adónde la llevo? Nunca hay un lugar donde... Donde...

—¿Donde estar a solas? —Jaime sonrió—. La cena durará varias horas. Esta paja está llena de bultos, pero te bastará.

Peck abrió los ojos como platos.

—¿En la cama de mi señor?

—Si Pia sabe lo que hace, tú también te sentirás como un señor cuando termines. —«Y más vale que alguien aproveche ese patético colchón de paja.»

Aquella noche, cuando bajó al banquete, Jaime Lannister lucía un jubón de terciopelo rojo con bordados de hilo de oro, y una cadena dorada cuajada de diamantes negros. Se había puesto también la mano de oro, tan bruñida que resplandecía. No era el lugar adecuado para vestir las prendas blancas. El deber lo aguardaba en Aguasdulces; lo que lo había llevado allí era una necesidad más sombría.

El salón principal de Darry solo tenía de principal el nombre. Estaba abarrotado de pared a pared de mesas montadas en caballetes, y las vigas del techo estaban ennegrecidas por el humo. A Jaime le habían asignado un asiento en el estrado, a la derecha de la silla vacía de Lancel.

—¿No cenará mi primo con nosotros? —preguntó mientras tomaba asiento.

—Mi señor prefiere ayunar —respondió Lady Amerei, la esposa de Lancel—. Está contrito de dolor por la muerte del pobre Septón Supremo.

Era una muchacha robusta, de piernas largas y pechos turgentes, de unos dieciocho años; parecía saludable y atractiva, aunque el rostro anguloso y de mentón huidizo le recordaba el de su difunto y nada llorado primo Cleos, que en su opinión siempre había tenido pinta de comadreja.

«¿Ayunando? Es aún más idiota de lo que me temía.» Su primo debería concentrarse en poner un pequeño heredero con cara de comadreja en la barriga de la viuda, y no en matarse de hambre. ¿Qué pensaría Ser Kevan del reciente fervor de su hijo? ¿Sería ese el motivo de su repentina partida?

Ante los cuencos de judías con panceta, Lady Amerei habló a Jaime de su primer esposo, de cómo lo había matado Ser Gregor Clegane cuando todavía luchaban en el bando de Robb Stark.

—Le supliqué que no fuera, pero mi Pate era tan valiente... Me juró que sería él quien matara a ese monstruo. Quería labrarse la fama, hacerse un nombre.

«Lo mismo que queremos todos.»

—Cuando era escudero me decía que yo sería quien matara al Caballero Sonriente.

—¿El Caballero Sonriente? —preguntó desconcertada.

«La Montaña de mi infancia. La mitad de corpulento, pero el doble de loco.»

—Un bandido que murió hace mucho. Nadie que deba preocuparos, mi señora.

A Amerei le temblaban los labios. Las lágrimas le brotaron de los ojos marrones.

—Por favor, disculpad a mi hija —dijo una mujer de más edad. Lady Amerei había llegado a Darry con una docena de miembros de la familia Frey: una hermana, un tío, un tío segundo, varios primos... Y su madre, Darry de soltera—. Aún llora la muerte de su padre.

—Lo mataron los bandidos —sollozó Lady Amerei—. Solo había ido a pagar el rescate de Petyr Espinilla. Les llevó el oro que pedían, pero aun así lo colgaron.

—Lo ahorcaron, Ami. Que tu padre no era un tapiz. —Lady Mariya se volvió hacia Jaime—. Tengo entendido que lo conocisteis, ser.

—Servimos juntos como escuderos en Refugio Quebrado. —No iba a llegar hasta el punto de decir que habían sido amigos. Cuando llegó Jaime, Merrett Frey era el matón del castillo: se dedicaba a intimidar a los chicos más jóvenes. «Luego trató de intimidarme a mí»—. Era... muy fuerte. —Fue la única alabanza que se le ocurrió. Merrett había sido lento, torpe e idiota, pero sí, fuerte.

—Luchasteis juntos contra la Hermandad del Bosque Real —Lady Amerei sorbió por la nariz—. Mi padre me contaba muchas anécdotas.

«Querrás decir que se jactaba y mentía.»

—Así fue.

Las principales aportaciones de Frey a la lucha habían consistido en permitir que una vivandera le pegara la viruela y dejarse capturar por la Gacela Blanca. La reina de los bandidos le había grabado su blasón a fuego en las nalgas antes de pedir un rescate y devolvérselo a Sumner Crakehall. Merrett no pudo sentarse en quince días, aunque Jaime dudaba que el hierro al rojo fuera la mitad de desagradable que las pullas que le hicieron aguantar los otros escuderos cuando volvió.

«Los niños son las criaturas más crueles del mundo.» Pasó la mano dorada en torno a la copa de vino y la alzó.

—Brindo por Merrett —dijo. Le costaba menos beber en su honor que hablar de él.

Tras el brindis, Lady Amerei dejó de llorar, y la conversación de la mesa se centró en los lobos, los de cuatro patas. Según Ser Danwell Frey había más que nunca, más incluso de los que recordaba su abuelo.

—No tienen ningún miedo al hombre. Una manada atacó nuestra caravana de provisiones cuando bajábamos de Los Gemelos. Los arqueros tuvieron que matar a una docena antes de que los demás huyeran.

Ser Addam Marbrand reconoció que su columna se había enfrentado a problemas parecidos en el camino desde Desembarco del Rey.

Jaime se concentró en la comida que tenía delante: arrancaba pedazos de pan con la mano izquierda y cogía la copa de vino con la derecha. Observó como Addam Marbrand encandilaba a la chica que tenía al lado y como Steffon Swyft recreaba la batalla por Desembarco del Rey con trozos de pan, nueces y zanahorias. Ser Kennos sentó en el regazo a una criada y le pidió que le acariciara el cuerno, mientras Ser Dermot deleitaba a unos cuantos escuderos con historias de caballería en la selva. Más allá, en la misma mesa, Hugo Vance había cerrado los ojos.

«Estará meditando sobre los misterios de la vida —pensó Jaime—. O echando una cabezadita entre plato y plato».

Se volvió hacia Lady Mariya.

—Esos bandidos que mataron a vuestro marido, ¿eran de la banda de Lord Beric?

—Eso pensamos en un primer momento. —Lady Mariya tenía el pelo salpicado de canas, pero seguía siendo atractiva—. Los asesinos se dispersaron tras salir de Piedrasviejas. Lord Vypren siguió a un grupo hasta Buenmercado, pero allí le perdió la pista. Walder el Negro llevó cazadores y sabuesos a Pantano de la Bruja en busca de los demás. Los campesinos negaron haberlos visto, pero cuando el interrogatorio se hizo más enérgico, cantaron otra canción. Hablaron de un hombre tuerto, de otro que vestía una capa amarilla... y de una mujer que también lleva capa, con la capucha siempre calada.

—¿Una mujer? —Lo normal habría sido que la Gacela Blanca hubiera servido de escarmiento a Merrett en cuestión de bandidas—. En la Hermandad del Bosque Real también había una mujer.

—He oído hablar de ella. —«Y cómo no —parecía dar a entender su tono—, si dejó su marca en mi marido»—. Dicen que la Gacela Blanca era joven y hermosa. Esa mujer encapuchada no es lo uno ni lo otro. Los campesinos nos dijeron que tiene el rostro destrozado, lleno de cicatrices, y que sus ojos son espantosos. También dicen que está al mando de los bandidos.

—¿Al mando? —A Jaime le costaba creerlo—. Beric Dondarrion y el sacerdote rojo...

—A ellos no los vieron. —Lady Mariya parecía segura.

—Dondarrion está muerto —dijo Jabalí—. La Montaña le clavó un cuchillo en el ojo; algunos de nuestros hombres lo presenciaron.

—Esa es una de las versiones que corren —aportó Addam Marbrand—. Según otras, no hay nada que pueda matar a Lord Beric.

—Ser Harwyn dice que todas son mentira. —Lady Amerei se enredó una trenza en torno a un dedo—. Me ha prometido la cabeza de Lord Beric. Es muy galante. —Empezaba a sonrojarse por debajo de las lágrimas.

Jaime pensó en la cabeza que había regalado a Pia. Casi le parecía oír la risita de su hermano pequeño. «¿Qué ha sido de la costumbre de regalar flores a las mujeres?», habría preguntado Tyrion. También habría dado con unos cuantos adjetivos con los que calificar a Harwyn Plumm, pero *galante* no se habría encontrado entre ellos. Los hermanos Plumm eran tipos rechonchos y corpulentos, de cuello grueso y rostro enrojecido, jaraneros y procaces, siempre dispuestos a reír, a pelear y a perdonar. Harwyn era otro tipo de Plumm: de ojos duros, taciturno y rencoroso, y cuando tenía la maza en la mano, mortífero. Un hombre ideal para ponerlo al mando de una guarnición, pero no para amarlo.

«Aunque quizá...» Jaime miró a Lady Amerei.

Los criados estaban sirviendo el plato principal, lucio con costra de hierbas y frutos secos picados. La esposa de Lancel lo cató, dio su aprobación y ordenó que sirvieran la primera porción a Jaime. Cuando le pusieron el pescado delante, se inclinó para salvar el espacio que su marido había dejado vacío y le tocó la mano dorada.

—Vos podríais matar a Lord Beric, Ser Jaime. Matasteis al Caballero de la Sonrisa. Os lo suplico, mi señor, quedaos y ayudadnos con Lord Beric y con el Perro. —Los dedos níveos acariciaron los dorados.

«¿Acaso cree que lo noto?»

—Fue la Espada del Amanecer quien mató al Caballero Sonriente, mi señora. Ser Arthur Dayne, mucho mejor caballero que yo. —Jaime apartó los dedos dorados y se volvió una vez más hacia Lady Mariya—. ¿Hasta dónde rastreó Walder el Negro a esa mujer encapuchada y a sus hombres?

—Los sabuesos volvieron a dar con el rastro al norte del Pantano de la Bruja —respondió la dama—. Walder nos asegura que estaban a apenas medio día de distancia cuando desaparecieron en el Cuello.

—Ojalá se pudran ahí —declaró Ser Kennos con tono alegre—. Si los dioses son bondadosos, las arenas movedizas los engullirán, o si no, los devorarán los lagartos león.

—O los acogerán los comerranas —apuntó Ser Danwell Frey—. Los lacustres son capaces de dar refugio a los bandidos.

—Ojalá fueran solo ellos —apuntó Lady Mariya—. Algunos señores de los ríos también son uña y carne con los hombres de Lord Beric Dondarrion.

—Y el pueblo —sorbió su hija—. Ser Harwyn dice que los esconden y les dan comida, y que cuando les preguntan por dónde se han ido, mienten. ¡Mienten a sus propios señores!

—Cortadles la lengua —apremió Jabalí.

—Sí, así será más fácil que os respondan —dijo Jaime—. Si queréis que os ayuden, antes tenéis que conseguir que os aprecien. Así lo consiguió Arthur Dayne cuando cabalgó contra la Hermandad del Bosque Real. Pagaba a los aldeanos la comida que tomábamos, planteaba sus querellas ante el rey Aerys, amplió las tierras de pasto en torno a sus pueblos y hasta les consiguió el derecho de talar cierto número de árboles al año y cazar unos pocos ciervos del rey en otoño. La gente de los bosques había confiado en Toyne para que la defendiera, pero Ser Arthur hizo por ella mucho más que la Hermandad, y así se la ganó para nuestro bando. El resto fue sencillo.

—El Lord Comandante habla con sabiduría —dijo Lady Mariya—. Nunca nos libraremos de esos bandidos a menos que el pueblo llegue a apreciar a Lancel tanto como apreció a mi padre y a mi abuelo.

Jaime echó un vistazo a la silla vacía de su primo.

«Pues Lancel no se va a ganar ese aprecio a base de oraciones.»

Lady Amerei hizo un puchero.

—Os lo ruego, Ser Jaime, no nos abandonéis. Mi señor os necesita, y yo también. Corren tiempos aterradores. Hay noches en que el miedo no me deja dormir.

—Mi lugar está con el rey, mi señora.

—Vendré yo —se ofreció Jabalí—. Cuando acabemos en Aguasdulces, tendré ganas de más batalla. No es que Beric Dondarrion vaya a ser mucho rival. Lo recuerdo de antiguos torneos. Un muchacho guapo con una capa bonita. Menudo e inexperto.

—Eso fue antes de que muriese —dijo el joven Arwood Frey—. Según dice la gente, la muerte lo ha cambiado. Es posible matarlo, pero no se queda muerto. ¿Cómo se lucha contra alguien así? Y luego está el Perro. Asesinó a veinte hombres en Salinas.

Jabalí soltó una carcajada.

—Serían veinte taberneros gordos. O veinte criados que se mearon en los calzones. O veinte hermanos mendicantes armados con cuencos. No veinte caballeros. No a mí.

—En Salinas hay un caballero —insistió Ser Arwood—. Se escondió tras sus murallas mientras Clegane y sus perros rabiosos asolaban la ciudad. No habéis visto lo que hizo, ser. Yo sí. Cuando llegaron los informes a Los Gemelos, baje a caballo con Harys Haigh y su hermano Donnel, junto con un centenar de arqueros y soldados. Creíamos que era cosa de Lord Beric y esperábamos dar con su rastro. Lo único que queda de Salinas es el castillo; Ser Quincy estaba tan asustado que no nos abrió las puertas; solo habló a gritos con nosotros desde las almenas. Lo demás eran huesos y cenizas. Una ciudad entera. El Perro pasó los edificios por la antorcha y a sus habitantes por la espada, y se marchó riéndose. Las mujeres... No os creeríais lo que hizo con algunas de las mujeres. No pienso hablar de eso en la mesa. Me entraron náuseas solo con verlo.

—Yo lloré al enterarme —dijo Lady Amerei.

Jaime bebió un trago de vino.

—¿Por qué estáis tan seguros de que fue el Perro? —Lo que describían parecía más propio de Gregor que de Sandor. Sandor siempre había sido despiadado, desde luego, pero el verdadero monstruo de la Casa Clegane era su hermano.

—Lo vieron —señaló Ser Arwood—. Ese yelmo que lleva es inconfundible e inolvidable, y unos cuantos sobrevivieron para contarlo. La niña a la que violó, unos chiquillos que se escondieron, una mujer que encontraron atrapada bajo una viga, los pescadores que vieron la carnicería desde sus botes...

—No lo llaméis carnicería —pidió Lady Mariya en voz baja—. Es un insulto para los carniceros honrados. Lo de Salinas fue obra de una bestia disfrazada de ser humano.

«Vivimos en tiempos de bestias —reflexionó Jaime—. De leones, lobos y perros rabiosos; de grajos y cuervos carroñeros.»

—Cuánta maldad. —Jabalí se volvió a llenar la copa—. Lady Mariya, Lady Amerei, vuestra aflicción me ha conmovido. Os doy mi palabra; en cuanto caiga Aguasdulces, volveré para dar caza al Perro y lo mataré en vuestro nombre. No me dan miedo los chuchos.

«Este debería daros miedo.» Los dos hombres eran fuertes y corpulentos, pero Sandor Clegane era mucho más rápido, y luchaba con una brutalidad con la que Lyle Crakehall no podía rivalizar.

Lady Amerei, en cambio, se mostró encantada.

—Sois un verdadero caballero, Ser Lyle, al acudir en auxilio de una dama en apuros.

«Al menos no ha dicho *doncella.*» Jaime fue a coger la copa, pero la derribó sin querer. El mantel de lino absorbió el vino. Sus compañeros fingieron no darse cuenta de como se extendía la mancha roja. «Cortesía de mesa noble», se dijo, pero tenía el mismo sabor que la compasión. Se levantó bruscamente.

—Disculpadme, por favor, mis señoras.

Lady Amerei puso cara de desolación.

—¿Ya nos dejáis? Aún faltan el venado y los capones rellenos de puerros y setas.

—No me cabe duda de que todo estará delicioso, pero no podría comer un bocado más. Tengo que ver a mi primo.

Jaime hizo una reverencia y los dejó comiendo.

En el patio también había hombres comiendo. Los gorriones se habían reunido en torno a una docena de hogueras para calentarse las manos mientras las salchichas chisporroteaban encima de las llamas. Debían de ser un centenar.

«Bocas inútiles.» Jaime se preguntó cuántas salchichas tendría en reserva su primo, y cómo pensaba dar de comer a los gorriones cuando se acabaran. «Como no consigan una cosecha, en invierno acabarán comiendo ratas.» Y, tan avanzado el otoño, había pocas posibilidades de que lo lograran.

El septo estaba en el patio del castillo. Era una edificación sin ventanas, de siete paredes, con puertas de madera labrada y techo de tejas. Había tres gorriones sentados en las escaleras de la entrada. Se levantaron al ver acercarse a Jaime.

—¿Adónde vais, mi señor? —preguntó el más menudo de los tres, que también era el más barbudo.

—Adentro.

—Su Señoría está rezando.

—Su Señoría es mi primo.

—Bueno, mi señor —intervino otro gorrión, un hombretón calvo con una estrella de siete puntas pintada encima de un ojo—, en tal caso, imagino que no querréis distraer a vuestro primo de sus oraciones.

—Lord Lancel está suplicando al Padre que lo guíe —aportó el tercer gorrión, el que no tenía barba. Jaime había pensado que era un muchacho, pero por la voz delató su condición de mujer, aunque vistiera harapos informes y restos de armadura—. Reza por el alma del Septón Supremo y por las de todos los que han muerto.

—Mañana seguirán muertos —respondió Jaime—. El Padre tiene más tiempo que yo. ¿Sabéis quién soy?

—Algún señor —dijo el hombre de la estrella en la frente.

—Algún tullido —dijo el menudo de la barba espesa.

—El Matarreyes —dijo la mujer—, pero nosotros no somos reyes, solo Clérigos Humildes, y no podéis entrar a menos que lo diga Su Señoría. —Cogió un garrote con púas, y el hombre menudo alzó un hacha.

Las puertas se abrieron a sus espaldas.

—Dejad pasar en paz a mi primo, amigos —dijo Lancel con voz suave—. Lo estaba esperando.

Los gorriones se apartaron.

Lancel le pareció aún más delgado que en Desembarco del Rey. Iba descalzo, vestido con una sencilla túnica de lana basta sin teñir con la que parecía más un mendigo que un señor. Se había afeitado la coronilla, pero la barba le había crecido un poco. Llamarla pelusa de melocotón habría sido insultar a los melocotones. Casaba mal con el pelo canoso que le rodeaba las orejas.

—Joder, primo, ¿has perdido el juicio? —le preguntó Jaime cuando se quedaron a solas en el septo.

—Prefiero decir que he encontrado la fe.

—¿Dónde está tu padre?

—Se ha ido. Nos peleamos. —Lancel se arrodilló ante el altar de su otro Padre—. ¿Quieres rezar conmigo, Jaime?

—Si rezo mucho, ¿el Padre me dará otra mano?

—No, pero el Guerrero te dará valor, el Herrero te prestará fuerzas y la Vieja te guiará hacia la sabiduría.

—Lo que necesito es una mano. —Los siete dioses se cernían imponentes desde sus altares tallados; la madera oscura brillaba a la luz de las velas. Un tenue olor a incienso impregnaba el aire—. ¿Duermes aquí abajo?

—Cada noche me preparo la cama bajo un altar diferente, y los Siete me envían visiones.

Baelor el Santo también había tenido visiones. «Sobre todo cuando ayunaba.»

—¿Cuánto tiempo hace que no comes?

—Mi fe es toda la nutrición que necesito.

—La fe es como las gachas: está mejor con leche y miel.

—Soñé que ibas a venir. En mi sueño sabías qué había hecho, cómo había pecado. Y me matabas.

—Es más probable que te mates tú solo con tanto ayuno. Fue así como llegó Baelor el Santo al ataúd, ¿no?

—*La estrella de siete puntas* dice que nuestras vidas son como llamas de velas. Cualquier brisa nos puede apagar. La muerte nunca ronda lejos de este mundo, y los siete infiernos aguardan a los pecadores que no se arrepintieron de sus pecados. Reza conmigo, Jaime.

—Si rezo, ¿te comes un cuenco de gachas? —Al ver que su primo no respondía, Jaime suspiró—. Deberías estar durmiendo con tu esposa, no con la Doncella. Si quieres conservar este castillo, tienes que engendrar un hijo de sangre Darry.

—Un montón de piedras frías. Yo no lo quería. Yo no lo pedí. Yo solo deseaba... —Lance se estremeció—. Los dioses me amparen, solo deseaba ser tú.

Jaime no pudo contener una carcajada.

—Mejor ser yo que Baelor el Santo. Darry necesita un león, primo. Igual que tu pequeña Frey. Se le humedece la entrepierna cada vez que alguien habla de Peñafuerte. Si todavía no se ha acostado con él, no tardará.

—Si se aman, les deseo felicidad.

—Un león no puede tener cuernos. La tomaste como esposa.

—Dije unas cuantas palabras y le puse una capa roja, pero solo para complacer a mi padre. El matrimonio requiere consumación. Al rey Baelor lo obligaron a casarse con su hermana Daena, pero no vivieron jamás como marido y mujer, y la repudió en cuanto lo coronaron.

—Habría prestado mejor servicio al reino cerrando los ojos y follándosela. He estudiado un poco de historia, suficiente para saberlo. Sea como sea, no eres Baelor el Santo.

—No —reconoció Lancel—. Pocos hay como él, un espíritu puro, valeroso e inocente que no se dejó mancillar por los males de este mundo. Yo, en cambio, soy un pecador con muchas cosas que expiar.

Jaime puso una mano en el hombro de su primo.

—¡Qué sabrás tú de pecados, primo! Yo maté a mi rey.

—El hombre valiente mata con una espada; el cobarde, con un pellejo de vino. Los dos somos matarreyes, ser.

—Robert no era un verdadero rey. Incluso hay quien te diría que el venado es la presa natural del león. —Jaime notaba los huesos bajo la piel de su primo... y también algo más. Bajo la túnica, Lancel llevaba una camisa de cerdas—. ¿Qué más has hecho para necesitar tanta penitencia? Dímelo.

Su primo inclinó la cabeza y las lágrimas le corrieron por las mejillas. Aquellas lágrimas fueron toda la respuesta que Jaime necesitaba.

—Mataste al Rey —dijo—, y luego te follaste a la Reina.

—Yo jamás...

—¿Jamás te acostarías con mi querida hermana?

«Dilo. ¡Dilo!»

—Nunca derramé mi semilla en... En su...

—¿Coño? —sugirió Jaime.

—... vientre —terminó Lancel—. Si no se acaba dentro de ella, no es traición. Yo la consolaba tras la muerte del Rey. Vos estabais prisionero; vuestro padre, en el campo de batalla, y vuestro hermano... Ella le tenía miedo, y con motivo. Me obligó a traicionarla.

—¿De verdad? —«¿Lancel, Ser Osmund y cuántos más? ¿Lo del Chico Luna era solo sarcasmo?»—. ¿La forzaste?

—¡No! Yo la amaba. Quería protegerla.

«Querías ser yo.» Le picaban los dedos perdidos. El día que su hermana acudió a la Torre de la Espada Blanca para suplicarle que renunciara a sus votos se rio de él cuando se negó, y alardeó de haberle mentido mil veces. Jaime lo había tomado por un torpe intento de devolverle el daño que él le había hecho. «Pero puede que fuera la única verdad que me ha dicho en su vida.»

—No pienses mal de la Reina —suplicó Lancel—. La carne siempre es débil, Jaime. Nuestro pecado no tuvo consecuencias. No... No hubo ningún bastardo.

—No. Es difícil hacer bastardos corriéndose fuera. —¿Qué diría su primo si le confesaba sus pecados, las tres traiciones a las que Cersei había llamado Joffrey, Tommen y Myrcella?

—Después de la batalla estaba enfadado con Su Alteza, pero el Septón Supremo me dijo que debía perdonarla.

—Así que le confesaste tus pecados a Su Altísima Santidad, ¿eh?

—Rezó por mí cuando me hirieron. Era un buen hombre.

«Y ahora está muerto. Las campañas doblaron por él.» ¿Qué diría su primo si conociera las consecuencias de su confesión?

—Eres idiota, Lancel.

—No te equivocas —respondió—, pero he dejado atrás mis idioteces. Le he pedido al Padre que me muestre el camino, y lo ha hecho. Voy a renunciar al título de señor y a la esposa que me impusieron. Peñafuerte se puede quedar con el uno y la otra, si quiere. Mañana volveré a Desembarco del Rey y pondré mi espada al servicio del nuevo Septón Supremo y de los Siete. Voy a pronunciar los votos y unirme a los Hijos del Guerrero.

El chico no decía más que tonterías.

—Los Hijos del Guerrero fueron proscritos hace trescientos años.

—El nuevo Septón Supremo los ha reinstaurado. Ha lanzado una llamada pidiendo buenos caballeros que pongan sus vidas y sus espadas al servicio de los Siete. También ha reinstaurado la orden de los Clérigos Humildes.

—¿Por qué lo va a permitir el Trono de Hierro?

Uno de los primeros reyes Targaryen había luchado durante años para acabar con las dos órdenes militares, aunque no recordaba cuál. Tal vez fuera Maegor, o el primer Jaehaerys.

«Tyrion lo sabría.»

—Su Altísima Santidad me escribe que el rey Tommen ha dado su consentimiento. Si quieres, te puedo enseñar la carta.

—Aunque sea verdad, eres un león de la Roca, un señor. Tienes una esposa y un castillo; tienes unas tierras que defender y un pueblo al que proteger. Si los dioses son bondadosos, tendrás hijos de tu propia sangre que te sucederán. ¿Por qué vas a renunciar a todo eso a cambio de unos votos?

—¿Por qué lo hiciste tú? —preguntó Lancel en voz baja.

«Por el honor —podría haber dicho Jaime—. Por la gloria.» Pero habría sido mentira. El honor y la gloria habían tenido algo que ver, pero sobre todo lo había hecho por Cersei. Se le escapó una carcajada.

—¿A los brazos de quién corres? ¿A los del Septón Supremo o a los de mi dulce hermana? Reza mientras meditas eso, primo. Reza mucho.

—¿Quieres rezar conmigo, Jaime?

Miró a su alrededor, a los dioses. La Madre, llena de misericordia. El Padre, severo en su juicio. El Guerrero, con una mano en la espada. El Desconocido, entre las sombras, con el rostro semihumano oculto bajo la capucha del manto.

«Creía que yo era el Guerrero y Cersei la Doncella, pero siempre fue el Desconocido, siempre me ocultó su verdadero rostro.»

—Reza por mí si quieres —replicó a su primo—. Se me han olvidado las oraciones.

Los gorriones seguían revoloteando por los peldaños cuando Jaime salió a la oscuridad.

—Gracias —les dijo—. Ahora me siento mucho más piadoso.

Fue en busca de Ser Ilyn y de un par de espadas.

El patio del castillo estaba lleno de ojos y oídos. Para escapar de ellos, se dirigieron al bosque de dioses de Darry. Allí no había gorriones; solo árboles desnudos con ramas negras que arañaban el cielo. La alfombra de hojas secas crujía bajo sus pies.

—¿Veis aquella ventana, ser? —Jaime señaló con una espada—. Era el dormitorio de Raymun Darry. Allí durmió el rey Robert cuando volvíamos de Invernalia. La hija de Ned Stark había huido después de que su loba atacara a Joff, ¿lo recordáis? Mi hermana quería que le cortaran una mano a la niña; era el antiguo castigo por golpear a alguien de sangre real. Robert le dijo que era cruel y que estaba loca. Se pasaron media noche discutiendo... Bueno, Cersei discutía y Robert se emborrachaba. Pasada la medianoche, la Reina me hizo llamar. El Rey se había desmayado y roncaba en la alfombra myriense. Le pregunté a mi hermana si quería que lo llevara a la cama. Me dijo que la llevara a la cama a ella, y se quitó la túnica. La poseí en la cama de Raymun Darry, después de pasar por encima de Robert. Si Su Alteza hubiera llegado a despertarse, lo habría matado allí mismo. No habría sido el primer rey que cayera por mi espada... Pero esa historia ya la conocéis, ¿verdad? —Lanzó un tajo contra una rama y la partió en dos—. Mientras me la follaba, Cersei gritaba «¡La quiero!». Pensé que se refería a mi polla, pero lo que quería era a la pequeña Stark, mutilada o muerta. —«Qué cosas hago por amor»—. Fue simple casualidad que los hombres de Stark la encontraran antes que yo. Si hubiera dado yo con ella...

Las marcas de viruela del rostro de Ser Ilyn eran agujeros negros a la luz de las antorchas, tan oscuros como el alma de Jaime. Volvió a hacer aquel ruido chasqueante.

«Se está riendo de mí», comprendió Jaime Lannister.

—Por lo que sé, tú también te has follado a mi hermana, cabrón —escupió—. Bueno, cierra la boca y mátame si puedes.

Brienne

El septrio se alzaba en la cima de una colina, en una isla situada a mil pasos de la costa, donde la amplia boca del Tridente se ensanchaba aún más para besar la bahía de los Cangrejos. Su prosperidad saltaba a la vista incluso desde la orilla. La ladera estaba cubierta de campos cultivados en bancales; abajo había estanques de peces, y más arriba, un molino con aspas de madera y lona que se movían con la brisa de la bahía. Brienne divisó ovejas que pastaban en la colina y cigüeñas en las aguas bajas, donde estaba el atracadero de la barcaza.

—Salinas está al otro lado del agua —dijo el septón Meribald señalando hacia el norte—. Los monjes nos trasladarán en la barcaza por la mañana, cuando suba la marea, aunque me temo que sé qué nos vamos a encontrar. Disfrutemos de una buena comida caliente antes de enfrentarnos a eso. Los hermanos siempre tienen un hueso para el perro.

El animal ladró y meneó la cola.

La marea se estaba retirando, y muy deprisa. Al retroceder, el agua que separaba la isla de la orilla dejaba a la vista una amplia extensión de arena mojada y brillante, salpicada de charcos que relucían como monedas de oro bajo el sol del atardecer. Brienne se rascó la nuca, donde le había picado un insecto. Se había recogido el pelo, y el sol le calentaba la piel.

—¿Por qué la llaman Isla Tranquila? —preguntó Podrick.

—Los que viven aquí son penitentes que quieren expiar sus pecados mediante la contemplación, la oración y el silencio. Los únicos que tienen permiso para hablar son el Hermano Mayor y sus personeros, y los personeros, solo un día de cada siete.

—Las hermanas silenciosas no hablan nunca —dijo Podrick—. Se dice que no tienen lengua.

El septón Meribald sonrió.

—Las madres llevan asustando a sus hijas con ese cuento desde que yo tenía tu edad. No era verdad entonces, ni lo es ahora. El voto de silencio es un acto de contrición, un sacrificio con el que demostramos nuestra devoción a los Siete. Para un mudo, hacer voto de silencio sería como que un hombre sin piernas renunciara a bailar. —Tiró de la correa de su asno para bajar por la ladera, y les hizo gestos para que lo siguieran—. Si queréis dormir a cubierto esta noche, desmontad y cruzad conmigo. Esto es un sendero de fe: solo los piadosos lo pueden cruzar con seguridad. A los impíos se los tragan las arenas movedizas, o se ahogan cuando vuelve la marea. Porque ninguno de vosotros es impío, ¿verdad? Aun así, vigilad dónde ponéis los pies. Pisad solo donde pise yo, y llegaréis a la otra orilla sanos y salvos.

Brienne no pudo dejar de advertir que el sendero de fe era un tanto tortuoso. La isla parecía alzarse al noroeste cuando estaban en la orilla, pero el septón Meribald no caminó directamente hacia ella, sino que empezó avanzando hacia el este, hacia las aguas más profundas de la bahía, que relucían azules y plateadas a lo lejos. Los dedos de los pies se le enterraban en el lodo blando. El septón se detenía de cuando en cuando para sondear el terreno con la pica. El perro lo seguía pegado a sus talones, olisqueando cada roca, cada concha, cada rastrojo de algas. En aquella ocasión no correteaba por delante ni se apartaba de ellos.

Detrás iba Brienne, concentrada en no apartarse de la línea de huellas que dejaban el perro, el asno y el hombre santo. Luego iba Podrick, y Ser Hyle cerraba la marcha. Cien pasos más adelante, Meribald giró bruscamente hacia el sur, de manera que casi daba la espalda al septrio. Recorrieron otros cien pasos en esa dirección, pasando entre dos charcos que había dejado la marea. El perro metió el hocico en uno y lanzó un gemido cuando un cangrejo se lo pellizcó con la pinza. Hubo una lucha breve pero enconada, y luego el perro volvió con ellos, empapado y lleno de barro, con el cangrejo entre los dientes.

—¿No tendríamos que ir hacia allí? —gritó Ser Hyle desde atrás mientras señalaba en dirección al septrio—. Pues nos estamos desviando lo nuestro.

—Fe —insistió el septón Meribald—. Creed, persistid y seguid, y encontraremos la paz que buscamos.

Las llanuras húmedas refulgían a su alrededor, salpicadas de cien colores. El lodo era de un marrón tan oscuro que casi parecía negro, pero también había ringleras de arena dorada, salientes rocosos grises y rojizos, y restos enmarañados de algas verdes y negras. Las cigüeñas pescaban en los charcos dejados por la marea y dejaban sus huellas en torno a ellos; los cangrejos correteaban por las aguas menos profundas. El aire estaba impregnado de un olor a salmuera y a podredumbre; el terreno les absorbía los pies y se los liberaba de mala gana, con un chasquido húmedo. El septón Meribald giró una vez más, y otra, y otra. Sus huellas se llenaban de agua en cuanto levantaba el pie. Cuando el terreno empezó a ser más firme y elevarse bajo ellos, habían recorrido al menos tres mil pasos.

Cuando subieron por las piedras rotas que circundaban la isla, tres hombres los estaban esperando. Iban vestidos con los hábitos de color pardo de los monjes, con grandes mangas acampanadas y capucha puntiaguda. Dos de ellos se habían envuelto la parte inferior del rostro con trozos de lana, de modo que solo se les veían los ojos. El tercer monje fue el que habló.

—Hola, septón Meribald —saludó—. Ha pasado casi un año. Os damos la bienvenida. Igual que a vuestros compañeros.

El perro meneó la cola, y Meribald se sacudió el barro de los pies.

—¿Podemos rogaros hospitalidad por una noche?

—Sí, claro. Vamos a cenar guiso de pescado. ¿Necesitaréis la barcaza por la mañana?

—Si no es mucho pedir... —Meribald se volvió hacia sus acompañantes—. El hermano Narbert es personero de la orden, así que tiene permiso para hablar un día de cada siete. Hermano, estas buenas personas me han ayudado en el camino. Ser Hyle Hunt es un galante caballero del Dominio. El muchacho es Podrick Payne, nacido en las tierras del oeste. Y también nos acompaña Lady Brienne, a la que llaman la Doncella de Tarth.

El hermano Narbert se puso tenso.

—Una mujer.

—Sí, hermano. —Brienne se soltó el pelo y se lo sacudió—. ¿No tenéis mujeres aquí?

—Ahora mismo, no —respondió Narbert—. Las que vienen a vernos están enfermas, heridas o embarazadas. Los Siete han bendecido a nuestro Hermano Mayor con unas manos que curan. Les ha devuelto la salud a muchos hombres que ni los maestres podían sanar, y también a muchas mujeres.

—Yo no estoy enferma, herida ni embarazada.

—Lady Brienne es una doncella guerrera —le dijo el septón Meribald—. Quiere dar caza al Perro.

—¿De veras? —Narbert parecía desconcertado—. ¿Con qué fin?

—El suyo —dijo Brienne, acariciando el puño de *Guardajuramentos.*

El personero la examinó.

—Sois... muy musculosa para ser una mujer, es cierto, pero... tal vez debería llevaros ante el Hermano Mayor. Ya os habrá visto cruzar el barro. Venid.

Narbert los guió por un sendero de guijarros y a través de un pomar hasta un establo encalado con tejado de paja en forma de pico.

—Podéis dejar aquí a los animales. El hermano Gillam se encargará de que les den agua y comida.

Apenas una cuarta parte del establo estaba ocupada. En el otro extremo había media docena de mulas, cuidadas por un hombrecillo patizambo que Brienne supuso que sería Gillam. Al fondo, apartado de los otros animales, un enorme corcel relinchó al oír sus voces y coceó la puerta de su cuadra.

Mientras entregaba las riendas al hermano Gillam, Ser Hyle le lanzó una mirada de admiración al gran caballo.

—Hermosa bestia.

El hermano Narbert suspiró.

—Los Siete nos envían bendiciones, y los Siete nos envían pruebas. Hermoso, sí, pero sin duda, Pecio viene del mismísimo infierno. Cuando quisimos ponerle el arnés para uncirlo al arado, le dio una coz al hermano Rawney y le rompió la espinilla por dos sitios. Creíamos que castrándolo acabaríamos con su genio, pero... ¿Se lo enseñas, hermano Gillam?

El hermano Gillam se bajó la capucha. Bajo ella tenía una mata de pelo rubio con la coronilla tonsurada y un vendaje manchado de sangre en lugar de una oreja.

Podrick fue incapaz de contener una exclamación.

—¿Ese caballo os arrancó la oreja de un mordisco?

Gillam asintió y volvió a cubrirse la cabeza.

—Perdonad, hermano —dijo Ser Hyle—, pero, si os acercarais a mí con una cizalla, yo os arrancaría la otra.

Al hermano Narbert no le pareció bien la broma.

—Vos sois un caballero, ser. Pecio es una bestia de carga. El Herrero les regaló los caballos a los hombres para que los ayudaran en el trabajo. —Dio media vuelta—. Si tenéis la amabilidad... El Hermano Mayor os estará esperando.

La ladera era más empinada de lo que parecía desde la otra orilla. Para facilitar el ascenso, los monjes habían construido tramos de escaleras en zigzag que cruzaban la colina y pasaban entre los edificios. Tras un largo día a caballo, Brienne agradeció la ocasión de estirar un poco las piernas.

Mientras subían pasaron junto a una docena de monjes de la orden, hombres encapuchados con ropa parda que les lanzaron miradas curiosas pero no los saludaron en ningún momento. Uno llevaba un par de vacas hacia un granero bajo con techo de hierba y barro. Más arriba vieron a tres muchachos que pastoreaban unas cuantas ovejas, y al subir un poco más pasaron junto a un cementerio donde un monje más corpulento que Brienne cavaba una tumba. Por su manera de moverse, saltaba a la vista que era cojo. Cuando tiró una palada de tierra pedregosa a sus espaldas, parte de ella les fue a caer a los pies.

—Eh, ten más cuidado —le reprochó el hermano Narbert—. Casi le llenas la boca de tierra al septón Meribald.

El sepulturero agachó la cabeza. Cuando el perro se acercó para olfatearlo, dejó caer la pala y lo rascó detrás de las orejas.

—Es un novicio —explicó Narbert.

—¿Para quién es la tumba? —preguntó Ser Hyle cuando reanudaron el ascenso por los peldaños de madera.

—Para el hermano Clement, que el Padre lo juzgue con justicia.

—¿Era viejo? —preguntó Podrick Payne.

—Si cuarenta y ocho años son muchos, sí, pero no fue la edad lo que lo mató, sino las heridas que recibió en Salinas. Había ido a vender nuestro hidromiel en el mercado el día que los bandidos asaltaron la ciudad.

—¿El Perro? —preguntó Brienne.

—Otro igual de salvaje. Como el pobre Clement no hablaba, le cortó la lengua. El bandido dijo que, como había hecho voto de silencio, no le servía de nada. Seguro que el Hermano Mayor sabe más. No nos cuenta las peores noticias que llegan para no turbar la tranquilidad del septrio. Muchos de nuestros hermanos vinieron para huir de los horrores del mundo, no para pensar demasiado en ellos. El hermano Clement no es el único que ha sufrido heridas. Solo que algunas no se ven. —El hermano Narbert señaló hacia la derecha—. Ahí están nuestras parras de verano. Las uvas son pequeñas y ácidas, pero dan un vino aceptable. También hacemos nuestra propia cerveza, y la sidra y el hidromiel que preparamos tienen fama.

—¿La guerra no ha llegado aquí? —preguntó Brienne.

—Esta no, loados sean los Siete. Nuestras oraciones nos protegen.

—Con ayuda de las mareas —sugirió Meribald. El perro ladró como si estuviera de acuerdo.

La cima de la colina estaba coronada por una muralla baja de piedras sin argamasa, que rodeaba un grupo de edificaciones grandes: el molino, con las aspas de lona que crujían al girar; los claustros donde dormían los monjes; la sala común donde comían, y un septo de madera para las oraciones y la meditación. El septo tenía vidrieras de colores, anchas puertas con tallas de la Madre y el Padre, y un campanario de siete lados con un adarve estrecho en la parte superior. Detrás había un huerto, donde varios monjes de edad avanzada estaban arrancando malas hierbas. El hermano Narbert llevó a los visitantes más allá de un nogal, hasta una puerta de madera que se abría en la ladera de la colina.

—¿Una cueva con puerta? —preguntó Ser Hyle, sorprendido.

El septón Meribald sonrió.

—Es el Agujero del Ermitaño. El primer hombre santo que llegó aquí vivió en él, y obró tales maravillas que pronto acudieron otros para unírsele. Eso fue hace dos mil años. La puerta es un poco posterior.

Quizá dos mil años atrás el Agujero del Ermitaño hubiera sido un lugar húmedo y oscuro, con suelo de tierra y el sonido constante del agua que goteaba, pero eso había cambiado. La cueva en la que entraron Brienne y sus acompañantes había sido transformada en un santuario cálido y cómodo. Había alfombras de lana en el suelo y tapices en las paredes. Las largas velas de cera de abeja proporcionaban luz más que suficiente. El mobiliario era extraño, pero sencillo: una mesa alargada, un banco, un arcón, varias estanterías altas llenas de libros, unas sillas... Todo era de madera de deriva, piezas de formas extravagantes ensambladas con habilidad y pulidas hasta que resplandecían con brillo dorado a la luz de la vela.

El Hermano Mayor no era tal como Brienne había esperado. Para empezar, ni siquiera era mayor. Los monjes que habían visto arrancando malas hierbas en el huerto tenían los hombros cargados y las espaldas encorvadas de los ancianos, mientras que él estaba erguido, alto, y se movía con la energía de un hombre en sus mejores años. Tampoco tenía el rostro amable y bondadoso que esperaba ver en un sanador. Su cabeza era grande y cuadrada; sus ojos, astutos; su nariz, roja y venosa. Llevaba tonsura, pero tenía el cuero cabelludo tan mal afeitado como la fuerte mandíbula.

«Parece más habituado a romper huesos que a curarlos», pensó la Doncella de Tarth cuando el Hermano Mayor cruzó la estancia a zancadas para abrazar al septón Meribald y dar unas palmaditas al perro.

—Siempre es un día grato cuando nuestros amigos Meribald y el perro nos honran con otra visita —anunció antes de volverse al resto de sus invitados—. Y siempre es un placer recibir caras nuevas. No vemos muchas.

Meribald siguió el ritual habitual de cortesía antes de sentarse en el banco. A diferencia del septón Narbert, el Hermano Mayor no pareció preocupado por el sexo de Brienne, pero su sonrisa vaciló y desapareció cuando el septón le dijo a qué habían ido Ser Hyle y ella.

—Ya veo —fue lo único que dijo sobre el asunto—. Debéis de tener sed. Bebed un poco de nuestra sidra dulce para quitaros de la garganta el polvo de los caminos. —También él se sirvió. Las copas eran de madera de deriva; no había dos iguales. Brienne les dedicó alabanzas—. Mi señora es demasiado amable —le respondió—. Lo único que hacemos es tallar y pulir la madera. Aquí recibimos muchas bendiciones. Cuando el río llega a la bahía, las corrientes y las mareas se enfrentan, y empujan hasta nuestras orillas muchas cosas extrañas y maravillosas. La madera de deriva es lo de menos. Hemos encontrado copas de plata, ollas de hierro, sacos de lana, fardos de seda, cascos oxidados y espadas brillantes... Hasta rubíes.

Ser Hyle se mostró muy interesado.

—¿Rubíes de Rhaegar?

—Es posible. ¿Quién sabe? La batalla tuvo lugar a muchas leguas de aquí, pero el río es incansable y paciente. Ya nos han llegado seis. Estamos esperando el séptimo.

—Mejor rubíes que huesos. —El septón Meribald se estaba frotando el pie para quitarse el barro de entre los dedos—. No todos los regalos del río son tan gratos. A los buenos hermanos también les llegan cadáveres. Vacas y ciervos ahogados, cerdos tan hinchados que parecen caballos pequeños... y cadáveres humanos.

—Últimamente, demasiados. —El Hermano Mayor suspiró—. Nuestro sepulturero no tiene descanso. Hombres de los ríos, de Occidente, norteños... Todos acaban aquí, caballeros y villanos por igual. Los enterramos codo con codo, Stark y Lannister, Blackwood y Bracken, Frey y Darry. Es el deber que nos impone el río a cambio de todos sus regalos, y lo hacemos tan bien como podemos. Pero a veces también encontramos alguna mujer, o peor, un niño. Son los regalos más crueles. —Se volvió hacia el septón Meribald—. Espero que tengáis tiempo de absolvernos de nuestros pecados. Nadie nos ha escuchado en confesión desde que los asaltantes mataron al anciano septón Bennet.

—Sacaré tiempo —le aseguró Meribald—, aunque espero que tengáis mejores pecados que la última vez que pasé por aquí. —El perro ladró—. ¿Lo ves? Hasta él se aburrió.

Podrick Payne estaba desconcertado.

—Creía que no podían hablar. Bueno, con nadie. Los monjes. Los otros, no vos.

—Se nos permite romper el silencio para confesarnos —dijo el Hermano Mayor—. Es difícil hablar del pecado con señas y movimientos de cabeza.

—¿Quemaron el septo de Salinas? —quiso saber Hyle Hunt.

La sonrisa se esfumó.

—En Salinas lo quemaron todo menos el castillo. Y eso porque era de piedra, aunque tanto habría dado que fuera de sebo, para lo que le ha servido a la ciudad... Tuve que tratar a varios supervivientes. Los pescadores me los trajeron cuando se apagaron las llamas y pudieron volver a tierra firme sin temor. A una pobre mujer la habían violado una docena de veces, y sus pechos... Mi señora, puesto que lleváis armadura de hombre, no os ahorraré estos horrores. Tenía los pechos desgarrados y mordidos, devorados, como si... Como si alguna bestia cruel... Hice lo que pude por ella, aunque fue bien poca cosa. Mientras agonizaba, sus peores maldiciones no eran para los hombres que la habían violado, ni para el monstruo que había devorado su carne palpitante, sino para Ser Quincy Cox, que atrancó sus puertas cuando los bandidos entraron en la ciudad y se quedó sentado a salvo tras los muros de piedra mientras su pueblo gritaba y moría.

—Ser Quincy es un anciano —dijo el septón Meribald, afable—. Sus hijos y sus yernos están muy lejos o han muerto; sus nietos no son más que niños, y tiene dos hijas. ¿Qué podía hacer un hombre solo contra tantos?

«Podía intentarlo —pensó Brienne—. Podía morir. Joven o viejo, un verdadero caballero debe cumplir su juramento de proteger a los que son más débiles que él, o morir en el intento.»

—Palabras ciertas, y muy sabias —le dijo el Hermano Mayor al septón Meribald—. Sin duda, Ser Quincy pedirá vuestro perdón cuando paséis a Salinas. Me alegra que estéis aquí para dárselo. Yo no podría. —Dejó a un lado la copa de madera y se levantó—. Pronto sonará la campana de la cena. ¿Queréis venir conmigo al septo para rezar por las almas de los bondadosos habitantes de Salinas antes de que nos sentemos a partir el pan y compartir un poco de pescado e hidromiel, amigos míos?

—De buena gana —dijo Meribald. El perro ladró.

La cena en el septrio fue la comida más extraña que había tomado Brienne, aunque en absoluto desagradable. Todo lo que les sirvieron era sencillo, pero muy bueno. Había hogazas de pan todavía caliente, cuencos de mantequilla recién batida, miel de las colmenas del septrio y un guiso espeso de cangrejos, mejillones y al menos tres clases de pescado. El septón Meribald y Ser Hyle bebieron el hidromiel que hacían los monjes y declararon que era excelente, mientras que Podrick y ella prefirieron seguir con la sidra dulce. Tampoco fue una comida triste. Antes de que llegaran las bandejas, Meribald recitó una plegaria, y mientras los monjes comían sentados alrededor de cuatro mesas largas, uno de ellos tocaba el arpa y llenaba la estancia con su agradable sonido. Cuando el Hermano Mayor dio permiso al músico para ir a comer, el hermano Narbert y otro personero leyeron por turnos pasajes de *La estrella de siete puntas*.

Cuando terminaron las lecturas, los novicios encargados de servir ya habían retirado los últimos restos. Casi todos eran niños de la edad de Podrick o aún menores, pero también había hombres, entre ellos el corpulento sepulturero que habían visto en la colina, que se movía con los andares torpes de un lisiado. La estancia se fue vaciando, y el Hermano Mayor le pidió a Narbert que acompañara a Podrick y a Ser Hyle a sus jergones de los claustros.

—Espero que no os importe compartir una celda. No es grande, pero estaréis cómodos.

—Quiero quedarme con el ser —dijo Podrick—. O sea, mi señora.

—Lo que hagáis Lady Brienne y tú en otro lugar queda entre vosotros y los Siete —dijo el hermano Narbert—, pero en la Isla Tranquila, los hombres y las mujeres no duermen bajo el mismo techo a menos que estén casados.

—Tenemos unas modestas casitas para las mujeres que nos visitan, ya sean damas nobles o muchachas aldeanas —dijo el Hermano Mayor—. No se utilizan a menudo, pero las mantenemos limpias y secas. ¿Me permitís mostraros el camino, Lady Brienne?

—Sí, gracias. Ve con Ser Hyle, Podrick. Estamos aquí como invitados de los santos hermanos. Bajo su techo, sus reglas.

Las casitas de las mujeres estaban en el lado este de la isla, y desde ellas se dominaban una vasta extensión de lodazales y las aguas lejanas de la bahía de los Cangrejos. Allí hacía más frío que en el lado resguardado, y todo era más agreste. La colina era más empinada; el sendero serpenteaba entre hierbajos, zarzas, rocas erosionadas por el viento y arbolillos flacos y retorcidos que se aferraban con tenacidad a la ladera pedregosa. El Hermano Mayor llevaba un farol para iluminarse en la bajada. Se detuvo cuando doblaron una curva.

—En una noche despejada, desde aquí se podían ver las hogueras de Salinas. Al otro lado de la bahía, justo allí —señaló.

—No hay nada —dijo Brienne.

—Solo queda el castillo. Se han marchado hasta los pescadores, los pocos afortunados que estaban en el agua cuando llegaron los saqueadores. Vieron arder sus hogares; oyeron los gritos y los gemidos por todo el puerto, demasiado asustados para volver a tierra. Cuando por fin desembarcaron fue para enterrar a amigos y parientes. ¿Qué les queda en Salinas aparte de huesos y recuerdos amargos? Se han ido a Poza de la Doncella o a otras ciudades. —Hizo un gesto con el farol y reanudaron el descenso—. Salinas no ha sido nunca un puerto importante, pero de cuando en cuando llegaban barcos. Eso era lo que buscaban los saqueadores, una galera o una coca que los llevara al otro lado del mar Angosto. Al no encontrar ninguna, descargaron su rabia contra los ciudadanos. Decidme, mi señora, ¿qué pensáis encontrar allí?

—A una niña —le dijo—. Una doncella joven, de trece años, de rostro hermoso y cabello castaño rojizo.

—Sansa Stark. —Pronunció el nombre en voz baja—. ¿Creéis que esa pobre niña está con el Perro?

—El dorniense me dijo que la niña se dirigía a Aguasdulces. Timeon. Era un mercenario, miembro de la Compañía Audaz, un asesino, un ladrón y un mentiroso, pero creo que en esto no mentía. Dijo que el Perro la había secuestrado y se la había llevado.

—Ya. —El camino describió otra curva, y las casitas aparecieron ante ellos. El Hermano Mayor había dicho que eran modestas. Tenía razón. Parecían colmenas de piedra, bajas, redondas, sin ventanas—. Esta —indicó señalando la más cercana, la única de la que salía humo por el agujero del centro del tejado. Brienne tuvo que agacharse al entrar para no golpearse con el dintel. Dentro, el suelo era de tierra; había un jergón de paja, pieles y mantas para abrigarse, una palangana con agua, una frasca de sidra, pan y queso, una pequeña hoguera y dos sillas bajas. El Hermano Mayor se sentó en una y dejó el farol en el suelo—. ¿Puedo quedarme un momento? Tenemos que hablar.

—Como queráis. —Brienne se desabrochó el cinto, lo colgó de la segunda silla y se sentó en el jergón con las piernas cruzadas.

—El dorniense no os mintió —empezó el Hermano Mayor—, pero me temo que no le entendisteis. Seguís al lobo que no es, mi señora. Eddard Stark tenía dos hijas. La que se llevó Sandor Clegane era la otra, la pequeña.

—¿Arya Stark? —Brienne se quedó mirándolo boquiabierta, atónita—. ¿Estáis seguro? ¿La hermana de Lady Sansa sigue viva?

—En aquel momento, sí —dijo el Hermano Mayor—. A estas alturas... Ya no lo sé. Puede que estuviera entre los niños que asesinaron en Salinas.

Aquellas palabras fueron para ella como un cuchillo en el vientre. «No —pensó Brienne—. No, sería demasiado cruel.»

—Puede que estuviera... Así que no estáis seguro.

—Estoy seguro de que la niña iba con Sandor Clegane cuando pasaron por la posada de la encrucijada, la que dirigía Masha Heddle antes de que los leones la ahorcaran. Estoy seguro de que iban camino de Salinas. Aparte de eso... No. No sé dónde está, ni si aún vive. Pero hay una cosa que sí sé: el hombre al que perseguís ha muerto.

Aquello fue otro golpe.

—¿Cómo murió?

—Por la espada, igual que había vivido.

—¿Lo sabéis a ciencia cierta?

—Yo mismo lo enterré. Si queréis, os puedo decir dónde está su tumba. Lo cubrí con piedras para que los carroñeros no lo devorasen, y puse su yelmo encima del montículo para señalar el lugar donde descansaba para siempre. Fue un grave error. Algún otro viajero lo encontró y se lo quedó. El hombre que violó y asesinó en Salinas no era Sandor Clegane, aunque tal vez fuera igual de peligroso. Las tierras de los ríos están llenas de carroñeros como él. No diré que son lobos; los lobos se comportan con más nobleza. Y también los perros.

»Sé algo de ese tal Sandor Clegane. Fue el escudo juramentado del príncipe Joffrey durante muchos años; hasta aquí nos llegaban las noticias de sus acciones. Si la mitad de lo que nos dijeron era verdad, se trataba de un ser amargado y atormentado, un pecador que se burlaba de los dioses y de los hombres. Servía, pero no encontraba orgullo en ello. Luchaba, pero no encontraba alegría en la victoria. Bebía para ahogar el dolor en un mar de vino. No quería a nadie y nadie lo quería. Solo lo impulsaba el odio. Cometió muchos pecados, pero nunca buscó perdón. Mientras otros hombres sueñan con el amor, la gloria o las riquezas, Sandor Clegane soñaba con matar a su propio hermano, un pecado tan espantoso que me estremezco con solo mencionarlo. Pero ese era el pan que lo nutría, la leña que alimentaba su fuego. Por vil que fuera, la esperanza de ver la sangre de su hermano en su espada era lo que daba vida a esa criatura triste y furiosa... Y hasta eso le fue arrebatado cuando el príncipe Oberyn de Dorne hirió a Ser Gregor con una lanza envenenada.

—Habláis como si lo compadecierais —dijo Brienne.

—Así es. Vos también os habríais compadecido de él si lo hubierais visto en sus últimos momentos. Lo encontré junto al Tridente; sus gritos de dolor me llevaron a él. Me suplicó el don de la misericordia, pero he jurado no volver a matar. Le lavé la frente febril con agua del río, le di a beber vino y le puse una cataplasma en la herida, pero todo fue inútil; llegaba demasiado tarde. El Perro murió allí, en mis brazos. Tal vez hayáis visto el corcel negro que tenemos en los establos. Era su caballo de guerra, Desconocido. Un nombre blasfemo. Preferimos llamarlo Pecio, ya que lo encontramos abandonado junto al río. Mucho me temo que compartía la naturaleza de su difunto amo.

«El caballo.» Había visto el corcel, lo había oído cocear, y aun así no se había dado cuenta. Los caballos de combate estaban entrenados para morder y cocear. En la guerra eran un arma, al igual que los hombres que los montaban. «Igual que el Perro.»

—Así que es cierto —dijo con voz neutra—. Sandor Clegane está muerto.

—Ya ha encontrado el descanso. —El Hermano Mayor hizo una pausa—. Sois joven, niña. Yo ya he vivido cuarenta y cuatro días del nombre, así que tengo más del doble de edad que vos. ¿Os sorprendería saber que fui caballero?

—No. Tenéis más aspecto de caballero que de hombre santo. —Lo llevaba escrito en el pecho, en los hombros, en aquella mandíbula cuadrada, fuerte—. ¿Por qué renunciasteis a la caballería?

—Porque no la elegí. Mi padre era caballero, como lo había sido el suyo. Y mis hermanos, todos ellos. Me entrenaron para la batalla desde el día en que me consideraron suficientemente mayor para sostener una espada de madera. Tomé parte en unas cuantas, y no me deshonré. También estuve con mujeres, y en eso sí que me deshonré, porque a algunas las tomé por la fuerza. Había una chica con la que quería casarme, la hija pequeña de un señor insignificante, pero yo era el tercer hijo de mi padre; no podía ofrecerle tierras ni riquezas, solo una espada, un caballo y un escudo. Era un hombre triste. Cuando no estaba peleando, estaba borracho. Mi vida se escribía en rojo, con sangre y con vino.

—¿Cuándo cambió? —preguntó Brienne.

—Cuando morí en la batalla del Tridente. Yo luchaba por el príncipe Rhaegar, aunque él jamás llegó a conocer mi nombre. No sabría deciros por qué, excepto que el señor al que servía yo servía a otro señor que servía a otro señor que había decidido apoyar al dragón y no al venado. Si hubiera decidido lo contrario, yo habría estado al otro lado del río. La batalla fue sangrienta. Los bardos nos quieren hacer creer que todo se reducía a Rhaegar y a Robert luchando en el río por la mujer que ambos decían amar, pero os aseguro que otros hombres luchaban también, y yo era uno de ellos. Encajé una flecha en el muslo y otra en el pie, y mataron a mi caballo, pero seguí luchando. Aún recuerdo lo desesperado que estaba por dar con otro caballo, porque no tenía monedas para comprarlo, y sin caballo ya no sería caballero. Si he de decir verdad, no pensaba en otra cosa. No vi llegar el golpe que me derribó. Oí unos cascos a mi espalda y pensé: "¡Un caballo!" Pero antes de que pudiera volverme, algo me golpeó en la cabeza y me derribó en el río, donde lo normal habría sido que me ahogara.

»Y me desperté aquí, en la Isla Tranquila. El Hermano Mayor me dijo que llegué a la orilla desnudo como en mi día del nombre. Lo único que puedo imaginar es que alguien me encontró en los bajíos, me quitó la armadura, las botas y los calzones, y me tiró al agua. El río se encargó de lo demás. En fin, todos nacemos desnudos, así que era adecuado que llegara desnudo a mi nueva vida. Pasé en silencio los diez años siguientes.

—Ya veo. —Brienne no sabía por qué le contaba todo aquello, ni qué otra cosa podía decir.

—¿De verdad? —Se inclinó hacia delante con las enormes manos en las rodillas—. Si es así, renunciad a vuestra búsqueda. El Perro está muerto, y aunque no fuera así, no era él quien tenía a vuestra Sansa Stark. En cuanto a ese animal que lleva su yelmo, lo encontrarán y lo ahorcarán. Las guerras tocan a su fin; esos bandidos no sobrevivirán en tiempos de paz. Randyll Tarly les da caza desde Poza de la Doncella y Walder Frey desde Los Gemelos, y hay un nuevo señor en Darry, un hombre joven y piadoso que impondrá la paz en sus tierras. Volved a vuestro hogar, niña. Tenéis un hogar, que es más de lo que muchos pueden decir en estos tiempos que corren. Tenéis un padre noble que sin duda os ama. Pensad en cuánto sufriría si no regresarais jamás. Tal vez, cuando caigáis, le lleven vuestro escudo y vuestra espada. Tal vez los cuelgue en sus salones y los contemple con orgullo... Pero si se lo preguntarais a él, seguro que os diría que prefiere una hija viva a un escudo roto.

—Una hija. —Brienne tenía los ojos llenos de lágrimas—. Se lo merecería, sí. Una hija que le cantara, que embelleciera su castillo y le diera nietos. También merece un hijo, un joven fuerte y galante que honre su nombre. Pero Galladon se ahogó cuando yo tenía cuatro años y él ocho, y Alysanne y Arianne murieron en la cuna. Soy el único vástago que le han dejado los dioses. El más monstruoso, el que no sirve ni como hijo ni como hija.

De repente tuvo que soltarlo todo, como la sangre negra de una herida: las traiciones y los compromisos; Ronnet el Rojo y su rosa; Lord Renly bailando con ella; la apuesta por su virginidad; las amargas lágrimas que derramó cuando su rey se casó con Margaery Tyrell; el combate cuerpo a cuerpo en el torneo de Puenteamargo; la capa arco iris que tanto la había enorgullecido; la sombra en la carpa del rey; Renly agonizando en sus brazos, y Aguasdulces, Catelyn, el viaje por el Tridente, el duelo con Jaime en los bosques, los Titiriteros Sangrientos, Jaime gritando «zafiros», Jaime en la bañera de Harrenhal, el vapor que subía de su cuerpo, el sabor de la sangre de Vargo Hoat cuando le arrancó la oreja de un mordisco, el foso del oso, Jaime saltando a la arena, el largo viaje hasta Desembarco del Rey, Sansa Stark, el juramento que le había hecho a Jaime, el juramento que le había hecho a Lady Catelyn, *Guardajuramentos*... El Valle Oscuro y Poza de la Doncella. Dick el Ágil, Zarpa Rota y Los Susurros; los hombres que había matado...

—Tengo que encontrarla —terminó—. Hay otros que la están buscando; todos quieren capturarla y vendérsela a la Reina. Tengo que encontrarla antes que ellos. Se lo prometí a Jaime. *Guardajuramentos,* así llamó a la espada. Tengo que salvarla... o morir en el intento.

Cersei

—¡Un millar de barcos! —La cabellera castaña de la pequeña reina estaba enmarañada, y la luz de las antorchas hacía que sus mejillas parecieran acaloradas, como si acabara de estar en brazos de un hombre—. ¡Alteza, tenéis que dar una respuesta enérgica! —La última palabra retumbó en las vigas y resonó en el gigantesco salón del trono

Cersei, sentada en un sillón dorado y carmesí al pie del Trono de Hierro, sintió que se le tensaba el cuello.

«"Tenéis que" —pensó—. Se atreve a decirme qué tengo que hacer. —Se moría de ganas de abofetear a la pequeña Tyrell—. Debería estar de rodillas, suplicándome ayuda. Y osa decirle a su legítima reina qué tiene que hacer.»

—¿Un millar de barcos? —Ser Harys Swyft respiraba con dificultad—. No es posible. Ningún señor tiene una flota de mil barcos.

—Algún imbécil muerto de miedo ha contado doble —asintió Orton Merryweather—. O tal vez nos mientan los banderizos de Lord Tyrell; hinchan el número de sus enemigos para que no los consideremos negligentes.

Las antorchas de la pared trasera proyectaban la sombra larga y angulosa del Trono de Hierro hasta la mitad de la estancia. El otro extremo de la sala estaba envuelto en la oscuridad, y Cersei tenía la sensación de que las sombras se cerraban también en torno a ella.

«Mis enemigos están por todas partes y mis amigos son unos inútiles.» Solo tenía que mirar a sus consejeros para darse cuenta; los únicos que parecían despiertos eran Lord Qyburn y Aurane Mares. Los mensajeros de Margaery habían sacado de la cama a los demás a base de golpearles la puerta, y estaban allí, mal vestidos y desorientados. En el exterior, la noche era oscura y sin estrellas. El castillo y la ciudad dormían. Boros Blount y Meryn Trant también parecían dormir, aunque se mantuvieran erguidos. Hasta Osmund Kettleblack bostezaba.

«Loras, en cambio, no. Todo lo contrario, nuestro Caballero de las Flores.» Estaba tras su hermana pequeña, una sombra pálida con una espada larga a la cintura.

—La mitad seguirían siendo quinientos barcos, mi señor —señaló Mares a Orton Merryweather—. Solo el Rejo puede enfrentarse en el mar a una flota de tal magnitud.

—¿Qué hay de vuestros nuevos dromones? —preguntó Ser Harys—. Los barcoluengos de los hombres del hierro no podrán enfrentarse a ellos, ¿verdad? La *Martillo del Rey Robert* es la nave de guerra más poderosa de todo Poniente.

—Por ahora —respondió Mares—. Cuando esté terminada, la *Bella Cersei* será su igual, y la *Lord Tywin,* el doble de grande. Pero por ahora solo la mitad está equipada, y ninguna cuenta con toda su tripulación. Y aunque estuvieran listas, nos superan con mucho en número. Comparados con nuestras galeras, los barcoluengos normales son pequeños, cierto, pero los hijos del hierro también tienen barcos más grandes. El *Gran Kraken* de Lord Balon y los navíos de guerra de la Flota de Hierro se construyeron para batallas, no para saqueos. Son comparables a nuestras galeras de guerra en potencia y velocidad, y casi todas están mejor tripuladas y capitaneadas. Los hombres del hierro se pasan la vida en el mar.

«Robert tendría que haber arrasado las islas después de que Balon Greyjoy se alzara contra él —pensó Cersei—. Destruyó su flota, quemó sus ciudades y derribó sus castillos, pero cuando los tenía de rodillas, permitió que se volvieran a levantar. Tendría que haber creado otra isla con sus calaveras.» Eso habría hecho su padre, pero Robert nunca tuvo los redaños que debía tener un rey si quería mantener el reino en paz.

—Los hombres del hierro no se atrevían a atacar el Dominio desde que Dagon Greyjoy se sentó en el Trono de Piedramar —dijo—. ¿Por qué se atreven ahora? ¿Qué los ha envalentonado?

—Su nuevo rey. —Qyburn tenía las manos escondidas en las mangas—. El hermano de Lord Balon. Lo llaman Ojo de Cuervo.

—Los cuervos carroñeros celebran banquetes con los cadáveres de los muertos y los moribundos —intervino el Gran Maestre Pycelle—, no atacan a animales sanos y robustos. Lord Euron se ceba con oro y saqueos, sí, pero en cuanto avancemos contra él se retirará a Pyke, como hacía Lord Dagon en sus tiempos.

—Os equivocáis —replicó Margaery Tyrell—. Los saqueadores no atacan nunca en ese número. ¡Un millar de barcos! Han matado a Lord Hewett y a Lord Chester, y también al hijo y heredero de Lord Serry. Serry se ha refugiado en Altojardín con los pocos barcos que le quedan, y Lord Grimm está prisionero en su propio castillo. Willas dice que el rey del hierro ha nombrado a cuatro señores que ocuparán sus lugares.

«Willas —pensó Cersei—, el tullido. Él tiene la culpa de esto. Ese zoquete de Mace Tyrell dejó la defensa del Dominio en manos de un infeliz demasiado débil.»

—El viaje de las Islas del Hierro a los Escudos es largo —señaló—. ¿Cómo es posible que un millar de barcos recorriera esa distancia sin llamar la atención?

—Willas cree que no siguieron la costa —dijo Margaery—. Hicieron la travesía por alta mar, se adentraron por el mar del Ocaso y luego se lanzaron sobre ellos desde el oeste.

«Es más probable que el tullido no pusiera hombres en las torres de vigilancia y ahora tenga miedo de que nos enteremos. La pequeña reina se está inventando excusas para su hermano. —Cersei tenía los labios apretados—. Necesito una copa de dorado del Rejo.» Si los hombres del hierro decidían atacar el Rejo a continuación, el reino entero empezaría a pasar sed.

—Puede que Stannis tenga algo que ver en esto. Balon Greyjoy le ofreció una alianza a mi señor padre. Tal vez su hijo se la haya ofrecido a Stannis.

Pycelle frunció el ceño.

—¿Qué ganaría Lord Stannis con...?

—Otro punto de apoyo. Y su parte de los saqueos, claro. Necesita oro para pagar a sus mercenarios. Al atacar en el Oeste pretende apartar nuestra atención de Rocadragón y Bastión de Tormentas.

—Una distracción —Lord Merryweather asintió—. Stannis es más astuto de lo que sospechábamos. Su Alteza ha sabido ver sus intenciones; es muy sagaz.

—Lord Stannis intenta ganarse a los norteños para su causa —dijo Pycelle—. Si pacta con los hijos del hierro, no podrá...

—Los norteños no lo aceptarán —replicó Cersei, que no comprendía cómo un hombre tan instruido podía ser a la vez tan imbécil—. Lord Manderly le cortó las manos y la cabeza al Caballero de la Cebolla; nos lo han confirmado los Frey. Otra media docena de señores del Norte se ha aliado con Lord Bolton. «El enemigo de mi enemigo es mi amigo.» ¿Hacia quién se puede volver Stannis? Solo le quedan los hombres del hierro y los salvajes, los enemigos del Norte. Pero si cree que voy a caer en su trampa, es que es aún más idiota que vos. —Se volvió otra vez hacia la pequeña reina—. Las islas Escudo pertenecen al Dominio. Grimm, Serry y los demás son leales a Altojardín, y a Altojardín le corresponde la respuesta.

—Altojardín responderá —dijo Margaery Tyrell—. Willas le ha enviado un mensaje a Leyton Hightower, a Antigua, para que prepare sus defensas. Garlan está reuniendo hombres para volver a tomar las islas. Pero la mayor parte de nuestras fuerzas sigue con mi señor padre. Tenemos que enviarle aviso a Bastión de Tormentas. De inmediato.

—¿Para que levante el asedio? —A Cersei no le gustaba la arrogancia de Margaery. «"De inmediato", me dice. ¿Me ha confundido con su doncella?»—. Desde luego, eso sería muy del agrado de Lord Stannis. ¿Es que no estáis escuchando, mi señora? Si puede desviar nuestra atención de Rocadragón y Bastión de Tormentas a esas piedras...

—¿Piedras? —se atragantó Margaery—. ¿Vuestra Alteza ha dicho «piedras»?

El Caballero de las Flores puso una mano en el hombro de su hermana.

—Perdonad, Alteza, pero desde esas piedras, los hombres del hierro son una amenaza para Antigua y para el Rejo. Desde las fortalezas de los Escudos, pueden navegar Mander arriba hasta el mismísimo corazón del Dominio, como hicieron en el pasado. Con hombres suficientes, serían una amenaza incluso para Altojardín.

—¿De verdad? —respondió la Reina, toda inocencia—. Vaya, pues más vale que vuestros valerosos hermanos los echen de esas piedras, y pronto.

—¿Y cómo sugiere la Reina que lo hagan sin barcos suficientes? —preguntó Ser Loras—. Willas y Garlan pueden reunir diez mil hombres en quince días y el doble en una luna, pero no saben caminar sobre las aguas, Alteza.

—Altojardín está en el Mander —le recordó Cersei—. Vosotros y vuestros vasallos domináis mil leguas de costa. ¿No hay aldeas de pescadores en vuestras orillas? ¿No tenéis barcazas de placer, ni transbordadores, ni galeras fluviales, ni esquifes?

—Muchos —reconoció Ser Loras.

—Pues bastarán y sobrarán para transportar un ejército al otro lado de una pequeña franja de agua.

—Y cuando los barcoluengos de los hijos del hierro ataquen nuestra escuálida flota mientras cruza esa «pequeña franja de agua», ¿qué sugiere Vuestra Alteza que hagamos?

«Ahogaros», pensó Cersei.

—Altojardín también cuenta con oro. Tenéis mi permiso para contratar barcos mercenarios al otro lado del mar Angosto.

—¿Queréis decir piratas de Myr y Lys? —replicó Loras con desprecio—. ¿La basura de las Ciudades Libres?

«Es tan insolente como su hermana.»

—Es triste reconocerlo, pero de cuando en cuando, todos tenemos que tratar con basura —dijo con dulzura venenosa—. ¿Se os ocurre alguna idea mejor?

—Solo el Rejo tiene suficientes galeras para reconquistar la desembocadura del Mander y proteger a mis hermanos de los barcoluengos del hierro. Os lo suplico, Alteza, enviad un mensaje a Rocadragón y ordenad a Lord Redwyne que ice las velas de inmediato.

«Al menos tiene la sensatez de suplicar.» Paxter Redwyne poseía doscientos barcos de guerra, un millar de carracas mercantes, cocas para el transporte de vino, galeras comerciales y balleneros. Pero Redwyne estaba acampado junto a las murallas de Rocadragón, con la mayor parte de su flota dedicada a cruzar a los hombres por la bahía Aguasnegras para el ataque contra la fortaleza de la isla. Los demás patrullaban el sur de la bahía de los Naufragios, donde su presencia era lo único que impedía que Bastión de Tormentas se reabasteciera por mar.

La sugerencia de Ser Loras enfureció a Aurane Mares.

—Si Lord Redwyne se retira con sus barcos, ¿cómo vamos a abastecer a nuestros hombres en Rocadragón? Sin las galeras del Rejo, ¿cómo mantendremos el asedio en Bastión de Tormentas?

—El asedio se puede reanudar más adelante, después de...

—Bastión de Tormentas vale cien veces más que las Escudo —interrumpió Cersei—, y Rocadragón... Mientras siga en manos de Stannis Baratheon, mi hijo estará con la soga al cuello. Lord Redwyne y su flota podrán marcharse cuando caiga el castillo. —La Reina se puso en pie—. La audiencia ha terminado. Gran Maestre Pycelle, quiero hablar con vos.

El anciano se sobresaltó como si su voz lo hubiera arrancado de algún sueño de juventud, pero antes de que pudiera decir nada, Loras Tyrell se adelantó con paso tan rápido que la Reina retrocedió alarmada. Estaba a punto de gritar a Ser Osmund que la defendiera cuando el Caballero de las Flores se dejó caer sobre una rodilla.

—Alteza, permitidme que tome Rocadragón.

Su hermana se llevó una mano a la boca.

—No, Loras, no.

Ser Loras hizo caso omiso de su súplica.

—Hará falta medio año o más para rendir por hambre Rocadragón, como pretende hacer Lord Paxter. Ponedme al mando, Alteza. El castillo será vuestro en dos semanas aunque tenga que hacerlo pedazos con mis propias manos.

Nadie había hecho un regalo tan hermoso a Cersei desde que Sansa Stark acudió a ella para contarle los planes de Lord Eddard. Se alegró de ver que Margaery se había puesto pálida.

—Vuestro valor me deja sin palabras, Ser Loras —dijo—. Lord Mares, ¿alguno de los dromones nuevos está preparado para hacerse a la mar?

—El *Bella Cersei,* Alteza. Un barco rápido, y tan fuerte como la reina cuyo nombre lleva.

—Espléndido. Que el *Bella Cersei* lleve de inmediato a nuestro Caballero de las Flores a Rocadragón. Ser Loras, estáis al mando. Juradme que no regresaréis hasta que Rocadragón sea de Tommen.

—Así lo haré, Alteza. —Se levantó.

Cersei lo besó en las dos mejillas. También besó a su hermana.

—Vuestro hermano es muy galante —le susurró. Margaery no tuvo la elegancia de responder, o tal vez el miedo la hubiera dejado sin palabras.

Aún faltaban varias horas para el amanecer cuando Cersei salió por la Puerta del Rey, situada tras el Trono de Hierro. Ser Osmund la precedía con una antorcha, y Qyburn caminaba tras ella. Pycelle tuvo que apretar el paso para no perderlos de vista.

—Si a Vuestra Alteza no le importa que se lo diga —jadeó—, los jóvenes son osados en exceso: solo ven la gloria de la batalla, y nunca los peligros. Ser Loras... Su plan está lleno de peligros... Atacar los muros de Rocadragón...

—Es muy valiente.

—Valiente, sí, pero...

—No me cabe duda de que nuestro Caballero de las Flores será el primero en llegar a las almenas.

«Y puede que el primero en caer. —El canalla picado de viruelas que había dejado Stannis al frente de su castillo no era un simple inexperto campeón de torneos, sino un asesino curtido. Si los dioses eran bondadosos, le proporcionaría a Ser Loras el final glorioso que por lo visto estaba buscando—. Siempre que no se ahogue por el camino. —La noche anterior se había desencadenado otra tormenta; había sido espantosa. La lluvia había caído incesantemente durante horas—. Sería una lástima, ¿verdad? —meditó la Reina—. Ahogarse es una vulgaridad. Ser Loras desea la gloria igual que los hombres de verdad desean a las mujeres; lo mínimo que pueden hacer los dioses es concederle una muerte digna de una canción.»

Pero daba igual qué sucediera en Rocadragón; en cualquier caso, ella saldría ganando. Si Loras tomaba el castillo, Stannis sufriría un golpe espantoso, y la flota de los Redwyne podría ir al encuentro de los hombres del hierro. Si fracasaba, ella se ocuparía de que cargara con la mayor parte de la culpa. No había nada que deslustrara tanto a un héroe como el fracaso. «Y si vuelve a casa encima de su escudo, cubierto de sangre y gloria, aquí estará Ser Osney para consolar a su afligida hermana.»

No pudo contener la risa durante más tiempo. Se le escapó de entre los labios y despertó ecos en las paredes.

—¿Alteza? —El Gran Maestre Pycelle parpadeó, boquiabierto—. ¿Por qué...? ¿Por qué os reís?

—Es que de lo contrario me echaría a llorar —tuvo que responderle—. Mi corazón está henchido de amor hacia nuestro Ser Loras y su valentía.

Dejó al Gran Maestre al pie de la escalera de caracol.

«Si alguna vez me fue de utilidad, esos tiempos han pasado», decidió la Reina. Últimamente, lo único que hacía Pycelle era molestarla con sus advertencias y objeciones. Había protestado incluso por el acuerdo al que había llegado con el Septón Supremo; la miró con los ojos nublados y acuosos cuando le ordenó que preparase los papeles necesarios, y le estuvo soltando tonterías sobre detalles históricos hasta que Cersei lo interrumpió.

—Los tiempos del rey Maegor han pasado, y también sus decretos —le dijo con firmeza—. Son los tiempos del rey Tommen, mis tiempos.

«Habría hecho mejor en dejarlo morir en las celdas negras.»

—Si Ser Loras cayera, Su Alteza necesitaría buscar otro buen caballero para la Guardia Real —dijo Qyburn mientras cruzaban por encima del foso de estacas que rodeaba el Torreón de Maegor.

—Un caballero espléndido —asintió—. Tan joven, rápido y fuerte, que consiga que Tommen se olvide por completo de Ser Loras. Algo de galantería no estaría de más, pero que no tenga la cabeza a pájaros. ¿Conocéis a alguien así?

—Por desgracia, no —respondió Qyburn—. Estaba pensando en otra clase de campeón. Lo que le falta en galantería os lo compensaría cien veces con devoción. Protegerá a vuestro hijo; matará a vuestros enemigos; guardará vuestros secretos, y ningún hombre podrá enfrentarse a él.

—Eso decís vos. Las palabras se las lleva el viento. Cuando llegue la hora, podéis mostrarme a ese dechado de virtudes, y veremos si es tal como me habéis prometido.

—Habrá canciones que hablarán de él, lo juro. —A Lord Qyburn se le formaban arrugas en torno a los ojos cuando sonreía—. ¿Os importa si os pregunto por la armadura?

—Ya he transmitido vuestra petición. El armero cree que me he vuelto loca. Me jura que no hay hombre tan fuerte que pueda moverse y luchar con semejante peso encima. —Le dirigió una mirada de advertencia al maestre sin cadena—. Si os atrevéis a engañarme, moriréis aullando. Confío en que seáis consciente de ello.

—Siempre, Alteza.

—Bien. No digamos más.

—La Reina es sabia. Estas paredes tienen oídos.

—Así es.

Por la noche, la reina Cersei oía sonidos tenues incluso en sus habitaciones. «Hay ratones en las paredes —se decía—. Nada más.»

Junto a su cama ardía una vela, pero la chimenea se había apagado y no se veía ninguna otra luz. Hacía frío en la habitación. Cersei se desnudó y se metió entre las sábanas; su túnica quedó arrugada en el suelo. Al otro lado de la cama, Taena se movió.

—Alteza —murmuró—. ¿Qué hora es?

—La hora de la lechuza —respondió la Reina.

Cersei había dormido sola muchas veces, pero nunca le había gustado. Sus recuerdos más antiguos eran de compartir la cama con Jaime cuando aún eran tan pequeños que nadie los podía distinguir. Más adelante, cuando los separaron, tuvo una sucesión de doncellas y compañeras, muchas de ellas niñas de su edad, hijas de los banderizos o de los caballeros de la Casa de su padre. Ninguna de ellas la había satisfecho, y pocas le habían durado mucho tiempo.

«Serpientes, todas, de la primera a la última. Crías aburridas y lloronas, siempre contando tonterías e intentando interponerse entre Jaime y yo.» Pero en las negras entrañas de la Roca hubo noches en que agradeció su calor. Una cama vacía era una cama gélida.

Y allí más que en ninguna otra parte. Aquella habitación estaba helada, y su maldito esposo real había muerto bajo aquel mismo dosel.

«Robert Baratheon, el primero de su nombre, y más vale que no haya un segundo. Un salvaje estúpido y borracho. Ojalá esté derramando lágrimas en el infierno.» Taena le calentaba la cama igual que Robert, y no intentó nunca hacerla abrirse de piernas. Últimamente compartía el lecho de la Reina más a menudo que el de Lord Merryweather. A Orton no parecía importarle, y si le importaba, tenía el sentido común de no decirlo.

—Cuando me desperté y vi que no estabais, me preocupé —murmuró Lady Merryweather al tiempo que se incorporaba contra las almohadas, con las colchas enroscadas en torno a la cintura—. ¿Ha pasado algo malo?

—No —respondió Cersei—, todo va bien. Mañana, Ser Loras zarpará hacia Rocadragón para conquistar el castillo, liberar la flota de Redwyne y demostrarnos a todos lo viril que es. —Le relató a la myriense lo sucedido bajo la sombra cambiante del Trono de Hierro—. Sin su aguerrido hermano, nuestra pequeña reina está poco menos que desvalida. Cuenta con sus guardias, sí, pero tengo a su capitán corriendo de un lado a otro por el castillo. Es un viejo charlatán con una ardilla en el jubón. Las ardillas temen a los leones; no tendrá valor para desafiar al Trono de Hierro.

—Margaery cuenta con otras espadas —le advirtió Lady Merryweather—. Ha hecho muchos amigos en la corte; tanto ella como sus jóvenes primas tienen admiradores.

—Unos cuantos pretendientes no me estorban —dijo Cersei—. En cambio, el ejército en Bastión de Tormentas...

—¿Qué pensáis hacer, Alteza?

—¿Por qué? —La pregunta era un poco demasiado directa para el gusto de Cersei—. Espero que no estéis pensando en compartir mis divagaciones con nuestra pequeña reina.

—Eso nunca. No soy como esa chica, Senelle.

A Cersei no le gustaba pensar en Senelle. «Me pagó mi bondad con traición.» Sansa Stark había hecho lo mismo. Igual que Melara Hetherspoon y la regordeta de Jeyne Farman, cuando las tres eran niñas. «De no ser por ellas no habría entrado en aquella carpa y no habría dejado que Maggy la Rana saborease mi futuro en una gota de sangre.»

—Me entristecería mucho que traicionarais mi confianza, Taena. No tendría más remedio que entregaros a Lord Qyburn, pero lo haría con lágrimas en los ojos.

—Jamás seré la causa de vuestras lágrimas, Alteza. Si alguna vez lo soy, solo tenéis que decirlo y yo misma me entregaré a Qyburn. Solo quiero estar cerca de vos, para serviros como me pidáis.

—¿Y qué recompensa esperáis a cambio de vuestros servicios?

—Ninguna. Me complace complaceros.

Taena se recostó de lado; su piel olivácea brillaba a la luz de las velas. Tenía los pechos más grandes que la Reina, con grandes pezones negros como tizones.

«Es más joven que yo. Aún no se le han empezado a caer las tetas.» Cersei se preguntó qué se sentiría al besar a otra mujer. No un beso en la mejilla, cortesía común entre las damas de noble cuna, sino en los labios. Taena tenía los labios carnosos. Se preguntó también cómo sería chupar aquellos pechos, tumbar de espaldas a la mujer myriense, abrirle las piernas y usarla como la usaría un hombre, como la había usado Robert a ella cuando estaba borracho y no conseguía hacer que se corriera con la mano ni con la boca.

Aquellas noches habían sido los peores, tumbada impotente debajo de él mientras la utilizaba hasta cansarse, entre el hedor del vino y sus gruñidos de jabalí. Por lo general se echaba a un lado en cuanto acababa y se quedaba dormido; empezaba a roncar antes de que su semilla se le secara en los muslos. Ella siempre terminaba magullada, con la entrepierna en carne viva y los pechos doloridos por los apretones. La única vez que había conseguido humedecerla había sido en su noche de bodas.

Cuando se casaron, Robert era bastante atractivo: alto, fuerte y poderoso, pero tenía el vello negro y grueso, espeso en el pecho y áspero en torno al sexo.

«Del Tridente volvió el que no debía», pensaba a veces la Reina mientras lo tenía encima. Durante los primeros años, cuando la montaba más a menudo, ella cerraba los ojos y se imaginaba que era Rhaegar. No podía fantasear con Jaime; era demasiado diferente, demasiado desacostumbrado. Hasta el olor lo delataba.

Para Robert, aquellas noches no habían existido. Cuando llegaba la mañana no recordaba nada, o al menos eso le decía. En cierta ocasión, durante su primer año de matrimonio, Cersei lo había informado de su disgusto a la mañana siguiente.

—Me hiciste daño —se quejó. Él tuvo la elegancia de parecer avergonzado.

—No era yo, mi señora —dijo con tono mohíno, como un niño al que hubieran atrapado robando manzanas de la cocina—. Fue el vino. Bebí demasiado.

Cogió otro cuerno de cerveza para subrayar la confesión. Cuando se lo llevó a la boca, ella se lo estampó contra la cara con tanta fuerza que le melló un diente. Años más tarde, en un banquete, oyó como relataba a una sirvienta cómo se lo había roto en un combate cuerpo a cuerpo de un torneo.

«Bueno, nuestro matrimonio fue un largo combate —reflexionó—, así que en cierto modo no faltó a la verdad.»

Lo demás fueron todo mentiras. Sí que recordaba lo que le hacía por las noches, estaba segura. Se lo veía en los ojos. Solo fingía que se le había olvidado; era más fácil que hacer frente a la vergüenza. En lo más profundo de su ser, Robert Baratheon era un cobarde. Con el tiempo, los ataques fueron cada vez menos frecuentes. Durante los primeros meses de su matrimonio la poseía al menos una vez cada quince días; hacia el final, ni una vez al año. Pero nunca lo había dejado por completo. Más tarde o más temprano llegaba una noche en que bebía demasiado y se empeñaba en reclamar sus derechos. Lo que a la luz del día lo avergonzaba, por las noches le producía placer.

—¿Mi reina? —dijo Taena Merryweather—. Tenéis una mirada muy extraña. ¿Os sentís mal?

—No, estaba... recordando. —Tenía la boca seca—. Sois una buena amiga, Taena. No tenía una amiga de verdad desde...

Alguien llamó a la puerta.

«¿Otra vez? —El ritmo apremiante del sonido la hizo estremecer—. ¿Qué pasa? ¿Se nos vienen encima otros mil barcos?» Se puso una túnica y fue a ver quién era.

—Siento mucho molestaros, Alteza —dijo el guardia—, pero Lady Stokeworth está abajo y os suplica audiencia.

—¿A estas horas? —estalló Cersei—. ¿Es que Falyse se ha vuelto loca? Decidle que me he retirado. Decidle que están masacrando a la gente de las Escudo, que llevo toda la noche despierta. La recibiré por la mañana.

—Disculpad, Alteza, pero... —dijo el guardia, titubeante— no se encuentra en buen estado, no sé si me comprendéis.

Cersei frunció el ceño. Había dado por supuesto que Falyse acudía a comunicarle que Bronn había muerto.

—Muy bien. Tengo que vestirme. Llevadla a mis estancias y que me espere. —Lady Merryweather hizo ademán de levantarse para acompañarla, pero la Reina la detuvo—. No, quedaos. Al menos una de nosotras podrá descansar. No tardaré mucho.

Lady Falyse tenía la cara hinchada y magullada, y los ojos enrojecidos por las lágrimas. El labio inferior parecía roto, y llevaba la ropa sucia y desgarrada.

—Válganme los dioses —dijo Cersei mientras la invitaba a pasar y cerraba la puerta—. ¿Qué os ha pasado en la cara?

Falyse no pareció oír la pregunta.

—Lo ha matado —dijo con voz temblorosa—. La Madre tenga piedad, lo... Lo... —Se derrumbó entre sollozos; le temblaba todo el cuerpo.

Cersei sirvió una copa de vino y se la tendió a la mujer llorosa.

—Bebed esto. El vino os calmará. Así, muy bien. Un poco más. Dejad de llorar y decirme a qué habéis venido.

La Reina necesito la frasca entera para poder sonsacarle el relato completo a Lady Falyse. Cuando lo logró no supo si reír o encolerizarse.

—¿Un combate singular? —repitió. «¿Es que no hay nadie en los Siete Reinos de quien pueda fiarme? ¿Soy la única de todo Poniente que tiene una pizca de cerebro?»—. ¿Me estáis diciendo que Ser Balman desafió a Bronn en combate singular?

—Dijo que sería s-s-sencillo. Que la lanza era arma de c-c-caballeros, y que B-Bronn no era un caballero de verdad. Balman me dijo que lo descabalgaría y lo remataría mientras aún estuviera c-c-conmocionado.

Bronn no era un caballero, eso era cierto. Bronn era un asesino curtido en la batalla.

«El cretino de tu esposo firmó su propia sentencia.»

—Excelente plan. No me atrevo a preguntar en qué momento se torció.

—B-Bronn le clavó la lanza en el pecho al pobre c-caballo de Balman. Balman... El animal le aplastó las piernas al caer... Suplicó clemencia...

«Los mercenarios no tienen piedad», podría haberle dicho Cersei.

—Os pedí que organizarais un accidente de caza. Una flecha perdida, una caída del caballo, un jabalí furioso... Hay muchas maneras de que un hombre muera en el bosque, y en ninguna se utilizan lanzas.

Falyse no pareció oírla.

—Intenté ir con mi Balman, y él... Él... me pegó en la cara. Hizo c-c-confesar a mi señor. Balman llamaba a gritos al maestre Frenken para que lo ayudara, pero el mercenario no... No... No...

—¿Lo hizo confesar? —A Cersei no le gustaba el cariz que estaba tomando el asunto—. Confío en que nuestro valeroso Ser Balman guardara silencio.

—Bronn le clavó un puñal en el ojo y me dijo que me marchara de Stokeworth antes del anochecer o me haría lo mismo. Dijo que me entregaría a la g-g-guarnición, en caso de que los soldados me quisieran para algo. Cuando ordené que detuvieran a Bronn, uno de sus caballeros tuvo la insolencia de ordenarme que obedeciera a Lord Stokeworth. ¡Lo llamó «Lord Stokeworth»! —Lady Falyse se aferró a la mano de la Reina—. Tenéis que proporcionarme caballeros, Alteza. ¡Un centenar de caballeros! ¡Y también ballesteros; he de recuperar mi castillo! ¡Stokeworth es mío! ¡Ni siquiera me permitieron recoger mi ropa! Bronn dijo que ahora era de su esposa... Mis s-sedas, mis terciopelos...

«Los trapos son el menor de tus problemas.» La Reina liberó sus dedos de la mano húmeda de la mujer.

—Os pedí que apagarais una vela para ayudarme a proteger al Rey, y lo que habéis hecho es verterle un caldero de fuego valyrio. ¿El descerebrado de vuestro Balman llegó a mencionar mi nombre? Decidme que no.

Falyse se humedeció los labios.

—Es que... sufría mucho; tenía las piernas rotas. Bronn dijo que tendría clemencia, pero... ¿Qué será de mi pobre m-m-madre?

—¿Vos qué creéis? —«Supongo que morirá», pensó.

Seguramente, Lady Tanda estaría muerta a aquellas alturas. Bronn no era hombre que invirtiera muchos esfuerzos en cuidar de una anciana con la cadera rota.

—Tenéis que ayudarme. ¿Adónde puedo ir? ¿Qué puedo hacer?

«Tal vez te case con el Chico Luna —estuvo a punto de decir Cersei—. Es casi tan imbécil como tu difunto esposo.» En aquellos momentos no podía correr el riesgo de que se desatara una guerra a las puertas de Desembarco del Rey.

—Las hermanas silenciosas siempre acogen a las viudas —le dijo—. Llevan una vida serena, una vida de plegarias, meditación y buenas obras. Dan consuelo a los vivos y paz a los muertos.

«Y no hablan.» No podía permitir que aquella mujer fuera por los Siete Reinos revelando secretos peligrosos.

Pero Falyse hizo oídos sordos al sentido común.

—Todo lo que hicimos lo hicimos por serviros, Alteza. Orgullosos de Ser Leales. Dijisteis...

—Lo recuerdo. —Cersei se obligó a sonreír—. Os quedaréis aquí con nosotros hasta que encontremos la manera de recuperar vuestro castillo, mi señora. Permitidme que os sirva otra copa de vino; os ayudará a dormir. Estáis agotada y destrozada, es evidente. Pobre Falyse, mi querida amiga... Eso es, bebed.

Mientras su invitada apuraba la frasca, Cersei salió a la puerta y llamó a sus doncellas. le ordenó a Dorcas que fuera a buscar a Lord Qyburn y lo llevara allí de inmediato. A Jocelyn Swyft la envió a las cocinas.

—Trae pan y queso, una empanada de carne y unas cuantas manzanas. Y vino. Tenemos sed.

Qyburn llegó antes que la comida. Lady Falyse ya se había bebido tres copas más y empezaba a dar cabezadas, aunque de cuando en cuando se espabilaba y dejaba escapar otro sollozo. La Reina se llevó a Qyburn aparte y le habló de la estupidez de Ser Balman.

—No puedo consentir que Falyse vaya contando tonterías por la ciudad. El dolor le ha reblandecido los sesos. ¿Seguís necesitando mujeres para vuestro... trabajo?

—Pues sí, Alteza. Las marionetistas están bastante gastadas.

—Lleváosla y haced con ella lo que queráis. Eso sí, en cuanto entre en las celdas negras... ¿He de seguir?

—No, Alteza. Lo entiendo.

—Bien. —La Reina volvió a lucir su sonrisa—. Mi querida Falyse, ha venido el maestre Qyburn. Os ayudará a descansar.

—Ah —dijo Falyse vagamente—. Ah, vale.

Cuando la puerta se cerró tras ellos, Cersei se sirvió otra copa de vino.

—Estoy rodeada de enemigos y de imbéciles —dijo.

No podía confiar ni en los de su propia sangre, ni siquiera en Jaime, que en otros tiempos había sido su otra mitad. «Tenía que ser mi espada y mi escudo, mi brazo derecho. ¿Por qué se empeña en insultarme?»

Bronn no era más que una molestia, claro. En ningún momento había pensado de verdad que estuviera ocultando al Gnomo. Su retorcido hermanito era demasiado listo para permitir que Lollys le pusiera su nombre al pequeño bastardo; sabía que eso haría recaer sobre ella la ira de la Reina. Era lo que había dicho Lady Merryweather, y estaba en lo cierto. La burla era cosa del mercenario, estaba casi segura. Se lo imaginaba con una copa de vino en una mano y una sonrisa insolente en la cara mirando como su hijastro, arrugado y enrojecido, mamaba de las tetas hinchadas de Lollys.

«Sonreíd cuanto queráis, Ser Bronn; pronto gritaréis. Disfrutad de vuestra dama retrasada y de vuestro castillo robado mientras podáis. Cuando llegue el momento os aplastaré como a una mosca.» Tal vez debería enviar a Loras Tyrell para que lo aplastara, si volvía vivo de Rocadragón. Sería encantador. «Si los dioses son bondadosos, se matarán entre ellos, como Ser Arryk y Ser Erryk.» En cuanto a Stokeworth... No, estaba harta de pensar en Stokeworth.

Cuando la Reina volvió al dormitorio, la cabeza le daba vueltas, y Taena se había quedado dormida otra vez.

«Mucho vino y poco sueño —se dijo. No todas las noches la despertaban dos veces con noticias tan graves—. Al menos, yo me puedo despertar. Robert habría estado demasiado borracho para levantarse, no digamos para gobernar. Jon Arryn se habría tenido que encargar de todo.» La complacía pensar que era mejor rey que Robert.

Al otro lado de la ventana, el cielo empezaba a aclararse. Cersei se sentó en la cama junto a Lady Merryweather, prestó atención a su respiración pausada y vio como subían y bajaban sus pechos.

«¿Soñará con Myr? —se preguntó—. ¿O con su amante de la cicatriz, el moreno peligroso al que no podía decir que no?» De lo que estaba casi segura era de que no soñaba con Lord Orton.

Cersei le puso una mano en el pecho. Con suavidad al principio, casi sin tocarlo, sintiendo su calidez en la palma de la mano, la piel suave como la seda. Lo apretó con delicadeza y luego pasó el pulgar por el pezón negro, adelante y atrás, hasta que sintió que se endurecía. Cuando alzó la vista, Taena tenía los ojos abiertos.

—¿Te gusta? —le preguntó.

—Sí —dijo Lady Merryweather.

—¿Y esto? —Cersei pellizcó el pezón y tiró de él con fuerza, retorciéndoselo entre los dedos.

La myriense dejó escapar un gemido de dolor.

—Me hacéis daño.

—No es más que el vino. He bebido una frasca con la cena y otra con la viuda Stokeworth. He tenido que beber para que se calmara. —Le retorció el otro pezón hasta que le arrancó otro gemido—. Soy la reina. Reclamo lo que me corresponde por derecho.

—Haced lo que queráis. —Taena tenía el pelo tan negro como Robert, también entre las piernas, y cuando Cersei la tocó allí lo encontró húmedo, empapado, mientras que el de Robert había sido duro y seco—. Por favor —suplicó la myriense—, seguid, mi reina. Haced conmigo lo que queráis. Soy vuestra.

Pero era inútil. Fuera lo que fuera lo que sentía Robert las noches en que la poseía, ella no lo notaba. Aquello no le proporcionaba placer. A Taena sí. Sus pezones eran dos diamantes negros; su sexo estaba ardiendo.

«Robert te habría amado durante una hora. —La Reina introdujo un dedo en aquel pantano myriense, y luego otro; los metía y los sacaba—. Pero después de derramarse en tu interior, le habría costado recordar tu nombre.»

Quería saber si con una mujer sería tan sencillo como había sido siempre con Robert.

«Diez mil hijos tuyos perecieron en la palma de mi mano, Alteza —pensó al tiempo que introducía un tercer dedo en Myr—. Mientras roncabas, yo me lamía para quitarme a tus hijos de la cara y los dedos, uno a uno, todos príncipes blanquecinos y pegajosos. Hiciste valer tus derechos, mi señor, pero en la oscuridad, devoré a tus herederos.» Taena se estremeció. Jadeó unas palabras en una lengua extranjera, se estremeció otra vez, arqueó la espalda y gritó. «Como si estuvieran degollándola», pensó la Reina. Durante un momento se imaginó que sus dedos eran los colmillos de un jabalí, que desgarraban a la myriense desde la entrepierna hasta la garganta.

También fue inútil.

Siempre había sido inútil con todos menos con Jaime.

Cuando fue a retirar la mano, Taena se la cogió y le besó los dedos.

—¿Cómo puedo complaceros, mi amada reina? —Deslizó la mano por el costado de Cersei y le rozó el sexo—. Decidme qué queréis que haga, amada mía.

—Dejadme en paz.

Cersei dio media vuelta y se cubrió con las mantas, temblorosa. Empezaba a amanecer. Pronto llegaría la mañana y todo quedaría olvidado.

No había ocurrido.

Jaime

Las trompetas lanzaron su bramido metálico, que hendió el tranquilo aire azul del ocaso. Josmyn Peckledon se puso en pie de un salto y corrió a por el cinto de su señor.

«Tiene buen instinto el chico.»

—Los bandidos no anuncian su llegada con trompetas —le dijo Jaime—. No me hace falta la espada. Debe de ser mi primo, el Guardián del Occidente.

Cuando salió de la carpa, los jinetes ya estaban desmontando: media docena de caballeros y una veintena de arqueros y soldados a caballo.

—¡Jaime! —rugió un hombre desgreñado que vestía cota de malla dorada y capa de piel de zorro—. ¡Tan flaco, y todo de blanco! ¡Y con barba!

—¿Esto? Apenas una pelusa comparada con la tuya, primo. —La barba encrespada y el poblado bigote de Ser Daven se fundían con unas patillas espesas como arbustos, y estas, con la maraña de pelo rubio, aplastada por el yelmo que se estaba quitando. En medio de todo aquel pelo acechaban una nariz respingona y un par de ojos color avellana, llenos de energía—. ¿Te ha robado algún bandido la navaja de afeitar?

—Juré que no me cortaría el pelo hasta que vengara a mi padre. —Pese a su aspecto leonino, la voz de Daven Lannister tenía una extraña timidez—. Pero el Joven Lobo se encargó de Karstark antes que yo. Me arrebató la venganza. —Le tendió el yelmo a un escudero y se pasó los dedos por el cabello—. Está bien esto de tener barba. Las noches son cada vez más frías; un poco de follaje mantiene la cara caliente. Además, como decía la tía Genna, tengo un adoquín en lugar de barbilla. —Agarró a Jaime por los brazos—. Temimos por ti después de lo del bosque Susurrante. Se rumoreó que el lobo huargo de Stark te había desgarrado la garganta.

—¿Derramaste amargas lágrimas por mí, primo?

—La mitad de Lannisport te lloró. La mitad femenina. —La mirada de Daven se clavó en el muñón de Jaime—. Así que era verdad. Esos hijos de puta te cortaron la mano de la espada.

—Ahora tengo una nueva, de oro. Ser manco tiene sus ventajas. Bebo menos vino por temor a derramarlo, y rara vez siento la tentación de rascarme el culo en la corte.

—Bien pensado. A lo mejor me la corto yo también. —Su primo se echó a reír—. ¿Quién te lo hizo? ¿Catelyn Stark?

—Vargo Hoat.

«¿De dónde salen esas leyendas?»

—¿El qohoriense? —Ser Daven escupió—. Esto para él y para su Compañía Audaz. Le dije a tu padre que yo mismo me encargaría de conseguir provisiones, pero se negó. Me dijo que hay tareas adecuadas para los leones, y que el forrajeo se quedaba para las cabras y los perros.

Eran las palabras literales de Lord Tywin, Jaime lo sabía; casi le parecía oír la voz de su padre.

—Entra, primo. Tenemos que hablar.

Garrett había encendido los braseros, y las ascuas conferían a la carpa de Jaime un color rojizo. Ser Daven se quitó la capa y se la tiró a Lew el Pequeño.

—¿Eres un Piper, chico? —le gruñó—. Pareces un tanto canijo.

—Soy Lewys Piper, si a mi señor le parece bien.

—Una vez le di una buena paliza a tu hermano en un cuerpo a cuerpo. El muy escuchimizado se ofendió cuando le pregunté si la que bailaba desnuda en su escudo era su hermana.

—Es el blasón de nuestra Casa. No tenemos ninguna hermana.

—Lástima. Vuestro blasón tiene unas tetas estupendas. Pero ¿qué clase de hombre se esconde detrás de una mujer desnuda? Cada vez que le daba un golpe en el escudo me sentía muy poco caballeroso.

—Ya basta —interrumpió Jaime entre risas—. Déjalo en paz. —Pia les estaba preparando vino especiado; removía el líquido con una cuchara—. Tengo que saber qué me voy a encontrar en Aguasdulces.

Su primo se encogió de hombros.

—El asedio continúa. El Pez Negro está cruzado de brazos en su castillo y nosotros en nuestros campamentos. La verdad, nos morimos de aburrimiento. —Ser Daven se sentó en un taburete de campaña—. Tully debería hacer alguna incursión para recordarnos que aún estamos en guerra. Y ya puestos, podría librarnos de unos cuantos Frey. De Ryman, para empezar. Se pasa la vida borracho. Ah, y de Edwyn. No es tan imbécil como su padre, pero está tan lleno de odio como un forúnculo de pus. Y nuestro Ser Emmon... Ay, no, Lord Emmon, los Siete nos amparen si se nos olvida su nuevo título... Nuestro Señor de Aguasdulces no para de decirme cómo tengo que llevar el asedio. Quiere que tome el castillo sin causar daños, porque ahora es su señorial asentamiento.

—¿Ya está caliente el vino? —preguntó Jaime a Pia.

—Sí, mi señor. —La chica se tapaba la boca al hablar.

Peck les sirvió el vino en una bandeja dorada. Ser Daven se quitó los guantes y cogió una copa.

—Gracias, chico. ¿Quién eres?

—Josmyn Peckledon, si a mi señor le parece bien.

—Peck fue todo un héroe en el Aguasnegras —dijo Jaime—. Mató a dos caballeros y capturó a otros dos.

—Debes de ser más aguerrido de lo que aparentas, chaval. ¿Eso que tienes en la cara es barba, o es que se te ha olvidado lavarte? La mujer de Stannis Baratheon tenía un bigote más poblado. ¿Cuántos años tienes?

—Quince, mi señor.

Ser Daven soltó un bufido.

—¿Sabes qué es lo mejor de los héroes, Jaime? Que como todos mueren jóvenes, los demás tocamos a más mujeres. —Tendió la copa al escudero—. Llénamela otra vez y yo también diré que eres un héroe. Tengo sed.

Jaime alzó su copa con la mano izquierda y bebió un trago. El calor se le extendió por el pecho.

—Estabas hablando de los Frey que querrías ver muertos. Ryman, Edwyn, Emmon...

—Y Walder Ríos —añadió Daven—. Menudo hijo de puta. Odia ser bastardo y odia a todo el que no lo es. Ser Perwyn, en cambio, parece buena persona; a ese, que no lo mate. Las mujeres tampoco están mal. Tengo entendido que me voy a casar con una. Por cierto, tu padre podría haber tenido la cortesía de consultarme lo de este matrimonio. Mi padre ya estaba en tratos con Paxter Redwyne antes de lo del Cruce de Bueyes, ¿lo sabías? Redwyne tiene una hija que viene con una buena dote...

—¿Desmera? —Jaime se echó a reír—. ¿Tanto te gustan las pecas?

—Si tengo que elegir entre los Frey y las pecas... Qué quieres que te diga, la mitad de los cachorros de Lord Walder tienen cara de comadreja.

—¿Solo la mitad? Ya puedes dar las gracias. En Darry conocí a la esposa de Lancel.

—Ami Torre de Entrada, por los dioses. Cuando me enteré de que Lancel había elegido a esa, no me lo podía creer. ¿Qué le pasa a ese chico?

—Se ha vuelto devoto —replicó Jaime—. Pero la elección no fue cosa suya. La madre de Lady Amerei es una Darry. Nuestro tío pensó que esa esposa ayudaría a Lancel a ganarse a los campesinos.

—¿Cómo? ¿Follándoselos a uno detrás de otro? ¿Sabes por qué la llaman Ami Torre de Entrada? Porque levanta el rastrillo a cada caballero que pasa. Más vale que Lancel se busque un armero que le haga un yelmo con cuernos.

—No va a hacer falta. Nuestro primo vuelve a Desembarco del Rey para profesar los votos como espada del Septón Supremo.

Ser Daven no se habría quedado más atónito si Jaime le hubiera dicho que Lancel había decidido hacerse mono de titiritero.

—¡No puede ser verdad! Me estás tomando el pelo. Ami Torre de Entrada debe de tener aún más cara de comadreja de lo que se dice, para que el chico acabe así.

Cuando Jaime había ido a despedirse de Lady Amerei se la había encontrado sollozando por la disolución de su matrimonio, mientras Lyle Crakehall la consolaba. Sus lágrimas no lo habían preocupado ni la mitad que las miradas airadas que le lanzaron sus parientes en el patio.

—Espero que no estés pensando en profesar los votos tú también, primo —le dijo a Daven—. En cuestión de acuerdos matrimoniales, los Frey son muy quisquillosos. No me gustaría disgustarlos otra vez.

Ser Daven soltó un bufido.

—Me casaré y me llevaré a mi comadreja a la cama, no temas. Recuerdo lo que le pasó a Robb Stark. Pero por lo que me cuenta Edwyn, más vale que elija a una que todavía no haya florecido, o lo más probable es que me encuentre con que Walder el Negro ya ha pasado por mis tierras. Seguro que se ha tirado a Ami Torre de Entrada, y más de una vez. Puede que eso explique la santurronería de Lancel y el enfado de su padre.

—¿Has visto a Ser Kevan?

—Sí. Pasó por aquí de camino al oeste. Le pedí que nos ayudara a tomar el castillo, pero no quiso ni oír hablar del tema. Se pasó cavilando todo el tiempo que estuvo aquí. Cortés, desde luego, pero gélido. Le juré que yo no había pedido que me nombraran Guardián del Occidente, que ese honor debería haberle correspondido a él, y me dijo que no albergaba ningún resentimiento hacia mí, pero cualquiera lo habría dicho por su tono de voz. Estuvo tres días, y si me dirigió tres palabras, fueron muchas. Ojalá se hubiera quedado; me habría venido bien su consejo. Nuestros amigos Frey no se habrían atrevido a fastidiar a Ser Kevan tanto como a mí.

—Cuéntame —dijo Jaime.

—Te contaría, pero ¿por dónde empiezo? Mientras yo construía arietes y torres de asalto, Ryman se dedicaba a erigir un patíbulo. Todos los días, al amanecer, saca a Edmure Tully, le pone una soga al cuello y amenaza con ejecutarlo si el castillo no se rinde. El Pez Negro no hace ni caso de su pantomima, así que al anochecer vuelven a llevarse a Lord Edmure. Su esposa está embarazada, ¿lo sabías?

No se había enterado.

—¿Se acostó con ella después de la Boda Roja?

—Se estaba acostando con ella durante la Boda Roja. Roslin es una muchacha muy bonita, sin cara de comadreja, y por raro que parezca, le tiene cariño a Edmure. Perwyn me ha dicho que reza para que sea una niña.

Jaime meditó un instante sobre aquello.

—Cuando haya nacido el hijo de Edmure, Lord Walder ya no lo necesitará.

—Lo mismo me parece a mí. Nuestro tío político, Emmm... Perdón, quería decir Lord Emmon, quiere que ahorquemos a Edmure de inmediato. Que haya un Tully señor de Aguasdulces lo preocupa casi tanto como la perspectiva de que nazca otro. No pasa un día sin que me suplique que obligue a Ser Ryman a ahorcar a Tully, sea como sea. Y mientras, tengo a Lord Gawen Westerling tirándome de la otra manga. El Pez Negro tiene en su castillo a su señora esposa y a tres de sus mocosos. Su señoría tiene miedo de que Tully los mate si los Frey ahorcan a Edmure. Una de esos mocosos es la reina del Joven Lobo.

Jaime creía haber visto en alguna ocasión a Jeyne Westerling, pero no recordaba su aspecto.

«Debe de ser muy hermosa para valer un reino.»

—Ser Brynden no matará a ningún niño —le aseguró a su primo—. No es un pez tan negro. —Empezaba a comprender por qué Aguasdulces no había caído todavía—. Dime cómo lo has dispuesto todo, primo.

—Tenemos el castillo rodeado. Ser Ryman y los Frey están al norte del Piedra Caída. Al sur del Forca Roja se encuentra Lord Emmon, junto con Ser Forley Prester y lo que queda de tu antiguo ejército, además de los señores de los ríos que se nos unieron tras la Boda Roja. Siempre están de mal humor. Valen para sentarse enfurruñados en sus carpas y poco más. Mi campamento está entre los ríos, frente al foso y la puerta principal de Aguasdulces. Hemos tendido una barrera flotante que cruza el Forca Roja, río abajo. Manfryd Yew y Raynard Ruttiger están al mando de su defensa, así que nadie podrá escapar en barca. También les he dado redes para pescar. Así nos abastecemos.

—¿Se puede rendir el castillo por hambre?

Ser Daven negó con la cabeza.

—El Pez Negro echó de Aguasdulces a todas las bocas inútiles y limpió las tierras de provisiones. Tiene suficientes reservas para mantener dos años enteros a todos sus hombres y a sus caballos.

—¿Y cómo estamos nosotros de provisiones?

—Mientras haya peces en los ríos, no nos moriremos de hambre, aunque no sé cómo vamos a dar de comer a los caballos. Los Frey bajan comida y forraje desde Los Gemelos, pero Ser Ryman asegura que no tienen suficiente para compartir, así que tenemos que buscar comida por nuestra cuenta. La mitad de los hombres que envié en busca de alimentos no han vuelto. Unos han desertado; a otros los hemos encontrado colgados de los árboles como si fueran fruta madura.

—Ayer nos tropezamos con unos cuantos —asintió Jaime.

Los exploradores de Addam Marbrand los habían encontrado colgados de un manzano silvestre, con los rostros ennegrecidos. Los asesinos habían desnudado los cadáveres y le habían metido a cada uno una manzana entre los dientes. Ninguno presentaba heridas; era evidente que se habían rendido. Jabalí se había enfurecido, y había jurado una sangrienta venganza a quienes habían atado a unos guerreros para que murieran como cochinillos.

—Puede que fueran los bandidos —comentó Ser Daven tras escuchar a Jaime—. O no. Por aquí todavía quedan bandas de norteños. Y tal vez esos señores del Tridente hayan doblado la rodilla, pero me parece que en el fondo siguen siendo un poco... lobos.

Jaime observó a sus dos escuderos más jóvenes, que rondaban en torno a los braseros y hacían como que no escuchaban. Lewys Piper y Garrett Paege eran hijos de señores de los ríos. Les había cogido cariño; no le gustaría nada tener que entregárselos a Ser Ilyn.

—Las cuerdas son más propias de Dondarrion.

—El señor del relámpago no es el único que sabe hacer un nudo corredizo. No empecemos con Lord Beric. Está aquí, está allí, está en todas partes, pero cuando se envían hombres a por él, se evapora como el rocío. Los señores de los ríos lo están ayudando, no me cabe duda. A un jodido señor marqueño, ¿qué te parece? Un día dicen que ha muerto, y al siguiente, que no puede morir. —Ser Daven dejó la copa de vino—. De noche, mis exploradores divisan hogueras en lugares elevados. Creen que son señales. Como si nos estuvieran vigilando. También hay hogueras en los pueblos. Algún dios nuevo...

«No, un dios antiguo.»

—Thoros, el sacerdote myriense, aquel gordo que bebía a veces con Robert, está con Dondarrion. —Su mano dorada estaba encima de la mesa. Jaime la rozó y observó el resplandor del oro a la escasa luz de los braseros—. Ya nos encargaremos de Dondarrion si hace falta, pero lo primero es el Pez Negro. Tiene que saber que no hay esperanza. ¿Has probado a hacer un trato con él?

—Ser Ryman lo intentó. Cabalgó hasta las puertas del castillo medio borracho, gritando fanfarronadas y amenazas. El Pez Negro se asomó a las almenas el tiempo justo para decirle que no pensaba desperdiciar palabras con un ser tan nauseabundo. Luego le disparó una flecha a la grupa del palafrén, que se encabritó, y Frey cayó al barro. Me reí tanto que estuve a punto de mearme encima. Si el del castillo hubiera sido yo, le habría clavado la flecha en esa boca mentirosa.

—Me pondré gorjal cuando vaya a tratar con ellos —replicó Jaime con una ligera sonrisa—. Tengo intención de ofrecerle unas condiciones muy generosas.

Si conseguía poner fin al asedio sin derramamiento de sangre, no se podría decir que hubiera esgrimido armas contra la Casa Tully.

—Inténtalo si quieres, mi señor, pero dudo mucho que consigamos nada hablando. Vamos a tener que atacar el castillo.

Hubo tiempos, y no tan remotos, en que Jaime habría tomado aquella misma decisión sin dudarlo. Sabía que no disponía de dos años para rendir por hambre al Pez Negro.

—Hagamos lo que hagamos, tendrá que ser deprisa —le dijo a Ser Daven—. Mi lugar está en Desembarco, con el rey.

—Claro —asintió su primo—. Comprendo que tu hermana te debe de necesitar. ¿Por qué envió fuera a Kevan? Yo creía que lo nombraría Mano.

—No aceptó.

«No estaba tan ciego como yo.»

—Kevan debería ser el Guardián del Occidente. O tú. No es que no agradezca el honor, claro, pero nuestro tío me dobla en edad y tiene mucha más experiencia de mando. Espero que sepa que yo no pedí este cargo en ningún momento.

—Lo sabe.

—¿Cómo está Cersei? ¿Tan guapa como siempre?

—Radiante. —«Veleidosa»—. Dorada. —«Más falsa que el oro de un bufón.» La noche anterior había soñado que la sorprendía follando con el Chico Luna. Él mataba al bufón, y a su hermana le rompía los dientes con la mano dorada, igual que había hecho Gregor Clegane con la pobre Pia. En sus sueños, Jaime siempre tenía dos manos; una era de oro, pero funcionaba igual que la otra—. Cuanto antes terminemos con el asunto de Aguasdulces, antes podré volver con Cersei. —Lo que no sabía era qué haría a continuación.

Siguió hablando con su primo durante una hora más, hasta que se marchó. Después, Jaime se puso la mano de oro y una capa marrón para pasear entre las tiendas.

La verdad era que le gustaba aquella vida. Se sentía más cómodo en el campamento, entre soldados, que en la corte, y sus hombres también parecían cómodos con él. Junto a una hoguera de cocina, tres ballesteros le ofrecieron un trozo de la liebre que habían cazado. Al lado de otra, un joven caballero le pidió consejo sobre la mejor manera de defenderse de una maza. Más abajo, a la orilla del río, contempló como dos lavanderas justaban a hombros de un par de soldados. Las chicas estaban medio borrachas y medio desnudas; se reían y se lanzaban golpes con capas enrolladas mientras una docena de hombres las jaleaba. Jaime apostó una estrella de cobre por la rubia que montaba a Raff el Dulce, y lo perdió cuando los dos cayeron chapoteando entre los juncos.

Al otro lado del río, los lobos aullaban; el viento soplaba entre los sauces y hacía que las ramas se mecieran y susurraran. Jaime dio con Ser Ilyn Payne en el exterior de su carpa. Estaba afilando el mandoble con una amoladera.

—Vamos —dijo, y el caballero silencioso se levantó con una tenue sonrisa.

«Esto le gusta —comprendió—. Le gusta humillarme noche tras noche. Puede que le gustara aún más matarme.» Quería creer que iba mejorando, pero la mejoría era lenta y tenía un precio elevado. Bajo la armadura de acero y las prendas de cuero y lana, Jaime Lannister era un tapiz de cortes, costras y magulladuras.

Un centinela les dio el alto cuando salían del campamento con sus caballos. Jaime le palmeó el hombro con la mano dorada.

—Seguid alerta. Hay lobos por los alrededores.

Cabalgaron a lo largo del Forca Roja hasta los restos de una aldea incendiada que habían cruzado aquella tarde. Allí tuvo lugar su danza nocturna, entre piedras ennegrecidas y cenizas frías y viejas. Durante un rato, Jaime llevó la iniciativa. Durante un momento se permitió creer que tal vez estuviera recuperando su antigua habilidad. Tal vez aquella noche fuera Payne quien se acostara magullado y ensangrentado.

Fue como si Ser Ilyn le leyera el pensamiento. Detuvo como si tal cosa el último golpe de Jaime, y lanzó un contraataque que lo hizo retroceder hasta el río, donde resbaló en el barro. Acabó de rodillas, con la espada del caballero silencioso en la garganta, mientras que la suya se había perdido entre los juncos. A la luz de la luna, las marcas de viruelas del rostro de Payne eran grandes como cráteres. Emitió aquel sonido chasqueante que tal vez fuera una carcajada, y subió la espada por el cuello de Jaime hasta que la punta reposó entre sus labios. Luego retrocedió y envainó el acero.

«Más me habría valido desafiar a Raff el Dulce con una puta a hombros —pensó Jaime mientras se sacudía el barro de la mano dorada. Una parte de él tenía ganas de arrancarse el maldito trasto y tirarlo al río. No servía para nada, y la mano izquierda tampoco era gran cosa. Ser Ilyn había vuelto con los caballos, dejándolo solo para que se pusiera en pie—. Por lo menos, aún tengo dos piernas.»

El último día de viaje había sido frío y ventoso. El viento sacudía las ramas de los árboles en los bosques sin hojas e inclinaba los juncos de los ríos a lo largo del Forca Roja. Pese a la capa invernal de lana de la Guardia Real, Jaime sentía los dientes acerados del viento mientras cabalgaba con su primo Daven. La tarde estaba muy avanzada cuando avistaron Aguasdulces, que se alzaba en el estrecho cabo donde el Piedra Caída confluía con el Forca Roja. El castillo de Tully parecía una gran nave de piedra cuya proa apuntaba río abajo. La luz teñía de rojo y dorado los muros de arenisca, que parecían más altos y gruesos de lo que Jaime recordaba.

«Será un hueso duro de roer», pensó, sombrío. Si el Pez Negro no se atenía a razones, tendría que romper el juramento que le había hecho a Catelyn Stark; el que le había hecho a su rey tenía prioridad.

La barrera del río y los tres grandes campamentos de asedio eran justo como le había descrito su primo. El de Ser Ryman Frey, al norte del Piedra Caída, era el más grande, y también el más desordenado. Un enorme cadalso gris, alto como un trabuquete, se alzaba por encima de las tiendas. En él divisó una figura solitaria con una cuerda en torno al cuello.

«Edmure Tully. —Sintió una punzada de compasión—. Es una crueldad tenerlo ahí, de pie, día tras día, con la soga al cuello. Sería mejor cortarle la cabeza y acabar de una vez.»

Detrás del cadalso se extendían tiendas y hogueras en una maraña desorganizada. Los Frey menores y sus caballeros habían erigido sus pabellones río arriba, más allá de las trincheras de letrinas; río abajo había chozas de barro, carromatos y carros de bueyes.

—Ser Ryman no quiere que sus chicos se aburran, así que les proporciona putas, peleas de gallos y cacerías de jabalíes —le contó Daven—. Hasta tiene un bardo, joder. Nuestra tía trajo a Wat Sonrisablanca de Lannisport, ¿te lo puedes creer?, así que Ryman también tenía que tener un bardo para no ser menos. ¿Qué tal si hacemos una presa en el río y los ahogamos a todos, primo?

Jaime divisó a los arqueros que se movían tras las almenas en las murallas del castillo. Por encima de ellas ondeaban los estandartes de la Casa Tully, con la trucha de plata desafiante sobre campo de gules y azur. Pero en la torre más alta se veía una bandera diferente, grande, blanca, con el lobo huargo de los Stark.

—La primera vez que vi Aguasdulces, era un escudero más verde que la hierba del verano —le dijo Jaime a su primo—. El viejo Sumner Crakehall me envió a entregar un mensaje; insistía en que no se lo podía confiar a un cuervo. Lord Hoster me retuvo una semana mientras meditaba la respuesta. Me sentó junto a su hija Lysa en todas las comidas.

—No me extraña que vistieras el blanco. Yo habría hecho lo mismo.

—Hombre, Lysa no estaba tan mal.

En realidad era una joven bonita, delicada, con hoyuelos y larga cabellera castaña.

«Pero era muy tímida. Dada a largos silencios y a ataques de risa tonta; no tenía nada del fuego de Cersei.» Su hermana mayor parecía más interesante, pero Catelyn estaba prometida a un norteño, el heredero de Invernalia. De todos modos, a aquella edad no había ninguna chica que interesara a Jaime tanto como el famoso hermano de Hoster, que había ganado renombre combatiendo a los Reyes Nuevepeniques en los Peldaños de Piedra. Cuando estaba sentado a la mesa hacía caso omiso de la pobre Lysa mientras presionaba a Brynden Tully para que le contara anécdotas de Maelys el Monstruoso y el Príncipe de Ébano. «Entonces, Ser Brynden era más joven que yo ahora —reflexionó Jaime—, y yo era más joven que Peck.»

El vado más cercano para cruzar el Forca Roja estaba corriente arriba, más allá del castillo. Para llegar al campamento de Ser Daven tuvieron que atravesar a caballo el de Emmon Frey, y pasar ante los pabellones de los señores de los ríos que habían doblado la rodilla para volver a la paz del rey. Jaime se fijó en los estandartes de Lychester, Vance, Roote y Goodbrook, en las bellotas de la Casa Smallwood y en la doncella bailando de Lord Piper, pero los que le dieron que pensar fueron los que no vio. El águila plateada de los Mallister no estaba por allí, ni tampoco el caballo rojo de los Bracken, el sauce de los Ryger ni las serpientes entrelazadas de los Paege. Todos ellos habían renovado su lealtad al Trono de Hierro, pero no se habían unido al asedio. Jaime sabía que los Bracken estaban luchando contra los Blackwood: eso explicaba su ausencia, pero los demás...

«Nuestros nuevos amigos no son tan amigos. Su lealtad es superficial.» Había que tomar Aguasdulces cuanto antes. Cuanto más durase el asedio, más ánimos cobrarían otros recalcitrantes, como Tytos Blackwood.

En el vado, Ser Kennos de Kayce hizo sonar el Cuerno de Herrock. «Esto debería atraer al Pez Negro a las almenas.» Ser Hugo y Ser Dermot guiaron a Jaime hasta el otro lado del río; los cascos de sus caballos chapotearon en las lodosas aguas rojizas mientras el estandarte blanco de la Guardia Real, y el león y el venado de Tommen, ondeaban al viento. El resto de la columna los seguía de cerca.

El campamento de los Lannister retumbaba con el sonido de los martillos contra la madera allí donde se alzaba una nueva torre de asalto. Ya había otras dos terminadas, semicubiertas con cuero de caballo sin curtir. Entre ellas vio un ariete, un tronco de árbol con la punta endurecida al fuego, colgado con cadenas de una estructura de madera.

«Parece que mi primo no ha estado ocioso.»

—Mi señor, ¿dónde queréis que plante vuestra carpa? —le preguntó Peck.

—Allí, en aquel alto. —Señaló con la mano de oro, aunque no era el instrumento ideal para aquella tarea—. Las provisiones y equipajes aquí; los caballos, al otro lado. Utilizaremos las letrinas que tan amablemente nos ha excavado mi primo. Ser Addam, inspeccionad nuestro perímetro por si hay algún punto débil. —Jaime no preveía ningún ataque, pero tampoco había previsto el del bosque Susurrante.

—¿Llamo a las comadrejas para una reunión del consejo de guerra? —preguntó Daven.

—Antes quiero hablar con el Pez Negro. —Jaime hizo una seña a Jon Bettley, el Lampiño, para que se le acercara. —Buscad un estandarte de paz y llevad un mensaje al castillo. Informad a Ser Brynden Tully de que quiero hablar con él mañana al amanecer. Me acercaré al borde del foso y nos reuniremos en su puente levadizo.

Peck lo miró, alarmado.

—Pero mi señor, los arqueros pueden...

—No lo harán. —Jaime desmontó—. Plantad la carpa y poned mis estandartes.

«Y veamos quién viene corriendo y a qué velocidad.»

No tuvo que esperar mucho. Pia estaba muy ajetreada encendiendo un brasero. Peck fue a ayudarla. Las últimas noches, Jaime se iba a dormir con el sonido de fondo de los dos jóvenes que follaban en un rincón de la carpa. Garrett le estaba desabrochando las correas de las grebas cuando se abrió la solapa de la carpa.

—¡Eh, ya estás aquí! —retumbó la voz de su tía. Su corpachón ocupaba todo el umbral, mientras su esposo Frey observaba tras ella—. Ya era hora. ¡Venga, un abrazo para la gorda de tu tía!

Le tendió los brazos, con lo que no le dejó más remedio que estrecharla.

De joven, Genna Lannister tenía curvas generosas, siempre amenazando con salirse del corpiño, pero con el tiempo se había vuelto cuadrada. Tenía el rostro ancho y terso; su cuello era una gruesa columna rosada; su busto era inmenso. Con su carne habría bastado para hacer dos hombres del tamaño de su marido. Jaime esperó obediente a que su tía le pellizcara la oreja. Llevaba pellizcándole la oreja desde que tenía uso de razón, pero aquel día se contuvo, y solo le plantó un beso húmedo y blando en cada mejilla.

—Siento mucho tu pérdida.

—Ahora tengo una mano nueva, de oro. —Se la mostró.

—Muy bonita. ¿También te vas a hacer un padre de oro? —La voz de Lady Genna era áspera—. Me refería a la pérdida de Tywin.

—Un hombre como Tywin Lannister aparece tan solo una vez cada mil años —declaró su esposo. Emmon Frey era un hombrecillo irritable de manos nerviosas. Pesaba poco más de cinco arrobas... y eso, mojado y con la cota de malla. Era un junco vestido de lana y sin atisbo de barbilla, un defecto que la nuez prominente hacía aún más absurdo. Había perdido la mitad del pelo antes de cumplir los treinta. A aquellas alturas tendría ya unos sesenta, y solo le quedaban unos mechones blancos.

—Últimamente nos llegan noticias muy extrañas —dijo Lady Genna después de que Jaime despidiera a Pia y a sus escuderos—. Ya no sabemos qué creer. ¿Es verdad que Tyrion asesinó a Tywin? ¿O es una calumnia que está divulgando tu hermana?

—Es verdad.

El peso de la mano de oro empezaba a resultarle molesto. Se desabrochó con torpeza las correas que se la sujetaban a la muñeca.

—Un hijo que alza la mano contra su padre —suspiró Ser Emmon—. Es monstruoso. Corren tiempos aciagos en Poniente. Con la desaparición de Lord Tywin, temo por todos nosotros.

—También temías por todos nosotros cuando vivía. —Genna aposentó las amplia nalgas en un taburete de campaña, que crujió de manera alarmante bajo su peso—. Háblanos de nuestro hijo Cleos, sobrino; dinos cómo murió.

Jaime desabrochó la última correa y dejó la mano a un lado.

—Unos bandidos nos tendieron una emboscada. Ser Cleos los puso en fuga, pero le costó la vida. —La mentira le salió natural. Vio que les había agradado.

—El muchacho tenía valor, siempre lo dije. Lo llevaba en la sangre. —A Ser Emmon le asomaba una salivilla rosada entre los labios cuando hablaba, cortesía de la hojamarga a la que era tan aficionado.

—Sus huesos deberían reposar bajo la Roca, en la Sala de los Héroes —declaró Lady Genna—. ¿Dónde fue enterrado?

«En ningún lugar. Los Titiriteros Sangrientos desnudaron su cadáver y lo dejaron para que los cuervos carroñeros se dieran un festín.»

—Junto a un arroyo —mintió—. En cuanto termine esta guerra, iré a buscar el lugar exacto para llevarlo a casa. —Los huesos eran huesos; no había nada más fácil de conseguir en aquellos tiempos.

—Esta guerra... —Lord Emmon carraspeó; la nuez se movió arriba y abajo—. Ya habrás visto las máquinas de asalto. Arietes, trabuquetes, torres... No servirán de nada, Jaime. Daven quiere destrozar mis murallas y derribar mis puertas. Habla de brea ardiendo, de prender fuego al castillo. ¡A mi castillo! —Se metió la mano en una manga, sacó un pergamino y lo blandió ante el rostro de Jaime—. Tengo el decreto. Firmado por el Rey, por Tommen, mira, el sello real, el venado y el león. Soy el legítimo señor de Aguasdulces; no quiero que lo reduzcan a un montón de ruinas humeantes.

—Anda, guarda esa tontería —espetó su mujer—. Mientras el Pez Negro esté en Aguasdulces, ese papel te vale para limpiarte el culo y poco más. —Hacía cincuenta años que se había unido a los Frey, pero seguía siendo una Lannister. «Una enorme cantidad de Lannister»—. Jaime te entregará el castillo.

—Estoy seguro —asintió Lord Emmon—. Os demostraré que vuestro padre acertó al confiar en mí, Ser Jaime. Seré firme pero justo con mis nuevos vasallos. Blackwood, Bracken, Jason Mallister, Vance, Piper... Todos sabrán pronto que tienen en Emmon Frey un señor justo. Y también mi padre, sí. Es el señor del Cruce, pero yo soy el de Aguasdulces. Un hijo debe obedecer a su padre, sí, pero un banderizo debe obedecer a su señor.

«Los dioses se apiaden de mí.»

—No sois su señor, ser. Leed bien el pergamino. Se os otorga Aguasdulces, con todas sus tierras y rentas, pero nada más. Petyr Baelish es Señor Supremo del Tridente. Aguasdulces estará sometido al gobierno de Harrenhal.

A Lord Emmon no le hizo ninguna gracia.

—Harrenhal no es más que un montón de ruinas malditas —protestó—. En cuanto a Baelish... Por favor, solo es un cuentamonedas, no un señor; su linaje...

—Si tenéis alguna queja, id a Desembarco del Rey y exponédsela a mi querida hermana. —Cersei se comería vivo a Emmon Frey y se limpiaría los dientes con sus huesos.

«Es decir, si no está demasiado ocupada follándose a Osmund Kettleblack.»

Lady Genna soltó un bufido.

—No hay por qué molestar a Su Alteza con esas tonterías. ¿Por qué no sales a tomar un poco el aire, Emm?

—¿A tomar el aire?

—O a mear, o a lo que quieras. Mi sobrino y yo queremos tratar asuntos de familia.

Lord Emmon se sonrojó.

—Sí, aquí hace calor. Esperaré fuera, mi señora. Ser... —Su señoría enrolló el pergamino y amagó una reverencia en dirección a Jaime antes de salir de la carpa.

Era difícil no despreciar a Emmon Frey. Había llegado a Roca Casterly cuando tenía catorce años para casarse con una leona de tan solo siete. Tyrion decía siempre que el regalo de bodas de Lord Tywin había sido un vientre flojo.

«Genna también ha contribuido. —Jaime recordaba más de un banquete en el que Emmon se quedaba sentado en silencio hosco, picoteando la comida, mientras su esposa gastaba bromas obscenas al caballero que tuviera sentado a la izquierda, con su conversación siempre salpicada de carcajadas—. Eso sí, le dio cuatro hijos a Frey. Al menos dice que son suyos.» En Roca Casterly, nadie tenía el valor de insinuar lo contrario, y Ser Emmon menos que nadie.

En cuanto el hombrecillo salió, su señora esposa puso los ojos en blanco.

—Mi amo y señor. ¿En qué diantres estaba pensando tu padre cuando lo nombró señor de Aguasdulces?

—Supongo que en vuestros hijos.

—Yo también pienso en ellos. Emm será un pésimo señor. Ty podría hacerlo mejor, si tiene el sentido común de aprender de mí y no de su padre. —Miró a su alrededor—. ¿Tienes vino?

Jaime encontró una frasca y le sirvió una copa.

—¿Qué haces aquí, mi señora? Tendrías que haberte quedado en Roca Casterly hasta que terminara la contienda.

—En cuanto se enteró de su nombramiento, Emm se empeñó en venir de inmediato para reclamar sus posesiones. —Lady Genna bebió un trago y se limpió la boca con la manga—. Tu padre tendría que habernos dado Darry. No sé si lo recordarás, pero Cleos estaba casado con una hija del labrador. Su afligida viuda está furiosa porque sus hijos no han recibido las tierras de su señor padre. Ami Torre de Entrada solo es Darry por parte de madre. Mi nuera Jeyne es su tía; es hermana de Mariya.

—Hermana menor —le recordó Jaime—, y Ty recibirá Aguasdulces, una recompensa mucho mayor que Darry.

—Un regalo envenenado. La Casa Darry se ha extinguido por la línea masculina, y la Casa Tully, no. Ese cretino de Ser Ryman le pone una soga al cuello a Edmure, pero no está dispuesto a ahorcarlo. Y a Roslin Frey le está creciendo una trucha en la barriga. Mis nietos nunca estarán seguros en Aguasdulces mientras quede un Tully vivo.

Jaime sabía que no se equivocaba.

—Si Roslin tiene una niña...

—Se puede casar con Ty, siempre que el viejo Lord Walder dé su consentimiento. Sí, ya lo he pensado. Pero es igual de probable que tenga un niño, y un bebé con polla lo liaría todo. Y si Ser Brynden sobrevive a este asedio, puede que le dé por reclamar Aguasdulces para sí... o en nombre de Robert Arryn.

Jaime se acordaba del pequeño Robert, en Desembarco del Rey, todavía mamando a los cuatro años.

—Arryn no vivirá suficiente para engendrar. ¿Y para qué quiere Aguasdulces el señor del Nido de Águilas?

—Si un hombre tiene un cofre de oro, ¿para qué quiere otro? La gente es codiciosa. Tywin tendría que haber entregado Aguasdulces a Kevan, y Darry, a Emm. Es lo que le habría dicho si se hubiera tomado la molestia de consultarme; pero claro, tu padre nunca se molestó en consultar a nadie más que a Kevan. —Dejó escapar un profundo suspiro—. No creas, comprendo que Kevan quisiera el asentamiento más seguro para su hijo. Lo conozco demasiado bien.

—Pues parece que Kevan y Lancel quieren cosas muy diferentes. —Le habló de la decisión de Lancel de renunciar a su esposa, sus tierras y su posición para ir a luchar por la Sagrada Fe—. Si aún quieres Darry, escríbele a Cersei y exponle tu caso.

Lady Genna movió la copa como si desechara la idea.

—No, ese caballo ya no está en el establo. A Emm se le ha metido en ese diminuto cerebro que gobernará las tierras de los ríos. En cuanto a Lancel... Esto lo tendríamos que haber visto venir. Al fin y al cabo, una vida dedicada a proteger al Septón Supremo no es tan diferente de una vida dedicada a proteger al rey. Pero Kevan se va a poner furioso, tanto como Tywin cuando se te metió entre ceja y ceja vestir el blanco. Al menos a Kevan le queda un heredero, Martyn. Siempre puede casarlo con Ami Torre de Entrada para que ocupe el puesto de Lancel. Que los Siete se apiaden de nosotros. —Dejó escapar un suspiro—. Hablando de los Siete, ¿por qué permite Cersei que la Fe vuelva a tomar las armas?

Jaime se encogió de hombros.

—Sus motivos tendrá.

—¿Sus motivos? —Lady Genna hizo un ruido un tanto grosero—. Más vale que sean unos motivos excelentes. Los Espadas y Estrellas fueron un problema hasta para los Targaryen. El propio Conquistador cogía la Fe con pinzas para que no se enfrentaran a él. Y cuando Aegon murió y los señores se alzaron contra sus hijos, las dos órdenes se involucraron de lleno en la rebelión. Contaban con el apoyo de los señores más devotos y de la mayor parte del pueblo. Al final, el rey Maegor tuvo que ofrecer una recompensa por ellos. Si no recuerdo mal las lecciones de historia, pagaba un dragón por la cabeza de cada Hijo del Guerrero que no se hubiera arrepentido, y un venado de plata por el cuero cabelludo de cada Clérigo Humilde. Murieron a millares, pero otros tantos siguieron recorriendo el reino, desafiantes, hasta que el Trono de Hierro decretó la muerte de Maegor y el rey Jaehaerys otorgó el perdón a todos los que rindieran la espada.

—Se me había olvidado todo eso —confesó Jaime.

—Y a tu hermana también. —Bebió otro trago de vino—. ¿Es verdad que Tywin sonreía en su féretro?

—Se estaba pudriendo en su féretro. Se le retorció la boca.

—¿Solo era eso? —Pareció entristecida—. Todos decían que Tywin no había sonreído nunca, pero sonreía cuando se casó con tu madre, y también cuando Aerys lo nombró Mano. Tyg juraba que también sonrió cuando Torre Tarbeck se derrumbó encima de Lady Ellyn, aquella zorra intrigante. Y sonrió cuando naciste, Jaime, eso lo vi yo misma. Cersei y tú, tan rosados, tan perfectos, idénticos como dos gotas de agua... Bueno, excepto entre las piernas. ¡Vaya pulmones teníais!

—Oye mi Rugido. —Jaime sonrió—. Ahora me dirás cuánto le gustaba reírse.

—No. Tywin no confiaba en la risa. Había oído a demasiada gente reírse de tu abuelo. —Frunció el ceño—. Te aseguro que este simulacro de asedio no le habría hecho ninguna gracia. Ahora que estás aquí, ¿cómo piensas ponerle fin?

—Negociando con el Pez Negro.

—No te servirá de nada.

—Tengo intención de ofrecerle unas condiciones muy generosas.

—Para ofrecer condiciones hace falta que haya confianza. Los Frey asesinaron a sus propios invitados, y tú, bueno... Sin ánimo de ofender, cariño, mataste a cierto rey al que habías jurado proteger.

—Y mataré al Pez Negro si no se rinde. —La voz le salió más brusca de lo que había pretendido, pero no estaba de humor para que le refregaran por la cara lo de Aerys Targaryen.

—¿Cómo? ¿A base de insultos? —replicó en un tono cargado de desprecio—. Solo soy una vieja gorda, Jaime, pero lo que tengo entre las orejas no es queso. Lo mismo le pasa al Pez Negro. No lo doblegarás con amenazas vacuas.

—¿Qué me aconsejas?

Su tía encogió los enormes hombros.

—Emm quiere que le corten la cabeza a Edmure. Puede que tenga razón, por una vez. Los amagos de ejecución de Ser Ryman nos han convertido en su hazmerreír. Tienes que demostrarle a Ser Brynden que tus amenazas van en serio.

—La muerte de Edmure podría acrecentar la resolución de Ser Brynden.

—Si hay algo de lo que nunca ha carecido Brynden el Pez Negro es de resolución. Eso te lo podría haber dicho Hoster Tully. —Lady Genna apuró la copa de vino—. En fin, no quiero que creas que te estoy diciendo cómo disputar una guerra. Sé cuál es mi lugar... A diferencia de tu hermana. ¿Es verdad que Cersei mandó prender fuego a la Fortaleza Roja?

—Solo la Torre de la Mano.

Su tía puso los ojos en blanco.

—Habría hecho mejor en dejar tranquila la torre y quemar a la Mano. ¿Harys Swyft? ¡Por favor! Si hubo alguna vez un hombre que mereciera su blasón, ese fue Ser Harys. Y Gyles Rosby, los Siete nos amparen, ¡si creía que había muerto hacía años! Y Merryweather... Para que te enteres, tu padre llamaba Risitas a su abuelo. Tywin decía que Merryweather solo servía para reírse cuando el rey decía algo supuestamente ingenioso. Creo recordar que su señoría se ganó el exilio a golpe de risitas. Cersei también ha metido a un bastardo en el consejo, y a un inútil Kettleblack en la Guardia Real. Ahora, la Fe se está rearmando, y los braavosis se dedican a reclamar el pago de los préstamos por todo Poniente. Nada de eso habría sucedido si hubiera tenido el sentido común de nombrar Mano a tu tío.

—Ser Kevan rechazó el nombramiento.

—Eso nos dijo. Lo que no dijo fue por qué. Hubo muchas cosas que no dijo. Que no quiso decir. —Lady Genna hizo una mueca—. Kevan siempre ha hecho lo que se le ha pedido. No es propio de él dar la espalda a su deber. Aquí pasa algo, me lo huelo.

—Dijo que estaba cansado.

«Lo sabe —le había dicho Cersei ante el cadáver de su padre—. Sabe lo nuestro.»

—¿Cansado? —Su tía apretó los labios—. En fin, tiene derecho a estarlo. Debe de haberle resultado duro pasarse toda la vida a la sombra de Tywin. Fue duro para todos mis hermanos. La sombra que proyectaba Tywin era larga y negra; todos tenían que debatirse para encontrar un poco de sol. Tygett trató de independizarse, pero nunca pudo competir con tu padre, y eso lo fue amargando con los años. Geron siempre estaba bromeando. Es mejor reírse del juego que jugar y perder. Pero Kevan se dio cuenta enseguida de cómo iban a acabar las cosas, así que se hizo un lugar al lado de tu padre.

—¿Y tú? —preguntó Jaime.

—No era un juego para niñas. Yo era la princesita adorada de mi padre, y también la de Tywin, hasta que lo decepcioné. Nunca encajó bien las decepciones. —Se puso en pie—. Ya he dicho todo lo que tenía que decir; no te robaré más tiempo. Haz lo que creas que habría hecho Tywin.

—¿Lo querías? —se oyó preguntar Jaime.

Su tía le lanzó una mirada de extrañeza.

—Tenía siete años cuando Walder Frey convenció a mi señor padre para que le entregara mi mano a Emm. A su segundo hijo, ni siquiera a su heredero. Mi padre era el tercer hijo, y los niños buscan la aprobación de los adultos. Frey vio este punto débil, y mi padre accedió sin más motivo que el de complacerlo. Mi compromiso se anunció en un banquete al que asistía la mitad de Occidente. Ellyn Tarbeck se echó a reír, y el León Rojo salió de la estancia hecho una furia. Los demás se quedaron sentados y en silencio. El único que se atrevió a oponerse al compromiso fue Tywin. Un niño de diez años. Nuestro padre se puso blanco como la leche de yegua, y Walder Frey temblaba, en serio. —Sonrió—. Después de aquello, ¿cómo no iba a quererlo? No significa que aprobara todo lo que hacía, ni que me gustara mucho estar con el hombre en que se convirtió... Pero toda niñita necesita un hermano mayor que la proteja. Tywin era grande hasta cuando era pequeño. —Dejó escapar un suspiro—. ¿Quién nos protegerá ahora?

Jaime le dio un beso en la mejilla.

—Tywin dejó un hijo.

—Cierto. Y eso es lo que más miedo me da.

Era un comentario muy extraño.

—¿Por qué te da miedo?

—Jaime —dijo mientras le pellizcaba la oreja—, cariño, te conozco desde que eras un bebé que mamaba del pecho de Joanna. Sonríes como Gerion y peleas como Tyg, y hasta tienes algo de Kevan; de lo contrario no llevarías esa capa... Pero el verdadero hijo de Tywin es Tyrion, no tú. Se lo dije a tu padre en cierta ocasión, y me retiró la palabra durante medio año. A veces, los hombres pueden llegar a ser tan estúpidos... Hasta los que aparecen una vez cada mil años.

Gata de los canales

Se despertó antes de que saliera el sol, en la pequeña buhardilla que compartía con las hijas de Brosco.

Gata era siempre la primera en despertar. Bajo las mantas, con Brea y Talea, estaba cómoda y a gusto. Se quedó escuchando el sonido suave de su respiración. Cuando se desperezó y se sentó para buscar las zapatillas, Brea musitó una queja adormilada y se volvió. El frío que parecía emanar de las piedras grises le ponía a Gata la carne de gallina. Se vistió a toda prisa en la oscuridad. Cuando se estaba poniendo la túnica, Talea abrió los ojos.

—Gata, anda, sé buena y alcánzame la ropa.

Era una chiquilla torpe y desgarbada, toda piel, huesos y codos, que siempre se quejaba de frío.

Gata le llevó la ropa, y Talea se la puso bajo las mantas. Entre las dos, sacaron de la cama a su hermana mayor, mientras musitaba amenazas somnolientas.

Cuando las tres bajaron por la escalerilla que llevaba a su habitación, Brosco y sus hijos varones ya estaban en el bote, en el pequeño canal de la parte de atrás de la casa. Como todas las mañanas, Brosco les dijo con un rugido que se dieran prisa. Los muchachos ayudaron a Brea y a Talea a subir al bote. La misión de Gata consistía en desatarlos del atracadero, tirarle la amarra a Brea y dar un empujón al bote con el pie. Los hijos de Brosco dieron impulso con las pértigas. Gata corrió y salvó de un salto la distancia creciente entre el muelle y la cubierta.

Después, lo único que le quedaba era sentarse a bostezar durante largo rato, mientras Brosco y sus hijos los hacían avanzar en la luz previa al amanecer por un entramado de canales menores. Aquel día parecía diferente, claro y luminoso. En Braavos había solo tres tipos de clima: la niebla era insoportable; la lluvia, peor, y la lluvia gélida, lo peor de todo. Pero muy de cuando en cuando llegaba un amanecer rosado y azul, y el aire era límpido y estaba cargado de salitre. Eran los días que más le gustaban a Gata.

Cuando llegaron a la amplia vía de agua conocida como canal Largo, giraron hacia el sur en dirección al mercado de pescado. Gata iba sentada con las piernas cruzadas; trataba de contener los bostezos y de recordar detalles del sueño.

«He vuelto a soñar que era una loba.» Lo que mejor recordaba eran los olores: árboles y tierra, sus hermanos de manada, el rastro del caballo, del ciervo, del hombre, todos diferentes, y el hedor agudo y acre del miedo, siempre el mismo. A veces, los sueños de lobo eran tan vívidos que oía los aullidos de sus hermanos al despertar, y en cierta ocasión, Brea le dijo que había estado gruñendo en sueños y dando zarpazos bajo las mantas. Le pareció una mentira idiota hasta que Talea se lo confirmó.

«No debería tener sueños de lobo —se dijo la niña—. Ahora soy una gata, no una loba. Ahora soy la Gata de los Canales.» Los sueños de lobo eran de Arya de la Casa Stark. Pero por mucho que lo intentara, no podía librarse de Arya. Daba igual que durmiera en los sótanos del templo o en su pequeña buhardilla, con las hijas de Brosco; los sueños de lobo seguían acosándola por las noches. Y a veces tenía otros sueños.

Los sueños de lobo eran los buenos. En los sueños de lobo era rápida y fuerte; daba caza a su presa con su manada. El que detestaba era el otro sueño, aquel en el que tenía dos piernas en vez de cuatro patas. En él siempre estaba buscando a su madre, caminando a trompicones por un páramo de barro, sangre y fuego. Era un sueño en el que siempre llovía. Oía los gritos de su madre, pero un monstruo con cabeza de perro le impedía ir a salvarla. Era un sueño en el que siempre acababa llorando como una niñita asustada.

«Los gatos no lloran —se dijo—. Ni los lobos. No es más que un sueño idiota.»

El canal Largo llevó el bote de Brosco bajo las cúpulas de cobre verde del Palacio de la Verdad y las altas torres cuadradas de los Prestayn y los Antaryon, antes de pasar por debajo de los inmensos arcos grises del río de agua dulce en dirección al barrio conocido como Ciudad Sedimento, donde los edificios eran más pequeños y menos majestuosos. A lo largo del día, el canal se convertiría en un hervidero de botes y barcazas, pero en la oscuridad previa al amanecer lo tenían casi entero para ellos solos. A Brosco le gustaba llegar al mercado de pescado justo cuando el Titán anunciaba la salida del sol con su rugido. El sonido retumbaba por toda la albufera; la distancia lo amortiguaba, pero aun así bastaba para despertar a la ciudad.

Cuando Brosco y sus hijos amarraban junto al mercado de pescado, ya estaba abarrotado de vendedores de arenques, pescaderas, recolectores de ostras y almejas, mayordomos, cocineros, criadas y tripulantes de las galeras, todos negociando a gritos mientras inspeccionaban las capturas. Brosco siempre iba de bote en bote y examinaba el marisco; de cuando en cuando daba un golpecito a una caja con el bastón.

—Este —decía—. Sí. —*Tap tap*—. Este. —*Tap tap*—. No, ese no. Este. —*Tap*.

No era muy dado a la conversación. Talea decía que su padre era tan rácano con las palabras como con las monedas. Ostras, almejas, centollos, mejillones, berberechos, a veces gambas... Brosco compraba lo que tuviera mejor aspecto cada día. A ellos les correspondía llevar al bote las cajas y barriles que golpeara con el bastón. Brosco estaba mal de la espalda, no podía levantar nada que pesara más que un pichel de cerveza negra.

Cuando emprendían el camino de regreso a casa, Gata apestaba siempre a pescado y a salmuera. Se había acostumbrado tanto al olor que ya casi no lo percibía. El trabajo no le importaba. Cuando le dolían los músculos de tanto cargar, o la espalda por el peso de un barril, se decía que se estaba haciendo más fuerte.

Cuando tenían todos los barriles a bordo, Brosco volvía a hacer la seña, y sus hijos manejaban otra vez las pértigas por el canal Largo. Brea y Talea se dedicaban a cuchichear en la proa del bote. Gata sabía que hablaban del amigo de Brea, con el que se reunía en el tejado cuando su padre se iba a dormir.

—Aprende tres cosas nuevas antes de volver con nosotros —le había ordenado a Gata el hombre bondadoso al enviarla a la ciudad.

Y siempre lo hacía. A veces no eran más que tres palabras nuevas del idioma braavosi. A veces llevaba anécdotas de marineros, o sucesos asombrosos del ancho y húmedo mundo que se extendía más allá de las islas de Braavos: guerras, lluvias de sapos, dragones recién incubados... A veces aprendía tres chistes nuevos, tres nuevos acertijos, o tres trucos de un oficio u otro. Y muy de cuando en cuando averiguaba algún secreto.

Braavos era una ciudad hecha para los secretos, una ciudad de nieblas, de máscaras, de susurros. Según descubrió, hasta su existencia se había guardado en secreto durante un siglo; su situación permaneció oculta el triple de tiempo.

—Las Nueve Ciudades Libres son hijas de la primera Valyria —le enseñó el hombre bondadoso—. En cambio, Braavos es el hijo bastardo que se fugó de casa. Somos un pueblo mestizo, hijo de esclavos, putas y ladrones. Nuestros antepasados llegaron a este refugio procedentes de medio centenar de tierras, huyendo de los Señores Dragón, que los habían esclavizado. Se trajeron medio centenar de dioses, pero tienen uno en común.

—El que Tiene Muchos Rostros.

—Y muchos nombres —asintió el hombre bondadoso—. En Qohor es la Cabra Negra; en Yi Ti, el León de Noche; en Poniente, el Desconocido. Al final, todos tenemos que inclinarnos ante él, adoremos a los Siete, al Señor de la Luz, a la Madre Luna, al Dios Ahogado o al Gran Pastor. Toda la humanidad le pertenece. De lo contrario, en el mundo habría un pueblo cuyos habitantes vivirían eternamente. ¿Conoces algún pueblo que viva eternamente?

—No —respondió ella—. Todo hombre debe morir.

Gata siempre se encontraba al hombre bondadoso esperándola cuando regresaba al templo de la colina la noche en que la luna se tornaba negra.

—¿Qué sabes ahora que no supieras cuando te fuiste? —era su pregunta.

—Sé qué pone Beqqo el Ciego en la salsa picante que sirve con las ostras —respondía ella—. Sé que los comediantes del Farol Azul van a representar *El caballero de la triste figura* y que los comediantes del Barco responderán con *Siete remeros borrachos*. Sé que el librero Lotho Lornel duerme en la casa del capitán mercante Moredo Prestayn cuando el honorable capitán mercante está de viaje, y se marcha cuando regresa la *Zorra*.

—Bueno es saber esas cosas. ¿Y quién eres tú?

—Nadie.

—Mientes. Eres Gata de los Canales, te conozco. Vete a dormir, niña. Por la mañana tienes que servir.

—Todo hombre tiene que servir.

Y eso hacía tres días de cada treinta. Cuando la luna se tornaba oscura no era nadie, una sierva del Dios de Muchos Rostros que llevaba una túnica blanca y negra. Se adentraba en la oscuridad aromática en pos del hombre bondadoso, con el farol de hierro en la mano. Lavaba a los muertos, examinaba su ropa y contaba sus monedas. Algunos días seguía ayudando a Umma, la cocinera, y troceaba grandes champiñones blancos o desespinaba el pescado. Pero solo cuando la luna era negra. El resto del tiempo era una huérfana, con unas botas zarrapastrosas que le quedaban grandes y una capa marrón con el dobladillo deshilachado, que gritaba «¡Mejillones, berberechos, almejas!» mientras empujaba su carretilla por el puerto del Trapero.

Sabía que la luna se volvería negra aquella noche; la anterior había sido apenas una esquirla. «¿Qué sabes ahora que no supieras cuando te fuiste?», le preguntaría el hombre bondadoso en cuanto la viera.

«Sé que Brea, la hija de Brosco, se reúne con un muchacho en el tejado cuando su padre se va a dormir —pensó—. Talea dice que Brea se deja tocar por él, aunque no es más que una rata de tejado, y todas las ratas de tejado son ladrones.» Pero era lo único. Necesitaba dos cosas más, pero tampoco estaba preocupada. Abajo, entre los barcos, siempre se aprendía algo.

Cuando volvieron a la casa, Gata ayudó a los hijos de Brosco a descargar el bote. Brosco y sus hijas repartieron el marisco entre tres carretillas, sobre un lecho de algas.

—Volved cuando lo hayáis vendido todo —les dijo Brosco a las chicas, igual que todas las mañanas, y ellas se fueron para pregonar la captura.

Brea empujaba su carretilla al puerto Púrpura, para vender a los marineros braavosis que anclaban allí sus barcos. Talea se iba a los callejones que rodeaban el estanque de la Luna, o vendía entre los templos de la isla de los Dioses. Gata se dirigió al puerto del Trapero, como hacía nueve días de cada diez.

Solo los braavosis tenían permiso para utilizar el puerto Púrpura, desde la Ciudad Ahogada y el palacio del Señor del Mar; las naves de sus ciudades hermanas y las del resto del mundo tenían que conformarse con el puerto del Trapero, más mísero, sucio y desorganizado que el Púrpura. También era más ruidoso, ya que marineros y comerciantes de medio centenar de territorios abarrotaban sus muelles y callejones, mezclándose con aquellos que los servían o se aprovechaban de ellos. Era el lugar favorito de Gata, el que más le gustaba de Braavos. Disfrutaba con el ruido, con los olores extraños, viendo qué barcos habían llegado con la marea vespertina y cuáles habían zarpado. También le gustaban los marineros: los bulliciosos tyroshis con sus vozarrones retumbantes y sus bigotes teñidos; los lysenos de piel clara, siempre regateando para que les bajara el precio; los velludos y achaparrados marineros del Puerto de Ibben, que gruñían juramentos con sus voces graves y rasposas... Sus favoritos eran los isleños del verano, que tenían la piel tan lisa y oscura como la teca. Llevaban capas con plumas rojas, verdes y amarillas, y los mástiles altos y las velas blancas de sus naves cisne eran magníficos.

A veces también había ponientis: remeros y marineros de carracas procedentes de Antigua, de galeras mercantes del Valle Oscuro, Desembarco del Rey y Puerto Gaviota, de rechonchas cocas del Rejo... Gata sabía cómo se llamaban los mejillones, los berberechos y las almejas en braavosi, pero en el puerto del Trapero pregonaba su mercancía en la lengua del comercio, el idioma de los muelles, los atracaderos y las tabernas de marinos, una basta mezcolanza de palabras y expresiones tomadas de media docena de lenguas, acompañada de signos y gestos, la mayoría de ellos insultantes. Esos eran los que más le gustaban. Si alguien la molestaba, ella le hacía una higa, o lo llamaba picha de culo o coño de camello.

—No habré visto nunca un camello —les decía—, pero reconozco un coño de camello en cuanto lo huelo.

A veces, alguien se enfadaba, pero para esas ocasiones tenía el cuchillo. Lo llevaba siempre muy bien afilado, y además sabía utilizarlo. Roggo el Rojo la había adiestrado una tarde en el Puerto Feliz, mientras esperaba a que Lanna se quedara libre. La enseñó a escondérselo en la manga y a sacarlo cuando lo necesitara, y a cortar el cordón de un monedero tan limpia y rápidamente que le daría tiempo a gastar todo el dinero antes de que su dueño lo echara de menos. No estaba de más saberlo; hasta el hombre bondadoso lo reconocía. Sobre todo de noche, cuando los jaques y las ratas de tejado campaban por sus respetos.

Gata había hecho muchos amigos en los muelles: estibadores, comediantes, fabricantes de cuerdas, zurcidores de velas, taberneros, destiladores, panaderos, mendigos y prostitutas. Le compraban almejas y berberechos, le contaban historias verdaderas de Braavos y falsas sobre su vida, y se reían de su manera de pronunciar el braavosi. No le molestaba. En respuesta les hacía una higa y los llamaba coños de camello, con lo que se partían de risa. Gyloro Dothare le enseñó canciones picantes, y su hermano Gyleno le mostró el mejor lugar para pescar anguilas. Los comediantes del Barco la enseñaron a adoptar poses de héroe, y con ellos aprendió monólogos de *La canción del Rhoyne, Las dos esposas del conquistador* y *La lujuriosa dama del mercader.* Plumín, el hombrecillo de ojos tristes que escribía las mojigangas obscenas para el Barco, se ofreció a enseñarle cómo besaban las mujeres, pero Tagganaro le dio un golpe con un bacalao, y no se volvió a hablar del tema. Cossomo el Conjurador le hizo trucos de magia: podía comerse un ratón y luego sacárselo a ella de la oreja.

—Es magia —le decía.

—Qué va —respondía Gata—. Lo tenías en la manga; lo he visto moverse.

«¡Ostras, almejas, berberechos!», eran las palabras mágicas de Gata, y como buenas palabras mágicas la llevaban a casi cualquier lugar. Había subido a bordo de barcos de Lys, Antigua y el Puerto de Ibben para vender sus ostras en las mismísimas cubiertas. Algunos días empujaba su carretilla hasta las torres de los poderosos para ofrecer almejas cocidas a los guardias que vigilaban sus puertas. En una ocasión pregonó su captura en los peldaños del Palacio de la Verdad, y cuando otro vendedor ambulante trató de echarla, ella le volcó el carro, y sus ostras rodaron por los adoquines. Los agentes de aduanas de Puerto Chequy también compraban su mercancía, al igual que los remeros de la Ciudad Ahogada, cuyas cúpulas y torres sumergidas sobresalían de las aguas verdes de la albufera. Un día, cuando Brea se tuvo que quedar en la cama con la sangre de la luna, Gata empujó su carretilla hasta puerto Púrpura para vender centollos y gambas a los remeros de la barcaza de un Señor del Mar, que estaba decorada con rostros sonrientes de proa a popa. En otras ocasiones seguía el río de agua dulce hasta el estanque de la Luna. Vendió su mercancía a arrogantes jaques vestidos con ropa de seda a rayas, y también a serenos y justicias mayores con jubones marrones y grises. Pero siempre regresaba al puerto del Trapero.

—¡Ostras, almejas, berberechos! —pregonaba mientras empujaba la carretilla por los muelles—. ¡Mejillones, gambas, berberechos!

Un sucio gato anaranjado la siguió, atraído por sus gritos. Más adelante apareció un segundo gato, un animal patético de pelo gris enmarañado con un muñón en vez de cola. A los gatos les gustaba el olor de Gata. Algunos días eran más de una docena los que la seguían antes de que se pusiera el sol. A veces, la niña les tiraba una ostra para ver cuál la cogía. Advirtió que rara vez ganaban los machos grandes; lo más habitual era que se llevara el premio un animal más pequeño y rápido, más flaco, taimado y hambriento.

«Igual que yo», se dijo. Su favorito era un gato viejo y escuálido al que le habían arrancado la oreja de un mordisco; le recordaba a uno que había perseguido por la Fortaleza Roja. «No, la que hizo aquello era otra niña, no yo.»

Gata advirtió que ya habían zarpado dos de los barcos en los que había estado el día anterior, dejando sitio a cinco nuevos: una pequeña carraca llamada *Simio Sinvergüenza,* un enorme ballenero ibbenés que apestaba a alquitrán, a sangre y a aceite de ballena, dos cocas destartaladas de Pentos y una esbelta galera verde procedente de la Antigua Volantis. Gata se detuvo al pie de todas las planchas para pregonar las almejas y las ostras, una vez en la lengua del comercio y otra en la lengua común de Poniente. Un tripulante del ballenero la maldijo con gritos tan fuertes que espantó a sus gatos, y un remero pentoshi le preguntó cuánto pedía por la almeja que tenía entre las piernas, pero en los otros barcos tuvo más suerte. Un contramaestre de la galera verde engulló media docena de ostras y le explicó que a su capitán lo habían asesinado unos piratas lysenos que habían tratado de abordarlos cerca de los Peldaños de Piedra.

—Fue ese cabrón de Saan, con su *Hijo de la Madre Vieja* y su barco grande, la *Valyrio.* Escapamos por los pelos.

Resultó que la pequeña *Simio Sinvergüenza* procedía de Puerto Gaviota, y su tripulación de ponientis se alegró de poder hablar con alguien en la lengua común. Uno le preguntó cómo era que una niña de Desembarco del Rey había acabado vendiendo mejillones en los muelles de Braavos, de modo que tuvo que contarles su historia.

—Vamos a estar en este puerto cuatro días y cuatro largas noches —le dijo otro—. ¿Adónde van los hombres por aquí cuando quieren divertirse?

—Los cómicos del Barco están representando *Siete remeros borrachos* —respondió Gata—, y en la Cripta Moteada, junto a las puertas de la Ciudad Ahogada, hay peleas de anguilas. O si queréis, podéis ir al estanque de la Luna: por las noches los jaques se baten en duelo.

—No está mal —intervino otro marinero—, pero en realidad, lo que quiere Wat es una mujer.

—Las mejores putas están en Puerto Feliz, cerca de donde está atracado el Barco de los cómicos.

Les indicó el camino. En los muelles también había prostitutas que no eran lo que parecían, y los marineros recién llegados no tenían manera de distinguirlas. S'vrone era la peor. Todos sabían que había robado y matado a una docena de hombres para luego tirar a los canales los cadáveres, que eran pasto de las anguilas. La Hija Borracha era un encanto cuando estaba sobria, pero no cuando se había llenado de vino. Y Jeyne Llagas era un hombre en realidad.

—Preguntad por Alegría. Su verdadero nombre es Allegira, pero todos la llaman Alegría; siempre está contenta.

Alegría le compraba una docena de ostras siempre que pasaba por el burdel, y las compartía con las otras chicas. Todo el mundo estaba de acuerdo en que tenía muy buen corazón. «Eso y las tetas más grandes de todo Braavos», como le gustaba alardear.

Sus chicas también eran muy agradables: Bethany Sonrojos; la Esposa del Marinero; Yna la Tuerta, que leía el futuro en una gota de sangre; la menuda y bonita Lanna, y hasta Assadora, la ibbenesa con bigote. Tal vez no fueran hermosas, pero se portaban bien con ella.

—Todos los mozos de cuerda van al Puerto Feliz —les aseguró Gata a los hombres de la *Simio Sinvergüenza*—. Como dice Alegría, «Los muchachos descargan los barcos y mis chicas descargan a sus tripulantes».

—¿Y esas prostitutas de lujo de las que cantan los bardos? —preguntó el simio más joven, un muchacho pecoso y pelirrojo que no tendría más de dieciséis años—. ¿Son tan bonitas como se dice? ¿Dónde puedo conseguir una?

Sus compañeros lo miraron y se echaron a reír.

—Por los siete infiernos, chico —le replicó uno—. Tal vez el capitán podría permitirse una cortisanta de esas, pero solo si vendiera el barco. Los coños de ese calibre son para los señores, no para gente como nosotros.

Las cortesanas de Braavos eran famosas en todo el mundo. Los bardos cantaban sobre ellas; los joyeros y orfebres las colmaban de regalos; los artistas mendigaban el honor de retratarlas; los príncipes mercaderes pagaban sumas regias por tenerlas en sus brazos en bailes, banquetes y funciones de cómicos, y los jaques se mataban entre ellos en su nombre. Cuando iba por los canales con su carretilla, Gata veía a veces a alguna, que navegaba hacia una velada con algún amante. Cada cortesana tenía su propia barcaza y sirvientes que la llevaban a sus citas. La Poetisa siempre llevaba un libro en la mano; la Sombra de Luna solo vestía de blanco y plata, y nunca se veía a la Reina Pescadilla sin sus Sirenas, cuatro doncellas a punto de florecer que le llevaban la cola del vestido y le peinaban el cabello. Cada cortesana era más hermosa que la anterior. Hasta la Dama Velada era bella, aunque solo aquellos a los que tomaba como amantes podían verle el rostro.

—Una vez le vendí tres berberechos a una cortesana —les contó Gata a los marineros—. Me llamó cuando bajaba de su barcaza.

Brosco le había dejado muy claro que jamás debía hablar con una cortesana a menos que ella le dirigiera la palabra, pero la mujer le había sonreído y le había pagado en plata diez veces el valor de los berberechos.

—¿A cuál? ¿A la Reina de los Berberechos?

—A la Perla Negra —le replicó.

Según Alegría, la Perla Negra era la más famosa de todas las cortesanas.

—Desciende de los dragones, nada menos —le había contado a Gata—. La primera Perla Negra era una reina pirata. Fue amante de un príncipe ponienti y tuvo una hija, que cuando creció se hizo cortesana. Su hija la sucedió, y también la hija de esta, hasta llegar a la de ahora. ¿Qué te dijo, Gata?

—«Quiero tres berberechos» y «¿Tienes salsa picante, pequeña?» —respondió la niña.

—¿Y tú qué le dijiste?

—Le dije «No, mi señora» y «No me llaméis pequeña; me llamo Gata». Debería llevar salsa picante. Beqqo la lleva y vende el triple de ostras que Brosco.

Gata también habló de la Perla Negra al hombre bondadoso.

—Su verdadero nombre es Bellegere Otherys —le informó.

Era una de las tres cosas que había aprendido.

—Cierto —asintió el sacerdote en voz baja—. Su madre se llamaba Bellonara, pero la primera Perla Negra también se llamaba Bellegere.

Pero Gata sabía que a los hombres de la *Simio Sinvergüenza* no les importaría el nombre de la madre de una cortesana. Lo que hizo fue pedirles noticias de los Siete Reinos y de la guerra.

—¿Guerra? —rio uno de ellos—. ¿Qué guerra? No hay ninguna guerra.

—En Puerto Gaviota no, desde luego —dijo otro—. Ni en el Valle. El pequeño señor nos mantiene al margen, igual que hizo su señora madre.

«Igual que hizo su señora madre.» La señora del Valle era la hermana de su madre.

—Lady Lysa —dijo—. ¿Ha...?

—Muerto —terminó el chico pecoso que tenía la cabeza llena de cortesanas—. Sí. La asesinó su propio bardo.

—Oh.

«No tiene nada que ver conmigo. Gata de los Canales no tuvo nunca ninguna tía. Nunca.» Gata levantó la carretilla y se alejó de la *Simio Sinvergüenza.* Las ruedas saltaban por encima de los adoquines.

—¡Ostras, almejas, berberechos! —pregonaba—. ¡Ostras, almejas, berberechos!

Vendió casi todas las almejas a los mozos de cuerda que descargaban vino de la gran coca del Rejo, y el resto, a los hombres que reparaban una galera mercante myriense que había sufrido el azote de las tormentas.

Más adelante, en los muelles, se encontró con Tagganaro, que estaba sentado con la espalda contra un pilón al lado de Casso, el Rey de las Focas. Le compró unos cuantos mejillones. Casso ladró y le permitió que le estrechara la aleta.

—Vente a trabajar conmigo, Gata —le insistió Tagganaro mientras sorbía los mejillones de las conchas. Buscaba un ayudante desde que la Hija Borracha le había clavado un cuchillo en la mano al Pequeño Narbo—. Te pagaré más que Brosco, y no olerás a pescado.

—A Casso le gusta mi olor —replicó ella. El Rey de las Focas ladró a modo de asentimiento—. ¿No mejora la mano de Narbo?

—No puede doblar tres dedos —se quejó Tagganaro entre mejillón y mejillón—. ¿De qué sirve un ratero incapaz de usar los dedos? A Narbo se le daba bien robar bolsas, no elegir putas.

—Lo mismo dice Alegría. —Gata estaba triste. Le caía bien el Pequeño Narbo, aunque fuera un ladrón—. ¿Qué va a hacer ahora?

—Dice que remar. Para eso basta con dos dedos, o eso cree, y el Señor del Mar siempre anda buscando más remeros. Yo le digo: «No, Narbo, ese mar es más frío que una doncella y más cruel que una puta. Es mejor que te cortes la mano y mendigues». Casso sabe que tengo razón. ¿A que sí, Casso?

La foca ladró, y Gata no pudo contener una sonrisa. Le tiró otra almeja antes de marcharse.

Estaba a punto de anochecer cuando Gata llegó al Puerto Feliz, al otro lado del callejón donde estaba anclado el Barco. Había unos cuantos cómicos sentados en casco escorado; se pasaban de mano en mano un pellejo de vino, pero al ver llegar a Gata bajaron a por unas almejas. Ella les preguntó cómo les iba con *Siete remeros borrachos.* Joss el Triste sacudió la cabeza.

—Quence acabó por encontrarse a Allaquo en la cama con Sloey. Se pelearon con espadas de mentira y los dos nos han dejado. Por lo visto, esta noche va a haber solo cinco remeros borrachos.

—Intentamos compensar con borrachera lo que nos falta en remeros —declaró Myrmello—. Yo lo estoy poniendo todo de mi parte.

—El Pequeño Narbo quiere ser remero —les dijo Gata—. Si lo aceptáis, seréis seis.

—Más vale que vayas a ver a Alegría —le dijo Joss—. Ya sabes cómo se pone si no tiene ostras.

Pero al entrar en el burdel, Gata vio a Alegría sentada en la sala común, con los ojos cerrados, mientras Dareon tocaba la lira. También estaba allí Yna, trenzando la cabellera dorada de Lanna.

«Otra estúpida canción de amor.» Lanna siempre le pedía al bardo que tocara estúpidas canciones de amor. Con solo catorce años, era la más joven de las prostitutas. Gata sabía que Alegría cobraba por ella el triple que por las otras.

Se enfureció al ver a Dareon sentado allí con tanto descaro, haciéndole ojitos a Lanna mientras rasgaba las cuerdas de la lira. Las putas lo llamaban el bardo negro, pero de negro ya tenía poco. Con las monedas que le pagaban por sus canciones, el cuervo se había convertido en un pavo real. Aquel día llevaba una capa de felpa violeta con ribete de marta cibelina, una túnica de rayas blancas y lila, y los calzones jaspeados propios de un jaque, pero también tenía una capa de seda y otra de terciopelo rojo con bordados de hilo de oro. Lo único que le quedaba negro eran las botas. Gata le había oído contarle a Lanna que lo demás lo había tirado a un canal.

—Estoy harto de oscuridad —había anunciado.

«Es de la Guardia de la Noche», pensó mientras lo oía cantar sobre una dama idiota que se tiraba de una torre idiota porque el idiota de su príncipe había muerto. «Lo que tendría que hacer la dama era matar a los que asesinaron a su príncipe. Y el bardo tendría que estar en el Muro.» Cuando Dareon llegó al Puerto Feliz, Arya estuvo tentada de pedirle que le permitiera acompañarlo a Guardiaoriente, pero le oyó comentarle a Bethany que no pensaba regresar.

—Camas duras, bacalao en salazón y guardias interminables: eso es el Muro —decía—. Además, en Guardiaoriente no hay ni una mujer la mitad de bonita que tú. ¿Cómo voy a dejarte?

Lo mismo le dijo a Lanna; Gata también lo oyó, y a una prostituta de la Gatería, y hasta a la Ruiseñor, la noche que cantó en la Casa de las Siete Lámparas.

«Ojalá hubiera estado delante cuando le pegó el gordo.» Las putas de Alegría todavía se reían al recordarlo. Yna decía que el chico gordo se ponía más rojo que una remolacha cada vez que lo tocaba, pero cuando empezó a causar problemas, Alegría lo arrastró afuera y lo tiró al canal.

Gata estaba pensando en el chico gordo; recordaba como lo había salvado de Terro y Orbelo, cuando la Esposa del Marinero apareció junto a ella.

—Canta muy bien —murmuró la mujer en la lengua común de Poniente—. Los dioses deben de apreciarlo mucho para haberle dado una voz así, además de ese rostro tan bello.

«Tiene el rostro bello y el corazón podrido», pensó Arya, pero no lo dijo. Dareon se había casado con la Esposa del Marinero, que solo se iba a la cama con los que contraían matrimonio con ella. Había noches en las que se celebraban tres o cuatro bodas en el Puerto Feliz. El sacerdote rojo Ezzelyno, siempre rebosante de vino y alborozo, solía oficiar los rituales. Si no era él, se encargaba Eustace, que había sido septón en el

Septo-Más-Allá-del-Mar. Si ni el sacerdote ni el septón estaban disponibles, una prostituta iba al Barco y volvía con un cómico. Alegría decía siempre que los cómicos hacían de sacerdote mucho mejor que los sacerdotes, sobre todo Myrmello.

Las bodas eran ruidosas y divertidas, con mucha bebida. Si Gata pasaba por allí con la carretilla, la Esposa del Marinero se empecinaba en que su nuevo marido comprara unas ostras, con el fin de que estuviera bien duro para la consumación. Era bondadosa y tenía la risa fácil, pero Gata sabía que también había algo triste en ella.

Las otras prostitutas comentaban que visitaba la isla de los Dioses los días del mes en que florecía, y conocía a todos los dioses que vivían allí, hasta los que Braavos había olvidado. Decían que iba a rezar por su primer marido, su marido de verdad, que había desaparecido en el mar cuando ella era una niña de la edad de Lanna.

—Cree que, si da con el dios adecuado, es posible que envíe buenos vientos que le devuelvan a su antiguo amor —le comentó la tuerta Yna, que era la que la conocía desde hacía más tiempo—. Yo rezo para que no sea así. Su amado está muerto; lo supe por su sangre. Aunque volviera a ella, sería un cadáver.

La canción de Dareon estaba terminando por fin. Mientras las últimas notas se desvanecían en el aire, Lanna dejó escapar un suspiro. El bardo dejó la lira a un lado y se sentó a la mujer en el regazo. Empezaba a hacerle cosquillas cuando Gata interrumpió.

—Si alguien quiere, tengo ostras —anunció en voz alta.

Alegría abrió los ojos al instante.

—Bien —dijo—. Trae acá, niña. Yna, ve a buscar pan y vinagre.

Cuando Gata salió de Puerto Feliz, con la bolsa llena de monedas y solo algas y sal en la carretilla, el sol era una esfera roja hinchada que pendía del cielo, más allá de la hilera de mástiles. Dareon también se iba. Le comentó que había prometido cantar en la Posada de la Anguila Verde aquella noche.

—Siempre que toco en la Anguila salgo con plata —alardeó—. A veces hay capitanes, y hasta dueños de barcos. —Cruzaron el pequeño puente y bajaron por una callejuela serpenteante mientras las sombras se iban alargando—. Pronto estaré tocando en el Púrpura, y después, en el palacio del Señor del Mar. —La carretilla vacía de Gata traqueteaba por los adoquines al son de su propia música—. Ayer comí arenques con las putas, pero en menos de un año estaré comiendo langosta con las cortesanas.

—¿Qué ha sido de tu hermano? —preguntó Gata—. El gordo. ¿Encontró barco hacia Antigua? Decía que tenían que haber ido en el *Lady Ushanora.*

—Igual que todos nosotros. Eran las órdenes de Lord Nieve. Mira que se lo dije a Sam: «Deja al viejo», le dije, pero el imbécil del gordo no hizo caso. —Los últimos rayos del sol poniente le arrancaban reflejos del cabello—. En fin, ya es demasiado tarde.

—Así es —dijo Gata mientras se adentraban en la penumbra de otro callejón tortuoso.

Cuando llegó a la casa de Brosco, la niebla vespertina ya empezaba a cubrir el pequeño canal. Guardó la carretilla, fue a buscar a Brosco a la habitación donde hacía las cuentas y puso la bolsa en la mesa, ante él. También puso las botas.

Brosco dio unas palmaditas a la bolsa.

—Bien, bien. ¿Y esto qué es?

—Una botas.

—Cuesta encontrar unas buenas botas, pero estas son pequeñas para mí. —Cogió una y la examinó.

—Esta noche, la luna estará negra —le recordó.

—Ya, tienes que ir a rezar. —Brosco apartó las botas y derramó las monedas en la mesa para contarlas—. *Valar dohaeris.*

«Valar morghulis», pensó ella.

La niebla se hacía más densa mientras recorría las calles de Braavos. Estaba tiritando cuando cruzó la puerta de arciano de la Casa de Blanco y Negro. Aquella noche solo ardían unas pocas velas, que titilaban como estrellas caídas. En la oscuridad, todos los dioses eran desconocidos.

Abajo, en las criptas, se desató la capa harapienta de Gata, se sacó por la cabeza la túnica marrón de Gata con su olor a pescado, se quitó las botas manchadas de sal de Gata y también su ropa interior, y se bañó en agua de limón para quitarse hasta el olor de Gata de los Canales. Cuando salió, con la piel rosada de tanto frotar y el pelo castaño pegado a las mejillas, Gata había desaparecido. Se puso la túnica limpia y unas zapatillas de tela, y fue a la cocina para pedirle a Umma algo de comer. Los sacerdotes y los acólitos ya habían cenado, pero la cocinera le había guardado un hermoso trozo de bacalao frito y un poco de puré de nabos amarillos. Lo devoró todo, lavó el plato y fue a buscar a la niña abandonada para ayudarla a preparar sus pócimas.

Su misión consistía sobre todo en acercarle los ingredientes y subir por escalerillas para buscar las hierbas y las hojas que necesitaba.

—La pócima de sueñodulce es la más agradable —le dijo mientras machacaba algo en el mortero—. Basta con unos granos para sosegar un corazón acelerado, hacer que las manos dejen de temblar, y que un hombre se sienta fuerte y tranquilo. Un pellizco proporciona una noche de sueño profundo y reparador; tres pellizcos provocan el sueño sin fin. Tiene un sabor muy dulce, así que es mejor utilizarla en pasteles, tartas y vinos con miel. Mira lo dulce que es su olor. —Se la acercó para que la oliera, y luego le pidió que subiera por la escalerilla para coger una botella de cristal rojo—. La acción de este veneno es más desagradable, pero es insípido e inodoro, así que es más fácil esconderlo. Lo llaman *lágrimas de Lys.* Se disuelve en vino o en agua, y devora las entrañas y el vientre de quien lo toma; mata como una enfermedad de esos órganos. Huele. —Arya olfateó; no olía a nada. La niña dejó las lágrimas a un lado y abrió un tarro de piedra—. Esta pasta está especiada con sangre de basilisco. Si se echa en un guiso de carne parece que huele a ajedrea, pero cuando se come provoca una locura violenta tanto a hombres como a animales. Después de probar la sangre de basilisco, un ratón atacaría a un león.

Arya se mordisqueó el labio.

—¿Funcionaría con un perro?

—Con cualquier animal de sangre caliente.

La niña la abofeteó. Ella se llevó la mano a la mejilla, más sorprendida que dolorida.

—¿Por qué me has pegado?

—La que se muerde el labio siempre que está pensando es Arya de la Casa Stark. ¿Eres Arya de la Casa Stark?

—No soy nadie. —Estaba furiosa—. ¿Quién eres tú?

No esperaba respuesta, pero la obtuvo.

—Nací como hija única de una Casa antigua; era la heredera de mi padre. Mi madre murió cuando era pequeña y no conservo ningún recuerdo de ella. Cuando tenía seis años, mi padre volvió a casarse. Su nueva esposa me trató con cariño hasta que dio a luz a una hija propia. Entonces empezó a desear mi muerte para que fuera la sangre de su sangre la que heredase las riquezas de mi padre. Tendría que haber buscado el favor del Dios de Muchos Rostros, pero no habría soportado el sacrificio que le habría pedido a cambio, así que se le ocurrió envenenarme personalmente. El veneno me dejó como me ves, pero no me mató. Cuando los sanadores de la Casa de las Manos Rojas se lo contaron a mi padre, él vino e hizo el sacrificio: ofreció todas sus riquezas y a mí. El que Tiene Muchos Rostros escuchó su plegaria. A mí me trajeron a servir al templo, y la esposa de mi padre recibió el regalo.

Arya la miró con desconfianza.

—¿Eso es verdad?

—Hay verdad en ello.

—¿Y también mentira?

—Hay algo que no es cierto y una exageración.

Había estado mirando el rostro de la niña mientras le contaba la historia, pero no había visto indicio alguno.

—El Dios de Muchos Rostros se quedó con dos tercios de las riquezas de tu padre, no con todo.

—Así es. Esa ha sido mi exageración.

Arya sonrió, se dio cuenta de que sonreía y se pellizcó la mejilla. «Domina tu rostro —se dijo—. Mi sonrisa tiene que estar a mi servicio, acudir solo cuando la llamo.»

—¿Y cuál era la mentira?

—Ninguna. He mentido sobre la mentira.

—¿De verdad? ¿O estás mintiendo ahora?

Pero antes de que la niña tuviera ocasión de responder, el hombre bondadoso entró en la estancia, sonriente.

—Has vuelto con nosotros.

—La luna está negra.

—Cierto. ¿Qué tres cosas sabes ahora que no supieras cuando te fuiste?

«Sé treinta cosas nuevas», estuvo a punto de decir.

—El Pequeño Narbo no puede doblar tres dedos. Quiere hacerse remero.

—Bueno es saber eso. ¿Qué más?

Recordó lo que había pasado aquel día.

—Quence y Alaquo se pelearon y dejaron el Barco, pero creo que volverán.

—¿Solo lo crees o lo sabes?

—Solo lo creo —tuvo que reconocer, aunque estaba segura.

Los cómicos necesitaban comer igual que cualquiera, y Quence y Alaquo no eran suficientemente buenos para actuar en el Farol Azul.

—Así es —dijo el hombre bondadoso—. ¿Y lo tercero?

No titubeó.

—Dareon ha muerto. Dareon, al que llamaban el bardo negro, el que dormía en el Puerto Feliz. En realidad era un desertor de la Guardia de la Noche. Le cortaron el cuello y lo tiraron a un canal, pero antes le quitaron las botas.

—Cuesta encontrar unas buenas botas.

—Así es.

Trató de mantener el rostro inexpresivo.

—¿Quién lo habrá hecho?

—Arya de la Casa Stark.

Le clavó la vista en los ojos, en la boca, en los músculos de la mandíbula.

—¿Esa niña? Creía que se había marchado de Braavos. ¿Quién eres tú?

—Nadie.

—Mentira. —Se volvió hacia la niña abandonada—. Tengo la boca seca. Ten la amabilidad de traer una copa de vino para mí, y un vaso de leche caliente para nuestra amiga Arya, que ha vuelto con nosotros inesperadamente.

Mientras cruzaba la ciudad, Arya se había preguntado qué diría el hombre bondadoso cuando le contara lo de Dareon. Tal vez se enfadara con ella, o tal vez le pareciera bien que le hubiera entregado al bardo el regalo del Dios de Muchos Rostros. Había ensayado mentalmente la conversación un centenar de veces, como un cómico en su espectáculo. Pero si había algo que no esperaba era leche caliente.

Cuando llegó la leche, Arya se la bebió. Olía un poco a quemado y tenía un regusto amargo.

—Vete a la cama, niña —dijo el hombre bondadoso—. Por la mañana tienes que servir.

Aquella noche soñó que volvía a ser un lobo, pero en aquella ocasión, el sueño era diferente. En aquel sueño no tenía manada. Rondaba sola, saltaba por los tejados y caminaba por la orilla del canal con pasos silenciosos, acechando las sombras en medio de la niebla.

A la mañana siguiente, cuando se despertó, estaba ciega.

Samwell

La *Viento Canela* era una nave cisne procedente de Árboles Altos, en las Islas del Verano, donde los hombres eran negros, las mujeres eran procaces y hasta los dioses eran extraños. No llevaban a bordo ningún septón que pudiera recitar la plegaria fúnebre, de modo que la tarea le correspondió a Samwell Tarly, cuando pasaban frente a la abrasadora costa sur de Dorne.

Sam se había vestido de negro para la oración, aunque la tarde era bochornosa, sin apenas un atisbo de viento.

—Fue un buen hombre —comenzó. Nada más decirlo, se dio cuenta de que no era verdad—. No. Fue un gran hombre. Un maestre de la Ciudadela, con cadena y votos; un Hermano Juramentado de la Guardia de la Noche, siempre leal. Cuando nació le pusieron el nombre de un héroe que había muerto demasiado joven, pero aunque él tuvo una vida muy, muy larga, no fue por ello menos heroica. No ha habido hombre más sabio, más amable, más bondadoso. Por el Muro pasó una docena de lores comandantes durante sus años de servicio, y a todos les prestó consejo. También aconsejó a reyes. Él mismo podría haber sido rey. Pero cuando le ofrecieron la corona pidió que se la entregaran a su hermano menor. ¿Cuántos habrían hecho eso? —Sam sintió que se le llenaban los ojos de lágrimas; sabía que no podría seguir mucho más—. Era de la sangre del dragón, pero su fuego se ha apagado. Era Aemon Targaryen. Ahora, su guardia ha terminado.

—Ahora, su guardia ha terminado —repitió Elí mientras acunaba al bebé.

Kojja Mo lo repitió también en la lengua común de Poniente, y a continuación, en la lengua del verano para Xhondo, su padre y el resto de la tripulación. Sam agachó la cabeza y se echó a llorar, con sollozos tan violentos que todo su cuerpo se estremecía. Elí acudió a su lado y le ofreció el hombro. Ella también tenía lágrimas en los ojos.

El aire era húmedo, cálido, inmóvil, y la *Viento Canela* iba a la deriva por un mar azul, lejos de la orilla.

—Sam Negro dice palabras bien —dijo Xhondo—. Ahora bebemos su vida.

Soltó un grito en la lengua del verano, y unos llevaron rodando un barril de ron especiado a la cubierta de popa, donde lo abrieron para que los que estaban de guardia pudieran llenar sus tazones en memoria del anciano dragón ciego. La tripulación lo había conocido unos pocos días atrás, pero los isleños del verano honraban a los ancianos y rendían honores a los muertos.

Sam no había bebido ron hasta entonces. Era una bebida extraña y embriagadora, dulce al principio, pero con un regusto ardiente que quemaba la lengua. Estaba cansado, muy cansado. Le dolía hasta el último músculo; incluso sentía dolor en sitios donde no sabía que hubiera músculos. Tenía las rodillas entumecidas, y las manos, llenas de ampollas recientes y de trozos de piel muerta allí donde se le habían reventado las viejas. Pero entre las ampollas, el ron y la tristeza, el dolor parecía amortiguado.

—Si hubiéramos podido llevarlo a Antigua, tal vez los archimaestres lo habrían salvado —le dijo a Elí mientras bebían tragos de ron en el castillo de proa de la *Viento Canela*—. Los sanadores de la Ciudadela son los mejores de los Siete Reinos. La verdad es que creía... Me atreví a esperar que...

En Braavos había llegado a creer que Aemon podía recuperarse. Cuando Xhondo le habló de los dragones, el anciano casi volvió a ser el de siempre. Aquella noche se comió hasta la última miga de lo que Sam le puso delante.

—A nadie se le ocurrió buscar a una chica —dijo—. Se nos prometió un príncipe, no una princesa. En cambio, Rhaegar... El humo era por el fuego que consumió Refugio Estival el día en que nació; la sal, por las lágrimas derramadas por los muertos. Cuando era joven compartía mi creencia, pero más tarde se convenció de que la profecía se cumpliría en su hijo, porque el día en que concibieron a Aegon, un cometa pasó sobre Desembarco del Rey, y Rhaegar estaba seguro de que la estrella sangrante tenía que ser un cometa. ¡Qué estúpidos fuimos, nosotros que nos creíamos tan sabios! El error partió de la traducción. Los dragones no son machos ni hembras. Barth se dio cuenta; son lo uno y lo otro, tan mutables como las llamas. El idioma nos tuvo sobre una pista falsa durante un milenio. Daenerys es la enviada, nacida entre la sal y el humo. Los dragones lo demuestran. —Hablar de ella hacía que el anciano pareciera más fuerte—. Tengo que ir a verla. Tengo que verla. Ojalá tuviera diez años menos...

La determinación de Aemon era tal que hasta subió por la plancha de la *Viento Canela* por su propio pie en cuanto Sam hizo los arreglos necesarios para conseguir pasaje. Ya le había dado a Xhondo la espada con su vaina para compensar al gigantesco contramaestre por la capa de plumas que había perdido cuando lo salvó de ahogarse. No les quedaba nada de valor, salvo los libros que habían sacado de las criptas del Castillo Negro. Sam se despidió de ellos con tristeza.

—Iban a ser para la Ciudadela —explicó cuando Xhondo le preguntó qué le pasaba.

El contramaestre tradujo lo que decía, y el capitán se echó a reír.

—Quhuru Mo dice que hombres grises van tener libros —le explicó Xhondo—. Pero comprar libros a Quhuru Mo. Maestres pagar buena plata por libros que no tener, a veces oro rojo y amarillo.

El capitán había pedido también la cadena de Aemon, pero Sam se mostró inflexible en aquel aspecto. Les explicó que perder la cadena era una deshonra para cualquier maestre. Xhondo tuvo que repetirlo tres veces antes de que Quhuru Mo lo aceptara. Cuando cerraron el trato, a Sam le quedaban solo las botas, las prendas negras, la ropa interior y el cuerno roto que había encontrado Jon Nieve en el Puño de los Primeros Hombres.

«No tenía más remedio —se dijo—. No podíamos quedarnos en Braavos, y aparte de robar o mendigar, no había otra manera de pagar el pasaje.»

Habría pagado el triple y le habría parecido barato si hubieran conseguido llevar al maestre Aemon a Antigua.

Pero la travesía hacia el sur fue turbulenta, y cada tormenta se cobraba su precio en las fuerzas y el ánimo del anciano. En Pentos pidió que lo subieran a cubierta para que Sam le pintara con palabras una imagen de la ciudad. Fue la última vez que salió del lecho del capitán. Poco después se le volvió a ir la cabeza. Cuando la *Viento Canela* pasó ante la Torre Sangrante para entrar en el puerto de Tyrosh, Aemon ya no hablaba de buscar un barco que lo llevara al este. Volvía a farfullar sobre Antigua y los archimaestres de la Ciudadela.

—Tienes que contárselo, Sam —le dijo—. A los archimaestres. Tienes que hacérselo entender. Los hombres que vivían en la Ciudadela cuando yo estaba allí llevan muertos cincuenta años. Estos de ahora no me conocieron. Mis cartas... En Antigua deben de considerarlas los delirios de un viejo al que se le han reblandecido los sesos. Tienes que convencerlos, ya que yo no podré. Háblales, Sam... Háblales del Muro... De los espectros, de los caminantes blancos, del frío que repta...

—Lo haré —le prometió Sam—. Sumaré mi voz a la vuestra, maestre. Se lo diremos todo los dos juntos.

—No —replicó el anciano—. Tendrás que ser tú. Háblales de ello. De la profecía... Del sueño de mi hermano... Lady Melisandre ha malinterpretado las señales. Stannis... Stannis tiene algo de sangre de dragón, sí. Igual que sus hermanos. Rhaelle, la hijita de Egg, así les llegó. La madre de su padre... Cuando era pequeña me llamaba *tío maestre.* Lo recordaba, así que me atreví a albergar la esperanza... Tal vez quisiera... Todos nos engañamos cuando queremos creer algo. Melisandre es la que más se engaña. Esa espada no es la espada; tiene que saberlo... Luz sin calor... Un hechizo vacío... No es la espada, y la falsa luz solo nos lleva a adentrarnos más en la oscuridad, Sam. Nuestra esperanza es Daenerys. Díselo a todos en la Ciudadela. Hazte escuchar. Tienen que enviarle un maestre. Daenerys necesita consejo, enseñanza, protección. Siempre me he quedado atrás, observando, aguardando, y ahora que ha llegado el momento soy demasiado viejo. Me muero, Sam. —Cuando lo reconoció, las lágrimas manaron de sus ojos ciegos—. La muerte no debería asustarme a mis años, pero tengo miedo. Qué tontería, ¿verdad? Esté donde esté, siempre hay oscuridad. Entonces, ¿por qué temo a la oscuridad? Pero no puedo dejar de preguntarme qué pasará cuando mi cuerpo pierda el último resto de calor. ¿Celebraré un banquete eterno en las estancias doradas del Padre, como dicen los septones? ¿Volveré a hablar con Egg? ¿Me encontraré con un Dareon ileso y feliz? ¿Oiré como mis hermanas cantan a sus hijos? ¿Qué pasa si es verdad lo que dicen los señores de los caballos? ¿Cabalgaremos eternamente por el cielo nocturno a lomos de un corcel de fuego? ¿O tendré que regresar a este valle de lágrimas? ¿Quién lo puede decir con certeza? ¿Quién ha vuelto de detrás de la muralla de la muerte? Solo los espectros, y ya sabemos cómo son. Ya lo sabemos.

Sam no tenía respuesta para aquello, pero le proporcionó al anciano el poco consuelo que pudo. Después entró Elí y le cantó una canción, una tonadilla sin sentido que le habían enseñado las otras esposas de Craster. Consiguió que Aemon sonriera; luego se quedó dormido.

Fue uno de sus últimos días buenos. Después se pasó más tiempo dormitando que despierto, acurrucado bajo un montón de pieles en el camarote del capitán. A veces murmuraba incoherencias en sueños. Cuando se despertaba llamaba a Sam; insistía en que tenía que decirle algo, pero casi siempre se olvidaba de qué era antes de que llegara, y si lo recordaba, sus frases eran un caos. Hablaba de sueños, pero no decía quién soñaba, de una vela de cristal que no se podía encender, de huevos que no se podían incubar. Decía que la esfinge era el acertijo, no la que planteaba el acertijo, significara lo que significara. Le pidió a Sam que le leyera un libro del septón Barth, cuyas obras habían sido quemadas durante el reinado de Baelor el Santo. En cierta ocasión se despertó llorando.

—El dragón debe tener tres cabezas —sollozó—, pero soy demasiado viejo y frágil para ser una. Yo debería estar con ella para mostrarle el camino, pero el cuerpo me ha traicionado.

Cuando la *Viento Canela* cruzó los Peldaños de Piedra, el maestre Aemon ya se olvidaba del nombre de Sam. En ocasiones lo confundía con uno de sus hermanos muertos.

—Estaba demasiado débil para hacer un viaje tan largo —le dijo Sam a Elí en el castillo de proa tras beber otro trago de ron—. Jon tendría que haberse dado cuenta. Aemon tenía ciento dos años; no debió embarcarse. Si se hubiera quedado en el Castillo Negro, tal vez habría vivido diez años más.

—O ella lo habría quemado vivo. La mujer roja. —Pese al millar de leguas que los separaban del Muro, Elí seguía sin atreverse a pronunciar el nombre de Lady Melisandre—. Quería sangre de rey para sus hogueras. Val lo sabía, y Lord Nieve también. Por eso me hicieron llevarme al bebé de Dalla y dejar al mío en su lugar. El maestre Aemon se ha dormido y ya no despertará, pero si se hubiera quedado, ella lo habría quemado.

«Va a arder de todos modos —pensó Sam con tristeza—, solo que ahora tendré que quemarlo yo.»

Los Targaryen siempre habían entregado a sus caídos a las llamas. Quhuru Mo no permitió que encendieran una pira a bordo de la *Viento Canela,* de manera que tuvieron que meter el cadáver de Aemon en un barril de ron tostado para conservarlo hasta que el barco llegara a Antigua.

—La noche anterior a su muerte me pidió que le dejara tener al bebé en brazos —continuó Elí—. Me daba miedo que se le cayera, pero lo cogió muy bien. Acunó al hijo de Dalla y le tarareó una canción, y el niño levantó la manita y le tocó la cara. Le tiró del labio; pensé que le iba a hacer daño, pero el anciano se rio. —Le dio una palmadita a Sam en la mano—. Si quieres podemos llamarlo Maestre. Cuando sea mayor, claro, todavía no. ¿Te parece bien?

—*Maestre* no es un nombre. Pero lo puedes llamar Aemon.

Elí se lo pensó un momento.

—Dalla lo parió durante la batalla, mientras las espadas cantaban a su alrededor. Así se tendría que llamar. Aemon de la Batalla. Aemon Canciondeacero.

«Ese nombre le gustaría a mi señor padre. Es un nombre de guerrero.»

Al fin y al cabo, el niño era hijo de Mance Ryder y nieto de Craster. Por sus venas no corría la sangre cobarde de Sam.

—Sí. Ponle ese nombre.

—Cuando tenga dos años —prometió la chica—. No antes.

—¿Dónde está el bebé? —se le ocurrió de repente a Sam.

Entre el ron y la tristeza no se había dado cuenta hasta entonces de que Elí no llevaba al pequeño en brazos.

—Lo tiene Kojja. Le he pedido que lo cuidara un rato.

—Ah.

Kojja Mo era la hija del capitán, más alta que Sam y esbelta como un junco, con la piel negra y lisa como el azabache pulido. Estaba al mando de los arqueros rojos del barco; tensaba un arco de doble curva que podía lanzar una flecha a cuatrocientos pasos de distancia. Cuando los piratas los atacaron en los Peldaños de Piedra, las flechas de Kojja mataron a una docena, mientras que todas las de Sam fueron a parar al agua. Y lo único que le gustaba más que su arco era sentarse al bebé de Dalla en las rodillas para darle saltitos y cantarle en la lengua del verano. El príncipe salvaje se había convertido en objeto de adoración para todas las mujeres de la tripulación, y Elí se lo confiaba como jamás se lo habría confiado a ningún hombre.

—Qué amable por parte de Kojja —comentó Sam.

—Al principio tenía miedo de ella —dijo Elí—. Es tan negra, tiene los dientes tan grandes y tan blancos... Temía que fuera una bestia, o un monstruo, pero no. Es buena. Me cae bien.

—Ya lo veo.

Durante casi toda su vida, el único hombre al que había conocido Elí era el aterrador Craster. El resto de su mundo lo componían solo mujeres. «Tiene miedo de los hombres, pero no de las mujeres», pensó Sam. Era comprensible. Cuando vivía en Colina Cuerno, él también prefería la compañía femenina. Sus hermanas se habían portado bien con él y, aunque las otras niñas le hacían burla a veces, era más fácil olvidarse de las palabras crueles que de los golpes y bofetadas que le propinaban los niños del castillo. Incluso entonces, a bordo de la *Viento Canela,* Sam se sentía más a gusto con Kojja Mo que con su padre, aunque tal vez fuera porque ella hablaba la lengua común y él no.

—Tú también me caes bien, Sam —susurró Elí—. Y me gusta esta bebida. Sabe a fuego.

«Sí —pensó Sam—, es una bebida para dragones.»

Tenían vacías las copas, así que se dirigió al barril y las volvió a llenar. El sol estaba muy bajo e imponente en el cielo del oeste. Su luz rojiza hacía que Elí pareciera sonrojada. Bebieron una copa a la salud de Kojja Mo, otra a la del hijo de Dalla, y otra a la del bebé de Elí, que estaría allá en el Muro. Después, les pareció casi obligatorio beber dos copas por Aemon de la Casa Targaryen.

—Que el Padre lo juzgue con justicia —dijo Sam sorbiendo por la nariz.

Casi se había puesto el sol; solo quedaba una larga línea brillante en el horizonte, como un desgarrón que hendiera el cielo. Elí dijo que la bebida hacía que el barco diera vueltas, de modo que Sam la ayudó a bajar por la escalerilla hasta los camarotes de las mujeres, en la popa del barco.

Ante la puerta había un farol, y al entrar, Sam se dio un golpe en la cabeza. Dejó escapar una exclamación de dolor.

—¿Te has hecho daño? —preguntó Elí—. Déjame ver.

Se acercó a él...

... y le dio un beso en la boca.

Sam advirtió que se lo estaba devolviendo.

«Pronuncié el juramento», pensó, pero las manos de la chica le estaban quitando las prendas negras y le desataban los cordones de los calzones.

Interrumpió el beso el tiempo justo para protestar.

—No podemos.

—Sí que podemos —replicó Elí, y volvió a cubrirle la boca con la suya.

La *Viento Canela* daba vueltas a su alrededor; notaba el sabor del ron en la boca de Elí, y luego notó sus pechos desnudos, y se los estaba tocando.

«Pronuncié el juramento», pensó otra vez, pero tenía uno de sus pezones entre los labios. Era rosado y duro, y cuando lo chupó se le llenó la boca de leche, que se mezcló con el sabor del ron, y nunca había probado nada tan delicioso, tan dulce, tan placentero.

«Si sigo, no seré mejor que Dareon.» Pero aquello era demasiado grato para detenerse.

Y de repente tenía la polla fuera; le sobresalía de los calzones como un grueso mástil rosado. Tenía un aspecto tan estúpido, allí, de pie, que poco le faltó para echarse a reír, pero Elí lo empujó para que se tendiera en su catre, se subió las faldas hasta los muslos y se sentó encima de él con un gemido. Aquello era incluso mejor que sus pezones.

«Qué húmeda está —pensó, jadeante—. No sabía que las mujeres estuvieran tan húmedas por ahí abajo.»

—Ahora soy tu esposa —susurró mientras se movía arriba y abajo encima de él.

Y Sam gimió, y pensó «No, no puede ser, pronuncié el juramento». Pero solo le salió una palabra.

—Sí.

Más tarde, ella se quedó dormida, abrazada a él, con la cara contra su pecho. Sam también necesitaba dormir, pero estaba ebrio de ron, de leche materna y de Elí. Sabía que tenía que irse a su hamaca, en el camarote de los hombres, pero se sentía tan bien allí, abrazado a ella, que no podía moverse.

Entraron otros, hombres y mujeres, oyó como se besaban, como reían y copulaban.

«Isleños del verano. Es su manera de llorar. Reaccionan a la muerte con vida.»

Sam había leído sobre aquello mucho tiempo atrás. Se preguntó si Elí lo sabría, si Kojja Mo se lo habría contado.

Aspiró la fragancia de su cabello, y se quedó mirando el farol que se mecía en el techo.

«Ni la Vieja podría guiarme para que salga con bien de esta. —Lo mejor que podía hacer era marcharse de allí y tirarse al mar—. Si me ahogo, nadie sabrá que me he deshonrado y he roto mis juramentos, y Elí podrá buscarse un hombre mejor, que no sea un gordo cobarde.»

Se despertó a la mañana siguiente en su hamaca, en el camarote de los hombres, con el sonido de los gritos de Xhondo.

—¡Viento! —rugía el contramaestre—. Despierta y trabaja, Sam Negro. ¡Viento!

Xhondo compensaba con volumen lo que le faltaba en vocabulario. Sam se levantó de golpe de la hamaca, y al momento se arrepintió. Se sentía como si le fuera a estallar la cabeza; durante la noche se le había reventado una ampolla de la mano, y tenía unas ganas locas de vomitar.

Pero Xhondo no mostró clemencia, de modo que buscó su ropa negra. La encontró amontonada y húmeda bajo su hamaca, en la cubierta. Olisqueó las prendas para comprobar su estado, e inhaló el olor de la sal, el mar, la brea, la lona húmeda, el moho, la fruta, el pescado, el ron tostado, especias extrañas y maderas exóticas, y el de su propio sudor seco. Pero también olían a Elí; tenían el aroma limpio de su pelo, el olor dulce de su leche, y se alegró de volver a ponérselas. Pese a todo, habría dado cualquier cosa por unos calcetines secos. Le había salido una especie de hongo entre los dedos de los pies.

El arcón de libros no había bastado para pagar cuatro pasajes de Braavos a Antigua. Por suerte faltaban hombres en la *Viento Canela,* de modo que Quhuro Mo accedió a transportarlos a cambio de que trabajaran durante la travesía. Sam argumentó que el maestre Aemon estaba demasiado débil, el niño era un bebé y Elí sentía pánico en el mar, pero Xhondo se echó a reír.

—Sam Negro es grande y gordo. Sam Negro trabajará por cuatro.

En honor a la verdad, Sam era tan torpe que no creía que estuviera trabajando siquiera por uno, pero al menos se esforzaba. Fregaba las cubiertas y las frotaba con piedras; tiraba de la cadena del ancla; enroscaba sogas; cazaba ratas; remendaba velas desgarradas; sellaba fugas con brea caliente; quitaba las espinas del pescado y troceaba fruta para el cocinero. Elí también intentó colaborar. Los aparejos se le daban mejor que a Sam, aunque todavía, de cuando el cuando, la visión de tanta agua sin tierra cerca le hacía cerrar los ojos.

«Elí —pensó Sam—. ¿Qué voy a hacer con Elí?»

Fue un día largo, de calor pegajoso, y el dolor de cabeza hizo que le pareciera más largo todavía. Sam se mantuvo atareado con cabos, velas y otras tareas que le encomendó Xhondo, y trató de evitar que se le fueran los ojos hacia el barril de ron que contenía el cadáver del maestre Aemon... y hacia Elí. Después de lo que había ocurrido la noche anterior, no podía mirar a la chica salvaje a la cara. Cuando ella subía a la cubierta, él bajaba. Cuando ella iba a la proa, él se marchaba a popa. Y cuando ella le sonreía, él se volvía y se sentía un miserable.

«Tendría que haberme tirado al mar cuando Elí aún estaba dormida —pensó—. Siempre he sido un cobarde, pero hasta ahora no había sido un perjuro.»

Si el maestre Aemon no hubiera muerto, Sam le habría preguntado qué debía hacer. Habría acudido a Jon Nieve si hubiera estado a bordo, o incluso a Pyp, o a Grenn. Pero solo tenía a Xhondo.

«Xhondo no me entendería si se lo dijera. Y si me entendiera, me aconsejaría que me la follara otra vez.»

Follar era la primera palabra que había aprendido Xhondo en la lengua común, y le había cogido mucho cariño.

Tenía suerte de que la *Viento Canela* fuera tan grande. En la *Pájaro Negro,* a Elí no le habría costado nada cruzarse con él. Naves cisne: con ese nombre llamaban en los Siete Reinos a los grandes navíos de las Islas del Verano, por sus ondulantes velas blancas y por sus mascarones de proa, que normalmente tenían forma de ave. Pese a su gran tamaño, remontaban las olas con una elegancia muy característica. Con ayuda de un buen viento, la *Viento Canela* era más veloz que cualquier galera, aunque en momentos de calma chicha quedaba impotente. Y tenía muchos lugares donde se podía esconder un cobarde.

La guardia de Sam casi había terminado cuando por fin se vio acorralado. Estaba bajando por una escalerilla cuando Xhondo lo cogió por el cuello del jubón.

—Sam Negro ven —dijo al tiempo que lo arrastraba por la cubierta para soltarlo a los pies de Kojja Mo.

Al norte, en el horizonte, se divisaba una neblina muy baja. Kojja señaló hacia allí.

—Aquello es la costa de Dorne. Arena, rocas y escorpiones, y ni un lugar bueno para anclar en cientos de leguas. Si quieres puedes ir nadando, y luego llegar a pie hasta Antigua. Tendrás que atravesar el desierto, escalar unas cuantas montañas y cruzar a nado el Torentine. O puedes ir con Elí.

—No lo entiendes. Anoche...

—Anoche honrasteis a vuestros muertos, a los dioses que os crearon a los dos. Xhondo hizo lo mismo. Yo tenía al bebé; si no, habría estado con él. Los ponientis os avergonzáis del amor. El amor no tiene nada de vergonzoso, y si los septones os dicen que sí, es que vuestros siete dioses son unos demonios. En las Islas sabemos que no es así. Nuestros dioses nos dieron piernas con las que correr, narices con las que oler, manos con las que tocar y acariciar... ¿Qué dios loco y cruel le daría ojos a un hombre y luego le diría que los tuviera siempre cerrados, que no contemplara nunca toda la belleza que hay en el mundo? Solo un dios monstruoso, un demonio de la oscuridad. —Kojja puso la mano entre las piernas de Sam—. Los dioses también te dieron esto para algo, para... ¿Cómo se dice en ponienti?

—Follar —contribuyó Xhondo de buena gana.

—Para follar. Para dar placer y hacer niños. Eso no tiene nada de vergonzoso.

Sam retrocedió un paso.

—Hice unos votos. —«No tomaré esposa, no engendraré hijos»—. Pronuncié el juramento.

—Ella ya sabe qué juramento pronunciaste. En algunos aspectos es una niña, pero no está ciega. Sabe por qué vistes de negro y por qué vais a Antigua. Sabe que no serás suyo para siempre. Pero quiere tenerte durante un tiempo, nada más. Ha perdido a su padre y esposo, a su madre, a sus hermanas, su hogar, su mundo... Solo os tiene al bebé y a ti. Así que ve con ella o empieza a nadar.

Sam contempló con desesperación la neblina que marcaba la orilla distante. Sabía que no podría salvar a nado un trecho tan largo.

Fue con Elí.

—Lo que hicimos... Si pudiera tener una esposa, te elegiría a ti antes que a cualquier princesa o doncella noble, pero no puedo. Sigo siendo un cuervo. Pronuncié el juramento, Elí. Fui con Jon a los bosques y pronuncié el juramento ante un árbol corazón.

—Los árboles nos vigilan —susurró Elí mientras se secaba las lágrimas de las mejillas—. En el bosque lo ven todo. Pero aquí no hay bosques. Solo hay agua, Sam. Solo agua.

Cersei

Había sido un día frío, gris y húmedo. Diluvió toda la mañana, y las nubes no se despejaron por la tarde, cuando escampó. En ningún momento vieron el sol. Un clima tan adverso bastaba para desalentar incluso a la pequeña reina. En vez de montar con su grupo de gallinas y su cohorte de guardias y admiradores, se pasó el día entero en la Bóveda de las Doncellas, con sus gallinas, escuchando las canciones del Bardo Azul.

El día de Cersei no había sido mucho mejor, al menos hasta el anochecer. Cuando el cielo gris empezaba a teñirse de negro le dijeron que el *Bella Cersei* había entrado con la marea vespertina y que Aurane Mares le rogaba audiencia.

La Reina envió a buscarlo al momento. En cuanto lo vio entrar a zancadas en sus estancias supo que le llevaba buenas noticias.

—Alteza —le dijo con una amplia sonrisa—, Rocadragón ya es vuestro.

—Es maravilloso. —Le cogió las manos y lo besó en las mejillas—. Sé que Tommen estará igual de satisfecho. Eso quiere decir que podemos dar carta blanca a la flota de Lord Redwyne para que vaya a expulsar de las Escudos a los hombres del hierro.

Las noticias del Dominio eran más preocupantes con cada cuervo que llegaba. Por lo visto, los hombres del hierro no se habían conformado con sus nuevas piedras. Saqueaban con virulencia Mander arriba; incluso habían llegado a atacar el Rejo y las islas pequeñas que lo rodeaban. Los Redwyne apenas habían dejado una docena de navíos de combate en sus propias aguas, y todos estaban ya hundidos o en manos de los invasores. Por si fuera poco, empezaban a llegar informes de que el loco que se hacía llamar Euron Ojo de Cuervo se atrevía a enviar barcoluengos río arriba por el Canal de los Susurros, hacia Antigua.

—Cuando el *Bella Cersei* izó las velas, Lord Paxter ya se estaba aprovisionando para el viaje de vuelta —informó Lord Mares—. A estas alturas, el grueso de su flota estará en el mar.

—Esperemos que tengan un viaje rápido y mejor clima que el de hoy. —La Reina hizo una seña a Mares para que se sentara a su lado, junto a la ventana—. ¿Debemos dar las gracias a Ser Loras por este triunfo?

La sonrisa del hombre se esfumó.

—Algunos os dirían que sí, Alteza.

—¿Algunos? —Le dirigió una mirada interrogativa—. ¿Vos no?

—Nunca había visto caballero tan valeroso —dijo Mares—, pero convirtió en una carnicería lo que podría haber sido una victoria sin derramamiento de sangre. Ha muerto un millar de hombres o poco menos. Casi todos eran de los nuestros. Y no solo soldados comunes, Alteza; también caballeros y jóvenes señores, los mejores, los más valientes.

—¿Y Ser Loras?

—Puede que se convierta en el mil uno. Después de la batalla lo llevaron al interior del castillo, pero sus heridas son espantosas. Ha perdido tanta sangre que los maestres no se atreven a ponerle las sanguijuelas.

—Qué pena. Tommen se va a llevar un disgusto. Admiraba tanto a nuestro galante Caballero de las Flores...

—Y el pueblo también —añadió su almirante—. Cuando muera Loras, las doncellas llorarán ante sus copas de vino por todo el reino.

La Reina sabía que no se equivocaba. El día en que Ser Loras se hizo a la mar, tres mil personas se congregaron ante la Puerta del Lodazal para despedirlo, y tres de cada cuatro eran mujeres. Aquello le había parecido un espectáculo despreciable. Habría querido gritarles que no eran más que ovejas y decirles que lo único que les podría proporcionar Loras Tyrell era una sonrisa y una flor. Sin embargo, proclamó que era el caballero más osado de los Siete Reinos, y sonrió cuando Tommen le entregó una espada enjoyada para que la utilizara en la batalla. El Rey también le había dado un abrazo, cosa que no entraba en los planes de Cersei, pero ya no tenía importancia. Podía permitirse el lujo de la generosidad; Loras Tyrell estaba agonizando.

—Contadme —ordenó Cersei—. Quiero saberlo todo, del principio al final.

Cuando terminó, la habitación estaba ya casi a oscuras. La Reina encendió unas cuantas velas y mandó a Dorcas a las cocinas a buscar pan, queso y buey guisado con rábano picante. Mientras cenaban le pidió a Aurane que le volviera a contar la historia para memorizar bien todos los detalles.

—No quiero que nuestra amada Margaery reciba esa noticia de cualquier desconocido —dijo—. Yo misma se la transmitiré.

—Vuestra Alteza es muy bondadosa —dijo Mares con una sonrisa.

«Una sonrisa malévola —pensó la Reina. Aurane no se parecía tanto como había creído al príncipe Rhaegar—. Tiene su pelo, pero por lo que se dice, también lo tiene la mitad de las putas de Lys. Rhaegar era un hombre; este es un chiquillo astuto, nada más. Aunque, a su manera, resulta útil.»

Margaery estaba en la Bóveda de las Doncellas, bebiendo vino con sus tres primas, todas concentradas en un juego nuevo llegado de Volantis. Era tarde, pero los guardias abrieron paso a Cersei al momento.

—Alteza —empezó—, es mejor que sea yo quien os dé la noticia. Aurane ha vuelto de Rocadragón. Vuestro hermano es un héroe.

—Siempre lo he sabido. —Margaery no parecía sorprendida.

«¿Por qué iba a estarlo? Se esperaba esto desde el momento en que Loras me pidió el mando.»

Pero cuando Cersei terminó de narrar la historia, las lágrimas brillaban en las mejillas de la joven reina.

—Redwyne tenía mineros excavando un túnel bajo las murallas del castillo, pero ese método era demasiado lento para el Caballero de las Flores. Sin duda pensaba en las gentes de vuestro padre, que sufrían en las Escudos. Lord Mares dice que ordenó el ataque cuando apenas llevaba media jornada al mando, después de que el castellano de Lord Stannis se negara a aceptar su oferta de zanjar el asedio con un combate singular entre ellos. Loras fue el primero en entrar cuando el ariete derribó las puertas del castillo. Dicen que cabalgó directamente hacia la boca del dragón, todo de blanco, haciendo girar el mangual por encima de la cabeza, matando a derecha e izquierda.

A aquellas alturas, Megga Tyrell ya no disimulaba los sollozos.

—¿Cómo murió? —quiso saber—. ¿Quién lo mató?

—Ningún hombre tuvo el honor de acabar con él —respondió Cersei—. Ser Loras recibió una saeta en el muslo y otra le atravesó el hombro, pero siguió luchando con valentía, aunque perdía sangre a borbotones. Más tarde recibió un golpe de maza que le rompió unas cuantas costillas. Después de eso... No, mejor no, os ahorraré la peor parte.

—Contádmelo todo —dijo Margaery—. Os lo ordeno.

«¿Os lo ordeno?» Cersei se detuvo un instante; luego decidió pasarlo por alto.

—Después de que los nuestros tomaran la muralla, los defensores se replegaron a un torreón interior. Loras volvió a encabezar el ataque. Le cayó encima aceite hirviendo. —Lady Alla se puso blanca como la cal y salió corriendo de la habitación—. Lord Mares me asegura que los maestres están haciendo todo lo posible, pero me temo que las quemaduras de vuestro hermano son demasiado graves. —Cersei abrazó a Margaery para consolarla—. Ha salvado el reino. —Al besar a la pequeña reina en la mejilla notó el sabor salado de sus lágrimas—. Jaime escribirá sus hazañas en el Libro Blanco; los bardos glosarán su valor durante mil años.

Margaery se liberó de su abrazo con tal violencia que Cersei estuvo a punto de caerse.

—Agonizante no es lo mismo que muerto —dijo.

—No, pero los maestres dicen...

—¡Agonizante no es lo mismo que muerto!

—Solo quería ahorraros...

—Ya sé qué queríais. Fuera de aquí.

«Ahora ya sabes cómo me sentí la noche en que murió mi Joffrey.» Hizo una reverencia; su rostro era una máscara de cortesía gélida.

—Comparto vuestra tristeza, querida hija. Os dejo a solas con vuestro dolor.

Lady Merryweather no apareció aquella noche, y Cersei estaba demasiado inquieta para conciliar el sueño.

«Si Lord Tywin pudiera verme ahora, sabría que soy su heredera, una heredera digna de la Roca», pensó mientras yacía en la cama al lado de Jocelyn Swyft, que roncaba suavemente con la cabeza en la otra almohada.

Margaery no tardaría en llorar con las lágrimas amargas que debería haber derramado por Joffrey. Tal vez Mace Tyrell llorara también, pero ella no le había dado motivo alguno para romper su alianza. ¿Qué había hecho sino honrar a Loras con su confianza? Él mismo le había pedido el mando de rodillas, ante la mirada de la mitad de la corte.

«Cuando muera tendré que erigir una estatua suya en alguna parte; le organizaré el funeral más magnífico que se haya visto jamás en Desembarco del Rey. —Al pueblo le gustaría. Y a Tommen también—. Puede que Mace me dé las gracias y todo. En cuanto a su señora madre, si los dioses son bondadosos, esta noticia la matará.»

El amanecer fue el más hermoso que Cersei había visto en muchos años. Taena se presentó poco después y confesó que se había pasado la noche consolando a Margaery y a sus damas, bebiendo vino, llorando y contando anécdotas de Loras.

—Margaery sigue convencida de que no va a morir —informó mientras la Reina se vestía para la reunión con la corte—. Tiene intención de enviarle a su maestre para que lo atienda. Las primas están rezando a la Madre, pidiéndole clemencia.

—Yo también rezaré. Acompañadme mañana al septo de Baelor y encenderemos un centenar de velas por nuestro galante Caballero de las Flores. —Se volvió hacia su doncella—. Tráeme la corona, Dorcas. La nueva, por favor.

Era más ligera que la anterior, de oro batido, con incrustaciones de esmeraldas que centelleaban cada vez que movía la cabeza.

—Esta mañana hay cuatro que vienen por asuntos del Gnomo —le dijo Ser Osmund cuando Jocelyn le abrió la puerta.

—¿Cuatro?

Fue una grata sorpresa para la Reina. El goteo de informadores que acudían a la Fortaleza Roja asegurando tener noticias de Tyrion era constante, pero que hubiera cuatro en un día no era lo habitual.

—Sí —asintió Osmund—. Uno os trae una cabeza.

—Lo recibiré el primero. Hacedlo pasar a mis habitaciones.

«Que no haya errores esta vez. Que Joff sea vengado por fin y pueda descansar en paz.»

Según los septones, el número siete era sagrado a ojos de los dioses. Si era así, tal vez aquella cabeza que le llevaban, la séptima, fuera el bálsamo que tanto ansiaba su corazón.

Resultó que se trataba de un tyroshi bajo, achaparrado y sudoroso, con una sonrisa zalamera que le recordaba la de Varys y la barba teñida de verde y rosa. A Cersei le desagradó a primera vista, pero estaba más que dispuesta a pasarlo todo por alto si la cabeza que llevaba en aquel cofre era de verdad la de Tyrion. El cofre era de cedro, con incrustaciones de marfil en forma de hojas y flores, y bisagras y cierres de oro blanco. Era hermoso, pero a la Reina solo le interesaba lo que pudiera haber en su interior.

«Al menos es grande. Para ser tan pequeño, Tyrion tenía una cabeza enorme.»

—Alteza —murmuró el tyroshi al tiempo que se doblaba en una reverencia—, sois tan bella como se dice. La fama de vuestra hermosura ha cruzado el mar Angosto, así como la del dolor que desgarra vuestro bondadoso corazón. Nadie puede devolveros a vuestro valiente hijo, pero tengo la esperanza de poder ofreceros al menos algo que alivie vuestro sufrimiento. —Se llevó una mano al pecho—. Os traigo justicia. Os traigo la cabeza de vuestro *valonqar*.

La antigua palabra valyria le provocó un escalofrío, pero también un cosquilleo de esperanza.

—El Gnomo ya no es mi hermano, si es que lo fue alguna vez —declaró—. Y me niego a pronunciar su nombre. El suyo fue un nombre digno, antes de que lo deshonrara.

—En Tyrosh lo llamanos Manosrojas, por la sangre que corre por ellas. La sangre de un rey y un padre. Hay quien dice que también mató a su madre, que salió de su vientre desgarrándolo a zarpazos.

«Qué tontería», pensó Cersei.

—Es cierto —dijo—. Si traéis la cabeza del Gnomo en ese cofre, os concederé el título de señor y os otorgaré tierras fértiles y castillos. —Los títulos eran más baratos que el barro, y las tierras de los ríos estaban llenas de castillos en ruinas que se alzaban desolados entre campos descuidados y aldeas quemadas—. La corte me espera. Veamos qué traéis en esa caja.

El tyroshi abrió el cofre con un movimiento teatral y retrocedió sonriente. Dentro, la cabeza de un enano reposaba en un lecho de terciopelo azul, mirándola.

Cersei la contempló largo rato.

—Ese no es mi hermano. —Tenía un regusto amargo en la boca. «En fin, era demasiado pedir, sobre todo después de lo de Loras. Los dioses no son nunca tan generosos»—. Ese hombre tiene los ojos marones. Tyrion tenía uno negro y el otro verde.

—Los ojos, claro... Alteza, es que los ojos de vuestro hermano se habían... Cómo decirlo... podrido. Me tomé la libertar de sustituirlos por otros de cristal; pero como decís, me equivoqué de color.

Con eso únicamente consiguió enfurecerla más.

—Puede que esa cabeza tenga ojos de cristal, pero yo no. En Rocadragón hay gárgolas que se parecen al Gnomo más que esa criatura. Es calvo y dobla en edad a mi hermano. ¿Dónde han ido a parar los dientes?

El hombre se había ido encogiendo ante la ira que rezumaba su voz.

—Tenía unos dientes de oro excelentes, Alteza, pero... Lo lamento mucho...

—Todavía no. Pero lo lamentaréis.

«Debería ordenar que lo estrangularan. Que luchara por respirar hasta que se le pusiera la cara negra, como le pasó a mi pobre hijo.» Tenía las palabras en la punta de la lengua.

—Ha sido un error involuntario. Los enanos son todos iguales, y... como puede ver Vuestra Alteza, no tiene nariz...

—¡Porque se la has cortado!

—¡No! —El sudor de su frente delataba la mentira.

—Sí. —El tono de Cersei era de una dulzura venenosa—. Al menos has tenido suficiente sentido común para eso. El último imbécil que vino, intentó convencerme de que un mago errante había hecho que le volviera a crecer. Aun así, en mi opinión, le debes una nariz a este enano. La Casa Lannister siempre paga sus deudas, y tú también las pagarás. Ser Meryn, llevad a este estafador con Qyburn.

Ser Meryn Trant se llevó a rastras al tyroshi, que seguía protestando. Cuando se quedaron solos, Cersei se volvió hacia Osmund Kettleblack.

—Quitad eso de mi vista, Ser Osmund, y haced pasar a los otros tres que dicen tener noticias del Gnomo.

—Sí, Alteza.

Por desgracia, los tres aspirantes a informadores le fueron de tan poca utilidad como el tyroshi. Uno le dijo que el Gnomo se escondía en un burdel de Antigua, donde daba placer a los hombres con la boca. La imagen era divertida, pero Cersei no se lo creyó ni por asomo. El segundo aseguró haber visto al enano en un espectáculo de cómicos en Braavos. El tercero insistía en que Tyrion se había hecho ermitaño y vivía en una colina encantada, en las tierras de los ríos. La Reina les dio la misma respuesta a los tres.

—Si tenéis la amabilidad de guiar a mis valientes caballeros hasta ese enano, recibiréis una generosa recompensa —prometió—. Siempre y cuando sea el Gnomo, claro. Si no... Bueno, mis caballeros no tienen paciencia con los engaños, ni con los patanes que les hacen perseguir sombras. Alguien podría quedarse sin lengua.

Los tres informadores perdieron la fe al momento y reconocieron que quizá se hubieran equivocado de enano.

Hasta entonces, Cersei no había caído en la cuenta de cuántos enanos había.

—¿Qué pasa? ¿Que el mundo entero está lleno de monstruitos retorcidos? —se quejó cuando salió el último informador—. ¿Cuántos puede haber?

—Menos que antes —respondió Lady Merrywather—. ¿Me concede Vuestra Alteza el honor de acompañarla a la corte?

—Si soportáis el aburrimiento... —suspiró Cersei—. Robert era un imbécil en muchos aspectos, pero en una cosa tenía razón: gobernar un reino era un trabajo agotador.

—Me entristece ver a Vuestra Alteza tan cansada. ¿Por qué no hacemos una escapada y dejamos que la Mano del Rey se ocupe de esas peticiones tan aburridas? Podemos disfrazarnos de criadas y pasar el día con el pueblo para averiguar qué se cuenta de la caída de Rocadragón. Conozco la taberna donde canta el Bardo Azul cuando no está deleitando a la pequeña reina, y también un antro donde un conjurador convierte el plomo en oro, el agua en vino y a las chicas en chicos. Tal vez pueda hechizarnos a una de las dos. ¿No le haría gracia a Vuestra Alteza ser un hombre durante una noche?

«Si fuera un hombre, sería Jaime —pensó la Reina—. Si fuera un hombre, podría gobernar el reino en mi propio nombre en lugar de Tommen.»

—Solo si vos siguierais siendo una mujer —dijo, a sabiendas de que era lo que quería oír Taena—. Sois muy mala, tentarme de esa manera... Pero ¿qué reina sería si dejara mi reino en las manos temblorosas de Harys Swyft?

—Vuestra Alteza es demasiado diligente. —Taena hizo un puchero.

—Cierto —reconoció Cersei—, y lo lamentaré antes de que llegue la noche. —Cogió a Lady Merryweather por el brazo—. Vamos.

Jalabhar Xho fue el primero en presentar su petición aquel día, como correspondía a su condición de príncipe en el exilio. Por espléndido que fuera su aspecto, con la capa de plumas de colores vivos, iba a lo de siempre: a suplicar. Cersei permitió, como en todas las ocasiones, que le rogara hombres y armas con que recuperar el Valle de la Flor Roja.

—Su Alteza está en medio de una guerra, príncipe Jalabhar —dijo cuando terminó—. Ahora mismo no puede prescindir de ningún hombre para la vuestra. Tal vez el año que viene.

Eso era lo que Robert le decía siempre. Al año siguiente le diría que se olvidara, pero aquel día, no: Rocadragón estaba en sus manos.

Lord Hallyne, del Gremio de Alquimistas, se presentó para pedir que permitiera a sus piromantes incubar los huevos de dragón que pudieran localizar en Rocadragón, ya que la isla estaba a salvo en manos regias.

—Si quedaran huevos de dragón, Stannis los habría vendido para pagar su revuelta —le dijo la Reina.

Se contuvo para no añadir que el plan era una locura. Desde la muerte del último dragón Targaryen, todos los intentos como aquel habían acabado en muerte o en desastre.

Un grupo de comerciantes se presentó para suplicar al trono que intercediera en su favor ante el Banco de Hierro de Braavos. Al parecer, los braavosis les exigían el pago inmediato de todas sus deudas, y se negaban a conceder nuevos créditos.

«Tenemos que crear nuestro propio banco —decidió Cersei—. El Banco Dorado de Lannisport.» Tal vez pusiera en marcha ese proyecto después de asegurar el trono de Tommen. Por el momento, lo único que podía hacer era ordenar a los mercaderes que pagaran a los usureros braavosis.

Su viejo amigo, el septón Raynard, encabezaba la delegación enviada por la Fe. Seis Hijos del Guerrero lo habían escoltado hasta allí; en total sumaban siete, un número sagrado y propicio. El nuevo Septón Supremo, o Gorrión Supremo, como lo llamaba el Chico Luna, lo hacía todo con el siete. Los caballeros llevaban cintos a rayas con los siete colores de la Fe. Se adornaban con cristales la empuñadura de la espada larga y la cimera del yelmo. Llevaban escudos rematados en punta por debajo; una forma que no era habitual desde la Conquista, y con un blasón que hacía siglos que no se veía en los Siete Reinos: una espada con los colores del arco iris brillando sobre un campo de oscuridad. Según Qyburn, casi cuatrocientos caballeros habían acudido ya para poner vida y espada al servicio de la Fe, con los Hijos del Guerrero, y cada día llegaban más.

«Todos ebrios de dioses. ¿Quién iba a imaginar que había tantos en el reino?»

Casi todos eran caballeros que habían estado al servicio de alguna Casa o caballeros errantes, pero también acudieron unos cuantos de noble cuna: segundones y otros hijos pequeños, señores menores, ancianos que querían expiar antiguos pecados... Y también estaba Lancel. Cuando Qyburn le dijo que el estúpido de su primo había renunciado a castillo, tierras y esposa para volver a la ciudad y unirse a la Noble y Pujante Orden de los Hijos del Guerrero, pensó que era una broma; pero allí estaba, con todos los demás imbéciles santurrones.

A Cersei no le gustaba nada todo aquello. Menos aún le gustaban la interminable hostilidad y la ingratitud del Gorrión Supremo.

—¿Dónde está el Septón Supremo? —interrogó a Raynard—. Lo he mandado llamar a él.

—Su Altísima Santidad me ha enviado a mí en su lugar —respondió el septón Raynar en tono contrito—. Me ordena que le diga a Vuestra Alteza que los Siete lo envían a combatir la perversión.

—¿Cómo? ¿Predicando la castidad en la calle de la Seda? ¿Cree que rezar por las putas las convertirá en vírgenes?

—El Padre y la Madre dieron forma a nuestros cuerpos para que el hombre se uniera con la mujer y engendraran hijos legítimos —replicó Raynard—. Que las mujeres vendan sus partes sagradas por dinero es un pecado nefando.

Tan piadoso sentimiento habría resultado mucho más convincente si la Reina no supiera que el septón Raynard tenía amigas íntimas en todos los burdeles de la calle de la Seda. Sin duda había decidido que era mejor repetir lo que piaba el Gorrión Supremo que fregar suelos.

—No os atreváis a venirme con sermones —le dijo—. Los propietarios de los burdeles se han quejado, y con razón.

—Los pecadores hablan, pero ¿por qué van a escuchar los justos?

—Esos pecadores alimentan las arcas reales —replicó la Reina con brusquedad—: con sus monedas se paga el salario de mis capas doradas y se construyen galeras para defender nuestras orillas. También hay que pensar en el comercio. Si no hubiera burdeles en Desembarco del Rey, los barcos se irían al Valle Oscuro o a Puerto Gaviota. Su Altísima Santidad me prometió paz en mis calles; la prostitución contribuye a mantener esa paz. Si desaparecen las putas, empezarán las violaciones. Por tanto, que Su Altísima Santidad rece en el septo, que es el sitio adecuado.

La Reina había pensado que vería también a Lord Gyles, pero en su lugar se presentó el Gran Maestre Pycelle, con el rostro ceniciento y gesto evasivo, para decirle que Rosby estaba tan débil que no se podía levantar.

—Lamento informaros de que me temo que Lord Gyles se reunirá muy pronto con sus nobles antepasados. Que el Padre lo juzgue con justicia.

«Si Rosby muere, Mace Tyrell y la pequeña reina volverán a intentar imponerme a Garth el Grosero.»

—Lord Gyles lleva años con esa tos, y hasta ahora no lo ha matado —protestó—. Se pasó tosiendo la mitad del reinado de Robert y todo el de Joffrey. Si se está muriendo, será porque alguien quiere verlo muerto.

El Gran Maestre Pycelle parpadeó con incredulidad.

—Alteza... ¿Quién...? ¿Quién podría desear la muerte de Lord Gyles?

—Tal vez su heredero. —«O la pequeña reina»—. Alguna mujer a la que despreció... —«Margaery, Mace y la Reina de las Espinas, ¿por qué no? Gyles se interpone en su camino»—. Algún viejo enemigo. Un enemigo nuevo. Vos.

El anciano palideció.

—V-Vuestra Alteza tiene que estar de broma. He... He purgado a su señoría, lo he sangrado, lo he tratado con cataplasmas e infusiones... Los vapores le proporcionan cierto alivio, y el sueñodulce le aplaca un poco la tos, pero lamento comunicaros que, junto con la sangre, ahora escupe trocitos de pulmón.

—Me da igual. Volved con Lord Gyles e informadlo de que no tiene mi permiso para morirse.

—Como ordene Vuestra Alteza. —Pycelle hizo una reverencia rígida.

Hubo más, más, muchos más, y cada peticionario era más aburrido que el anterior. Aquella noche, cuando por fin hubo terminado con el último, tomó una cena ligera con su hijo.

—Cuando reces antes de acostarte, dales las gracias a la Madre y al Padre por ser aún un niño —le dijo—. Reinar es muy duro. Te aseguro que no te va a gustar. Te picotearán como una bandada de cuervos; cada uno querrá un pedacito de tu carne.

—Sí, madre —dijo con tristeza. Cersei comprendió que se debía a que la pequeña reina le había dicho lo de Ser Loras. Según Ser Osmund, el niño se había echado a llorar. «Es pequeño. Cuando tenga la edad de Joff, se habrá olvidado hasta de la cara de Loras»—. No me importa, de verdad —continuó el niño—. Debería acompañarte todos los días a la corte, para escuchar. Margaery dice...

—Margaery habla demasiado —estalló Cersei—. Me dan ganas de arrancarle la lengua.

—¡No digas eso! —gritó Tommen de repente, con la carita redonda enrojecida—. No le toques la lengua. No la toques a ella. El rey soy yo, no tú.

Se quedó mirándolo con incredulidad.

—¿Qué has dicho?

—Que soy el rey y yo digo a quién hay que arrancarle la lengua, no tú. No dejaré que le hagas daño a Margaery. No te dejaré. ¡Te lo prohíbo!

Cersei lo cogió por la oreja y lo arrastró hasta la puerta mientras se debatía. Ser Boros Blount estaba montando guardia.

—Ser Boros, Su Alteza no sabe comportarse. Tened la amabilidad de acompañarlo a sus aposentos, y llevadle a Pate. Esta vez, que lo azote Tommen personalmente. Que no pare hasta que le sangren las dos nalgas. Si Su Alteza se niega, o si se atreve a protestar, llamad a Qyburn y que le corte la lengua a Pate, para que Su Alteza aprenda el precio de la insolencia.

—Como ordenéis —respondió Ser Boros al tiempo que miraba al Rey, incómodo—. Acompañadme, Alteza, por favor.

Cuando la noche envolvió la Fortaleza Roja, Jocelyn encendió la chimenea de la Reina, mientras Dorcas prendía las velas de los lados de la cama. Cersei abrió la ventana para respirar aire fresco, y vio que las nubes volvían a cubrir las estrellas.

—Qué noche más oscura, Alteza —murmuró Dorcas.

«Sí —pensó—, pero no tanto como en la Bóveda de las Doncellas, ni como en Rocadragón, donde yace Loras Tyrell quemado y sangrando, ni como en las celdas negras que hay bajo el castillo. —La Reina no sabía por qué le había acudido aquello a la cabeza. Estaba decidida a no volver a pensar en Falyse—. Un combate singular. Es culpa de Falyse, por casarse con semejante imbécil. —Según las noticias que llegaban de Stokeworth, Lady Tanda había muerto de un enfriamiento en el pecho provocado por la fractura de cadera. Habían nombrado Lady Stokeworth a Lollys la Lela, y Ser Bronn era el señor—. Tanda muerta, y Gyles agonizante. Menos mal que tenemos al Chico Luna; así no nos quedamos sin bufones. —La Reina sonrió y apoyó la cabeza en la almohada—. Cuando la besé en la mejilla, noté el sabor salado de sus lágrimas.»

Volvió a tener el viejo sueño, el de las tres niñas con capas marrones, una vieja arrugada y una carpa que olía a muerte.

La carpa de la vieja era alta, con cubierta puntiaguda. No quería entrar, igual que no había querido a los diez años, pero las otras niñas la miraban y no podía echarse atrás. En el sueño eran tres, como en la vida real. Jeyne Farman, la gorda, se quedó atrás, como siempre. Ya era raro que hubiera llegado hasta allí. Melara Hetherspoon era más atrevida, mayor y más bonita, aunque pecosa. Las tres se habían puesto la capa de lana basta y se habían cubierto con la capucha después de escabullirse de la cama y cruzar los terrenos del torneo para ir a ver a la hechicera. Melara había oído cuchichear a las criadas; decían que podía maldecir a un hombre o hacer que se enamorara, invocar demonios y predecir el futuro.

En la vida real, las niñas habían llegado jadeantes y risueñas, cuchicheando, tan emocionadas como asustadas. En el sueño era diferente. En el sueño, los pabellones estaban envueltos en sombras; los caballeros y criados con que se cruzaban eran de neblina. Las chicas vagaron un buen rato antes de dar con la carpa de la vieja. Cuando llegaron, todas las antorchas se estaban consumiendo ya. Cersei las observó arrebujarse en las capas y hablar en susurros.

«Marchaos —trató de decirles—. Dad media vuelta. Eso no es para vosotras.»

Pero aunque movía los labios, no le salían las palabras.

La hija de Lord Tywin fue la primera en levantar la cortina de la carpa, seguida de Melara. Jeyne Farman entró la última y trató de esconderse detrás de las otras dos, como hacía siempre.

En el interior reinaba un caos de olores: canela; nuez moscada; pimienta roja, negra y blanca; leche de almendras; cebolla; clavo; citronela; cotizado azafrán, y otras especias aún más escasas. La única luz procedía de un brasero de hierro en forma de cabeza de basilisco, era una iluminación verdosa que hacía que las paredes de la carpa parecieran frías, muertas, podridas. ¿Había sido así en la vida real? Cersei no lo recordaba.

En el sueño, la hechicera estaba durmiendo, igual que en la realidad. «No la despertéis —quiso gritarles la Reina—. Estúpidas, no se debe despertar a una hechicera dormida.» Pero sin lengua no pudo hacer más que mirar como la niña se quitaba la capa y daba una patada al jergón de la bruja.

—Despierta —dijo—. Queremos que nos leas el futuro.

Cuando Maggy la Rana abrió los ojos, Jeyne Farman lanzó un grito de miedo y huyó de la carpa hacia la noche. Jeyne, regordeta y menuda, tímida e idiota, con su cara rechoncha, siempre asustada hasta de las sombras. «Pero ella fue la inteligente.» Jeyne seguía viviendo en Isla Bella. Se había casado con un banderizo de su señor hermano y le había dado una docena de hijos.

La anciana tenía los ojos amarillos, con unas costras repugnantes. En Lannisport se comentaba que, cuando su esposo volvió del este con ella, junto con un cargamento de especias, era joven y hermosa, pero los años y la maldad habían dejado sus marcas. Era baja, achaparrada, llena de verrugas, con una papada verdosa. Había perdido todos los dientes, y las tetas le colgaban hasta las rodillas. Al acercarse a ella se percibía el olor de la enfermedad, y cuando habló, su aliento era extraño, fuerte, repulsivo.

—Largo de aquí —les dijo a las niñas con una voz que era como un graznido.

—Hemos venido a que nos leas el futuro —le replicó la pequeña Cersei.

—Largo de aquí —graznó por segunda vez la anciana.

—Nos han dicho que puedes ver el mañana —dijo Melara—. Solo queremos saber con qué hombres vamos a casarnos.

—Largo de aquí —graznó Maggy por tercera vez.

«Hacedle caso —habría gritado la Reina si tuviera lengua—. Todavía estáis a tiempo. ¡Huid, estúpidas!»

La niña de los bucles dorados se llevó las manos a las caderas.

—Léenos el futuro o se lo diré a mi señor padre y te hará azotar por tu insolencia.

—Por favor —rogó Melara—. Léenos el futuro y nos marcharemos.

—Aquí hay alguien que no tiene futuro —murmuró Maggy con su espantosa voz ronca. Se puso la túnica y les hizo una seña para que se acercaran—. Si no queréis largaros, venid. Estúpidas. Venid, sí. Tengo que probar vuestra sangre.

Melara se puso pálida, pero Cersei no. Una leona no tenía miedo de una rana, por vieja y fea que fuera. Debería haberse marchado; debería haber obedecido; debería haber huido de allí. Sin embargo, cogió el puñal que le tendió Maggy, y se pasó la hoja de hierro mellado por la yema del pulgar. Luego le hizo lo mismo a Melara.

En la penumbra verdosa de la carpa, la sangre parecía más negra que roja. La boca desdentada de Maggy tembló al verla.

—Ven —susurró—, trae aquí.

Cersei le tendió la mano, y la vieja sorbió la sangre con unas encías tan suaves como las de un recién nacido. La Reina aún recordaba lo fría y desagradable que era aquella boca.

—Tres preguntas puedes hacer —dijo la vieja después de beber—. No te van a gustar mis respuestas. Haz las preguntas y lárgate.

«Vete —pensó la Reina en sueños—. No digas nada, vete.» Pero la niña carecía del sentido común suficiente para tener miedo.

—¿Cuándo me casaré con el príncipe? —preguntó.

—Nunca. Te casarás con el rey.

Bajo los rizos dorados, el rostro de la niña se frunció en un gesto de desconcierto. Durante muchos años pensó que aquellas palabras querían decir que no se casaría con Rhaegar hasta después de la muerte de Aerys, su padre.

—Pero seré reina, ¿verdad? —preguntó la pequeña.

—Sí. —Los ojos amarillos de Maggy tenían un brillo malévolo—. Reina serás... hasta que llegue otra más joven y bella para derrocarte y apoderarse de todo lo que te es querido.

La ira relampagueó en el rostro de la niña.

—Si lo intenta, le diré a mi hermano que la mate. —Ni aun así se detuvo; era una cría testaruda. Todavía le quedaba una pregunta, un atisbo de lo que le esperaba en la vida—. ¿El Rey y yo tendremos hijos? —preguntó.

—Oh, sí. Él, dieciséis; tú, tres.

Aquello no tenía lógica. El corte del pulgar le dolía; la sangre goteaba en la alfombra.

«¿Cómo es posible?», habría querido preguntar, pero ya no le quedaban preguntas.

Sin embargo, la anciana no había terminado con ella.

—De oro serán sus coronas y de oro sus mortajas —le dijo—. Y cuando las lágrimas te ahoguen, el *valonqar* te rodeará el cuello blanco con las manos y te arrebatará la vida.

—¿Qué es un *valonqar*? ¿Una especie de monstruo? —A la niña de pelo dorado no le habían gustado las profecías—. Eres una mentirosa, una rana con verrugas, una vieja maloliente, no me creo ni una palabra. Vámonos, Melara. No vale la pena escucharla.

—A mí también me tocan tres preguntas —insistió su amiga. Cersei la agarró por el brazo, pero ella se liberó y se volvió hacia la vieja—. ¿Me casaré con Jaime? —preguntó de sopetón.

«Qué imbécil —pensó la Reina, furiosa pese a los años transcurridos—. Jaime no sabe ni que existes». En aquellos tiempos, su hermano solo vivía para las espadas, los perros, los caballos... y para ella, su melliza.

—Ni con Jaime ni con nadie —replicó Maggy—. Los gusanos devorarán tu virginidad. Tu muerte está aquí esta noche, niña. ¿No la hueles? Está muy cerca.

—La única que huele aquí eres tú —dijo Cersei.

A su lado tenía una mesa, y en ella, un tarro con una pócima espesa. La cogió y se la tiró a la anciana a los ojos. En la vida real, la vieja le gritó en un extraño idioma extranjero y las maldijo mientras huían de la carpa. Pero en el sueño, su rostro se disolvió, se fundió con los jirones de neblina gris hasta que solo quedaron los ojos amarillos entrecerrados, los ojos de la muerte.

«El *valonqar* te rodeará el cuello con las manos», oyó la Reina, pero no era la voz de la anciana. Las manos salieron de la neblina de su sueño y se cerraron en torno a su cuello. Manos gruesas, manos fuertes. Por encima de ellas flotaba su rostro, que la miraba burlón desde arriba con ojos dispares. «No», trató de gritar la Reina, pero los dedos del enano se le hundieron en la carne y ahogaron sus protestas. Chilló y pataleó, pero no sirvió de nada. Pronto empezó a emitir los mismos sonidos que su hijo, el espantoso pitido al intentar respirar que había marcado los últimos momentos de Joff.

Se despertó en la oscuridad, jadeante, con la colcha enroscada en torno al cuello. Cersei se liberó de ella con tal violencia que la desgarró, y se incorporó sentada, con el pecho agitado.

«Ha sido un sueño —se dijo—, un sueño antiguo y una colcha enredada, nada más.»

Taena volvía a pasar la noche con la pequeña reina, así que quien dormía a su lado era Dorcas. La Reina la agitó por el hombro con brusquedad.

—Despierta, ve a buscar a Pycelle. Supongo que está con Lord Gyles. Que suba de inmediato.

Todavía medio dormida, Dorcas salió de la cama y se tambaleó por la estancia en busca de su ropa; sus pisadas hacían crujir la paja del suelo.

Al cabo de varios siglos, el Gran Maestre Pycelle entró arrastrando los pies. Se detuvo ante ella con la cabeza inclinada, parpadeando y esforzándose por contener los bostezos. Parecía como si el peso de la enorme cadena de maestre que llevaba en torno al cuello arrugado estuviera a punto de hacerlo caer. Pycelle había sido viejo desde que Cersei lo recordaba, pero hubo un tiempo en que también fue magnífico: digno, con atuendos opulentos y una cortesía exquisita. La poblada barba blanca le había proporcionado un aura de sabiduría. Pero Tyrion se la había afeitado, y lo que le había crecido en su lugar eran unos patéticos mechones de pelo fino y quebradizo, con los que trataba de esconder la papada sonrosada.

«No es un hombre —pensó—; son sus restos. Las celdas negras le arrebataron toda la fuerza. Bueno, con ayuda de la navaja del Gnomo.»

—¿Cuántos años tenéis? —preguntó Cersei con tono brusco.

—Ochenta y cuatro, si a Vuestra Alteza le parece bien.

—Me parecería mejor un hombre más joven.

El anciano se pasó la lengua por los labios.

—Solo tenía cuarenta y dos cuando el Cónclave me hizo llamar. Kaeth tenía ochenta cuando lo eligieron, y Ellendor iba a cumplir los noventa. La carga pudo con ellos; ambos murieron en menos de un año. El siguiente fue Merion. Solo tenía sesenta y seis años, pero murió de un enfriamiento cuando venía a Desembarco del Rey. Después de aquello, Aegon le pidió a la Ciudadela que enviara a alguien más joven. Fue el primer rey al que serví.

«Y Tommen será el último.»

—Necesito que me deis una pócima. Algo que me ayude a dormir.

—Una copa de vino antes de acostaros puede...

—Ya he bebido vino, cretino descerebrado. Quiero algo más fuerte, que no me deje soñar.

—¿Vuestra Alteza...? ¿Vuestra Alteza no quiere soñar?

—¿Qué acabo de deciros? ¿Es que tenéis las orejas tan reblandecidas como la polla? ¿Vais a traerme una pócima, o tendré que ordenarle a Lord Qyburn que rectifique otro de vuestros fracasos?

—No. No hay necesidad de involucrar a ese... De involucrar a Qyburn. Dormir sin soñar. Os traeré una pócima.

—Muy bien. Retiraos. —Pero cuando se dirigía hacia la puerta, lo llamó otra vez—. Una cosa más. ¿Qué os enseñan en la Ciudadela sobre las profecías? ¿Es posible predecir el futuro?

El anciano titubeó. Se llevó al pecho una mano arrugada, para acariciarse la barba que ya no tenía.

—¿Es posible predecir el futuro? —repitió lentamente—. Tal vez. En los antiguos libros hay ciertos hechizos... Pero Vuestra Alteza debería hacerse otra pregunta: ¿Se debe predecir el futuro? Y la respuesta es no. Hay puertas que deben permanecer cerradas.

—Aseguraos de cerrar la mía cuando salgáis. —Debería haberse imaginado que su respuesta iba a ser tan inútil como él.

A la mañana siguiente desayunó con Tommen. El niño se mostró mucho más dócil; al parecer, lo de administrar el castigo a Pate había dado resultado. Tomaron huevos fritos, pan frito, panceta y unas naranjas sanguinas recién llegadas de Dorne por barco. Los gatitos de su hijo estaban con él. Al verlos juguetear en torno a sus pies, Cersei se sintió un poco mejor.

«A Tommen no le sucederá nada malo mientras yo viva.» Si hacía falta, mataría a la mitad de los señores y a todo el pueblo de Poniente con tal de mantenerlo a salvo.

—Ve con Jocelyn —le dijo cuando terminaron.

Luego mandó llamar a Qyburn.

—¿Sigue viva Lady Falyse?

—Está viva, sí. Aunque quizá no demasiado... cómoda.

—Entiendo. —Cersei meditó un instante—. Ese tal Bronn... La verdad, no me gusta tener un enemigo tan cerca. Todo su poder le viene de Lollys. Pero si nos presentáramos con su hermana mayor...

—Por desgracia, me temo que Lady Falyse ya no será capaz de gobernar Stokeworth —respondió Qyburn—. Ni siquiera de comer por sí misma. Me complace deciros que he descubierto muchas cosas gracias a ella, pero el conocimiento tiene su precio. Espero no haberme sobrepasado en el cumplimiento de vuestras instrucciones.

—No.

Fuera cual fuera su plan, ya era demasiado tarde. No tenía sentido dar más vueltas a esas cosas.

«Más vale que muera —se dijo—. No querrá seguir viviendo sin su marido. Era un imbécil, pero parecía encariñada con él.»

—Hay otra cosa. Anoche tuve un sueño terrible.

—Todos los sufrimos de cuando en cuando.

—Este sueño tiene que ver con una bruja a la que fui a ver de niña.

—¿Una bruja de los bosques? Por lo general son inofensivas. Tienen algunos conocimientos de las hierbas y saben hacer de matronas, pero...

—Era mucho más que eso. Medio Lannisport acudía a ella en busca de amuletos y pócimas. Era madre de un señor menor, un comerciante rico al que mi abuelo había otorgado un título. El padre de este señor la había conocido en un viaje por el este. Unos decían que ella lo hechizó; otros, que le bastó con la magia que tenía entre los muslos. No siempre había sido repulsiva, o eso se decía. No recuerdo su nombre. Era muy largo, oriental, sonaba raro. La gente del pueblo la llamaba Maggy.

—¿Maegi?

—¿Así lo pronunciáis vos? Esa mujer chupaba una gota de sangre del dedo y decía qué depararía el futuro.

—La magia de sangre es la forma más negra de hechicería. Hay quien dice que también es la más poderosa.

No era lo que Cersei quería oír.

—Esa *maegi* me hizo varias profecías. Al principio me reí de ellas, pero... Predijo la muerte de una de mis doncellas. En aquel momento era una niña de once años, saludable como una potrilla, y vivía a salvo en la Roca. Pero poco después se cayó en un pozo y se ahogó.

Melara le había suplicado que no hablaran jamás de lo que habían oído en la carpa de la *maegi*.

«Si no volvemos a hablar de eso, se nos olvidará, se convertirá en una pesadilla que tuvimos —decía—. Las pesadillas nunca se hacen realidad.» Por aquel entonces eran tan jóvenes que aquello les sonó casi razonable.

—¿Aún echáis de menos a vuestra amiga de la infancia? —preguntó Qyburn—. ¿Eso es lo que os preocupa, Alteza?

—¿Melara? No. Apenas me acuerdo de su cara. Es que... La *maegi* sabía cuántos hijos iba a tener, y también lo de los bastardos de Robert. Años antes de que engendrara al primero, ella ya lo sabía. Me prometió que sería reina, pero dijo que llegaría otra... «Más joven y bella», me dijo... Otra reina que me arrebataría todo lo que me era querido.

—¿Y queréis impedir que se cumpla esa profecía?

«Más que nada en el mundo», pensó.

—¿Es posible?

—Oh, sí. No lo dudéis.

—¿Cómo?

—Me parece que Vuestra Alteza ya lo sabe.

Era verdad.

«Lo supe desde el principio —pensó—. Incluso cuando estábamos en la carpa. "Si lo intenta, le diré a mi hermano que la mate".»

Pero saber qué había que hacer era una cosa, y saber cómo hacerlo, otra muy diferente. Ya no podía confiar en Jaime. Una enfermedad repentina sería lo mejor, pero los dioses rara vez eran tan serviciales.

«Entonces, ¿cómo? ¿Un cuchillo, una almohada, una copa de veneno de corazón?» Todos los métodos tenían inconvenientes. Si un anciano moría mientras dormía, nadie sospechaba, pero si una muchacha de dieciséis años aparecía muerta en su cama, habría preguntas, y muy incómodas. Además, Margaery no dormía sola nunca. Incluso entonces, mientras Ser Loras agonizaba, estaba rodeada de espadas día y noche.

«Pero las espadas tienen dos filos. Los mismos que la guardan podrían acabar con ella. —Las pruebas tenían que ser tan abrumadoras que ni el señor padre de Margaery tuviera más remedio que acceder a su ejecución. No sería sencillo—. Sus amantes no confesarán; saben que perderían la cabeza, igual que ella. A menos que...»

Al día siguiente, la Reina bajó al patio para ir al encuentro de Osmund Kettleblack, que estaba entrenándose con uno de los gemelos Redwyne. No habría sabido decir cuál, pues nunca había podido distinguirlos. Contempló el baile de espadas durante un rato; luego se llevó aparte a Ser Osmund.

—Pasead un rato conmigo y decidme la verdad. Nada de fanfarronadas, ni de que un Kettleblack vale el triple que cualquier otro caballero. Muchas cosas dependen de vuestra respuesta. Vuestro hermano Osney... ¿Qué tal maneja la espada?

—Bien. Ya lo habéis visto. No es tan fuerte como Osfryd ni como yo, pero es rápido y letal.

—Si llegara el momento, ¿podría derrotar a Ser Boros Blount?

—¿Boros el Barrigas? —Ser Osmund soltó una risita—. ¿Cuántos años tiene? ¿Cuarenta? ¿Cincuenta? Está borracho la mitad del tiempo, y cuando está sobrio sigue estando gordo. Si alguna vez le gustó la batalla, ya no. Sí, Alteza, si hubiera que matar a Ser Boros, a Osney le resultaría fácil. ¿Por qué? ¿Boros ha cometido alguna traición?

—No —replicó ella.

«Pero Osney sí.»

Brienne

Encontraron el primer cadáver a media legua de la encrucijada.

Colgaba de la rama de un árbol muerto, cuyo tronco ennegrecido mostraba aún las cicatrices del rayo que lo había matado. Los cuervos carroñeros se habían ocupado del rostro, y los lobos se habían dado un festín con la parte inferior de las piernas, que colgaba cerca del suelo. Por debajo de las rodillas quedaban solo huesos y jirones de ropa, y un zapato mordido medio cubierto de barro y moho.

—¿Qué tiene en la boca? —preguntó Podrick.

Brienne tuvo que obligarse a mirar. La cara era gris y verde, espantosa, con la boca muy abierta. Le habían metido una piedra blanca entre los dientes. Una piedra o...

—Sal —dijo el septón Meribald.

Cincuenta metros más adelante vieron el segundo cadáver. Los carroñeros lo habían destrozado; lo que quedaba de él estaba disperso por el suelo bajo los restos de una cuerda deshilachada que colgaba de la rama de un olmo. Brienne habría pasado de largo sin fijarse si el perro no hubiera captado su olor.

—¿Qué hay ahí? —Ser Hyle descabalgó, siguió al perro y volvió con un yelmo corto. Dentro estaba todavía la cabeza del muerto, además de unos cuantos gusanos y escarabajos—. Buen acero —dictaminó—, y no está demasiado mellado, aunque el león ha perdido la cabeza. ¿Quieres un yelmo, Pod?

—Ese no. Tiene gusanos.

—Los gusanos se quitan con agua, chico. Eres más melindroso que una niña.

Brienne lo miró con el ceño fruncido.

—Es muy grande para él.

—Ya crecerá.

—No lo quiero —dijo Podrick.

Ser Hyle se encogió de hombros y tiró el yelmo entre las hierbas, con cimera de león y todo. El perro ladró y corrió a levantar la pata contra el árbol.

En adelante fue raro que avanzaran cien pasos sin encontrarse un cadáver. Colgaban de fresnos y alisos, de hayas y abedules, de alerces y olmos, de viejos sauces grises y de castaños majestuosos. Todos tenían un nudo corredizo en torno al cuello, colgaban de una soga de cáñamo y tenían la boca llena de sal. Algunos llevaban capas grises, azules o carmesíes, aunque la lluvia y el sol las habían desteñido tanto que costaba distinguir los colores. Otros tenían blasones bordados en el pecho. Brienne vio hachas, flechas, varios salmones, un pino, una hoja de roble, escarabajos, gallos, una cabeza de jabalí y media docena de tridentes.

«Hombres quebrados —comprendió—, restos de una docena de ejércitos, las sobras de los señores.»

Algunos de los muertos eran calvos, y otros, barbudos; los había jóvenes y viejos, altos y bajos, gordos y flacos. Con la hinchazón de la muerte, con el rostro devorado y podrido, todos parecían iguales.

«En la horca, todos los hombres son hermanos.» Brienne lo había leído en un libro, aunque no recordaba en cuál.

Fue Hyle Hunt quien expresó por fin lo que todos habían comprendido.

—Son los hombres que atacaron Salinas.

—Que el Padre los juzgue con dureza —dijo Meribald, que había sido amigo del anciano septón de la ciudad.

A Brienne no le preocupaba tanto quiénes fueran como quién los había ahorcado. Se decía que el nudo corredizo era el método de ejecución favorito de Beric Dondarrion y su grupo de bandidos. Si era así, tal vez estuviera cerca el señor del relámpago.

El perro ladró, y el septón Meribald miró a su alrededor con el ceño fruncido.

—¿No deberíamos avivar el paso? El sol no tardará en ponerse, y los cadáveres no son buena compañía por la noche. Estos hombres fueron malvados y peligrosos en vida, y no creo que hayan mejorado con la muerte.

—En eso no estamos de acuerdo —dijo Ser Hyle—. Es precisamente la clase de gente que mejora con la muerte.

De todos modos, picó espuelas a su caballo y avanzaron un poco más deprisa.

Más adelante, los árboles empezaron a escasear, aunque no los cadáveres. Los bosques dejaron paso a prados embarrados; las ramas de los árboles, a patíbulos. Las bandadas de cuervos levantaban el vuelo entre graznidos cuando se acercaban los viajeros, y volvían a posarse en los cadáveres cuando pasaban de largo.

«Eran unos malvados», se recordó Brienne, pero aun así se sentía triste.

Se obligó a mirar a cada uno de los ahorcados en busca de caras conocidas. Le pareció reconocer a unos cuantos de Harrenhal, pero en su estado no tenía manera de estar segura. Ninguno llevaba un casco en forma de cabeza de perro, aunque algunos tenían yelmos de varias formas. A casi todos les habían quitado las armas, la armadura y las botas antes de colgarlos.

Cuando Podrick preguntó el nombre de la posada donde iban a pasar la noche, el septón Meribald se centró rápidamente en el tema, quizá para quitarse de la cabeza los horrorosos centinelas grises que flanqueaban el camino.

—Hay quien la llama Posada Vieja. Ahí ha habido una posada durante cientos de años, aunque esta en concreto se edificó durante el reinado del primer Jaehaerys, el rey que hizo el camino Real. Se dice que Jaehaerys y su reina dormían en esa posada cuando estaban de viaje. Durante un tiempo, la posada se conoció como Dos Coronas, en su honor, hasta que un posadero construyó un campanario, y pasó a llamarse Posada del Tañido. Más tarde fue a parar a manos de un caballero tullido que se llamaba Jon Heddle el Largo, que se dedicó a trabajar el hierro cuando se sintió demasiado viejo para seguir luchando. Forjó un cartel nuevo para el patio, un dragón de tres cabezas de hierro negro, y lo colgó de un poste de madera. La bestia era tan grande que tuvo que fabricarla con una docena de piezas, y luego las unió con cuerdas y alambres. Cuando soplaba el viento, las piezas chocaban entre sí, de manera que todos la llamaban la Posada del Dragón Tintineante.

—¿Aún tiene ese cartel? —preguntó Podrick.

—No —dijo el septón Meribald—. Cuando el hijo del herrero ya era anciano, un hijo bastardo del cuarto Aegon se rebeló contra su hermano legítimo y adoptó como blasón un dragón negro. Por aquel entonces, estas tierras pertenecían a Lord Darry, y su señoría era leal al rey. Solo con ver el dragón negro de hierro se puso tan furioso que cortó el poste, hizo pedazos el cartel y lo tiró al río. Una de las cabezas del dragón llegó a la Isla Tranquila muchos años más tarde, aunque ya estaba roja de óxido. El posadero no sustituyó el cartel, así que la gente se olvidó del dragón y empezó a llamar al establecimiento la Posada del Río. En aquellos tiempos, el Tridente corría bajo su puerta trasera y la mitad de las habitaciones quedaba encima del agua. Se decía que los huéspedes podían tirar un sedal por la ventana para pescar truchas. También había una barcaza que hacía la travesía; así, los viajeros podían cruzar a la Aldea de Lord Harroway y Murosblancos.

—Nos apartamos del Tridente más al sur y hemos estado cabalgando hacia el noroeste... No en dirección al río, sino todo lo contrario.

—Sí, mi señora —respondió el septón—. El río se movió. Eso fue hace setenta años. ¿O quizá ochenta? En aquellos tiempos llevaba la posada el padre de Masha Heddle. Fue ella quien me contó toda esta historia. Masha era bondadosa; le gustaban la hojamarga y los pastelillos de miel. Cuando no tenía habitación para mí, me permitía dormir junto a la chimenea, y nunca me dejó seguir camino sin darme pan, queso, y unos pastelillos duros.

—¿Aún es la posadera? —preguntó Podrick.

—No. Los leones la ahorcaron. Tengo entendido que cuando se marcharon, uno de sus sobrinos trató de volver a abrir la posada, pero con la guerra, los caminos eran demasiado peligrosos para que la gente viajara, así que tenía poca clientela. Puso unas cuantas prostitutas, pero ni con eso se salvó. Me dijeron que no sé qué señor lo mató a él también.

Ser Hyle esbozó una sonrisa irónica.

—Nunca habría imaginado que dirigir una posada representara un peligro tan letal.

—El peligro está en ser del pueblo llano cuando los grandes señores juegan a su juego de tronos —replicó el septón Meribald—. ¿Verdad, perro?

El perro ladró como si estuviera de acuerdo.

—¿Cómo se llama la posada ahora? —preguntó Podrick.

—La gente la llama *la posada de la encrucijada,* sin más. El Hermano Mayor me dijo que dos sobrinas de Masha Heddle la han vuelto a abrir. —Señaló con la pica—. Si los dioses son bondadosos, ese humo que se eleva más allá de los hombres ahorcados será el de sus chimeneas.

—Podrían llamarla Posada del Patíbulo —comentó Ser Hyle.

Se llamara como se llamara, la posada era grande: tres pisos que se alzaban junto a los caminos embarrados, con las paredes, las torrecillas y las chimeneas de piedra blanca que brillaba pálida y fantasmal contra el cielo gris. El ala sur se alzaba sobre pilares de madera, por encima de una hondonada agrietada de hierbajos y vegetación seca. Junto al ala norte había un establo de techo de paja y un campanario. Alrededor se alzaba un muro bajo de piedras blancas cubiertas de musgo.

«Por lo menos no la han quemado.»

En Salinas solo habían encontrado muerte y desolación. Cuando los hermanos silenciosos llevaron en la barcaza a Brienne y a sus acompañantes, hacía ya tiempo que los supervivientes habían huido y los muertos estaban enterrados, pero quedaba el cadáver de la propia ciudad, ceniciento, insepulto. El aire olía aún a humo, y los graznidos de las gaviotas que los sobrevolaban sonaban casi humanos, como los lamentos de niños extraviados. Hasta el castillo parecía triste y abandonado. Tan gris como las cenizas de la ciudad que lo rodeaba, constaba de un torreón cuadrado rodeado por una muralla, construido de manera que desde él se dominara el puerto. Cuando Brienne y los demás tiraron de las riendas de sus caballos para bajar de la barcaza, el castillo estaba cerrado a cal y canto, y en sus almenas no se movía nada aparte de los estandartes. Hizo falta un cuarto de hora de ladridos del perro y golpes de la pica del septón Meribald contra la puerta para que apareciera en ellas una mujer, que les preguntó qué querían.

La barcaza ya había partido, y estaba empezando a llover.

—Soy un santo septón, buena mujer —le gritó Meribald—, y los que me acompañan son viajeros honrados. Queremos refugiarnos de la lluvia y calentarnos esta noche ante vuestra chimenea.

Sus súplicas no conmovieron a la mujer.

—La posada más cercana está en la encrucijada, en dirección oeste —replicó—. Aquí no queremos forasteros. Marchaos.

Se retiró, y ni las plegarias de Meribald, los ladridos del perro y las maldiciones de Ser Hyle fueron capaces de hacerla volver. Al final tuvieron que pasar la noche en el bosque, bajo un refugio de ramas entrelazadas.

En cambio, en la posada de la encrucijada había vida. Un buen trecho antes de llegar a la puerta, Brienne la oyó: martillazos lejanos pero rítmicos, un sonido metálico.

—Una forja —dijo Ser Hyle—. O cuentan con un herrero, o el fantasma del viejo posadero está haciendo otro dragón de hierro. —Picó espuelas a su caballo—. Espero que también tengan un cocinero fantasma. Un pollo asado bien crujiente me arreglaría la vida.

El patio de la posada era un lodazal marrón que succionaba los cascos de los caballos. Allí se oía más claramente el clamor del acero, y Brienne divisó el resplandor rojo de la forja al otro lado de los establos, entre un carro de bueyes y una rueda rota. También vio los caballos de los establos, y a un niño que se columpiaba en las cadenas oxidadas del deteriorado patíbulo que dominaba el patio. En el porche había cuatro niñas que los miraban. La más pequeña no tendría más de dos años y estaba desnuda. La mayor, de nueve o diez, la rodeaba con los brazos en gesto protector.

—Niñas —les dijo Ser Hyle—, id a llamar a vuestra madre.

El chico se soltó de la cadena y salió corriendo hacia los establos. Las cuatro niñas cambiaban de postura, nerviosas.

—No tenemos madres —dijo una tras unos momentos.

—Yo sí tenía, pero la mataron —añadió otra.

La mayor se adelantó, con la pequeña pegada a sus faldas.

—¿Quiénes sois? —preguntó.

—Viajeros honrados que buscan refugio. Me llamo Brienne, y me acompaña el septón Meribald, muy conocido en las tierras de los ríos. El chico es mi escudero, Podrick Payne, y el caballero es Ser Hyle Hunt.

Los martillazos cesaron de repente. La niña del porche los examinó con atención, tan desconfiada como solo podía serlo una criatura de diez años.

—Me llamo Willow. ¿Querréis cama?

—Cama, cerveza y comida caliente para llenarnos la barriga —respondió Ser Hyle Hunt mientras desmontaba—. ¿Eres la posadera?

—Es mi hermana Jeyne —contestó sacudiendo la cabeza—. Pero no está ahora. Lo único que tenemos para comer es carne de caballo. Si venís en busca de putas, ya no hay. Mi hermana las ha echado. Pero tenemos camas. Algunas son de plumas, pero casi todas son de paja.

—Y todas tienen pulgas, no me cabe duda —replicó Ser Hyle.

—¿Tenéis monedas para pagar? ¿Plata?

Ser Hyle se echó a reír.

—¿Plata? ¿Por una noche de cama y una pata de caballo? ¿Nos quieres atracar, pequeña?

—Queremos plata. Si no, podéis ir a dormir a los bosques con los muertos. —Willow observó el asno, con su carga de barriles y fardos—. ¿Eso es comida? ¿De dónde la habéis sacado?

—De Poza de la Doncella —dijo Meribald.

El perro ladró.

—¿Interrogas así a todos los huéspedes? —preguntó Ser Hyle.

—No tenemos tantos. No es como antes de la guerra. Ahora, los que recorren los caminos son gorriones, o peor.

—¿Peor? —le preguntó Brienne.

—Ladrones —dijo una voz de muchacho desde los establos—. Asaltantes.

Brienne se volvió y vio un fantasma.

«Renly.» Un martillazo en el corazón no le habría causado más impresión.

—¿Mi señor? —se atragantó.

—¿Señor? —El chico se apartó de los ojos un mechón de pelo negro—. Solo soy un herrero.

«No es Renly —comprendió Brienne—. Renly está muerto. Renly tenía veintiún años y murió en mis brazos. Este es solo un niño. —Un niño que se parecía al Renly que visitó Tarth por primera vez—. No, es más joven. Tiene la mandíbula más cuadrada y las cejas más pobladas.» Renly había sido delgado y esbelto, mientras que aquel muchacho tenía los hombros fuertes y el brazo derecho musculoso propio de los herreros. Llevaba un delantal largo de cuero, pero por debajo se le veía el pecho desnudo. Una pelusa oscura le cubría las mejillas y la mandíbula, y tenía una espesa mata de pelo negro que le llegaba por debajo de las orejas. El rey Renly también había tenido aquel pelo negro como el carbón, pero siempre lo llevaba limpio y bien peinado. Unas veces se lo cortaba y otras lo llevaba suelto por los hombros, o se lo recogía con una cinta dorada, pero nunca lo tenía enmarañado ni pegajoso de sudor. Y aunque sus ojos tenían aquel mismo azul oscuro, los de Lord Renly siempre fueron cálidos, acogedores y sonrientes, mientras que los de aquel chico rezumaban ira y desconfianza.

El septón Meribald también se dio cuenta.

—No pretendemos haceros ningún daño, muchacho. Cuando este lugar era de Masha Heddle, siempre tenía un pastelillo de miel para mí. A veces, si la posada no estaba llena, hasta me dejaba una cama.

—Está muerta —replicó el chico—. Los leones la ahorcaron.

—Por lo visto, lo de ahorcar es un deporte que se practica mucho por aquí —comentó Ser Hyle Hunt—. Ojalá tuviera tierras en esta zona. Plantaría cáñamo, vendería sogas y ganaría una fortuna.

—¿Y estas niñas? —preguntó Brienne a Willow—. ¿Son tus hermanas? ¿Primas, parientes...?

—No. —Willow se había quedado mirándola de una manera que conocía demasiado bien—. Solo son... No sé, a veces las traen los gorriones. Otras llegan solas. Si sois una mujer, ¿por qué vais vestida de hombre?

Fue el septón Meribald quien respondió.

—Lady Brienne es una doncella guerrera y tiene una misión. Pero lo que necesita ahora mismo es una cama seca y un fuego bien caliente. Igual que todos nosotros. Mis viejos huesos me dicen que va a llover, y pronto. ¿Tenéis habitaciones para nosotros?

—No —dijo el chico herrero.

—Sí —dijo la pequeña Willow.

Intercambiaron miradas. Al final, Willow dio una patada contra el suelo.

—Tienen comida, Gendry. Los pequeños están hambrientos.

Silbó, y como por arte de magia, aparecieron más niños. Chiquillos harapientos y desgreñados salieron de debajo del porche, y niñitas tímidas se asomaron a las ventanas que daban al patio. Algunos llevaban ballestas preparadas para disparar.

—Podrían llamarla Posada de la Ballesta —comentó Ser Hyle.

«Más bien Posada del Huérfano», pensó Brienne.

—Wat, ayúdalos con los caballos —dijo Willow—. Will, deja esa roca; no vienen a hacernos daño. Atanasia, Pate, id a echar leña al fuego. Jon Penique, ayuda al septón con esos fardos. Os acompañaré a las habitaciones.

Al final tomaron tres habitaciones adyacentes; en cada una había un lecho de plumas, un orinal y una ventana. La habitación de Brienne tenía también una chimenea. Pagó unas pocas monedas más a cambio de leña.

—¿Duermo con vos o con Ser Hyle? —le preguntó Podrick mientras ella abría los postigos.

—Esto no es la Isla Tranquila —le dijo—. Puedes quedarte conmigo.

Su intención era que ellos dos se marcharan solos al día siguiente. El septón Meribald se dirigía a Nogal, Meandro y la Aldea de Lord Harroway, pero no tenían por qué seguir con él. Ya tenía al perro para que le hiciera compañía, y el Hermano Mayor la había convencido de que no encontraría a Sansa Stark a lo largo del Tridente.

—Quiero que nos levantemos antes de que salga el sol, mientras Ser Hyle esté dormido.

Brienne no le había perdonado lo de Altojardín y, como él mismo había dicho, Hunt no había hecho ningún juramento respecto a Sansa.

—¿Adónde iremos, ser? O sea, mi señora.

Brienne no tenía respuesta. Habían llegado a una encrucijada, literalmente: el lugar donde confluían el camino Real, el camino del Río y el camino alto. El camino alto los llevaría hacia el este por las montañas, hasta el Valle de Arryn, donde la tía de Lady Sansa había gobernado hasta su muerte. El camino del Río iba hacia el oeste, a lo largo del Forca Roja, hasta llegar a Aguasdulces, donde el tío abuelo de Sansa estaba bajo asedio, pero aún vivía. O podían tomar el camino Real hacia el norte, más allá de Los Gemelos, y cruzar el Cuello, con sus pantanos y sus cenagales. Si encontraba la manera de pasar de largo Foso Cailin y a quienquiera que lo dominase en aquel momento, el camino Real los llevaría directos a Invernalia.

«O podría tomar el camino Real hacia el sur —pensó Brienne—. Podría volver a Desembarco del Rey, confesar mi fracaso a Ser Jaime, devolverle su espada y buscar un barco que me llevara a casa, a Tarth, como me aconsejó el Hermano Mayor.» Era un pensamiento amargo, pero una parte de ella añoraba el Castillo del Atardecer y a su padre, y otra parte se preguntaba si Jaime la consolaría si lloraba en su hombro. Eso era lo que querían los hombres, ¿no? Mujeres blandas e indefensas que necesitaran su protección.

—¿Ser? ¿Mi señora? Os he preguntado que adónde vamos.

—Abajo, a la sala común, a cenar.

La sala común estaba abarrotada de niños. Brienne intentó contarlos, pero no se quedaban quietos ni un instante, así que a algunos los contaba dos o tres veces y a otros ninguna, y al final tuvo que rendirse. Habían juntado las mesas para formar tres largas hileras, y los mayores estaban empujando bancos de la parte de atrás. Los mayores no tendrían más de diez o doce años. Gendry era lo más parecido a un adulto, pero la que gritaba todas las órdenes era Willow, como si fuera una reina en su castillo y los otros niños fueran solo sus criados.

«Si fuera de noble cuna, dar órdenes sería natural para ella, igual que para ellos obedecerlas.»

Brienne se preguntó si Willow no sería más de lo que aparentaba. Era demasiado pequeña y vulgar para ser Sansa Stark, pero tenía la edad de la hermana menor, y hasta Lady Catelyn le había dicho que Arya no poseía la belleza de su hermana.

«Pelo castaño, ojos marrones, flaca... ¿Sería posible...? —Recordaba que Arya Stark tenía el pelo castaño, pero se le había olvidado el color de sus ojos—. ¿Marrones también? ¿Es posible que no muriera en Salinas?»

En el exterior, las últimas luces del día empezaban a desaparecer. Willow hizo encender cuatro velas de sebo y les dijo a las niñas que avivaran el fuego de la chimenea. Los niños ayudaron a Podrick Payne a descargar el asno y entraron con el bacalao salado, el carnero, las verduras, los frutos secos y los quesos, mientras el septón Meribald se dirigía a las cocinas para hacerse cargo de las gachas.

—Por desgracia se han acabado las naranjas; dudo mucho que vuelva a ver una hasta la primavera —le dijo a un niño—. ¿Alguna vez has comido una naranja, chaval? ¿Alguna vez has apretado una naranja para beberte el zumo? —El chico sacudió la cabeza en gesto negativo, y el septón le revolvió el pelo—. Pues si te portas bien y me ayudas a remover las gachas, cuando llegue la primavera te traeré una.

Ser Hyle se quitó las botas para calentarse los pies junto al fuego. Cuando Brienne se sentó a su lado, le señaló con un gesto el otro extremo de la sala.

—Hay manchas de sangre en el suelo, allí; el perro las está olisqueando. Las han frotado, pero han calado en la madera y no hay manera de limpiarla.

—Esta es la posada en la que Sandor Clegane mató a tres hombres de su hermano —le recordó ella.

—Sí —accedió Hunt—, pero ¿quién dice que fueron los primeros en morir aquí... o que van a ser los últimos?

—¿Tenéis miedo de unos cuantos niños?

—Cuatro serían unos cuantos. Diez serían demasiados. Esto es un caos. A los niños habría que ponerles pañales y colgarlos de la pared hasta que a las chicas les crecieran las tetas y los chicos tuvieran edad de afeitarse.

—Me dan pena. Todos han perdido a sus padres. Algunos los han visto morir.

—Se me olvidaba que estoy hablando con una mujer. —Hunt puso los ojos en blanco—. Tenéis el corazón más blando que las gachas del septón. ¿Será posible? Dentro de nuestra guerrera hay una mujer que está deseando parir. Lo que queréis de verdad es un hermoso bebé sonrosado que mame de vuestro pecho. —Sonrió—. Tengo entendido que para eso hace falta un hombre. Un marido, a ser posible. ¿Por qué no yo?

—¿Aún pensáis ganar aquella apuesta?

—A la que quiero ganar es a vos, la única hija de Lord Selwyn. Muchos hombres se casarían con una retrasada o con un bebé por premios que no valen ni la décima parte que Tarth. Reconozco que no soy Renly Baratheon, pero tengo la virtud de contarme entre los vivos. Hay quien diría que esa es mi única virtud. El matrimonio nos convendría a los dos. Tierras para mí y un castillo lleno de estos para vos. —Hizo un gesto en dirección a los niños—. Os aseguro que soy capaz. Que yo sepa, ya he engendrado al menos a una bastarda. No temáis; no os haré cargar con ella. La última vez que fui a verla, su madre me tiró una olla de sopa por encima.

A Brienne se le enrojeció el cuello.

—Mi padre solo tiene cincuenta y cuatro años. Aún está en edad de volver a casarse y tener un hijo varón.

—Es un riesgo... Si vuestro padre se casa otra vez, y si su esposa es fértil, y si el bebé es varón... Peores apuestas he hecho.

—Y las habéis perdido. Id a jugar con otro, ser.

—Así habla una doncella que no ha practicado el juego con nadie. En cuanto lo probéis cambiaréis de opinión. A oscuras seríais tan hermosa como cualquier otra mujer. Vuestros labios se hicieron para besar.

—Son labios —dijo Brienne—. Todos los labios son iguales.

—Y todos los labios se hicieron para besar —asintió Hunt con tono afable—. No atranquéis esta noche la puerta de vuestra habitación; iré a vuestra cama y os demostraré que digo la verdad.

—Hacedlo y saldréis convertido en eunuco. —Brienne se levantó y se alejó de él.

El septón Meribald preguntó si podía bendecir la mesa con los niños, sin hacer caso de la pequeña que gateaba desnuda por ella.

—Claro —dijo Willow, agarrando a la niña antes de que llegara a las gachas.

De modo que juntaron las cabezas y dieron las gracias al Padre y a la Madre por los alimentos... Todos excepto el chico moreno de la fragua, que se cruzó de brazos y se sentó con el ceño fruncido mientras los demás rezaban. Brienne no fue la única que se dio cuenta. Cuando terminó la oración, el septón Meribald miró hacia el otro lado de la mesa.

—¿No adoras a los dioses, hijo?

—A los vuestros no. —Gendry se levantó bruscamente—. Tengo trabajo.

Salió sin probar ni un bocado.

—¿Adora a algún otro dios? —preguntó Hyle Hunt.

—Al Señor de la Luz —dijo con voz chillona un niño flaco de apenas seis años.

Willow le dio un golpe con el cucharón.

—Ben Bocazas, hay comida. Dedícate a comer y deja de molestar a los señores con tanta cháchara.

Los niños se lanzaron hacia la cena como lobos hacia un ciervo herido, peleándose por el bacalao, arrancando pedazos de pan de centeno y llenándolo todo de gachas. Ni siquiera los grandes quesos sobrevivieron mucho tiempo. Brienne se conformó con pescado, pan y zanahorias, mientras el septón Meribald le daba dos bocados al perro por cada uno que comía él. En el exterior empezó a llover. Dentro, el fuego chisporroteaba, y en la sala común solo se oía el ruido de los niños masticando y el que hacía Willow de vez en cuando al golpear a alguno con el cucharón.

—Algún día, esa niñita tan guapa será la temible esposa de un hombre —señaló Ser Hyle—. Probablemente de ese pobre aprendiz.

—Alguien debería llevarle comida antes de que se acabe.

—Vos sois alguien.

Brienne envolvió en un paño un trozo de queso, un pedazo de pan, una manzana seca y dos trozos de bacalao frito. Cuando Podrick se levantó para seguirla afuera, le indicó que se sentara y siguiera comiendo.

—No tardaré mucho.

La lluvia caía con fuerza en el patio. Brienne resguardó la comida con un pliegue de la capa. Un caballo relinchó cuando pasó junto a los establos.

«También tienen hambre.»

Gendry estaba junto a la forja, con el pecho desnudo bajo el delantal de cuero. Golpeaba una espada como si deseara que fuera un enemigo; el pelo empapado de sudor le caía por la frente. Se quedó mirándolo un momento.

«Tiene los ojos y el pelo de Renly, pero no su constitución. Lord Renly era más esbelto que musculoso, a diferencia de su hermano Robert, que tenía una fuerza legendaria.»

Gendry se detuvo un momento para secarse la frente, y entonces la vio.

—¿Qué queréis?

—Te he traído la cena. —Abrió el paño para que la viera.

—Si quisiera comida, habría comido.

—Un herrero tiene que comer para conservar las fuerzas.

—¿Sois mi madre?

—No. —Dejó la comida en el suelo—. ¿Quién fue tu madre?

—¿A vos qué os importa?

—Naciste en Desembarco del Rey. —Estaba segura por su manera de hablar.

—Como mucha gente.

Metió la espada en una tina de agua de lluvia para templarla. El acero caliente siseó furioso.

—¿Cuántos años tienes? —le preguntó Brienne—. ¿Tu madre vive aún? ¿Y tu padre? ¿Quién era?

—Hacéis demasiadas preguntas. —El chico dejó la espada—. Mi madre murió, y no conocí a mi padre.

—Eres bastardo.

Se lo tomó como un insulto.

—Soy caballero. Esta será mi espada cuando la acabe.

«¿Qué hace un caballero trabajando en una herrería?»

—Tienes el pelo negro y los ojos azules, y naciste a la sombra de la Fortaleza Roja. ¿Nadie te ha hecho nunca ningún comentario sobre tu cara?

—¿Qué le pasa a mi cara? No es tan fea como la vuestra.

—Supongo que verías al rey Robert en Desembarco del Rey.

—A veces. —Se encogió de hombros—. En los torneos, de lejos. Y una vez en el septo de Baelor. Los capas doradas nos empujaron a un lado para abrirle paso. Otra vez estaba jugando cerca de la Puerta del Lodazal cuando llegó él de una partida de caza. Iba tan bebido que estuvo a punto de arrollarme. Era un gordo borracho, pero mejor rey que sus hijos.

«No son sus hijos. Stannis decía la verdad aquel día que se reunió con Renly. Joffrey y Tommen no eran hijos de Robert. En cambio, este muchacho...»

—Escúchame —empezó Brienne. Entonces le llegaron los ladridos frenéticos del perro—. Viene alguien.

—Amigos —respondió Gendry, despreocupado.

—¿Qué clase de amigos? —Brienne fue a la puerta de la herrería para escudriñar la oscuridad en medio de la lluvia.

—Pronto los conoceréis. —El chico se encogió de hombros.

«Puede que no quiera conocerlos», pensó Brienne cuando los primeros jinetes entraron chapaleando en los charcos del patio.

Entre el repiqueteo de la lluvia y los ladridos del perro alcanzó a oír el leve tintineo de las espadas y las armaduras bajo las capas harapientas. Los contó a medida que pasaban.

«Dos, cuatro, seis, siete.» A juzgar por su manera de montar, algunos estaban heridos. El último era enorme, gigantesco, abultaba como dos de los otros. Su caballo estaba agotado y ensangrentado, y se tambaleaba bajo su peso. Todos los jinetes llevaban la capucha calada para guarecerse de la lluvia, excepto él. Tenía el rostro ancho y lampiño, blanco como un gusano, con las mejillas cubiertas de úlceras supurantes.

Brienne contuvo el aliento y desenvainó *Guardajuramentos*.

«Son demasiados —pensó con una punzada de miedo—, son demasiados.»

—Gendry —dijo en voz baja—, te van a hacer falta la espada y la armadura. Estos no son tus amigos. No son amigos de nadie.

—¿Qué queréis decir? —El chico salió junto a ella con el martillo en la mano.

Un relámpago rasgó el cielo hacia el sur mientras los jinetes se bajaban de los caballos. Durante un instante, la luz se convirtió en oscuridad. Un hacha brillaba plateada; la luz se reflejaba en la armadura y en la coraza. Bajo la capucha oscura del primer jinete, Brienne alcanzó a ver un hocico de hierro que mostraba dientes de acero.

Gendry también lo vio.

—Es él.

—No es él. Es su yelmo.

Brienne intentó evitar que el miedo se reflejara en su voz, pero tenía la boca seca como un pergamino. Tenía una idea muy clara de quién era el que llevaba el yelmo del Perro.

«Los niños», pensó.

La puerta de la posada se abrió de golpe. Willow salió a la lluvia con la ballesta en la mano y les gritó algo a los jinetes, pero un trueno retumbó por el patio y ahogó sus palabras.

—Como se te ocurra dispararme una saeta, te meto esa ballesta por el coño y te follo con ella —oyó decir Brienne al hombre que llevaba el yelmo del Perro—. Luego te sacaré los ojos y te los haré tragar.

La furia que destilaba su voz hizo que Willow retrocediera temblorosa.

«Siete —volvió a pensar Brienne, desesperada. Sabía que contra siete no tenía ninguna posibilidad—. Ni posibilidad ni elección.»

Salió bajo la lluvia con *Guardajuramentos* en la mano.

—Dejadla en paz. Si queréis violar a alguien, probad conmigo.

Los bandidos se volvieron como un solo hombre. Uno soltó una carcajada y otro dijo algo en un idioma que Brienne no conocía. El de la cara blanca dejó escapar un siseo malévolo. El hombre que llevaba el casco del Perro se echó a reír.

—Eres aún más fea de lo que recordaba. Antes preferiría violar a tu caballo.

—Caballos, eso es todo lo que queremos —dijo uno de los heridos—. Caballos descansados y algo de comer. Nos persiguen los bandidos. Dadnos vuestros caballos y nos iremos. No os haremos ningún daño.

—Y una mierda. —El bandido que llevaba el yelmo del Perro descolgó el hacha de la silla—. Voy a cortarle las piernas y a plantarla sobre los muñones para que vea como me follo a la cría de la ballesta.

—¿Con qué? —se burló Brienne—. Shagwell me dijo que te cortaron la hombría junto con la nariz.

Su intención era provocarlo, y lo logró. Se lanzó contra ella rugiendo maldiciones, levantando salpicaduras de agua negra al atacar. Como en respuesta a sus oraciones, los demás se quedaron contemplando el espectáculo. Brienne permaneció inmóvil como una piedra, a la espera. El patio estaba oscuro; el barro, resbaladizo.

«Mejor que venga él a mí. Si los dioses son clementes, se resbalará y caerá.»

Los dioses no fueron tan clementes, pero su espada los suplió.

«Cinco pasos, cuatro pasos, ahora», contó Brienne, y *Guardajuramentos* se alzó para toparse con su ímpetu.

El acero chocó contra el acero cuando la hoja atravesó la ropa y abrió una brecha en la cota de malla, justo mientras el hacha bajaba hacia ella. Se echó a un lado y lanzó otro tajo contra el pecho al tiempo que retrocedía.

Él la siguió, sangrando y tambaleándose, rugiendo de rabia.

—¡Puta! —gritó—. ¡Monstruo! ¡Zorra! ¡Te voy a echar a mi perro para que te folle, puta de mierda!

Su hacha describía arcos mortíferos; era una brutal sombra negra que se transformaba en plata cuando la iluminaban los relámpagos. Brienne no tenía escudo con que detener los golpes. Lo único que podía hacer era retroceder, lanzarse a un lado o a otro con cada hachazo. En una ocasión pisó barro blando y estuvo a punto de perder pie, pero logró recuperarse, aunque el hacha le rozó el hombro izquierdo dejando a su paso una llamarada de dolor.

—¡La puta ya es tuya! —gritó uno de los rezagados.

—¡A ver cómo sigue bailando!

Y ella bailó, aliviada porque seguían mirando. Cualquier cosa con tal de que no intervinieran. Ella sola no podía luchar contra siete, aunque uno o dos estuvieran heridos. Hacía mucho que el viejo Ser Goodwin reposaba en su tumba, pero le pareció oír que le susurraba al oído: «Los hombres siempre te van a subestimar. El orgullo hará que quieran derrotarte deprisa para que no se diga que una mujer los puso a prueba. Conserva las fuerzas mientras tus rivales se agotan en ataques furiosos. Aguarda y observa, chica, aguarda y observa.»

Aguardó, observó, se desplazó a un lado, hacia atrás, otra vez a un lado, y le lanzó un tajo al rostro, luego a las piernas, luego al brazo. Los golpes del hombre se fueron espaciando a medida que el hacha se hacía más pesada. Brienne lo hizo girar de manera que la lluvia le diera en los ojos, y retrocedió dos pasos rápidos. Él volvió a blandir el hacha con una maldición, se precipitó tras ella, resbaló en el barro...

... y Brienne saltó contra él, con las dos manos en la empuñadura de la espada. El ataque directo lo llevó contra la punta, y *Guardajuramentos* atravesó la tela, la cota de malla, el cuero, más tela, hasta las entrañas, para salir por la espalda arañando la columna. El hacha se le cayó de entre los dedos inertes cuando chocaron, el rostro de Brienne contra el yelmo de cabeza de perro. Sintió el metal húmedo y frío contra la mejilla. La lluvia corría a chorros por el acero, y cuando el relámpago volvió a iluminarlo todo vio dolor, miedo e incredulidad al otro lado de las hendiduras de los ojos.

—Zafiros —le susurró, y giró la espada bruscamente con un movimiento que le provocó un último estertor.

Sintió su peso; de repente estaba abrazada a un cadáver bajo la lluvia negra. Retrocedió para dejarlo caer...

... y Mordedor se lanzó contra ella con un aullido.

Se abalanzó hacia Brienne como una avalancha de lana mojada y carne lechosa, y la envió volando contra el suelo. Aterrizó en un charco, y el agua se le metió por la nariz y en los ojos. Se quedó sin aliento, y su cabeza chocó con fuerza contra una piedra semienterrada.

—No —fue lo único que tuvo tiempo de decir antes de que cayera encima de ella.

Su peso la hundió más en el barro. Le agarró un mechón de pelo para echarle atrás la cabeza. La otra tanteó buscándole la garganta. Había perdido *Guardajuramentos* en la caída. Solo le quedaban las manos para luchar, pero asestar un puñetazo en aquella cara era como golpear una bola de masa blanca y húmeda. Y siseaba.

Lo golpeó una y otra vez, le dio con la base de la palma en un ojo, pero él no parecía sentir sus golpes. Le clavó las uñas en las muñecas y solo consiguió que apretara más, aunque los arañazos se llenaron de sangre. La estaba aplastando, la estaba asfixiando. Lo empujó por los hombros para quitárselo de encima, pero era pesado como un caballo y no podía moverlo. Cuando intentó clavarle la rodilla en la entrepierna, lo único que consiguió fue hundírsela en el vientre. Mordedor le arrancó un mechón de pelo con un gruñido.

«Mi puñal.»

Brienne se aferró al pensamiento con desesperación. Consiguió pasar la mano entre ellos y retorció los dedos bajo su carne sofocante, tanteando, hasta que por fin dio con la empuñadura. Mordedor le agarró el cuello con las dos manos y empezó a golpearle la cabeza contra el suelo. Brilló otro relámpago, esta vez en el interior de su cráneo, pero consiguió apretar los dedos y desenvainar el puñal. Lo tenía encima; no podía alzar el puñal para clavárselo, así que se lo arrastró con fuerza por el vientre. Algo caliente y húmedo le corrió entre los dedos. Mordedor volvió a sisear, con más fuerza que antes, y le soltó el cuello el tiempo justo para golpearla en la cara. Brienne oyó el crujido de los huesos y, durante un momento, el dolor la cegó. Trató de cortarlo otra vez, pero él le arrancó el puñal de entre los dedos y le clavó una rodilla en el antebrazo, que se rompió. Luego la agarró por la cabeza y volvió a intentar arrancársela de los hombros.

Brienne oía los ladridos del perro; los hombres gritaban a su alrededor, y por debajo del retumbar de los truenos oyó el clamor del acero contra el acero.

«Ser Hyle —pensó—, Ser Hyle se ha unido a la batalla», pero todo le parecía lejano y sin importancia. Su mundo se reducía a las manos que le atenazaban la garganta y el rostro que se le echaba encima. La lluvia goteaba por la capucha que se le acercaba. El aliento de Mordedor apestaba como un queso podrido.

A Brienne le ardía el pecho; la tormenta estaba detrás de sus ojos, la cegaba. Los huesos rechinaban en su interior. Mordedor abrió la boca, la abrió, la abrió, era imposible que la abriera tanto. Ella le vio los dientes amarillos y retorcidos, afilados, puntiagudos. Cuando se cerraron en torno a la carne tierna de su mejilla, casi ni lo notó. Sentía como descendía en espiral hacia la oscuridad.

«No puedo morir todavía —se dijo—, aún hay algo que tengo que hacer.»

Mordedor apartó la boca llena de carne y sangre. Escupió, sonrió, y volvió a clavarle los dientes puntiagudos. Esta vez masticó y tragó.

«Me está devorando —comprendió, pero ya no tenía fuerzas para luchar contra él. Se sentía como si estuviera flotando por encima de la escena; contemplaba el horror como si le sucediera a otra persona, o a alguna muchacha estúpida con ínfulas de caballero—. Pronto acabará todo —se dijo—. Entonces dará igual que se me coma o no.»

Mordedor echó la cabeza hacia atrás, volvió a abrir la boca, aulló y sacó la lengua. También era puntiaguda, y goteaba sangre. Ninguna lengua podía ser tan larga. Entraba y salía de su boca, entraba y salía, roja, húmeda, brillante, era un espectáculo espantoso, obsceno.

«Tiene una lengua de un palmo —pensó Brienne justo antes de sumergirse en la oscuridad—. Casi parece una espada.»

Jaime

El broche que cerraba la capa de Brynden Tully era un pez negro de azabache engarzado en oro. Su cota de malla era lúgubre y gris. Encima llevaba canilleras, gorjal, guanteletes, hombreras y rodilleras de acero negro, aunque no había nada más negro que la expresión de su rostro mientras aguardaba a Jaime Lannister al final del puente levadizo, solo, a lomos de un corcel bayo con gualdrapa roja y azul.

«No me tiene el menor respeto.»

Bajo la mata de pelo canoso, el rostro de Tully estaba marcado por arrugas profundas y curtido por el viento, pero Jaime aún reconocía al gran caballero que en cierta ocasión había cautivado a un escudero con sus relatos de los Reyes Nuevepeniques. Los cascos de Honor resonaron contra los tablones del puente levadizo. Jaime había invertido mucho tiempo en decidir si debía llevar al encuentro la armadura dorada o la blanca; al final había optado por un jubón de cuero y una capa carmesí.

Se detuvo a un paso de Ser Brynden e inclinó la cabeza para saludar al anciano.

—Matarreyes —dijo Tully.

Que su primera palabra fuera aquel apodo decía mucho de cómo iba a ser el encuentro, pero Jaime estaba decidido a conservar el aplomo.

—Pez Negro —respondió—, gracias por venir.

—Supongo que habéis vuelto para cumplir el juramento que hicisteis ante mi sobrina —dijo Ser Brynden—. Creo recordar que le prometisteis a Catelyn que le devolveríais a sus hijas a cambio de vuestra libertad. —Tenía los labios apretados—. Pero no veo a las niñas. ¿Dónde están?

«¿Tiene que obligarme a decirlo?»

—No las tengo.

—Lástima. Entonces, ¿venís a reanudar el cautiverio? Vuestra celda sigue disponible. Hemos puesto paja fresca en el suelo.

«Y un bonito cubo en el que cagar, seguro.»

—Sois muy atento, ser, pero no, gracias. Prefiero la comodidad de mi pabellón.

—Mientras que Catelyn disfruta de la comodidad de la tumba.

«No tuve nada que ver en la muerte de Lady Catelyn —habría querido decirle—, y cuando llegué a Desembarco del Rey, sus hijas habían desaparecido.»

Estuvo a punto de hablarle de Brienne y de la espada que le había regalado, pero el Pez Negro lo estaba mirando como lo miraba Eddard Stark cuando lo encontró sentado en el Trono de Hierro, con la sangre del Rey Loco en la espada.

—He venido a hablar de los vivos, no de los muertos. De los que no tienen por qué morir, pero morirán...

—A menos que os entregue Aguasdulces, ¿no? ¿Ahora viene cuando amenazáis con ahorcar a Edmure? —Los ojos de Tully eran pura piedra bajo las cejas pobladas—. Haga lo que haga, el destino de mi sobrino es la muerte, así que ahorcadlo y acabemos de una vez. Me imagino que Edmure está tan harto de estar de pie en ese patíbulo como yo de verlo.

«Ryman Frey es un completo mentecato.»

Saltaba a la vista que la pantomima con Edmure y el patíbulo solo había servido para fomentar la testarudez del Pez Negro, eso era evidente.

—Tenéis prisioneros a Lady Sybell Westerling y a tres de sus hijos. Os devolveré a vuestro sobrino a cambio de ellos.

—¿Igual que habéis devuelto a las hijas de Lady Catelyn?

Jaime no pensaba dejarse provocar.

—Una anciana y tres niños a cambio de vuestro señor. Es el mejor trato que podríais esperar.

—No os falta valor, Matarreyes. —Ser Brynden le dedicó una sonrisa dura—. Pero negociar con perjuros es como construir en arenas movedizas. Cat debería haber sabido que no se podía confiar en chusma como vos.

«En quien confió fue en Tyrion —estuvo a punto de decir Jaime—. El Gnomo la engañó a ella también.»

—Lady Catelyn me arrancó aquellas promesas a punta de espada.

—¿Y el juramento que hicisteis ante Aerys?

Sintió un cosquilleo en los dedos que le faltaban.

—Aerys no tiene nada que ver con esto. ¿Queréis que intercambiemos a los Westerling por Edmure?

—No. Mi rey me confió a su reina para que la protegiera, y juré mantenerla a salvo. No la entregaré para que la ahorquen los Frey.

—Ha recibido el indulto real. No le sucederá nada. Os doy mi palabra.

—¿Vuestra palabra de honor? —Ser Brynden arqueó una ceja—. ¿Sabéis siquiera qué es el honor?

«Un caballo.»

—Os lo juraré por lo que queráis.

—No me jodas, Matarreyes.

—Intento evitarlo: arriad los estandartes, abrid las puertas, y les perdonaré la vida a todos vuestros hombres. Los que quieran podrán quedarse en Aguasdulces al servicio de Lord Emmon. Los demás podrán marcharse, aunque tendrán que rendir las armas y las armaduras.

—¿Hasta dónde llegarán desarmados antes de que les caiga encima algún bandido? No os podéis arriesgar a que se unan a Lord Beric; los dos lo sabemos. ¿Y qué pasa conmigo? ¿Me llevaréis a Desembarco del Rey para matarme, como a Eddard Stark?

—Os permitiré vestir el negro. El bastardo de Ned Stark es el Lord Comandante del Muro.

—¿Eso también fue cosa de vuestro padre? —El Pez Negro entrecerró los ojos—. Recuerdo bien que Catelyn no confiaba en ese muchacho, igual que no confió nunca en Theon Greyjoy. Por lo visto tenía razón con respecto a los dos. No, ser, muchas gracias. Si no os importa, prefiero morir en un lugar cálido con la espada en la mano, y la espada estará manchada de sangre roja de león.

—La sangre de los Tully es igual de roja —le recordó Jaime—. Si no rendís el castillo, me obligáis a tomarlo por asalto. Morirán cientos de hombres.

—Cientos de los míos. Miles de los vuestros.

—Vuestra guarnición entera perecerá.

—Esa canción ya me la sé. ¿Queréis que la cante con la música de «Las lluvias de Castamere»? Mis hombres prefieren morir de pie, luchando, antes que de rodillas bajo la espada del verdugo.

«Esto no marcha bien.»

—La resistencia no servirá de nada, ser. La guerra ha terminado; vuestro Joven Lobo ha muerto.

—Asesinado en una transgresión de las sagradas leyes de la hospitalidad.

—Fue cosa de los Frey, no mía.

—Llamadlo como queráis. Apesta a Tywin Lannister.

Era algo que Jaime no podía negar.

—Mi padre también ha muerto.

—Que el Padre lo juzgue con justicia.

«Esa sí que es una perspectiva aterradora.»

—Yo habría matado a Robb Stark en el bosque Susurrante si me hubiera tropezado con él. Unos idiotas se interpusieron en mi camino. ¿Acaso importa cómo muriera el chico? El caso es que ha muerto, y su reino murió con él.

—¿Estáis ciego además de tullido, ser? Levantad la vista y veréis que el lobo huargo aún ondea por encima de nuestras murallas.

—Ya lo he visto. Está muy solo. Harrenhal ha caído, igual que Varamar y Poza de la Doncella. Los Bracken han doblado la rodilla y tienen a Tytos Blackwood acorralado en el Árbol de los Cuervos. Piper, Vance, Mooton... Todos vuestros banderizos se han rendido. Únicamente queda Aguasdulces. Tenemos veinte veces más hombres que vos.

—Veinte veces más hombres requieren veinte veces más de comida. ¿Qué tal andáis de provisiones, mi señor?

—Tenemos suficientes para quedarnos aquí hasta el fin de los tiempos si hace falta, mientras vosotros os morís de hambre tras las murallas.

Recitó la mentira con toda la osadía que fue capaz de reunir, con la esperanza de que el rostro no lo traicionara. Pero el Pez Negro no se dejó engañar.

—Tal vez hasta el fin de vuestros tiempos. Nosotros tenemos provisiones en abundancia, aunque mucho me temo que no dejamos gran cosa en los campos para nuestros visitantes.

—Podemos bajar comida de Los Gemelos —dijo—, o de las colinas del oeste, si es necesario.

—Si vos lo decís... Nunca dudaría de la palabra de un caballero tan honorable.

El desprecio que impregnaba su voz terminó de irritar a Jaime.

—Hay una manera más rápida de zanjar este asunto: un combate singular. Mi campeón contra el vuestro.

—Me preguntaba cuánto tardaríais en llegar a eso. —Ser Brynden se echó a reír—. ¿Quién será? ¿Jabalí? ¿Addam Marbrand? ¿Walder Frey el Negro? —Se inclinó hacia delante—. ¿Qué tal vos y yo, ser?

«En otros tiempos habría sido un hermoso enfrentamiento —pensó Jaime—; los bardos habrían compuesto canciones.»

—Cuando Lady Catelyn me liberó, me hizo jurar que jamás volvería a alzar las armas contra los Tully ni contra los Stark.

—Qué juramento más oportuno, ser.

Su rostro se ensombreció.

—¿Me estáis llamando cobarde?

—No. Os estoy llamando tullido. —El Pez Negro hizo un gesto en dirección a la mano dorada de Jaime—. Los dos sabemos que con eso no podéis luchar.

—Tenía dos manos. —«¿Vas a desperdiciar tu vida por orgullo?», susurró una vocecita en su interior—. Hay quien diría que un tullido y un anciano son rivales muy igualados. Liberadme del juramento que le hice a Lady Catelyn y lucharé contra vos, espada contra espada. Si gano, nos quedamos con Aguasdulces. Si me matáis, levantaremos el asedio.

Ser Brynden se echó a reír otra vez.

—Por mucho que me gustaría tener la ocasión de quitaros esa mano dorada y arrancaros del pecho vuestro negro corazón, vuestras promesas no tienen ningún valor. Con vuestra muerte no ganaría nada excepto el placer de mataros, y no pienso arriesgar mi vida por eso, aunque el riesgo sea nimio.

Por suerte, Jaime no llevaba espada; de lo contrario la habría desenvainado, y si no lo mataba Ser Brynden, se encargarían los arqueros de las muralla.

—¿Qué condiciones aceptaríais? —le preguntó al Pez Negro.

—¿De vos? —Ser Brynden se encogió de hombros—. Ninguna.

—Entonces, ¿por qué habéis salido a negociar conmigo?

—Los asedios son tan aburridos... Quería veros el muñón y oír las excusas que pondríais para justificar vuestras últimas canalladas. Son todavía más débiles de lo que me temía. Siempre me decepcionáis, Matarreyes.

El Pez Negro hizo dar media vuelta a su yegua y trotó hacia Aguasdulces. El rastrillo descendió bruscamente; las púas de hierro se clavaron profundamente en el barro blando.

Jaime hizo dar la vuelta a Honor y emprendió el largo camino de regreso hasta las líneas de los Lannister. Sentía todos los ojos clavados en él: los de los hombres de Tully en las almenas; los de los Frey al otro lado del río.

«Si no están ciegos, ya se habrán dado cuenta de que me ha tirado mi oferta a la cara. —Iba a tener que atacar el castillo—. Bueno, ¿qué es otro juramento roto para el Matarreyes? Un poco más de mierda en el cubo. —Jaime decidió que sería el primero en subir a las almenas—. Y con esta mano dorada, probablemente seré también el primer hombre en caer.»

Cuando llegó al campamento, Lew el Pequeño le sujetó las riendas mientras Peck lo ayudaba a bajar de la silla.

«¿Se creen que estoy tan tullido que no puedo ni desmontar solo?»

—¿Qué tal te ha ido, mi señor? —le preguntó su primo Ser Daven.

—Bueno, no han clavado ninguna flecha en la grupa de mi caballo. Por lo demás, igual que a Ser Ryman. —Frunció el ceño—. Así que quiere que las aguas del Forca Roja bajen aún más rojas. —«La culpa es solo tuya, Pez Negro. No me has dejado elección»—. Reúne un consejo de guerra. Ser Addam, Jabalí, Forley Prester, tus señores de los ríos... Y nuestros amigos Frey, claro. Ser Ryman, Lord Emmon... Los que quieran enviar.

Se congregaron rápidamente. Lord Piper y los dos Lord Vance acudieron en nombre de los señores arrepentidos del Tridente, cuya lealtad iba a ponerse a prueba muy pronto. Ser Daven, Jabalí, Addam Marbrand y Forley Prester representaban al oeste. Lord Emmon Frey se unió a ellos junto con su esposa. Lady Genna exigió su taburete con una mirada que desafiaba a cualquiera a cuestionar su presencia allí. Nadie se atrevió. Los Frey enviaron a Ser Walder Ríos, más conocido como Walder el Bastardo, y a Edwyn, el primogénito de Ser Ryman, un hombre pálido y esbelto con la nariz aguileña y una mata de pelo negro y lacio. Bajo la capa de lana azul, Edwyn llevaba un jubón de piel de becerro con hermosos bordados.

—Hablo en nombre de la Casa Frey —anunció—. Mi padre se encuentra indispuesto esta mañana.

Ser Daven soltó un bufido.

—¿Está borracho, o con resaca por el vino de anoche?

—Lord Jaime —dijo Edwyn, que tenía los labios duros y desagradables de los avaros—, ¿tengo que soportar semejante descortesía?

—¿Es verdad? —preguntó Jaime—. ¿Vuestro padre está borracho?

Frey apretó los labios y miró a Ser Ilyn Payne, que estaba junto a la entrada de la carpa, con la cota de malla oxidada y la espada sobresaliéndole por encima de un hombro huesudo.

—Eh... Mi padre padece del estómago, mi señor. El vino tinto lo ayuda a hacer la digestión.

—Pues debe de estar digiriendo un mamut entero —apuntó Ser Daven.

Jabalí soltó una carcajada, y Lady Genna disimuló una risita.

—Basta —interrumpió Jaime—. Tenemos cosas que hacer: hay que conquistar un castillo. —Cuando su padre estaba en consejo siempre dejaba que los capitanes fueran los primeros en hablar. Había decidido hacer lo mismo—. ¿Cómo deberíamos proceder?

—Para empezar, ahorcad a Edmure Tully —le apremió Lord Emmon Frey—. Así, Ser Brynden se dará cuenta de que vamos en serio. Si enviamos la cabeza de Edmure a su tío, tal vez lo convenzamos para que se rinda.

—No es tan fácil convencer a Brynden el Pez Negro. —Karyl Vance, el señor de Descanso del Caminante, tenía cara de melancolía. Una marca de nacimiento color vino le cubría el cuello y la mitad del rostro—. Ni su propio hermano pudo convencerlo para que contrajera matrimonio.

Ser Daven sacudió la cabeza.

—Tenemos que lanzar un ataque contra las murallas: es lo que he dicho desde el principio. Aquí lo que hacen falta son torres de asalto, escalerillas y un ariete para derribar la puerta.

—Yo dirigiré el ataque —ofreció Jabalí—. El Pez va a probar el sabor del fuego y el acero.

—Son mis murallas —protestó Lord Emmon—; es mi puerta la que queréis derribar. —Volvió a sacarse el pergamino de la manga—. El propio rey Tommen me ha concedido...

—Ya hemos visto todos el papelito, tío —le espetó Edwyn Frey—. ¿Por qué no vas a enseñárselo al Pez Negro, para variar un poco?

—Si atacamos las murallas, correrá mucha sangre —intervino Addam Marbrand—. Propongo esperar a que haya una noche sin luna para enviar a una docena de hombres bien escogidos al otro lado del río, en un bote con los remos envueltos para que no hagan ruido. Pueden escalar las murallas con cuerdas y arpeos, y abrirnos las puertas desde dentro. Si el consejo lo desea, yo puedo ir al mando.

—Qué tontería —bufó Walder Ríos, el bastardo—. Ese truco no engañaría a alguien como Ser Brynden.

—El Pez Negro es el obstáculo —asintió Edwyn Frey—. Su yelmo tiene una trucha negra en la cimera, así es fácil distinguirlo desde lejos. Propongo que acerquemos las torres de asalto llenas de arqueros y simulemos un ataque contra las puertas. Eso hará que Ser Brynden suba a las almenas, con yelmo y todo. Que todos los arqueros unten con estiércol humano las astas de sus flechas y disparen contra ese yelmo. Cuando Ser Brynden muera, Aguasdulces será nuestro.

—Mío —dijo Lord Emmon con voz chillona—, Aguasdulces es mío.

La mancha de nacimiento de Lord Karyl se oscureció.

—¿Vos seréis el encargado de aportar el estiércol, Edwyn? Es un veneno mortífero, no me cabe duda.

—El Pez Negro merece una muerte más noble; yo seré quien se la proporcione. —Jabalí dio un puñetazo en la mesa—. Lo desafiaré a un combate singular. Con maza, hacha o espada larga, no me importa; me comeré al viejo con patatas.

—¿Y por qué va a aceptar vuestro desafío, ser? —preguntó Ser Forley Prester—. ¿Qué tiene que ganar con un duelo así? ¿Levantaremos el asedio si gana? No lo creo, y él tampoco se lo creerá. Con un combate singular no conseguiría nada.

—Conozco a Brynden Tully desde que servimos juntos como escuderos de Lord Darry —intervino Norbert Vance, el señor ciego de Atranta—. Si a mis señores les parece bien, iré a hablar con él y trataré de hacerle comprender lo desesperado de su posición.

—Lo comprende perfectamente —dijo Lord Piper. Era bajo, recio, con las piernas arqueadas y cabellera roja e indómita, padre de un escudero de Jaime; el parecido con el muchacho era inconfundible—. No es idiota, Norbert. Tiene ojos... y demasiado sentido común para entregarse a estos. —Hizo un gesto grosero en dirección a Edwyn Frey y Walder Ríos.

Edwyn se enfureció.

—Si mi señor de Piper está insinuando...

—No insinúo nada, Frey. Digo abiertamente lo que pienso, como cualquier hombre honrado. Pero claro, ¿cómo vais a saber vos qué hacen los hombres honrados? Sois una comadreja traicionera y mentirosa, igual que toda vuestra familia. Antes me bebería una jarra de meados que confiar en la palabra de un Frey. —Se inclinó por encima de la mesa—. Decidme, ¿dónde está Marq? ¿Qué habéis hecho con mi hijo? Acudió como invitado a vuestra boda sangrienta.

—Y seguirá siendo nuestro invitado —replicó Edwyn— hasta que demostréis que sois leal a Su Alteza el rey Tommen.

—Marq fue a Los Gemelos con cinco caballeros y veinte soldados —replicó Piper—. ¿Todavía son vuestros invitados, Frey?

—Alguno de los caballeros, puede que sí. Los demás recibieron su merecido. Y haríais bien en contener esa lengua traidora, Piper, si no queréis que os devolvamos a vuestro heredero a trozos.

«Los consejos de mi padre nunca fueron así», pensó Jaime mientras Piper se ponía en pie.

—Repetidme eso con una espada en la mano, Frey —rugió el hombre menudo—. ¿O solo sabéis luchar con manchas de mierda?

El rostro demacrado de Frey palideció. Walder Ríos se levantó, a su lado.

—Edwyn no es hombre de espada. Yo, en cambio sí, Piper. Si queréis hacer algún comentario más, venid afuera.

—Esto es un consejo, no una guerra —les recordó Jaime—. Sentaos los dos. —Ninguno de ellos se movió—. ¡Ahora mismo!

Walder Ríos se sentó. Lord Piper, en cambio, no se dejaba avasallar tan fácilmente. Masculló una maldición y salió de la carpa a zancadas.

—¿Envío a unos cuantos hombres a traerlo, mi señor? —preguntó Ser Daven a Jaime.

—Enviad a Ser Ilyn —sugirió Edwyn Frey—. Solo nos hace falta su cabeza.

Karyl Vance se volvió hacia Jaime.

—Las palabras de Lord Piper son fruto del dolor. Marq es su primogénito. Todos los caballeros que lo acompañaron a Los Gemelos eran sobrinos y primos suyos.

—Querréis decir traidores y rebeldes —bufó Edwyn Frey.

Jaime le dirigió una mirada gélida.

—Los Gemelos también apoyó la causa del Joven Lobo —les recordó a los Frey—. Después lo traicionasteis. Eso os hace dos veces más traidores que Piper. —Disfrutó viendo como se agriaba y moría la sonrisita de Edwyn. «Ya he soportado suficiente consejo por hoy», decidió—. Hemos terminado. Empezad con los preparativos, mis señores. Atacaremos al amanecer.

El viento soplaba del norte cuando los caballeros salieron de la carpa. A Jaime le llegaba el hedor del campamento de los Frey desde más allá del Piedra Caída. Al otro lado del río, Edmure Tully, con una soga en torno al cuello resaltaba en el patíbulo gris.

Sus tíos fueron los últimos en salir. Ser Emmon iba pisándole los talones a Lady Genna.

—Lord sobrino —empezó a protestar Emmon—. Este ataque contra mi asentamiento... No podéis hacerlo. —Tragó saliva, y la nuez subió y bajó en su garganta—. No podéis. Os... Os lo prohíbo. —Había estado mascando hojamarga otra vez; una salivilla rosada le brillaba entre los labios—. El castillo es mío, tengo el pergamino. Con la firma del Rey, del pequeño Tommen. Soy el señor legítimo de Aguasdulces y...

—No mientras viva Edmure Tully —replicó Lady Genna—. Tiene el corazón blando y los sesos débiles, ya lo sé, pero seguirá siendo un peligro mientras siga con vida. ¿Qué vas a hacer, Jaime?

«El peligro es el Pez Negro, no Edmure.»

—De Edmure ya me encargo yo. Ser Lyle, Ser Ilyn, venid conmigo, por favor. Ya va siendo hora de que le haga una visita a ese patíbulo.

El Piedra Caída era más rápido y profundo que el Forca Roja, y el vado más cercano estaba a varias leguas corriente arriba. Cuando Jaime y sus hombres llegaron al río, la barcaza que lo cruzaba ya había emprendido la travesía. Mientras esperaban su regreso, Jaime les explicó qué pretendía. Ser Ilyn escupió en el río.

Cuando los tres bajaron de la barcaza en la orilla norte, una vivandera borracha se ofreció a dar placer a Jabalí con la boca.

—No, dadle placer a mi amigo —replicó Ser Lyle al tiempo que la empujaba hacia Ser Ilyn.

La mujer se echó a reír y fue a besar a Payne en los labios, pero en cuanto le vio los ojos se encogió y se alejó.

Los senderos de entre las hogueras eran un lodazal de barro marrón mezclado con excrementos de caballo, con tantas huellas de cascos como de botas. Mirase hacia donde mirase, Jaime veía las torres gemelas de la Casa Frey en escudos y estandartes, azul sobre gris, junto con los blasones de Casas menores que habían jurado fidelidad al Cruce: la garza de Erenford, la horca de labrador de Haigh, las tres ramas de muérdago de Lord Charlton... La llegada del Matarreyes no pasó desapercibida. Una anciana que vendía cochinillos se detuvo para mirarlo; un caballero cuyo rostro le sonaba de algo hincó una rodilla en tierra, y dos soldados que estaban meando en una zanja se volvieron y se salpicaron.

—Ser Jaime —oyó a sus espaldas, pero siguió caminando sin volverse.

Vio a su alrededor las caras de los hombres que había intentado matar en el bosque Susurrante, cuando los Frey luchaban bajo el estandarte del lobo huargo de Robb Stark. La mano de oro le colgaba pesada a un costado.

El gran pabellón rectangular de Ryman Frey era el más grande del campamento; sus paredes de lona gris eran rectángulos cosidos de tal forma que parecían muros de piedra, y los dos picos del techo recordaban a Los Gemelos. Lejos de encontrarse indispuesto, Ser Ryman estaba divirtiéndose. De la carpa salía el sonido de las carcajadas ebrias de una mujer mezcladas con las notas de una lira y la voz de un bardo.

«Más tarde me encargaré de vos, ser», pensó Jaime. Walder Ríos estaba ante su modesta carpa, hablando con dos soldados. Su escudo lucía las divisas de la Casa Frey con los colores invertidos y una barra de gules que cruzaba las torres desde la siniestra. Al ver a Jaime, el bastardo frunció el ceño.

«Una verdadera mirada de desconfianza. Este es más peligroso que ninguno de sus hermanos legítimos.»

El patíbulo se había alzado a quince palmos del suelo. Al pie de las escaleras había apostados dos lanceros.

—No podéis subir sin permiso de Ser Ryman —le dijo uno a Jaime.

—Esta dice que sí. —Jaime le dio unos toquecitos al puño de la espada con un dedo—. La única duda es: ¿tendré que pasar por encima de vuestros cadáveres?

Los lanceros se hicieron a un lado.

En lo alto del patíbulo, el señor de Aguasdulces contemplaba la trampilla que había bajo él. Tenía los pies negros y llenos de barro, las piernas desnudas. Lo único que llevaba era una sucia túnica de seda, del rojo y azul de los Tully, y una soga de cáñamo. Al oír el sonido de las pisadas alzó la vista y se humedeció los labios secos y agrietados.

—¿Matarreyes? —Cuando vio a Ser Ilyn abrió los ojos de par en par—. Más vale una espada que una soga. Adelante, Payne.

—Ya habéis oído a Lord Tully, Ser Ilyn —dijo Jaime—. Adelante.

El caballero silencioso agarró el mandoble con las dos manos. Era largo y pesado, tan afilado como podía llegar a estar un acero. Los labios agrietados de Edmure se movieron sin emitir sonido alguno. Cuando Ser Ilyn alzó el arma, cerró los ojos. Payne descargó el golpe con todo su peso.

—¡No! ¡Alto! ¡No! —Edwyn Frey llegó jadeante—. Mi padre viene ya. Tan deprisa como puede. Jaime, debéis...

—*Mi señor* es más apropiado, Frey —replicó Jaime—. Y en lo sucesivo, cuando os dirijáis a mí, omitid cualquier *debéis*.

Ser Ryman subió por las escaleras del patíbulo junto con una mujer desaliñada de pelo pajizo que iba tan borracha como él. Llevaba un vestido atado por delante, pero le habían desatado los lazos hasta el ombligo, así que se le salían los pechos. Eran voluminosos y pesados, con grandes pezones oscuros. Llevaba torcida en la cabeza una diadema de bronce batido con runas y una sarta de diminutas espadas negras. Al ver a Jaime se echó a reír.

—Por los siete infiernos, ¿y este quién es?

—El Lord Comandante de la Guardia Real —respondió Jaime con cortesía gélida—. Yo podría preguntaros lo mismo, mi señora.

—Eh, que no soy una señora. Soy la reina.

—Mi hermana se va a sorprender mucho cuando se entere.

—Pues me coronó Lord Ryman en persona, nada menos. —Sacudió las anchas caderas—. Soy la reina de las putas.

«No —pensó Jaime—, ese título también le corresponde a mi querida hermana.»

—Cállate, ramera. —Ser Ryman recuperó la voz por fin—. A Lord Jaime no le interesan las tonterías de una puta.

Aquel Frey era corpulento, de rostro ancho, ojos pequeños y papada blanda y temblorosa. El aliento le apestaba a vino y cebollas.

—Conque nombrando reinas, ¿eh, Ser Ryman? —preguntó Jaime con voz tranquila—. Qué estupidez. Igual que este asunto de Lord Edmure.

—Ya avisé al Pez Negro. Le dije que Edmure moriría a menos que entregara el castillo. Ordené construir este patíbulo para demostrarle que Ser Ryman Frey no amenaza en vano. Mi hijo Walder hizo lo mismo con Patrek Mallister en Varamar, y Lord Jason dobló la rodilla, pero... este Pez Negro es muy frío. Se negaba, así que tuve que...

—¿... ahorcar a Lord Edmure?

—Mi señor abuelo... —El hombretón se puso rojo—. Si lo ahorcamos, nos quedamos sin rehén, ser. ¿No lo habéis pensado?

—Solo un imbécil formula amenazas que no está dispuesto a cumplir. Si os amenazara con golpearos a menos que cerrarais la boca, y os atrevierais a hablar, ¿qué creéis que haría yo?

—Ser, no entendéis...

Jaime lo golpeó. Fue un simple revés con la mano dorada, pero tan fuerte que Ser Ryman se tambaleó hacia atrás, hasta los brazos de su puta.

—Tenéis la cabeza muy dura, Ser Ryman, y el cuello muy gordo. ¿Cuántos golpes necesitaríais para cortar ese cuello, Ser Ilyn? —Ser Ilyn le agitó un único dedo ante la nariz. Jaime se echó a reír—. Baladronadas. Yo diría que tres.

Ryman Frey se dejó caer de rodillas.

—No he hecho nada...

—Excepto reír y follar. Ya lo sé.

—Soy el heredero del Cruce. No podéis...

—Ya os advertí qué pasaría si seguíais hablando. —Jaime vio como palidecía. «Borracho, imbécil y cobarde. Más vale que Lord Walder sobreviva a este; si no, los Frey están acabados»—. Marchaos de aquí, ser.

—¿Qué?

—Ya me habéis oído. Que os vayáis.

—Pero... ¿Adónde?

—Al infierno o a vuestra casa, lo que queráis. Me basta con que no estéis en el campamento cuando salga el sol. Os podéis llevar a vuestra reina de las putas, pero la corona se queda aquí. —Jaime se volvió hacia el hijo de Ser Ryman—. Edwyn, te pongo al mando en lugar de tu padre. Procura no ser tan imbécil como él.

—No será difícil, mi señor.

—Enviadle un mensaje a Lord Walder. La corona exige que entregue a todos sus prisioneros. —Jaime hizo un gesto con la mano dorada—. Traedlo, Ser Lyle.

Edmure Tully se había derrumbado de bruces en el cadalso cuando la hoja de Ser Ilyn había cortado la cuerda por la mitad. Un palmo de cáñamo le colgaba aún del nudo corredizo que le rodeaba el cuello. Jabalí cogió una punta y tiró para ponerlo en pie.

—Un pez con correa —dijo entre risitas—. Esto no se ve muy a menudo.

Los Frey se echaron a un lado para dejarles paso. Ante el cadalso se había congregado una multitud que incluía a una docena de vivanderos en diversos estadios de desaliño. Jaime se fijó en uno que llevaba una lira en la mano.

—Tú. El bardo. Ven conmigo.

—Como ordene mi señor —dijo el hombre, quitándose la gorra.

Nadie dijo ni palabra en el camino de regreso a la barcaza, con el bardo de Ser Ryman cerrando la marcha. Pero en cuanto se alejaron de la orilla en dirección a la ribera sur del Piedra Caída, Edmure Tully agarró a Jaime por el brazo.

—¿Por qué?

«Un Lannister siempre paga sus deudas —pensó—, y sois la única moneda que me queda.»

—Consideradlo un regalo de bodas.

Edmure lo miró con ojos desconfiados.

—¿Un... regalo de bodas?

—Me han dicho que vuestra esposa es muy bella. Tiene que serlo para que estuvierais en la cama con ella mientras asesinaban a vuestra hermana y a vuestro rey.

—No tenía ni idea. —Edmure se humedeció los labios agrietados—. Había violinistas junto a la puerta del dormitorio...

—Y Lady Roslin os estaba distrayendo.

—La... La obligaron, Lord Walder y los demás la obligaron. Roslin no quería... Estaba llorando, pero creí que era...

—¿Por la visión de vuestra virilidad rampante? Sí, me imagino que semejante espectáculo haría llorar a más de una mujer.

—Lleva a mi hijo en el vientre.

«No —pensó Jaime—, lo que le está creciendo en la barriga es vuestra condena a muerte.»

Cuando llegó a su pabellón hizo salir a Jabalí y a Ser Ilyn, pero no al bardo.

—Puede que pronto necesite una canción —le dijo—. Lew, prepara una bañera caliente para mi invitado. Búscale ropa limpia, Pia. Nada que lleve leones. Peck, sírvele vino a Lord Tully. ¿Tenéis hambre, mi señor?

Edmure asintió, pero seguía mirándolo con desconfianza.

Jaime se sentó en un taburete mientras Tully se bañaba. La suciedad tiñó el agua de gris.

—Cuando hayáis comido, mis hombres os escoltarán a Aguasdulces. Lo que suceda a continuación depende de vos.

—¿Qué queréis decir?

—Vuestro tío es viejo. Es valiente, sí, pero ya ha dejado atrás sus mejores años. No tiene esposa que lo llore ni hijos que defender. El Pez Negro tan solo puede aspirar a una buena muerte. A vos, en cambio, os quedan muchos años, Edmure. Y vos sois el legítimo señor de la Casa Tully, no él. Vuestro tío hará lo que digáis. El destino de Aguasdulces está en vuestras manos.

Edmure se quedó mirándolo.

—El destino de Aguasdulces...

—Rendid el castillo y no morirá nadie. Vuestros hombres pueden irse en paz o quedarse al servicio de Lord Emmon. A Ser Brynden se le permitirá vestir el negro, y con él, a todos los hombres de su guarnición que quieran seguirlo. Vos también, si el Muro os atrae. O podéis venir a Roca Casterly como prisionero mío y disfrutar de toda la comodidad y cortesía que corresponden a un rehén de vuestra alcurnia. Si lo deseáis, vuestra esposa se reunirá con vos. Si nace un niño, servirá a la Casa Lannister como paje y escudero, y cuando llegue a ser caballero le asignaremos algunas tierras. Si Roslin os da una hija, nos encargaremos de su dote cuando tenga edad para casarse. Puede que vos mismo quedéis en libertad cuando termine la guerra. Solo tenéis que rendir el castillo.

Edmure sacó las manos de la bañera y observó como le corría el agua entre los dedos.

—¿Y si no lo rindo?

«¿Tiene que obligarme a decírselo? —Pia estaba en la entrada con un montón de ropa en las manos. Los escuderos escuchaban con atención, igual que el bardo—. Que escuchen —pensó Jaime—. Que el mundo se entere. No importa.»

—Ya habéis visto cuántos somos, Edmure. —Se obligó a sonreír—. Habéis visto las escalas, las torres de asalto, los trabuquetes, los arietes... Basta con que dé una orden, y mi primo tenderá un puente para salvar el foso y derribará las puertas. Morirán cientos de hombres, sobre todo de los vuestros. Los que fueron vuestros banderizos irán en la primera oleada de ataque, así que empezaréis por matar a los padres y hermanos de los hombres que dieron la vida por vos en Los Gemelos. La segunda oleada la compondrán los Frey; de esos tengo muchos. Mis hombres irán después, cuando vuestros arqueros estén casi sin flechas, y vuestros caballeros, tan agotados que casi no puedan levantar las espadas. Cuando caiga el castillo pasaré por la espada a todos los que queden vivos. Sacrificaré el ganado, talaré el bosque de dioses, y prenderé fuego a los edificios y las torres. Demoleré las mismísimas paredes, y el Piedra Caída correrá entre las ruinas. Cuando termine, nadie creerá que allí hubo alguna vez un castillo. —Jaime se puso en pie—. Puede que vuestra esposa dé a luz antes. Supongo que querréis conocer a vuestro hijo. Os lo enviaré en cuanto nazca. Con una catapulta.

Tras su discurso se hizo el silencio. Edmure se quedó sentado en la bañera. Pia se apretaba la ropa contra el pecho. El bardo tensó una cuerda de la lira. Lew el Pequeño vació de miga una hogaza de pan duro para llenársela de guiso y fingió que no había oído nada.

«Con una catapulta», pensó Jaime. Si su tía estuviera allí, ¿seguiría diciendo que Tyrion era el verdadero hijo de Tywin?

—Podría salir de esta bañera y matarte aquí mismo, Matarreyes —dijo Edmure Tully cuando logró recuperar la voz.

—Podéis intentarlo. —Jaime aguardó. Edmure no hizo ademán de levantarse—. Os dejo para que disfrutéis de la comida. Bardo, toca para nuestro invitado mientras come. Espero que os sepáis la canción.

—¿La de las lluvias? Sí, mi señor. La conozco.

Edmure lo miró como si lo viera por primera vez.

—No. Él no. Apartadlo de mi vista.

—Pero hombre, si solo es una canción —replicó Jaime—. Seguro que no canta tan mal.

Cersei

El Gran Maestre Pycelle era viejo desde que ella lo conocía, pero parecía que en las tres últimas noches le hubieran caído encima otros cien años. Le costó una eternidad doblar la rodilla ante ella, y cuando lo logró, no pudo volver a levantarse hasta que lo ayudó Ser Osmund.

Cersei lo examinó, asqueada.

—Lord Qyburn me informa de que Lord Gyles ha exhalado su última tos.

—Sí, Alteza. Hice todo lo posible por aliviar sus últimas horas.

—¿De verdad? —La Reina se volvió hacia Lady Merryweather—. Le dije que quería vivo a Rosby, ¿verdad?

—Sí, Alteza.

—¿Qué recordáis vos de aquella conversación, Ser Osmund?

—Le ordenasteis al Gran Maestre Pycelle que lo salvara, Alteza. Todos lo oímos.

Pycelle no dejaba de abrir y cerrar la boca.

—Alteza, sin duda sabéis que he hecho todo lo posible por ese pobre hombre.

—¿Igual que lo hicisteis por Joffrey? ¿Y por su padre, mi amado esposo? Robert era el hombre más fuerte de los Siete Reinos, pero un jabalí os lo arrebató. Ah, y no nos olvidemos de Jon Arryn. Sin duda, también habríais matado a Ned Stark si lo hubiera dejado más tiempo en vuestras manos. Decidme, maestre, ¿fue en la Ciudadela donde os enseñaron a retorceros las manos e inventar excusas?

Su tono hizo que el anciano se estremeciera.

—Nadie podría haber hecho más, Alteza. Siempre... Siempre he servido con lealtad.

—¿Y cuando le aconsejasteis al rey Aerys que abriera sus puertas al ejército de mi padre? ¿A eso lo llamáis un servicio leal?

—Es que... calculé mal...

—¿A eso lo llamáis un buen consejo?

—Pero Vuestra Alteza sabe bien que...

—Lo que sé bien es que, cuando envenenaron a mi hijo, me resultasteis de menos utilidad que el Chico Luna. Lo que sé bien es que la corona necesita oro desesperadamente y nuestro señor tesorero ha muerto.

El viejo idiota se aferró a aquello.

—Os... Os escribiré una lista de hombres capaces de ocupar el lugar de Lord Gyles en el consejo.

—Una lista. —Cersei casi consideró divertida semejante arrogancia—. Ya me imagino qué lista me proporcionaríais. Viejos, imbéciles y Garth el Grosero. —Apretó los labios—. Últimamente pasáis mucho tiempo en compañía de Lady Margaery.

—Sí. Sí, es que... la reina Margaery ha estado muy disgustada por lo de Ser Loras. Le proporciono a Su Alteza remedios para dormir y... otras pócimas.

—No me cabe duda. Decidme, ¿fue nuestra pequeña reina la que os ordenó matar a Lord Gyles?

—¿M-matarlo? —Los ojos del Gran Maestre Pycelle se hicieron grandes como huevos cocidos—. Alteza, no podéis decir en serio... Por todos los dioses, fue la tos, yo no... Vuestra Alteza no creerá que... La reina Margaery no tenía nada en contra de Lord Gyles, ¿por qué iba a querer verlo...?

—¿... muerto? Para plantar otra rosa en el consejo de Tommen, claro. ¿Estáis ciego, o es que os ha comprado? Rosby se interponía en su camino, así que lo envió a la tumba. Con vuestra connivencia.

—Alteza, os lo juro, Lord Gyles murió a causa de la tos. —Le temblaban los labios—. Siempre he sido leal a la corona, al reino... A la Casa Lannister.

«¿Por ese orden? —El miedo de Pycelle saltaba a la vista—. Ya está maduro. Va siendo hora de exprimir la fruta y probar el zumo.»

—Si sois tan leal como decís, ¿por qué me estáis mintiendo? No os molestéis en negarlo. Empezasteis a revolotear en torno a Margaery antes de que Ser Loras partiera hacia Rocadragón, así que no me vengáis con más mentiras, como que solo queréis aliviar los sufrimientos de mi nuera en este momento de dolor. ¿Qué os lleva tan a menudo a la Bóveda de las Doncellas? No será la insulsa conversación de Margaery. ¿Estáis cortejando a su septa, la de la cara picada? ¿Jugáis con la pequeña Lady Bulwer? ¿Hacéis de espía para ella, la informáis de mis planes...?

—Yo... Solo obedezco. Los maestres hacemos voto de servicio...

—Un Gran Maestre jura servir al reino.

—Alteza, es que... ella es la reina...

—La reina soy yo.

—Quería decir... Es la esposa del Rey, y...

—Ya sé quién es. Lo que quiero saber es por qué os necesita. ¿Se encuentra mal mi nuera?

—¿Mal? —El anciano se tironeó de los patéticos mechones que tenía por barba y que apenas le servían para ocultar la papada rosa—. M-mal no, Alteza, no. Mis votos me prohíben divulgar...

—Vuestros votos no os servirán de gran cosa en las celdas negras —le advirtió—. Quiero saber la verdad; si no, os cargaré de cadenas.

Pycelle se dejó caer de rodillas.

—Os lo suplico... Ayudé a vuestro señor padre, fui vuestro amigo en el asunto de Lord Arryn. No podría sobrevivir otra vez a las mazmorras.

—¿Para qué os requiere Margaery?

—Quiere... Quiere... Quiere...

—¡Decidlo de una vez!

El anciano se encogió.

—Té de la luna —susurró—. Té de la luna, para...

—Ya sé para qué sirve. —«Ya la tengo»—. Muy bien. Apartad de mi vista esas rodillas temblorosas y tratad de recordar cómo ser un hombre. —Pycelle intentó levantarse, pero tardó tanto que, al final, Cersei tuvo que decirle a Osmund Kettleblack que le diera otro tirón—. En cuanto a Lord Gyles, seguro que el Padre lo juzgará con justicia. ¿Ha dejado hijos?

—No tuvo hijos propios, pero sí un pupilo...

—No es de su sangre. —Cersei desechó el obstáculo con un gesto de la mano—. Gyles sabía que necesitábamos oro. Sin duda, os dijo que deseaba legar a Tommen todas sus tierras y riquezas.

El oro de Rosby aliviaría sus arcas, y las tierras y castillos se podían utilizar para compensar a alguno de los suyos por sus leales servicios. «Tal vez a Lord Mares.» Aurane le había estado insinuando que necesitaba un asentamiento; sin él, su título de señor era un honor vacío. Cersei sabía que le había echado el ojo a Rocadragón, pero eso era apuntar demasiado alto. Rosby sería más adecuado para alguien de su nivel.

—Lord Gyles amaba a Su Alteza con todo su corazón —estaba diciendo Pycelle—, pero... su pupilo...

—No me cabe duda de que lo comprenderá en cuanto le digáis que fue el último deseo de Lord Gyles, en su lecho de muerte. Encargaos de todo.

—Como ordene Vuestra Alteza.

El Gran Maestre Pycelle estuvo a punto de caer de bruces cuando se enredó con su propia túnica en su precipitación por salir.

Lady Merryweather cerró la puerta tras él.

—Té de la luna —dijo mientras regresaba junto a la Reina—. Qué estupidez por su parte. ¿Por qué habrá hecho semejante cosa? ¿Por qué corre tanto riesgo?

—La pequeña reina tiene apetitos que Tommen, por su juventud, aún no puede satisfacer. —«Siempre existe ese peligro cuando una mujer se casa con un niño. Y más aún si es viuda. Que jure cuanto quiera que Renly no la tocó; no me lo voy a creer.» Solo había un motivo para que las mujeres bebieran té de la luna; las doncellas no lo necesitaban—. Mi hijo ha sido traicionado. Margaery tiene un amante. Eso es alta traición, y el castigo es la muerte. —Su mayor deseo era que Mace Tyrell y la bruja con cara de pasa de su madre vivieran lo suficiente para ver el juicio. Al empeñarse en que Tommen y Margaery se casaran de inmediato, Lady Olenna había condenado a su adorada rosa a la espada del verdugo—. Jaime se llevó a Ser Ilyn Payne. Voy a tener que buscar un nuevo Justicia del Rey para que le corte la cabeza.

—Yo me encargaré —se ofreció Osmund Kettleblack con una sonrisa—. Margaery tiene un cuello muy delicado. Una espada bien afilada lo atravesará sin problemas.

—Sin duda —dijo Taena—, pero hay un ejército de los Tyrell en Bastión de Tormentas y otro en Poza de la Doncella. Ellos también tienen espadas afiladas.

«Estoy hasta el cuello de rosas. —Era ultrajante. Todavía necesitaba a Mace Tyrell, aunque no a su hija—. Al menos hasta que Stannis sea derrotado. Entonces no necesitaré a nadie.» Pero ¿cómo podía librarse de la hija sin perder el apoyo del padre?

—La traición siempre es traición —dijo—, pero necesitamos pruebas, algo más firme que el té de la luna. Si se demuestra que es infiel, hasta su propio padre tendrá que condenarla, o la vergüenza caerá sobre su familia.

Kettleblack se mordisqueó una punta del bigote.

—Tenemos que sorprenderla cometiendo la traición.

—¿Cómo? Qyburn la tiene vigilada día y noche. Sus criados aceptan mis monedas, pero a cambio no traen más que nimiedades. Nadie ha visto aún a su amante. Las orejas que tenemos tras sus puertas oyen canciones, risas y cotilleos, pero nada de utilidad.

—Margaery es demasiado astuta para dejarse atrapar con tanta facilidad —dijo Lady Merryweather—. Sus mujeres son los muros de su castillo. Duermen con ella, la visten, rezan con ella, leen con ella, cosen con ella... Cuando no está practicando la cetrería o cabalgando, está jugando al ven a mi castillo con la pequeña Alysanne Bulwer. Si hay hombres, su septa la acompaña siempre, o si no, sus primas.

—En algún momento tiene que librarse de las gallinas —insistió la Reina. Se le ocurrió una idea—. A no ser que sus damas estén involucradas. Tal vez no todas, pero sí algunas.

—¿Las primas? —Hasta Taena parecía dubitativa—. Las tres son más jóvenes que la pequeña reina, y más inocentes.

—Rameras disfrazadas con vestidos blancos de doncella. Eso hace que sus pecados sean aún más horrendos. Sus nombres quedarán grabados para la infamia. —De repente, casi lo tenía—. Taena, vuestro señor esposo es mi justicia mayor. Tenéis que cenar los dos conmigo esta noche. —Quería hacerlo cuanto antes, o a Margaery se le podía meter en la cabeza la idea de volver a Altojardín, o ir a Rocadragón para estar con su hermano herido y agonizante—. Ordenaré que nos asen un jabalí. Y claro, nos va a hacer falta música para facilitar la digestión.

Taena entendió enseguida.

—Música. Por supuesto.

—Id a hablar con vuestro señor esposo, y haced los arreglos con el bardo —la apremió Cersei—. Vos podéis quedaros, Ser Osmund. Tenemos muchos asuntos que tratar. También necesito a Qyburn.

Por desgracia, en las cocinas no tenían jabalí, y no había tiempo para que salieran los cazadores. Los cocineros sacrificaron una cerda y les sirvieron el muslo con clavos de olor, bañado con miel y bayas secas. No era lo que quería Cersei, pero tendría que conformarse. Después tomaron manzanas asadas con un queso blanco muy sabroso. Lady Taena saboreó hasta el último bocado; todo lo contrario que Orton Merryweather, cuyo rostro redondo permaneció blanco y abotargado desde el caldo hasta los postres. Bebió mucho y no dejó de mirar al bardo de reojo.

—Qué lástima lo de Lord Gyles —dijo al final Cersei—. Aunque me atrevería a asegurar que nadie echará de menos sus toses.

—No. No, no creo.

—Nos va a hacer falta un nuevo lord tesorero. Si no hubiera tantos conflictos en el Valle, le pediría a Petyr Baelish que volviera, pero... En fin, voy a probar a poner en el cargo a Ser Harys. No puede hacerlo peor que Gyles, y al menos no tose.

—Ser Harys es la Mano del Rey —señaló Taena.

«Ser Harys es un rehén, y ni como tal vale gran cosa.»

—Ya va siendo hora de que Tommen tenga una Mano más contundente.

Lord Orton apartó la vista de la copa de vino.

—Contundente. Claro, claro. —Titubeó—. ¿Quién...?

—Vos, mi señor. Lo lleváis en la sangre. Vuestro abuelo ocupó el lugar de mi padre como Mano de Aerys. —Sustituir a Tywin Lannister por Owen Merryweather había sido como sustituir a un corcel por un asno, claro, pero cuando Aerys lo eligió, Owen era ya anciano, un viejo amable e ineficaz. Su nieto era más joven, y... «Bueno, tiene una esposa fuerte.» Era una lástima que Taena no pudiera ser Mano. Era tres veces más hombre que su marido, y mucho más divertida. Pero también era myriense de nacimiento, y mujer, así que tendría que conformarse con Orton—. No me cabe duda de que sois mucho más apto que Ser Harys. —«El contenido de mi orinal es más apto que Ser Harys»—. ¿Accederéis a servirnos?

—Pues... Sí, claro. Vuestra Alteza me concede un gran honor.

«Mucho mayor que el que mereces.»

—Me habéis servido bien como justicia mayor, mi señor. Y lo seguiréis haciendo en estos tiempos... tan difíciles. —Al ver que Merryweather la había entendido, la Reina se volvió para dedicarle una sonrisa al bardo—. Vos también os merecéis una recompensa por las hermosas canciones que nos habéis cantado mientras cenábamos. Los dioses os han concedido un don.

El bardo hizo una reverencia.

—Vuestra Alteza es muy amable al decir eso.

—Nada de amable —replicó Cersei—, es la verdad. Taena dice que os llaman Bardo Azul.

—Así es, Alteza.

Las botas del cantor eran de suave piel de becerro; sus calzones, de fina lana azul. La túnica que llevaba era de seda azul claro y satén azul brillante. Incluso había llegado al extremo de teñirse el pelo de azul, a la moda tyroshi. Lo llevaba largo y ondulado; le caía hasta los hombros y olía como si se lo lavara con agua de rosas.

«De rosas azules, seguro. Por lo menos, los dientes los tiene blancos.» Y eran unos bonitos dientes: no tenía ninguno torcido.

—¿No tenéis otro nombre?

Un tono rosado le coloreó las mejillas.

—De niño me llamaba Wat. Es un buen nombre para un labrador, pero no muy adecuado para un cantor.

Los ojos del Bardo Azul eran del mismo color que los de Robert. Ya solo por eso lo detestaba.

—Comprendo por qué sois el favorito de Lady Margaery.

—Vuestra Alteza es muy bondadosa. Me dice que le proporciono placer.

—De eso estoy segura. ¿Me dejáis ver el laúd?

—Como ordene Vuestra Alteza.

Bajo la capa de cortesía había un atisbo de intranquilidad, pero le tendió el instrumento de inmediato. Nadie desoía una petición de la reina.

Cersei tocó una cuerda y sonrió al oír el sonido.

—Dulce y triste como el amor. Decidme, Wat, la primera vez que os llevasteis a Margaery a la cama, ¿fue antes o después de que se casara con mi hijo?

Durante un momento, el joven no pareció comprender sus palabras. Después abrió los ojos de par en par.

—Alguien ha informado mal a Vuestra Alteza. Os juro que yo jamás...

—¡Mentiroso! —Cersei golpeó al bardo en la cara con el laúd, con tal fuerza que la madera pintada se hizo astillas—. Lord Orton, llamad a mis guardias, que se lleven a este canalla a las mazmorras.

—Eh... Qué infamia... ¿Se ha atrevido a seducir a la Reina? —balbuceó Orton Merryweather, con el rostro sudoroso por el miedo.

—Mucho me temo que fue al revés, pero da igual: es un traidor. Que cante para Lord Qyburn.

El Bardo Azul se puso blanco.

—No. —La sangre le goteaba del labio que le había roto el laúd—. Yo jamás... ¡Madre, no, ten misericordia! —gritó cuando Merryweather lo cogió por el brazo.

—No soy tu madre —le replicó Cersei.

Incluso en las celdas negras, lo único que le pudieron sacar fueron negaciones, plegarias y súplicas de misericordia. Pronto, la sangre de todos los dientes rotos le corrió por la barbilla, y tres veces se meó en los calzones azules, pero se empecinó en sus mentiras.

—¿Será posible que nos hayamos equivocado de bardo? —preguntó Cersei.

—Todo es posible, Alteza. No temáis. Confesará antes de que acabe la noche. —Allí abajo, en las mazmorras, Qyburn vestía prendas de lana basta y un delantal de cuero como el de los herreros. Se volvió hacia el Bardo Azul—. Siento que los guardias hayan sido bruscos contigo. Sus modales dejan mucho que desear. —Tenía una voz afable, solícita—. Lo único que queremos es la verdad.

—Ya os he dicho la verdad —sollozó el cantor. Los grilletes lo sujetaban contra la fría pared de piedra.

—Sabemos que no es así. —Qyburn tenía una navaja en la mano; la hoja brillaba a la tenue luz de la antorcha. Fue cortando la ropa del Bardo Azul hasta que solo le quedaron las botas altas. Cersei sonrió al ver que tenía castaño el pelo de la entrepierna—. Dinos cómo complacías a la pequeña reina —le ordenó.

—Yo jamás... Cantaba, nada más, cantaba y tocaba. Sus damas os lo pueden decir. Siempre estaban con nosotros. Sus primas.

—¿Con cuántas de ellas tuviste relaciones carnales?

—Con ninguna. Solo soy un bardo. Por favor.

—Alteza —comentó Qyburn—, puede que este pobre hombre se limitara a cantar para Margaery mientras ella recibía a otros amantes.

—No. Por favor. Ella nunca... Yo cantaba, solo cantaba.

Lord Qyburn pasó una mano por el pecho del Bardo Azul.

—¿Te cogía los pezones entre los labios durante vuestros juegos amorosos? —Le cogió uno entre el índice y el pulgar y se lo retorció—. A algunos hombres les gusta. Tienen los pezones tan sensibles como las mujeres.

La hoja relampagueó; el bardo chilló. En su pecho, un húmedo ojo rojo lloraba sangre. Cersei sintió nauseas. Una parte de ella habría querido cerrar los ojos, marcharse de allí, detener aquello. Pero era la reina, y se había cometido traición.

«Lord Tywin no se habría marchado.»

Al final, el Bardo Azul acabó por contarles toda su vida, remontándose hasta su primer día del nombre. Su padre había sido cerero, y educó a Wat para que ejerciera esa profesión, pero ya de niño descubrió que se le daban mejor los laúdes que las velas. A los doce años se escapó de casa para unirse a un grupo de músicos ambulantes a los que había oído tocar en una feria. Recorrió la mitad del Dominio antes de llegar a Desembarco del Rey, con la esperanza de encontrar favor en la corte.

—¿Favor? —Qyburn dejó escapar una risita—. ¿Así lo llaman ahora las mujeres? Pues creo que encontraste demasiado, amigo mío... Y de la reina que no debías. La verdadera reina está delante de ti.

«Sí. —La culpable de aquello era Margaery Tyrell. Cersei estaba furiosa. De no ser por ella, Wat habría tenido una vida larga y fructífera, tocando cancioncillas y acostándose con porquerizas e hijas de campesinos—. Sus intrigas me han obligado a hacer esto. Me ha salpicado con su traición.»

Antes de que llegara el amanecer, las altas botas azules del bardo estaban llenas de sangre, y les había contado cómo se acariciaba Margaery mientras sus primas le daban placer con la boca. En otras ocasiones había cantado mientras ella saciaba su lujuria con otros amantes.

—¿Quiénes eran? —exigió saber la Reina, y el cretino de Wat desgranó los nombres de Ser Tallad el Tallo, Lambert Turnberry, Jalabhar Xho, los gemelos Redwyne, Osney Kettleblack, Hugh Clifton y el Caballero de las Flores.

Aquello era un contratiempo. No se atrevía a ensuciar el nombre del héroe de Rocadragón. Además, nadie que conociera a Ser Loras se lo creería. Los Redwyne tampoco podían formar parte de aquello. Sin el Rejo y su flota, el reino no tenía manera de librarse de Euron Ojo de Cuervo y sus malditos hombres del hierro.

—Lo único que haces es escupir los nombres de los que viste en sus habitaciones. ¡Queremos la verdad!

—La verdad. —Wat la miró con el ojo azul que Qyburn le había dejado. La sangre le brotaba del hueco donde había tenido los dientes delanteros—. Puede que... recuerde mal.

—Horas y Hobber no formaban parte de esto, ¿verdad?

—No —reconoció él—. Ellos no.

—En cuanto a Ser Loras, estoy segura de que Margaery se tomaba grandes molestias para evitar que su hermano se enterase de lo que hacía.

—Sí. Ya me acuerdo. Una vez, Ser Loras fue a verla y ella me hizo esconderme bajo la cama. Me dijo que no debía saberlo jamás.

—Esta canción ya me gusta más. —Era mejor que los grandes señores quedaran al margen. En cambio, los otros... Ser Tallad había sido caballero errante; Jalabhar Xho era un exiliado y un mendigo; Clifton era el único miembro de la guardia de la pequeña reina... «Y Osney es la guinda del postre»—. Ya sé lo difícil que es decir la verdad. Os interesará recordarlo cuando llegue el juicio de Margaery. Si se os ocurre volver a mentir...

—No. Diré la verdad. Y luego...

—Te permitiré vestir el negro. Te doy mi palabra. —Cersei se volvió hacia Qyburn—. Encargaos de que lo limpien y le venden las heridas, y dadle la leche de la amapola para el dolor.

—Vuestra Alteza es muy bondadosa. —Qyburn tiró la navaja ensangrentada a un cubo de vinagre—. Puede que Margaery se pregunte qué ha sido de su bardo.

—Los bardos vienen y van, tienen esa mala fama.

El largo ascenso por los escalones de piedra de las celdas negras dejó sin aliento a Cersei.

«Tengo que descansar. —Arrancarle la verdad a alguien era un trabajo duro, y temía lo que llegaría a continuación—. Tengo que ser fuerte. He de hacer lo que he de hacer por Tommen y por el reino. —Lástima que Maggy la Rana estuviera muerta—. Me cago en tu profecía, vieja. Puede que la pequeña reina sea más joven que yo, pero nunca ha sido más hermosa, y pronto estará muerta.»

Lady Merryweather la esperaba en sus habitaciones. La noche era negra, más próxima ya al amanecer que del anochecer. Jocelyn y Dorcas estaban dormidas, pero Taena no.

—¿Ha sido espantoso? —le preguntó.

—No os lo podéis imaginar. Necesito dormir, pero tengo miedo de soñar.

Taena le acarició el pelo.

—Todo lo hacéis por Tommen.

—Sí. Ya lo sé. —Cersei se estremeció—. Tengo la boca seca. Sed buena, servidme un poco de vino.

—Cualquier cosa con tal de complaceros. Es lo único que deseo.

«Mentirosa.» Sabía bien qué deseaba Taena. Pues que así fuera. Si la mujer estaba enamoriscada de ella, eso le garantizaría su lealtad y la de su marido. En un mundo tan lleno de traiciones, unos pocos besos eran un precio bajo a cambio de la lealtad.

«No es peor que la mayoría de los hombres. Y al menos no hay peligro de que me haga un hijo.»

El vino la ayudó, pero no lo suficiente.

—Me siento sucia —se quejó la Reina, de pie junto a la ventana, con la copa en la mano.

—Un baño os ayudará, querida mía.

Lady Merryweather despertó a Dorcas y a Jocelyn, y las mandó a buscar agua caliente. Mientras llenaban la bañera, ayudó a la Reina a quitarse la túnica, le desanudó los lazos con dedos hábiles y se la quitó. Luego, ella también se quitó el vestido y lo dejó caer en el suelo.

Se bañaron juntas, Cersei tendida en los brazos de Taena.

—Hay que evitarle esto a Tommen tanto como sea posible —le dijo a la myriense—. Margaery sigue llevándolo al septo todos los días para pedir a los dioses que curen a su hermano. —Era una verdadera molestia, pero Ser Loras se aferraba a la vida con testarudez—. También les tiene cariño a sus primas. Va a ser duro para él perderlas a todas de golpe.

—Puede que no sean culpables las tres —le señaló Lady Merryweather—. Tal vez una de ellas no tomara parte. Si estuviera avergonzada y asqueada de las cosas que ha presenciado...

—Se la podría convencer para que declarase contra las otras. Sí, muy bien, pero ¿cuál es la inocente?

—Alla.

—¿La tímida?

—Eso parece, pero más que tímida es astuta. Dejádmela a mí, querida.

—De buena gana. —La confesión del Bardo Azul por sí sola no sería suficiente. Al fin y al cabo, los bardos se ganaban la vida mintiendo. Si Taena pudiera entregarle a Alla Tyrell, sería una gran ayuda—. Ser Osney también confesará. A los demás hay que hacerles comprender que lo único que pueden hacer para conseguir el perdón real y que los envíen al Muro en vez de a la muerte es confesar.

A Jalabhar Xho le parecería atractiva la verdad. De los demás no estaba tan segura, pero Qyburn era convincente...

Ya amanecía en Desembarco del Rey cuando salieron de la bañera. La Reina tenía la piel blanca y arrugada después de tanto tiempo en el agua.

—Quedaos conmigo —le pidió a Taena—. No quiero dormir sola.

Incluso rezó pidiendo a la Madre sueños gratos antes de meterse entre las sábanas.

Fue una pérdida de tiempo. Como de costumbre, los dioses hicieron oídos sordos. Cersei soñó que volvía a estar en las celdas negras, pero en aquella ocasión la que estaba encadenada a la pared era ella, no el bardo. Estaba desnuda, y la sangre le manaba del pecho porque el Gnomo le había arrancado los pezones a mordiscos.

—Por favor —le suplicaba—, por favor, a mis hijos no, no hagas daño a mis hijos.

Y Tyrion se reía de ella. También estaba desnudo, con el cuerpo cubierto de un vello áspero que le daba más aspecto de mono que de hombre.

—Verás como los coronan —le dijo—, y verás como mueren. —Le puso la boca en un pecho sangrante y empezó a mamar, y el dolor la atravesó como un cuchillo al rojo.

Se despertó temblorosa en brazos de Taena.

—Una pesadilla —dijo en un susurro débil—. ¿He gritado? Lo siento mucho.

—A la luz del día los sueños se transforman en polvo. ¿Era otra vez el enano? ¿Por qué os asusta tanto ese hombrecillo?

—Va a matarme. Me lo predijeron cuando tenía diez años. Quería saber con quién me iba a casar, pero ella...

—¿Quién?

—La *maegi.* —Las palabras se le escaparon a borbotones. Aún le parecía oír a Melara Hetherspoon asegurándole que, si no volvían a hablar de las profecías, no se harían realidad. «Pero en el pozo no estuvo tan callada. Gritó y chilló»—. Tyrion es el *valonqar* —dijo—. ¿Utilizáis esa palabra en Myr? Es alto valyrio; quiere decir «hermano pequeño».

Se lo había preguntado a la septa Saranella cuando Melara se ahogó.

Taena le tomó la mano y se la acarició.

—Era odiosa, fea, vieja y enferma. Vos erais joven y hermosa, llena de vida y orgullo. Decís que vivía en Lannisport, así que sabría algo del enano: que había matado a vuestra señora madre, por ejemplo. No se atrevió a atacaros a causa de vuestro rango, así que quiso heriros con su lengua de víbora.

«¿Sería eso?» Cersei habría dado cualquier cosa por creerlo.

—Pero Melara murió, como había predicho. No me casé con el príncipe Rhaegar. Y Joffrey... El enano mató a mi hijo delante de mí.

—Un hijo —señaló Lady Merryweather—, pero os queda otro, bondadoso y fuerte, y jamás le pasará nada malo.

—No mientras yo viva. —Decirlo la ayudaba a creer que sería verdad. «A la luz del día, los sueños se transforman en polvo, sí.» En el exterior, el sol de la mañana empezaba a derrotar a la bruma. Cersei salió de entre las sábanas—. Esta mañana voy a desayunar con el Rey. Quiero ver a mi hijo.

«Todo lo que hago lo hago por él.»

Tommen la ayudó a volver a ser ella misma. Nunca lo había querido tanto como aquella mañana, mientras charlaba sobre sus gatitos y mojaba en miel un trozo de pan negro recién sacado del horno.

—Ser Garras ha cazado un ratón —le dijo—, pero Lady Bigotes se lo ha quitado.

«Yo no fui nunca tan dulce e inocente —pensó Cersei—. ¿Cómo va a gobernar este reino tan cruel?»

La madre que había en ella solo quería protegerlo; la reina que llevaba dentro sabía que, si el niño no se endurecía, el Trono de Hierro acabaría por devorarlo.

—Ser Garras tiene que aprender a defender sus derechos —le dijo—. En este mundo, los débiles siempre son víctimas de los fuertes.

El Rey meditó al tiempo que se lamía la miel de los dedos.

—Cuando vuelva Ser Loras aprenderé a luchar con la lanza, la espada y el mangual, igual que él.

—Aprenderás a luchar —le prometió la Reina—, pero no de Ser Loras. No va a volver, Tommen.

—Margaery dice que sí. Estamos rezando por él. Pedimos a la Madre misericordia, y al Guerrero, que le dé fuerzas. Elinor dice que esta es la batalla más difícil de Ser Loras.

Ella le acarició el pelo, los suaves rizos dorados que tanto le recordaban a Joff.

—¿Vas a pasar la tarde con tu esposa y sus primas?

—Hoy no. Dice que tiene que ayunar y purificarse.

«Ayunar y purificarse... Ah, claro, el día de la Doncella. —Hacía muchos años que no se esperaba de Cersei que observara aquella festividad—. Casada tres veces, y sigue queriendo que creamos que es doncella. —Vestida de blanco, inmaculada, la pequeña reina guiaría a sus gallinas al septo de Baelor para encender largas velas también blancas a los pies de la Doncella y colgarle guirnaldas de pergamino del sagrado cuello—. Al menos unas cuantas de sus gallinas.» Durante el día de la Doncella, viudas, madres y prostitutas por igual tenían prohibido el acceso a los septos, así como los hombres, para que no profanaran las canciones sagradas de la inocencia. Solo las vírgenes podían...

—¿Madre? ¿He dicho algo malo?

Cersei besó a su hijo en la frente.

—Has dicho algo muy inteligente, cariño. Anda, ve a jugar con tus gatitos.

A continuación hizo llamar a Ser Osney Kettleblack a sus habitaciones. Llegó del patio sudoroso, pavoneándose, y mientras se arrodillaba ante ella la desnudó con la mirada, como hacía siempre.

—Levantaos, ser, y sentaos a mi lado. En otros tiempos me servisteis con valentía, pero ahora tengo una misión más dura para vos.

—Yo también tengo algo duro para vos.

—Eso tendrá que esperar. —Le recorrió las cicatrices con las yemas de los dedos—. ¿Os acordáis de la prostituta que os hizo esto? Cuando volváis del Muro os la entregaré. ¿Os gustaría?

—A la que quiero es a vos.

Era la respuesta correcta.

—Antes tenéis que confesar vuestra traición. Los pecados pueden llegar a envenenar el alma si dejamos que se pudran en ella. Sé lo difícil que debe de ser para vos vivir con lo que habéis hecho. Ya va siendo hora de que os libréis de vuestra vergüenza.

—¿Vergüenza? —Osney parecía confundido—. Ya se lo he dicho a Osmund: Margaery solo coquetea. Nunca me deja ir más allá de...

—Es muy caballeroso por vuestra parte que tratéis de protegerla —lo interrumpió Cersei—, pero sois demasiado buen caballero para vivir con el peso de vuestro crimen. No, tenéis que subir esta misma noche al Gran Septo de Baelor para hablar con el Septón Supremo. Cuando los pecados de un hombre son tan nefandos, el único que puede salvarlo de los tormentos del infierno es Su Altísima Santidad. Contadle cómo os habéis acostado con Margaery y con sus primas.

Osney parpadeó.

—¿Qué? ¿Con las primas también?

—Con Megga y con Elinor —decidió—. Con Alla no, nunca. —Ese pequeño detalle haría la historia más verosímil—. Alla se quedaba sentada, llorando, y les suplicaba a las demás que dejaran de pecar.

—¿Solo Megga y Elinor? ¿O también Margaery?

—Margaery sobre todo.

Le contó lo que había planeado. Osney escuchaba con gesto cada vez más aprensivo.

—Cuando le cortéis la cabeza, quiero el beso que nunca llegó a darme —dijo cuando la Reina hubo terminado.

—Tendréis todos los besos que queráis.

—¿Y luego al Muro?

—Poco tiempo. Tommen es un rey clemente.

Osney se rascó la mejilla de las cicatrices.

—Por lo general, cuando miento al hablar de una mujer es para decir que nunca me la he follado mientras ella dice que sí. Esto... Nunca le he mentido a un Septón Supremo. Por cosas como esta se acaba en algún infierno. En uno de los peores.

La reina se llevó una sorpresa. Lo que menos esperaba por parte de un Kettleblack era la religiosidad.

—¿Os negáis a obedecerme?

—No. —Osney le acarició el cabello dorado—. Pero... las mejores mentiras son las que tienen algo de verdad... Para darles sabor. Y queréis que diga que me he follado a una reina.

Estuvo a punto de darle una bofetada. A punto. Pero ya había llegado demasiado lejos; había demasiado en juego.

«Todo lo que hago lo hago por Tommen —pensó. Giró la cabeza, cogió la mano de Ser Osney y le besó los dedos. Eran ásperos, duros, encallecidos por la espada—. Robert tenía las manos así.» Cersei le echó los brazos al cuello.

—Que no se diga que os he obligado a mentir —susurró con voz ronca—. Dadme una hora y reuníos conmigo en mi dormitorio.

—Ya hemos esperado demasiado. —Le introdujo los dedos en el corpiño de la túnica y dio un tirón; la seda se desgarró con tanto estrépito que Cersei tuvo miedo de que media Fortaleza Roja se hubiera enterado—. Quitaos el resto antes de que os lo arranque también. Pero dejaos la corona. Me gustáis con corona.

La princesa en la torre

Su prisión era de seda.

Ese era el único consuelo que tenía Arianne. ¿Por qué se iba a tomar tantas molestias su padre para proporcionarle comodidades en su cautiverio si había decidido que muriera por traidora?

«No puede tener intención de matarme —se dijo cien veces—. Tamaña crueldad no sería propia de él. Soy de su sangre y su semilla, su heredera, su única hija.»

Si fuera necesario, se tiraría bajo las ruedas de la silla de su padre, reconocería su culpa y le suplicaría perdón. Y lloraría. Cuando viera correr las lágrimas por sus mejillas, la perdonaría.

Lo que no sabía era si podría perdonarse ella misma.

—Areo —había suplicado a su apresador durante el largo y seco viaje del Sangreverde a Lanza del Sol—. Nunca pretendí que la niña sufriera daño alguno. Tenéis que creerme.

La única respuesta de Hotah fue un gruñido. Arianne percibía su rabia. Estrellaoscura, el más peligroso de su pequeño grupo de conspiradores, se le había escapado. Fue más veloz que sus perseguidores y desapareció en el desierto con la espada manchada de sangre.

—Me conocéis bien, capitán —había insistido Arianne mientras recorrían legua tras legua—. Me habéis tratado desde que era niña. Siempre me protegisteis, igual que protegisteis a mi señora madre cuando vinisteis con ella desde Gran Norvos para ser su escudo en una tierra extraña. Ahora os necesito. Necesito vuestra ayuda. Yo no quería...

—Poco importa qué quisierais, princesita —le dijo Areo Hotah—. Solo lo que hicisteis. —Su semblante era de piedra—. Lo siento mucho. El príncipe ordena y Hotah obedece.

Arianne suponía que la llevaría ante el trono de su padre, bajo la cúpula de vidrieras de la Torre del Sol. Pero Hotah la había dejado en la Torre de la Lanza, bajo la custodia de Ricasso, el senescal de su padre, y Ser Manfrey Martell, el castellano.

—Perdonad a este anciano ciego por no subir con vos, princesa —le dijo Ricasso—. Estas piernas no están a la altura de tantos escalones. Os hemos preparado una estancia. Ser Manfrey os escoltará hasta ella para que aguardéis la decisión del príncipe.

—¿Mis amigos también estarán confinados aquí?

Hotah había separado a Arianne de Garin, Drey y los demás después de su captura, y se había negado a decirle qué harían con ellos.

—Eso lo decidirá el príncipe —fue lo único que le respondió el capitán.

Ser Manfrey resultó un poco más comunicativo.

—Los han llevado a la Ciudad de los Tablones, y de allí irán en barco a Rocagrís, hasta que el príncipe Doran decida cuál será su destino.

Rocagrís, erigido en un islote del mar de Dorne, era un viejo castillo ruinoso, una prisión espantosa adonde se enviaba a los peores criminales para que se pudrieran hasta que les llegara la muerte.

—¿Mi padre quiere matarlos? —Arianne no se lo podía creer—. Hicieron lo que hicieron por el cariño que me profesan. Si mi padre quiere sangre, que sea la mía.

—Como digáis, princesa.

—Quiero hablar con él.

—Él esperaba que dijerais eso.

Ser Manfrey la tomó por el brazo y subió con ella por las escaleras, cada vez más arriba, hasta que le empezó a faltar el aliento. La Torre de la Lanza se alzaba hasta una altura de cincuenta varas, y su celda estaba en la parte superior. Arianne observó todas las puertas frente a las que pasaron, preguntándose si tras ella estaría encerrada alguna de las Serpientes de Arena.

Después de que cerraran y atrancaran su puerta, Arianne exploró su nuevo hogar. La celda era amplia y bien ventilada, y no carecía de comodidades. Había alfombras myrienses en el suelo, vino tinto para beber y libros para leer. En un rincón había un tablero ornamentado de *sitrang* con piezas talladas en marfil y ónice, aunque no habría tenido con quién jugar en caso de que le hubiera apetecido. Disponía de un lecho de plumas para dormir, y un retrete de asiento de mármol con una cesta de hierbas para perfumar el ambiente. A aquella altura, las vistas eran espléndidas. Una ventana daba al este, de modo que podía ver salir el sol por encima del mar. La otra la permitía contemplar la Torre del Sol y, más allá, las Murallas Serpenteantes y la Puerta Triple.

La exploración le llevó menos tiempo del que habría necesitado para atarse unas sandalias, pero al menos le sirvió para contener las lágrimas durante un rato. Arianne encontró una palangana y una jarra de agua fresca, y se lavó las manos y la cara, pero por mucho que frotara no había nada capaz de lavar el dolor que sentía.

«Arys —pensó—, mi caballero blanco. —Las lágrimas le llenaron los ojos y de repente volvía a estar llorando, con el cuerpo entero sacudido por los sollozos. Recordó como el hacha de Hotah le había atravesado la carne y el hueso, como había salido volando la cabeza—. ¿Por qué lo hiciste? ¿Por qué desperdiciaste tu vida? No fue lo que te pedí, no era lo que quería, yo solo quería... Solo quería... Solo quería...»

Aquella noche lloró hasta quedarse dormida por primera vez, pero no por última. Ni siquiera en sus sueños encontró la paz. Soñó que Arys Oakheart la acariciaba, le sonreía, le decía que la amaba... Pero tenía los dardos clavados; sus heridas lloraban y le teñían de rojo las prendas blancas. Aun mientras dormía, una parte de ella sabía que era una pesadilla.

«Cuando llegue la mañana todo esto desaparecerá», se dijo la princesa, pero cuando llegó la mañana, ella seguía en su celda, Ser Arys seguía muerto, y Myrcella...

«Yo no deseaba eso, de verdad. No quería hacerle daño a la niña. Solo quería convertirla en reina. Si no nos hubieran traicionado...»

—Alguien habló —había dicho Hotah.

El recuerdo aún la enfurecía. Arianne se aferró a eso, alimentó la llama que ardía en su corazón. La ira era mejor que las lágrimas, mejor que la pena, mejor que la culpa. Alguien había hablado, alguien en quien ella confiaba. Arys Oakheart había muerto por eso: el susurro de un traidor lo había matado tanto como el hacha del capitán. Y la sangre que corrió por el rostro de Myrcella era también obra del traidor. Alguien había hablado, alguien a quien ella quería. Eso era lo más cruel de todo.

Al pie de la cama había un arcón de cedro con su ropa, de modo que se quitó las prendas sucias del viaje, con las que había dormido, y se puso el vestido más provocativo que encontró, de seda etérea que lo cubría todo y no ocultaba nada. Tal vez el príncipe Doran la tratara como a una niña, pero no pensaba vestirse como tal. Sabía que un atuendo semejante incomodaría a su padre cuando fuera a castigarla por haberse fugado con Myrcella. Contaba con ello.

«Si tengo que arrastrarme y llorar, por lo menos que se sienta incómodo él también.»

Esperaba que llegara aquel mismo día, pero cuando la puerta se abrió por fin, solo entraron los criados con la comida.

—¿Cuándo podré ver a mi padre? —Habían asado el cabrito con miel y limón. La guarnición era de hojas de parra rellenas de una mezcla de pasas, cebollas, setas y picantes guindillas dragón—. No tengo hambre —dijo Arianne. Sus amigos estarían comiendo galletas secas y tasajo en la travesía hacia Rocagrís—. Llevaos esto y traedme al príncipe Doran.

Pero le dejaron la comida, y su padre no acudió. Tras un tiempo, el hambre debilitó su resolución, así que se sentó y comió.

Cuando terminó, se quedó sin nada que hacer. Recorrió la torre a zancadas dos veces, tres veces, nueve veces. Se sentó junto al tablero de *sitrang* y movió un elefante sin saber bien por qué. Se sentó junto a la ventana y trató de leer un libro, hasta que vio borrosas las palabras y se dio cuenta de que estaba llorando otra vez.

«Arys, mi amor, mi caballero blanco, ¿por qué lo hicisteis? Tendríais que haberos rendido. Intenté decíroslo, pero las palabras se me ahogaron en la garganta. Loco galante, no quería que murieseis, ni que Myrcella... Oh, por los dioses, pobre niña...»

Por fin volvió a meterse en el lecho de plumas. La habitación se había quedado a oscuras y no tenía nada más que hacer aparte de dormir.

«Alguien habló —pensó—. Alguien habló. —Garin, Drey y Sylva Pintas eran sus amigos desde la infancia; los quería tanto como a su prima Tyene. No podía creerse que la hubieran delatado... Pero eso solo dejaba a Estrellaoscura, y si él era el traidor, ¿por qué había vuelto la espada contra la pobre Myrcella?—. Quería que la matáramos en vez de coronarla, eso dijo en Piedrafresca. Dijo que así obtendría la guerra que buscaba.» Pero no tenía sentido que Dayne fuera el traidor. Si Ser Gerold había sido el gusano de la manzana, ¿por qué había atacado a Myrcella?

«Alguien habló.» ¿Podría haber sido Ser Arys? ¿La culpa había ganado al deseo en el corazón del caballero blanco? ¿Había amado a Myrcella más que a ella, había traicionado a su nueva princesa para expiar la traición cometida contra la antigua? ¿Estaba tan avergonzado por lo que había hecho que se lanzó hacia la muerte en el Sangreverde por no tener que vivir para enfrentarse a la deshonra?

«Alguien habló.» Sabría quién cuando su padre fuera a verla. Pero el príncipe Doran tampoco llegó al día siguiente. Ni un día después. La princesa estaba sola; solo podía pasear, llorar y lamentarse. Durante el día trataba de leer, pero los libros que le habían dejado eran mortalmente aburridos: pesados tratados de historia y geografía, mapas anotados, un viejo y polvoriento estudio que detallaba las leyes de Dorne, *La estrella de siete puntas* y *Vida de los Septones Supremos,* y un grueso tomo sobre dragones que hacía que parecieran tan interesantes como las salamandras. Arianne habría dado cualquier cosa por un ejemplar de *Diez mil barcos* o *Los amores de la reina Nymeria,* algo que la abstrajera de sus pensamientos y le permitiera escapar de la torre una o dos horas, pero no le habían concedido tales pasatiempos.

Desde el asiento de la ventana solo tenía que mirar hacia fuera para ver más abajo la gran cúpula de oro y vidrieras de colores, desde donde su padre gobernaba.

«Pronto me mandará llamar», se dijo.

No permitían que recibiera más visitas que las de los criados: Bors, siempre mal afeitado; Timoth, tan alto y digno; las hermanas Morra y Mellei; la pequeña y menuda Cedra, y la vieja Belandra, que había sido doncella de su madre. Le llevaban la comida, le hacían la cama y le vaciaban el orinal de debajo del retrete, pero ninguno le dirigía la palabra. Si quería más vino, Timoth se lo llevaba; si se le antojaba alguna de sus comidas favoritas, como higos, aceitunas o pimientos rellenos de queso, solo tenía que decírselo a Belandra y se lo servían. Morra y Mellei se llevaban su ropa sucia, y se la devolvían limpia y fresca. Un día sí y otro no le llevaban una bañera, y la menuda y tímida Cedra le enjabonaba la espalda y la ayudaba a cepillarse el cabello.

Pero nadie le decía nada, y nadie se dignaba contarle lo que sucedía en el mundo más allá de su jaula de piedra.

—¿Han capturado a Estrellaoscura? —le preguntó a Bors un día—. ¿Todavía lo están persiguiendo? —El hombre se limitó a darle la espalda y salir—. ¿Te has quedado sordo? —le espetó Arianne—. Vuelve aquí y respóndeme. ¡Te lo ordeno!

La única respuesta que obtuvo fue la de la puerta al cerrarse.

—Timoth —intentó otro día—, ¿qué ha sido de la princesa Myrcella? No quería que le sucediera nada. —Había visto por última vez a la otra princesa en el camino de Lanza del Sol. Myrcella, demasiado débil para montar, viajaba en una litera con la cabeza envuelta en vendas de seda allí donde Estrellaoscura la había herido, con los ojos verdes brillantes de fiebre—. Decidme que no ha muerto, os lo suplico. ¿Qué tiene de malo que sepa solo eso? Decidme cómo está.

Timoth no habló.

—Belandra —dijo Arianne unos días después—, si alguna vez le tuviste cariño a mi señora madre, apiádate de su pobre hija y dime cuándo piensa venir a verme mi padre. Por favor, por favor.

Pero Belandra también se había quedado sin lengua.

«¿Así piensa torturarme mi padre? ¿Sin hierros ni potro, solo con silencio? —Era tan propio de Doran Martell que Arianne no pudo por menos que reír—. Cree que está siendo sutil, cuando en realidad es solo débil.»

Decidió disfrutar del silencio y emplear el tiempo en curarse y fortalecerse para lo que le esperaba.

Sabía que, por mucho que pensara en Ser Arys, no le serviría de nada. Lo que hizo fue obligarse a pensar en las Serpientes de Arena, sobre todo en Tyene. Arianne quería a todas sus primas bastardas, desde la arisca y temperamental Obara hasta la pequeña Loreza, la más joven, de tan solo seis años. Pero Tyene siempre había sido su favorita, la hermana que nunca había tenido. La princesa tampoco había estado próxima a sus hermanos varones. Quentyn vivía lejos, en Palosanto, y Trystane era demasiado joven. No, siempre había estado con Tyene, y también con Garin, con Drey y con Sylva Pintas. A veces, Nym tomaba parte en sus juegos, y Sarella siempre trataba de meterse donde no la llamaban, pero por lo general, el grupo lo componían cinco. Chapoteaban en los estanques y en las fuentes de los Jardines del Agua, y organizaban batallas subidos unos a hombros de otros. Tyene y ella habían aprendido juntas a leer, a cabalgar, a bailar. Cuando tenían diez años, Arianne había robado una frasca de vino, y se habían emborrachado juntas. Compartían la comida, la cama y las joyas. También habrían compartido a su primer hombre, pero Drey estaba demasiado excitado y se derramó en los dedos de Tyene en cuanto le sacó el miembro de los calzones.

«Mi prima tiene unas manos peligrosas.» El recuerdo la hizo sonreír.

Cuanto más pensaba en sus primas, más las echaba de menos.

«Por lo que yo sé, podrían estar debajo de esta habitación.» Aquella noche se dedicó a dar golpecitos en el suelo con el tacón de la sandalia. Al no obtener respuesta, sacó medio cuerpo por la ventana y miró hacia abajo. Había otras ventanas, todas más pequeñas que la suya; algunas no eran más grandes que troneras.

—¡Tyene! —gritó—. ¿Estás ahí, Tyene? ¡Obara, Nym! ¿Me oís? ¡Ellaria! ¿Hay alguien? ¡TYENE!

La princesa se pasó la mitad de la noche asomada a la ventana y gritó hasta quedarse ronca, pero no obtuvo respuesta. Aquello la asustó de verdad. Si las Serpientes de Arena estuvieran prisioneras en la Torre de la Lanza, habrían oído sus gritos. ¿Por qué no respondían?

«Si mi padre les ha hecho algún daño, no se lo perdonaré jamás», se dijo.

Cuando se cumplieron quince días de cautiverio, su paciencia estaba ya al límite.

—Voy a hablar con mi padre de inmediato —le dijo a Bors con su voz más imperiosa—. Llévame ante él.

No la llevó ante él.

—Quiero ver al príncipe —le dijo a Timoth, que dio media vuelta como si no la hubiera oído.

A la mañana siguiente, Arianne estaba esperando junto a la puerta cuando se abrió. Pasó como un rayo al lado de Belandra y estampó contra la pared la fuente de huevos especiados, pero los guardias la capturaron antes de que se alejara tres pasos. También los conocía a ellos, pero se mostraron sordos a sus amenazas. Volvieron a meterla a rastras en la celda, mientras ella pataleaba y se debatía.

Decidió que tenía que mostrarse más sutil. Su mejor baza era la joven, inocente y crédula Cedra. La princesa recordaba que Garin alardeaba de haberse acostado con ella. La siguiente vez que la bañó empezó a hablarle de nimiedades mientras le enjabonaba los hombros.

—Ya sé que tienes orden de no hablar conmigo —le dijo—, pero nadie ha dicho que yo no pueda hablarte.

Charló sin parar del calor que hacía, de lo que había cenado la noche anterior y de la pobre Belandra, que cada vez parecía más lenta y rígida. El príncipe Oberyn había armado a todas sus hijas para que nunca estuvieran indefensas, pero Arianne Martell no tenía más arma que su astucia. Así que sonrió, desplegó todo su encanto y no le pidió nada a cambio a Cedra: ni una palabra ni un asentimiento.

Al día siguiente, mientras la muchacha le servía la cena, volvió a charlar con ella. En aquella ocasión mencionó de pasada a Garin. Al oír su nombre, Cedra alzó la vista con timidez y estuvo a punto de derramar el vino.

«Conque esas tenemos, ¿eh?», pensó Arianne.

La siguiente vez que la bañó, le habló de sus amigos prisioneros, principalmente de Garin.

—Tengo miedo sobre todo por él —le confió a la sirvienta—. Los huérfanos son espíritus libres; les gusta vagar por el mundo. Garin necesita luz y aire fresco. Si lo encierran en cualquier celda de piedra húmeda, ¿cómo sobrevivirá? No durará ni un año en Rocagrís.

Cedra no dijo nada, pero cuando Arianne salió del agua estaba muy pálida, y apretaba la esponja con tanta fuerza que el jabón goteaba en la alfombra myriense.

Aun así hicieron falta cuatro días y dos baños más para que se hiciera con la joven.

—Por favor —susurró al final Cedra después de que Arianne describiera una vívida imagen de Garin tirándose por la ventana de su celda para saborear la libertad una última vez antes de morir—. Tenéis que ayudarlo. Por favor, no lo dejéis morir.

—No puedo hacer nada estando aquí encerrada —respondió también en susurros—. Mi padre no quiere verme. La única que puede salvar a Garin eres tú. ¿Lo quieres?

—Sí —murmuró Cedra, sonrojada—. Pero ¿cómo puedo ayudar?

—Puedes llevarle una carta a quien yo te diga —respondió la princesa—. ¿Te atreves? ¿Correrías ese riesgo... por Garin?

Cedra tenía los ojos como platos. Asintió.

«Ya tengo un cuervo —pensó Arianne, triunfante—. Pero ¿a quién se lo envío? —El único conspirador que había escapado era Estrellaoscura, pero a aquellas alturas, también podía estar prisionero; si no, sin duda había huido de Dorne. Luego pensó en la madre de Garin y en los huérfanos del Sangreverde—. No, no me sirven. Tiene que ser alguien con verdadero poder, alguien que no formara parte de nuestra intriga, pero con motivos para simpatizar con nosotros. —Se le pasó por la cabeza recurrir a su madre, pero Lady Mellario estaba muy lejos, en Norvos. Además, hacía muchos años que el príncipe Doran no escuchaba a su señora esposa—. No, ella tampoco me sirve. Me hace falta un señor, un señor suficientemente poderoso para que mi padre se acobarde y me libere.»

El más poderoso de los señores dornienses era Anders Yronwood, el Sangre Regia, señor de Palosanto y Guardián del Camino Pedregoso, pero Arianne sabía que no obtendría ayuda del hombre que había tenido como pupilo a su hermano Quentyn. «No.» El hermano de Drey, Ser Deziel Dalt, había aspirado en su momento a casarse con ella, pero era demasiado obediente y respetuoso para enfrentarse a su príncipe. Además, aunque el Caballero de Limonar podría intimidar a algún señor menor, no tenía capacidad para hacer cambiar de opinión al príncipe de Dorne. «No.» Lo mismo se podía decir del padre de Sylva Pintas. «No.» Arianne decidió por fin que únicamente le quedaban dos posibilidades reales: Harmen Uller, señor de Sotoinferno, y Franklyn Fowler, señor de Dominio del Cielo y Guardián del Paso del Príncipe.

Decía un dicho: «La mitad de los Uller están medio locos, y la otra mitad es peor». Ellaria Arena era hija natural de Lord Harmen. La habían encerrado junto con sus pequeñas y las demás Serpientes de Arena. Eso debía de haber suscitado la ira de Lord Harmen, y los Uller eran peligrosos cuando se enfadaban.

«Tal vez demasiado peligrosos.» La princesa no quería poner más vidas en peligro.

Quizá Lord Fowler fuera una elección más segura. Lo llamaban el Viejo Halcón. Nunca se había llevado bien con Anders Yronwood; los resentimientos entre sus Casas se remontaban a un milenio atrás, hasta los tiempos en que los Fowler habían elegido a Martell en lugar de Yronwood durante la guerra de Nymeria. Las gemelas Fowler también eran amigas de Lady Nym, pero ¿hasta qué punto pesaría aquello sobre el Viejo Halcón?

Arianne dudó varios días mientras redactaba su carta secreta. «Entregadle cien venados de plata a quien os lleve esto», empezaba. Así se aseguraría de que el mensaje llegara a su destino. Luego escribía dónde estaba y suplicaba que la rescataran. «Cuando tenga que contraer matrimonio, no olvidaré a quien me saque de esta celda.»

«Eso hará que los héroes se pongan en marcha.» A menos que el príncipe Doran la hubiera desheredado, seguía siendo la sucesora legítima de Lanza del Sol. El hombre que se casara con ella gobernaría Dorne a su lado algún día. Arianne solo podía rezar por que su salvador fuera más joven que los barbablancas que le había ofrecido su padre durante años.

—Quiero un consorte con dientes —le dijo cuando rechazó al último.

No se atrevió a pedir pergamino para no despertar sospechas entre los carceleros, así que escribió la misiva bajo el texto de una página arrancada de *La estrella de siete puntas,* y cuando volvió a tocarle baño, se la puso a Cedra en la mano.

—Cerca de la Puerta Triple hay un lugar donde se abastecen las caravanas antes de cruzar el mar de arena —le dijo Arianne—. Busca a algún viajero que vaya al Paso del Príncipe y prométele un centenar de venados de plata si le entrega esto en mano a Lord Fowler.

—De acuerdo. —Cedra se escondió el mensaje en el corpiño—. Antes de que se ponga el sol habré encontrado a alguien, princesa.

—Bien —dijo—. Ya me contarás mañana cómo han ido las cosas.

Pero la niña no apareció al día siguiente. Tampoco acudió un día después. Cuando llegó la hora del baño de Arianne, Morra y Mellei le llenaron la bañera y se quedaron para frotarle la espalda y cepillarle el cabello.

—¿Qué le pasa a Cedra? ¿Está enferma? —les preguntó la princesa, pero no respondieron.

«La han descubierto —fue lo único que se le ocurrió—. ¿Qué otra cosa puede haber pasado?»

Aquella noche apenas pudo dormir por miedo a lo que pudiera suceder.

Al día siguiente, cuando Timoth le llevó el desayuno, Arianne pidió ver a Ricasso en vez de a su padre. Era evidente que no iba a conseguir que el príncipe Doran fuera a visitarla, pero sin duda, un simple senescal no desoiría la llamada de la heredera legítima de Lanza del Sol.

Sin embargo, la desoyó.

—¿Le diste mi recado a Ricasso? —le preguntó imperiosa a Timoth cuando volvió a verlo—. ¿Le has dicho que lo necesito?

Al ver que se negaba a responder, Arianne cogió la frasca de vino tinto y se la vació en la cabeza. El criado se retiró chorreando, con el rostro convertido en una máscara de dignidad herida.

«Mi padre piensa dejarme pudrir aquí —decidió la princesa—. O eso, o está haciendo planes para casarme con algún viejo asqueroso y me quiere tener encerrada hasta el encamamiento.»

Arianne Martell había crecido pensando que algún día se casaría con un gran señor elegido por su padre. Le enseñaron que para eso estaban las princesas... Aunque, desde luego, su tío Oberyn tenía una opinión diferente.

—Si queréis casaros, casaos —les decía la Víbora Roja a sus hijas—. Si no, tomad el placer allí donde lo encontréis. Demasiado escasea ya en el mundo. Pero elegid bien: si os cargáis con un imbécil o con un bestia, no me pidáis luego que os libre de él. Ya os he dado instrumentos para que lo hagáis vosotras solas.

La heredera legítima del príncipe Doran no había disfrutado nunca de la libertad que el príncipe Oberyn concedía a sus hijas bastardas. Arianne tenía que casarse; lo había aceptado. Drey había aspirado a ella, lo sabía, al igual que su hermano Deziel, el Caballero de Limonar. Daemon Arena había llegado incluso más lejos y había pedido su mano. Pero Daemon era bastardo, y el príncipe Doran no quería casarla con un dorniense.

Eso también lo había aceptado Arianne. Un año, el hermano del rey Robert fue a visitarlos y ella hizo lo que pudo por seducirlo, pero era casi una niña, y sus intentos divirtieron más que encandilaron a Lord Renly. Más adelante, cuando Hoster Tully le pidió que fuera a Aguasdulces para conocer a su heredero, encendió velas a la Doncella en muestra de gratitud, pero el príncipe Doran declinó la invitación. La princesa habría considerado incluso a Willas Tyrell, tullido y todo, pero su padre se negó a enviarla a Altojardín para que lo conociera. Pese a todo, trató de ir con ayuda de Tyene, pero el príncipe Oberyn las atrapó en Vaith y las obligó a volver. Aquel mismo año, el príncipe Doran trató de prometerla con Ben Beesbury, un señor menor de más de ochenta años, tan ciego como desdentado.

Beesbury murió pocos años después. Aquello le proporcionaba cierto consuelo en su situación actual: si estaba muerto, no podían obligarla a que fuera su esposa. Y el señor del Cruce había vuelto a contraer matrimonio, así que también estaba a salvo de él.

«Pero Elden Estermont sigue vivo y soltero. Igual que Lord Rosby y Lord Grandison.» Grandison tenía el sobrenombre de Barbagrís, aunque cuando ella lo conoció, su barba ya era blanca como la nieve. En el banquete de bienvenida se quedó dormido entre el plato de pescado y el de carne. A Drey le pareció muy apropiado, ya que su blasón representaba un león dormido. Garin la retó a que le hiciera un nudo en la barba sin despertarlo, pero Arianne se negó. Grandison le parecía un tipo agradable, menos quejumbroso que Estermont y más robusto que Rosby. Pero nunca se casaría con él. «Ni aunque Hotah estuviera detrás de mí con un hacha.»

Nadie fue a casarse con ella al día siguiente, ni al otro. Cedra no regresó. Arianne trató de ganarse a Morra y a Mellei de la misma manera, pero no sirvió de nada. Si hubiera podido quedarse a solas con una de ellas, quizá hubiera tenido alguna posibilidad, pero juntas, las hermanas eran una muralla. A aquellas alturas, la princesa habría agradecido un hierro al rojo o una noche en el potro de tortura. La soledad iba a volverla loca.

«Me merezco el hacha del verdugo por lo que hice, pero ni eso me quiere dar. Prefiere encerrarme y olvidarse de que he nacido.»

Se preguntó si el maestre Caleotte estaría redactando el pregón para nombrar heredero de Dorne a su hermano Quentyn.

Los días llegaban y pasaban, uno tras otro, tantos que Arianne perdió la noción del tiempo que llevaba prisionera. Cada vez se pasaba más horas en la cama, hasta que llegó a tal extremo que no se levantaba, excepto para ir al retrete. Las comidas que le servían se enfriaban sin que las tocara. Arianne dormía, despertaba y volvía a dormir, y aun así estaba tan agotada que no podía levantarse. Rezaba a la Madre para pedirle misericordia y al Guerrero para que le diera valor, y luego volvía a dormir. Otras comidas reemplazaban a las anteriores, y también quedaban intactas. En cierta ocasión en que se sintió fuerte, llevó toda la comida a la ventana y la tiró al patio para que no la tentara. El esfuerzo la dejó tan agotada que tuvo que meterse en la cama, y durmió media jornada.

Entonces llegó un día en que una mano callosa la despertó sacudiéndola por el hombro.

—Princesita —dijo una voz que había conocido desde la infancia—. Levantaos y vestíos. El príncipe quiere veros.

Areo Hotah, su viejo amigo y protector, estaba ante ella. Y le hablaba. Arianne sonrió adormilada. Se alegraba de ver aquella cara llena de cicatrices, de oír su voz ronca y gruñona con acento norvoshi.

—¿Qué habéis hecho con Cedra?

—El príncipe la envió a los Jardines del Agua —respondió Hotah—. Él mismo os lo dirá. Pero antes tenéis que comer y asearos.

Debía de tener un aspecto espantoso. Arianne salió de la cama tan débil como un gatito.

—Pedidles a Morra y a Mellei que preparen la bañera —le dijo—. Que Timoth me suba comida. Algo ligero. Un poco de caldo frío, pan y fruta.

—Sí, mi señora —respondió Hotah.

Arianne no había oído jamás un sonido tan dulce.

El capitán aguardó fuera mientras la princesa se bañaba, se cepillaba el pelo y mordisqueaba el queso y la fruta que le habían llevado. También bebió un poco de vino para aflojarse el nudo de la boca del estómago.

«Tengo miedo —comprendió—. Por primera vez en mi vida, tengo miedo de mi padre.»

Aquello le provocó tal ataque de risa que el vino se le salió por la nariz. Cuando llegó el momento de vestirse, optó por un sencillo vestido de lino color marfil con bordados en las mangas y el corpiño, en forma de uvas y hojas de parra. No se puso joyas. «Tengo que mostrarme humilde y contrita. Tengo que arrojarme a sus pies y suplicarle perdón, o tal vez no vuelva a oír una voz humana en mi vida.»

Cuando estuvo lista ya había anochecido. Arianne había pensado que Hotah la escoltaría hasta la Torre del Sol para oír el veredicto de su padre, pero la llevó a sus habitaciones privadas, donde Doran Martell aguardaba sentado tras un tablero de *sitrang* y las piernas gotosas reposando en un escabel almohadillado. Jugaba con un elefante de ónice; le daba vueltas en las manos hinchadas y enrojecidas. Nunca había visto tan mal al príncipe. Tenía la cara pálida y embotada, y las articulaciones, tan hinchadas que le dolía con solo mirárselas. Cuando lo vio así, su corazón voló hacia él... Pero, sin saber por qué, no pudo arrodillarse y suplicarle como había planeado.

—Padre —se limitó a decir.

Cuando alzó la cabeza para mirarla, Doran tenía los ojos nublados de dolor.

«¿Será por la gota? —se preguntó Arianne—. ¿O por mí?»

—Los volantinos son un pueblo extraño y sutil —murmuró mientras dejaba el elefante a un lado—. Estuve en Volantis una vez, de camino a Norvos, donde conocí a Mellario. Las campanas sonaban y los osos bailaban en las escaleras. Seguro que Areo se acuerda de aquel día.

—Me acuerdo —asintió Areo Hotah con su voz recia—. Los osos bailaban, las campanas sonaban, y el príncipe vestía de rojo, dorado y naranja. Mi señora me preguntó quién era aquel que brillaba tanto.

El príncipe Doran esbozó una sonrisa débil.

—Dejadnos a solas, capitán.

Hotah golpeó el suelo con el mango de la alabarda, dio media vuelta y salió.

—Dije que pusieran un tablero de *sitrang* en tus habitaciones —le dijo su padre cuando se encontraron a solas.

—¿Y con quién iba a jugar?

«¿Por qué habla de un juego? ¿Es que la gota le ha reblandecido el seso?»

—Contigo misma. A veces es mejor estudiar un juego antes de empezar una partida. ¿Hasta qué punto lo conoces, Arianne?

—Lo suficiente para jugar.

—Pero no para ganar. A mi hermano le gustaba la lucha por el puro placer de luchar, pero yo solo juego cuando puedo ganar. El *sitrang* no es para mí. —Examinó su rostro un largo momento—. ¿Por qué? Dime por qué, Arianne. Dime por qué.

—Por el honor de nuestra Casa. —La voz de su padre la enfurecía. Sonaba tan triste, tan agotado tan débil... Habría querido gritarle: «¡Eres un príncipe! ¡Deberíais estar encolerizado!»—. Tu mansedumbre es la vergüenza de todo Dorne, padre. ¡Tu hermano fue a Desembarco del Rey en tu lugar y lo mataron!

—¿Y crees que no lo sé? Oberyn viene conmigo cada vez que cierro los ojos.

—Para decirte que los abras, seguro. —Se sentó frente a él, al otro lado del tablero de *sitrang.*

—No te he dado permiso para sentarte.

—Pues vuelve a llamar a Hotah y dile que me azote por mi insolencia. Eres el príncipe de Dorne. Puedes hacerlo. —Tocó una pieza de *sitrang,* el pesado caballo—. ¿Habéis cogido a Ser Gerold?

—Ojalá. —Sacudió la cabeza—. Fue una locura que lo metieras en esto. Estrellaoscura es el hombre más peligroso de Dorne. Juntos nos habéis hecho mucho daño.

Arianne casi tenía miedo de preguntar.

—Myrcella... ¿Está...?

—¿Muerta? No, pero no porque Estrellaoscura no lo intentara. Todos los ojos estaban clavados en tu caballero blanco y nadie sabe a ciencia cierta qué pasó, pero al parecer, su caballo se asustó del otro en el último momento; si no, le habría destrozado el cráneo a la niña. Aun así, el tajo le abrió la mejilla hasta el hueso y le cortó la oreja derecha. El maestre Caleotte consiguió salvarle la vida, pero no hay cataplasma ni pócima que le arregle la cara. Era mi pupila, Arianne. La prometida de tu hermano. Estaba bajo mi protección. Nos has deshonrado a todos.

—Nunca quise que le pasara nada —insistió Arianne—. Si Hotah no se hubiera entrometido...

—Habrías coronado a Myrcella para provocar una rebelión contra su hermano. En vez de una oreja, habría perdido la vida.

—Solo si hubiéramos perdido.

—¿Si hubierais perdido? Querrás decir cuando hubierais perdido. Dorne es el menos poblado de los Siete Reinos. Al Joven Dragón le gustaba fingir que nuestros ejércitos eran muy numerosos cuando escribía su libro, porque así su conquista parecía mucho más gloriosa, y a nosotros nos gusta regar la semilla que sembró para que nuestros enemigos nos crean más poderosos de lo que somos, pero una princesa tendría que conocer la verdad. El valor no es buen sustituto de la superioridad numérica. Por sí solo, Dorne no puede aspirar a vencer en una guerra contra el Trono de Hierro. Y aun así, tal vez sea lo que has provocado. ¿Estás orgullosa? —El príncipe no le dio tiempo de responder—. ¿Qué voy a hacer contigo, Arianne?

«Perdonarme», quería decir una parte de ella, pero sus palabras la habían herido demasiado profundamente.

—Bueno, haz lo que haces siempre: nada.

—Me pones difícil tragarme la ira.

—Más vale que dejes de tragártela, o te ahogarás. —El príncipe no respondió—. Dime cómo supiste de mis planes.

—Soy el príncipe de Dorne. Los hombres buscan mi favor.

«Alguien habló.»

—Lo sabías, e incluso así nos permitiste que nos marcháramos con Myrcella. ¿Por qué?

—Ahí fue donde cometí el error, y un error muy grave. Eres mi hija, Arianne. La nenita que acudía a mí cuando se despellejaba las rodillas. No me podía creer que conspirases contra mí. Tenía que averiguar la verdad.

—Ya la has averiguado. Quiero saber quién me delató.

—Si yo estuviera en tu lugar, también querría saberlo.

—¿Me lo vas a decir?

—No veo ningún motivo.

—¿Crees que no puedo descubrirlo por mí misma?

—Puedes intentarlo. Pero, mientras lo averiguas, desconfiarás de todo el mundo... Y un poco de desconfianza es bueno para una princesa. —El príncipe Doran suspiró—. Me decepcionas, Arianne.

—Dijo el cuervo al grajo. Tú llevas años decepcionándome a mí, padre.

No había pretendido ser tan directa, pero las palabras se le escaparon. «Ya está, ya lo he dicho.»

—Lo sé. Soy demasiado manso, débil y cauteloso, demasiado indulgente con nuestros enemigos. Pero en este momento me parece que te conviene un poco de esa indulgencia. Tendrías que estar suplicándome perdón en vez de tratar de provocarme aún más.

—Solo pido indulgencia para mis amigos.

—Qué noble por tu parte.

—Hicieron lo que hicieron por el cariño que me profesan. No merecen morir en Rocagrís.

—Por extraño que parezca, estamos de acuerdo. Aparte de Estrellaoscura, tus compañeros de conspiración no eran nada más que niños alocados. Pero no se trataba de una inofensiva partida de *sitrang*. Tus amigos y tú jugabais a la traición. Podría haber ordenado que les cortaran la cabeza.

—Podrías, pero no lo hiciste. Dayne, Dalt, Santagar... No, jamás te atreverías a enemistarte con semejantes Casas.

—Me atrevo a mucho más de lo que crees, pero dejemos eso por el momento. A Ser Andrey lo he enviado a Norvos, a servir a tu señora madre durante tres años. Garin pasará los dos próximos años en Tyrosh. He conseguido dinero y rehenes de los demás huérfanos. A Lady Sylva no la castigué, pero ya estaba en edad de contraer matrimonio, y su padre la ha enviado por barco a Piedraverde para casarla con Lord Estermont. En cuanto a Arys Oakheart, eligió su destino y se enfrentó a él con valor. Un caballero de la Guardia Real... ¿Qué le hiciste?

—Me lo follé, padre. Si mal no recuerdo, me ordenaste que entretuviera a nuestros nobles visitantes.

El príncipe se puso rojo.

—¿Bastó con eso?

—Le dije que cuando Myrcella fuera reina, nos daría permiso para casarnos. Quería que fuera su esposa.

—Seguro que hiciste todo lo posible por evitar que rompiera sus votos —dijo su padre.

Le toco a ella ponerse roja. Había tardado medio año en seducir a Ser Arys. Aunque le aseguraba que, antes de vestir el blanco, había conocido a otras mujeres, nadie lo habría dicho por su manera de actuar. Sus caricias eran torpes; sus besos, nerviosos, y la primera vez que se acostaron juntos le derramó su semilla en los muslos cuando ella lo guiaba hacia su interior con la mano. Y peor aún, la vergüenza lo consumía. Si le hubieran dado un dragón por cada vez que había susurrado «no deberíamos estar haciendo esto», sería más rica que los Lannister.

«¿Atacó a Areo Hotah con la esperanza de salvarme? —se preguntó Arianne—. ¿O para huir de mí, para lavar con sangre su deshonra?»

—Me amaba —se oyó decir—. Murió por mí.

—Tal vez haya sido el primero de muchos. Tus primas y tú queríais guerra. Puede que la obtengáis. En estos momentos, otro caballero de la Guardia Real se acerca a Lanza del Sol. Ser Balon Swann me trae la cabeza de la Montaña. Mis banderizos han estado retrasándolo para permitirme ganar tiempo. Los Wyl lo llevaron a cazar y practicar la cetrería ocho días en el Sendahueso, y Lord Yronwood le organizó un banquete de dos semanas cuando llegó de las montañas. En estos momentos está en Tor, donde Lady Jordayne ha organizado unos juegos en su honor. Cuando llegue a Colina Fantasma se encontrará con Lady Toland empeñada en superarla. Pero más tarde o más temprano, Ser Balon llegará a Lanza del Sol, y entonces querrá ver a la princesa Myrcella... y a Ser Arys, su Hermano Juramentado. ¿Qué le diremos, Arianne? ¿Le explico que Oakheart pereció en un accidente de caza? ¿Que se cayó por unas escaleras? ¿O que Arys fue a nadar a los Jardines del Agua, resbaló en el mármol, se dio un golpe en la cabeza y se ahogó?

—No —replicó Arianne—. Dile que murió defendiendo a su princesita. Dile a Ser Balon que Estrellaoscura trató de matarla, pero Ser Arys se interpuso y le salvó la vida. Así deben morir los caballeros blancos de la Guardia Real: dando la vida por aquellos a los que habían jurado proteger. Puede que Ser Balon sospeche, igual que sospechaste tú cuando los Lannister mataron a tu hermana y a su hijo, pero no tendrá pruebas...

—Hasta que hable con Myrcella. ¿O también la niña debe sufrir un trágico accidente? Eso nos llevará a la guerra. Ninguna mentira salvará a Dorne de la ira de la Reina si su hija muere estando bajo mi protección.

«Me necesita —comprendió Arianne—. Por eso me ha convocado.»

—Yo podría decirle a Myrcella qué tiene que contar, pero ¿por qué?

La ira retorció el rostro de su padre.

—Te lo advierto, Arianne, se me está acabando la paciencia.

—¿Conmigo? —«Muy propio de él»—. Con Lord Tywin y con los Lannister siempre has tenido la paciencia de Baelor el Santo, pero no es lo mismo con la sangre de tu sangre.

—Confundes la paciencia con el autodominio. Llevo preparando la caída de Tywin Lannister desde el día en que me dijeron lo de Elia y sus hijos. Tenía la esperanza de arrebatarle todo lo que le era querido antes de matarlo, pero por lo visto, su hijo enano me ha privado de ese placer. En cierto modo me consuela saber que sufrió una muerte cruel a manos del monstruo que él mismo había engendrado. En fin, así han sido las cosas. Lord Tywin está aullando en el infierno... donde millares de hombres se reunirán con él si tu estupidez nos lleva a la guerra. —Su padre hizo una mueca, como si la sola palabra le causara dolor—. ¿Eso es lo que quieres?

La princesa se negó a dejarse acobardar.

—Quiero libertad para mis primas. Quiero venganza para mi tío. Quiero lo que me corresponde por derecho.

—¿Lo que te corresponde por derecho?

—Dorne.

—Dorne será tuyo cuando yo muera. ¿Tanto deseas librarte de mí?

—Eso te lo debería preguntar yo a ti, padre. Tú sí que llevas años intentando librarte de mí.

—No es verdad.

—¿No? ¿Se lo preguntamos a mi hermano?

—¿A Trystane?

—A Quentyn.

—¿Qué pasa con él?

—¿Dónde está?

—Con el ejército de Lord Yronwood, en el Sendahueso.

—Mientes bien, padre, lo reconozco. Ni siquiera has parpadeado. Quentyn ha ido a Lys.

—¿De dónde has sacado esa idea?

—Me lo ha dicho un amigo. —Ella también sabía guardar sus secretos.

—Tu amigo te ha mentido. Te doy mi palabra de que tu hermano no ha ido a Lys. Lo juro por el sol, por la lanza y por los Siete.

Arianne no estaba dispuesta a dejarse engañar con tanta facilidad.

—¿Adónde, entonces? ¿A Myr? ¿A Tyrosh? Sé que ha cruzado el mar Angosto y está contratando mercenarios para robarme lo que me corresponde por derecho.

—Tanta desconfianza te deshonra, Arianne. —Doran tenía el semblante sombrío—. Debería ser Quentyn el que conspirase contra mí. Lo envié lejos cuando no era nada más que un niño, demasiado pequeño para comprender las necesidades de Dorne. Anders Yronwood ha sido más padre suyo que yo, pero tu hermano sigue siendo leal y obediente.

—¿Por qué no? Lo prefieres a él; siempre lo has preferido. Se parece a ti, piensa como tú, y tienes intención de entregarle Dorne. No te molestes en negarlo. Se lo decías en la carta. —Aún tenía las palabras exactas grabadas a fuego en la memoria—. «Algún día ocuparás mi lugar y gobernarás sobre todo Dorne», eso le escribiste. Dime, padre, ¿cuándo decidiste desheredarme? ¿El día en que nació Quentyn, o fue el día en que nací yo? ¿Qué hice para que me odiaras tanto? —Se puso furiosa al sentir que se le llenaban los ojos de lágrimas.

—Nunca te he odiado. —El príncipe Doran apenas tenía un hilo de voz, cargada de dolor—. No lo entiendes, Arianne.

—¿Niegas haber escrito aquellas palabras?

—No. Quentyn se había marchado a Palosanto. Mi intención era que me sucediera, sí. Para ti tenía otros planes.

—Sí, claro —replicó con desprecio—. Menudos planes. Gyles Rosby, Ben Beesbury el Ciego, Grandison Barbagrís... Esos eran tus planes. —No le dio tiempo a replicar—. Ya sé que mi deber es darle un heredero a Dorne, nunca lo he olvidado. Me habría casado de buena gana, pero todos los hombres que me ofreciste eran un insulto. Era como si me escupieras con cada uno. Si alguna vez me tuviste el menor afecto, ¿por qué me ofreciste a Walder Frey?

—Porque sabía que lo rechazarías. Cuando llegaste a cierta edad tenía que aparentar que trataba de buscarte un consorte, pues de lo contrario habría suscitado sospechas, pero no me atrevía ofrecerte a ningún hombre que pudieras aceptar. Estabas prometida, Arianne.

«¿Prometida?» Se quedó mirándolo con incredulidad.

—¿A qué te refieres? ¿Es otra mentira? Nunca me dijiste...

—El pacto se selló en secreto. Quería decírtelo cuando crecieras un poco más, pensé que cuando fueras mayor de edad, pero...

—Tengo veintitrés años; hace siete que soy adulta.

—Lo sé. Si te he mantenido demasiado tiempo en la ignorancia ha sido para protegerte. Arianne, tu naturaleza... Para ti, un secreto es solo algo divertido de lo que hablar con Garin y Tyene en la cama por la noche. Garin es tan chismoso como solo pueden serlo los huérfanos, y Tyene se lo cuenta todo a Obara y a Lady Nym. Y si ellas se hubieran enterado... A Obara le gusta demasiado el vino, y Nym está demasiado allegada a las gemelas Fowler, y a saber en quién podrían confiar ellas. No podía correr el riesgo.

Arianne se sentía desconcertada, perdida.

«Prometida. Estaba prometida.»

—¿De quién se trata? ¿Con quién he estado prometida durante todos estos años?

—Ya no importa. Ha muerto.

Aquello la desconcertó más aún.

—Es que los ancianos son tan frágiles... ¿Qué ha sido? ¿Una cadera rota, un enfriamiento, la gota...?

—Un caldero de oro fundido. Los príncipes trazamos nuestros planes con el mayor esmero, y los dioses se divierten volviéndolos del revés. —El príncipe Doran hizo un gesto cansino con la hinchada mano roja—. Dorne será tuyo. Te doy mi palabra, si es que mi palabra significa algo para ti. A tu hermano Quentyn le espera un camino más duro.

—¿Qué camino? —Lo miró con desconfianza—. ¿Qué me estás ocultando? Los Siete me amparen, estoy harta de secretos. Cuéntamelo todo, padre, o nombra heredero a Quentyn y dile a Hotah que venga con el hacha, quiero morir al lado de mis primas.

—¿De verdad crees que les haría daño a las hijas de mi hermano? —Frunció el ceño—. A Obara, Nym y Tyene no les falta nada excepto la libertad, y Ellaria y sus hijas están felices, refugiadas en los Jardines del Agua. Dorea va por ahí arrancando naranjas de los árboles con su mangual, y Elia y Obella se han convertido en el terror de los estanques. —Suspiró—. No hace tanto tiempo que tú jugabas en esos estanques. Te subías a los hombros de una niña mayor... Una niña alta, con el pelo rubio muy fino...

—Jeyne Fowler, o su hermana Jennelyn. —Hacía muchos años que Arianne no recordaba aquello—. Ah, y Frynne, su padre era herrero. Tenía el pelo castaño. Pero mi favorito era Garin. Cuando me subía a los hombros de Garin, nadie nos podía derrotar, ni siquiera Nym y aquella niña tyroshi del pelo verde.

—La niña del pelo verde era la hija del arconte. Tenía que haberte enviado a Tyrosh en su lugar. Habrías servido como copera del arconte y habrías conocido en secreto a tu prometido, pero tu madre amenazó con hacer una locura si le arrebataba a otro de sus hijos. No quise herirla.

«Esta historia es cada vez más extraña.»

—¿Es ahí adonde ha ido Quentyn? ¿A Tyrosh, a cortejar a la hija del arconte?

Su padre cogió una pieza de *sitrang*.

—Tengo que saber cómo te has enterado de que Quentyn estaba fuera. Tu hermano ha emprendido un viaje largo y peligroso junto con Cletus Yronwood, el maestre Kedry y tres de los mejores caballeros jóvenes de Palosanto. Ha ido a traernos lo que más desea nuestro corazón.

—¿Qué es lo que más desea nuestro corazón? —preguntó Arianne, entrecerrando los ojos.

—Venganza. —Hablaba en voz baja, como si temiera que pudieran oírlo—. Justicia. —El príncipe Doran apretó el dragón de ónice con los dedos hinchados y gotosos, y susurró—: Fuego y sangre.

Alayne

Giró el aro de hierro y abrió la puerta, apenas una rendija.

—¿Robalito? —llamó—. ¿Puedo entrar?

—Tened cuidado, mi señora —le advirtió la vieja Gretchel al tiempo que se retorcía las manos—. Su señoría le ha tirado el orinal al maestre.

—Entonces ya no tiene nada que tirarme a mí. ¿No deberías estar trabajando? Y tú, Maddy. ¿Están cerrados todos los postigos? ¿Han cubierto todos los muebles?

—Todos, mi señora —dijo Maddy.

—Más vale que vayas a comprobarlo. —Alayne entró en el dormitorio a oscuras—. Soy yo, Robalito.

Alguien sorbió por la nariz en la oscuridad.

—¿Estás sola?

—Sí, mi señor.

—Pues acércate. Pero nada más que tú.

Alayne cerró la puerta a su paso. Era de roble macizo, de seis dedos de grosor. Maddy y Gretchel podían escuchar hasta hartarse: no oirían nada. Eso era lo que quería. Gretchel era capaz de guardar silencio, pero Maddy era una chismosa incurable.

—¿Te manda el maestre Colemon? —preguntó el niño.

—No —mintió ella—. Me he enterado de que mi Robalito estaba enfermo.

Tras su encuentro con el orinal, el maestre había acudido a Ser Lothor, y Brune, a su vez, a ella.

—Si mi señora puede convencerlo para que salga de la cama por las buenas, no tendré que sacarlo yo a rastras.

«No podemos llegar a eso», se dijo. Cuando Robert recibía un trato brusco corría el riesgo de sufrir un ataque de temblores.

—¿Tienes hambre, mi señor? —preguntó al pequeño—. ¿Quieres que mande a Maddy a buscar fresas con nata, o pan caliente con mantequilla?

Recordó demasiado tarde que no había pan caliente; las cocinas estaban cerradas, y los hornos, vacíos.

«Si sirve para sacar a Robert de la cama, vale la pena la molestia de encender un fuego», se dijo.

—No quiero comida —replicó el pequeño señor con voz atiplada y de fastidio—. Hoy me voy a quedar en la cama. Puedes leerme un cuento si quieres.

—Está demasiado oscuro, no se puede leer. —Con las gruesas cortinas cerradas, el dormitorio estaba negro como la noche—. ¿Es que mi Robalito se ha olvidado de qué día es hoy?

—No —replicó él—, pero no voy a ir. Quiero quedarme en la cama. Puedes leerme cosas del Caballero Alado.

El Caballero Alado era Ser Artys Arryn. Según la leyenda, había echado del Valle a los primeros hombres, y había subido a la cima de la Lanza del Gigante montado en un enorme halcón para matar al Rey Grifo. Había cientos de cuentos que narraban sus aventuras. El pequeño Robert se los sabía tan bien que habría podido recitarlos de memoria, pero le seguía gustando que se los leyeran.

—Tenemos que irnos, cariño —le dijo al pequeño—, pero te prometo que cuando lleguemos a las Puertas de la Luna, te leeré dos cuentos del Caballero Alado.

—Tres —replicó él al momento.

Se le ofreciera lo que se le ofreciera, Robert siempre quería más.

—Tres —accedió—. ¿Dejamos que entre un poco de sol?

—No. La luz me hace daño en los ojos. Ven a la cama, Alayne.

Pero ella se dirigió hacia la ventana, esquivando el orinal roto. Lo olía, más que verlo.

—No voy a abrir mucho las cortinas. Lo justo para ver la cara de mi Robalito.

—Vale. —El niño sorbió por la nariz.

Las cortinas eran de suave terciopelo azul. Apartó una, apenas una rendija, y la ató. Las motas de polvo bailaron en un haz de luz matinal. El vaho opacaba los cristales romboidales de la ventana. Alayne frotó uno con la mano, lo justo para ver el cielo azul despejado y el fulgor blanco en la ladera de la montaña. El Nido de Águilas estaba envuelto en un manto gélido; la punta de la Lanza del Gigante, enterrada en una vara de nieve.

Cuando se volvió, Robert Arryn se había incorporado contra los cojines y la miraba. «El señor del Nido de Águilas y Defensor del Valle.» Se tapaba de cintura para abajo con una manta de lana. De cintura para arriba iba desnudo: un niño pálido con el pelo largo como una muchachita. Robert tenía las piernas y los brazos largos y flacos, el pecho hundido y un poco de barriga, y los ojos siempre irritados y llorosos. «No puede evitar ser como es. Nació así, pequeño y enfermizo.»

—Esta mañana pareces muy fuerte, mi señor. —Le encantaba que le dijera lo fuerte que era—. ¿Les digo a Maddy y a Gretchel que te traigan agua caliente para la bañera? Maddy te frotará la espalda y te lavará el pelo; así viajarás limpio, como todo un gran señor. Qué bien, ¿verdad?

—No. Odio a Maddy. Tiene una verruga en el ojo, y me frota con tanta fuerza que me duele. Mi mami nunca me hacía daño cuando me frotaba.

—Le diré a Maddy que frote con más delicadeza a mi Robalito. Cuando estés limpito y fresco, ya verás como te sientes mucho mejor.

—He dicho que no quiero baño, me duele mucho.

—¿Te traigo un paño caliente para que te lo pongas en la frente? ¿O una copa de vino del sueño? Pero un poco, nada más. Mya Piedra está esperando en Cielo, y se ofenderá si te duermes encima de ella. Ya sabes cuánto te quiere.

—Pero yo no la quiero a ella. No es más que la chica de las mulas. —Robert sorbió por la nariz—. Anoche, el maestre Colemon me puso algo malo en la leche, lo noté en el sabor. Le dije que quería leche dulce y no me la dio. ¡Y eso que se lo ordené! Soy el señor, tiene que hacer lo que le diga. Nadie hace lo que digo.

—Hablaré con él —le prometió Alayne—, pero solo si sales de la cama. Hace un día precioso, Robalito. El sol brilla; es el día ideal para bajar por la montaña. Las mulas nos esperan en Cielo con Mya...

—Odio a esas mulas que huelen mal. —Al niño le temblaban los labios—. ¡Una vez, una intentó morderme! Dile a Mya que me voy a quedar aquí. —Parecía a punto de echarse a llorar—. Mientras esté aquí, nadie puede hacerme daño. El Nido de Águilas es inexpugnable.

—¿Quién iba a querer hacerle daño a mi Robalito? Tus señores y caballeros te adoran; el pueblo te aclama.

«Tiene miedo, y con razón», pensó. Desde la caída de su señora madre, el niño no se atrevía a asomarse ni a un balcón, y el descenso desde el Nido de Águilas hasta las Puertas de la Luna era tan peligroso que intimidaría a cualquiera. Alayne tenía el corazón en un puño cuando subió con Lady Lysa y Lord Petyr, y todo el mundo estaba de acuerdo en que el descenso era aún más angustioso, porque se iba todo el tiempo mirando hacia abajo. Mya hablaba de grandes señores y osados caballeros que habían palidecido y se habían orinado en los calzones en aquella montaña. «Y ellos no tenían la enfermedad de los temblores.»

Pero no servía de nada pensar en eso. En el fondo del valle, el otoño aún daba los últimos coletazos, cálido y dorado, pero el invierno reinaba ya en la cumbre de la montaña. Habían sufrido tres temporales de nieve, y uno de hielo que convirtió el castillo en cristal durante dos semanas. El Nido de Águilas era inexpugnable, pero también inaccesible, y cada día que pasara haría que el descenso resultara más difícil. La mayoría de los criados y soldados del castillo había bajado ya. Solo quedaba arriba una docena para atender a Lord Robert.

—El descenso va a ser muy divertido, Robalito, ya lo verás —le dijo con voz melosa—. Ser Lothor irá con nosotros, y Mya también. Sus mulas han subido y bajado por esta montaña un millar de veces.

—Odio las mulas —insistió—. Las mulas son malas. Ya te lo he dicho: cuando era pequeño, una intentó morderme.

Sabía que Robert nunca había aprendido a cabalgar. Le daban igual mulas que asnos o caballos; para él, todo eran bestias temibles, tan aterradoras como los grifos o los dragones. Había llegado al Valle a los seis años, con la cabeza escondida entre los pechos rebosantes de leche de su madre, y desde entonces no había salido del Nido de Águilas.

Pero tenían que marcharse antes de que el hielo cerrara el acceso al castillo. No había manera de predecir cuánto duraría aquel clima.

—Mya no dejará que las mulas te muerdan —le dijo Alayne—, y yo iré justo detrás de ti. Solo soy una niña; no tengo tu fuerza ni tu valor. Si yo puedo hacerlo, tú también, Robalito.

—Puedo hacerlo —replicó Lord Robert—, pero no me da la gana. —Se limpió los mocos con el dorso de la mano—. Dile a Mya que me voy a quedar en la cama. A lo mejor bajo mañana, si me encuentro mejor. Hoy hace demasiado frío y me duele la cabeza. Tú también puedes beber leche dulce, y le diré a Gretchel que nos traiga colmenas. Podemos dormir y jugar, y darnos besos, y tú puedes leerme cuentos del Caballero Alado.

—Te leeré. Tres cuentos, como te he prometido... cuando lleguemos a las Puertas de la Luna. —A Alayne se le estaba agotando la paciencia. «Tenemos que ponernos en marcha, o todavía estaremos en la zona nevada cuando empiece a ponerse el sol»—. Lord Nestor ha preparado un banquete para daros la bienvenida: sopa de champiñones, venado y pastelillos. No querrás que se lleve una decepción, ¿verdad?

—¿Pastelillos de limón?

A Lord Robert le encantaban los pastelillos de limón, tal vez porque eran los favoritos de Alayne.

—Pastelillos de limón con limón y limón —le aseguró—. Podrás comerte todos los que quieras.

—¿Cien? —preguntó—. ¿Puedo comerme cien?

—Si quieres, sí. —Se sentó en la cama y le acarició el cabello largo, fino. «Tiene un pelo muy bonito.» La propia Lady Lysa se lo cepillaba todas las noches y se lo cortaba cuando era necesario. Después de que cayera, Robert empezó a sufrir ataques espantosos cada vez que se le acercaba alguien con una navaja, de modo que Petyr había ordenado que le dejaran crecer el pelo. Alayne se enrolló un mechón en torno a un dedo—. Bueno, ¿sales de la cama para que podamos vestirte?

—¡Quiero cien pastelillos de limón y cinco cuentos!

«Lo que tendría que darte son cien azotainas y cinco bofetones. Si estuviera Petyr, no te atreverías a portarte así.» El pequeño señor había desarrollado un saludable temor hacia su padrastro. Alayne se obligó a sonreír.

—Como quiera mi señor. Pero nada de nada hasta que te laves, te vistas y nos pongamos en marcha. Vamos, que se nos pasa la mañana.

Lo cogió de la mano con firmeza y lo sacó de la cama, pero antes de que pudiera llamar a los criados, el niño le echó al cuello los brazos flacos y la besó. Fue un beso infantil, torpe. Todo lo que hacía Robert Arryn era torpe.

«Si cierro los ojos, puedo imaginar que es el Caballero de las Flores.»

En cierta ocasión, Ser Loras le había regalado una rosa roja a Sansa Stark, pero nunca la había besado. Y desde luego, ningún Tyrell besaría jamás a Alayne Piedra. Por hermosa que fuera, había nacido fuera del matrimonio.

Cuando los labios del niño rozaron los suyos, no pudo evitar recordar otro beso. Todavía sentía aquella boca cruel que presionaba la suya. Había ido a buscar a Sansa en la oscuridad, mientras el fuego verde iluminaba el cielo.

«Me robó una canción y un beso, y solo me dejó una capa ensangrentada.»

No importaba. Aquel día había quedado atrás, igual que Sansa. Alayne se apartó del pequeño señor.

—Ya basta. Si mantienes tu palabra, podrás darme otro beso cuando lleguemos a las Puertas.

Maddy y Gretchel aguardaban en el pasillo con el maestre Colemon. El maestre se había lavado el pelo para quitarse los excrementos y se había cambiado de túnica. Los escuderos de Robert también se habían presentado allí. Era como si Terrance y Gyles pudieran oler los problemas.

—Lord Robert se siente mejor —les dijo Alayne a las criadas—. Traed agua caliente para que se bañe, pero cuidado, no vayáis a quemarlo. Y no le tiréis del pelo cuando se lo desenredéis; no lo soporta. —Un escudero soltó una risita, que Alayne cortó en seco—. Terrance, saca la ropa de montar del señor, y también su capa más abrigada. Gyles, tú recoge el orinal roto y límpialo todo.

—No soy una fregona. —protestó Gyles Grafton, frunciendo el ceño.

—Obedece a Lady Alayne o se lo diré a Lothor Brune —le dijo el maestre Colemon. La siguió por el pasillo y bajó con ella por la escalera de caracol. —Agradezco vuestra intervención, mi señora. Tenéis buena mano con el niño. —Titubeó—. Mientras estabais con él, ¿habéis visto si tenía temblores?

—Cuando le he dado la mano, los dedos le temblaban un poco, pero nada más. Dice que le pusisteis algo malo en la leche.

—¿Malo? —Colemon la miró, y la nuez se movió arriba y abajo en su garganta—. Solo era... ¿Le sangraba la nariz?

—No.

—Bien. Eso es bueno. —La cadena le tintineó cuando movió la cabeza; tenía un cuello ridículamente largo y flaco—. En cuanto al descenso... Tal vez sería mejor que le prepararse un bebedizo con la leche de la amapola, mi señora. Mya Piedra puede atarlo al lomo de la mejor de sus mulas, y bajaría adormilado.

—El señor del Nido de Águilas no puede bajar de su montaña atado como un saco de cebada.

Aquello lo tenía bien claro. Su padre le había explicado que no podían permitir que la fragilidad y la cobardía de Robert fueran del dominio público.

«Ojalá estuviera aquí. Él sabría qué hacer.»

Pero Petyr Baelish estaba en la otra punta del Valle, donde asistía a la boda de Lord Lyonel Corbray. A sus cuarenta y tantos años, viudo y sin hijos, Lord Lyonel iba a casarse con la robusta hija de dieciséis años de un rico mercader de Puerto Gaviota. El propio Petyr había negociado el compromiso. Se decía que la dote de la novia era asombrosa; tenía que serlo, ya que no era de noble cuna. Los vasallos de Corbray estarían presentes, así como los lores Waxley, Grafton y Lynderly, otros señores menores y caballeros hacendados... y Lord Belmore, que hacía poco se había reconciliado con su padre. No se esperaba la asistencia de los otros Señores Recusadores, de modo que la presencia de Petyr era esencial.

Alayne lo comprendía, pero aquello significaba que la carga de llevar a Robalito al pie de la montaña sano y salvo recaía sobre ella.

—Dadle al señor un vaso de leche dulce —le dijo al maestre—. Así no temblará durante el descenso.

—Ya tomó un vaso hace menos de tres días —protestó el maestre Colemon.

—Y anoche quería otro, pero no se lo disteis.

—Era demasiado pronto. No lo entendéis, mi señora. Ya se lo dije al Lord Protector: una pizca de sueñodulce evita los temblores, pero no sale del cuerpo, y con el tiempo...

—El tiempo será lo de menos si el señor sufre un ataque y se cae por la montaña. Si mi padre estuviera aquí, os diría que hay que mantener tranquilo a Lord Robert a toda costa.

—Ya lo intento, mi señora, pero los ataques son cada vez más violentos, y tiene la sangre tan liviana que no me atrevo a sangrarlo. Sueñodulce... ¿Estáis segura de que no le sangraba la nariz?

—Sorbía mucho —reconoció Alayne—, pero no le salía sangre.

—Tengo que hablar con el Lord Protector. Ese banquete... No sé si es buena idea, después de la tensión del descenso.

—No será un gran banquete —lo tranquilizó—. Habrá menos de cuarenta invitados. Lord Nestor y su gente, el Caballero de la Puerta, unos cuantos señores menores y sus criados...

—Ya sabéis que a Lord Robert no le gustan los desconocidos. La gente beberá demasiado, habrá ruido... Y habrá música. La música le da miedo.

—La música lo tranquiliza —lo corrigió—, sobre todo si es de arpa. Lo que no soporta es oír cantar, desde que Marillion mató a su madre. —Alayne había contado aquella mentira tantas veces que ya le parecía recordar así lo ocurrido; lo otro era como una pesadilla que a veces la agitaba en sueños—. Lord Nestor no permitirá que haya bardos en el festín; solo flautas y violines para el baile.

¿Qué haría ella cuando empezara a sonar la música? Era una pregunta exasperante para la que su corazón tenía una respuesta, y su cabeza, otra. A Sansa le encantaba bailar, pero Alayne...

—Dadle una copa de leche dulce antes de que nos pongamos en marcha y otra en el banquete, y no habrá problemas.

—Muy bien. —Se detuvo al pie de las escaleras—. Pero serán las últimas. Durante medio año o más.

—Eso será mejor que lo habléis con el Lord Protector.

Abrió la puerta y cruzó el patio. Alayne sabía que Colemon solo quería lo mejor para su protegido, pero lo mejor para Robert el niño no siempre coincidía con lo mejor para Lord Arryn. Eso había dicho Petyr, y tenía razón.

«Pero el maestre Colemon se preocupa solo por el niño. En cambio, mi padre y yo tenemos que considerar más cosas.»

La nieve cubría el patio; de las torres y las terrazas colgaban carámbanos como lanzas de cristal. El Nido de Águilas se había construido con hermosas piedras blancas, y el manto del invierno lo hacía más blanco todavía.

«Es hermoso —pensó Alayne—. E inexpugnable.»

Por mucho que lo intentaba, no conseguía encariñarse con aquel lugar. El castillo ya parecía desierto como una tumba antes de que los guardias y criados bajaran de la montaña, y era aún peor cuando Petyr Baelish se ausentaba. Allí no cantaba nadie desde la muerte de Marillion. Nadie se reía con demasiada fuerza. Hasta los dioses guardaban silencio. El Nido de Águilas tenía un septo, pero sin septón; un bosque de dioses, pero sin árbol corazón.

«Aquí no obtienen respuesta las plegarias», pensaba a menudo, aunque en ocasiones se sentía tan sola que no podía por menos que intentarlo.

La única contestación era el viento, que suspiraba incesante en torno a las siete esbeltas torres blancas y hacía rechinar la Puerta de la Luna con sus ráfagas.

«Y será mucho peor en invierno —pensó—. En invierno, esto se convertirá en una prisión blanca y fría.»

Pero la perspectiva de salir de allí le daba casi tanto miedo como a Robert. Solo que ella lo disimulaba mejor. Su padre decía que sentir miedo no tenía nada de malo; lo malo era demostrarlo.

—Todo el mundo vive con miedo —le aseguraba.

Alayne no terminaba de creérselo. Petyr Baelish no le tenía miedo a nada.

«Solo lo dice para que sea valiente. —Iba a tener que ser muy valiente cuando llegaran abajo, donde el riesgo de que la desenmascarasen sería muy superior. Los amigos de Petyr le habían enviado noticias: la reina había puesto a sus hombres a buscar al Gnomo y a Sansa Stark—. Si me descubren, me cortarán la cabeza —se recordó mientras bajaba por un tramo de peldaños de piedra helada—. Tengo que ser Alayne todo el tiempo, por dentro y por fuera.»

Lothor Brune estaba en la sala del montacargas, ayudando al carcelero Mord y a dos criados a meter arcones de ropa y fardos de tejidos en seis gigantescos barriles de roble, tan grandes que cada uno podría haber alojado a tres hombres. Los enormes montacargas ofrecían la manera más fácil de llegar a Cielo, el castillo de paso, doscientas varas más abajo. Si no, había que bajar por la chimenea natural de piedra.

«O por donde bajó Marillion; por donde bajó Lady Lysa.»

—¿Ha salido ya de la cama? —preguntó Ser Lothor.

—Están bañándolo. Estará preparado en una hora.

—Más vale. Mya no nos esperará más allá de mediodía. —La sala del montacargas no tenía chimenea, de modo que su aliento se condensaba con cada palabra.

—Claro que nos esperara —respondió Alayne—. Debe esperarnos.

—No estéis tan segura, mi señora. Esa chica es medio mula ella también. Nos dejaría morir de hambre antes de poner en peligro a sus animales. —Sonreía mientras lo decía.

«Siempre sonríe al hablar de Mya Piedra.»

Mya era mucho más joven que Ser Lothor, pero mientras negociaba el matrimonio entre Lord Corbray y la hija del mercader, su padre le había dicho que las muchachas jóvenes siempre eran más felices con hombres de cierta edad.

—La inocencia y la experiencia forman el matrimonio perfecto —le aseguró.

Alayne se preguntó qué vería Mya en Ser Lothor. Con la nariz aplastada, la mandíbula cuadrada y la mata de pelo lanudo y canoso, no se podía decir que Brune fuera atractivo, aunque tampoco era feo.

«Tiene un rostro vulgar, pero honrado.» Había sido armado caballero, pero era de origen muy humilde. Una noche le había dicho que era pariente de los Brune de Vallepardo, una antigua familia de caballeros de Punta Zarpa Rota.

—Cuando murió mi padre acudí a ellos —le confesó—, pero se cagaron en mí y me dijeron que no era de su sangre.

Nunca hablaba de lo que había sucedido después, excepto para decir que todo lo que sabía de armas lo había aprendido de la forma difícil. Cuando estaba sobrio era tranquilo, pero fuerte.

«Y Petyr dice que es leal. Confía en él tanto como en el que más. Brune es un buen partido para una muchacha bastarda como Mya Piedra. Sería diferente si su padre la hubiera reconocido, pero no fue así. Y además, Maddy dice que no es doncella.»

Mord cogió el látigo y lo hizo restallar, y la primera yunta de bueyes se puso en marcha para describir un círculo en torno al cabestrante. La cadena empezó a desenroscarse chirriando contra la piedra; el barril de roble se meció para emprender el largo descenso hacia Cielo.

«Pobres bueyes», pensó Alayne.

Cuando todos se marcharan, Mord los degollaría, los carnearía y se los dejaría a los halcones. Lo que quedara cuando volviera a abrirse el Nido de Águilas, si no se había estropeado, se asaría para el banquete de primavera. La vieja Gretchel aseguraba que un buen trozo de carne congelada auguraba un verano de abundancia.

—Más vale que lo sepáis, mi señora —dijo Lothor—. Mya no ha subido sola. La acompaña Lady Myranda.

—Ah.

«¿Para qué habrá subido? ¿Solo para volver a bajar?»

Myranda Royce era hija de Lord Nestor. Cuando Sansa había estado en las Puertas de la Luna, antes de subir al Nido de Águilas con su tía Lysa y Lord Petyr, Myranda se encontraba fuera, pero desde entonces, Alayne había oído hablar mucho de ella a los soldados y criadas del castillo. Su madre había muerto hacía mucho, de modo que Lady Myranda se encargaba del castillo de su padre; según se rumoreaba, cuando ella estaba allí, la corte era mucho más animada.

—Más tarde o más temprano tendrás que conocer a Myranda Royce —le advirtió Petyr en cierta ocasión—. Cuando llegue el momento, ten cuidado. Le gusta hacerse pasar por una locuela, pero en realidad es más astuta que su padre. Vigila tus palabras cuando estés con ella.

«Tendré cuidado —pensó—, pero no sabía que iba a ser tan pronto.»

—Robert estará encantado. —Al niño le caía bien Myranda Royce—. Disculpadme ahora, ser. Tengo que terminar de recoger mis cosas.

Subió a su habitación por última vez. Las ventanas estaban selladas; los postigos, cerrados; los muebles, cubiertos. Ya se habían llevado parte de sus cosas, el resto estaba guardado. Todas las sedas y brocados de Lady Lysa se quedarían allí, junto con los linos más puros, los terciopelos más suaves, los intrincados bordados y el encaje de Myr. Todo lo dejaría en el Nido de Águilas. Abajo, Alayne debía vestir con modestia, como correspondía a una niña de su condición.

«No importa —se dijo—. Las mejores prendas no me atrevo a ponérmelas ni siquiera aquí.»

Gretchel había guardado la ropa de cama, y encima estaba el resto de su vestuario. Alayne ya llevaba medias de lana bajo las faldas, y dos mudas de ropa interior. Se puso una sobretúnica de lana de cordero y una capa de piel, que se cerró con un sinsonte esmaltado, regalo de Petyr. También tenía una bufanda y un par de guantes con forro de piel, a juego con las botas de montar. Cuando se lo puso todo, se sintió más gruesa y peluda que un cachorro de oso.

«Me alegraré de ir así cuando estemos en la montaña —tuvo que recordarse. Echó un último vistazo a la habitación antes de partir—. Aquí he estado a salvo, pero abajo...»

Cuando Alayne volvió a la sala del cabrestante se encontró a Mya Piedra, que aguardaba impaciente con Lothor Brune y con Mord.

«Ha debido de subir en el cubo, a ver por qué tardamos tanto.»

Delgada y nervuda, Mya parecía tan dura como las viejas prendas de montar que llevaba bajo la cota de malla plateada. Tenía el pelo negro como el ala de un cuervo, tan corto y encrespado que Alayne sospechaba que se lo cortaba con un puñal. Los ojos de Mya, grandes y azules, eran su rasgo más bello.

«Sería bonita si se vistiera como una chica.»

Alayne no sabía si a Ser Lothor le gustaba más con las prendas de cuero y la cota de malla o si soñaba con verla vestida con sedas y encajes. Mya decía que su padre era una cabra y su madre una lechuza, pero Maddy le había explicado la verdad a Alayne.

«Sí —pensó mientras la miraba—, tiene sus ojos, y también su pelo, el mismo pelo negro y espeso que compartía con Renly.»

—¿Dónde está? —preguntó la muchacha bastarda.

—Están bañando y vistiendo al señor.

—Pues más vale que se den prisa. Por si no lo notáis, cada vez hace más frío. Hemos de estar por debajo de Nieve antes de que se ponga el sol.

—¿Qué tal el viento? —preguntó Alayne.

—Podría ser peor. Y lo será cuando oscurezca. —Mya se apartó un mechón de pelo de los ojos—. Como siga bañándose mucho rato más, nos quedaremos atrapados aquí todo el invierno y nos tendremos que devorar entre nosotros.

Alayne no supo qué decir. Por suerte, la llegada de Robert Arryn la salvó. El pequeño señor vestía ropajes de terciopelo azul celeste, una cadena de oro y zafiros, y una capa de piel de oso blanco. Cada uno de sus escuderos la sostenía por una esquina para evitar que la arrastrara. El maestre Colemon los acompañaba con una capa gris raída con ribete de piel de ardilla. Gretchel y Maddy los seguían de cerca.

Cuando sintió el viento frío en la cara, Robert lanzó un aullido, pero Terrance y Gyles estaban detrás de él, así que no podía escapar.

—¿Queréis bajar conmigo, mi señor? —preguntó Mya.

«Demasiado brusca —pensó Alayne—. Tendría que haberlo recibido con una sonrisa, y haberle dicho lo fuerte y valiente que parece.»

—Iré con Alayne —replicó Lord Robert—. Solo bajaré con ella.

—En el cubo cabemos los tres.

—Quiero ir solo con Alayne. Tú hueles mal, como una mula.

—Como queráis. —El rostro de Mya no reflejaba emoción alguna.

Algunas cadenas del cabestrante tenían cestos de mimbre; otras, recios cubos de roble. El mayor era más alto que Alayne, con refuerzos de hierro en torno a las duelas oscuras. Aun así, tenía el corazón en un puño cuando le dio la mano a Robert para ayudarlo a entrar. Luego cerraron la escotilla a sus espaldas, y la madera los rodeó por todas partes. Lo único que quedaba al descubierto era la parte superior.

«Mejor —se dijo—, así no podemos mirar hacia abajo.»

Abajo solo había Cielo y cielo. Doscientas varas de cielo. Durante un momento no pudo evitar preguntarse cuánto había tardado su tía en caer, cuál había sido su último pensamiento cuando llegó a la ladera de la montaña.

«No, no puedo pensar en eso. ¡No puedo pensar en eso!»

—¡VA! —oyeron gritar a Ser Lothor.

Empujaron el cubo con fuerza. Se meció, se balanceó, se arrastró por el suelo y, por último, quedó colgado. Alayne oyó el restallido del látigo de Mord y el traqueteo de la cadena. Empezaron a bajar, al principio a trompicones, luego con un movimiento más fluido. Robert estaba muy pálido y tenía los ojos hinchados, pero no le temblaban las manos.

El Nido de Águilas fue menguando por encima de ellos. Las celdas del cielo hacían que el castillo, visto desde abajo, pareciera una especie de colmena.

«Una colmena de hielo —pensó Alayne—. Un castillo de nieve.»

Se oía el sonido del viento que gemía en torno al cubo.

Treinta varas más abajo, una ráfaga repentina los sacudió. El cubo se balanceó, giró en el aire y chocó con fuerza contra la pared rocosa. Les cayeron encima trozos de hielo y nieve; el roble crujió. Robert dejó escapar un grito, se aferró a ella y enterró el rostro entre sus pechos.

—Qué valiente es mi señor —dijo Alayne cuando lo sintió temblar—. Tengo tanto miedo que casi no puedo hablar, pero tú no.

Lo notó asentir.

—El Caballero Alado era valeroso, así que yo también —alardeó contra su corpiño—. Soy un Arryn.

—¿Te importaría abrazarme con fuerza, Robalito? —preguntó, aunque ya la tenía aferrada de tal manera que casi no la dejaba respirar.

—Como quieras —le susurró.

Y así, agarrados, continuaron el descenso hacia Cielo.

«Decir que esto es un castillo es como decir que el charco del suelo del retrete es un lago», pensó Alayne cuando se abrió el cubo para que pudieran bajarse dentro de la edificación.

Cielo era apenas una muralla semicircular de piedras viejas sin argamasa, en torno a un saliente rocoso y la entrada de una cueva. Dentro había almacenes y establos, una sala alargada natural, y los asideros tallados en la roca que permitían subir al Nido de Águilas. Fuera, el suelo estaba cubierto de rocas y piedras rotas. Unas rampas de tierra daban acceso a la muralla. Arriba, a doscientas varas, el Nido de Águilas era tan pequeño que lo podía tapar con una mano, pero mucho más abajo, el Valle se extendía verde y dorado.

Dentro del castillo de paso los esperaban veinte mulas, junto con sus cuidadores y Lady Myranda Royce. La hija de Lord Nestor era bajita, carnosa, de la misma edad que Mya Piedra; pero mientras Mya era esbelta y nervuda, Myranda era de carnes tiernas y olor dulce, con las caderas anchas, la cintura gruesa y un busto generoso. Los espesos rizos castaños enmarcaban unas mejillas redondas y rojas, una boca pequeña y unos vivarachos ojos marrones. Cuando Robert se bajó del cubo, ella se arrodilló en la nieve para besarle la mano y las mejillas.

—¡Pero qué grande estáis, mi señor! —exclamó.

—¿Verdad? —respondió Robert, satisfecho.

—Pronto seréis más alto que yo —mintió la dama. Se puso en pie y se sacudió la nieve de las faldas—. Y vos debéis de ser la hija del Lord Protector —añadió mientras el cubo se mecía hacia el Nido de Águilas—. Me habían dicho que erais hermosa. Ya veo que es cierto.

Alayne hizo una reverencia.

—Mi señora es muy bondadosa.

—¿Bondadosa? —La joven se echó a reír—. Eso sería de lo más aburrido. Aspiro a ser malévola. Por el camino me tenéis que contar todos vuestros secretos. ¿Puedo llamaros Alayne?

—Como queráis, mi señora.

«Pero no me sacaréis ningún secreto.»

—Soy *mi señora* en las Puertas, pero aquí en la montaña me puedes llamar Randa. ¿Cuántos años tienes, Alayne?

—C-catorce, mi señora.

Había decidido que Alayne Piedra debía ser mayor que Sansa Stark.

—Randa. Me siento como si hubieran pasado cien años desde que yo tenía catorce. Qué inocente era. ¿Todavía eres inocente, Alayne?

Ella se sonrojó.

—No deberíais... Sí, claro.

—¿Te reservas para Lord Robert? —bromeó Lady Myranda—. ¿O hay algún ardoroso escudero que sueña con tus favores?

—No —respondió Alayne.

—Es mi amiga —intervino Robert—. No puede ir con Terrance ni con Gyles.

Ya había llegado un segundo cubo, que fue a detenerse encima de un montón de nieve helada. De él salieron el maestre Colemon y los escuderos Terrance y Gyles. En el siguiente llegaron Maddy y Gretchel, que iban con Mya Piedra. La joven bastarda se puso enseguida al mando.

—Será mejor que no nos amontonemos tan arriba en la montaña —les dijo a los otros muleros—. Yo me llevo a Lord Robert y a sus acompañantes. Ossy, tú baja con Ser Lothor y con los demás, pero dame una hora de ventaja. Zanahoria, tú te encargas de los arcones y las cajas. —Se volvió hacia Robert Arryn con el pelo negro agitado por el viento—. ¿Qué mula queréis montar, mi señor?

—Todas huelen mal. Me quedo con la gris, la de la oreja mordida. Quiero que Alayne vaya a mi lado. Y Myranda también.

—Solo donde lo permita el ancho del camino. Vamos, mi señor, os ayudaré a montar. El aire huele a nieve.

Tardaron media hora más en prepararse para partir. Cuando todos estuvieron montados, Mya Piedra gritó una orden, y dos soldados de Cielo abrieron las puertas. Mya encabezaba la marcha, seguida por Lord Robert, envuelto en su capa de piel de oso. Detrás iban Alayne y Myranda Royce; luego, Gretchel y Maddy, y después, Terrance Lynderly y Gyles Grafton. El maestre Colemon cerraba la comitiva, tirando de una segunda mula cargada con sus arcones de hierbas y pócimas.

Al otro lado de la muralla, el viento soplaba con mucha más fuerza. Allí se encontraban por encima de la línea de los árboles, expuestos a los elementos. Alayne se alegró de haberse puesto prendas tan abrigadas. La capa aleteaba con estrépito a su espalda, y una ráfaga repentina le quitó la capucha. Se echó a reír, pero unos pasos más adelante, Lord Robert se estremeció.

—Hace demasiado frío —dijo—. Tenemos que volver y esperar a que haga más calor.

—En el valle hará más calor —le aseguró Mya—. Ya lo veréis cuando lleguemos.

—No quiero verlo —dijo Robert, pero Mya no le prestó atención.

El camino era una retorcida hilera de peldaños de piedra tallados en la ladera de la montaña, pero las mulas lo conocían al dedillo.

«Por suerte», pensó Alayne.

De cuando en cuando, la piedra estaba agrietada por la tensión de incontables estaciones, con todas sus heladas y deshielos. A los lados del sendero había montones de nieve, de un blanco cegador. El sol brillaba, el cielo estaba azul, y los halcones que remontaban los vientos volaban en círculos por encima de ellos.

Allí arriba, donde la ladera era más empinada, los peldaños iban en zigzag y no en línea recta.

«Sansa Stark subió por la montaña, pero quien baja es Alayne Piedra.»

Era una sensación muy extraña. Recordó que durante el ascenso, Mya le había advertido que no apartara los ojos del camino.

—Mirad hacia arriba, no hacia abajo —fueron sus palabras.

Pero en el descenso no era posible.

«Podría cerrar los ojos. La mula se sabe el camino, no me necesita.»

Pero eso habría sido propio de Sansa, de aquella niña asustadiza. Alayne era una mujer, mayor, con el valor de los bastardos.

Al principio montaban en fila, pero más adelante, el sendero se ensanchaba un poco y podían cabalgar hombro con hombro, y Myranda Royce se situó a su lado.

—Hemos recibido una carta de vuestro padre —le dijo en tono tan desenvuelto como si estuvieran sentadas bordando con su septa—. Dice que ya está aquí y que espera ver pronto a su querida hija. Nos escribe que Lyonel Corbray parece muy satisfecho con su reciente esposa, y aún más con su dote. Espero sinceramente que recuerde con cuál de las dos tiene que acostarse. Cuenta también que, para asombro de todos, Lady Waynwood se presentó en el banquete nupcial con el Caballero de Nuevestrellas.

—¿Anya Waynwood? ¿De verdad? —Por lo visto, el número de Señores Recusadores se había visto reducido de seis a tres. El día en que se fueron de la montaña, Petyr Baelish albergaba la esperanza de ganar para su bando a Symond Templeton, pero no a Lady Waynwood—. ¿Algo más? —le preguntó. El Nido de Águilas era un lugar tan solitario que agradecía cualquier noticia del mundo exterior, por trivial o insignificante que fuera.

—No, de vuestro padre no, pero hemos recibido otros pájaros. La guerra sigue en todas partes menos aquí. Aguasdulces se ha rendido, pero Rocadragón y Bastión de Tormentas aún apoyan a Lord Stannis.

—¡Qué sabia fue Lady Lysa al mantenernos al margen!

Myranda le dedicó una sonrisita traviesa.

—Sí, esa gran dama era la esencia misma de la sabiduría. —Se acomodó en la silla—. ¿Por qué serán tan huesudas estas mulas? ¿Por qué tendrán tan mal genio? Mya no les da suficiente comida. Sería más cómodo montar en una buena mula gorda. ¿Sabías que hay un nuevo Septón Supremo? Ah, y la Guardia de la Noche tiene como comandante a un niño, el hijo bastardo de Eddard Stark.

—¿Jon Nieve? —se le escapó, sorprendida.

—¿Nieve? Pues sí, será un Nieve, me imagino.

Hacía siglos que no pensaba en Jon. Solo eran hermanos por parte de padre, pero Robb, Bran y Rickon habían muerto; Jon Nieve era el único que le quedaba.

«Y ahora yo también soy bastarda, igual que él. Oh, cómo me gustaría volver a verlo, aunque fuera solo una vez.»

Pero, por supuesto, eso no era posible. Alayne Piedra no tenía hermanos, legítimos ni ilegítimos.

—Nuestro primo Yohn Bronce organizó un combate de todos contra todos en Piedra de las Runas —continuó Myranda Royce, ajena a sus pensamientos—. De poca monta, solo para escuderos. Era para que Harry el Heredero ganara los honores, y así fue.

—¿Harry el Heredero?

—El pupilo de Lady Waynwood. Harrold Hardyng. Bueno, aunque ahora lo tendremos que llamar Ser Harry. Yohn Bronce lo ha armado caballero.

—Oh. —Alayne estaba sorprendida. ¿Por qué el pupilo iba a ser el heredero de Lady Waynwood? Tenía hijos de su propia sangre. Uno de ellos era Ser Donnel, el Caballero de la Puerta de la Sangre. Pero no quería parecer ignorante—. Recemos por que sea un buen caballero —se limitó a decir.

—Recemos para que coja las viruelas —dijo Lady Myranda con un bufido—. Ya tiene una hija bastarda con una aldeana, ¿lo sabías? Mi señor padre quiso casarme con Harry, pero Lady Waynwood se negó en redondo. No sé qué fue lo que no le gustó, si mi dote o yo. —Dejó escapar un suspiro—. Pero es verdad que necesito otro marido. Ya tuve uno, pero lo maté.

—¿Qué? —se escandalizó Alayne.

—Oh, sí. Murió encima de mí. Dentro de mí, para ser exactos. Supongo que sabrás qué pasa en el lecho nupcial, ¿no?

Pensó en Tyrion, y en el Perro, en cómo la había besado, y asintió.

—Debió de ser espantoso, mi señora. Que muriera. Así, quiero decir, mientras... Mientras...

—¿Mientras me follaba? —Se encogió de hombros—. Desde luego, fue desconcertante. Y descortés, claro. Ni siquiera tuvo el detalle de sembrarme un hijo. Los viejos tienen una semilla muy débil. Y aquí me tienes, viuda y casi sin usar. A Harry le podía haber tocado alguien mucho peor. Y aún le tocará. Seguro que Lady Waynwood lo casa con alguna de sus nietas, o con una nieta de Yohn Bronce.

—Sin duda será como decís, mi señora —dijo Alayne recordando la advertencia de Petyr.

—Randa. Venga, a ver cómo lo dices. Ran-da.

—Randa.

—Eso está mucho mejor. Me temo que te debo una disculpa, Alayne. Vas a pensar que soy una ramera, pero me acosté con aquel muchacho tan guapo, con Marillion. No sabía que fuera un monstruo. Cantaba tan bien... y hacía maravillas con los dedos. Nunca me lo habría llevado a la cama si hubiera sabido que iba a empujar a Lady Lysa por la Puerta de la Luna. Por norma general, no me acuesto con monstruos. —Examinó la cara y el torso de Alayne—. Eres más guapa que yo, pero yo tengo las tetas más grandes. Los maestres dicen que los pechos grandes no dan más leche que los pequeños, pero yo no me lo creo. ¿Alguna vez has visto a algún ama de cría con las tetas pequeñas? Las tuyas están bien de tamaño para tu edad, pero como son tetas de bastarda, no me preocuparé por ellas. —Myranda se acercó más con su mula—. Supongo que sabrás que nuestra Mya no es doncella.

Lo sabía. Maddy la Gorda se lo había susurrado una vez, cuando Mya fue a llevarles provisiones.

—Me lo dijo Maddy.

—Quién si no. Tiene la boca tan grande como los muslos, y sus muslos son enormes. Fue con Mychel Redfort. Era el escudero de Lyn Corbray. Un escudero de verdad, no como ese patán que tiene Ser Lyn ahora. Se dice que si ha aceptado a ese, ha sido por dinero. Mychel era el mejor espada joven del Valle, y tan galante... O eso creía la pobre Mya, hasta que él se casó con una hija de Yohn Bronce. Estoy segura de que Lord Horton no le dejó elección, pero aun así, fue muy cruel con Mya.

—Ser Lothor le tiene mucho cariño. —Alayne miró en dirección a la mulera, que iba veinte pasos por delante de ellas—. O más que cariño.

—¿Lothor Brune? —Myranda arqueó una ceja—. ¿Y ella lo sabe? —No esperó la respuesta—. Pobre hombre, no tiene la menor posibilidad. Mi padre trató de concertarle un matrimonio a Mya, pero no acepta a nadie. Es medio mula.

Alayne no pudo evitar una corriente de simpatía hacia su acompañante. Desde la pobre Jeyne Poole no había tenido una amiga con la que intercambiar chismorreos.

—¿Crees que a Ser Lothor le gusta tal como va, con ropa de cuero y cota de malla? —le preguntó a la joven que tanto parecía saber de la vida—. ¿O sueña con verla envuelta en sedas y terciopelos?

—Es un hombre. Sueña con verla desnuda.

«Quiere que me sonroje otra vez.»

—Te pones de un rosa muy bonito. —Fue como si Lady Myranda le leyera el pensamiento—. Cuando yo me sonrojo parezco una manzana. Pero claro, hace años que no me sonrojo. —Se acercó más a ella—. ¿Sabes si tu padre planea volver a casarse?

—¿Mi padre? —Alayne no se había parado a pensarlo. La sola idea la hacía estremecer. Sin que pudiera evitarlo, le acudió a la mente la expresión de Lysa Arryn cuando cayó por la Puerta de la Luna.

—Todos sabemos con cuánta devoción amaba a Lady Lysa —dijo Myranda—, pero no puede llorarla eternamente. Necesita una esposa joven y guapa que lo ayude a superar el dolor. Supongo que puede elegir entre la mitad de las doncellas nobles del Valle, porque ¿qué mejor esposo puede haber que nuestro valiente Lord Protector? Aunque preferiría que tuviera un mote mejor que Meñique. ¿Sabes si de verdad lo tiene tan pequeño?

—¿El dedo? —Se sonrojó otra vez—. Yo no... Nunca...

Lady Myranda soltó una carcajada tan sonora que Mya Piedra se volvió para mirarlas.

—No te preocupes, Alayne, seguro que tiene el tamaño necesario.

Pasaron bajo un arco natural creado por la erosión, con largos carámbanos que colgaban de la piedra blanquecina y goteaban por encima de ellos. Al otro lado, el sendero volvía a estrecharse y descendía bruscamente a lo largo de treinta varas. Myranda se vio obligada a situarse tras ella. Alayne soltó las riendas de la mula para que avanzara a su paso. La pendiente de aquel tramo hizo que se aferrara a la silla con fuerza. Los peldaños estaban desgastados por las herraduras de todas las mulas que habían pasado por allí, hasta el punto de parecer cuencos de piedra. El agua llenaba los cuencos y centelleaba bajo el sol del atardecer.

«Ahora es agua —pensó Alayne—, pero cuando oscurezca se convertirá en hielo.»

Se dio cuenta de que estaba conteniendo el aliento, y respiró profundamente. Mya Piedra y Lord Robert casi habían llegado a la columna de roca donde el sendero volvía a nivelarse. Trató de fijar la vista en ellos, solo en ellos.

«No me voy a caer —se dijo—. La mula de Mya me llevará.»

El viento silbaba en torno a ella mientras daba sacudidas en la silla bajando peldaño tras peldaño. Aquel tramo le pareció eterno.

Y de repente se encontró en la base con Mya y con el pequeño señor, cobijada tras una columna de roca retorcida. Ante ellos se extendía un collado alto de roca, angosto y helado. Alayne oía el aullido del viento y sentía como le tironeaba la capa. Recordaba aquel lugar de cuando había subido. Había tenido miedo entonces, igual que lo tenía en aquel momento.

—Es más ancho de lo que parece —le estaba diciendo Mya a Lord Robert con voz alegre—. Un paso entero de ancho y solo ocho de largo, eso no es nada.

—Nada —repitió Robert. Le temblaba la mano.

«Oh, no —pensó Alayne—. Por favor. Aquí no. Ahora no.»

—Es mejor llevar las mulas por las riendas —dijo Mya—. Si a mi señor le parece bien, cruzaré primero con la mía y volveré a por la vuestra.

Lord Robert no respondió. Estaba mirando el estrecho collado con los ojos enrojecidos.

—No tardaré mucho, mi señor —le prometió Mya, pero Alayne dudaba que el muchacho la estuviera escuchando.

Cuando la joven bastarda sacó la mula del refugio de la columna, el viento la apresó entre sus zarpas. Su capa se alzó y aleteó en el aire. Mya se tambaleó y, durante un instante, pareció que iba a caer por el precipicio, pero consiguió recuperar el equilibrio y siguió adelante.

Alayne enlazó la mano enguantada de Robert para contener el temblor.

—Tengo mucho miedo, Robalito —dijo—. Dame la mano y ayúdame a cruzar. Sé que tú no tienes miedo.

El niño la miró con unas pupilas diminutas como cabezas de alfiler en unos ojos tan grandes y blancos como huevos.

—¿No tengo miedo?

—No. Eres mi caballero alado, Ser Robalito.

—El Caballero Alado sabía volar —susurró Robert.

—Más alto que las montañas. —Le apretó la mano.

Lady Myranda se había reunido con ellos junto a la columna.

—Es verdad —dijo al ver lo que estaba pasando.

—Ser Robalito —dijo Lord Robert, y Alayne supo que no podían esperar el regreso de Mya.

Ayudó al niño a desmontar y, cogidos de la mano, salieron al collado con las capas restallando a sus espaldas. A su alrededor todo era aire y cielo; el suelo descendía en brusco picado a ambos lados. Bajo sus pies había hielo y piedras rotas con las que podían tropezar, y el viento aullaba como una fiera.

«Suena como un lobo —pensó Sansa—. Un lobo fantasma, grande como las montañas.»

Y de repente ya estaban al otro lado, y Mya Piedra se reía y levantaba a Robert para darle un abrazo.

—Ten cuidado —le dijo Alayne—. Aunque parezca que no, puede hacerte daño con las sacudidas.

Le buscaron un lugar seguro, una hendidura en la roca para resguardarlo del viento frío. Alayne lo cuidó hasta que cesaron los temblores, mientras Mya Piedra daba la vuelta para ayudar a cruzar a los demás.

En Nieve los aguardaban mulas descansadas y una comida caliente: guiso de cabra con cebollas. Alayne comió con Mya y Myranda.

—Eres valiente además de hermosa —le dijo Myranda.

—No. —El cumplido la hizo sonrojar—. No es verdad. Tenía mucho miedo. No habría podido cruzar sin Lord Robert. —Se volvió hacia Mya Piedra—. Tú has estado a punto de caerte.

—Os equivocáis. Nunca me caigo. —El pelo le cubría la mejilla y le ocultaba un ojo.

—He dicho «a punto». Lo he visto. ¿No has tenido miedo?

Mya sacudió la cabeza.

—Recuerdo que un hombre me lanzaba por los aires cuando era muy pequeña. Es alto como el cielo, y me lanza tan arriba que era como si pudiera volar. Los dos nos reíamos, nos reíamos tanto que casi no podía respirar, y al final me reía tanto que me hice pis encima, y eso lo hizo reír más todavía. Cuando me lanzaba por los aires nunca tenía miedo. Sabía que siempre me cogería. —Se echó el pelo hacia atrás—. Pero un día dejé de verlo. Los hombres vienen y van. Mienten, mueren o nos abandonan. Pero una montaña no es un hombre, y la piedra es hija de la montaña. Confiaba en mi padre y confío en mis mulas. No me caeré. —Se apoyó en un saliente de roca y se puso en pie—. Id terminando. Aún tenemos mucho camino por delante, y huele a tormenta.

La nieve empezó a caer cuando salían de Piedra, el mayor y el más bajo de los tres castillos de paso que defendían el acceso al Nido de Águilas. El sol se estaba poniendo. Lady Myranda sugirió que dieran la vuelta y pasaran la noche en Piedra, para reanudar el descenso cuando amaneciera, pero Mya se negó en redondo.

—Por la mañana podría haber ocho palmos de nieve, y los peldaños serían traicioneros hasta para mis mulas —dijo—. Será mejor que sigamos. Iremos despacio.

Y eso hicieron. Por debajo de Piedra, los peldaños eran más anchos y menos empinados: entraban y salían de los bosquecillos de pinos altos y árboles centinela gris verdoso que cubrían la parte inferior de la ladera de la Lanza del Gigante. Las mulas de Mya parecían conocer cada raíz, cada roca del camino, y si se olvidaban de alguna, la joven bastarda la recordaba. Ya había transcurrido la mitad de la noche antes de que avistaran las luces de las Puertas de la Luna entre los copos de nieve que caían. La última parte del viaje fue la más tranquila. La nieve caía constante, cubriendo el mundo con su manto blanco. Robalito se durmió en la silla, mecido por el movimiento de la mula. Hasta Lady Myranda empezó a bostezar y quejarse de lo cansada que estaba.

—Os hemos preparado habitaciones a todos —le dijo a Alayne—, pero si quieres, esta noche puedes dormir conmigo. Mi cama es tan grande que caben cuatro personas.

—Será un honor, mi señora.

—Randa. Y tienes suerte de que esté tan cansada. Lo único que quiero es acurrucarme y dormir. Por lo general, las damas que comparten mi cama tienen que pagar un impuesto de almohada y contarme todas las cosas malas que han hecho.

—¿Y si no han hecho cosas malas?

—Huy, entonces tienen que confesarme todas las cosas malas que quieren hacer. Tú no, claro. Basta con mirarte esas mejillas rosadas y esos ojazos azules para ver lo virtuosa que eres. —Bostezó otra vez—. Espero que tengas los pies calientes. Detesto a las compañeras de cama con los pies fríos.

Cuando por fin llegaron al castillo de su padre, Lady Myranda también estaba adormilada, y Alayne soñaba con su cama.

«Será un lecho de plumas —se dijo—, blando, y caliente, con muchas pieles. Tendré sueños agradables, y cuando despierte habrá perros ladrando, mujeres chismorreando al lado del pozo, espadas resonando en el patio... Y luego, un banquete, con bailes y música.»

Tras el silencio mortal del Nido de Águilas, anhelaba oír el sonido de los gritos y las risas.

Pero cuando los jinetes estaban bajando de sus mulas, un guardia de Petyr salió de la fortaleza.

—El Lord Protector ha estado esperándoos, Lady Alayne —dijo.

—¿Ha vuelto ya? —se sobresaltó.

—Al anochecer. Lo encontraréis en la torre oeste.

Ya no faltaba demasiado para el amanecer, y casi todo el castillo dormía, pero no así Petyr Baelish. Cuando Alayne llegó, estaba sentado junto a la chimenea, bebiendo vino especiado caliente con tres hombres a los que ella no conocía. Todos se levantaron cuando entró, y Petyr le dedicó una sonrisa cálida.

—Hola, Alayne. Ven, dale un beso a tu padre.

Ella lo abrazó, obediente, y le dio un beso en la mejilla.

—Siento haberte interrumpido, padre. No me dijeron que estabas acompañado.

—Tú nunca interrumpes, cariño. Precisamente estaba hablando a estos buenos caballeros de la hija tan obediente que tengo.

—Obediente y hermosa —dijo un caballero elegante y joven, con una espesa melena rubia que le caía por debajo de los hombros.

—Cierto —dijo el segundo caballero, un hombre corpulento con abundante barba entrecana, la nariz protuberante llena de venitas rotas y unas manos nudosas del tamaño de jamones—. Eso se os olvidaba, mi señor.

—Yo haría lo mismo si fuera mi hija —señaló el último, bajo, enjuto, con sonrisa seca, nariz puntiaguda y pelo hirsuto anaranjado—. Sobre todo delante de unos patanes como nosotros.

Alayne se echó a reír.

—¿Sois unos patanes? —preguntó en tono de broma—. Vaya, y yo que os había tomado por tres galantes caballeros.

—Caballeros sí que son —dijo Petyr—. Su galantería está aún por demostrar, pero no perdamos la esperanza. Permite que te presente a Ser Byron, Ser Morgarth y Ser Shadrich. Señores, os presento a Lady Alayne, mi hija natural, lista como ninguna... Con la que necesito hablar a solas, así que, si tenéis la amabilidad de disculparnos...

Los tres caballeros hicieron una reverencia y se retiraron, aunque el alto del pelo rubio le besó la mano a Alayne antes de salir.

—¿Caballeros errantes? —preguntó la niña cuando cerraron la puerta.

—Caballeros hambrientos. Me pareció conveniente contar con unas cuantas espadas más. Corren tiempos cada vez más interesantes, cariño, y en tiempos interesantes, todas las espadas son pocas. La *Rey Pescadilla* ha vuelto a Puerto Gaviota, y menudas historias trae el viejo Oswell.

Sabía que no tenía que preguntar por aquellas historias. Si Petyr quería que las conociera, se las contaría.

—No te esperaba tan pronto —dijo—. Me alegro de que estés aquí.

—Cualquiera lo habría dicho por el beso que me has dado. —La atrajo hacia sí, le sostuvo el rostro entre las manos y le dio un largo beso en los labios—. ¿Ves? Este tipo de besos son los que dicen «Bienvenido a casa». A ver si lo haces mejor la próxima vez.

—Sí, padre. —Sintió que se sonrojaba, y prefirió no seguir hablando del beso.

—No te imaginas la mitad de lo que está pasando en Desembarco del Rey, cariño. Cersei va de estupidez en estupidez, ayudada por su consejo de ciegos, sordos e imbéciles. Siempre supe que llevaría el reino a la ruina y se autodestruiría, pero no imaginaba que fuera a darse tanta prisa. Es un desastre. Creía que contaría con cuatro o cinco años de tranquilidad para plantar unas cuantas semillas y esperar a que madurasen ciertas frutas, pero ahora... Menos mal que se me da bien medrar en el caos. La poca paz y orden que nos dejaron los cinco reyes no sobrevivirán mucho tiempo a las tres reinas.

—¿Tres reinas? —No comprendía nada.

Petyr tampoco le dio explicaciones; tan solo volvió a sonreír.

—Le he traído un regalo a mi pequeña —dijo.

—¿Es un vestido? —Alayne estaba tan sorprendida como encantada. Había oído que las modistas de Puerto Gaviota eran excelentes, y estaba tan cansada de la ropa monótona...

—Algo mejor. Prueba otra vez.

—¿Joyas?

—No hay joyas que puedan competir con los ojos de mi hija.

—¿Limones? ¿Has conseguido limones?

Le había prometido pastelillos de limón a Robalito, y para prepararlos hacían falta limones.

Petyr Baelish la cogió de la mano y se la sentó en el regazo.

—Te he traído un contrato de matrimonio.

—Matrimonio... —Sintió un nudo en la garganta. No quería volver a casarse, todavía no, tal vez nunca—. Es que no... No puedo casarme. Padre, ya... —Miró hacia la puerta para asegurarse de que estaba cerrada, y susurró—: Ya estoy casada. Lo sabes muy bien.

Meñique le puso un dedo en los labios para acallarla.

—El enano se casó con la hija de Ned Stark, no con la mía. Pero tampoco importa. Esto es solo un compromiso. El matrimonio tendrá que esperar hasta que Cersei esté acabada y Sansa enviude. Lo único que tienes que hacer es conocer al muchacho y ganarte su aprobación. Lady Waynwood no lo obligará a casarse contra su voluntad; en eso se ha mostrado inamovible.

—¿Lady Waynwood? —Alayne casi no se lo podía creer—. ¿Por qué va a casar a uno de sus hijos con una...? ¿Con una...?

—¿... bastarda? Para empezar, no nos olvidemos de que eres la bastarda del Lord Protector. Los Waynwood son una familia antigua y orgullosa, pero no tan rica como se podría pensar, como descubrí cuando empecé a comprar sus pagarés. Lady Anya no vendería nunca a uno de sus hijos. En cambio, a un pupilo... El joven Harry es solo un primo, y la dote que le he ofrecido a la señora es aún mayor que la que acaba de recaudar Lyonel Corbray. Tenía que serlo para que se arriesgara a sufrir la ira de Yohn Bronce. Esto dará al traste con sus planes. Eres la prometida de Harrold Hardyng, cariño, siempre que consigas ganarte su juvenil corazón... Cosa que a ti no te costará mucho.

—¿Harry el Heredero? —Alayne trató de recordar qué le había dicho Myranda de él mientras bajaban la montaña—. Acaban de armarlo caballero. Tiene una hija bastarda con una aldeana.

—Y otro bastardo en camino con otra mujer. Sí, es cierto, Harry es muy seductor cuando quiere. Pelo rubio y suave, ojos azul oscuro, hoyuelos cuando sonríe... Y, por lo que dicen, es muy galante. —Petyr le dedicó una sonrisita burlona—. Bastarda o no, cariño, cuando se anuncie este compromiso serás la envidia de toda doncella noble del Valle, y también de unas cuantas de las tierras de los ríos y del Dominio.

—¿Por qué? —Alayne no entendía nada—. ¿Por qué Ser Harrold? ¿Cómo puede ser el heredero de Lady Waynwood? ¿No tiene hijos de su propia sangre?

—Tres —asintió Petyr. A Alayne le llegó el olor del vino en su aliento, el olor del clavo y la nuez moscada—. Y también hijas, y nietos.

—¿No tienen prioridad sobre Harry? No lo entiendo.

—Ahora lo entenderás. Escucha. —Petyr le cogió la mano y le acarició con suavidad la palma—. Empecemos por Lord Jasper Arryn, el padre de Jon Arryn. Engendró tres vástagos: dos hijos y una hija. Jon era el mayor, así que le correspondieron el Nido de Águilas y el título. Su hermana Alys se casó con Ser Elys Waynwood, tío de la actual Lady Waynwood. —Hizo un gesto burlón—. Alys y Elys, qué bonito, ¿no? El hijo pequeño de Lord Jasper, Ser Ronnel Arryn, se casó con una Belmore, pero solo tocó la campana un par de veces antes de morir de un mal del vientre. Su hijo Elbert nacía en una cama justo mientras el pobre Ronnel agonizaba en otra. ¿Estás prestando atención, cariño?

—Sí. Estaban Jon, Alys y Ronnel, pero Ronnel murió.

—Bien. Sigamos. Jon Arryn se casó tres veces, pero sus dos primeras esposas no le dieron hijos, así que durante muchos años, su sobrino Elbert fue su heredero. Mientras, Elys sembraba como un buen chico los campos de Alys, que paría una vez al año. Le dio nueve hijos: ocho niñas y un precioso niñito, otro Jasper, después de lo cual murió agotada. El pequeño Jasper, sin la menor consideración hacia los esfuerzos realizados para engendrarlo, consiguió que lo matara un caballo de una coz en la cabeza, cuando tenía tres años. Poco después, las viruelas se llevaron a dos de sus hermanas, con lo que quedaron seis. La mayor se casó con Ser Denys Arryn, un primo lejano de los señores del Nido de Águilas. Hay varias ramas de la Casa Arryn dispersas por el Valle, todas tan orgullosas como indigentes, excepto los Arryn de Puerto Gaviota, que tuvieron suficiente sentido común, esa escasa cualidad, para casarse con comerciantes. Son ricos, pero no precisamente distinguidos, así que nadie habla de ellos. Ser Denys nació de una de las ramas pobres y orgullosas. Pero también era un justador de gran fama, atractivo, galante, todo cortesía. Y tenía el aura mágica de los Arryn, lo que lo hacía ideal para la hija mayor de los Waynwood. Sus hijos llevarían el nombre de Arryn; serían los siguientes herederos del Valle en caso de que le sucediera algo a Elbert. Lo que le sucedió a Elbert fue el Rey Loco Aerys. ¿Conoces la historia?

La conocía.

—El Rey Loco lo asesinó.

—Así fue. Y poco después, Ser Denys dejó a su embarazada esposa Waynwood para ir a la guerra. Murió durante la batalla de las Campanas, de exceso de galantería y herida de hacha. Cuando se lo dijeron a su señora esposa, ella murió del dolor, y su hijo recién nacido no tardó en seguirla. No importaba. Durante la guerra, Jon Arryn se había buscado una esposa joven, y había motivos para suponer que era fértil. Estoy seguro de que albergó grandes esperanzas, pero tú y yo sabemos que lo único que le dio Lysa fueron bebés muertos, abortos y al pobre Robalito.

»Lo que nos lleva a las cinco hijas restantes de Elys y Alys. La mayor tenía cicatrices espantosas, se las dejaron las viruelas que mataron a sus hermanas, así que se hizo septa. A otra la sedujo un mercenario. Ser Elys la repudió, y cuando murió su bastardo siendo aún un bebé, se unió a las hermanas silenciosas. La tercera se casó con el Señor de Los Senos, pero resultó que era estéril. La cuarta iba de camino hacia las tierras de los ríos para contraer matrimonio con un Bracken cuando la secuestraron los Hombres Quemados. Eso nos deja solo a la más pequeña, que se casó con un caballero hacendado juramentado a los Waynwood, le dio un hijo al que puso por nombre Harrold, y falleció. —Le giró la mano y le dio un beso en la muñeca—. Así que dime, cariño... ¿por qué es Harry el Heredero?

—No es el heredero de Lady Waynwood —contestó Alayne, con los ojos abiertos como platos—. Es el heredero de Robert. Si Robert muriera...

Petyr arqueó una ceja.

—Cuando Robert muera. Nuestro pobre y valeroso Robalito es un niño tan enfermizo que solo es cuestión de tiempo. Cuando muera Robert, Harry el Heredero se convertirá en Lord Harrold, Defensor del Valle y señor del Nido de Águilas. Los banderizos de Jon Arryn nunca me aceptarán a mí, y nuestro tembloroso Robert tampoco se ganaría su afecto, pero sí que se lo ganará su Joven Halcón...Y cuando se congreguen para celebrar su boda, y tú aparezcas con tu melena castaño rojiza, con una capa de doncella blanca y gris con el blasón del lobo huargo en la espalda... no habrá caballero en el Valle que no ponga su espada a tus pies para reconquistar lo que te corresponde por derecho de nacimiento. Así que esos son los regalos que te traigo, mi querida Sansa: Harry, el Nido de Águilas e Invernalia. Bien valen otro beso, ¿no crees?

Brienne

«Esto es una pesadilla», pensó.

Pero si estaba soñando, ¿por qué le dolía tanto?

Ya había escampado, pero el mundo entero estaba húmedo. Sentía la capa tan pesada como la cota de malla. La cuerda que le ataba las muñecas también estaba empapada, con lo que todavía le apretaba más. Moviera las manos como las moviera, no se podía soltar. No sabía quién la había atado ni por qué. Trató de preguntárselo a las sombras, pero no le respondieron. Tal vez no la oyeran. Tal vez no fueran reales. Bajo las prendas de lana mojada y la armadura oxidada, sentía la piel acalorada y febril. Tal vez todo aquello no fuera más que un delirio provocado por la fiebre.

Iba a caballo, aunque no recordaba haber montado. Estaba tendida boca abajo, cruzada sobre los cuartos traseros del animal, como un saco de avena. Le habían atado las muñecas y los tobillos. El aire era húmedo; una capa de niebla cubría el mundo. La cabeza le retumbaba con cada paso. Oía las voces, pero lo único que veía era la tierra, bajo los cascos del caballo. Tenía algo roto. Sentía la cara hinchada, tenía la mejilla pegajosa de sangre, y cada movimiento, cada sacudida, le clavaba un puñal de dolor en el brazo. Oía a Podrick llamarla como si estuviera muy lejos.

—¿Ser? —repetía sin cesar—. ¿Ser? ¿Mi señora? ¿Ser? ¿Mi señora?

Su voz era tenue; le costaba oírla. Por último, solo hubo silencio.

Soñó que estaba en Harrenhal, otra vez en el foso del oso. En aquella ocasión se enfrentaba a Mordedor, enorme, calvo, blanco como un gusano, con llagas supurantes en las mejillas. Se acercó a ella desnudo, acariciándose el miembro y rechinando los dientes. Brienne huyó de él.

—¡Mi espada! —pidió—. ¡*Guardajuramentos,* por favor!

Los espectadores no respondieron. Allí estaba Renly, con Dick el Ágil y Catelyn Stark. Shagwell, Pyg y Timeon miraban también, y los cadáveres que colgaban de los árboles con las mejillas hundidas, la lengua hinchada, las cuencas de los ojos vacías. Brienne lanzó un aullido de terror al verlos, y Mordedor la agarró por un brazo y le arrancó un trozo de cara de un mordisco.

—¡Jaime! —se oyó gritar—. ¡Jaime!

Hasta en lo más profundo del sueño, el dolor seguía presente. El rostro era un suplicio. El hombro le sangraba. Le dolía al respirar. Una punzada le recorría el brazo como un relámpago. Pidió a gritos un maestre.

—No tenemos maestre —dijo una voz de niña—. Solo estoy yo.

«Estoy buscando a una niña —recordó Brienne—. Una doncella noble, de trece años, con los ojos azules y el cabello castaño rojizo.»

—¿Mi señora? —dijo—. ¿Lady Sansa?

—Cree que eres Sansa Stark —dijo un hombre entre risas.

—No puede seguir así mucho más. Se va a morir.

—Un león menos. Mira qué pena.

Brienne oyó que alguien rezaba. Pensó en el septón Meribald, pero no era una de sus oraciones. «Porque oscura es la noche, y los terrores la pueblan, igual que pueblan los sueños.»

Cabalgaban por un bosque umbrío, un lugar húmedo, oscuro y silencioso donde los pinos crecían muy juntos. El terreno era blando bajo los cascos de su caballo; las huellas que dejaba se llenaban de sangre. Junto a ella cabalgaban Lord Renly, Dick Crabb y Vargo Hoat. La sangre manaba de la garganta de Renly. La oreja arrancada de la Cabra rezumaba pus.

—¿Adónde vamos? —preguntó Brienne—. ¿Adónde me lleváis?

Ninguno le respondió.

«¿Cómo van a responder? Todos están muertos.»

Entonces, ¿ella también estaba muerta?

Lord Renly, su dulce rey sonriente, iba delante de ella. Guiaba el caballo de Brienne entre los árboles. Brienne lo llamó para decirle cuánto lo amaba, pero cuando se volvió y la miró con el ceño fruncido, supo que no era Renly. Renly nunca fruncía el ceño.

«Siempre tenía una sonrisa para mí —pensó—. Excepto...»

—Hace frío —dijo el Rey, asombrado, y una sombra se movió sin que nadie la proyectara, y la sangre de su amado señor corrió por el acero verde de su gorjal y le manchó las manos.

Había sido un hombre cálido, pero su sangre era fría como el hielo.

«Esto no es real —se dijo—. Es otra pesadilla, pronto me despertaré.»

La montura se detuvo de repente. Unas manos bruscas la agarraron. Los haces de luz roja del atardecer se colaban entre las ramas de un nogal. Un caballo rumiaba hojas muertas más allá de los castaños; los hombres que se movían por allí hablaban en voz baja. Diez, doce, tal vez más. Brienne no reconocía los rostros. Estaba tumbada en el suelo, con la espalda contra un árbol.

—Bebed esto, mi señora —dijo la voz de la niña.

Le acercó una copa a los labios. El sabor era fuerte y amargo. Brienne lo escupió.

—Agua —jadeó—. Por favor. Agua.

—El agua no os quitará el dolor. Esto sí. Un poco. —Volvió a acercarle la copa a los labios.

Hasta beber le dolía. El vino le corrió por la mandíbula y le goteó por el pecho. Cuando la copa se vació, la niña volvió a llenarla de un odre. Brienne bebió hasta que no pudo más.

—Ya basta.

—Seguid. Tenéis un brazo roto, y también varias costillas. Dos, puede que tres.

—Mordedor —dijo Brienne recordando su peso, cómo le había clavado la rodilla en el pecho.

—Sí. Menudo monstruo.

Lo recordó todo de repente: los relámpagos en el cielo, el barro en el suelo, la lluvia que repiqueteaba contra el acero oscuro del yelmo del Perro, la terrible fuerza de las manos de Mordedor... De repente ya no soportaba estar atada. Trató de liberarse de las cuerdas, pero solo consiguió magullarse más. Los nudos que le sujetaban las muñecas estaban demasiado prietos. Había sangre seca en el cáñamo.

—¿Está muerto? —Se estremeció—. Mordedor. ¿Está muerto?

Recordó como le había arrancado carne de la cara con los dientes. La sola idea de que pudiera estar por allí, respirando, le daba ganas de gritar.

—Está muerto. Gendry le clavó una punta de lanza en la nuca. Bebed, mi señora, si no queréis que os lo haga tragar.

Bebió.

—Estoy buscando a una niña —susurró entre trago y trago. «A mi hermana», había estado a punto de decir—. Una doncella noble de trece años. Tiene los ojos azules y el cabello castaño rojizo.

—No soy yo.

«No.» Saltaba a la vista. Aquella muchacha estaba tan delgada que parecía a punto de morirse de hambre. Llevaba el pelo recogido en una trenza, y tenía unos ojos más viejos de lo que le correspondía por edad. «Pelo castaño, ojos marrones, vulgar... Willow, con seis años más.»

—Eres la hermana. La de la posada.

—Es posible. —La niña entrecerró los ojos—. ¿Y qué si lo soy?

—¿Cómo te llamas? —preguntó Brienne.

Sintió una arcada. Tenía miedo de empezar a vomitar.

—Heddle. Igual que Willow. Jeyne Heddle.

—Jeyne. Desátame las manos. Por favor. Ten piedad. Las cuerdas me están desgarrando las muñecas. Me hacen sangre.

—No me lo permiten. Tenéis que quedaros atada hasta...

—Hasta que estéis ante mi señora. —Renly estaba tras la muchacha; se apartó un mechón de pelo de los ojos. «No. No es Renly. Gendry»—. Mi señora quiere que respondáis por vuestros crímenes.

—Mi señora. —El vino hacía que le diera vueltas la cabeza. Le costaba pensar—. Corazón de Piedra ¿Te refieres a ella? —Lord Randyll había hablado de aquella mujer en Poza de la Doncella—. Lady Corazón de Piedra.

—Algunos la llaman así; otros le dan nombres diferentes: la Hermana Silenciosa, la Madre Inmisericorde, la Ahorcadora.

«La Ahorcadora.» Cuando cerraba los ojos, Brienne veía los cadáveres que se balanceaban bajo las ramas desnudas, con el rostro ennegrecido e hinchado. De repente la dominó un miedo atroz.

—Podrick. Mi escudero. ¿Dónde está Podrick? Y los demás... Ser Hyle, el septón Meribald, el perro... ¿Qué le habéis hecho al animal?

Gendry y la chica se miraron. Brienne intentó levantarse y consiguió incorporarse sobre una rodilla antes de que el mundo empezara a dar vueltas.

—Vos matasteis al perro, mi señora —oyó decir a Gendry justo antes de que la oscuridad la engullera otra vez.

Volvía a estar en Los Susurros, ante las ruinas, enfrentada a Clarence Crabb. Era fiero y enorme, montaba a lomos de un uro aún más peludo que él. La bestia pateaba furiosa, dejando profundos surcos en la tierra. Los dientes de Crabb eran afilados, puntiagudos. Brienne fue a sacar la espada, pero tenía la vaina vacía.

—¡No! —gritó cuando Ser Clarence cargó contra ella. No era justo. No podía luchar sin su espada mágica. Se la había dado Ser Jaime. Iba a fallarle, igual que le había fallado a Lord Renly, y la sola idea le provocaba ganas de llorar—. Mi espada. Por favor, necesito mi espada.

—La moza quiere recuperar la espada —dijo una voz.

—Y yo quiero que Cersei Lannister me chupe la polla. ¿Y qué?

—Jaime la llamó *Guardajuramentos.* Por favor.

Pero las voces no escuchaban, y Clarence Crabb cayó encima de ella y le arrancó la cabeza. Brienne se hundió en una oscuridad aún más profunda.

Soñó que estaba tumbada en un bote, con la cabeza en un regazo. Estaban rodeados de sombras, de hombres encapuchados vestidos de cuero y malla que los impulsaban por las neblinas del río con los remos envueltos para no hacer ruido. Estaba empapada en sudor y ardía, y al mismo tiempo estaba tiritando. La niebla estaba llena de rostros.

—Bella —susurraban los sauces de la orilla.

—Monstruo, monstruo —decían, en cambio, los juncos.

Brienne se estremeció.

—Callaos —dijo—. Que alguien los haga callar.

La siguiente vez que despertó, Jeyne le acercaba un cuenco de algo caliente a los labios.

«Caldo de cebolla», pensó Brienne.

Bebió tanto como pudo, hasta que un trocito de zanahoria se le atravesó en la garganta. Toser era un suplicio.

—Tranquila —dijo la muchacha.

—Gendry —jadeó—. Tengo que hablar con Gendry.

—Ha vuelto al río, mi señora. A la forja, para proteger a Willow y a los pequeños.

«Nadie puede protegerlos.» Empezó a toser otra vez.

—Bah, deja que se ahogue. Esa cuerda que nos ahorramos.

Uno de los hombres de sombras apartó a la chica a un lado. Llevaba una cota de malla oxidada y un cinturón tachonado del que colgaban una espada larga y una daga. Se cubría los hombros con una larga capa amarilla, sucia y empapada. Tenía encima de los hombros una cabeza de perro, de acero, que enseñaba los dientes en gesto amenazador.

—¡No! —gimió Brienne—. No, estás muerto, yo te maté.

El Perro se echó a reír.

—Al revés. Seré yo quien te mate a ti. Por mí te mataría ahora mismo, pero mi señora quiere verte ahorcada.

«Ahorcada. —Sintió un escalofrío de pánico. Miró a la muchacha, a Jeyne—. Es demasiado joven para ser tan dura.»

—Pan y sal —jadeó—. En la posada... El septón Meribald dio de comer a los niños... Partimos el pan con tu hermana...

—La inmunidad de los huéspedes ya no es lo que era —respondió la muchacha—, y menos desde que mi señora volvió de la boda. Algunos de los que cuelgan al lado del río también creían que eran invitados.

—Fue un ligero malentendido —dijo el Perro—. Querían camas y les dimos árboles.

—Pero tenemos más árboles —aportó otra sombra. Bajo el yelmo oxidado le faltaba un ojo—. Siempre hay más árboles.

Cuando llegó la hora de montar otra vez, le taparon la cara con un capuchón de cuero. No tenía agujeros para los ojos. El cuero amortiguaba los sonidos. El sabor de la cebolla le impregnaba la lengua, tan intenso como la conciencia de su fracaso.

«Van a ahorcarme.»

Pensó en Jaime, en Sansa, en su padre, que estaba en Tarth, y se alegró de llevar el capuchón. Así podía ocultar las lágrimas que se le agolpaban en los ojos. De cuando en cuando oía conversar a los bandidos, pero no distinguía las palabras. Tras un rato, se dejó vencer por el agotamiento y el movimiento lento y rítmico del caballo.

En aquella ocasión soñó que volvía a estar en su hogar, en el Castillo del Atardecer. El sol entraba por las altas ventanas en forma de arco de su señor padre. Allí estaba a salvo. Estaba a salvo.

Iba vestida de seda: llevaba una túnica azul y roja adornada con soles dorados y medias lunas de plata. A otra niña le habría quedado bien; a ella, no. Tenía doce años, y se sentía fea e incómoda mientras esperaba al joven caballero con quien la había prometido su padre, un chico que tenía seis años más que ella y que, sin duda, algún día sería un campeón de gran fama. Ella temía su llegada. Tenía el busto demasiado pequeño; las manos y los pies, demasiado grandes. El pelo se le encrespaba constantemente, y le había salido una espinilla al lado de la nariz.

—Te va a traer una rosa —le había prometido su padre, pero una rosa no servía de nada, una rosa no podía protegerla. Lo que quería era una espada.

«*Guardajuramentos.* Tengo que encontrar a la niña. Tengo que recuperar el honor de Jaime.»

Y por fin se abrieron las puertas, y su prometido entró en los salones de su padre. Trató de recibirlo como le habían enseñado, pero le salió sangre de la boca. Mientras esperaba se había mordido tanto la lengua que se la había cortado. La escupió a los pies del joven caballero y vio la repulsión dibujada en su rostro.

—Brienne la Bella —dijo en tono burlón—. He visto cerdas más hermosas que vos.

Le tiró la rosa a la cara. Cuando se alejó, los grifos de su capa ondearon, se volvieron borrosos y se transformaron en leones.

«¡Jaime! —había querido gritar—. ¡Jaime, volved a por mí!»

Pero su lengua estaba en el suelo junto a la rosa, ahogada en sangre.

Brienne se despertó de repente, jadeando.

No sabía dónde se encontraba. El aire era frío y denso; olía a tierra, a moho, a gusanos. Estaba tumbada en un catre, bajo una montaña de pieles de oveja. Por encima de ella había roca, y de las paredes sobresalían raíces. La única luz procedía de una vela de sebo que humeaba en un charco de grasa fundida.

Apartó las pieles a un lado. Vio que le habían quitado la ropa y la armadura. Llevaba un vestido sencillo de lana marrón, fino pero recién lavado. Tenía el antebrazo entablillado y vendado. Sentía un lado de la cara mojado y rígido. Se lo tocó. Una especie de cataplasma húmeda le cubría la mejilla, la mandíbula y la oreja.

«Mordedor...»

Se puso en pie. Notaba las piernas débiles como el agua; la cabeza, liviana como el aire.

—¿Hay alguien ahí?

Algo se movió en uno de los nichos sombríos que había tras la vela. Era un anciano vestido de harapos. Las mantas con las que se había tapado cayeron al suelo. Se incorporó y se frotó los ojos.

—¿Lady Brienne? Me habéis asustado. Estaba soñando.

«No —pensó—, la que soñaba era yo.»

—¿Dónde estamos? ¿En una mazmorra?

—En una cueva. Al igual que las ratas, tenemos que refugiarnos en nuestros agujeros cuando los perros vienen olisqueando detrás de nosotros, y cada día hay más perros. —Su ropa parecía los restos de una vieja túnica, rosada y blanca. Tenía el pelo largo, canoso, enmarañado; la piel de las mejillas, floja, y la mandíbula, mal afeitada—. ¿Tenéis hambre? ¿Podréis retener un vaso de leche? ¿Tal vez un poco de pan con miel?

—Quiero mi ropa. Mi espada. —Se sentía desnuda sin la cota de malla; quería sentir *Guardajuramentos* en el costado—. Y la salida. Mostradme la salida.

El suelo de la cueva era de piedra y tierra; lo sentía basto y desigual bajo las plantas de los pies. Seguía teniendo nubes en la cabeza, como si estuviera flotando. La luz tililante proyectaba sombras extrañas.

«Los espíritus de los muertos bailan a mi alrededor, se esconden cuando me vuelvo para mirarlos.»

Había agujeros, grietas y hendiduras por todas partes, pero no tenía manera de saber qué pasadizos la llevarían al exterior, cuáles se adentraban aún más en la cueva y cuáles no iban a ninguna parte. Todos eran negros como boca de lobo.

—Permitid que os toque la frente, mi señora. —La mano del carcelero estaba llena de cicatrices y callosidades, pero tocaba con delicadeza—. Ya no tenéis fiebre —anunció con acento de las Ciudades Libres—. Muy bien. Hasta ayer, era como si tuvierais la carne en llamas. Jeyne se temía lo peor.

—Jeyne. ¿La chica alta?

—Esa misma. Aunque no es tan alta como vos, mi señora. La llaman Jeyne la Larga. Fue ella quien os arregló el brazo y os lo entablilló tan bien como un maestre. También hizo lo que pudo por vuestro rostro: os lavó las heridas con cerveza hervida para evitar la putrefacción. Aun así... Un mordisco humano es mal asunto; son muy sucios. Estoy seguro de que de ahí viene la fiebre. —Le tocó la cara vendada—. Tuvimos que cortar algo de carne. Mucho me temo que vuestro rostro no quedará muy agraciado.

«Nunca lo fue.»

—¿Queréis decir que tendré cicatrices?

—Mi señora, ese monstruo os devoró media mejilla.

Brienne sintió un escalofrío.

«Todo caballero tiene cicatrices de combate —le había advertido Ser Goodwin cuando le pidió que la enseñara a manejar la espada—. ¿Eso es lo que quieres, niña?»

Pero el viejo maestro de armas se refería a heridas de espada; en ningún momento se le habrían pasado por la cabeza los dientes puntiagudos de Mordedor.

—¿Por qué me entablilláis los huesos y me vendáis las heridas si me vais a ahorcar?

—Cierto, ¿por qué? —Se dedicó a observar la vela como si ya no soportara seguir mirándola—. Me han dicho que luchasteis con valor en la posada. Lim no debería haberse alejado de la encrucijada. Su misión era permanecer cerca, escondido, y acudir de inmediato si veía salir humo de la chimenea, pero cuando le llegó la noticia de que el Perro Rabioso de Salinas se dirigía hacia el norte por el Forca Verde, mordió el anzuelo. Llevamos tanto tiempo persiguiendo a esa chusma... Aun así, debería haber sido más sensato. Tardó media jornada en darse cuenta de que los titiriteros habían ido por un arroyo para ocultar sus huellas y situarse tras él, y luego perdió más tiempo todavía porque tuvo que dar un rodeo para evitar a una columna de caballeros de los Frey. De no haber sido por vos, al llegar a la posada, Lim y sus hombres solo habrían encontrado cadáveres. Supongo que por eso os ha vendado Jeyne las heridas. Hayáis hecho lo que hayáis hecho, esas heridas las ganasteis de manera honorable, defendiendo la mejor causa posible.

«Hayáis hecho lo que hayáis hecho.»

—¿Qué creéis que he hecho? —preguntó—. ¿Quiénes sois?

—Al principio éramos hombres del rey —le respondió—, pero los hombres del rey necesitan un rey, y nosotros no lo tenemos. También éramos hermanos, pero ahora se ha roto la hermandad. Si queréis que os diga la verdad, no sé quiénes somos ni hacia dónde vamos; solo sé que el camino es turbulento. Los fuegos no me han mostrado qué hay al final.

«Yo sé qué hay al final. He visto los cadáveres en los árboles.»

—Fuegos —repitió Brienne. De repente lo había comprendido—. Sois el sacerdote myriense. El mago rojo.

Él se miró la túnica harapienta y sonrió con tristeza.

—Más bien el impostor rosa. Sí, soy Thoros, antes de Myr. Mal sacerdote y peor mago.

—Cabalgáis con Dondarrion, el señor del relámpago.

—El relámpago viene y va, y nadie vuelve a verlo. Lo mismo pasa con los hombres. Mucho me temo que el fuego de Lord Beric se ha apagado en este mundo. En su lugar nos guía ahora una sombra más lúgubre.

—¿El Perro?

El sacerdote apretó los labios.

—El Perro está muerto y enterrado.

—Yo lo he visto. En los bosques.

—Un sueño provocado por la fiebre, mi señora.

—Me dijo que iba a ahorcarme.

—Hasta los sueños pueden mentir. ¿Cuánto hace que no coméis, mi señora? Tenéis que estar famélica.

Brienne se dio cuenta de que era verdad. Sentía el estómago vacío.

—Comida... Me sentaría bien, sí, muchas gracias.

—Bien. Sentaos. Luego seguiremos hablando, pero antes comeréis. Esperad aquí.

Thoros encendió un pábilo encerado con la vela que se consumía y desapareció por un agujero negro, bajo un saliente de la roca. Brienne se quedó a solas en la cueva pequeña.

«Pero ¿durante cuánto tiempo?»

Recorrió la cámara en busca de un arma. Se habría conformado con cualquier cosa: un cayado, un garrote, un puñal... Solo encontró piedras. Una le cabía a la perfección en el puño, pero se acordaba de Los Susurros, y de lo que había pasado cuando Shagwell trató de plantar cara a un cuchillo con una piedra. Cuando oyó las pisadas del sacerdote que regresaba, dejó caer la piedra y volvió a sentarse.

Thoros le llevaba pan, queso y un cuenco de guiso.

—Lo siento mucho —dijo—. La leche que quedaba se ha agriado, y se nos ha terminado la miel. Cada vez hay menos comida. En fin, esto os quitará el hambre.

El guiso estaba frío y grasiento; el pan, duro; el queso, más duro todavía. Y Brienne nunca había comido nada tan delicioso.

—¿Están aquí mis compañeros? —le preguntó al sacerdote mientras devoraba las últimas cucharadas de guiso.

—El septón quedó en libertad y siguió su camino. No había hecho nada malo. Los otros están aquí, a la espera de juicio.

—¿Juicio? —Frunció el ceño—. Podrick Payne no es más que un niño.

—Dice que es escudero.

—Ya sabéis cómo fanfarronean los niños.

—El escudero del Gnomo. Reconoce que ha participado en batallas. Si aceptamos su palabra, hasta ha matado.

—Es un niño —repitió—. Tened piedad.

—Mi señora —le dijo Thoros—, no dudo que haya algún lugar de los Siete Reinos donde queden restos de piedad y misericordia, pero no está aquí. Esto es una cueva, no un templo. Cuando los hombres se ven obligados a vivir como ratas bajo tierra, la piedad se les acaba tan deprisa como la leche y la miel.

—¿Y justicia? ¿Hay justicia en las cuevas?

—Justicia. —Thoros esbozó una sonrisa débil—. Recuerdo la justicia. Tenía un sabor grato. La justicia era nuestra meta cuando nos mandaba Beric, o al menos eso nos decíamos. Éramos hombres del rey, caballeros, héroes... Pero algunos caballeros son oscuros y están poblados de terrores, mi señora. La guerra nos convierte a todos en monstruos.

—¿Me estáis diciendo que sois monstruos?

—Estoy diciendo que somos humanos. No sois la única que ha sufrido heridas, Lady Brienne. Algunos de mis hermanos eran buenas personas cuando empezó todo esto. Otros eran... Dejémoslo en menos buenos. Aunque hay quien dice que no importa cómo empieza un hombre; solo importa cómo acaba. Supongo que lo mismo se puede decir de las mujeres. —El sacerdote se puso en pie—. Me temo que se nos termina el tiempo. Oigo a mis hermanos acercarse. La señora os manda buscar.

Brienne también oyó las pisadas y vio el parpadeo de la antorcha en el pasadizo.

—Me dijisteis que se había ido a Buenmercado.

—Y así era. Ha regresado mientras dormíamos. Ella no duerme nunca.

«No tendré miedo —se dijo, pero era demasiado tarde—. No dejaré que vean mi miedo», se corrigió.

Eran cuatro, hombres duros de rostro demacrado, con cota de malla y prendas de cuero. Reconoció a uno: era el tuerto que había visto en sueños.

El más corpulento de los cuatro vestía una capa amarilla sucia y andrajosa.

—¿Habéis disfrutado de la comida? —inquirió—. Espero que sí. Probablemente haya sido la última.

Llevaba barba y tenía el pelo castaño; era musculoso, y en algún momento se le había roto la nariz y se le había curado mal.

«Lo conozco», pensó Brienne.

—Sois el Perro.

Él sonrió. Tenía unos dientes horrorosos, torcidos y negros de podredumbre.

—Supongo que sí. Mi señora se cargó al anterior. —Giró la cabeza y escupió.

Recordó los relámpagos, el barro bajo los pies.

—Fue a Rorge a quien maté. Él cogió el yelmo de la tumba de Clegane, y vos se lo robasteis a su cadáver.

—No puso ninguna objeción.

—¿Es verdad? —Thoros dejó escapar un gemido de desaliento—. ¿Llevas el yelmo de un muerto? ¿Tan bajo hemos caído?

El hombretón lo miró con el ceño fruncido.

—Es de buen acero.

—Ese yelmo no tiene nada de bueno, igual que no lo tenían los hombres que lo llevaron —dijo el sacerdote rojo—. Sandor Clegane era un ser atormentado, y Rorge, una bestia con piel humana.

—Yo no soy ellos.

—¿Y por qué te exhibes ante el mundo con su rostro? Salvaje, retorcido, gruñendo... ¿Eso es lo que quieres ser, Lim?

—Mis enemigos se asustan cuando lo ven.

—Yo me asusto cuando lo veo.

—Pues cierra los ojos. —El hombre de la capa amarilla hizo un gesto brusco—. Traed a la puta.

Brienne no se resistió. Eran cuatro, y ella estaba débil y herida, y desnuda bajo el vestido de lana. Tuvo que agachar la cabeza para no darse contra el techo cuando la llevaron por el pasadizo serpenteante. El camino se empinó bruscamente y describió dos curvas antes de desembocar en una caverna mucho mayor, llena de bandidos.

En el centro había un agujero con una hoguera; el humo teñía el aire de azul. Varios hombres se arremolinaban en torno a las llamas para protegerse del frío de la cueva. Otros estaban sentados a lo largo de las paredes, cruzados de piernas en jergones de paja. También había mujeres, y hasta unos pocos niños que miraban desde detrás de las faldas de sus madres. La única cara que conocía Brienne era la de Jeyne Heddle, la Larga.

Al otro lado de la cueva, en un saliente de roca, había una mesa de caballetes. Detrás estaba sentada una mujer vestida completamente de gris, con capa y capucha. Tenía en las manos una corona, una diadema de bronce con espadas de hierro. La contemplaba y pasaba los dedos por las hojas para comprobar el filo. Sus ojos centelleaban bajo la capucha.

El gris era el color de las hermanas silenciosas, las siervas del Desconocido. Brienne sintió que un escalofrío le recorría la espalda. Corazón de Piedra.

—Mi señora —dijo el hombretón—, aquí la tenéis.

—Sí —añadió el tuerto—. La puta del Matarreyes.

Brienne se sobresaltó.

—¿Por qué decís eso?

—Si me dieran un venado de plata por cada vez que habéis dicho su nombre, sería tan rico como vuestros amigos los Lannister.

—Eso era porque... No lo entendéis...

—¿De verdad? —El hombretón se echó a reír—. Pues a mí me parece que sí. Apestáis a león, mi señora.

—No es verdad.

Se adelantó otro bandido, más joven y ataviado con un grasiento jubón de piel de oveja. Llevaba *Guardajuramentos* en la mano.

—Esto dice que sí.

Hablaba con acento del norte. Sacó la espada de la vaina y la puso ante Lady Corazón de Piedra. A la luz de la hoguera, las ondulaciones rojas y negras de la hoja casi parecían moverse, pero la mujer de gris solo se fijaba en la empuñadura: una cabeza dorada de león, con ojos de rubí que refulgían como dos estrellas rojas.

—También está esto. —Thoros de Myr se sacó de la manga un pergamino y lo puso junto a la espada—. Lleva el sello del niño rey y dice que su portador es enviado suyo.

Lady Corazón de Piedra dejó la espada a un lado y leyó la carta.

—Me dieron esa espada para un buen propósito —explicó Brienne—. Ser Jaime le hizo un juramento a Catelyn Stark...

—Eso debió de ser antes de que sus amigos la degollaran —señaló el hombretón de la capa amarilla—. Ya sabemos cuánto valen los juramentos del Matarreyes.

«Es inútil —comprendió Brienne—. Nada de lo que diga va a convencerlos.»

Pese a todo, siguió adelante.

—Le prometió a Lady Catelyn devolverle a sus hijas, pero cuando llegó a Desembarco del Rey ya habían desaparecido. Jaime me envió en busca de Lady Sansa...

—¿Y qué habríais hecho de haberla encontrado? —preguntó el joven norteño.

—Protegerla. Llevarla a algún lugar seguro.

—¿Por ejemplo? —El hombretón se echó a reír—. ¿Las mazmorras de Cersei?

—No.

—Negadlo cuanto queráis. La espada os delata como mentirosa. ¿O queréis hacernos creer que los Lannister regalan espadas de oro y rubíes a sus enemigos? ¿Que el Matarreyes quería que le ocultarais a la niña a su propia hermana melliza? Y el papel con el sello del niño rey sería por si no encontrabais nada mejor con que limpiaros el culo, ¿no? Y vuestros acompañantes... —El hombretón se volvió e hizo una seña, y los bandidos se apartaron para dejar paso a los otros dos prisioneros—. El chico era el escudero del Gnomo, mi señora —le dijo a Lady Corazón de Piedra—. El otro es uno de los cabrones de los caballeros de la Casa del cabrón de Randyll Tarly.

Hyle Hunt había recibido tantos golpes que tenía el rostro hinchado, irreconocible. Cuando lo empujaron hacia delante se tambaleó y estuvo a punto de caer. Podrick lo agarró por el brazo.

—Ser —dijo el chico con tono desdichado al ver a Brienne—. O sea, mi señora. Lo siento.

—No tienes nada que sentir. —Brienne se volvió hacia Lady Corazón de Piedra—. Sea cual sea la traición que creéis que he cometido, Podrick y Ser Hyle no han tenido nada que ver, mi señora.

—Son leones —dijo el tuerto—. Con eso basta. Que los ahorquen. Tarly ha ahorcado a una veintena de los nuestros, y ya va siendo hora de que le respondamos.

Ser Hyle dedicó a Brienne una sonrisa débil.

—Deberíais haber aceptado mi oferta de matrimonio, mi señora —dijo—. Me temo que ahora estáis condenada a morir doncella, y yo, pobre.

—¡Soltadlos! —suplicó Brienne.

La mujer de gris no respondió. Examinó la espada, el pergamino, la corona de hierro y bronce. Por último, se puso la mano bajo la mandíbula y se agarró el cuello como si quisiera estrangularse... pero se limitó a hablar. Tenía una voz torturada, rota. El sonido parecía proceder de su garganta; era en parte graznido, en parte resuello, en parte estertor moribundo.

«El idioma de los condenados», pensó Brienne.

—No entiendo. ¿Qué ha dicho?

—Ha preguntado por el nombre de vuestra espada —dijo el joven norteño del jubón de piel de oveja.

—*Guardajuramentos* —respondió Brienne.

La mujer de gris se llevó la mano a la barbilla y siseó. Sus ojos eran dos pozos rojos que ardían en las sombras. Volvió a hablar.

—Dice que no. Dice que se llama *Rompejuramentos*. Que se forjó para el asesinato y la traición. Dice que se llama *Falsa Amiga*. Igual que vos.

—¿Con quién he sido falsa?

—Con ella —replicó el norteño—. ¿O ha olvidado mi señora que juró servirla?

La Doncella de Tarth solo había jurado servir a una mujer.

—No es posible —dijo—. Está muerta.

—La muerte es como la inmunidad de los huéspedes —murmuró Jeyne Heddle, la Larga—. Ya no es lo que era.

Lady Corazón de Piedra se quitó la capucha y se desató la bufanda de lana gris que le cubría el rostro. Tenía el pelo blanco como el yeso, seco y quebradizo. Tenía manchas verdes y grises en la frente, y también las marcas marrones de la putrefacción. La carne del rostro le colgaba en jirones desde los ojos hasta la mandíbula. Algunas desgarraduras estaban cubiertas de costras; otras dejaban el cráneo a la vista.

«Su rostro —pensó Brienne—, su rostro, que era tan bello y tan fuerte, con una piel tan tersa...»

—¿Lady Catelyn? —Se le llenaron los ojos de lágrimas—. Dijeron... Dijeron que habíais muerto.

—Y así fue —aseguró Thoros de Myr—. Los Frey le rebanaron el cuello de oreja a oreja. Cuando la encontramos junto al río llevaba tres días muerta. Harwin me suplicó que le diera el beso de la vida, pero había pasado demasiado tiempo. No quise hacerlo, así que fue Lord Beric quien puso los labios en los suyos, y la llama de la vida salió de él para entrar en ella. Y... se levantó. El Señor de la Luz nos ampare. Se levantó.

«¿Todavía estoy soñando? —se preguntó Brienne—. ¿No será otra pesadilla nacida de los dientes de Mordedor?»

—Yo no la traicioné jamás. Decídselo. Lo juro por los Siete. Lo juro por mi espada.

La cosa que había sido Catelyn Stark volvió a llevarse la mano a la garganta; los dedos pellizcaron el espantoso tajo del cuello, y graznó más sonidos.

—Dice que las palabras se las lleva el viento —replicó el norteño a Brienne—. Dice que tenéis que demostrar vuestra fidelidad.

—¿Cómo? —preguntó Brienne.

—Con vuestra espada. ¿No decís que se llama *Guardajuramentos*? Pues mi señora quiere que guardéis el juramento que vos le hicisteis a ella.

—¿Qué quiere que haga?

—Quiere a su hijo vivo, y si no, a los hombres que lo mataron —dijo el hombretón—. Quiere dar de comer a los cuervos, como hicieron ellos en la Boda Roja. Quiere Freys y Boltons, sí. Esos se los proporcionaremos nosotros, tantos como desee. De vos solo quiere a Jaime Lannister.

«Jaime.»

El nombre fue para ella como un cuchillo que le retorcieran en el vientre.

—Lady Catelyn, no... No lo entendéis. Jaime... me salvó de ser violada cuando nos cogieron los Titiriteros Sangrientos, y luego fue a buscarme, saltó desarmado al foso del oso... Os juro que no es quien fue. Me envió a buscar a Sansa para protegerla; no pudo tomar parte en la Boda Roja.

Los dedos de Lady Catelyn se clavaron más profundamente en el cuello. Las palabras salieron a borbotones, rotas y ahogadas, un río frío como el hielo.

—Dice que tenéis que elegir —explicó el norteño—. Coged la espada y matad al Matarreyes, o seréis ahorcada por traidora. La espada o la soga, dice. Elegid, dice. Elegid.

Brienne recordó su sueño, aquel en el que esperaba en los salones de su padre al chico con el que iba a casarse. En el sueño se había cortado la lengua a mordiscos.

«Tenía la boca llena de sangre.» Tomó aliento.

—No puedo hacer esa elección —dijo.

Se hizo un largo silencio. Al final, Lady Corazón de Piedra habló otra vez. En aquella ocasión, Brienne la entendió. Solamente fue una palabra.

—Ahorcadlos —graznó.

—Como ordene mi señora —dijo el hombretón.

Volvieron a atarle las manos y la sacaron de la cueva por un sendero de piedra empinado que llevaba a la superficie. Se sorprendió al ver que, en el exterior, ya había salido el sol. Los haces de luz blanca del amanecer se filtraban entre las ramas de los árboles.

«Hay muchos árboles para elegir —pensó—. No tendrán que llevarnos muy lejos.»

Así fue. Bajo un sauce retorcido, los bandidos le pusieron un nudo corredizo al cuello, lo tensaron y lanzaron el otro extremo de la soga por encima de una rama. A Hyle Hunt y a Podrick Payne les tocaron olmos. Ser Hyle gritaba que él mismo mataría a Jaime Lannister, pero el Perro lo hizo callar con una bofetada. Había vuelto a ponerse el yelmo.

—Si tenéis pecados que confesar a vuestros dioses, este es el momento.

—Podrick no os ha hecho ningún daño. Mi padre pagará un rescate por él. Por algo llaman a Tarth la Isla Zafiro. Mandad a Podrick con mis huesos al Castillo del Atardecer, y os dará zafiros, plata, lo que queráis.

—Quiero recuperar a mi mujer y a mi hija —dijo el Perro—. ¿Puede darme eso vuestro padre? Si no, que se vaya a tomar por culo. El crío se pudrirá a vuestro lado. Los lobos os roerán los huesos.

—¿Vas a ahorcarla de una vez, Lim? —preguntó el tuerto—. ¿O pretendes matarla de aburrimiento?

El Perro le quitó el otro extremo de la soga al hombre que lo tenía en las manos.

—A ver qué tal baila —dijo, y dio un tirón.

Brienne sintió como el cáñamo se le hundía en la piel y la obligaba a levantar la barbilla. Ser Hyle lanzaba maldiciones de lo más elocuente, pero no así el chico. Podrick no levantó la vista en ningún momento, ni cuando le arrancaron los pies del suelo.

«Si es otro sueño, ya es hora de que despierte. Si es verdad, ya es hora de morir.»

Solo veía a Podrick, con la soga en torno al cuello flaco, sacudiendo las piernas. Ella abrió la boca. Pod pateaba, se asfixiaba, moría. Brienne aspiró a la desesperada mientras la soga la estrangulaba. No había sentido nunca un dolor tan intenso.

Gritó una palabra.

Cersei

La septa Moelle era una bruja de pelo blanco con el rostro tan afilado como un hacha y los labios fruncidos perpetuamente en un gesto de desaprobación.

«Seguro que esta sigue siendo doncella —pensó Cersei—, aunque a estas alturas tendrá la virginidad más rígida y resistente que el cuero endurecido.»

La escoltaban seis caballeros del Gorrión Supremo, con la espada arcoiris de su orden rediviva grabada en los escudos de lágrima.

—Septa, decidle a Su Altísima Santidad que esto es un ultraje. No toleraremos tamaña osadía. —Cersei estaba sentada al pie del Trono de Hierro, ataviada con seda verde y encaje dorado. Las esmeraldas centelleaban en sus dedos y en su cabellera dorada. Los ojos de la corte y de toda la ciudad estaban clavados en ella, y quería que vieran a la hija de Lord Tywin. Cuando terminase aquella farsa de titiriteros, todos sabrían que solo tenían una reina verdadera. «Pero para eso tendremos que bailar sin que se vean los hilos»—. Lady Margaery es la esposa de mi hijo, su abnegada compañera y consorte. Su Altísima Santidad no tiene motivos para rozarle un cabello a su persona, ni para confinarlas a ella y a sus primas, a las que tanto queremos. Exijo que las libere de inmediato.

La expresión adusta de la septa Moelle no cambió.

—Le transmitiré a Su Altísima Santidad las palabras de Vuestra Alteza, pero me duele tener que decir que la joven reina y sus damas no quedarán en libertad a menos que se demuestre su inocencia.

—¿Inocencia? Si solo hace falta ver sus rostros, tan dulces y jóvenes, para ver lo inocentes que son.

—Con frecuencia, un rostro dulce oculta un corazón pecador.

—¿De qué ofensa se acusa a esas jóvenes doncellas? —preguntó Lord Merryweather, que estaba sentado a la mesa del consejo—. Y ¿quién las acusa?

—Megga y Elinor Tyrell están acusadas de impudicia, fornicio y conspiración para cometer traición —respondió la septa—. A Alla Tyrell se la acusa de presenciar su deshonra y ayudarlas a ocultarla. A la reina Margaery se la acusa de lo mismo, así como de adulterio y alta traición.

Cersei se llevó una mano al pecho.

—¡Decidme quién difunde semejantes calumnias sobre mi nuera! No creo ni una palabra de todo eso. Mi querido hijo ama a Lady Margaery con todo su corazón; ella jamás tendría la crueldad de traicionarlo.

—El acusador es un caballero de vuestra propia Casa. Ser Osney Kettleblack ha confesado su relación carnal con la Reina ante el Septón Supremo, delante del altar del Padre.

En la mesa del consejo, Harys Swyft dejó escapar una exclamación, y el Gran Maestre Pycelle apartó la vista. Un zumbido llenó el aire, como si hubieran soltado un millar de avispas en el salón del trono. Varias damas de las galerías empezaron a marcharse, seguidas por un reguero de señores menores y caballeros situados al fondo de la estancia. Los capas doradas los dejaron salir, pero la Reina había dado instrucciones a Ser Osfryd para que tomara nota de todos los fugitivos.

«De repente, la rosa Tyrell ya no huele tan bien.»

—Ser Osney es joven y lujurioso, no lo ignoro —replicó la Reina—, pero también es un caballero fiel. Si dice que participó en esta... No, no puede ser. ¡Margaery es doncella!

—No. Yo misma la examiné por orden de Su Altísima Santidad. Su virginidad no está intacta. Las septas Aglantine y Melicent os lo confirmarán, al igual que la propia septa de la reina Margaery, Nysterica, que ha quedado confinada en una celda de penitencia por tomar parte en la deshonra de la Reina. También examinamos a Lady Megga y Lady Elinor. Ninguna de las dos estaba intacta.

Las avispas zumbaban tanto que la Reina casi no podía pensar.

«Espero que la pequeña reina y sus primas disfrutaran de sus cabalgadas.»

Lord Merryweather dio un puñetazo en la mesa.

—Lady Margaery prestó juramento solemne delante de Su Alteza la Reina y de su difunto padre; juró que era doncella. Muchos fuimos testigos. Lord Tyrell también testificó sobre su inocencia, al igual que Lady Olenna, cuya reputación es intachable. ¿Queréis hacernos creer que todas esas nobles personas nos mintieron?

—Tal vez también estuvieran engañadas, mi señor —respondió la septa Moelle—. No podría decíroslo. Solo puedo dar fe de la veracidad de lo que descubrí yo misma cuando examiné a la Reina.

La imagen de aquella vieja amargada metiendo los dedos arrugados en el coñito rosado de Margaery era tan cómica que Cersei estuvo a punto de echarse a reír.

—Insistimos en que Su Altísima Santidad permita que nuestros maestres examinen a mi nuera para determinar si hay algún rastro de verdad en estas injurias. Gran Maestre Pycelle, acompañaréis a la septa Moelle al septo de Baelor el Bienamado y volveréis para traernos la verdad sobre la virginidad de Margaery.

Pycelle se había puesto del color de la leche cortada.

«El viejo imbécil no se calla nunca en las reuniones del consejo, y ahora que necesito que diga cuatro palabras se queda mudo», pensó la reina.

—No hace falta que examine sus... partes íntimas. —dijo al fin el anciano, con voz temblorosa—. Me duele tener que decirlo, pero... la reina Margaery no es doncella. Me ha pedido que le prepare té de la luna, y no una vez, sino muchas.

El rugido que siguió a sus palabras fue mayor de lo que Cersei Lannister se había atrevido a esperar.

Ni el heraldo real que golpeaba el suelo con la pica consiguió acallarlo. La Reina se dejó bañar por el sonido unos instantes, saboreando las palabras que marcaban la caída en desgracia de la pequeña reina. Cuando calculó que ya había durado suficiente se levantó y, con rostro pétreo, ordenó a los capas doradas que despejaran la sala.

«Es el fin de Margaery Tyrell», pensó henchida de júbilo.

Sus caballeros blancos la rodearon cuando salió por la Puerta del Rey, situada tras el Trono de Hierro: Boros Blount, Meryn Trant y Osmund Kettleblack, los últimos hombres de la Guardia Real que quedaban en la ciudad.

El Chico Luna estaba junto a la puerta, con la matraca en una mano y los grandes ojos redondos llenos de confusión.

«Será un bufón, pero un bufón honrado. Maggy la Rana también debería haberse vestido como él, visto lo que sabía del futuro. —Cersei rogaba por que la vieja estafadora estuviera padeciendo en el infierno. La joven reina cuya llegada había predicho estaba acabada; si esa profecía podía ser errónea, las demás también—. Nada de mortajas doradas, nada de *valonqar*. Por fin estoy libre de tu maldad.»

Los que quedaban de su consejo privado la siguieron. Harys Swyft parecía estupefacto. Dio un traspié en la puerta, y se habría caído si Aurane Mares no lo hubiera sostenido por el brazo. Hasta Orton Merryweather parecía nervioso.

—El pueblo le tiene cariño a la pequeña reina —dijo—. No se lo va a tomar bien. Temo lo que pueda suceder a continuación, Alteza.

—Lord Merryweather tiene razón —señaló Lord Mares—. Si a Vuestra Alteza le parece bien, botaré el resto de los dromones. Cuando los vean en el Aguasnegras, con el estandarte del rey Tommen en los mástiles, todos recordarán quién gobierna en la ciudad, quién los protege si la chusma organiza otra revuelta.

No le hizo falta añadir que cuando navegaran por el Aguasnegras, sus dromones impedirían que Mace Tyrell bajara por el río con su ejército, igual que Tyrion había detenido a Stannis en su momento. A aquel lado de Poniente, Altojardín no contaba con potencia naval. Dependían de la flota de los Redwyne, que en aquellos momentos regresaba al Rejo.

—Una medida muy prudente —anunció la reina—. Hasta que pase la tormenta, quiero todos los barcos tripulados y en el agua.

Ser Harys Swyft estaba tan pálido y sudoroso que parecía a punto de desmayarse.

—Cuando Lord Tyrell reciba la noticia, su ira no conocerá límites. La sangre correrá por las calles...

«El caballero de la gallina —pensó Cersei—. Vuestro blasón debería ser un gusano, ser; la gallina es demasiado valerosa para vos. Si Mace Tyrell no se atrevió siquiera a atacar Bastión de Tormentas, ¿cómo creéis que osará enfrentarse a los dioses?»

—No debe correr la sangre; me encargaré de ello —dijo cuando terminó de farfullar—. Iré en persona al septo de Baelor para hablar con la reina Margaery y con el Septón Supremo. Sé que Tommen los quiere a los dos, y deseará que los ayude a hacer las paces.

—¿Paz? —Ser Harys se secó la frente con una manga de terciopelo—. Si es posible que haya paz... Es muy valiente por vuestra parte.

—Hará falta algún tipo de juicio —continuó la Reina—, para refutar esas calumnias y mentiras, y demostrar al mundo que nuestra querida Margaery es tan inocente como todos sabemos.

—Sí —asintió Merryweather—, pero puede que el Septón Supremo quiera juzgar él mismo a la Reina, como hacía antaño la Fe.

«Eso espero», pensó Cersei. Semejante tribunal no se mostraría magnánimo con las reinas traidoras que se abrían de piernas a los bardos y profanaban los sagrados ritos de la Doncella para ocultar su deshonra.

—Lo importante es averiguar la verdad; estoy segura de que todos estamos de acuerdo —dijo—. Disculpadme ahora, mis señores. Tengo que ir a ver al Rey. No debería estar solo en un momento así.

Cuando su madre volvió con él, Tommen estaba pescando gatos. Dorcas le había hecho un ratón con trocitos de piel y se lo había colgado de un cordel atado a una vieja caña de pescar. A los gatitos les encantaba perseguirlo, y el niño disfrutaba sacudiéndolo por el suelo mientras corrían tras él. Se sorprendió cuando Cersei lo estrechó entre sus brazos y le dio un beso en la frente.

—¿Qué pasa, madre? ¿Por qué lloras?

«Porque estás a salvo —habría querido decirle—. Porque nunca te pasará nada malo.»

—Te equivocas. El león no llora nunca. —Ya tendría tiempo más tarde para hablarle de Margaery y sus primas—. Traigo unas órdenes que tienes que firmar.

Para no alterarlo, la Reina había dejando en blanco los espacios para los nombres en las órdenes de detención. Tommen las firmó tal como estaban y, como siempre, estampó el sello contra el lacre caliente con toda alegría. Después, Cersei lo mandó salir con Jocelyn Swyft.

Ser Osfryd Kettleblack llegó mientras se estaba secando la tinta. La Reina había escrito los nombres: Ser Tallad el Tallo, Jalabhar Xho, Hamish el Arpista, Hugh Clifton, Mark Mullendore, Bayard Norcross, Lambert Turnberry, Horas Redwyne, Hobber Redwyne y cierto patán, un tal Wat que se hacía llamar Bardo Azul.

—Son muchos. —Ser Osfryd examinó las órdenes, contemplando las palabras con tanta desconfianza como si fueran cucarachas que se arrastraran por el pergamino; ningún Kettleblack sabía leer.

—Diez. Y tenéis seiscientos capas doradas; más que suficientes para detener a diez, creo yo. Los más astutos habrán huido, si les ha llegado el rumor a tiempo. No tiene importancia: su ausencia hará que parezcan mucho más culpables. Ser Tallad es un zoquete; puede que oponga resistencia. Aseguraos de que no muere antes de confesar, y no les hagáis ningún daño a los demás. Tal vez algunos sean inocentes.

Era importante que se supiera que la acusación contra los gemelos Redwyne era falsa. Aquello demostraría que el juicio de los demás era justo.

—Los tendremos a todos antes de que el sol llegue a su cénit, Alteza. —Ser Osfryd titubeó—. Se está congregando una multitud ante las puertas del septo de Baelor.

—¿Qué clase de multitud? —Desconfiaba de todo lo inesperado. Recordó lo que había dicho Lord Mares en cuanto a las posibles revueltas. «No había pensado en cómo reaccionaría el pueblo. Margaery era la niña de sus ojos»—. ¿Son muchos?

—Cosa de un centenar. Le están gritando al Septón Supremo que suelte a la pequeña reina. Si queréis, podemos dispersarlos.

—No. Pueden gritar hasta quedarse roncos; no lograrán que el Gorrión cambie de idea. Solo escucha a los dioses. —Había algo de irónico en que Su Altísima Santidad tuviera una multitud airada ante las puertas, ya que esa misma multitud le había proporcionado la corona de cristal. «Que no tardó en vender»—. Ahora, la Fe cuenta con sus propios caballeros. Que defiendan ellos el septo. Ah, y cerrad las puertas de la ciudad. Mientras no zanjemos este asunto, no quiero que nadie entre ni salga de Desembarco del Rey sin mi permiso.

—Como ordenéis, Alteza. —Ser Osfryd hizo una reverencia y salió en busca de alguien que le leyera las órdenes.

Antes de la puesta de sol, todos los acusados de traición estaban ya bajo custodia. Hamish el Arpista se derrumbó cuando fueron a por él, y Ser Tallad el Tallo hirió a tres capas doradas antes de que los demás lo sometieran. Cersei ordenó que alojaran a los gemelos Redwyne en habitaciones cómodas de la torre. Los demás irían a las mazmorras.

—Hamish tiene problemas para respirar —informó Qyburn cuando fue a verla aquella noche—. Pide que lo vea un maestre.

—Tendrá un maestre en cuanto confiese. —Meditó un instante—. Es demasiado viejo para ser uno de los amantes, pero seguro que cantó y tocó para Margaery mientras ella se divertía con otros hombres. Necesitaremos detalles.

—Lo ayudaré a recordar, Alteza.

Al día siguiente, Lady Merryweather ayudó a Cersei a vestirse para ir a ver a la pequeña reina.

—Nada demasiado opulento ni vistoso —le dijo—. Algo apropiado, devoto y aburrido, adecuado para el Septón Supremo. Seguro que me hace rezar con él.

Al final optó por un vestido de lana suave que la cubría hasta los tobillos, sin más adorno que unas pocas hojas bordadas con hilo de oro en el corpiño y las mangas, para aliviar la austeridad del corte. Y lo mejor era que el marrón disimularía la suciedad si al final tenía que arrodillarse.

—Mientras doy consuelo a mi nuera, id a hablar con las tres primas —le dijo a Taena—. Si es posible, ganaos a Alla, pero cuidado con lo que decís. Puede que los dioses no sean los únicos que estén escuchando.

Jaime decía siempre que lo peor de una batalla era el momento previo, mientras se esperaba a que comenzara la carnicería. Al salir, Cersei advirtió que el cielo estaba gris y plomizo. No podía arriesgarse a que le lloviera encima; llegaría empapada y chorreante al septo de Baelor. Tendría que ir en la litera. Eligió como escolta a diez guardias de la Casa Lannister y a Boros Blount.

—Puede que la turba de Margaery no tenga suficiente seso para distinguir a un Kettleblack de otro —le dijo a Ser Osmund—, y no quiero que os veáis obligado a herir a nadie. Más vale que, durante un tiempo, no se os vea mucho.

Mientras cruzaban Desembarco del Rey, Taena sintió una duda repentina.

—Ese juicio... —empezó en voz baja—. ¿Qué pasa si Margaery exige que su culpabilidad o inocencia se determinen por combate?

Una sonrisa aleteó en los labios de Cersei.

—En su calidad de reina, solo un caballero de la Guardia Real puede defender su honor. Hasta los niños de Poniente saben cómo defendió el príncipe Aemon, el Caballero Dragón, a su hermana, la reina Naerys, contra las acusaciones de Ser Morghil. Pero Ser Loras está muy malherido, así que alguno de sus Hermanos Juramentados tendrá que ocupar el puesto del príncipe Aemon. —Se encogió de hombros—. ¿Quién podrá encargarse? Ser Arys y Ser Balon están muy lejos, en Dorne; Ser Jaime se ha marchado a Aguasdulces, y Ser Osmund es hermano del hombre que la acusa, con lo que solo quedan... Oh, cielos.

—Boros Blount y Meryn Trant. —Lady Taena se echó a reír.

—Sí, y Ser Meryn no se encuentra muy bien últimamente. Recordadme que se lo diga cuando volvamos al castillo.

—Claro, querida. —Taena le tomó la mano y se la besó—. Espero no ofenderos jamás. Cuando estáis airada sois temible.

—Cualquier madre haría lo mismo para proteger a sus hijos —replicó Cersei—. ¿Cuándo vais a traer al vuestro a la corte? Se llama Russell, ¿verdad? Podría entrenarse con Tommen.

—Seguro que estaría encantado, pero ahora mismo es todo tan inseguro... He pensado que es mejor esperar a que pase el peligro.

—Será muy pronto —le prometió Cersei—. Enviad un mensaje a Granmesa y decidle a Russell que empaque su mejor jubón y su espada de madera. Un nuevo amigo será precisamente lo que necesitará Tommen para olvidar su pérdida cuando ruede la cabecita de Margaery.

Bajaron de la litera ante la estatua de Baelor el Santo. La reina se alegró de ver que habían limpiado los huesos y la porquería. Lo que le había dicho Ser Osfryd era verdad: aquella multitud no era tan numerosa ni tan rebelde como la de los gorriones. Estaba reunida en grupos pequeños, contemplando con gesto hosco las puertas del Gran Septo, donde había una hilera de septones novicios con picas en las manos.

«Nada de acero», advirtió Cersei.

Era una buena idea o una enorme estupidez; no estaba segura.

Nadie hizo ademán de detenerla. Tanto el pueblo como los novicios se apartaron para dejarle paso. Al otro lado de las puertas, tres caballeros vestidos con las túnicas de rayas de colores de los Hijos del Guerrero las recibieron en la Sala de las Lámparas.

—Vengo a ver a mi nuera —les dijo Cersei.

—Su Altísima Santidad os estaba esperando. Soy Ser Theodan el Fiel, antes Ser Theodan Wells. Acompañadme, Alteza, por favor.

El Gorrión Supremo estaba de rodillas, como siempre. En aquella ocasión estaba rezando ante el altar del Padre. En lugar de interrumpir la plegaria por la llegada de la Reina, la hizo aguardar impaciente hasta que terminó. Entonces se levantó y le hizo una reverencia.

—Es un día aciago, Alteza.

—Mucho. ¿Tenemos vuestro permiso para hablar con Margaery y sus primas?

Optó por unos modales humildes y sumisos; con aquel hombre eran los que mejor resultado le iban a dar.

—Si es lo que deseáis... Cuando terminéis, volved a verme, hija mía. Tenemos que rezar juntos.

La pequeña reina estaba confinada en uno de los esbeltos torreones del Gran Septo. Su celda medía doce palmos de largo por seis de ancho, y no contenía nada más que un colchón relleno de paja, un reclinatorio para rezar, una jarra de agua, un ejemplar de *La estrella de siete puntas* y una vela para leerlo. La única ventana era poco más ancha que una tronera.

Cuando llegó Cersei, Margaery estaba descalza y temblorosa, vestida con la túnica de lana basta de una hermana novicia. Tenía los bucles enmarañados y los pies sucios.

—Me han quitado la ropa —le dijo la pequeña reina en cuanto se quedaron a solas—. Llevaba una túnica de encaje marfil con perlas de agua dulce en el corpiño, pero las septas me pusieron las manos encima y me desnudaron. Y a mis primas también. Megga tiró de un empujón a una septa, que cayó entre las velas y se le incendió el hábito. Pero por quien más temo es por Alla. Se puso tan blanca como la leche; tenía tanto miedo que ni siquiera lloraba.

—Pobre niña. —No había sillas, de modo que Cersei se sentó en el colchón junto a la pequeña reina—. Lady Taena ha ido a hablar con ella para decirle que no la olvidamos.

—Ni siquiera me deja verlas —dijo Margaery, furiosa—. Nos tiene aisladas. Hasta que habéis llegado, no se me ha permitido recibir visitas; solo dejan entrar a las septas. Hay una que viene una vez por hora para preguntarme si deseo confesar mis fornicios. ¡No me dejan dormir! Me despiertan para exigirme que confiese. Anoche le confesé a la septa Unella que tenía ganas de sacarle los ojos.

«Lástima que no se los sacaras —pensó Cersei—. Que dejaras ciega a una pobre septa anciana terminaría de convencer de tu culpabilidad al Gorrión Supremo.»

—A tus primas las están interrogando de la misma manera.

—¡Malditos sean! —exclamó Margaery—. Ojalá ardan en los siete infiernos. Alla es tan dulce y tímida... ¿cómo pueden hacerle esto? Y Megga...Ya sé que tiene una risa más escandalosa que la de una prostituta de puerto, pero en su interior no es más que una chiquilla. Las quiero tanto como ellas a mí. Si ese gorrión cree que conseguirá que mientan sobre mí...

—Me temo que también están acusadas. Las tres.

—¿Mis primas? —Margaery palideció—. Alla y Megga son poco más que niñas. Esto es... Esto es obsceno, Alteza. ¿Vais a sacarnos de aquí?

—Ojalá pudiera. —Tenía la voz cargada de desconsuelo—. Su Altísima Santidad tiene a sus nuevos caballeros vigilándoos. Para liberaros tendría que enviar a los capas doradas y profanar este lugar sagrado con una matanza. —Le cogió la mano a Margaery—. Pero no he estado ociosa: he reunido a todos los que mencionó Ser Osney como amantes vuestros. Le dirán a Su Altísima Santidad que sois inocente, y lo jurarán en el juicio.

—¿Un juicio? —Había verdadero miedo en su voz—. ¿Se tiene que celebrar un juicio?

—¿Cómo si no vamos a demostrar vuestra inocencia? —Cersei le apretó la mano para tranquilizarla—. Y claro, tenéis derecho a decidir cómo queréis que os juzguen; para algo sois la reina. Los caballeros de la Guardia Real han jurado defenderos.

Margaery comprendió al instante.

—¿Un juicio por combate? Pero Loras está herido, si no...

—Tiene seis hermanos.

Margaery se la quedó mirando. De repente, retiró la mano.

—¿Estáis de broma? Boros es un cobarde. Meryn es viejo y lento. Vuestro hermano está mutilado. Los otros dos se encuentran en Dorne, y Osmund es un condenado Kettleblack. Loras tiene dos hermanos, no seis. Si hay un juicio por combate, quiero que Garlan sea mi campeón.

—Ser Garlan no es miembro de la Guardia Real —dijo Cersei—. Cuando está en juego el honor de una reina, las leyes y la tradición exigen que su campeón sea uno de los siete juramentados del rey. Me temo que el Septón Supremo se empecinará en que sea así.

«Yo me encargaré de eso.»

Margaery tardó en responder. Tenía los ojos marrones cargados de desconfianza.

—Blount o Trant —dijo al final—. Tendría que ser uno de ellos. Es lo que os gustaría, ¿verdad? Osney Kettleblack podría hacer pedazos a cualquiera de los dos.

«Por los siete infiernos.» Cersei compuso una expresión dolida.

—Os equivocáis, hija. Lo único que quiero...

—... es a vuestro hijo, y solo para vos. Nunca tendrá una esposa a la que no odiéis. Y gracias a los dioses, no soy vuestra hija. Marchaos.

—Os comportáis como una idiota. Solo vengo a ayudaros.

—A ayudar a meterme en el féretro. Os he pedido que os marchéis. ¿Queréis que llame a mis carceleros para que os saquen a rastras, zorra manipuladora?

Cersei se recogió las faldas y la dignidad.

—Seguro que estáis pasando mucho miedo; os perdonaré esas palabras. —Allí, al igual que en la corte, no se sabía nunca quién podía estar escuchando—. Yo en vuestro lugar también estaría asustada. El Gran Maestre Pycelle ha reconocido que os proporcionaba té de la luna, y vuestro Bardo Azul... En fin, mi señora, yo que vos rezaría a la Vieja y a la Madre para pedirles sabiduría y misericordia. Mucho me temo que pronto necesitaréis las dos cosas.

Cuatro septas de rostro arrugado la acompañaron en el descenso por las escaleras de la torre. Cada una parecía más frágil que la anterior. Al llegar al nivel del suelo continuaron bajando, adentrándose hacia el corazón de la colina de Visenya. La escalera terminaba a gran profundidad, donde una hilera de antorchas titilantes iluminaba un largo pasadizo.

El Septón Supremo la esperaba en su pequeña sala de audiencias de siete paredes. La estancia era modesta y sencilla, con las paredes desnudas y amueblada solo con una mesa de madera basta, tres sillas y un reclinatorio. Los rostros de los Siete estaban tallados en las paredes. Las tallas le parecieron feas y rudimentarias, pero tenían cierto poder, sobre todo en los ojos: esferas de ónice, malaquita y feldespato amarillo, que hacían que las caras parecieran cobrar vida.

—Habéis hablado con la Reina —dijo el Septón Supremo.

«La reina soy yo», estuvo tentada de decirle, pero se contuvo.

—Sí.

—Todos pecamos, incluso los reyes y las reinas. Yo también pequé, y fui perdonado. Pero sin confesión no puede haber perdón, y la Reina no quiere confesar.

—Tal vez sea inocente.

—No. Las septas la han examinado y juran que su virginidad está rota. Ha bebido el té de la luna para matar en su vientre el fruto de los fornicios. Un caballero ha jurado sobre su espada que ha tenido relaciones carnales con ella y con dos de sus tres primas. Dice que hay otros que han yacido con ella y menciona a muchos hombres, tanto nobles como humildes.

—Mis capas doradas los han llevado a todos a las mazmorras —le aseguró Cersei—. Por ahora solo se ha interrogado a uno, al cantor que se hace llamar Bardo Azul. Dijo cosas muy perturbadoras. Pese a todo, rezo por que la inocencia de mi nuera se demuestre en el juicio. —Titubeó—. Tommen quiere mucho a su pequeña reina, Santidad, y creo que a él y a sus señores les costaría mucho juzgarla con justicia. Tal vez la Fe deba encargarse del juicio...

El Gorrión Supremo juntó los dedos flacos.

—Lo mismo había pensado yo, Alteza. Maegor el Cruel nos quitó las espadas, y Jaehaerys el Conciliador nos privó de la balanza del juicio, pero ¿quién puede juzgar a una reina sino los Siete desde los cielos y quienes los sirven aquí? Un tribunal sagrado de siete jueces se ocupará de este caso. Tres de ellos serán mujeres: una doncella, una madre y una vieja. ¿Puede haber alguien más adecuado para juzgar la maldad de las mujeres?

—Eso sería lo mejor. Pero claro, Margaery puede exigir que su culpabilidad o su inocencia se determine por combate. En tal caso, su campeón tendría que ser uno de los Siete de Tommen.

—Los caballeros de la Guardia Real han sido los campeones del rey y la reina desde tiempos de Aegon el Conquistador. En ese aspecto, la Corona y la Fe hablan con una sola voz.

Cersei se tapó la cara con las manos, como para ocultar su dolor. Cuando volvió a alzar la cabeza, una lágrima le brillaba en un ojo.

—Sin duda es un día aciago —dijo—, pero me alegra ver que estamos de acuerdo. Si Tommen estuviera aquí, os daría las gracias. Tenemos que buscar la verdad juntos, vos y yo.

—Así será.

—Tengo que volver al castillo. Con vuestro permiso, me llevaré a Osney Kettleblack. El Consejo Privado quiere interrogarlo y escuchar las acusaciones de su propia boca.

—No —replicó el Septón Supremo.

Fue solo una palabra, una palabra breve, pero para Cersei fue como si le hubieran tirado un cubo de agua helada a la cara. Parpadeó; su seguridad se tambaleó durante un instante.

—Ser Osney estará bien custodiado, os lo garantizo.

—Ya está bien custodiado aquí. Venid; os lo enseñaré.

Cersei sentía los ojos de los Siete clavados en ella, ojos de jade, malaquita y ónice, y sintió un escalofrío repentino, gélido como el hielo.

«Soy la reina —se dijo—. Soy la hija de Lord Tywin.»

Lo siguió de mala gana. Ser Osney no estaba muy lejos. La cámara estaba oscura y tenía una puerta pesada, de hierro. El Septón Supremo sacó la llave que la abría y cogió una antorcha de la pared para iluminar el interior.

—Vos primero, Alteza.

En el interior, Osney Kettleblack colgaba del techo, de un par de cadenas de hierro. Lo habían azotado. Tenía la espalda y los hombros casi en carne viva, y las marcas del látigo le cruzaban también las piernas y las nalgas.

La Reina casi no pudo ni mirarlo. Se volvió hacia el Septón Supremo.

—¿Qué habéis hecho?

—Buscar encarecidamente la verdad.

—Os dijo la verdad. Acudió a vos por su propia voluntad y confesó sus pecados.

—Sí. Eso hizo. He escuchado muchas confesiones, Alteza, y nunca había oído a nadie tan satisfecho de ser culpable.

—¡Lo habéis azotado!

—No hay expiación sin dolor. Como le dije a Ser Osney, todo hombre debería probar el látigo. Pocas veces me siento más cerca de los dioses que cuando me azoto por mi maldad, aunque mis pecados más oscuros no son tan negros como los suyos.

—P-pero... —Tartamudeó—. Predicáis la misericordia de la Madre...

—Ser Osney probará su dulce leche en la otra vida. Tal como está escrito en *La estrella de siete puntas,* todos los pecados se pueden perdonar, pero ningún crimen debe quedar sin castigo. Osney Kettleblack es culpable de traición y asesinato, y el precio de la traición es la muerte.

«No es más que un sacerdote, no puede hacer esto.»

—La Fe no puede condenar a muerte a nadie, sea cual sea el delito.

—Sea cual sea el delito. —El Septón Supremo repitió las palabras con lentitud, sopesándolas—. Es curioso que digáis eso, Alteza, porque cuanto más diligentes éramos en la aplicación del látigo, más parecían cambiar los delitos de Ser Osney. Ahora quiere hacernos creer que nunca tocó a Margaery Tyrell. ¿No es así, Ser Osney?

Osney Kettleblack abrió los ojos. Al ver a la Reina ante él, se pasó la lengua por los labios hinchados.

—El Muro —dijo—. Me prometisteis el Muro.

—Está loco —dijo Cersei—. Lo habéis hecho enloquecer.

—Ser Osney Kettleblack —preguntó el Septón Supremo con voz firme—, ¿tuvisteis relación carnal con la Reina?

—Sí. —Las cadenas tintinearon cuando Osney se retorció—. Con esta. Esta es la reina a la que me follé, la que me envió a matar al viejo Septón Supremo. Nunca había guardias. Solo tuve que venir mientras dormía y ponerle una almohada en la cara.

Cersei dio media vuelta y echó a correr.

El Septón Supremo intentó agarrarla, pero era un gorrión viejo, mientras que ella era una leona de la Roca. Lo apartó de un empujón, salió por la puerta y la cerró de golpe.

«Los Kettleblack, necesito a los Kettleblack. Mandaré a Osfryd con los capas doradas, y también a Osmund con la Guardia Real. Osney volverá a negarlo todo en cuanto lo suelten; me libraré de este Septón Supremo, igual que del anterior.»

Las cuatro septas viejas le bloqueaban el paso y la agarraron con manos arrugadas. Derribó a una de un empujón, arañó a otra en la cara y consiguió llegar a las escaleras. A medio camino se acordó de Taena Merryweather y se detuvo, jadeante.

«Los Siete me amparen. Taena lo sabe todo. Si la cogen también a ella y la azotan...»

Consiguió llegar corriendo hasta el septo, pero no más allá. Allí la aguardaban las mujeres, más septas y también hermanas silenciosas, más jóvenes que las brujas de abajo.

—¡Soy la reina! —les gritó al tiempo que retrocedía—. ¡Os haré decapitar, os cortaré la cabeza a todas! ¡Dejadme pasar!

En vez de obedecer, intentaron agarrarla. Cersei corrió hacia el altar de la Madre, pero allí la atraparon; eran una veintena, y la arrastraron mientras pataleaba por las escaleras de la torre. Dentro de la celda, tres hermanas silenciosas la sujetaron mientras una septa llamada Scolera la desnudaba. Le quitó hasta la ropa interior. Otra septa le tiró un vestido sencillo de lana basta.

—¡No podéis hacerme esto! —siguió gritando la Reina—. ¡Soy una Lannister, soltadme, mi hermano os matará, Jaime os rajará del coño a la garganta, soltadme! ¡Soy la reina!

—La reina debería rezar —dijo la Septa Scolera antes de dejarla desnuda en la celda helada.

Ella no era la dócil Margaery Tyrell; no se pondría el vestido ni se sometería al cautiverio.

«Les enseñaré qué significa meter un león en una jaula», pensó Cersei.

Desgarró el vestido, lo hizo mil pedazos, cogió el jarro de la jofaina y lo estrelló contra la pared, y luego hizo lo mismo con el orinal. Al ver que nadie acudía, empezó a golpear la puerta con los puños. Su escolta estaba abajo, en la plaza: diez guardias de la Casa Lannister y Ser Boros Blount.

«Cuando me oigan, vendrán a liberarme; cargaremos de cadenas al condenado Gorrión Supremo y lo llevaremos a rastras a la Fortaleza Roja.»

Gritó, pataleó y aulló ante la puerta y ante la ventana hasta que tuvo la garganta en carne viva. Nadie respondió a los gritos; nadie acudió en su rescate. La celda empezó a oscurecerse. Cada vez hacía más frío. Cersei empezó a tiritar.

«¿Cómo pueden dejarme así, sin siquiera un fuego? ¡Soy su reina!»

Empezaba a lamentar haber hecho pedazos el vestido. En el jergón de la esquina había una manta desgastada y fina de lana marrón. Era basta y raspaba, pero no tenía nada más. Cersei se acurrucó bajo ella para dejar de tiritar, y no tardó en dormirse, agotada.

Lo siguiente que supo fue que una mano la sacudía. Dentro de la celda, la oscuridad era absoluta; una mujer fea y corpulenta se había arrodillado junto a ella con una vela en la mano.

—¿Quién eres? —quiso saber la Reina—. ¿Has venido a liberarme?

—Soy la septa Unella. He venido a escuchar la confesión de vuestros asesinatos y fornicios.

Cersei le apartó la mano de un golpe.

—Esto te costará la cabeza. No te atrevas a tocarme. ¡Fuera de aquí!

La mujer se levantó.

—Volveré dentro de una hora, Alteza. Tal vez entonces estéis preparada para confesar.

Una hora, y otra, y otra. Así transcurrió la noche más larga de la vida de Cersei Lannister, con la única excepción de la del día de la boda de Joffrey. Tenía la garganta tan irritada por los gritos que apenas podía tragar. La celda era gélida. Había destrozado el orinal, de modo que tuvo que acuclillarse en un rincón para hacer aguas menores y ver como corrían en un reguero por el suelo. Cada vez que cerraba los ojos, Unella volvía a aparecer ante ella para sacudirla y preguntarle si quería confesar sus pecados.

El día no llegó acompañado de alivio alguno. Mientras salía el sol, la Septa Moelle le llevó un cuenco de unas gachas grises y aguadas. Cersei se lo tiró a la cara. Pero cuando le llevaron otro jarro de agua, tenía tanta sed que no le quedó más remedio que beber. Le llevaron otro vestido gris y fino que apestaba a moho, y se lo puso para cubrir su desnudez. Y aquella tarde, cuando volvió Moelle, se comió el pan y el pescado, y exigió que le llevaran vino. El vino no llegó, pero sí la septa Unella, que la visitaba cada hora para preguntar si estaba lista para confesar.

«¿Qué puede estar pasando? —se preguntó Cersei cuando la diminuta porción de cielo que veía por la ventana empezó a oscurecerse otra vez—. ¿Por qué no ha venido nadie a sacarme de aquí? —No podía creer que los Kettleblack hubieran dejado abandonado a su hermano. ¿Y qué estaría haciendo su consejo?—. Cobardes, traidores. Cuando salga de aquí, los mandaré decapitar a todos y buscaré hombres de más valía que ocupen su lugar.»

Aquel día oyó gritos en tres ocasiones; era la chusma de la plaza, pero el nombre que gritaban era el de Margaery, no el suyo.

Estaba a punto de amanecer el segundo día. Cersei lamía los últimos restos de gachas del cuenco cuando la puerta de su celda se abrió inesperadamente para dejar paso a Lord Qyburn. Tuvo que recurrir a todo su autodominio para no echarse en sus brazos.

—Qyburn —susurró—. Oh, dioses, cuánto me alegro de veros. Llevadme a casa.

—No me lo permiten. Os van a juzgar ante un tribunal sagrado de siete jueces, por asesinato, traición y fornicio.

Cersei estaba tan agotada que, al principio, no entendió qué le decía.

—Tommen. Habladme de mi hijo. ¿Sigue siendo el rey?

—Sí, Alteza. Está sano y salvo, tras los muros del Torreón de Maegor, protegido por la Guardia Real. Pero se siente solo. Tiene miedo. Pregunta por vos y por la pequeña reina. Por ahora nadie le ha hablado de vuestras... Vuestras...

—¿Dificultades? —sugirió—. ¿Qué pasa con Margaery?

—También la van a juzgar, el mismo tribunal que a vos. Entregué al Bardo Azul al Septón Supremo, como ordenó Vuestra Alteza. Ya lo tienen aquí, en las mazmorras. Mis informantes me dicen que lo están azotando, pero hasta ahora solo ha cantado la dulce canción que le enseñamos.

«La dulce canción.» Tenía la cabeza embotada por la falta de sueño. «Wat, su verdadero nombre es Wat.» Si los dioses eran bondadosos, Wat moriría a causa de los latigazos, y Margaery se quedaría sin manera de refutar su testimonio.

—¿Dónde están mis caballeros? Ser Osfryd... El Septón Supremo pretende matar a su hermano Osney; sus capas doradas tienen que...

—Osfryd Kettleblack ya no está al mando de la Guardia de la Ciudad. El Rey lo ha depuesto y ha elegido en su lugar al capitán de la puerta del Dragón, un tal Humfrey Mares.

Cersei estaba agotada, y nada de aquello tenía sentido. ¿Por qué iba a hacer Tommen semejante cosa?

—El chico no tiene la culpa. Cuando el consejo le pone un decreto delante, él lo firma y le estampa el sello.

—Mi consejo... ¿Quién? ¿Quién iba a hacer eso? Vos no...

—Por desgracia, me han echado del consejo, aunque de momento me permiten seguir trabajando con los pajaritos del eunuco. En estos momentos, Harys Swyft y el Gran Maestre Pycelle gobiernan el reino. Han enviado un cuervo a Roca Casterly para invitar a vuestro tío a volver de inmediato a la corte y asumir la regencia. Si piensa aceptar, más vale que se dé prisa. Mace Tyrell ha interrumpido el asedio de Bastión de Tormentas y viene hacia la ciudad con un ejército, y Randyll Tarly también está bajando de Poza de la Doncella.

—¿Lord Merryweather aprueba todo esto?

—Merryweather ha renunciado a su sillón en el consejo y ha escapado a Granmesa con su esposa, que fue quien nos transmitió la noticia de las... acusaciones... que había contra vos.

—Así que han soltado a Taena. —Era lo mejor que oía desde el «no» del Gorrión Supremo. Taena podría haber sido su perdición—. ¿Qué pasa con Lord Mares? Sus barcos... Si desembarca a todos sus tripulantes, tendrá suficientes hombres para...

—En cuanto llegó al río la noticia de los actuales apuros de Vuestra Alteza, Lord Mares izó las velas, retiró los remos y se llevó su flota a mar abierto. Ser Harys teme que pretenda unirse a Lord Stannis. Pycelle cree que se dirige a los Peldaños de Piedra para hacerse pirata.

—Mis hermosos dromones... —Cersei estuvo a punto de echarse a reír—. Mi señor padre decía siempre que los bastardos son traicioneros por naturaleza. Ojalá le hubiera hecho caso. —Se estremeció—. Estoy perdida, Qyburn.

—No. —Le cogió una mano—. Aún queda esperanza. Vuestra Alteza tiene derecho a demostrar su inocencia con un combate. Vuestro campeón está preparado, mi reina. No hay hombre en los Siete Reinos que pueda enfrentarse a él. Basta con que deis la orden...

Fue incapaz de seguir conteniendo la risa. Aquello era tan divertido, tan horriblemente divertido...

—A los dioses les gusta burlarse de nuestros planes y esperanzas. Tengo un campeón al que no podría derrotar ningún hombre, pero se me prohíbe utilizarlo. Soy la reina, Qyburn. Solo un Hermano Juramentado de la Guardia Real puede defender mi honor.

—Entiendo. —La sonrisa se desvaneció en el rostro de Qyburn—. No sé qué deciros, Alteza. No sé qué puedo aconsejaros...

Pese a su estado de agotamiento y terror, la reina sabía que no podía confiar su destino a un tribunal de gorriones. Tampoco podía contar con que interviniera Ser Kevan, después de las palabras que se habían cruzado en su última reunión.

«Tendrá que ser un juicio por combate. No hay otra salida.»

—Qyburn, por el amor que me profesáis, os ruego que enviéis un mensaje en mi nombre. Si es posible, con un cuervo; si no, con un jinete. Enviadlo a Aguasdulces, a mi hermano. Decidle lo que ha pasado, y escribid... Escribid...

—¿Sí, Alteza?

Se humedeció los labios, temblorosa.

—«Vuelve ahora mismo. Ayúdame. Sálvame. Te necesito como no te había necesitado jamás. Te quiero. Te quiero. Te quiero. Vuelve ahora mismo.»

—Como ordenéis. ¿«Te quiero» tres veces?

—Tres veces. —Tenía que conmoverlo—. Vendrá. Sé que vendrá. Tiene que venir. Jaime es mi única esperanza.

—Mi reina —titubeó Qyburn—, ¿lo habéis olvidado? Ser Jaime ya no tiene la mano de la espada. Si es vuestro campeón y pierde...

«Abandonaremos este mundo juntos, como llegamos a él.»

—No perderá. Jaime no perderá. No si mi vida está en juego.

Jaime

El nuevo señor de Aguasdulces estaba tan furioso que le temblaban las manos.

—Nos han engañado —dijo—. ¡Este hombre nos la ha jugado bien jugada! —La salivilla rosada le salía de entre los labios mientras le hincaba el dedo a Edmure Tully—. ¡Haré que le corten la cabeza! Yo mando en Aguasdulces por decreto del Rey; yo...

—Emmon —interrumpió su esposa—, el Lord Comandante ya sabe lo del decreto del Rey. Ser Edmure sabe lo del decreto del Rey. Los mozos de cuadra saben lo del decreto del Rey.

—¡Soy el señor y quiero que le corten la cabeza!

—¿De qué se me acusa? —Pese a lo flaco que estaba, Edmure seguía teniendo más planta de caballero que Emmon Frey. Llevaba un jubón acolchado de lana roja con la trucha saltarina bordada en el pecho. Sus botas eran negras, y sus calzones, azules. Tenía el pelo castaño lavado y peinado, y la barba rojiza bien recortada—. Hice todo lo que se me pidió.

—Ah, ¿sí? —Jaime Lannister no había dormido desde que Aguasdulces les abriera las puertas, la cabeza le retumbaba—. No recuerdo haberos pedido que dejarais escapar a Ser Brynden.

—Me ordenasteis que entregara el castillo, no a mi tío. ¿Acaso tengo la culpa de que vuestros hombres le permitieran cruzar las líneas de asedio?

Jaime no le encontraba la gracia.

—¿Dónde está? —preguntó sin disimular la irritación. Sus hombres ya habían registrado Aguasdulces tres veces, y Brynden Tully no había aparecido.

—No me dijo adónde pensaba ir.

—Y vos no se lo preguntasteis, claro. ¿Cómo salió?

—Los peces nadan. Hasta los negros —sonrió Edmure.

Jaime sintió la tentación de darle un buen golpe en la boca con la mano dorada. Seguro que se acabarían las sonrisas cuando tuviera unos cuantos dientes menos. Para ir a pasarse prisionero el resto de su vida, Edmure parecía demasiado pagado de sí mismo.

—Debajo de Roca Casterly hay celdas tan ajustadas como armaduras. En ellas no hay forma de volverse, ni de sentarse, ni de llevarse la mano a los pies cuando las ratas se empiezan a comer los dedos. ¿Queréis reconsiderar vuestra respuesta?

La sonrisa de Edmure se esfumó.

—Me disteis vuestra palabra de que se me trataría de manera honorable, como corresponde a mi categoría.

—Y así será —replicó Jaime—. Caballeros más nobles que vos han muerto sollozando en esos calabozos, y puede que hasta algún que otro gran señor. Y un par de reyes, si mal no recuerdo las lecciones de historia. Si lo deseáis, vuestra esposa puede alojarse en la celda contigua. No quisiera separaros.

—Se fue nadando —dijo Edmure con tono hosco. Tenía los mismos ojos azules que su hermana Catelyn, y Jaime vio en ellos el mismo desprecio con que lo había mirado la dama—. Levantamos el rastrillo de la Puerta del Agua. No del todo; solo una vara o así, lo justo para que hubiera un hueco bajo el agua y la puerta siguiera pareciendo cerrada. Mi tío es un buen nadador. Cuando oscureció, se escurrió entre las púas.

«Igual que se escurrió bajo nuestra barrera, no me cabe ninguna duda.»

Una noche sin luna, unos guardias aburridos, un pez negro en unas aguas negras flotando en silencio corriente abajo. Si Ruttiger, Yew o alguno de sus hombres habían llegado a oír un chapoteo, lo habrían atribuido a una tortuga o una trucha. Edmure había aguardado casi todo un día antes de arriar el lobo huargo de los Stark en gesto de rendición. El castillo cambió de mano y, en la confusión, llegó la mañana siguiente antes de que informaran a Jaime de que el Pez Negro no estaba entre los prisioneros.

Se asomó a la ventana y contempló el río. Era un luminoso día de otoño; el sol centelleaba en las aguas.

«El Pez Negro debe de estar ya a diez leguas corriente abajo.»

—Tenéis que dar con él —insistió Emmon Frey.

—Lo encontraremos. —Jaime hablaba con una seguridad que estaba lejos de sentir—. He puesto sabuesos y cazadores tras su rastro. —Ser Addam Marbrand estaba al mando de la búsqueda por la orilla sur del río, y Ser Dermot de La Selva, por la norte. Había pensado en utilizar también a los señores de los ríos, pero lo más probable era que Vance, Piper y los demás ayudaran al Pez Negro a escapar en vez de ponerle los grilletes. No tenía demasiadas esperanzas—. Puede que nos esquive durante un tiempo —dijo—, pero al final tendrá que salir a la superficie.

—¿Y si intenta arrebatarme mi castillo?

—Tenéis una guarnición de doscientos hombres. —Demasiado numerosa, desde luego, pero Lord Emmon era de naturaleza ansiosa. Al menos no tendría problemas para darles de comer. Tal como había dicho, el Pez Negro había dejado provisiones más que abundantes en Aguasdulces—. Con todas las molestias que se ha tomado Ser Brynden por abandonarnos, dudo mucho que tenga intención de volver.

«A menos que sea a la cabeza de un grupo de bandidos.»

De lo que no le cabía duda era de que el Pez Negro pretendía seguir luchando.

—Es tu asentamiento —le dijo Lady Genna a su esposo—. A ti te corresponde defenderlo. Si no puedes, préndele fuego y vuelve a la Roca.

Lord Emmon se frotó la boca y retiró la mano manchada de babas rojizas por la hojamarga.

—Desde luego. Aguasdulces es mío; nadie me lo arrebatará jamás.

Lanzó una última mirada de desconfianza en dirección a Edmure Tully mientras Lady Genna lo sacaba a rastras de sus habitaciones.

—¿Hay algo más que queráis contarme? —le preguntó Jaime a Edmure cuando se quedaron a solas.

—Estas eran las habitaciones de mi padre —respondió Tully—. Desde aquí gobernó con sabiduría y bondad las tierras de los ríos. Le gustaba sentarse junto a esa ventana. Había buena luz, y cuando miraba hacia abajo veía el río. Cuando se le cansaba la vista, le pedía a Cat que le leyera. Una vez, Meñique y yo construimos un castillo con bloques de madera ahí, junto a la puerta. Nunca sabréis el asco que me da veros en esta habitación, Matarreyes. Nunca sabréis cuánto os desprecio.

En eso se equivocaba.

—Me han despreciado hombres mejores que vos, Edmure. —Jaime llamó a un guardia—. Llevaos a su señoría a su torre y ocupaos de que le lleven comida.

El señor de Aguasdulces salió en silencio. Al día siguiente emprendería el viaje hacia el oeste. Ser Forley Prester estaría al mando de su escolta de cien hombres, veinte de ellos caballeros.

«Más vale que sean el doble. Puede que Lord Beric intente liberar a Edmure antes de que lleguen al Colmillo Dorado.» Jaime no quería tener que capturar a Tully por tercera vez.

Volvió a sentarse en la silla de Hoster Tully, extendió el mapa del Tridente y lo alisó con la mano dorada.

«¿Adónde iría yo si fuera el Pez Negro?»

—¿Lord Comandante? —Había un guardia junto a la puerta abierta—. Lady Westerling y su hija están aquí, como ordenasteis.

Jaime apartó el mapa.

—Hazlas pasar.

«Menos mal que no ha desaparecido la niña también.»

Jeyne Westerling había sido la reina de Robb Stark, la muchacha que tan cara le había costado. Si tenía un lobo en la barriga, podía resultar más peligrosa que el Pez Negro.

Pero no lo parecía. Jeyne era una muchachita espigada aunque de caderas generosas, de no más de quince o dieciséis años, más torpe que grácil. Tenía los pechos del tamaño de manzanas, una mata de bucles castaños, y los ojos dóciles y marrones de un cervatillo.

«No está mal —decidió Jaime—, pero tampoco justifica el perder un reino.»

Tenía el rostro hinchado y una costra en la frente, semioculta por un rizo.

—¿Qué os ha pasado? —preguntó.

La niña giró la cabeza.

—No es nada —dijo su madre, una mujer de rostro austero ataviada con una túnica de terciopelo verde. Llevaba en torno al cuello largo y delgado un collar de conchas marinas doradas—. No quería entregar la coronita que le regaló el rebelde, y cuando fui a quitársela de la cabeza, la muy testaruda se enfrentó a mí.

—Era mía —sollozó Jeyne—. No tenías derecho. Robb la mandó hacer para mí. Me quería.

Su madre hizo ademán de abofetearla, pero Jaime se interpuso entre ellas.

—No pienso tolerarlo —advirtió a Lady Sybell—. Sentaos las dos. —La niña se acurrucó en la silla como un animalillo asustado, pero su madre se sentó rígida, con la cabeza bien alta—. ¿Queréis una copa de vino? —preguntó.

—No, gracias —dijo su madre. La niña no respondió.

—Como gustéis. —Jaime se volvió hacia la hija—. Siento mucho vuestra pérdida. El muchacho tenía valor, lo reconozco. Tengo que haceros una pregunta. ¿Estáis esperando un hijo suyo, mi señora?

Jeyne se levantó como una exhalación, y habría salido corriendo de la estancia si el guardia de la puerta no la hubiera retenido por el brazo.

—No —dijo Lady Sybell mientras su hija se debatía por escapar—. Ya me aseguré de eso, como me pidió vuestro señor padre.

Jaime asintió. Tywin Lannister no era alguien que pasara por alto detalles así.

—Suelta a la chica. Por el momento he terminado con ella. —Se centró en la madre mientras Jeyne bajaba por las escaleras entre sollozos—. La Casa Westerling ha recibido el perdón, y vuestro hermano Rolph ha sido nombrado señor de Castamere. ¿Qué más queréis de nosotros?

—Vuestro señor padre me prometió buenos matrimonios para Jeyne y para su hermana pequeña. Señores o herederos, me lo juró, nada de segundones ni caballeros de una casa cualquiera.

«Señores o herederos. Claro, claro.»

Los Westerling eran una casa antigua y orgullosa, pero Lady Sybell había nacido con el apellido Spicer, perteneciente a una estirpe de mercaderes enriquecidos. Si no recordaba mal, su abuela había sido una especie de bruja medio loca del este. Y la familia estaba en la ruina. Si las cosas hubieran seguido su curso normal, las hijas de Sybell Spicer habrían podido aspirar a desposarse con segundones, pero un buen cofre de oro de los Lannister haría que hasta la viuda de un rebelde muerto le resultara atractiva a algún señor.

—Esos matrimonios se celebrarán —le aseguró Jaime—, pero Jeyne tiene que esperar dos años antes de volver a casarse.

Si la chica volvía a contraer nupcias demasiado pronto y se quedaba embarazada, no habría manera de impedir los rumores que atribuyeran la paternidad al Joven Lobo.

—También tengo dos hijos varones —le recordó Lady Westerling—. Rollam está conmigo, pero Raynald era caballero y fue a Los Gemelos con los rebeldes. Si hubiera sabido qué iba a suceder allí, no lo habría permitido. —Había un atisbo de reproche en su voz—. Raynald no sabía nada de... del acuerdo al que había llegado con vuestro señor padre. Puede que todavía esté prisionero en Los Gemelos.

«O puede que esté muerto.» Walder Frey tampoco estaría al tanto del «acuerdo».

—Haré averiguaciones. Si Ser Raynald sigue prisionero, pagaré el rescate en vuestro nombre.

—También se habló de buscarle esposa, una prometida de Roca Casterly. Vuestro padre dijo que Raynald estaría en la gloria si todo iba según lo esperado.

«La mano muerta de Lord Tywin sigue controlándonos desde la tumba.»

—Gloria es la hija natural de mi difunto tío Gerion. Podemos organizar el compromiso si lo deseáis, pero el enlace tendrá que esperar. La última vez que la vi, Gloria tenía nueve o diez años.

—¿Hija natural? —Lady Sybell parecía haberse tragado un limón—. ¿Pretendéis casar a un Westerling con una bastarda?

—No, igual que no quiero que Gloria se case con el hijo de una zorra intrigante y cambiacapas. Se merece algo mejor. —Jaime habría estrangulado de buena gana a la mujer con su propio collar de conchas. Gloria era una chiquilla dulce, aunque solitaria; su padre había sido el tío favorito de Jaime—. Vuestra hija vale diez veces más que vos. Partiréis con Edmure y con Ser Forley al amanecer. Procurad que no vuelva a veros hasta entonces.

Llamó a gritos a un guardia, y Lady Sybell salió con los labios apretados. Jaime se preguntó cuánto habría sabido Lord Gawen de las intrigas de su esposa.

«¿Cuánto sabemos los hombres de lo que piensan ellas?»

Cuando Edmure y los Westerling se pusieron en marcha, cuatrocientos hombres cabalgaban con ellos. Jaime había vuelto a doblar la escolta en el último momento. Los acompañó unas cuantas leguas para conversar con Ser Forley Prester. Aunque llevaba una cabeza de toro en el jubón y cuernos en el casco, Ser Forley no podía ser menos bovino. Era un hombrecillo bajo, flaco, testarudo. Con la nariz alargada, la calva y la barba castaña enmarañada, tenía más aspecto de posadero que de caballero.

—No sabemos dónde está el Pez Negro —le recordó Jaime—, pero si puede, liberará a Edmure.

—No lo permitiré, mi señor. —Como la mayoría de los posaderos, Ser Forley no tenía un pelo de tonto—. Llevamos una avanzadilla de exploradores, y por las noches fortificaremos los campamentos. He seleccionado a diez hombres, mis mejores arqueros, que no dejarán solo a Tully en ningún momento. Si se sale del camino, aunque sea solo un palmo, le clavarán tantas flechas que hasta su madre lo confundiría con un puerco espín.

—Bien. —Jaime prefería que Tully llegara sano y salvo a Roca Casterly, pero si no había más remedio, mejor que muriese a que quedara en libertad—. Será mejor que también pongáis unos cuantos arqueros que vigilen a la hija de Lord Westerling.

—¿La chiquilla de Gawen? —preguntó Ser Forley, desconcertado—. Pero si es...

—La esposa del Joven Lobo —terminó Jaime—, y el doble de peligrosa que Edmure si se nos llegara a escapar.

—Como ordenéis, mi señor. Estará vigilada.

Jaime tuvo que pasar junto a los Westerling cuando su columna retrocedió para regresar a Aguasdulces. Lord Gawen le dedicó un gesto serio, pero Lady Sybell lo miró con ojos como esquirlas de hielo. Jeyne ni siquiera lo vio. La viuda cabalgaba con la vista baja, envuelta en una capa con la capucha puesta. Bajo los pesados pliegues, llevaba ropa de buena calidad, pero rota.

«Se la ha desgarrado ella misma en señal de duelo —comprendió Jaime—. Seguro que a su madre no le ha hecho gracia.»

Se preguntó si Cersei se rasgaría la túnica si alguna vez le llegaba la noticia de su muerte.

No volvió directamente al castillo, sino que cruzó el Piedra Caída una vez más para ir a ver a Edwyn Frey y negociar con él la entrega de los prisioneros de su bisabuelo. El ejército de los Frey había empezado a dispersarse pocas horas después de la rendición de Aguasdulces, cuando los banderizos y jinetes libres de Lord Walder levantaron campamento para volver a sus hogares. Los Frey que quedaban también estaban recogiendo, pero Edwyn se encontraba con su tío bastardo en el pabellón de este.

Los dos estaban inclinados sobre un mapa y discutían acaloradamente, pero se interrumpieron cuando entró Jaime.

—Lord Comandante —saludó Ríos con cortesía gélida.

—Tenéis las manos manchadas con la sangre de mi padre, ser —le espetó Edwyn.

—¿Y eso por qué? —preguntó Jaime, sorprendido.

—Vos fuisteis quien lo mandó a casa, ¿no?

«Alguien tenía que hacerlo.»

—¿Le ha sucedido algo a Ser Ryman?

—Lo han ahorcado junto con toda su partida —dijo Walder Ríos—. Los capturaron los bandidos, dos leguas al sur de Buenmercado.

—¿Dondarrion?

—O Thoros, o esa tal Corazón de Piedra.

Jaime frunció el ceño. Ryman Frey había sido un imbécil, un cobarde y un borracho, y nadie iba a echarlo de menos; desde luego, los Frey no. A juzgar por los ojos secos de Edwyn, ni sus propios hijos iban a llorar su pérdida.

«Aun así... Estos bandidos se están volviendo cada vez más osados, hasta el punto de atreverse a ahorcar al heredero de Lord Walder a menos de un día de viaje de Los Gemelos.»

—¿Cuántos hombres iban con Ser Ryman? —preguntó.

—Tres caballeros y una docena de soldados —replicó Ríos—. Es casi como si supieran que volvía a Los Gemelos con una escolta reducida.

—Seguro que mi hermano tuvo algo que ver con esto. —Edwyn frunció los labios—. Permitió escapar a los bandidos después de que mataran a Merrett y a Petyr, ya tenemos el porqué. Tras la muerte de mi padre, soy el único que se interpone entre Walder el Negro y Los Gemelos.

—No tienes pruebas —dijo Walder Ríos

—No las necesito. Conozco a mi hermano.

—Tu hermano está en Varamar —insistió Ríos—. ¿Cómo podía saber que Ser Ryman iba a Los Gemelos?

—Alguien se lo diría —replicó Edwyn en tono amargo—. Seguro que tiene espías en nuestro campamento.

«Igual que los tienes tú en Varamar.»

Jaime conocía la enemistad que existía entre Edwyn y Walder el Negro, pero le importaba una mierda cuál de los dos sucediera a su bisabuelo como señor del Cruce.

—Perdonad que me entrometa en este momento de dolor —dijo con tono seco—. Tenemos que tratar otros asuntos. Cuando volváis a Los Gemelos, tened la amabilidad de informar a Lord Walder de que el rey Tommen quiere a todos los prisioneros que tomasteis durante la Boda Roja.

—Esos prisioneros son valiosos, ser —protestó Ser Walder.

—Si no valieran nada, Su Alteza no los querría.

Frey y Ríos intercambiaron una mirada.

—Mi señor bisabuelo esperará una recompensa a cambio de ellos —señaló Edwyn.

«Y la tendrá, en cuanto me crezca una mano nueva», pensó Jaime.

—Todos tenemos esperanzas —dijo con tono afable—. Decidme, ¿se encuentra Ser Raynald Westerling entre los prisioneros?

—¿El caballero de las conchas? —Edwyn soltó una risita burlona—. Ese está dando de comer a los peces en el fondo del Forca Verde.

—Estaba en el patio cuando salieron nuestros hombres para acabar con el huargo —dijo Walder Ríos—. Whalen le exigió la espada, y la entregó sin resistencia, pero cuando los ballesteros empezaron a asaetear al lobo, le arrebató el hacha a Whalen y liberó al monstruo de la red que le habían echado por encima. Al parecer tenía una saeta en el hombro y otra en las tripas, pero aun así consiguió llegar al adarve y tirarse al río.

—Dejó un rastro de sangre en las escaleras —aportó Edwyn.

—¿Llegasteis a encontrar el cadáver? —preguntó Jaime.

—Encontramos un millar de cadáveres. Después de unos días en el río, todos se parecían mucho.

—Tengo entendido que lo mismo les pasa a los ahorcados —replicó Jaime antes de salir.

A la mañana siguiente no quedaba gran cosa del campamento de los Frey aparte de moscas, estiércol de caballo y el cadalso de Ser Ryman, abandonado junto al Piedra Caída. Su primo quiso saber qué debían hacer con él, así como con el equipo de asalto que había construido: arietes, galápagos, torres y trabuquetes. Daven proponía arrastrarlo todo hasta Árbol de los Cuervos, donde le podrían dar buen uso. Jaime le dijo que le prendiera fuego, empezando por el patíbulo.

—Tengo intención de encargarme de Lord Tytos personalmente. Para eso no hacen falta torres de asalto.

Daven le sonrió a través de la barba poblada.

—¿Un combate singular, primo? No parece muy justo. Tytos es un anciano canoso.

«Un anciano canoso con dos manos.»

Aquella noche, Ser Ilyn y él lucharon durante tres horas. Fue uno de sus mejores combates. Si hubieran ido en serio, Payne tan solo lo habría matado dos veces. Lo más habitual era una docena de muertes; algunas noches le iba peor aún.

—Si sigo así, dentro de un año posiblemente sea tan bueno como Peck —declaró Jaime, y Ser Ilyn dejó escapar el sonido chasqueante que indicaba que lo encontraba divertido—. Venga, vamos a beber unas copas del excelente tinto de Hoster Tully.

El vino se había transformado en parte de su ritual nocturno. Ser Ilyn era un compañero ideal para beber. Nunca interrumpía, nunca estaba en desacuerdo, nunca se quejaba, nunca pedía favores, y nunca contaba historias largas y aburridas. Lo único que hacía era beber y escuchar.

—Debería cortarles la lengua a todos mis amigos —comentó Jaime mientras llenaba las copas—. Y también a mis parientes. Una Cersei silenciosa, qué maravilla. Aunque echaría de menos su lengua cuando la besara. —Bebió. El vino era rojo oscuro, dulce y espeso. Le calentó el pecho al pasar—. No recuerdo cuándo fue la primera vez que nos besamos. Todo era tan inocente al principio... Hasta que dejó de serlo. —Apuró el vino y dejó la copa a un lado—. Tyrion me comentó que la mayoría de las putas se niegan a besar. «Te follarán hasta que se te salten los ojos, pero no sentirás sus labios en los tuyos», me dijo. ¿Creéis que mi hermana besa a Kettleblack?

Ser Ilyn no respondió.

—No estaría bien que matara a mi propio Hermano Juramentado. Lo que debería hacer es caparlo y enviarlo al Muro. Fue lo que hicieron con Lucamore el Lujurioso. A Ser Osmund no le hará gracia que lo capen, claro. Y hay que tener en cuenta a sus hermanos. Los hermanos pueden ser peligrosos. Aegon el Indigno ejecutó a Ser Terrence Toyne por acostarse con su amante, pero luego, los hermanos de Toyne hicieron lo posible por matarlo. Lo posible no fue suficiente gracias al Caballero Dragón, pero por falta de ganas no quedó. Está escrito en el Libro Blanco. Todo está en el Libro Blanco, excepto qué hacer con Cersei.

Ser Ilyn se pasó un dedo por el cuello.

—No —respondió Jaime—. Tommen ya ha perdido a un hermano y al hombre al que creía su padre. Si matara a su madre, me odiaría...Y su dulce esposa encontraría la manera de que ese odio redundara en beneficio de Altojardín.

Ser Ilyn esbozó una sonrisa que a Jaime no le gustó nada.

«Una sonrisa desagradable. Un alma desagradable.»

—Habláis demasiado —le dijo.

Al día siguiente, Ser Dermot de La Selva volvió al castillo con las manos vacías.

—Lobos —respondió cuando le preguntó qué había encontrado—. Lobos a cientos. —Se habían llevado a dos de sus centinelas. Los lobos salieron de la oscuridad y los destrozaron—. Hombres armados, protegidos con cotas de malla y petos de cuero endurecido, y las malditas bestias no les tenían miedo. Antes de morir, Jate dijo que la jefa de la manada era una loba de tamaño monstruoso. Por la descripción, casi parecía una loba huargo. También se metieron entre los caballos. Los muy hijos de puta mataron a mi bayo favorito.

—Un círculo de hogueras en torno al campamento los habría disuadido —replicó Jaime, aunque no estaba tan seguro.

¿Sería posible que la loba huargo de Ser Dermot fuera la misma que atacó a Joffrey cerca de la encrucijada?

Con lobos o sin ellos, al día siguiente, Ser Dermot eligió caballos descansados y a más hombres para reanudar la búsqueda de Brynden Tully. Aquella misma tarde, los señores del Tridente fueron a ver a Jaime y le pidieron permiso para volver a sus tierras. Se lo concedió. Lord Piper quería saber también si había noticias de su hijo Marq.

—Se pagará el rescate de todos los prisioneros —le prometió Jaime.

Cuando salieron los señores de los ríos, Lord Karyl Vance se quedó rezagado.

—Tenéis que ir a Árbol de los Cuervos, Lord Jaime —le dijo—. Mientras tenga a Jonos ante sus puertas, Tytos no se rendirá, pero sé que doblará la rodilla ante vos.

Jaime le agradeció el consejo.

El siguiente en partir fue Jabalí. Quería cumplir su promesa de volver a Darry para luchar contra los bandidos.

—Hemos atravesado medio reino a caballo, y ¿para qué? ¿Para que pudierais hacer que Edmure Tully se meara en los calzones? Nadie compondrá canciones que hablen de eso. Necesito una pelea. Quiero al Perro, Jaime. Y si no, a ese señor marqueño.

—La cabeza del Perro es toda vuestra si se la podéis cortar —replicó Jaime—, pero a Beric Dondarrion hay que capturarlo vivo: quiero llevarlo a Desembarco del Rey. Si no lo ven morir mil personas, no se quedará muerto.

Jabalí gruñó objeciones, pero al final accedió. Al día siguiente partió con su escudero y sus soldados, acompañado por Jon Bettley, el Lampiño, que había decidido que cazar bandidos era mejor que volver con su esposa, cuya fealdad era legendaria. Se decía que tenía toda la barba que le faltaba a él.

Jaime aún tenía que encargarse del asunto de la guarnición. Todos y cada uno de ellos juraron que no sabían nada de los planes de Ser Brynden ni de adónde podía haber ido.

—Mienten —insistía Emmon Frey; pero Jaime no pensaba lo mismo.

—Si un hombre no comparte sus planes con nadie, nadie lo podrá traicionar —señaló. Lady Genna sugirió que interrogaran a unos cuantos; él se negó—. Le di a Edmure mi palabra de que, si se rendía, su guarnición no sufriría daño alguno.

—Qué caballeroso por tu parte —replicó su tía—, pero aquí lo que hace falta es fuerza, no caballerosidad.

«Pregúntale a Edmure lo caballeroso que soy —pensó Jaime—. Pregúntale por la catapulta.»

Tenía la sensación de que los maestres no lo confundirían con el príncipe Aemon, el Caballero Dragón, cuando escribieran la historia. Aun así, estaba satisfecho. La guerra estaba prácticamente ganada. Rocadragón había caído; Bastión de Tormentas no tardaría en caer también, y Stannis podía quedarse con el Muro si quería. Los norteños le tendrían tan poco cariño como los señores de la tormenta. Si Roose Bolton no acababa con él, el invierno se encargaría.

Y él había cumplido su misión allí, en Aguasdulces, sin necesidad de alzarse en armas contra los Tully ni contra los Stark. Cuando hubiera dado con el Pez Negro, podría regresar a su sitio, en Desembarco del Rey.

«Debo estar con mi rey. Con mi hijo. —¿Querría saberlo Tommen? La verdad podría costarle el trono—. ¿Qué prefieres tener, chico? ¿Un padre o una silla? —Le habría gustado conocer la respuesta. «Le encanta estampar su sello en papeles.» Tal vez ni siquiera lo creería. Cersei podía decirle que era mentira—. Mi querida hermana, la manipuladora. —Tenía que buscar la manera de arrancar a Tommen de sus garras antes de que lo transformara en otro Joffrey. Y ya puestos, tenía que buscarle al muchacho un nuevo Consejo Privado—. Si consigo apartar a Cersei, tal vez Kevan acceda a ser la Mano de Tommen.» Y si no, en fin, había otros hombres adecuados en los Siete Reinos. Forley Prester sería una buena elección, y también Roland Crakehall. Si hacía falta que no fuera occidental para tranquilizar a los Tyrell, siempre quedaba Mathis Rowan... O incluso Petyr Baelish. Meñique era tan afable como astuto, pero no era noble y no contaba con espadas propias, de modo que no supondría una amenaza para los grandes señores. «La Mano perfecta.»

La guarnición de los Tully partió a la mañana siguiente, con todos los hombres despojados de armas y armaduras. Se les entregaron provisiones para tres días y ropa, pero antes tuvieron que jurar que no volverían a alzarse en armas contra Lord Emmon ni contra la Casa Lannister.

—Si tienes suerte, uno de cada diez será fiel al juramento —dijo Lady Genna.

—Bien. Prefiero enfrentarme a nueve hombres que a diez. El décimo podría ser el que me matara.

—Los otros nueve te matarán igual.

—Más vale eso que morir en la cama.

«O en el retrete.»

Dos hombres optaron por no partir junto con los demás: Ser Desmond Grell, el viejo maestro de armas de Lord Hoster, prefirió vestir el negro. Lo mismo decidió Ser Robin Ryger, capitán de los guardias de Aguasdulces.

—Este castillo es mi hogar desde hace cuarenta años —dijo Grell—. Decís que soy libre de marcharme, pero ¿adónde? Soy demasiado viejo y estoy demasiado gordo para hacerme caballero errante. Y en el Muro siempre andan faltos de hombres.

—Como queráis —respondió Ser Jaime, aunque era una verdadera molestia. Les permitió conservar armas y armaduras, y asignó a una docena de los hombres de Gregor Clegane para que los escoltaran hasta Poza de la Doncella. Puso al mando a Rafford, el que llamaban el Dulce—. Aseguraos de que los prisioneros llegan sanos y salvos a Poza de la Doncella —le dijo—, o lo que le hizo Ser Gregor a la Cabra os parecerá una fiesta en comparación con lo que os haré yo.

Pasaron más días. Lord Emmon reunió en el patio a todo Aguasdulces, tanto a la gente de Lord Edmure como a la suya, y durante casi tres horas les habló de lo que esperaba de ellos tras haberse convertido en su amo y señor. De cuando en cuando agitaba el pergamino, mientras mozos de cuadra, sirvientas y herreros escuchaban en silencio hosco, y una lluvia ligera los empapaba.

El bardo que Jaime había arrebatado a Ser Ryman Frey también escuchaba. Jaime se reunió con él tras una puerta abierta. Allí, al menos, no se mojaba.

—Su señoría debería haber sido bardo —comentó el hombre—. Tiene más palabrería que una balada marqueña, y me parece que no se para a respirar.

Jaime no pudo contener una carcajada.

—Mientras pueda masticar, Lord Emmon no necesita respirar. ¿Vas a componer una canción que lo cuente?

—Una balada cómica. Puedo titularla «Hablar a los peces».

—Más vale que no la cantes donde te pueda oír mi tía.

Jaime no se había fijado demasiado en él. Era un tipo menudo, ataviado con calzones verdes harapientos y una túnica de color verde más claro un tanto desgastada, con parches de cuero marrón en los agujeros. Tenía la nariz larga y afilada, y la sonrisa, amplia. El fino cabello castaño, sucio y enmarañado, le llegaba hasta el cuello.

«Tiene cincuenta años como mínimo —pensó Jaime— con una lira de mala calidad y maltratado por la vida.»

—¿No estabas al servicio de Ser Ryman cuando te encontré? —preguntó.

—Solo llevaba quince días con él.

—Creía que partirías con los Frey.

—Ese de ahí es un Frey —comentó el bardo haciendo un gesto en dirección a Lord Emmon—, y este castillo parece cómodo para pasar el invierno. Wat Sonrisablanca se fue con Ser Forley, así que pensé que podría ocupar su lugar. Wat tiene una voz aguda y melosa con la que no puedo rivalizar, pero yo me sé el doble de canciones picantes que él. Con vuestro perdón, mi señor.

—Te llevarás de maravilla con mi tía —dijo Jaime—. Si quieres pasar el invierno aquí, procura que tus canciones complazcan a Lady Genna. Ella es quien manda.

—¿No sois vos?

—Mi lugar está con el rey. No me quedaré mucho tiempo.

—Lo siento, mi señor. Me sé canciones mejores que «Las lluvias de Castamere». Os podría haber cantado... Uf, todo tipo de cosas.

—Tal vez en otro momento —respondió Jaime—. ¿Cómo te llamas?

—Tom de Sietecauces, si a mi señor le parece bien. —El hombre se quitó la gorra—. Pero todo el mundo me llama Tom Siete.

—Canta bien, Tom Siete.

Aquella noche soñó que estaba aún en el Gran Septo de Baelor, todavía velando el cadáver de su señor padre. El septo estaba oscuro y silencioso, hasta que una mujer salió de entre las sombras y caminó muy despacio hacia el féretro.

—¿Hermana? —llamó.

Pero no era Cersei. Se trataba de una hermana silenciosa, toda de gris. La capucha le ocultaba el rostro, pero Jaime veía la danza de las velas en los estanques verdes de sus ojos.

—Hermana —dijo—, ¿qué quieres de mí?

La última palabra resonó por todo el septo, *mimimimimimimimimi-mimimimimí.*

—No soy tu hermana, Jaime. —Alzó una mano pálida y suave, y se echó la capucha hacia atrás—. ¿Me has olvidado?

«¿Cómo voy a olvidar a alguien a quien no he conocido?»

Las palabras se le atravesaron en la garganta. La había conocido, pero hacía tanto, tanto tiempo...

—¿También vas a olvidar a tu señor padre? Aunque dudo que lo conocieras de verdad. —Tenía los ojos verdes y el cabello de oro hilado. No habría sabido decir cuántos años tenía. «Quince, o tal vez cincuenta.» La mujer subió por los peldaños que llevaban al féretro—. No soportaba que se rieran de él. Era lo que más odiaba en el mundo.

—¿Quién eres? —Quería oírselo decir.

—Deberías preguntarte quién eres tú.

—Esto es un sueño.

—¿Tú crees? —Le sonrió con tristeza—. Cuéntate las manos, pequeño.

«Una.» Una única mano cerrada en torno a la empuñadura de la espada. Solo una.

—En mis sueños siempre tengo dos manos.

Levantó el brazo y contempló con incomprensión la fealdad del muñón.

—Todos soñamos con cosas que no podemos tener. Tywin soñaba que su hijo sería un gran caballero, que su hija sería reina. Soñaba que serían tan valerosos, fuertes y hermosos que nadie se reiría de ellos jamás.

—Soy un caballero —le dijo—. Y Cersei es la reina.

Una lágrima rodó por la mejilla de la mujer. Volvió a cubrirse con la capucha, y le dio la espalda. Jaime la llamó, pero ya se alejaba de él; sus faldas susurraban al rozar el suelo.

«No me dejes», habría querido rogarle, pero por supuesto, hacía mucho que lo había dejado.

Se despertó temblando en la oscuridad. La habitación se había tornado fría como el hielo. Jaime apartó las mantas con el muñón de la mano de la espada. Vio que el fuego de la chimenea se había consumido y que el viento había abierto la ventana. Cruzó la estancia a oscuras para cerrar los postigos, pero cuando llegó, su pie descalzo pisó algo húmedo. Se sobresaltó durante un momento y dio un paso atrás. Lo primero que pensó fue que se trataba de sangre, pero la sangre jamás estaba tan fría.

Era nieve, que se colaba por la ventana.

En vez de cerrar los postigos los abrió de par en par. Abajo, el patio estaba cubierto por un fino manto blanco que se iba espesando ante sus ojos. Las almenas de los muros lucían capuchas blancas. Los copos caían silenciosos, y unos pocos entraron por la ventana para ir a derretirse en su rostro. Jaime se veía el aliento.

«Nieve en las tierras de los ríos. —Si estaba nevando allí, quizá nevara también en Lannisport, y en Desembarco del Rey—. El viento avanza hacia el sur, y tenemos vacía la mitad de los graneros.» Podían dar por perdidos todos los cultivos que aún no hubieran recogido. Adiós a las esperanzas de una última cosecha. Se descubrió preguntándose qué haría su padre para alimentar al reino, antes de recordar que había muerto.

Al amanecer, la nieve llegaba ya a la altura de los tobillos; era aún más espesa en el bosque de dioses, donde los vientos la habían acumulado bajo los árboles. Escuderos, mozos de cuadra y pajes de noble cuna volvieron a ser niños bajo su frío hechizo blanco, y organizaron una guerra de bolas de nieve en los patios y a lo largo de las almenas. Jaime oyó sus risas. Hubo un tiempo, no hacía tanto, en que habría salido con ellos a hacer bolas de nieve para tirárselas a Tyrion cuando se acercara con sus andares de pato, o para metérselas por el vestido a Cersei.

«Pero para hacer una buena bola de nieve hay que tener dos manos.»

Llamaron a su puerta.

—Ve a ver quién es, Peck.

Se trataba de Vyman, el antiguo maestre de Aguasdulces, con un mensaje en la mano arrugada. Su rostro estaba tan pálido como la nieve recién caída.

—Ya lo sé —dijo Jaime—. Habéis recibido un cuervo blanco de la Ciudadela. Ha llegado el invierno.

—No, mi señor. El pájaro viene de Desembarco del Rey. Me tomé la libertad... No sabía... —Le tendió la carta.

Jaime la leyó en el asiento de la ventana, a la luz blanca y fría de la mañana invernal. Las palabras de Qyburn eran escuetas y precisas; las de Cersei, febriles y enardecidas.

«Vuelve ahora mismo —le decía—. Ayúdame. Sálvame. Te necesito como no te había necesitado jamás. Te quiero. Te quiero. Te quiero. Vuelve ahora mismo.»

Vyman se había quedado junto a la puerta, a la espera, y Jaime también sentía clavada la mirada de Peck.

—¿Mi señor desea enviar una respuesta? —preguntó el maestre tras un largo silencio.

Un copo de nieve se posó en la carta. Cuando se derritió, la tinta empezó a emborronarse. Jaime volvió a enrollar el pergamino tanto como pudo con una sola mano, y se lo tendió a Peck.

—No —dijo—. Tira esto al fuego.

Samwell

La última parte del viaje era la más peligrosa. Los estrechos del Tinto eran un hervidero de barcoluengos, tal como les habían advertido en Tyrosh. Con el grueso de la flota del Rejo al otro lado de Poniente, los hombres del hierro habían saqueado Puerto Ryam, se habían apoderado de Villaparra y de Puerto Estrella de Mar, y los utilizaban como base desde donde atacar a las naves que se dirigían a Antigua.

El vigía avistó tres barcoluengos. Dos estaban a popa, a buena distancia, y la *Viento Canela* no tardó en alejarse de ellos. El tercero apareció al filo del anochecer para cortarles el camino hacia el Canal de los Susurros. Cuando vio subir y bajar los remos, dejando estelas blancas en las aguas cobrizas, Kojja Mo envió a sus arqueros a los castillos con sus grandes arcos de aurocorazón, que podían lanzar una flecha aún más lejos y con más precisión que los de tejo dorniense. Esperó hasta que el barcoluengo estuvo a doscientos pasos antes de dar la orden de disparar. Sam también disparó, y en aquella ocasión, le pareció que su flecha llegaba al otro barco. Bastó con una andanada para que el barcoluengo virase hacia el sur en busca de presas más dóciles.

El anochecer era ya azul oscuro cuando entraron en el Canal de los Susurros. Elí estaba en la proa con el bebé, contemplando el castillo que se alzaba en los acantilados.

—Tres Torres —le dijo Sam—. El asentamiento de la Casa Costayne.

El castillo se recortaba contra las estrellas, y en sus ventanas titilaba la luz de las antorchas. Era un espectáculo espléndido, pero lo entristeció. El viaje tocaba a su fin.

—Es muy alto —comentó Elí.

—Pues ya verás el Faro de Hightower.

El bebé de Dalla empezó a llorar. Elí se abrió la túnica para darle el pecho al niño. Sonrió mientras lo amamantaba, y le acarició el suave pelo castaño.

«Ha terminado por querer a este tanto como al que dejó atrás», comprendió Sam.

Rezaba a los dioses para que fueran bondadosos con las dos criaturas.

Los hombres del hierro se habían adentrado incluso en las aguas resguardadas del Canal de los Susurros. Cuando llegó la mañana, mientras la *Viento Canela* se dirigía hacia Antigua, el casco empezó a tropezar con cadáveres que flotaban a la deriva. Había cuervos posados en algunos, y emprendían el vuelo entre graznidos de protesta cuando la nave cisne perturbaba sus grotescas almadías. En las orillas se divisaban campos carbonizados y aldeas quemadas, y en los bajíos y bancos de arena había barcos destrozados. Los más comunes eran los botes de pescadores y los barcos mercantes, pero también vieron barcoluengos abandonados, y los restos de dos grandes dromones. Uno había ardido hasta la línea de flotación, mientras que el otro tenía un enorme agujero en el casco; saltaba a la vista que lo habían embestido.

—Aquí batalla —dijo Xhondo—. No mucho tiempo.

—¿Quién puede haber cometido la temeridad de lanzar un ataque tan cerca de Antigua?

Xhondo señaló un barcoluengo semihundido en las aguas bajas. De su popa colgaban los restos de un estandarte desgarrado y manchado de humo. Sam no había visto nunca aquellos blasones: un ojo rojo con la pupila negra bajo una corona de hierro negro sostenida por dos cuervos.

—¿De quién es ese estandarte? —preguntó.

Xhondo se encogió de hombros.

El día siguiente amaneció frío y nublado. Cuando la *Viento Canela* pasaba ante otra aldea de pescadores saqueada, una galera de guerra salió de la niebla y avanzó hacia ellos. Se llamaba *Cazadora:* llevaba el nombre escrito tras un mascarón de proa en forma de esbelta doncella vestida con hojas que blandía una lanza. Al instante aparecieron otras dos galeras, una a cada lado, como un par de sabuesos que siguieran a su amo. Para alivio de Sam, llevaban el estandarte del rey Tommen, el venado y el león, encima de la torre blanca escalonada de Antigua con su corona llameante.

El capitán de la *Cazadora* era un hombre alto que vestía una capa color gris humo con un ribete de llamas de seda roja. Emparejó su galera con la *Viento Canela,* ordenó que alzaran los remos y gritó que iba a subir a bordo. Mientras sus ballesteros y los arqueros de Kojja Mo se miraban a distancia, él cruzó con media docena de caballeros, saludó a Quhuru Mo con un gesto de la cabeza y solicitó ver sus bodegas. Padre e hija debatieron en privado unos segundos y después accedieron.

—Disculpad —dijo el capitán tras la inspección—. Lamento que las personas honradas reciban un trato tan descortés, pero hay que evitar a toda costa que los hombres del hierro entren en Antigua. Hace apenas quince días, esos cabrones de mierda capturaron un barco mercante tyroshi en los estrechos. Mataron a la tripulación, se pusieron su ropa y usaron los tintes que llevaban para teñirse la barba de medio centenar de colores. Tenían intención de prender fuego al puerto en cuanto entraran y abrir una puerta desde dentro mientras combatíamos el fuego. Les habría salido bien, pero se tropezaron con la *Dama de la Torre,* y la esposa de su jefe de remeros es tyroshi. Cuando vio tantas barbas moradas y verdes los saludó en la lengua de Tyrosh, y ninguno supo responder.

Sam estaba escandalizado.

—¡No es posible que pretendan saquear Antigua!

—No eran simples saqueadores. —El capitán de la *Cazadora* lo miró con curiosidad—. Los hombres del hierro siempre se han dedicado al saqueo. Atacan de repente por mar, cogen un poco de oro y unas cuantas muchachas y se marchan, pero rara vez llegan más de dos barcoluengos, y nunca más de media docena. Ahora nos están atacando con cientos de naves; salen de las islas Escudo y de varias rocas situadas en torno al Rejo. Han tomado el islote Cangrejo de Piedra, la isla de los Cerdos y el Palacio de la Sirena, y también tienen guaridas en Roca Herradura y en Cuna del Bastardo. Sin la flota de Lord Redwyne, no tenemos suficientes barcos para enfrentarnos a ellos.

—¿Y qué hace Lord Hightower? —preguntó Sam—. Mi padre decía siempre que era tan rico como los Lannister, que podía reunir el triple de espadas que ningún otro banderizo de Altojardín.

—Y más si barre los adoquines —replicó el capitán—, pero las espadas no sirven de nada contra los hombres del hierro, a menos que quienes las esgrimen puedan andar por el agua.

—¡Hightower tiene que estar haciendo algo!

—Desde luego. Lord Leyton se ha encerrado en lo alto de su torre con la Doncella Loca para consultar libros de hechizos. Puede que consiga levantar un ejército de ultratumba. O no. Baelor está construyendo galeras; Gunthor se ha hecho cargo del puerto; Garth está entrenando nuevos reclutas, y Humfrey ha viajado a Lys para contratar barcos mercenarios. Si consigue arrancarle una flota como es debido a la puta de su hermana, les daremos a los hombres del hierro su propia medicina. Hasta entonces, lo mejor que podemos hacer es vigilar el estrecho y esperar a que la zorra de la reina de Desembarco del Rey le suelte la correa a Lord Paxter.

La amargura de las últimas palabras del capitán conmocionó a Sam tanto como su significado.

«Si Desembarco del Rey pierde Antigua y el Rejo, todo el reino se hará trizas», pensó mientras veía alejarse la *Cazadora* y sus hermanas.

Empezaba a dudar que Colina Cuerno fuera un lugar seguro. Las posesiones de los Tarly se extendían tierra adentro, entre colinas en las que crecían espesos bosques, cien leguas al noreste de Antigua y muy lejos de cualquier costa. Allí estarían fuera del alcance de los hombres del hierro y sus barcoluengos, aunque su señor padre estuviera ausente, luchando en las tierras de los ríos, y la guarnición del castillo fuera escasa. Sin duda, el Joven Lobo había pensado lo mismo de Invernalia hasta la noche en que Theon Cambiacapas trepó por sus muros. Sam no soportaba pensar que quizá hubiera llevado a Elí y al bebé hasta allí con el fin de ponerlos a salvo para acabar por abandonarlos en medio de una guerra.

Se pasó el resto del viaje debatiéndose entre dudas, sin saber qué hacer. Podía llevarse a Elí a Antigua. Las murallas de la ciudad eran mucho más imponentes que las del castillo de su padre, y había miles de hombres para defenderlas, en vez del puñado de soldados que debía de haber dejado Lord Randyll en Colina Cuerno cuando partió hacia Altojardín para responder a la llamada de su señor. Pero en tal caso tendría que esconderla. En la Ciudadela no se permitía que los novicios tuvieran esposas ni amantes, al menos abiertamente.

«Además, si me quedo mucho más tiempo con Elí, ¿cómo voy a juntar fuerzas para dejarla? —Porque tenía que dejarla. O desertar—. Pronuncié el juramento —se recordó—. Si deserto, me cortarán la cabeza, ¿y de qué le serviría eso a Elí?»

Sopesó la posibilidad de suplicar a Kojja Mo y a su padre que se llevaran a la chica salvaje a las Islas del Verano. Pero aquello también entrañaba sus peligros. Cuando saliera de Antigua, la *Viento Canela* tendría que cruzar otra vez los estrechos del Tinto, y tal vez corriera peor suerte en aquella ocasión. ¿Y si no había viento, y los isleños del verano se encontraban a la deriva? Si lo que se decía era verdad, se llevarían a Elí como sierva o esposa de sal, y lo más probable era que considerasen que el bebé era una molestia y lo tirasen al mar.

«Tengo que llevarla a Colina Cuerno —decidió por fin—. Cuando lleguemos a Antigua, alquilaré un carro y unos caballos, y la llevaré yo mismo.» Así se aseguraría de dejarla a salvo en el castillo, y si veía u oía algo que lo hiciera dudar, siempre podía dar media vuelta y volver a Antigua con Elí.

Llegaron a Antigua una mañana fría y húmeda, en medio de una niebla tan espesa que lo único que se veía de la ciudad era el Faro de Hightower. El puerto estaba cruzado por una barrera flotante que enlazaba dos docenas de cascos podridos. Detrás había una hilera de barcos de guerra anclados junto a tres grandes dromones y el buque insignia de Lord Hightower, un imponente navío de cuatro cubiertas llamado *Honor de Antigua*. La *Viento Canela* tuvo que someterse a inspección una vez más. En aquella ocasión, el que subió a bordo fue Gunthor, el hijo de Lord Leyton, que llevaba una capa de hilo de plata y una armadura de lamas grises. Ser Gunthor había estudiado varios años en la Ciudadela y hablaba la lengua del verano, de modo que Quhuru Mo y él se reunieron en el camarote del capitán para hablar en privado.

Sam aprovechó el tiempo para explicarle sus planes a Elí.

—Primero iré a la Ciudadela para entregar las cartas de Jon e informar de la muerte del maestre Aemon. Espero que los archimaestres envíen un carro para recoger el cadáver. Luego conseguiré caballos y un carromato para llevarte con mi madre a Colina Cuerno. Volveré en cuanto pueda, pero tal vez no sea hasta mañana.

—Mañana —repitió ella, y le dio un beso para desearle suerte.

Al final, Ser Gunthor volvió a salir y ordenó que abrieran la cadena para que la *Viento Canela* pudiera entrar al puerto. Mientras amarraban la nave cisne, Sam se unió a Kojja Mo y a tres de sus arqueros junto a la plancha. Los isleños del verano estaban resplandecientes con aquellas capas de plumas que solo se ponían para desembarcar. A su lado se sentía andrajoso, con la ropa negra dada de sí, la capa descolorida y las botas manchadas de salitre.

—¿Cuánto tiempo os quedaréis en el puerto?

—Dos días, diez días, ¿quién sabe? El tiempo que tardemos en vaciar las bodegas y volver a llenarlas. —Kojja sonrió—. Además, mi padre tiene que visitar a los maestres grises. Quiere venderles unos libros.

—¿Se puede quedar Elí a bordo hasta que yo vuelva?

—Elí se puede quedar todo el tiempo que quiera. —Clavó un dedo en la barriga de Sam—. No come tanto como otros.

—No estoy tan gordo como antes —se defendió el muchacho.

Era uno de los resultados del viaje hacia el sur, con tantas guardias, y comiendo solo fruta y pescado. A los isleños del verano les encantaban el pescado y la fruta.

Sam bajó por la plancha con los arqueros, pero al llegar a la orilla se separaron, y cada uno se fue por su lado. Rezó por recordar cómo se llegaba a la Ciudadela. Antigua era un laberinto, y no podía perder tiempo extraviándose.

Era un día húmedo, con lo que los adoquines del suelo estaban resbaladizos, y las callejuelas, envueltas en niebla y misterio. Sam trató de evitarlos y siguió el camino del río que serpenteaba junto a la orilla del Vinomiel cruzando el corazón del casco viejo. Era agradable volver a pisar tierra firme, en lugar de una cubierta que se mecía sin cesar, pero pese a todo se sentía incómodo. Notaba las miradas clavadas en él: lo espiaban desde ventanas y balcones, y lo observaban desde los portales oscuros. A bordo de la *Viento Canela* sabía quién era todo el mundo. En cambio, en aquella ciudad, mirase adonde mirase, únicamente veía desconocidos. Y peor todavía era la posibilidad de que lo viera algún conocido. No había nadie en Antigua que no supiera quién era Lord Randyll Tarly, aunque pocos le tenían afecto. Sam no sabía qué podría resultar peor: que lo reconociera un enemigo de su señor padre o uno de sus amigos. Se cubrió con la capucha y aceleró el paso.

Las puertas de la Ciudadela estaban flanqueadas por una pareja de gigantescas esfinges verdes, con cuerpo de león, alas de águila y cola de serpiente. Una tenía rostro de varón, y la otra, de mujer. Al otro lado estaba el Hogar del Escriba, adonde acudían los antigüeños para que los acólitos les escribieran testamentos y les leyeran cartas. Había media docena de escribas aburridos sentados en tenderetes al aire libre, a la espera de clientes. En otros tenderetes se compraban y vendían libros. Sam se detuvo ante uno que ofrecía mapas y examinó uno de la Ciudadela para averiguar la forma más rápida de llegar al Tribunal del Senescal.

El camino se dividía en el punto donde se alzaba la estatua del rey Daeron I a lomos de un alto caballo de piedra, con la espada alzada en dirección a Dorne. El Joven Dragón tenía una gaviota posada en la cabeza y otras dos en la hoja del arma. Sam tomó la bifurcación de la izquierda, la que seguía el curso del río. En el atracadero de los Sollozos vio a dos acólitos que ayudaban a un anciano a subir a un bote para el corto viaje hasta la isla Sangrienta. Tras él subió una joven madre, de la edad de Elí, con un bebé lloroso en brazos. Bajo el atracadero, unos pinches de cocina vadeaban las aguas para recoger ranas. Un grupo de novicios de mejillas sonrosadas pasó corriendo en dirección al septrio.

«Debería haber venido cuando tenía su edad —pensó Sam—. Si me hubiera escapado y me hubiera buscado un nombre falso, habría podido desaparecer entre los demás novicios. Así, mi padre podría haber fingido que Dickon era su único hijo. Ni siquiera se habría molestado en buscarme, a menos que me hubiera llevado una mula. Entonces sí que me habría perseguido, pero solo por la mula.»

Ante el Tribunal del Senescal, los rectores estaban poniendo en la picota a un novicio mayor.

—Ha robado comida de las cocinas —les explicaba uno de ellos a los acólitos que aguardaban para tirar verduras podridas al prisionero.

Todos miraron a Sam con curiosidad cuando pasó a su lado con la capa negra ondeando como una vela.

Al otro lado de las puertas había un vestíbulo con suelo de piedra y ventanas altas rematadas por arcos. Al fondo vio a un hombre de rostro demacrado, sentado en una tarima, que escribía a pluma en un libro. Vestía una túnica de maestre, pero no llevaba cadena al cuello. Sam carraspeó.

—Buenos días.

El hombre alzó la vista, y al parecer, no mereció su aprobación.

—Hueles a novicio.

—Espero serlo pronto. —Sam sacó las cartas que le había dado Jon Nieve—. Venía del Muro con el maestre Aemon, pero murió durante el viaje. Si pudiera hablar con el Senescal...

—¿Tu nombre?

—Samwell. Samwell Tarly.

Lo anotó en el libro y le hizo una seña con la pluma en dirección a un banco situado junto a la pared.

—Siéntate. Te llamarán.

Sam se sentó en el banco.

Llegaron otros hombres. Unos entregaban mensajes y se iban; otros hablaban con el hombre de la tarima, que los invitaba a atravesar la puerta que tenía detrás y subir por una escalera. Otros se sentaban con Sam en los bancos, a la espera de que los llamaran. Unos cuantos de los que fueron llamados habían llegado después que él, estaba casi seguro. La cuarta o la quinta vez que sucedió, se levantó y cruzó la estancia.

—¿Falta mucho?

—El Senescal es muy importante.

—Vengo del Muro.

—Entonces no te importará esperar un poco más. —Señaló con la pluma—. En ese banco de ahí, bajo la ventana.

Sam volvió al banco. Transcurrió otra hora. Llegaron más visitantes. Todos hablaban con el hombre del estrado y esperaban un rato hasta que los hacían pasar. En todo aquel tiempo, el portero ni se molestó en mirar a Sam. En el exterior, la niebla se iba despejando a medida que avanzaba el día; la luz brillante del sol entraba por las ventanas. Sam se distrajo contemplando las motas de polvo que danzaban en los rayos. Se le escapó un bostezo, y luego, otro. Se hurgó una ampolla reventada de la mano, antes de apoyar la cabeza en la pared y cerrar los ojos.

Debió de quedarse adormilado. Lo siguiente que supo fue que el hombre de la tarima gritaba un nombre. Sam se puso en pie, pero volvió a sentarse cuando se dio cuenta de que no era el suyo.

—Tienes que darle una moneda a Lorcas; si no, te tendrá tres días esperando —dijo una voz a su lado—. ¿Qué trae a la Guardia de la Noche a la Ciudadela?

Su interlocutor era un joven esbelto, menudo, atractivo, que vestía unos calzones de piel de cervatillo y una cálida brigantina con tachonaduras de hierro. Tenía la piel del color de la cerveza negra ligera y una mata de prietos rizos negros que terminaba en un pico en el nacimiento del pelo, por encima de los grandes ojos negros.

—El Lord Comandante está restaurando los castillos abandonados —explicó Sam—. Necesitamos más maestres para los cuervos... ¿Has dicho una moneda?

—Bastará con una de cobre. A cambio de un venado de plata, Lorcas te lleva a cuestas a ver al Senescal. Lleva cincuenta años de acólito. Detesta a los novicios, sobre todo a los de noble cuna.

—¿Cómo sabes que soy de noble cuna?

—Igual que tú sabes que soy medio dorniense —le dijo con una sonrisa, con el suave acento de Dorne.

Sam buscó una moneda.

—¿Eres novicio?

—Acólito. Alleras, algunos me llaman Esfinge.

Sam se sobresaltó.

—La esfinge es el acertijo, no la que plantea el acertijo —dijo atropelladamente—. ¿Sabes qué significa eso?

—No. ¿Es un acertijo?

—Eso me gustaría saber a mí. Soy Samwell Tarly. Sam.

—Un placer. ¿Y qué asuntos tiene que tratar Samwell Tarly con el archimaestre Theobald?

—¿Así se llama el Senescal? —preguntó Sam, confuso—. El maestre Aemon dijo que era Norren.

—Hace dos periodos que no. Cada año se elige un nuevo Senescal. El cargo se echa a suertes entre los archimaestres, porque casi todos consideran que es una tarea ingrata que los aparta de su verdadero trabajo. Este año, el archimaestre Walgrave sacó la piedra negra, pero como a veces se le va la cabeza, Theobald se ofreció voluntario para sustituirlo. Es un poco brusco, pero buena persona. ¿Has dicho el maestre Aemon?

—Sí.

—¿Aemon Targaryen?

—Ese fue su nombre, pero todos lo llamábamos maestre Aemon. Murió cuando veníamos en barco hacia el sur. ¿Cómo es que lo conoces?

—¿Cómo no iba a conocerlo? No solo era el maestre vivo más anciano; también era el hombre más viejo de Poniente. Vivió más historia de la que ha podido aprender el archimaestre Perestan. Podría habernos contado muchas cosas de los reinados de su padre y de su tío. ¿Sabes cuántos años tenía?

—Ciento dos.

—¿Y qué hacía embarcado a su edad?

Sam meditó la pregunta un momento; no sabía hasta qué punto podía revelar la verdad.

«La esfinge es el acertijo, no la que plantea el acertijo.» ¿Sería posible que el maestre Aemon se refiriese a aquel Esfinge? No parecía probable.

—El Lord Comandante Nieve lo envió lejos para salvarle la vida —empezó, titubeante.

Le habló del rey Stannis y de Melisandre de Asshai. No pretendía llegar más allá, pero una cosa llevó a la otra, y acabó hablándole de Mance Rayder y sus salvajes, de la sangre real y de los dragones, y antes de que pudiera darse cuenta le salió todo lo demás: los espectros del Puño de los Primeros Hombres, el Otro a lomos de su caballo muerto, el asesinato del Viejo Oso en el Torreón de Craster, Elí y su fuga, Arbolblanco y Paul el Pequeño, Manosfrías y los cuervos, cómo había llegado Jon a Lord Comandante, la *Pájaro Negro,* Dareon, Braavos, los dragones que había visto Xhondo en Qarth, la *Viento Canela* y lo que había susurrado el maestre Aemon cuando se acercaba el fin. Solo se calló los secretos que había jurado guardar: el de Bran Stark y sus compañeros, y el de los bebés que había intercambiado Jon Nieve.

—Daenerys es la única esperanza —concluyó—. Aemon dijo que la Ciudadela debía enviar a un maestre sin demora, para que vuelva a Poniente con ella antes de que sea demasiado tarde.

Alleras lo escuchó con atención. De cuando en cuando parpadeaba, pero en ningún momento se rio ni lo interrumpió. Cuando Sam terminó, le puso una esbelta mano morena en el brazo.

—Ahórrate la moneda, Sam. Theobald no se va a creer ni la mitad de lo que dices, pero hay otros que tal vez sí. ¿Por qué no vienes conmigo?

—¿Adónde?

—A hablar con un archimaestre.

«Tienes que contárselo, Sam —le había dicho el maestre Aemon—. Tienes que contárselo a los archimaestres.»

—Muy bien. —Siempre podría volver a intentar ver al Senescal al día siguiente, con una moneda en la mano—. ¿Tenemos que ir muy lejos?

—No mucho. A la isla de los Cuervos.

No les hizo falta ningún bote para llegar a la isla de los Cuervos: un destartalado puente levadizo de madera la unía con la orilla este.

—El Grajal es el edificio más viejo de la Ciudadela —le explicó Alleras mientras cruzaban las lentas aguas del Vinomiel—. Se dice que en la Edad de los Héroes era la fortaleza de un señor pirata que se quedaba cruzado de brazos y saqueaba los barcos que navegaban río abajo.

Sam advirtió que las paredes estaban cubiertas de musgo y enredaderas, y que las almenas estaban patrulladas por cuervos, no por arqueros. Nadie vivo recordaba haber visto alzar el puente levadizo.

En el interior del castillo hacía fresco y reinaba la penumbra. Un viejo arciano crecía en el patio, desde que se construyó el edificio. El rostro tallado en el tronco estaba cubierto del mismo musgo violeta que le colgaba de las ramas blanquecinas. Muchas de ellas parecían secas, pero otras tenían aún algunas hojas rojas, y esas eran las favoritas de los cuervos. El árbol estaba lleno de pájaros, y había más en las ventanas rematadas en arco que daban al patio. Los excrementos cubrían todo el suelo. Mientras cruzaban el patio, uno echó a volar, y los demás empezaron a graznarse.

—Las habitaciones del archimaestre Walgrave están en la torre oeste, bajo la pajarera blanca —le dijo Alleras—. Los cuervos blancos y los negros se pelean como dornienses y marqueños, así que hay que tenerlos separados.

—¿Crees que el archimaestre Walgrave entenderá lo que le voy a decir? —preguntó Sam—. Antes has dicho que a veces se le va la cabeza.

—Tiene días buenos y días malos —respondió Alleras—, pero no es a Walgrave a quien vas a ver.

Abrió la puerta de la torre norte y empezó a subir. Sam ascendió por las escaleras en pos de él. Arriba se oían aleteos y murmullos, y de cuando en cuando, un graznido airado, como si los cuervos se quejaran de que los despertaran.

En la parte superior de las escaleras había un joven pálido y rubio, de la edad de Sam, sentado ante una puerta de roble y hierro, mirando atentamente la llama de una vela con el ojo derecho. El izquierdo lo tenía tapado por un mechón de pelo rubio ceniza.

—¿Qué estás buscando? —le preguntó Alleras—. ¿Tu destino? ¿Tu muerte?

El joven rubio apartó la vista de la vela y parpadeó.

—Mujeres desnudas —respondió—. ¿Y este quién es?

—Samwell. Un novicio recién llegado, que viene a ver al Mago.

—La Ciudadela ya no es lo que era —se quejó el rubio—. Hoy en día aceptan a cualquiera. Perros morenos, dornienses, porquerizos, tullidos, imbéciles, y ahora, una ballena vestida de negro. Y yo que creía que los leviatanes eran grises...

Una capa corta a rayas verdes y doradas le cubría un hombro. Era muy atractivo, aunque tenía los ojos taimados y la boca cruel. Sam lo conocía.

—Leo Tyrell. —Solo con pronunciar el nombre volvió a sentirse como un niño de siete años a punto de mearse en los calzones—. Yo soy Sam, de Colina Cuerno, el hijo de Lord Randyll Tarly.

—¿De verdad? —Leo le echó otro vistazo—. Me imagino que sí. Tu padre nos dijo que habías muerto. ¿O que ojalá hubieras muerto? —Sonrió—. ¿Sigues siendo tan cobarde como siempre?

—No —mintió Sam, tal como Jon le había ordenado—. Fui más allá del Muro y participé en batallas. Me llaman Sam el Mortífero.

Nunca supo por qué lo había dicho. Las palabras se le escaparon sin más.

Leo se echó a reír, pero antes de que pudiera decir nada, se abrió la puerta que tenía a sus espaldas.

—Entra, Mortífero —gruñó el hombre del umbral—. Y tú también, Esfinge. Venga.

—Es el archimaestre Marwyn, Sam —dijo Alleras.

Marwyn llevaba una cadena de diversos metales en torno al grueso cuello. Por lo demás, tenía más aspecto de camorrista portuario que de maestre. Su cabeza era desproporcionadamente grande con relación a su cuerpo, y su manera de proyectarla hacia delante desde los hombros, junto con el recio mentón, hacía que pareciera a punto de matar a alguien. Era bajo y achaparrado, pero con el pecho y los hombros anchos, y una barriga cervecera redonda y dura como la roca, que tensaba los lazos del justillo de cuero que llevaba a modo de túnica. De las orejas y las fosas nasales le salían mechones de pelo blanco. Tenía la frente protuberante, le habían roto la nariz en más de una ocasión, la hojamarga le había dejado los dientes llenos de manchas rojas, y sus manos eran las más grandes que Sam hubiera visto nunca.

El muchacho titubeó, y una de aquellas manazas lo agarró por el brazo y lo obligó a cruzar la puerta. La estancia que había al otro lado era grande y redonda. Había libros y pergaminos por todos lados, esparcidos sobre las mesas y amontonados en el suelo en pilas de seis palmos de alto. Las paredes de piedra estaban cubiertas de tapices descoloridos y mapas desgastados. En la chimenea ardía un fuego que calentaba un caldero de cobre. Fuera lo que fuera lo que había en su interior, olía a quemado. Aparte de aquello, la única luz de la estancia procedía de una vela alta y negra situada en el centro de la habitación.

Tenía un brillo desagradable. Había algo de extraño en ella. La llama no parpadeaba, ni siquiera cuando el archimaestre Marwyn cerró la puerta con tanta fuerza que revolotearon los papeles de una mesa cercana. Además, aquella luz surtía un efecto extraño en los colores. Los blancos eran tan brillantes como la nieve recién caída; el amarillo brillaba como el oro; los rojos se convertían en llamas, pero las sombras eran tan negras que parecían agujeros que horadaban el mundo. Sam se dio cuenta de que no podía apartar la vista. La propia vela medía una vara y era esbelta como un junco, retorcida y estriada, de un negro deslumbrante.

—¿Eso es...?

—¿Obsidiana? —terminó el otro hombre de la estancia, un joven pálido y regordete con los hombros redondos, las manos blandas, los ojos muy juntos y manchas de comida en la túnica.

—Llámalo vidriagón. —El archimaestre Marwyn contempló la vela un instante—. Arde, pero no se consume.

—¿Qué alimenta la llama? —quiso saber Sam.

—¿Qué alimenta el fuego de un dragón? —Marwyn se sentó en un taburete—. Toda la hechicería valyria tenía sus raíces en la sangre o en el fuego. Con una de estas velas de cristal, los hechiceros del Feudo Franco podían ver a través de montañas, mares y desiertos. Eran capaces de entrar en los sueños de las personas y provocarles visiones; podían mantener conversaciones aunque estuvieran a medio mundo de distancia, sentados ante sus velas. ¿No te parece que eso sería útil, Mortífero?

—Así no nos harían falta los cuervos.

—Solo después de las batallas. —El archimaestre sacó una hojamarga de un fardo, se la metió en la boca y la empezó a masticar—. Cuéntame todo lo que le dijiste a nuestra esfinge dorniense. Ya sé buena parte, y también cosas que ignoras, pero quizá se me haya escapado algún detalle.

No era un hombre al que se le pudiera negar nada. Sam titubeó un momento y volvió a relatar toda su historia a Marywn, a Alleras y al otro novicio.

—El maestre Aemon creía que la profecía se ha cumplido en Daenerys Targaryen. En ella, no en Stannis, ni en el príncipe Rhaegar, ni en el principito al que estamparon contra una pared.

—Nacido de la sal y el humo, bajo una estrella sangrante. Ya conozco la profecía. —Marwyn giró la cabeza y escupió una flema roja—. No digo que me parezca fidedigna, claro. Como escribió Gorghan del Antiguo Ghis, una profecía es como una mujer traicionera: te la chupa, gimes de placer, y piensas «Qué bien, qué maravilla, cómo me gusta...». Y de repente aprieta los dientes, y los gemidos se transforman en gritos. Gorghan decía que esa era la naturaleza de las profecías: te arrancan la polla de un mordisco en cuanto te descuidas. —Siguió masticando—. Aun así...

Alleras dio un paso para situarse junto a Sam.

—Aemon habría ido con ella si no le hubieran fallado las fuerzas. Quería que le enviásemos un maestre para que la aconsejara y la protegiera, para que la trajera sana y salva.

—¿De verdad? —El archimaestre Marwyn se encogió de hombros—. Pues menos mal que murió antes de llegar a Antigua. Si no, puede que el rebaño gris hubiera tenido que matarlo, y los pobres viejos lo habrían pasado fatal.

—¿Matarlo? —se escandalizó Sam—. ¿Por qué?

—Si te lo digo, tal vez tengan que matarte a ti también. —Marywn le dedicó una sonrisa espantosa; los jugos de la hojamarga le corrían entre los dientes—. ¿Quién crees que mató a todos los dragones la última vez? ¿Galantes matadragones con sus espadas? —Escupió—. En el mundo que está construyendo la Ciudadela no hay lugar para la hechicería, las profecías ni las velas de cristal, y mucho menos para los dragones. ¿No te preguntas por qué se permitió que Aemon Targaryen desperdiciara su vida en el Muro, cuando tendría que haber sido archimaestre por derecho? Por su sangre. No se podía confiar en él. Ni en mí.

—¿Qué vais a hacer? —quiso saber Alleras.

—Iré a la bahía de los Esclavos en lugar de Aemon. La nave cisne en que ha venido el Mortífero me servirá perfectamente. El rebaño gris enviará a su hombre en una galera, sin duda. Si tengo buenos vientos, yo llegaré antes. —Marwyn miró otra vez a Sam y frunció el ceño—. En cuanto a ti... Tienes que quedarte y forjarte una cadena. Yo en tu lugar me daría prisa. Llegará un momento en que harás falta en el Muro. —Se volvió hacia el novicio de rostro carnoso—. Búscale una celda seca a Mortífero. Dormirá aquí y te ayudará a cuidar de los cuervos.

—Pero... pero... pero... —farfulló Sam—, los otros archimaestres... El Senescal... ¿Qué les digo?

—Diles lo sabios y bondadosos que son. Diles que Aemon te ordenó que te pusieras en sus manos. Diles que siempre has soñado con el día en que te permitieran colgarte la cadena y servir, que el servicio es el honor más alto, y la obediencia, la virtud más elevada. Pero no digas nada de profecías ni de dragones, a menos que te gusten las gachas con veneno. —Marwyn cogió una sucia capa de cuero que colgaba de un clavo, junto a la puerta, y se la abrochó—. Cuídamelo, Esfinge.

—Lo haré —respondió Alleras, pero el archimaestre ya se había marchado.

Oyeron sus pisadas escaleras abajo.

—¿Adónde va? —preguntó Sam, asombrado.

—A los muelles. El Mago no es de los que pierden el tiempo. —Alleras sonrió—. Tengo que confesarte una cosa: nuestro encuentro no fue casual, Sam. El Mago me envió a pescarte antes de que hablaras con Theobald. Sabía que venías.

—¿Cómo?

Alleras señaló la vela de cristal.

Sam contempló un momento la extraña llama clara, y después parpadeó y apartó la vista. Al otro lado de la ventana empezaba a oscurecer.

—Hay una celda desocupada bajo la mía, en la torre oeste, con unas escaleras que llevan a las estancias de Walgrave —dijo el joven de la cara regordeta—. Si no te molestan los graznidos de los cuervos, tiene buenas vistas al Vinomiel. ¿Te parece bien?

—Me imagino que sí.

En algún sitio tenía que dormir.

—Te llevaré unas mantas de lana. Por culpa de las paredes de piedra hace frío por las noches, incluso aquí.

—Te lo agradezco. —El chico pálido y blando tenía algo que no le gustaba, pero no quería parecer descortés—. De verdad, no me llamo Mortífero. Soy Sam. Samwell Tarly.

—Yo me llamo Pate —respondió—. Como el porquerizo.

Mientras, en el muro...

¡Un momento, un momento!, estaréis diciendo algunos. ¡Un momento, un momento! ¿Dónde están Dany y los dragones? ¿Dónde está Tyrion? Casi no ha salido Jon Nieve. No se puede acabar aquí...

Pues no, la verdad es que no. Queda mucho por venir. Otro libro tan gordo como este.

No es que me haya olvidado de escribir sobre los otros personajes, claro que no. He escrito muchísimo sobre ellos. Páginas y más páginas, capítulos y más capítulos. Todavía estaba escribiendo cuando me di cuenta de que el libro estaba quedando demasiado largo para publicarlo en un solo tomo... Y ni siquiera estaba cerca de terminarlo. Para contar todo lo que quería contar iba a tener que dividirlo en dos.

Lo más sencillo habría sido coger todo lo que tenía, cortar más o menos por la mitad y terminar con un «Continuará». Pero, cuanto más lo pensaba, más convencido estaba de que los lectores preferirían que relatara en un libro toda la historia de la mitad de los personajes a que relatara la mitad de la historia de todos los personajes. Así que eso fue lo que decidí.

Tyrion, Jon, Dany, Stannis, Melisandre, Davos Seaworth y el resto de los personajes que os apasionan, o a los que odiáis apasionadamente, estarán aquí el año que viene (¡eso espero!) en *Danza de dragones,* que versará sobre lo que ocurre en el Muro y al otro lado del mar, igual que este libro versa sobre lo que ocurre en Desembarco del Rey.

George R. R. Martin
Junio del 2005

APÉNDICE

Los reyes y sus cortes

La reina regente

CERSEI LANNISTER, la primera de su nombre, viuda del [rey Robert I Baratheon], reina madre, Protectora del Reino, señora de Roca Casterly y reina regente;

— los hijos de la reina Cersei:
 — [EL REY JOFFREY I BARATHEON], un niño de trece años, envenenado en su banquete nupcial;
 — LA PRINCESA MYRCELLA BARATHEON, una niña de nueve años, pupila del príncipe Doran Martell en Lanza del Sol;
 — EL REY TOMMEN I BARATHEON, un niño de ocho años;
  — sus gatitos, SER GARRAS, LADY BIGOTES, BOTAS;

— los hermanos de la reina Cersei:
 — SER JAIME LANNISTER, su mellizo, apodado EL MATARREYES, Lord Comandante de la Guardia Real;
 — TYRION LANNISTER, apodado EL GNOMO, un enano acusado y condenado por regicidio y parricidio;
  — PODRICK PAYNE, escudero de Tyrion, un niño de diez años;

— los tíos, la tía y los primos de la reina Cersei:
 — SER KEVAN LANNISTER, su tío;

— SER LANCEL, su primo, hijo de Ser Kevan, antes escudero del rey Robert y amante de Cersei, recién nombrado señor de Darry;
— [WILLEM], hijo de Ser Kevan, asesinado en Aguadulces;
— MARTYN, escudero, hemano gemelo de Willem;
— JANEI, hija de Ser Kevan, una niña de tres años;
— LADY GENNA LANNISTER, tía de Cersei, casada con Ser Emmon Frey;
— [SER CLEOS FREY], hijo de Genna, asesinado por unos bandidos;
— SER TYWIN FREY, llamado TY, hijo de Cleos;
— WILLEM FREY, escudero, hijo de Cleos;
— SER LYONEL FREY, segundo hijo de Lady Genna;
— [TION FREY], hijo de Genna, asesinado en Aguasdulces;
— WALDER FREY, apodado WALDER EL ROJO, hijo menor de Lady Genna, paje en Roca Casterly;
— TYREK LANNISTER, primo de Cersei, hijo de Tygett, difunto hermano de su padre;
— LADY ERMESANDE HAYFORD, niña de pecho y esposa de Tyrek;
— GLORIA COLINA, una niña de once años, hija bastarda del difunto Gerion, tío de la reina Cersei;
— CERENNA LANNISTER, prima de Cersei, hija de su difunto tío materno Stafford;
— MYRIELLE LANNISTER, prima de Cersei y hermana de Cerenna, hija de Stafford;
— SER DAVEN LANNISTER, su primo, hijo de Stafford;
— SER DAMION LANNISTER, un primo lejano, casado con Shiera Crakehall;
— SER LUCION LANNISTER, su hijo;
— LANNA, su hija, casada con Lord Antario Jast;
— LADY MARGOT, una prima aún más lejana, casada con Lord Titus Peake;
— el Consejo Privado del rey Tommen:
— [LORD TYWIN LANNISTER], Mano del Rey;
— SER JAIME LANNISTER, Lord Comandante de la Guardia Real;
— SER KEVAN LANNISTER, consejero de los edictos;
— VARYS, un eunuco, consejero de los rumores;

— GRAN MAESTRE PYCELLE, consejero y sanador;
— LORD MACE TYRELL, LORD MATHIS ROWAN, LORD PAXTER REDWYNE, consejeros;
— la Guardia Real de Tommen:
— SER JAIME LANNISTER, Lord Comandante;
— SER MERYN TRANT;
— SER BOROS BLOUNT, expulsado y después readmitido;
— SER BALON SWANN;
— SER OSMUND KETTLEBLACK;
— SER LORAS TYRELL, apodado EL CABALLERO DE LAS FLORES;
— SER ARYS OAKHEART, en Dorne con la princesa Myrcella;
— el servicio de Cersei en Desembarco del Rey:
— LADY JOCELYN SWYFT, su acompañante;
— SENELLE y DORCAS, sus ayudas de cámara y sirvientas;
— LUM; LESTER EL ROJO; HOKE, apodado PATAMULO; OREJAMOCHA, y CEÑOS, guardias;
— LA REINA MARGAERY de la Casa Tyrell, doncella de dieciséis años, viuda del rey Joffrey I Baratheon y, anteriormente, de Lord Renly Baratheon;
— la corte de Margaery en Desembarco del Rey:
— MACE TYRELL, su padre, señor de Altojardín;
— LADY ALERIE de la Casa Hightower, su madre;
— LADY OLENNA TYRELL, su abuela, una anciana viuda apodada LA REINA DE LAS ESPINAS;
— ARRYK y ERRYK, guardias de Lady Olenna, gemelos de más de dos varas y media de altura, apodados IZQUIERDO y DERECHO;
— SER GARLAN TYRELL, apodado EL GALANTE, hermano de Margaery;
— su esposa, LADY LEONETTE de la Casa Fossoway;
— SER LORAS TYRELL, apodado EL CABALLERO DE LAS FLORES, el menor de sus hermanos, Hermano Juramentado de la Guardia Real;
— las damas de Margaery:
— MEGGA, ALLA y ELINOR TYRELL, sus primas;
— ALYN AMBROSE, escudero, el prometido de Elinor;
— LADY ALYSANNE BULWER, una niña de ocho años;
— MEREDYTH CRANE, llamada MERRY;

— Lady Taena Merryweather;
— Lady Alyce Graceford;
— septa Nysterica, una hermana de la Fe;
— Paxter Redwyne, señor del Rejo;
— sus hijos gemelos, Ser Horas y Ser Hobber;
— maestre Ballabar, su sanador y consejero;
— Mathis Rowan, señor de Sotodeoro;
— Ser Willam Wythers, capitán de la guardia de Margaery;
— Hugh Clifton, un guardia joven y atractivo;
— Ser Portifer Woodwright y su hermano, Ser Lucantine;

— la corte de Cersei en Desembarco del Rey:
— Ser Osfryd Kettleblack y Ser Osney Kettleblack, hermanos menores de Ser Osmund Kettleblack;
— Ser Gregor Clegane, apodado la Montaña que Cabalga, agonizando entre terribles dolores por una herida envenenada;
— Ser Addam Marbrand, Comandante de la Guardia de la Ciudad de Desembarco del Rey (los *capas doradas*);
— Jabalar Xho, príncipe del Valle de la Flor Roja, exiliado de las Islas del Verano;
— Gyles Rosby, señor de Rosby, aquejado de toses;
— Orton Merryweather, señor de Granmesa;
— Taena, su esposa, una mujer de Myr;
— Lady Tanda Stokeworth;
— Lady Falyse, su hija mayor y heredera;
— Ser Balman Byrch, esposo de Lady Falyse;
— Lady Lollys, su hija pequeña, embarazada y de pocas luces;
— Ser Bronn del Aguasnegras, esposo de Lady Lollys, antes mercenario;
— [Shae], sirvienta de Lollys, antes vivandera, estrangulada en la cama de Lord Tywin;
— maestre Frenken, al servicio de Lady Tanda;
— Ser Ilyn Payne, la Justicia del Rey, verdugo;
— Rennifer Mareslargos, carcelero jefe de las mazmorras de la Fortaleza Roja;
— Rugen, carcelero de las celdas negras;
— Lord Hallyne el Piromante, sapiencia del Gremio de Alquimistas;

— Noho Dimittis, enviado del Banco de Hierro de Braavos;
— Qyburn, nigromante, antes maestre de la Ciudadela, incorporado recientemente a la Compañía Audaz;
— Chico Luna, bufón real, corto de entendederas;
— Pate, un chico de ocho años, niño de los azotes del rey Tommen;
— Ormond de Antigua, arpista y bardo real;
— Ser Mark Mullendore, que perdió un mono y la mitad de un brazo en la batalla del Aguasnegras;
— Aurane Mares, apodado el Bastardo de Marcaderiva;
— Lord Alesander Staedmon, apodado el Codicioso;
— Ser Ronnet Connington, apodado Ronnet el Rojo, caballero de Nido del Grifo;
— Ser Lambert Turnberry; Ser Dermot de La Selva; Ser Tallad, apodado el Tallo; Ser Bayard Norcross; Ser Bonifer Hasty, apodado Bonifer el Bueno; Ser Hugo Vance, caballeros juramentados del Trono de Hierro;
— Ser Lyle Crakehall, apodado Jabalí; Ser Alyn Stackspear; Ser Jon Bettley, apodado Jon el Lampiño; Ser Steffon Swyft; Ser Humfrey Swyft, caballeros juramentados de Roca Casterly;
— Josmyn Peckledon, escudero y héroe del Aguasnegras;
— Garret Paege y Lew Piper, escuderos y rehenes;

— habitantes de Desembarco del Rey:
— el Septón Supremo, Padre de los Fieles, Voz de los Siete en la Tierra, un anciano frágil;
— septón Torbert, septón Raynard, septón Luceon, septón Ollidor, de los Máximos Devotos, servidores de los Siete en el Gran Septo de Baelor;
— septa Moelle, septa Aglantine, septa Helicent, septa Unella, de los Máximos Devotos, servidoras de los Siete en el Gran Septo de Baelor;
— los gorriones, los más humildes entre los hombres, fervientes devotos;
— Chataya, dueña de un burdel de lujo;
— Alayaya, su hija;
— Dancy, Marei, dos chicas de Chataya;
— Brella, una criada, antes al servicio de Lady Sansa Stark;

— Tobho Mott, maestro armero;
— Hamish el Arpista, un anciano bardo;
— Alaric de Eysen, un bardo que ha viajado mucho;
— Wat, un cantor que se hace llamar el Bardo Azul;
— Ser Theodan Wells, un piadoso caballero conocido posteriormente como Ser Theodan el Fiel.

El estandarte del rey Tommen muestra, afrontados, el venado coronado de Baratheon, de sable sobre oro, y el león de los Lannister, de oro sobre gules.

El rey en el muro

STANNIS BARATHEON, el primero de su nombre, segundo hijo de Lord Steffon Baratheon y Lady Cassana de la Casa Estermont, señor de Rocadragón, que se ha coronado rey de Poniente;

— LA REINA SELYSE de la Casa Florent, su esposa, actualmente en Guardiaoriente del Mar;

— LA PRINCESA SHIREEN, hija de ambos, una niña de once años;

— CARAMANCHADA, el bufón retrasado mental de Shireen;

— EDRIC TORMENTA, su sobrino ilegítimo, hijo bastardo del rey Robert y Lady Delena Florent, un niño de doce años, actualmente a bordo de la *Loco Prendos* en el mar Angosto;

— SER ANDREW ESTERMONT, primo del rey Stannis, hombre del rey, al mando de la escolta de Edric;

— SER GERALD GOWER; LEWYS, apodado EL PESCADERO; SER TRISTON DE COLINA CUENTA; OMER BLACKBERRY; hombres del rey, guardias y protectores de Edric;

— la corte de Stannis en el Castillo Negro:

— LADY MELISANDRE DE ASSHAI, apodada LA MUJER ROJA, sacerdotisa de R'hllor, el Señor de la Luz;

— MANCE RYDER, el Rey-más-allá-del-Muro, prisionero y condenado a muerte;

— EL PRÍNCIPE SALVAJE, hijo de Rayder y su esposa, [DALLA], un recién nacido aún sin nombre;

— ELÍ, ama de cría del bebé, una chica salvaje;
— su hijo, otro recién nacido aún sin nombre, engendrado por [CRASTER], padre de Elí;
— SER RICHARD HORPE; SER JUSTIN MASSEY; SER CLAYTON SUGGS; SER GODRY FARRING, apodado MASACRAGIGANTES; LORD HARWOOD FELL; SER CORLISS PENNY, hombres y caballeros de la reina;
— DEVAN SEAWORTH y BRYEN FARRING, escuderos reales;
— la corte de Stannis en Guardiaoriente del Mar:
— SER DAVOS SEAWORTH, apodado EL CABALLERO DE LA CEBOLLA, señor de La Selva, Almirante del Mar Angosto y Mano del Rey;
— SER AXELL FLORENT, tío de la reina Selyse, el primero de los hombres de la Reina;
— SALLADHOR SAAN de Lys, pirata y mercenario, capitán de la *Valyria* y de una flota de galeras;
— la guarnición de Stannis en Rocadragón:
— SER ROLLAND TORMENTA, apodado EL BASTARDO DE CANTO NOCTURNO, hombre del Rey, castellano de Rocadragón;
— MAESTRE PYLOS, instructor, sanador y consejero;
— GACHAS y LAMPREA, dos carceleros;
— señores banderizos de Rocadragón:
— MONTERYS VELARYON, un niño de seis años, Señor de las Mareas y amo de Marcaderiva;
— DURAM BAR EMMON, un chico de quince años, señor de Punta Aguda;
— la guarnición de Stannis en Bastión de Tormentas:
— SER GILBERT FARRING, castellano de Bastión de Tormentas;
— LORD ELWOOD MEADOWS, el segundo de Ser Gilbert;
— MAESTRE JURNE, consejero y sanador de Ser Gilbert;
— señores banderizos de Bastión de Tormentas:
— ELDON ESTERMONT, señor de Piedraverde, tío del rey Stannis, tío abuelo del rey Tommen, cauteloso amigo de ambos;
— SER AEMON, hijo y heredero de Lord Eldon, en Desembarco del Rey con el rey Tommen;
— SER ALYN, hijo de Ser Aemon, también en Desembarco del Rey con el rey Tommen;

— SER LOMAS, hermano de Lord Eldon, tío y partidario del rey Stannis, en Bastión de Tormentas;
— SER ANDREW, hijo de Ser Lomas, protegiendo a Edric Tormenta en el mar Angosto;
— LESTER MORRIGEN, señor del Nido de Cuervos;
— LORD LUCOS CHYTTERING, apodado LUCOS EL PEQUEÑO, un joven de dieciséis años;
— DAVOS SEAWORTH, señor de La Selva;
— MARYA, su esposa, hija de un carpintero;
— [DALE, ALLARD, MATTHOS, MARIC], sus cuatro hijos mayores, caídos en la batalla del Aguasnegras;
— DEVAN, escudero del rey Stannis en el Castillo Negro;
— STANNIS, un niño de diez años, en el cabo de la Ira con Lady Marya;
— STEFFON, un niño de seis años, en el cabo de la Ira con Lady Marya.

El rey Stannis ha elegido para su estandarte el corazón ardiente del Señor de la Luz: un corazón de gules entre llamas naranja en campo de oro brillante. Dentro del corazón figura el venado coronado de la Casa Baratheon, de sable.

El rey de las islas y del norte

Los Greyjoy de Pyke afirman descender del Rey Gris, de la Edad de los Héroes. Según la leyenda, el Rey Gris llegó a gobernar el mar y se desposó con una sirena. Con Aegon Lordragón concluyó la estirpe del último rey de las Islas del Hierro, pero esto permitió a los hijos del hierro recuperar su antigua costumbre de elegir entre ellos al que tendría la primacía. El elegido fue Lord Vickon Greyjoy de Pyke. El blasón de los Greyjoy es un kraken de oro sobre campo de sable. Su lema es: Nosotros no Sembramos.

La primera rebelión de Balon Greyjoy contra el Trono de Hierro fue sofocada por el rey Robert I Baratheon y Lord Eddard Stark de Invernalia, pero en el caos que siguió a la muerte de Robert, Lord Balon volvió a proclamarse rey y envió sus barcos a atacar el Norte.

[BALON GREYJOY], el noveno de su nombre desde el Rey Gris, Rey de las Islas del Hierro y del Norte, Rey de la Sal y de la Roca, Hijo del Viento Marino y Lord Segador de Pyke, fallecido por una caída;

- — la viuda del rey Balon, LA REINA ALANNYS de la Casa Harlaw;
- — sus hijos:
  - — [RODRIK], caído durante la primera rebelión de Balon;
  - — [MARON], caído durante la primera rebelión de Balon;
  - — ASHA, su hija, capitana del *Viento Negro* y conquistadora de Bosquespeso;
  - — THEON, que se hace llamar príncipe de Invernalia, apodado THEON EL CAMBIACAPAS por los norteños;

— los hermanos del rey Balon:
  — [HARLON], fallecido de joven, víctima de la psoriagrís;
  — [QUENTON], muerto en la infancia;
  — [DONEL], muerto en la infancia;
  — EURON, apodado OJO DE CUERVO, capitán de la *Silencio;*
  — VICTARION, Lord Capitán de la Flota de Hierro, capitán del *Victoria de Hierro;*
  — [URRIGON], fallecido por la infección de una herida;
  — AERON, apodado PELOMOJADO, sacerdote del Dios Ahogado;
    — RUS y NORJEN, dos de sus acólitos, los hombres ahogados;
  — [ROBIN], muerto en la infancia;
— el servicio del rey Balon en Pyke:
  — MAESTRE WENDAMYR, sanador y consejero;
  — HELYA, mayordomo del castillo;
— los guerreros y espadas juramentadas del rey Balon:
  — DAGMER, apodado BARBARROTA, capitán del *Bebespuma,* al mando de los hijos del hierro en la Ciudadela de Torrhen;
  — DIENTEAZUL, capitán de un barcoluengo;
  — ULLER, SKYTE, remeros y guerreros;
— los aspirantes al Trono de Piedramar en la asamblea de Viejo Wyk:
  — GYLBERT FARWYND, señor de Luz Solitaria;
    — los campeones de Gylbert: sus hijos GYLES, YGON, YOHN;
  — ERIK IRONMAKER, apodado ERIK EL DESTROZAYUNQUES y ERIK EL JUSTO, un anciano que fue un famoso capitán y saqueador;
    — los campeones de Erik: sus nietos UREK, THORMOR, DAGON;
  — DUNSTAN DRUMM, apodado EL TAMBOR y EL MANO DE HUESO, señor de Viejo Wyk;
    — los campeones de Dunstan: sus hijos DENYS y DONNEL, y ANDRIK EL TACITURNO, un gigante;
  — ASHA GREYJOY, única hija de Balon Greyjoy, capitana del *Viento Negro;*
    — los campeones de Asha: QARL LA DONCELLA, TRISTIFER BOTLEY y SER HARRAS HARLAW;
    — los capitanes y partidarios de Asha: LORD RODRIK HARLAW, LORD BAELOR BLACKTYDE, LORD MELDRED MERLYN, HARMUND SHARP;

— VICTARION GREYJOY, hermano de Balon Greyjoy, capitán del *Victoria de Hierro* y Lord Capitán de la Flota de Hierro;
  — los campeones de Victarion: RALF STONEHOUSE, EL ROJO; RALF EL COJO, y NUTE EL BARBERO;
  — los capitanes y partidarios de Victarion: HOTHO HARLAW; ALVYN SHARP; FRALEGG EL FUERTE; ROMNY WEAVER; WILL HUMBLE; LENWOOD TAWNEY, EL PEQUEÑO; RALF KENNING; MARON VOLMARK; GOROLD GOODBROTHER;
  — la tripulación de Victarion: WULF UNA OREJA, RAGNOR PYKE;
  — la compañera de cama de Victarion, una mujer de piel oscura, sin lengua, regalo de su hermano Euron;

— EURON GREYJOY, apodado OJO DE CUERVO, hermano de Balon Greyjoy y capitán del *Silencio;*
  — los campeones de Euron: GERMUND BOTLEY, LORD ORKWOOD DE MONTEORCA, DONNOR SALTCLIFFE;
  — los capitanes y partidarios de Euron: TORWOLD DIENTENEGRO; JON MYRE, CARAPICADA; RODRIK FREEBORN; EL REMERO ROJO; LUCAS CODD, EL ZURDO; QUELLON HUMBLE; HARREN MEDIORRONCO; KEMMETT PYKE, EL BASTARDO; QARL EL SIERVO; MANO DE PIEDRA; RALF EL PASTOR; RALF DE PUERTO NOBLE;
  — la tripulación de Euron: CRAGORN;

— los señores de las Islas del Hierro, señores banderizos de Balon: en Pyke:
— [SAWANE BOTLEY], señor de Puerto Noble, ahogado por Euron Ojo de Cuervo;
  — [HARREN], su hijo mayor, muerto en Foso Cailin;
  — TRISTIFER, su segundo hijo y legítimo heredero, desheredado por su tío;
  — SYMOND, HARLON, VICKON y BENNARION, sus hijos menores, también desheredados;
  — GERMUND, su hermano, nombrado señor de Puerto Noble;
    — BALON y QUELLON, los hijos de Germund;
  — SARGON y LUCIMORE, hermanos de Sawane;
    — WEX, escudero de Theon Greyjoy, un niño mudo de doce años, hijo bastardo de Sargon;
— WALDON WYNCH, señor de Castroferro;

en Harlaw:

— RODRIK HARLAW, apodado EL LECTOR, señor de las Diez Torres, Señor de Harlaw, Harlaw de Harlaw;

— LADY GWYNESSE, su hermana mayor;

— LADY ALANNYS, su hermana menor, viuda del rey Balon Greyjoy;

— SIGFRYD HARLAW, apodado SIGFRYD PELOPLATA, su tío abuelo, amo del Torreón de Harlaw;

— HOTHO HARLAW, apodado HOTHO EL JOROBADO, de la Torre del Resplandor, su primo;

— SER HARRAS HARLAW, su primo, apodado EL CABALLERO, el Caballero de Jardín Gris;

— BOREMUND HARLAW, su primo, apodado BOREMUND EL AZUL, amo de Colina de la Bruja;

— banderizos y espadas juramentadas de Lord Rodrik:

— MARON VOLMARK, señor de Volmark;

— MYRE, STONETREE y KENNING;

— el servicio de Lord Rodrik:

— TRESDIENTES, una anciana, ama de llaves;

en Marea Negra:

— BAELOR BLACKTYDE, señor de Marea Negra, capitán del *Vuelo Nocturno;*

— BEN BLACKTYDE, apodado EL CIEGO, un sacerdote del Dios Ahogado;

en Viejo Wyk:

— DUNSTAN DRUMM, apodado EL DRUMM, capitán del *Tonante;*

— NORNE GOODBROTHER, de Piedra Quebrada;

— STONEHOUSE;

— TARLE, apodado TARLE EL TRES VECES AHOGADO, sacerdote del Dios Ahogado;

en Gran Wyk:

— GOROLD GOODBROTHER, señor de Cuernomartillo;

— GREYDON, GRAN y GORMOND, sus hijos trillizos;

— GYSELLA y GWIN, sus hijas;

— MAESTRE MURENMURE, instructor, sanador y consejero;

— TRISTON FARWYND, señor de Punta Piel de Foca;

— SPARR;

— STEFFARION, su hijo y heredero;
— MELDRED MERLYN, señor de Guijarra;
en Monteorca:
— ORKWOOD DE MONTEORCA;
— LORD TAWNEY;
en Acantilado de Sal:
— LORD DONNOR SALTCLIFFE;
— LORD SUNDERLY;
en las islas menores y en las rocas:
— GYLBERT FARWYND, señor de Luz Solitaria;
— EL VIEJO GAVIOTA GRIS, sacerdote del Dios Ahogado.

Otras casas mayores y mejores

Casa Arryn

Los Arryn descienden de los Reyes de la Montaña y el Valle. Su estandarte muestra una luna y un halcón, de plata, sobre campo de azur. La Casa Arryn no tomó parte en la guerra de los Cinco Reyes. Su lema es: Tan Alto como el Honor.

ROBERT ARRYN, señor del Nido de Águilas, Defensor del Valle, nombrado por su madre Verdadero Guardián del Oriente, un niño enfermizo de ocho años, llamado a veces ROBALITO;

— su madre, [LADY LYSA de la Casa Tully], viuda de Lord Jon Arryn, despeñada de un empujón por la Puerta de la Luna;

— su padrastro, PETYR BAELISH, apodado MEÑIQUE, señor de Harrenhal, Señor Supremo del Tridente y Lord Protector del Valle;

  — ALAYNE PIEDRA, hija natural de Lord Petyr, una doncella de trece años, en realidad Sansa Stark;

  — SER LOTHOR BRUNE, un mercenario al servicio de Lord Petyr, capitán de la guardia del Nido de Águilas;

  — OSWELL, un soldado canoso al servicio de Lord Petyr, a veces llamado KETTLEBLACK;

— la casa de Lord Robert en el Nido de Águilas:

  — MARILLION, un bardo joven y atractivo que gozaba del favor de Lady Lysa, acusado de su asesinato;

  — MAESTRE COLEMON, instructor, sanador y consejero;

— MORD, un carcelero brutal con dientes de oro;
— GRETCHEL, MADDY y MELA, sirvientas;
— los Señores del Valle, señores banderizos de Lord Robert:
— LORD NESTOR ROYCE, Mayordomo Jefe del Valle y castellano de las Puertas de la Luna;
— SER ALBAR, hijo y heredero de Lord Nestor;
— MYRANDA, llamada RANDA, hija de Lord Nestor, viuda, pero casi sin usar;
— la casa de Lord Nestor:
— SER MARWYN BELMORE, capitán de la guardia;
— MYA PIEDRA, guía y mulera, hija bastarda del rey Robert I Baratheon;
— OSSY y ZANAHORIA, muleros;
— LYONEL CORBRAY, señor del Hogar;
— SER LYN CORBRAY, su hermano y heredero, que esgrime la famosa espada *Dama Desesperada;*
— SER LUCAS CORBRAY, su hermano menor;
— JON LYNDERLY, señor del Bosque de la Serpiente;
— TERRANCE, su hijo y heredero, un joven escudero;
— EDMUND WAXLEY, el Caballero de Serbaledo;
— GEROLD GRAFTON, señor de Puerto Gaviota;
— GYLES, su hijo menor, un escudero;
— TRISTON SUNDERLAND, señor de Tres Hermanas;
— GODRIC BORRELL, señor de Hermana Dulce;
— ROLLAND LONGTHORPE, señor de Hermana Larga;
— ALESANDOR TORRENT, señor de Hermana Pequeña;
— los Señores Recusadores, banderizos de la Casa Arryn unidos para proteger al joven Lord Robert:
— YOHN ROYCE, apodado YOHN BRONCE, señor de Piedra de las Runas, de la rama principal de la Casa Royce;
— SER ANDAR, único hijo vivo de Yohn Bronce y heredero de Piedra de las Runas;
— la casa de Yohn Bronce:
— MAESTRE HELLIWEG, instructor, sanador y consejero;
— SEPTÓN LUCOS;
— SER SAMWELL PIEDRA, apodado SAM PIEDRA, EL FUERTE, maestro de armas;

— banderizos y espadas juramentadas de Yohn Bronce:
— ROYCE COLDWATER, señor de Comezón de Aguasfrías;
— SER DAMON SHETT, el Caballero de Torre Gaviota;
— UTHOR TOLLETT, señor de Soto Gris;
— ANYA WAYNWOOD, señora de Roble de Hierro;
— SER MORTON, su hijo mayor y heredero;
— SER DONNEL, su segundo hijo, el Caballero de la Puerta;
— WALLACE, su hijo menor;
— HARROLD HARDYNG, su pupilo, un escudero al que llaman a menudo HARRY EL HEREDERO;
— BENEDAR BELMORE, señor de Rapsodia;
— SER SYMOND TEMPLETON, el Caballero de Nuevestrellas;
— [EON HUNTER], señor de Arcolargo, recientemente fallecido;
— SER GILWOOD, el hijo mayor y heredero de Lord Eon, ahora llamado LORD HUNTER, EL JOVEN;
— SER EUSTACE, segundo hijo de Lord Eon;
— SER HARLAN, hijo menor de Lord Eon;
— la casa de Lord Hunter, el Joven:
— MAESTRE WILLAMEN, instructor, sanador y consejero;
— HORTON REDFORT, señor de Fuerterrojo, casado tres veces;
— SER JASPER, SER CREIGHTON, SER JON, sus hijos;
— SER MYCHEL, su hijo menor, recién nombrado caballero, casado con Ysilla Royce, de Piedra de las Runas;
— jefes de los clanes de las Montañas de la Luna:
— SHAGGA, HIJO DE DOLF, DE LOS GRAJOS DE PIEDRA, en la actualidad al frente de una banda en el bosque Real;
— TIMETT, HIJO DE TIMETT, DE LOS HOMBRES QUEMADOS;
— CHELLA, HIJA DE CHEYK, DE LOS OREJAS NEGRAS;
— CRAWN, HIJO DE CALOR, DE LOS HERMANOS DE LA LUNA.

Casa Florent

Los Florent de la fortaleza de Aguasclaras son banderizos de Altojardín. Cuando estalló la guerra de los Cinco Reyes, Lord Alester Florent siguió a su señor y se puso de parte del rey Renly, mientras que su hermano Ser Axell se decantó por Stannis, casado con su sobrina Selyse. Tras la muerte de Renly, Lord Alester se pasó al bando de Stannis con todo el poder de Aguasclaras. Stannis nombró Mano a Lord Alester y le entregó el mando de la flota a Ser Imry Florent, hermano de su esposa. La Flota y Ser Imry cayeron en la batalla del Aguasnegras, y el rey Stannis consideró traición los intentos de Lord Alester de negociar la paz tras la derrota. Fue entregado a la sacerdotisa roja Melisandre, que lo quemó como sacrificio a R'hllor.

El Trono de Hierro también considera a los Florent traidores por su apoyo a Stannis. Cayeron en desgracia, y Aguasclaras y sus tierras pasaron a manos de Ser Garlan Tyrell.

El blasón de la Casa Florent muestra una cabeza de zorro en un círculo floral.

[ALESTER FLORENT], señor de Aguasclaras, quemado por traición;

— su esposa, LADY MELARA de la Casa Crane;

— sus hijos:

  — ALEKYNE, señor desposeído de Aguasclaras, huido a Antigua para buscar refugio con los Hightower;

  — LADY MELESSA, casada con Lord Randyll Tarly;

  — LADY RHEA, casada con Lord Leyton Hightower;

— sus hermanos:
- — SER AXELL, hombre de la Reina, al servicio de su sobrina, la reina Selyse, en Guardiaoriente del Mar;
- — [SER RYAM], muerto al caerse de un caballo;
  - — SELYSE, su hija, esposa y reina del rey Stannis I Baratheon;
    - — SHIREEN BARATHEON, su única hija;
  - — [SER IMRY], su hijo mayor, muerto en la batalla del Aguasnegras;
  - — SER ERREN, su segundo hijo, prisionero en Altojardín;
- — SER COLIN, castellano de Aguasclaras;
  - — DELENA, su hija, casada con SER HOSMAN NORCROSS;
    - — EDRIC TORMENTA, su hijo natural, engendrado con el rey Robert I Baratheon;
    - — ALESTER NORCROSS, el mayor de sus hijos legítimos, un niño de nueve años;
    - — RENLY NORCROSS, su segundo hijo legítimo, un niño de tres años;
  - — MAESTRE OMER, el hijo mayor de Ser Colin, de servicio en Roble Viejo;
  - — MERRELL, el hijo menor de Ser Colin, escudero en el Rejo;
- — RYLENE, hermana de Lord Alester, casada con Ser Rycherd Crane.

Casa Frey

Los Frey son banderizos de la Casa Tully, pero no siempre se han mostrado diligentes a la hora de cumplir con su deber. Cuando estalló la guerra de los Cinco Reyes, Robb Stark consiguió la alianza de Lord Walder dando su palabra de casarse con alguna de sus hijas o nietas. Cuando, sin embargo, se casó con Jeyne Westerling, los Frey conspiraron con Roose Bolton para asesinar al Joven Lobo y a sus seguidores en lo que pasó a conocerse como la Boda Roja.

WALDER FREY, Señor del Cruce;

— de su primera esposa, [LADY PERHA de la Casa Royce]:

— [SER STEVRON], muerto tras la batalla del Cruce de Bueyes;

— [CORENNA SWANN], su esposa, muerta de una enfermedad que la consumió;

— SER RYMAN, el hijo mayor de Stevron, heredero de Los Gemelos;

— EDWYN, hijo de Ryman, casado con Janyce Hunter;

— WALDA, la hija de Edwyn, una niña de nueve años;

— WALDER, apodado WALDER EL NEGRO, hijo de Ryman;

— [PETYR], apodado PETYR ESPINILLA, hijo de Ryman, ahorcado en Piedrasviejas, casado con Mylenda Caron;

— PERHA, la hija de Petyr, una niña de cinco años;

— [JEYNE LYDDEN], su esposa, muerta al caerse de un caballo;

— [AEGON], apodado CASCABEL, hijo de Stevron, muerto a manos de Catelyn Stark en la Boda Roja;

— [MAEGELLE], la hija de Stevron, fallecida durante un parto, casada con Ser Dafyn Vance;
— MARIANNE VANCE, la hija de Maegelle, una doncella;
— WALDER VANCE, hijo de Maegelle, un escudero;
— PATREK VANCE, hijo de Maegelle;
— [MARSELLA WAYNWOOD], su esposa, muerta de parto;
— WALTON, hijo de Stevron, casado con Deana Hardyng;
— STEFFON, apodado EL DULCE, hijo de Walton;
— WALDA, apodada WALDA LA BELLA, la hija de Walton;
— BRYAN, hijo de Walton, un escudero;
— SER EMMON, segundo hijo de Lord Walder, casado con Genna Lannister;
— [SER CLEOS], hijo de Emmon, asesinado por unos bandidos cerca de Poza de la Doncella, casado con Jeyne Darry;
— TYWIN, hijo de Cleos, un escudero de doce años;
— WILLEM, hijo de Cleos, de diez años, paje en Marcaceniza;
— SER LYONEL, hijo de Emmon, casado con Melesa Crakehall;
— [TION], hijo de Emmon, un escudero, asesinado por Rickard Karstark cuando estaba prisionero en Aguasdulces;
— WALDER, apodado WALDER EL ROJO, hijo de Emmon, de catorce años, paje en Roca Casterly;
— SER AENYS, tercer hijo de Lord Walder, casado con [Tyana Wylde], fallecida de parto;
— AEGON EL SANGRIENTO, hijo de Aenys, un bandido;
— RHAEGAR, hijo de Aenys, casado con [Jeyne Beesbury], muerta de una enfermedad que la consumió;
— ROBERT, hijo de Rhaegar, un niño de trece años;
— WALDA, apodada WALDA LA BLANCA, la hija de Rhaegar, una niña de once años;
— JONOS, hijo de Rhaegar, un niño de ocho años;
— PERRIANE, hija de Lord Walder, casada con Ser Leslyn Haigh;
— SER HARYS HAIGH, hijo de Perriane;
— WALDER HAIGH, el hijo de Harys, un niño de cinco años;
— SER DONNEL HAIGH, hijo de Perriane;
— ALYN HAIGH, hijo de Perriane, un escudero;

— de su segunda esposa, [LADY CYRENNA de la Casa Swann]:
— SER JARED, cuarto hijo de Lord Walder, casado con [Alys Frey];
— [SER TYTOS], el hijo de Jared, muerto a manos de Sandor Clegane durante la Boda Roja, casado con Zhoe Blanetree;
— ZIA, la hija de Tytos, una doncella de catorce años;
— ZACHERY, el hijo de Tytos, un niño de doce años entregado a la Fe, aprendiz en el Septo de Antigua;
— KYRA, la hija de Jared, casada con [Ser Garse Goodbrook], muerto durante la Boda Roja;
— WALDER GOODBROOK, el hijo de Kyra, un niño de nueve años;
— JEYNE GOODBROOK, la hija de Kyra, de seis años;
— SEPTÓN LUCEON, de servicio en el Gran Septo de Baelor;
— de su tercera esposa, [LADY AMAREI de Casa Crakehall]:
— SER HOSTEEN, casado con Bellena Hawick;
— SER ARWOOD, hijo de Hosteen, casado con Ryella Royce;
— RYELLA, hija de Arwood, una niña de cinco años;
— los hijos gemelos de Arwood, ANDROW y ALYN, de cuatro años;
— HOSTELLA, hija de Arwood, recién nacida;
— LYENTHE, hija de Lord Walder, casada con Lord Lucias Vypren;
— ELYANA, la hija de Lythene, casada con Ser Jon Wylde;
— RICKARD WYLDER, el hijo de Elyana, de cuatro años;
— SER DAMON VYPREN, el hijo de Lythene;
— SYMOND, casado con Betharios de Braavos;
— ALESANDER, hijo de Symond, bardo;
— ALYX, la hija de Symond, una doncella de diecisiete años;
— BRADAMAR, hijo de Symond, un niño de diez años, acogido en Braavos como pupilo de Oro Tendyris, un mercader de esa ciudad;
— SER DANWELL, octavo hijo de Lord Walder, casado con Wynafrei Whent;
— [muchos abortos y niños nacidos muertos];

— [MERRETT], ahorcado en Piedrasviejas, casado con Mariya Darry;
  — AMEREI, llamada AMI, hija de Merrett, casada con [Ser Pate del Forca Azul], muerto por Ser Gregor Clegane;
  — WALDA, apodada WALDA LA GORDA, hija de Merrett, casada con Roose Bolton, señor de Fuerte Terror;
  — MARISSA, hija de Merrett, una doncella de trece años;
  — WALDER, apodado WALDER EL PEQUEÑO, el hijo de Merrett, de ocho años, escudero al servicio de Ramsay Bolton;
— [SER GEREMY], ahogado, casado con Carolei Waynwood;
  — SANDOR, el hijo de Geremy, un niño de doce años, escudero;
  — CYNTHEA, la hija de Geremy, una niña de nueve años, pupila de Lady Anya Waynwood;
— SER RAYMUND, casado con Beony Beesbury;
  — ROBERT, hijo de Raymund, acólito en la Ciudadela;
  — MALWYN, hijo de Raymund, aprendiz de alquimista en Lys;
  — las hijas gemelas de Raymund, SERRA y SARRA;
  — CERSEI, apodada ABEJITA, hija de Raymund;
  — los hijos gemelos de Raymund, JAIME y TYWIN, recién nacidos;

— de su cuarta esposa, [LADY ALYSSA de la Casa Blackwood]:
— LOTHAR, apodado LOTHAR EL COJO, duodécimo hijo de Lord Walder, casado con Leonella Lefford;
  — TYSANE, hija de Lothar, una niña de siete años;
  — WALDA, hija de Lothar, una niña de cinco años;
  — EMBERLEI, hija de Lothar, una niña de tres años;
  — LEANA, hija de Lothar, recién nacida;
— SER JAMMOS, decimotercer hijo de Lord Walder, casado con Sallei Paege;
  — WALDER, apodado WALDER EL MAYOR, hijo de Jammos, de ocho años, escudero al servicio de Ramsey Bolton;
  — los hijos gemelos de Jammos, DICKON y MATHIS, de cinco años;
— SER WHALEN, decimocuarto hijo de Lord Walder, casado con Sylwa Paege;

— HOSTER, el hijo de Whalen, un escudero de doce años al servicio de Ser Damon Paege;
— MERIANNE, llamada MERRY, la hija de Whalen, de once años;
— MORYA, hija de Lord Walder, casada con Ser Flement Brax;
— ROBERT BRAX, hijo de Morya, de nueve años, paje en Roca Casterly;
— WALDER BRAX, hijo de Morya, un niño de seis años;
— JON BRAX, hijo de Morya, de tres años;
— TYTA, apodada TYTA LA DONCELLA, hija de Lord Walder;
— de su quinta esposa, [LADY SARYA de la Casa Whent]:
— sin descendientes;
— de su sexta esposa, [LADY BETHANY de la Casa Rosby]:
— SER PERWYN, el decimoquinto hijo de Lord Walder;
— [SER BENFREY], el decimosexto hijo de Lord Walder, muerto de una herida recibida en la Boda Roja, casado con Jyanna Frey, prima suya;
— DELLA, apodada DELLA LA SORDA, la hija de Benfrey, una niña de tres años;
— OSMUND, el hijo de Benfrey, un niño de dos años;
— MAESTRE WILLAMEN, el decimoséptimo hijo de Lord Walder, de servicio en Arcolargo;
— OLYVAR, el decimoctavo hijo de Lord Walder, antes escudero de Robb Stark;
— ROSLIN, de dieciséis años, casada con Lord Edmure Tully en la Boda Roja;
— de su séptima esposa, [LADY ANNARA de la Casa Farring]:
— ARWYN, hija de Lord Walder, una doncella de catorce años;
— WENDEL, el decimonoveno hijo de Lord Walder, de trece años, acogido como paje en Varamar;
— COLMAR, el vigésimo hijo de Lord Walder, de once años, prometido a la Fe;
— WALTYR, apodado TYR, el vigesimoprimer hijo de Lord Walder, de diez años;
— ELMAR, el último hijo varón de Lord Walder, un niño de diez años que estuvo prometido a Arya Stark;
— SHIREI, la hija pequeña de Lord Walder, una niña de siete años;

— su octava esposa, LADY JOYEUSE de la Casa Erenford:
  — en la actualidad embarazada;
— hijos naturales de Lord Walder con diferentes madres:
  — WALDER RÍOS, apodado WALDER EL BASTARDO;
    — SER AEMON RÍOS, el hijo de Walder el Bastardo;
    — WALDA RÍOS, la hija de Walder el Bastardo;
  — MAESTRE MELWYS, de servicio en Rosby;
  — JEYNE RÍOS, MARTYN RÍOS, RYGER RÍOS, RONEL RÍOS, MELLARA RÍOS, otros.

Casa Hightower

Los Hightower de Antigua son una de las Casas más viejas y orgullosas de Poniente; su linaje se remonta hasta los primeros hombres. En otros tiempos fueron reyes, y han gobernado Antigua y sus alrededores desde el Amanecer de los Días. En vez de resistirse a los ándalos, los acogieron de buen grado, y más adelante se arrodillaron ante los reyes del Dominio y les cedieron sus coronas a cambio de conservar sus antiguos privilegios. Aunque poderosos e inmensamente ricos, los Señores del Faro han preferido por tradición el comercio a la batalla, y rara vez han desempeñado un papel de importancia en las guerras de Poniente. Los Hightower fueron una pieza clave en la fundación de la Ciudadela, y hasta la fecha siguen siendo sus protectores. Cultos y refinados, siempre han sido grandes protectores del conocimiento y la Fe, y se dice que algunos de ellos también se han interesado por la alquimia, la nigromancia y otros tipos de hechicería.

El escudo de la Casa Hightower representa una torre escalonada de plata coronada de fuego, sobre campo gris humo. El lema de su casa es: Iluminamos el Camino.

LEYTON HIGHTOWER, Voz de Antigua, Señor del Puerto, Señor del Faro, Defensor de la Ciudadela, Faro del Sur, apodado EL VIEJO DE ANTIGUA;

— LADY RHEA de la Casa Hightower, su cuarta esposa;

— SER BAELOR, apodado BAELOR EL SONRIENTE, el primogénito y heredero de Lord Leyton, casado con Rhonda Rowan;

— MALORA, apodada LA DONCELLA LOCA, hija de Lord Leyton;

— ALERIE, hija de Lord Leyton, casada con Lord Mace Tyrell;
— SER GARTH, apodado ACEROGRÍS, hijo de Lord Leyton;
— DENYSE, hija de Lord Leyton, casada con Ser Desmond Redwyne;
 — DENYS, su hijo, un escudero;
— LEYLA, hija de Lord Leyton, casada con Ser Jon Cupps;
— ALYSANNE, hija de Lord Leyton, casada con Lord Arthur Ambrose;
— LYNESSE, hija de Lord Leyton, casada con Ser Jorah Mormont, en la actualidad principal concubina de Tregar Ormollen de Lys;
— SER GUNTHOR, hijo de Lord Leyton, casado con Jeyne Fossoway, de los Fossoway de la manzana verde;
— SER HUMFREY, el hijo menor de Lord Leyton;
— señores banderizos de Lord Leyton:
 — TOMMEN COSTAYNE, señor de las Tres Torres;
 — ALYSANNE BULWER, señora de Corona Negra, una niña de ocho años;
 — MARTYN MULLENDORE, señor de Tierras Altas;
 — WARRYN BEESBURY, señor de Sotomiel;
 — BRANSTON CUY, señor de Refugio del Girasol;
— habitantes de Antigua:
 — EMMA, sirvienta de El Cálamo y el Pichel, donde las mujeres están bien dispuestas y la sidra es monstruosamente fuerte;
  — ROSEY, su hija de quince años, cuya virginidad costará un dragón de oro;
— los Archimaestres de la Ciudadela:
 — ARCHIMAESTRE NORREN, Senescal durante el año que termina, con anillo, báculo y máscara de oro blanco;
 — ARCHIMAESTRE THEOBALD, Senescal del año venidero, con anillo, báculo y máscara de plomo;
 — ARCHIMAESTRE EBROSE, el sanador, con anillo, báculo y máscara de plata;
 — ARCHIMAESTRE MARWYN, apodado MARWYN EL MAGO, con anillo, báculo y máscara de acero valyrio;
 — ARCHIMAESTRE PERESTAN, el historiador, con anillo, báculo y máscara de cobre;

— ARCHIMAESTRE VAELLYN, apodado VAELLYN VINAGRE, el astrónomo, con anillo, báculo y máscara de bronce;
— ARCHIMAESTRE RYAM, con anillo, báculo y máscara de oro amarillo;
— ARCHIMAESTRE WALGRAVE, un anciano de sesos inciertos, con anillo, báculo y máscara de hierro negro;
— GALLARD, CASTOS, ZARABELO, BENEDICT, GARIZON, NYMOS, CETHERES, WILLIFER, MOLLOS, HARODON, GUYNE, AGRIVANE, OCLEY, todos archimaestres;

— maestres, acólitos y novicios de la Ciudadela:
— MAESTRE GORMON, que desempeña con frecuencia las funciones de Walgrave;
— ARMEN, un acólito con cuatro eslabones, apodado EL ACÓLITO;
— ALLERAS, apodado EL ESFINGE, un acólito con tres eslabones, excelente arquero;
— ROBERT FREY, de dieciséis años, un acólito con dos eslabones;
— LORCAS, un acólito con nueve eslabones, al servicio del Senescal;
— LEO TYRELL, apodado LEO EL VAGO, un novicio de noble cuna;
— MOLLANDER, un novicio nacido patizambo;
— PATE, encargado de cuidar los cuervos del archimaestre Walgrave, un novicio poco prometedor;
— ROONE, un novicio joven.

Casa Lannister

Los Lannister de Roca Casterly son el principal apoyo del rey Tommen para defender el Trono de Hierro. Aseguran descender de Lann el Astuto, el legendario embaucador de la Edad de los Héroes. El oro de Roca Casterly y del Colmillo Dorado hace de esta la más rica de las Grandes Casas. El blasón de los Lannister es un león de oro sobre campo de gules. Su lema es: ¡Oye mi Rugido!

[TYWIN LANNISTER], señor de Roca Casterly, Escudo de Lannisport, Guardián del Occidente y Mano del Rey, asesinado por su hijo enano cuando estaba en el retrete;

— los hijos de Lord Tywin:

— CERSEI, melliza de Jaime, ahora señora de Roca Casterly;

— SER JAIME, apodado EL MATARREYES, mellizo de Cersei;

— TYRION, apodado EL GNOMO, enano y parricida;

— los hermanos de Lord Tywin y sus vástagos:

— SER KEVAN LANNISTER, casado con Dorna de la Casa Swyft;

— LADY GENNA, casada con Ser Emmon Frey, ahora señor de Aguasdulces;

— [SER CLEOS FREY], hijo de Genna, casado con Jeyne Darry, asesinado por unos bandidos;

— el hijo mayor de Cleos, SER TYWIN FREY, llamado TY, ahora heredero de Aguasdulces;

— el segundo hijo de Cleos, WILLEM FREY, escudero;

— SER LYONEL FREY, el segundo hijo de Lady Genna;

— [Tion Frey], el tercer hijo de Genna, escudero, asesinado cuando estaba prisionero en Aguasdulces;
— Walder Frey, apodado Walder el Rojo, el hijo menor de Lady Genna, paje en Roca Casterly;
— Wat Sonrisablanca, un bardo al servicio de Lady Genna;
— [Ser Tygett Lannister], muerto de viruelas;
— Tyrek, hijo de Tygett, desaparecido, se teme que muerto;
— Lady Ermesande Hayford, una niña de pecho y esposa de Tyrek;
— [Gerion Lannister], desaparecido en el mar;
— Gloria Colina, hija bastarda de Gerion, de once años;
— otros parientes cercanos de Lord Tywin:
— [Ser Stafford Lannister], su primo, hermano de la esposa de Lord Tywin, caído en la batalla de Cruce de Bueyes;
— Cerenna y Myrielle, hijas de Stafford;
— Ser Daven Lannister, hijo de Stafford;
— Ser Damion Lannister, su primo, casado con Lady Shiera Crakehall;
— Ser Lucion, su hijo;
— Lanna, su hija, casada con Lord Antario Jast;
— Lady Margot, su prima, casada con Lord Titus Peake;
— el servicio de Roca Casterly:
— maestre Creylen, instructor, sanador y consejero;
— Vylarr, capitán de la guardia;
— Ser Benedict Broom, maestro de armas;
— Wat Sonrisablanca, bardo;
— los Señores del Occidente, banderizos y espadas juramentadas:
— Damon Marbrand, señor de Marcaceniza;
— Ser Addam Marbrand, su hijo y heredero, Comandante de la Guardia de la Ciudad de Desembarco del Rey;
— Roland Crakehall, señor de Refugio Quebrado;
— [Ser Burton], el hermano de Roland, asesinado por unos bandidos;
— Ser Tybolt, el hijo mayor y heredero de Roland;
— Ser Lyle, apodado Jabalí, hijo de Roland;
— Ser Merlon, el hijo menor de Roland;
— Sebaston Farman, señor de Isla Bella;
— Jeyne, su hermana, casada con Ser Gareth Clifton;

— TYTOS BRAX, señor de Valdelcuerno;
  — SER FLEMENT BRAX, su hermano y heredero;
— QUENTEN BANEFORT, señor de Fuerte Desolación;
— SER HARYS SWYFT, suegro de Ser Kevan Lannister;
  — SER STEFFON SWYFT, el hijo de Ser Harys;
    — JOANNA, la hija de Ser Steffon;
  — SHIERLE, la hija de Ser Harys, casada con Ser Melwyn Sarsfield;
— REGENARD ESTREN, señor de Refugio del Viento;
— GAWEN WESTERLING, señor del Risco;
  — su esposa, LADY SYBELL de la Casa Spicer;
    — SER ROLPH SPICER, su hermano, recién nombrado señor de Castamere;
    — SER SAMWELL SPICER, su primo;
  — sus hijos:
    — SER RAYNALD WESTERLING;
    — JEYNE, viuda de Robb Stark;
    — ELEYNA, una niña de doce años;
    — ROLLAM, un niño de nueve años;
— LORD SELMOND STACKSPEAR;
  — SER STEFFON STACKSPEAR, hijo de Selmond;
  — SER ALYN STACKSPEAR, el hijo menor de Selmond;
— TERRENCE KENNING, señor de Kayce;
  — SER KENNOS DE KAYCE, un caballero a su servicio;
— LORD ANTARIO JAST;
— LORD ROBIN MORELAND;
— LADY ALYSANNE LEFFORD;
— LEWYS LYDDEN, señor de Cuevahonda;
— LORD PHILIP PLUMM;
  — SER DENNIS PLUMM, SER PETER PLUMM y SER HARWYN PLUMM, apodado PEÑAFUERTE, sus hijos;
— LORD GARRISON PRESTER;
  — SER FORLEY PRESTER, su primo;
— SER GREGOR CLEGANE, apodado LA MONTAÑA QUE CABALGA;
  — SANDOR CLEGANE, su hermano;
— SER LORENT LORCH, un caballero hacendado;
— SER GARTH GREENFIELD, un caballero hacendado;

— SER LYMOND VIKARY, un caballero hacendado;
— SER RAYNARD RUTTIGER, un caballero hacendado;
— SER MANFRYD YEW, un caballero hacendado;
— SER TYBOLT HETHERSPOON, un caballero hacendado;
  — [MELARA HETHERSPOON], su hija, ahogada en un pozo mientras era pupila en Roca Casterly.

Casa Martell

Dorne fue el último de los Siete Reinos que juró lealtad al Trono de Hierro. La sangre, las costumbres y la historia colocan a los dornienses a cierta distancia de los habitantes de otros reinos. Cuando comenzó la guerra de los Cinco Reyes, Dorne no tomó partido, pero con el compromiso entre Myrcella Baratheon y el príncipe Trystan, Lanza del Sol proclamó su apoyo al rey Joffrey. El blasón de los Martell es un sol de gules atravesado por una lanza de oro. Su lema es: Nunca Doblegado, nunca Roto.

DORAN NYMEROS MARTELL, señor de Lanza del Sol, príncipe de Dorne;

— su esposa, MELLARIO, de la Ciudad Libre de Norvos;

— sus hijos:

— LA PRINCESA ARIANNE, heredera de Lanza del Sol;

— GARIN, hermano de leche y compañero de Arianne, de los huérfanos del Sangreverde;

— EL PRÍNCIPE QUENTYN, recién nombrado caballero, durante mucho tiempo, pupilo de Lord Yronwood en Palosanto;

— EL PRÍNCIPE TRYSTANE, prometido de Myrcella Baratheon;

— los hermanos del príncipe Doran:

— [LA PRINCESA ELIA], violada y asesinada durante el saqueo de Desembarco del Rey;

— [RHAENYS TARGARYEN], su hija pequeña, asesinada durante el saqueo de Desembarco del Rey;

— [AEGON TARGARYEN], un bebé, asesinado durante el saqueo de Desembarco del Rey;

— [EL PRÍNCIPE OBERYN], apodado LA VÍBORA ROJA, muerto por la mano de Ser Gregor Clegane durante un juicio por combate;
— ELLARIA ARENA, amante del príncipe Oberyn, hija natural de Lord Harmen Uller;
— LAS SERPIENTES DE ARENA, hijas bastardas de Oberyn:
— OBARA, de veintiocho años, hija de Oberyn y de una prostituta de Antigua;
— NYMERIA, apodada LADY NYM, de veinticinco años, hija de una noble de Volantis;
— TYENE, de veintitrés años, hija de Oberyn y de una septa;
— SARELLA, de diecinueve años, hija de una comerciante, capitana de la *Beso de Plumas;*
— ELIA, de catorce años, hija de Ellaria Arena;
— OBELLA, de doce años, hija de Ellaria Arena;
— DOREA, de ocho años, hija de Ellaria Arena;
— LOREZA, de seis años, hija de Ellaria Arena;

— la corte del príncipe Doran en los Jardines del Agua:
— AREO HOTAH, de Norvos, capitán de la guardia;
— MAESTRE CALEOTTE, instructor, sanador y consejero;
— medio centenar de niños, tanto nobles como plebeyos, hijos de señores, caballeros, huérfanos, comerciantes, artesanos y campesinos, sus pupilos;

— la corte del príncipe Doran en Lanza del Sol:
— LA PRINCESA MYRCELLA BARATHEON, su pupila, prometida del príncipe Trystane;
— SER ARYS OAKHEART, escudo juramentado de Myrcella;
— ROSAMUND LANNISTER, doncella y compañera de Myrcella, una prima lejana;
— SEPTA EGLANTINE, confesora de Myrcella;
— MAESTRE MYLES, instructor, sanador y consejero;
— RICASSO, senescal en Lanza del Sol, anciano y ciego;
— SER MANFREY MARTELL, castellano de Lanza del Sol;
— LADY ALYSE LADYBRIGHT, lady tesorera;
— SER GASCOYNE DEL SANGREVERDE, escudo juramentado del príncipe Trystane;
— BORS y TIMOTH, criados de Lanza del Sol;
— BELANDRA, CEDRA, las hermanas MORRA y MELLEI, criadas de Lanza del Sol;

— los Señores de Dorne, señores banderizos del príncipe Doran:
  — ANDERS YRONWOOD, señor de Palosanto, Guardián del Camino de Piedra, apodado EL SANGRE REGIA;
    — SER CLETUS, su hijo, conocido por su ojo vago;
    — MAESTRE KEDRY, instructor, sanador y consejero;
  — HARMEN ULLER, señor de Sotoinferno;
    — ELLARIA ARENA, su hija natural;
    — SER ULWYCK ULLER, su hermano;
  — DELONNE ALLYRION, señora de Bondadivina;
    — SER RYON, su hijo y heredero;
      — SER DAEMON ARENA, hijo natural de Ryon, apodado EL BASTARDO DE BONDADIVINA;
  — DAGOS MANWOODY, señor de Sepulcro del Rey;
    — MORS y DICKON, sus hijos;
    — SER MYLES, su hermano;
  — LARRA BLACKMONT, señora de Montenegro;
    — JYNESSA, su hija y heredera;
    — PERHOS, su hijo, un escudero;
  — NYMELLA TOLAND, señora de Colina Fantasma;
  — QUENTYN QORGYLE, señor de Asperón;
    — SER GULIAN, su hijo mayor y heredero;
    — SER ARRON, su segundo hijo;
  — SER DEZIEL DALT, el Caballero de Limonar;
    — SER ANDREY, su hermano y heredero, llamado DREY;
  — FRANKLYN FOWLER, señor del Dominio del Cielo, apodado EL VIEJO HALCÓN, Guardián del Paso del Príncipe;
    — JEYNE y JENNELYN, sus hijas gemelas;
  — SER SYMON SANTAGAR, el Caballero de Bosquepinto;
    — SYLVA, su hija y heredera, apodada SYLVA PINTAS por sus pecas;
  — EDRIC DAYNE, señor de Campoestrella, un escudero;
    — SER GEROLD DAYNE, apodado ESTRELLAOSCURA, el Caballero de Ermita Alta, su primo y banderizo;
  — TREBOR JORDAYNE, señor de Tor;
    — MYRIA, su hija y heredera;
  — TREMOND GARGALEN, señor de Costa Salada;
  — DAERON VAITH, señor de Dunas Rojas.

Casa Stark

El linaje de los Stark se remonta a Brandon el Constructor y los Reyes del Invierno. Fueron los Reyes en el Norte y gobernaron desde Invernalia durante miles de años, hasta que Torrhen Stark, el Rey que se Arrodilló, juró fidelidad a Aegon el Dragón para no tener que presentarle batalla. Cuando el rey Joffrey ejecutó a Lord Eddard Stark de Invernalia, los norteños renegaron del Trono de Hierro y proclamaron Rey en el Norte a Robb, el hijo de Eddard. Durante la guerra de los Cinco Reyes venció en todas las batallas, pero los Frey y los Bolton lo traicionaron en Los Gemelos, durante la boda de su tío, y lo asesinaron.

[Robb Stark], Rey en el Norte, Rey del Tridente, señor de Invernalia, hijo mayor de Lord Eddard Stark y Lady Catelyn de la Casa Tully, un muchacho de dieciséis años apodado el Joven Lobo, asesinado en la Boda Roja;

— [Viento Gris], su lobo huargo, sacrificado en la Boda Roja;

— sus hermanos legítimos:

  — Sansa, su hermana, casada con Tyrion de la Casa Lannister;

    — [Dama], su loba huargo, sacrificada en Castillo Darry;

  — Arya, una niña de once años, desaparecida y dada por muerta;

    — Nymeria, su loba huargo, rondando por las tierras de los ríos;

  — Brandon, llamado Bran, un niño tullido de nueve años, heredero de Invernalia, dado por muerto;

    — Verano, su lobo huargo;

— los compañeros y protectores de Bran:
— MEEREA REED, una doncella de dieciséis años, hija de Lord Howland Reed de Atalaya de Aguasgrises;
— JOJEN REED, su hermano, de trece años;
— HODOR, un mozo retrasado mental, de dos varas y media de altura;
— RICKON, un niño de cuatro años, dado por muerto;
— PELUDO, su lobo huargo, negro e indómito;
— la acompañante de Rickon, OSHA, una salvaje antes cautiva en Invernalia;
— JON NIEVE, su hermano bastardo, de la Guardia de la Noche;
— FANTASMA, el lobo huargo de Jon, blanco y silencioso;
— las espadas juramentadas de Robb:
— [DONNEL LOCKE, OWEN NORREY, DACEY MORMONT, SER WENDEL MANDERLY, ROBIN FLINT], caídos en la Boda Roja;
— HALLIS MOLLEN, capitán de la guardia, que escolta los huesos de Eddard Stark de regreso hacia Invernalia;
— JACKS, QUENT, SHADD, guardias;
— los tíos y primos de Robb:
— BENJEN STARK, hermano menor de su padre, desaparecido más allá del Muro, dado por muerto;
— [LYSA ARRYN], hermana de su madre, señora del Nido de Águilas, casada con [Lord Jon Arryn], asesinada de un empujón;
— su hijo, ROBERT ARRYN, señor del Nido de Águilas y Defensor del Valle, un niño enfermizo;
— EDMURE TULLY, señor de Aguasdulces, hermano de su madre, hecho prisionero en la Boda Roja;
— LADY ROSLIN de la Casa Frey, esposa de Edmure;
— SER BRYNDEN TULLY, apodado EL PEZ NEGRO, tío de su madre, castellano de Aguasdulces;
— los Señores del Norte, señores banderizos del Joven Lobo:
— ROOSE BOLTON, señor de Fuerte Terror, el cambiacapas;
— [DOMERIC], su hijo legítimo y heredero, muerto de un mal del estómago;

— RAMSAY BOLTON, antes RAMSAY NIEVE, hijo natural de Roose, apodado EL BASTARDO DE BOLTON, castellano de Fuerte Terror;
  — WALDER FREY y WALDER FREY, apodados WALDER EL MAYOR y WALDER EL PEQUEÑO, escuderos de Ramsay;
  — [HEDIONDO], un soldado conocido por su mal olor, muerto cuando se hacía pasar por Ramsay;
— «ARYA STARK», prisionera de Lord Roose, una impostora prometida a Ramsay;
— WALTON, apodado PATAS DE ACERO, capitán de Roose;
— BETH CASSELL, KYRA, NABO, PALLA, BANDY, SHYRA, PALLA y LA VIEJA TATA, mujeres de Invernalia prisioneras en el Fuerte Terror;

— JON UMBER, apodado EL GRAN JON, señor de Último Hogar, prisionero en Los Gemelos;
  — [JON], apodado EL PEQUEÑO JON, su hijo mayor y heredero del Gran Jon, caído en la Boda Roja;
  — MORS, apodado CARROÑA, tío del Gran Jon, castellano de Último Hogar;
  — HOTHER, apodado MATAPUTAS, tío del Gran Jon, castellano de Último Hogar;

— [RICKARD KARSTARK], señor de Bastión Kar, decapitado por traición y por asesinar prisioneros;
  — [EDDARD], su hijo, caído en el bosque Susurrante;
  — [TORRHEN], su hijo, caído en el bosque Susurrante;
  — HARRION, su hijo, prisionero en Poza de la Doncella;
  — ALYS, la hija de Lord Rickard, una doncella de quince años;
  — ARNOLF, el tío de Rickard, castellano de Bastión Kar;

— GALBART GLOVER, amo de Bosquespeso, soltero;
  — ROBETT GLOVER, su hermano y heredero;
    — la esposa de Robett, SYBELLE de la Casa Locke;
    — sus hijos:
      — GAWEN, un niño de tres años;
      — ERENA, recién nacido;
  — LARENCE NIEVE, hijo natural de [Lord Halys Hornwood], pupilo de Galbart, un niño de trece años;

— HOWLAND REED, señor de Atalaya de Aguasgrises, un lacustre;
  — su esposa, JYANA, de los lacustres;
  — sus hijos:
    — MEEREA, una joven cazadora;
    — JOJEN, un muchacho bendecido con el don de la vista verde;
— WYMAN MANDERLY, señor de Puerto Blanco, inmensamente gordo;
  — SER WYLIS MANDERLY, su hijo mayor y heredero, muy gordo, prisionero en Harrenhal;
  — la esposa de Wylis, LEONA de la Casa Woolfield;
    — WYNAFRYD, su hija, una doncella de diecinueve años;
    — WYLLA, su hija, una doncella de quince años;
  — [SER WENDEL MANDERLY], su segundo hijo, caído en la Boda Roja;
  — SER MARLON MANDERLY, su primo, comandante de la guarnición de Puerto Blanco;
  — MAESTRE THEOMORE, instructor, sanador y consejero;
— MAEGE MORMONT, señora de la Isla del Oso;
  — [DACEY], su hija mayor y heredera, caída en la Boda Roja;
  — ALYSANE, LYRA, JORELLE, LYANNA, sus hijas;
  — [JEOR MORMONT], su hermano, Lord Comandante de la Guardia de la Noche, asesinado por sus propios hombres;
    — SER JORAH MORMONT, hijo de Lord Jeor, anteriormente señor de la Isla del Oso por derecho propio, un caballero condenado y exiliado;
— [SER HELMAN TALLHART], de la Ciudadela de Torrhen, caído en el Valle Oscuro;
  — [BENFRED], su hijo y heredero, muerto a manos de los hombres del hierro en la Costa Pedregosa;
  — EDDARA, su hija, prisionera en la Ciudadela de Torrhen;
  — [LEOBALD], su hermano, caído en Invernalia;
    — la esposa de Leobald, BERENA de la Casa Hornwood, prisionera en la Ciudadela de Torrhen;
    — BRANDON y BEREN, sus hijos, también prisioneros en la Ciudadela de Torrhen;

— RODRIK RYSWELL, Señor de Los Riachuelos;
— BARBREY DUSTIN, su hija, señora de Fuerte Túmulo, viuda de [Lord Willam Dustin];
— HARWOOD STOUT, su vasallo, un señor menor de Fuerte Túmulo;
— [BETHANY BOLTON], su hija, segunda esposa de Lord Roose Bolton, fallecida de unas fiebres;
— ROGER RYSWELL, RICKARD RYSWELL, ROOSE RYSWELL, sus pendencieros primos y banderizos;
— [CLEY CERWYN], señor de Cerwyn, caído en Invernalia;
— JONELLE, su hermana, una doncella de treinta y dos años;
— LYESSA FLINT, señora de Atalaya de la Viuda;
— ONDREW LOCKE, señor de Castillo Viejo, un anciano;
— HUGO WULL, apodado CUBO GRANDE, jefe de su clan;
— BRANDON NORREY, llamado EL NORREY, jefe de su clan;
— TORREN LIDDLE, llamado EL LIDDLE, jefe de su clan.

El escudo de los Stark representa un lobo huargo gris que corre sobre un campo de plata helada. Su lema es: Se Acerca el Invierno.

Casa Tully

Lord Edmyn Tully de Aguasdulces fue uno de los primeros señores del río que juraron lealtad a Aegon el Conquistador. Aegon lo recompensó otorgando a la Casa Tully el dominio de todas las tierras del Tridente. El blasón de los Tully es una trucha que salta, de plata, sobre campo ondulado de azur y gules. Su lema es: Familia, Deber, Honor.

EDMURE TULLY, señor de Aguasdulces, hecho prisionero por los Frey en la Boda Roja;

— LADY ROSLIN de la Casa Frey, la joven esposa de Edmure;

— [LADY CATELYN STARK], su hermana, viuda de Lord Eddard Stark de Invernalia, asesinada en la Boda Roja;

— [LADY LYSA de la Casa Tully], su hermana, viuda de Lord Jon Arryn del Valle, asesinada de un empujón en el Nido de Águilas;

— SER BRYNDEN TULLY, apodado EL PEZ NEGRO, tío de Edmure, castellano de Aguasdulces;

— la casa de Lord Edmure en Aguasdulces:

  — MAESTRE VYMAN, instructor, sanador y consejero;

  — SER DESMOND GRELL, maestro de armas;

  — SER ROBIN RYGER, capitán de la guardia;

    — LEW EL LARGO, ELWOOD, DELP, guardias;

  — UTHERYDES WAYN, mayordomo de Aguasdulces;

— los Señores del Tridente, señores banderizos de Edmure:
- — TYTOS BLACKWOOD, señor del Árbol de los Cuervos;
  - — [LUCAS], su hijo, caído en la Boda Roja;
- — JONOS BRACKEN, señor del Seto de Piedra;
- — JASON MALLISTER, señor de Varamar, prisionero en su propio castillo;
  - — PATREK, su hijo, encerrado con su padre;
  - — SER DENYS MALLISTER, tío de Lord Jason, miembro de la Guardia de la Noche;
- — CLEMENT PIPER, señor del Castillo de la Princesa Rosada;
  - — SER MARQ PIPER, su hijo y heredero, hecho prisionero en la Boda Roja;
- — KARYL VANCE, señor de Descanso del Caminante;
  - — LIANE, su hija y heredera;
  - — RHIALTA y EMPHYRIA, sus hijas menores;
- — NORBERT VANCE, señor de Atranta, ciego;
  - — SER RONALD VANCE, apodado EL MALO, su hijo mayor y heredero;
  - — SER HUGO, SER ELLERY, SER KIRTH y EL MAESTRE JON, sus hijos menores;
- — THEOMAR SMALLWOOD, señor de Torreón Bellota;
  - — su esposa, LADY RAVELLA de la Casa Swann;
  - — CARELLEN, su hija;
- — WILLIAM MOOTON, señor de Poza de la Doncella;
- — SHELLA WHENT, señora despojada de Harrenhal;
  - — SER WILLIS WODE, un caballero a su servicio;
- — SER HALMON PAEGE;
- — LORD LYMOND GOODBROOK.

Casa Tyrell

Los Tyrell llegaron al poder como mayordomos de los Reyes del Dominio, aunque alegan descender de Garth Manoverde, el rey jardinero de los Primeros Hombres. Cuando el último rey de la Casa Gardener perdió la vida en el Campo de Fuego, Harlen Tyrell, su mayordomo, rindió Altojardín ante Aegon el Conquistador. Este le concedió el castillo y el mando sobre el Dominio. Al principio de la guerra de los Cinco Reyes, Mace Tyrell declaró su apoyo a Renly Baratheon y le otorgó la mano de su hija Margaery. Tras la muerte de Renly, Altojardín se alió con la Casa Lannister, y Margaery quedó prometida al rey Joffrey.

MACE TYRELL, señor de Altojardín, Guardián del Sur, Defensor de las Marcas y Alto Mariscal del Dominio;

— su esposa, LADY ALERIE de la Casa Hightower de Antigua;

— sus hijos:

- — WILLAS, el primogénito, heredero de Altojardín;
- — SER GARLAN, apodado EL GALANTE, su segundo hijo, recién nombrado señor de Aguasclaras;
  - — la esposa de Garlan, LADY LEONETTE de la Casa Fossoway;
- — SER LORAS TYRELL, apodado EL CABALLERO DE LAS FLORES, su hijo menor, Hermano Juramentado de la Guardia Real;
- — MARGAERY, su hija, dos veces casada y dos veces viuda;

— las compañeras y damas de Margaery:
— MEGGA, ALLA y ELINOR TYRELL, sus primas;
— ALYN AMBROSE, el prometido de Elinor, escudero;
— LADY ALYSANNE BULWER; LADY ALYCE GRACEFORD; LADY TAENA MERRYWEATHER; MEREDYTH CRANE, llamada MERRY; LA SEPTA NYSTERICA, sus compañeras;

— la madre viuda de Mace, LADY OLENNA de la Casa Redwyne, apodada LA REINA DE LAS ESPINAS;
— ARRYK y ERRYK, sus guardias, gemelos de más de dos varas y media de altura, apodados IZQUIERDO y DERECHO;

— las hermanas de Mace:
— LADY MINA, casada con Paxter Redwyne, señor del Rejo;
— sus hijos:
— SER HORAS REDWYNE, gemelo de Hobber, apodado HORROR;
— SER HOBBER REDWYNE, gemelo de Horas, apodado BABOSO;
— DESMERA REDWYNE, una doncella de dieciséis años;
— LADY JANNA, casada con Ser Jon Fossoway;

— los tíos y primos de Mace:
— GARTH, apodado EL GROSERO, tío de Mace, Lord Senescal de Altojardín;
— GARSE y GARRETT FLORES, hijos bastardos de Garth;
— SER MORYN, tío de Mace, Lord Comandante de la Guardia de la Ciudad de Antigua;
— [SER LUTHOR], hijo de Moryn, casado con Lady Elyn Norridge;
— SER THEODORE, hijo de Luthor, casado con Lady Lia Serry;
— ELINOR, la hija de Theodore;
— LUTHOR, hijo de Theodore, escudero;
— MAESTRE MEDWICK, hijo de Luthor;
— OLENE, la hija de Luthor, casada con Ser Leo Blackbar;
— LEO, apodado LEO EL VAGO, hijo de Moryn, novicio en la Ciudadela de Antigua;
— MAESTRE GORMON, tío de Mace, de servicio en la Ciudadela;

— [Ser Quentin], primo de Mace, muerto en Marcaceniza;
  — Ser Olymer, el hijo de Quentin, casado con Lady Lysa Meadows;
    — Raymund y Rickard, los hijos de Olymer;
    — Megga, la hija de Olymer;
— maestre Normund, primo de Mace, de servicio en Corona Negra;
— [Ser Victor], primo de Mace, muerto a manos del Caballero Sonriente de la Hermandad del Bosque Real;
  — Victaria, la hija de Victor, casada con [Lord Jon Bulwer], fallecido a causa de una fiebre estival;
    — Lady Alysanne Bulwer, su hija, una niña de ocho años;
  — Ser Leo, el hijo de Victor, casado con Lady Alys Beesbury;
    — Alla y Leona, las hijas de Leo;
    — Lyonel, Lucas y Lorent, los hijos de Leo;

— la casa de Mace en Altojardín:
  — maestre Lomys, instructor, sanador y consejero;
  — Igon Vyrwel, capitán de la guardia;
  — Ser Vortimer Crane, maestro de armas;
  — Mantecas, un bufón gordísimo;

— los Señores del Dominio, señores banderizos de Mace:
  — Randyll Tarly, señor de Colina Cuerno;
  — Paxter Redwyne, señor del Rejo;
    — Ser Horas y Ser Hobber, sus hijos gemelos;
    — maestre Ballabar, sanador de Lord Paxter;
  — Arwyn Oakheart, señora de Roble Viejo;
    — Ser Arys, el hijo menor de Lady Arwyn, Hermano Juramentado de la Guardia Real;
  — Mathis Rowan, señor de Sotodeoro, casado con Bethany de la Casa Redwyne;
  — Leyton Hightower, Voz de Antigua, Señor del Puerto;
  — Humfrey Hewett, señor del Escudo de Roble;
    — Falia Flores, su hija bastarda;
  — Osbert Serry, señor del Escudo del Sur;
    — Ser Talbert, su hijo y heredero;
  — Guthor Grimm, señor del Escudo Gris;

— MORIBALD CHESTER, señor del Escudo Verde;
— ORTON MERRYWEATHER, señor de Granmesa;
— LADY TAENA, su esposa, una mujer de Myr;
— RUSSELL, su hijo, un niño de ocho años;
— LORD ARTHUR AMBROSE, casado con Lady Alysanne Hightower;

— sus caballeros y espadas juramentadas:
— SER JON FOSSOWAY, de los Fossoway de la manzana verde;
— SER TANTON FOSSOWAY, de los Fossoway de la manzana roja.

El blasón de los Tyrell es una rosa de oro sobre campo de sinople. Su lema es: Crecer Fuerte.

Rebeldes, bandidos y hermanos juramentados

Señores menores, vagabundos y gente del pueblo

SER CREIGHTON LONGBOUGH y SER ILLIFER EL PAUPÉRRIMO, caballeros errantes y compañeros;

HIBALD, un comerciante asustadizo y tacaño;

— SER SHADRICK DEL VALLE UMBRÍO, apodado EL RATÓN LOCO, un caballero errante al servicio de Hibald;

BRIENNE, LA DONCELLA DE TARTH, también apodada BRIENNE LA BELLA, una doncella con una misión;

— LORD SELWYN, apodado EL LUCERO DE LA TARDE, señor de Tarth, su padre;

— [BEN BUSHY, EL GRANDULLÓN]; SER HYLE HUNT; SER MARK MULLENDORE; SER EDMUND AMBROSE; [SER RICHARD FARROW]; [WILL EL CIGÜEÑA]; SER HUGH BEESBURY; SER RAYMOND NAYLAND; HARRY SAWYER; SER OWEN INCHFIELD; ROBIN POTTER, que fueron sus pretendientes;

RENFRED RYKKER, señor del Valle Oscuro;

— SER RUFUS LEEK, un caballero con una sola pierna, a su servicio, castellano del Fuerte Pardo en el Valle Oscuro;

WILLIAM MOOTON, señor de Poza de la Doncella;

— ELEANOR, su hija mayor y heredera, de trece años;

RANDYLL TARLY, señor de Colina Cuerno, al mando de los ejércitos del rey Tommen en el Tridente;
— DICKON, su hijo y heredero, un joven escudero;
— SER HYLE HUNT, al servicio de la Casa Tarly;
— SER ALYN HUNT, primo de Ser Hyle, también al servicio de Lord Randyll;
— DICK CRABB, apodado DICK EL ÁGIL, un Crabb de Punta Zarpa Rota;

EUSTACE BRUNE, señor del Refugio de Malacosta;
— BENNARD BRUNE, el Caballero del Vallepardo, su primo;

SER ROGER HOGG, el Caballero de Cuerno de la Puerca;

SEPTÓN MERIBALD, un septón descalzo;
— su perro;

EL HERMANO MAYOR, de la Isla Tranquila;
— HERMANO NARBERT, HERMANO GILLAM, HERMANO RAWNEY, hermanos penititentes de la Isla Tranquila;

SER QUINCY COX, el Caballero de Salinas, un anciano que chochea;

en la posada de la encrucijada:
— JEYNE HEDDLE, apodada JEYNE LA LARGA, la posadera, una muchacha alta de dieciocho años;
  — WILLOW, su hermana, severa con la cuchara en la mano;
— ATANASIA, PATE, JON PENIQUE, BEN, huérfanos de la posada;
— GENDRY, aprendiz de herrero e hijo bastardo del rey Robert I Baratheon, aunque desconoce su origen;

en Harrenhal:
— RAFFORD, apodado RAFF EL DULCE; BOCASUCIA; DUNSEN, hombres de la guarnición;
— BEN PULGARNEGRO, herrero y armero;
— PIA, una criada, en otros tiempos hermosa;
— MAESTRE GULIAN, instructor, sanador y consejero;

en Darry:
— LADY AMEREI FREY, apodada AMI TORRE DE ENTRADA, una viuda joven y amorosa, prometida de Lord Lancel Lannister;
  — la madre de Lady Amerei, LADY MARIYA de la Casa Darry, viuda de Merrett Frey;
  — MARISSA, la hermana de Lady Amerei, una doncella de trece años;

— SER HARWYN PLUMM, apodado PEÑAFUERTE, comandante de la guarnición;
— MAESTRE OTTOMORE, instructor, sanador y consejero;
en la Posada del Hombre Arrodillado:
— SHARNA, la posadera, cocinera y comadrona;
— su marido, apodado ESPOSO;
— CHICO, un huérfano de guerra;
— PASTEL CALIENTE, hijo de un panadero, ahora huérfano.

Bandidos y hombres quebrados

[BERIC DONDARRION], en tiempos señor de Refugionegro, que ha muerto seis veces;

— EDRIC DAYNE, señor de Campoestrella, un niño de doce años, escudero de Lord Beric;

— EL CAZADOR LOCO de Septo de Piedra, que había sido su aliado;

— BARBAVERDE, un mercenario tyroshi, su amigo de lealtad incierta;

— ANGUY EL ARQUERO, nacido en las Marcas de Dorne;

— MERRIT DE ALDEALUNA, WATTY EL MOLINERO, MEG EL PANTANOSO, JON DE NUTTEN, bandidos de su grupo;

LADY CORAZÓN DE PIEDRA, una mujer encapuchada, llamada a veces MADRE MISERICORDIA, LA HERMANA SILENCIOSA, y LA AHORCADORA;

— LIM, apodado LIM CAPA DE LIMÓN, en sus tiempos soldado;

— THOROS DE MYR, un sacerdote rojo;

— HARWIN, hijo de Hullen, norteño que estuvo al servicio de Lord Eddard Stark de Invernalia;

— JACK-CON-SUERTE, un fugitivo tuerto;

— TOM DE SIETECAUCES, un bardo de dudosa reputación; apodado TOM SIETECUERDAS y TOM SIETE;

— LUKE EL LÚCIDO, NOTCH, MUDGE, DICK LAMPIÑO, bandidos;

SANDOR CLEGANE, apodado EL PERRO, anteriormente escudo juramentado del rey Joffrey, posteriormente Hermano Juramentado de la Guardia Real, visto por última vez febril y moribundo a orillas del Tridente;

[VARGO HOAT] de la Ciudad Libre de Qohor, apodado LA CABRA, un capitán mercenario de habla torpe, ejecutado en Harrenhal por Ser Gregor Clegane;

— su Compañía Audaz, también denominada los Titiriteros Sangrientos:
  — URSWYCK, apodado EL FIEL, su teniente;
  — [SEPTÓN UTT], ahorcado por Lord Beric Dondarrion;
  — TIMEON DE DORNE, ZOLLO EL GORDO, RORGE, MORDEDOR, PYG, SHAGWELL EL BUFÓN, TOGG JOTH de Ibben, TRESDEDOS, dispersos y a la fuga;

en El Melocotón, un prostíbulo de Septo de Piedra:

— ATANASIA, la propietaria pelirroja;
  — ALYCE, CASS, LANNA, JYZENE, HELLY, CAMPY, varios de sus melocotones;

en Torreón Bellota, asentamiento de la Casa Smallwood:

— LADY RAVELLA, antes de la Casa Swann, esposa de Lord Theomar Smallwood;

aquí, allá y acullá:

— LORD LYMOND LYCHESTER, un anciano de sesos débiles que en cierta ocasión detuvo a Ser Maynard en el puente;
  — MAESTRE ROONE, su joven cuidador;
— el fantasma de Alto Corazón;
— la Dama de las Hojas;
— el septón de Danza de Sally.

Los hermanos juramentados de la guardia de la noche

JON NIEVE, el bastardo de Invernalia, Lord Comandante número novecientos noventa y ocho de la Guardia de la Noche;

— FANTASMA, su lobo huargo blanco;

— su mayordomo, EDDISON TOLLETT, apodado EDD EL PENAS;

los hombres del Castillo Negro:

— BENJEN STARK, capitán de los exploradores, desaparecido hace mucho tiempo, dado por muerto;

  — SER WYNTON STOUT, anciano explorador, débil de entendederas;

  — KEDGE OJOBLANCO; BEDWYCK, apodado GIGANTE; MATTHAR; DYWN; GARTH PLUMAGRÍS; ULMER DEL BOSQUE REAL; ELRON; PYPAR, llamado PYP; GRENN, apodado URO; BERNARR, apodado BERNARR EL NEGRO; GOADY; TIM PIEDRA; JACK BULWER EL NEGRO; GEOFF, apodado EL ARDILLA; BEN BARBAS, exploradores;

— BOWEN MARSH, Lord Mayordomo;

  — HOBB TRESDEDOS, mayordomo y cocinero jefe;

  — [DONAL NOYE], armero y herrero manco, muerto en la puerta a manos de Mag el Poderoso;

  — OWEN, apodado EL BESTIA; TIM LENGUATRABADA; MULLY; CUGEN; DONNEL COLINA, apodado EL SUAVE; LEW EL ZURDO; JEREN; WICK WHITTLESTICK, mayordomos;

— OTHELL YARWYCK, capitán de los constructores;
  — BOTA DE SOBRA, HALDER, TONELETE, constructores;
— CONWY, GUEREN, reclutadores errantes;
— SEPTÓN CELLADOR, un religioso borracho;
— SER ALLISER THORNE, anterior maestro de armas;
— LORD JANOS SLYNT, anterior comandante de la Guardia de la Ciudad de Desembarco del Rey, durante breve tiempo señor de Harrenhal;
— MAESTRE AEMON (TARGARYEN), sanador y consejero, un ciego de ciento dos años;
  — CLYDAS, mayordomo de Aemon;
  — SAMWELL TARLY, mayordomo de Aemon, gordoy aficionado a los libros;
— FÉRREO EMMETT, antes de Guardiaoriente, maestro de armas;
  — HARETH, apodado CABALLO; los gemelos ARRON y EMRICK; SEDA; PETIRROJO SALTARÍN, reclutas en periodo de entrenamiento;

los hombres de la Torre Sombría:
— SER DENYS MALLISTER, Comandante de la Torre Sombría;
  — su mayordomo y escudero, WALLACE MASSEY;
  — MAESTRE MULLIN, sanador y consejero;
  — [QHORIN MEDIAMANO], al mando de los exploradores, muerto a manos de Jon más allá del Muro;
  — hermanos en la Torre Sombría:
    — [ESCUDERO DALBRIDGE, EGGEN], exploradores, caídos en el Paso Aullante;
    — SERPIENTE DE PIEDRA, explorador, desaparecido en el Paso Aullante;

los hombres de Guardiaoriente del Mar:
— COTTER PYKE, Comandante;
  — MAESTRE HARMUNE, sanador y consejero;
  — VIEJO TRAPOSAL, capitán de la *Pájaro Negro;*
  — SER GLENDON HEWETT, maestro de armas;
  — hermanos en Guardiaoriente:
    — DAREON, mayordomo y bardo;

en el Torreón de Craster (los traidores):
— DAGA, que asesinó a Craster, su anfitrión;
— OLLO MANOMOCHA, que asesinó a Jeor Mormont, su Lord Comandante;
— GARTH DE GREENAWAY, MAWNEY, GRUBBS, ALAN DE ROSBY, antes exploradores;
— KARL EL PATIZAMBO, OSS EL HUÉRFANO, BILL EL REFUNFUÑÓN, antes mayordomos.

Los salvajes o pueblo libre

MANCE RAYDER, Rey-más-allá-del-Muro, prisionero en el Castillo Negro;

— su esposa, [DALLA], muerta de parto;

— su hijo, nacido durante la batalla, aún sin nombre;

— VAL, la princesa salvaje, hermana menor de Dalla, prisionera en el Castillo Negro;

— jefes y capitanes salvajes:

— [HARMA], apodada CABEZA DE PERRO, caída junto al Muro;

— HALLECK, su hermano;

— EL SEÑOR DE LOS HUESOS, apodado CASACA DE MATRACA; saqueador y cabecilla de una partida de guerra, prisionero en el Castillo Negro;

— [YGRITTE], una mujer del acero, amante de Jon Nieve, caída durante el ataque al Castillo Negro;

— RYK, apodado LANZALARGA, miembro de su banda;

— RAGWYLE, LENYL, miembros de su banda;

— [STYR], Magnar de Thenn, caído durante el ataque al Castillo Negro;

— SIGORN, hijo de Styr, el nuevo Magnar de Thenn;

— TORMUND, Rey del Hidromiel en el Salón Rojo, apodado MATAGIGANTES, GRAN HABLADOR, SOPLADOR DEL CUERNO y ROMPEDOR DEL HIELO, apodado también PUÑO DE TRUENO, MARIDO DE OSAS, PORTAVOZ ANTE LOS DIOSES y PADRE DE EJÉRCITOS;

— TOREGG EL ALTO, TORWYRD EL MANSO, DORMUND y DRYN, hijos de Tormund;

— MUNDA, su hija;

— EL LLORÓN, explorador y cabecilla de una partida de guerra;

— [ALFYN MATACUERVOS], explorador, muerto a manos de Qhorin Mediamano, de la Guardia de la Noche;

— [ORELL], apodado ORELL EL ÁGUILA, cambiapieles muerto a manos de Jon Nieve en el Paso Aullante;

— [MAG MAR TUN DOH WEG], apodado MAG EL PODEROSO, de los gigantes, muerto a manos de Donal Noye ante las puertas del Castillo Negro;

— VARAMYR, apodado SEISPIELES, cambiapieles, amo de tres lobos, un gatosombra y un oso de las nieves;

— [JARL], un joven explorador, amante de Val, muerto al caer del Muro;

— GRIGG EL CABRA, ERROK, BODGER, DEL, FORÚNCULO, DAN EL CAÑAMEÑO, HENK EL TIMÓN, LENN, DEDODELPIÉ, salvajes y exploradores;

[CRASTER], del Torreón de Craster, asesinado por Daga, de la Guardia de la Noche, invitado bajo su techo;

— ELÍ, su hija y esposa;

— el hijo recién nacido de Elí, aún sin nombre;

— DYAH, FERNY, NELLA, tres de las diecinueve esposas de Craster.

Más allá del mar angosto

La reina al otro lado del agua

DAENERYS TARGARYEN, la primera de su nombre, reina de Meereen, reina de los ándalos, los rhoynar y los primeros hombres, Señora de los Siete Reinos, Protectora del Reino, *khaleesi* del Gran Mar de Hierba, apodada DAENERYS DE LA TORMENTA, LA QUE NO ARDE, MADRE DE DRAGONES;

— sus dragones, DROGON, VISERION, RHAEGAL;

— [RHAEGAR], su hermano, príncipe de Rocadragón, muerto a manos de Robert Baratheon en el Tridente;

  — [RHAENYS], la hija de Rhaegar, asesinada durante el saqueo de Desembarco del Rey;

  — [AEGON], el hijo de Rhaegar, un niño de pecho, asesinado durante el saqueo de Desembarco del Rey;

— su hermano [VISERYS], el tercero de su nombre, apodado EL REY MENDIGO, coronado con oro fundido;

— su señor esposo, [DROGO], un *khal* de los dothrakis, muerto a causa de una herida;

  — [RHAEGO], su hijo con Drogo, nacido muerto, asesinado en el vientre materno por la *maegi* Mirri Maz Duur;

— su Guardia de la Reina:

  — SER BARRISTAN SELMY, apodado BARRISTAN EL BRAVO, antes Lord Comandante de la Guardia Real del rey Robert;

  — JHOGO, *ko* y jinete de sangre, el látigo;

— Aggo, *ko* y jinete de sangre, el arco;
— Rakharo, *ko* y jinete de sangre, el *arakh;*
— Belwas el Fuerte, eunuco, antes esclavo en los reñideros;

— sus capitanes y comandantes:
— Daario Naharis, un extravagante mercenario tyroshi, al mando de la compañía de los Cuervos de Tormenta;
— Ben Plumm, apodado Ben el Moreno, mercenario mestizo, al mando de la compañía de los Segundos Hijos;
— Gusano Gris, eunuco al mando de los Inmaculados, una compañía de infantería de eunucos;
— Groleo de Pentos, antes capitán de la gran coca *Saduleon,* ahora almirante sin flota;

— sus doncellas:
— Irri y Jhiqui, dos muchachas dothrakis de dieciséis años;
— Missandei, escriba e intérprete naathi;

— sus enemigos declarados o potenciales:
— Grazdan mo Eraz, un noble de Yunkai;
— Khal Pono, otrora *ko* de Khal Drogo;
— Khal Jhaqo, otrora *ko* de Khal Drogo;
— Maggo, su jinete de sangre;
— los Eternos de Qarth, un grupo de brujos;
— Pyat Pree, un brujo qarthiense;
— los Hombres Pesarosos, un gremio de asesinos qarthienses;
— Ser Jorah Mormont, otrora señor de la Isla del Oso;
— [Mirri Maz Duur], esposa del dios y *maegi,* sierva del Gran Pastor de Lhazar;

— sus inciertos aliados, pasados y presentes:
— Xaro Xhoan Daxos, un príncipe mercader de Qarth;
— Quaithe, una portadora de sombras enmascarada de Asshai;
— Illyrio Mopatis, magíster de la Ciudad Libre de Pentos, que concertó su matrimonio con Khal Drogo;
— Cleon el Grande, apodado el Rey Carnicero de Astapor;
— Khal Moro, que fue aliado de Khal Drogo;
— Rhogoro, su hijo y *khalakka;*
— Khal Jommo, que fue aliado de Khal Drogo.

Por las venas de los Targaryen corre la sangre del dragón: descienden de los grandes señores del antiguo Feudo Franco de Valyria; tienen los ojos color lila, índigo o violeta, y el pelo, plateado o dorado. Para preservar la pureza de su sangre, la Casa Targaryen suele concertar sus matrimonios entre hermanos, primos, o tíos y sobrinos. El fundador de la dinastía, Aegon el Conquistador, se desposó con sus dos hermanas y engendró hijos varones con ambas. El estandarte de los Targaryen muestra un dragón de tres cabezas, de gules sobre campo de sable, que representa a Aegon y a sus hermanas. Su lema es: Fuego y Sangre.

En Braavos

FERREGO ANTARYON, Señor del Mar de Braavos;

— QARRO VOLENTIN, Primera Espada de Braavos, su protector;

— BELLEGERE OTHERYS, apodada LA PERLA NEGRA, una cortesana descendiente de la reina pirata del mismo nombre;

— LA DAMA VELADA, LA REINA PESCADILLA, LA SOMBRA DE LUNA, LA HIJA DEL OCASO, RUISEÑOR, LA POETISA, famosas cortesanas;

— TERNESIO TERYS, capitán mercante de la *Hija del Titán;*

— YORKO y DENYO, dos de sus hijos;

— MOREDO PRESTAYN, capitán mercante de la *Zorra;*

— LOTHO LORNEL, vendedor de libros viejos y pergaminos;

— EZZELYNO, sacerdote rojo, a menudo borracho;

— SEPTÓN EUSTACE, deshonrado y expulsado de la Fe;

— TERRO y ORBELO, un par de jaques;

— BEQQO EL CIEGO, un pescadero;

— BRUSCO, un pescadero;

— TALEA y BREA, sus hijas;

— ALLEGIRA, apodada ALEGRÍA, propietaria del Puerto Feliz, un burdel cercano al puerto del Trapero;

— LA ESPOSA DEL MARINERO, una prostituta del Puerto Feliz;

— LANNA, su hija, una joven prostituta;

— BETHANY SONROJOS, YNA LA TUERTA, ASSADORA DE IBBEN, las prostitutas del Puerto Feliz;

— ROGGO EL ROJO, GYLORO DOTHARE, GYLENO DOTHARE, un escritorzuelo apodado PLUMÍN, COSSOMO EL CONJURADOR, clientes del Puerto Feliz;

— TAGGANARO, un ladronzuelo de los muelles;

— CASSO, apodado EL REY DE LAS FOCAS, su foca entrenada;

— PEQUEÑO NARBO, su colaborador en ocasiones;

— MYRMELLO, JOSS EL TRISTE, QUENCE, ALLAQUO, SLOEY, comediantes que actúan todas las noches en el Barco;

— S'VRONE, una prostituta portuaria con inclinaciones asesinas;

— LA HIJA BORRACHA, una prostituta de temperamento variable;

— JEYNE LLAGAS, una prostituta de sexo dudoso;

— EL HOMBRE BONDADOSO y LA NIÑA ABANDONADA, sirvientes del Dios de Muchos Rostros en la Casa de Blanco y Negro;

— UMMA, la cocinera del templo;

— EL HOMBRE ATRACTIVO, EL GORDO, EL JOVEN SEÑOR, EL DEL ROSTRO SEVERO, EL BIZCO y EL HAMBRIENTO, sirvientes secretos de Dios de Muchos Rostros;

— ARYA de la Casa Stark, una niña con una moneda de hierro, conocida también como ARRY, NAN, COMADREJA, PERDIZ, SALINA y GATA;

— QUHURU MO, de Árboles Altos, en las Islas del Verano, capitán del barco mercante *Viento Canela;*

— KOJJA MO, su hija, la arquera roja;

— XHONDO DHORU, contramaestre de la *Viento Canela.*

Pesos y medidas

En esta edición de *Canción de hielo y fuego* se utiliza un sistema de pesos y medidas inspirado en el castellano del siglo XVIII. Las equivalencias de las unidades que aparecen con más frecuencia en la obra son las siguientes:

LONGITUD:

Dedo: 1,74 cm
Palmo: 12 dedos, o algo más de 20 cm
Codo: 2 palmos
Vara y **paso**: ambos equivalentes a 2 codos, o 4 palmos
Legua: 5.000 pasos, o algo más de 4 km

SUPERFICIE:

Fanega: 6.440 m², o algo más de ½ hectárea

VOLUMEN:

Cuartillo (líquidos): ¼ de azumbre, o ½ litro
Azumbre (líquidos): 4 cuartillos, o 2 litros
Cuartillo (áridos): ¼ de celemín, o algo más de 1 litro
Celemín (áridos): 4 cuartillos, o 4,625 litros

PESO:

Arroba: 11,5 kg
Quintal: 4 arrobas, o 46 kg

Y ahora, un adelanto especial
del próximo volumen de la gran saga,

Canción de hielo y fuego

de

GEORGE R. R. MARTIN:

Danza de dragones

La fascinante continuación de

Festín de cuervos

Tyrion

No dejó de beber en todo lo que duró la travesía del mar Angosto.

El barco era pequeño, y su camarote, todavía más, y el capitán no le permitía subir a cubierta. El balanceo del barco le revolvía el estómago, y la puñetera comida sabía aún peor cuando la vomitaba. Pero ¿para qué quería tasajo de buey, queso duro y pan agusanado si se podía alimentar de vino? Era un tinto avinagrado y contundente, y a veces hasta eso lo vomitaba, pero siempre había más.

—El mundo está lleno de vino —masculló en la humedad del camarote. Su padre siempre había despreciado a los borrachos, pero ¿qué importaba? Estaba muerto. Él lo había matado. «Una saeta en el bajo vientre, mi señor, toda para vos. Si llego a tener mejor puntería, os la meto por la polla con la que me hicisteis, hijoputa de mierda.»

Debajo de la cubierta nunca era de día ni de noche. Tyrion medía el paso del tiempo por las visitas del grumete que le llevaba comidas que no probaba. El chico aparecía siempre con un cepillo y un cubo para limpiar.

—¿Este vino es dorniense? —le preguntó Tyrion en cierta ocasión al tiempo que le quitaba el tapón al odre—. Me recuerda a una serpiente que conocí. El tipo era de lo más divertido, hasta que le cayó encima una montaña.

El grumete no respondió. Era un chaval feúcho, aunque sin duda más atractivo que cierto enano con media nariz y una cicatriz que le cruzaba la cara del ojo a la barbilla.

—¿Te he ofendido en algo? —le preguntó mientras el muchacho se afanaba limpiando el suelo—. ¿Te han dicho que no hables conmigo? ¿O es que un enano se tiró a tu madre? —También aquello quedó sin respuesta—. ¿Hacia dónde vamos? Al menos dime eso. —Jaime había mencionado las Ciudades Libres, pero ninguna en concreto—. ¿A Braavos? ¿A Tyrosh? ¿A Myr? —Tyrion habría preferido ir a Dorne.

«Myrcella es mayor que Tommen; según las leyes dornienses, le corresponde a ella subir al Trono de Hierro. La ayudaré a reclamar lo que le corresponde, como sugirió el príncipe Oberyn.»

Pero Oberyn había muerto con la cabeza destrozada bajo el guantelete de Ser Gregor Clegane. Y sin el apoyo de la Víbora Roja, ¿Doran Martell querría considerar siquiera un plan tan arriesgado?

«A lo mejor, lo que hace es cargarme de cadenas y devolverme a mi querida hermana. —Tal vez el Muro fuera mejor lugar. Mormont, el Viejo

Oso, le había dicho que la Guardia de la Noche siempre tenía necesidad de hombres como Tyrion—. Pero puede que Mormont ya esté muerto. Puede que, a estas alturas, Slynt sea el Lord Comandante. —Seguro que el hijo del carnicero no habría olvidado quién lo mandó al Muro—. Además, ¿de verdad quiero pasarme el resto de mi vida comiendo tasajo y gachas entre ladrones y asesinos?» También era cierto que el resto de su vida no sería muy largo. Janos Slynt se encargaría de eso.

El grumete mojó el cepillo en el cubo y restregó con energía.

—¿Has ido alguna vez a las casas de placer de Lys? —preguntó el enano—. A lo mejor es ahí adonde van las putas.

Tyrion no se acordaba de cómo se decía *puta* en valyrio, y en cualquier caso, ya era tarde. El muchacho echó el cepillo al cubo y se marchó.

«El vino me ha ablandado los sesos. —Había aprendido de su maestre a leer alto valyrio, pero lo que hablaban en las Nueve Ciudades Libres... En fin, no era exactamente un dialecto, sino más bien nueve dialectos que no tardarían en convertirse en idiomas bien diferenciados. Tyrion sabía un poco de braavosi y tenía nociones básicas de myriense. En Tyrosh sería capaz de blasfemar, llamar tramposo a cualquiera y pedir una cerveza, todo gracias a un mercenario que había conocido en la Roca—. En Dorne, al menos, hablan la lengua común. —Al igual que sucedía con las leyes y la comida dornienses, el idioma estaba bien condimentado por el rhoynar, pero se entendía—. Dorne, sí. Lo mío es Dorne.» Se acostó en el camastro, aferrado a aquel pensamiento como un niño a su muñeco.

A Tyrion Lannister siempre le había costado conciliar el sueño; en aquel barco, la mayor parte del tiempo le resultaba directamente imposible, aunque en ocasiones conseguía beber lo suficiente para perder un rato el conocimiento. Por lo menos no soñaba. Estaba hasta la coronilla de sueños, aunque también era cierto que no tenía la coronilla a mucha altura.

«¡Y con qué tonterías he soñado! Amor, justicia, amistad, gloria... Tanto me habría dado soñar con ser alto.» Todo aquello estaba fuera de su alcance; por fin se había dado cuenta. Ya lo sabía. Lo que seguía sin saber era adónde iban las putas. «Adonde quiera que vayan las putas», había dicho su padre. Esas fueron sus últimas palabras. La ballesta vibró, Lord Tywin cayó sentado y Tyrion Lannister tuvo que anadear por la oscuridad acompañado por Varys. Seguramente había vuelto a bajar por el hueco, los doscientos treinta peldaños, hasta el lugar donde resplandecían las brasas anaranjadas en la boca de un dragón de hierro. No recordaba nada, solo el ruido vibrante que había hecho la ballesta y el hedor de cuando a su padre se le aflojaron los intestinos.

«Hasta moribundo fue capaz de llenarme la vida de mierda.»

Varys lo había acompañado por los túneles, pero no cruzaron palabra hasta que hubieron salido junto al Aguasnegras, donde Tyrion había ganado una batalla y perdido una nariz. Entonces se giró el enano hacia el eunuco.

—He matado a mi padre —le dijo en el mismo tono con que habría podido decirle «Me he dado un golpe en el dedo gordo».

El consejero de los rumores iba vestido de hermano mendicante, con una apolillada túnica marrón de tela basta y una capucha que le ocultaba las regordetas mejillas imberbes y la calva.

—No deberíais haber subido por esa escalera —le reprochó.

«Adonde quiera que vayan las putas.»

Tyrion le había advertido a su padre que no repitiera aquella palabra.

«Si no llego a disparar, se habría dado cuenta de que mis amenazas no valían para nada. Me habría quitado la ballesta de las manos, igual que me arrancó a Tysha de los brazos. Estaba levantándose cuando lo maté.»

—También he matado a Shae —confesó a Varys.

—Ya erais consciente de qué era.

—Sí. Pero no sabía qué era él.

—Pues ya lo sabéis. —Varys disimuló una risita.

«Tendría que haber matado al eunuco, ya puestos. —¿Qué más daba un poco de sangre adicional en las manos? No habría sabido decir qué detuvo su puñal. No fue la gratitud, desde luego. Varys lo había salvado de la espada del verdugo, pero solo porque Jaime se lo había ordenado—. Jaime... No, es mejor que no piense en Jaime.»

Para evitarlo abrió otro odre de vino y bebió ansioso como si fuera la teta de una mujer. El tinto le resbaló por la barbilla y le empapó la sucia túnica, la misma que llevaba cuando estaba en la celda. La cubierta se mecía, y cuando trató de ponerse en pie, se ladeó y lo lanzó contra un mamparo.

«Debe de haber tormenta —pensó—. O a lo mejor estoy más borracho de lo que creía. —Vomitó el vino y se quedó tendido sobre él, sin saber si el barco iba a hundirse—. ¿Esta es tu venganza, padre? ¿Es que el Padre Supremo te ha nombrado su Mano?»

—Así paga quien a su sangre mata —dijo mientras el viento aullaba en el exterior.

No era justo ahogar de paso al grumete, al capitán y a toda la tripulación, claro, pero ¿cuándo habían sido justos los dioses? Aquel pensamiento rondaba por su mente cuando lo engulló la oscuridad.

Cuando empezó a recuperar el conocimiento, la cabeza le ardía y el barco daba vueltas a su alrededor, aunque según el capitán habían llegado a puerto. Tyrion le dijo que se callara y se debatió sin energías cuando un corpulento marinero calvo lo cogió debajo del brazo y lo llevó a cubierta, donde lo aguardaba una cuba de vino vacía. Era pequeña y baja, con poco espacio hasta para un enano. Tyrion se resistió tan enconadamente que se meó encima, pero no le sirvió de nada: lo metieron de cabeza en la cuba y le empujaron las piernas hasta que las rodillas le llegaron a las orejas. Lo poco que le quedaba de nariz le picaba de una manera espantosa, pero tenía los brazos tan encajonados que no llegaba a rascarse.

«Un palanquín digno de un hombre de mi altura», pensó mientras clavaban la tapa. Siguió oyendo las voces cuando lo levantaron en vilo. Cada movimiento brusco hacía que la cabeza le golpeara contra el fondo de la cuba. El mundo giró enloquecido cuando hicieron rodar el pequeño tonel, hasta que se detuvo con un golpe que lo obligó a contener un grito. Otra cuba chocó contra la suya, y Tyrion se mordió la lengua.

Fue el viaje más largo de su vida, aunque no duró más de media hora. Lo levantaron y lo bajaron, lo hicieron rodar, lo amontonaron, lo volvieron del derecho y del revés, y volvieron a hacerlo rodar. Oía los gritos de los hombres por entre las duelas de madera, y le llegó también el relincho de un caballo cerca de donde estaba. Empezó a tener calambres en las piernas atrofiadas, que pronto le dolieron tanto que hasta dejó de notar los golpes en la cabeza.

Todo terminó tal como había empezado, con el barril rodando y deteniéndose de repente. Fuera, unas voces desconocidas hablaban en un idioma también desconocido. Empezaron a golpear la tapa de la cuba, que se rajó de repente. La luz entró a raudales, acompañada de aire fresco. Tyrion inhaló una bocanada con ansiedad y trató de incorporarse, pero lo único que consiguió fue hacer caer la cuba y quedar tendido en la tierra prensada del suelo.

Ante él se alzaba un hombre grotesco de puro gordo, con barba amarilla de dos puntas, que llevaba un mazo de madera en una mano y un escoplo en la otra. La túnica que vestía era tan amplia que habría servido de pabellón en un torneo, pero el cordón con que se la ceñía a la cintura se había desanudado, dejando al descubierto la enorme barriga blanca y unas tetas tan pesadas que oscilaban como sacos de grasa cubiertos de espeso vello rubio. A Tyrion le recordó a una morsa muerta que la marea había arrastrado hasta las cuevas de Roca Casterly. El gordo lo miró desde arriba con una sonrisa.

—Un enano borracho —dijo en la lengua común de Poniente.

—Una morsa podrida. —Tyrion tenía la boca llena de sangre, y la escupió a los pies del otro.

Estaban en la penumbra de un sótano alargado, con techo abovedado y muros de piedra descolorida por el salitre. A su alrededor había cubas de vino y cerveza, suficientes para que un enano sediento pudiera beber durante toda la noche. O durante toda la vida.

—Sois insolente. Eso me gusta en un enano. —El gordo se rio, y las carnes se le agitaron con tamaña violencia que Tyrion temió durante un momento que cayera encima de él y lo aplastara—. ¿Tenéis hambre, mi pequeño amigo? ¿Estáis cansado?

—Tengo sed. —Tyrion se incorporó y logró ponerse de rodillas—. Y estoy sucio.

—Un baño primero, sí —asintió el gordo tras olfatearlo—. Luego, comida y una buena cama, ¿sí? Mis criados se encargarán de todo. —Su anfitrión dejó a un lado el mazo y el escoplo—. Mi casa es vuestra. Cualquier amigo de mi amigo del otro lado del agua es amigo de Illyrio Mopatis, sí.

«Y cualquier amigo de la Araña Varys es alguien en quien deposito una confianza muy limitada.»

Pese a todo, el gordo cumplió su promesa de proporcionarle un baño. En cuanto Tyrion se introdujo en el agua caliente y cerró los ojos, se quedó profundamente dormido. Despertó desnudo en un lecho de plumón de ganso tan blando que se sentía como si se lo hubiera tragado una nube, pero tenía la polla dura como una barra de hierro. Rodó en la cama para saltar de ella, buscó un orinal y, con un gruñido de placer, empezó a llenarlo.

La habitación estaba en penumbra, pero entre las tablillas de los postigos se colaban haces de luz solar. Tyrion se sacudió las últimas gotas y anadeó por las ornamentadas alfombras myrienses, tan suaves como la hierba fresca de la primavera. Se subió como pudo al asiento situado bajo la ventana y abrió los postigos para ver adónde lo habían enviado Varys y los dioses.

Bajo su ventana, seis cerezos de esbeltas ramas sin hojas montaban guardia en torno a un estanque de mármol. Junto al agua había un muchacho desnudo en posición de ataque, con una espada de jaque en la mano. Era ágil y atractivo, de dieciséis años como mucho, con el pelo rubio y liso por los hombros. Parecía tan real que el enano tardó largos segundos en darse cuenta de que era una estatua de mármol pintado, aunque la espada brillaba como el acero auténtico.

Al otro lado del estanque había un muro de ladrillo de cuatro varas de altura con púas de hierro en la parte superior. Más allá se extendía la ciudad, un mar de tejados apiñados alrededor de una bahía. Divisó torres cuadradas de ladrillo, un gran templo rojo y una mansión en la cima de una colina. A lo lejos, la luz del sol resplandecía en las aguas más profundas del mar abierto. En la bahía navegaban barcas de pesca cuyas velas ondeaban al viento, y también alcanzó a ver en el horizonte los mástiles de barcos de mayor tamaño.

«Seguro que alguno va a Dorne, o a Guardiaoriente del Mar. —Lo malo era que no tenía dinero para pagar el pasaje ni estaba hecho para manejar un remo—. Siempre puedo enrolarme como grumete y dejar que la tripulación me dé por culo todo el viaje por el mar Angosto.»

¿Dónde estaba?

«Aquí hasta el aire huele diferente. —El gélido viento otoñal transportaba el aroma de especias extrañas, y alcanzó a oír voces lejanas que procedían de las calles, al otro lado del muro de ladrillo. Hablaban en algo parecido al valyrio, pero solo entendía una palabra de cada cinco—. Esto no es Braavos —concluyó—. Ni Tyrosh.» Las ramas deshojadas y la baja temperatura descartaban también Lys, Myr y Volantis.

Cuando la puerta se abrió a sus espaldas, Tyrion dio media vuelta para enfrentarse a su obeso anfitrión.

—Estoy en Pentos, ¿no?

—Claro. ¿Dónde si no?

«Pentos.» En fin, al menos no era Desembarco del Rey. Algo era algo.

—¿Adónde van las putas? —preguntó casi sin querer.

—Las putas están en los burdeles, igual que en Poniente, mi pequeño amigo. Pero a vos no os hacen ninguna falta. Elegid a la que queráis de entre mis criadas; ninguna os rechazará.

—¿Son esclavas? —preguntó el enano con ironía.

El gordo se acarició una punta de la aceitada barba amarilla en un gesto que a Tyrion le pareció de lo más obsceno.

—Según el tratado que nos impusieron los braavosi hace cien años, la esclavitud está prohibida en Pentos. Pero no os rechazarán. —Illyrio hizo una laboriosa reverencia—. Ahora, mi pequeño amigo tendrá que disculparme. Tengo el honor de ser uno de los magísteres de esta gran ciudad, y el príncipe nos ha convocado. —Le mostró los dientes torcidos y amarillentos al sonreír—. Recorred a voluntad la mansión y los jardines, pero no os aventuréis más allá de los muros bajo ningún concepto. No conviene que nadie sepa que estuvisteis aquí.

—¿Que estuve? ¿Ya me he ido a otro lugar?

—Habrá tiempo para hablar de esto por la noche. Mi pequeño amigo y yo cenaremos, beberemos y haremos grandes planes, ¿sí?

—Sí, mi gordo amigo —respondió Tyrion.

«Quiere sacar provecho de mí.» Los beneficios lo eran todo para los príncipes mercaderes de las Ciudades Libres, soldados de las especias y señores del queso, como los llamaba su padre con desprecio. Si una buena mañana Illyrio Mopatis llegaba a creer que un enano muerto era más valioso que un enano vivo, Tyrion estaría metido en una cuba de vino antes del anochecer. «Más vale que ese día me pille lejos de aquí.» Porque no le cabía duda de que tal día iba a llegar más tarde o más temprano. Cersei se olvidaría de él, y hasta a Jaime le habría molestado encontrarse a su padre con una saeta en la barriga.

Una suave brisa hacía ondular las aguas del estanque en torno al espadachín desnudo. Le evocó los momentos en que Tysha le acariciaba el pelo durante la falsa primavera de su matrimonio, antes de que él ayudara a los hombres de su padre a violarla. Durante la huida había pensado muchas veces en aquellos hombres, tratando de recordar cuántos eran. Cualquiera diría que era de esas cosas que no se borraban de la memoria, pero lo había olvidado. ¿Cuántos fueron? ¿Doce? ¿Veinte? ¿Ciento? No habría sabido decirlo. Sí recordaba que eran todos adultos, altos y fuertes..., aunque a ojos de un enano de trece años, cualquier hombre era alto y fuerte.

«Tysha supo cuántos eran. —Cada uno le había dado un venado, así que solo habría tenido que contar las monedas—. Una moneda de plata por cada hombre y una de oro por mí.» Su padre se había empeñado en que él también pagara: «Un Lannister siempre paga sus deudas».

«Adonde quiera que vayan las putas», oyó decir a Lord Tywin una vez más, y una vez más vibró la ballesta.

El magíster le había dicho que recorriera a voluntad la mansión y los jardines. En un arcón con incrustaciones de lapislázuli y madreperla había ropa limpia para él, y se la puso no sin dificultades: obviamente, la habían hecho para un niño y era de telas buenas, aunque habría sido mejor que la airearan antes de dársela. Las perneras le quedaban largas; las mangas, cortas, y si hubiera conseguido abrocharse el cuello, la cara se le habría puesto más negra que a Joffrey. También había sufrido el asedio de las polillas.

«Por lo menos no huele a vómito.»

Tyrion empezó el recorrido por la cocina, donde dos mujeres gordas y un mozo lo miraron con desconfianza mientras se servía higos, queso y pan.

—Buenos días os deseo, hermosas damas —les dijo con una reverencia—. ¿Sabéis por un casual adónde van las putas?

No respondieron, de modo que repitió la pregunta en alto valyrio, aunque tuvo que decir «cortesanas» en lugar de «putas.» A aquello, la cocinera más joven y gorda respondió encogiéndose de hombros. ¿Qué harían si las cogiera de la mano y las llevara a rastras a su dormitorio? «Ninguna te rechazará», le había asegurado Illyrio, pero Tyrion no creía que incluyese a aquellas dos. La joven tenía edad suficiente para ser su madre, y la otra parecía la madre de la primera. Ambas estaban casi tan gordas como Illyrio y tenían las tetas más grandes que la cabeza del enano.

«Podría ahogarme en carne. —Había peores maneras de morir. La de su padre, por ejemplo—. Tendría que haberle hecho cagar un poco de oro antes de que expirase. —Lord Tywin había escatimado siempre cariño y aprobación, pero el oro lo repartía a manos llenas—. Solo hay una cosa más patética que un enano desnarigado: un enano desnarigado y sin fondos.»

Tyrion dejó a las gordas en la cocina, con sus ollas y sus hogazas, y buscó la bodega donde lo había decantado Illyrio la noche anterior. No le costó dar con ella. Allí había vino más que suficiente para mantenerlo borracho cien años: tintos dulces del Dominio y tintos recios de Dorne; pentoshi ambarinos y el néctar verde de Myr; sesenta cubas del oro del Rejo y hasta vinos del legendario Oriente, de Qarth, Yi Ti y Asshai de la Sombra. Al final se decidió por una cuba de vino fuerte de la cosecha privada de Lord Runceford Redwyne, abuelo del entonces señor del Rejo. Tenía un paladar lánguido y temerario a la vez, y era de un rojo tan oscuro que casi parecía negro a la escasa luz de la bodega. Tyrion llenó una copa, y también una frasca para no quedarse corto, y subió a los jardines para beber bajo los cerezos que había visto por la ventana.

Pero salió por la puerta que no era y no llegó al estanque, aunque tampoco le importó demasiado. Los jardines de la parte trasera de la mansión eran igual de hermosos y mucho más extensos. Los recorrió un rato mientras bebía. Los muros habrían dejado pequeños a los de cualquier castillo, y las púas de hierro de la parte superior le resultaban extrañas, sin cabezas que las adornaran. Tyrion se imaginó la cabeza de su hermana en una de ellas, con la cabellera dorada cubierta de brea y la boca llena de moscas.

«Eso, y la de Jaime justo al lado. Que nada se interponga entre mis hermanos.»

Con una cuerda y un arpeo sería muy capaz de salvar aquel muro. Tenía brazos fuertes y no pesaba demasiado, así que podría escalar y saltar, siempre que no se ensartara en una púa.

«Mañana mismo busco una cuerda», decidió.

Durante su recorrido vio tres puertas de entrada a los terrenos de la mansión: la principal, con su caseta de guardia; una poterna junto a las perreras, y una portezuela oculta tras una maraña de hiedra de color claro. La última estaba cerrada con una cadena, y las otras dos, vigiladas por guardias. Los guardias eran regordetes, con caras tan lampiñas como las nalgas de un bebé, y cada uno llevaba un casco de bronce con una púa. Tyrion reconocía a un eunuco en cuanto lo veía, y de aquellos conocía además la reputación: se decía que no tenían miedo a nada, que no sentían dolor y que eran leales a sus amos hasta la muerte.

«No me iría mal tener unos cientos —pensó—. Lástima que no se me ocurriera antes de quedar en la miseria.»

Paseó por una galería flanqueada por columnas y pasó bajo un arco ojival hasta llegar a un patio de baldosas donde una mujer lavaba ropa junto a un pozo. Parecía de su misma edad, y tenía el pelo de un rojo apagado y la cara ancha cubierta de pecas.

—¿Quieres vino? —le ofreció. Ella se quedó mirándolo, insegura—. No hay otra copa, así que tendremos que compartir esta—. La lavandera siguió retorciendo túnicas para escurrirlas y colgarlas. Tyrion se sentó en un banco de piedra y dejó la frasca al lado—. Dime una cosa: ¿hasta qué punto puedo confiar en el magíster Illyrio? —Aquel nombre hizo que la criada alzara la vista—. ¿Tanto? —Soltó una risita, cruzó las piernas atrofiadas y bebió un trago—. Me resisto a representar el papel que me tiene preparado el quesero, sea el que sea, pero ¿cómo voy a negarme? Las puertas están vigiladas. A lo mejor tú podrías sacarme a escondidas bajo las faldas. Te estaría muy agradecido; hasta podría casarme contigo. Ya tengo dos esposas, ¿por qué no tres? Aunque claro, ¿dónde viviríamos? —Le dedicó la sonrisa más amable que podía esbozar un hombre con solo media nariz—. ¿Te he dicho ya que tengo una sobrina en Lanza del Sol? En Dorne, con Myrcella, podría hacer muchas travesuras. Podría enfrentarla a su hermano en una guerra. ¿A que sería tronchante? —La lavandera colgó una túnica de Illyrio, tan grande que habría servido de vela para un barco—. Tienes razón, debería darme vergüenza pensar esas cosas. Sería mejor que me fuera al Muro. Se dice que, cuando un hombre se une a la Guardia de la Noche, todos sus crímenes quedan borrados. Pero no te dejarían que quedarte conmigo, preciosa. En la Guardia no hay mujeres, no hay ninguna linda pecosa que caliente la cama por la noche, solo viento frío, bacalao salado y cerveza aguada. Aunque a lo mejor el negro me hace más alto. ¿Tú qué opinas, mi señora? —Volvió a llenarse la copa—. ¿Qué te parece? ¿Norte o sur? ¿Debería expiar mis antiguos pecados o cometer otros nuevos?

La lavandera le lanzó una última mirada, cargó con el cesto de ropa y se alejó.

«Las esposas no me duran nada —reflexionó Tyrion. Sin que supiera cómo, la frasca se había quedado vacía—. Parece que es hora de volver a la bodega.» Pero el vino fuerte hacía que le diera vueltas la cabeza, y los peldaños de la bodega eran muy empinados.

—¿Adónde van las putas? —preguntó a la colada tendida. Tal vez debería habérselo preguntado a la lavandera. «No estoy insinuando que seas una puta, cariño, pero a lo mejor sabes adónde van. —Mejor aún, tendría que habérselo preguntado a su padre. "Adonde quiera que vayan las putas", había dicho Lord Tywin—. Me quería. Era la hija de un campesino, me quería y se casó conmigo. Depositó su confianza en mí.»

La frasca vacía se le cayó de la mano y rodó por el patio. Tyrion se dio impulso para bajar del banco y fue a recogerla. Fue entonces cuando vio unas setas que crecían en una grieta, entre las baldosas: eran muy blancas, con el sombrero moteado por arriba y ribeteado de rojo sangre por debajo. Arrancó una y la olió.

«Deliciosa —pensó—. Y letal.» Había siete setas; tal vez los Siete quisieran decirle algo. Las cogió todas, arrancó un guante del tendedero, las envolvió con cuidado y se las guardó en el bolsillo. El esfuerzo lo mareó, así que volvió a subirse al banco, se ovilló y cerró los ojos.

Cuando volvió a despertar estaba de nuevo en el dormitorio, otra vez hundido en el lecho de plumón de ganso, y una chica rubia lo sacudía por el hombro.

—El baño os aguarda, mi señor. El magíster Illyrio cenará con vos en una hora.

Tyrion se incorporó y se sujetó la cabeza con las manos.

—¿Estoy soñando, o hablas la lengua común?

—Sí, mi señor. Me compraron para complacer al Rey. —Tenía los ojos azules y la piel muy blanca; era joven y grácil.

—Y seguro que lo lograste. Me hace falta una copa de vino.

—El magíster Illyrio me ha dicho que tengo que frotaros la espalda y calentaros la cama. —Le sirvió el vino—. Me llamo...

—Eso es completamente irrelevante. ¿Sabes adónde van las putas?

—Las putas se venden por dinero. —La chica se había sonrojado.

—O por joyas, o por vestidos, o por castillos. Pero ¿adónde van?

—¿Es una adivinanza, mi señor? —No acababa de comprenderlo—. No se me dan bien las adivinanzas. ¿Vais a darme la respuesta?

«No —pensó él—, yo también detesto las adivinanzas.»

—No voy a decirte nada. Y tú devuélveme el favor y haz lo mismo.

«Solo quiero de ti lo que tienes entre las piernas», a punto estuvo de decirle. Pero las palabras se le atascaron en la lengua y no le llegaron a los labios.

«No es Shae, no es más que una tonta cualquiera que cree que hablo con acertijos. —A decir verdad, ni siquiera estaba demasiado interesado en su coño—. Debo de estar enfermo. O muerto.»

—¿Qué me decías de un baño? No hay que hacer esperar al gran quesero.

Mientras se bañaba, la muchacha le lavó los pies, le frotó la espalda y le cepilló el pelo. Después le aplicó un ungüento aromático en las pantorrillas para aliviarle los calambres, y lo vistió de nuevo con ropa de niño: unos polvorientos calzones color rojo vino y una casaca de terciopelo azul con ribete de hilo de oro.

—¿Me querrá mi señor después de cenar? —le preguntó mientras le ataba los cordones de las botas.

—No. Estoy harto de mujeres. —«Putas.»

La chica se tomó el rechazo demasiado bien para su gusto.

—Si mi señor prefiere un muchachito, me encargaré de que tenga uno esperándole en la cama.

«Mi señor preferiría a su esposa. Mi señor preferiría a una chica llamada Tysha.»

—Solo si sabe adónde van las putas.

La chica apretó los labios.

«Me desprecia —comprendió Tyrion—, aunque no más de lo que me desprecio yo. —No le cabía duda de que se había follado a más de una mujer que aborrecía su mera visión, pero al menos las otras habían tenido la amabilidad de simular afecto—. Un poco de desprecio sincero podría resultar refrescante, como un vino ácido después de beber demasiado vino dulce.»

—He cambiado de opinión —dijo—. Espérame en la cama. Desnuda, por favor. Estaré demasiado borracho como para pelearme con tu ropa. Tú ten la boca cerrada y las piernas abiertas, y nos irá muy bien. —Le lanzó una mirada lasciva con la esperanza de que lo recompensara con un atisbo de miedo, pero todo lo que vio fue repulsión.

«Nadie tiene miedo de los enanos.» Ni siquiera Lord Tywin se había asustado, y eso que Tyrion tenía una ballesta.

—¿Tú gimes cuando te follan? —preguntó a la calientacamas.

—Si mi señor lo desea...

—Puede que tu señor desee estrangularte. Es lo que hice con mi última puta. ¿Crees que tu amo me pondría algún problema? Seguro que no. Tiene cien más como tú, pero solo a uno como yo.

Sonrió, y en esa ocasión obtuvo de ella el miedo que esperaba.

Illyrio estaba tumbado en un diván, comiendo cebollitas y guindillas de un cuenco de madera. Tenía la frente perlada de sudor, y los ojillos porcinos le brillaban por encima de las gruesas mejillas. Con cada movimiento de sus manos refulgía una piedra preciosa diferente: ónice, ópalo, apatita, turmalina, rubí, amatista, zafiro, esmeralda, azabache y jade; un diamante negro y una perla verde.

«Sus anillos me darían para vivir años y años —pensó Tyrion—, aunque claro, tendría que quitárselos con un cuchillo.»

—Sentaos junto a mí, mi pequeño amigo.

Illyrio le hizo gestos para que se acercara. El enano se subió a una silla. Era muy grande para él, demasiado, un trono acolchado para acomodar las gigantescas nalgas del magíster con gruesas patas para soportar el peso. Tyrion Lannister había vivido siempre en un mundo demasiado grande para él, pero en la mansión de Illyrio Mopatis, las desproporciones llegaban a un nivel grotesco.

«Soy un ratón en la guarida de un mamut, pero al menos el mamut tiene una bodega excelente.» Solo con pensarlo le entró sed, y pidió vino.

—¿Habéis disfrutado de la chica que os envié? —preguntó Illyrio.

—Si hubiera querido una chica la habría pedido.

—En caso de que no os haya complacido...

—Ha hecho todo lo que le he pedido.

—Eso espero. La entrenaron en Lys, donde han hecho del amor un arte. El Rey la disfrutó mucho.

—Yo mato reyes, ¿no os habíais enterado? —Tyrion esbozó una sonrisa malévola por encima de la copa de vino—. No quiero las sobras reales.

—Como gustéis. Comamos.

Illyrio dio unas palmadas y los sirvientes se apresuraron a acercarse. Empezaron con un caldo de cangrejo y rape, seguido por una sopa fría de huevo y lima. A continuación les sirvieron codornices a la miel, pierna de cordero, hígados de ganso con salsa de vino, chirivías con mantequilla y cochinillo asado. Tyrion sintió náuseas con solo ver las fuentes, pero se forzó a probar una cucharada de sopa por pura educación, y aquello lo perdió. Las cocineras eran viejas y gordas, pero sabían lo que se hacían. En su vida había comido tan bien, ni siquiera en la corte.

Mientras mondaba los huesos de su codorniz preguntó a Illyrio por la reunión que había tenido por la mañana. El gordo se encogió de hombros.

—Hay problemas en el este. Astapor ha caído, igual que Meereen. Las ciudades esclavistas ghiscarias, que ya eran viejas cuando el mundo era joven. —Los criados trincharon el cochinillo. Illyrio cogió un trozo de la piel crujiente, lo mojó en salsa de ciruelas y se lo comió con los dedos.

—La bahía de los Esclavos está muy lejos de Pentos. —Tyrion ensartó un hígado de ganso con la punta del cuchillo. «No hay hombre más maldito que quien mata a los de su sangre, pero podría hacerme a la idea de vivir en este infierno.»

—Cierto —asintió Illyrio—, pero el mundo no es sino una gran telaraña, y basta con tocar un hilo para que los demás vibren. ¿Más vino? —Se llevó una guindilla a la boca—. No, algo aún mejor. —Volvió a dar unas palmadas. Al momento entró un criado con una fuente cubierta y la puso delante de Tyrion. Illyrio se inclinó sobre la mesa para quitar la tapa—. Setas —anunció al tiempo que se elevaba el aroma—. Con un toque de ajo y bañadas en mantequilla. Me han dicho que tienen un sabor exquisito. Tomad una, amigo mío. Tomad dos.

Tyrion ya había pinchado una oronda seta negra y estaba llevándosela a la boca cuando detecto en la voz de Illyrio algo que lo detuvo en seco.

—Vos primero, mi señor. —Empujó la fuente hacia su anfitrión.

—No, no. —El magíster Illyrio volvió a empujar las setas hacia él. Durante un brevísimo instante, los ojos de un niño travieso parecieron asomar de la mole de carne que era el quesero—. Vos primero. Insisto. La cocinera os las ha preparado especialmente.

—¿De verdad? —Recordó a la cocinera, sus manos llenas de harina, los grandes pechos surcados de varices—. Qué amable por su parte, pero... no. —Tyrion volvió a dejar la seta en el estanque de mantequilla de donde la había sacado.

—Sois muy desconfiado. —Illyrio sonrió tras la barba amarilla. Tyrion supuso que se la untaba con aceite cada mañana para que brillara como el oro—. ¿Sois cobarde? No es eso lo que tenía entendido.

—En los Siete Reinos, envenenar a un invitado durante la cena se considera una pésima muestra de hospitalidad.

—Aquí también. —Illyrio Mopatis cogió su copa de vino—. Pero cuando es tan obvio que el invitado quiere acabar con su propia vida, el anfitrión debe acomodarse a sus deseos, ¿no? —Bebió un trago—. Al magíster Ordello lo envenenaron con setas hace menos de medio año. Por lo que me han contado, no duele mucho: unos calambres en el estómago, un pinchazo repentino detrás de los ojos y se acabó. Es mejor una seta que una espada en el cuello, ¿no? ¿Por qué morir con la boca llena de sangre, y no de ajo y mantequilla?

El enano clavó los ojos en la fuente. El olor le hacía la boca agua. Por un lado quería comerse aquellas setas, aun sabiendo qué eran. No tenía valor para clavarse un acero frío en el vientre, pero no le costaría tanto comer un trocito de seta, y cuando se dio cuenta sintió un miedo atroz.

—Os equivocáis respecto a mí —se oyó decir.

—¿De verdad? No estoy tan seguro. Si preferís ahogaros en vino, solo tenéis que decirlo y os complaceré al instante, pero ahogaros copa a copa es un desperdicio de tiempo y de vino.

—Os equivocáis respecto a mí —repitió Tyrion en voz más alta. Las setas barnizadas de mantequilla brillaban oscuras, seductoras—. Os aseguro que no quiero morir. Tengo... —La voz se le apagó en un mar de inseguridad.

«¿Qué tengo? ¿Una vida que vivir? ¿Un trabajo que hacer? ¿Hijos que criar? ¿Tierras que gobernar? ¿Una mujer que amar?»

—No tenéis nada —terminó el magíster Illyrio por él—, pero eso puede cambiar. —Extrajo una seta de la mantequilla y la masticó con deleite—. Exquisita.

—¿No son venenosas? —se enfadó Tyrion.

—No. ¿Por qué iba a desearos mal alguno? —El magíster Illyrio se comió otra seta—. Vos y yo vamos a tener que empezar a confiar más el uno en el otro. Venga, comed. —Volvió a dar unas palmadas—. Tenemos trabajo por delante. Mi pequeño amigo debe conservar las fuerzas.

Los criados llevaron a la mesa una garza rellena de higos, chuletas de ternera blanqueadas en leche de almendras, arenques en nata, cebollitas confitadas, quesos hediondos, fuentes de caracoles y mollejas, y un cisne negro con todo el plumaje. Tyrion no quiso probar el cisne porque le recordaba una cena con su hermana, pero se sirvió generosas porciones de garza y arenques, y también unas cebollitas. Cada vez que vaciaba la copa, un criado volvía a llenársela.

—Bebéis mucho vino para vuestra estatura.

—Matar a los de la propia sangre es un trabajo duro; da mucha sed.

Los ojillos del gordo brillaron como las piedras preciosas de sus dedos.

—En Poniente hay quien diría que matar a Lord Lannister no fue más que un buen comienzo.

—Pues más vale que no lo digan muy alto, no sea que los oiga mi hermana; se quedarían sin lengua. —El enano partió en dos una hogaza de pan—. Y tened más cuidado con lo que decís de mi familia, magíster. Puede que haya matado a mi padre, pero sigo siendo un león.

Aquello le pareció graciosísimo al señor del queso, que se palmeó un enorme muslo.

—Los ponientis sois todos iguales: bordáis un animal en un trozo de seda y de repente os convertís en leones, dragones o águilas. Si queréis puedo mostraros leones de verdad, amigo mío. El príncipe está muy orgulloso de su pequeño zoo. ¿Os gustaría compartir jaula con ellos?

Tyrion tuvo que reconocer que los señores de los Siete Reinos se ufanaban demasiado de sus blasones.

—De acuerdo —admitió—. Los Lannister no somos leones, pero sigo siendo hijo de mi padre, y a Jaime y a Cersei solo los puedo matar yo.

—Qué curioso que mencionéis a vuestra bella hermana —comentó Illyrio entre caracol y caracol—. La Reina ha dicho que otorgará un señorío a quienquiera que le lleve vuestra cabeza, por humilde que sea su linaje.

Tyrion no habría esperado menos.

—Si estáis pensando hacer que cumpla su palabra, pedidle también que se abra de piernas para vos. Es lo justo: la mejor parte de ella por la mejor parte de mí.

—Preferiría mi propio peso en oro. —El quesero se rio con tantas ganas que Tyrion pensó que se le iba a reventar la barriga—. Todo el oro de Roca Casterly, ¿por qué no?

—El oro os lo garantizo yo —dijo el enano, aliviado al ver que no le iba a caer encima una tonelada de anguilas y mollejas a medio digerir—, pero la Roca es mía.

—Claro. —El magíster se tapó la boca y eructó—. ¿Creéis que Lord Stannis os la entregará? Tengo entendido que es enormemente legalista, y vuestro hermano viste la capa blanca, así que según las leyes de Poniente sois el heredero.

—Sí, Stannis me entregaría la Roca si no fuera por esos asuntillos del regicidio y el parricidio; pero dadas las circunstancias, me cortaría la cabeza, y ya soy bastante bajito, gracias. ¿Por qué creéis que querría unirme a Lord Stannis?

—¿Por qué si no pensabais ir al Muro?

—¿Stannis está en el Muro? —Tyrion se frotó la nariz—. Por los siete putos infiernos, ¿qué hace allí?

—Me imagino que tiritar. En cambio, en Dorne hace más calor. Tal vez debería haber puesto rumbo hacia allí.

Tyrion empezaba a sospechar que cierta lavandera pecosa dominaba la lengua común mejor de lo que aparentaba.

—Da la casualidad de que mi sobrina Myrcella está en Dorne, y me estoy planteando la posibilidad de coronarla.

Illyrio sonrió mientras los criados les servían cuencos de nata dulce con cerezas.

—¿Qué os ha hecho esa pobre niña para que le deseéis la muerte?

—Ni quien mata a los de su sangre tiene que matar a todos los de su sangre —replicó Tyrion, ofendido—. He hablado de coronarla, no de matarla.

—En Volantis tienen una moneda que lleva una corona en una cara y una calavera en la otra. —El quesero cogió una cucharada de cerezas—. Pero es la misma moneda. Coronarla es matarla. Dorne podría levantarse por Myrcella, pero con Dorne no basta. Si sois tan listo como dice nuestro amigo, ya lo sabéis.

«Tiene razón en las dos cosas —Tyrion contempló al gordo con renovado interés—. Coronarla es matarla. Y yo lo sabía.»

—Solo me quedan gestos fútiles, y al menos este haría llorar lágrimas amargas a mi hermana.

—El camino de Roca Casterly no pasa por Dorne, mi pequeño amigo. —El magíster Illyrio se limpió la nata de los labios con el dorso de una mano carnosa—. Tampoco pasa por debajo del Muro. Pero os aseguro que hay un camino.

—Me han declarado traidor; soy un regicida y he matado a alguien de mi sangre. —Tanta palabrería sobre caminos le molestaba. «¿Qué se cree que es esto? ¿Un juego?»

—Lo que un rey hace, el siguiente lo puede deshacer. En Pentos tenemos un príncipe, amigo mío. Preside los bailes y los banquetes, y se pasea por la ciudad en un palanquín de oro y marfil. Siempre lo preceden tres heraldos que portan la balanza de oro del comercio, la espada de hierro de la guerra y el látigo de plata de la justicia. El primer día de cada año debe desflorar a la doncella de los campos y a la doncella de los mares. —Illyrio se inclinó hacia delante con los codos en la mesa—. Pero si hay una mala cosecha, si perdemos una guerra, le cortamos el cuello para apaciguar a los dioses y elegimos a un nuevo príncipe entre las cuarenta familias.

—Recordadme que no ocupe nunca ese cargo.

—¿Tan diferentes son vuestros Siete Reinos? En Poniente no hay paz, no hay justicia, no hay fe... Y pronto no habrá tampoco comida. Cuando el pueblo tiene hambre y miedo, busca un salvador.

—Puede que lo busque, pero si lo único que encuentra es a Stannis...

—No me refiero a Stannis. No me refiero Myrcella. —La sonrisa amarillenta se hizo aún más amplia—. Hablo de alguien diferente. Más fuerte que Tommen, más afable que Stannis, con más derechos que Myrcella. El salvador llegará desde el otro lado del mar para limpiar la sangre de Poniente.

—Hermosas palabras. —Tyrion no parecía nada impresionado—. Pero las palabras se las lleva el viento. ¿Quién será ese salvador?

—Un dragón. —El quesero vio su expresión atónita y se echó a reír de buena gana—. Un dragón con tres cabezas.